草原文学精品选编

2007—2017

小 说 ❶

内蒙古作家协会 ◎ 编

远方出版社

图书在版编目(CIP)数据

草原文学精品选编：2007-2017. 小说 / 内蒙古作家协会编. -- 呼和浩特：远方出版社，2017.4
ISBN 978-7-5555-0891-5

Ⅰ.①草… Ⅱ.①内… Ⅲ.①中国文学 - 当代文学 - 作品综合集 - 内蒙古②小说集 - 中国 - 当代 Ⅳ.①I218.26

中国版本图书馆CIP数据核字(2017)第076837号

草原文学精品选编(2007—2017)·小说

CAOYUAN WENXUE JINGPIN XUANBIAN（2007—2017）XIAOSHUO

编　　者	内蒙古作家协会
责任编辑	胡丽娟　孟繁龙　王　叶
责任校对	胡丽娟　孟繁龙　王　叶
封面设计	刘红刚
版式设计	韩　芳
出版发行	远方出版社
社　　址	呼和浩特市乌兰察布东路666号　邮编010010
电　　话	（0471）2236471总编室　2236460发行部
经　　销	新华书店
印　　刷	呼和浩特市圣堂彩印有限责任公司
开　　本	170mm×240mm　1/16
字　　数	938千
印　　张	58
版　　次	2017年4月第1版
印　　次	2017年4月第1次印刷
印　　数	1—1 000册
标准书号	ISBN 978-7-5555-0891-5
定　　价	160.00元（全3册）

如发现印装质量问题，请与出版社联系调换

《草原文学精品选编》编委会

主　任：白玉刚
副主任：周纯杰　张　宇　特·官布扎布
成　员：乌云格日勒　图·巴特尔　锡林巴特尔　苏那嘎

汉文专家组

组　长：张　宇
副组长：赵富荣
成　员：包斯钦　高明霞　郭亚明　广　子

蒙古文专家组

组　长：特·官布扎布
副组长：锡林巴特尔
成　员：满　全　额尔敦哈达　巴图苏和　苏布道

目录

长篇小说

蒙古往事　　　/ 003　　冉　平

多布库尔河　　/ 277　　萨　娜

中篇小说

红毛　　　　　　/ 455　　袁玮冰

达勒玛的神树　　/ 476　　萨　娜

霍林河歌谣　　　/ 500　　白雪林

黄河送你回偏关　/ 540　　郭增源

女儿行　　　　　/ 601　　张雅琴

猎人与麦子　　　/ 629　　空特乐

巴尔虎情感　　　/ 646　　白雪林

北京邻居　　／680　荆永鸣

杰雅泰　　／729　庆　胜

短篇小说

枸杞红了　　／777　潘　瑜

玛涅格尔部落　　／794　朋·乌兰

乡村音乐家　　／812　辛　杰

清场　　／820　天　热

小崔　　／836　赛　罕

寻找巴根那　　／845　海勒根那

遍地风情　　／861　王建中

排毒胶囊　　／887　易　书

黑日谷　　／903　孙泉喜

蒙古往事

2009年获第九届内蒙古自治区文学创作"索龙嘎"奖

冉 平

主要人物

也速该——铁木真的父亲，蒙古乞颜部的首领。孛儿只斤氏族。

诃额伦——也速该的妻子，铁木真的母亲。翁吉剌氏族。

铁木真——蒙古乞颜部可汗，立国后称成吉思汗。

孛尔帖——铁木真的妻子。翁吉剌氏族。

德薛禅——孛尔帖的父亲。翁吉剌氏族。

哈撒尔——铁木真的弟弟。

别克帖——铁木真的庶弟

别勒古台——铁木真的庶弟

博儿术——铁木真的伴当。

者勒蔑——铁木真的伴当。

蒙力克——蒙古乞颜部人。晃豁坛氏族首领。

阔阔出——蒙力克的儿子，后成为大萨满，称通天巫。

塔里忽台——蒙古乞颜部人。泰赤兀氏族首领。

撒察——蒙古乞颜部人。主儿勤氏族首领。

札木合——铁木真的结拜安答。札答兰部首领。札答兰氏族。

豁尔赤——后追随铁木真。札答兰氏族。

脱脱——蔑尔乞部首领。蔑尔乞氏族。

赤列都——脱脱的弟弟。

赤勒格——脱脱的幼弟。

脱斡邻——克烈部首领，称王汗，铁木真的义父。克烈氏族。

桑昆——脱斡邻的独生儿子。

太阳汗——乃蛮部可汗。乃蛮氏族。

古儿别苏——太阳汗汗妃。

锁尔罕赤剌——蒙古乞颜部铁匠。铁木真的救命恩人。

合答安——锁尔罕赤剌的女儿，后被封为铁木真的汗妃。

耶速甘——塔塔尔人。后被封为铁木真汗妃。

耶遂——耶速甘的姐姐。后被封为铁木真汗妃。

忽兰——蔑尔乞人。后被封为铁木真汗妃。

术赤——铁木真的长子。

察合台——铁木真的次子。

窝阔台——铁木真的三子。

拖雷——铁木真的四子。

失吉忽秃忽——诃额伦的养子之一。

天生一个苍色的狼

和一个惨白的鹿

一起渡过腾吉思海子，

在斡嫩河的源头

不儿罕山下相合了，

生了一个儿子名叫巴塔赤罕。

巴塔赤罕的儿子叫塔马察；

塔马察的儿子叫豁里察尔；

豁里察尔的儿子叫阿兀站孛罗温；

阿兀站孛罗温的儿子叫撒里合察兀；

撒里合察兀的儿子叫也客你敦；

也客你敦的儿子叫与锁赤；

与锁赤的儿子叫合尔出；

合尔出的儿子，名叫孛儿只吉歹。

孛儿只吉歹的妻子名叫忙豁勒真，她生的儿子名叫脱罗豁真。

脱罗豁真娶了孛罗斯琴做妻子，他有两匹好骟马，一匹答亦尔马，一匹孛罗马。

脱罗豁真有了两个儿子，一个叫都蛙锁豁尔，一个叫朵奔。

都蛙生一只独眼，长在额头中央，能望见远在三程以外的事情。

有一天，兄弟俩上了不儿罕山，望见一丛百姓顺着统格黎河边行来。

都蛙见那丛百姓中有个女子生得美貌，要索来给弟弟做妻子。

朵奔下山去看了，那女子果然生得美，名叫阿阑。

阿阑为朵奔生了两个儿子，一个叫不古讷台，一个叫别古讷台。

朵奔死了以后阿阑又生了三个儿子，一个叫忽合答吉，一个叫不合秃撒只，一个叫孛端察尔。

不古讷台兄弟俩背地里疑惑：咱这母亲身边没有丈夫，又无房亲兄弟，只有那使唤的马夫。这三个兄弟是和谁生的呢？

有一天，阿阑母亲煮熟了蜡羊跟他们说：

你们的父亲死后，每晚都有一个黄白色的人从天窗飘进来，

他摩挲我的肚皮，把他日月般的光芒透进我身体，

天一亮他便黄狗似的钻出去了。

你们这三个兄弟不就是天的儿子吗？

现在谁也看不出，他们中间的人将来要收管天下，

到了那时，人们自己就信了。

阿阑母亲死后，兄弟五人分财产，哥哥们都嫌孛端察尔愚弱，不把他当兄弟。

孛端察尔独自骑了匹秃尾子马顺斡嫩河去了。

没有吃的，捡狼食剩的；没有住的，结起个草庵。

冬天了，孛端察尔看见都亦连山来了一丛无首领的百姓，就去找他的哥哥们说：

那丛百姓不分大小，就像身体没有头，衣服没有领，容易取来。

兄弟们掳了那丛百姓，吃的和使的都有了，还有一个怀孕的妇人，孛端察尔将她做了妻子。

生了一个儿子唤作札只剌歹，后来做了札答兰姓氏。

再生一个儿子名叫巴阿里歹，后来做了巴阿邻姓氏。

……

孛端察尔同哥哥们离分了，做了孛儿只斤姓氏。

《蒙古秘史》[1]

---

[1] 《蒙古秘史》成书于13世纪，全书蒙古语。记述了成吉思汗的先祖谱系、传说和事迹，最先秘藏于内廷，不准外人阅读。后原文散失。明洪武时经翰林译员搜集，用同音汉字记述、转译，流传于世。《蒙古秘史》是一部蒙古民族的史诗，亦是享誉世界的古典文学名著。全书共282节，作者佚名。

第一章

1

他躺着听，在草地上，张着鼻孔，眯着眼，别人还以为他睡着了，其实没有，要是察拉合唱错一句，他能立刻听出来。但察拉合没唱错，不可能，老察拉合能唱出祖上十九代的故事，从没错过。是这些故事把他唱老了。年轻时候的察拉合长什么样子，没人见过，也速该也没见过。察拉合比他大二十岁、四十岁或者一百岁，谁知道呢。也速该还年轻，他是蒙古乞颜部的首领，他每次出征前必听老察拉合唱歌，他就是听他的歌长大的。这个老察拉合没有眼睛，靠鼻子分辨早晨和傍晚、男人和女人，不用看。

他听他唱，顺便想着心事。耳朵听歌不妨碍心里想事，可以分开，也可以合在一起，怎么都行，像平地走马，走到哪儿算哪儿。太阳累了，躺下了，扑通一声。风停了，浮尘还在空中飘，一层黄，一层蓝，一层红，渐渐重叠、沉落，在颤动的马耳朵上、狗尾巴上，又被抖落到草地上。帐篷里飘出肉香，和浮尘们掺在一起，带着土腥气，黄昏的气味。秋天的黄昏就是这个味儿。察拉合接着唱他的，不管有人听还是没人听，从来都是这样：他想唱的时候谁也拦不住，不想唱的时候打死也不会开口。当他唱到伟大的阿阑母亲与天光相合的故事时，也速该的眼前浮现出诃额伦的脸。诃额伦不是阿阑神母，诃额伦是也速该的妻子，纯正的翁吉剌女人，高个子，鹿眼，弯眉毛，皮肤细腻光滑。

去年，他和兄弟们打猎，在山窝后面的雪地里看到一对女人的靴印，两只靴印中间有个窟窿，拳头样大小，这是一窝新鲜的尿迹，深不见底，如同冒着热气的泉眼，穿透了冻硬的积雪。他一看，心立刻抽紧了。他还发现，不远处有一条车辙，也是新鲜的。就是那辆来自翁吉剌的婚车，被一群蔑尔乞人护着。

于是，他对他的兄弟们说：这个女人是长生天[1]送给我的，她能为我生一被窝的儿子！

打散了蔑尔乞人，他把她带回了蒙古乞颜部，为她换上新娘的衣服。他问她叫什么，她说她的名字叫作诃额伦。

这个诃额伦跟别的女人不一样，身上有种说不出来的什么，平时翘着下巴颏，看人的眼神不躲闪。当他喝醉了酒冲她举起拳头的时候，她不怕他，不哭不叫，就拿那种眼神看着他，说：可怜的。真是奇怪，她可怜他！她的声音不高，语气平静。更奇怪的是，她那么一说，他的拳头便松开了，自动地。再以后，乞颜部的人都传开了，也速该成了不打女人的男人。别的女人们说：凭什么呀？让醉酒的丈夫把拳头藏进袖筒，像猫一样去睡觉？她们说：男人有火气不让他发出来，存在心里要憋死人的。

别的女人怎么说，他不在乎。与诃额伦在一起，他的心情舒畅。

春天，诃额伦的肚子鼓了，兀孙萨满[2]从她脚下的影子里看出，上天给也速该巴特[3]送来了一个儿子。诃额伦就对他说：也速该我的亲丈夫，你不要为我担心，听我的，你再去娶一个女人吧，在我们的儿子降生之前。

这时，塔塔尔人来了。塔塔尔是蒙古乞颜部的世代仇人。

老察拉合唱道：

  合不勒汗虽有七个儿子

  都不曾委付，他把汗位给了相昆毕勒格的儿子

  俺巴亥管了，俺巴亥汗为了众人的平安

  要去与塔塔尔人结亲。

  ……

  走过了捕鱼儿海子，阔连海子，

---

[1] 长生天，古代萨满教和蒙古人特别的指称，大意为：不死的苍天；主宰万物之灵的永恒之物。

[2] 萨满教，北方民族的原始宗教，信仰万物有灵。萨满的职责为主持祭奠、占卜等。

[3] 巴特，也称把阿秃，即蒙古语中"勇士、英雄"之意。

中间是兀尔什温河。

住在河边的塔塔尔人不知好，

将俺巴亥汗拿了，送去给大金国杀了。

俺巴亥捎话回来叫子孙们记着：

把五个指甲磨破了，

把十根指头磨秃了，

也要给我报仇。

从刚懂事起，一听到这几句，他就两手抽搐，疼。可是十根指头好好的，一个不缺损。这个疼在心里，是祖先留下的，一疼就想起仇人，想去抓刀或者弓箭。那些金国人，还有替金国做猎狗的塔塔尔人，他们每过三年就来剿杀一回[1]，生怕他们毡帐多起来。这一次也速该不想躲，他打算顺着斡嫩河下去，迎到半路去截杀仇人，像刀尖横穿肋骨。愿长生天保佑他击败塔塔尔人。兀孙萨满把羊胛骨放进火中，观察它烧裂的纹路。羊胛骨吱吱地冒油，然后就出现了裂纹，一条，两条，很多条……其中有一条是横的，像刀刻出来的，把别的纹路都切断了。对了，这就是他，长生天护佑也速该巴特。于是，也速该告诉人们，为祖先报仇的时候到了。

对丈夫的决定，诃额伦不惊讶，她一只手放在鼓胀的肚皮上，另一只手握住也速该，说：上天保佑，孩子等着你回来给他起名字呢。也速该说：他的名字早有人给起好啦。诃额伦问他叫什么。他说：就是第一个死在我手的塔塔尔人，我将把他的名字取了，送给我的儿子！

天快黑了。老察拉合还在唱。也速该的后背凉了。好多毡包闪出光亮，星星似的散落着。从察拉合的歌子背后能够听见传令人的马蹄声，有许多，这些人把他的号令从一个包带到另一个包，再由这个包里的人传到下一个包，越传越远。三天之后，他们都将离开自己家的毡包，聚集到他的身边来，带着各自的武器。十六岁到六十岁，所有的男人。

---

[1] 指当时金国针对漠北草原各部的"减丁"政策。

女人们不问什么，用不着，从刮进帐门的风中，她们闻出了仇恨的气味。她们的男人，本来就话少，现在更安静了，就那么坐着，在你面前，让你看着面生、心疼。他眼睛看着你，心早就跟随苏鲁锭[1]走了。女人们都知道，上天生出这些男人，就是为了让他们去战场厮杀、报仇的，你不能把他留在家里。这种时候该替他们把打仗的马刀和皮甲拿出来，擦干净，放在门口，把盛奶酒的皮囊灌满了，放在枕边。母亲为了儿子，妻子为了丈夫，女儿为了父亲。从来就是这样。

2

翁吉剌的地面上雨多、风软，男人们好脾气。每年他们都挑出最肥的牲畜送给邻近的金国人，还有最白的姑娘。翁吉剌男人舍不得他们的地面，不想与金国结仇，哪怕心里委屈，脸上决不露出来。这些事情诃额伦十四岁上就懂了。她听她的祖母说，金人和汉人管他们叫白鞑靼，还有一种黑鞑靼在西边的地面上。黑鞑靼们不怕金国人，他们胆子大，都是合不勒汗的子孙。那个威名远扬的合不勒汗，敢揪金国皇帝胡须的合不勒汗，他的妻子就是一个翁吉剌女人。诃额伦不傻，她能从祖母的话音里听出来，祖母羡慕那位嫁给合不勒汗的女人，那个女人给合不勒汗生了七个儿子。祖母还说：和男人不一样，女人天生有两条命，一条是父母给的，另一条命就是男人给的。诃额伦在心里偷偷算过，头一回不过十几年，另一回呢，她就不知道了，要是活得长，就是一辈子。她见过金人，穿镶银铠甲的那种；也见过拉骆驼的波斯人、会看书的畏兀儿人，还有汉人，这些个男人都太精明，包括自己的父亲和哥哥，他们脑筋太过灵活，心又小，什么都不舍得撒手。诃额伦对自己说：我不要这样的男人。

后来祖母做主，把她许给了一个名叫赤列都的蔑尔乞人。听说这个赤列都的哥哥名叫脱脱的，统领着鄂尔浑河边三姓的蔑尔乞部落。那天，祖母盖着三层貂皮被子也暖不过来了，有点糊涂，竟把诃额伦当成了年轻时的自己，她吐

---

[1] 苏鲁锭：三岔的长枪，缚九根牦牛尾，象征最高权力，也是指挥战斗的军旗。

着寒气说：翁吉剌的女人生来心大，嫁就要嫁给收管天下的人，让后辈脸上有光彩。说完这话自己先脸红了，是女孩子那种羞红，从眼睛下面蔓延开去，一直到脖子下面。身穿嫁衣的诃额伦跪在祖母身边，不知道怎么才好。最后，祖母抓着诃额伦说：孩子，你吃苦了。诃额伦没听懂，祖母就咽气了，临死嘴还张着，两颊鲜红，特别好看。

脱下了嫁衣的诃额伦成了赤列都的妻子。可是，诃额伦不相信，这个赤列都就是把她再生一回的那个人，好像什么地方弄错了，不对劲。赤列都对她百般地好，好得让她害臊，没处藏没处躲。他为她脱靴子，帮她梳头，一遍一遍叫她的名字：诃额伦诃额伦诃额伦诃额伦……像唱歌。诃额伦觉得自己在做梦，一共十天。第十一天她要跟赤列都回到鄂尔浑河边的蔑尔乞部落去。

返回蔑尔乞部落的途中，诃额伦在帐车里一路摇晃。帐车里铺着熊皮，挂着毡帘，很暖和。雪被车轮压得吱吱嘎嘎地响，几个蔑尔乞士兵在前面引路，赤列都跟在后面，西北风打在后背上，推着他们一路往前走。路上遇到的毡帐越来越少，地面越来越开阔。她吃睡都在帐车里，尿尿的时候才出去，避开人，到山后面的雪窝里。这一天，她刚上车就听见一声呼哨，像锥子扎进耳朵。她浑身一激灵。

"是也速该！快跑！"蔑尔乞士兵们喊。

可是来不及了。

呼哨从前面传来，又从左面传来，再从右面传来。驾车的马扬起蹄子，原地打转儿。诃额伦觉得忽悠一下，仿佛天地翻转了。一帮人嗷嗷叫着，根本看不见他们的长相，嗖地从眼前穿过去，带着风，嘴里的热气喷在她脸上，一眨眼不见了，一眨眼又来了。他们不伤她，故意的。她看见蔑尔乞兵都被冲散了，跑的跑了，没跑的被砍倒在雪地里：咕咚一声，咕咚又一声。只有赤列都还在马上立着，僵直着，脸上表情很奇特。那是诃额伦第一次从男人脸上见到恐惧。她冲他喊：嗨！快跑啊赤列都，要不你就没命了！别管我了，天下女人有的是，你要是忘不了我，再娶一个也叫她诃额伦，求你啦赤列都，快跑吧赤列都！

她的话没说完，两脚已经离了地面，像根羽毛被人拎起来，放到了另一个马鞍子上。那人的手紧紧地箍着她的腰，勒得她喘不过气来。她哭了，使劲扭转脖子，从泪水中看见赤列都的背影远远地消失了，剩下那辆婚车躺在雪地里，没人要了。

到了乞颜部的毡帐，女仆斯琴为她抹去眼泪，换上新的嫁衣，称她为夫人。诃额伦知道，她成了另一个人的妻子了，这个人叫也速该。这个把她掳上马背的男人长着一双细长的眼睛，看着你的时候不错眼珠。不知道为什么，在他面前，诃额伦忘了害臊，也这样看着他。再后来，她就把自己给了他。还能怎么样呢？她累极了，在他的怀里睡着了，像鸟归了巢。她的身体告诉她，这才是那个把她再生一回的人。从此，她再不想别的了，她把心咽进肚子里，成了真正的也速该夫人。

有一天，也速该夫人去了斡嫩河边，捧着圆圆的肚皮晒太阳，偶然想起了赤列都，蔑尔乞人赤列都，他的脸像蒙了一团雾，看不清眉眼，名字也生疏了，半天只记起了一个消失在泪光中的背影，模模糊糊的。不知道这个人现在在哪儿，也许正和另外一个叫诃额伦的女人在一起，这个诃额伦不是她，她不认识。

3

当众多的蔑尔乞首领们发疯似的蹿上马背，抽出刀，脱脱揪住了他们的缰绳，说：你们不要急，赤列都是我的弟弟我还没急呢，我要为我的兄弟想也要为咱们蔑尔乞人想，我们要报仇，但今天不行，也速该夺了赤列都的妻子，他知道他得罪了咱们，不会没有防备。你们别忘了，咱们自己的背后还有塔塔尔人呢。就这样，脱脱说服了众人，他说服了众人但说服不了他的亲生兄弟。他看到，从那天起，赤列都变了，两腮塌了，眼窝深陷，成了一张死脸。可怜的赤列都，他不会笑了。

脱脱听说，赤列都只想着那个名叫诃额伦的女人，天天揣着她的背心，睡觉时放在枕边，从不碰别的女人。脱脱乐了，对自己心爱的畏兀尔舞女说：去，让我的兄弟笑出来，笑不了就哭，反正你有办法。

晚上，脱脱点了堆篝火，烤了只绵羊羔，自己坐在赤列都帐门外，下令不准别人靠近。

月亮缺了一块，像被狗咬了，钻进云层不肯出来。不出来就不出来吧。羊肉嗞嗞地冒油，很嫩，搁进嘴里就化了；酒不错，只是毡包里没一点动静。脱脱不急，他想，他要是去打乞颜部，说不定反被塔塔尔人抄了后路，没报了仇倒丢了命，那样就太不划算了，他希望塔塔尔人吃了乞颜部，剩下的骨头再由他去啃。他恨也速该，更怕塔塔尔人。感谢上天，毡包里总算有动静了。

到了后半夜，毡帐里的声音变了调，狼嚎似的，长一声，短一声，真要命。脱脱不管，他睡着了。篝火上的羊架子还剩一只前腿。

第二天中午，赤列都的帐门仍然紧闭着。脱脱跟前的篝火已经烧成了灰，灰也凉了。脱脱醒了，很不高兴：这个疯狂的畏兀儿女人，太过分了！我没把赤列都送给你，他是我脱脱的兄弟，又不是你的男人！他一脚踹开帐门，把自己吓了一跳：他心爱的畏兀儿女人被绑在哈纳上，光着身子，嘴里塞满了羊毛，快没气了。

脱脱把她的嘴里弄干净，用酒替她搓热了身子。畏兀儿女人好不容易才醒过来，她说：你的弟弟不会笑，也不会哭，他是一把死灰，他走了。

这时脱脱才开始后悔，他原想用自己的女人抹去兄弟心里的女人，没想到把他逼走了，他的赤列都再也不回来了。脱脱抽出刀，砍下了自己的左手小指，举着，对众人说：你们都看见了，我不会忘记这个仇恨，除非这根手指重新长出来，从今天起，我的女人就叫作兀歇·阿布娜[1]。

赤列都离开蔑尔乞部，去塔塔尔人的营地里做了一名马夫。没人知道他叫什么。人们喊马夫的时候他就答应，然后他帮你钉马掌或者干点别的什么，一声不吭。他白天修理马掌，到了晚上就蘸着唾沫磨他的刀。那把刀子太快了，塔塔尔兵常借去剃胡须，还取笑他，说这刀子快得能骗马了。赤列都也不言语，他当然懂：杀人的刀刃用不着太锋利，太锋利了反倒会折在骨头里，但他怎么才能不磨呢，一想起诃额伦在也速该怀里的样子，他只能磨刀，不停地磨。否则，一闭眼就是那个场面：也速该的刀尖指着他，偏着头，脸在笑。他脊背发

---

[1] 兀歇·阿布娜，蒙古语，意为"此仇必报"。

冷，手腕的力气刚够勒转马头。诃额伦对他喊叫，赤列都你快逃命去吧，要是忘不了我，再娶个女人也叫她诃额伦。当时诃额伦就是这样对他说的，他也照她说的，跑了。可他不知道，从那天起，在他的面前，所有的女人都不再是女人了，他管她们叫不叫诃额伦一点用都没有。有什么办法呢？除非他返回头去把也速该给杀了，要么干脆一刀把自己捅死！

塔塔尔人要去攻打斡嫩河边的乞颜部了。赤列都听说。

半夜，在塔塔尔人的马房里，赤列都又在试他的刀子，先叫一声诃额伦，再用刀尖在胸口上一划，血就渗出来了，热乎乎的，很舒服。

终于，塔塔尔人出动了。他们的首领叫作铁木真·兀格，粗壮高大。赤列都跟在他身后，像个谁都看不见的影子。这个铁木真·兀格，一路上饿了就吃醉了就睡，不紧不慢的。赤列都担心，等他们赶到斡嫩河，也速该早就躲进不儿罕山里去了。一天又一天，整个队伍里就赤列都一个人着急，可他又不是塔塔尔人，他手中的刀快得不能再快了，只能藏在刀鞘里，他晚上睡不着，白天吃的比鸟还少，一肚子仇恨在等待中发酵、变酸。他觉得自己快熬不住了。忽然，在某天早晨，他左耳听到一声尖厉的呼哨。他猛地坐起，这呼哨声太熟悉了，像劈头挨了一鞭子，令他全身汗毛直竖。

也速该来了！他跳出去喊。

蒙古兵一下子蹿到了眼跟前，从天上掉下来似的，近得能听见他们喘气，可以看见他们涨红的脸、脸上的汗。马刀扑哧扑哧砍下来，塔塔尔人被截断了、冲散了。铁木真·兀格喊叫着迎上去，他的马比别人高出一头。几个蒙古兵瞬间被他撞翻了、砍倒了。尖锐的呼哨声又响起来。顺着声音赤列都看到了那根苏鲁锭。举着长枪的人就是也速该。他吹口哨，耸肩膀，脸上带着微笑。赤列都认得这种笑：嘴角朝上翘，头有点偏斜，眼睛眯缝着，像在玩游戏。对，上回，他就是面对这种笑容撇下了诃额伦逃走的。但那是最后的一次！这次他要扑上去，一刀捅死他！

可是赤列都抽出刀子，发觉自己的手腕在抖，胳膊也抖，全身都在发抖，像风中的羊皮。怎么回事呢？还没动手，恐惧又一次穿透了他，钻进他的骨头，把他积攒了几个月的力气一下子捅漏了，扑哧一下，漏得干干净净。他大声吼叫，努力挺起腰，都没用。他的恐惧瞒不过胯下的马，它即刻就感觉到了，惊叫，转圈，不听使唤。嗵的一声闷响，铁木真·兀格连人带马直立起来，砸倒了他。就这样，铁木真·兀格死了，尸体压在他身上，不停地抽搐。铁木真·兀格的血流了他一身，灌进他的右耳，热烘烘的。赤列都都感觉到了，他没死，还活着，就是不能动，腿像一截木头，被砸断了。手能动，但刀子早不知飞到哪里去了。他想捅死自己也不行。泪水一下子堵住了咽喉，是委屈的泪水。这时候赤列都终于明白了：不是他怕死，而是他不配去死！死和恐惧不是一回事，如果上天没有给你死的勇气，就算你自己想死也没用，一个连死都不配的人，拿什么去报仇呢？因此，你也不配拥有诃额伦，她做了你十天的妻子，那是上天对你意外的恩宠，就是要经过你的手把她送给也速该，命里注定的，不服不行！

4

疼痛来得太快，一点预兆没有。当时诃额伦在河边晒太阳，铺着芨芨草，迷迷糊糊听见天上传来几声雁叫，正懒得睁眼，肚子突然疼起来，像要把她撕成两半。她大叫了一声，听见自己在叫也速该的名字。斯琴赶忙去找人。诃额伦在芨芨草上打滚，疼得气都喘不上来了。

> 斡嫩河水是清凉的
> 洗个澡怎么样
> 斡嫩河水是干净的
> 饮我的马怎么样
> 在斡嫩河边长大的
> 像牛犊子一样壮实的
> 是我的兄弟
> 你要是不嫌弃
> 咱们打个赌怎么样
> 从东边失了的马鞍子

能从西边找回来

就好像

从西边落下去的太阳

从东边又升上来

道理是一样的

斯琴追过去，见一个男人拉着牛车。她对他说：嗨！别唱了，用你的车把我的主人拉回去吧。赶紧！男人不唱了，走过来看看，说：来不及了。斯琴说：我的小主人怎么能生在露天呢？男人说：孩子生在哪，什么时候出来，都是长生天的旨意，你说了不算，我说了也不算。斯琴说：请长生天保佑我的主人。男人又说：你别慌张，我妻子生了六个儿子，都是我亲手接来的。

这是诃额伦在昏迷中听见的，以后的事就不清楚了，像做了个梦——天空很低，下着雨，雨点又大又沉，深红色……祖母在身边陪着。她对她说，怎么了我的孩子？这么一点疼就忍不住了？该疼的时候就要疼，疼比不疼好，疼是你的福气，证明你年轻，是好事。不像我，老了，死了，再也不疼了。我的孩子，疼是咱们的命，他让你疼说明他喜爱你，你的头生子，他是个有出息的成大事的，将来，你必因他而荣耀。接着，她听到了他的哭声。她醒了。

疼痛褪去。疼痛之后的世界分外新鲜，像冒热气的牛粪。太阳是蓝的，长了一身金毛。蝇子们在头顶上飞。斡嫩河水的气味让人沉醉。诃额伦心里忽然充满了感激之情，满满的，热热的。因为当着外人，她不好意思哭。那个男人动作麻利，已经割断了脐带，取芨芨草茎系了，用河水洗净了孩子。孩子是粉红色的，正握着拳头，一声接一声地哭。男人掰开孩子的手，见掌心里有一块黑红透亮的东西。这个人慌忙伏下身子，把孩子递给了她。诃额伦觉得奇怪，问他怎么了。男人说，他昨天梦见一只白海青[1]，向他讨一块好铁，说是要给天下的圣主送去，叼了一块烧红的铁飞走了。上天让我遇见您的儿子，你看他手握凝血而生，将来必收管天下。诃额伦再看那块凝血，果然像烧红的铁。她

---

[1] 海青，草原上对鹰的称呼。白海青即白色的鹰。

问他：你是谁？男人说：我是铁匠扎尔其古岱，刚才的话我不会对别人说。我有一个儿子叫者勒蔑，两岁了，结实得像牛犊。请夫人答应扎尔其古岱，让他长大了给你的儿子做伴当[1]。诃额伦点头答应了，男人反身到牛车里拿了一件貂鼠皮褙褛将孩子裹了，说这是者勒蔑用过的。本来她还想仔细盘问他，他的那个梦，还有为什么偏偏这个时候赶到这里来，并且随身带着他儿子的貂鼠皮褙褛。但她没问，因为孩子叼住了她的奶头，疼得她说不出话，心中忽然充满感激。有什么可问的呢，从这一天起，因为她的儿子，任何奇迹都可能发生：车在天上飞，树在地上跑，鱼唱歌，鸟跳舞，奶水变成河流，都可能是真的。

第二章

1

八百年以前，在不儿罕山下，斡嫩河的源头，有一个叫作蒙古乞颜的部落逐水草而居。他们是阿阑母亲的后代，有孛儿只斤氏族、泰赤兀氏族、主儿勤氏族等等。孛儿只斤氏族是十世祖孛端察尔的直系子孙，被称为纯洁出身的蒙古人，血统高贵。在猪儿年[2]的一次战斗中，孛儿只斤人也速该带领乞颜部击败了塔塔尔人。那一年，也速该夫人诃额伦生了第一个儿子，起名叫铁木真；以后又生了一个儿子，起名叫哈撒尔；又生了第三个儿子，起名叫合赤温；生了第四个儿子，起名叫帖木格。差不多同时，也速该的别妻也生了两个儿子：一个叫别克帖，一个叫别勒古台。

几年间，诃额伦鼓胀的乳房没有停歇，她的奶水源源不断，没有哪个孩子能独自吃空她的两只乳房，连牛犊般的哈撒尔也做不到。有时，诃额伦把铁木

---

[1] 伴当，即朋友和兄弟之意。
[2] 猪儿年，古代蒙古纪年方式，与中原汉族十二生肖相似。

真叫到身边，对他说：我心口憋得难受。铁木真就伏在母亲怀里吮吸，为她解除痛苦。铁木真九岁了，长着和父亲一样狭长的眼睛，眼梢朝上。可是他的身材不高，话少，与别的孩子们不怎么合群。诃额伦暗自为他担心。她希望这个儿子长得高大健壮，将来接替他的父亲也速该，掌管乞颜部。

蒙古乞颜部到底有多大呢？据说，当时有人骑了三匹快马，想数算乞颜部的帐幕。这个人每天换一匹马，跑了三天：第一天跑累了，第二天喝醉了，第三天他又回到了原来的地方，把自己给数糊涂了。乞颜部落的毡帐数目每天都在发生变化，有人来投奔乞颜部，也有人离开它投奔了别的部落，这样的事很平常。那时，蒙古乞颜部和草原上其他部落一样，只有到了面临危险的时候，在战场上，各个氏族才听命于也速该和他手中的苏鲁锭。平常就不是了，大家各寻各的草地，放各自的牲畜，过各自的生活，从一家到另一家，不知相隔多远。有的人几个月或者一两年都碰不上面。见了面彼此问候：你的牲畜好吗？我叫扎尔其古岱，你还记得吗？我最小的儿子叫者勒蔑，能骑马放鹰了。主人便拿出最好的马奶酒来招待他，像一家人。也有不行的，氏族之间或者兄弟之间，为了争夺草场或者别的什么原因，发生了争执，一气之下就拉了帐篷，带了自己的百姓和牛羊走了。走了多少，又来了多少，没人专门数算。如果百姓走光了，敌人乘虚而入，光凭也速该手中的苏鲁锭很难抵御。有一次，诃额伦问她的丈夫：万一你战死了，你的儿子还没长大，这根苏鲁锭该由谁来掌管呢？也速该想了想，回答不上来。也速该已经是六个孩子的父亲，脸上多了许多皱纹。

羊群要有头羊，驼群要有头驼，乞颜部不能没有自己的可汗。诃额伦对她的丈夫说。

可是，晃豁坛氏族出身低，他们的首领蒙力克太老实，只能给也速该做伴当；主儿勤人出身高贵，却没主意，善变。人数最多的是孛儿只斤氏族和泰赤兀氏族。泰赤兀氏族首领塔里忽台是个聪明人，表面上顺从也速该，私下里认为也速该缺乏心计，而乞颜部的可汗必须既勇敢又智慧。好多人赞同他，可他们又不愿意推举塔里忽台。就这样，推举可汗的事情还是被一年一年地耽搁了下来。反正苏鲁锭在也速该手里，大家没什么不放心的，塔里忽台再说不出别的理由。塔里忽台是俺巴亥的直系孙子，在乞颜部他不如也速该有声望。因为也速该有战功，大家愿意听他的，把他认作首领。另外，随着年龄增长，也速该比以前爱动脑筋了。有一天，塔里忽台看见也速该的妻子诃额伦，想：这个女人生了四个孩子，仍然那么强壮，气色白白红红的，一双鹿眼，特别傲慢。塔里忽台觉得，自从也速该娶了这个女人，就像肩膀上多长出一颗脑袋。

2

狗儿年春天，札木合照例来到乞颜部做客，他是札答兰部落首领的儿子。他们是十世祖孛端察尔掳来的妇人所生，当年那个掳来的妇人已经怀孕，生下的后代就做了札答兰一支，尽管没有血缘关系，与孛儿只斤氏族算是同宗亲戚。札答兰部的首领每年都把儿子送到乞颜部来，住上些日子，以示友好。札木合来了不找别人玩，他喜欢和铁木真在一起。他们年龄相仿。札木合穿一身白羔皮袍子，斜挎弓箭，白面皮，像个姑娘。铁木真这样讥笑札木合。札木合反过来讥笑铁木真爱脸红，像个女人。其实，他们互相讥笑的，正是他们喜欢对方的原因。札木合聪明，铁木真诚实，玩在一起，十分快乐。铁木真有一根灌铜火狍骨，能在十步之外打死一只兔子。札木合有一只牛角鸣嘀，能吹出九种声音。和他们在一起玩的还有一个阔阔出，是蒙力克的儿子。他跟在札木合、铁木真后面，像一条甩不掉的尾巴。

傍晚，他们玩腻了，坐在林子里聊。树没有长叶，地上的草开始冒绿，阳光正从树梢上渐渐挪下来，从粉红到深红。札木合说他将来要做草原上的古儿汗。古儿汗就是众汗之汗的意思，是草原上最大的汗。铁木真第一次听说这个称呼，觉得新鲜。特别是札木合的一脸郑重，更让他钦佩。这时候他们正在火上烤着刚捕猎的两只兔子和几只雉鸡，肉味鲜嫩。兔子是铁木真打的，雉鸡是札木合射的，剥皮拔毛是阔阔出的事情。札木合问他们信还是不信。铁木真说信。他想，将来草原上要是真有一位众汗之汗，他最好长得像札木合一样。他说信是诚心的。阔阔出没说信也没说不信，他想笑，又不敢。札木合问他们两个将来想做什么。阔阔出没说，因为他的父亲蒙力克不如他们的父亲，不好乱说。铁木真也被问住了，有些茫然，红了脸，因为他觉得自己不如札木合有志气，不知道该说什么。接着，札木合说出了一个让他们吃惊的提议：咱们结为安答[1]吧。

结拜安答男人之间的誓约，一种神圣的允诺。草原上的人都知道，当一个男人和另一个男人互称安答的时候，说明他们经历过共同的危难，紧要关头可以将生命托付给对方，一生不变。此时，太阳从树梢上落下来，把他们三人的影子拉长了。札木合还有另一个主意，他提议第二天早上三个人一起去猎熊，在大人们睡醒之前。无疑，能够想到这个主意就已经证明他们是大人了。还有什么可犹豫的呢？猎熊，然后结拜安答。真是激动人心！他们听说塔里忽台发现了熊的踪迹，已经挖了陷阱，下了套子。因此，必须保守秘密，早下手。

3

早晨雾气浓重，天地间一片灰白，不分彼此。塔里忽台钻出了毡帐，爬上马。他没睡醒，脚下的草地，远处的斡嫩河，还有胯下的马，都还在梦中，木木登登的，踩上去像隔着一层什么。不少人在他前后簇拥着，带着猎熊用的绳套、叉子，一声不吭地朝林子里走。塔里忽台在马背上打盹儿，脑袋垂在胸前。他是个永远睡不醒的人，平时醒着也和睡着一样，眼睛只睁开一条缝儿，举手抬脚的动作像梦游，连打仗的时候也这样。不过，要是你想趁机占他的便宜那就傻了，他会在你的刀尖刚好够到他之前醒来，及时蹿起身，比黄鼬还机灵，等你发现自己身上吃了刀子，他早跑出一箭之外去了。

林子里的动物都闭着眼睛和嘴，鸟们也哑着。在塔里忽台的梦中，那头熊早成为一张完美的熊皮——乞颜部最大最有价值的熊皮，铺在身子下面，柔软厚实，油黑锃亮。这张熊皮，他要给自己留下，而不是给也速该送去。以后，所有的人进了他的帐篷，都会看见这张熊皮，他们就会忍不住赞叹：嘿，塔里忽台，哦，塔里忽台！长生天对你太好了！于是他就知道了他在人们心目中的地位。忽然，他的猎狗嗥叫起来。塔里忽台浑身一抖，醒了，他惊愕地睁开眼，

---

[1] 安答，即结拜的盟兄弟，生死之交。

朝远处张望。

晨雾中，一头黑熊在奔跑，身上竖着几支箭。不对，它不是在逃跑，而是在追逐，逃跑的是几个孩子。不用问，箭是他们射的。见黑熊扑过来，他们吓坏了，朝三个方向飞奔，其中一个从马上掉了下来。塔里忽台眼见黑熊追上去，把他压在了身子底下。

但熊没咬他。熊在洞里睡了一个冬天，刚刚嗅到春天的气味，浑身的困乏还没有过去，肚子不饿。本来，三个男孩的突然出现没有使它害怕，它刚睡醒，准备掉头走开，不料三支利箭同时刺穿了它的皮肉，其中一支深深地钻进脖颈，它暴怒地掉转头，站起来，咆哮着，朝着给它带来疼痛的方向扑过去，这是熊的脾气。

因为孩子们都懂，射杀冬眠中的熊是犯忌的，如同杀睡眠中的人，否则要做一辈子噩梦。所以，他们要先把熊惊醒，引出来，然后一起放箭：先射它的喉咙和眼睛。想得没错，但只有一支箭射中了要害，把熊激怒了，它像山一样扑过来，他们来不及再放第二支箭，只能转身逃跑。

就这样，当塔里忽台从死熊身下拽出那个孩子，他早就面色青紫，没气了。塔里忽台惋惜地抚摸着浑身是血的熊，要不是为了孩子，他才舍不得下这样的毒手，好端端的一张熊皮被戳得到处是洞，把他心疼坏了。他取了熊眼和熊牙，命人将熊和孩子的尸体拉回营地，懒得搭理那另外两个。铁木真与札木合骑在一匹马上，默默地跟着大人们回到营地。

对阔阔出的死，他们不理解。事情发生得太快、太突然，他们身上的汗还没有退干净，被风刮得冷飕飕的，浑身哆嗦，一句话也说不出来。阔阔出的尸体被停在一座空毡包里，帐门从外面用牦牛绳拴死了。但铁木真和札木合不认为阔阔出死了，总觉得一回头就能看见他，指使他捡点柴，要么就去寻找狐狸窝什么的。所以他们悲伤不起来，他们还不懂得悲伤。不习惯，总忍不住回头去看，结果身后空空荡荡的，除了自己的影子，什么也没有。一想到阔阔出将永远地消失了，他们心里都有点茫然，想不出该说什么才好。就这样，铁木真与札木合的沉默一直保持到阔阔出下葬的前一天晚上。那一晚月亮像车轮，又大又圆，札木合与铁木真一起在心里默数着，围着阔阔出的毡包转了九圈，然后在毡包的后面点了一堆火,插了两支箭,箭头朝上,两个人一起对天盟誓,结为安答。

第二天的清晨,一件奇怪的事情发生了。

蒙力克的妻子为死去的儿子缝一件新衣服,给他下葬用。因为太悲伤,手软得厉害,这件衣服花了三天的时间。早晨,蒙力克陪着妻子替阔阔出穿上身,他发现儿子的手脚并不僵硬。妻子说她担心不好穿,袍子做大了。阔阔出说不大,正好盖住脚面。蒙力克的妻子又说,天暖了,这袍子做厚了。阔阔出说不厚,他正觉得身上寒冷。蒙力克的妻子惊愕地看着丈夫,以为他在搭话。蒙力克也惊愕地看着儿子,以为自己的耳朵听错了。阔阔出对他们说:你们不要难过,你们的儿子在天上过得很好。等到你们老了,啃不动骨头的那一天,我会替他照顾你们的。蒙力克问你是谁。他说我叫帖卜腾格里,是和天对话的人。你们去给我弄点吃的来,我饿极了。蒙力克发现他怀里的阔阔出嘴唇翕动,睁开了眼睛,炯炯放光。他吩咐妻子赶快把萨满老兀孙叫来。

一般的萨满都能通灵通天,但没有谁比得过老兀孙。长生天不说话,兀孙能通过云彩的形状、风的气味、树和花的颜色猜出上天想要说的话,再把它的意思转告给人们,教人们躲避灾难,预测未来。兀孙是长生天最信得过的萨满,也是乞颜部最老、最有见识的萨满,懂得许多平常人永远弄不懂的事。他告诉蒙力克说,人的灵魂分为三种:一种灵魂永存,人死了之后仍然与活人在一起,世世代代福佑它的子孙;一种转世灵魂,人死了魂魄不散,可以附着在别人身上,转世再生;一种灵魂游离,能离开人的身体,去做自己的事情,然后再回到人的身上来。当灵魂离开人的时候,这个人就像是死了,或者睡着了。兀孙说阔阔出就属于最后一种。依照兀孙萨满的吩咐,蒙力克把毡帐的天窗打开,好让飘飞的灵魂方便出入,又杀了一只黄羊煮了,送进毡帐,然后在外面默默守候。毡帐里只剩下兀孙和阔阔出。

这件事惊动了很多人,他们也都在外面等着,但毡帐里面的情况,谁也看不到。据说阔阔出把一整只黄羊都吃了,撒了一泡又长又臊、热气腾腾的尿。下午时分,他们一起走出帐门,阔阔出好像恢复了原来的样子,只是表面上有点神情恍惚。兀孙萨满对他的父母,也对大家说:这个阔阔出已经不是原来那个阔阔出了，今后将跟着我做萨满，他的名字叫帖卜腾格里[1]。

若干年后的某一天，铁木真曾经问过帖卜腾格里，问他还记不记得那次猎熊事件。大萨满帖卜腾格里的颈上挂着四颗黄白的熊牙，淡淡一笑，回答说：小时候好像梦到过一头熊，是白色的，那只熊掏出心肝给他吃，还用雪白柔软的皮毛为他遮挡风雨。

猎熊事件发生在猪儿年。那一年铁木真不满十三岁。不久，札答兰部有人捎信来，说札木合的父亲生病了，必须接他回去。铁木真与札木合在河边分手，彼此交换了礼物，他把心爱的灌铜火狍骨送给了札木合，留下了札木合的牛角鸣嘀。札木合走了，阔阔出做了萨满，天色昏黄，就铁木真自己站在斡嫩河边，他第一次尝到了孤单的滋味。此时他还不知道，在他家的毡帐里，父亲也速该与母亲诃额伦决定了一桩与他有关的事，自那之后，他的生活将发生巨大的变化。

4

如果没有诃额伦，也速该会不会做出这个决定呢？如果也速该没有做出这个决定，是不是就不会发生后来所有的事情？

最先对这个决定感到不安的人是塔里忽台，他认定主意出自诃额伦，而不是也速该，他们要为自己的儿子去相亲了。他们的儿子不到十三岁，相了亲之后他就不再是孩子了。虽然这样的事在草原上比较普遍，塔里忽台还是感到不安，他知道也速该的儿子长大成人对他来说将意味着什么，他不恨也速该，但没法不恨他身后的女人。在塔里忽台的梦里，也速该是一只鹰，在他头顶上盘旋，但不会扑下来啄他；而这个女人像一只兽，叫不出名字的，白，庞大柔软，敏锐，阴郁，沉默，傲慢。她不袭击你，却叫你感到某种无名的恐慌。

其实，诃额伦只是想给她的儿子相一位鹿眼睛的翁吉剌姑娘。

在草原上，十三岁的年龄不算小，完全可以当作成人对待，他们已经能够

---

[1] 蒙古语，意为"通天的人"。

识别天气、道路，照顾牲畜，正确地使用武器，打猎甚至打仗。也速该和妻子已经商量妥当，他要亲自带着儿子到翁吉剌去，在妻子的家乡，为铁木真选择一门可靠的亲事。如果找对了人家，按翁吉剌的风俗，可以让铁木真留在那里，长些见识。这是诃额伦说的。后来铁木真在翁吉剌见过绸缎、茶、书、钱、房屋，还有女真人、契丹人、畏兀儿人、波斯人。

天没亮，诃额伦就坐在儿子们头前，看铁木真。他的额头生得宽，嘴角深，手掌厚实，但看上去并不比别的孩子大多少，甚至还要瘦弱一些，肩膀还薄得很。对她来说，这个孩子不同于别的孩子，他是她的另一条命。她觉得，随着铁木真一天天长大，也一天天变得陌生起来，上嘴唇生出了细细密密的胡须，下巴颏也显出了棱角。但他毕竟是个孩子，不可能懂得父母为他相亲的含义，不懂得什么是女人。诃额伦叹了一口气。

在母亲的凝视下，铁木真醒了。母亲的目光让他有点不好意思，他推开了诃额伦的手，自己起身穿衣服。对于铁木真来说，叫他兴奋的不是相亲，不是母亲多次为他描述过的翁吉剌，而是与父亲单独相处的机会。这以前，他很少到父亲跟前去，兄弟们和父亲一起玩耍时，他总是站在一边看。他更喜欢看父亲宽阔的后背，他爹起双臂，像鹰张开翅膀。可是也速该从未特别关注过这个孩子。在也速该眼里，铁木真与别的孩子没什么两样，甚至不如哈撒尔活泼，不如别克帖强壮，更不如幼弟帖木格爱说笑。这经常使铁木真感到羞愧。现在，他终于有机会和父亲单独在一起，就他们两个人，一起走很长的路。铁木真希望这段路程越长越好，生怕母亲改变主意把他留下来。

因此，在准备出发的前两天，诃额伦越是亲近铁木真，铁木真反倒躲避着诃额伦。

直到出发那天早晨。

早晨阳光很好。各氏族的首领都来了：泰赤兀的塔里忽台，主儿勤的撒察，晃豁坛的蒙力克，还有孛儿只斤的族亲们，也速该的堂弟阿勒泰、亲生兄弟答里泰。他们一起祝福也速该和他的儿子。蒙力克给他们备了四匹好走马，百姓们往道路上泼洒羊奶，保佑平安。老察拉合抱着琴开始唱歌。铁木真处在人群的中心，第一次受到那么多人的关注，他听不清他们在说什么，那些人的目光落在他的头上、脸上、肩膀上,让他热得出汗,使他很骄傲也很窘迫,心里急着上路,想早点甩掉这些人。在人们的祝福声中,他的脚踏上马镫,可是不行,好像忘记了什么,非常重要的什么。是什么呢?他的目光在人群里搜寻,不见母亲的身影,可是他分明感觉到母亲的召唤,虽然没有声音和形状,却紧紧地裹着他,拽着他的手脚。对了!还没跟母亲告别呢!母亲没有出门送他,就是不想当着众人的面跟他告别,这个告别必须是单独的,就他们母子两个。于是,他把脚从马镫里抽出来,钻出人群,跑进了母亲毡帐。

诃额伦独自坐在毡包里,等着儿子,眼睛有泪水闪亮。母亲为什么伤心?铁木真不懂。进了帐门他反倒局促起来,脸通红,问母亲:有什么话对我说吗?诃额伦说:儿子啊,我胸口憋得难受。铁木真懂了,他埋下头,在母亲怀里,认真地为她解除痛苦。诃额伦搂住铁木真的脑袋,嘴贴在他的耳边,悄悄地重复了扎尔其古岱说过的话,那个为她接生的铁匠曾经这样说:上天赐福给我手握凝血而生的儿子,他将来定能收管天下,我的儿子,所以你要格外珍重自己这条性命,不能随便糟蹋了,无论遇到哪种情况。等等等等。事情过去十三年了,诃额伦为什么在这个时候想起来说这一番话?诃额伦自己也不明白。用不着明白,她只需要他记住。

这番话的含义铁木真也不明白,他不想弄明白,不追问,照母亲说的,记住就行了。因为是母亲说的,所以他必须记住,而且坚信不疑。当时他没有想到,就是这一番话,像一道护身符,让他在今后的好多次危难关头没有放弃生命和希望。

门外,老察拉合在唱——

第三章

别问男人多少岁数

看他磨破了几副鞍子
一副鞍子去放鹰
一副鞍子去打猎
一副子去套生个子马
一副鞍子追他的女人
还有一副最硬的鞍子
出征的路上做枕头用

1

只要一上路,他的脑子就清亮了。屁股嵌在马鞍子里,缰绳攥在手心,世上还有什么更快乐的事呢?草原在眼前铺开,天地间无遮无拦;到翁吉刺去做什么他也不想,以前的烦恼被扔在了马屁股后头,都忘了。儿子在身边跑,像马驹子撒欢,不知道累。马出汗了,再换一匹。饿了就停下来,吃诃额伦给他们带的食物。天黑了,他们点一堆火,枕在马鞍子上数星星。

铁木真从没有见过这么轻松、快乐的父亲。远处传来几声狼嗥。火光照在父亲脸上,他好像什么也没听见。

马骚动了一阵,又安静下来。乌黑的云飘过头顶,把星星遮没了。狼嗥越来越近。

四匹马的缰绳拴在一起,它们抖动耳朵,刨着前蹄。父亲那匹乌青马仍然在安详地吃草。铁木真向父亲的身边靠了靠。父亲没动,像在打盹。铁木真不知道该不该叫醒他。狼已经走近,不叫了,它们卧着不动,绿荧荧的眼睛在暗中发亮,不是一两只,是一群。太近了,铁木真能听见它们粗糙的喘息,喉咙里呼噜呼噜地响。

铁木真的身体靠紧了父亲。

父亲说:你去添点柴火。铁木真说:狼。

父亲说:儿子,你去添点柴火来。铁木真说:好。

柴在火堆旁的暗处,马肚带下面。马腿在簌簌地抖,乌青马打着喷鼻,停止了咀嚼，看着他。马眼在黑暗中发亮，像一块凸出的冰，深紫色，映着微弱的火光和铁木真的脸，仿佛看穿了他的恐惧。

头顶上乌云越积越厚，黑压压的，像一口锅倒扣下来：锅里有一堆火，两个人，四匹马，许多狼，还有无边的寂静。

铁木真看见火光把父亲的背影铺在草地上。几只绿荧荧的眼睛伏在父亲长长的背影里，相互挤靠着，悄悄往前挪。父亲不回头。

他听人说过，狼经常和人玩这样的把戏：在夜晚将双爪搭在人的肩上，从背后唤那人的名字，人一回头，正好被它咬断喉咙。铁木真听见自己的心在跳。

乌青马的鼻翼翕动着，喷哧着，伸过头来，把脖子搭在父亲肩膀上。父亲摸摸它的鼻子、脸。乌青马又安静下来。

铁木真说：狼。

也速该说：我儿子害怕了。

铁木真说：我没怕。

也速该说：怕就是怕，我看得出来。

铁木真不说了，他脸上发烧，或许是被火烤的。

也速该说：你看乌青马也害怕了，但它是好马，不会害怕的马是劣马。

铁木真听不懂。

也速该摸着乌青马说：它想知道我怕不怕，才把脑袋探过来，我不怕，它也就不怕了。它不怕，别的马就都不怕了。

铁木真没听懂。

也速该：儿子，我也怕。

铁木真更不懂了。

也速该：但它看不出来。我不让它们看出来。乌青马看不出来，别的马就看不出来，那些狼也就看不出来，它希望咱们害怕。

铁木真有点懂了。

也速该搂住铁木真的肩膀，说：儿子，你不用羞耻自己的恐惧，不懂得恐惧的男人不是真正的巴特。

铁木真又懂了一点，果然恐惧消除了大半。

狼群在一点点地接近他们。

也速该把手指含在嘴里,发出了一声尖厉的呼哨,呼哨声震得铁木真耳朵嗡嗡响,差不多同时,乌青马扬起前蹄,夯开鬃毛嘶叫了一声,夜色中,好像它不是一匹马,而是一头狮子,浑身的皮毛都在火光中哗哗抖动……

狼群倏地四散了。

父亲笑,铁木真也笑。

父亲拨旺火堆,拍拍膝盖对铁木真说:儿子,睡觉吧。

铁木真的头枕在父亲的膝盖上,他想,刚才他不是害怕狼,是害怕自己的恐惧。其实,在父亲面前,他不用为自己的恐惧羞耻的。父亲是天下最勇敢的人,父亲告诉他,勇士的勇敢就是不让别人看到他的恐惧:仇人,朋友,他的妻子,包括他的马。只要藏得好,恐惧不是坏东西。这是父亲亲口对他说的,父亲瞒住所有的人,却吐露给了自己的儿子,真好,这是他们之间的秘密,像一个男人对另一个男人——一个叫也速该的男人和一个叫铁木真的男人。他发现,当他不用为恐惧羞耻的时候,恐惧就真的不见了,只觉得困,马们嚼草的声音很好听,咯吱咯吱咯吱咯吱……

儿子熟睡的脸不像孩子,是孩子中的大人,说是大人中的孩子也行。也速该头一回和儿子如此亲近,不太习惯。儿子是什么呢?在他们没长大之前,就是他们母亲身边的一群小狗,在毡帐里吃喝打闹,让他们的母亲不寂寞,也让他的身子后面不空虚,不过就是这样。可是忽然有一天他们长大了,大得能娶亲了,这时候你才真正尝到了做父亲的滋味,那份沉重。做了父亲的男人和没做父亲的男人不同:儿子使你有底气,也有牵挂。像一棵树,铁木真就是这棵树上的一根枝丫,如今他长长了,但尖儿还是嫩绿的,他必须及早教给他一些东西,让他快一点生长、变硬,经得起风雨。

狼们又在嗥叫,互相招呼着,再次聚集起来。

头顶上的云黑烟一般飘浮着,有时候会露出一条缝,月亮一闪,又不见了,像刀刃。

也速该坐在火堆前,挺直后腰。他不能睡,还要不断地给火堆添柴。如果他睡了,火熄灭了,狼群一定会从四面八方扑上来,吃掉他们。可是他的儿子正在他右边膝头上睡得香甜,刚刚摆脱了恐惧,在梦中笑呢。他左边的膝头上放着弓箭和刀,右手胳膊挽着四匹马的缰绳。狼群正围拢过来,一点一点地挪,悄无声息。也速该心里清楚,如果有一匹马受惊,跳蹿出去,立刻就会惊动别的马。乌青马拽不住,他也拽不住。相反,他和儿子都会被拖进黑夜中的狼群里。同样,如果有一只狼胆敢扑上来,其他所有的狼都会一拥而上,那时,放在他膝头的刀和弓箭根本用不上,在天亮之前,他们就会变成一堆白骨,眼窝里积满蚂蚁。

　　我这儿子的性命是上天给予的
　　是我取了祖先的仇敌
　　送给他做了名字
　　他是一个好男儿
　　命比石头都硬
　　他敬畏不死的长生天
　　热爱自己的母亲
　　从不与兄弟抢粥饭
　　不去打扰邻家的狗
　　长生天保佑他
　　将来强过他的父亲
　　让危险来临的时候
　　绕过他的影子
　　刀箭到来的时候
　　只伤及他的毛发
　　想取他性命的
　　定在梦里噎死
　　想吃他肉的
　　定被骨头卡死
　　我的儿子铁木真

是天生的战士
只能折于征战之中
不会死于虎狼之口

狼亲亲让我告诉你
我家有成群的牲畜
当你饥饿时只管去吃
拿去喂养你的儿女也行
要是有人和你计较
那不是也速该的亲人
你穿过黑夜看我来
叫我知道你活着不易
当冬天下雪的光景
你还在风中奔跑
地鼠们都叫黄鼬掏光了
你没有吃的喂养儿女
当你生下的幼崽被鹰掏了
被豹子叼了
让野狗咬了
被鹞子啄了
你是多么的伤心
在你仰面哭嗥的时候
上天也会落泪

和你一样
我是六个儿子的父亲
我的儿子睡着了
梦见了太阳光

他梦见他的将来

统领着千军万马

打头儿的像狮子一般强壮

殿后的比豹子还机灵

追随他的人比蚂蚁还多

智慧的人都愿与他为伴

凡爱他的人

将得到车帐

凡恨他的人

将死于荒野

凡信任他的人

将分享他的荣光

凡嫉妒他的人

将一生受尽嫉妒的折磨

他的所到之处

将是一马平川

他的所过之处

青草茂盛

……

2

　　天快亮的时候，也速该还在唱。手中的酒壶快要喝干了，他唱得嗓子疼。刀和箭早从膝头掉在了地上，火堆已经燃尽，飘着蓝烟。铁木真在他腿上睡着。他面前那些灯盏似的绿荧荧的狼眼睛渐渐淡了、浅了，成了没有颜色的冰，它们耳朵和身体的轮廓显露出来。也速该这才发现，它们居然离他如此的近，差不多一跃就能扑到他怀里。但是它们都没动，前爪伏在地上，竖着耳朵，淡漠地看着他，目光里没有敌意，倒是很忧伤似的。天真的亮了，天地之间像被谁割了一刀，破了，透出曙光，血水似的泻出来。那些灰黑的家伙抖抖身上的毛，累了似的，耸立起来，掉转头，懒洋洋地走了，露给他许多毛茸茸的屁股，或许还有什么不放心、舍不得，走出一段又回头看看，然后才跑动起来，颠颠地，变成了一些黑点，消失了。

铁木真醒来的时候，天色已经变白。见父亲还在睡，睡得很死。奇怪，父亲仰躺在地上，为什么胸前干燥，肩头却湿湿的，沾满了露水？昨晚他在父亲腿上睡觉，梦见被狼群层层围绕，有人在唱歌，狼们在歌中舞蹈。更奇怪的是，在歌里他居然听见了自己的名字。唱歌的人是谁？他想看看，刚站起来，就被绊了一跤，咕咚一声摔出了梦外。他醒了，歌声还在耳朵里，眼前却是干干净净的，连一只狼的影子都没有。他爬起来，为父亲拽平身下的皮褥子，垫好脖子，把酒壶收了，火灭了，给马鞴上鞍子，系好肚带，把缰绳松开。然后，他坐在乌青马旁边，吹他的牛角鸣嘀。现在他能吹出六种声音，等明年再见到札木合的时候，他也能跟札木合一样，吹出九种声音了。不过他听母亲说，如果相中了亲，按翁吉刺当地的习俗，他必须在那里留住三年，就是说，他将三年见不到他的札木合安答，这是他最不情愿的。三年，哦，真是太长了。

太阳升起来了。

乌青马张大鼻孔，叫着，拖着缰绳在沉睡的主人跟前跑过来跑过去，急着上路。是的，它想早点离开这里，越快越好，省得那些家伙再返回来。那些成群结伙的凶恶的吃肉的家伙，尖牙齿，尖爪子，绿眼睛，还有从它们口中发散出来的气味，那是死亡的味。乌青马嗅得出来，它们热烘烘的，腥臊的气息没有散尽，滞留在它们伏卧过的草丛里，臭得要命。在昨夜的昏暗中，同伴们紧紧地挤靠在它身边，打着战，把恐怖传染给它，但它没动。主人在抚摸它，主人的手指摸过它的脖子、脸、胸和腿，动作极其温柔。乌青马懂得这种抚摸。过去，每次打仗的时候，或者之前，主人总要这样摸它，使它镇定，然后憋足了劲，猛冲过去，转弯，再冲过去，跨过倒下的人和马，躲过身边的箭。它是主人的腿，主人的另一双眼和另一副耳朵。主人的愤怒就是它的愤怒，主人的胆量就是它的胆量。它领会主人的心，还有他的形体、分量，他的神色、动作、气味、嘴上说的和心里想的。反过来也一样。

乌青马终于把主人给弄醒了。

也速该睁开眼，阳光晒在肚皮上暖烘烘的，乌青马不停地拿鼻子蹭他的脸，拱他，呼哧呼哧，催他上路。也速该没动，他唤来铁木真，指上面让他看。顺着父亲的手指，铁木真看见一只鹰在头顶上盘旋，父亲让他再看，他看到了粉粉白白的云，云的后面是天，湛蓝湛蓝，铁木真脖子都仰酸了。那湛蓝分外坚硬，他的眼力穿不过去。他仍然使劲地看，猜不透父亲是什么意思。最后，眼珠子都看疼了，眼前浮起一片虚幻迷蒙。也速该说：咱们昨晚过夜这地方叫作野狼甸子，平常，连灰头鸟[1]飞过这里都要翅膀打战。感谢长生天佑护。

学着父亲的样子，铁木真摘了帽子，低下头，一股热泪从眼眶涌出来。他知道了，昨夜梦中的歌声，原来是从天上传下来的。天不是他眼睛能看到的湛蓝，在那后面，人眼穿不透的深处，那里隐藏着一个巨大的秘密，无论人还是狼，还有土里的虫蚁，都不能抗拒。

路上他们捕鱼、狩猎，十分快乐。捉了一只狍子，射了八只水鸭，还有草鱼和天鹅蛋无数。他们逮了一只麋鹿，放了；抓了一窝沙狐，放了；还遇到一群黄羊，他们也没去追。也速该告诉儿子，他们的前面是阔连海子，过了阔连海子就到了兀尔什温河，那里住着的是蒙古乞颜部的世代仇敌塔塔尔一族。我们若想绕过他们啊，要多走三天的路；若带着兵马从这里过啊，必被他们捉。我们两个就从他们中间穿过去吧。

铁木真惊异：那塔塔尔不是我们的仇人吗？害死俺巴亥祖先的不就是塔塔尔人吗？父亲不是杀了他们首领，用他的名做了我的名字吗？也速该对他说：我们到翁吉剌去走亲，不是来打仗，我不是也速该，你也不是铁木真，我们只是一对过路的人。儿子你听好啊，按草原的规矩，没人会问你从哪来，到哪去，遇到酒饭只管吃，遇到帐篷只管睡，不用问主人是谁。仇人在战场上，不在锅灶边。儿子，见了塔塔尔人你不要慌张。

在铁木真心中，塔塔尔人和仇恨是一个词，塔塔尔就是仇恨。每个蒙古人都是为报仇而生的，不知道自己的仇人是谁如同忘记了自己的父母。但仇恨

---

[1] 灰头鸟，即猫头鹰。

是什么？战场的厮杀、呐喊、刀、箭、血、死亡、胜利……对铁木真来说，一点不具体。他从未当面见过仇人的模样，父亲的计划让他兴奋，浑身的肉绷得紧紧的。父亲说，除了战场上，他从未私下见过塔塔尔人，所以塔塔尔部没人认识他，看到一个过路的大人领着一个孩子，他们想不到这个人就是也速该。父亲的话让铁木真敬佩，可他说话间又把他当成了孩子。他想做出大人的事给父亲看，但不知做什么才好。他的父亲太了不起了，宽大的身影为他遮住了一切。他想，总有一天自己也会做出几件了不起的事情，让父亲为他骄傲。如果他是札木合，此时就会对他的父亲说"将来有一天，他要做汗中之汗，收管天下"，父亲听了肯定高兴。可他说不出来，因为那是札木合说过的话，他不愿意重复。再有就是，铁木真发现，有些话他说不出口，他想，这些话搁在心里比用嘴说出来好。

3

捕鱼儿海子，阔连海子，中间是兀尔什温河，这里住的是塔塔尔人。歌里是这样唱的。傍晚，铁木真跟他的父亲住进一家塔塔尔人帐篷里。父亲把途中取的猎物送给塔塔尔人，塔塔尔人拿出最好的奶食和奶酒招待他们，为他们杀羊煮肉，和平常人一样对待。这家塔塔尔人不善言语，没问客人叫什么、从哪来，只是敬酒。他们笑得不多，但看得出来他们心里高兴。客人没醉，主人先醉了，躺在铺上呼呼大睡。第二天早晨，铁木真发现主人已经为他们备好了奶食、喂好了马。

塔塔尔地面宽阔，天黑之前，他们又进了另一家毡帐。这家主人喜欢喧闹，乘着酒兴跳舞，跳起舞来身上挂的东西就叮叮当当地响，各种各样的饰物，铜的银的，据说都是来自金国的赏赐，让铁木真看得眼花。父亲坐在他们中间，就像一家人。父亲的话不多，但酒量很大，让主人十分欢喜。塔塔尔人还对父亲夸奖他，说：你这儿子很会使刀子，面前的骨头吃得那么干净，将来一定有出息。早晨，天还没亮，父亲就叫醒他，俩人拉马上路了。这时，塔塔尔人还没醒。

头一个晚上铁木真没睡，耳朵始终张着，听着帐外的动静，刀子放在手边，以防有人害他的父亲，但这样的事情没有发生。父亲躺在塔塔尔人身边，睡得很踏实。第二个晚上他实在太困了，使劲睁开眼睛盯着天窗，听着父亲鼾声与塔塔尔人的鼾声混在一起。天空暗蓝，星星像钉子，被天窗框住，动弹不得。有个人影探了下头，又倏忽不见了。因为背光，看不清面目。是不是盗马贼呢？如果他想盗马，乌青马是不肯跟生人走的。但帐外没有一点响动。那人又从天窗上探进头，溜进来了！铁木真想喊，被捂住了嘴，去拿刀的手也被攥得死死的，他正拼命挣扎，被父亲推醒了，原来是场梦。

　　他们就这样穿过了仇人的地面，只是做了个噩梦，没伤一根头发。铁木真有点失望，他亲眼见过了塔塔尔人，他们太平常了，不丑恶也不可怕，甚至，他觉得他们不值得他憎恨。

　　父亲说：快了，咱们离翁吉剌不远了，儿子，你用鼻子能闻见它的气味。树越来越多，风也变软了，空气里果然有股清香。铁木真下颏垂在胸前，听着父亲说话，睡着了。

　　他的胯下是一匹好走马，蒙力克专心为他挑选的。这匹白鬃骟马最适合走长路，又快又稳，走起来像贴着草皮飞，马背上的人几乎感觉不到颠簸。所以，铁木真醒来的时候以为自己还在马背上，顺手一拽，发现缰绳不在手里，自己的身子倚着一棵大树，天空被茂密的树叶遮蔽着，十分凉爽。树丛中叽叽喳喳的，听不出有多少种鸟叫。四周都是树，铁木真从没见过这么粗、这么密的树。父亲不在身边，可能发现了什么猎物自己搜寻去了，过一会儿就会背来一只獾或者野猪什么的。周围静极了。他听见身后一阵窸窸窣窣的声响，感觉脖子后面有一道目光，而且不是人的目光。他缓缓回头，见一只鹿站在身后，正偏着头看他，一身好看的花斑。见他回过头来，花斑鹿后退了两步，但没走，它和他对视着，眼睛里充满好奇。如果这个人伸手去拿他的弓箭，它转身就跑。但他没伸手，他手里是空的，眼里没有歹意。所以，它只退了两步，这是个安全的距离，使他正好伸手够不着它。他悄悄地转换姿势，掉过身体，猛地朝它扑去。它早有防备，只轻轻一跳就闪在了一边。它还是没有跑。它觉得他是在和它玩耍，它喜欢这种游戏，不觉得危险。他绕到树后面，想从后面抓它，只差一点，结果又扑空了。它仍然没跑，等着他再次接近。它假装看不见他，只用眼梢瞥着他，看着他又从侧面绕过来，心里计算着距离。不料它听见他嗷地呻吟了一声，跌倒在了地上。它惊恐地环顾周围，不知危险来自什么方向，看着蜷缩在地上的他，不知自己该往哪逃才对。

父亲回来了，见铁木真脚上中了一支箭，一看就知道是射猎用的地箭：绷紧的弓埋伏在暗处，细细的一根马尾系在猎物经常出没的草丛中。铁木真就是碰断了这根马尾才中箭的。父亲说，上天保佑，没伤到骨头。但他疼得直哆嗦，站不起来。回头望去，花斑鹿已经不见了。他想，这一箭是他替它中的，如果它中了这支箭，肯定跑不了。箭头上有倒钩，深深地钻进肉里。

父亲嘴里叼着刀，把他的脚紧紧夹在双膝之间，仔细打量伤口，不看他，说：疼你就喊。然后用刀尖剖开伤口，取出箭头。他闭着眼，不吭声。他打定主意，无论多疼，都不能在父亲面前流泪。后来，疼痛变成阵阵灼热，麻酥酥的。他睁眼看见，父亲正捧着他的脚，一口一口吮吸伤口里的瘀血。

瘀血吸净，父亲为他包好伤口，把他抱在马背上，又把那支箭仔细端详了一下，别在了腰里。铁木真懂得，自古以来，安置地箭的人从不担心射中的猎物落在别人手里，有人捉住了受伤的猎物，会根据箭上的记号，把猎物送给箭的主人。箭杆上的记号像小虫子，父亲不认识。铁木真问父亲：咱们离翁吉剌还有多远？父亲说：儿子，这里就是翁吉剌呀。他指了指山坡下面星星点点的毡帐。原来他们已经到了。这时他突然喉咙哽咽。父亲问他是不是疼得厉害。他摇摇头，没法说。因为自己不小心，让父亲带着一个瘸脚的儿子去相亲，太羞耻了！他的父亲，叫也速该的男人，草原上最了不起的巴特，他不愿意给父亲的名字蒙羞，那才是他不能忍受的疼。

他忘记了那头花斑鹿。眼前就是翁吉剌的地面了。

翁吉剌，翁吉剌，翁吉剌的毡包雪白，冒出的烟直直的，一直升进天空里面，和云彩连在了一起。铁木真闻到了翁吉剌的味，小心记住了。

有个翁吉剌人在帐门前坐着，看见两个骑马的人远远走来。前面的人气色宁定，后腰挺拔，胯下的马乌黑发亮，细腿长脖子，不一般。后面一匹白鬃走马，光脚踩在马镫上的是个少年，宽额头，嘴角深陷，脸上没有稚气。

这个翁吉剌人站起身，对他们说：远道的朋友，经过我的帐门怎么不下马呢？你嫌弃我德薛禅吗？

也速该回答说：我的儿子受了伤，他的脚被箭射穿了。你能认识这支箭吗？

翁吉剌人接过箭看了，说：让我给你的儿子疗伤吧，他的脚踝肿了，我家有药，能给他止疼。

听了他的话，也速该下了马。正要去抱铁木真，他先自跳下了马鞍。翁吉剌人想伸手去扶，被他躲开了。他尽量挺直身体，脚步不歪斜，自己朝帐门走去，每迈一步都疼得浑身抽筋。也速该有意挡住了翁吉剌人，不要他去搀扶，他懂儿子的心思。那个叫德薛禅的翁吉剌人笑了，说：你这儿子，是个要强的。

在帐里，德薛禅拿酒给他清洗伤口，上了药，裹了。又对他的父亲说：你儿子的脚，不能上路了，你若没有急事，不如住在我家休养两天。我家有好酒肉，有使唤的人，你别不放心。我看你的坐骑，是一匹好战马，看你的气象，不是一般人。你肯留下，是我德薛禅的福气。

父亲谢过主人，说：我是蒙古乞颜部的也速该，来翁吉剌是给我的儿子相亲的，没想被地箭伤了脚。德薛禅笑了，说：昨晚我做了一个好梦，梦见一匹金鞍的白马，背上驮日月各一轮，卧在了我家门前，它告诉我说，今天我家要有贵客。刚才我见你的儿子仪表不凡，有豹子的额头，目光像鹰。我心里不由得盘算，莫不是我的梦应验了？父亲禁不住欢喜，说：我妻子早就告诉我，说你们翁吉剌的男子善言语，你的话叫我听了心里舒坦。德薛禅说，你不是问我这箭是谁家的吗？感谢长生天，它长着眼睛，只伤了你儿子的筋肉，却躲过了骨头。这是我家的箭，随长生天的意，它把你们给引来了。

4

当晚，德薛禅对他的妻子说：我早听说过，这个也速该是有名的蒙古巴特。我看他的儿子面相不错，想留下他给咱家做女婿。妻子说：你想得倒好，咱这女儿，早都叫你惯坏了，不知道人家看不看得上呢。他们的声音，在羊油灯里晃着，全被孛尔帖听去了。她在被窝里闭着眼睛，张着耳朵。她不是故意偷听，是那声音自己钻进她耳朵的。起初她并没在意，后来才知道他们在说她的事情——她未来的婚姻。

父亲说：我看那少年像个有骨气的。

母亲说：只要他是也速该的儿子就行。

父亲说：他们那边日子不安稳。

母亲说：好前程自是多磨难。

父亲说：我怕你心里舍不得。

母亲说：听说那孩子的母亲也是翁吉剌人。

父亲说：不错，也速该的妻子就是翁吉剌人

这是孛尔帖听见的最后一句话，她睡着了。

第二天起来，母亲给她用碱水洗了头发，又拿茶水浸了；洗净了眉眼、脸面、耳朵，搽了酥油，带了一对银耳环和一只银手镯，又换上棉布袍子，用丝绸腰带系了，蹬上一双麂皮厚底靴。母亲在她耳边说：你看，就是这支箭把也速该的儿子带到了咱家，感谢上天，愿它给你带来好运。孛尔帖把箭拿在手中，看那箭杆直顺、光滑，刻着他父亲的姓氏，黑铁的箭头是三棱的，尖锐，有倒钩。如果没人碰它，它永远不会动，直到风吹雨淋，弓弦腐烂；如果碰得巧，它足能射穿一只狍子，不料被他踩着了，听说他的名字叫作铁木真。他的脚肯定流了不少血，一想到这儿孛尔帖就忍不住想笑。

中午，孛尔帖被母亲领进了客人住的毡帐。

毡帐里烟雾腾腾，锅里煮着羊肉，男人们在喝酒。这种场面孛尔帖见得多了。他们从早上就开始喝，此时差不多都醉了，在他们的身体里、目光里、说话的声音里都充满了酒气。那个铁木真在一边坐着，他没喝，受伤的脚藏在袍子下面，不愿意被人看见。父亲德薛禅用他的酒嗓子对也速该说着酒话，她听见他说，被众人追求的未必是好的，自己送来的未必不好，也速该巴特，今天我把女儿领来给你看，但愿她能配得上你的儿子。你若看得上，咱们以后就是亲家；你若看不上，咱们接着喝酒，就算我刚才说的是醉话。孛尔帖上前给客人添酒，听见也速该对她的父亲说，我的亲家，你舍得把这么好的女儿许给我家，那是我儿子的福分，我以孛儿只斤家族的荣誉起誓，将来，他就是把脑袋掉了，也不会伤她一根头发。

孛儿只斤这个词让铁木真浑身一震。这时他才意识到此事的重大。他忍不住顺着父亲的目光看孛尔帖，正赶上孛尔帖也看他，她目光好奇、直接，让他想起了林中的花斑鹿。

德薛禅说：也速该巴特，我听到你刚才说的，是不是酒话呢？也许我的耳朵出了毛病。也速该说：德薛禅亲家，你以为我喝醉了吗？从我也速该嘴里说出的话，就是射出的箭，永远不会回头。要不然就是你喝醉了？德薛禅坐直了身子，说：亲家，这回我听清楚了。

5

父亲要走了。他在翁吉剌一共住了十天。

按翁吉剌的习俗，他必须把儿子留在女家住满三年，表示对亲家的信任。德薛禅说：你走吧亲家，儿子我替你养着，三年之后连你的儿媳一起送去，到时候，我还要送你九十九头骆驼、九十九头牛做聘礼。父亲说：你看你说的，我有什么不放心的呢，我没带什么东西，就把这匹乌青马给亲家留作礼物吧，它是匹通灵性的好马，跟我好多年了。德薛禅说：我看得出来，整个翁吉剌也没有这样一匹好战马，就让它留下来陪铁木真吧。

乌青马叫了一声，它的缰绳已经被拴在了青石马桩上，它想跟主人走，但挣脱不开，前蹄刨出了一个坑，跪在了地上，又跳了起来，膝盖都磕破了。铁木真抱住了它的脖子，摸着它的鼻子、脸，像他父亲所做的那样。

父亲走了。父亲走后的日子过得很平淡。

每天吃饭，铁木真和孛尔帖脸对脸坐着，都不看对方。孛尔帖给他端饭他就吃，彼此不说话。有时，他跟着德薛禅出去做客，德薛禅对别人称这是我的女婿。他就称他为德薛禅父亲。也有的时候，客人到家里来，酒席间德薛禅问客人们说：你们看我的女婿怎么样？客人们就夸奖他。德薛禅高兴，便告诉客人说：我这女婿来自蒙古乞颜部，乞颜是什么你们知道吗？让我来说给你们听吧。从前,他说,一千两百年以前,在额儿古涅河岸有过一场大厮杀,大到多大呢?连天上的云彩都染红了,蒙古人被杀得只剩下两男两女。那两个男的,一个叫脑忽,一个就叫乞颜。他们见自己败了,就躲进了额儿古涅山谷,拿巨石把山口封了,敌人进不来。两百年以后那石头和山长在了一起,像刀削的一般,谁也出不去了。出不去不要紧,脑忽和乞颜的后代就住在山谷里生活。那里有高大的树、油黑的水和茂密的草,正好饲养牲畜。又过了五百年,他们的儿女越来越多,山里盛不下了。有一天,乞颜的后代看到那山壁中有铁,就让大家砍了成千上万的树木,堆在山石下面做柴用;又叫人宰了七十头牛马,用它们的皮做成风箱。这些人鼓风吹火一共七十七天,把山壁的铁熔化了,山谷豁开了一个口子。蒙古人得了铁,涌出山谷,如狂暴的激流一样,倾泻下来,没人挡得住。现在我告诉你们,这就是乞颜的来历。乞颜、乞颜,它的意思就是不可阻挡的激流。

这个故事,铁木真都会背了。

经常是,客人们一面喝酒,一面哦哦地点头。德薛禅就压低声音对客人说:你们看见我这女婿,他就是乞颜部也速该巴特的儿子。每逢这时,总有一两个客人呛了酒,咳嗽个没完,孛尔帖赶紧端茶水过去,给客人润嗓子,顺便看铁木真一眼。她的目光从他的脸上掠过去,刷地一下,像马尾扫过,凉爽又刺痒。

有一次,客人们都走了,包里就剩下他们两个。孛尔帖对铁木真说:把你的靴子脱下来,让我看你脚上的伤。铁木真愣了愣,她的口气像是在命令。他没吭声,低头脱掉靴子。她又说:叫你把脚伸过来你怎么不动?铁木真就把脚伸了过去。脚上的伤口仍然发红,一碰就疼。孛尔帖将他的脚双手捧了,仔细地看,又小心地拿清水洗,她问他疼不疼。他摇摇头,想抽回脚,但不能够,他想,他得听她的,因为她是父亲为他选的妻子,她要他做的事,他不能拒绝。她又对他说:这两天你不要再穿靴子了,晾一晾好得快,懂吗?铁木真郑重地点点头。

又过了些日子,铁木真感觉心中不安,坐也不是站也不是。在翁吉刺,他不缺吃穿,又无拘束,这是为什么呢?他问孛尔帖:我半夜醒来心口里疼,不知什么缘故。孛尔帖想了想,说:莫不是你的父亲想你了吧?铁木真不言语。

半夜，他听见乌青马在叫，以为有了贼，急忙取了弓箭去看。见乌青马死劲刨蹄，咬它的缰绳。铁木真去拽它、摸它都不顶用。一直到天亮，马蹄刨出个大坑，缰绳也快被啃断了。德薛禅来看，见乌青马不喝水，也不吃草，头朝着西北方向，满眼泪水。德薛禅面色愁苦，自言自语道：这是匹通灵性的马，像主人的影子一般，它这样闹腾，莫不是我的也速该亲家出事了？

听他这么一说，铁木真即刻明白了自己烦躁的原因，不由得放声号哭，一点顾不得羞耻。孛尔帖吓坏了，站在一边发愣。德薛禅对铁木真说道：你看你，哭得像个大鳟鱼似的，成什么样子？若你父亲真有什么好歹，如何把大事托付给你？你这样子若让乞颜部的百姓们见了，他们能服气你吗？德薛禅吩咐妻子准备好路上吃的，把乌青马的缰绳解下来，交给铁木真，又拍拍乌青马，对它说：我知道，你的心已经不在了，再粗的缰绳也拴不住你，你们回去吧，若我的亲家平安，你们再回来告诉我。

孛尔帖把路上的吃喝给铁木真拴在马上，想对他说点什么。可是他没看她，或者是，他看着她就像什么也没看见。只是着急上马，屁股一沾鞍子，便箭一样地蹿了出去。马蹄扬起的尘土像一股烟，眨眼就散了，几乎没听见蹄声响，人和马就都不见了。她什么也没来得及说。父亲派去送铁木真的人下午就返了回来，他们说连乌青马的影子也追不上。父亲叹了口气说：可惜。

可惜？父亲可惜什么？是那匹乌青马吗？孛尔帖不懂，也不敢问。她知道那不是她该问的。

第二天，一个男人到了她家帐前，他说他叫蒙力克，是也速该的伴当。他的马浑身是汗，像刚从水里捞出来的，还冒着热气。他对她的父亲说：也速该巴特心里不好，要我接铁木真回去，有事托付。她听她的父亲又叹了一口气，说：长生天保佑我的亲家，铁木真已经在路上了。这个蒙力克连马都没下，就转身走了。铁木真能认识路吗？给他带的食物会不会半路掉了？天黑的时候他睡在哪？遇见野兽怎么办？这些都是孛尔帖想问的。去问谁呢？没人可以告诉她，就是有，她也不好意思问。这样，她只能暗自为铁木真担心。从前，她不懂得什么叫作担心，那是因为，这世界上还没有让她担心的事情，这是头一回，她学会了担心。担心的感觉一点都不好，许多可怕的景象一个接着一个往你脑子里钻，也不知道它们都是从哪儿来的，赶也赶不走，忘也忘不掉，太难受了！可是父亲闭口不提这件事，自从上次感叹了一声"可惜"之后，他再没说什么，好像铁木真和他的父亲从来就没有出现过。他们的日子又回到了原来的样子：平静，安宁，谨慎。但在孛尔帖看来，它又不像原来的样子。为什么呢？她问自己，为什么日子可以退回去，她孛尔帖退不回去呢？

第四章

> 蒙兀儿与他族战，覆其军，仅遗男女各两人。遁入一山，斗绝险戏，唯一径通出入。山中壤地宽平，水草甘美，乃携牲畜居之。名其山曰阿儿格乃滚。其二男一名脑忽，一名乞颜。乞颜意为飞瀑急流，喻其膂力绝人，一往无御。乞颜后裔茂盛，称之曰牙惕。……后世地狭人稠，乃谋出山。而旧径荒芜，且苦艰阻。继得铁矿，洞穴深邃。爰伐木炽炭，篝火穴中。宰七十牛，剖革为鞴。鼓风助火，铁石尽熔。衢路遂辟。
>
> 《蒙兀儿史记》

1

以上就是德薛禅讲的故事，距今已经两千年了。因为当时并无文字，大都靠艺人传唱下来，后人做了记载。也许德薛禅也是后人之一。薛禅的意思在古代蒙古语里代表贤者，就是有见识、有学问的人。

那天也速该离开翁吉刺是早晨。他原路返回，想尽可能快走，在塔塔尔地面少作逗留。一个人走路速度快，但是孤闷。他的马一直小跑着，不知不觉身上有些疲乏，这时，天已经黑了，他还没出塔塔尔的地面，见前头有人燃了篝火，正在筵席，弥漫着酒肉的香气。在草原上，没有遇见筵席绕着走的道理，否则是对主人不敬，除非你是个贼。此时也速该正口中干渴，筵席上又有人招呼他，他应了。再说，遇见过路的客人也是设筵者的福气，非留下喝酒不行，大家彼此祝福，不管认不认识，哪怕以前是敌人也没关系。祝福斟在酒碗里，仇恨留在刀鞘里，两码事。这是自古以来的规矩。因为草原地面宽阔，人烟少，能遇在一起，十分的稀罕。主人总要把最好的酒食拿出来招待客人，彼此消除寂寞。

因此，也速该没有犹豫，下马把缰绳交给了一个仆人。那仆人枯瘦，垂着头，眼窝深陷，像个游魂。仆人接过缰绳的手颤了一下，也速该并没有在意。这游魂将马匹牵了，到暗影处拴了，又添了草料，然后蹲下来，双手抱了头，肩膀开始颤抖。

筵席的主人名叫格鲁兀，是塔塔尔人的头目。周围是他的亲族手下。他烤的野猪嗞嗞地冒油，他的酒分外醇香，是来自大金国的赏赐。他给新来的客人敬酒，一面祝福他。那客人也回敬了他，酒喝得十分爽快。他叫人奉上最嫩的羊尾，客人也一并吞食了。因客人的加入，又不扭捏，好食量，好酒量，众人喜欢，筵席热闹起来。格鲁兀喝得微醉，起身去暗处撒尿，不料被绊了一跤。那个枯瘦的马夫将主子搀扶起来，小声在他耳边说：主人你可看清楚了，那个过路的客人就是蒙古乞颜部的也速该。格鲁兀愣了愣，将半泡尿又憋了回去，说：你这贱种，以为我喝醉了，拿这种话来吓唬谁？马夫的声音在颤抖，他说：主人你没见过他，十三年前我亲眼见他杀了铁木真·兀格。不信你把我的眼珠子挖出来问问，它不会看错。格鲁兀看见马夫浑身都在抖，眼窝里有东西在闪亮，忽然明白了什么。他吐了一口气，把后半泡尿撒了出去，掩了袍子，一把抓住马夫，说：该死的，你把我绊倒就为告诉我这个？你把我当成了什么人？你想让我杀死自己的客人，叫格鲁兀的名声在草原上世代蒙羞？若你说的都是真话，我就先杀了你。马夫说：我原本不该开口的，可我说的的确是真话，求主人把我杀了吧。格鲁兀一刀捅了马夫。马夫终于停止了颤抖，脸上现出一种奇怪的笑容：就那么一下，他的灵魂便飘离了身体。他想，死原来这么容易，还没来得及感到疼，生命就完结了，卸掉了所有的仇恨和耻辱，真是太轻松了！他努力张开嘴，对格鲁兀说了声谢谢。

格鲁兀拿马夫的衣襟将刀子擦干净，酒完全醒了，他去自己的毡帐里转了一圈，又回到了筵席上。

筵席越来越热闹，主人再三给客人敬酒，客人都喝了，可他始终不醉，面色不变。他说：你们等等，我去撒泡尿再来喝。起身离开了。

其实也速该没有去撒尿，他喝了主人的酒，感觉小腹绞痛，又发现那主人总在偷看他，明白自己中了毒。毒性开始发作，肚子里像有刀绞，头上冒冷汗，但他仍然笑着。当时他若动手，肯定敌不过眼前这些人。所以他借口撒尿，硬撑着走到马厩，伸手悄悄地解开了马缰绳。他见刚才的仆人躺在地上，已经死了，不知道什么原因。也速该爬上马背，悄悄地溜了。溜出一箭远的地方，才抖开缰绳疾驰起来。

格鲁兀并没有去追也速该，也许他根本没发现或者发现时已经晚了。再就是，他不愿意把自己暗地投毒的恶名张扬出去，他希望也速该倒在半路，成为一只豹或一群狼的食物，从此永远消失，谁也不知道。这也是他杀死那个马夫的原因。格鲁兀盘算得实在太好了，他不明白的是，为什么那个马夫临死还要笑着谢他。他更不会想到，若干年后，为了这件事，他和他的族人将付出怎样的代价。

不见有人追来，也速该松了一口气。路过一条河，他下马饮水，饮了再呕，吐出来的东西腥臭发黑，他知道这毒性来得快，怕是自己挨不到家了，必得催马快行，一刻也不能停留。他伏在马背上，呼吸放平，尽量节省气力。

2

一天早上，诃额伦醒了，醒之前她梦见翁吉剌变成一片绿色的海子，人们在水上行走，犹如平地，她听见有人唤自己的名字，反复地唤，就醒了，觉得胸口发闷，又听见帐门外好像有动静，她起身去看。当时天还是灰的，她一眼就认出那匹白骟马在包前跪着，嘴杵在地上，眼睛翻了白。马背上有一个人，是也速该。也速该面色青灰，眼睛紧闭，两手死死地搂着马脖子，尚有一丝鼻息。诃额伦叫他也不应，又掰不开他的手，急忙去找蒙力克。蒙力克又找来老兀孙。这时天已经亮了。

兀孙萨满对也速该夫人说：你的丈夫中了毒，毒液烧断了肠子，让我去找解毒的药来。诃额伦将丈夫的头抱在怀里，簌簌地落泪。也速该见了妻子禁不住放声大哭，被诃额伦止住了，她让孩子们出去，看好门，不要让外人进来。

解毒药找来了，但也速该牙关紧咬，怎么也灌不进去，连蒙力克的手都在哆嗦。诃额伦抽出也速该贴身的刀子，因为这把刀是最硬的，她用它撬开了也速该的嘴。药下去了。过了十来天，还是不见好转。

百姓们都知道了，蚁群一般围在毡帐周围。各部族首领和氏族兄弟们都来看了，除了摇头叹气，想不出别的办法。萨满们在毡帐周围点燃了九十九堆篝火，白天晚上不熄灭。他们轮番敲着神鼓，昼夜不停止。为了把也速该巴特的灵魂招回来，百姓们把自家最肥的驼羔、乳羊宰了，供奉给神火。他们都陷入了一种无名的惶恐之中，相互挤靠着，肩膀挨着肩膀，像暴风雨前的羊群，好多人都哭了，不是悲悯，是害怕。这时候人们才体会到也速该对于他们是多么的重要。在也速该的日子里，他们不知道什么是害怕，因为也速该自己从未惧怕过谁。如果也速该不在了会怎么样呢？他们不敢往下想。包括塔里忽台，他曾经暗中希望也速该在哪次战斗中丧生，他盼他死，同时又对这个念头心怀畏惧。现在，这一刻突然来了，他竟毫无准备。于是，大家看到，最焦虑不安，最伤心的那人是塔里忽台。他甚至不睡觉了，因为一闭上眼睛就做噩梦，说出来能把人吓掉半截舌头。所以，他干脆不睡了，几天几夜不合眼。

渐渐就有谣言流传出来：是那个不祥的女人使也速该蒙难，这个翁吉剌女人还将给乞颜部带来祸患。

一天深夜，也速该闻到了诃额伦的气味，由此他断定自己没死，只是不能动，身体像一块冰凉的铁，沉重却没感觉。他的头枕在诃额伦的怀里，她的头发垂在他的脸上，她的气息环绕着他，包裹着他，生的气息，家的气息。就是这熟悉的气息把他唤醒过来，他有话要对她说。诃额伦看到也速该睁开了眼，心中惊喜，连忙叫来蒙力克和萨满老兀孙。见他的嘴在动，她捧着丈夫的头，把耳朵贴上去。也速该说了，他是在塔塔尔人的筵席上被毒害的，让他的儿子们记住，将来定要除掉塔塔尔人为他报仇。最后他三次叫喊铁木真的名字，牙齿咬得嘎嘎地响。诃额伦吩咐蒙力克连夜备马,去翁吉剌把铁木真接回来,越快越好! 兀孙萨满调配好了最浓稠的解毒药,要帮着诃额伦给他灌下去。可是也速该再不肯张嘴了。刚才是他的最后一口气,自离开塔塔尔地面时就小心留着,保存在肋下的某个地方,在身体僵冷之前吐尽,用它说完那些话,刚刚够,再没了。可是诃额伦不肯罢休,努力撬他的牙齿,想替他把药灌下去。咯嘣一声,刀子断了。

老兀孙说:夫人,我们的也速该巴特已经升天了。

诃额伦说:兀孙萨满,把你的药再使文火熬一遍。

仆人斯琴说:夫人啊,主人已经没有气息了。

诃额伦说:斯琴你去把包门闩好,小心惊了门外的狗。

别妻萨仁说:我那姐姐,咱们的丈夫他死了!

诃额伦说:你不要哭,他在我怀里睡着,免得惊他醒来。

老兀孙说:尊贵的夫人,你的心伤透了,可是也速该巴特他不会回来了。

诃额伦又对他说:去熬你的药吧,我的男人我知道,在我儿子回来之前,他不会死。

老兀孙懂了她的意思:在铁木真回来之前,她要让乞颜部的人以为也速该还活着。于是他答应着,抱着药锅退出了帐门。

诃额伦一直保持着原来的姿势,用自己的身体焐着也速该,维持着他的体温。

到了后半夜,帐外的神鼓忽然不响了,四周异常的寂静。

然后就是窸窸窣窣的响声,前面、后面、上面、下面,整个毡包都在抖动。帐门没有开,毡子被一片片剥了去,只剩下骨架似的哈纳,头顶上露出了满天的星星,还有四周像星星一样多的火把。

站在最前面的是塔里忽台。事实上他一直守候在毡包的周围,他听见灰头鸟[1]在头顶上叫,看见蒙力克去接铁木真,又看见兀孙萨满出来,把药锅悄悄倒了。他估计时机差不多了,于是也速该的死讯传遍乞颜部,人们连夜聚拢了过来。见也速该的帐门紧闭,没有一丝声响,谁也不敢上前。这时,塔里忽台

---

[1] 灰头鸟:猫头鹰

命人剥去包毡。如他所料，也速该躺在那女人的怀里，没了气息。可女人仍然端坐着不动。塔里忽台走近前去，说：我听见灰头鸟在哭，可怜的也速该巴特，你的灵魂已经升天了。说着他落下泪来。

诃额伦对他说：你小声些，不要吵醒了我丈夫，也速该的灵魂就在你们的头顶上。

塔里忽台回过头对众人说：也速该巴特早就走了！可是你们有谁听到了这个女人的哭泣？凡是长眼睛的，你们看清楚了，这个女人的脸上有泪水吗？兄弟们，让我们把也速该安葬了吧，趁天亮之前，我们把他葬到不儿罕山下去吧，愿长生天保佑也速该巴特的灵魂安宁。

人们都匍匐在地上，号啕像一千头豹子同时蹿出他们的喉咙。

当人们从她手中夺去也速该的那一刻，诃额伦觉得自己死了，半边身子突然冰凉，好像被刀劈成了两半。也是在那一刻，当也速该脱离了妻子的怀抱，他的气息烟雾般飘散了。这一次，他确信自己死了，风是陌生的，半截刀尖还咬在嘴里，那是仇恨的味道。

3

这时，铁木真还在回来的路上奔驰。路途中，乌青马的鞍子总是往下滑。铁木真不得不一次又一次勒紧马肚带。但乌青马等不及，直往前蹿。它不用指路，不用催，不吃不喝，比铁木真更心急。它身上的骨头支出来，被鞍子磨出了血。铁木真干脆扔掉鞍子，趴在光背上。后来，铁木真感到身子下面越来越硌，好像骑着一副骨架在风中奔驰。终于，他们闻到了斡嫩河的气味。可是，乞颜部的营盘不见了，草地上净是一些车辙和裸露的灶火。

在铁木真回来之前，塔里忽台已经将也速该在不儿罕山下埋葬了，按最高礼仪，不留坟丘。塔里忽台手持苏鲁锭对天起誓，一定要为也速该报仇。随后他宣布，乞颜部要迁营了，在秋草衰败之前，一起迁徙到灌木多的地方去。他对丢了魂似的人群说：长生天把也速该巴特召回去了，因为他听了那个翁吉剌女人的话。你们，你们，还有你们，拴了你们的帐篷，拢了你们的牛羊，把灶火熄了都跟我走吧，远离那个不祥的女人。跟着我，你们的牲畜平安，你们的灶火不会熄灭。从那天起，所有的氏族首领都归顺到了塔里忽台的旗下，主儿勤人，晃豁坛人，孛儿只斤人，还有也速该的堂弟阿勒泰和亲生弟弟答里泰。大家心里都清楚，要么跟塔里忽台走，要么留下来陪诃额伦母子。塔里忽台的目光像刀子一样划过他们的脸。他们没有第三条路可走。

得知这个消息时，诃额伦还在病中昏睡。

就这样，人们悄悄地拔起了木桩，收了毡帐，踩灭了灶火，拴了牛羊，纷纷上路了。他们相互不打招呼，低着眉眼，躲避着彼此的目光，跟做贼似的。他们不吱声，却狠劲抽打拉车的牛。可怜的牛哞哞地叫，不知道自己为什么挨打。瞎子察拉合知觉了，他唱道：

> 有心有肺的牛
> 是最老实的牲畜
> 你拉着主人的帐篷
> 累死也不偷懒
> 可他为什么还打你呢
> 你的牛犊让他吃了
> 你的奶水让他喝了
> 等你老了
> 他们剥你的皮做靴子
> 这是为什么呢
> 你的力气不比他小
> 草原上到处都有你吃的
> 你怕的是什么呢
> 有一辆好车
> 不如有一位好主人
> 给你青嫩的草吃
> 替你捉身上的蝇子

还护佑你的牛犊

让你过安稳的日子

这样的主人到哪儿去找呢

听你叫得伤心

知道主人有难了

可你为什么要走呢

是主人厌烦你了吗

是主人抛弃你了吗

有心有肺的牲畜

是最老实的牛

当主人有难的时候

连你也靠不住了吗

    好多人走不动了，被老察拉合的歌声绊住了脚，他们垂下了手中的柳条，一脸茫然。这些人多是宇儿只斤的百姓，从前跟随也速该的。然后诃额伦追了上来。她骑着丈夫的乌青马，拿了他的苏鲁锭，对那些人说：也速该平常怎样待你们来着，你们都忘了吗？也速该升天了，他的儿子还在，你们都去看一看，铁木真已经回来了，你们能抛下他不管吗？也速该的灵魂没有走远，他正看着你们呢！

    这个场景后来经常出现在塔里忽台的梦里，一个女人，骑着乌青马，举着苏鲁锭，头发在风中飘荡，她唱着，众人跟在她身后，一窝蜂似的走了，忽然，马背上的女人变成了铁木真。不是小铁木真，而是长大了的和也速该一样甚至比也速该更强壮，他枪尖上挑着一只头颅，对着它呼唤塔里忽台的名字。然后他就醒了。梦醒之后第一个动作就是伸手摸摸自己的脖颈，摸完了再摸，总是不放心。十分讨厌，翻个身闭上眼睛，那个场景又出现了。于是塔里忽台就小声嘀咕，说：也速该啊，不是我害死你的，你纠缠我有什么用呢？我好好地埋葬了你，没有伤害你的妻子和儿子，没抢夺你的马和你的百姓，那些人跟我走都是自愿的，他们回去我也没有阻拦啊。

跟着诃额伦回来的还有晃豁坛的百姓,那是蒙力克的属下、察拉合的同族。那天,当老察拉合唱歌的时候,被塔里忽台的兄弟从背后扎伤了。后来的歌声变成了一串咳嗽。回来的百姓在原来的灶火上支起了帐篷,又开始了往日的生活,可是大家都心神不定。他们看见铁木真实在年幼,而也速该夫人一回来就病倒了,好几天滴水不进。天气越来越冷了。

铁木真没有看到父亲下葬,他赶回来已经晚了。他不相信父亲真的死了。他想:他那样的父亲,怎么会死呢?后来铁木真牵着乌青马来到不儿罕山下,希望能在那里找到父亲。下葬的地方早已经被踏成一片平滩,无边无际。他喊叫父亲,没有人应。乌青马挣脱了缰绳,围着那片平滩跑,一圈又一圈,谁也拦不住。从早上跑到天黑,从天黑又跑到早上。它早就瘦得不像马了,在夜晚的月光下像一条黑影在奔驰。它的蹄声痛苦地敲击着铁木真的耳朵,持续不断,一连好几天。终于,它前蹄一软,跪在了地上,再没能起来。乌青马死了。人们原地挖了一个坑,把它埋了,说也速该巴特把它召去了。看人们埋葬了乌青马,铁木真渐渐相信了父亲的死,父亲永远不会回来了,他在另一个世界等待着,等待他的儿子为他报仇。从这时起,仇恨对铁木真不再是一个词或者某种情绪,它变成了塔塔尔人的面孔,他见过的那些。他们的肤色、动作、声调和气味,清晰而具体。三十年后的一个春天,在兀尔什温河边,铁木真发布了一个可怕的命令。之后,塔塔尔人就从地面上彻底消失了;无数黝黑的脸被凝缩成为一个词,淹没在历史里,绝了根。时至今日,在兀尔什温河边的地面上,或者走遍草原,再找不出一个自称塔塔尔后代的人。

4

冬天快来了。

每天,萨仁都第一个起来,出门去数帐篷。随着天气越来越冷,她每天都能发现一些新的车辙和熄灭的灶火。她回来告诉诃额伦,说:谁家的百姓走了,谁谁家的又走了。诃额伦听了也不说话,她到瞎子察拉合那里去,想让老察拉合的歌声留下人们的心。可是察拉合的肺子像风箱一样漏气,说话都费劲。他对诃额伦说：尊贵的也速该夫人，我的琴弦已经断了。自从也速该巴特死后，能听懂歌子的人太少了。这些可怜的人，他们只相信眼睛能看见的，不会使用耳朵和心，不知道眼睛是骗人的东西，只顾眼前的人就像绵羊啃着自己脚下的草，那是他们的命运。察拉合这样对诃额伦说。过了几天，他死了。人们牵了一匹老秃尾子马，将察拉合和他的虎不斯[1]放了马背上，把马赶跑了。按当时的风俗，一般人都是这样下葬，让牛或马驮着尸体，不管走到什么地方，走多远，尸体落下的地方就是他的永存之地。以后的人，只有在梦里才能够听到他的歌声，人们说，也速该巴特寂寞，把他也召去了。

冬天越来越近，草原的冬天是严峻的，当白毛风[2]刮起来的时候，牲畜们须挤在一起才能存活，人也一样。所以，塔里忽台看到许多人又陆陆续续追随他来，一点也不意外。他当面羞辱他们，看他们低着头钻进人群他很开心。塔里忽台心里清楚，到冰雪封冻草原时，诃额伦一家必熬不出这个冬天，但凡有脑子的人，谁情愿和他们死在一起呢？

最后一个离开诃额伦的人是蒙力克。

蒙力克不是半夜偷偷走的。白天，他站在诃额伦的面前，垂下头，说：马厩修好了，那里有八匹银合马，还有预备过冬的干草和取暖用的牛粪。于是诃额伦就知道他要走了，但她没有责备蒙力克。她说谢谢。对蒙力克她从来没有这样客气过。自她与也速该做了夫妻，蒙力克就是她丈夫最贴身、最忠实的纳可[3]，是诃额伦除她丈夫之外在乞颜部认识的头一个男人。她能对他说什么呢？作为晃豁坛的氏族首领，他手下的百姓差不多都走光了。现在，蒙力克是她所能看到的最后一个男人。他们相互看了一眼，在蒙力克的眼里，诃额伦这一刻无比的端庄和尊贵。诃额伦则觉得，他的目光像是在和一具尸首告别。

就这样，原来蒙古乞颜部的地面上，只剩下了两座毡包、三个女人、六个孩子、八匹马。

---

[1] 虎不斯，蒙古古代的琴。

[2] 夹雪的风暴。

[3] 纳可，伙伴和随从的意思。

从那天起，诃额伦摘下了固姑冠[1]、身上的首饰、手上的镯子，解下丝绸的腰带，连同带垫肩、镶花边的袍子都脱了，收起来。她穿上斯琴的粗皮的袍子和靴子，把头发结了，将衣袖挽了，拿了木橛子和皮口袋，到刚刚冻硬的地面上去挖掘能吃的野菜。萨仁见了，也学她的样，和她一起去挖掘。斯琴把她们挖来的薯根、木梨、地榆、狗舌、青蒜都洗净，晾干，仔细收好。

看到母亲奇怪的装束，看她变得红肿、皲裂、粗糙的双手，铁木真和他的兄弟们都沉默着，预感到了临近的灾难。

> 泰赤兀的兄弟们
> 将她母子撇下时
> 诃额伦好生能事
> 拾着果子
> 撅着草根
> 将儿子们养活了
> 这般艰难的时分
> 养得儿子们长成了
> 都有帝王的气象
> ……

　　　　　　　　　　　　《蒙古秘史》第74节

---

[1] 固姑冠，象征身份和地位的头饰。

第五章

1

　　这样的冬天它经历过几个？八个，十个，还是十五个？不记得，反正不少。同伴中比它小的都死了许多：冻死的，饿死的，被咬死的。它们的尸骨留在了某个冬天，比石头还硬，鹰都啄不动。而它活着。是的，它活着并带领同伴穿过好些要命的冬天，受尽了饥饿和寒冷。这是它的骄傲。有一次，身边的同伴死光了，没死的也离开了，只剩下它，在冰天雪地的寒风中独自熬了过来。是的。它虽然喜欢成群结伙，但并不害怕孤单。有的时候，大家分头去找食物，比聚在一起等死好。这时，就算同伴不走，它也要把它们赶开。它知道，一个种群能够留存，关键不在于它的数量多或者比别的动物凶猛。也许在一般情况下是这样的，但很多时候不是这样，比如冬天。持续不断的暴风雪，地面冻成硬壳，不见一个活物，有力气有什么用呢？同伴多有什么用呢？它们的嗥叫只能令你烦躁，令你愈发饥饿。是的是的。重要的不是数量、力量，不是好看的外貌，而是耐性。就是靠了这个，它一直活到今天。

　　从这一点来说，它看不起那些狮虎之类：长着漂亮的皮毛，吼声震天，又能怎么样呢？它们太娇贵，也过于挑剔。是的，有些事它们不屑于做，比如追逐一只兔子；有些食物它们不屑于吃，比如病死的鸟和鼠，以及人们扔掉的腐败的内脏。而它不嫌弃。有过一个冬天，它就是靠这种食物和一头豹子对峙了十几天，直到对方耗尽最后一点气力，它咬死了它。当时它自己也没劲了，剩下的力量刚够咬死那只豹子。是的，它比豹子更懂得如何保持体力，并且坚持到最后一刻。豹子肉味道古怪，不好吃，这是那个冬天给它留下的最后记忆。

　　还有一个冬天令它记忆深刻，当时它饿昏了，二十几天，它的牙除了雪没碰过别的。身体被雪埋了，脑袋像一块冰，完全冻僵了。是的，它以为那是它最后的一个冬天，风卷着雪打在脸上一点感觉也没有。就在那个时候，它已经闭上眼睛，忽然间听到人声大作，还有马叫。是的，当时它的身体半埋在雪中，连抬头的力气都没有，不愿被打扰。是刺鼻的血腥气使它勉强抬起眼皮，目睹了一场厮杀。它没动，只是尽力保持住清醒，不让自己昏睡。到夜里，等它确认厮杀已经结束，慢慢伸开僵硬的腿，爬出雪窝。是的，那个冬天真是太美妙了！月光底下到处都是人和马的尸首，温暖的，新鲜的。

是的，对于如何熬过冬天它有足够的经验。而夏天不算什么，随便就能捉到一口吃的。夏天就是为了给冬天的饥饿储存力气。在夏天张牙舞爪没什么了不起；经过漫长的冬天，风暴停歇之后，你仍然站立着，那才厉害。这就是它的标准，很简单。对于天气，它有自己独特的看法：恶劣的天气是灾难，也是机会。它喜欢看对方在恶劣的天气里挣扎——等着，等到最后一刻把它们变成自己的食物。无论它是虎或者豹子，马或者人。这时，它宁愿天气更恶劣一些，哪怕自己饿疯了也不要紧，它能坚持住。而眼前这个冬天正是它希望的：风不停，把地面揭去一层皮，到处都是光秃秃的，雪打得你睁不开眼，站都站不稳。太好了！不远处，在它的面前，有两座毡包在风雪中挨在一起，不多，就两座，如果风再猛烈一点，能把它揭开就更好了！它等着。

白毛风像刀刃刮过肋骨，在帐门外号叫了好多天，日夜不停。最后一只羊杀了。全家人都盯着它看，好像用眼睛能尝出肉味来。他们看着羊肉，也看诃额伦母亲手中的刀子。这把没尖儿的刀子是专门用来分配食物的，刀刃锋利，能把一根筋剖成四片。但母亲的手直哆嗦，她三天没吃什么东西了。最后，她把刀子交给铁木真，说：你来分。铁木真没吭声，他的兄弟们也都不吭声。新鲜的肉味引来了狼，它们在帐门外拼命嗥叫。

母亲说：这是你们父亲也速该的刀子。你们的父亲死了，好比刀子断了尖儿，所以人们抛下我们走了。他们不懂，只要刀刃不倒，刀子迟早还能磨出尖儿来。铁木真，你是家里最大的男人，如今你就是刀尖。你要照顾你的兄弟们，捡了冷的，要一人一口；捉了热的，人人有份。铁木真，你要把刀拿准，把心放平，让我每天睁开眼睛的时候能看见你们都好好站立着。

说完母亲就昏厥了。铁木真把羊血煮了送到她的嘴边唤她。她醒过来，叫他把羊血分成一人一份，她只要自己那一份。全家人看着铁木真手里的刀子，见他把最大的一份给了母亲，最少的一份留给了自己，都没说话。斯琴把羊骨头煮的菜根给每人分了。木梨、狗舌、薯根、地榆，这些粗糙的草，又麻又苦，剐得舌头疼，好歹被牙齿磨碎，咽下喉咙。菜汤唤起了别克帖的食欲，他更饿了。别克帖吃得最快，嘴里稀里哗啦地响。兄弟们之间数他个子高、食量大。别克帖对铁木真分食心中不服，不服也没办法，他比铁木真小七个月，别勒古台比他又小一岁多，他们两个是也速该的别妻生的。他们的母亲叫萨仁，身份不及诃额伦母亲。

　　风一直没停。这只羊他们吃了十天又一日。铁木真分得小心仔细，刀也用得顺手，羊还是被吃完了。他的刀子下面再没有可分的东西。汤里的骨头也被斯琴砸碎了，煮了又煮，成了一些骨头渣子。骨头渣子也被吞进肚子里，就剩下粗硬的菜梗了。别克帖饿疯了，叫喊着：我要吃肉不吃草。抓起刀子要去杀马。他的母亲拽不住他，铁木真与哈撒尔把他按住了。别克帖力气大也抵不过铁木真兄弟两个人，他喊他的兄弟别勒古台帮忙。别勒古台被他的母亲抱住了。诃额伦在一边看着，没有精力劝阻。

　　自古牧人不吃马肉，马是人的朋友，吃马肉就等于吃自己朋友的尸体。这个，他们都懂。别克帖说：人都饿死了，要马还有什么用？铁木真说：没马的人就不是人！铁木真的话说完谁也不出声了。他们心里明白：杀了马，就等于把自己的腿砍掉，再没有希望，只有等死了。可是，在这种天气里，九个吃肉的人靠什么活下去呢？谁也想不清楚。也许帐门外的狼们心里清楚，它们的鼻子嗅出了即将发生的事情，它们在风雪里已经等候许多天了，它们的叫声已经显得不耐烦。它们从帐中人的吵闹声里听出了希望。

　　半夜，幼小的帖木格饿哭了。诃额伦心疼得不行，把乳头塞进他嘴里。自也速该死后，她饱满的乳房早就失了奶水，干枯了。帖木格咬住她的乳头，疼得她出了一身冷汗。她忍着没叫，怕惊醒别人。兄弟几个都梦见自己在吃肉，牙齿磨得嘎啦嘎啦响。帐门外的狼嗥叫了整整一夜。

　　终于，风停了。

雪地踩上去咯吱咯吱响,表面有一层细小的冰凌,反射出来的阳光扎得眼疼。毡包的帐门忽然开了,狼看见四个人走了出来,不由得一惊,退后了几步。虽然是后退,步子照样不慌不忙。不是要逃走,而是与人保持一段距离,一段安全的距离。对人这种东西要千万小心,他们的牙不在嘴里,而是拿在手上,各种各样的,长长短短的,又尖硬,又锋利,而且还能在很远的地方一口咬住你,咬死你。人的花招儿实在太多了,只要他们还两条腿站着就不得不防。要想出击,最好等到他们自己倒下的时候,那时候出击安全得多,也容易得多。昨夜它们听到毡包里的哭声,它们知道,当人发出这种声音的时候,一般就离倒下不远了。所以,乍见到四个人走出帐门,它们就不由得一惊,不由得有些懊丧,但没跑。它们告诉自己不要轻易放弃,它们了解人的特性:他们即使自己不倒下,说不定也会用他们的牙互相厮杀。那时候的人很凶,总会有一部分人使另一部分人倒下,或者一个人让另一个人倒下。人就是这样一种奇怪的东西,即使是同一群人或者同一座毡包里的人,也会自相厮杀。遇到这种情况,它们不愁度不过漫长的冬天了。那匹最老的公狼见过许多这样的场面,所以它不走。不用到别处去寻找食物,两座毡包里的东西足够它们度过整个冬天。这个它早就发现了,自从不久前那一大群人走掉的时候它就发现了,知道剩下的人无处可去。他看得很清楚,这四个人走出帐门,身子都在打晃。它知道等待的日子不会多了。不饿极了人也不会出来。即使出来他们也找不到可吃的东西,一切能在雪地里找到的活物,都被它们吃光了,等着瞧吧,到时候他们必然会自己打斗起来。可是,它眼见他们分成了两伙,并没有相互厮杀:两个人到河边去了,另外两个到山脚去了。他们能找到什么呢?狼想。

2

铁木真一出帐门就看见了狼群,离他们不近不远地在雪地里徜徉,瘪瘪的肚子吊在腰上,显得可怜,但步态依然优雅,一副心中有数的模样。人没受到袭击不会打狼,狼不饿急了也不会伤人。这是他们之间的默契。哈撒尔举起弓箭,让铁木真按下了。没用。他的箭矢到达的地方,狼不会受伤。这个距离,狼算得比你准，它都懒得躲，那样，只能空耗了人的力气。等人力气耗尽时，狼就不客气了。铁木真知道它们在等什么。他发现，狼的数量比前几天少了，大概有的等不及，去了别处寻找食物。但有一只狼始终没有离开，他认识。这是最大、最高也是最前面的一头公狼，耳朵直立，眼睛在阳光下眯着。铁木真能感觉到它的目光探了过来，触在他的脖子上，冰冷，尖利。

  风一停他们就出门去寻找猎物，还是铁木真与哈撒尔一伙，别克帖与别勒古台一伙。铁木真对他的兄弟们说：无论是谁，无论捉住什么，哪怕是一只告天雀，都要交给他，由他带回帐里与全家人分食。别克帖心里想，反正什么也捉不到，即使诃额伦母亲宣布你是全家最大的男人又顶什么用呢？男人的大小不在于年岁，而在于力气。铁木真把他的话又说了一遍。别克帖只好点了点头。

  同样的话每天都说一遍，有什么意思？那天，与铁木真分手之后，别克帖发现了一个兔子洞。他和别勒古台燃了烟火去熏，没想到真有一只兔子撞进他怀里。但只有一只，再没了。如果有另外一只，他肯定会拿回去给他的母亲们，他们的母亲肯定会夸奖他。但是没了。他抓住兔子脑袋向后一掰，然后用刀尖剖开两只后腿的连接处，一拽，整个兔皮就被撸了下来，就像替它脱掉衣服。赤裸的兔肉被火烤焦，没等熟就只剩下骨头了。眨眼之间的事。事后别克帖有点后悔，他完全可以把肉再烤熟一点，嚼慢些，那样就能记住兔肉的滋味。他嘱咐别勒古台把嘴擦干净，尽快把灰烬和骨头埋好。

  别克帖对别勒古台说：我们没有看到兔子，一只也没有见到过。

  别勒古台说：一只也没有见到过。我们没有看到兔子，也没有吃过兔肉。

  别克帖说：我们没有偷吃猎物。

  别勒古台说：私自偷吃猎物的人应该受到惩罚。

  别克帖说：但我们没有偷吃，你和我。

  别勒古台说：我和别克帖没有偷吃，我们不知道兔肉是什么滋味。

  别克帖说：对了，就是这样。

  别勒古台说：事情就是这样的。

  别克帖问他：埋好没有？

  别勒古台说：埋好了。

别克帖说：再擦擦你的嘴，用雪。

当哈撒尔把他的发现告诉了铁木真，铁木真没发火。哈撒尔说埋在雪地里的骨头和灰烬还是热的，必是别克帖兄弟偷吃了猎物。铁木真听了只感觉一阵恶心。很奇怪，饥饿突然消失了，被恶心掩盖了、替代了，他的眼前冒出了这样一个情景：毡包里的人都饿死了、冻硬了，只剩下别克帖一个活着，在大口吞食马肉。哈撒尔问他该怎么办。他嘱咐哈撒尔不要告诉母亲，也不要去责问别克帖，就装作什么都不知道好了。哈撒尔以为他已有了什么主意，就答应了。其实，铁木真没有主意，他在思考。他不知道作为家里最大的男人该怎样解决这种事。但他清楚地知道，告诉母亲没用，只能惹她伤心。再有就是，凭他现在的力气，打不过别克帖。

吃饭的时候，铁木真把当天捕捉的一只雉鸡分成九份，看着别克帖把自己那份一口吞了，嘴唇湿漉漉的，眼睛发亮，喉咙里呼噜呼噜地响，样子十分刺眼，就像一个生人插进他们家里，吃他们的东西，而且理所当然。这个人是谁呢？铁木真问自己，我不认识他，这个人不是也速该的儿子。母亲问铁木真：你怎么吃那么少？铁木真说：我今天不饿。

他说的是实话。他不仅不饿，还无缘无故地燥热，手心出汗。天黑之后，他走出帐门。在门口不远处，他又看见那头狼，迎面站着，绿眼睛盯着他看，谨慎而高傲。他们对视很久，直到铁木真手中退了汗。当天夜里，铁木真睡得特别沉，梦中，他的身体喷射出一股热流，他惊醒过来，悄悄捂住了。

早晨，诃额伦梦见了许多奶，在斡嫩河里流淌，她自己的乳房里也充满了奶水，足够喂养全家的孩子。醒来后，见火快熄了，又加了些牛粪。孩子们还在睡，嘴里吐出奶白色的雾气，长生天保佑，他们都活着。她心里踏实了些。现在，为了节省气力，她很少说话，也很少动，大部分时间闭着眼睛养神儿，一面在心里掐算着，这个冬天还剩多少日子。没风的时候，四个孩子出去寻找食物，有的时候能找到一点，有时候找不到。也许他们之中的哪一个找到了一点食物，自己吃了，从他们迈进帐门的脚步能看出来。她不问。但她知道铁木真肯定没有。她不得不为这个儿子的诚实担心，自从她把分食的刀子交给他，他一直把好的、多的分给幼弟和母亲，把少的、歹的留给自己。这把没尖的刀子害了他，说不定全家人第一个倒下的就是铁木真。眼看着他的脸越来越尖，话也越来越少，诃额伦心里有些后悔。另外，她隐约感觉到他的沉默里积攒着什么东西，某种核儿，在饥饿中越来越硬，阴沉、凶狠、捉摸不透，是那种使男人成为男人的东西。太早了，她想，他的身体还弱，支撑不住这份沉重，也许过不了这个冬天，他就会被压坏、压死。可是诃额伦没法把自己的担心说给别人，她在心里做了最坏的打算，如果哪一天，出去的四个兄弟只回来了三个，少的那个肯定是铁木真。每天，她目送着他们兄弟四个走出帐门的时候都这么想。她的预料果然没错，这一天中午，别勒古台突然满脸惊惧地跑回毡包，流着泪说：我的哥哥……他死了！

3

别克帖刚转过山坡便碰到铁木真。铁木真拉圆了弓箭指着他，什么话都不问。别克帖没躲。已经没处可躲了，他的身后是哈撒尔，也把弓箭指着他。他们早就在这里等着他了。他的处境太丢人，别勒古台不在跟前，他的力气一点也用不上，否则就有一场好仗可打了。解释是多余的，求饶更丢人。算了，别克帖一屁股坐在地上，说：我做过的事情我不会后悔，也不会向你认错，你杀了我我也不会。你的力气不如我，你杀我是因为你怕我。我们的父亲在天上，他正看着你怎么下手呢，但愿你的手腕不要哆嗦。铁木真我告诉你说，我若躲闪我就不是也速该的儿子，你若不敢放箭你就不是也速该的儿子——后面的话他没说出来，因为他的咽喉被箭刺穿了，差不多同时，另一支箭穿进他的后心。别克帖坐在雪地上，想：他们果然怕我。我死了没什么，只是孤单了我的别勒古台兄弟，将来以后，他想我的时候找不到我，胆怯的时候没人给他拿主意。别克帖想着想着就死了，身子歪在了一边，但没闭眼。这时别勒古台出现在他的视线中，看见他死了，吓得哇哇大哭，扔下弓箭，转身跑了。他的背影留在别克帖的眼睛里，冻僵了。

哈撒尔也吓跑了。只剩下铁木真自己站在原地。在他放箭之前，曾经有什么东西一直堵在胸口，现在没了。别克帖说了什么，他没怎么听，只见他的嘴唇在动，然后瞄准，放箭，嗡的一声。他没想到事情居然这么简单，一下子就结束了。四周很空旷。他没动，就那么站着，不知道时间过去了多久。天开始下雪。雪片落在他的脸上，融化了，落在别克帖脸上的没化，这就是他们两个现在的区别。后来他看到了母亲的脸。她们从山坡后面跑来，头发披散着，脚底下歪歪斜斜，萨仁、斯琴，还有他的两个兄弟哈撒尔、别勒古台。萨仁扑在别克帖身上，大声号哭。

铁木真没动，站在原地，眼睛看着别处，就像别克帖的死与他无关。

他戳在那儿，像根马桩，弓还在手里攥着，身上落满了雪，头上、眉毛上也是。他居然不害怕，也不认错，叫诃额伦愈发伤心。她能把他怎么样呢？想不到他竟会做出这样的事：干脆，突然，事先没一点预兆。她竟没看出来，他也没跟她商量过，所以，除了伤心，还有愤怒。她指着马桩般的儿子说：我初生下你时你手握凝血，熟铁一般，我还以为你是个有出息的，没想到你竟做出这种事！你父亲的仇还没有报呢，我们又让抛弃了，你看我们现在的处境，除了自己的影子没一个伴，除了马尾巴没一条鞭子，还不够可怜吗？就剩一口气了，还要自相残杀，像自食胞衣的狗一般，像冲撞岩石的野兽一般，像忍不住怒气的狮子一般，像生吞活物的蟒蛇一般，像扑自己影子的鹰一般，一声不吭地，像噤声吞尾的大鱼一般，像追咬自己脚后跟的疯骆驼一般，像专靠风雪害人的野狼一般，像赶不动儿子将儿子吃了的鸳鸯一般，像为了争巢咬死兄弟的豺狗一般，像独占山头容不得同伴的老虎一般，像失了头脑的禽兽一般，你手里做的不正是塔里忽台盼想着的吗？

母亲的怒火喷在他的脸上，想必使尽了她全身的力气。可他就是不能认错，像哈撒尔那样。他做不来。母亲眼中的泪水叫他羞愧，他希望母亲动手打他，但她没有碰他一下。她嘴里骂着，流着泪，动手去搬石头，抠地面的土。她要将别克帖埋了，尽量深埋，免得叫野兽刨了。可是地面冻得很硬，她没力气，手指都磨破了。他看不下去，去帮母亲，但几回伸出手，都被她挡开了。他看着兄弟们都趴在地上帮母亲刨坑，只有他站在一边，插不上手。母亲脱下自己的袍子，将别克帖裹了，放进坑里。被包裹起来的别克帖竟是那么小的一团，在母亲怀里，像个婴儿。萨仁早哭不动了，趴在地上喘息。雪还在下。起风了，母亲冻得肩头发抖。他把自己的袍子脱给母亲,又被她推开了。他不认错,她也不原谅他。

当天夜里,白毛风呼啸起来,鬼哭似的。风,一连刮了三天。

斯琴的锅里再没有一点油腥,菜根也被捞光了。帐里再没有一口可以咬嚼的东西。一家人围着灶火呆坐着,除了小帖木格的几声抽泣,谁也不出声。悲伤需要力气,愤怒也需要力气,但他们没劲了,力气耗尽了,连说话的劲儿都不够了。人人心里都清楚,这样的风雪如果一直刮下去,毡包将被埋没,成为他们的坟墓。到时候,只有锋利的狼爪才能把他们刨出来。再后来,连狼嗥都没有了。也许他们已经被雪埋起来了,听不见了。饥饿变成了困倦,人们不知道自己睡着还是醒着,不知道白天还是黑夜。大概到了第四天,风停了。

铁木真挣扎着站起身去推门,门被雪封死了。他用分食的刀子卸下帐门,从雪里爬了出去。他没叫哈撒尔和别勒古台,就一个人,他一定要找到食物救活全家,直到吐完最后一口热气。

刚一抬头,他吓蒙了:那只狼正立在门外,与他脸对脸!它身上积满了雪,前腿直立,仿佛要迎面扑上来。而此时的铁木真根本来不及拉开弓箭,拿刀也晚了,这么近的距离,人不如狼快。可是它没动。狼没扑他,它静静地站在雪地里,脊背上耸立的毛像锐利的钢针。铁木真缓了口气,伸手攥住刀。而狼依旧保持着它一贯的姿势:饿瘪的肚子垂在腰间,身体前倾,昂着头,耳朵直竖。

它死了。

第六章

1

自从铁木真射死别克帖,诃额伦再没有和他说一句话,这样的情况持续了一年。铁木真沉默地接受了母亲的惩罚，不觉得委屈。死后的别克帖被母亲裹成小小一团，好像又变回了孩子，而他长大了。以后的很多年，很多次战争，铁木真从不杀孩子；捡了幼小的孤儿就给母亲送来，像是还债。而母亲呢，也从不嫌多。在诃额伦的老年，她的身边总是围绕着许多的孩子。她给他们起名字，他们都称她母亲。

那头狼肉质粗硬、苦涩，但十分耐饿，让他们熬过了冬天里最冷的几天。用诃额伦的话说，是长生天的恩赐，派这只天狗救了我们全家的性命。诃额伦称狼为天狗，说明了人对狼的敬意。古代蒙古人不打狼。狼饿了，叼你几只羊吃，吃也就吃了，没什么，人不恨它。许多年来，它们在草原上世代与人为邻。在最恶劣的环境中，哪怕万物灭绝，你仍然能看到狼，听到它的嗥叫。这种群居动物不好看，但在任何环境里都能生存，对疼痛和饥饿有超常的忍耐力。人们经常听到这样的传说：狼被猎人暗藏的机关捕获了，但猎人并没有找到狼，铁夹子中只有一条血肉模糊的狼腿，那是它自己咬断的。若干年后，猎人老在了床上，而三条腿的狼仍然在丛林和雪地里奔跑。由于狼的这种个性，最优秀的驯兽师也拿它们没有办法，他可以驯服比狼更凶猛的虎、狮、豹、熊，让它们按人的意志去表演，可是狼不行，饥饿和皮鞭对它不起作用。或者你以为起作用了，它可以按照人的指令去模仿各种滑稽的动作，而且悟性很高，可是说不定哪一天，在舞台的灯光下，它会一口咬掉你的睾丸，毫不犹豫。所以在马戏团舞台上，人们永远看不到狼的影子。

春天刚过，诃额伦就吩咐全家起了毡包，牵了马，搬到了山里。他们找了一处峡谷，前后通畅。砍了树，做成篱笆扎了，防备野兽袭击。他们的马长得肥壮，兄弟们出去打猎，很少空手回来。他们打的猎物吃不完，就晾成了肉干。兄弟三个一起，哈撒尔与别勒古台跟在铁木真的左右，就像他的两只胳膊，从无纷争，让诃额伦看了欣慰。她嘱咐他们，打猎不要走远，要多长后眼。

过了两年，铁木真母子活着的消息还是传到了塔里忽台耳朵里。

另外还有一个关心他们母子生死的人，那就是蒙力克。有一次，他把做了萨满的儿子阔阔出叫来，让他拿萨满的铜镜看看铁木真母子还在不在人世。阔阔出就问他父亲：你希望他们在还是不在？蒙力克在儿子面前低下了头，一言不发。阔阔出举了铜镜对他父亲说，他的眼前除了一片白什么也看不见。蒙力克心里疑惑，还是相信了儿子的话。自古以来，人们都是相信自己愿意相信的东西。如果诃额伦母子不在了，当初蒙力克的选择等于救了自己全家，没去做陪葬，他的儿子们会感谢他；可要是他们都还活着，那他就错了。在死亡面前，他背弃了朋友的亲人，上天证明了他的愚蠢和怯懦，蒙力克不愿意做那样的人，他看不起那样的人，迟早，他的儿子们也会因此看不起他。

　　塔里忽台也不相信铁木真一家能度过那个冬天，怎么可能呢？他对别人说。他这样说的原因是，他——塔里忽台要做乞颜部的可汗，但是每到这种时候人们总要提起也速该的儿子，或者嘴上不说，私下里却传说铁木真还活着，在原来的营盘里有人见过他，说他长得酷似也速该。这些人的意思很清楚，就是不愿意让泰赤兀人的首领做乞颜部的可汗。于是塔里忽台又睡不着觉了，又想起那个叫诃额伦的女人，莫非这个女人制造出了另一个也速该？说不定这个也速该比死掉的也速该更难对付。所以，他必须除掉铁木真，早下手，趁他长大成人之前。

　　几天后的一个黄昏，正在放马的别勒古台发现了塔里忽台一伙。兄弟们中，数别勒古台的眼力最好。他赶紧跑回家告诉诃额伦。兄弟几人把篱笆扎紧，持了弓箭守着。诃额伦与萨仁带了两个小的躲进包里。

　　塔里忽台的人循着蹄印找到了他们。相互发了几箭，都没有伤到对方。其实，塔里忽台的人完全可以冲破他们的篱笆，顶多死伤两个人，但塔里忽台不屑于那么做，不值得。他没带多少人马来，带一大群人马去对付一家孤儿寡母，惹人耻笑，让人以为他害怕也速该的儿子。这样的人怎么能当乞颜部的可汗呢？因此，他只带了十多个人，权当一次狩猎。既然他已经看到铁木真，就等于捉到了他。他对他们喊：叫铁木真自己出来吧，别的人我不要。铁木真听清楚了，就对他的母亲说：这些人来得蛮横，人又多，我们敌不过。若让他们伤了母亲和弟弟们，我心中不好。他们既是为我来的，不如让我把他们引开去，你们也可脱身。诃额伦告诉他：记住，若是我们都活着，以后就到豁儿恢的山脚下会合。说话间，铁木真拉了马从后面出去了，一面对塔里忽台喊：你若追得上，就来取我吧。

2

以上是铁木真母子的告别过程，很简单，没人流泪，没有生离死别的言语。或者来不及；或者诃额伦认为她的儿子不会死，别人可以不信，但做母亲的自有做母亲的道理；或者诃额伦根本没去想这些。借塔里忽台去追赶铁木真的时间，他们一家脱身跑了。黑夜，在月光下，他们把马蹄子包扎起来，拆了篱笆。分成了三股。这样，即使有人追来，也只能追上一股，即使有人发现了，也猜不到他们的去处。

此时铁木真已经钻进一条山涧，以前他打猎的时候来过这里，准确地说，那只是一条石缝：两面绝壁，刀削一般，入口狭窄，尽是树木和石头，刚好容得一人一马进出。山涧的另一端同样直上直下，没有出口。无疑，这是一条死路。铁木真的想法很清楚，在平地，他不可能跑出太远，迟早会被塔里忽台追上；钻进这山涧，便能以一当十，进来一个射死一个，至少可以抵挡两天，让他的母亲和弟弟们安全。

但塔里忽台是个经验丰富的猎手，深懂动物们陷入绝境的一贯作风，比如受了伤的无处可逃的狮子，它会一声不响地潜伏起来，屁股倒退进洞口或者石缝，头朝外，张着嘴，专等人靠近。然后出其不意地咬死你。塔里忽台察看好了地形，叫手下在山口支起篝火，开始喝酒吃肉，吩咐他们睁大眼睛，只见有活物出来一并乱箭射死，不要进去捉。塔里忽台吃饱喝足后就睡觉了，睡得很安心，梦见最黑的熊和最白的女人。他爱做梦，但他的梦从来都是黑白两色，十分单调。而山涧里的铁木真一夜没合眼，弓箭始终抓在手中。因为，头顶总有什么东西在响，天空是窄窄的一条，像河，大半个月亮从一边漂浮到另一边，胖胖的，白里泛黄。

早晨，铁木真和塔里忽台同时看到一只海青腾空而起。他们把鹰叫作海青。这只鹰展开翅膀在山涧上空盘旋，一只翅膀便有四五肘长。铁木真头顶的山崖上有他的窝，至少三只雏鹰在等它喂养。铁木真夜晚听到的响动就是它们发出的。等鹰确认这些人不能伤及它悬崖上的窝，就飞走了，到远处为它的儿女们寻食去了。这只鹰的出现使塔里忽台确认了这样一个事实：山涧里没有任何可吃的活物：兔子，山鼠，或者一只鸟，哪怕一条蛇、一只蛙或蜥蜴都不可能有。就算有，也早进了鹰的嗉子，被它喂养了儿女。不管藏在哪，都逃不出鹰的眼和它的铁喙。所以，铁木真也看到了，这山涧里只有石头、土、草和树。如果他不出去，肯定会饿死。见塔里忽台不肯进来，他就预先将随身带的水和食物拿出来，估算了一下，尽量节省着吃。

可是塔里忽台带着足够的酒肉，而且还有足够的耐心。如果铁木真饿死了，倒省得他动手，未必不是件好事，他不急。

白天，铁木真躺在石头上，让中午的阳光暖暖地照在身上，借此沉入睡眠，也可以忘记饥饿。他熟悉饥饿，有对付它的各种办法。傍晚，等待哺育的雏鹰开始尖叫，铁木真醒来，见那只鹰回来了，用它嗉子里的食物喂它的儿女。总是最强壮的雏鹰把头伸进它的嘴里去掏，那抢不到食物的注定被饿死。听着它们的叫声，铁木真吐掉又苦又麻的草根，喝两口水。整个晚上他都让自己醒着，当月亮在头顶上空出现时，他便取肉干放进嘴里，慢慢咀嚼，直到月亮从另一边的山崖消失。

第二天这样过去了，第三天也这样过去了。到了第四天晚上，铁木真觉得身上还有足够的力气。他拉起马准备出山，没走几步，马肚带忽然掉了，铁木真就有些疑惑，想：这是上天告诉我塔里忽台还没有走。遂又返回来躺下。过了第四天晚上，又过了第五天、第六天，铁木真身上的食物吃光了，感觉手上乏力，他又拉起马准备出去，忽然有一块白石头滚落下来，正好挡在马蹄前。铁木真又疑惑：莫非上天在警示我，那些人还没去吗？他遂又返回来躺下。他嘴里没有任何可以吃的了。到了第七天，他感到浑身没劲。到了第八天，已经没有饥饿感了，只是困，眼前开始出现幻觉：月亮更胖了，肥肥白白的，从这一边游到那一边，那一条天空变得弯曲、柔软，泛着绸缎似的光辉。铁木真知道，这个时候，他只要睡过去，一切就都结束了。这个时候，死很简单，很容易，也很舒服。但他强睁着眼不肯睡。铁木真不想死的原因有三个：一是母亲曾经告诉他的话，说他手握凝血而生，将来必收管天下，他不应该死；二是他父亲的仇还没报，他不应该死；三就是，他不该死在这样狭窄的地方，独自一人，默默无闻地腐烂，这才是使他真正恐惧、羞耻的。可是，他实在太困了。

3

从铁木真钻进山涧之后，塔里忽台每天都醒得很早，看山崖上那只鹰展翅飞过，为它的儿女们去远处觅食。第三天，第四天，第五天，第六天，第七天，天天如此。到了第八天早上，那只鹰在头顶上盘旋了三圈，最后还是飞走了。塔里忽台觉得奇怪：如果铁木真已经饿死在山涧里，这只鹰就用不着到远处去觅食了。鹰眼永远比人眼好使。于是，塔里忽台决定再等一天。第九天的早上，那只鹰没飞走，一直在头顶上一圈一圈地盘旋。塔里忽台数到第九圈的时候，吩咐手下收了弓箭，准备进山涧里去收尸。他话音刚落，就见一个人直立着从山涧中走出来。塔里忽台吓了一跳，乍一看以为是也速该的灵魂回来了，定了定神，才发现是铁木真。

那只鹰仍然在头顶上方盘旋不去。

人们都看塔里忽台，不知道该怎么办。

铁木真就走上来问他：你要杀死我吗？

塔里忽台叹了口气：这不怨你。

铁木真：你要杀死我。

塔里忽台：怨你的母亲，她把你生得太像也速该了。

铁木真：先给我些吃的喝的。

塔里忽台答应了，他要为铁木真打一副木枷，先量了量铁木真的肩膀，说：可惜了这副肩膀。吃吧，等你吃喝足了，我的枷就打好了。

铁木真吃得不急不慌，先喝了口肉汤，然后有滋有味地嚼奶酪、啃骨头，丝毫不像饿了八九天的样子，面上没有惧色，而且还带着一丝心不在焉的笑容。那便是一开始塔里忽台把他认作也速该的原因。所以，他非杀掉他不可，当着全乞颜部的百姓。他把木枷打得仔细又结实，锁住了铁木真的头和手，将他拴在了马鞍上。此时那只鹰还在他们头上盘旋，跟着他们走出好远，才拐了一个弯，消失了。塔里忽台一直不明白，他怎么能在山涧饿了九天还能站着走出来。

铁木真说：我想死在开阔的地方。塔里忽台说：这容易。

几百年之后，蒙古人都将那座叫作肯特山的地方奉为圣山。有人去那里朝拜，见山涧的悬崖上仍然有一只鹰巢，人们离开的时候就留给它一些小动物。它昂着头，不屑看，等人们走出三程以外才飞扑下来。它一只翅膀展开有两米长，先使翅膀将它们打昏，然后用铁爪抓到山崖上啄碎，再喂巢里的儿女。因为它每次并不多吃，能喂活的依然是最强壮的那只。余下的生物们便钻进山涧各寻活路，后来那山涧里繁衍着松鼠、兔子和各色鸟雀，一片生机勃勃。

就这样，塔里忽台把铁木真带回了乞颜部，先命令各家轮流看管着他。打算让萨满挑一个日子，取了他的命，祭天称汗。很简单，塔里忽台没去找借口说明铁木真如何如何该死。用不着，要是那样做，反而说明他自己胆怯，心里有顾忌。他能抓住铁木真，把他除掉，也就够了。铁木真的两个叔叔，阿勒泰和答里泰已经去投奔了札答兰部，剩下众多的孛儿只斤的百姓，就像没有领袖的衣服，既成事实。事实也就是天意，上天的意志，不然他就抓不住铁木真，还可能被铁木真射死了。那也是天意。塔里忽台才懒得找什么借口和理由，麻烦又虚伪。结果说明一切。如果真的有人需要什么理由，他们会有办法替自己找出来。中原的文人有句最简单的话，叫作胜者王侯败者贼，说得透彻。可他们自己做事又偏偏讲究师出有名，也是奇怪得很、麻烦得很。但这就与塔里忽台无关了。他叫泰赤兀氏族的人去备酒宴庆贺，先大醉三天再说。

当时草原上的各个部族，都没有固定的监牢和专职的士兵，一根结实的马桩就是一座监牢，一家会使弓箭的男人，无论老少，都是士兵。另外，塔里忽台让各家轮流看管铁木真，也有向众人示威的意思。人们相信并看到他抓住了铁木真，大不了就是摇摇头表示惋惜，也就到此为止，若让铁木真跑了，那就是你一家人都不想活了。蒙力克心里矛盾，叫他的儿子去看看铁木真，送点吃喝。阔阔出说，他做了一个梦，梦见了天神，他问询自己的寿命，天神说你将死在铁木真之后。他说：父亲，你看我现在气出得顺顺的，脚走得稳稳的，铁木真怎么会死呢？蒙力克听了摇头苦笑，他不信。人们只愿意相信眼睛看到的事情，古来如此。

铁木真不缺吃喝，只是戴着木枷无法睡觉。一天，在锁尔罕赤剌的家里，半夜，赤老温兄妹偷偷为他卸下木枷，让铁木真好好睡了半宿。这赤老温曾经是铁木真小时候的玩伴，他的妹妹合答安心肠最好，他们的父亲叫锁尔罕赤剌，是个钉马掌的。早晨一醒来，就听他呵斥他的儿女，让他们赶快叫醒铁木真，给他把木枷戴好，免得让别人看见，丢了全家的性命。又一天，铁木真轮到另一家看管，他们把他拴在门外的马桩上，留一个人看着，全家都去喝酒。那人虽不乐意，也没办法，因他生得瘦弱，争辩不过。

那是塔里忽台大醉的第三天晚上，阔阔出来看铁木真。因为天气凉，阔阔出特地给铁木真带来一壶热酒，好让他喝了身上暖和。凡临死的人，脸上总要现出一种暮气，一丝怠倦之气，能看出来。但是铁木真脸上没有，他的眉目清晰，目光明亮，于是阔阔出对他露齿一笑，说了句长生天保佑，就转身走了。那人看了生气不过，说：我还冷得不行，却没有酒喝，伸手去夺。铁木真对他说：你想喝酒容易，把我身上的绳扣松开，你看我勒得难受，反正戴着枷也跑不了。那人给他松了绳扣，捧了酒壶去喝。半夜，铁木真再叫那人，他已经脚下不稳，刚刚走近，就被铁木真用木枷打破了头颅，昏死过去。趁着夜色，铁木真一直朝南跑去。

第七章

1

天亮之前，他刚要睡去，就听见一阵扑啦啦的声音，那只鹰落在他身边的石头上，落下来的时候翅膀扇在他的脸上。那是他在山涧里的第八天夜里。铁木真惊愕，攒足了力气赶它，它又扑啦啦飞走了。他又困了，温暖的灰色的困意烟一样袭来，弥漫着，把他裹住，使他睁不开眼睛。鹰又飞落下来，再次用翅膀拨打醒他。他再伸手将它赶开。这样好几次，一直折腾到天亮。最后，铁木真把所有的力气都攒到两条腿上，站起身，走出了山涧。鹰仍在他头上盘旋不去。它奇怪，也很惋惜，不知道是什么东西让这个垂死的人又站立了起来。因此它跟了他们很远一程，舍不得离开。铁木真从心里感谢这只海青，如果没有它，他肯定躺在昏黑的梦里永远醒不过来了。

回到乞颜部，他看到了很多熟悉的脸，虽然他的肩上戴着木枷，却不回避众人的目光，他直直地看过去，对方总是低了头或避开了。被指令看管他的人家，都给他吃喝，只是戴着枷无法睡觉；怕他跑了，没有谁敢替他卸下来。到了锁尔罕赤剌家里，赤老温兄妹背着他们的父亲替他卸下了枷，让他好好睡一觉。本来，他可以等他们睡着之后逃走，但他没有那样做。那合答安的眼睛一直看着他，目光里充满泪水。他若跑了，必连累他们，他能忍心吗？另外他太累了，脑袋一沾地，就立刻睡着了。前面思想的变成了梦，梦也被黑暗吞噬了，不过，即使在最黑的黑暗里，他也清醒地知道自己还活着，不久就会醒过来。

果然，他在梦中听见锁尔罕赤剌斥责他的儿女。他醒了。这个锁尔罕赤剌是打马掌的匠人，手很巧，铁木真一点没觉得疼，木枷重新戴好了，和原来一样，好像从未动过。只是给他安装木枷时，锁尔罕赤剌的眼睛不看他。换了另外一家人，也是同样。铁木真想：他们都懒得看我，是不是我在他们心里已经死了呢？所以，当阔阔出给他送酒喝的那天晚上，他死死盯住他，不容他躲闪。阔阔出翻着眼白，没躲过去。他们对视了片刻。阔阔出咧嘴一笑，露出惨白的牙。自被塔里忽台捉到乞颜部营地，他是第一个对他笑的人。他的笑容古怪，像某种暗示。阔阔出走了。他叫那人为他解开绳扣，趁那人喝醉时，他抡圆了枷，打在那人太阳穴上，撒腿往南跑。

戴着枷，头重脚轻，他摔倒了几次，爬起来再跑。他不知道自己该往哪里跑，能跑出多远。天空没有月亮，没有一颗星，如一块黑布罩在头顶上，周围每个角落都给掖死了，满世界只有他和自己的心跳声。黑暗密密实实，前后左右又无遮拦，他像个瞎子在疯跑，这么跑一点用也没有，可是不跑更没用。为什么人不能飞起来？木枷卡得他喘不过气来，膝头一软，他跪在了地上。这木枷太结实、太沉重，他就是扭断了脖子也砸不开它。他看见背后现出了流萤一样的火把，那是来搜寻他的人。他的枷杵在地上，让他抬不起头，他的膝盖累得发抖,他说:长生天保佑。这句话脱口而出。即刻,他听到一声蛙鸣。

声音就在近旁,却像来自另一个世界。为了证实自己的耳朵,他又说长生天保佑,然后屏息谛听,结果听见一片蛙鸣,清晰极了。于是他静下心,嗅到了水气——有一条小河在右手边。趁追寻他的人还没到,他找了一处灌木稠密的地方,泅进了河水。

马蹄声从头顶上踏过去,跑远了。举着火把的人,十步一个,长长的一排,如梳羊毛一般拢来。火光照亮了河面,蛙们惊叫着蹿开,有一只落在木枷上,肚子一鼓一鼓。他藏在灌木下面,只露出口鼻,尽量不使木枷浮出水面,他屏住气,也看着蛙,不知道这是不是刚才叫他的那只。一听见脚步声,他就憋住气,潜进水中,憋不住了再露出头喘息,这样好几次。人们的火把将河面照得通亮,来回几次都没人发现他。等他再次露出水面,正好遇见一支火把,执火把的人也正好在俯身看他。彼此吓了一跳,但谁也没出声。旁边有人喊:看见什么啦?锁尔罕赤剌说:一只蛤蟆。那人催他快走。我撒泡尿!锁尔罕赤剌回答道。

铁木真没再往水里钻,他定睛看着锁尔罕赤剌的脸。青蛙从枷上跳了下去,不见了。锁尔罕赤剌开口对铁木真说:你不要动。我不说我看到了你。我们这就搜过北边去,天亮了必搜回来,你若落在他们手里,也不要说看到了我。

火光和锁尔罕赤剌的面孔消失了。人声逆着风都朝北去了。铁木真开始想:我为什么偏偏碰上的是锁尔罕赤剌而不是别人?他对我说的这些话是什么意思?前天他的儿女为我开枷,他还斥责他们来着,为什么他今天却放过了我?他说,天一亮人们必搜寻回来,到那时我长出翅膀也飞不了了。现在我该怎么办呢?塔里忽台要害我的命,说明我这条命不同一般。锁尔罕赤剌也知道,那锁尔罕赤剌若捉了我,必得奖赏。他怕我供出他却又放了我,这是为什么呢?这么想着的时候,他发现自己已经从河水里爬出来,正在往回走,去寻锁尔罕赤剌的家。他敢不敢收留我呢?若他将我送给塔里忽台,铁木真想,那便是我命该如此。

2

当晚,塔里忽台正坐在自己的包里,半睡半醒,点着灯,手指在熊皮褥子里捉虱子，捉到一只掐死一只，一面等人报告捉住铁木真的消息。他并不性急，那个木枷是他亲手做的，他不能信不过自己。他对自己说：也速该的儿子不是鸟。他身边的人听得清楚，这句话塔里忽台一共说了七遍。

可是等到天亮了也没有捉住铁木真的消息，他身边的人对他说：莫不是铁木真藏在了谁家的包里？塔里忽台很想知道这个有胆量的人是谁。他命人挨家去搜查。先从蒙力克家开始，马棚里找了，羊群里翻了，连包里的褥子都给掀了，没有铁木真的影子。蒙力克在旁边一声不吭。他不敢。

三天过去了，塔里忽台把乞颜部所有的毡包全都翻遍了，包括他们自己的家。连主儿勤人的首领撒察的包里也看了，还是没有找到铁木真。这是怎么回事呢？他不明白。撒察假装着急，其实心中暗喜，这么一来，全部落的人都知道铁木真跑了。撒察想：塔里忽台称汗的事只能搁下了。可是铁木真到底哪去了呢？他也觉得奇怪。不久，有三个萨满声称他们做了同样的梦，梦见铁木真变成一只鸟飞走了。撒察不信，塔里忽台更觉得荒唐，他把三个萨满分别叫来，问他们梦见的鸟什么样。第一个萨满说是一只百灵鸟；第二个萨满说是一只带翎子的雉鸡；第三个萨满是阔阔出，他说就是一只告天雀。塔里忽台问他：枷呢？那个木枷在哪儿？

又过了些日子，听说有人在营地南面的河水里发现了木枷。塔里忽台过去看，果然就是那只，他亲手做的仍然结结实实的木枷，每个榫都插在原处，完好无损。枷在水里漂浮着，生出一层绿藓，一共六只蛤蟆蹲在上面，肚子一鼓一鼓的，好像什么都知道。但是塔里忽台没问它们。

没多久，他听说蒙力克走了，带着他的家人和一部分百姓，去投奔札答兰部去了。更使塔里忽台气愤的是，撒察也带着他的主儿勤离开了乞颜部。那一定是他早就盘算好的，还带走了许多孛儿只斤的百姓。他没有去投奔谁，塔里忽台知道，撒察谁都不去投奔。但他一走，塔里忽台就没法称汗了，这才是撒察离开乞颜部的真正目的。塔里忽台懂。那些新鲜、散乱的车辙让他心烦，他对人们说：再看到谁要偷偷溜走，就杀了他们全家。

锁尔罕赤剌没有离开乞颜部，他本来也不想走。他知道，对于乱麻一样的百姓来说，没人在乎他走还是不走。谁的马都要钉掌，就像人总要穿靴，不然就没法走路,给谁的马钉掌不一样呢?他的妻子早死了,给他留下一对儿女——赤老温与合答安,他要把他们照应好。他会打铁,会木匠活儿,还会做皮匠活儿,这些手艺他都要教给赤老温,将来让他给他的妹妹做份嫁妆,也为自己养老。这就是他心里想的,一直没变过。所以,当那天晚上搜捕回来,发现铁木真躲在他家的帐篷里。他生气了,对铁木真说道:我才刚放了你,你如何又跑到我家来?

铁木真说:我是寻着赤老温打蹄铁的声音找来的。

锁尔罕赤剌说:你这是害我啊,我若收留了你,不等于亲手灭了我自家的灶火吗?你活不成,我也活不成。

当时铁木真就脸红了,对他说:我以为你要救我来着。若不是,我就走。你放心,我要是被捉了,不提你的名就是了。

说完了,他果真低了头往门外走,可是赤老温坐在门槛上堵着,不肯挪开。合答安拽住铁木真的衣服,对她的父亲说道:天上的雀落在草丛里,地上的草也懂得庇护它。我们的命虽贫贱,也强过那草皮。都是地上行走的人,如何咱们救不了他?你看他被人追得可怜,身上没穿的,嘴里没吃的,咱们能把他从咱家门里赶出去吗?

锁尔罕赤剌就对赤老温说:还不快拿把錾子来,堵在门口做什么?

赤老温懂得了他的意思,拿来铁錾和锤子,替铁木真开了枷,又照他所说,再原样装好,让合答安远远地丢了去。紧忙着,眼看天就亮了。泰赤兀人果然一家一家搜寻过来,按照父亲的吩咐,合答安把铁木真藏在装羊毛的车里,外面又用羊毛塞满。铁木真不言语,听由他们摆布。

弄完了,锁尔罕赤剌叫儿子继续敲打马蹄铁。泰赤兀人过来,任他们去搜。泰赤兀人里里外外都搜遍了,有人去掏羊毛车,羊毛塞得紧,掏起来也费劲。他在一边嘿嘿地笑,说:你们这些人也不想想,这么热的天,那羊毛车里能藏人吗?就算有人,也早捂死了。那些人被他笑得没趣,撇下羊毛车走了。直到泰赤兀人走远,他才让女儿合答安去掏羊毛车,赶快把铁木真拽出来。可是晚了,铁木真脸色死白,浑身汗透,如水洗了一般,口鼻间已经没有了气息。

合答安一见,不禁放声大哭。

3

是谁？谁在叫喊我的名字？还哭。那声音他一点儿不熟悉，既年轻又陌生，是女人的声音。她这么悲伤，这么不管不顾地哭，这是我的什么人呢？她难过得要命，就像我已经死了或者正在死。不错，这时他的身体像一缕轻烟，正朝前飘移，再往前就是另一个世界了，那扇门已经为他敞开，吸引着他去。他没拒绝，也不恐惧。只是身后的哭声太奇怪，没完没了，使他忍不住回过头来想看看到底是谁。尽管他不了解她的悲痛，可他知道，一个人为你这样哭泣肯定不是一件简单的事，这是他从未经历过的，不能不回来看看。

所以铁木真醒了。他睁开眼，看见一张涂满泪水的脸，是合答安，锁尔罕赤剌的女儿。锁尔罕赤剌在往他的嘴里吹气，她趴在他身上哭，见他醒了过来，一点儿也不难为情。她继续抽泣着，一时停不下来。她不放心，还叫铁木真的名字，铁木真就答应。听见他的声音，她笑了，给他端来一盅酸马奶，把泪水都抹在了手背上。

一直到晚上，铁木真才恢复了精神，他得赶快走。可他怎么走呢？锁尔罕赤剌来了，他左手牵着两匹光背马，右手拿了一张弓、两支箭。他对铁木真说：我给你一匹不生驹的白口母马、一匹秃尾子马，你别嫌不好。不是我舍不得给你快马，只是防备你与人争斗。你若与人争斗，必被人追上，你懂我的意思吗？我这马虽然跑不快，却是能走长路的。但我没给你鞴马鞍，我没给你鞴马鞍不是我舍不得，是怕别人认出马的主人。就算你被捉住了，就说马是偷来的。你看我没给你带火镰，不是我舍不得，我怕你路上生火，让人看见。这里有一张弓，还有两支箭，为什么不多给你些呢？不是我舍不得，是怕你路上争强好斗。两支箭做防身够用了。我让合答安煮了一只羊羔，装了一壶马奶，你路上省着吃。现在天刚黑透，你赶快走吧。

铁木真爬上马背，头也没回地走了。

本想道谢的，但他找不出合适的言语。道谢容易，只是太轻了，没有一种言语能配得上他们为他做的事，不如不说。另外，他深懂锁尔罕赤剌此刻的心情：等着听他说两句好话，还不如看他早点消失。不是锁尔罕赤剌这人胆小，相反，在他刚才的言语里面，铁木真看到了一个男人应有的谨慎。

第八章

> 铁木真去了
> 逆着斡嫩河踏将去了
> 有沱沐儿名字的河
> 西通着斡嫩河
> 见那小河边有行的踪迹
> 就逆那小河寻去
> 河边有豁儿恢名字的孤山
> 在那里与他的母亲兄弟们相遇了
>
> 《蒙古秘史》第88节

1

出生在草原上的牧人，天生有一种特殊本领，那就是，凭借地上的蹄印找到自家的牲畜。牲畜行走的踪迹就是它的脸。在人世间，没有两张脸是完全相同的。牲畜也一样，外表相同的两匹马，行走的姿势不可能没有差别，牛也是，羊也是，骆驼也是。它们蹄印的形状，蹄印和蹄印间的距离，内外偏斜的角度，着力的轻重虚实，前踢后撇的程度，各不相同。牧人凭这些特征能够想象出它们的体型步态，甚至牲畜怀孕了、受伤了也能看出来，就好比我们能在路上认出家人的背影。

奔跑了几天几夜，铁木真终于在豁儿恢山下找到了自家牲畜的蹄印，知道了他家的马都在、亲人们都在，心中特别快慰。他忘记了困倦和饥饿，顺着汔沐儿河一路跑来。差不多快黄昏了，他看到河边有一个妇人迎风站着——那正是他的母亲。

其实是诃额伦先看到了铁木真。虽然年纪大，但她的眼力特别好。因为少遮挡，草原上的人眼力都好，而且女人比男人更好。男人要扑向他看到的，而女人要等她看不到的，等待着她们的命——父亲、丈夫、儿子。思念和担忧使她们的目光伸得更远。等待也是一种本领。满怀信心的等，不管等多久，等就说明有，哪怕远在天边。等待让诃额伦练出一副好眼力，天气晴朗时，她能看清楚三程之外的风吹草动。所以，当远处刚刚出现一个跃动的黑点，她就认定那是铁木真。之后，铁木真看到了他的母亲。时至今日，即便不是出生在草原上的蒙古人，视力也比一般人好得多，无论男女。有的时候，他或者她坐在你对面，下颏微微抬起，眼睛并不完全睁开，目光平视，看着你又好像没看见你，那目光穿透了你，在眺望你身后远方的某处。这时你会觉得这个人很傲慢，或者以为他走神了，其实没有，那只是祖先留给他的一种眼神，即便他的眼前是墙壁，远处和更远处都是高楼，他或者她还是免不了要眺望一下，不由自主。

自从诃额伦一家聚集到了豁儿恢山下，她一直没有看到铁木真。诃额伦天天都到汔沐儿河边去眺望、等待，无论刮风还是下雨。哈撒尔与别勒古台被她打发出去探听消息，他们回到家都默不作声，不在诃额伦面前提铁木真的名字。诃额伦也不问，而是把自己做新娘时的衣服拿出来让萨仁看，说：三年已经过去了，我在翁吉剌的儿媳不知道长高了没有。到时候，咱们拿什么去迎娶她呢？这些衣服我只穿过一次，改一改还很漂亮。萨仁说是啊是啊，就动手帮着她改。哈撒尔和别勒古台立在一旁，你看我，我看你。他们知道铁木真被塔里忽台捉去了，就是说不出来。其实诃额伦也知道了，只是她不开口问，谁也不敢说。诃额伦照例天天到河边去等。所以，在诃额伦看来，铁木真就是被她等来的。

晚上，铁木真饱饱地吃了一顿。诃额伦看着他吃，一声不响，然后又看着他睡，一直到天亮。

又过了些日子，诃额伦问他的儿子：打算什么时候去翁吉剌，给我把儿媳娶回来？就是那个叫孛尔帖的翁吉剌姑娘，她现在已经长大成人了。你看我为她准备了四套新衣，还有两顶固姑冠。母亲这样说。铁木真听了没有回答。

夜里，铁木真睡不着，左思右想母亲对他说的话，以及话中的含义。

很显然，也速该的死，以及他们全家遭遗弃的事，翁吉剌的德薛禅不会没有听说。几年过去了，谁知道他现在是怎样的想法？况且，就算真的将孛尔帖娶回来了，能给她吃野鼠肉吗？能让她住破毡包吗？现在，他们除了仅有的几匹马，没有一只可以宰杀的牛羊，没有一条看家的狗。这样的情景他怎么对德薛禅说得出口？如今再去翁吉剌，与当初和父亲去相亲大不相同。面对他的岳丈，除了自己的身体和名字，他连一件像样的礼物也拿不出来。虽然还是原来那个铁木真，但身前身后空空荡荡。贫穷是可耻的，不仅丢脸，还不可信任。因此，他必须摆脱眼前的贫困，否则，报仇也是一句空话，而摆脱贫困的唯一出路就是娶亲。只要德薛禅答应将女儿嫁过来，就不会让她空着手，必给她陪送一份家业。铁木真想，这才是母亲真正要对他说的话。至于如何对德薛禅开口，那是他自己的事，男人的事，不用她教。

所以，铁木真苦苦思索，无法做出回答。事实上，诃额伦并不需要他回答，也不想听他的忧虑，她只是问铁木真何时动身，她好为他做准备，尽她做母亲的本分，她只要她的儿媳，那个叫孛尔帖的翁吉剌姑娘。而铁木真也必须做到，那是他做儿子的本分。

经历过死里逃生的铁木真学会了沉默。哈撒尔与别勒古台见他们的哥哥少说笑，只当他在塔里忽台那里吃了苦，不便去问。他们照例一起打猎、放马，日子过得很快。铁木真的心事不与他们商量。

到翁吉剌迎娶孛尔帖，被认为是铁木真一生的重大转折之一。可是，如果没有诃额伦提醒，铁木真能不能主动想到这一层？他有没有勇气两手空空到翁吉剌去？在他看来，这比他只身逃出塔里忽台的手掌更艰难，结果更不可捉摸。正在这个时候，一件意想不到的事情发生了，使他们一家的生活彻底陷入了绝境。

一天早上，他们忽然发现，八匹马全丢了！拴马桩光秃秃地立在毡包后面，被割断的缰绳在风中飘荡，齐刷刷的，茬口还新着。

千百年来，偷窃在草原上是不可饶恕的恶行，是诸种恶行中最为卑劣的。

你可以去讨要、抢夺，凭你的胆量、力气和脸面，但就是不能偷，而偷马的行为更下贱，这样的人被统称为盗马贼。有单个的，也有三五成伙的。一旦被抓住，都要以命偿还。因为牛马是牧人赖以生存的命根子，偷马与杀人无异。后来，到了近代，不能因此取人性命了，被捉住的盗马贼也要当众绑在拴马桩上任人鞭挞。过路的人，女人和孩子都要向他脸上吐唾沫。这样的习俗一直延续到现在。

从地上留下的印迹来看，这伙盗马贼不止三五个。他们偷去了马，等于把铁木真一家人的腿给卸了，把他们像马桩一样钉死在地上。当时，全家人都哑了声，傻了。万幸的是，别勒古台前一天去套狐狸，在洞口守了一夜，早上他骑着秃尾子马回家，才知道昨晚发生的事情。他说：我去追。因为兄弟们中数他骑术最好。哈撒尔说：我去追。因为兄弟中数他的箭法最准。铁木真说：我去追吧。兄弟们就不跟他争了。

2

那时候，牧人们的家是分散的，虽然都逐水草而居，但各部族都有自己的大致范围。即使同一个部族，当人口、畜群繁衍多了，也要分散开去，免得为牧场水草而争斗。有的营盘很大，有的营盘很小，像棋子散布在棋盘上，随着季节来回游动。草原地面宽阔，无疆界，各部族间争夺草场的战斗频繁，大家习以为常。男孩子都从五岁开始习骑射，不怕战争。也因为地面宽阔，不好争斗的人便寻得一片水草繁衍生息，避开是非，过自己悠闲安静的生活。纳忽伯颜就是这样的人。

纳忽是他的名；伯颜是人们对他的尊称，代表他的高贵出身——与乞颜部沾亲的蒙古人。后来伯颜成了蒙古人的一种头衔，意思是一方首领。这个纳忽伯颜不好骑射、角力，却善饲养。连最严寒的冬天，他的牲畜也很少掉胎的。牛、马、骆驼、羊，都是如此。所以，他的部族虽然小，但畜群不少，可是，纳忽伯颜只有一个儿子，令他十分的溺爱。

就像鸽子窝里生出的鹞子[1]，博儿术自小尤善骑射，十四岁时能徒手绊倒一头牛——这便是纳忽伯颜的独子。十七岁上，他生得瘦高，宽肩，高颧骨，凹腮，大手，目光清冷。因为上下没有兄弟，左右没有玩伴，显得很孤单。每见到他这副样子，父亲纳忽伯颜就感觉对不起儿子。他看到，乞颜祖先的血液隔过他，遗传到了儿子身上。

但博儿术也继承了父亲的谦逊和细心，还有乐于助人的品质。有一天早上，他正挤马乳，见一个青年骑马奔来，向他打听有没有看见八匹银合马被人赶着从这里经过，说那是他家的马，让盗马贼偷了，寻着踪迹，他已经追了三天。博儿术见那青年追得辛苦，便送他马奶喝，说：昨晚见这些马让好几个人赶着朝西边去了。他又对青年说：他们跑得快，你这匹秃尾子马怕追不上。那青年说：跑到天边我也要追上。博儿术说：给你换一匹黑脊白花的好马，咱们一起去追。说着便牵来了马，又取了刀和弓箭。

> 他对铁木真说
> 你来好生艰难
> 男子的艰难都一般
> 我与你做伴一起赶去
> 我的父亲叫作纳忽伯颜
> 我是他的独生子
> 我的名字叫作博儿术
> 说了后踏着踪迹又行了三宿
> 至日晚时
> 见那八匹马在圈外立着

《蒙古秘史》第 90 节

博儿术所说的男人的难处都一样，对铁木真很有触动。多年之后他一直记

---

[1] 鹞子，像鸽子一样的鹰，据说是由鸽子孵化出来的。

着这句话，这是男人与男人之间的相互理解，十分珍贵。尽管初次相识，他们彼此心里却产生了某种默契。他们一路上追得很是辛苦，到发现那些马的时候，已经是第三天的傍晚。贼们在包里喝酒，人不少。马在圈外面拴着。

他们在远处商量。博儿术说：我前去把马放了，你赶着去。铁木真不肯，他说：你来帮我追，怎能让你冒这样的险呢？你在这里等着，我去把马放了，你赶了去，若他们追来，我做抵挡。他们商定了，铁木真悄悄过去，将马缰绳割了。那马们认识主人，随他赶了跑。铁木真跟在后面，博儿术在前面引着。这时候，那盗马贼们听到了响动，唤人追了出来，举着套马杆和刀箭。

这时天将黑未黑，铁木真跑着跑着突然勒马站住，立在镫上，回过头，拉满了弓箭，眼睛直视着盗马贼，一动不动。

这是贼们没有料到的，打头的不禁也勒住马，心生几分胆怯。他们不敢相信，这人居然一连追了他们六日，不舍弃，也不畏惧他们人多，看他立在马上的架势，如钉在地上似的，虽引而不发，若追去，必有丧命的。他们彼此推搡着，没有追上来。

铁木真立在马上的那一幕，同时映在了博儿术的视线中。天色渐暗，把那身影映得如铁铸一般，吓退了贼，更令博儿术钦佩。

可是纳忽伯颜家里乱了套。

他的儿子忽然消失了，挤好的半桶马乳还在，人却不见了，一连几天没有音信，就像被风刮跑了一般。就算被风刮跑了，也能留下帽子啊；就是让豹子吞了，也该留下骨头啊。纳忽伯颜像女人一样流着泪求告上天，他许愿把所有的牲畜都祭献了，只要他的儿子活着就行，不管在哪。男人的眼泪是金子，纳忽伯颜的诚意感动了上天，他的儿子终于出现了，在失踪了七天之后。而且，不是一个人，有两个。博儿术对他的父亲说，那是他的伴当铁木真。纳忽伯颜说：长生天显灵，让我的儿子有了伴。他吩咐人们杀牛宰羊，所有的人都看见了他眼眶中的泪水。

铁木真对博儿术说：我要回家去了，你把帮我夺回的这八匹马留下四匹，咱两个分了，若不是你，我必失了它们。博儿术说：我和你做伴去，不是为了分你的马，你看我父亲置的家业，于我足够了，一辈子用不完，我心里缺少的是能共处的伴,说话无遮拦,将来彼此相助着做些事情。我初见到你,就觉得亲近,好像相识已久似的。铁木真说:我也这么觉着。当晚,他就留在博儿术家住了。

在后来的许多年里,博儿术一直是铁木真身边最有力、最放心的干将,胜过亲生兄弟。凡遇重大的事情,他都要认真听取博儿术的意见。他们单独在一起的时候,话并不多;不在一起的时候,彼此信任。那天晚上,他俩睡在一顶帐篷下面,感觉心神交会。连铁木真自己也没有想到,他把一直憋在心里的烦恼告诉了博儿术,居然不觉得难为情,那就是:他如何到翁吉剌去迎娶孛尔帖,这件事关乎他的未来。铁木真说,博儿术听,不做回答。或许铁木真不需要答案,只是需要倾诉,撒开缰绳,把烦恼从嗓子眼里放出去。不过,他还是得到了答案。很简单,博儿术说:凡事去做了才知道结果。正好符合铁木真之所想。古往今来,所有善于听取意见的人,不是自己没有主意,实际上他所需要的是信心和某种印证。而提供意见的人往往不懂这一点,总以为是自己的某句话扭转了局面,如果没有得到相应的奖赏,必然心中郁闷,感觉世道不公平。但博儿术不然,他的那句话,也许是说给自己听的。此刻他也正在做一个决定,也是关乎自己未来的,也是思前想后,无法对自己的父亲开口。

3

诃额伦又一次以她独有的耐心,等来了她的儿子和那八匹马。

然后,她开始为儿子的行程做准备。因为铁木真说了,他想去翁吉剌看看。

再然后,铁木真就告别母亲走了,穿着诃额伦为他细心缝制的袍子和靴子,在马上,后腰挺拔,肩膀平坦。从那天以后,诃额伦又陷入了另一次等待。每次等待的内容不同,而等待的焦虑都是相似的。什么都不做,只是等,多么残酷!等待者不许丧失信心,不能胡乱思想、走神、怀疑、急、烦、哭泣或者生病,这对她所等待的结果十分重要,因为不管发生了什么,对她来说,那结果都是被她等出来的。

若干天后的一个中午,诃额伦在梦中听到了牛羊的叫声,以为是自己的幻觉,这是在等待中经常发生的事情,不奇怪。可是牲畜的叫声相当逼真、清楚,而且她发现自己在醒着。诃额伦出了帐门,果然看到一群牛、羊、骆驼走了近来,停下了。诃额伦招呼赶牲畜的人:过路的客人,进门歇一歇吧,我这里有山梨叶子泡的茶,虽然不好,却是热的。没想到那客人开口唤她诃额伦母亲,说自己叫博儿术,是铁木真的伴当,他的父亲是纳忽伯颜。纳忽伯颜答应儿子来投奔铁木真,与他做伴,终生不得相弃。这牛羊骆驼是父亲给的,还有车和帐篷。诃额伦喜悦极了,她想:只要善于等待,什么奇迹都会发生!长生天作证。

铁木真平安到达翁吉剌,以下是他和德薛禅见面时的对话:

我的父亲他不在了。

愿他的英灵在天上安息吧!

我来是为他曾许过的诺言。

看出来啦,也速该的儿子是守信用的人。

人不能没有信用。我父亲说过。

也速该巴特说得不错。

现在我们只剩下两顶帐篷、八匹马。

你是个诚实的好孩子。

我没有礼物能带给您。

我这里什么都有,什么都不缺。

我们没有一头牲畜、一条看家的狗、一个可供差遣的奴仆。

我看着你活着,比什么都高兴。

要是您对当初的事反悔了,我不奇怪。

你是个懂事的好孩子。

现在我不配做您的女婿了吗,德薛禅父亲?

过去我把你看作自己的儿子,现在还是。

要是您说出来,我明天就走。

为什么呢?你可以在这儿住一辈子。

我不是为这个来的。

你是为了践约而来，我知道。

我的母亲还在等着我的消息。

等你给她带回新娘和所有的陪嫁。

不错，这样我们家才能再次兴旺起来。

你有一颗坦诚的心，总是说实话。

可我除了诚实什么都没有了。

诚实是无价之宝，孩子。

我已经来过了，实践了诺言。

不急，你还没见过孛尔帖呢。

德薛禅在洁白的帐篷里接待了铁木真，端出了最好的酒和肉，脸上的笑容和从前一样迷人。他们面对面地坐着，一句对一句地说。铁木真的两只手臂摊开在膝盖上，手心朝上，每说完一句话就紧紧闭上嘴，拿起什么放下什么毫不犹豫，准确、稳当。德薛禅仍然唤他我的孩子，铁木真仍然唤他我的德薛禅父亲。

三天过去了，铁木真没有见到孛尔帖。

其实铁木真并不一定非要见到孛尔帖，他只要把该说的话当面说出来，然后等候德薛禅的答复。但德薛禅的舌头如同上了锁，对婚约的事一句不提。那意思好像事情一切照旧，不必重提，又好像那件事从来没有发生过。晚上，铁木真独自睡在一座帐篷里，心里考虑应该留下还是走。实际上，他是在盘算离开的时间。

又是三天过去了，德薛禅对他仍然热情不减，还有搠坛夫人，他们待他像亲生儿子，就是没有人提到婚约的事。铁木真有些待不住了。

又过了三天，铁木真终于提出，他要回去了。德薛禅挽留不住，只好为他备酒饯行。

席间，德薛禅还特别请来了歌手，那歌手唱道：

　　云一样白的

　　是翁吉剌女人

花一样鲜的

是翁吉剌女人

火一样暖的

是翁吉剌女人

刀一样快的

是翁吉剌女人

酒一样醇的

是翁吉剌女人

让你睡不着的

是翁吉剌女人

让你丢了魂的

是翁吉剌女人

还有什么想不开呢

还有什么舍不得呢

还有什么放不下呢

还有什么说不出呢

  那歌子唱得奇怪,让铁木真听得一阵阵心慌。有位姑娘来敬酒,眼睛亮闪闪地盯着他看。铁木真没在意,只是接了酒,道了谢。德薛禅问他:铁木真,我的孩子,你不认识孛尔帖了吗?

  铁木真一愣,才抬起眼睛:这个高大、丰润的女人怎么会是孛尔帖呢?再一细看,她确实是孛尔帖,那个与他定过亲的女孩子。可她长大了,变了,变得厉害,差不多是另外一个人。这个女人脸色红润,胸前鼓鼓的,有一双明亮的鹿眼,乌黑的头发掠在耳后,露出白皙的耳轮,她的鼻翼翕动,鲜艳的嘴唇将呼吸吹到了他的脸上。来之前铁木真什么都想到了,就是没想到孛尔帖会长成这样——一个真正的歌子中的翁吉剌美女。她意外的美丽让铁木真很难为情,有些慌张,想不出该说什么,只好把目光挪开了。

  但是翁吉剌美女仍然直视着铁木真,继续给他斟酒。她斟,铁木真就喝;

再斟，再喝。他只能用喝酒遮掩自己的窘迫。在古老的传说中，翁吉剌女人的美，就是让男人见了也会害羞的那种。所以，铁木真醉了。什么时候醉的，他也不知道，醉得连个梦都没做。醒来时已经是第二天的清晨。他的脑袋昏昏沉沉的，一时想不起来昨天自己说了些什么，好像是说他要回去了，母亲还在汔沐儿河边等他呢。他听见自己是这样说的，但他的话都被孛尔帖的身影挡住了，好像什么也没说，或者说得不坚决。美丽的孛尔帖一直没有出声，她和她的美丽都沉默着，始终没有回答他。他只好醉，醉在孛尔帖的美丽里。不知道是谁把他送回来的，他的样子一定很难看。铁木真嗅了嗅，帐里好像来过什么人，留下了气息，是女人的气息，他自己身上也有。是孛尔帖的吗？或者说他希望是孛尔帖。孛尔帖孛尔帖孛尔帖孛尔帖孛尔帖孛尔帖孛尔帖孛尔帖孛尔帖孛尔帖孛尔帖孛尔帖孛尔帖孛尔帖孛尔帖……不，他该走了。

出了帐门，铁木真让人鞴好了马鞍。德薛禅一家来为他送行。孛尔帖系了一条红腰带，面孔更加明媚，她看着铁木真。铁木真不敢看她，只是向德薛禅辞行。德薛禅对他说了些什么，铁木真没有听清楚。他急急忙忙跨上马背，踏上了归途。

第九章

1

自从定了亲，她的腰身天天都在长。她不懂，为什么定了亲的她长得疯快，像水边的草，鲜嫩、茂盛，一日一变；不管有风没风，她的腰肩会随之摇曳，完全不由自主。怎么办呢？她已经不是个女孩子了，举手投足，说话，笑，都必须收敛才行。行啊，只要她的心能安稳住怎么都行。但有时突然半夜醒来，呼吸灼热而急促，心里烦闷得要命。这又是怎么回事呢？某一天早晨，从翁吉刺碧绿的湖水里，她看到了一位丰满的美女，比她想象的要丰满、美丽得多；这就是她，叫作孛尔帖的也速该巴特的儿媳，她未来的丈夫叫作铁木真。

那是四年以前的事情，闻名草原的也速该巴特带着他的儿子来到翁吉剌，回去的路上遭人毒害，等铁木真返回乞颜部，他的父亲已经死了，他们一家又遭人遗弃，真是不幸。这些事孛尔帖早就听说了。她还听人说，铁木真一家活过了那个冬天，但铁木真又被捉走了，可他没死，死到临头居然逃跑了，十分的神奇。再以后，长生天保佑，这一家人不知道流落到哪里去了。孛尔帖听到的也就这么多，陆陆续续的。这些消息是在提醒她：情况变了，当初的婚约不算数了，铁木真不可能来迎娶她了。但问题是，所有的这些坏消息都挡不住她迅速的生长和日益美丽。为此，孛尔帖很茫然，果子成熟了，却不知道是给谁预备的，什么样的命运在等待着她。她该怎么办呢？有时候，面对父亲，孛尔帖不得不为自己的过早成熟和美丽感到羞愧。太尴尬了。

有提亲的人来到她家，带来丰厚的礼物和动听的话。走出包门的时候带着一脸惋惜。孛尔帖听到他们私下议论：聪明的德薛禅准是想把女儿嫁到金国去，到女真人的王宫里做妃子。后来，提亲的人少了，没人来了，她的美丽被人忘记了。在平静的湖水上孛尔帖看到，她那多余的美丽中又添了一份孤独，反而更好看了。

终于有一天，铁木真来到了翁吉剌，谁也没有想到。

他骑着马，空着手，身上没有尘土和疲劳，马也没出汗，就这么来了，甚至看不出走了远路的辛苦。他身上穿得干净、爽利，脸上不急躁，也不谦卑，就像一位附近包里的小伙子来串门。他向德薛禅父亲行礼问好，举止得体、沉稳。他长高了，宽了，厚了，也陌生了，陌生得让人心慌。这是孛尔帖从帐门缝里看到的情景。自铁木真来到翁吉剌，父亲就不让她出帐。她在包里一共待了九天。

其中有一天，趁父亲不在，她故意半开着帐门，坐在门口，等铁木真从门前走过。可是，他竟没认出她来。他的目光从她的脸上划过去，她有种灼热的疼。他就这样从她的身边走过去了，没回头。

铁木真要走了。第九天的下午，父亲让她打扮好，去给他敬一杯酒。她去了，面对面地看着铁木真，他的前额光滑，嘴角凹陷，目光清澈。当他知道她就是孛尔帖的时候，他手中的酒差点泼洒了，然后涨红了脸。这就对了，孛尔帖想，这才是铁木真，他不可能忘了我，我也不能让他把我给忘了。因此，她就使劲盯着他看，看得他没处躲藏，只好不停地喝酒。她想，喝吧，看你喝醉了能说出什么来。可他醉成了一摊泥，嘴角仍然绷得紧紧的，没一句多余的话。

父亲吩咐她把铁木真送回包里，替他收拾干净。她去了，给他灌酸马奶，替他解腰带，脱靴子。他的身体好沉，他的脖颈在她的臂弯里，如婴儿般柔软，任她摆弄。孛尔帖把他的头搁在枕头上，感觉手背热乎乎的，像是泪水，不知他梦到了什么。孛尔帖悄悄尝了尝，苦咸苦咸的。男人的眼泪都是这种味吗？上次他走的时候有一场大哭，是为了他的父亲，当着她的面，那时他还小，不懂得害羞。以后不会了。一个男人能在你面前流泪，那是你的福气。她听别的女人们这样说过。她希望自己能有这样的福气，但他明天就要走了。

孛尔帖为他擦净了脸，回到自己包里，一夜未睡。

第二天清早，铁木真来向他们告别。他又恢复了原来的沉静，跟刚来的时候一样。他躲过了她的眼睛，目光刚好到她胸前，便停止了。孛尔帖深深吸了一口气：这个铁木真，这个与她定过亲的人，心如铁石的人，这个可恨的骄傲的男人，他为什么非走不可呢？只要他跨上马背，转过身去，这辈子他与她就再无缘分，将成为永远的陌生人。父亲问铁木真：孩子，你没有什么话要对孛尔帖说吗？他就像根本没听见。

为了见他，孛尔帖还专门系了一条红腰带，可是他仍然要走，还假装不在意。其实，即使隔着袍子，她也能感觉到他全身的肉都在紧绷着，面色灰暗，动作僵硬。他真的上了马，踩在脚镫上，扭转过身体，走了。孛尔帖一阵咽喉发紧。她看见，在早上的阳光里，他的背影宽阔，肩膀平坦，头微微后仰，驱马前行。突然，又停住了，不知被什么绊住了腿，半天没动。

接着，他勒转了马头，飞奔了回来。

父亲惊异地问他：我的孩子，你忘记了什么？

他说：敬爱的德薛禅父亲，请求你把你的女儿嫁给我，我向永恒的长生天起誓，我将让她成为草原上最尊贵的女人！

父亲又问他：这就是你要对我说的话吗？

如果您现在不答应，铁木真说，我迟早也要把她抢走！

为什么呢？我没有听懂你说的。父亲又在装糊涂。

因为，铁木真说，因为她是我的妻子。他说：长生天为我指定的，我喜爱她。

好孩子，父亲笑了，他说，我等的就是你这句话啊！

铁木真红了脸，说：现在我什么都没有，可是……

父亲打断了他的话，说：你错了孩子，你有你父亲的名声啊，那就是你的财富，我把我的全部家当都加起来，也不及你的一根小手指，因为你的父亲是也速该巴特，他还在人们心里活着哪，人们看见你就会想起你的父亲。铁木真我的儿子，你做我的女婿，让我的脸上有光。

孛尔帖跑回包里大哭了一场。

2

刚才，当铁木真跨上马鞍时，右腿分外沉，捉马缰的手使不上劲，同时，感觉后颈发热。不用回头也知道，是孛尔帖的目光，从一双鹿眼里投射出来的，沾在他裸露的后颈上，拽着他，让他心生羞愧。他还知道，如果他一直往前走，不停，这温度就会下降，慢慢变凉，然后就什么也没了。所以，他勒住了马，想。其实没什么可想的，他需要勇气，而此时，绑在马背上的刀和弓箭，一点用处也没有。该说的话都说过了，现在这样离开，保住了体面，却永远失去了孛尔帖。父亲为他指定的美丽的孛尔帖，鹿眼睛的翁吉剌姑娘，他的前襟上还留着她的气味呢！他想，她早已经是他的妻子了，只是来之前他不知道。一见到她，他就知道了；一跨上马，他整个后背都感觉到了；再往前走一步就是孤独、寒冷，就是穷困。这样回去，他怎么面对他的母亲？所以他掉转了马头，他知道他需要的是这样一种勇气：要么去当面请求她的父亲，要么就把她抢走，无论如何，她是他的！

最后，德薛禅对他说：我的儿子铁木真，就让我在翁吉剌为你们完婚吧。

一个月之后，他带着新婚的妻子踏上了归途。

随行的还有孛尔帖的陪嫁：九十九头骆驼，其中五十头黑驼、四十九头白驼；九百只山羊，九百只绵羊；九十九匹马，九十九头牛；九条打猎的狗，九条放牧的狗；还有三十辆车，三十顶帐篷，三十名仆从，他们都是翁吉刺最好的驯马手。德薛禅父亲临走时一样一样给他交代好，又把他们送出很远才回去。

　　天凉了，青草黄了梢，到了打籽的季节，地皮依然湿软。一路上孛尔帖不下帐车，有人专门给她送吃喝，称她夫人。铁木真守护在帐车前面，迎着风，斜挎着弓箭。风从他的腋下穿过，吹鼓了衣袖和袍子。他白天晚上不离帐车左右，睡觉也张着耳朵，刀不离身，箭搭在弦上。他怕什么？孛尔帖不懂。她数着，一共行了十天又七日。终于，孤山在他们眼前露出头来，在暮气中，呈暗蓝色。已经是傍晚了，铁木真吩咐就地宿营，派人去给母亲送信，等第二天收拾齐整了再出发。

　　这一夜孛尔帖没睡，总是听见有人唱歌，声音古怪，阴森森的。但她不怕，因为有铁木真在，用不着她怕。再说，这种流浪歌手草原上到处都是，她见得多了，他们想唱什么谁也管不着。眼下，她思想最多的是将要见面的婆母，在帐车里，翻来覆去地闭不上眼。她们之间还隔着一条河、一座山，可她只要一闭眼就能看见婆母。虽然没见过面，但她一眼就认出了她，好像老早就相识了。

> 烟被风吹散了
> 火还能点燃吗
> 手指被砍断了
> 还能长出来吗
> 左手拿走的东西
> 右手还能拿回来吗
> ……

　　那个声音在黑暗中唱道。

3

在博儿术之后，诃额伦又等来了一位客人。这位拉牛车的青年面色黑，身子分外粗壮，一见她便俯身行礼，称呼她尊贵的夫人。好些年没有听人这样称呼自己了，诃额伦觉得有点稀奇，问他从哪里来，到哪里去。黑脸青年说：我是扎尔其古岱的儿子，我的名字叫者勒蔑。诃额伦想不起来谁是扎尔其古岱，她也从未见过这个粗壮的青年。这个者勒蔑又说：我的父亲告诉我，您的儿子是手握凝血而生的，和我同用一只貂鼠皮襁褓。我的父亲告诉过我，说夫人答应让我做您儿子的伴当。这时诃额伦听懂了，恍惚记起了那个为她接生的男子，看着那辆牛车眼熟，心里不禁一阵惊骇，问：你的父亲现在哪里？者勒蔑说：他在车上。诃额伦跟着他去看，见车里顺着一具尸体，便是扎尔其古岱。于是她想起了他当年对她说过的那些言语，想起他在斡难河边唱的歌。诃额伦眼睛热了，叫人将扎尔其古岱葬了，留下了者勒蔑。点了一堆火，杀了一只羊，谢过长生天。她说：你的伴当娶亲去了，他空着两手去了翁吉剌，到现在我还没有等到他的一点消息，正心中忧闷，看到你，就像见到了铁木真。愿上天保佑你父亲的灵魂。他是诚实的人，我相信他说过的每一句话。

确实，诃额伦早就做好了三种准备：一是铁木真空着手去，再空着手回来；二是带着新娘和陪嫁回来；三是他永远回不来了。每天，她到汔沐儿河边去等，这三种想法轮番在她的心里打架，有时候这个赢，有时候那个赢，第二种想法赢得最少，而诃额伦尽量不动声色。者勒蔑的到来给她增添了信心。她还高兴地看到，这个者勒蔑不一般，力气顶得上三个男人，灵巧赛过三个女人。他能爬树放鹰，会泅水捉鱼，会鞣皮子、擀毡子、缝靴子、搭帐篷，还会做弓箭、钉马掌、煮饭、挤奶、酿酒、晾奶酪。他默不作声地做好了一切，凡他走过的地方都清清爽爽，整整齐齐。

果然，没几天就有人传来信，说铁木真带着新娘回来了。

诃额伦嘱咐者勒蔑支一座新帐，用艾香熏了，又叫萨仁为她梳头，嘱咐她把白了的头发小心压在下面。晚上，她梦见了自己的儿媳。

第二天清早，由博儿术和者勒蔑驾车，哈撒尔与别勒古台引路，一家人行至汔沐儿河边去迎接铁木真。天空晴朗，没起风，河水平静，一家人的身影整齐地印在水面上，诃额伦立在中间。汔沐儿河不知道发生了什么，不明白这个女人何故一夜之间就变了，那张脸上没有了等待中的焦灼，她的皱纹舒展，挺着胸，端着肩，袖着手，凝视着远处，神色安详。这是怎么回事呢？汔沐儿河早就认识了这个女人，熟悉她脸上的每一条皱纹，汔沐儿河看着她在等待中一天天变老，都不忍心了。就在这一天她变了，汔沐儿河没想到，它不得不重新认识她。

当铁木真在远处出现的时候，诃额伦脸上没有露出笑容，好像这一切都是顺理成章的事。萨仁在一边哭了。诃额伦搂住她，没说什么，她知道萨仁为什么哭。萨仁一定在想，如果她的别克帖活到现在，也该娶亲了。所以，诃额伦不能笑，她定定地看着越走越近的铁木真，她的儿子。现在他骑在马上，穿着新换的袍子、靴子，十分的英武。和走的时候不一样，他面色滋润，粗硬的棱角都被打磨圆润了，他容光焕发，从头到脚都透出被女人浸润过、细心拾掇过了的痕迹。当然，这些除了诃额伦，别人看不出来。不错，她甚至能从这些痕迹中想象出儿媳的模样，嗅出她的气味。从此以后，她的儿子就是她的啦。

铁木真渐渐走近，先看见了他的母亲，因为她太显眼了：头戴固姑冠，穿一身翘肩的华贵的衣袍，那样的雍容大气，端庄、挺拔、高贵、威严，满面光辉。他从没有见过他的母亲是这个样子的！让他惊异的还有：母亲的身旁站着高大的博儿术和另一位小伙子，他们身后出现了新的帐篷和牲畜，就像从地里面自己长出来的。

诃额伦没先跟儿子说话，她上前掀开了帐车，亲手搀下了儿媳：一个鹿眼睛的翁吉剌女人，浑身盛装。她握着她滑嫩的手，说：我的孩子：你一路受苦了。

她们事先已经认识了，在彼此的梦中。孛尔帖脸上没有羞涩，她称诃额伦母亲，很亲切，如在梦中一样，她们都有点拘谨。孛尔帖的手被握在诃额伦温暖的手掌中，她奇怪，如此高贵的婆母，手掌为什么这样粗糙？

一下子什么都有了：妻子，伴当，兄弟，牛羊。可是铁木真瘦了。

这是怎么回事呢？难道他还有什么不满足吗？孛尔帖不明白。夜晚，她把丈夫的头搂在怀里，摸他的颧骨、下颏、脖子、肩。肉紧绷在骨头上，再熟悉不过，同时，又有几分陌生，那陌生的就是使他消瘦的原因，她不知道那原因是什么。她知道她不能问，这种事要用心去体察，日日夜夜，一点一滴，不动声色，就像她的母亲对她的父亲：她父亲的智慧是少有的，但在母亲那里，他仍然是个孩子，不用问，他的一举一动她都了然于心。现在，孛尔帖想为心爱的丈夫做点什么，更想成为一个聪明的妻子，她知道，这很不容易。

　　铁木真发现，自娶亲回来，母亲对他不像以往了。他想不明白，母亲在他面前很小心，表现出一种谦恭、敬重的态度，时时处处。也许她是想教儿媳怎样对待丈夫吧，但孛尔帖不在的时候，她也是这样，说话的时候垂着眼皮，像是在请教。除了铁木真，别人没有察觉。铁木真不得不用心体察，总觉得母亲有话要说。但他很少和母亲单独在一起，像从前那样说话。白天，他要与他的伴当和兄弟们去打猎、放马、做营寨。包里只剩下母亲和孛尔帖，她对孛尔帖也不说什么，都是最平常的事情，吃的、穿的、凉的、热的，零零碎碎，日子就这么过去了。

　　有一天夜里，他对他的妻子说：自你进了家门，我的母亲对我不同从前了，让我心中不安。孛尔帖问他的丈夫：是什么样的不安呢？他说，像有什么祸事临头似的，我不懂母亲在想什么，从前，她总是当面告诉我的。孛尔帖对他说：从前你没有成亲，虽说是这家里最大的，也是儿子，现在你成了亲，就是家里的主人了。你要我说，我就告诉你，依我看，咱那母亲虽然嘴里没说，她想让你做的，就是你父亲曾经做过的事情。

　　又一日，铁木真将家人和他的伴当都叫在了一起，烤了一只羊，与大家分享。奶酒也是新鲜的。席间，他对大家说道：今天，我守着我的家人和伴当们一起吃肉、喝酒，很是快乐。但我心里慌张，不知明天会怎样。大家不说话，停止了咀嚼。他又说：我的父亲曾经管辖几万顶帐篷，受人仰慕。他死了，没人为他报仇。那塔里忽台夺了我们的百姓，还要害我的性命。我能活到今天，全凭长生天护佑。说着，他又把手中的酒祭了天。哈撒尔就问：兄长，我们听着呢，你要说的是什么？诃额伦呵斥他：你的兄长说话，你不要插嘴。

他说：我的母亲在困苦中把我养成，不易；我的德薛禅父亲把孛尔帖嫁给我，不易；你们，博儿术、者勒蔑来到我的身边，更令我欣喜。我的兄弟们都敬重我，从不与我争吵。你们知道，我不是一个怯懦的人，可是，我每天看到你们就心中慌张羞愧。

他说：因为，我不能为父亲报仇，夺回苏鲁锭，召回失散的百姓。凡你们给予我的，我都不能报答你们。我虽说已经成家，但牲畜不过几百，人不过几十，哪一天早晨仇人到了，大家必是灰飞烟灭，伤心都来不及。每想到这一层，我就茶饭不香。今日我把大家叫到一处，请你们告诉我，我应该怎么办。

见婆母不出声，孛尔帖也不出声。她的目光从一张张脸上看过去，那些脸都像绷紧的弓，他们在动脑筋——男人们就这样，无论多长多乱的绳子，总得捋出头儿来。他们都在为铁木真想。包里烟气缭绕，宁静安详，包外天气晴朗，没风，阳光耀眼，偶尔传来牲畜的叫声，懒洋洋的。孛尔帖不懂危险来自哪里，看他们的神气，就像有一万只野兽蛰伏在帐篷周围，龇着牙，随时准备扑过来似的，真是好笑。但她不敢笑，在婆母面前，她逐个给他们斟上酒，垂着眼，尽量不看他们，免得憋不住，这很不应该，刚才铁木真言辞恳切，不由得你不信。孛尔帖记起铁木真泪水的味道，想必他有他的道理。现在，她的丈夫坐在那里，凝着神，和去翁吉剌求亲时那个小伙子没有丝毫相同之处。当时，他曾经发誓要让她成为草原上最尊贵的女人。那是急坏了，被她父亲逼的。父亲是为她着想，好让她看到他的真心。可是如今，她想起父亲，倒像隔了一层，生疏了。不是她没心，而是她的心被丈夫撑满了，再装不下别的了。

婆母开口说话了，她说：从前，你的父亲有一位生死安答，叫脱斡邻。你父亲曾经救过他，他驻扎在东南方向的土剌河附近，一个叫作黑林的地方。听说这个脱斡邻如今做了克烈部的领袖，他手下人马众多，善征战。自称王汗。现在，你若想夺回苏鲁锭只能去求他，但不知道他会不会帮助我们。

博儿术说：我听说过，那个脱斡邻王汗在草原上是个有名的。但我还听说，他一向吝啬，只喜欢送他礼物的人，也是出了名的。

哈撒尔说：不是我们不舍得，可我们有什么可送他的呢？

婆母叹了一口气，说：咱们眼前这个境地，实在没有什么拿得出手的东西。

仿佛有一股气从天窗抽走了,婆母话音刚落,包里的每个男人都像矮了一截,脸上紧绷着的弓弦松弛了,包括铁木真。她看到,铁木真低下了眼皮,耳轮泛红,呼吸粗重。

婆母又说:没有别的办法,空着手也是要去的呀。

铁木真沉默着,只是喘气。

孛尔帖想起铁木真空着手到翁吉剌的尴尬,脸上的表情每天都是僵硬的,这是一个男人的脸啊!他宁可舍命厮杀,也不愿意空着两手去求人,太难堪了!那个时候,孛尔帖还没有嫁给他。现在,他是她的丈夫,是她孛尔帖的亲丈夫,不能这样打发他走,他的脸也是她的脸,就算婆母舍得,她也舍不得。

孛尔帖从她陪嫁的箱子里抽出了一样东西,跟大家说:这个行不行呢?我父亲说这是一件传家的宝物。她的父亲德薛禅还对她说过,不到紧要的时候别轻易拿出手。但这后一句话孛尔帖没说,什么是紧要的时候?她的丈夫在发愁,都瘦了,还有比这更紧要的吗?人们动手打开包袱,展开了一件黑貂皮斗篷。孛尔帖听见大家哦的一声赞叹。这样的斗篷也叫作战袍,可以披在铠甲外面,长至脚踝,若骑在马上,能两边垂到脚镫,后面盖住马尾。纯黑的皮毛钢针般闪亮,轻软而密不透风,一碗水泼上去,即刻化作水珠散落开去。人们的目光都被它吸引住了,只有婆母的眼睛停在孛尔帖脸上,端详着她。孛尔帖被看得低了头,不知道自己什么地方做错了。在打开包袱之前,连孛尔帖自己也不知道里面是什么东西,就这么拿出来了。她是不是太性急了呢?让婆母笑话?

诃额伦对她说:我们翁吉剌的女人就是美,感谢长生天给了你这么好的容貌,我的儿子太有福气了。

这句本该一见面就说的话,被婆母留到了现在。

第十章

1

据载，伟大的合不勒汗去世若干年后，后代们为了纪念他，给他建了一座九尺高的金碑（九尺为蒙古尺，每尺长短相当于两岁的羊胫骨。这样的碑不是用来矗立在某处叫人膜拜的，而是方便携带，至今已下落不明）。因为当时蒙古人没有文字，就请来翁吉剌部的德薛禅刻写祭文。这个德薛禅用了九天九夜，刻了九百九十个契丹文字在上面，记载了合不勒汗一生的荣耀。那些文字像美丽的花纹，整齐地排列在金碑上，闪烁出太阳的光芒，让合不勒汗的妃子们看了很激动，虽然她们并不认识契丹文字。作为酬谢，她们把一件用九十条貂皮制成的战袍送给了德薛禅，据说是合不勒汗曾经穿过的。貂皮为纯黑色，没一根杂毛，里子是红色，总重量不足一斤二两，所谓"烟一样地轻，云一样地软"。当时德薛禅还年轻，不敢拿出来炫耀。过了许多年，直到女儿孛尔帖婚配，他才把它放进婚车，给女儿做了垫底的嫁妆。一方面它能代表女儿的出身；另一方面，万一女儿遇到困难和意外，可以用来应急。德薛禅确实是这样对女儿说的。

可是孛尔帖想也没想就把这件东西贡献出去了。她的举动赢得了诃额伦的赞赏，但那并不是孛尔帖的目的。孛尔帖的想法很简单：无论如何，不能让自己的丈夫丢脸。

铁木真走后，孛尔帖失眠了，那时候还没有失眠这个词；也就是把睡眠丢了，找不到了的意思。那时候这种现象很稀罕，人们不管遇到什么事情，哪怕明天就死，也不妨碍今夜的睡眠，而且照样梦见花、蝴蝶、奔跑的云。寂寞呢，确实是有一些的，不过，因为寂寞是经常的事，太经常了，人们并不觉得有什么特别，不觉得多么难以忍受。所以，那时候也没有寂寞这个词。铁木真走后，孛尔帖因寂寞而失眠了，她没有办法向别人描述出这种痛苦。半夜，又听到那古怪的歌声：

> 眼珠被掏走了
>
> 眼眶能忘吗
>
> 舌头被揪去了
>
> 牙齿能忘吗
>
> 看也看不见
>
> 说也说不出
>
> 这样的疼和苦啊
>
> 怎么能忘呢

歌词挺瘆人的，但和孛尔帖内心的痛苦不是一回事，是另外一种。是什么，她也不知道。天刚亮，孛尔帖便寻着声音的方向找过去，一直到汔沐儿河边、孤山脚下。有时，草丛里冷不丁蹿出一只狐狸，或者几只雉鸡，扑棱棱吓人一跳，再就没什么了。天气仍然晴朗，河水依然平静，和往日没有任何不同。可是，在孛尔帖看来，由于铁木真不在身边，周围的一切都变了，变凉了、硬了；白天短，黑夜长，长得没有尽头。这时，诃额伦开始教她的儿媳学习等待。这是女人必备的功夫，有时也是唯一的。她说：等着吧，孩子。我们只能等。

黑林到底有多远呢？孛尔帖问。

不知道，在东南方向。等着吧。诃额伦说。

王汗会不会答应铁木真呢？孛尔帖问。

不知道，他们是第一次见面。等着吧。诃额伦说。

这便是孛尔帖从婆母那里听来的教导。

诃额伦教给她说：在这种情况下我们只能等，但是，会等的人和不会等的人，她们等到的结果往往不同。因此，你必须相信自己的心，还得耐住性子，无论发生什么，都要尽力往好处想。最后，凡等到的，便是你该得的。等着吧孩子。

可是，接下来发生的事情，是孛尔帖和诃额伦都没有想到的。

铁木真赶到黑林的克烈部用了十九天的时间，他，还有博儿术、哈撒尔三人；者勒蔑和别勒古台两个留在了汔沐儿河看家。冬天快要到了，铁木真他们是顺风而行，那个貂皮战袍缚在后腰上，让他感觉温暖。在黑林，他见到了脱斡邻王汗和他的儿子桑昆。克烈部的汗帐是用木头搭建的，尖顶，里面宽大，但不能移动。晚上，帐里灯火通明，各种各样的摆设都发出光来，金黄的、银白的、蓝的和红的，耀人眼目。脱斡邻父子就在汗帐里接待了他们。当铁木真说我就是乞颜部也速该的儿子时，王汗便过来抱住了他，眼睛湿了。

脱斡邻说：我的儿子铁木真，看到你就像看到了我的也速该安答。他死的时候我不知道，听说的时候已经晚了。这些年，我还以为你们全家都不在人世了，没想到你已经长大成人。这位脱斡邻王汗身量瘦高，眼窝深，极易动情。他称铁木真为我的儿子。

铁木真称他为我的脱斡邻父亲。他说：父亲殁后，我们一家如冬天没了帐篷，活下来好艰难，嘴里没吃的，胯下没骑的，没有脸面来见您。现在我已经成家，缓过了一口气，我和我的兄弟就来看望您，给您带来了一件礼物。铁木真说着，感觉那桑昆的目光从脱斡邻背后盯着他看，警惕而傲慢。

但是，当铁木真将那件貂皮战袍展开，所有人的眼睛都放出了光芒。铁木真为脱斡邻披在肩上，说：我早听人说脱斡邻父亲是草原上的英雄，这件黑貂战袍正好给您在战场上遮挡风寒。脱斡邻心中欢喜，他说：当年，我被我的叔父追杀，逃命时身边只剩一百人不到。是你的父亲起兵帮助我打回了黑林，收复了失散的部众。现在，我的铁木真儿子，你要我为你做什么呢？

铁木真说：那个塔里忽台遗弃了我们母子，掳走了我父亲的百姓，还要害我的性命。我请脱斡邻父亲做主，帮我夺回我父亲的苏鲁锭。

脱斡邻说：我的孩子，你的话我都听清楚了。我看你生得如此英武，如同我的也速该安答。如今你的父亲殁了，我就是你的父亲。我对天起誓，凡你失散的部众百姓，我都与你去收拾，今后，凡害你的人，就是害我，有人犯你，就是犯我，你啃不动的骨头，我去给你嚼碎了吃。

脱斡邻说完，叫人点了火，摆了酒，又祭了天，将铁木真正式认作义子，从此正式以父子相称。桑昆不如铁木真年龄大，称铁木真为兄长。他们一连醉了三天。

又过了三天，没见脱斡邻做发兵的准备。博儿术有些着急，就问铁木真说：那王汗一时兴起，不知说过的话能够当真么？铁木真相信脱斡邻王汗不会反悔，但也不好去催问。又三天过去了。

原来，那个桑昆是脱斡邻王汗的独子，见父亲如此亲近铁木真，就妒忌了，私下里对脱斡邻说：父亲答应得太痛快了，我们去打塔里忽台，自己能得什么好处呢？脱斡邻说：我当众说过的言语，不能自己吞回去，让别人耻笑。话虽这么说，他却迟迟没有准备动兵的意思。有一天铁木真憋不住了，就问他的义父何时起兵。脱斡邻对他的义子说：我的儿子，打仗以春秋季节为佳，你看现在冬天到了，马匹瘦，路途远，不如开春再起兵。等青草长出来，咱们一路过去，正好马也喂肥了。脱斡邻又说，凡我答应过的事，一定不会反悔，若是不放心你的妻子和母亲，就把她们接到这里来，我叫人侍候着。说话间，铁木真看见他义父的眼窝又湿了，不好再说别的言语。

铁木真说。父亲说的每一句话我都记住了。眼看天气寒冷，我这就回去，安顿了我的母亲、妻子。过了冬天，我再来随同父亲出征。这么说定了，次日铁木真便起身返回。见他心情急切，脱斡邻也没再挽留。那日清早，天空飘起了星星点点的雪。

虽是顶风，回来的路途他们一共走了十五天，比去的时候还要快。到了汔沐儿河畔，铁木真愣了，像遭了雷击：原来的营地消失了、没了，只剩下被踩塌的灶火，东一个，西一个。飞雪遮盖了地面上的痕迹，四周不见一个人影。河水已经上冻。风像刀子。

2

上溯一千年或者更早以前，漠北草原地域辽阔，人烟少，部落稀疏，但并不闭塞，甚至可以称得上消息灵通。为了防备袭击或者方便袭击，几乎各个部落都有自己的探子，他们的身份各有不同，有人是工匠，有人是商贩，有人是游吟歌手。这些人成年累月到处走，遍布草原，从脸面上看不出特殊的痕迹。这是因为，探听和传送消息不是他们唯一的职业，而是出于某种习惯也可以叫作爱好。他们之中，有人只为一个部落传送消息，有人同时为几个部落传送消息。这些人因为见多识广，在漠北草原很受尊敬；得到消息的人都给他们酒饭吃，作为犒赏，不管那消息有用没用。比如：谁家的牲畜遭灾了，谁家死人了，谁家兄弟打架了，谁家的儿子娶亲了，等等。传送消息的人并不知道，哪些消息和另一些消息加起来，将会引发一场厮杀，导致一场或者几场战争。他们不需要知道那个。说完了，吃饱了，抬起屁股走了，到下一个地方，再把从这里看到的、听来的说给另外一些人，还会有一顿更好的酒饭等着他。如果没有也不要紧，他就将它们编成一段唱词、一个故事，自己唱给自己听，或者讲给地上的草、河里的水听，反正不能烂在肚子里。

　　所以，早在二十年前，脱脱就得知也速该的妻子生了个儿子，二十年之后又得知铁木真娶了亲。铁木真是那个叫诃额伦的女人生的，这个女人本来是他兄弟赤列都的妻子，二十年前被也速该抢走了。当时，他曾经在三姓蔑尔乞人面前发过誓，要为弟弟报夺妻之仇，还当众砍下自己的一根手指。二十年后，脱脱已经习惯了这根秃手指，好像它天生就长成这样。周围的人也都看惯了，不觉得稀奇。有一天脱脱问他们：我的手指为什么短了一截？好多人居然说不上来，连当年的畏兀儿美女也说不清楚。兀歇·阿布娜已经如奶桶般粗壮，好酒，凶悍，没实话，关于自己名字的来历，她早忘了，以为那是从娘胎里带出来的，或者是她亲爹给起的。脱脱不怪她。二十年的时间不算短，老实说，就是脱脱自己也记不清赤列都的模样了——他的亲兄弟啊。只是偶尔，他搂着兀歇·阿布娜睡到半夜，赤列都会突然闯进梦里，瘦瘦的，怪模怪样，脸上泪痕未退，让脱脱看了心烦。赤列都嘴里叽叽咕咕说了些什么，脱脱听不懂，也不想听。他想搂着他的女人睡个好觉，宁愿自己从来没有这个弟弟。但是这种心情并不妨碍他记住仇恨。时间是河水，河水带不走河床里的石头，河水流过去了，石头就裸露出来，就是那个夺妻之仇。这个仇恨不是他脱脱一个人的，是三姓蔑尔乞人共同的。尽管起因模糊了,但仇恨留下来了。仇恨是这样一种东西:普通的人不必费心记住它的前因后果,也不用脱脱向他们做解释,仇恨是不讲理的,到时候只需要说报仇的时候到了,那东西自然就会在人们的血液里沸腾起来。

脱脱从一个游吟歌手嘴里得知了铁木真娶亲的消息。他决定去报夺妻之仇的时候,并不知道铁木真去了黑林的克烈部。也有的记载说,那时铁木真已经从克烈部回来,被蔑尔乞人的突然袭击打散了,躲进了深山。起初他们还以为是塔里忽台,后来才知道是蔑尔乞人。可是蔑尔乞人为什么挑这个时候来袭击他们?其中的原因,只有诃额伦知道。就连诃额伦也是后来才慢慢醒悟过来的。

那天晚上,马蹄敲击草地的声音像滚雷,轰隆隆轰隆隆,震得孛尔帖耳朵疼。恰好这一夜她睡着了,梦见铁木真带来了千军万马,身穿铠甲,那个黑貂皮战袍在他的肩上随风飘舞,像鹰的翅膀。忽然她听见诃额伦喊叫她的名字。到她真正醒来的时候,一切都乱了。

火光,口哨,带着风声的箭,人和马的嘶叫,帐篷被掀了,马缰让砍了,众人像被狂风吹散的树叶。

> 名叫豁阿黑臣(斯琴)的老仆人
> 将孛尔帖夫人藏在牛车子里
> 逆着腾格里小河行了,行间
> 天气昏暗将明,迎面有一伙军来到跟前
> 豁阿黑臣(斯琴)将他们诳了去
> 打着驾车的花牛疾行,车轴折了
> 那军们掳了别勒古台的母,又追将来
> 那军说,兄弟们下马看
> 就将车门扯开,看啊
> 见里头一个年少妇人坐着
>
> 那军们原来是三姓蔑尔乞人

> 一种是兀都亦篾尔乞
>
> 一种是兀洼思篾尔乞
>
> 一种是合阿惕篾尔乞
>
> 这三姓篾尔乞人
>
> 为从前也速该夺了诃额伦的冤仇
>
> 如今报来,那篾尔乞们共说道
>
> 已将铁木真的妻拿了,这仇也报了
>
> 说完,打马回家去了
>
> 《蒙古秘史》第101节

在山里,铁木真找到了他的母亲。准确地说,是别勒古台先看到了他们。别勒古台对他的兄长说:我的母亲和你的妻被他们掳走了。说话间眼圈还红着。那个"他们"是谁,别勒古台不知道。铁木真没问他。

他的母亲藏在一个山洞里,是者勒篾趁乱将诃额伦背到了这里,躲过了劫难。她病了,腰带散了,衣服破了,面色青黄,身边空空荡荡,那景象十分凄惨。诃额伦的头发如枯草,凌乱着,眼睛里失了神采,她不看铁木真。铁木真蹲在母亲跟前,问:是谁?诃额伦说:我。

晚上,洞里只剩下了他们母子和一堆火,铁木真听母亲亲口讲述了那个二十年前的故事。篾尔乞人是来报夺妻之仇的,诃额伦说,孛尔帖是还我的债去了,可怜的孩子。铁木真我的儿子,你若夺不回你的妻子,我便没脸再看你一眼。铁木真我跟你说,你若夺不回你的妻子,以后你就不能在草原上站着走路,你的兄弟、伴当、百姓,没有一个会听信你。

铁木真没有出声。

从那天起,铁木真陷入了沉默。他一个人坐在山上,不说话、不吃饭、不哭,一共三天,像块石头,连一声叹息也没有。他的沉默如同落下了一道幕帐,把自己和别人给隔开了。谁也不知道他的心里在想什么,或者什么也没想。大家都踮着脚,小心绕开他的沉默。连天上鸟从这里飞过都会收敛翅膀,噤声不叫。者勒篾依旧照顾生病的诃额伦;别勒古台怀着失去母亲的悲伤,带人去寻找失散的牲畜；博儿术与哈撒尔在山外日夜守望着，没有人去搅扰铁木真。诃额伦想，我的儿子在与也速该的灵魂对话呢；哈撒尔想，我的兄长在思念他的妻；博儿术想，我的伴当气坏了，他需要平静。

第四天，铁木真站起身，摘了帽子，解了腰带，对孤山说：感谢你藏匿了我的母亲，保护了我的兄弟和我的伴当。接着，他嘱咐博儿术和者勒蔑照看好他的母亲，等待出发的消息。随后，他叫哈撒尔与别勒古台跟他一起上路。

3

半个月后，黑林的脱斡邻王汗又见到了铁木真。但这个铁木真不同于上次那个铁木真，他眼窝陷了，下巴尖了，面色灰暗，眼睛里布满血丝，丢了魂儿似的。脱斡邻惊异地问：我的儿子，你这是怎么了？铁木真的嗓子哑了，他说：亲爱的脱斡邻父亲，你的儿媳被人夺了，你的儿子无家可归。我要杀了蔑尔乞人，夺回我的妻子、你的儿媳。我的脱斡邻父亲，请你给我一个肩膀，让我倚着它去报仇，让天下人知道，我是你脱斡邻王汗的儿子。

脱斡邻当即就说：不管天有多冷，马有多瘦，此事我这就给你办了，免得我的儿媳在那边受苦，叫我心疼。我说过的话，不会变更。说完，他的眼睛又湿了。

不过，铁木真已经知道，他这个脱斡邻父亲最易动情，最好趁着他眼睛潮湿的时候令他许愿。脱斡邻王汗爱流泪，更爱用后面的话修改前面的话。因此铁木真自己没有流泪，包括他刚才说话的时候。他不喜欢哭，据说他一生只哭过三次，第一次是听到他父亲也速该的噩耗，当即哭得"像大鳟鱼一样"；第二次是在攻克中都以后听到了母亲去世的消息，成吉思汗独自站在中都城外，看着城中熊熊大火，泪流不止；第三次是在花剌子模国围打讹答剌城，他心爱的孙子木秃坚死于流箭，那时的成吉思汗已经五十多岁了，他一边淌着泪、光着头，一边亲自给攻城的抛石器背运石头。

果然，没过三天，脱斡邻改变了主意。

三姓蔑尔乞人住在薛凉河一带，加起来有两万人不止。他们善于偷袭，作战凶狠，不好对付。克烈部要把黑林所有的三万人马都使上才行。可是路途遥远，他们若都走了，黑林必空虚，怕有人来犯，丢了老巢，那就不划算了。这是桑昆提醒他父亲的。他说得不是没有道理。桑昆对他父亲的义子说：如果再有个人愿意帮助你就好了，我们各出两万人马，一定能除了蔑尔乞部！可是谁还能帮助铁木真呢？他急得眼睛红了，嗓子肿得说不出话。过去他父亲的兄弟和部众都失散了，不是在塔里忽台那里，便是去投了札答兰部，跟着人家的马屁股走，做不了自己的主。不料脱斡邻王汗却说：那个札木合是个有才干的，如今做了札答兰部的首领。铁木真听了眼睛一亮。

　　铁木真嘶哑着嗓子说，札木合是他自小结拜的安答。他说：我叫我的兄弟哈撒尔替我传口信给他，他不会不应。当晚，铁木真便对哈撒尔把话说了，让他和别勒古台连夜备马到札答兰部去见札木合。脱斡邻听了很高兴，也派了人跟他一起去。桑昆不吱声，他听说那个札木合是个有心计的，札木合为什么要帮助铁木真呢？

　　札答兰氏族是十世祖孛端察尔掳来的那个女人所生的，当时她已经怀孕，孩子生下来由孛端察尔抚养大，虽不是亲生骨血，也算孛端察尔的后代，都是蒙古人。而孛儿只斤氏族是孛端察尔的直系血亲，属于"纯洁出身的蒙古人"，因为他们才是阿阑母亲与天光相合所生的。札木合出身札答兰氏族。铁木真出身孛儿只斤氏族。那个年代，每个人清楚自己的出身血统。而如今，这个概念已经十分宽泛，生活在今天的蒙古人很难追溯出自己一千年前属于哪个部族，孛儿只斤还是札答兰，或者泰赤兀、晃豁坛、翁吉剌、蔑尔乞、塔塔尔、克烈、汪古、乃蛮等等。

　　自札木合与铁木真分手之后不久，札木合的父亲病死了，这个札木合运气好，顺顺当当地做了札答兰部的首领，娶了亲。因为他的才干，他的部族一天天壮大起来，投奔他的人越来越多。这之前，札木合曾经听说铁木真的父亲被人害了，还有铁木真一家所受的磨难。来投奔他的人里有铁木真的叔叔、铁木真父亲的纳可，却从不见铁木真和他的兄弟。这一天，两个自称铁木真兄弟的人来找他，并给他看了一个牛角鸣嘀。那是他们小时候互赠的礼物。这个铁木真是个有心的，而他送给他的那个灌铜火狍骨，札木合早丢了。

铁木真的兄弟对他说：我的兄长一直记念着他的札木合安答，苦于没有机会见面。你们小时候一起做过的事、说过的话都在我兄长心里存着呢。自我们的父亲殁了，我的兄长如丢了翅膀的海青，东躲西藏，没有过一天安生日子。他的妻子不嫌他孤苦，带了牲畜车帐来嫁他。他的妻子生得俊美，心胸宽阔，是个好女人。没了她，我的兄长闻不出酒饭的气味，心中好寒冷。那蔑尔乞人把我兄长的妻子抢了，得罪了长生天，让我的兄长愤怒。我的兄长请他的安答帮助他，和他的义父脱斡邻一起灭了蔑尔乞人，帮他夺回他的妻子。

古代漠北草原不用信函图章，都是捎口信。凡有经验的，凭传信者的言语口气即能辨认出那个说话的人，能看到对方的面目，体会出他的愿望和那言语后面的不宜说出口的心思，无论距离多远。当然，传信者须是来自对方身边最亲近的人，言语口气忠实可靠，复述没有差错。札木合用心听哈撒尔说完，眼前浮现出一个腼腆、谦逊的少年，那就是他的安答铁木真。几年过去了，他说话的口吻还和从前一样。

随后，克烈部的人又把脱斡邻王汗的话对他诉说了一遍。札木合沉吟着，他说道：

我已听说铁木真安答的妻被人掳了
我心上好生疼痛
如今这三种蔑尔乞人
一种在卜兀剌克尔地面上有
一种在薛凉格河两岸
一种在合剌只克尔地面上有
咱们可用猪鬃草拴做筏子
径直渡过勤勒豁河
到蔑尔乞人脱脱的地面上
就像从他的天窗里进去一样
将他的百姓可尽绝掳了
你们去对铁木真、王汗两个说

> 我会自己整顿军马
> 共两万人逆着斡难河来
> 让王汗和铁木真一同来
> 到孛脱罕斡尔的地面相会

《蒙古秘史》第105节

札木合不仅答应出兵,还提出了作战方案。这令哈撒尔惊喜。他们吃了酒饭,歇息了一晚,急忙赶回克烈部,再将口信捎给王汗和铁木真。

札木合决定这么做,是因为他喜欢铁木真。一个人喜欢另一个人也是不得已的事,跟他们出身相近没关系。同时,札木合知道铁木真也喜欢他,不言而喻的。结拜安答是他们小时候的游戏,目的是想长大了还能在一起。札木合想,如果上天非给他一个安答不可,这个人只能是铁木真。虽然结拜过,但他们还不算真正的安答,必须经历一件大事,比如:一个人将另一个人从危险和痛苦中拯救出来之类。现在机会来了,他一定要把这件事办得漂漂亮亮的,好让他的安答高兴。所以札木合说了上述的话,没半点犹豫。

消息传到黑林的克烈部用去了十七天的时间。在这些时间里,铁木真没有思念他的孛尔帖。他不允许这个念头在他的头脑里出现,他需要行动。不行动,光想没用,思念将变成毒药腐蚀你的意志,消散你的力气,叫你失去主见。但是,在得到札木合的消息之前他什么都不能做,甚至他还不能在王汗父子面前露出哀伤和焦虑,真是残酷。铁木真只能在沉默中积攒气力。一张弓被拉到极限,射出的箭才最有力,再多用一点劲,不是弦断,就是弓折,必须稳住神,屏住气,不松懈,不去想他的孛尔帖,哪怕在梦中!

所以,当哈撒尔带来了札木合的消息时,铁木真并没有显露出多么兴高采烈的神色。他与脱斡邻义父商讨札木合提出的方案和路线,计算兵力和时间。他必须一举成功,不出错。对札木合的方案,经验丰富的脱斡邻居然挑不出毛病,说:就让札木合做统帅吧。哈撒尔与别勒古台再驱马到札答兰部去传信。札木合一口答应了,毫无谦让的意思。他对哈撒尔兄弟说:去告诉脱斡邻王汗,请我的铁木真安答做先锋。哈撒尔兄弟又跑回来传信。就这样他们在风雪里来回奔波，嘴里的热气结成了冰霜，冻在胡子上、眉毛上，好几天来不及融化。

又两个多月过去了，一切才筹划齐备。铁木真顺路去泛沐儿河边接了他的母亲，唤了他的伴当，顶风冒雪，按着约好的日子到了孛脱罕斡尔的地面。他们说定在那里与札木合、王汗的军队会合。天气阴沉，铁木真立在马上，心如冻住一般。

札木合按时到达了会合的地点，脱斡邻却晚了两天，他是不是有意的？也许他想让札木合先发起攻击，两天后正好来收拾残局？但札木合没动。铁木真心里明白，不去催他的安答，一直等到脱斡邻的军队出现。札木合让他的军队整肃立着，当着铁木真的面对脱斡邻王汗说道：

> 凡约会好的日期
> 虽然有风雨啊
> 也必要到
> 曾这般说来
> 咱们答应了的话
> 便是誓言一般
> 若不依着啊
> 同伴里也不容
>
> 王汗说道
> 约会好的地面里
> 是我迟到了
> 札木合兄弟
> 怪的罚的都从你
> 这般说了

《蒙古秘史》第108节

脱斡邻王汗引着他的军队肃立在札木合面前，他脸红了。偌大年纪，让札木合指责了，不留一点情面。脱斡邻没有反驳，因札木合是统帅。虽年纪轻，却说得有理。王汗不但没有生气，还当面认了错，叫他的义子铁木真钦佩。札木合那样铁面无情，也叫他的安答铁木真钦佩。王汗和札木合各拨出一伙人马归他们的义子和安答指挥。铁木真是先锋，等天色黑下来，他将像刀尖直插进去。

4

三姓蔑尔乞人在梦中炸了营。首领脱脱半夜惊醒，箭矢"扑哧扑哧"戳进帐篷，都来不及叫醒身边的兀歇·阿布娜。也不知道敌人是谁，从哪儿来。脱脱把耳朵贴在地上，听见来者众多，四面都被密集的马蹄声封堵了。于是，他光着头蹿出了帐门，爬上马鞍子，趁着夜色逃命去了。

铁木真冲在最前面，左手是博儿术，右手是者勒蔑，身后是他的哈撒尔、别勒古台兄弟，再有就是王汗和札木合的兵马。他们把蔑尔乞部从中间撕开，比闪电还快，不能让他们的敌人相互联络、聚集，不给他们喘息的机会。许多蔑尔乞人还没坐稳马鞍子就被砍下去了，刚聚拢，又被冲散。铁木真带着他的人马在战争中心的旋涡里来回穿插，像一把不停搅动的刀。那些往外跑的蔑尔乞人又被脱斡邻与札木合的队伍从两边挤压回来。

这一切铁木真都非常熟悉，虽然是第一次带兵作战。不仅他熟悉，他的同伴和兄弟们以及他身后的每个男人都熟悉，就像他们从小就熟悉的围猎：追逐、射杀、呐喊、驱赶、恐吓、引诱，指东打西，随机应变；佯攻、佯撤、埋伏、突袭、堵截、合围。他们彼此配合得像十根手指，战争的规则早已化成了本能，潜伏在他们的血液里，一经释放，便是一场疯狂、快乐的游戏。但，对方不是普通的猎物，是和你一样的人，有弓箭、刀、马，有头脑；和你一样心存致命的仇恨和恐惧；战斗中，他随时可能把你变成他的猎物。所以，你除了十分的勇猛，还要有十二分的谨慎，二十分的速度、灵活和准确。这是一门最古老的艺术，男人的艺术。

战斗进行了两天两夜。兀歇·阿布娜死在了梦中，她的名字后来再没有人提起过。

这次战斗之后，逃生的蔑尔乞人不足一半，三成以上都战死了，剩下三成妇孺老人分做了克烈部和札答兰部的奴隶。还有数不清的牲畜、财产，也都被分了。在打仗之前脱斡邻就知道这个蔑尔乞富足，札木合也知道，在他们预定的作战方案里最重要的一项内容就是划分区域，以便分割战争所得。

由于札木合和脱斡邻的人都急于抢夺财物，聪明的脱脱才逆着人流逃跑了。后来，虽然有很多蔑尔乞人又聚集到他的身旁，但蔑尔乞部从此失了元气。对于脱脱来说，留下的生命还有什么用呢？只有一个用处，那就是消灭铁木真。脱脱与铁木真作战十几年，他们成了一对死敌。有一次，脱脱的刀尖离铁木真不到一指，险些要了他的命。蔑尔乞人就是这样一种性情：强悍，固执，不妥协。多年以后陪伴成吉思汗西征的忽兰妃就是一位蔑尔乞姑娘，以美貌、性情刚烈深得成吉思汗的喜爱，但忽兰妃平时远离成吉思汗，只在征途上陪伴他，从不叫苦。

第十一章

1

按着探子提供的消息，脱脱去把她们掳了来：一个也速该的别妻，一个也速该的儿媳。好了，事情结束了，他对自己说，不就是晚了几年吗？仇恨还是原来那个，没变味儿，但报仇的感觉是新鲜而快乐的。可惜，他不能把他的快乐告诉赤列都——天知道他在哪，活着还是死了。脱脱叫来了他的叔叔，对他说：这个是也速该的女人，你把她带回你的帐里去，你若喜欢，可娶她做你的妻；若不喜欢，可让她做你的奴婢，她若是不从啊，你就把她杀了吧。脱脱又叫来了赤勒格，他最小的兄弟。当年赤列都被人夺了妻子的时候，这个赤勒格刚刚出生，现在长成了一个粗壮的大汉。脱脱对他说：这个是也速该的儿媳，你把她带回你的帐里去，你若喜欢，可娶她做你的妻；若不喜欢，可让她做你的奴婢，她若是不从啊，你就把她杀了吧。

于是，这个叫作赤勒格的人把她带进了他的帐里，动手闩了帐门，又给她解了绳索，还冲她笑。他笑什么？她的脸上尽是尘土，头发乱了，衣服也破了。他在笑话她吗？孛尔帖的脊背紧靠着包壁，心里扑通扑通地跳，感觉口渴，渴得要命。他要把她怎么样？他会杀了她吗？这个厚嘴唇的男人，壮得像头牛，嘴里呼哧呼哧喘着，只要伸出手就能把她撕碎，扑哧一声，就什么也不知道了，死了，就疼那么一下，比她在路上强：被人拴住手脚，搭在马背上，白天黑夜地跑，骨头都快颠散架了，还不如死了呢！像一股烟，被风一吹就吹散了、消失了，这没什么，死就死了。可是，孛尔帖想，要是我死了，铁木真呢？他怎么办？他还活着，他会到处寻找她，为她伤心，孤零零的一个，可怜的，饿了的时候谁给他弄吃的？困了的时候，谁给他铺被窝？她舍得自己，却舍不得他。所以她不能死，就算自己想死也不行，这件事她不能擅自做主，铁木真还没答应呢。她是他的，在见到他之前她还得活着，必须活着，活着并且什么都不少才行，她得看好自己，万一瞎了、残了，拿什么向铁木真交代？他还能认识她吗？如果不认识了，和死有什么区别？于是，孛尔帖对赤勒格说：你，不许伤我。他答应了，气喘得更粗，热烘烘的。她又对他说：我渴。你去拿酸马奶子来给我喝。赤勒格把酸马奶给她送到嘴边。孛尔帖又说：我要梳洗干净。赤勒格也应了，叫人烧了热水送来。孛尔帖的后背离开了包壁，她还能怎么样呢？赤勒格盯着她，眼珠子都要出血了。她闭上眼睛，说：我困了。

就这样，孛尔帖一直闭着眼，不知道自己什么时候睡着的。后来，阳光跳上她的眼皮，一片粉红。老仆斯琴的声音在叫她：夫人，你醒醒。

感谢上天，她还活着，手能动，脚也能，赤勒格没杀她。她还是原来的孛尔帖，身上一样东西也没少，脖子是自己的，脸也是，连一根头发都不缺。

斯琴是赤勒格叫来侍候她的。赤勒格走了，他说他天黑以前不会回来。拴着她的绳子不见了，门外没有士兵看守。她是自由的。她穿戴整齐，走出包门。那些曾经捉拿她、打她的蔑尔乞人都朝她低头，给他让路。昨夜还冲她叫的狗，今天跑过来舔她的手，把她当作了主人。如果她是个男人，认识路，知道铁木真在哪,她完全可以逃跑。但她不行,她不知道自己在什么地方,也不知道铁木真在哪。似乎好像:事情已经过去了,逃跑已经没有必要。看得出来,那个赤勒格就是这么想的。一夜之间他变了,眼睛里的凶光消退了,喘气均匀了,挺安静,并且,他还有意讨她欢心、让她高兴。为什么是这样呢?这个男人,随时可以杀死她的蔑尔乞人,像看家狗,你不惹恼他,他就不伤你。

他不伤你,还围着你转,把你当作自己的女人。晚上,包里只剩下她和赤勒格的时候,孛尔帖很少说话,听他说。从他嘴里她才知道,她的婆母曾经嫁给了他的哥哥赤列都,二十年前被铁木真的父亲抢去成了亲。这次他们抢她,就是报当年的夺妻之仇。她忍不住问他,他的哥哥,那个叫赤列都的人,现在在哪?他说不知道,也许死了。她还想问,那个被夺了妻子的人,如果他还活着,能忘了他的妻子吗?忘不了怎么办?他怎么度过那么多的黑夜,又长又冷,一个人,怀里是空的,被窝是凉的。但是孛尔帖没问,问了也白问,一个娶过亲的男人和从未有过妻子的男人是不一样的,这个,赤勒格不可能懂。她暗自想,如果还有机会,她一定要问问婆母,那个为她生下铁木真的女人:当初,她怎么从心里抹去了赤列都?怎么可能呢?或许是也速该帮她忘掉的,也速该用的是什么办法?是不是大家都一样,时间一长,连最亲的亲人也记不住了?真可怕!她想,万一她哪天不小心,把铁木真给忘了,那可怎么办呢?这个想法把孛尔帖吓了一跳,吓得手脚都凉了。她拿这话去问斯琴,斯琴说:夫人你想得太多了,若天天这样思想,不出几天就老了,像我这样,就是主人来了也认不出你啦。

十天过去了,又十天过去了,再过了十天,然后又过了三十天,每一天都是今天,没有明天、后天和将来。每过去一天,她就忘记一天,立刻忘掉,不让它在心里存着,再退回开头,重新开始。就这样反反复复,把所有的日子都重叠成一天,时间就不显得那么长了。又过了一个月,她发现自己怀上了孩子。

2

那天晚上,他带着兵马悄悄走近蔑尔乞的营地,提着心,不敢放开跑。到了薛凉河边,他勒住马,在泛着蓝光的冰河上判断哪一处最浅。可是没时间了,队伍从后面涌上来,发出了相互撞击的声响。他想也没想就提起马缰,扑通咔嚓,踏进了薛凉河。

河水涌上来,到了马的胸口。他们拼命向对岸蹿。铁木真心里清楚:如果水深,他会被淹没,被后面拥上来的人马踩进冰水里,一切都完了。他夹紧了马肚子,屏住气,细心体会着马蹄下面的动静。冷水从裆下钻进来,漫过了裤腰。背后响起一片汹涌的扑通咔嚓的破冰声。人们都跟上来了。他没回头,要是正好遇到水深处,回头也晚了。感谢长生天,他的马蹄终于踏上河岸,冲上来了:咔嚓咔嚓咔嚓咔嚓咔嚓咔嚓……

对面,有的蔑尔乞人听见了响动,钻出毡包,跳上马,相互招呼着,想聚集到一起。他不能让他们聚集起来,要尽快冲进去。他的札木合安答要他做先锋,他就是刀尖,他必须把蔑尔乞人从中间剖开,撕碎。他尖起眼睛,身子紧贴在马背上,右手握刀,左手伸进嘴里打了一个响亮的呼哨。

不是将刀高举在头上,而是反握刀柄,刃朝外,刀背顶住臂肘,探出身体,在空中画一个圆弧。凡被它碰到,必人仰马翻。靠的是速度,容不得对方反应。也许对方刚举起刀或者搭上弓箭,就在那一瞬间,他的喉咙已经被剖开了,肩膀已经断裂了。扑哧一声,他的手腕就一阵发木,然后跃过尸首,冲向另一个。他转动身体,忽左忽右,用的是腰劲。算计着每一个瞬间,有时候只是虚晃一下,趁对方躲闪,把他让给身边的博儿术或者者勒蔑去收拾:扑哧扑哧扑哧扑哧扑哧……

直到前面没人了,再聚集起来,掉转马头,砍杀回去。这次用的是手劲。将身子探过马头,让手臂舒展,刀在空中嗖嗖地挥舞,画出一个大的圆弧。用腕力,灵巧,多变。对方来不及躲,或者以为躲过去了却被削掉了耳朵或捅瞎了眼睛:哦呀哦呀哦呀哦呀哦呀哦呀……

必须全神贯注,不让自己有一点疏忽。选择目标、方向,冲,杀。时时注意周围的动静,把握好时机,保持头脑清醒,不能分神,一会儿也不行。愤怒是有害的,快乐和疯狂也是。他不能那样,他是先锋,他要始终保持敏锐的感觉、眼力、体力。他出汗了,浑身都是,头上也是,汗水淌下来,咸的,蜇得他眼睛疼。天亮了。敌人稀疏了，跑的跑，死的死，聚集不起来了。这时，他突然想起了孛尔帖，他的妻子。她在哪呢？她还活着吗？他喊：孛尔帖孛尔帖孛尔帖孛尔帖孛尔帖孛尔帖……

3

孛尔帖一激灵，醒了，好像谁把她的梦一脚踩漏了，心突突直跳。可是周围没有一丝声响。好几次了，她梦到铁木真来救她，醒来后什么都没有。那个男人在她的身边酣睡，打着呼噜，叫她丧气。可是这一次有所不同。刚才她梦到一条河，深蓝色，月光在冰凌上滑动，突然扑通一声冰碎了，河水没上她的腰，一直到胸口，冰冷刺骨。于是她醒了，醒来以后浑身还在打哆嗦，有一种无来由的狂喜。她不想醒，想裹紧被子回到刚才的梦中去，但不可能了，她的耳朵听到了厮杀声，像真的一样。也许，她本来就没醒，只是她以为自己醒了，其实还在梦中，那就太好了。她悄悄爬起身，尽量不把自己惊醒，小心地躲开赤勒格，穿好衣服，绾好头发，把脸擦干净。她认真地做好准备，不能让铁木真看到一个邋遢的女人，梦中也不行。于是，正如她想的，厮杀声越来越大，越来越近，越来越真切了：马蹄声，口哨声，刀刃碰撞的声音。太好了！她压抑着颤抖，悄悄地把赤勒格的刀抽出来，压在了身子底下，以防万一。有人砸门、喊叫。赤勒格一骨碌坐起身，伸手去抓她，懵懵懂懂的。他是怕她跑了，还是要保护她？他的手抓空了。外面的厮杀声已经铺天盖地。赤勒格看到她了，以为她被吓坏了，想要带她一起逃走。他来拉她拽她，叫她的名字。但她不动，脸上在笑。赤勒格从没见过这么奇怪的女人。他动手抱她，却被狠狠地咬了一口。去抓刀，刀不见了。其实，就算有刀，他也下不了手。这个美丽的女人，那么柔顺，他怎么舍得？她呢？目不转睛地盯着他看，提防着，喘息着，像头母豹子，不让他碰，她疯了！

可是赤勒格不能不跑。在这种时候，他慌了，害怕了，没了主见。孛尔帖看得出来，这时候的男人才最像他自己。外面一片杀声。毡包起火了。箭镞扑哧扑哧穿进来，带着冷风。赤勒格刚跑出帐门就站住了，两手张开，像鸟张开翅膀一样,艰难地转过身体。他的喉咙被射穿了,那支箭插在他的咽喉上,翘着,如同身体里忽然钻出了一根树杈。但赤勒格没死,他回过头,用眼睛寻找孛尔帖,忍着疼。终于,他看见她了,这个女人,她不仅一点不慌张,也不急,她站起身时还掸了掸衣服上的尘土,把头发捋顺,然后,一步步朝他走过来了——不是走,是飘,穿一身白色的镶金边的袍子,嘴唇鲜红。哦,刚才他看错了,她不是一头豹子,而是一只鹿,也许是一头豹子变成了鹿,那双鹿眼晶亮剔透,能让黑夜发光。她看见他了,她走过来了,她会扶住他,替他拔去那根箭。但他实在站不住了,栽倒在她的面前。他栽倒了,但目光还在她的身上,她会抱住他,替他裹好伤,喂他酸马奶子喝……

  这个女人,她提起袍裾,从他的身上迈了过去。

  她从没见过如此美丽的夜晚。火光,在火光中奔驰的人马,有的马上有人,有的没有,没有人的马驮着空鞍子在嘶鸣,跑来跑去寻找它的主人。四周烟气弥漫,红的、蓝的、奶白色的。空中的箭,像鸟一样吱吱叫着飞来飞去,有人被它叮上,就掉下马,死了。可是这些鸟没有一只来啄她。她可以在它们之间自由地走,她能感到它们炙人的灼热,而它们都故意躲开了她,绕开了她。有的落在她脚下,有的从她头顶上飞过,有的穿过她的衣袖叮住了身边的人。但她一点儿也不觉得奇怪。有什么可奇怪的呢?这个美妙的夜晚是她的节日,属于她一个人的。她对着夜色大声呼唤:铁木真!

  她的身边出现了许多的人,老的,小的,哭喊着,拥来拥去,包围了她,把她的声音淹没了,把她挤倒了。有人喊她,把她抱起来,扶着她,护着她,是斯琴。她和她一起喊叫。天亮了。

  也许是他听到了她的呼唤,或者她听到了他的。他从汹涌的人流中认出了妻子的身形,她的脖子、肩,转动脖子的姿态。他冲进人群,叫孛尔帖的名字。不会错,肯定是她。天光大亮。她朝他奔跑过来。他拍马过去,脚不离镫,沉下腰,伸出手。他的手臂从她的腋下穿过,一提,她便离开了地面,坐在了鞍子前面,坐在了他的怀里。

  马没停,继续跑着。在马背上,她闻到了他的汗味儿,热烘烘的,像酒,叫人头晕。她听见他对身后的人说:去告诉我的札木合安答和我的王汗父亲,说我的妻子找到了。马仍然没停，战斗还在他们的身边继续，却显得十分遥远了。她在她的丈夫胸前一声不吭，梦醒了。或者，她以为自己在梦中，其实不是，她本来就醒着，一直醒着，醒着并且知道，铁木真是为她而来，她就是这场战争的原因。真好，太好了，她宁愿这是一场永远也醒不了的梦。就这样，她靠在他的怀里睡着了。

这时，铁木真听到一阵孩子的啼哭，十分悦耳。

第十二章

别勒古台的母亲

那营里有

别勒古台去取啊

自右门里入去

他母亲穿着破羊皮衣

自左门里出去了

外面对人说

我听说儿子们做了王子

我这里配了歹人

儿子们面皮如何见得

说了。走入密林里去

到了也不曾寻得着

别勒古台为哪般

但见蔑尔乞人啊

叫棱头箭射着

说道将我母亲来

> 将原曾来掳掠他们的那三百人们
>
> 尽绝殄灭了
>
> 他的其余的妻子们
>
> 可以做妻的做了妻
>
> 做奴婢的做了奴婢

《蒙古秘史》第112节

1

  关于这次战争的收获,数脱斡邻王汗所得最多。当他与札木合分兵夹击时,桑昆把更多的箭射在了蔑尔乞百姓的帐门上。按照自古以来的规矩,钉在帐门上的箭是谁的,这座毡包的百姓和牲畜就归谁所有。后来者不得再行抢掠,否则就是对前者的挑战。他们的箭矢各有各的记号,彼此一看就知道,不用问。札木合也缴获了大批百姓、车帐和牲畜。正是由于他的弟弟给察尔急于抢掠,漏逃了蔑尔乞部的首领脱脱。反正仗已经打完了,王汗没有去追究札木合。为了公平起见,他们商量各自拿出部分战争所得送给铁木真。铁木真是先锋,立了头功。但是铁木真说:亏了我的王汗父亲和我的札木合安答,没有你们的帮助,我找不回我的妻子,你们让我感激还来不及,除了孛尔帖,我什么都不要。

  除了孛尔帖,铁木真还另有一份收获。那天,当他找到妻子之后,从战场上捡回一个蔑尔乞孤儿。男孩,两岁,穿一身粉色水貂鼠皮袄,哭声雄壮。铁木真将他作为礼物送给了母亲。这几年,连最小的兄弟都能骑马了。诃额伦身边空旷,免不了有些寂寞。所以铁木真为母亲选择了这样一个礼物。或许是他事先打算好的,或许是那个孩子在战场上的哭声提醒了他,令他想起了什么,顿时心生感慨。诃额伦没问,他也没说。不用说,更深的一层原因只有他们母子彼此心里明白。那个孩子哭了一路,到了诃额伦怀里即刻便安静了。诃额伦解开袍襟的动作仿佛时光倒退了好多年。孩子睡着了,像只小狗,叫诃额伦十分喜爱,她给他起名叫曲出。这是铁木真送给母亲的第一个孩子。在后来的很多次战争中,铁木真经常捡回年幼的孤儿送给母亲抚育。因此,直到去世之前,诃额伦的身边总有许多孩子围绕着，从不孤单。过了若干年，她的养子们依次长大，个个勇敢聪慧，都成了战功卓著的大将。其中就有这个曲出，还有从泰赤兀营盘带回来的阔克出，还有从主儿勤部残部带回来的孛罗忽勒，还有从塔塔尔营盘带回来的失吉忽秃忽。这个失吉忽秃忽后来最为著名，由于他的刚正、细心、不贪婪，被成吉思汗指定为蒙古国大断事官，负责执行成吉思汗颁布的第一部蒙古法典《大札撒》。

那天，铁木真也把孛尔帖交给了母亲。诃额伦搂住儿媳的脖子对她说：我的孩子，你吃苦了，长生天把你还给了铁木真。当夜，孛尔帖与婆母睡在一起。两个女人，两个遭过抢的翁吉剌女人，睡在一张褥子上，共同的经历使她们比原来亲热了许多。

可是诃额伦没有问她在蔑尔乞的经历。她也没说。孛尔帖不打算诉苦，不习惯，说不出来。同她的婆母一样，她只能把它们存在心里。苦难使女人变成金子。凡能说出口的苦，都不是真的苦。她的婆母深懂这一点：喜欢诉苦的女人必是轻贱的女人。

好孩子，你的喘气变粗了。诃额伦说。

我的身子里多了一条命，母亲。孛尔帖说。

愿长生天保佑我的孙子。诃额伦高兴地说。

孛尔帖感觉诃额伦的手在她的头发上摩挲着，一种亲切的粗糙，发出沙沙的响声。诃额伦说愿长生天保佑我的孙子，为她的孩子祈求平安。尊贵无比的诃额伦母亲，她没问别的，一句都没有，或许她认为别的事情都与孩子无关，不值得问吧。夜深了，铁木真去整顿军马，住在札木合的营里，没回来。

不久，脱斡邻王汗押着缴获的百姓牲畜回黑林去了。铁木真全家留在了札答兰部。

按札木合的提议，他将与铁木真再次结为安答。结拜仪式在札答兰部举行。主持祭天的萨满叫帖卜腾格里，就是当年的阔阔出，蒙力克的儿子。三年前他们离开了塔里忽台，投奔了札答兰部。现在，帖卜腾格里是札答兰部的萨满，人们称他通天巫。在札木合出兵蔑尔乞之前，曾经请通天巫来占卜。夜深人静的时候，通天巫从他随身的麂皮口袋里倒出了二十四颗狗石[1]，也叫札答石，从狗肾里剖出来的宝贝，八颗黄色，八颗红色，八颗黑色。哗啦一声散落在地上，从它们分布的情况预测战争的结果。地上铺的熊皮是黑色的，黄色就特别显眼，红色的像血，黑色的看不清楚，混杂在红、白两色之间，难以捉摸。于是通天巫对札木合说，这次战争你失去的将比得到的多。当时札木合笑了。札木合就是这样一个人，往往是，他在问你之前心中早有了答案，你占卜的结果最好符合他的答案，否则将来被事实耻笑的那个人很可能就是你。

事实是，札木合不仅缴获了大批财产和百姓，还留下了铁木真。他们两个在一起，比亲兄弟还要和睦，经常形影不离。札木合高一点，铁木真稍矮一点；札木合白一点，铁木真黑一点；札木合喜欢说，铁木真喜欢听。有时候札木合说了上半句，下半句还没想好，铁木真就帮他讲出来。这时候札木合就说，我亲爱的安答，你所说的，正是我心中想的。

可是孛尔帖不习惯，她不喜欢他们形影相随的样子。孛尔帖对铁木真说：这个札木合，他为什么要现在与你结拜安答呢？就是想要你记住他对你的恩惠，叫你一辈子感恩不尽。铁木真却说：没有我的安答札木合，我怎么能够找回你来？我应该感谢他一辈子，你也是。说到这，孛尔帖就没话了。这个日渐沉稳的男人，她的亲丈夫，他脸上的笑容里似乎多了些什么，又像是少了些什么。

孛尔帖的肚子一天比一天大了。

虎儿年春天，在忽答合儿山崖的松树林里，由通天巫选了九十九只黑山羊和九十九只白山羊，九头公牛又九头公驼，一起宰杀了，还备了奶酒、果子、干酪、茶，点燃了九堆篝火。铁木真和札木合两个一同起了誓：但凡结了安答的人啊，就如一条性命共有着；遭难的日子彼此相助着，平安的日子彼此相记着。但忘了时，共提说；睡着时，共唤醒。他们对永恒的长生天这样说道。草原上结拜安答与中原的汉人结拜兄弟不一样，后者往往是三个一群五个一伙，为了一个共同的目标，再按年龄长幼排出大小，以长者为尊。安答是两个人，一对一的，你和我，或者我和他。我和你结拜了安答，也可以与他成为安答，

---

[1] 狗石，也叫狗宝，从狗身上取的结石。

但他与你之间没关系。结拜了的人彼此互称安答,没有长幼高下之分。结拜的原因多出自于感情,单纯得很,感情也是个人的、自由的,彼此没有约束和责任,不一定非要有共同的理想和追求。

铁木真把从脱脱帐里缴获的金带为札木合系上,又送他一匹长年不生驹的战马。札木合回赠了一条金带,将一匹生角的白马送与铁木真。这匹长鬃白马的头骨凸起一块,如角一般,跑起来飞快。通天巫敲打着神鼓为他们祈福,把他们一同说过的话传到天上去。将那些宰杀了的牲畜祭了天,剩下的做了筵席。凡来的人,都给吃喝,无论老幼。

> 草原上有个不喝酒的男人
> 他是铁木真的安答札木合
> 快乐的时候谁给他助兴呢
> 郁闷的时候谁给他做伴呢
> 有他的安答铁木真
> 打败了蔑尔乞的铁木真
> 也速该的儿子铁木真
> 不知道畏惧的铁木真
> 札木合的安答铁木真

人们这样唱道。自那以后,铁木真名声远扬,许多人都来投奔札答兰部,带着他们的车马百姓。札木合看了十分高兴。

2

一天清晨,阳光初照。诃额伦的帐里来了三个男人。两个在前,一个在后。他们都含着胸,低着头,两条胳膊垂在袖筒里,脱下来的帽子捏在手里。前面这两个人,一个是也速该的幼弟答里泰,一个是也速该的堂弟阿勒泰。他们称诃额伦为尊贵的夫人,特地来向她认错的。也速该死后,因为惧怕塔里忽台,他们抛下了诃额伦母子,带着孛儿只斤百姓走了;又因为受不了塔里忽台的气,投奔了札木合,到了札答兰部。现在,眼见诃额伦母子不仅活着,铁木真还成了远近闻名的巴特、札木合的安答,让他们心中好生羞愧。

诃额伦怀里抱着曲出,安详地听他们说完。她最见不得男人这种样子:被折断了脖子似的,眼睛看着地。她对他们说:当年,也速该抢夺我的那一天,你们两个就在他的左右,喊也喊得,闹也闹得,手里拎着刀,胯下骑着马,那时候你们不懂什么是害怕。自你的兄长殁了,塔里忽台把我们母子扔在雪地里,我连你们的面都看不到,心都伤透了。答里泰,你是也速该守灶的幼弟,也速该活着的时候对你最好,好吃的给你留着,好穿的给你剩着。我也不责怪你了,现在你们知错了,就要给孛儿只斤的百姓做出些样子来,让他们信服。如今铁木真长大了,你们要像从前对待也速该一样对待他、扶持他,让他的脸上有光。这样做了,也速该天上的灵魂会原谅你们的。

两个男人听了,抬起头,行了礼,转身出去了。后面一个仍然低着头,垂着手。诃额伦问他:你是谁?那人不肯抬头。他说:我在夫人面前抬不起头来,当初最贴近也速该巴特的人是我,替夫人到翁吉剌传信的人是我,最后一个离开夫人的也是我。我叫蒙力克。蒙力克是个目光短浅、胆小怕事的人,他对不起也速该天上的灵魂,更对不起夫人您。请夫人宽恕蒙力克的过错吧,让他重新回到夫人的身边。

诃额伦长出了一口气,说:蒙力克你没有过错,我为什么要宽恕你呢?你是也速该最贴身的纳可不错,你听我的指使也不错,你撇下我们去寻自己的活路没有错,我为什么要责备你呢?你最后一个离开我们,给我们攒好了烧火的牛粪,修好了帐门,还为我们拴好了八匹银合马,备足了干草,我为什么要责备你呢?今天你来看我,我很高兴,看到你我就想起了和也速该在一起的那些快活的日子,我为什么要责备你呢?蒙力克,你不是胆小怕事的人,你是个有脑筋的男人、有作为的男人、有情意的男人,我就是想把你留在身边,你又能为我做什么呢?我现在只是札答兰部的客人,一无所有。

诃额伦轻声慢语,她每说一句话,蒙力克的头就向下低一点,等诃额伦把话说完,他的脑袋都快垂到地上了。就是这样,前面两个人低着头进来,扬着头出去了，阳光照在他们的脸上；蒙力克在后面，低着头进来，又低着头退出了帐门，阳光落在他的背上。

八个月后，孛尔帖生了一个男孩。她的帐门上挂了一副弓箭[1]。

奇怪的是，这个孩子生下来一声不哭，无论你怎么拍打他。在孛尔帖怀里，或者躺在摇篮里，他都很安静。安静得叫人害怕。有好几次，孛尔帖以为他死了，慌忙贴上去，听见他呼哧呼哧呼哧，出气粗重、均匀。她把奶头塞给他，他便吧唧吧唧地吸吮；不给他，他也不叫。孛尔帖对铁木真说：给你的儿子起个名字吧。铁木真想了想，说：就叫他术赤吧。在蒙古语里，术赤就是客人的意思。孛尔帖问他的丈夫：为什么让你的儿子叫术赤，难道他是外人吗？铁木真又想了想，说：我们在札答兰部是客人，他生在札答兰，叫术赤没有错。

孛尔帖能说什么呢？术赤术赤术赤术赤，她这样唤她的儿子。术赤就是一声不响。

我的儿子，他来得不是时候。她把这话说给诃额伦听。

诃额伦抱着术赤，说：这是我头生的孙子，谁敢说他来得不是时候？

是啊，没一个人这样说，铁木真也没有这样说过。这个铁木真，他不像原来了。从前，他什么话都说给妻子听，现在她只听见他的沉默。但孛尔帖不怨他，她在暗自揣摩丈夫的心思。也许他是对的，他把自己当成札答兰部的客人，客人是不应该多嘴的。就是说，铁木真从没有把札答兰部当成自己的家，他感谢札木合，却不会成为札木合车辕里的马。他是这样想的吗？

大部分时间里，孛尔帖和婆母一起照看术赤，逗弄他。他对她们笑，但不出声。孛尔帖担心这个孩子是哑巴。但诃额伦说：铁木真的儿子不可能是哑巴。万一呢？诃额伦说没有万一。

---

[1] 古代蒙古族风俗，生男孩挂弓箭，生女孩挂红布条。

3

在大部分时间里,铁木真与札木合在一起,或者一同骑射,或者坐在帐里谈天说地。去骑射的时候,两匹马头并在一起,亲热得很;在帐里他们说东道西,不知不觉天就黑了,话总是没有说够。晚了,铁木真就睡在札木合的帐中,两人头对头、脚对脚,接着说。天亮了,再一起出去。差不多每天都是这样。别人看了羡慕,他们也不觉得厌烦。

铁木真的安答眼界宽,心大,有头脑,凡他说的总是对的。札木合说他总有一天会征服草原各部,蔑尔乞部、塔塔尔部,东南边的汪古部、翁吉剌部,西面的乃蛮部,还有南面的克烈部,做汗中之汗。他问铁木真:如果有一天我与你的义父脱斡邻争战起来,你将站在哪一边呢?对于这个问题,铁木真有些犹豫。他反问札木合:一边是我的安答,一边是我的义父,我该站在哪一边呢?札木合回答说:这很简单,站在必胜的一边,不管他是你的义父还是你的安答。

有一天,札木合把身上的袍子脱下来,摊开在地上。袍子的衬里居然是一幅宽大的地图,没尽头的斡难河在图上只是一条蜿蜒的小蛇,令铁木真惊叹。

又有一天,札木合唉叹道:可惜我头顶上没有你那样的英雄父亲,我的身上没有孛儿只斤的血统。铁木真说:等到你做了汗中之汗,你的荣耀必将照耀你的儿女,千百年后,你的子孙们也必将把札答兰的血统奉为至尊。

铁木真在札答兰住了一年又八个月了。来投奔札木合的人来自四面八方。这个夏天,札答兰营盘里车帐无数。又该迁营了。

自古以来,草原上的人皆逐水草游牧。每个季节都有那个季节的牧场,还要看天气。一般来说,春三月要找背风的草场放牧。夏季要找高地放牧,因为夏天蚊蝇、牛虻多,而洼地无风,牲畜遭叮咬,待不住;高地有风,蚊虫就不易存留。秋季三个月,要在河边放牧,这个季节的牲畜吃草籽,爱喝水,正是畜群长膘的时候。秋季的水清,温度适宜,牲畜喝了不易生病。未饮足秋水的畜群不利于生育,还会闹病灾。冬季的牧场要选择向阳的山地或者灌木丛。太阳出来以前不能放牧,以免母畜吃了有霜的草掉胎。冬天是接羔的季节,非加倍小心不可。一年四季，牧人跟着畜群走，他们侍候牲畜比农民耕作庄稼需要更多的精力、耐心和情感。因为，与土地里生长的庄稼不同，每一个游走的牲畜都有它自己的习性，有它们的欢喜和哀痛，知冷热痛痒，认识主人。

到了迁徙的日子，几万人和百万牲畜要一起行进。领头的人先走，看地势、风向，确定路线，后面的听前面的。各个氏族有各氏族的首领，各家族有各家族的头领，百姓跟着他的主人。看上去很乱，但一点儿都不会错。各家的帐篷都收了，和其他的用具捆绑在一起，放在车上。除了毡帐和必需的用具，多余的东西很少。草原人历来如此，崇尚简单，没用的东西再好也不喜欢，主要是为了方便携带。男人骑在马上，女人老人孩子坐在车里。行走的路线不固定，短的走几天，长的走十几天，一路走，一路放牧。各家的牲畜都分着群，马群最大不过三五百匹，羊群大一点，驼、牛群小一点，数目多了就要分群。马群有领头的公马，羊群有头羊，牛，驼都一样。牧人管好领头的就行。

札木合与铁木真并马走在前面，和平时一样说着话，看不出什么异常。这一天是四月十六日。这个日期在历史上非常重要，它决定了铁木真与札木合的关系，也决定了整个草原未来的局势。但是那天下午，一切如常，事先没有任何预兆。落日悬在空中，像个巨大的车轮，地面上一片紫气升腾。

  一日自那营盘里起时

  正是夏四月十六日

  铁木真札木合

  一同车前头行

  行间札木合说

  咱们如今挨着山下

  放马的得帐房住

  挨着涧下

  放羊放羔的喉咙里得吃的

  铁木真噤声立住

  落后等他的母亲诃额伦来

将札木合前头的言语说了

说那言语我不曾省得

也不曾回他话

特来问母亲

他母亲未言语

孛尔帖说

札木合安答

人曾说他好喜新厌旧有来

如今咱们行厌了也

恰才的言语

莫不欲图谋咱们的意思

咱们休下

就夜兼行着

善分离了好

《蒙古秘史》第118节

  放马的比放羊的富有，牧场要分开，是常识。札木合的马群自然比铁木真多。但他这样说是不是有意嫌弃铁木真呢？或者是铁木真多心了？铁木真是不是真的听不懂札木合话中的意思，专门停下来去问他的母亲？诃额伦为什么不作言语？孛尔帖根据什么说札木合喜新厌旧？而铁木真恰恰听了孛尔帖的话，在这天晚上，趁着黑夜离开了札木合。也许铁木真早就有此打算，正好孛尔帖替他说出了心中所想。可是，他这样不辞而别惹恼了札木合怎么办？如果札木合追上来他该怎么解释？还有没有解释的余地？而最最重要的是，有多少人会跟着他走？他怎么会知道？把握从哪儿来？他只是札木合的安答，不是札答兰部的主人，还很弱小，如果没人愿意跟随他，他们一家岂不是又陷入了困境？也许诃额伦正是想到了这些才没有开口。孛尔帖只是意气用事说了那番话。铁木真听信了妻子也是出于偶然。

  但是，那天晚上许多的部族百姓都跟着铁木真走了，有乞颜旧部的孛儿只斤人，答里泰和阿勒泰兄弟，蒙格图与他的儿子们；有扎剌亦尔种的人，脱忽剌温兄弟们；再有塔儿忽种的人，敞矢兀及巴牙兀两个种姓的人，再一种巴鲁剌的人忽必来、忽必思；一种芒忽的人，哲台、多豁勒忽兄弟们也一同来了；再有孛斡儿出的斡歌连；再一种别速的人，一种速勒都的人，一种札剌亦的人，薛扯朵末、阿尔海合撒巴剌，带着两个儿子也来了；再一种晃豁坛的人雪亦克秃，又有速克克、者该，以及晃答豁儿名字的人，连他的五个儿子都来了；一种亦乞列思的人孙卜图，这里做女婿，也随着来了；再一种斡勒忽讷的人，一种豁罗剌的人，一种朵尔别的人；再一种那牙乞的人，一种斡罗纳的人，一种巴鲁剌思的人；再一种巴阿邻的人豁尔赤，他们是与札木合同族的札答兰人，都来了。

这些人疾行一夜未停，直到天亮。者勒蔑告诉铁木真，身后部众两万有余。从此铁木真开始独立于草原。

第十三章

1

每天都是这样，当太阳沉落时，云就变成了粉红色，如泅开的血，有浓也有淡。每年都是这样，到了春天，人们就开始迁徙，从一个地方到另一个地方，呼隆隆呼隆隆。很多很多的人一起走，带着他们的大小牲畜，看不到头和尾。凡他们经过的地方都被踏成了路，草踩平了，水搅浑了，荡起很高的尘土，呼隆隆呼隆隆呼隆隆。鹰在天上飞，盘旋不去，看他们有什么丢掉的东西——这种时候他们总是要丢掉许多东西的，可以用来充饥或者喂养它的儿女。大小走兽们听到了响动，也都跑出来，远远地看，时不时冲他们嗥叫一声，跟着他们，假装冲上去，又退回来。这时，要是有一只掉队的牲畜就太好了，可是没有，牲畜们和人在一起变得胆子大了许多，就像没看到它们似的，只管走路。人呢，他们骑在马上或者坐在车里，也不搭理它们，很傲慢的样子。人就是这种东西，一旦成群结伙，就觉得自己特别了不起，在地面上走，带着他们的房子、牛羊，停在哪，哪就成了他们的家，然后点火，烤他们的食物吃，谁都不在乎。你也不能把他怎么样。他们要走一起走，要停一起停，听从其中某个人的号令。那人就是羊群里的头羊，虽然没生犄角，同行的人都认得，能闻出他的味儿，听懂他的声音。即使这个人一声不吭，你也别惹他。惹了他，就是惹了他们全体。这个人挥一挥手，所有的人都会拔出他们的牙齿来和你拼命。这种事情它们经历过很多，谁都懂，不会去冒险。它们跟着人群走走停停，只是觉得好玩。偶尔互相恐吓一下，那也不是真的。在人的面前，它们懒得逞威风。

天将黑未黑，迁徙的队伍还在行进中，帐车颠簸着。她坐在帐车里给术赤喂奶。婆母正坐在她的身边。就是在这个时候，铁木真来到帐车外面，停下，询问他的母亲。他说他听不懂札木合安答的话是什么意思。婆母沉思着，未作言语。她忍不住了，开口说：咱那札木合安答，我曾听人们说是个喜新厌旧的人，如今不是嫌弃了咱们？刚才他对你说的，就是要我们各谋出路的意思。我们不如先停下来，趁着天黑，好好地离散了吧。

若在平时，铁木真听不得人说他安答的不是，无论这个人是谁，妻子也不行。但这一次他没有恼怒，而是默默地掉转了马头，没责备她，没打断她的话。巧的是，孛尔帖刚刚闭住嘴，天就黑了，像一道厚帘子呼啦落下来。就在这个时候，当铁木真刚刚转身离开，她怀里的术赤"哇"的一声哭了。这是怎么回事呢？她和婆母都被吓了一跳，心中惊喜。在黑夜中，术赤的哭声分外嘹亮，突兀，底气十足，叫人听了心情舒畅。术赤术赤你哭吧哭啊，使劲地哭，别停歇，好让你的父亲听到，告诉他你不是札答兰的客人，谁的客人也不是！她这样想，倾听着术赤美妙的哭声，感觉到帐车好像拐了一个弯，悄悄地加快了速度，呼隆隆呼隆隆呼隆隆……帐车外黑乎乎的，什么也看不见。术赤依然哭个不停，没完没了，好像把落生以来所有的哭声都留给了这一夜，故意的。

月亮像只车轮，陷在浮云里。铁木真背对着它，朝西北方向的斡嫩河走。他心中忐忑，很紧张，抓着缰绳的手心在出汗。生角的白鬃马似乎懂得主人的心思，踮着碎步，脚下迅速但不出声息。按照他的吩咐，博儿术和者勒蔑分别去传信，让后面的人跟上来，跟着他走。博儿术和者勒蔑立刻懂得了他的意思。虽然他们脸上没笑、没出声、没问什么，但透过夜色，他还是看到了他们心中的喜悦。不用嘱咐他们如何去传信，传给谁不传给谁，他们心里都清楚得很。他知道，他们一直都在等着这一刻。

住在札答兰的一年半中，他天天与札木合在一起，有说不完的话。每天早上，只要一走出帐门，他的脚就把他带到了札木合跟前，不由自主。他心里想，迟早有一天，他将再也离不开他的札木合安答了。这个想法令他烦恼。可是，每当他心中烦恼，他的脚就把他带到了札木合那里，他们一起谈天说地，喝酒，或者去射猎，烦恼就没了，被快乐驱散了。可是没过几天，那烦恼又悄悄地爬上心头，变成了恐慌——没有原因的莫名的恐慌，令他坐卧不宁。他能怎么办呢？只好再去札木合那里，或者干脆睡在他的包里暂时忘记它。这种状况持续了很久，可是，他内心的恐慌并没有因此减弱、消失。他明白，这样的事不能去问他的安答，他的安答就像一片安详的云，罩在他的头顶上，给他安全。可是他仍然有一种预感，他迟早会离开这片云，肯定的！只是他不知道为什么要离开，什么时候离开，还有，离开了以后将会发生什么事情。有时，他问那个决心要走的铁木真，说：是你的安答待你不好吗？他说：不是，不是我的安答待我不好，是他待我太好了反而叫我不安，我怕我有一天会忘记了自己的仇人、祖先的仇恨；我害怕时间久了我会把札答兰的仇人当成我自己的仇人，到那时，我就不知道自己是谁了，孛儿只斤氏族将成为札答兰的一支，为我札木合安答的荣耀而战斗。所以我要离开他。我要离开他就是因为我太喜爱我的札木合安答了，就是因为我没有办法不喜爱他，从他嘴里说出的话总是对的，我没有办法不敬佩他；他需要这样的敬佩，而我则害怕这种敬佩。除了离开他，我没有别的办法。

另有一回，他在河边遇到了阔阔出。阔阔出给他讲了这样一个故事。从前，在很久以前，有一个人生了两颗头颅、四条臂膀，很厉害。因为他的头脑比平常人聪明一倍，他手臂的力气也比别人大一倍，没人能打得过他。这个人很得意，以为自己是天下第一了，再没有人敢与他作对。于是，他的一颗头颅对另一颗头颅说：他们都是惧怕我，没有我，你打不赢他们。另一颗头颅觉得它说得对，就懒得动脑筋了。他的这一双臂膀又对那一双臂膀说：因为有我，所有的敌人都不敢来应战了，可见，用不着两双手臂照样可以征服世界。那一双臂膀也认为它说得有道理，懒得再费力气，何必呢。后来，敌人知道了他和自己的分歧，就来攻击他，把他打败了。从此，天底下再没有生出两颗头颅和两对手臂的人。

这个故事他以前听过，但是那一天从阔阔出嘴里说出来，他就像第一次听到。他为什么在这个时候给我讲这个故事？阔阔出看着他，说：是啊，我为什么要对你讲这个老故事呢？他自己也不明白。他说这一定是上天的意愿。

但是分手的话他说不出口，它们锁在他的喉咙深处，像刀子卡在鞘里，说出来必定伤人。他又不会撒谎。况且，跟札木合撒谎是愚蠢的。那是对他安答的羞辱，也是对他自己的羞辱，还不如沉默。在很长一段时间里，他们仍然好得像一个人一样，同时，他内心的恐慌和对他安答的喜爱都在日益加剧。一直到了迁营的时候，路途中，他们像往常一样，并着马，彼此说着闲话，看着日头落山。

这时札木合对他说：咱们放马的挨着山，放羊的临着涧，还是分开好。铁木真当时没有言语，觉得札木合看穿了他的心思，禁不住一愣。停下马，退回去，问他的母亲。母亲没有回话，倒是孛尔帖的一番话使他心中一亮：这是最好的时机，也许是最后的、唯一的。他拨转马头，尽量不露声色。决定是瞬间做出的，没有任何犹豫。马蹄踏在松软的草地上，几乎听不到响动。他伏身在马背上，呼吸着潮湿的夜风，仔细谛听着背后的动静，算计着时间。他决定，三程之内，绝不回头。

2

札木合得到消息的时候，天刚亮。他坐在包里，左手边是他的兄弟给察尔，不是铁木真。铁木真离开他走了。可惜！他叹了口气。给察尔以为哥哥可惜那匹生角的白鬃马，说：我去把它追回来！札木合摆摆手，晚了，他说：我的安答已经走远了。给察尔看到,他的哥哥语气平静,没有发火,他的骄傲不允许他发火。札木合没发火却是一脸倦怠,使他苍白的脸色更显苍白。晚上,他派人叫来了被称作通天巫的阔阔出。他问他:

你说我的安答他为什么离开我?
因为你对你的安答太好了,要我说。
我喜爱他就没法对他不好。
他喜爱你所以他没法不走,要我说。
你说的话我怎么越来越听不懂呢?
我也不懂,因为那是天的旨意。
还有人都跟他,走了好多的人。
那些人他们敬佩你安答的智慧。
你说我和我的安答谁更智慧?
能看出别人智慧的就是智慧。
你说你为什么没跟他走?
这是长生天的意志,要我说。
我和我的安答将成为敌人吗?你说。
那是长生天的意志,要我说。
以前我可从来没有这样想过。
都是长生天的意志。要我说。
我一点不恨他,我恨不起来。
敌人不一定非要相互憎恨。
我们是永远的安答。
愿长生天保佑你们。
长生天会偏心吗?你说。
有时候偏,有时候不偏。
什么时候偏,什么时候不偏?你说。
我不敢说,因为那是天意。

> 你说我该不该相信你说的话。
>
> 你不要相信我,但你要相信天。
>
> 你自己相信吗?告诉我心里话。
>
> 不是信,是怕,从心里害怕。
>
> 因为害怕,不敢不信是吗?
>
> 你说对啦。

札木合说:我不恨我的安答,但我恨那些跟他走的人,我的札答兰族人豁尔赤,还有他的兄弟们。我们的祖上是从一只胞衣中落生的双胎,他的身上和我流着一样的血。他们这样做伤透了我的心,他们叫我丢脸,咽不下食物。永恒的长生天不会饶恕他们!

他终于发火了。阔阔出没再出声,他看到札木合的脸越来越白,失尽了血色;眼珠像冰,在夏天的四月里寒气逼人,那是他的火,骄傲的、冰冷的火。

几乎同时,札木合话音未落,他们听到一阵滚雷,仿佛来自天边。这种旱天雷声音低沉,虽然听不清,却能击穿你的耳鼓,叫你辨不清方向。阔阔出仰起脸,未见一滴雨水。云层非常低,又厚。一束电光钻出来,尖锐、眩目,刷地一闪,落到一棵树上。蓝色的火焰吞没了树冠。这棵山榆瞬间变成了秃黑的一截,像个巫婆,浑身青烟缭绕,孤零零地立在平坦的草地上。路上的人们都吓坏了,慌忙伏下身子。阔阔出跑上去,手伸进树洞,那被雷电击穿的树洞还在冒火,但阔阔出说天火不烫人,是凉的。他掏出了一块雷击木。乌黑的,比头一天的黑夜还黑。

头一天晚上,日落时分。迁徙途中的豁尔赤正在马背上打盹,感觉梦中有谁将他的马缰绳往左拽了一把,听到说"跟着铁木真走"这样的话。他懵懵懂懂,没听清,但队伍已经分开了岔。在他的身后,他的三位妻子,他的兄弟们,他的族人、家眷、百姓、牲畜都跟上了。当时,他完全可以把缰绳拽回来,赶上去,告诉札木合,说铁木真走了。可是他没有这样做。他是札答兰人没错,但他做事随心所欲,从来都是。尤其遇到大事,生死关头,容不得你去用脑子想。这时，心比脑子好使，凭直觉，一下子就见了分晓。然后，回过头来，你再往前思想，发现每一步都是对的，犹如天助。

豁尔赤紧跟着铁木真疾行了两天两夜。

在袭击蔑尔乞的那天夜里，豁尔赤就跟在铁木真的身后。在他身后跳下冰河，像利箭般射进蔑尔乞营地。回过头看，他们渡河的那一段恰好是薛凉河最浅的地方，上了岸即是山坡，他们顺坡而下，冲散了蔑尔乞人。那时候他就想，这个铁木真不是一般人。之后，铁木真和他的家人、伴当都留在了札答兰营地。豁尔赤看到，他们之间不吵闹、不争执，待人谦逊。他的兄弟是这样，博儿术是这样，者勒蔑是这样，他的母亲和妻子也是这样。他的母亲诃额伦眉目清明，仪容高贵仁慈；他的妻子孛尔帖面容白皙，眼光清澈无比。据豁尔赤的经验判断，处在这样两个女人中间的男人，绝非一般的男人。关于女人的经验，没人比得上札答兰人豁尔赤。豁尔赤是小个子，手脚灵活，小眼睛，淡眉毛，面色白里透红。女人是他的命。

到了第三天宿营的时候，铁木真没喝一口水，回过身，依次去看望跟随他的各部众首领。在他兄弟的陪同下，从头走到尾，最后来到了豁尔赤面前。

他对豁尔赤说道：我的安答帮助我、收留我，我离开他是免得拖累他。因我在札答兰是外人。你是我安答的同族兄长，受我安答的敬重。札答兰部人马众多，牛羊无数，我的安答勇敢智慧，你却带着你的兄弟百姓追随我来，叫我心中惶恐。豁尔赤回答道：你说得不错，我的祖上与札木合血脉相通，我在札答兰有势力、有地位，日子过得逍遥自在。我跟你来不是我豁尔赤的决定。

豁尔赤说：我不说你也知道，自古以来就数马背上的梦最灵验，我跟上你是受天神的驱使。现在让我告诉你吧，那天晚上我在马上睡着了，我梦见一头惨白的犍牛，顶撞札木合的帐车。帐车翻倒了，牛角折了一根。那牛吼道：还我角来！还我角来！就是这头独角的牛，一路吼着，驾起帐车追随你来，说是天地相商了，要它把国送与铁木真。帐车尖顶，遍体金黄色——那就是国。铁木真你听我说，神灵让我亲眼看到了此事，命我向你通报，我有什么办法呢？待我醒来之后，已经跟上你，在路上了。

铁木真听得出神，面色严肃。他对豁尔赤说：感谢你把天神的旨意带给我，教我知道我该做的事。若真的有这么一天，我做了国主，定封你做个万户长[1]。

可是豁尔赤听了并不满意，他说：铁木真你不信我倒也罢了，但你不能不相信马背上的梦。你若只封我做一个万户长，我又何苦跟你来，把它告诉你呢？

铁木真让他说出他心里想要的。豁尔赤说：国主即汗中之汗，众汗之汗，天下最大的汗。到时候你必容我在你的国土里挑选三十名美女做妻子。铁木真说：好吧，你的话我记住了。

当晚，铁木真高兴，留在了孛尔帖的帐中。孛尔帖替丈夫摘下了刀，解开了袍子，为他洗净了头上的土、身上的汗，给他铺好了褥子。她亲爱的铁木真，刚离开了札木合就不一样了，好像又回到了原来。他用他的身体向她述说着内心的快乐。她也用她的身体听，一听就懂。铁木真睡着了，如松了弦的弓。这时，术赤哭了。他的大嗓门，张开嘴就不肯歇气。孛尔帖没起来，而是搂紧了铁木真，说：你听你听啊，你儿子哭得多有劲，多痛快！这不是天下最美的声音吗？他知道你来了，他是专门哭给你听的。铁木真醒了，在他听来，那哭声不像个婴儿，倒像某个陌生男子被谁戳了一刀，满腔的伤痛。

3

有个问题塔里忽台始终想不通：当初铁木真是怎么逃脱的。

一闭上眼，他就梦见那只完好无损的木枷，上面蹲着六只蛤蟆，眼睛瞪着他，肚皮一鼓一鼓。就是从那天起，塔里忽台倒运了。晃豁坛人蒙力克离开他走了，主儿勤人撒察离开他走了，还有好多的人悄悄地离开他都跑了。他的身边只剩下自己的泰赤兀氏族。蒙古乞颜部不存在了。金国人来剿杀草原的时候，没有把他当作对手，他们看不起他。连世代仇敌塔塔尔人也懒得提防他。报仇成了一句空话，你喊你的，没人信，没人害怕。真是耻辱！活着，却没人怕你，这叫什么？昔日的乞颜部哪去了？塔里忽台睡不着觉了，一头

---

[1] 万户长，最高的官衔，一万户牧民的首领，指挥万人大军的统帅。

熊瘦成了一条狗，几年之后，他躺在两层熊皮褥子上还硌得胯骨疼。这个塔里忽台，他想，恢复乞颜部的唯一办法，就是除掉铁木真。

这天晚上，有人告诉塔里忽台，说铁木真来了，自东向西，沿着斡嫩河方向，带着众多的人马。

塔里忽台一听就跳了起来，第一个反应就是铁木真带了札答兰部袭营来了。但他多了个心眼，传令泰赤兀人连夜拔营，不是往远处跑，而是逆着方向，错开对方的人马，自西向东跑。他断定，这是铁木真想不到的。若碰不上他便逃脱了，就算碰上，等他们掉回头来追击也来不及了。在半路上，塔里忽台得知，铁木真是脱离了札答兰部，回斡嫩河老营去的。塔里忽台松了口气，但他没有拨转马头，而是继续往东，马蹄不停，径直朝着札答兰部奔去。

当时，铁木真也猜到迎面而来的队伍是塔里忽台。他想，如果打起来，他身后的队伍必被冲散。虽然他们人数多，不过是刚刚拼凑到一起的，彼此并不相熟，没有号令，一击即溃。铁木真心想这下完了，再无回头路可走了。他提着心，脸上强作镇静。结果出人意料：寂静的夜色中，两支队伍交错而过，他们之间相距不足一程，能听见彼此的马蹄声，居然没有交手，没伤一根毫发。真是太奇怪了！长生天保佑我虫蚁般的性命！铁木真松了一口气，心里说道。又行了两日，到了斡嫩河边，他做的第一件事便是燃了两堆火，摘了帽子，将腰带挂在脖子上，感谢苍天。

天色苍黄，日头被沙尘遮蔽，风吹乱了铁木真额上的头发，吹乱了河边的芨芨草。他伏在地上说道：二十五年前，母亲把我生在这里，下面是草，没有一块褥子做铺垫，上面是天，没有一片毡子遮掩，斡嫩河的水洁净了我赤裸的身体，从那时起，每逢危难总得天地的护佑，叫我心存感激。我的生命从你而来，我的力气从你而来，我的智慧从你而来，有朝一日，我定取天地万物之精华来报答你的恩典。

此时，札木合正在他自己的营地里围猎，忽然听到某种奇怪的声音，带着风声传进他的耳朵。

铁木真走后，他不想与人言语，唯有借射猎祛除心中的烦闷。每天，他骑着铁木真送给他的海骝马追逐猎物，脑子里仍然忘不掉他的安答，经常走神。

这一天，他看到了一只豹子。刚才的声音就是他的低声咆哮。这头豹子非常凶猛，也非常的漂亮。本来可以把它赶进挖好的陷阱里捉活的，但他临时改变了主意，要亲手射杀它。他驱赶着它，却迟迟不放箭，欣赏那豹子的疲惫、绝望和恐惧。最后豹子不跑了，转过头，张开嘴，向他扑上来。周围的人都吓得惊叫，但他早有准备。他立在马上，拉圆了弓，将箭射进豹子的嘴里，直穿心脏。

妙啊！塔里忽台赞叹道。

塔里忽台的赞叹发自内心，眼见那只豹子在空中打了一个滚，落在了地上，挺直了腰，变成了一具美丽的尸体。相距札木合不到三步。实在是太妙了。猎杀一只野兽不难，难的是让它不流血而死。把一只珍贵的野兽打得浑身是血、到处是伤，不算好猎手。若干年前，塔里忽台年轻的时候曾犯过这样的错误，为了救人，把一张漂亮的熊皮戳得净是窟窿，白白糟蹋了。那次他救了三个孩子，一个阔阔出，一个铁木真，一个就是眼前这个札木合。他对札木合说：这将是世上最完美的一张豹皮。札木合淡漠地点了点头。

晚上，他被札木合请到了帐中。札木合问他：你为什么要到我这里来？他说：我来做你弓弦上的箭。札木合说：没有人与我为敌啊。他说：有。札木合问：谁？他说：就是你的安答铁木真。札木合看着他，塔里忽台不禁打了个寒战。札木合说：你是想让我做你弦上的箭吧。塔里忽台说：是我傻，傻透了。札木合说：你一点不傻。塔里忽台说：我有一万五千泰赤兀部众，现在都是你弦上的箭。札木合说：谢谢我的安答，没有他，你不会到我这里来。

第十四章

1

直至虎儿年。仍然有人陆续来到斡嫩河的支流汔沐尔河边，与铁木真会合。

其中最著名的就是主儿勤氏族首领撒察。他带来人马一万有余。这个撒察原来也是乞颜部的人，阿阑神母的后代，属于纯洁出身的蒙古人。此外还有格尼格思种的人忽难等；又有札答兰种的人木勒合忽等；再有捏昆的儿子忽察尔等；另有撒合亦种的人等等。

> 众人共商量着对铁木真说
> 我们立你做可汗
> 你若做了可汗啊
> 面对众多敌人的时候我们当先锋
> 但掳得美女妇人并好马都将与你
> 凡围猎啊我们先将野兽赶来与你
> 大腿挨着大腿肚皮挨着肚皮
> 如厮杀时谁违背了你的号令
> 必让他离散了妻子家财
> 头颅扔在无人烟的地面
> 众人都这般盟誓了
> 立铁木真做了可汗

《蒙古秘史》第 123 节

这年铁木真二十八岁，离开札木合已经三年有余。可汗虽然是小汗，也是一方君主，立汗意味着建立政权，重振蒙古乞颜部。当年他的父亲也速该没能称汗，后来塔里忽台也没能称汗，撒察心里想过，但从没有说出口。可见事情不那么简单。立汗的决定权在库里台会议[1]上，由众氏族首领、贵族共同推举产生。

有一座毡帐被称为会事房，十分宽大，独自立在泛沐尔河边，专供库里台会议使用。凡女人，不得进，无身份者，不得进。诃额伦虽然身份高贵，却无

---

[1] 库里台会议，由各部贵族首领参加的商议重大决策的会议。

法了解会议内容。者勒蔑的身份没来历,也不能参加意见。会议进行了好几天,门口站着士兵。每天由者勒蔑进去为他们送茶饭,出来之后他把见闻带给诃额伦。第一天他说他看见铁木真脸色发红;第二天他说他看见铁木真脸色发白;第三天他说他看见铁木真脸色发青;到第四天他说他什么也看不出来了,只觉得那会事房内空气紧张,憋得要命。

三年间,孛尔帖生了第二个儿子察合台,又生了第三个儿子窝阔台,在第四年头上,她肚皮里怀上了第四个儿子,也就是后来元朝皇帝忽必烈的父亲拖雷。此时术赤快五岁了,不爱哭闹,也不爱说笑,表情严肃,总是跟在母亲身边,不离左右。孛尔帖牵着察合台,抱着窝阔台,挺着大肚子,坐在婆母身边,仔细倾听者勒蔑说会事房里的情景。

有时候,晚上诃额伦出来,远远地看会事房里的灯火。她知道,那里面随时可能发生任何事情:吵闹、争斗、厮杀和流血。让这些人聚在一起太不容易了,是上天的旨意;让他们一哄而散太容易了,也是上天的旨意。铁木真还年轻,她怕他沉不住气。而撒察太狡猾,这个主儿勤人有一条好舌头,软的时候,像抹了奶油,闻起来香喷喷的,足能搅乱人心;硬的时候,杀人不留刀口。当初也速该未能称汗,就是他在阻挠。也速该死后,他率先抛弃了诃额伦母子。但这些话诃额伦都没有对铁木真说,怕激起他的火,反而坏了大事。和孛尔帖不同,诃额伦对铁木真一直保持恭敬、谨慎的态度。反过来,铁木真对母亲也是一样。凡母亲说的,他必照办。正因为如此,诃额伦从不轻易开口。

据说,起了决定作用的仍然是豁尔赤的那个梦。这个札答兰人以前做过萨满,能够把一个梦叙述得活灵活现。为了这个梦,他向未来的国主铁木真讨要三十名美女做妻子。铁木真居然一口应允了,没嘲笑他,没打折扣。铁木真允诺时表情认真,相当慷慨,说三十名不算多,就像那一天近在眼前。此后,豁尔赤不断向人们重复这个梦,每次都要增添一点细节,使它更加逼真完美。听过这个梦的人经常互相争论:有的说那是一头惨白的乳牛,有的说明明是一头黄色的犍牛,还有的说是两头牛,也有的说是一头独角牛。他们争论得面红耳赤,几乎动起手来,好像都是他们亲眼所见。就这样,争论得越多,流传越广,豁尔赤从不去做更正。那些争论的人各不服气,在不同的晚上都做了相似的梦,虽然内容相似，细节各取所需，他们代代相传，至今已经有好几种版本。

据说在库里台会议的僵持阶段，豁尔赤又重复了他的梦。面对这个家喻户晓、版本不同的梦，撒察能怎么办呢，只好把他的话咽进肚子里去了。

虎儿年春天，铁木真作为蒙古乞颜部可汗掌管了苏鲁锭。这根苏鲁锭的枪尖分三岔，共九肘长，系九根黑牦牛尾。它的枪尖所指的方向，就是所有蒙古人的灵魂和性命的归宿。祭祖的那一天，在斡嫩河边，苏鲁锭枪尖朝天直立在祭坛上，下面摆满了屠宰好了的乳牛、乳羊、乳驼、酒、奶、果。所有蒙古乞颜部的男人都摘了帽子，解了腰带，额头伏在地上，听从铁木真可汗发布律令。女人们都站在自家的门口，为了见证男人们的誓言，把洁白的奶泼在地上。

那一天天气很好。诃额伦一身盛装，昂着头，闭着眼，太阳照在她的脸上，温暖，热烈。微风中弥漫着斡嫩河的水气，她觉得那就是也速该的目光和他的呼吸。在她身后，孛尔帖挺着肚子，一手牵着察合台，另一只手将术赤按倒，让他朝祭坛的方向像男人一样伏下身子，听他的父亲说话。这个印象在术赤的记忆里非常深刻，许多年以后他还能想起那嗡嗡的声音，越过众多男人的脊背迎面传来。那些脊背都弯倒着，上面尘土飞扬，尘土在阳光中变幻出五种颜色。母亲的手卡在他的脖子上，生疼，他一声也不敢哭。

"我要斡歌来、合赤温、哲台、多豁勒忽你们四人带了箭筒，做护卫长，携你们的兄弟守候在我的左右，不分昼夜。我要汪古雪亦克秃、豁答安、答都尔罕你们三人管饮膳，无论早晚。我要迭儿该你去管牧放羊只，选夏天的草，接冬天的羔。我要古出沽尔你掌管修造车辆，无论大小。我要多歹你总管家内人口，他们吃的、穿的、用的必经你手。我要忽必来、赤古台、脱忽刺温你们三人并你们的兄弟们一同带刀，分了队，听候哈撒尔的指挥，无论何时何地，呼之即来。我要泰亦赤兀歹、忽图么里赤、合勒忽你们三人管牧放马群，无论大群、小群，你们须心中有数。我要我弟别勒古台与合拉勒歹脱你们二人分管驯马，把最好的马选出来与我。还有你们，阿尔该合撒、塔孩、速克该、察兀尔罕四人，我要你们做前哨，能像箭一般地散去，又如老鸹一样聚来，无论远近，白天黑夜，风雨无阻，不许有片刻懈怠……"

风停了，四周一片静寂。牛也不叫，羊也不叫，狗也不叫。阳光下，除了铁木真的声音，人们只能听见自己的喘息。

孛尔帖感觉很奇怪，她看看婆母，诃额伦也在看她。她们都在思考同一个问题：这么多事情，铁木真是什么时候想好的呢？离开札木合的那天晚上，还是在孛尔帖怀里睡觉的时候？

不仅她们这样想，博儿术和者勒蔑也在想，从今往后，这个铁木真还是原来那个铁木真吗？

2

最初，在库里台会上，当孛儿只斤的氏族首领们都推举铁木真做可汗时，铁木真曾一再谦让。他说：阿勒泰叔叔，你的父亲忽图剌汗曾有威名，汗位理应你来坐。阿勒泰坚决地推辞了。铁木真又说：薛扯兄长，卜里孛阔兄长，你的祖父斡勤巴合儿黑，是我祖父的哥哥，这汗位啊该轮你们先坐。薛扯和卜里孛阔惶恐地推辞了。铁木真再说：忽察尔兄长，你是我伯父捏昆太师的儿子，汗位由你来坐吧。忽察尔毫不犹豫地拒绝了。最后铁木真又对撒察说：你曾与我的父亲齐肩作战，打败过塔塔尔人、金国人，在草原上有威名，汗位还是由你来坐吧。结果撒察没有拒绝。撒察说：我当初离开塔里忽台，就是不让他称汗，那时候铁木真的性命还在他的手里。我若让塔里忽台做了可汗，就没有咱们蒙古乞颜部的今天了。谁都知道我和你的父亲也速该曾经并马作战，击败了乞颜部的仇人。那时候也有人要我称汗但我没答应，我曾经极力推举也速该，可惜天意不准让你的父亲遭了难。如今你这般尊敬我让我能怎么说呢？主儿勤人是合不勒汗的长支，我想我应该遵从天意。

后来孛儿只斤人和主儿勤人发生了激烈的争论，各自阐释他们对天意的不同理解。铁木真未作言语，暗地里叫哈撒尔去察看主儿勤人有什么动静。哈撒尔告诉他说：主儿勤人两天马未卸鞍。铁木真让博儿术带人把他们隔开，围了，又叫送去了宴饮的酒肉。再后来，豁尔赤开始叙述他的那个尽人皆知的梦。

祭祖宣誓后的那天晚上，铁木真来到博儿术和者勒蔑的帐里。他对他们两个说：在以前，当我除了马尾没一根鞭子的时候，你们来到我的身边，帮助我，做了我吉庆的伴当,叫我不再孤单。如今我做了众人之长,我能许给你们什么呢?你们对我不像其他人,我许给你们的职位再高也不算高,我许给你们的财宝再多也不算多。从今往后,你们就是我的左手和右手,虽然我没有在众人面前提你们的名,但我许诺,他们主管的事必经由你们两个的手到我这里。你们两个,一个为我主内,一个为我主外。凡我想不到的,你们都要说与我,无论什么事,无论我醒着还是睡着。

九天以后,者勒蔑叫人建造了一座汗帐,在会事房旁边,比会事房还宽大,四周站了带箭筒的和带刀的士兵日夜守护,没有通报任何人不得进入。汗帐内点了九盏灯火,彻夜不熄。地上铺了厚厚的毡子,干净,洁白。汗座是一块油黑发亮的熊皮。铁木真第一次坐在新建的汗帐里,感觉身边空旷,有点孤独,忽然想起了札木合。这么一想,仿佛札木合就在他的身边,他的一举一动也都在札木合的视线里。札木合瘦了,脸色苍白,目光炯炯。他问他:你为什么一定要做汗呢?那便是你心里所要的吗?铁木真竟答不上来。此时,汗帐外面站着一个女人,挺着大肚子,说要给她的丈夫加一条被子。卫兵不让她进去。卫兵说他们的可汗睡着了,不能打扰。

在铁木真委任这些人之前,谁也不知道他是怎么想的,孛尔帖不知道,诃额伦不知道,撒察也没有想到。撒察后来才发现,铁木真身边的卫队中,除了他的兄弟哈撒尔,很少有贵族首领。正因为如此,那些人个个忠于职守,像个铁桶围在铁木真的四周。撒察有点后悔,不是后悔到斡嫩河来与铁木真会合,是后悔自己轻视了这个年轻人,犯了和当年塔里忽台同样的错误,已经无法挽回了。他要是离开,那就是背叛,必将成为全体乞颜部的敌人,不可饶恕。所以,让铁木真活着就是一个错误。现在,撒察只能眼看着铁木真像鸟儿筑巢似的一点一点扩建自己的权力,把几万部众编排起来,拴在一根绳子上,包括他撒察。而更可怕、更重要的是,铁木真正逐步深入人心,或者说他在设法收拢人心,想让所有人的心都成为一只巢里的鸟,这个巢就是乞颜部的汗权,唯一的,至上的。撒察知道自己错在哪了:当初,他应该让他立不成汗,然后再从长计议。而一旦立了汗,汗权就植入了人们心中,它自己会发芽、生根,再要把它揪出来,每个人都会心疼。人心就是这样一种东西,都怕孤单,怕迷失、离散、灾变、动荡，但就是不怕服从。他们必先相信某人，然后去服从他。他们宁可因服从去拼命斯杀，却不敢孤单地死。为了服从，他们希望那个人是无畏的、智慧的、不平凡的。往往是，因了众人的希望，这个人果真变得智慧起来，并且无所畏惧了。这个道理，撒察懂，因此他认为，让铁木真活着是个错误。

天黑了。铁木真醒了，有点冷。他走出帐门，见孛尔帖站在门外，手里拿着一条羔皮被子，眼睛里饱含泪水。

次日，铁木真正式派人把他称汗的消息分别告知他的义父脱斡邻和他的札木合安答。脱斡邻那里，他派去了一般的使者。而派到札答兰部去的人，他想了又想，还是叫来了自己的兄弟哈撒尔，并亲口嘱咐他的兄弟，见了札木合一定要恭敬，说话时不要大声，不要喜形于色，不要直视他的眼睛，目光停在他的胸前即可。"我的安答有一颗骄傲而脆弱的心，如果他说了责备我的话，你不要恼怒，不要顶撞他，因为他是我的安答。"铁木真这样说。

远在黑林的脱斡邻得到消息后很高兴，叫那使者带回口信说：你们推举铁木真为汗，这太好了。乞颜部本来就是我的儿子铁木真的，怎么能没有汗呢？这就对了。我的儿子铁木真做了汗，是蒙古乞颜部的福气，你们永远不要违背自己的汗，自己撕破自己的衣领。

在札答兰部，札木合接见了哈撒尔及使者。他始终没有站起身，面色阴沉，说话有气无力，他说：你是铁木真的兄弟，看见你就如同看见了我的安答。你回去对你的兄长说，自他走后，没有一天我不思念他。我还请你回去问问阿勒泰、忽察尔，豁尔赤他们这些人，我不明白，你们要是早就拥戴我的安答，为什么当时不作言语呢？你们戳腰刺肋，离间了我们，你们自己有什么好处可得？如今，既然我的安答已经做了汗，就请你回去转告他们，要他们好生扶助我的安答，不要再生是非叫我的安答伤心。

毡包外面阳光烤人，包里却阴凉，让哈撒尔一身的热汗瞬间冷却了。札木合说完了，他始终没有责备铁木真一句，但也没有一句不是在责备铁木真。哈撒尔只是点头，逐字逐句记住了，没做回答。

过后不久，一件意料不到的事情发生了。

3

关于十三翼之战的起因，古今说法大致相似：乞颜部的人射死了札木合的弟弟给察尔。一个名叫拙乞答尔马剌的人，他在撒阿里原野牧放的马群被给察尔抢走了，他连夜追去，独自藏在马群里，瞅准机会，一箭射穿了给察尔的后颈，夺回了马群。但是拙乞答尔马剌没有因此成为英雄，却无意中为札木合进攻乞颜部提供了合适的借口。另一种说法是，这个拙乞答尔马剌是撒察的人，受撒察暗地指使，故意挑起事端。但是，札木合要进攻乞颜部真的需要这样一个借口吗？也有的记载说，那个叫给察尔的人不是札木合的弟弟，他是奉了札木合的旨意专门去乞颜部挑衅，不料，送了自己一条命。这都是后来人自以为是的揣测：为什么偏偏在这个时候发生了这种事？怎么会没有原因呢？后来人不甘心，他们不喜欢没有原因的事情。而最真实的可能是，当事人什么也没想，事情完全出于偶然，碰巧了。

但给察尔确实死了。札木合的愤怒是真实的、可怕的。他的脸涨红了，手在发抖。他对天发誓要彻底铲除乞颜部。愤怒并不妨碍他头脑的清醒，他比塔里忽台或者撒察的聪明之处在于，他知道绝不能给他的安答留有一点余地，必须把所有的力量都组织起来，一次成功。札木合联合了十三个氏族，构成十三翼，也就是十三个翅膀，呈半月状，如夜行的鸟，悄悄地进发，然后猛扑过去，不让对方喘一口气。

札木合让塔里忽台做先锋，因为他曾说过要做他弓弦上的箭。这一天塔里忽台等得太久了，让他面对铁木真最合适。十三翼中还有脱脱率领的蔑尔乞人，虽然人不多，但个个是偷袭的高手。他们与铁木真有宿怨，而对当年剿灭他的札答兰部倒并不计较，反而情愿听从札木合的指挥，这个逻辑比较奇怪。当时草原诸部经常发生这种怪事，大家合而分，分而合，全凭一时的冲动。他们的冲动中潜伏着同样的想法，趁着铁木真刚刚称汗，脚跟还没站稳，抓住时机，及早动手。

作为统帅，札木合的部署完美无缺，像个艺术品，挑不出一点毛病。夜里，他又叫来了通天巫阔阔出，让他预测胜负。阔阔出还没睡醒，他把那块雷击木拿出来，放进水中。雷击木乌黑光滑，上面布满了古怪的纹路，纵横交错，很复杂。通过雷电，上天把它的意愿注入那块木头，予人启示。在水里，它可以沉，可以浮。据说在不同的时候，对不同的事，这块神奇的雷击木会显示出不同的纹路，如同人脸上的表情：悲哀、疑惑、高兴，或者根本不理你。阔阔出见雷击木渐渐沉入了水底，他的眼睛里淌出了泪水。札木合奇怪，就问他：我的安答他会死吗？阔阔出不言语。札木合说：愿上天保佑我的安答，让他记起我们的好，扔掉手里的弓箭，回到我的身边来吧。我希望他活着看到我的荣耀。似乎是听到了札木合的呼唤，那块神木悄悄地浮了上来，却没露出水面。

如果我碰上了我的安答，他会不会杀我呢？你说。
他会杀你，你也会杀他。你们谁也不会手软。我说。
请你祈求上天，别让我在战场上碰到我的安答。
你和你的安答相见之时有一个人必死。上天说。

又一日，乞颜部的哨兵把一个男人带到者勒蔑跟前。这个男人说他要见诃额伦夫人，却不肯说出自己的名字，也不肯说他从哪里来。者勒蔑问他有什么事情。他说他欠了夫人的东西，好多年了，现在来偿还。者勒蔑说：我去替你转交吧。那人不肯，说：我这东西就是几句话，非当面说给夫人不可。者勒蔑见那人眉目之间并无狡诈之气，便摘了他的刀，将他带进诃额伦的帐里。

进了帐，那人便埋了头，垂了手，一时没有言语。诃额伦说：蒙力克你这是干什么？我早就说过，你不曾欠过我任何东西。你这么远孤身一个跑来，是要祝福我的儿子做了汗吗？

虽然蒙力克没有抬头，诃额伦一眼就认出了他。离开札答兰部后，诃额伦发现，追随铁木真的那些晃豁坛人里没有蒙力克的影子，她心里有些失落，又有几分欣赏，觉得蒙力克这人是个要面子的。他实在太要面子了，这个男人，她责备他时总是于心不忍。可是他现在为了什么突然跑来？结果蒙力克说出的话使她大吃一惊，忙派人叫来了铁木真。蒙力克说：札木合集合了三万人马，分为十三翼，要来袭击乞颜部。这时候，铁木真并不知道拙乞答尔马刺射死了给察尔的事情，没有去追究此事。他了解他的安答，知道他这一次是要置他于死地。战争已不可避免，即使没有这个原因，也会有别的原因。而真正的原因只有他们自己心里清楚。但他来得太早了，铁木真还没准备好。现在只能仓促应战。感谢长生天，亏得他早一步知道了消息。他谢过了蒙力克，急忙去召集各氏族首领。

铁木真走后，帐里就剩下了诃额伦与蒙力克。蒙力克抬起头来，看着诃额伦，五十岁了，她依然额头光亮，腰背直挺，那双眼睛依然敏锐，目光深远，是多年的等待所练就的。她起身亲手给蒙力克倒了一碗奶酒，说：蒙力克啊，让我怎么感谢你呢？蒙力克说：只要夫人心里不再怨恨我。诃额伦说：那块冰化了。现在是我欠了你的，如果打完这一仗乞颜部还在，就请你到我的身边来吧。

4

铁木真走后，札木合烦闷了很久。某天，他捉住了一只白海青。

白海青指白色的鹰，但它不是。它只是翅膀顶端那几根最硬的羽毛是白色的，展开来才能看见，在空中飞，像划过阳光的利刃。因此札木合把它叫作白海青。这种鹰的个头不大，异常凌厉，很难捕捉和驯养。它能够在狭窄的岩缝和树丛里穿行，飞着飞着突然收敛翅膀，身体倾斜，嗖的一声，如一道闪电扎过来，被捕食的动物根本来不及躲避。但多数情况下它做出这样的高难动作没有目的，不为捕食，纯粹是一种表演，表演给自己或者同类的雌鹰们看，像是飞行练习，相当过瘾。也正是因为它的这份虚荣，一天傍晚，他落进猎人设在树杈间的网里，这个高明的猎人就是札木合。

白海青被带进了帐篷，用皮绳拴了脚，放在一个特制的木架上。木架吊在半空，落脚的横杠是一根滚木，老是转，必须小心抓紧，努力保持平衡，稍不留意就会跌下去，倒吊在皮绳上。那样太难受，也太难堪了，它的翅膀一点派不上用场，只能哀叫着等猎人重新把它放回去。在骨碌碌转动的木架上，白海青一刻也不敢松懈，全神贯注，坚持着，屏住气，瞪大眼睛。一天过去了，两天过去了，三天过去了，许多日日夜夜过去了。它太累了，太饿了，而主要是困。夜里，它努力站稳，想打个盹，梦见蓝色的天空。可刚一合眼，猎人就拽动木架，一只小铜铃又叮叮地响起来，没完没了地响，不分昼夜。

猎人也很少睡，一听到铃铛不响了就拽它。他也困。他看它，眼睛里布满了血丝。它就不得不重新睁大眼睛。睁着眼也没用，困倦像烟一样向它袭来，灰色的，在眼前弥漫，无休无止，一阵又一阵，如云遮月，把往日的记忆冲淡了、淹没了。渐渐地，它忘记了自己是谁，忘记了在蓝天下自由飞翔的日子，忘记了以往的傲慢和荣耀，那些个东西随着困倦坠落在黑洞洞的深渊中，沉到了底，再也浮不上来了。它的头脑里一片灰白，空无一物，仿佛它一出生就在这个帐篷里，一直面对着他，和他做伴。眼前这个人就是它所有的一切，他庞大无比，无所不能，无论他怎样对它都是理所应当的。他成了它的主人。

终于有一天，主人札木合把白海青从木架上取下来，放在自己的手臂上，喂它带血的羊肉吃。许多天来，白海青的爪子第一次抓住了结实的东西，站稳了。这是主人的臂膀。白海青第一次尝到了鲜美的羊肉，也是主人给它的。与主人给它的肉相比较，以前吃过的灰鼠和野兔的肉都太土腥，根本就算不上是食物。主人的手抚摸着它的羽毛，很轻，很小心，从头到尾，脖子，翅膀。它让他摸。不动。偶尔，好像是不经意的，主人的手会倒戗着羽毛摸它的头顶，它即刻尖叫起来，张开喙，好像要啄瞎主人的眼睛。主人及时停了手。札木合当然知道，鹰这种猛禽，万不能倒戗羽毛触摸，那是对它的侮辱，必触怒它。摸一下即可，不能过分。过不久又摸，它再叫，但是没有上一次那么恼怒了。就这样，他一次次地触怒它，直到它没了脾气，习以为常。整个过程中，鹰的感受也一样，开始的感觉很难受，愤怒，不能不叫。但慢慢地，它发现，这种抚摸也不是不能忍受，它并不疼，一点不痛苦，只是感觉奇怪，不舒服，慢慢就习惯了，不再恼怒。当然，唯有这个人可以这样对它，因为他是它的主人。从此，白海青认识并熟悉了主人的一切，他的声音，他的动作，他的情绪。他就是它头顶上的蓝天和脚下的岩石。它飞得再高也不会远离他，永远。

札木合决定带着他的白海青去袭击铁木真，并把这次袭击称作十三翼之战。人们说这名字起得漂亮，像诗。这是札木合的杰作：十三只翅膀一齐翕动着，穿过夜色，贴着地面飞行，给他的安答带去死亡和毁灭。

十三翼之战是他们之间的第一次厮杀。此后，铁木真与札木合之间还发生了多次战争，由于他们深懂对方，每次都打得难解难分。他们通过战争较量智慧和勇气，也抒发他们对彼此的感情。

但这一次铁木真必败。

第十五章

1

可是他不能逃走，因为刚刚立汗，你若跑，必失去人心。没人肯把自己的生命托付给一个望风而逃的胆小鬼。那样，即使你逃脱了，乞颜部也完了、散了。你不愿意，所以你不可能跑。这一点，你的安答已经为你算准了。主动突袭来不及，又没法把自己藏起来，你只能应战：把能战斗的人都拉出来，同样摆成十三队，规规矩矩、明明白白地打一场败仗。是，你不可能胜，因为你的人马不多，攥不成拳头，你还未来得及了解他们，无法神通。就算有人破阵也是少数，败的必是全局。这一点，你的安答他早就为你算准了。

另外你还知道，那些对着苏鲁锭发出的誓言就像一股热气，不能抓在手里当刀使。因为札答兰不是乞颜部的仇人，他们是一棵树上的两根杈，曾经水乳交融。敌人不等于仇人，你不能用仇恨去聚拢人心，点燃他们的血，像当年你的父亲也速该打塔塔尔人那样。求和更不可能,让你的安答小看你,不如让你死。

铁木真默默地听众首领们叫嚷，你一句，他一句，奇怪，他们都很兴奋，没有人害怕或者惊慌，撒察说：该给札木合吃一点苦头了，让他尝尝咱们乞颜部的厉害！作为可汗，铁木真不能给他们泄气，他说：好啊，我们也分为十三支，与札答兰对阵。你们说的我都听见了，到时候让我亲眼看你们的本领吧。

他嘴里这样说，心里想：他们都不是我安答的对手。就这样，他把他们分了，商定了号令，指定了相互联络的哨马，让他们回去仔细准备。铁木真制定了军纪，他说，凡不听号令临阵脱逃的，为首者必受惩罚，你们之中谁都可以取他的性命，不用告诉我——哪怕这个人是我的亲生兄弟。

然后天就黑了。众人散去，铁木真心中烦闷，又不能露在脸上。一个注定要失败的人，心里的恼怒说不出来又咽不下去，真是一种羞辱啊！你聪明的安答，他不要你死，他要你服、要你怕。可对铁木真来说，那比死更可耻。他离开汗帐，不知不觉走进了孛尔帖的帐门。

见铁木真像个幽魂似的走进来，脚下悄无声息，眼里看不见东西，也不唤她的名字。孛尔帖知道丈夫心事沉重，不敢问什么，默默地端上来一碗热茶。不料铁木真一扬手，将热茶打翻在地上。孛尔帖吓了一跳，怀里的窝阔台哇地哭了。

孛尔帖说：我的可汗，你这是怎么了？铁木真说：谁是你的可汗！话没说完，一个黑影扑上来，撞在他肚子上，就像一个尖锐的楔子突然插进他们两个中间，把他们隔开了。这个楔子就是术赤。术赤双手揪着孛尔帖的袍子，梗着稚嫩的小脖子挡在他母亲身前。孛尔帖低头呵斥他：怎么敢打你的父汗？去，去叫你的父亲，请他饶恕你！术赤不吭声，气咻咻地瞪着铁木真，眼珠乌黑闪亮。他伸手拽他，反被他咬了一口。

2

夜色清凉、柔软，札木合感觉自己在飞，他在马背上，撒开了缰绳，一路疾驰。走夜路是一件美妙的事情，像从梦中滑过，不累，不困。他张开鼻孔，似乎嗅到了斡嫩河的水气，这种气味他从他的铁木真安答身上嗅到过，清洌、苦腥。那条河，画在他的袍子衬里的地图上，位置在后背左肩胛骨的上方，他能感觉出它的流淌。乞颜部就驻扎在这条河边，不过，两天以后它就会消失了。也许要三天，时间可以稍长一点，札木合不愿意轻视他的安答，事情太容易反而没意思。所以，札木合派塔里忽台和脱脱冲在最前面，这就像把两只恶狗放进羊群,他没告诉他们不要杀死他的安答。他不能这么说,不公平,对他们和对他的安答都不公平。

黎明之前,哨马回来告诉札木合,说铁木真已经在答兰版朱思地面上列阵等候。那答兰版朱思是一片广阔平坦的旷野,没有坡、河、丘陵、沟和坑。前面回来的哨马对札木合这样说了。札木合没有停,直奔答兰版朱思旷野心想,他的安答果然耳目灵通,不仅提前知道了消息,而且选了这样一个空旷的无遮拦的地方等他,真是了不起。不知道他等了多久了,想必肩头已经被露水打湿了吧。札木合没有吃惊,倒有几分欣慰。上天保佑他,这才是我的安答:不逃跑,也不耍奸,老老实实前来迎战。对了,这样才好,不管谁胜了、败了,彼此都服气。札木合发现自己笑了,隔着夜色,他好像看到了铁木真脸上认真、严肃的表情。

答兰版朱思旷野到了。札木合下令缓行列阵。

黑暗退去,如烟一般,丝丝缕缕的,渐渐露出了平坦、灰白的旷野。在黑暗退尽的地方,一箭开外,现出了密集的队形,中间高,两侧低,灰黑绵长。初看上去,像一道林子,人都骑在马上,树桩一样安静,上面长出许多枝杈,那是他们的武器:刀、矛、弓箭等等。

令札木合更加奇怪的是,铁木真和他列出了一模一样的阵形,雁翅似的两面排开,像是事先商量好了似的,你不动,他也不动。太有意思了!

札木合举起他的红缨马鞭,下令进攻。

你一动,他也动。两支队伍几乎同时冲向对方。叫着,喊着,黎明的寂静立刻被撕碎了。如札木合所料,第一波没有冲破中军,先锋散开去,第二波加进来,又冲上去,对方也是一样,如此周而复始。

太阳初升呈血红色,然后变成了粉色、黄色,逐渐升高,变成明晃晃的一团火,到了札木合的头顶上。他出汗了。随着他手里的红缨马鞭一起一落,他的十三只翅膀轮番冲上去,散开来,再冲上去。他的队伍在冲杀中前进了三程。但他发现,对方的队伍也和他一样,你在什么地方聚集,他就在什么地方聚集,虽然在后退,但阵形始终没乱。你在什么地方冲击,他就从这个地方反扑过来。札木合暗自笑了:他的安答在学他,他学你,就说明他不如你,虽然这是个最笨的办法，至少他保住了自己的阵形。这个铁木真啊，他的聪明，正是他的笨，不可小看。

旷野上到处跑着空鞍的战马，咴咴地叫。在札木合不断推进的旷野，草地上散乱着许多尸体、血肉、折断的兵器。太阳变得浑浊，逐渐暗淡、发黄、变紫，一寸寸偏落下去。风中有了凉意、血腥味，还飘来了斡嫩河清冽的水气。如札木合所料，铁木真撑不住了，乱了，开始节节败退。太快了，发生了什么？铁木真死伤了？还是有人叛乱？札木合不管，他提缰纵马，喊着，高举起手中的红缨马鞭，号令十三只翅膀收拢起来，越过那些尸体，一起朝乞颜部的中军猛扑过去。

我可怜的安答，札木合想：阳光刚从我的左脸照耀到我的右脸上，你就输了，这是怎么回事呢？如果你战死了，我会亲手将你安葬在斡嫩河边，收拢你的百姓。要是有人背叛了你，我一定替你杀死他，让你出气。以后，凡属于我的荣耀，也同样属于你。请把你手中的苏鲁锭扔掉吧，那是你的噩梦，它结束了。

可是追击的速度忽然慢了，被阻止了，箭矢如雨点一般迎面飞来。

在太阳的余晖中，铁木真的兵马渐次涌进了一块窄地，左边是斡嫩河，右面是密林。有众多的弓箭手把守着，不停地放箭。札木合不得不勒住马缰躲闪，头一偏，流箭擦破了他的眉骨，嗤的一声，流血了。天快黑了，箭镞不长眼，他下令后退宿营。他想，这一定是铁木真事先想好的退路，他知道自己会败。他没死。

3

撒察是在最关键的时候逃走的。

在他号令退回之前，撒察就带着主儿勤人溜了，露出了一大块空白。塔里忽台就从那里插进来，破了他的阵。脱脱即刻将豁尔赤一支围了起来，把他们截断了、冲散了、砍翻了。铁木真看在眼里，气愤不过，冲上去解救豁尔赤。幸亏有博儿术从旁边护佑，否则很难摆脱蔑尔乞人。他砍倒了三个蔑尔乞人，与脱脱打了个照面。他们彼此一下子就认出了对方。那个脱脱面黑，嘴阔，身手敏捷。刀划出一个闪亮的圆弧。铁木真躲过了他的刀尖，只差一指。脱脱叫更多的蔑尔乞人围上来，放弃豁尔赤。这时博儿术冲过来，为他杀出一条血路。但豁尔赤的两个兄弟及他手下的几百人都被塔里忽台截去了。天色将黑，他不得不传令退守哲列捏窘地。原先守候在那里的人们乱箭齐发，阻住了札木合的追击。那放箭的人里就有他的母亲诃额伦。她带了众多的青壮妇女、老人、半大孩子，堵在入口，垛起了三层勒勒车。

这时候她听说撒察跑了。她想，他是故意的。

前一天的晚上，孛尔帖哭着来到诃额伦帐里，对她的婆母说：铁木真他疯了，他要杀死他的儿子。他要是杀了术赤，我还活着干什么呢？诃额伦说：是，他若真的那样，就不是我的儿子，就不配做汗。他的心如果容不下一个孩子，他还能容下什么？孛尔帖你不要哭，你说的那个人他不是我的儿子，谁的儿子也不是。孛尔帖说术赤咬了他，他就疯了，他把术赤带走了。

那天晚上，铁木真用被咬的手拎起了术赤，就像从孛尔帖身上拈去一根草。他也不知道自己为什么这样做。出了门，上了马，术赤就吊在他的脖子上，不哭，不怕，也不叫。他们在黑夜里纵马狂奔，天空像倒扣的锅，四周黑压压的，让他生角的白马也失去了颜色。马跑得疯快，蹄子扬起来，肚皮挨着了地。到哪去呢？铁木真觉得自己像只困兽，掉进了陷阱，孤单、愤怒，没处可去。

后来他听到有人叫阿爸，阿爸阿爸阿爸……是术赤。在黑暗无人的原野里，他叫他阿爸。这之前他好像从未听他这样叫过，阿爸阿爸阿爸……声音透出恐慌。铁木真伸手搂紧了这个儿子。那只刚才被咬过的手，它现在不疼了，曾经疼痛的地方在发热。就是那一刻，仿佛被术赤唤醒了，他忽然想起了少年时听德薛禅父亲讲过的故事：他的祖先退败峡谷，然后熔铁凿山，成为乞颜。铁木真就想，他虽然被动，至少有一点可以决定，那就是，在什么地方应战。他顾不得放下术赤，赶快找到者勒蔑，吩咐他把营地移到哲列捏窘地去，连同所有的百姓和牲畜。又让博儿术把兵马都带到前面的答兰版朱思旷野，整肃好，在半路迎候他的札木合安答。他说：看他怎么打我们就怎么打。整个夜晚，术赤一直在他怀抱里，他听不懂他们在说什么，这些人，脸色黑红，嗓音低沉，动作僵硬，一点不像他的母亲。他们说的都是男人的事，关于厮杀的事：敌人、兵、马、胜与败，等等。术赤睡着了。

次日清晨，孛尔帖以为自己在做梦，她看见铁木真回来了，骑着他的白马，术赤坐在他的肩头，俩人如同长在了一起。而铁木真惊异地看到，他的母亲，他的诃额伦母亲用头巾绾了头发，牛皮绳束了袖口，挂了箭筒，肩上挎了一张弓。

第十六章

> 有星的天空旋转着
> 诸多的部落混战着
> 没有人回自己的卧帐
> 都去互相抢掠
> 有草皮的大地翻转了
> 众百姓们反了
> 没有人睡自己的被窝
> 都去相互厮杀

《蒙古秘史》254节

1

那时草原部落打仗无须辎重给养。如果长途征战，便倾家出动，带着牛羊牲畜，一路打，一路放牧，战士们不缺吃喝。因为牲畜不同于粮草，用不着囤积运输，不怕腐败，而且路上还能繁殖。要是短途的袭击，牲畜也不要，轻便、迅速。每人只携带一些肉干、奶酪或者牛肉粉。牛肉粉是每个战士必备的，用牛肉烤干、磨碎制成，平时装在羊皮口袋里，可以随时在马上充饥，但数量不多。用不着多，战胜了敌人，抢夺了他的牲畜，自有新鲜的美味。如果败了，只能忍饥挨饿。那时，生活就是战斗，打败敌人就是战胜饥饿。

可是札木合打败了铁木真，却没有胜利的感觉。

铁木真提前把他的营地迁进哲列捏窄地，两面有斡嫩河与密林做屏障，里面是牛羊牲畜。外面，札答兰的士兵胃是空的，坚持不了多久。据说这是札木合撤兵的主要原因之一。

密林与河流跑不开马，两侧夹击不行。况且对方必有防备，中了埋伏更危险。札木合让脱脱和塔里忽台从正面冲击，或者叫挑衅也可以。他还派人架起了七十口大锅，要煮死俘虏。俘虏多是豁尔赤的手下，原来札答兰部的人。豁尔赤的兄弟还被割下了脑袋，拴在马尾巴上拖着跑。札木合的残忍是为出他心中的闷气，更重要的目的是想激怒对方，引他们出来。他把更多的兵马隐在两侧，随时准备合围。这是蒙古兵常用的战法，铁木真懂。他叫者勒蔑按住发了疯的豁尔赤，按不住就把他捆起来，还有他手下的将士们，死也不能放他们出去。几天后札木合忍耐不住，撤兵离开哲列捏窄地，饿着肚皮回札答兰老营去了。

在日后的战斗中，铁木真跟札木合学会了很多东西。事隔多年，在他伐金和西征时，曾屡次使用过札木合的战术，激怒、引诱对方，让那些人头脑发昏，自以为了不起，跑出来，然后剿灭掉。关于蒙古军的战法，历史上专门的论述不多，像个谜：因为它简单，所以复杂，所以神秘。它太简单了，你不敢相信，又不敢不信，没有章法。没有章法就是他的章法；你想找出规律来，想来想去把自己弄糊涂了，等你明白过来，事情已经结束了。下一回，下一回他又用同样的方法，你觉得事情不可能这么简单，结果犯了同样的错误。要是完全用前次的经验去部署呢，可能掉进了一个更大的陷阱。总之，打仗的是人，无论多么勇敢，他打不过自己的弱点，人最大的弱点总是自作聪明。

札木合的安答是个谦逊的人，在十三翼之战中，他的谦逊救了乞颜部。

通过这次交战，札木合对他安答的敬重又多了三分，同时也增添了七分的警惕。他明白了一个道理：他的铁木真安答不是塔里忽台，不是脱脱，不是别的任何人，他永远不可能回到他的身边来为他去战斗。他必须从草原上消灭他，或者被他消灭。

促使札木合撤兵的另一个原因是，他担心脱斡邻王汗突然来插上一手。当初铁木真将他称汗的消息告知王汗，就是重申父子之盟的意思。既然铁木真事先得到了消息，肯定要去黑林求助。王汗怎么会坐视不管呢？这个脱斡邻实力雄厚，要不是顾虑到他和铁木真的父子之盟，札木合绝不会等到今天才动手。黑林虽然遥远，可是王汗一旦来了，他必受到两面夹击，再想撤兵就晚了。

他猜对了，铁木真确实派人去了远在黑林的克烈部，但使者没有求到援助，还险些丢了性命。在札木合策划十三翼之战的时候，乃蛮部派人袭击了克烈部，帮助王汗的兄弟额尔克合剌夺取了王位。脱斡邻和他的儿子桑昆仓皇逃窜，据说跑到西辽去了，不知死活。这件事发生得突然，札木合没有得到消息，铁木真也不知道。否则，十三翼之战也许会是另一种结局。

战斗进行得最激烈的那天中午，在哲列捏窄地里，孛尔帖要生产了。当时，凡是能拽动弓弦的妇孺老幼，都跟随诃额伦去堵截札木合。孛尔帖的身旁只剩下术赤。在斡嫩河边，孛尔帖牛一样喘息着，叫着铁木真的名字，抓着术赤的手。术赤不知怎样才好。远处人嘶马叫，时不时有一两支箭鸟一样飞来，吱溜一声插进他身边的草地里，但术赤一点儿也不慌张，或者说他还不懂得慌张。自从在父亲的脖子上疯狂奔驰的那个黑夜之后，他一生都没有再慌张过。术赤听着母亲的呻吟，陪着她，按照她所吩咐的，去这样做，或者那样做。他的手被母亲握得生疼，他一声也不出。他想他在替他的母亲疼，再疼也不能喊。他的母亲流汗，他给她擦。母亲仰着脸看天，满眼绝望，他也顺着母亲目光朝上看，灰色的天空，空旷，暗淡无光。术赤觉得那是一张脸，无形而且巨大，冷漠而且阴沉，没有五官，没有表情，但它随时决定着母亲的生死。虽然那时他还不懂得死，但从母亲的呼吸中他闻到了它的味：干燥，腥，有点呛鼻子。若干年之后的野狐岭战斗中，作为先锋的术赤负了重伤，濒临死亡的时候也闻到了这种气味，他的头上也是这样的天空。终于，母亲的呻吟盖过了外面厮杀的声音，尖锐而孤单。术赤看到了血，很多的血，热，黏，鲜腥。他默默地执行着母亲的指令，这样，那样，再这样，再那样……于是，拖雷出生了。据说，成吉思汗的四个儿子当中，数术赤与拖雷的感情最好，这种关系一直延续到他们的后代。很多年以后，术赤和拖雷都离开了人世，是术赤的儿子拔都主持库里台贵族会议，把汗权从窝阔台支系转移到了拖雷支系，著名的忽必烈汗就是拖雷的儿子。

那天下午，拖雷的啼哭改变了天空的颜色。术赤觉得。

著名的十三翼之战结束了。铁木真虽败犹胜。由于札木合对同族人残忍的做法，过了不久，又有很多札答兰人投奔了铁木真。有兀鲁兀种的主尔扯歹，有忙忽种的忽余勤答尔，还有蒙力克和他的儿子阔阔出兄弟七个。其实，对于通天巫阔阔出来说，无所谓投奔谁，投奔这个词不适合阔阔出，没有人值得他去投奔，他去哪和不去哪都是遵从天意，和他的父亲没关系。这是他自己说的，他信自己说的话。

2

铁木真走出哲列捏窄地的第一件事就是围剿撒察。

撒察撒离答兰版朱思旷野后并没有走远。这次，他断定铁木真完了。在战场上，只要主儿勤人一撤，乞颜部必然溃败。所以他不必走远。撒察躲在丛林里等，等着失散的主儿勤百姓再回到他身边，带着他们的牲畜，另外还有乞颜部其他氏族的部众。用不了多久，他们都会被恐惧和孤独驱赶到他这里，来告诉他，他们的可汗战死了或者被俘了。撒察将把他们收拢起来，重新制作一根苏鲁锭。到时候，他可以叫豁尔赤再做一个别的梦，叫他梦到他必须梦到的东西。

这天，撒察的手气不错，他猎到了两只狍子，摆了酒，召集手下将领一起宴饮，从中午喝到了黄昏，大家都有些醉了。铁木真就是在这个时候出现的，像个应邀来参加酒宴的客人，不慌不忙，直接走到了撒察面前。

撒察忽然胃疼，感觉刚才喝下肚的酒都结成了冰。他看见周围的树林里站满了铁木真的护卫，像从地下冒出来的，每人手里的弓箭都指着他的咽喉。昏黄的太阳停在树梢上，不敢落下去，像被吓着了。突如其来的安静让所有的人都透不过气来。铁木真开口说道：撒察别乞[1]，你曾经与我的父亲并马作战。我的父亲殁后，你扔下我们走了，我没有怪你。我回到斡嫩河你又随了我来，我没有赶你走。乞颜部立汗我还曾推举你来着，你对天起誓说要忠心于我。你的誓言刚传到上天的耳朵里，你就从战场上逃走了，把我扔在敌人的马蹄下面，叫我险些丢了性命。撒察别乞，你是为战斗而生的蒙古人，不用我说，你知道对违背军令的人该如何处置。

撒察的身边是他的将领们，都肃立着，树桩似的。撒察的脸色死白，但不慌张。他说：可汗你说得都对，请你现在就处死我吧，趁我没有求饶。不过你要答应我一件事，别杀我的主儿勤众兄弟。这是我所求你的。他们离开战场是因为听了我的，不是怯懦怕死。我死后，他们也会同样听你的。撒察这样说，他身边的将领们不出声，只是呼哧呼哧喘气。其中有个叫卜里孛阔的，他是有名的大力士，出气最粗。铁木真把目光移到他的脸上，对卜里孛阔说：撒察别乞已经认错了，现在我要你处死他。别让我的眼睛看见血。

顺着铁木真的目光，卜里孛阔捡起了脚下的捣奶杵。

捣奶杵是一根普通的木棍，专门用来制作奶酪。有桦木做的，也有柳木、柞木做的，以柳木做的最好。捣奶杵一般约三四肘长，一头削细，正好握在掌中，另一头碗口般粗。细的这端被手磨得十分光润，粗的那一头被奶水浸得又湿又重。平时，每逢黄昏，星光刚刚显露，家家都会响起捣奶的声音。许多粗细不一的捣奶杵在各自的奶桶里咕咚咕咚地砸个不停，很有节奏。有时能响整整一夜，有轻有重，声音美妙悦耳。它让稀薄的奶子逐渐沉淀下去，变稠，发酵，然后做成奶酪或者酿成奶酒，味道醇香。

卜里孛阔没犹豫，抬手给了撒察一下，照着后脑。撒察软软地扑倒了，脸埋在草地里，从此再没有爬起来。卜里孛阔是老手，捣奶杵上果然没有染血。他扔了捣奶杵，看着铁木真。铁木真说：卜里孛阔，你是有名的大力士，撒察别乞最亲近的人。现在我要你与我的兄弟别勒古台摔跤，你若摔倒了他，我就免你死。

---

[1] 别乞，古代蒙古语中对贵族领袖的一种尊称。

卜里孛阔能怎么办呢？只好与别勒古台摔。别勒古台不及卜里孛阔粗壮，扳不倒他。卜里孛阔从别勒古台肩上观察铁木真的脸色，不敢摔倒别勒古台。两个人僵持着。卜里孛阔一手捏着别勒古台的腰带，一手抓住他的肩膀。别勒古台动弹不得，伸出左手按住卜里孛阔的额头，右手托住他的下颏，咯嚓一拧。这个动作是瞬间的事，卜里孛阔没提防，倒在了地上。这是蒙古人搏斗常用的手段，只一下，就把对方的颈椎骨拧断了。那卜里孛阔躺在地上，还有口气。他对别勒古台说：我只是怕可汗，不是摔不过你，你却下这种狠手。说完就死了。铁木真说：可惜，你的胆子不如你的力气大。

太阳沉落下去了。人们都见识了可汗的威严。众将领向铁木真伏下了身体，请求可汗宽恕。只有一个人站立不动。铁木真问他：你为什么不跪？他说：跪也是死，不跪也是死，不如省些力气。铁木真说：凡跪了的，我都饶他性命。那人还是不跪，他说：可汗如果没有答应撒察别乞的请求，我宁可死；如果可汗答应了撒察别乞刚才的请求，我就不必跪了，因为可汗是个说话算数的人。铁木真说：现在我答应撒察的请求。你告诉我你叫什么名字。那人说：我叫木华黎。

这个木华黎后来成为铁木真征战中最勇猛的四杰之一。其他三位，一个叫博儿术，一个叫赤老温，一个叫孛罗忽勒。

木华黎这个名字让好多人听了魂飞魄散，尤其在中原地带流传甚广。在金国的中都[1]被蒙古军攻克之后，成吉思汗把木华黎留在了那里，封与太师国王的称号，将经略汉地的权力全部交付给他，并许他子孙相传。然后，成吉思汗带了几乎所有的兵力征服西方世界去了。此前，蒙古政权只封自己的儿子或者侄子为王。木华黎与铁木真没有血统上的联系，算是一个特例。成吉思汗还宣布，以后凡木华黎所发布的命令，就等于我说的话。他这样说了，但没有很多人马留给木华黎，而是要他"召集豪杰，勘定未下城邑"[2]。果然，这个木华黎犹善招降，每破一城，即下令凡率部归降者，均授以统军管民的各种职务，并允许世袭。木华黎作战不再一味地杀掠，而是以占领城镇为主。他的部队不

---

[1] 中都，原金国首都，即现在的北京。

[2] 《元史·史枢传》。

断壮大，身边聚集了众多的汉军、契丹军、女真军。在成吉思汗征服西方的同时，木华黎夺取了中原及黄河以北的大部分城镇。他所经过的地方，人们只知道木华黎，不知道有成吉思汗。有人说木华黎有野心，木华黎从不辩解，成吉思汗也从未过问。

木华黎临死时，成吉思汗还在西方征战，还不知能不能回来。木华黎把儿子孛鲁叫到跟前，给他讲了一个故事。

3

有一种雁，叫作鸿雁的，行和止都有很严格的规矩，分头雁、二雁，乃至尾雁。凡起飞的时候，必由头雁领头，其他雁才能飞行。有一只雁，特别想当头雁，总要抢先起飞，结果造成了混乱。头雁经常教训这只不守规矩的雁。一天，遇到大雪，头雁说：我们要在这里挨几天饿。因为还有很远的路，饿着肚子不行，而且我们不知道被雪覆盖的地面有多大，如果露土的地方有粮食，也不可以吃，那一定是猎人为捕捉我们投放的。我们在高处睡觉，等太阳出来，晒化了雪再去找食物吃。头雁说完以上的话，就曲起脖子，脑袋伸进翅膀底下睡了。此时，想当头雁的雁悄悄说：我们已经一天没吃东西了，不如在近处去找找看，万一找到了呢，就吃一些回来。它飞起来一看，在山岗的背风处果然一片干地上有粮食，就叫大家一起来吃。头雁醒来，发现一半的雁都去了，知道遇见了引诱。急忙飞过去对众雁们说：你们不要吃了，这是诱饵！可是那只想当头雁的雁不肯停，一口接一口地吃，结果叼住了捕雁的机关，所有的雁都落网了。头雁又说：如果我们想逃出去，只有一个办法，等明早猎人来的时候大家都要装死，那猎人往外拿时一定会数数有多少。当他数到第四十九时我们一齐飞，这样便可以得救。到了早晨，猎人来了，果然一个两个地往外拿，嘴里一边数着，当猎人数到第四十八只的时候，那个想当头雁的雁就忙着飞起来，其他众雁也跟着一齐飞了，只有头雁还在网里，被抓了。那些雁虽然逃命了，但由于没有好头雁，有的落在猎人手里，有的归到别的雁群里去了。就因为一只雁的野心，好好一群雁全失散了。

在铁木真称汗不久的某天，一次贵族家眷的酒席上，膳食长先给诃额伦斟了一碗酸马奶，越过了撒察的小母[1]。那主儿勤女人生气了，当着诃额伦的面打骂汪古雪亦克秃，还拿起捣马奶杵子敲他的头。这个汪古雪亦克秃是汗命的膳食长，自然不服，宴饮乱成一团。诃额伦只当没看见。又一天，主儿勤的大力士卜里孛阔与别勒古台发生争吵，竟拔刀砍伤了别勒古台的肩膀。别勒古台也没有把这件事告诉他当了可汗的兄长。事后铁木真听说了，拎起捣奶杵子要去教训主儿勤人。诃额伦就说铁木真：你是可汗，那主儿勤人再凶他也是你的臣子，你这么干成什么体统？你打了他，他也不服，他今天服了，明天还会那样去做。你怎么办呢？铁木真知道母亲和兄弟都在为他着想，因为他是可汗，可汗应该有可汗解决问题的方式。他必须忍，那是他第一次品尝到了做汗的滋味。

现在撒察被处死了，卜里孛阔也死了，这样的事情再也不会发生了。从此，铁木真开始着手严明军纪。这之前，乞颜部只能算是各部族首领的政治同盟，可汗只是首领中的首领。不打仗的时候，他们都有自己的百姓牲畜，放各自的牧，喝各自的酒，感觉不到可汗的存在。打起仗来，大家带着各自的士兵，一拥而上。胜了，就各自抢夺财物、百姓、牲畜；败了则四散逃开，那些百姓、牲畜又被敌人掳掠去了。他们打仗凭得是一股火气，需要可汗则是出于对失败的恐惧。内讧和分化是经常有的，古来如此。铁木真想要结束这种局面。

撒察死了之后，铁木真将乞颜部毡帐里的男人尽数了，建立了千户制。凡到十五岁、不够七十岁的男人均为战士，每千人委任一名千户长统领。往下，每百人有百户长，十人有十户长。千户为一个作战单位，战时所需要的马匹、刀、矛、箭、旗帜、车、针钉、斧、锤、绳索乃至干粮等全由千户配给，不许

---

[1] 小母，父亲的别妻。

缺损。每个战士马不少于三匹，箭不少于百支，刀不少于两把。短刀直，刃薄而锋利；长刀略弯，刃厚而坚。善使矛的要有矛，矛长七肘，尖锐，有倒钩，可做投枪用，可将敌人拽下马。善使套索的要有套索，一人独使或者俩人共用。善使弓箭的必备软硬弓两张，分别用于远射和近射。丢失、抛弃武器的战士要受罚；武器缺少，千户长受罚。一般的十户长可能是家长，管一家或两三家的男人。战场上如有一人要逃走，十户长即可杀死他。路上不许丢弃伤兵，看到伙伴被俘，不能不救，如丢弃一人，十人都要被处死。百户长、千户长一般均为族长或者部族首领。但千户长不得对将士滥施惩罚，诸将士若有过错，不可随意杀人，要先来问过，须经众人公议。战时不论出身，不分贵贱，论功行赏；战时不许私自抢夺财物，战争所得百姓、牲畜、财宝统一处置，按战功分配；战时妇女专管立毡帐、卸鞍马、煮饭食，无论老幼，等等。

建立规则的过程相当缓慢，单靠命令不行，要通过游戏逐步完成。他们的游戏就是围猎。大型的狩猎每年至少举行四次，这是一种仪式和节日，须全部族集体出动，按统一号令，各司其职，与各种凶猛、机敏的野兽斗智斗勇。其结果，获得的猎物超过以前任何时候，并且大家都能共享。因此，接受规则没有被强迫的痛苦，它是一次次快乐而实惠的演练。快乐最易形成习惯，深入人心。先是快乐，然后是钦佩，犹如草原上人人钦佩优秀的猎手。驮在马背上的猎物就是经验和智慧。经过时间的积累，钦佩转换为崇拜、敬畏、忠诚。

但这个过程不能中断，中断了人们就会怀念从前无拘无束的安逸，忘记危险和饥饿，懒惰，生是非，兄弟部族之间相互争斗。于是铁木真发动了两次战争，一次是打击宿敌蔑尔乞人脱脱，把缴获的财物牲畜全部送给了脱斡邻王汗。二是率部打到黑林，从乃蛮部手里夺回克烈部，收拾部众，让他的脱斡邻父亲重新登上王位。

这之前，铁木真曾经派身边的勇士塔孩、者温，带三路人马到处打听脱斡邻王汗的下落。

脱斡邻的名字来自一种鹰，克烈语叫作脱斡邻勒，色纯黑，目黄，爪和喙铁一样坚硬、敏锐。它能在空中一次击落两三百只鸟雀，凡被它击落的鸟们全都折了腿，撕裂了翅膀，拧断了脖子。这个脱斡邻王汗就像他的名字一样凶猛，草原上无人不知。六月，天气最热的时候，塔孩勇士在达唐努乌梁地面看到了一个人。四周一片沙滩，这人骑了一匹独眼的黑鬃黄尾子马，牵了三匹公驼。没有水草、吃喝，他就刺公驼的血充饥。骆驼的血能解渴，也能解饿。用刀尖刺骆驼后腿内侧，鲜血会像箭一样喷射出来，热气腾腾，在漫长的荒漠中可救人性命。可那三头公驼腿上布满了刀痕，血液黑稠，瘦得站立不稳。公驼的惨叫声，把塔孩引了过来。塔孩见那人面熟，就送给他酸马奶吃。早在蔑尔乞那场战斗中，塔孩曾经见过脱斡邻王汗，当时他骑在马上像一只蹲在岩石上的鹰，目光炯炯，让人看了心中打战。眼前则是一个干瘦可怜的老头子，见他们过来，满眼的惊慌。塔孩问他是否见过王汗，他听了脱斡邻的名字便浑身发抖。他说脱斡邻早就死了，骨头都干枯了。塔孩说骨头我们也要捡回去，因为他是铁木真可汗的义父。那人听了，眼睛里淌出一颗浑黄的泪，说：我就是脱斡邻。

两次战斗铁木真都胜利了。脱斡邻王汗又回到了黑林克烈部，恢复了往日的威风。他含着泪对铁木真说：当我孤身一个跑到西辽时，他们都不愿意收留我。我一个人在沙漠上行走，吸羊乳，饮驼血，野狼也不来闻我。我的衣衫破了，靴子漏了，儿子丢了，黑林被乃蛮人占了，他们到处追杀我，害得我在人前不敢说出自己的名字。是你，让你的人找到我，帮我调养身体，夺回克烈部。我的铁木真儿子，你对我比我的亲生儿子还要好。

说完，脱斡邻王汗让人点燃了火堆，第二次与铁木真结拜父子之盟。又把他的一个侄女许配给铁木真的兄弟哈撒尔做了妻子。随后不久，王汗自己率兵去攻打蔑尔乞部，那脱脱以为又是铁木真来了，连夜逃走。脱斡邻王汗掳掠了大批百姓和牲畜，并没有分给与他盟誓的儿子。铁木真没有与他计较。

次年，塔塔尔人与金国翻了脸，他们到金国境内滋扰抢掠，惹恼了金章宗。这位金国皇帝派右丞相完颜襄去教训塔塔尔人。聪明的完颜襄知道，塔塔尔人狡诈，漠北草原地面宽阔，不易追剿。于是使人到蒙古乞颜部，请铁木真阻截塔塔尔人，因为他们是世代仇敌。铁木真没有拒绝。他请来了脱斡邻王汗，在浯勒札河畔，由铁木真做先锋，把塔塔尔部洗劫了一番。事后，完颜襄为他们庆功，册封脱斡邻为王，做金国的招讨使，反而封铁木真为札兀惕忽里。招讨使为朝廷正三品，那个札兀惕忽里的称号只相当于金国的一个下级军官。脱斡邻十分得意，铁木真也没有计较。

又一年，脱斡邻与铁木真攻打乃蛮部，相约到拜答里克河谷扎营，与撒卜勒黑对阵厮杀。当铁木真赶到会合地点时，脱斡邻却趁着夜色溜走了。不料那个撒卜勒黑绕开了铁木真，只去追击脱斡邻王汗。撒卜勒黑凶狠善战，险些要了脱斡邻的性命。铁木真将心爱的战马给博儿术骑，让他去解救脱斡邻父亲。脱斡邻见了铁木真的马十分感动，说：从前铁木真的父亲救我，为我收拾散落的百姓，如今我被围困，又是铁木真差人解救，令我毫发未伤。上天看见了，你们这样辛苦，该让我怎么报答呢？如今我也老了，眼看就要升天了，我的尸骨将被埋在山顶，犹如没用的旧物。可我那些鸟雀般的百姓该委付与谁呢？我的兄弟们不与我同心。我只有一个儿子桑昆，孤零零的，就和没有一样。如今铁木真做了他的兄长，我像有了两个儿子。打猎时有人做伴，出征时可相互照应。多好啊！从今往后，要是有人嫉妒我们，如长大牙的毒蛇样从中挑唆，我们都不可轻信，必当面说了，如亲生父子一般。于是，他们又用这番话对天起誓，第三次再结父子之盟。王汗说了那么多动听的言语，就是没说他半夜撤兵的原因。铁木真也不问，没有与他计较。

铁木真忽然感到寂寞，想起札木合，非常想。此刻他的安答在做什么呢？

冬天，河水封冻了。在额尔古纳河、根河、德尔木尔河三河交汇的红岸，十二部族共同推举札木合为古儿汗。古儿汗就是众汗之汗、普汗之汗的意思。这十二个部族是札答兰部、塔塔尔部、蔑尔乞部、乃蛮部、泰赤兀部、亦乞列思部、豁罗剌思部、哈答斤部、山只昆部、朵尔边部、斡亦剌部，还有翁吉剌部。十二位部族首领腰斩黑驼，蹦塌河堤，一同发誓，要从草原上铲除乞颜部。这是他们聚集在一起的目的。他们有的是铁木真的仇人，有的遭到金国的追剿，没有依傍，也有的纯粹出于偶然，如翁吉剌人就是。他们本打算来投奔铁木真的，半路上遭到哈撒尔的抢掠，伤了心，转路投奔了札木合。那个哈撒尔是铁木真的兄弟，以力大、神射著称，没人敢惹。他的弓两端镶羚羊犄角，弓弦由三条牛筋拧成，箭也比别人的粗长，可在百步之外射穿一头牛。哈撒尔犹善抢掠，如一阵旋风，袭来时天昏地暗，不管是谁的百姓牲畜，也不问对方的来历。

这个冬天格外寒冷。

著名的阔亦田之战就发生在这个冬天。

第十七章

1

从前,术赤梦见过他的父亲。很小的时候,他尚未出生,在那个黑洞洞、安静的世界里,一张男人的脸俯向他,不说话,呼哧呼哧地喘气,或者对他笑。男人阔嘴,粗眉毛,目光温柔。他注视着他,在暗中护佑着他。直到他从母亲的肚子里生出来,落到这个寒冷、喧闹的世界里。术赤没想来,但不由他。所以,出生时他闭紧嘴,一声不哭。他落生在叫作札答兰部的帐篷里,不是他自己的家里。他的母亲叫孛尔帖,他认识她的乳房、手、气味和声音。但母亲不知道他的梦,她和他梦中的父亲隔着一层什么,很薄,也很厚,晦暗坚硬,使他们彼此看不见对方。再后来,术赤渐渐长大,学会了讲话、行走。母亲让他对另一个男人叫父亲,他不肯。

因为,只要这个男人一来,一切都乱了。他的母亲也不像是母亲了,她把他和他的弟弟们撇在了一边,只顾对那个人说话、笑,呼吸急促,目光明亮。转眼之间成了另外一个女人,陌生得很。立时,包里充满了那个男人的呼吸,庞大的身影投在包壁上。他晃荡着,坐下,坐在中间,面朝北,成了当然的主人。他高兴,母亲就高兴;他不高兴,母亲就不出声,哑了似的,每回都是这样。男人的目光落在母亲脸上,看着包里的每一个人,偏偏略过了他,然后移到察合台、窝阔台弟弟身上,抱起其中一个,但从不碰他。弟弟们往男人身上爬,他则躲在母亲身后,被忘掉了,每一次都是这样。直到有一天,这个男人拧着眉头,打翻了母亲的茶碗,他扑上去咬了他,他才看到他,把他拎起来,到黑夜中,放在马背上飞奔。那个疯狂的夜晚,他吊在他的脖子上,像抱着风中的树,只要稍一松手,身子就会飘起来,飘出去,飘回他生命的来处。那里比黑夜还黑,没有天和地,一片虚空寒冷。他吓坏了,害怕了,他叫阿爸呀阿爸!拼命叫,不是他要叫,是那声音自己从他的嗓子里冒出来,可梦中的父亲躲在黑暗里,侧着身子,一声不敢应。而他应了,他说哎,并将他搂在了怀里,稳稳当当。从此,那个梦中的父亲永远地消失了。

　　三个冬天过去,孛尔帖发现,术赤长大了。他长得非常快,见风就长,脖子长了,腰直了,肩胛骨支了出来,一天早晨一个模样。这个孩子,他不再处处紧跟着她,有意与她保持着一条手臂的距离,不远不近,让你想抚摸他时刚好够不着。他处处效仿铁木真,走路的姿势,说话的口气,眼神,脸上的表情,一举一动。孛尔帖对她的婆母说:术赤能骑马了,术赤长出肩膀来了,他太像铁木真了,他热爱他的父亲。婆母说:因为爱,所以像,应该的,他的父亲也爱他,应该的。婆母没说本来的,而是说应该的。孛尔帖沉默了。婆母身边已经有了三个孩子,都是铁木真捡来送她的,年纪和术赤差不多大小。不过,术赤很少和他们玩,他喜欢独来独往。婆母说:他不是孩子,从生下来那天起,就已经长大了。

　　铁木真到孛尔帖帐里的次数少了,自她生了拖雷之后。

　　每次,他一来她就把孩子们挪到旁边去,给他腾出被窝。他们彼此相拥着,狠狠地亲热一回,然后他就睡着了,一只手搭在她的腰上,永远是这个姿势。若她想翻身,只有挪开这条手臂才行。它太沉了,可是她不动,舍不得。等他走了,孛尔帖便掩住被窝,连幼小的拖雷也不许进,因为那里面留存着他的气息,她要独自享用。过了第二天、第三天,她才把孩子们都揽进来。

　　太阳像块青白的冰,把旁边的云都冻在了一起,风也吹不开。这个寒冷的冬天,孛尔帖被请进汗帐,怀抱着拖雷。这是她出嫁后第一次见到自己的父亲。她的父亲突然到这里来干什么呢?是来探望他的女儿和外孙的吗?看上去不像。

　　父亲坐在铁木真身旁,眼睛红红的,弱小、衰老,笑容中还露出些卑怯。原来他是专程来给铁木真送信的,带来了札木合即将袭击乞颜部的消息。风吹歪了他的帽子。往日那个健壮、机智、说一不二的男人不见了,转眼间,他缩成了一个陌生的小老头，让孛尔帖看了伤心迷惑。父亲怎么老得这么快？或许，由于她的原因——自跟了铁木真之后，她的心就被丈夫装满了，铁木真就是天下所有的男人，而父亲在翁吉刺一天天变老，她从未想到过。是的，早先在翁吉刺的那些日子变得遥远、生疏，被她一不小心丢失了，回想起来就像是别人的生活，仿佛她生来就是铁木真的妻子。怎么会是这样呢？太过分了！长生天作证，她不是故意的。

铁木真说：亲爱的德薛禅父亲，多亏你带来口信，救我们全家的性命。父亲说：是一个去札答兰部串亲的人听说的，他偷偷地告诉了我。我不敢派别人来，就怕误了事。看到了你们，我就放心了。父亲说他要尽快回去，免得别人起疑心，那就坏事了。铁木真立刻吩咐手下给他准备好路上的食物，又派人护送。这时，父亲从她手里抱过了拖雷——他的外孙，伸出嘴，用斑白的胡须蹭孩子的脸。拖雷放声大哭。她也哭了，没忍住。铁木真沉默着，在想别的事情，走神了。

在德薛禅到来的前两天晚上，铁木真做了一个梦，梦见札木合在哭泣。铁木真就问他：我亲爱的安答，你为了什么哭呢？札木合说：因为我受不了失败的耻辱。铁木真见他哭得伤心，又对他说：告诉我你的敌人是谁，我去帮你打败他。札木合说：我的敌人就是你。铁木真思想：我怎么才能打败自己呢？他忽然记起来，说：在答兰版朱思旷野你已经打败过我了。札木合说：可是你还活着啊。札木合说：我要你答应我，如果死，你要死在我的手里，让我为你下葬。我不允许你死在别人手里。如果那样，我必杀了杀死你的人，不管这个人是谁。同样，我的生命也留给你，要是我死在了别人的刀下，那将是我安答你的耻辱，你必须答应我。长生天作证，你是我唯一的安答。在梦中，铁木真记得自己答应了札木合的要求，醒来后恍惚不安。而德薛禅带来的消息证明他的梦是真的。

送走了德薛禅，铁木真回到了汗帐，关上门，不让人进来。他仔细回忆那个梦，想想札木合还对他说过些什么，以免漏掉。与上次的十三翼之战不同，如今的他听到消息并不慌张、不害怕，反而兴奋。长生天看到了，正当他想念他的安答时，札木合就来了。这次，他的札木合安答没有制造任何借口，再也用不着了。铁木真知道,今后,战斗将是他们交往的唯一方式。他和他的安答都渴望这样的战斗。十三翼之战结束后,铁木真除了撒察,重新组建了乞颜部的军队,打过几仗:一次袭击蔑尔乞人,一次帮助脱斡邻父亲收复克烈部,一次去征讨塔塔尔人,一次与王汗去攻打乃蛮部,每次都胜了。但铁木真并不快乐。为什么呢?很显然,在他看来,只要对手不是札木合,都不能算作真正的战斗。只有战胜了札木合安答,胜利才有滋味。如果败,也只能败给札木合。在梦中,他是这么答应札木合的。凡梦中答应过的事,永远不能改口,自古以来就是这样。虽然天气冷,不适于打仗,但他们都等不及了。他和他都不怕失败,他们是天生的一对安答,他们心里知道,比失败更可怕的是寂寞。

因为,冬天实在太长了。

如果没有战争,又不缺吃喝的话,男人们都懒得出去狩猎,宁愿守着灶火,靠奶酒和女人打发寂寞的时光,远离危险和饥饿,像睡在梦中的熊,舔舔自己的爪子,漫长的冬季一眨眼就过去了。每一天和另一天没有任何区别:日出日落,睡着,醒着;相同的毡包、面孔、食物、冰雪、山和石头。所有的日子像被冻在了一起,分不出彼此。可是,每到这种时候,铁木真常陷入莫名的恐惧,半夜醒来,饿得心慌,实际上肚子里满满当当,刚刚吃饱。可是饥饿还是涌上喉咙,让他睡不着觉,翻来覆去的,寂寞难熬,逼迫他回想起多年以前那个冬天。煮野菜的锅子,秃了尖的刀,冻死的狼,那狼肉的滋味:腥、涩、粗糙,令他恶心,那种味道,再好的酒肉也遮盖不住。还有那个冬天遗留下来的寒冷,也从骨头缝儿里冒出来,叫他手脚发凉,心里虚空。每逢这时,只有孛尔帖的被窝能温暖他。可是,孛尔帖能温暖他的身体却不能为他驱散内心的寂寞。那种寂寞她不懂,那不是她该懂的事。这是男人的寂寞,这种叫人恶心的寂寞唯有札木合懂,所以,札木合选了这个时候来攻打他。他来打他,就是怕他的安答寂寞。

2

天刚亮,挨在一起的它们就被赶进雪地,上路了。冷风吹散了它们中间的热气，使它们浑身颤抖，叫着，不得不走，还有其他大小牲畜们。凡不愿意动的，都挨了鞭子。这个早晨，主人的脾气特别暴躁，鞭子没头没脸地抽。于是它们就知道，主人又要打仗了。因为主人平常不这样对它们：饿的时候，主人来喂你吃的；遇到野兽，他保护你不受伤害；天气好的时候，还唱歌给你听。现在不一样了，主人拼命驱赶它们，恶声恶气，是主人自己遇到了危险，它们必须跟着他，主人到哪，它们到哪，不管路有多长。有时，在战斗中它们被冲散了，并入别的羊群，换了别的主人，它就要在新的同伴里，听命新主人的驱赶。这没有什么可怕的，很正常。对羊来说，可怕的是离群掉队，孤零零地留在旷野中，找不到主人，独自面对凶恶的野兽，那才是最恐怖的事。羊吃草、生育，它们就是自己身上的皮和肉，供主人享用的，被驱赶是它的命，羊懂这个。只是路途太远、太累，日夜奔波，又冷，雪地里的草根吃不饱肚子，太辛苦了。那又怎么样呢？它天生不会反抗。再者说，反抗又能怎么样呢？主人对它们不坏，那些怀了胎的母羊走不动了，被放到车上，弱小的羊羔被主人抱在怀里，像抱着他们自己的孩子。另外有一些不想走的、走不动的，被主人拽出去，再也没有回来，它们变成了主人们身上的力气。没什么可抱怨的，这不是主人的错，主人不吃草，身上不长绒毛，没有它们，主人活不了。所以主人才不惜拼出性命保护它们，不让它们被夺走。他们养好了力气去厮杀，就是为了给它们找来更多的伙伴。伙伴越多，羊越安心，被拽出去的几率越小。羊怕孤单。为了不让它们孤单，主人不停地去征战。所有别的主人也一样。每当主人脾气暴躁的时候，必是在征战之中，羊们就格外的温顺，低着头，被驱赶过来驱赶过去，不管长犄角的还是没长犄角的。直到有一天被主人选定，抓住四蹄，只一翻，让它躺倒在地。这时候，地上的雪已经融化了，青草正在生长，天空飘着白云。它即知道自己的吃草生涯到了尽头，它哀叫一声，流两行泪水，并不挣扎。挣扎也没用，何必呢？生而为羊，总要有这么一天的，它庆幸自己不是被冻死、饿死、病死或者被狼咬死，而是死在主人手中。主人的手很温柔，不弄疼它，只在它的颈部割一道小口，伸进指头，一钩，它的身体忽然变轻了，像鸟一样。谢天谢地，被驱赶的命运总算结束了。

札木合调集了十二种军队，从额尔古纳河畔倾巢出动，都带着各自的百姓牲畜，所有家当。虽然行进慢，但札木合希望能够持久，经验告诉他，对付他的安答，必须有足够的耐心。这次，他要一口一口地吃掉他，不能急。十二个部族首领共同推举他做古儿汗，都是为了这个目的，其中包括札木合自己。他没立汗帐、设侍卫，没有祭祖告示天下。

他自称古儿汗就是要以众汗之汗的名义聚集力量，消灭他的安答。蔑尔乞人脱脱、泰赤兀人塔里忽台、塔塔尔人格鲁兀，以及乃蛮人和其他人，他们想的和他一样。其实，从内心里，他一点也不喜欢他们。比如哈答斤部和山只昆部的首领，也是纯洁出身的蒙古人。札木合听说过，当铁木真在乞颜部称汗时，曾派使者去告知他们，将他们当作好亲戚。可是他们不高兴，他们不高兴还把锅里的羊内脏泼到使者的脸上。这种做法太没风度。札木合听说以后很生气，他讨厌这种人，只是脸上没流露出来。现在，他是他们的汗，他要使用他们去征服他的安答。至于以后，他早想好了，他将用同样的做法去羞辱这些人，为他的安答雪耻。或许，到那时他的铁木真安答已经战死了，那也不要紧，他会从天上看到的。他的安答才是他唯一敬重的人

军队行至第八天的时候，前面的哨马跑来告诉他，说铁木真和脱斡邻王汗的兵马已经到了阔亦田地面上。札木合听了便下令宿营，杀牛宰羊，给各部首领送去了酒肉。他自己不吃不喝，仰面躺在地上。此时离天黑还早，没风，只是干冷。天上的云在奔跑，白的、灰的、淡红色的，飘向不同的方向。云彩散尽的地方，露出灰蓝的天，冻得硬硬的，使札木合的目光无法穿透。也许那后面真的有谁在决定着地面上的事情，一声不吭，却回回都能猜中他的心思。不然的话，为什么铁木真总能提前知道消息？要是阔阔出在身边，札木合说不定会去问问他，尽管他不信他所说的。不过，这个通天巫已经跟着他的父亲跑到乞颜部去了。

太阳尚未沉落到底，月亮已经浮上来，群星渐次显露。七位最有名望的大萨满从各个部族来到古儿汗面前，六个男的和一个女的，各自带着他们通灵的法器。萨满们惊异地看到这位众汗之汗嘴唇青紫，舌头都冻僵了。古儿汗说他不用他们预测胜败，或者祈求苍天护佑，他让他们把法器都收起来，坐在帐门外，闭住嘴，睁开眼，连夜观察星象，不能瞌睡走神，直到次日天亮为止。就

这样。

那天的夜空非常漂亮，星星像蓝宝石，月亮是一个银盘子，让萨满们全都看入了迷，一夜没合眼。

第二天清早，古儿汗见七位萨满的眼睫毛上都结了霜，朝后仰的脖颈僵硬着。他们分别对札木合说，有一只天狗在东北方向，张着嘴，准备吞食月亮。月亮外面罩了一圈银甲，里面藏了两只毒蝎，尾巴指向西南。他们说三日内必有大风夹雪，自东向西刮来，风暴经过的地方暗无天日，灰头鸟将掉在地上，岩石也会被冻裂。札木合放心了，他点点头，要来了酒。札木合不喝酒，但古儿汗要喝。他想，打完这一仗，札木合将成为真正的古儿汗，众汗之汗。若干年以后，草原上的人们将永远记住古儿汗而忘记札木合。一点不奇怪。

烈酒在古儿汗腹中翻腾着，燃烧着，他号令十二部族整顿军马，向阔亦田地面行进。他张开了弓，搭上了一支哨箭，嗖的一声刺穿了冰冷安静的空气，带着火和烟，呼啸着朝着东南方向飞去。接着，十一支哨箭从他的左翼和右翼相继飞出来。有人带头，众人唱起了古儿汗的战歌：

　　祭过了远处飘飘的军旗
　　擂响了黑牦牛皮幔的战鼓
　　伟大的古儿汗来了
　　跨上黑背的快马
　　穿上铁硬的铠甲
　　举起有柄的环刀
　　扣好山桃皮囊里的利箭
　　勇敢的古儿汗来了

　　喝下了烫心的烈酒
　　发过了恶毒的誓言
　　英雄的古儿汗来了
　　骑上了白嘴脸的快马

举起了短柄的月牙斧
拉开了黄榆木的硬弓
扣上了野鸡翎的铁箭
胜利属于古儿汗

3

上一次，脱斡邻与铁木真相约攻打乃蛮部，在拜答里克河谷，他听人挑唆，半夜悄悄地撤走了。不料却遭到撒卜勒黑的追击，要不是铁木真派人来救，险些丢了老命。那之后，脱斡邻与铁木真第三次结为父子之盟。他对铁木真说：我老了，门齿断了，可是我的嚼牙还在，草原上没有我咬不动的东西。今后，如果有人进犯你，让他先从我的身上踏过去，因为，我是你的父亲。铁木真说：再好的车也要有两只轮子，否则不能行走，我就是脱斡邻父亲的另一只轮子。

这一次，是铁木真派人来求援，他没有片刻迟疑，穿上了铠甲，披上了黑貂皮战袍，把他的克烈部众从梦中唤醒，连夜踏上了征途。桑昆问他：我亲爱的父亲，是什么事让克烈的国主如此匆忙，发动了所有的兵马？他说：我们与札木合作战，要使出全身的气力，不能疏忽。桑昆说：我知道那个札木合是个精明强干的，但不知道他什么地方冒犯了您的威严。他说：札木合联合十二部族，要去攻打铁木真了，铁木真是我的义子，冒犯铁木真就是冒犯我。桑昆说：铁木真是您的义子不错，但他不是您的亲生儿子啊。他说：铁木真救过我，我把他当作亲生儿子看待。桑昆说：那个铁木真他哪一点比我好呢？比我高大还是比我英俊，比我更勇敢还是比我更聪明？父亲您是想让他替代了我吗？脱斡邻就说：桑昆你是我的独子，自幼吃惯了独食，就怕有人与你抢。你的心思我懂，因为我年轻的时候和你一样。那时候，当你的祖父把克烈汗位交给了我，我即杀死了你诸多的叔父。我不杀他们，他们必杀我。我没有别的办法，都是为了汗位，为了克烈汗国。此后，每逢天阴打雷，我都要伏身在地上，祈求上天宽恕，心里害怕得不行。你祖父的灵魂在天上谴责我，我羞愧得不行。我的手上沾了兄弟的血，我是有罪的人。

脱斡邻说：桑昆你看你现在，除了你自己的影子，你的身边没有一个同胞兄弟，这是为什么呢？我年轻的时候，在你的母亲之后，我还可以娶三位妻子，再生十五个儿子。我为什么没有那样做呢？因为我想了，让他们来到世上，彼此残杀，还不如不出生的好。如今我年老了，你是我唯一的骨肉，我再不用为那种事情烦恼了。将来我死了，再没有人与你争夺汗位，克烈汗国是你一个人的克烈汗国，你还有什么不满足的呢？克烈浓黑的血液从我的身上流到了你的身上，不会流到别处去。我帮助铁木真去打札木合，也是为了你。趁我活着的时候，尽量为你扫清障碍，聚集财物，有什么不好呢？桑昆我亲爱的儿子，我可以为铁木真而战，更可以为你而死。这是不一样的呀！

月光从脱斡邻的貂皮战袍上滑下来，蓝莹莹的，他伏在马上的身影像个幽灵。他的言语夹着马蹄声穿进桑昆的左耳朵，又从右耳里穿出去，落在纷乱的马蹄下面，被踩进冰雪，踏得粉碎。

一直往北，再向东，顺着克鲁仑河下去就到了阔亦田地面。脱斡邻的队伍与铁木真在那里会合了。

脱斡邻对铁木真说：这个札木合真是聪明过分了，他怎么能自称众汗之汗呢？可见那些推举他的人没存好心。我还活着他们就这样做，我若死了，他们还能把你放在眼里吗？铁木真我的儿子，你不要忧虑，我会替你把他们的牙拔了，翅膀剪了，把他们绩麻一样的百姓赶到你的跟前来。

他们说话时正当黄昏，太阳还没沉到底，月亮已经浮上来，四周宁静非常。忽然，铁木真的战马惊跳起来，差点将他掀翻。铁木真吓了一跳，手按住刀柄，扭头看看前后左右，博儿术在，者勒蔑在，哈撒尔也在。满山遍野都是他的营火，没有任何异常。是谁吓着了他生角的白鬃马？他小心搂住马脖子，把脸贴上去。马不跳了、不叫了，皮肉仍在簌簌颤抖。这是怎么回事呢？

那一晚天空清澈透明，星星如同蓝宝石，月亮是一个银盘子。它太美了，美得找不出一点瑕疵，令人生疑，好像在故意隐藏什么。果然，第二天清晨，云彩从东南方向开始聚积，像一群奔跑的黑山羊。铁木真看了心里一阵惊惧，他闭上眼，屏住气，耳朵里传来了雄壮的《古儿汗之歌》。

起风了。

第十八章

1

过了许多年,铁木真仍然没弄明白,他的札木合安答究竟行了什么样的法术,竟然让该刮西风的冬天刮起了东风。在严寒的阔亦田,风像针一样刺进他的眼睛,让他淌出酸疼的泪水。那一刻,眼看着敌人迎面拥上来,漫山遍野,他突然明白了札木合选择此时进攻的原因。他想,他的安答真是太了不起了,死在他的刀下是一种幸运,不用羞耻。

草原上的人生来喜欢观测天气,仰着脸,躺在地上,整日整夜,从没有厌烦过。除了看风和雨,阴和晴,那里还有他们各自的命运,快乐与不幸,胜利与失败。萨满就是擅长此事的人。被称为通天巫的阔阔出也在同一个晚上观测过星象,反复对照他宝贝的札答石——那二十四颗鸡卵大小的狗宝。他一口咬定风从西北来,有大雪。他怕人不信,索性把他的宝贝札答石都抛进了阔亦田山谷。他当时的表情好像是在和上天赌气。

迎风作战是极其痛苦的事:箭射不远,还容易偏,眼睛睁不开,马也跑不动,稍一松劲,就可能全线崩溃。但铁木真没退缩,他不能退缩。在紧要关头,他以前所定立的那些规矩逐渐发生作用,他的战士们,那些父子、兄弟、族人们连接成一串一串的,像被一根绳子拽住,面临几次猛烈的冲击都没有松脱。天色昏暗,混沌。逆风的箭和顺风的箭交错飞行,人们靠着风向辨别对手,冲过去,杀回来,谁也没有注意到下雪了。

大片的雪落下来,在空中旋转着,突然改变了方向。

据说这就是通天巫将札答石抛进山谷的效果。

风中的铁木真忽然感觉脊背湿冷,心里一惊。雪夹杂着冰碴儿,呼啸着卷向东南，把他手中的苏鲁锭都吹歪了，九条牦牛尾向前飘扬起来。迎面飞来的箭偏到别处去了或者软软地落在马前。铁木真立即传令反扑过去，他生角的白马在雪中奔腾跳跃，像水中的鱼在撒欢。

对面，那十二部联军僵住了。猛然间，风雪灌进脖子，打在脸上，手臂冻得拉不开弓、握不住刀，张开嘴却喊不出声音。有人中了箭，仍然僵立在马上，不知道自己已经死了；有人没受伤却跌下了山谷，就势睡着了。风雪掩埋了他们，从头到脚不留缝隙。三个月之后，等到天气暖和了，这里将聚集大群的乌鸦，个个羽毛油黑发亮。

十二部联军乱了。此时已经临近傍晚，或者响午刚过，天昏地暗什么都看不清楚。塔里忽台悄悄带着他的泰赤兀部众掉转马头。还有塔塔尔人、蔑尔乞人、乃蛮人，都跑了。札木合立在风雪中叹了口气，说：上天偏心，它不爱我。

据说，现在到阔亦田去的人都能看见这句怨言——"天不爱我"。它在山谷中飘浮着，终年不散，像一团苍白的雾气或一只没形状的鸟，当阴天起风的时候，它便发出响声，让人听了不寒而栗。

塔里忽台抢先跑回驻地，掳掠了札答兰部大批的百姓牲畜，逃向斡嫩河北岸。随后塔塔尔人又把札答兰部洗劫了一番，跑回兀尔什温河边的老营。蔑尔乞人脱脱最善劫掠，把失去了头领的札答兰部众尽数卷走了，顺便又抢掠了翁吉剌人。帐篷着火了，牲畜们惊叫着被撵来赶去，不知道自己又跟上了哪个主人。等札木合退回到营地，他的札答兰部已经不存在了，剩下的只是冒烟的灶火。

阔亦田之战结束于一场暴风雪，更深刻的原因一直被人争论着。事实是，强极一时的札答兰部从此消亡了，和它一起消失的还有那个叫作古儿汗的称号，像个梦。但《古儿汗之歌》流传了下来，穿越了好多个世纪，直到今日。某天，在某次宴席上，酒醉的时候人们会齐声合唱，分十二个声部，从不同的喉咙里突然冒出来，带着浓重的鼻音，气势如万马奔腾。

阔亦田之战所以著名，是因为参加部落最多、规模大，它直接导致了后来一系列的追逐和杀戮。脱斡邻王汗沿着额尔古纳河去追击蔑尔乞人脱脱，黑貂皮战袍在身后展开，像一只黑色的大鸟贴着地面飞行；铁木真则去斡嫩河追击他的老对手塔里忽台，几天未下鞍子。

追逐分为两种。一种长途追击，要几十天甚至几个月。追逐者不急。被追逐者因为急于逃脱，须遗弃一些车帐、百姓和牲畜，由追逐者收拢了，以便补充途中的给养，吃用不了的留给后面做储备，然后继续追击。一次一次，被追逐者越来越瘦，追逐者越来越肥，它们之间的距离不远不近，直到被追逐者变成散兵游勇，消失在山谷或者密林深处。这个追逐者的目的在于攫尽对方的财物。而另一种追逐不同，追逐者的目的是要歼灭对方，像围猎。他不给被追逐者喘息的机会，尽快缩短距离，不让对方背影从自己的视野里消失，时刻提防对方殊死反扑，直到彻底消灭对手为止，然后搜集他所有的财产和部众百姓。这种追逐最过瘾，也最危险。铁木真喜欢这后一种追逐，而脱斡邻王汗则擅长前一种追逐。

脱斡邻王汗的兵马分三股，由桑昆做头哨。一路上他们不断截获脱脱的财物和牲畜。他们一面大张声势，一面小心控制着追逐的节奏。他们没有料到，札木合也在他们的追逐范围之内。札木合不喜欢做被追逐者，尤其不喜欢这种追逐，不死不活，疲于奔命。他已经没有什么值得丢掉的东西了，身边剩下的兵马远不够用来反扑。他的札答兰部被瓜分了，没有食物跑不了多远。况且，有什么用呢？他的对手不是蔑尔乞人，不是脱斡邻，他不恨他们，更不怕他们。他唯一的对手就是他的安答铁木真。而这种无聊追逐只能让他感觉厌倦、丢脸。他的性命不是用来做这个的。

当桑昆纵马追进一片树林，发现被追逐的人面对他站着，扔了手中的弓箭，神色安详。

札木合对桑昆说：我看见你远远跟着，知道你路途辛苦，但我没有什么可以丢给你的东西。我想，与其让你这样白白地奔跑，还不如把我自己交给你。你不用惧怕，我是札木合，我也不怕你。在你动手之前，我身边的将士们不会对你放箭；你若动手，咱们谁也别想走出这片林子。桑昆我对你说，今天是札木合投降你的日子，你要好好记住，这是你的荣耀，是上天对你们克烈部的恩典。回去告诉你的父亲脱斡邻王汗，有了札木合，他的战马将长出翅膀，我将帮他消灭一切敌人。

桑昆的手一直搭在弓弦上，他问札木合：你是铁木真的安答，为什么不去投降他呢？

札木合说：我可以投降除铁木真之外的任何人。这个你不懂，但你的父亲懂。他知道我的用处。

2

有一天，成吉思汗问众异密[1]的首领博儿术那颜[2]：什么是男人最快乐的事情？博儿术说：男人带着冬天脱尽羽毛又长满了新羽毛的灰鹰，骑着养肥了的好马，穿着漂亮的衣服，在初春的时候去猎灰头鸟，这是最美妙的事。

成吉思汗问孛罗忽勒：你说呢？孛罗忽勒说：放鹰，看它从天上击落灰鹤，用爪子抓走，这是男人的快乐。

接着，他又问忽必来的儿子们。他们都说打猎、放鹰是人生最美的享受。

成吉思汗说：你们说得不好！追击敌人，把他们铲除干净，夺取他们所有的一切，看他们的妻子号哭、流泪，骑他们后背平滑的骏马，将他们美貌的后妃做睡衣和垫子，注视她们的脸颊并吮吸她们乳头色甜蜜的嘴唇，这才是男人的快乐。

愿普世万民长享太平！

〔波斯〕拉施德《史集》[3]第一卷第二分册

铁木真在马背上不食、不饮、不歇，连续奔跑，胯下的马已经换过八匹，途中遇到泰赤兀人丢弃的财物也不去收拢，身上的衣服吹干了又汗湿了。从迎面飘来的空气中他闻到了塔里忽台的气味，十分熟悉。早先，当他还是个孩子

---

[1] 异密，波斯语，大臣之意。
[2] 那颜，蒙古语，首领之意。
[3] 《史集》，波斯人拉施德编著，成书于14世纪。

的时候，就遭塔里忽台的追逐，被这种气味笼罩着，躲进深山里险些饿死，泅到河水里几乎淹死，藏在羊毛车里几近憋死，他曾经带着一张弓、两支箭，骑两匹秃尾子马，三天三夜没有下鞍，连头都不敢回。那时候，塔里忽台在他的背后。而现在，他在塔里忽台的背后。

追逐是快乐的。

快乐中的铁木真不觉得劳累，没有饥饿感，最多有点困，困了便合上眼皮，垂下头，马蹄声就变软了、远了。他梦见自己在飞，像鹰，在追逐一只灰鹤，用爪把它击落、撕碎，灰鹤就是塔里忽台。

到了斡嫩河北岸，塔里忽台决定不跑了。他已经明白，他不可能摆脱铁木真，他们在他身后，像马蝇见到了血。

唯一的活路只能是掉回头，拼死一搏。但他连掉转身体的机会都没有了，铁木真几乎是踩着他的脚后跟扑了上来，未及发布号令，战斗就已经开始了。这是一场短兵相接的恶战，不必摆阵形，战术也是多余的，因为他们之间太过了解、太过熟悉了，都是自幼在斡嫩河边长大的，若在别的时间、别的地方迎面碰到，能互相叫出名字，可以凑在一起喝一顿酒或者唱一支歌，歌子里有他们共同的祖先、共同的仇恨和欢乐。但现在不行，现在他们必须用刀和箭对话，迫使一方服从另一方，不服就让他死。斡嫩河畔变成了战场。在这个战场上，连他们的马都相互认识，有的是母子，有的是兄弟，在它们驮着主人奋力拼杀时，在头尾交错的一瞬间，会猛然嗅出久违了的气味，亲切极了！于是，它们在主人的驱使下，一个个龇着牙，扬起蹄子，抖开鬃毛，像狮子似的炫耀着、奔突着，直到背上轻了，主人掉下去了、死了，它仍然不肯离开，伸长脖子，呼唤着同伴，在战火中来回穿行。

天黑之前，赤金豁阿歹看到铁木真立在马上，隔着斡嫩河在对岸指挥进攻。赤金豁阿歹不认识铁木真，但认识铁木真的马——那匹白鬃马。于是，他挑了一支箭，拉开手里的弓，屏住气，瞄准了，嗡的一声放了出去。这支箭顺着赤金豁阿歹的视线，穿过斡嫩河上空稀薄的暮色，毫无阻拦地飞向铁木真。

这个赤金豁阿歹是泰赤兀部最著名的神射手，他的箭从不偏离目标，刮风的时候一样,对活动中的目标也一样。赤金豁阿歹可以在发箭的一瞬间精确地估算出风力和目标移动的速度,他射出的箭像长着眼睛的鸟,能凌空叼住一只蚊虫。但他的弓并不是最硬的,最硬的弓用四根牛蹄筋做弦,一般人的力气拉不动,必须够二十四分劲;软一点的也要十二分劲,用三根牛蹄筋就够了,那是普通的弓;再软一点的要八分劲,两根牛筋做弦,妇女也能拉开。赤金豁阿歹的弓不硬也不软,十八分劲,但很有灵性,它能猜透主人的心思,把箭送到它想去的地方,可深可浅,或者中伤,或者洞穿,在主人松手的一刹那,它就提前知道了对方的命运,无论那是一只鸟、一头狮子或者一个人。赤金豁阿歹一松手,这张弓嗡的一声沉默了,它发现主人心中并无愤怒。

赤金豁阿歹的箭从斡嫩河对岸飞过来,射中了铁木真的脖颈,只是稍稍朝左偏了一点。铁木真想把它拔出去,像摘掉一根刺,结果喷出了血,热气腾腾的。他眼前一黑,摔下马,失去了知觉。当他再次张开眼睛,发现自己躺在一个破旧帐篷里,身边净是烂泥般的血污,周围一片静寂。左侧颈部如火烧一般。时间不知过去多久了。在他闭眼和睁眼之间,时间被删除了,没留下一点痕迹。后来,一个男子嘶嘶哈哈地跑进帐篷,喷着白气,浑身是水,赤裸着,下身那个东西像水草中一条活蹦乱跳的鱼。外面天已透亮。

为防止动摇军心,铁木真落马的事没张扬出去。当时,博儿术即刻跨上铁木真的战马,举起苏鲁锭,人们以为他就是铁木真。者勒蔑趁机脱下袍子,裹住他的可汗,避开众人眼目,悄悄把他背到一个僻静的帐篷里。战斗仍在继续。铁木真昏迷不醒。者勒蔑伏在铁木真身上,一口一口为他吸吮瘀血。半夜,铁木真说要马奶喝,是呓语。者勒蔑见他口渴的样子好生可怜,没别的办法,只能出去寻找。

无论在哪儿,有帐车必有酸马奶,可是百姓们都跑光了,扔下的车帐也净是空的。泰赤兀人的营地还在对岸,者勒蔑只好脱掉衣服,跳进冰水,泅过河去,光着身子在暗中摸索。当他捧着半壶马奶跑回来的时候,发现铁木真已经醒了,半坐着,警惕地看着他,那目光比刚才的河水还要冷。者勒蔑浑身一激灵,打出一个响亮的喷嚏。

铁木真与泰赤兀战时，其颈被伤。流血苍黄之甚，有臣者勒蔑将瘀血吮去。至半夜铁木真说：我血已自干了，好生渴得慌。者勒蔑裸身径自去敌人营内，从车厢寻得马奶回来，与铁木真饮。铁木真旋饮旋歇，三次方已。说：我眼已明，心已醒了。遂起身坐，视坐处流的血都如泥泞。铁木真说：你如何这般做，远些唾弃不好吗？者勒蔑说：慌忙顾不及远去，又怕离了你。当时吐的吐了，咽的咽了，我肚子里也进去好多。铁木真又说：我伤既好些，你如何还裸身入敌营去，倘若被擒，你岂不说我被伤的事？者勒蔑说：我若被擒，就说本来要投降你们来，被他们得知，剥光了衣服，欲杀间才逃脱过河。见我这样子，他们必信了，给我衣服穿。我就偷了他们的马，再跑回来。铁木真说：从前，在不儿罕山遭蔑尔乞人围困，是你救我母亲的性命。今日你又把我的瘀血吮去。我正干渴，你舍命寻马奶来与我吃，使我内心开豁。这三次恩，我心中永不忘了。

《蒙古秘史》第145节

3

由此可见，他是个生性多疑的人，和历史上其他君王一样。铁木真时，他疑心者勒蔑告密；成吉思汗时，又怀疑他的兄弟谋反；西征时，怀疑他的儿子另立为王。后来证明，这些都是一心爱戴他的人。但他还是不能不疑，疑心像野草一样从他的内心里生长出来，与日俱增，每每使他陷入不安、痛苦或者羞愧之中。

一个人凭什么相信另一个人，并且始终不渝，像狗或者像马一样？

一个人为什么不能信任他人，并且始终不渝，像狗或者像马一样？

公元一二〇六年以后的某天，已经做了大蒙古国主的成吉思汗下令怯薛军[1]抓捕他的弟弟哈撒尔。因为他听说哈撒尔对自己被封为四千户不满。哈撒

---

[1] 怯薛军，即大汗的卫队。

尔是他的亲生兄弟，胆量极大，小时候曾与他一起射死同父异母的兄弟别克帖。后来他立下的战功数算不清。哈撒尔膂力过人，用二十四分劲的强弓，能逆风射出三百五十步，是著名的神射手。成吉思汗听说他到处发怨言，并与自己的属下一起密谋，要取他兄长的汗位。被怯薛军抓起来的时候哈撒尔还在大醉之中，对成吉思汗质问他概不解释，没有丝毫畏惧。哈撒尔说：如今你是大汗，你想杀我就像踩死一只虫蚁，没什么可说的。成吉思汗命人摘去他的帽子，解下他的腰带，将他捆绑结实，准备杀头。哈撒尔仍然不申辩、不言语。他们的母亲诃额伦得到了消息，驾着白骆驼车跑进刑场。她拾起帽子，给哈撒尔戴上，盘腿坐在成吉思汗面前。诃额伦敞开胸怀，拿起一只乳房对成吉思汗说：初生你的时候，你的食量大，吃空我的一只乳房还不够，咧嘴吼叫，还要吃第二只。你的弟弟哈撒尔生下后，食量更大，他能一次吃空我两只乳房，叫我心胸舒畅。可我总不喂饱他，留下一口给你。那时候我想，你是手握凝血而生的，将来能做大事。不知道你现在做了国主，却要杀死你的弟弟。我问你铁木真，我的哈撒尔他有什么罪呢？他有力气，能射，远射出去的箭可叫惊走的人回来投降。如今讨平了敌人，你的眼里就容不下哈撒尔了吗？诃额伦袒露着胸怀，双乳垂在膝上，满眼是泪。成吉思汗赶忙低了头，拦住了母亲的话，说：儿子我羞也羞了，怕也怕了，母亲你就不要再说了。他下令为哈撒尔松绑，其余的话没有再问，回身走了。

后来，成吉思汗把哈撒尔的部众从四千户又减少到一千四百户。

再一次，是西征回来的途中。此时成吉思汗已经年老了，他的长子术赤已经在钦察草原另立汗国。他派人去召他回来。术赤称自己病了，不能来见他亲爱的父亲。可是见到过术赤的人却说他每天打猎，过着无忧无虑的日子，有意躲避他的父亲。成吉思汗大怒，派次子察合台到钦察草原去，命令他亲手处死他的哥哥。后来他才知道，在他下令之前，术赤已经病死了，怕父亲伤心才没有告诉他。术赤临死前还叫人捉了一千匹野驴，从遥远的钦察草原赶到成吉思汗跟前，专门供他的父亲射猎取乐。成吉思汗见了十分的悲伤，一时神情恍惚，从马上跌落，摔伤了膝盖，这个伤一直到死也没有痊愈。

后来他把钦察草原赐给了术赤的儿子，可由子孙后代继承。

据说，有史以来所有的君王当中，成吉思汗是唯一没有遭遇背叛的人。叛变者们为什么自动放弃了篡权的野心？这是一个古今之谜。

那一次，战斗进行了几天，泰赤兀人士气渐弱，终于大败于斡嫩河。塔里忽台逃跑了，途中被纳牙父子捉住。这个纳牙父子和他们的属下都是泰赤兀人，他们想投降乞颜部，正好把塔里忽台给铁木真送去当作礼物。他们将塔里忽台绑了，放在车里，一路拉着往回走。塔里忽台没有求饶，他坐在车里对他们说：你们不知道，铁木真幼年时我救过他的命，他不会杀我。可是他最恨出卖本主[1]的人。我就算战败了，到现在为止还是你们的主子，你们这样做不会有好下场。纳牙父子两个听了，认为他说得有理，就给塔里忽台松了绑，把他放了。

纳牙空手来到铁木真面前，对铁木真说：本来我们捉了塔里忽台，要给可汗送来，但因那塔里忽台是我们的本主就又把他放了。现在我们只好空着手来投靠可汗，请可汗不要怪罪。正像塔里忽台说的，铁木真不仅没有怪罪他们，还称赞了他们的忠诚，特意把纳牙留在了身边的卫队里。就是这个纳牙，后来因为护送忽兰妃有功，做了怯薛军的首领，那职务相当于成吉思汗的侍卫长。

第十九章

他做梦也没想到过，自己会死在两个毛贼手里。在他们动手之前他对他们说：我是塔里忽台。他们竟然问：塔里忽台是谁？真可笑！随后他们割断了他的喉咙，没手劲，动作也不利落。塔里忽台忽然明白：他们不是要取他性命，而是看中了他的皮袄和靴子，他们没有一刀捅死他是怕损坏了他身上的衣服。

---

[1] 本主，即原来的主人。

但他已经说不出话了，他被剥去了衣服和靴子，赤身在阳光下，毫无尊严。这时，聪明一世的塔里忽台后悔了，悔不该当初对纳牙父子说那一番话，叫他们放掉他。他又一次被自己的聪明出卖了。当时他只想着逃走，以后另找机会跟铁木真较量。早知这种下场，还不如把自己交给铁木真，死也死得有名分。现在他被扔在一边，像块没人要的臭肉、太难看、太丢脸啦。

阳光明媚。塔里忽台舍不得闭眼，太阳在他的泪水里漂浮起来，像一块金黄的奶酪，渐渐融化了。

在斡嫩河两岸，泰赤兀的部众百姓都聚拢起来，等待被点数、被处置。男人们聚在一处，光着头，被摘掉了武器；女人和孩子们聚在一处，牲畜似的相互紧紧挤靠着。铁木真在众人簇拥下，从他们之间走过，面色略显苍白。黄昏未到，风还是硬的。他裹住伤口，竖起衣领，以免被人看见。

俘虏中的赤金豁阿歹心中疑惑，难道是他的眼睛看错了吗？铁木真骑在他的白鬃马上，和那天傍晚他射中的目标一模一样。当时那个铁木真已经翻身落马了，他的弓箭可以作证。可眼前这个铁木真直挺挺地立在马上，一副毫发未损的样子。难道世上有两个铁木真吗？赤金豁阿歹伸出手摸了一个空，他忘了，身边的弓箭早已经被掳了去。赤金豁阿歹，著名的神射手，阵前的勇士，泰赤兀人的骄傲，可是没有了自己的弓箭，他混在人群里，和身边的俘虏们没有任何区别。这些人，将被分配到各户去做粗工，喂牲畜、放牧、打草、砍树、擀毡、鞣皮子、拉粪、赶车、打蹄铁。他们将磨出满手硬茧，眼睛看不到一程之外的事情。而弓箭呢，只能用来射那些睡不醒的雉鸡。这些个人啊，他们太可怜了。

铁木真走过来，举起手中的箭问道，谁用这支箭射伤了我的战马？他眼前的人头像被风吹动的草一样摇摆着，静寂无声。一个青年从人群中站出来，他说：如果射伤了可汗的战马，那就不是我的箭，我的箭射中了可汗的脖子。我的名字叫赤金豁阿歹。铁木真愣了一下，叫人把这个青年带到跟前来。他问他说：一般的人做了伤害人的事，都要咽进肚子里，藏起来，恐怕别人知道，你怎么反要自己说出来，你就不怕死吗？青年说道：我的箭法精准，又不是丢人的事，我为什么不敢承认？我不怕死，现在我的弓箭让夺了，和死没什么两样了。可汗若杀了我，不过溅湿了你脚前巴掌大的地皮，算不了什么。若可汗愿意留下我，给我弓箭，我能够为可汗横断面前的河水，击碎挡路的岩石。我的名字叫赤金豁阿歹。铁木真看着他清澈的眼睛、光亮的额头，一时忘记了脖颈上的疼痛。他对他说：你记住，那个射伤我的赤金豁阿歹已经死了，以后你的名字叫哲别[1]，我叫哲别的时候必是指你，你就是我弓上的箭镞。

他这般说了，耳朵里听见有人叫他的名字——是个妇人的声音。

自从做了乞颜部可汗，没人直接呼唤他的名字，除了他的母亲，连孛尔帖也很少叫。他费力地扭过头去，见一个包红头巾的女人跑过来，被卫士们捉住，她大声叫喊：铁木真，铁木真，铁木真！

铁木真看见这个女人面熟，便下了马，让卫士们放开她。这女人长的圆脸、杏眼，嘴唇像一道新鲜的伤口。她问：铁木真你现在做了众人的汗，就不记得我了吗？铁木真说：你是合答安，你的父亲叫锁尔罕赤剌，你的兄长叫赤老温。我落难的时候曾经受你庇护，你的兄长给我开枷，你煮食物给我吃，你的父亲给了我弓箭和马，使我逃脱性命。那女人听了，便扑到铁木真身上，说：你是个有心的人，你没有说错，我就是合答安。

晚上，锁尔罕赤剌和赤老温被引到铁木真帐里。铁木真发给赤老温弓箭武器，让他留在身边的卫队中。他扭头责备锁尔罕赤剌，说：你为什么不早来投我，是怕我做了汗就不认识你们了吗？锁尔罕赤剌这样说：如果我急急忙忙来投奔你，让塔里忽台知道了，必毁灭我的儿女、牲畜和食物，如吹灰一般。何必呢？我不急，是因为我知道你是个有心的，任何时候都不会忘记我。再说，我又不贪图你报答，能活着见面心里就知足了。铁木真说：你的话有道理。当初，你不仅救了我的性命，还教会了我做男人的谨慎。你看我现在也做了父亲，我的儿子们还小，言行没有约束，不知道畏惧，不善动脑筋，我请你帮我教导他们，让他们将来受人尊敬。

铁木真对锁尔罕赤剌说：你以后不要去打马蹄铁了。

父亲走了，兄长也走了，合答安没走。铁木真没有让她走，她也没想要走。她看见铁木真面色青黄，说话微微发喘，知道他受了伤，需要歇息。像若干年

---

[1] 哲别，蒙古语，箭头、箭镞的意思。

前一样，她为他解开衣服，擦拭伤口，洗净身体。她面对他的目光，丝毫不羞怯。铁木真握住了她的手，俯身上来，她便敞开了自己，让他进来。他在她身上睡着了，她也不动，一点儿不觉得沉。本来，她喊叫铁木真，是想要他解救自己的丈夫，不料她的丈夫已经战死了。可怜的人，上天把他收回去了。上天收去了她的丈夫，却将她给了铁木真，就是为了不叫她悲伤。就好像她的丈夫悄悄钻进了铁木真的身体而铁木真早就知道似的，他的下颏搁在她肩膀上，覆盖着她。她想：上天是个有心的，若干年前的某个夜晚，当她劝她的父亲说，一只告天雀跌进草丛，连青草也懂得庇护它。从那天晚上起，上天就安排好了。现在，她用她泥土一样的生命承受着铁木真的身体，以及他的睡眠。她的身体告诉她，最亲爱的男人，是最轻的。这是上天对她的恩赐。

第二十章

1

狗儿年。铁木真封合答安为汗妃，成为他的第二位妻子。这一年铁木真三十九岁，他决定剿灭塔塔尔人，为父亲报仇。如今，他的父亲也速该已经死去二十多年了。

但是仇恨与时间无关，它不会腐烂，只要存在心里，什么时候拿出来都是新鲜的。对铁木真来说，那件事情就好像发生在昨天。记仇是秉性，更是一种天赋，真正记仇的人不是那种大喊大叫的人，他只需看你一眼，记住，然后就走了。不吭声，不哭，默默地去做他手边的事，好像转脸间就把你给忘了。一年过去了，十年过去了，二十几年过去了，没有任何动静。你以为那件事不存在了，连你自己也想不起来了。突然某一天，在许多天中最普通的一天里，他出现在你面前，握着磨亮的刀子，把你堵在门口，叫你把喉咙伸过去。没有什么可辩解的，一切都晚了。当它开始的时候就已经结束了，因为它孕育的时间太长了。仇恨就是这么一种东西，当你忽略它的时候，它在悄悄地生长，当你看见它的时候，一片叶子已经长成了大树。

平定了泰赤兀人不久，铁木真便率领蒙古乞颜部到了阔连海子——塔塔尔人的老营附近。此时已经是第二年的春天或者初夏，蓝色的苜蓿花开遍了草原，牲畜们开始上膘，兀尔什温河水在静静地流淌。四种塔塔尔人都被铁木真的队伍团团围住：一种察阿安氏，一种阿勒赤氏，一种都塔兀惕氏，一种阿鲁海氏。他们早晨醒来忽然发现情况不对，天太蓝，没有鸟，牲畜们不好好吃草，狗支棱着耳朵，孩子们分外安静。

逃走的机会已经没有了。

在这之前，铁木真曾经与脱斡邻王汗一起截击塔塔尔人，名义上是替金国作战。那次，塔塔尔人败逃了，铁木真没有穷追到底。因为当时他还不够强大，只是别人的一只手臂。但他亲眼见识过塔塔尔人的凶悍和狡诈。这一次他是他自己，他知道该怎么做。他仔细地把四种塔塔尔人包围起来，并不急于动手，然后派答里泰、阿勒泰和哲别等人像锥子一样快速穿插进去，把敌人惊起来，往外跑，然后消灭掉，再跑，再消灭。锥子反复穿插，圈子逐渐缩小，最后把那些不敢再跑、跑不动、不想跑了的塔塔尔人密密实实地围在了一起，摘去了他们的武器。

这个过程持续了很长时间，在阔连海子、兀尔什温河的中间地带布满了塔塔尔人的尸体，年老的和年轻的，新的和旧的，他们的血浸透草根，因为太热太稠的缘故，那些草也枯干了。无数毡帐起了火，乱麻样众多的百姓和牲畜被驱赶到一起，等候处置。剩下的塔塔尔男人们被关进寨子。

被俘的塔塔尔人安静地聚集在寨子里，特别的驯服，简直太驯服了。那么多的人，不吵也不嚷，一个挨着一个，或者看着天，或者盯着自己的脚尖，神情沉默而专注。从他们的眼睛里找不出一点仇恨的影子、一丁点敌意。给他们吃就吃，不给他们，他们也不叫喊。解开了绳子，他们也不跑。打他也不反抗，就像打在木头上，没有任何响动。身边的同伴死了，他们也不悲伤，只是挪挪身子，给死者腾出来躺下的地方。

可是塔塔尔人的驯服却使铁木真恐慌，隐隐不安，好像某种可怕的阴谋深藏在那里面。他们越是驯服沉静，铁木真反而越不放心，睡也睡不踏实，吃也吃不出滋味。他病了。

乞颜部的军队在庆祝他们的胜利，杀牛羊，饮酒歌唱，像孩子一样舞蹈，踩得脚下尽是尘土。六月的阳光照在他们汗津津的面孔上，直冒热气。铁木真的帐里却燃着火，他裹着皮袄，周身发冷，丝毫体会不到胜利的快乐和报仇的轻松。亲族首领们坐在他的身边，正在商议重要的事情。每次会议都是这样，大家都围坐在地上，分不出高低贵贱。人人面前摆一盏酒，还有奶酪和肉，跟家常的聚会一样。铁木真坐在正面，他说他不懂那些塔塔尔俘虏为什么那么安静。大家说因为畏惧可汗，他们都被吓破了胆，失了魂魄。铁木真愈发疑惑，他说：我不要他们畏惧，我也不要再看见他们。

> 铁木真掳了四种塔塔尔
> 密与亲族共议
> 在先塔塔尔
> 有杀咱父亲的仇怨
> 如今可将他男子似车轮高的尽诛了
> 余者各分做奴婢使用
>
> 《蒙古秘史》第154节

勒勒车轮子多是山榆木和柞木制作的，大小视车身的长短而定。因为草地湿软，一般车轮都比较大，大了不容易陷。小则三四肘，大则四五肘。高度相当于一个九岁的孩子，或者还小一点。按通常的情况，凡男孩子到了这个年龄，大都知道了自己的来历、他的血脉传承，会记仇了。不仅如此，他们还会掩饰、装傻，然后用自己足够长的一生来等待时机，仇恨也随着他的身体逐渐长大、变硬，不可更改了。通过秘密会议，车轮的尺度随着铁木真的命令传达到乞颜部士兵们的心中，成为他们行刑时掌握的标准。负责行刑的士兵每人准备了长短两把刀。虽然嘴上没说，但他们觉得有点太夸张了，杀掉那些沉默的塔塔尔人跟切瓜砍菜区别不大，有力气就行。天渐渐黑了，白天的酒还在他们肠胃里发酵，没唱完的歌曲仍在脑子里盘旋。借着月光，他们打开寨门，让塔塔尔人一批一批走出来，好依次分别放倒。这时，意想不到的事情发生了。

在蓝色的月光下，塔塔尔人犹如一群黑豹，突然蹿出来，撞倒为首的士兵，抢夺他们的武器。从动作上看，他们早就谋划好了，后面的人已经解开了绳索，还有那些半大孩子们，袖子里竟然藏着短刀。他们咆哮着，一起朝举刀的士兵们扑过去。很多乞颜部的士兵被扑倒了，捅死了，有的干脆被咬断了喉咙。更多的士兵围上来，刀刃在月光下闪烁，像无数萤火虫疯狂地飞舞，从人们的身体里钻进钻出，不知道疲倦。到天明的时候，塔塔尔人全部被处死了，另外还有五百名乞颜部的士兵和他们一起躺在血泊中，难分彼此。其实，在混乱的时候，许多塔塔尔人都有机会逃出去，但他们不跑，或者逃了又跑回来，继续与持刀的士兵肉搏，连小孩子也不例外。在人缝中，他们用短刀捅漏了士兵的肠子，一声不响。那最小的身高还不及车轮。

这件事传到铁木真耳朵里，他惊出了一身冷汗，由此，病情好了许多。

2

但别勒古台因此遭受了最严厉的处分。那天秘密会议期间，别勒古台出门撒尿，碰到了一个叫耶克扯连的人。耶克扯连问他：你们在商议什么？别勒古台说要把塔塔尔人尽杀了，高过车轮的一个不留。当时耶克扯连还笑了笑，没说话。趁大家喝酒唱歌的时候，他把消息带给了山寨中的塔塔尔俘虏，还用衣服裹了十几把吃肉的刀子，悄悄塞给了年幼的孩子，让他们藏在袖子里。这个叫作耶克扯连的是塔塔尔人，他因为把自己的女儿献给了铁木真而被赦免，可以自由地随处走动。后来，别勒古台在寨子门口发现了他的尸首，手里攥着刀，和三名乞颜部士兵摞在一起。

铁木真对别勒古台说：从今以后再不许你参加亲族首领的会议，有事商议的时候，你在外面站着，等大家议完事，一盅酒过后才可以进门说话。每次都要这样。

同时铁木真还当面斥责了阿勒泰与答里泰。因为他们在扫荡塔塔尔营地时，私自掳掠了许多财物。铁木真派哲别将这些财物都没收了，归在一处，日后再以战功大小统一分配。阿勒泰和答里泰很没面子，他们一个是铁木真的堂叔，一个是也速该守灶的兄弟、铁木真的亲叔叔。晚上他们两个在一起喝闷酒，说：当初我们离弃了他们母子，铁木真到现在还记恨我们。我们离开札木合来投奔自己的侄子，并推举他为汗，他也不领情。如今他又剥夺我们的财产，我们在他的身边，还不如那些外人。与其这样，我们还不如去追随札木合，虽然不是一个血统，倒也不受约束。靠本事抢夺来的东西，也不会被外人侵吞。

　　第二天，他们拉着自己的兵马，悄悄地离开了乞颜部。

　　可是别勒古台没有走，他被派去掩埋那些士兵们的尸首，其中有他认识的，有的以前并不认识。这些士兵与塔塔尔人纠缠在一起，都残缺不全，很难分清哪颗头颅属于哪副肩膀，哪条手臂和哪条腿是一个人的。他索性把他们一起埋葬了。对他的汗兄，别勒古台心里没有半点怨恨，他觉得自己不够资格。怨恨不仅要有理由，也要有资格。作为同父异母的兄弟，他本来应该具备这个资格的，但在小时候被取消了，当他的哥哥别克帖被射死之后。自那以后，诃额仑母亲和铁木真兄弟都待他很好，但他再没有资格去怨恨他们中的任何一个。只是偶尔，他感觉有点孤独，想念他的哥哥。

3

　　在耶速甘的照料下，铁木真的病完全好了。耶速甘是塔塔尔姑娘，生得十分俏丽。她陪伴铁木真，用自己身体为铁木真祛除风寒，整夜不得睡。耶速甘那么年轻、貌美、热情，铁木真觉得这是上天给他的奖赏。他说：你是塔塔尔最美丽的姑娘，应该做我的汗妃才对。耶速甘却回答道：可汗如果这样说，汗妃就不应该是我，因为我不是塔塔尔最美的女人。我的姐姐比我美貌，她在落难的百姓们中间就像一颗珍珠陷在烂泥里，她的名字叫耶遂。铁木真派人把耶遂找来，这个耶遂果然气象不凡，她头发乱了，衣服破了，脸上有灰尘，两只眼睛却炯炯放光。铁木真从没有见过这么漂亮的女人。他问耶速甘说：既然你知道自己不如姐姐美，为什么还要把她推荐给我？耶速甘说：最美的女人应该属于可汗。铁木真说：你这么有容量，理应封作汗妃。

就这样，在剿灭了塔塔尔人之后，耶遂、耶速甘姐妹一同被封为汗妃，成为铁木真的第三和第四位妻子。这个耶遂夫人极有胆识，曾在历史上发挥过重要作用。

多年以后的一个秋天，成吉思汗决定西征。那时候他快六十岁了，脾气很不好。西方的花剌子模国王杀了他的商队和使者。他准备亲自到花剌子模去，让那些傲慢的人付出代价。那个花剌子模在日落的方向，非常遥远。但是再遥远的路程也挡不住成吉思汗的愤怒。愤怒的成吉思汗连续几天吃不下饭，连苍蝇都知道避开他。四个儿子都熟悉父亲的愤怒，他们静静地候在帐门外，不敢走，也不敢出声。此时，耶遂夫人径自走进汗帐，站在成吉思汗对面，对他说：听说大汗要越高山渡大水，到远方去征战了。我心中不安，想起来有些话不能不说，我要说的是，凡有生命的都有无常的时候，大汗你也是一样。万一哪一天你大树般的身躯忽然倒下了，这国家该委付给谁呢？大汗你不能不想。你的四个聪明勇敢的儿子，都是你心上的肉，你应该早让他们知道你的打算，也让我们和众人都知道。即使你有一天不在了，我们还能够按照你的意思行事。

耶遂是第一个对成吉思汗提到死的人。不仅如此，耶遂提出的问题也是成吉思汗一直极力回避的。可是成吉思汗没有恼怒。如果换了孛尔帖对他说这样的话，他一定会恼怒，因为他知道孛尔帖一直想让术赤做他的汗位继承人。除了孛尔帖，他的儿子们中的任何一个都不能对他说这样的话。但他没有料到，对他说这种话的人居然是耶遂。成吉思汗打量着这个塔塔尔女人，陷入了沉思。这时候的耶遂已经不再年轻了，美貌也成了过去的事情。但她的语气诚恳，神情坦荡，一副很有主见的样子，不像受了孛尔帖的唆使。她自己没有孩子，那她这样说是为了谁呢？成吉思汗认为耶遂是为了他的国家着想。于是他说：你提醒得对，这件事情我忘记了。

不久，成吉思汗把四个儿子都叫进帐，让他们谈谈各自的想法，结果发生了那次历史上著名的争吵。幸亏争吵是发生在成吉思汗面前，否则的话，势必酿成一场流血的战争，导致蒙古政权的分裂。事后，成吉思汗重重地奖赏了耶遂夫人。

耶遂的父亲是一个普通的驯马手。女儿的美貌曾让这位父亲心怀忧虑。父亲觉得，这么美丽的姑娘落生在他的家里，实在太奢侈了，不知道这是上天给他的赏赐呢还是对他的惩罚。而耶遂自己倒不觉得，她美得理所当然，不扭捏，不遮掩，也不招摇，而且随着年龄增长，一天比一天漂亮。当耶遂长到十四岁时，营地里的男孩子们都无端地躁动起来，飞快地生长，才过了一个夏天，就比相邻营地的同龄少年高出了半头。在耶遂十六岁时，她身边的塔塔尔青年们脾气火暴，好斗，唱歌和跳舞也胜过别人。等耶遂到了十八岁时，很多塔塔尔青年开始相互殴斗。耶遂知道这是因为她，但她概不劝阻。于是有的人莫名其妙地消失了，死了。这时，耶遂就到埋葬尸骨的地方点一堆火，在太阳初升之前，为死者祭一杯奶酒，叹一口气，哪怕她根本不认识那个青年。不过那个青年已经相当满足了，他的亡灵能够在火光的照耀下与耶遂的美丽单独相处，是件无比幸福的事，这样的死没什么可遗憾的。但耶遂的父亲不这么想，他很担心。为了阻止类似的灾祸继续发生，他把耶遂嫁给了一位著名的驯马手。这位可怜的驯马手自娶了耶遂的第二天就被人遗忘了，远近的人都称他为耶遂的男人，好像那就是他的名字。驯马手不仅一夜之间丢失了自己的名字，还得罪了所有的塔塔尔男人。大家总是找茬奚落他，拿他取笑，瞧不起他，好像他偷走了属于大家的什么东西。连胯下的马也变得不听话了。他的驯马技艺逐日下降。驯马手不高兴，他憎恨妻子的美丽，不知道该怎么处置它。他娶了耶遂，却不能占有她的美丽，这是什么道理呢？当塔塔尔人都去与铁木真战斗的时候，驯马手躺在帐里苦苦地思考这个问题。直到塔塔尔人战败了，妻子也被铁木真掳掠去了，他仍然没想明白。

有一天晚上，耶克扯连来和耶速甘告别。他说：我要走了，到很远的地方去，可能再也不回来了。我是你的父亲，也是一个男人。父亲要为儿女着想，男人有男人该做的事。我听说铁木真从不杀女人和孩子，但愿他能善待你。但我不放心你的姐姐耶遂，她嫁了人我也不放心。不放心有什么办法呢？耶克扯连对他的女儿说：现在我知道了，上天让她长得那么美，就是对我的惩罚。耶克扯连临走时眼圈红了，怀里还抱着一捆吃肉用的刀子。他嘱咐女儿无论如何也要忘了他。如他所愿，从那以后，耶遂和耶速甘姐妹再也没见过这位父亲。

八月间，铁木真离开兀尔什温河，返回斡嫩河老营。途中，他在一棵樱桃树下乘凉，一边看塔塔尔百姓赶着牲畜从眼前走过。他有点困，打了个瞌睡，突然眼皮一跳，感觉一道目光刺来。他即刻让卫兵从人群中搜索刺客，拉出了那个男人。铁木真问他是什么人，他不说，但铁木真马上就知道他是谁了。凡经女人调理过的男人，身上脸上必留下了那个女人的痕迹；经同一个女人调理过的男人，没见过面也能相识。此时耶遂就在铁木真的身边，脸色泛红，呼吸急促，那个样子真是好看极了。铁木真直视着耶遂无比美丽的脸，问：要不要留下这个男人的性命。耶遂点了点头，又摇了摇头，叹了一口气。

这个男人就是耶遂的丈夫。在他看到耶遂之前，耶遂已经看到了他。她对驯马手使眼色，示意他赶快离开。可是驯马手的脚就像生了根，一步也迈不动了。那一刻，他被耶遂的美给迷住了。这是他作为丈夫未曾享用过的，却在铁木真身边焕发了出来，终于找到了自己的位置，美得霸道，光彩夺目，毫无理由。驯马手忽然明白了，以前他和她争吵，打她，都是愚蠢的，因为那不是她的错。其实，上天造出这样的美，无所谓对错是非，没有道理可言，你越想抓住它，它离你越远。兴许，下一次他就知道该怎么办了。可是没有下一次了，铁木真下令处死了驯马手。可怜的人，他还没来得及妒忌、没来得及恨，生命就离开了他。仇恨和妒忌未能凝结成形，即随风飘散，消失了。

耶遂叹了口气——由于悲伤，也如释重负。

第二十一章

1

脱斡邻王汗生气了。因为他的儿子不听他的话，做事不与他商量。桑昆是他唯一的儿子，不可替换的，他竟收留了札木合没有告诉他，一直回到黑林，回到了黑林也没有告诉他。有一天，脱斡邻走进桑昆的帐篷，见一个男人当地坐着，后腰挺拔，就知道不是平常人。见他来了，这人不向他行礼，也不避闪，只是点点头，问候了一声。脱斡邻没想到，这个人居然是札木合。札木合说：本来你的儿子要杀掉我的，是我让他给你留着来。你看，我们终于见面了。你的儿子很有远见，你不应该生他的气。札木合说，别站着，我们坐下说话。

札木合的样子让他不习惯，做了俘虏还这么盛气凌人。当初收留他的时候就应该把他这股傲气打下去。可是桑昆没有，现在晚了，札木合大模大样地坐在帐篷中间，屁股都不挪动一下，好像他是这里的主人而你是客人，这时候你再对他瞪眼吼叫就不成样子了，太小气了。他是你的俘虏，身上没有刀，他对你很友好。他说他是来帮助你的。不过脱斡邻王汗也相信，如果不是札木合心甘情愿，恐怕桑昆也不会捉住他。可他仍然不放心：他札木合为什么要帮助我呢？我什么地方需要一个俘虏的帮助？这话脱斡邻没有说出来，他心里想，反正你是我的俘虏，我随时都可以杀死你。

好像札木合听见了他心里说的话。他说：你还没老糊涂。是啊，我还没老糊涂，我不杀你，但也要看情况。脱斡邻心里又说。札木合笑了，说：谢谢你帮助我的安答打败了我！脱斡邻说：我没有帮助谁，铁木真是我的儿子，是我的右手帮助了我的左手。札木合，你怎么不去投奔我的儿子铁木真呢？怕他杀了你，还是你的心气太高啦？札木合说：你说得不错，是我的心气太高啦。本来我想做草原上的古儿汗，现在不可能啦。所以，我不能面对我的铁木真安答。桑昆他没去跟你说，就是担心让铁木真知道我在克烈部。我的安答是个细心的人，他若知道了，必对你有提防，事情就不好办了。脱斡邻对札木合说：铁木真是我的儿子。

札木合说：算啦，你别跟我这样说，我又不是外人。如果你的眼前只能留下一个，这个人是桑昆呢还是铁木真？我说"如果"算是客气啦，这是不远的事实，闭上眼睛也能看到。你看，我的札答兰部没有了，泰赤兀人让铁木真吃了，塔塔尔部也被他灭了，蔑尔乞部散了，其他的都不值得一提。草原上还剩下什么人呢？西边的乃蛮部，东边的铁木真，还有中间的你。可是天空再大也容不下三个太阳，将来必剩下一个。你想，如果这个人是铁木真，桑昆他还能活着吗？我说"如果"算是客气啦，这是不远的事实。

正午的阳光从天窗上直泻下来，落在帐篷中间的一件衣服上，那衣服里子朝外平摊着，上面画满了河流、山川，像很多会飞的蝴蝶和会爬的虫子，在阳光的照射下无处躲藏。札木合说完把他的衣服拎起来，抖抖土，披在肩膀上。尘土在阳光下四处飞扬，那些蝴蝶和虫子就爬进札木合的后背，不见了。脱斡邻看着札木合那张聪明的脸，一时没话可说。因为札木合说得对，每一句话都对，太对了——他一向都是对的！可是脱斡邻想：他那么聪明，处处都对，为什么在阔亦田却战败了呢？是的，他还没有老糊涂，他说他老了，别人还以为他真的老了。他活过的那些年龄告诉他，事情并不那么简单，有时候你看上去明明是这么回事，而结果却是另一回事。札木合的聪明在于，他能看到尚未发生的事情，而一旦事情发生了，他自己也在事情里头，就无法摆脱。札木合比别人更早看出他的安答厉害，可他没料到铁木真会突然一天离开他，他要是早知道就不会收留铁木真，他被自己的聪明给骗了，有苦说不出。脱斡邻知道，这才是他不去投奔铁木真的原因。这个札木合，他不喝酒，不爱女人，一门心思要把他的安答扳倒，否则，他的聪明就一钱不值，没用啦。

桑昆进来的时候，脱斡邻心里想的就是这些。

桑昆的身后还带着三个人，一个是铁木真的堂叔阿勒泰，一个是铁木真的亲叔叔答里泰，一个叫忽察儿，也是蒙古贵族首领。这几个人是来投奔札木合的，他们带着许多百姓和牲畜。但札木合眼皮都不抬，他说：你们这些人，当初离开塔里忽台投奔我，我如何对你们来？你们又离开我跟了铁木真，怎么现在又后悔了？就是你们这些人弄的，不然我的安答也不会跟我分手。现在我是脱斡邻王汗的客人，你们来投奔我就等于投奔了王汗。

脱斡邻王汗没说话。桑昆留下了他们。他还没老，桑昆就自作主张了，他擅自留下了铁木真的敌人，又留下了铁木真的叔叔，让他将来怎么去面对铁木真？当然，桑昆也没错，札木合聪明无比，阿勒泰和答里泰他们有很多的人马，都是对克烈部有好处的事，但脱斡邻还是不舒服，心里不是滋味。桑昆对他的父亲说：铁木真又不知道他们在这里，都是我做的主，我没跟你说，你就当作没看见。脱斡邻说：我什么都没看见。

2

合答安一见到孛尔帖就觉得眼熟，好像在哪见过：长脖颈，肩膀圆润，一双鹿眼安详，略有戒备。从她的眼神深处，可以看到另一个铁木真，像井水里的影子，年轻而陌生，一掠而过。合答安知道这个铁木真是专属于孛尔帖的，谁也抢不走。她向孛尔帖行礼，叫她夫人。孛尔帖说：别人都叫我夫人，你就不必了，叫我姐姐吧。合答安就说，姐姐。

这是她们第一次见面。铁木真还在遥远的地方征战，没回来。他让人把合答安带到孛尔帖跟前，托她照应。两个女人面对面坐着，你看着我，我看着你，出气都很均匀。在她们的心里，都有一个自己的铁木真。是同一个人，但又不是。因此她们彼此多少有些好奇。合答安不年轻了，她救过铁木真的命，曾有过丈夫，长相不算漂亮，嘴唇鲜红，像一道伤口，吐出的气热烘烘的，有股奶香，不是新鲜的，而是发过酵的，像酒。于是孛尔帖知道，铁木真把她封作汗妃，不仅仅是感恩。

她叹了口气说：可怜的。

谁可怜？可怜什么？孛尔帖没说。她吩咐手下人给合答安立一座帐篷，立在她的帐篷旁边，用最好的毡子。她心里在说：可怜的铁木真，他的心大了，一座帐篷装不下了，这是迟早的事。男人们都这样，她的铁木真也是。长生天保佑，只要他快乐就好。孛尔帖闭上眼，屏住呼吸，想象中出现了一条河流，河水湍急，永远不停歇，这不是一条普通的河，它在铁木真的身体里，是热的，会沸腾，当河水涨高，必将溢出河床，冲出岔口，一个或者几个，这个岔口叫作合答安或者别的什么都不要紧，要紧的是，河流不会因此而改道，河水不会封冻。这时，孛尔帖感觉到那条河正从她的心头漫淹过去。好了，她舒了口气，睁开眼睛，对合答安说：我喜欢你，有你在身边，我就不闷得慌了。

然后她带合答安一起去见诃额伦。

诃额伦老了，但不闷，她的身边有许多的孩子，都是铁木真送来的。更重要的是，还有蒙力克。无论在什么地方，只要她抬起眼睛，蒙力克必在她的视线之内，叫她安心。曾经，有个男人进入营地，向她讨水喝。她不知道这是出逃的塔塔尔人，见他满脸疲乏，就请他到帐里来坐，给他倒酸奶。不料这个人从她的身边抢走了拖雷。她吓蒙了，大声呼喊。蒙力克追上去，把那人劈了，救下了幼小的拖雷。那天阳光明媚，河边的花朵都开放了，红的，白的，黄的，紫的。蒙力克抱着拖雷来到诃额伦面前，气喘吁吁，脸上表情很幸福。他说：刚才打盹时忽然听见夫人叫我，就知道有要紧的事。您看，虽然我老了，但手脚都还利落，但愿我所做的没有让夫人失望。诃额伦接过拖雷，哄着，心里奇怪，她不记得自己呼唤过蒙力克的名字。蒙力克说：没错，就像夫人三十年前呼唤我一样。您一说蒙力克，我就来了。诃额伦疑惑地看着眼前这张苍老的脸，知道他没撒谎。蒙力克不是撒谎的人，三十年前他离开她的时候都没撒谎，而是当面来与她告别，不像其他人偷偷地溜掉。如今，他年纪大了，妻子早没了，也不再打仗，当铁木真征战的时候他便留在营地里照管日常事务。平时他有意避免与诃额伦见面，虽然她见不到他，但她知道他就在离她不远的某个地方，一直等候着她的呼唤。

  我真的叫你了吗蒙力克？
  夫人的声音我在梦里也不会听错。
  你怎么知道我叫你做什么？
  一听夫人的声音我就知道我该干什么。
  你来得正是时候啊蒙力克。
  但我走得不是时候夫人。
  蒙力克你的话我怎么听不懂呢？
  我老啦，不会说话啦夫人。

在蒙力克心里，三十年前的那个冬天一直没有过去，所以，在他的眼里，诃额伦也一直没有老，她的样子停滞在三十年前，高傲、沉静，从没有怨言。只是她不肯再叫他、支使他，三十年了，一次也没有过。这次，当他在阳光下打瞌睡，突然听到一个年轻女人唤他的名字，他跳起来，奔过去，做了他该做的事情，就像回到了三十年前，脚步飞快，动作敏捷利落。他砍了那个塔塔尔人，血溅了一身，花瓣似的。他把拖雷交到诃额伦手中，喘息未定，说：但愿我所做的没有让夫人失望。诃额伦说：蒙力克啊蒙力克，你来得正是时候。从这一天起，她不准许他再离开她。她说她的眼花了，看不远了，需要另一双眼睛帮忙，当然要一双诚实的、有经验的眼睛才好，太巧了，它正好长在你的身上蒙力克。

按着孛尔帖的嘱咐，合答安称蒙力克为蒙力克父亲。蒙力克反过来称她夫人，并为她祝福。诃额伦对合答安说：我的孩子，你们家的人救了铁木真的命，上天必赐福与你。

眼看夏天又过去了，秋天剩了一个尾巴，也快过去了。风越来越冷，到处爬的虫蚁们一夜之间都消失了，还有那些蚊子、蜂、马蝇子、牛虻，忙了一夏天，也都死了，没死的冻僵了，伏在草丛里一动不动，默默回忆着鲜血的滋味。天鹅和鸿雁都朝南边飞去，排着队，展开翅膀，不辞辛苦。孛尔帖想：铁木真该回来了。因为帐里清冷，她比以往更早地燃起了灶火。孩子们都长大了，术赤、察合台，还有窝阔台，差不多都一般高了，身上的汗味像成年男子一样浓烈，他们都热衷骑射，梦想着跟父亲一起去战场上奔驰。在包里陪她睡的只剩下拖雷。拖雷也大了。孛尔帖点燃了灶火，烤热了被窝，她想：铁木真回来先睡在哪呢？一天早上，她被一阵马蹄声惊醒，马蹄声在她的帐门外静止了。孛尔帖披上衣服，掩住怀，打开帐门，见木华黎恭敬地立在门外，他的身后没有铁木真和他的队伍，他的头顶上方，天空很高、很薄，空旷得要命。

木华黎对孛尔帖说：尊贵的夫人，原谅我打扰了您。我是奉可汗之命前来向您报信的。我们的可汗还在路上，他就快要回来了。孛尔帖听他的口气不对，就问：你们的可汗怎么了？他受伤了，还是生病了？木华黎你是可汗最贴心的人，你要对我说实话。木华黎说：我们的可汗受过箭伤，但已经好了。还得了一次热病，也好了。可汗现在一切平安，请夫人放心。可他这么一说，孛尔帖更加不放心了，她问：木华黎，你有什么事情瞒着我吗？木华黎低下了眼睛，说：下面的话是可汗让我告诉夫人的。

"可汗剿灭了四种塔塔尔人，为蒙古乞颜部的祖先报了仇，也为可汗的父亲报了仇。因此上天将两名塔塔尔女子送给他做了汗妃。可汗在征途中十分劳苦、寂寞，他一直记挂着夫人和儿子们。幸亏两位塔塔尔女子聪慧，为可汗解除疲劳，缓解可汗对夫人的思念之苦，使可汗有精力、能战斗。现在可汗与他的新汗妃正在回来的路上，让我早点回来通告夫人，免得夫人惦记。"

这是铁木真的腔调，孛尔帖一听就明白了，虽然那些话出自木华黎的嘴；还有木华黎的表情，也是铁木真的，虽然长在木华黎的脸上。孛尔帖问木华黎：这两名汗妃叫什么名字？她们长得好看吗？木华黎都如实回答了，仍然没有抬头。于是孛尔帖说：又有新人照顾可汗了，我替他高兴。长生天保佑。凡我丈夫经过的地方，鹌鹑和天鹅都归他所有；只要手指不疲乏，他的箭可以射向任何地方。你回去转告我丈夫，我会为他的汗妃立两座新帐，位置离我稍远一点。让他放心。你再告诉我丈夫，叫他小心赶路，不要急，我这里已经为他点燃了灶火，焐热了被窝，炖好了最鲜嫩的羊肉。

3

这一天是女人们的日子。

男人们都回来了，如一条大河，拥挤着，浩浩荡荡的，渐渐汇入了营地。各家的帐篷散落在斡嫩河两岸，外表都差不多，没有明显的差别，而且经常挪动。可是他们凭着声音、气味或者靠胯下的马，每个人都能准确无误地找到自己的家。这些男人，他们笨笨的，摇晃着肩膀，摘下身上的刀、弓、箭壶、皮甲，给马卸下鞍子，拴在马桩上，然后钻进帐门。即刻，一个战士又变回了牧人，松松垮垮的，懒洋洋的，就像刚刚放牧回来，累了，接过妻子手里的热茶或者酸奶，问问牲口的情况。妻子认真回答着，也许手里还拿着没干完的活儿，半条牦牛绳子或者一只皮袄袖子，忘了放下，眼睛痴痴地看着丈夫——可怜的，他瘦了、黑了，眼窝塌了，长生天保佑，他回来了，身上不缺什么东西，一根头发都不少，感谢上天。

整个营地都是这样，所有女人们都打开了帐门，拢好了牲畜，叫回了孩子，备好了酒、奶、肉、果子、干酪。一边看着自己的男人像一辈子没吃过饭似的嚼、吞咽，一边把他们的武器抹了油，包裹起来藏好。生活又开始了。圈里的牲畜们欢叫着，孩子们在奔跑。女人们进进出出地忙，点火、汲水、招呼孩子、呵斥狗、点数丈夫带回来的东西：衣物、车、牲口和奴婢。那些奴婢们——陌生的沉默的男人和女人，她要支使他们去做这做那。这些人就按她的吩咐动手立车帐、圈牛羊、收拾东西，就像给自己家干活儿一样，不挑拣、不偷懒、不声不响。渐渐地，天就快黑了。各家的帐门一扇一扇关上了。

另有一些女人，她们不关帐门，因为她们的丈夫没回来，回来的男人中间没有她的男人。她的男人战死了，但她仍然不关帐门，等着，点上灯，铺好被窝，煮好肉。当灯影晃动时，就是她的男人回来了。她的男人坐下来，闻闻锅里的肉香，不吃，他说他不饿。因为那不是真的他，是他的灵魂。他看看她，看看帐里的东西、孩子们，再去数数圈里的牲畜，然后就走了，消失了。暮色里传来一声马嘶。那也不是他的马，是马的灵魂。别人听不见，只有她能听见。她所看到的，别人都看不到，因为她是他的妻子。这时候，她感觉脸上发烫，抹一把，还烫。是泪水，抹也抹不干净，把前襟都弄湿了。

第二天，有人给她牵来牲口，送来奴婢、车帐，吃的和用的，顾不上悲伤，生活就又开始了。天冷了，牛羊要生产，儿子的靴子小了，帐门松了，牛粪不够烧，绳子不够使，奶子酸了，铜壶锈了，黄油要封起来，肉干不能受潮发霉，衣服褥子要勤晒，从早到晚手脚都不闲着。有时候，哪个相好的来了，好一回，又走了。到晚上，她的被窝还是凉的。转眼间，孩子们长高了，拿出父亲使过的弓箭、刀、矛，叫喊着要为父亲报仇，但他们早已想不起父亲的模样。别的人也把他给忘了。只有她还记得，在她的梦里，他永远是一副样子，不胖也不瘦，就那么待着，默默地看她。有时候他听见她埋怨说，我都快累死了，你也不回来。他呢，只能听着，没法回答。

4

当晚,铁木真住在了孛尔帖的帐里。孛尔帖搂着她的丈夫,感觉和以往没什么不同。还是那个铁木真,有点任性,有点羞怯,不装假,不说大话,安安静静的。多好啊!可他又不是原来的铁木真了,到底哪变了呢?她看不出来,也摸不出来。算了,他在她的身边,这就够了;他是她儿子们的父亲,这就够了。还有,他派木华黎来提前告诉了她那两个汗妃的事,这就够了,说明她的铁木真是个有心的,这一点永远不会变,这已经足够了。孛尔帖紧紧地搂着铁木真,对他说:你看,咱的儿子们大了,该成人了,有好的姑娘,应该给他们定了亲。铁木真一听就懂了,她说的咱的儿子们指的就是术赤。他没动。也没有回答她。孛尔帖感觉,他的手从她的腰窝间抽了回去。

铁木真说:你想得周到,这是件大事,我早就应该考虑了。挖井近处好,娶亲远处的好。在黑林,我的脱斡邻父亲有个独子叫桑昆的你知道吗?这个桑昆有个女儿,据说生得貌美,可以给术赤做亲。过几天我就找人去说。你放心。孛尔帖捉住了铁木真的手,说:我听说那个桑昆是个心怀臭肝的人,他的父亲也是个贪心的人,怎么能让术赤跟他家做亲呢?铁木真说:你忘了吗?在我像个失了头脑的傻狍子到处乱撞的时候,就是他们父子帮了我,以后让术赤和他们结了亲,咱们就是一家人了。孛尔帖沉默了,铁木真说得对,当初脱斡邻父子帮助她的丈夫打败蔑尔乞,不就是为了救她吗?现在铁木真要把术赤送给克烈人,与他们做成亲戚,连通血脉,也是为乞颜部的以后着想。这个她懂。可是,万一哪天他们破裂了,翻了脸,术赤就成了砧板上的肉,身不由己了。但毕竟,话头是由她挑起来的,哪怕是带刺的骆驼草,她也情愿将这些话收回,嚼碎了,再咽进肚皮里。现在晚了,不可能了,那样她就成了一个不识大体的女人,那种女人不配做铁木真的妻子。于是孛尔帖重新搂住她的丈夫,说:睡吧。

半夜,术赤从梦中醒来,幸福得浑身发抖。这个梦他做过多次:在战场上,他战死了,父亲抱着他的尸首痛哭流涕,眼泪滴在他的嘴唇上,有一种难以形容的甘甜,父亲的哭声震动大地,掩盖了世界上所有的声音。除了他,人世间没有谁听见过如此伤心的哭声。术赤醒来之后,那声音仍然在他的耳边轰鸣,没有退尽。夜很黑,在他的包里,兄弟们都在酣睡,察合台、窝阔台,还有小拖雷,他们什么也没听见。术赤不会把梦中的情景告诉他们中的任何一个,这是他一个人的秘密。他悄悄地孤独地热爱着他的父亲,与别人无关。这种爱因为过于强烈,找不到表达的方式,只好深藏在内心。他想,总有一天,他的父亲会知道他有多么爱他,这是术赤毕生的愿望。所以他渴望战斗,他知道,只有在战场上他才会被父亲注意,才有可能重现梦中的情景。为此,他做好了一切准备,期待这一天早日到来。

但不久后术赤听说,父亲要为他到克烈部去提亲,如果对方答应,他必须在黑林住一到三年,直到完婚为止。术赤怀疑自己听错了。

孛尔帖对他说:我的儿子,因为你的父亲喜欢你,他要为你提亲不是想要离弃你。

那为什么不让察合台去呢,还有窝阔台弟弟,他们长得和我一样高了。术赤这样问。母亲说:因为你是你父亲的第一个儿子,头生的。只有你去才能表达你父亲的诚恳,才能被人家看重。术赤说:母亲,你的眼睛红了。孛尔帖说:你别管,这是烟熏的。术赤说:我不要相亲,我宁愿死在战场上。孛尔帖捂住他的嘴:不可以说这样的话,不可以违背你父亲的意愿,永远不要那样做,也不要那样想!因为你的生命和身上流的血都来自你的父亲。术赤说:可是我听到有人背地里骂我是蔑尔乞种,这是怎么回事呢?请母亲告诉我。这句话刚说完,术赤的脸上挨了重重的一巴掌。那是他母亲的手。一向柔软的、温存的,突然间变得无比冷硬,啪的一声响,如闪电般迅疾。术赤第一次以这种方式接触母亲的手,他愣了。

然后孛尔帖对他说:以后,不管是谁,在什么时候,只要他敢对你说这种话,你就像我对你这样对待他!

术赤点了点头,这正是他期望得到的回答。

第二十二章

1

很多年以后,孛尔帖六十岁了,那年春天,突然下了一场大雪,白雪掩盖了绿色的草地,把树枝上刚刚长出的嫩叶全部冻死了,据说这是成吉思汗盛怒的结果,连上天都慌了手脚,出错了。于是孛尔帖知道她的丈夫要离家远征,那一年成吉思汗五十八岁。

孛尔帖悄悄把耶遂叫到跟前,请她去对大汗说关于继承人的问题。孛尔帖选择了耶遂,是看中了她的沉静大气,从前,在她年轻受宠爱时,对孛尔帖一向敬重。耶遂答应了孛尔帖的请求,也是因为孛尔帖对她一向宽厚,她没法拒绝。这是一项危险的使命。她想自己大不了就是一死,反正她的美貌已经不在了,活着还有什么意思呢?耶遂没想到自己的言行将在历史上留下重要的一笔,而且能留存几百年或者更加长久,远胜过她的美貌。

> 成吉思说:耶遂说得是,这等言语,兄弟儿子,并博儿术等,皆不曾提说,我也忘了。于是问术赤:我子内你是最长的,有什么要说?术赤未对。察合台说:父亲问术赤莫不是要委付他?他是蔑尔乞种带来的,俺们如何叫他管?才说罢,术赤起身将察合台揪住……
>
> 《蒙古秘史》第254节

当时察合台的脸上挨了重重的一掌,声音响亮。他的帽子都被打掉了。术赤的手迅疾如闪电,铁铸般坚硬。察合台不让,俩人扭打起来。术赤说:你不服气我们可以赛远射、比摔跤，若我射不过你，就把我的拇指剁去；若被你摔倒了，我就永远不再站起来。博儿术上前劝解也撕扯不开。成吉思汗默默地坐在中间，陷入了沉思。

最后锁尔罕赤剌将兄弟俩人拉开了。这个锁尔罕赤剌是他们自小的老师，曾经救过他们父亲的性命，他们不能不听他的话。锁尔罕赤剌轻轻地将术赤拨在一旁，对察合台说：

> 察合台你急的什么
> 大汗还没决定呢
> 轮到你浑说了吗
> 在你还没出生之前
> 天下扰攘互相攻劫
> 人不安生，所以你慈爱的母亲
> 不幸被掳掠，若听见你这么说
> 岂不伤了她的心
> 你父亲初立国时
> 与你的母亲一同辛苦
> 将你们养大养成
> 你的母亲如月般明、海般深
> 你和你的兄弟
> 哪个不是从她肚皮里生出来的
> 你怎么可以说这样的话呢

《蒙古秘史》第254节

此时成吉思汗从沉思中苏醒过来，开口说道：术赤是我最长的儿子，今后谁也不许这样议论他。关于我身后的事情，我要先听他说。术赤你要当面告诉我你心中所想，不要顾忌。

可是术赤没有言语，他走神了。眼前的事情突然变得与他毫无关联。这一刻，他的心提前去了西方世界，那片陌生而广阔的土地，稠密的人群和房子，他如箭一般插进去，举着刀，耳边是呼呼的风声……确实，两年后的夏天，术赤和察合台奉成吉思汗之命攻打玉龙杰赤城，那是花剌子模的国都，非常坚固。因为兄弟两个人都急于抢功，不好好配合，结果久攻不下，白白死伤了很多的战士。成吉思汗严厉地训斥了他们，命令他们俩一起听从兄弟窝阔台的指挥。在窝阔台的指挥下，兄弟两个并肩作战，玉龙杰赤很快就被攻破，铲平了。但最后的胜利没有削减他们之间的矛盾，也没有给术赤带来快乐。虽然此时的术赤已经确认了自己的身世，但他无法遏制对父亲的热爱，这种爱日益强烈，在术赤的血液里蔓延着，由于无法表达最终成了一种病，让他非常痛苦，一直到死都是这样。术赤无时无刻不想亲近他的父亲，而他亲近的方式只有远离。

　　见术赤走神了，成吉思汗没有再问他，当即宣布让窝阔台做自己的继承人。窝阔台感觉很意外，他表示，为了国家的将来，以后的继承人不能只出自他的后代。窝阔台说：如果我的后代里出了抹上油膏狗也不闻的东西，继承者可从兄弟们的后代里挑选。成吉思汗很欣赏窝阔台的态度。他唤醒了术赤，对他和察合台说：天下地面尽阔，足够你们驰骋。说完就出门走了。

　　那时地面上的雪还没有融化，青草从地底下钻了出来。成吉思汗跨上他的马，撇下众人，径自奔驰而去。后人都知道成吉思汗有八匹骏马，历史上是有名的。他骑的是那匹生角的白鬃马，也就是当年札木合送他的那匹。在漫长的岁月里，另外七匹马一直不停地更换，好的里面挑更好的，但这匹白鬃马到死也没有换过。那一年春天，白鬃马已经十八岁了，跑起来仍然迅猛，它没觉得自己老，也不知道什么时候死。马不为死后的事情烦恼。按古代蒙古人的算法，马的年龄两年为一岁，十八岁的马就是活过三十几年了。凡地上跑的，天上飞的，都有自己的寿命。据说，白马能活六十年；白花牛可活四十年；白狗可活二十年；白骆驼可活五十年；白狐狸能活九十年；其他杂色的牛、马、驼可活三十几年；羊能活七八年；羯羊活不够六年；野黄羊、盘羊活十年；羚羊能活十二年；虎、豹、狮子、熊活二十五年；狼活十五年；鹿、驴、狍子可活十六年；鹰和灰头鸟活九年；兔子、野鸡、貂、松鼠可活五年；夜莺、八哥、布谷、百灵、鹌鹑、麻雀能活三年。

2

派到克烈部的使者回来了,带来的回信让铁木真十分沮丧。他没想到,桑昆不情愿把他的女儿嫁给术赤,还说了以下的话:术赤虽是铁木真头生的儿子,我却听说他来历不明。我的女儿若嫁给他,将来不能坐正位,只能像立在门边的婢妾,仰看主人的脸色。这怎么行呢?当年,铁木真没有军马的时候,他的妻子被蔑尔乞人掳掠了,还不是克烈部帮助了他?现在他有了军马,就这样回报我们吗?虽然他打了几场胜仗,都是在脱斡邻王汗的庇护下;人们不敢惹他,也是因为他是脱斡邻王汗的义子。他不该因此而自大。

使者复述这些言语时低着头,不抬眼皮,一字一句说得很慢。他吐出来的每个字句都是一根刺,让铁木真感到深深的屈辱。他不怕被人憎恨,本来他就是从憎恨中长大的,但被人鄙视不行,他受不了。桑昆的话里充满了这种轻蔑,没一点掩饰,他们就这样拒绝了他,都懒得找个借口。他们看不起他。

在成吉思汗的一生中,最恨蔑视他的人,花剌子模国杀了他的商队,就是蔑视他。他起兵西征时向西夏国求援,被拒绝了,也是对他的蔑视。当时蒙古兵总共不过十多万人,怎么可能征服整个西方世界呢?西夏国王李遇项断定他有去无回,所以不怕。七年之后,成吉思汗西征归来,亲率大军围打西夏国,战争历时三年,至死不休。

铁木真发现自己已经走出帐门,并抽出了腰刀。他很伤心,本来是一片诚意的,想亲厚上再加亲厚,进一步巩固与脱斡邻王汗的联盟,很正常。没想遭到这一番奚落和羞辱。他该怎么办呢?铁木真手里的这把刀是蒙古乞颜部最锋利、最有名的,能刺穿六层的皮甲,把两岁的骆驼拦腰砍断,更别说人了。死在这把刀下的人没有无名之辈,否则不敢与铁木真对阵,当他们的心脏被戳破、喉咙被剖开的那一刻,那些魂魄便沾在了刀刃上,经久不散,给主人添加力气。此时的铁木真恨不得将克烈部一刀削掉。但一想起脱斡邻那双潮湿的眼窝,他的手就发飘。刀尖从黏滞的空气划过,拖着风声,落在拴马桩上。青石柱迸出几粒火星,刀飞出去了。铁木真突然发现,青石柱变成了他的脱斡邻父亲：老、瘦、硬，身披黑貂皮战袍，正泪眼汪汪地看着他，问：我的儿子，你真的恨我吗？铁木真没回答，他觉得手腕酸麻，因为刚才用力过猛，闪伤了筋腱。那把刀在地上躺着，破了刃。

大萨满阔阔出为铁木真治伤，用酒给他搽热红肿处，说：可汗忘了，刀是有灵性的东西。你疼，它也疼。这样一把好刀破了刃，真是太可惜了。可汗不如让我拿走，五天之内，保证替你把它医好。自从阔亦田那场暴风雪之后，被称为通天巫的阔阔出名气就越来越大，差不多传遍了草原。他替铁木真裹好受伤的手腕，将刀带走了。

没过两天，克烈部的使者带来了桑昆的另一番话。

还是在铁木真的汗帐里，使者仍然用桑昆的口气说：那天他喝醉了，说了不恰当的言语，那不是他真实的意思，等到酒醒之后十分后悔，请铁木真兄长宽谅。现在他重新派使者来，郑重阐明他的想法：我的女儿叫火阿真，是个端庄聪慧的姑娘，能与铁木真兄长的儿子做亲，算是她的福分。我刚听说那术赤生得酷似铁木真兄长，又是兄长头生的儿子，若是这门亲事做成了，将是我们克烈部的荣耀。这样的事不可轻率，我和我们的父亲备好了定亲的酒席，请铁木真兄长前去共饮。以后，克烈部和蒙古乞颜部将亲上加亲，如一个人的两条手臂。

桑昆的前后两番话表达了两种相反的意思，像两只山羊：一只黑的，一只白的，分别奔向不同的方向。事实证明，前面那只黑山羊喝醉了，它迷了路，跑错了。而桑昆后面的话让铁木真心情舒畅，因为那正是他希望听到的。他认为事情原本就应该是这样才对。至于桑昆前面说的醉话，就不必计较啦。作为兄长，他理应有这样的胸怀。于是铁木真揉着酸麻的手腕，答应了使者去赴宴。吩咐蒙力克准备上路带的东西。告诉孛尔帖给术赤收拾行装。随后，他想起了自己的刀，它离开他已经好几天啦。

那天，一回到帐篷，阔阔出先用酒将刀泡了，洗净，然后抹了酥油，在伤口处点了药，再拿白布从头到脚缠起来，只露出刀柄。知道这是可汗的腰刀，许多人都来观看。阔阔出不避他们，也不赶他们走，他专心致志地做自己的事，好像这些人根本不存在。最后，他用黑绵羊羔皮小心将刀裹了，藏在褥子下面，从此再不离开帐篷半步,像个女人似的。夜里,从他包前经过的人听到一种奇怪的呻吟,不像女人,也不像男人,难受得要命,让人不忍心听下去。通天巫阔阔出不吃饭,脸一天比一天窄,一天比一天白,眼神空洞,透出一股阴冷的杀气。

终于,古怪的呻吟声停歇了,正好是第五天的早晨,空气清新。通天巫当着众人掀开褥子,那把刀静静地躺着,像个包裹起来的婴儿。阔阔出小心翼翼地打开黑绵羊羔皮,再一层一层把白布拆开。人们发出了惊叹声:刀刃长好了,齐刷刷亮闪闪的,没留一点疤痕!最里面那层白布上还渗透着血迹,挺新鲜,不知是谁的。

这是灾祸,阔阔出对铁木真说,不过刀刃已经长好了,可汗不用担忧。

铁木真接过他的刀,挥动了两下,仍然感觉手腕酸软,好像那不是自己的手,刀也是别人的。阔阔出说:我说刀是有灵性的东西你还不信,它在我那里养伤时一心想要回来,刚一回来却又认生了。自古以来,刀不能离人,它就是从人身上长出来的东西,等可汗的伤完全好了,用起来自然就顺手了。铁木真将刀插进鞘里,和原来一样,丝毫不差。他看着阔阔出瘦削的脸,觉得他好像还有什么话要说,很重要的。阔阔出说:我走了。

后来,在去往克烈部赴宴的路上,阔阔出的父亲蒙力克把他的疑虑说了出来。蒙力克说:前次你叫人去为术赤提亲,他们曾经那般说,没过几天就换了说法,又预备了筵席请我们去,不知道是什么原因?铁木真问他是不是阔阔预感到了什么。蒙力克说:他看到了刀上的血,心中不安。又说:当年你的父亲和你一样,不愿意把人往坏处想,结果遭人毒害。如果脱斡邻王汗生了这般心思,我们不是正好把自己送去了吗?虽然咱们与克烈部没有仇怨,我还是忍不住要这样想;虽然我的话没有根据,我还是忍不住要这样说。铁木真听了,勒住了马,他的手腕又感觉一阵酸麻。

其实铁木真不是没有这种担心,他想:如果事情真的像蒙力克所说的那样,这计谋就太简单了,不是桑昆能想得出来的,也不是脱斡邻能做得出来的。他知道,往往最简单的计谋才最要命:它毫无根据地摆在明处,你不愿意相信它是真的,你觉得不可能,就是由于它太简单、太明显,让你觉得对它的猜疑多余,甚至还会为自己的多虑和胆怯感到羞耻。所以,你在犹豫彷徨之后,还是一脚踩中了机关。这样的计谋捕不到熊,却能捉住狐狸。这是专为聪明人设下的圈套。但,桑昆没有这样的心计,脱斡邻没有这样的心肠。或许有另外一个人,那么,他是谁呢?

3

这个人就是札木合。

桑昆第一次对铁木真的使者说话时,札木合就在近旁。但桑昆只顾自己说得痛快,没注意札木合的眼色。然后札木合又教给桑昆说了另一番话,派使者带给铁木真。可是,他们并没有预备酒席,而是布下了伏兵。札木合声称自己完全是为了克烈部着想,否则他不会这样对待他的安答。正如札木合所料,哨马回来报告,铁木真果然出发了。

在此之前,脱斡邻反对他们这种做法,他不相信札木合,指责他们这样是坏了心肝。脱斡邻说:我的铁木真儿子什么地方得罪了你们,要你们这样谋害他?他曾经两次救我,给我好处,你们要我去这样做,我下不了手。你们这样做,上天也不会护佑。桑昆对他父亲说:铁木真经常派人到乃蛮部太阳汗那里去,还不是要联合乃蛮将来除灭我们?脱斡邻不信,说:你又是听了札木合的挑唆。札木合反问道:我的札答兰部已经失散了,没有了,我挑唆你们对我有什么好处?说实话,我前两天做了一个梦,梦见一只老虎在打瞌睡,这只老虎就是我的安答。我只是提醒你们,如果不想被老虎吃了,提前下手最好。在札木合的旁边,那个阿勒泰和答里泰也向脱斡邻保证,要把他们的蒙古部众像捡马粪一般收拢回来,都归到脱斡邻王汗的帐前。脱斡邻一甩袖子出了金帐,说:我不管了。

札木合知道,脱斡邻说不管了,其实就是默认了。出了金帐,他也不会走远。这头黑熊要独自斟酌,不是他舍不得他的铁木真儿子,只是觉得没到时候。老家伙都是这样,不到最后一刻不会动手的。这一刻很快就来了。不久,又有哨马来报告说,铁木真半路又回去了,还捎来口信,说冬天马瘦,等养好了膘再来。当然是借口。此时冬天就要过去了，马瘦也是实情。借口很简单，原本也不打算让你相信。札木合认为他们的计谋败露了，一定有人走漏了风声。目前只剩下两种选择：要么等铁木真来进攻，要么现在就动手，趁铁木真来不及准备把他除掉。此刻，任何道理都是多余的障碍，犹豫也是多余的，行动要快，机会稍纵即逝。事到如今，脱斡邻能怎么办呢？一切都摆在了明面上，没有了退路，铁木真不会再听信任何解释。所以，脱斡邻王汗把儿子大骂了一通，不得不亲自出马，立刻。做就要把事情做到底，为了保证胜利，他干脆把军马交给札木合，由他指挥。这便是老脱斡邻的厉害之处，因为他知道，札木合最了解他的安答，而且下手狠。

铁木真临时改变主意是一种习惯，由于事先没有一点征兆，常常显得突兀，偶然，好像一时心血来潮，没道理，其实也不尽然。比如当年突然离开札木合的举动就是，再有后来攻取中都也是。中都是金国的国都，城坚兵众。那年成吉思汗五十三岁，率领蒙古大军第三次南下伐金，包围了中都。他要求金国皇帝犒军，如能满意，他可以撤兵回去。

> 汝山东、河北郡县悉为我有，汝所守唯燕京耳。天既弱汝，我复迫汝于险，天其谓我何。我今还军，汝不能犒师以弭我诸将之怒耶？
>
> 《蒙兀儿史记》卷3

金宣宗认为蒙古军攻城的目的无非是抢掠，想来想去还是答应了他。把歧国公主献给了成吉思汗，另有童男童女各五百名，好马三千，金帛无数。还派元帅完颜福兴亲自送成吉思汗退出了居庸关。成吉思汗没有走远，在野麻池驻夏，歇脚消暑。不出三月，他忽然改变了主意，回师攻取了中都。开始金宣宗想得没错，成吉思汗攻打中都就是为了抢掠，没想到他后来又改变了主意。当年他半路离开札木合也不是提前预谋好的，再往前，射死别克帖的举动，不可能是深思熟虑的结果，因为那时候他太小了。或许他早有某种想法，不说，在心里存着，任它悄悄地生长或者腐烂，当他做出决断时，想法刚好成熟，所以从不犹豫。而对于外人来说，你永远不知道他什么时候会做出什么事情。

在这一点上札木合深懂他的安答，因此，他绝不给铁木真留下任何喘息的机会。——这便是合阑真沙陀大战的起因。这次战争，铁木真几乎全军覆没。

有两个人起了重要的作用，一个牧马人叫巴岱，另一个也是牧马人，叫乞失里黑，都是属于阿勒泰的蒙古部众。在为阿勒泰送马匹的时候，碰巧听到了消息。他们互相商议说，要是我们把这个消息告诉铁木真，不知会得到多大的赏赐。夜里，两个人将阿勒泰的两匹快马捉了，一匹蔑尔乞白马，一匹白口枣骝马，连夜奔跑去报告了铁木真。得到赏赐则是三年以后的事了，因为当时铁木真顾不上。

得到消息后铁木真并不震惊，他从尘土中嗅到了札木合的气味，在脱斡邻父子背后。于是他明白了，这次战斗不是他与脱斡邻，真正的对手将是札木合。那个巴岱和乞失里黑都说，在桑昆的帐里见过札木合的嘴脸。铁木真的猜测被证实了。为了避免被围歼，铁木真让者勒蔑、蒙力克等人把营地迁徙到更远的地方，疏散开。他自己领兵去迎击敌人，这样就能争取时间。在当时，普遍使用的突袭大约分为两类。第一类是以少胜多：派出先锋，像一只或几只楔子，把对方冲开、打散，然后再分别消灭；再一类就是把对方围死，四面夹击，一次消灭干净。铁木真知道，如果是札木合，必采取后一种方式。因为克烈部占主动，而且人马也比蒙古乞颜部多。就像札木合懂他一样，铁木真也深懂他的安答。凭他安答的性情，必然要把他置于死地。

躲避和逃走都不如主动迎击。但是太仓促了，铁木真最快只能纠集起八千人马。他们扔掉了所有笨重的东西，沿着卯温都儿山阴一路疾奔，不停歇，第二天中午到了合阑真沙陀地面。

但是没有遇到脱斡邻的队伍。铁木真感到诧异，握住刀柄的手阵阵酸麻。他累了。

在歇息的时候，做哨望的赤吉岱和牙德尔俩人来报告，说他们看见红柳林后面扬起尘土，有人马沿着卯温都儿山前追来了。另一种说法是，铁木真行走的方向不是迎击，而是逃脱，在合阑真沙陀地面被脱斡邻的队伍追上了。合阑真沙陀地面宽阔、干燥，净是沙土，没有草。偶尔可以看到一副豹子的骨架，雪白完整，不知哪年死的。到了春天，青草就从它的骨缝里钻出来，长出好高。

在合阑真沙陀，凡是长草的地方必有动物的尸骨，或者在土里，或者半露着：豹子、野驴、狼、马，还有人。

4

> 此时王汗与札木合来了
> 问札木合在铁木真处厮杀者有谁
> 札木合说有兀鲁兀、忙忽两种百姓能厮杀
> 虽当混战时不乱
> 都是自小惯使刀枪的
> 他们的战旗或花或黑
> 见了时可提防着
> 王汗说那般啊
> 叫咱的勇士合达吉冲着他
> 随后再叫土棉土别干姓的阿赤失伦
> 和斡栾董合亦勇士豁里失列门太子
> 领一千护卫的人应援
> 最后仍叫咱大中军冲着
> 王汗又说我这军马由札木合兄弟你整治着
> 于是札木合分出去了
> 札木合对他的伴当们说
> 如今王汗叫我整治他的军马
> 看来他不及我

《蒙古秘史》第170节

可见脱斡邻知道札木合对铁木真相当了解，包括他部下的特点和旗号，干脆把指挥权交给了札木合。战斗进行了两天一夜，十分艰苦。双方都死伤了很多人，到第二天的中午，马乏得站立不住，人困得拉不开弓。阳光刺眼，分

不清彼此，沙尘落下去又扬起来。战斗者都木木的，感觉迟钝，疲倦掩盖了恐惧，有人在砍杀着、奔跑着，其实已经睡着了。战斗只是依着惯性继续下去，好像一场梦中的舞蹈。最终还是铁木真败了，毕竟他的人马少，被冲杀得七零八落，接应不上，各自逃命去了，没法选择方向，也是依着惯性和本能。最英勇的博儿术落马了，徒步在沙土上奔跑，好不容易才捉住一匹驮马逃了出来。桑昆被箭射穿了腮，跌下马，没了知觉。脱斡邻只好下令收兵。札木合眼睛通红，不肯走，他在死伤的人马中来回奔驰，希望能找到他的安答铁木真。

但是没有。

札木合对脱斡邻说：铁木真没有找到，你不要让我下令收兵。

脱斡邻说：铁木真已经败了，你没看见吗？

札木合说，只要他还活着，咱们就必须追击到底！

可是我的儿子伤了，你没看见吗？

放过他这一次，你就再也捉不住他啦，我说。

可是我的儿子他快死了，你没看见吗？

就算剩下最后一口气，咱们也不能放手，我说。

桑昆是我唯一的儿子，你不知道吗？

你若放过他，非后悔一辈子不可，我说。

我的儿子要是死了，我就什么也没啦。

铁木真要是反回手来，是不会这样对你的。

这件事已经结束了。我叫你收兵！

这件事还没有结束，就差一点啦！

我叫你收兵，你就不要管啦！

没有我，你怎么打得了胜仗，你别忘了！

克烈部是我的，我说收兵就收兵。别啰唆啦！

克烈部现在是你的，将来还不知道是谁的呢。

札木合的最后这句话脱斡邻没有听见。桑昆一受伤，他已经没有心思再打下去了。再说，大家实在太疲倦了，有人刚接到收兵的命令就从马鞍上摔了下来，打起了呼噜。就这样，合阑真沙陀之战结束了。

太阳沉落之前,博儿术骑着那匹夺来的光背劣马好歹追上了铁木真。苏鲁锭插在一片柳林里,铁木真坐在沙土上等着,看着冰冷的阳光一点一点地消失。除去士兵,跟在铁木真身边的将领不过十几个,连哈撒尔也失散了。云越积越厚,没风,天渐渐黑了,因为怕敌人发现,铁木真不敢点火。

太祖(即铁木真)从行者仅十九人,札八儿与焉。至班朱尼河,喉粮俱尽,荒远无所得食。会一野马北来,诸王哈撒尔射之,殪。遂剖革为釜,出火于石,汲河水煮而啖之。太祖举手仰天而誓曰:"使我克定大业,当与诸人同甘苦,洵渝此言,有如河水。"将士莫不感泣。

《元史·札八儿火者传》

第二十三章

1

他醒来的时候已经是中午时分,天光暗淡,在下雪。他不知道自己什么时候睡着的,睡了多久了。白雪覆盖了整个合阑真沙陀地面,却没有落在他的身上,真是奇怪。他用手支起身体,手腕依然酸软发麻,像是长在别人身上。太奇怪了。接着他又看见一个白花花的人形半跪在他的头前,举着双手,支开了一个斗篷。雪落在了斗篷上,落在那个人的肩膀上,已经有厚厚的一层。这个人就是博儿术,像根木桩,嘴里吐出一团一团的热气。铁木真赶紧起身,责备博儿术说:你怎么让我睡着了呢?要是敌人追来我们就全完了。博儿术说:那哨望已经报告,克烈部的军马都沿着卯温都儿山撤回去了。我见可汗困乏,不忍心惊扰。铁木真越发奇怪:依他安答札木合的性情,他怎么能不追呢?在他睡着了的时候,一定发生了什么事情,只是他不知道。然后他又对博儿术说:

我的伴当,你总是在我最难的时候在我的身边,我打了败仗你也不遗弃我,还亲自为我遮挡风雪,你这样做是为了什么呢?博儿术没回答,他知道铁木真其实并不需要回答,他们心里都明白。但铁木真必须把应该说的说出来,给博儿术听到。不同的是,这一次他没说将来我会如何如何给你怎样的报答,他知道这个时候不适于说这种话,因为他败了,想说,没资格了。眼前除了身上穿的,没一顶帐篷;除了胯下骑的,没一匹备用的从马;喉咙里没吃的。那些跟随他的将士们远远近近地倒卧在雪地中,不发一声,看了让人心酸,让他感到深深的耻辱。他自己也有两天没吃东西了,从胃里泛上来的口水是苦的,是失败的滋味。

  他想了想,又与博儿术商量了,然后传令下去:所有人马立即出发,往答兰捏木尔格思草原方向撤退。那边有山水,树木茂密,容易藏身,猎物多,可以充饥。同时,也好顺路收集失散的部众。他让博儿术清点了一下,除了再也站不起来的,总共还剩下两千三百兵马。他抬头看看阴霾的天空,想:上天爱我,没有抛弃我,这说明什么呢?雪片落下来,粘在他的眼皮上,化了。

  所有的战马又被勒紧肚带,重新上路了。它们的肚子瘪瘪的,毛色暗淡,鬃毛又湿又脏,尾巴打了绺,垂挂着,像绳子;屁股都是尖的,一走路就露出了骨头架子。其实,它们早就想走了,因为合阑真沙陀地面不是草原,雪底下尽是沙土,很少草根,它们要尽快到有水喝、有草吃的地方去。但是马没说,没去催主人。主人败了,失败了的人比马可怜。这个马懂。所以人不声响,马也不作声,这种时候它对它的主人比任何时候都温顺。夜晚,在雪地中,主人贴着它睡,借它的身体取暖,它就不动,看见旁边有草也不挪地方。因为,马可以站着睡觉,人不行,你一动,他就醒了,伤了的,醒了会疼,没伤的,醒了会饿,马就没办法了,除了给主人温暖,它只会驮着主人奔跑,不会别的。如果它会说话就好了,可以安慰主人;如果是一只羊就好了,能让主人充饥;或者变成狗,去给主人叼一只兔子来。但马不行。现在,它们只能驮着主人不停地疾走,走累了,也没有别的马来替换它。道路太漫长,没有尽头,只能继续走下去,强打起精神,忍着饥渴。走是它们的命,跑不动了就走,到走不动的时候,也就该死了。别看人很神气,在这一点上就不如它们,他没它们跑得快，也没它们走得远。很多的时候，他必须依靠它们。当人打了胜仗，喝醉了，软成一摊泥，它能把他驮回家去；当他打了败仗，受了伤，也要它把他驮在背上，送回营地，远离危险。就这样，它们走了一天，一夜，又一天。终于，主人要宿营了。他们跨下马背，点燃了篝火。像往常一样，营地设在一条河的旁边，河水已经开冻，带着冰碴，十分的浑浊，难喝极了。马们只是尝了一下，便扭开了头，宁愿渴着。所有的牧人都知道，高贵的战马从不喝浑水，那是它们的品性，和别的动物不同，和人也不一样。人可以喝奶、酒、肉汤，渴极了的时候还可以饮牲畜的血。马不行，它们只喝清澈的河水和泉水，至少，从水中能看到自己的影子。主人懂得这一点，都拿出锅或者桶，把河水澄清了再喂给它们喝。主人给它们卸下鞍子，为它们梳理皮毛，刺啦刺啦刺啦。即便是失败者，在这一点上主人也绝不马虎，和胜利的时候一样，亲热地抚摩它们的脖子、脸、嘴，比对他们的儿子还亲，不管心里存着多大的火气，绝不会动手打它们一下。这时候马就知道了，主人已经脱离危险。这些个人，他们舀起河里的浑水，像喝酒一样碰杯，发誓，流泪。他们管这条河叫作班朱尼河。

一路上，铁木真用酸软的手腕提着马缰，仔细思想。只有上了路，在马背上，头脑才活跃，思路才开阔。嘴里的滋味仍然是苦的，但他还活着，身边还有人马，虽然不多了，都饿着肚子，却都信任他，跟着他。他们曲着背，垂着头，在灰色的天空下疾走，没有一句怨言。而他呢，作为失败者，比以往任何时候都需要他们的信任。如今，他又一次被他的安答打败了，差不多输光了，没有一点回手的气力，如果不走，他的安答随时可能出现在任何地方，他的身后或者头前。要真是那样，他就彻底完了。他想，有很长一段时间，他几乎忘了他的安答，这是不对的，所以，他的安答打他不是没有道理，他早就应该想到，但他不小心给忘了。他的安答来打他就是要提醒他，这是天的意志，天借他安答的手告诉他，不能忘记危险，不能停留、自满或者醉心安乐，天下没有一块这样的地方给你，不是胜利就是失败，不战斗就是死。你的安答让你尝到了失败的滋味，明白了这个道理，你应该感谢他。就是这样。

于是他想起札木合那件贴身的袍子，天热的时候都不舍得脱下来，因为袍子衬里上有一幅美丽的图案，画着众多的山川、河流、草地，凡他知道的，听说过的，都画在里面，曾经使他十分的好奇、迷惘。现在他懂了，那便是他安答的心，一切智谋和力量的来源。而他呢，更多想的是复仇，他没有他安答的眼光和心劲儿，所以才败了，必然的。给你留下一条命，已经是万幸，你不如你的安答，你可以不怕他、不恨他，但你不可能不敬重他的才干，他不仅仅为仇恨而战，因此他比你看得远、下手重。现在，铁木真终于找到自己手腕酸软的原因了。而且他断定，合阑真沙陀的撤兵一定是脱斡邻父亲的主意。他能想象出他当时的表情、激动的口吻、潮湿的眼窝，还有他安答的无奈和惨白的脸。天已经晴了。铁木真下令宿营，一条河横在眼前，在月光下闪亮，人们告诉他这是班朱尼河。

他舀起浑浊的河水对跟随自己的人说：长生天看见了，在我最危难的时候，你们没有离弃我，如同我手里的刀和身上的衣服，这是因为什么呢？因为你们相信上天，上天要我成就大业，你们相信我。当刮风下雪的时候，我们靠在一起，就不觉得寒冷；当面对敌人，有我在，你们就有勇气，不畏惧。这都是长生天看见了的，只要我口中有气，你们就是我的呼吸。有你们站在我的身边，就是对面的箭来了也会拐弯，因为长生天看到了你们的心。将来，从我这里，你们一定会得到比你想要的还多得多的东西。必将有那么一天，让你们的马放开四蹄，任意奔驰，不管朝什么方向，十天之内跑不出自己的国土。自日出之地，到日落之地，都没有人再敢与你们为敌，只要他们想一想，就会心里颤抖，像被风刮过的芦草一般。因为敌人知道，我们是不可间离的，如一只手上的五指。现在请你们和我一起，同饮一碗班朱尼河的浑水，把我们的话说给长生天听。永恒的天一定相信我们说的每一句话，并且记住，因为我和你们一样饿着肚皮、腹中无食、心无杂念。班朱尼河可以作证。

铁木真说完了他所想的，从自己的语气里，他听出了札木合的口吻。这就对了，他想。然后仰起头，将浑浊牙碜的河水咽下喉咙。顿时，土腥气淹没了失败留在舌根上的苦涩。这班朱尼河水如药汤一般，从此治好了他的手腕，酸软的感觉彻底消失了。

春天，风变暖了。铁木真走过答兰捏木尔格思草原，但没有停留。在那里，他们遇见了兀鲁兀、忙忽的两千人马，又一起沿着合勒合河西岸继续向北走。

有一日，他们狩猎的时候捉住了一只受伤的野驴，它的脖子被射穿了。突然密林里冒出一个人，吼叫着，扑过来与他们抢夺猎物。这个人头发遮住了眼睛，身上裹着兽皮，满脸胡须，疯了似的，十几个人都敌不过。铁木真见他的动作眼熟，高声喊叫哈撒尔的名字。所有的人都愣了，哈撒尔向他奔跑过来，彼此相认了。

当时，在合阑真沙陀战场，哈撒尔被人击下马背，昏死了过去。黑暗从四面八方朝他涌来，他没有力气阻挡，力气都从他身上溜走了，困倦得眼皮都睁不开。这是他有生以来睡得最美的一觉，醒来的时候已经是黎明，星星稀疏，压在身上的尸体早就变硬了，四周没有一点声息。哈撒尔打了个哈欠，力气又回到身上，灌满了四肢，他爬起来，踏上了寻找兄长的路程。好像有神灵指引，他想也没想就朝北面去了。为了追上兄长，哈撒尔走过了许多地方，胯下没有骑的，嘴里没有吃的，白天躺在沟里，像狗；晚上睡在树上，像鸟，见了人就避开走。因为人们一看见他，就远远地张开了弓箭或者抽出刀，不敢上前与他说话。有一次，他在河边看到自己的影子，以为看见了一只土狼，十分吓人。他的头发盖住了脸，身上裹满兽皮，光着脚。因为靴子早就磨飞了。大家知道，凡没有马骑的，不能算是一个人，要么是贼，要么是鬼，他的话没人相信。本来，他可以偷一匹马去追赶他的兄长，但哈撒尔做不到。偷马并不难，但是，他若那样做了，就成了一个真的盗马贼了，这样的人不是铁木真的兄弟，不是也速该的儿子，也不可能是诃额伦教养大的。没办法，哈撒尔只能靠着两条腿走。他的箭壶里只有七支箭，四支短的，三支长的，没有十分把握不敢放空。火石丢了，射中的猎物只能生吃，吃不了的，就臭了。捉不住猎物的时候，饿得他嚼身上的皮子。哈撒尔知道，他的兄长活着，在他看不见的某个地方，他必须找到他的行迹，一点不能慌乱。日复一日，他能感觉到和兄长的距离在渐渐缩短，但他身上的箭只剩一支了，这一天，他射中了一头野驴。野驴中了箭还能奔跑，它是上天派来的，野驴把他引到了他兄长的身边。

哈撒尔看到，他的兄长的脸长了，生出了胡须，初见时有些陌生，但确确实实是他的兄长，不是别人。只要眼睛一看到他的兄长，他的心就踏实了，就像箭回到了弓弦上。当然了，这不是一张平常的弓，不是光靠力气就能拉开的弓,不是光靠眼睛就能瞄准的弓,但每支搭到这张弓上的箭都明白自己的目标,一挨住这张弓,箭就有了准儿。离了它,箭就失去了方向,不知道自己是谁,无论飞到哪、飞多远,心里总是觉得疑惑。

现在好了,感谢那头野驴。哈撒尔觉得,那驴肉的味道是世界上最鲜美的。

有一天,铁木真把哈撒尔叫到跟前,问他:哈撒尔,你的妻子她在哪?哈撒尔说:我的家被冲散了,我不知道她逃到哪里去了,也许跑回到克烈部去了吧,她是克烈人。克烈打的是我们,不会欺负她,请兄长放心。铁木真说:你的妻子是脱斡邻王汗的侄女,当年是他为你说的亲。你是我的弟弟,也是克烈部的女婿,你听我的话,去克烈部寻找你的妻子去吧。哈撒尔说:哥哥是想让我去投降脱斡邻王汗吗?如果那样,我何苦翻山涉水来找你,险些被野兽吞了,被毒蛇咬了。哥哥你这样说是不是厌烦我了呢?与哥哥比起来,妻子于我算什么呢?我自小就按母亲的嘱咐,处处听哥哥的言语行事,向东就向东,向西就向西,从没有做错过什么,从没有畏惧过什么,也从没有与哥哥顶撞过。在家里不与哥哥抢粥饭,在战场上为哥哥挡刀箭、做先锋。自小到大,凡我做的,都是哥哥想要我去做的。我不明白,如今哥哥为什么要赶我走呢?

2

桑昆没死,他的伤好了,曾经被箭射穿的腮上留下一个包,核桃大小,紫红色,吃饭说话的时候它就上下滚动,像个有生命的活物,让脱斡邻看了心烦。桑昆是他唯一的儿子,所以他才听信他的话去攻打铁木真。可是除了这个难看的包,他的克烈部得到了什么好处呢?还有,自合阑真沙陀之战后,札木合把自己当成了功臣,在克烈部走来走去,受人们爱戴,很神气,也让脱斡邻看了心烦。很长时间以来,无论走着、坐着还是睡着,脱斡邻总觉得有什么地方不对,但又不知哪里错了。

为什么打了胜仗,我却备感孤单呢?脱斡邻问自己。

偶尔,他想起铁木真,他的义子,可怜的,听说他流落在呼伦贝尔草原的董哥泽一带。铁木真丢了他的蒙古乞颜部,只能在那里靠追逐野兽过日子。但是札木合仍然不死心，非要亲眼看到铁木真的尸首不可。这个聪明透顶的札木合，他为什么如此恐惧他的义子？札木合说铁木真终要消灭克烈部，做整个草原的国主。而脱斡邻觉得，那是札木合自己的想法。札木合把他的想法放进了桑昆的脑袋里，现在，桑昆说话的语气也和札木合一样，他说：我的父亲老了，如果哪一天被黑的噎住了、白的呛住了，这克烈部不能落在别人手里。是，他说过他老了，但他说"我老了"的意思有两层：第一层是要他们听从一个老人的言语，原谅一个老人的过失；第二层意思就是说我离死不远了，要他们耐心等待。而他们只听懂了第二层意思，第一层意思他们不愿意懂。

同样的话他对铁木真也说过，铁木真都懂。

有一天，铁木真派来了他的使者，一个叫塔孩，一个叫者温。脱斡邻认识这两副面孔。若干年前，他在达唐努乌梁沙漠饮羊乳、刺驼血的时候，就是这两个人发现了他，把他带到了铁木真身边。那时候他们强壮、威武，现在瘦得剩下一张皮了，好像风一吹就会倒，两个人面色青绿，没一点血色，只有嘴里的舌头是鲜红的。他们用铁木真的口吻回答他的问候，说：亲爱的脱斡邻父亲，您的儿子驻扎在董哥泽和脱尔合小河边，那里像天堂一样，地面上青草茂密，喂肥了我们的骗马；树林的猎物众多，让我们吃用不尽。

怎么可能呢？脱斡邻看他们瘦弱的样子，破衣烂衫的，知道他们在逞强、说大话，当然是铁木真教他们这样说的。脱斡邻想：我的铁木真儿子是个骄傲的人，他太要面子啦。

塔孩接着说：亲爱的脱斡邻父亲，我的汗父，我不知道您为什么突然发怒，像天上的雷，惊吓您的儿子、儿媳。他们什么地方做错了吗？如果是那样，为什么不让您的儿子安睡，等睡醒了再教训他们呢？您动用了那么多兵马，如疾风暴雨，使我们来不及喘息，一时找不出自己的错处。我亲爱的汗父，是不是您误信了别人的坏话，让我们被人离间了啊？我尊敬的汗父，您是不是忘了，我们曾经共同订立的盟约，那是您亲口说的：如果有长大牙的毒蛇嫉妒咱们，咱们谁也不要轻信他的挑唆，有话都要当面说了。您所说的话我都记着呢，长生天可以作证。我最负盛名的汗父啊，一辆大车要有两只轮子才能行走，否则再有力气的牛马也拉不动，我当自己是汗父大车上的另一只轮子。请汗父告诉我，难道我想错了吗？

塔孩喘息着，好歹将上述的话说完。脱斡邻听了没有生气，虽然心里不舒服，但没恼怒，因为面前这两个人曾经搭救过他，他不能阻止他们说话。况且他喜欢他们说话的声调。听他们的口吻，就像看见他的铁木真儿子站在跟前，谦逊、诚恳、满脸疑问。他不能对他们发火。

塔孩累了，说不动了。

者温又接着说：

我的脱斡邻父亲，你可能忘了，听说你当年被你的叔父追杀，没有跑处的时候，是我的父亲也速该帮你夺回了汗位，从此你们结为安答，这是我们对你的好处之一，因此，自幼我便称你为汗父，把你当作我自己的父亲一般。

还有，我的脱斡邻父亲，你可能忘了，在你被乃蛮人击败，跑到西辽又回来，到处躲藏，没人收留，你靠着挤母羊的奶、刺骆驼血为食，在达唐努乌梁地面流浪的时候，是我派塔孩、者温他们两个找到你，把你接回我的营地；是我的妻子亲手给你铺好被窝，我亲手熬肉汤端给你，生怕你冻着饿着，让你肚里有油水。后来，咱们在木鲁彻薛兀勒地面打败了蔑尔乞人，夺取了他们的马群、牲畜、帐幕、财物和俘虏，全都归给了你，我连一根绳子也没给自己留下，还帮你夺回了克烈老营。这是我们对你的第二个好处。

还有，我的脱斡邻父亲，但愿你没有忘记，那次，在乃蛮人的阵地上，你被撒卜勒黑追击，险些丢了性命。你让人向我求援时，我没有片刻犹豫，我把我自己的马给博儿术骑，让他带木华黎、孛罗忽勒、赤老温去救你，他们把桑昆从马肚子底下给你抢回来，又帮你收集失散的部众。这不是我们对你的第三个好处吗？我的脱斡邻父亲，当我被你击败，饿着肚皮数星星的时候，心里也在反省自己的过错，不知道我什么地方得罪了父亲，是什么原因让你动了这么大的火气，请你告诉你的儿子，让他知错。

可怜的者温，他太虚弱了，说完这番话连气都喘不上来了。

脱斡邻从腰里抽出尖刀，用舌头试试锋刃，切开了左手的小指。疼痛即刻传遍了全身，这下子舒服多了。血滴了下来，深红色、黏稠、沉重，像一串琥珀，掉进桦皮小桶里。脱斡邻说：我老了，你们回去就这样对我的儿子铁木真说，他懂得我的意思。刚才你们的话让我听了心里难受，你们回去对他说，谁都有出错的时候，但我不是有意害他。请你们把这只桦皮桶交给我的儿子，告诉他，上天作证，我要是有这样的坏心眼，就让我流血而死。他的话音刚落，血就自己止住了。脱斡邻看着那两张惨白的脸，收起了刀子，吩咐人给他们准备酒肉，让他们养好身体，恢复了精神再走。可怜的，他们累坏啦。脱斡邻想。

3

所有这些，都被札木合看在眼睛里、收在了耳朵里。他想：这两根粉红的舌头是我安答的另一套武器，它们分别装在两个虚弱不堪的人身上，更具杀伤力。他看着他们揣着一只桦皮小桶走出脱斡邻的汗帐，果然，那只桶里装着脱斡邻王汗的血。札木合问自己：我的安答要它做什么？眼看有人端来酒肉，给那两位饿鬼似的使者，他们只是沾了沾嘴，说不饿。札木合又问自己：他们肚皮里装的是什么？晚上，札木合去察看他们的马，四匹马屁股都是尖的，鬃毛杂乱，它们整夜嚼着仆人送来的青草，眼睛里充满泪水。札木合再问自己：这些马，它们为什么如此委屈？

这些个问题，札木合都回答不了自己。他去问桑昆：如果铁木真准备投降，归到你父亲的帐前，你将怎么办？桑昆跳起来喊道：那不可能！札木合：怎么不可能呢？他现在已经走投无路了，就像我当初投降你一样，毕竟，他是你父亲的另一个儿子。你父亲必会收留他，像你当初对我一样。这对克烈部有什么不好呢？听他这么说，桑昆腮上的包变成了青紫色，抽出腰里的刀，叫嚷着要先把这两个使者杀掉，然后发兵去除灭铁木真。札木合说：桑昆你确实不傻，可惜你说了不算数。这一点，我的安答他早就替你盘算好了，这两个人搭救过你的父亲，你不能动他们。再说，那样做也太失身份了。除非你疯了。

这时，那两个使者走了进来，一个叫作塔孩，一个叫作者温。他们刚刚吃过了肉，嘴唇泛着油光。见桑昆的手搭在刀柄上，没有一点惧色。他们打开了嘴巴，将铁木真的声音吐了出来，说：桑昆我的兄弟，你我都是汗父的儿子，只不过在汗父的眼里，我是穿着衣服生下来的，你是赤裸着身体生下来的。在汗父心里，他待我如待你一样。如果我的汗父冻着了、累着了或者气着了，我的心情也和你一样。如今看到汗父鹰一样的身躯，我也和你一样高兴。桑昆兄弟你不要担心，我爱汗父但不会插在你们父子之间，像根骨头似的。我不会去与你抢夺汗位继承人。我知道那是你最担心的，所以才受人离间。现在我已经远离你们，你还有什么不放心呢？桑昆兄弟，我这样说就是为了解除你的担忧，让你安心侍候咱们的父亲，在他早晚出入的时候安慰他，不要让他被这种事情烦扰。如果你在父亲活着的时候就思想他的汗位，那只能增加汗父的忧虑。

眼见着桑昆拔出刀来，又塞回去，再抽出来，又退回刀鞘里，几次三番，最终也没有拔出来。札木合心想：一把刀还不如两条舌头好使，真是个没用的东西。这个桑昆，他只会提高了声音喊：现在他叫我桑昆兄弟了，原来怎么称我是小羊儿尾巴来着？我才不信他的话呢，他若不服就来打我吧，咱们胜者为汗！说完竟踢开帐门跑出去了。札木合叹了一口气。现在包里只剩下他和那两个人了，那两个人歇过气来，把脸转向札木合。于是札木合从他们的脸上看到了铁木真的表情——他的眼睛直视着你，不躲闪、不拐弯，不狂妄也不卑贱，发出的声音是一种探询的口气，与跟别人说话完全不同。他说：札木合我亲爱的安答，你忘了吗？小的时候你常来我家驻夏，我们都爱喝早上那第一杯酸马奶，我们都抢父亲的青杯，因为它是最大最好看的。我知道你心里这样思想，所以每次我都比你起得早，抢在前面，一次也不让你。从那个时候起，我就遭你嫉妒了，那时我不知道。后来知道了，我的安答，后来我一喝酸马奶就想起你。现在你驻在我的汗父那里，而我不在。汗父那里的酸马奶足够多，他的杯子也足够大。现在，清早起来，再也没人和你争抢了，希望你能一个人喝得畅快。

塔孩说完这番话脸上露出茫然，是的，话从他嘴里说出来，但他自己不懂。札木合想：这就对了，你不懂，我可以教你懂。他说：你们说对啦，嫉妒这个词真是太美妙了，我承认。不过，你们要回去告诉我的安答，能让我札木合嫉妒，那是一件无比光荣的事情，天底下能享受到这个荣耀的人，只有我的安答铁木真。你们回去告诉他，说我不仅嫉妒他，还十分想念他，我替克烈部打败了他，但我在这里很孤独。我孤独，就是因为这里没有能令我嫉妒的人，很没意思。你们这么一说，我的安答他就懂了。你们就这样说，如果我的安答还不会妒忌，我会慢慢教会他；如果我的安答也有妒忌心，亲爱的，我愿意是他唯一值得嫉妒的人。你们回去告诉他，我期待着他来。你们叫他不要因失败而丧气，不到我们两个见面的那一天，一切都是未知的，都不算。我期待着这一天早点到来。你们告诉他，我都有点等不及了。真的。

第二十四章

铁木真又叫对阿勒泰、忽察儿二人说

您两个不知如何要弃我

忽察尔你是捏昆太师的儿子

当初咱们叫你做可汗

你不曾肯

阿勒泰你父亲是忽图剌汗

曾管达达百姓

因此叫你做可汗

你又不肯

在上辈有撒察、泰出

他们两个也不肯做

你众人叫我做可汗

我不得已做了

您如今却离了我

在王汗处你们好生做伴着

休要有始无终

叫人议论你们说

全倚仗着铁木真

无铁木真啊

便不中用了

你那三河源头守得好着

休叫别人做了营盘

《蒙古秘史》第179节

1

铁木真使人去说的都是实话，没有一句假的，包括他所说的我们养肥了战马之类。初到班朱尼河时，他曾遇到一个叫阿三的畏兀儿商人，赶着众多的羊群、骆驼从河边经过，铁木真请他吃野驴肉，彼此认识了。不知他们都谈了些什么，阿三受了感动，他把自己所有的牲畜和财物都送给了铁木真。有记载说，这位阿三也是共饮浑水的十九位功臣之一，终生追随成吉思汗。成吉思汗给他起名叫镇海，西征胜利之时，送给了他一座富饶的城市。还有说，镇海本来就是花剌子模商人，或者穆斯林化的克烈人，被称为回回的，后来专为成吉思汗负责后勤和外交事务，并倡导在漠北开荒屯田，历史上他也被称为田镇海，很有名。另外那十八个人中还有几个身份特殊的，比如西域人札八儿火者，曾经替成吉思汗出使金国，侦察金国的边防险要，画成地图偷带回来，为成吉思汗伐金立了大功。当时出关检查极严，屁眼里都藏不了东西。这个札八儿火者叫人将地图文在他的头皮上，等到长出了浓密的头发再出关，谁也检查不出来。回来剃掉头发，那地图在青白的头皮上像一幅漂亮的山水画。还有一个叫哈散钠的，也被称为回回，是著名的工匠头目，类似于总工程师。在以后的数次战争中，每当成吉思汗下令屠城，凡有一技之长的工匠均可得到赦免，便归功于这位哈散钠总管。掌握哪种技艺可以留人活命，就是由这个哈散钠说了算。传说成吉思汗后来攻城使用的抛石器、震天雷、飞火枪都是由他领头设计的。另外还有耶律秃花、耶律阿海兄弟，是契丹人。他们的祖上在辽、金都是高官，善交游，精通契丹文、女真文，很博学，后被尊为太师、太傅。他们还与长春真人有旧交，当丘处机谒见西征中的成吉思汗时，就是这位耶律阿海做的翻译，他们自然也懂得蒙古语和汉语。由此看来，当时聚集在铁木真身边的人不全是战场上的勇士，成分复杂。但那个时候他不可能有征服世界的心思，可是这些人为什么都愿意与他为伴，而且还是在他最困难的时候？这很是耐人寻味。

铁木真不撒谎，他一面说自己的骟马肥壮，一面让使者饿得脸色枯黄，骑着羸弱的病马去传信。这就是他的诚实。使脱斡邻王汗对他完全丧失了警惕。此时的铁木真已经搜集了将近七千人马，并没怎么费事地将翁吉剌部降服了，据说这其中德薛禅起了重要的作用，因为铁木真是翁吉剌的女婿。翁吉剌人早就惧怕铁木真的名声，愿意追随他。这些都是脱斡邻王汗所不知道的。铁木真打发使者带来的话坦诚、恳切，使脱斡邻王汗陷入了深深的自责。儿子桑昆来找他，要求他发兵除灭铁木真。脱斡邻没有应允。脱斡邻希望铁木真能来投降克烈部，因为使者的话里透露出了这种暗示。结果父子俩大吵了一顿。脱斡邻告诫他的儿子不要处处听信札木合的，如果必须在他和铁木真之间选择其一的话，首先除掉的应该是札木合。桑昆的看法与他的父亲相反。而最后的事实证明，脱斡邻是对的。

阿勒泰、忽察儿以及铁木真的叔叔答里泰听了两位使者上述的言语，心里很不是滋味，除去自责，还有一种说不出来的困惑。他们一起找到札木合，问他：我们该怎么办呢？铁木真的话让我们吃饭不香，晚上也睡不踏实，梦里回到了斡嫩河边，醒来还在克烈部的营地。这里不是我们的家，我们不是脱斡邻的儿子，为什么要一辈子侍候他呢？在他的眼里，我们什么都不是。札木合说：我和你们的心情一样，谁甘心一辈子拴在别人的马厩里呢？除非把马厩变成自己的。如果你们听我的，咱们就把人马聚集起来，趁夜色浓重时把脱斡邻父子干掉，我们自己做汗。到那时，就没人来责怪你们了。只要愿意，随时可以回三河源头去。少年时我曾在那里驻夏，至今还记得斡嫩河水的气味。

很快就有人把札木合的话传到了脱斡邻那里。

这个人是札木合的奴仆，平时没有一句话，走路没有声音，眼睛永远朝着地面。就是这样一个人，时间一长，就被忽略了，像个影子，悄无声息地为札木合做好一切，在札木合的眼里，好像他根本就不存在，口渴的时候当他是马奶，困了他就是枕头。但他是克烈人，是脱斡邻让他来的。脱斡邻曾对他说过：

千万不要在这个人面前自作聪明,你就把自己当作一块木头吧。当这块木头把消息传到脱斡邻那里时,恰好桑昆也在场,不禁惊出了一身冷汗。那天晚上,云雾低沉,乌黑一片压在头顶上,让人透不过气来。

  古时候的草原不时兴谋杀,对于这种最低成本的劳动大家都没有经验,不在行,包括札木合自己。一直以来,他们都习惯于公开地较量。对他们来说,无论任何时候,谋杀都属于下策,丢人、不光彩,像做贼似的。还没动手,心理上先输掉了一半。他们不具备谋杀者的心理素质:表面不动声色,或故作亲密,背地里一分一秒都算计好了;同党们配合默契,行动准确无误。古时候的草原人不行,沉不住气,就算想到了,总是没等动手先露了馅,比如上次诱引铁木真相亲的圈套。这样的事情,历史上很少有成功的。在真正的谋杀者看来,他们那一套简直就是小孩子的游戏,天真可爱,一点都不危险。反过来,脱斡邻也是一样,一得到消息就匆匆忙忙离开了他的金顶汗帐,等于提前暴露了目标。等他召集士兵包围札木合时,人家都四散逃开了,只杀了几个没来得及跑的随从——阿勒泰的人或者答里泰的人,有的还在梦中,根本不知道自己为什么而死。一场谋杀和反谋杀就这样结束了,像捉迷藏,不惊险,没悬念。在灰黑的夜色下,破产了的谋杀者逃往好几个方向,都是凭着本能瞎跑,只有札木合一个人独自朝西去了,辛苦了很多日子,投奔了乃蛮部的太阳汗。

2

  很快,塔孩和者温两个人把桦皮小桶带给了铁木真。这时他正行进在半路上,身后的队形严整而肃静。铁木真接过小桶,看到桶底的几滴血迹呈花瓣形状,深紫色,早干了。他不知该怎么处置它,想了想,便用刀尖挑起来,垂直向上,把它挂在了一根树杈当中,稳稳的,手腕一丝不抖。不久,这只小桶变成了鸟窝,养活了一对黑斑百灵,每逢清晨就啼鸣不止,你一声我一声地对叫,十分好听。

  一天,脱斡邻在他的金顶汗帐里接见了哈撒尔的使者。使者代替哈撒尔对脱斡邻王汗诉说道:

我想我兄的形影望不着
踏着道路也寻不见
叫他啊
他又不听得
夜间看星枕土着睡
我的妻子在王汗父亲这里
若差一个可倚仗的人来啊
我往父亲处行去

《蒙古秘史》第 183 节

  带使者来的人名叫亦秃坚，是脱斡邻王汗身边的人，他说他亲眼看到了铁木真的兄弟哈撒尔，原来就认识的，现在像个脱了毛的土狼样，离这里不远。自被王汗打散了后，他的妻子、孩子都回到了克烈部，令他日夜思念。他说他愿意归附王汗父亲，然后再说服他的兄长，在王汗父亲帐前团聚。听了这番话，脱斡邻的眼窝又湿了。当时他正准备筵席，就让人再多添些酒肉，派亦秃坚去迎接哈撒尔。说完，他拿出刀子，刺破了左手小指刚刚长好的伤口，把血滴在一只牛角里，让亦秃坚带给哈撒尔，说：可怜的，我知道哈撒尔与他的兄长离不开，他又是我克烈的女婿，叫他来吧。这只牛角杯里有我的血，我对天起誓不会伤害他，我备好了筵席，等着他们兄弟在这里团聚。

  亦秃坚跟着使者走了，骑了一匹枣骝马，鬃毛纯黑，没一点儿杂色。

  在傍晚临近之前，所有有身份的克烈人家都换上了最好的衣服，准备去参加王汗的筵席。身份高的，筵席上为他准备好了饮酒的金盏或者银盏；身份低的，都带着自己的木碗，镶银的和镶铜的，也有镶金的，都挂在腰间，与吃肉的刀子碰得叮当作响。其实，即使不参加筵席，这些碗也从来不离身的，随时用来喝水、喝茶、喝酸奶，做客时用来喝酒。碗口不算大，刚好放下男人的一只拳头，用完以后擦得锃亮，再挂回腰间，喝醉了也不会忘记，那是他身份的象征。凡身上不带碗的，都是最尊贵的领袖人物，他们的碗都由奴仆们给收藏着，因为太多了，各式各样的，他们带不了：纯金纯银的，骨头象牙做的，玉石的、水晶的、陶瓷的，都太精美、太珍贵。它们不仅用来喝酒，也用来炫耀。每一只酒器都有它的来历，代表着主人以往的辉煌。以后呢，就不好说了，它们被高明的匠人制造出来，好像就是为了让人们夺来夺去的。很多年，它们经历的主人多得数不清，有的活着，有的早就死了。经历得越多，越说明它贵重，大家就越发喜爱它，想要永远地拥有它，藏起来不行，埋在坟墓里也不行，早晚都得被找出来，摆在那儿。那时，以往的主人都不在了，被杀死的、毒死的、病死的，连骨头都腐烂了，化作了灰尘，只剩下它，它和它们的沉默。

脱斡邻王汗布置好的筵席上，摆满了各样金银酒具，散发出不同的光芒。他还特意为哈撒尔留了一只，纯银的。他想：札木合跑了，正好，留下的位置给铁木真。无论怎样，他不恨札木合，札木合帮他打败了铁木真，这不是坏事，否则铁木真永远不可能投奔他。他喜欢铁木真，至少，不必像防备札木合那样防备他。脱斡邻挑了一只鎏金的酒杯收了起来，留着以后给铁木真用。现在他等不及了，开了封的酒香已经在整个营地弥漫开来。在众人的簇拥下，脱斡邻先喝光了第一碗。不是一般的马奶酒，是出自大金国的酒，用粮食酿的，纯净透明，喝进喉咙像野火，点燃了的血液在他年老的身体里蹿来蹿去。他握着一只纯金的杯子，很沉，重新斟满的酒反射出太阳的余晖。忽然一阵悲哀涌上心头，他哭了。众人问他想起了什么伤心的事情。脱斡邻王汗摇摇头，说：我也不知道。他觉得好像有什么地方不对，不知道哪错了。眼前的景色忽然发暗，周围的人脸变得陌生起来，他问自己：本来是高兴的日子，这是为什么呢？

奉脱斡邻王汗的命令，亦秃坚骑着他的枣骝马来到一片叫作阿儿合勒的树林，见到了哈撒尔。但哈撒尔已经不是他上次见到的那种狼狈样子，而是穿戴整齐，骑在马上，十分的威武。开始亦秃坚以为，他要去见王汗，怕遭人耻笑，故意把自己打扮成这个样子。可是又觉得不对，他看到他们的马都水光溜滑，十分的肥壮，也不像他先前见过的那样。另外，细心的亦秃坚还发现密林深处还有许多的兵马。于是他与哈撒尔打了个招呼，哼哈了两声，突然掉转马头就跑。枣骝马的速度非常快，眨眼间便蹿出一箭之地。哈撒尔拉开他的强弓，稳住神，瞄准马蹄扬起的尘土，一箭射穿了枣骝马的后腿。亦秃坚滚下马来，被人追上去杀了。脱斡邻王汗那只滴血的牛角还揣在他怀里,没拿出来。铁木真对人们说:这样远的距离,只有我兄弟哈撒尔有如此的神力。

前一天夜里,铁木真就带着队伍到达了阿儿合勒,已经歇过劲来,养好了精神。他下令出发,一场突袭就这样悄悄地开始了。

铁木真对脱斡邻王汗的这场突袭进行了三天三夜。虽然毫无防备,但克烈部的人马毕竟多出铁木真几倍。突袭如一场风暴从天而降,把他们的酒宴打断了,当时的脱斡邻王汗正喝得半醉,不知道来的敌人是谁。听说是铁木真,他才明白过来,但已丧失了还手的机会。第一天被打蒙了,冲散了;第二天是僵持阶段;第三天彻底溃败了。有一位叫作合答黑的克烈将领,十分的勇猛顽强,始终像一座山挡在王汗和桑昆前面,让人无法接近,直到王汗和桑昆逃脱了,他才向铁木真投降。他对铁木真说:我之所以这样顽强抵抗,是我不忍心看到我们的汗被擒,现在他已经跑远了,我也尽到了我的职责。我不想逃跑,不习惯。你若杀了我,我也没有什么可说的。合答黑身后的克烈将士们浑身是伤,但都直立着,没一个逃跑的,令铁木真感叹。铁木真说:看到你们这样忠诚的战士,我为我的脱斡邻父亲高兴,这是他一生的福分。现在他的福分尽了,我就不去追赶他了。如果你们能像对待我父亲一样对待我,所有的人都可以活命,和从前一样自由。

克烈部投降之后,铁木真没有把他们当俘虏,待他们倒像自家人一样:兄弟间翻了脸,你捅了我,我又捅了你,正常的,事情结束了,刀口还在流血,又可以坐在一起喝酒了,不妨碍。过去脱斡邻王汗有个堂弟,叫作阿豁干布的,他的女儿们生得貌美。铁木真将他的二女儿许给了长子术赤为妻,又让小儿子拖雷娶了他的三女儿做妻子。铁木真对阿豁干布说:我的兄弟和我的两个儿子都是克烈的女婿,以后你们就是我车上的另一只车轮。

那些金银酒具又被摆到婚筵上,酒席之后它们被分赏给了各个有功的将士。铁木真自己没要,他一辈子不喜欢这类东西,他也不明白别人为什么都那么迷恋它。在他看来,凡没用的,均是多余的。他不喜欢华美的衣服,不佩戴任何饰物。他爱他的马和刀,他的马和刀也没有任何装饰,看上去极其普通。多年以后,在成吉思汗西征回来的路上,经过曾经被他征服的讹答剌城时,他看见，当初留在那里的蒙古士兵们穿着华丽的丝绸在街上走来走去，刀鞘上镶满了宝石，和当地的人几乎没有区别。那情景让年老的成吉思汗十分困惑。

克烈部消失了，或者说被融合了也行。这次突袭的直接结果是两个部落各阶层频繁、大规模的通婚。原来的克烈人都成为铁木真阵前最英勇的战士，克烈的血液也通过他们的子女汇入了蒙古人的各个支脉。如铁木真亲口承诺，他没去穷追脱斡邻王汗。他的脱斡邻父亲已经不是他的对手了，他的下一个敌人是乃蛮部的太阳汗，因为他听说，他的札木合安答在那里。大萨满阔阔出曾借上天之口告诉过他：凡他安答所在之地，必是他要奔赴之地。你不去找他，他也会来找你——迟早的事。

3

在克烈部与乃蛮部的中间地带，有一条叫作涅昆乌柳的河，水不深，十分清澈。经过一夜的疾奔，天亮时脱斡邻和他的儿子来到了河边。他们太渴了，想停下来喝口水。王汗弯下腰，在水面上看到了自己的影子。最初他吓了一跳，不知道从哪冒出这么一个老怪物：眼神阴郁，白头发，衰老、干枯。这是谁呢？以前，他嘴上说我老了我老了，但心里并不那么认为，不料自己真的老成了这个样子，真恶心，太可怕了！但愿这张脸他从未见过，他恨它——这个衰老、丑陋的家伙，好像它早就长成了这副模样，一直在这里等候他来着。脱斡邻王汗没顾上喝水，抽刀向那个影子砍去。刚一碰到，它就惊慌失措地四散逃跑了，变成了无数闪光的碎片。当然，它骗不过老王汗，脱斡邻王汗心里明白，只要他收回刀，它就会再悄悄回来，重新聚拢成刚才那个丑恶的形象。他不能让它得逞，于是又举起刀来，等着。这次脱斡邻王汗的刀没有落下去。有几个乃蛮士兵快马跑来。桑昆叫他的父亲快逃。王汗没理会他。那个桑昆——脸上长包的人，他唯一的儿子，居然扔下他自己逃命去了。乃蛮头目问他是谁，他说：我是脱斡邻王汗。说完他看见两个乃蛮头目相视一笑，那笑容竟十分眼熟。他想起来了，他俩不止一次出现在他的噩梦里，向他索要性命来着。没错，他认识这两个人。但是，当脱斡邻王汗认出他们的时候，他的头已经离开了肩膀，他只觉得舌根一阵发紧，想：水还没喝一口呢，你们下手也太快了。如王汗所料，水面上的光影果真重新聚拢起来，归于平静，可惜什么都没了，就剩一片空泛的蓝天——千年不变的。

后来那两个人因误杀脱斡邻王汗而留名史册，一个叫作豁里速别赤，一个叫作帖迪克沙勒，不过是乃蛮部普通的小头目，还有那条涅昆乌柳河，河水弯曲盘绕，因弯曲而不起波澜，水面像镜子。凡到过河边的人们都说，从那里面看到的天空是另一种蓝。当时，它是乃蛮部的界河。

乃蛮部也称乃蛮国，位居漠北西部草原，地域辽阔。它的汗帐是固定的，做成了宫殿模样，宽大、华丽，不用迁移。每年春秋两季，属民们自会从四面八方前来进贡，用皮毛、牲畜换取一张盖有回鹘文金印的羊皮纸，上面记载着纳贡人的姓名以及所进贡物品的数量、品级。他们的汗叫作太阳汗。汗座上镶满了宝石，在没有月亮的夜里也能闪光，有人说像古儿别苏汗妃的眼睛。从前，亦难赤做汗的时候，十分钟爱他这个妃子，她是他离开人世时最舍不得丢弃的东西。他的儿子继位做了太阳汗，第一件事情就是将古儿别苏重新纳为汗妃，毫不掩饰急迫的心情。古儿别苏还没来得及为他的父亲悲伤呢，再者说，从一个悲伤的后母转换成一个幸福的妻子是需要时间的。幸好，她有这个天分，在太阳汗的帮助下，古儿别苏迅速地完成了这个过程：将后母与妻子的角色集于一身。这么一来，第二次做汗妃比第一次感觉好多了：既有母后的威严，又有妻子的娇柔，很不容易。古儿别苏汗妃高个子、细腰，见过世面，没有年龄，信仰聂思脱里派基督教。她的眼睛像蓝宝石，能在夜里放出异样的光彩。她希望现在的丈夫超过他的父亲，成为天下独一无二的英雄。

这一天，古儿别苏站在镶满宝石的汗座旁边，听人说有个疯老头子居然自称是脱斡邻王汗，被砍下了脑袋。他们说那颗脑袋落地又弹起很高，发出铮铮的声响，像铁球，把刀口也给崩破了。太阳汗被他们的故事逗乐了。但古儿别苏不觉得这件事有什么好笑，她说：我听人讲，脱斡邻王汗是个了不起的老英雄，如果真的是他，我们应该好好地祭奠一番才对，不管什么时候，对伟大的人物都要心存崇敬。古儿别苏的口气里透出了母后的威严。她不是故意的，是不由自主。于是，太阳汗命人在地上铺了一张白毡，将那颗头颅拿来，摆端正，请熟悉王汗的人都来辨认，其中就有札木合。

凡见过脱斡邻王汗的人从白毡边上走过去，都说有点像，又拿不准。唯有札木合，一屁股坐在了白毡上，捧起那颗头颅放声大哭：上天不公，让你英雄了一世，却死在这么两个无名小卒手里。太叫我伤心了！活着的时候，你叫我札木合兄弟来着，早知道这样，你不如死在我手里呢。我若杀了你，还可以号令你的克烈部去打败我的铁木真安答，也算值得啊。可是现在晚了，你的克烈王国已经是你铁木真儿子的了。我早就跟你说会有这么一天，你怎么不信呢？如今你的义子占了你的营盘，你的亲生儿子他在哪？眼看整个天下都是铁木真的了，他怎么连影子也没有了呢？可怜王汗，你看你铁一样硬的颚骨，能嚼碎石头的，曾叫我恐惧来着；你帮助我的安答打败了我，我也曾因为恐惧你而放过了我的安答。我亲眼所见，你的黑月军旗所指，连风也会为之转向的。可是现在，你鹰一样的眼睛闭上了，老鼠都敢来啃你的头发。将来在草原上，有谁还会因听到你的名字而打战？还有谁会被你的马蹄半夜惊醒？没有啦，脱斡邻王汗，什么都没啦。

札木合的悲伤不是没有原因的，他来到乃蛮部，并未像在克烈部那样受到重视。从前，脱斡邻王汗知道札木合的价值，曾经两次把指挥权交给他，一次是打击蔑尔乞部，另一次是袭击铁木真，两次他都打赢了。在札木合看来，这世上，除了铁木真，最了解他的人只有脱斡邻王汗了。而眼前这个太阳汗呢，不过把他当作一个败将对待，让札木合心情郁闷。因此，他哭王汗，也是在哭自己。没想哭着哭着，真就伤心得不行了，泪水止都止不住。

札木合的哭声让人们感到一种阴森的恐怖。门外恰好起了一阵旋风，喧哗着，好像那些蒙古人已经杀到了门口似的。太阳汗挪动了一下身子，因为汗座上的宝石硌疼了他的后腰。他说：喂，怎么能这样呢？这个铁木真他想干什么？天空再大，太阳也只能有一个，这么简单的道理他应该懂得。年老的王汗被他惊怕跑了，我可不怕他。看我亲自去把他的箭筒夺了，把能杀的杀了，能掳的掳了，让天下安定。古儿别苏说，那些蒙古人做奴隶不好，据说他们身上有种羊膻味，我可不要他们伺候，让他们离我远一点。若是掳得些年轻女孩子还行，可以洗干净了，叫她们挤奶，或者跳舞给我们看。

这一次，古儿别苏的口气像妻子撒娇，几句话就把汗帐里的气氛改变了。大家都松了一口气，暂时忘记了脱斡邻王汗的头颅，话题转到战争上来。老将撒卜剌黑告诫太阳汗：打仗的事不可轻易决定，我知道那些蒙古人不好对付，他们打赢过阔亦田之战，也曾经把战败的王汗从我的手里夺走。别看他们人数少，却十分的狡诈。若真是要打，也不能事先张扬，像刚才那样。这一点，先王在世时就为你担心来着，因为你是在汗宫里长大的，只懂得狩猎放鹰，不知道战争的凶险。这个撒卜剌黑真的是老了，他当着古儿别苏说这番话，等于促使太阳汗发动战争。因为，这个时候的太阳汗要是犹豫不决，就成了一个胆小的人、没用的人、让古儿别苏讨厌的人。撒卜剌黑不知道，头一天夜里，在汗榻上，太阳汗就问过古儿别苏：我与我的父亲比较，谁更勇猛？古儿别苏的眼睛闪着蓝宝石的光彩，轻声在他的耳边说道：不要嫉妒死去的人，虽然你是他的儿子，但你的父亲是不可重复的。她说，除非你能超过他。就是这最后一句话，从古儿别苏嘴里吐出来，带着她温馨的齿香，送进太阳汗的耳朵，种在了他的心里，成为后来纳忽崖大战的起因。

　　第二天，太阳汗下令，给脱斡邻王汗的头颅镶嵌上银子，摆在汗帐里，让众人祭奠，还要奏乐。这样的场面，札木合没去。他陷入了从未有过的困惑：为什么那个女人的话有如此魔力，胜过他的哭声？他不懂。札木合不喜欢这个古儿别苏，但他喜欢战争，在这一点上倒与这位汗妃不谋而合：他们都想看铁木真失败。只是札木合的心情更复杂，从内心深处，他更愿意看到太阳汗败在他安答的手下。正是因为这个原因，札木合才没有离开乃蛮部，即使插不上手，也要看到结果。以札木合的直觉，战场不会远，很可能就在乃蛮的地面上，为什么呢？他无法向任何人证明这种猜测的合理性，所以没说，始终保持着他高贵的沉默。他心想：无论相隔多远，到一定的时候，他的安答自会循着战争的气味找上门来，拦也拦不住。

　　在单调的乐曲声中，太阳汗有点困了。他打了个哈欠，再一次端详王汗镶银的头颅，觉得它在笑，仿佛要说什么。

　　就这样，有一天，太阳汗对王汗（头颅）说道："讲话呀！"据说，这时王汗（头颅）吐了一下舌头。太阳汗的异密们说道："这是不祥之兆，要是毁灭不降临到国家和我们头上才怪呢！"事情果然如此。

〔波斯〕拉施特著《史集》第一卷第一分册

> 乃蛮的太阳汗的母古儿别苏说
>
> 王汗是在前的老皇帝
>
> 取他的头来看
>
> 认得果然是啊
>
> 要祭祀他
>
> 遂叫人将头割来
>
> 认得是王汗
>
> 于是动着乐器祭祀他
>
> 祭祀时王汗的头笑了
>
> 以为不祥
>
> 就践踩碎了

《蒙古秘史》第189节

当脱斡邻王汗的头颅享受太阳汗的祭奠时，他的身躯仍然留在涅昆乌柳河边，在烈日下被乌鸦们啄食。紧绷绷的肉贴在骨头上，干硬得很，撕扯起来相当困难。只有乌鸦有这份耐心。它们啄累了，就到河边去饮水，然后回来再啄，不知疲倦。王汗的肉经河水泡发了，在乌鸦的嗉子里膨胀起来。第二天人们在附近看到很多乌鸦尸体，羽毛倒竖，都是撑死的。

第二十五章

1

过后她才知道，那天晚上刮的是西风。耶遂说的。

耶遂说完这句话就瘫倒了，血从袍子下面淌出来，脸白得像羊皮，不睁眼，鼻息也凉了。一共过了五天。

因为太急迫，只听说是克烈人袭来了，别的一概不知道。往什么方向跑，到哪去，都没考虑，来不及了。她和她们必须在最短的时间内逃脱，像一粒沙，趁那只手尚未攥成拳头之前，从指缝间溜走。

这是一种本能。被袭击、追逐、掳掠的事她经历过。不光她，营地里的别人都有过经历。因此，不必商量，一转眼大家呼啦啦全都不见了，没商量倒比商量好了还快。无声地，迅速地，拆了帐篷，拢了牲畜，驾了车，迎着风或者背着风，朝着四面八方，一路疾驰，在黑暗中如水银流泻。一族一伙，一家一伙或者一家几伙，互相不打招呼，各逃各的，就这样。要是哪一伙正好撞上了袭击者，也认了，就算为别的人争取了时间，让他们能跑得更远，免得被包围了一窝端，那就全完了。因此，她不要太多的人保护，无须带过多的东西，不能让人发现她是铁木真的妻子。是的，凡逃跑时，贵族首领的家眷和普通百姓看不出任何区别，都是拴在马尾巴上的命，活着就好，没有贵贱之分，追击的人很难分辨出来。不像营地迁徙的时候，有身份的在后面，乘车而行。前面有打头的，后面有收尾的，大家朝着一个方向，牲畜拢在一起，大呼小叫，有秩序，有规矩。逃跑不一样，那是没有秩序的秩序，连牲口都懂，它们不叫，默默地紧紧地相跟着，嘴啃着屁股。狗也只叫半声，后半声再吞回肚子里。就是这样。

夜色昏黑，风很硬。一路上孛尔帖被吹得左脸麻木。丈夫带领男人们去厮杀了，她的儿子们全去了：术赤、察合台、窝阔台，还有最小的拖雷，连一个也没留下。营地里的女人、孩子全都跑了。耶遂姐妹紧紧地跟在她的身后，这时候，孛尔帖成了她们的头驼和头羊，成了她们最可倚仗的。她裹紧了袍襟，束紧腰带、头巾、袖口，坐在帐车前头，不停地拿柳条抽打马屁股，一下又一下，这些人，就像从黑暗的锅底往外爬。天渐渐亮了，她回头问耶遂刮的是什么风。

耶遂的左耳根子被风吹得嗡嗡地响，孛尔帖的话勉强能听见。她的身子沉得要命，有什么东西坠在嗓子眼，车轮每颠簸一下，那个东西便揪她一下，疼得要命。她捂着它，不敢喊叫，不吭声。另一只手抓着妹妹耶速甘。耶速甘被捏得惊叫起来。耶遂捂住她的嘴，她不愿意让孛尔帖听见。它来到她的身上已经五个多月了，这粒种子，一直悄悄在她腹中发芽、生长，很固执。起先，她不敢相信，有点慌张，不情愿，怕自己因此变丑了，所以连铁木真也没有告诉，好像做了什么亏心的事。她想它可能不是真的，没准某一天就长出翅膀飞走了，像它来的时候那样一声不响。可是它没听她的。它在她的身体里扎了根，慢慢吮吸她身上的血水，一刻不停止。不光如此，它还使她懒惰、贪睡，动不动便呼吸急促起来，惹人耻笑。她只好做出噎着了、呛着了的样子，假装不理会，假装它根本不存在。有一天中午，她睡着了，梦中听见它在哭，伤心得不行。它说：你不喜欢我，嫉妒我，我知道你为什么嫉妒我，因为我比你美。她对它说：你错了，我从不嫉妒任何人，没有人比我更美。它问她：那你为什么把我藏起来？她说：我不知道你到底有多美。说完这句话她醒了，阳光耀人眼目，四周安静得厉害。她觉得自己最后那句话说得不够妥当，就好像自己真的嫉妒它似的。这样不好，显得太没气度了。她思量着，既然已经不可避免，还是把这件事告诉可汗的好。谁知道她心里刚这么一想，它便高兴地蠕动起来，那时，她的手正好搭在自己的肚皮上。它这一动，把她吓了一跳，叫她浑身酥软，差点哭了。是啊，我为什么不喜欢你呢？我怎么能不喜欢你呢？我的孩子。她对它说：从现在开始，我愿意做你的母亲，我这就去告诉你的父亲，让他为你祝福。我将把你养大，让天下许多许多的人都来嫉妒你的美，除了我。

就是在这天晚上，传来了克烈部袭营的消息。她慌乱中上了帐车，跟在孛尔帖身后颠簸了一夜。快天亮时,孛尔帖问她刮的是什么风,她听见自己说:西风夫人,我们在往北跑呢夫人。以后就什么也不知道了。

耶遂醒来的时候正在下雪,无数雪片从天上落下来,打着滚,拥挤着,相互碰撞着,粘在一起又分开,你推我搡,喧闹着,不断地摔在地上,呻吟不止;上面的压着下面的,一层摞着一层,前赴后继,轰轰烈烈。奇怪,这种声音她怎么以前从没听到过呢?相反,人的声音她却听不清楚,很远,很纤细。她在已经搭好的帐篷里躺着,头枕在孛尔帖的怀里。孛尔帖问她话,她回答说:外面下雪的声音太吵了,我听不清夫人在说什么。她说出口的话,自己也没听见。她的头在孛尔帖的腿上,被她这样抱着,耶遂很难为情,也不知过了多么久了。她想动,又动不了,觉得身体像一个虚空的壳,比雪还轻。接着,她看到了孛尔帖眼里的泪水。她说:可怜的。

孛尔帖说:五天了,你的灵魂在外面游荡,怎么叫也不回来,可怜的。现在总算回来了,感谢长生天。我不知道你怀着孩子,都那么大了,可怜的,是个女儿,一个姑娘,漂亮得很,额头跟铁木真一样。可怜的,还没见她汗父的面,上天又把她召回去了。我做的主,替你给她起名叫兀日纳[1],把她埋了。耶遂你听了不要伤心,没有做成母亲不要紧,咱们把命捡回来了。你生得这么美,上天不忍心让你死;你是铁木真的人,谁也不敢让你死。耶遂你听我说,你好好活着,你身上什么都不少,你是天下最美的妇人,过去是,现在还是。

逐渐地,孛尔帖的言语压过了下雪的声音。

孛尔帖说:你听我说耶遂,和你一样年轻的时候,我曾经被人掳掠过,那时候我想到过死,那时候我还没学会等待,没耐性,以为人一死就什么都没了。其实不是,咱们活在世上,凡该忍受的,每样都少不了,但迟早,一切都会过去。只要咱们有耐心,上天必赐福与你。耶遂你要相信我说的话。从前是我一个人等,现在我们一起等,日子就好过多啦。

冬天过去了,孛尔帖领她去看埋葬兀日纳的地方,那里的雪最先融化了,长出了嫩绿的草。夏天,那里开了一簇花朵,红白两色,引来蜻蜓无数。还有

---

[1] 兀日纳,蒙古语,灵秀之意。

很多落在她的头发上、肩膀上，挥散不开。看来孛尔帖没骗她：从前她是最美丽的，现在还是。再以后，她们得到了铁木真胜利的消息，返回了斡难河老营。按往常的习惯，铁木真先去了孛尔帖的帐中，但孛尔帖没有留他，而是让他到她这里来了。晚上，铁木真对她说：耶遂，在我眼中，你总是最美的。她说：可汗，我美不过兀日纳。铁木真不知道兀日纳是谁。耶遂说：那是一种花的名字，可汗从来没有听说过的，将来总有一天，它会开遍草原。

2

铁木真在山上围猎的时候听说脱斡邻王汗死了。当时他正拉开弓，瞄准了一头野驴。它被人驱赶到他的跟前，刚站住，粉红嘴唇急速翕动着，脖子下面有根大筋在突突地跳。那是他的箭将要刺穿的部位。就在这时，他听说脱斡邻王汗死了。野驴纵身一跃，跑了。

铁木真收回弓箭，感觉有些不习惯。那个一直被他称作脱斡邻父亲的人死了，不存在了，没有了，不管现在还是将来，他都不可能再看到他了。可是，这不正是他袭击他的目的吗？但仍然感觉不习惯。因此，他放过了那头野驴。

为他带来消息的人叫作朵儿必答失，来自乃蛮旁边的汪古部。汪古部隔在金国与漠北草原之间，从前一直为金国镇守边界来着。铁木真记得，他的安答曾经说过，这些人你不要怕他，而是让他害怕，他们只忠心于使他们害怕的人。这个朵儿必答失告诉他，脱斡邻王汗死在乃蛮部，他亲眼见过他的头颅。在乃蛮部，那个太阳汗说，天空再大也不能有两颗太阳，他决定征讨蒙古乞颜部，夺掉他们的箭筒。他让汪古部做他们的右手，到时候一起出击。朵儿必答失说：不是我们有意要来攻击你的，因为我们与乃蛮部相邻，我们想不出拒绝他的借口。铁木真就对朵儿必答失说：你回去告诉你们的主人，让他不要为此发愁，因为这样的事情是不会发生的。他让你把这个消息告诉了我，我必感谢你们。

汪古部悄悄派人来给他透露消息，与他求和，已经足够说明问题了，铁木真不想再加深他们的恐惧，如他安答所说的那样。铁木真想：如果不是上天派他们来，为什么我总是能事先得到消息？我做了什么，使上天这样待我？是不是我做的事情正好是上天想要做的事情呢？或者，因为我是诚心敬天的人，上天偏心于我？可我是怎么知道的呢？我只知道不与自己的心作对，我不与我的心作对，就是不与天作对；我得罪了自己就是得罪了天。脱斡邻父亲袭击我，那不是他真心要做的事，他得罪了自己。这个太阳汗也是，他不知道自己是谁，他把自己给得罪啦。还有我的札木合安答，不对，札木合跟他们不一样，札木合始终知道自己要做什么。上天让我两次败在札木合的手下，就是因为这个。

作为礼物，铁木真叫人给朵儿必答失准备了五百匹好马、五百峰骆驼、一千只羊，请他带回汪古部。他问朵儿必答失：在乃蛮部，你见没见过札木合。朵儿必答失摇摇头，问：谁是札木合？铁木真说：就是我的安答啊，曾经打败过我的那个人。朵儿必答失说：在乃蛮部，我没有听人说起过这个名字。铁木真有点伤心，很失望，看来他的安答在乃蛮部没有受到重视。那个自称太阳汗的人，要是他聪明，把自己的兵马都交给札木合，他或许会敬重他，哪怕失败了也行。可他们根本没把他的安答放在眼里！太可恨了，这些狂妄的人，仗着人马众多就以为了不起。他应该叫他们认识自己！他想，这就是上天的旨意。

朵儿必答失看到铁木真的面孔渐渐涨红，闭紧嘴，呼吸粗重。朵儿必答失认真回想自己刚才说过的话，不知道哪一句说错了。

此刻铁木真的眼前浮现出这样一幅情景：乃蛮军在他的面前溃散了，如被狂风卷走一般，扔下了他们的主人，这个人伏在地上，献上他的女人和马。他哭，哀求，哆嗦着，上牙打着下牙，面色灰白，只求活命。对了，这才是本来的他，上天看见了，以前的狂妄不过是一层皮，裹在表面，撕下去就什么都没了。然后，他们的妻子睡在他的怀里，因为恐惧，泪脸紧贴着他的胸口，再也想不起他们来啦；他们后背光滑的马在他的胯下奔驰，不用鞍子，像飞一样轻快。

听着铁木真的喘息，朵儿必答失低下头，不敢看他的脸。

3

天黑之前，围猎结束了。人们把打到的猎物堆到一起给他察看：鹿、獐、羚、野猪、狍子、野驴，都是温和的动物。按他事先的吩咐，这一天不猎猛兽，凡遇见凶猛的野兽都要为它们留出一条路。所以，猎物中连一只狐狸都没有。然后，他看到了那头野驴。他认识它，他瞄准它的时候它的样子已经印在了他的心目里：肥壮，黑眼睛，嘴唇粉红，长脖子。当时他没射它，让它跑了，但它终究没能逃脱。这头野驴身上中了好几支箭，只有一支箭是致它死命的，射穿了它脖子底下的大筋，那恰好是他曾经瞄准过的要害部位。太巧了！好像是那个猎手有意替他补上了这一箭。要是他没有认错，这支箭应该是术赤的。可是，当他瞄准这头野驴的时候，术赤并不在他的身边呀，他怎么正好做了他心里想做的事，而且没有一点偏差呢？这个术赤，他的儿子，人们都说，兄弟们当中数他最像他的父亲，无论打仗还是打猎，站或者坐，都和他一模一样。有时候，他会感到脑后一阵发热，回过头，刚好见术赤低下眼皮，转身走开了。让他觉得奇怪又好笑。在袭击克烈部的战斗中，他曾经让他做先锋，让察合台、窝阔台做他的左、右手。兄弟三个像豹子一样扎进敌阵，不知道恐惧，不知道疲劳，让他心中快慰。后来在剿杀蔑尔乞人的时候，他又派他去做先锋，亲眼看着他一路砍杀，见他的身影总是出现在人群最稠密的地方，他的兄弟们都追不上。这时他不得不为他的性命担忧，怕他一不留神受了伤害。他对他说：我的儿子，别只管向前冲，眼睛也要看顾左右，尽量把身体姿势放低。对术赤说话不用多，这两句就足够了。术赤和他的兄弟们不一样，从来不与他亲热，也不与他顶撞。

　　为了证实自己的猜测，他伸手拔出那支箭，举起来，问：这支箭是谁射的？他问完，旁边的人都把目光转向术赤，还有术赤的兄弟们，眼睛里流露出羡慕。术赤回答说：是我。然后脸红了。

　　到了晚上。术赤回到自己的帐中，特别兴奋，让人叫来了忽勒秃罕，对他说：你为我制作的弓真是太好了，有准，也有劲，容易把握，今天它让我受到了父亲的赞赏。忽勒秃罕，我想让你再做一张弓，和我的弓一样，比这张弓更好，两端镶羚羊角，中间包银。你仔细做，我要把它献给我的父亲。忽勒秃罕立时答应了。看他的表情，好像比术赤更加高兴。这个忽勒秃罕曾经是个蔑尔乞俘虏，是术赤奉父亲的命令追剿脱脱时俘虏的。那些别的蔑尔乞俘虏，杀的都杀了，余下的做了奴隶。唯有这个忽勒秃罕，他不怕死，也不反抗，他说：我叫忽勒秃罕，我不恨杀我的人，谁让我是脱脱的儿子呢？不过，谁要是敢留下我这条命，我愿意为他效力。我有一双好耳朵，能听到两程以外的动静，可以在他的帐门外守夜；我射的一手好箭，能够用第二支箭把第一支箭劈开；我制作的一手好弓，凡使用过我的弓的，人人都可以成为神射手。就这样，术赤把他留下了，给了他箭筒、刀，让他立在他的帐门外，不防备他，不小看他，有了好的酒肉叫他一起吃喝。忽勒秃罕问他：你凭什么对我这样信任？你忘了我是脱脱的儿子吗？术赤说：我使你活命，你就是我的人了，我相信你也是相信我自己。你有本领，愿意按我的吩咐做事，这就是我所要的，我不管你是谁的儿子。为了表达忠心，忽勒秃罕给术赤做了一张弓。看上去轻巧，用起来特别随心。箭一扣在弦上，就像有了灵性。

忽勒秃罕按术赤的吩咐做好了另一张弓，十分精心。弓背用的黄榆是从悬崖上取来的，用四岁犍牛的筋做弓弦，拿在手上像个有生命的东西。忽勒秃罕用它射了一箭，然后又用另一支箭穿进了这箭的尾端，真是太神奇了。

可是父亲一眼就看出来这是蔑尔乞人用的弓，弓背略直，稍稍长了些。术赤说：这张弓是我专心送给父亲的，愿父亲使得随心。父亲没笑，而是沉了脸，问他：是哪个蔑尔乞人做的？术赤说：他是我的俘虏，我留下他因为他弓做得好，人又直爽，他叫作忽勒秃罕，是脱脱的儿子，现在做我的随从。可是父亲的脸更沉了，眼睛在冒火。

蔑尔乞是我们的仇人。父亲说。

术赤：可是他射的一手好箭。

蔑尔乞是我们的仇人。父亲说。

术赤：他做的弓天下第一。

蔑尔乞是我们的敌人！父亲说。

术赤：他勇敢、诚实，是个不怕死的。

蔑尔乞人伤害过你的母亲。父亲又说。

术赤说：哲别不是还射伤过父亲吗？父亲宽恕了他，使他成为身边最勇猛的战士。

铁木真对术赤说：蔑尔乞人欺辱过你的母亲，是不可宽恕的。凡蔑尔乞男子，一个都不可以宽恕！你私自留下蔑尔乞俘虏，已经犯了错。现在，我要你去把那人杀了。你去吧。

于是术赤来到母亲的帐中，说：请母亲为我去求告父亲，让我留下忽勒秃罕。他虽然是蔑尔乞人、脱脱的儿子，但他襟怀坦荡，是我喜欢的。父亲要我杀掉他是因为母亲曾被蔑尔乞人伤害过。现在，只有母亲能够使父亲收回刚才的话。

孛尔帖说：我的儿子，没人能叫你父亲收回他说出的话，除了上天。连上天也不做这样的事。因为，凡他说出的，必是想好了的。孩子，听我说，你父亲喜欢你，你要照你父亲所说的去做，不要惹他发怒。记住，不管什么时候，都不可以违背你父亲的旨意。

术赤说：我什么地方做错了吗母亲？

孛尔帖说：你不要问我，儿子，不要问我。别让我为你担心。脱脱的儿子不能留。去吧，赶紧，去做你父亲要你做的事情。

4

怎么办呢？从母亲帐里出来，天已经黑了。父亲的愤怒和母亲的惊慌令他诧异，同时又让他感到羞耻。没人听他的理由，他不能做自己的主，也不能保护忽勒秃罕。他的手里还拿着忽勒秃罕做的那张弓呢。现在他必须按照父亲的命令去杀掉他，事情不能拖过今天黑夜，没有商量的余地。

天上的星星很清亮，像是被谁一颗颗擦过了。忽勒秃罕说：老早就听见你的脚步声了，为什么这么沉重呢？是不是你的父亲不喜欢这张弓？要是他不喜欢，我可以再做一张。你不必为这样的事情烦恼。术赤问他：你为什么偏偏是蔑尔乞人，脱脱的儿子？忽勒秃罕笑了，要不是你提醒，这件事我都快忘了。你说我是蔑尔乞人我就是蔑尔乞人，你说我是脱脱的儿子我就是脱脱的儿子，这有什么不一样呢？现在我跟你在一起，听从你的吩咐，就是你让我去杀蔑尔乞人我也不会犹豫。因为我的性命是你给的，我只听从你的命令。哪怕你叫我死。

好吧，现在我就叫你死。他说，并抽出了刀子。忽勒秃罕惊异地看着他，问：我什么地方得罪你了吗？术赤说：你没有得罪我，我杀你没有理由，但是我必须杀死你。我想让你知道，留下你是因为我喜欢你，现在还是。我心里把你当作自己的兄弟，有你在身边我就不感到孤单了。可我还是要杀死你，你闭住嘴，不要再问我为什么。你一问，我的手就没有了力气，让你流血、受疼。忽勒秃罕果真闭紧了嘴，点了点头。可是两只眼睛仍然迷惑地看着他。术赤将刀子从他的肋下穿进去，搅了一下，见他的眼睛失去了神采，死了，一声没叫。

然后他坐下来，将两张弓扔进火里，看它燃烧。在火焰中，弓背伸展、扭曲，像个活物般挣扎着。弓弦嘣地断了。最终，两根弓背拧在了一起，渐渐舒展开来，变成了灰烬。术赤伸手抹去了脸上的泪水，不是因为悲伤，是因为屈辱。

第二十六章

1

若干年后，在著名的野狐岭战斗中，成吉思汗派术赤做先锋。这是蒙古与金国最大规模、最关键的一场战斗。金国有四十万大军，密密匝匝立在野狐岭下，而蒙古军的兵马不过十万人。术赤首先发起了冲锋，他疯狂地一路砍杀，像个楔子，直插进对方的中军里，什么人都挡不住。那一次他忘了父亲嘱咐他的，把身体姿势尽量放低，因为杀得眼红，什么都忘了，结果颈部中了一箭，跌下马来，几乎丢了性命。哲别把他抢了回来，然后继续冲上去。哲别的作用就像他的名字，把金军从中间凿穿了。

当时两军相遇，厮杀起来，蒙古军尽管人数不多，却很快击退了乞台、哈拉契丹和女真军队。（蒙古人）杀了许多人，整个原野都充满了血腥气。他们向逃兵追去，一直追到会河堡地方。

> 这是一次很大的仗,很出名。直到如今,成吉思汗野狐岭之战还为蒙古人所知,并引以为荣。这次战役消灭了乞台和女真的著名人物。
>
> 〔波斯〕拉施特《史集》第一卷第二分册

这些事情术赤都不知道。当时他的眼前是一片黑雾,身体很轻,像一片羽毛似的,比羽毛还要轻。他的耳朵听到一种声音,如大风刮过,嗡嗡嘤嘤,嗡嗡嘤嘤,惊天动地的。他想,这就是我父亲的恸哭声。可惜,他睁不开眼看不到,也张不开嘴。所幸鼻子还能用,他闻到了父亲的味,全身上下都是。他被父亲的气味笼罩着,十分幸福。他记得,这种情况,在他很小的时候有过一次经历,在马背上狂奔,他的父亲搂着他。那是仅有的一次。以后再没有和父亲如此接近过。这一次是不是他的幻觉呢?

三天以后,术赤醒过来。他父亲的气味还未散尽。者勒蔑回答他的询问,说:是的,那不是你梦见的,你的父亲曾经把你抱在怀里,亲自为你吮吸瘀血,不许别人碰,一直到天黑。术赤问者勒蔑:他哭了吗?者勒蔑说:他喊叫你的名字,你不应,我见他的眼睛红了。

术赤说:我记得我明明应了啊。者勒蔑说:是的,在昏迷中你一直不停地呼唤来着。术赤说:我懂,人在梦中呼唤的都是他内心最热爱的,平常说不出来的,但愿我的父亲听到了没有见怪。说完这句话,术赤苍白的脸变红了,有了血色。者勒蔑说:是的是的,你的父亲没有见怪,你始终在呼唤你的母亲来着,你叫阿妈阿妈,让人听了心酸。术赤惊异地问:是这样吗?者勒蔑说:就是这样。人在昏迷中没有什么难为情的。我也一样,我的母亲虽然早已不在了,一到饿了、冷了,我就梦见她,疼痛的时候更是。者勒蔑说的话术赤没听见,他走神了。怎么可能呢?他想,难道在内心中我热爱父亲不如热爱我的母亲?

许多年过去了,术赤的儿子们都已经长大了,他仍然想不通这个问题。在钦察草原,他染了重病,好几次在昏迷中梦见了父亲和他惊天动地的哭声,醒来以后十分伤感。他想让父亲知道他对他的热爱,临死时派人捉了一千头野驴,不远万里给他的父亲赶过去,好让他的父亲狩猎尽兴。

那次狩猎结束的当天晚上，铁木真让人把野驴肉烤了，在汗帐里宴请朵儿必答失。野驴肉质粗糙，有土腥气，但后腿内胯部分特别肥嫩、鲜香，比羊羔的肉还要可口。朵儿必答失返回汪古部时，铁木真还送了他好马五百、驼五百、羊一千表示感谢。再后来，他干脆把自己的女儿阿拉海嫁给了汪古部首领阿拉忽失。就是那个阿拉忽失，若干年后，为成吉思汗伐金打开了大门。

朵儿必答失走后，铁木真决定去迎击乃蛮部。

按后人的计算，当时铁木真驻扎的呼伦贝尔距离乃蛮部的阿尔泰山，鸟道三千三百里，因为鸟在空中飞行可以不拐弯，人马在地面行走要加倍，有六千六百里。古时候的牧人对一里有多长没概念，对他们来说，距离就是骑马行走所需要的时间。有人对铁木真说：春天我们的马瘦，不宜走远路，更不适合打仗。等到秋天马喂肥了再去最好。可是铁木真不这样想，按以往的习惯，只要得到消息，他一定要去半路上迎击敌人，不能坐等，不管是什么理由。他坐不住、等不及，太难受了。哪怕走得慢一点，也不能等着挨打。在库里台会议上他们讨论最多的不是战术，仍然是关于马匹肥瘦的问题，这是战争胜败的关键。古时候不备干草，冬天的马用它的蹄子刨冰雪下的草根吃，因此，春天是马最瘦的时候。瘦马打仗没力气、没速度。而秋天是马上膘的季节，马们要为即将到来的冬天积攒脂肪，屁股和肚子圆滚滚的，比较笨重，跑起来很难看，不灵活。所以，铁木真决定现在出发，如果走得不快，路途大约需要三个月或者更长的时间，正是水草返青的日子。这样，他们可以沿途一路放牧，不紧不慢，到时候差不多就快秋天了，那时，马的肥瘦正好适宜战斗。

蒙古马个子不高，特点是敏锐灵活，速度快，跑起来几乎将肚皮挨近地面，像贴着地皮飞，但它说停就停，掉转马头只是眨眼工夫，动作半径很小。另外一个特点就是耐寒、耐热，不怕疲劳，特别能够适应环境，可以在烈日下疾走，也可以在冰雪里奔驰，它可以吃任何地方的牧草，白天晚上都站立睡觉，能迅速恢复体力。还有一点最重要的，就是重情。蒙古马至死都能认出自己的父马和母马以及它的兄弟姐妹。一匹马离群多年，一旦回到亲族之中，必相互咬扯鬃毛表示亲密。子马绝不与生身的母马交媾，给它蒙上眼睛也难以做到，一旦它发现自己被骗了,就此拒绝吃草,不叫、不动,一直把自己活活饿死。因此,人们称它为"义畜"。蒙古马爱清洁,不吃腐败的草,不喝浑浊的水,娇贵,难伺候。但它在战场上不胆怯,主人不害怕它就不害怕,没有它不敢跨越的障碍;它忠于主人,懂得主人的心思,知道主人对它的好。而蒙古人犹善驯养马匹,调理、照料、保护,无微不至。有时候,他们宁愿自己渴着、累着,也不让他的伙伴受一点委屈,总是尽可能让它远离饥饿、肮脏、生病、流血。每到一地,自己还没喝一口水,也要先饮马,把它梳洗干净。马也一样,它能体谅主人,会帮助主人躲避危险,如果主人受伤了,它不会离开他,而是设法把他拽到安全的地方,或者卧下来,让主人爬上背,把他送回家去。为了主人的性命,它可以一路不停歇,忍着饥饿,不吃不喝地跑。所以蒙古人宁肯饿死也不吃马肉,就像马是另一个自己。一个蒙古男人很穷,头上没有戴的,脚上没有穿的,但他的马很漂亮,鬃毛上系着彩条,脖子上挂着铃铛,皮毛光滑。骑在这匹马上,他不会为自己的贫穷羞耻。富裕者也一样,他们自己不爱打扮,最好看的装饰都在马的身上——那才是他们最为得意、值得炫耀的财富。每逢出征的时候,每人至少备四五匹马,一路上须细心侍候,时时要它们处于最适合战斗的状态,因为马的状态和体力将决定战士的生死,是人最可依赖的,人不敢有一点疏忽。对蒙古人来说,养马的经验等于生活的经验、战争的经验。成为一个好的战士,必先是一个好的牧人。

> 自春初罢兵后,凡出战好马,并恣其水草,不令骑动,直至西风将至,则取而控之,系于帐房左右,啖以些少水草,经月后,膘落而实,骑之数百里,自然无汗,故可以耐远而出战。寻常正行路时,并不许其吃水草,盖辛苦中吃水草,不成膘而成病,此养马之良方也。
>
> 《黑鞑事略》

于是他们出发了。

途中铁木真反复嘱咐部下,要他们别贪恋射猎,因追逐猎物而忽略了保养马匹,使马累着了,或者一顿饱、一顿饥,耗散了体力。铁木真爱惜马匹是出了名的，以至于苛刻。出发时他发布了军令，军令中这样说：我们爬山渡河远途行军，定要爱惜马匹于未瘦之时，如果战马瘦弱了，再想爱惜就来不及了。你们途中捕猎要适度，平常行军时，大家所骑的马都要卸下鞍子，脱去辔头，让它们随意行走，不可催赶叫战马出汗。若有违令的，要杖责。如果违令者是我认识的，就领他到我面前来，让我亲手惩处他。

  把爱护战马作为军令颁布下去，历史上十分罕见，从铁木真到成吉思汗都是这样。他爱马，当特别孤独、烦恼时，他宁愿和自己的战马待在一起，听它咀嚼的声音，它们黑亮的眼睛似乎能看透他的心事。他也愿意把自己的烦恼告诉它们。据说，成吉思汗在西征中的最后一年，军队里发生了瘟疫，战士们一到夜晚就唱起思乡的潮格儿[1]，叫他心烦。那时，他已经征服了大半个西方世界，一心要从日出之地打到日落之城，再往西走，一直走，走到头为止。这是他的梦想，不会轻易放弃。白天，耶律楚材告诉他有一头独角兽口吐人言，要他撤兵东归。该回家了，还说这是天意。令他心情郁闷。晚上，回到了帐中，他发现，平日最喜欢随他出征的忽兰妃也厌倦了征战，想念东方的草原，说：家乡的苜蓿花该开了，她常梦见一片嫩黄。成吉思汗听了不高兴，内心备感孤独。半夜，他独自来到马厩里，和他的战马们做伴。在西方的月光下，他无意中看到，所有的马匹都头朝东站着，迎着风，连他心爱的白鬃马也不例外。真是太奇怪了！这是怎么回事呢？它们一向都是背着风睡觉的啊，难道连它们也都思念家乡了？这个景象让成吉思汗大为震惊。那一刻，他摸着睡梦中的战马，忽然心软了，从此正式考虑撤兵东归。

2

  所谓西风将至时，差不多就到秋天了。草原的秋天来得早，越往西越是。铁木真的军队一路西行，走到斡尔寒河一带，草已经打了籽，黄了梢。在那儿，铁木真的前哨遇到了乃蛮部的哨望，两股哨兵开始相互追逐。什么叫作相互追

---

[1] 潮格儿：一种没有歌词的合唱。

逐呢？就是你追逐我，我追逐你，像一种游戏。不是谁要把谁怎么样，而是试探、威胁、挑逗。你追来的时候，我就跑，跑几步又停下来，再追再跑；你停下，我就反扑回来，那架势像要把你一口咬死似的，到了跟前又突然分散开，怕中了埋伏、上了圈套。看着，等着，于是你又追上来，我再跑。这样彼此追逐。人都不多，几十或者几百，来回反复。但没有人落马或者受伤。最后，蒙古乞颜部的哨兵跑了，丢下了一匹浅色的青白马。乃蛮哨望将这匹马掳了，带了回去。

此时太阳汗还在被窝里睡觉。如果不是古儿别苏提醒他，他几乎忘了自己说过的话——去摘掉蒙古人的箭筒，掳几个年轻女子给他的汗妃做仆从。不是因为胆怯，而是懒，那么远的路途，太寂寞了。古儿别苏当然不会跟他一起走。现在，蒙古人自己送上门来了，正好省了麻烦。太阳汗打了个哈欠，穿上了古儿别苏递过来的衣服。这时他美丽的汗妃已经穿戴好了，阳光穿透纱裙，可以看出她身体的轮廓。古儿别苏说：我伟大的太阳汗，你的敌人来了，铁木真的队伍到了斡尔寒河畔。太阳汗说：我听见了，同一句话你已经说过三遍了。我这就翻过阿尔泰山，去把他们消灭掉。你把我的靴子拿过来，我的刀，不是这一把，是镶绿宝石的那一把。

太阳汗对他的古儿别苏汗妃说：你就在这里等着，我很快就会回来。不用担心，战斗是男人们的事情，你担心害怕也没用，寂寞的时候就叨念我的名字吧，它能使你消除恐惧。

面对危险他毫不慌张，而是一副漫不经心的样子，就像要去打猎或者是割草。太阳汗懒洋洋的神气很像一个大人物，让古儿别苏看了着迷。她才不害怕呢，此刻古儿别苏汗妃想的是，怎样才能祛除蒙古俘虏身上的膻气。

然后，他们都看到了那匹马——浅色的青白蒙古马，瘦弱，并且有点羞怯，它身上的马鞍子翻转在肚皮底下，显得特别滑稽。它不安地看着周围衣着华贵的人，一副很委屈、很无辜的样子。它不知道主人为什么丢掉它，让它落在这些人手里，它为自己的样子感到羞耻，甚至愤怒。可是没有主人它能怎么样呢？刨蹄子，尥蹶子，只能引起一片讪笑。他们说，蒙古人的马瘦成这样，连鞍子也系不住，太可笑了，可见他们一路够辛苦的。咱们现在去收拾他们正好。众人中有一个没笑的，那就是札木合，他熟悉他安答的这种伎俩，在袭击脱斡邻王汗时用过的，肯定他的安答也知道他熟悉，但仍然这样用，不怕被他识破。那就是说，他的安答知道他在这里是个小角色，不起作用的，他对太阳汗的狂妄有着充分的估计，并且瞧不起他。所以，懒得使用更复杂的计谋。用这个小伎俩对付太阳汗，刚好够。这时候札木合才笑了，比别人晚了半拍，表现得比较迟钝。别人早已经笑完了，并且已经得出了结论。笑得最厉害的是古儿别苏汗妃。这个女人，她笑得肩膀直颤，露出雪白的牙齿。连札木合这样不喜欢女人的人都看了心动。他想：不知道这个女人在我安答的被窝里将是一种什么样的神情，不过快了。这个叫作古儿别苏的女人，总把男人当成她鞘里的刀，而我安答这把刀，是任何一种鞘都放不下的。

太阳汗问札木合：铁木真是你的老对手了，你说，他为什么这样把自己送上门来呢？

札木合说：是啊，我的安答头脑发昏了。

札木合心里说：他怕你不去，改变主意，所以自己来了。

太阳汗又问：你看他的战马是不是很瘦呢？

札木合说：瘦得都驮不住鞍子啦。他们走了很远的路。

札木合心里说：我的安答不说谎，可是他的马会骗人。

太阳汗再问：铁木真的人马多不多？

札木合说：谁都知道，都加起来也不够你的一小半。

札木合心里说：我的安答从来都是以少胜多。

太阳汗说：把乃蛮的兵马都调集起来，把他一次剿灭算啦。

札木合说：还是太阳汗英明，这样做最省事。

札木合心里说：这正是我安答所希望的。他的胃口足够大。

太阳汗说：以后草原上的汗就只剩下一个啦。

札木合说：是啊，天空再宽也只能有一颗太阳。

札木合心里说：但那不是你，而是别的人，这个人如果不是我的安答，就是我札木合。

太阳汗说：那我们就出发吧，我要你在我的身边，看我亲手打败铁木真。

札木合说：谢谢！这是我做梦都想看到的。

札木合心里说：是你在做梦。放心吧，我不会主动提醒你，在你的身边我也不会，我要亲眼看着你把错误犯到底，那才是我最快乐的。

太阳汗心里说：这个铁木真，如果你不来，我未必真的要去打你，至少不会这么急。上天看到了，既然你已经来了，那就怪不得我了。

札木合心里说：上天给人智慧，也让人愚蠢，这是没办法的事。挡也挡不住，就像羊肉里的油，一见到火，它自己就嗞嗞往外冒。

翻过了阿尔泰山，就到了杭爱山，山下面是广阔的撒阿里原野。太阳汗突然感到一阵晕眩。此时天已经黑了，夜空中一片繁星，可是，比繁星更多的是地面上的营火，一个挨一个的营火布满了撒阿里之野，几乎看不到边际——那就是蒙古兵的灶火。太阳汗问身边的人：你们不是说铁木真的人马少吗？难道我看到的是萤火虫？没人回答他的话。战争已经不可避免，再说什么也没用了。要是愿意，札木合能回答他的问题：很简单，他的安答铁木真在虚设营火，每人五堆或者更多，专门吓唬你的。但是札木合没说，还故意发出一声惊叹，及时地配合了他安答利用夜色制造的视觉效果。于是，太阳汗将他的中军挪到了纳忽崖。在崖上安全些，还可以看到整个战场。后来这场战争由此得名，被称为纳忽崖大战。

天渐渐亮了，太阳汗仍然感觉头晕。他命令大将撒卜勒黑立即发起攻击。与此同时，蒙古军也发动了攻击。和以前不一样，这一次铁木真要自己做先锋，让哈撒尔在中军坐镇。多年以前，袭击蔑尔乞那一次，札木合请他做先锋，厮杀得十分过瘾。之后，他有了自己的军队，因为要把握全局，冲锋陷阵的机会少了。这一次他决定亲自做先锋，足见他对太阳汗的蔑视。没人敢阻拦他，跟他争抢，博儿术没有，哲别没有，他的儿子们也没有，他们都不忍心剥夺他的快乐。夜里铁木真睡得香甜。他的战马很懂事，为了即将到来的战斗，有意不吃得过饱。早晨醒来，空气格外清爽。这一年铁木真四十四岁。在辽阔的撒阿里旷野，他抽出刀，嘴角挂着一丝微笑。天气好极了，没风，晨光正从他的后背悄悄爬上来，爬到脖颈上，有点痒。

彼时札木合亦在乃蛮处

太阳汗问他那赶来的

如狼将羊群赶回圈的是什么人

札木合说是我安答用人肉养的四只狗

曾叫铁索拴着来

他们铜额凿齿，锥舌铁心

用环刀做马鞭，饮露骑风

厮杀时，吃人肉

如今解了铁索，垂涎着喜欢来也

他们就是哲别、忽必来、者勒蔑、速别台四个

太阳汗说似那般啊

离得这下等人远些好

遂退去跨山立了

又问那后来的军

如吃饱乳的马驹

撒着欢跃来的是谁

札木合说他是将有枪刀的男子杀了

专剥脱衣服的

兀鲁兀、忙忽二种人

太阳汗说既如此可离得这下等人远些

又令上山去立了

又问随后如贪食的鹰般

当先来的是谁

札木合说是我的铁木真安答

浑身似生铜铸成

用锥子刺他，找不出缝隙

针也插不进。现如今

似贪食的鹰来也，你见了吗？
你曾说，如见达达时
就如收拾小羊羔儿蹄皮也不要留
你去试看
太阳汗说但可惧
又令上山立了
又问随后多军马来的是谁
札木合说是诃额伦的一个儿子
身有三度长
吃个三岁头口
披三层铁甲
三头强牛拽着来也
他将带弓箭的人全咽了啊
不碍喉咙
吞一个全人啊
不够点心
怒时将大披箭隔山射啊
十人二十人共穿透
人若与他相斗时
隔着空野，用大披箭射啊
将人连甲穿透
大拽弓，射九百步
小拽弓，射五百步
生得不似常人，如大蟒一般
他名字叫作哈撒尔
太阳汗说若那般啊
咱可共占高山上去立了
又问那后来的是谁

札木合说是诃额伦最小的儿子名帖木格

他性懒,好早眠迟起

再多军马中他也不曾落后过

于是太阳汗遂上山顶立了

《蒙古秘史》第195节

札木合复离了乃蛮,将对太阳汗说的话叫人告诉铁木真去说:他听了我说的话,已自惊得昏了,都争上高山顶去,并无厮杀的气象。我已自离了他。安答你谨慎着。那日,铁木真见天色晚,围着纳忽崖山宿了。其夜乃蛮欲遁,人马坠于山崖相压死者甚众。明日拿住塔阳(太阳汗)。

《蒙古秘史》第196节

第二十七章

1

他想够了,不用再多说了,剩下的事情他的安答自然会收拾干净:留下该留的,去掉不该留的,很简单。傍晚之前,紫色的云霞笼罩在撒阿里原野上空,到处都是厮杀的声音。他拍马走了。对他来说,这场战斗已经结束了,看到太阳汗的脸色他就提前知道了结局,不用看了。他对大局已定的事情向来没兴趣。他用他的言语已经击垮了太阳汗,他做完了自己想做的事,这场战斗跟他再无关系。所以,该走了。

札木合跨上他的海骝马,左手提着缰绳,右手空垂着,斜着身子,肩膀后仰,那样子像是喝醉了,刚刚从一场酒宴上离开,正走在回家的路上。他的马一路小跑，碎步，不紧不慢。没人拦他，问他到哪儿去，或者挽留他。乃蛮人都忙着注定失败的厮杀，没人注意到他的走。这些人，死到临头仍然不知道他的用途所在，真是愚蠢啊！现在，他除了祝福他的安答之外再无事可做。本来，乃蛮是他的一支箭，他能用它击败他的安答，最后平定草原。可是这支箭他没用上，它不让他用，怎么办呢？他只好把它折断，白白送给他的安答。他的安答也深懂这一点，所以亲自做先锋，以此表示对他这份礼物的重视。他从纳忽崖上看到了他安答的身影，如利箭般直劈进来，不拐弯，不躲闪，刀起刀落没一个多余动作，吭哧吭哧，让人看了心情愉悦。死在他安答刀下的那些人有福了，他羡慕他们，能与他的安答面对面厮杀的勇士；他们的灵魂将留在紫色的云彩里，在撒阿里原野永存。可是他自己呢，恐怕再没有这种机会了。

札木合怀着一丝遗憾离开了撒阿里原野，身后仍然跟着不少人：蒙古人，札答兰、泰赤兀、山只昆、主儿勤各个部落的，还有蔑尔乞人、克烈人、塔塔尔人和一部分乃蛮人，都是他的崇拜者。他们只有跟着他才心里踏实，或者是稀里糊涂的，反正他们愿意跟着他，相信他的智慧，希望他有一天能打败所有的对手，给他们好处。札木合没有回头，他懒得回头看、点数。不用回头他也能知道有多少人跟着他，以及这些人为什么跟着他，他不在乎。

他只在乎一个人，就是他的安答铁木真。

在紫色云霞的笼罩下，铁木真挥着刀一直冲到了纳忽崖的底端。太快了，他没觉得累，没有遇到明显的阻力。他断定他的安答不在这些人里面，也不在他们身后，否则他不会行进得如此顺畅。过于顺畅了，碰不到足够坚硬的东西，所以，痛快是痛快了，但不过瘾。他怀疑他的安答暗中使了什么法术，把乃蛮人给弄松软了，然后撇给了他。在冲锋的过程中，迎面扑来的人不多，他看到的尽是些后背和马的后胯，让人泄气。他小心积攒的力气还没使完，刀就收回了鞘里。天黑了，他下令围住纳忽崖宿营，马不卸鞍。然后他就睡着了，半夜，他梦见慌忙逃命的乃蛮人从山崖上摔下来，扑通扑通，哎呀哎呀，一层摞着一层。但他没醒。他知道，那些人里面肯定不会有他的安答。在梦中，他听到他的安答对他说：那个太阳汗听了我的言语，已自惊得昏了，再无厮杀的气象。我已自离了他。安答你谨慎着。

他说：谢谢，你让我拿什么东西来报答你的好呢？札木合说：不用啦。你让我在战场上看到了你的身影，这就足够啦。他说：可是我没有看到你呀？札木合说：那就对了，当咱们俩面对面的时候，有一个人必死，不是你，就是我。这话是阔阔出说的。阔阔出你还记得吗？他说的很多话我都不信，但我信他说的这句话。所以我走啦，我在别的地方等你。我的安答，等你收拾完乃蛮部就来找我吧，别让我寂寞着。你放心，不见到你的面我不会死。

　　第二天，他看到了那个自称太阳汗的乃蛮人。他面色灰白，死羊皮似的抖，嘴唇哆嗦着，浑身都在抖，他说凡属于我的东西都属于你，车帐、百姓、牲畜、山、水、草地、女人等等。说到女人的时候他稍微迟疑了一下。但毕竟，女人不比他的命要紧。这个可怜的家伙，他到底想说什么？把应该属于我的东西再赠送给我一次？好像还一肚子委屈似的。这样的人，让他活着也是受罪。他才看了他一眼，就恶心了。

　　他们把他拽出来，准备找个干净的地方处死他。这是铁木真的命令。铁木真说完这话再没看他。他也没再求饶，就出来了，不用他们拽。很奇怪，一出来他就不抖了，恐惧离开了他，突然消失了。阳光明晃晃的，在头顶上，比平日亮。他告诉执行命令的卫兵们，说：纳忽崖底下有个山洞，以前打猎时他在那里歇息过，比较干净，我领你们去。卫兵们就跟着他，提着刀，不做言语。他发现自己脚步轻盈，走得很快，生怕耽误了时间似的。往日的体面重新回到了他的身上，让他安心，给他宽慰。够啦，他对自己说，这辈子你还有什么东西没享用过呢？荣耀、财宝、权力、女人，他父亲留给他的一切他都用完了，抓紧时间反复使用过了，每一样都是，没留下遗憾。刚才，见到铁木真之前，他还以为自己能活命来着。但是，活着什么都没有，就不如不活。至于失败的原因，他没工夫去想了；好像是，从见到脱斡邻王汗的那颗头颅、札木合坐在地上放声大哭时，所有这一切就已经悄悄开始了；从他不知道的某处，朝他一步一步逼近，包抄过来，结果是他无法改变的。他的父亲临死前有过预料，咽气时曾向他表达过这种担忧，他没在意，当时他的心思全在古儿别苏身上。就算在意了又能怎么样呢？既然事情不可避免，没有什么可抱怨、可悔恨的。现在，他逆着时间往回走，觉得自己没错，每一步都是他该走的，如果让他从头再来一次，他想他还会这样走，结果自然不会改变。想通了就不害怕了，其实恐惧的感觉比恐惧本身更难受：嗓子发干，头皮发麻，血在耳朵里嘣嘣地跳。感谢上天，在生命的最后时刻，它及时替他把恐惧抽走了，在他不知不觉之间，他脚步轻快地穿过了黏滞的时间，没觉得有什么阻力，还微微出了点汗。那些士兵跟在他身后，像几只灰色的鸟，把尖利的喙掖在翅膀底下，沉默着。到了山洞前，他吩咐他们砍些新嫩的松枝，替他铺在洞里，然后他躺上去，脱了袍子，蒙了脸。他没跟那些鸟说这里就是他母亲生他的地方，生了他之后，母亲难产死了，父亲又娶了好几个汗妃都没生育，最后一个汗妃就是古儿别苏，他曾叫她母亲来着。于是，他叫了一声古儿别苏的名字，说：你们动手吧。先自停止了呼吸。

2

这是古儿别苏没有想到的：蒙古人的气味不是她想象的那种膻，铁木真也没有如何野蛮，可见传闻靠不住。他们对她说，她的丈夫已经被处死了，临死时还叫她的名字来着。听了令人心酸，她哭了。这是她的第二个丈夫，一直被她娇惯着的，就像第一个丈夫娇惯她一样。她希望他成为天下最尊贵的——这没错，可见他的运气不行。古儿别苏汗妃一共抽泣了六声，便止住了眼泪，她不能把眼睛哭肿，让铁木真看了厌烦。因为，按战争的惯例，所有被征服者的妻女，必为征服者所有，也就是说，铁木真将成为她的第三位丈夫。所以，在他面前她必须保持自己的容颜。晚上，她将用她的身体给他快乐，为他解除争战的疲劳，让他尽情品味胜利者的喜悦。作为失败者的妻子，悲伤是要有一点的，必需的——为了助长对方的快乐，但不能过分。过分了不行，火候要把握得恰到好处。这个她懂。

甚至，在没有见到铁木真之前，她心里已经充满好奇：这个铁木真，蒙古乞颜部的可汗，他是什么样的人呢？

他坐在他们中间，看着她，笑了，问：你不是嫌蒙古人身上有膻味吗？她慌了，说那是人们的传闻，她不知道，瞎说的。说完赶紧伏下身子。她伏下身子但目光没有挪开。铁木真在她的头顶上方,收敛了笑容。显然,他的心思没在她的身上,没太注意她或者说对她没兴趣。这个铁木真,她看得出,在他身上有好几个女人,她们谁都不喜欢她;那些女人,为他生过孩子或者没有生过孩子的,美丽的或者不太美丽的,年轻的或者不太年轻的,有心计的或者不太有心计的,她们全都直挺挺地站在他的背后,隔着他,并用他的目光来审视她,等着看她出丑呢。

  他收敛了笑容说,有一个人,曾为我立了大功,一直让我心里记挂着,他的名字叫豁尔赤,我一共欠他三十位妻子。豁尔赤,我没有记错吧?那个豁尔赤说:可汗记得不错,整整三十位,一个不多,一个不少,是可汗亲口允诺我的,那天黑夜没有月光,但我记准了。铁木真说:那就这样吧,现在,我把古儿别苏汗妃赐给你做妻子,因为她嫌弃蒙古人身上的膻味,而你是咱们之中气味最重的人,但愿你能喜欢她。周围的人听了哄笑。豁尔赤不乐意了,他说:这个古儿别苏当然好啊,做过汗妃的女人嘛,有身份,又好看,我怎么能不喜欢呢?可是她再有身份也不能一个顶三十个呀,可汗你要是这样打算,我宁可讨三十个牧羊女做伴,这个古儿别苏就请可汗收回去吧,虽然我喜欢她的尊贵。铁木真又笑了,说:豁尔赤你听错了,我没说一个顶三十个呀。你要是高兴,她可以不算在你那三十位妻子之内。豁尔赤说:一个就是一个,既不能当成三十个,也不能不算数,我豁尔赤可不是不讲信用的人。

  在豁尔赤与他的可汗争辩的时候,古儿别苏被忘在了一边,她埋下脸,缩回身体,设法把自己藏起来,心想:豁尔赤就豁尔赤吧,也不错,毕竟他是铁木真的大功臣,不然还能怎么样呢?她垂着头不言声,忽然发现胸襟全湿了,是泪水,从她自己的眼睛里流出来的——原来她在哭。这一哭,就再也止不住了。

第二十八章

1

成吉思汗第二年，曾派兵清剿尚未归附的零散部落。说是清剿，其实是招降，因为没有人再敢与他对抗了。据说只有一个例外，就是被称作林中百姓的秃马惕部。这个秃马惕部的女首领叫作孛脱灰塔尔浑，她手下的将领尽是美女，身体如牝鹿般矫健、灵敏。这些女人长年在密林中以狩猎为生，想做什么就做什么，没有拘束，男人只是做帮手、听命令的。成吉思汗把这个秃马惕部划给了豁尔赤，允许他从中挑选三十位做妻子。豁尔赤去了，也见到了孛脱灰塔尔浑：三十几岁，皮肤色深，披银鼠皮袄，系紫貂腰带，头发乌黑。豁尔赤高兴地对她说：感谢成吉思汗把林中百姓赏赐给我，他实在是个有信用的君主！孛脱灰塔尔浑啊，你不要看我年龄大了，凡嫁给我的女人都把我当作宝贝，不信你去问问古儿别苏，她曾经是乃蛮部的汗妃呢。现在，我奉成吉思汗之命要在你们之中挑选三十位妻子。不过你放心，我绝不会冷落了你，我要你做我的第一位妻子，另外二十九位由你替我挑选，让她们将来都听你的话。

孛脱灰塔尔浑说：那好啊，就请你的将士们都卸了马鞍，进来喝酒吧。豁尔赤更加高兴了，说：我相信你的眼光。第二天他酒醒了，浑身酸痛，睁开眼，发现自己被捆绑着。孛脱灰塔尔浑正拿着刀，非要把他骟了不可。她踩着他的胸口，问他还有什么话要说。豁尔赤说：可惜，那二十九位妻子我还没有见过面呢，你这样做，她们是不会答应的。孛脱灰塔尔浑我亲爱的妻子，我没有得罪你，你为什么要这样对待我？你若动我一根毛发，我主成吉思就会把你的秃马惕连根拔掉，一个不剩。何必呢？你若放开我，我不会伤你，上天知道，我豁尔赤从不伤害女人。很快，成吉思得到了消息，派忽都合别乞到秃马惕去说服孛脱灰塔尔诨，让她放了豁尔赤，献出三十位美女来。不料这个忽都合别乞又被抓起来关押了。连四杰之一孛罗忽勒也因为不熟悉地形，被杀死在密林中。孛脱灰塔尔诨的行为触怒了成吉思汗，他要术赤去剿灭秃马惕部。术赤汲取了孛罗忽勒轻敌的教训，带着开路的斧、锯、凿，辟开小路从后山爬进去，掳了秃马惕全体，救出了豁尔赤。因为豁尔赤的请求，成吉思汗才没有杀死孛脱灰塔尔诨，准许她做了豁尔赤的妻子。豁尔赤对她说：你看你，当初你若真的把我骗了，如今后悔的不是你吗？不过，我仍然遵循原先的允诺，另外二十九人由你来选，我相信你的眼力。做了豁尔赤夫人的孛脱灰塔尔诨眼力好，挑选标准严格，过了很多年，一共才挑出两三位。这时候豁尔赤真的老了，他对她说：不着急，你慢慢挑选，在我死之前。

征服敌人，打败他，掳掠他的车帐、百姓、马群，一切，他的妻女，然后拥有她们，到了这一步，才算是终点。这是必需的。用身体去感受胜利并证实：她们陌生的美、气味、脸庞，脸上残留的泪痕、惊惧，以及之后的平静和融洽——这就是征服的全过程，缺一不可。打败了乃蛮之后，把古儿别苏纳为妃子，胜利就完整了。可是铁木真发现自己不喜欢那个叫作古儿别苏的女人。她好看却不真实，脸上的悲伤和泪痕是伪造的，单薄、苍白、没质感，是死的。她的眼睛中明显流露出某种渴望，急切而轻佻，也是他不喜欢的。不喜欢而且厌烦，铁木真尤其讨厌虚假的清高、自以为是，他的妻子中没有一个是这样的，和她相比，她们都是活的、真的、饱满的，一点不造作。所以，铁木真很有可能把古儿别苏赐给了豁尔赤，只是没有记载。而历史上留下的记载是，铁木真打败了乃蛮部，即收纳古儿别苏为妃，很简单，太常规了，回回如此，都是一个套路，好像这样的征服才算彻底，至于铁木真喜不喜欢古儿别苏，他们不管。

因为铁木真自己不会书写，很多东西得不到证实，他无法把自己心里想的告诉大家。由此还给人造成了一种印象：他只懂得打仗，用武力征服对方，是个粗鲁的人。而实际情况不是这样的。从铁木真到成吉思汗，虽然一辈子不会读写，但正是由他开始，创立了蒙古文字，这件事情也发生在征服了乃蛮之后。

有一天，他的卫兵捉来了一个叫作塔塔统阿的人。这人高个子，清瘦，手指细长，不像有力气的，但他眼睛里没有恐惧，不肯低头，有点高傲。被捉时他的怀里揣着一样东西，他说他不想逃命，而是要把这颗印交还给本主。铁木真告诉他：以前的乃蛮部不存在了，你们的汗已经被处死了。他说：他死了还有他的儿子、孙子，无论这颗印在他们之中谁的手里，乃蛮国都不算灭亡。铁木真觉得新奇，便取来那颗印看，不过是一方金，沉甸甸的，上面刻着纹路——那便是文字了。小的时候，铁木真在德薛禅父亲家里见过，这些字可以写在纸上、布上、羊皮上或者刻在石头、金属上，记录人的言行，表达彼此的愿望，他懂。但这颗印章是做什么用的呢？塔塔统阿说：它代表王的意志。百姓纳贡用它做信验，凡王说的话，都要以它为证。铁木真说：我懂了，你就是那个为乃蛮汗保管印章的人，我不杀你。塔塔统阿问他：你留着我有什么用呢？我又不会骑射。

铁木真说：你不是能听懂我口中说的话吗？我要你把它们都变成文字，记下来。我的母亲有一个儿子叫作失吉忽秃忽的，头脑特别聪明，我让他来和你学习。

塔塔统阿愣了，他没想到眼前这个人会说出这种话，而且态度谦逊。铁木真要求他把蒙古语变成文字，世代流传下去。当然，这些文字中也将留下塔塔统阿自己的名字，因为创造蒙古文，他永远活在这些文字中。不久，就是这个塔塔统阿，用他熟悉的畏兀儿文字[1]改造成了竖写的蒙古文字，从左向右排列，书写出来非常好看，自由，有动感，字尾如飘扬的马鬃。传说过了若干年，就是塔塔统阿的学生，叫作失吉忽秃忽的，用这种文字写成了优美的《蒙古秘史》。这时，失吉忽秃忽老了，头发雪样白。自从他被铁木真从塔塔尔战场上捡回来，送给诃额伦教养，时间已经过去了六十年。期间，他曾跟随铁木真四处征战，建国时被封为大断事官[2]，为成吉思汗制定了第一部蒙古法典《大札撒》[3]，后来又跟随成吉思汗征服西方世界。这一切，都被他装在心里。当骑不动马、拉不开弓的时候，他坐到毡子上，把它们全都变成文字。失吉忽秃忽

---

[1] 畏兀儿文字即回鹘字，源于粟特字，始创于八世纪，是一种拼音文字，原先自右向左横写，后改为竖写，一共有约二十个字母，各历史时期都有所删减。

[2] 大断事官即最大、最高的法官。

[3] 札撒，完善而严峻的法令。《大札撒》是第一部蒙古语成文法典。

太喜爱这些文字了，于是日夜书写，不知疲倦，甚至于忘记了自己的年龄。

对塔塔统阿的态度，说明成吉思汗对文化的敬重。那是一种什么东西呢？当时没有文化这个词，但他很小的时候就从母亲诃额伦身上闻到过，文化是某种气味或者说是一种芬芳的光辉；他的妻子孛尔帖身上也有，像圆润的玉，优雅、尊贵，暗暗发光。这是一种品质和智慧，真中之真，不虚幻，不花哨。他喜欢这个。从塔塔统阿身上，他看出了这种气质，所以敬重；后来遇到耶律楚材也是这样；再后来见到长春真人丘处机，他也同样虚心，不霸道、不蛮横。

正因为如此，他们——畏兀儿人塔塔统阿、契丹人耶律楚材、中原汉人丘处机——也都喜欢他。

金国的中都被攻占之后，耶律楚材投降了蒙古，受到成吉思汗的召见。成吉思汗对他说：辽与金是世代仇敌，现在我替你报了仇。他说得不错。耶律楚材是契丹人，祖上是辽国贵族。辽被金消灭后，他们才归附了金国。当时耶律楚材完全可以为此感谢成吉思汗，他知道，这正是成吉思汗想要听到的话。因为蒙古与金国也是世仇。可是耶律楚材没有那样说，他说：从我祖父起就在金国为官，既然身为金朝臣子，怎么能仇视自己的国家和君主呢？我从没有存过这种心思。他这样说等于当面顶撞了成吉思汗，不要命了！可是成吉思汗没发火，反而称赞他是个可依赖之人，让耶律楚材感觉意外。那时他二十几岁，成吉思汗已经五十多岁了，是两代人。成吉思汗对他这样客气，叫他一时无所适从。他当然愿意活命，但更愿意被人赏识，尽管年纪轻，他读的书可不少，熟通经史、天文、地理、律历、数术、医卜以及儒、道和佛，是个有抱负的青年。他希望赏识他的人懂他，能做朋友，而不是用权力制服或者收买他。果然，成吉思汗对他平等相待，像朋友。他不叫他耶律楚材，直接叫他长胡子。凡耶律楚材说的话，他都用心听，觉得合适便采纳，没什么不好意思的。他说：长胡子说得有道理，就按他说的办。很干脆。遇到烦闷的时候，成吉思汗也把耶律楚材叫来一起喝酒或者射猎，还把一些心事吐露给他，不觉得难为情。从西征、东归到灭西夏，耶律楚材一直在成吉思汗身边。成吉思汗死后，他接着辅佐窝阔台。这时，他的黑胡子早就变成了白胡子，并且稀疏多了。但他说话比从前更有权威。因为窝阔台觉得，凡从耶律楚材口中说出的话，很可能就是他的父亲想要说的。

丘处机是耶律楚材介绍给成吉思汗的。当时，老年的成吉思汗正在为生死问题所困扰。

那一年，蒙古大军从西往东走，路过讹答剌城。当初攻克这座城市时，木秃坚死于流箭，成吉思汗下令屠城，他命令战士们把所有墙、房屋都烧掉、推倒，让他的马匹能够自由地驰骋。他们也是这样做的。可是时间过去没有三年，他再次经过这里，发现什么也没变——房屋又重新站立了起来，许多的人熙熙攘攘地忙碌着，一点儿不觉得少，好像那些死去的人重新复活了，如青草一样从地上冒了出来，和原来一样生活着。真是奇怪啊！他看到，当初留在这里的蒙古士兵们穿起了丝绸的衣服，挎着镶宝石的刀，在人群中悠闲地走来走去，像从未发生过什么事情似的。这情景，让成吉思汗感到迷惑：原来人是杀不完的！他深深叹了一口气，陷入了沉思。这一年成吉思汗六十二岁，年纪大了，经常感觉疲劳，走着走着就在马上睡着了，梦见年轻的铁木真，就像马鞍上的一片云彩，新鲜极了。他问他：你这么匆忙，要到哪儿去呀？他说：我要从日出之地到日落之地，很远，远倒不要紧，就是我的年纪大了，怕时间不够用。铁木真说：我不知道你也会老，我也不知道那是一种什么样的滋味。他说：我说不出来，它是一点一点来的，但是，不管它来得多么缓慢，你还是感觉突然。所以我经常想你，想你做过的事。铁木真问他：我有什么地方做得不好，叫你后悔吗？他说：没有，你做了你该做的，我只是不满足，并不后悔，是我自己想做的事情太多了，我的路没有尽头。我老了。

耶律楚材说：那个叫丘处机的，也称长春真人，人们说，他懂生死，会长生不老术，并通晓治国治民等天下大事。此人长年隐居在深山里，为徒弟们讲道。金和宋的皇帝曾经派人去请过他，都被他拒绝了。成吉思汗说：我要见他。

有个叫刘仲禄的人，带了二十几个蒙古兵，一路护送，把丘处机从汉地蓬莱接到了撒麻尔干，后又渡过阿姆河，到八鲁湾与成吉思汗见面，行程数万里。成吉思汗当然高兴，说：别人请你你都不去，这么远的路，你到我这里来了，真是太辛苦了。丘处机说：这是天意，我奉上天的召唤而来。成吉思汗一听更高兴了，又问：你给我带来了什么样的长生之药？他问得很直接。丘处机回答得更直接，说：只有养生之道，没有长生之药。然后就闭上了嘴，气氛紧张起来。这个老头子，七十五岁了，不远万里走了一年多，到头来却说根本就没有长生之药。找死啊？旁边的耶律阿海把话翻译给成吉思汗，自己先吓白了脸，心想：这样的话，他怎么不拐个弯说呢？可是成吉思汗没生气，他端详着丘处机坦然的脸色，知道他说的是实话，人怎么可能长生不老呢？世间没有这样的东西，那只是你自己的奢望。可见这个丘处机是个诚实的人，不诓骗他。所以，成吉思汗没有生气，反而对丘处机心生敬意。于是他又问：什么是养生之道呢？丘处机回答他说：天道喜善恶杀，珍惜别的生命就能延长自己的生命。其实，这才是丘处机此行的真正目的：劝成吉思汗止杀，不仅对人，还包括一切有生命的东西。而且他说这是天意。成吉思汗喜欢敬天的人，他愿意信他说的。但他说：我们蒙古人都是从小学习射猎，让他们不杀生，就等于禁止吃肉，太难受了。虽然这么说，他还是认真去尝试来着。当时他回军东归的决心已定，没有仗打，于是便带头禁猎，休养生息。大约过了两个月，他又操起了弓箭，实在手痒得忍不住了。不过，从那以后，他不再为生死的问题所困扰。该回家了。

2

  铁木真造与速别台一个铁车

  叫去袭击脱脱和他的儿子去，对说

  他与咱厮杀败着走出去了

  如带套杆的野马

  中箭的鹿一般

  有翅膀飞上天啊

  你做海青拿下来

  他似鼠钻入地啊

  你做铁锹掘出来

  如鱼走入海呀

  你做网捞出来

……

我欲叫你追到极处

所以造与你铁车

你虽离得我远些

如在近一般行啊

天必护佑你

《蒙古秘史》第199节

消灭了乃蛮部之后，在草原上铁木真再没有了对手。没有了对手不等于没有敌人，比如脱脱和他的儿子们，这些蔑尔乞人像一股一股的野火到处乱窜，所以，铁木真对速别台说了这番话，给他铁车，让他穷追到底：如果遇见脱脱，可就地杀了，不必捉回来给我看。

这只是其中一支队伍，除了速别台还有别的人，剿杀别的对象，他都这样分别嘱咐了：你们虽然远离了我，就如我在你们身边一样，天必护佑你们。但是，他唯独没有派人去搜捕札木合。其实，那才是他最不放心的，却故意忽略了，不提他的名。铁木真要做的是：尽快把散落各处的敌人剪除干净，免得他们再度聚集到他安答的身边，这样他的安答就无处可走了。他希望，某一天的早晨，他睁开眼，就能看到他的安答。他站在他的面前对他说：我累了，哪里也不去了，你给我找个地方，让我好好睡一觉吧。

自脱脱抢走孛尔帖，到铁木真袭击蔑尔乞部夺回他的妻子，时间已经过去二十多年了。当年铁木真只有十九岁。那次蔑尔乞人遭受了致命打击，再没有恢复。脱脱带着三姓蔑尔乞人在草原上到处游走，寻找报仇的机会。而铁木真呢，不管什么时候，只要腾出手，就去打击蔑尔乞人，掳掠他们的百姓牲畜。每一次脱脱都逃脱了，然后聚集人马，再重新开始。曾经有过两次机会，他险些杀了铁木真，一次十三翼之战，一次阔亦田之战，那是在札木合的率领下，他的刀尖离铁木真的咽喉就差一指，太可惜了！二十几年过去，脱脱已经六十岁了，身体依然健壮，那是被仇恨滋养的，他不敢衰老。现在，他终于理解了赤列都——他的兄弟，而且他比他的兄弟更甚，脱脱每日躺在褥子上，必咬住那半截手指才能安睡。

他们饥一顿饱一顿，因为失去了百姓和牲畜，只能靠狩猎和抢掠为生，很少有固定的地方居住。正像铁木真所说的，如带套杆的马、中箭的鹿一般，十分警觉、凶恶，不容易接近。由于常年被追杀，他们个个性情阴郁、古怪。终于有一天，他们在叶尔德石河边被包围了，战斗进行得十分惨烈。许多蔑尔乞人被淹死在河水里。脱脱也被乱箭射死了，或者还没死，箭穿过了他的前胸和后背，快要死了。此时，蒙古军已经冲了过来，怎么办呢？脱脱的儿子们想，他们没法把他带走，又不能将父亲丢给敌人，情况十分紧急。其中名叫忽都的儿子发现，父亲的断指正指着他自己的脑袋，明白了，他动手把父亲的头颅切下来，带走了，抛下了尸身。在叶尔德石河边，脱脱那半截手指直僵僵地竖着，指着肩膀上的虚空，许多蚊子在那里飞舞。几十年的仇怨就此消弭了。没多久，忽都和他的兄弟们全被抓住处死了。铁木真把忽都的妻子给了窝阔台，也就是脱脱的儿媳，她的名字叫脱列格娜。窝阔台的四个儿子全都是她生的。窝阔台殁后，脱列格娜摄政，推举其长子即位称制五年，他就是历史上著名的贵由大汗[1]。

脱脱和他的儿子们死后，三姓蔑尔乞人都失散了，过去的仇恨不能再把他们纠集到一起，但仍然是他们被追杀的理由。答亦尔兀孙不愿意了，厌倦了偷袭和奔逃的生活。这个名叫答亦尔兀孙的人是蔑尔乞中的一支——兀洼思蔑尔乞的首领。他打算把女儿献给铁木真，结束他们的流浪生涯。答亦尔兀孙的女儿叫作忽兰，是个热情的姑娘，浑身散发着青春的气息，男人们只要挨近她，自己就会燃烧起来，好像忽兰身上藏着一颗火种。作为父亲，答亦尔兀孙当然没有感觉，但他从蔑尔乞战士们身上发现了这一点。这些战士们忠实地跟着他，没有叛变，多半是因了忽兰的缘故。但是答亦尔兀孙看不上他们之中的任何一个，他想：不如把女儿送给铁木真，用来抵消以前的仇怨，以后就不用再东跑西藏了，他的兀洼思蔑尔乞一族都能保全性命。可是，铁木真会不会喜欢忽兰呢？还有就是，怎么才能够把女儿安全地送到铁木真身边呢？

---

[1] 贵由大汗，窝阔台之后的蒙古大汗，称定宗。

所以，当蒙古军追到塔尔河边时，答亦尔兀孙没跑，他把自己的打算和疑问告诉了追来的纳牙。纳牙年轻高大，骑一匹红马，他奉铁木真之命带着铁车追剿蔑尔乞人，手握生杀大权。他完全可以把这些想要投降的蔑尔乞人全部杀掉，把忽兰留给自己。纳牙看着忽兰的眼睛，感觉身体发烧。他对答亦尔兀孙说，路途遥远，到处都是乱兵，你怎么能够把女儿送到我主人那里去呢？如果路途中被劫杀了或者遭了侮辱，就一切都完了。你看，我带着铁车，身边有士兵，可以替你把忽兰送过去。如果我们可汗喜爱你的女儿，他必赦免你们全体。纳牙这样说了，答亦尔兀孙沉默着。他有点疑惑，因为这个纳牙太年轻，又漂亮，让他不放心。可是不放心也只能依了纳牙，没有退路可走了。

当初捉住塔里忽台，又把他放了的人，就是这个纳牙。铁木真曾经夸奖他对主人的忠心，把他留在了身边。纳牙把忽兰放进铁车，就像捧了一团火。他屏住呼吸，把目光移向别处，憋得脸色通红。他把大部分士兵留作看守，自己驾着铁车，护着忽兰返回营盘去。一路上纳牙特别谨慎，太谨慎了，一遇到情况就躲进树丛里，非等安全了才继续行走，因此，路上多宿了三夜。

铁木真问纳牙：你为什么在路上多住了三宿？纳牙一时回答不上来，脸更红了。铁木真生气了，叫人把纳牙捆绑起来，不说实话就砍他的头。遇到这种时候，一般女子早吓傻了，可是忽兰不怕，她当面问铁木真：可汗你要他说什么？你若是看不上我，何苦怪罪他呢？你若疑心他，何不直接问我呢？铁木真这才定睛去看忽兰，不禁眼前一亮。

忽兰说：他说他是可汗身边的人，我才跟他来的，他没有骗我啊！他一路上护着我，小心之极，离我远不过一步，近不过一肘，我睡着的时候，他醒着，我醒着的时候，他也不敢睡，生怕出了什么差错。遇到乱军，就躲起来，也不去逞能搏斗。他为了什么呢？感谢上天，让我遇到纳牙将军，要不然，我的性命早就没了，身子早就坏了。就算路上多行了三天，都是为了我的缘故，可汗若为此生气，也应该先杀了我才对。要是可汗一定要他死，何不能等到明天呢？上天作证，我的身子是父母给的，它不会撒谎。

比言语更动人的是忽兰说话的神气，一下子把铁木真给迷住了：山杏似的眼睛盯着你，直率、大胆，充满野性，仿佛你一愣神儿她就会跑掉，从你的身边或者腋下钻出去，从此再也捉不到了。当晚，铁木真按她说的做了，那是他睡得最早的一天。次日，铁木真封忽兰为汗妃，命人把纳牙放了。纳牙说：自投奔主人那一天，我就曾发过誓言，凡征战时得了美女和好马，都要献与主人，如果我没有那样做，就是该死。铁木真问他：这样的话，你昨天怎么不说？在我问你的时候？结果，纳牙又红了脸，没话了。铁木真对身边的人说：这个人赤诚，受得委屈，将来可托付大事。

纳牙身上的绳索被解开了，他打了个哈欠，这一宿睡得太舒服了！来的路上，他始终守在铁车旁，不敢睡，血在沸腾，心跳得像兔子。不是他纳牙没有见识过女人，但这种感觉是第一次，简直无法控制。但他必须把她给他的主人送去，那是他神圣的职责。所以他不敢睡，夜里困得不行，实在挺不住了，就偷偷将自己的手捆在车轮上，免得梦中做出疯狂的事。这是没有办法的办法，使纳牙羞耻万分，所以一见主人的面就红了脸。主人正因为看出来这一点才愤怒，让人把他捆起来，他不申辩，不觉得冤屈，反而睡得再踏实不过，像块石头。后来纳牙做了成吉思汗的侍卫长——怯薛军的头领。直到成吉思汗死，他从未离开过主人。

忽兰深得铁木真的喜爱。有多喜爱呢？从铁木真到成吉思汗，凡他出征时必带着忽兰，只带忽兰一个。忽兰也是，她最喜欢他身着盔甲的模样：挎着刀，骑在马上，朝着日落的方向不休止地奔走。不管多么累、苦，忽兰从不抱怨，这是她的快乐，这时候的铁木真或者成吉思就是她一个人的。一回到老营就不是了，她躲起来，让他到别的妻子身边去，然后盼望着下一次出征。西征是最长、最远的一次，一连好几年，日夜不停地行走。终于有一天，连忽兰也厌倦了。深夜，在遥远的撒麻尔干，蒙古战士们唱着思乡的潮格儿，让她忽然想起了自己的家乡。她的儿子是在征途中落生的，还不会说话。她想把他带回去，让他在家乡的草地上成长。这时，成吉思回来了，身上带着一股冷气，看上去他那么疲惫、孤独，令人心碎。忽兰为他除去盔甲、刀，解开衣带。不料孩子哭了，而且大哭不止，和门外起伏着的潮格儿混成一气，商量好了似的，让成吉思皱起了眉头。他不喜欢这个不懂事的儿子，自从有了这个儿子，忽兰的心思就转移了，这个孩子成了他和忽兰之间的一个阻碍。也是他在征途中的一个累赘。所以他让忽兰放弃这个儿子，把他留在当地，给别人去喂养。说完他就重新裹紧衣服出了帐门，到他的马厩里去了。

果然，送走了孩子，忽兰一心扑在成吉思身上。作为识大体的女人，成吉思的妻子，她给他照料和安慰，时时处处。但这时，她也彻底厌倦了征战，偶尔会听见儿子的哭声，张眼看去，除了风什么也没有。几百年过去了，不知道那个孩子是否活了下来，繁衍了多少代。成吉思汗的血液在这些人的身体里秘密地流淌着，没人知道，包括他们自己。

3

兀忽勒札在古代蒙古语中指一种野山羊，后人叫作盘羊。这种羊体型高大；皮毛灰褐色，与岩石近似；雌雄都有角，向后翻卷，硬过岩石。有时猎人听到发出清脆响亮的撞击声，那就是盘羊在顶架，猛烈的撞击能持续一个上午，它们的脾气特别执拗，不分出胜负绝不肯罢休。这时候就是猎人来到身边它也不躲，像没看见一样。你若打扰了它，它立刻掉头冲过来，把你顶翻。一般来说，草原人都不愿意猎取这种动物，而是躲在一边悄悄观赏。每到盘羊的发情期，它经常冲进普通羊群里，牧羊人也不驱赶，第二年，他的羊群会冒出几只高大的杂交羊，那是一种少有的美味。盘羊不像野生的羚羊和黄羊那样成群结伙地在草原上奔跑。盘羊数量稀少，一群不过三五只，平时出没在深山密林中，极难捕捉。经常能在悬崖峭壁的顶端看到它，昂着头，半天一动不动，犄角几乎触到了蓝天。猎人的弓箭绝对够不到，只有鹰在身边盘旋。这时的盘羊不认为自己是羊，它所站立的地方是所有食草动物都爬不到的高度，连狮虎也不行，太险峻了。它立在山顶，眼睛不往下看，而是朝上，似乎要把自己融进天空。

在唐努乌拉山的密林中，札木合的纳可儿们就捉住了这样一只兀忽勒札。这些人饿坏了，即刻将它剥了皮，烤熟了，他们谁也没吃出兀忽勒札与别的羊有什么区别。

这是札木合身后仅剩的五个人。其他人都在不知不觉中离开了，逐渐地。札木合仍然不回头，从不点数——羊群跟着头羊走，那是它们依赖头羊，不是头羊需要它们。就是在这一天，札木合在一棵树下打瞌睡，被一阵奇异的香气惊醒。顺着气味他找到了那些人。他们的吃相叫他恶心。札木合火了。他怒斥他们说：你们从娘胎里出来没吃过肉吗？看你们那下作的样子，没有一点教养，野狗似的。你们的父亲没有教给过你们兀忽勒札是什么？你们睁大眼睛看看，这是天赐的圣物，不是一般人配吃的东西！这样的美味掉在你们的喉咙里，真是糟蹋了神灵！

那几个人被骂傻了，都停止了咀嚼，忘了下咽。肉在嘴里含着，你看我，我看你。他们不懂：都到这种地步了，主人还哪来的这么多穷讲究，哪来的力气骂人？本来我们把最好的部位给你留着的，你倒火了，这是为什么呢？晚上，他们私下商议：咱们把他杀了算了，省得成天被他叫骂。可是对札木合这样的人物，即使他毫无提防，他们也下不了手，还没动手，心里先自怯了。与其这样啊，不如离了他。又一想，离了他我们该到哪去呢？心里很是茫然。干脆，咱们把他绑了，给铁木真送去，说不定还有奖赏呢。

就这样，趁札木合睡觉的时候，他们一起动手把他绑了，放到了马鞍上。说：你不要乱动，更不能逃跑或者寻死。你要想骂我们只管骂，我们不回嘴、不生气，也不会打你。有了好吃的、好喝的一样先尽着你，谁让你是我们的主人呢？但是我们现在已经无路可走了，只好把你送给铁木真。铁木真是你多年的对手我们知道，我们把你交给他剩下的事就不管了。那只盘羊我们没吃光，专给你留了一条后腿，最肥的。札木合把头扭开，看都不想看。即使被绑了双手，肚子空着，坐在马鞍上他依然腰身挺拔。出了唐努乌拉山区，一路上都是这样。那只白海青立在主人肩上，侧着头，斜眼看着那些人。他们赶它，它也不飞。

　　五个伴当将他拿了
　　送与铁木真
　　札木合对铁木真说
　　黑老鸦会拿紫鸳鸯了
　　奴仆能拿主人

我的安答你看仔细了

铁木真说，自己的正主

都敢拿的人，怎能留得

将这些人并他子孙尽典刑着

叫人当札木合面杀了

又对札木合说啊

我先曾叫你做我一支车辕来

你分离去了

如今既又相合

可以做伴

但忘了时，共提说

睡着时，共唤醒

《蒙古秘史》第200节

  这就是他们见面时所说的话。铁木真下令当着札木合的面把那五个人杀了，还唯恐他消不了气，又杀了那些人的儿孙。然后他说，当初我想叫你做我的一支车辕来着，你却分离去了。如今既然又见面了，咱们依旧可以做伴。有什么事忘了，彼此提醒；即便睡着了，也要互相叫一声。最后这两句话，是他们结拜安答时所发的誓言，札木合当然记得。可是前面的话，铁木真说反了，当初是札木合想叫他做自己的一支车辕，而铁木真离开了他。不过札木合懒得纠正，没意思。事实永远属于胜利者，历来都是，谁让他输了呢？输了不可耻，只是，以这种方式与他的安答见面令他有些难堪。为了不让他难堪，他的安答把那些人杀了，又将身边的人都驱散干净。还说，我们虽然作对多年，却是天下最好的安答，若遇到真厮杀，都彼此心疼着的。早先你帮我夺回孛尔帖，对我有恩来着，后来你拿言语惊吓了乃蛮人，又一次有恩于我。所有这些，我都记着呢。札木合知道，他的安答这样说，也是为了不让他难堪。

  铁木真让人在汗帐里摆了酒肉，关了门，不叫别人进去。他们两个谈了一天又一夜。第二天，铁木真走出帐门，下令将札木合处死，用牦牛口袋，不许流血。这样的死法，只适用于贵族[1]：将人装进口袋，几名士兵用力拧绞，直到口袋里的人断了气，很隆重，很费劲，但最体面；谁也看不到谁；袋里的人不哼一声，把行刑的人累得半死。

行刑的过程十分安静，没有一丝悲伤的气氛。铁木真没去。大萨满帖卜腾格里去了，也就是阔阔出，他目睹了全部过程，确认札木合的灵魂安在。那天清晨，山岗上生满了茂密的青草和花儿，有万年蒿、茅草、房白草、羊草、马黄草、碱草、荻草、菖蒲、蒲棒、苍术、蒲草、浮草、荇草、坐草、艾蒿、蓬蒿、益母草、马兰、菟丝草、丝金草、鬼针、虎掌草、蝎子草、地丁草、席草、瓦松草、蒺藜、蕈麻、线麻、乌拉草、串笼草、短荻草、芨芨草、醉马草，还有金沙花、刺蘑花、狼毒花、木香花、石竹花、蜀菊、百合、黄花、指甲花、苍蝇花、苜蓿花、莠岚等等。有的花草如今已经改换了名称。

第二十九章

他没提防，因为他看不起他们，懒得花那份心思。熟睡的时候，他感觉自己的手脚被捆了起来。这些人，他们不敢下手，他们不敢下手杀他，而是要把他送去给铁木真，真是愚蠢！他怎么跟他们说呢？对主动要去送死的人他没什么可说的，说了也白说。事情就是这样，你能够原谅一个人的坏，但不能原谅他的蠢，因为那是没法理解的东西，若想要蠢人发现自己的愚蠢，那就是你蠢。所以，在他的眼里，他们已经完蛋了，死了，跟死尸差不多。他看都不想看他们一眼，他们给他吃的他也不想闻。不是恨，对这样可怜的家伙，他恨不起来。可怜也不是，札木合从不可怜任何人，包括他自己。

他省下了骂他们的力气，挺直了坐在马鞍上。这是迟早的事，他心中想。

---

[1] 古代蒙古人传说，贵族的灵魂在血液中。不流血而死，即灵魂不灭。

近来，他经常有一种担心：怕他的安答把他给忘了。要是没忘，他为什么不来捉拿他呢？起码，他们之间还可以有一场战斗，胜败都没关系。可他没来，也没派人来。真叫人绝望！怎么能这样呢？时间一天天过去，连一点动静也没有。因此就发生了这种事。不过，即使这个事情没有发生，他也等不及啦。他不能让他把他忘掉，绝对不允许，那才是他最无法忍受的。和被遗忘比较起来，死算得了什么呢？失败算得了什么呢？毕竟，胜利者是他的安答，不是别人。

铁木真没有忘记他。他们见面时是一个中午，阴天，一场小雨刚过。

见他的安答被捆绑着，铁木真火了。他下令处死出卖主子的人，然后摆了酒肉，把身边的卫士都遣散开。这样，帐篷里就只剩下他们两个人了。看得出来，他的安答胃口不错，坐下来如同钉在了地上，稳稳地；身架子不歪斜，不弯曲，肩平，腰直，手里攥着吃肉的刀子，刀刃朝里，骨头被搜刮得干干净净，虽然不言声，内里存着一股力量——这便是他的安答。铁木真心想，别看他劳累了一路，倘若此刻俩人扭打起来，很难说谁死谁手。所以，他又忍不住喜欢他。看见他，他才知道，想要不喜欢他有多难，比杀了他都难。

札木合吸尽了骨髓，擦去了嘴角的油，扔了刀子，放下袖子，对他说：我亲爱的安答，叫我怎么对你说呢？一见你我就看出来了，你一直在心里记挂着我来着。小的时候，在豁儿豁纳黑，我们第一次结拜安答，那时候我们就说，有不好消化的食物我们一起嚼咽，如果有谁睡着了、忘了事，揪着头发也要互相叫醒。今天你又对我提起这些言语，要和我做伴，不是亲耳听见，我真不敢相信。我的安答，要我怎么对你说呢？我相信你说的话是真心的，可是我看不出来，你不杀我，把我留在你的身边，于你于我有什么好处。

你有一个好母亲和一位好妻子，身边还有多能的兄弟。而我呢？自小失了父母，又没有兄弟，我的妻子是个没见识的多嘴的妇人。仅就这些，让我不嫉恨你才怪呢。得上天的护佑，让你打败了所有的对手，成为草原上最了不起的汗，你身边的伙伴像云一样多，骏马和美女数算不清，他们围绕着你，你头顶上的荣耀深夜里也能闪光，你的名声远传出草原之外。在这种时候，把我留在你的身边还有什么用呢？面对你无尽的荣耀，我怎么会安心？我怎么对付自己？太难受了！

你知道我，我是个毛病很多的人，我见不得别人强过自己，他是我的安答也不行，这些你是知道的。让我活着，留在你的身边，我的安答，难道你就安心吗？我这样的人，哪怕多活一天，就如虱子在你衣领里，针刺在你的底衿中。你知道，无论什么时候，和谁，我都不可能安分的。一有风吹草动，我必心活手痒，令你时刻不得安宁。因为天生下来我就是这样的人，这个，你心里比我自己更清楚。可你为什么还要把我留在你的身边？只有我死了，你才能放心安顿大业。

但是我只能死在你的手里，别人不行，我自己也不行，要是那样，将是我安答你的耻辱。为什么这样说呢？我死在你的手里，将来，我的名字将和你一起，从日出之地到日落之地，没有人会不知道——因你，札木合将留在众人心里，不会被忘掉。比起眼看着你被荣光笼罩就舒服多了，也省事。没什么可犹豫的，如果你缺乏理由，我来为你寻找。十三翼之战，是我把你逼进了哲列捏窄地，险些灭了你全族。只这一条，就足够啦。我是你唯一的永远的安答，你要答应我，让我速死，别拖延。你要让我不流血而死，把我的尸身葬在山顶。我的灵魂将永远庇护着你和你的子孙。因为我是你唯一的永远的安答。

铁木真说：这样不行，你不能这么逼我。

札木合说：我没逼你，我是在请求你呢。

铁木真说：我不能做事不讲道理。

札木合说：这是上天的意思，我说。

铁木真说：我怎么知道这是天意呢？你说。

札木合说：咱们可以把通天巫阔阔出叫来问一问。

铁木真说：好吧，我这就把阔阔出叫来占卜一回。

他答应了。这时，札木合从天窗望出去，已经是黄昏，天空很薄，又低，毛茸茸的，像在梦中。在他的对面，他的安答盘坐着，两手手掌支在膝盖上，双肩耸起，看着他，神情专注而诡异，像蹲在山包上的虎。阔阔出进来了，手里拿着他的雷击木，黝黑发亮。他说他这就将它扔到湖里去，如果它能漂出水面，说明天意要留札木合；如果它一直漂不上来，他说，这块木头他就不要了。

札木合说：我困了。

醒来的时候，天微微发亮。他睡得像块石头，一条缝隙都没有，因此也没梦见什么，就是眨眼之间的事。周围静得奇怪。他的安答不在了，不知道什么时候走的。他坐起身，看到旁边有一条牦牛口袋，黑的，很密实，摸上去略微有点扎手，粗糙而可靠，不知道出自哪个精细的女人之手，不像是新的，可以闻出一丝幼畜的血气。显然，那块雷击木没漂上来。其实，临睡之前他就知道它不可能漂上来。不仅他知道，他的安答以及阔阔出，他们都知道。这正是他想要的，也是他们想要的。于是，他把牦牛口袋搭在肩上，走出帐门。他们都在外面等他，那些士兵们，还有阔阔出，他们的肩头积满了露水。

他跟他们一起向山冈上走去。他和阔阔出走在前面，如一对默契的老友。阔阔出说：我足等了一夜，也没见它漂上来，它沉到湖底去了。札木合说：可惜了，那样神奇的一块木头。阔阔出说：是啊，我不能想它，一想起来就心疼，我舍不得它，真的。

山冈上雾气渐散，晨风里弥漫着草香。他把口袋展开，钻进去，没有一点透亮的地方，那个女人的手艺真不错啊。他将身体尽量舒展开来，放松，把嘴里的空气吐净。然后，他听见自己的身体发出各种声音：扑哧扑哧，嘎巴嘎巴。接着，一股热血涌进头顶。

第三十章

1

札木合死后。他的白海青没有离开那座山。鹰不知道主人会死，一直等，等待主人的召唤。它独自立在最高的山峰顶端，昂着头，仔细谛听着，无论刮风下雨。可是主人再也没有出现。有时，一些同类的雌鹰在它的身边飞，摆出各种姿势引诱它。它嫌它们脏，看都不肯看它们一眼。直到饿死。

传说札木合死后出现了一种草，根浅，茎上有刺，一般牲畜们不吃，除了骆驼。到了秋天，带刺的茎蜷缩成一团，根离开了地面，顺着寒风滚动，发出札木哈札木哈的声音，它的草籽遍布草原，沙漠里也能生长，特别有生命力。人们就管这种草叫作札木哈。从古至今。

处死了札木合，铁木真对众人及他的儿子们说，这个札木合，他是有大名头的，至死不出恶声，是你们可以效仿的人。那一年，札木合四十六岁。二十年后，他的安答病死在秦州清水县。临死前的成吉思汗正在攻打西夏，手下人见他每日受疾病折磨，就劝他先回去休养，说反正西夏人不能背着房子跑掉，等养好了身体咱们再来收拾他。成吉思汗不答应，坚持要打，直到西夏同意投降。有一天，他忽然发现自己不行了：讨厌的病痛莫名其妙地消失了，也不发烧了，身体很轻，轻而且虚空。力量像兔子从他的四肢逃散了出去，就仿佛，一直紧握在手里的缰绳松脱了，他正在朝着某个地方滑落。十分突然。儿子们都来到跟前，脸孔挤挨在一起，又近又远，如同隔着一层什么，他们脸上都挂着一种奇怪的表情，他知道那表情叫作悲伤，但他不懂他们为什么要悲伤，看上去怪可怜的。他必须对他们说点什么。

> 金精兵在潼关，南据连山，北限大河，难以遽破。如假道于宋，宋、金世仇，必能许我，则下兵唐、邓，直捣大梁。金急，必征兵潼关，然以数万之众，千里赴援，人马疲敝，虽至弗能战，破之必矣。
>
> 　　　　　　　　　　　　　《元史·太祖记》

成吉思什么时候想好的这一切？如此的长远而周密？他的儿子们不知道，十分惊奇，他们只是依照父亲所说的去做，后来一步一步都实现了。成吉思还嘱咐他的儿子们：我死后，你们不要发丧，免得敌人知道，等到夏主出城投降的时候，将他们尽数除灭。最后，他歇了一会儿，用余下的力气给他的儿子们讲了一个九头蛇的故事，语气缓慢、飘忽，但他一定要把它讲完。就在这时，他恍惚看见了札木合的身影，和二十年前一样，若无其事，很悠闲的样子，仍然叫他铁木真，他立在他的头前，耐心地等待他把故事讲完，然后领他到另一个地方去,他说他在那里很寂寞。

有一种蛇,叫作九头蛇,一个身体,九个脑袋,很厉害。不管敌人从哪个方向来,它都能看得见,可以在攻击的时候防御,也可以在防御的时候攻击,谁也打不败它。平时,无论哪颗头捉住了吃的,鼠或者蛙,把它吞进肚子,别的头就不觉得饿了,因为它们共有一个身体,不用争抢,从来不感觉饥饿。后来,冬天来了,气候越来越冷,河水开始结冰。九头蛇必须钻进洞里去才能躲避严寒。这时候,九个头的意见发生了分歧,各有各的想法,有的要向东,有的想往西,谁也说服不了谁,谁也拽不动谁,相互僵持了很久,就这样被冻死了。

据载,成吉思汗死后,他的儿子们如期除灭了西夏国,然后把他们父亲的灵柩运回三河源头,不儿罕山下。所有路上遇到的人,无论老幼,凡长眼睛的,全都被砍杀了。最后到了一个据说他自己生前指定的地方,地面相当开阔。他们在那里埋葬了成吉思汗,以及他在另一个世界需要享用的一切。按照惯例,不起坟垄,只牵一匹幼驼来,当着母驼的面把它杀死。然后万马踏过。马群荡起的尘土遮蔽了日光,所有的痕迹都在马蹄下消失了。到了需要祭奠的日子,就牵来那匹母驼,撒开缰绳,任它奔走。走着走着,母驼就停住了,仰起脖子哀号不止。这里便是举行祭奠的地方。之后再牵来两匹骆驼,照例在母驼面前杀掉幼驼。年年如此,周而复始。母骆驼凭借什么辨认出了幼驼丧命的地点?而且肯定不出差错?是对悲伤的记忆还是嗅觉?这是很难考证的事。不过,无论这个传说是否可靠,几百年过去了,成吉思汗的墓葬到现在依旧没人能够找到。

2

那天,处死了札木合之后,阔阔出骑了一匹白马,独自进山去了。一共九天没有任何消息。人们以为他死了,或者被毒蛇咬了,或者被野兽吞了。他的父亲蒙力克,以及他的兄弟们都去找他,还有许多别的人。他们在深山里见到了通天巫阔阔出的衣服，很完整地挂在树上，帽子、腰带、裤子、靴子，一样都不少，就是不见他和那匹白马的影子。他们大声呼唤帖卜腾格里，没有一点儿回应。第十天，阔阔出从深山里走出来，赤身骑着白马，脸色红润，嘴上长出了胡须，浑身上下不见一道伤痕。众人见了都惊奇得要命。阔阔出说他走了很长很长的路，到天上去了，因为他听见了长生天的召唤。他告诉众人，天神说了，要把天下交给一个名叫成吉思的，这个成吉思就是铁木真。成吉思、铁木真，铁木真、成吉思，天赐铁木真名成吉思，命他做统管天下的大汗。天叫他做什么，他就做什么。

关于成吉思的解释至今有好多种：一说是强大、坚硬的意思；一说是大，最大的意思；再一说成吉思为天子之义，比较玄。还有的说成吉思即腾汲思，蒙古语中指大海或者海子，意思和古儿汗（众汗之汗）、太阳汗（世界之汗）相近。另有记载说成吉思源自一种鸟的叫声，萨满们管它叫作光的精灵。一天清晨，这只有五种颜色的鸟从人们头顶上飞过，叫着成吉思、成吉思，声音美妙极了。

没人不相信大萨满阔阔出的话。这种话只能从他的嘴里说出来。铁木真听了很高兴，这是因为，他不愿意称自己做古儿汗——那个名称是札木合使用过的，应该永远属于他的安答。太阳汗什么的他都不喜欢。成吉思汗，很好，顺口又响亮。阔阔出真是不简单啊，能把上天的声音传到人世。以后，他将以成吉思汗这个名字统管天下，走遍所有的山川、草原与河流，而不仅是他的安答的背心里所画的那些。不过，阔阔出说的另一句话他不太喜欢，他说天叫他做什么他就做什么，这话听着别扭。谁能代天说话呢？不就是他阔阔出吗？后来的事实证明，阔阔出对他给他的分封不满，还有意挑唆他与哈撒尔的兄弟关系。但众人不知道这个，众人特别信服这位大萨满，他能做出许多不可思议的事，再说，成吉思汗的名号不就是他先叫出来的吗？他说什么都是对的，想怎么样就怎么样，动不动就上天去了。有很多百姓从四面八方来投奔他，他们骑来的马，门前的马桩都拴不下了，比汗帐前的马匹还要多。本来《大札撒》里规定不准私自收留别人的百姓，可是谁管得了天的使者帖卜腾格里呢？

成吉思汗二年，帖木格到阔阔出的门前去讨要自己的百姓。帖木格是成吉思的幼弟。但他不仅没有讨回自己的百姓，反遭了打，还被强迫下跪给阔阔出赔罪。事后帖木格冲进他哥哥的帐里大声哭诉。那是一个冬天的早晨，成吉思和他的妻子正在睡觉。孛尔帖一听就坐起身来，一边用被子遮挡赤裸的胸口，一边对成吉思说：他们这些人究竟想要干什么？前次他挑唆你和哈撒尔，这次又打帖木格，竟叫你的弟弟给他下跪。这算什么道理？如今你的汗位还坐着呢，他就这么欺辱你如松柏般的兄弟们；你若不在了，我那四个儿子岂能放在他的眼里？将来不受他的气才怪呢！说完她哭了。当时孛尔帖已经四十七岁，年纪不小了，两只喂养了四个儿子的乳房松垂着，看了让人心动。成吉思虽然有不少汗妃，但他从没有因为她们的年轻而疏远孛尔帖。没有战争的时候，他习惯睡在孛尔帖的身旁，听她平静的鼾声。当然，孛尔帖说的话是妇人之见；她在为她的儿子着想。可是，她的儿子难道不是他的儿子吗？就像若干年前离开札木合时一样，这一次成吉思又听取了孛尔帖的意见。在紧要关头，他总是听从女性的意见，母亲的或者妻子的，从铁木真到成吉思历来都是。

  但是阔阔出是不会轻易消失的。他不会认错，也不会死。一个人一生只能死一次，他已经死过一次了，在黑熊的屁股底下。从那时起，他就不再为死亡的事情担心。一个不会死的人当然不怕迟早会死的人。铁木真没什么了不起，他做了成吉思汗也躲不过那一关。阔阔出在心里仍然叫他铁木真，因为成吉思的名号是他给起的。铁木真应该好好对他，给他最多的百姓和财物，以及最高的位置。可他没有，只给他封了个千户。他还不能表示不满。因为他是帖卜腾格里——天的使者，一个能和天对话的神人不应该把这类事情挂在嘴边，太小气了。但是，如果人们主动追随他，那就怪不得谁了，谁的百姓他都敢收，帖木格的为什么不可以？于是，阔阔出既打了帖木格，还要来与成吉思理论。要的就是这个。

  阔阔出带着他的父亲蒙力克以及七个兄弟走进成吉思汗的汗帐，见成吉思汗正在摆酒，好像知道他们要来似的，对发生过的事情并不怎么在意。他说有什么理可评呢？不用了，你出去和帖木格摔个跤吧。很简单。对一些是非难辨的家事他们经常采取这种办法——道理属于力气大的人，比较公平。游戏一样就解决了，不用分什么是非。显然，成吉思汗没想把阔阔出怎么样，而且还把他当作自己人。阔阔出自然不怕帖木格，但是他出了帐门再没有回来。帖木格进来说，阔阔出摔倒了，赖在地上不肯起来。蒙力克一听就变了脸色，站起来对成吉思汗说：当高山还是小土堆、大河还是小溪的时候，我就跟随你了，请你不要为难我的这几个儿子。于是成吉思汗知道阔阔出死了。他半晌不语，侧耳倾听，没有雷声，抬头看，天空还是原来的颜色。一切如常。成吉思汗站起身来，说：好吧，我放过你们这一次。

阔阔出刚出帐门就被三个力士扭断了脊椎，很奇怪。没有任何预兆，一点儿都没有，死亡再次降临到他的头上：他的手脚不会动了，张开嘴发不出声音，天空在旋转。原来人是可以死第二次的。比起第一次来，这一次更干脆，一点儿余地没有。太突然了。如果铁木真早就对他有杀心，他是应该有预感的，如果没有预感，肯定是铁木真听了别人的话。那么，这个人是谁呢？阔阔出带着他的疑问离开了人世。当初札木合也被这个问题困惑过：他的安答要是准备离开他，他不会看不出一丁点儿迹象，他傻啊？他和阔阔出至死都不明白，促使铁木真在最后一刻下决心的是一位女性。她简单、直接，因此不可捉摸。

3

虎儿年，铁木真正式立国称汗，名成吉思汗。他的国家叫作也克·蒙古·兀鲁思。至此，无论乃蛮人、蔑尔乞人、塔塔尔人、克烈人、翁吉剌人等等，都被称为蒙古人，说蒙古语，使用蒙古文字。这个国家有多大呢？据成吉思汗老年时对他的儿孙们讲：在一个中心点，朝东、西、南、北无论哪个方向，都要走一年的路程。

成吉思汗在斡难河畔召开了隆重的虎儿年大会，举行庆典，并分封授奖。他当众宣布了八十八位功臣，而且，每宣布一位，都要说出原因，一条一条数算他的功劳。这么多的人，他怎么能记得住？如何排列？这样的排列有什么意味？他什么时候想好的这一切？

第一位功臣是蒙力克；第二位功臣是博儿术；第三位功臣是

木华黎；第四位功臣是豁儿赤；第五位功臣是亦鲁格；第六位功臣是术赤台；第七位功臣是忽难；第八位功臣是忽必来；第九位功臣是者勒蔑；第十位功臣是秃格；第十一位功臣是迭该；第十二位功臣是脱伦；第十三位功臣是汪古儿；第十四位功臣是赤勒古台；第十五位功臣是孛罗忽勒；第十六位功臣是失吉忽秃忽；第十七位功臣是曲出；第十八位功臣是阔阔出；第十九位功臣是豁儿豁孙；第二十位功臣是兀孙；第二十一位功臣是忽亦勒答儿；第二十二位功臣是失鲁孩；第二十三位功臣是者台；第二十四位功臣是塔孩；第二十五位功臣是察合安豁阿；第二十六位功臣是阿剌黑；第二十七位功臣是锁儿罕失剌；第二十八位功臣是不鲁罕；第二十九位功臣是合剌察儿；第三十位功臣是阔可搠思；第三十一位功臣是速亦客秃；第三十二位功臣是纳牙；第三十三位功臣是冢率；第三十四位功臣是古儿古出；第三十五位功臣是巴剌斡罗纳儿台；第三十六位功臣是歹亦儿；第三十七位功臣是蒙客；第三十八位功臣是卜只儿；第三十九位功臣是蒙古兀儿；第四十位功臣是朵罗阿歹；第四十一位功臣是孛坚；第四十二位功臣是忽都思；第四十三位功臣是妈剌勒；第四十四位功臣是者卜客；第四十五位功臣是朔鲁罕；第四十六位功臣是阔阔；第四十七位功臣是哲别；第四十八位功臣是兀都台；第四十九位功臣是巴剌扯儿必；第五十位功臣是客帖；第五十一位功臣是速别台；第五十二位功臣是蒙可合勒扎；第五十三位功臣是忽儿察忽思；第五十四位功臣是苟吉；第五十五位功臣是巴歹；第五十六位功臣是乞失里黑；第五十七位功臣是客台；第五十八位功臣是察忽儿孩；第五十九位功臣是翁吉阑；第六十位功臣是脱欢；第六十一位功臣是帖木儿；第六十二位功臣是蔑格秃；第六十三位功臣是豁答安；第六十四位功臣是抹罗合；第六十五位功臣是朵里不合；第六十六位功臣是亦都合歹；第六十七位功臣是失剌忽勒；第六十八位功臣是倒温；第六十九位功臣是塔马赤；第七十位功臣是合兀阑；第七十一位功臣是阿勒赤；第七十二位功臣是脱撒合；

第七十三位功臣是统灭歹；第七十四位功臣是脱不合；第七十五位功臣是阿只乃；第七十六位功臣是秃亦迭格儿；第七十七位功臣是薛潮兀儿；第七十八位功臣是者迭儿；第七十九位功臣是斡剌儿；第八十位功臣是青吉牙歹；第八十一位功臣是卜合；第八十二位功臣是忽邻勒；第八十三位功臣是阿失黑；第八十四位功臣是哈答；第八十五位功臣是赤古；第八十六位功臣是阿勒赤；第八十七位功臣是李秃；第八十八位功臣是阿剌忽失。

这是后人记载下来经过整理的，还有每个人的出身氏族和他的功绩。据说当时不是这样，当时没有第一第二的顺序；成吉思汗总共宣布了八十七位功臣，不是八十八位，其中把博儿术给漏掉了。回到帐里孛尔帖提醒他，说：你怎么能这样呢？博儿术是你最大的功臣、最亲密的伴当，所有的人当中，还有谁比博儿术对你更好、更忠诚呢？我看不出来。你连死去战将的遗孀们都没有遗漏，偏偏把博儿术给忘掉了。你刚做了国主便忘了他，他一定会怨恨你。成吉思对他的妻子说：你说得不错，正因为博儿术是我最亲密的伴当，对我最好、最忠实，所以他不会怨恨我，不管什么原因。如若你不信，可以派人去他的帐里察看一下。孛尔帖还真的去了，那是一个辉煌的夜晚，到处都是篝火、歌舞，整个草原都醉了。博儿术的帐门敞着，他和他的妻子喝酒、说笑话，跟平常一样。

第三十一章

1

是他提醒成吉思汗的，那些战死的将士的遗孀，别忘了给她们分封百姓。整整一天，他坐在新建的金顶大帐前，听成吉思汗宣布他的功臣们，并逐个数算他们的功绩。他仔细听着，一刻不敢走神，万一他漏掉了哪一条，他好及时提醒他。还好，他数算得很详尽，没落下什么，最后，那些遗孀们也都被安置好了，如同她们的丈夫活着的时候一样。他松了一口气，肚子饿了。天色已晚，遍地都是庆功的酒宴，所有的人给他敬酒他都喝，没顾上吃一口肉。回到家里，他差不多醉了。平时，他比这喝的多得多，从没有醉过，这次，也许因为肚子是空的或者太高兴了的缘故。他的妻子给他烤好了一只兀忽勒札，那是他们自家羊群里的野种，平日舍不得吃。兀忽勒札散发出奇异的香气。妻子问他：你怎么了？犯了什么错？他没听懂，说：我这样的人，如果我不知道自己犯了什么错，那就是没犯错。妻子说：那我就放心了。他的妻子是个好女人，永远乐呵呵的，不知道什么是忧愁。跟她在一起的时候，你觉得忧愁是可耻的、多余的，一点儿意思没有，甚至可笑。他咬了一口冒油的兀忽勒札，给妻子讲了一个笑话。他说：从前有一只头羊，带领羊群去找鲜嫩的草吃。出发前主人叮嘱它说，走的时候一百只，回来的时候也要一百只，你要数好。等羊群吃饱了，头羊把它们数了一遍，无论分开数还是加在一起，永远是九十九只羊。回来后它就说，请主人把我杀了吧，我把你的羊丢了一只。主人说丢的那只羊就是你自己啊，你忘了，做头羊的也是羊。

妻子嘻嘻地笑了。这时候成吉思汗进来了，被兀忽勒札的奇香引来的，他坐下来跟他喝酒，说：亏了你的提醒，我把该分封的都分封完了，可是我忽略了一个最重要的人，因为他离我太近，如同眼睛看不到鼻子。亲爱的博儿术，我把你给忘啦，你是我的第一个伴当，在我除了马尾没有一根鞭子的时候，你就来到了我的跟前；在班朱尼河，你与我一起饮浑水来着。我身边的人，没有谁比你更勇敢、更聪慧，比你的威望更高，没有人比你更懂我的心思。因此，除了我的蒙力克父亲，你是我最大的功臣。

妻子又嘻嘻笑了。她这个人就是这样，什么都觉得好笑，从来不知道忧愁。感谢长生天！

草原文学精品选编

2007—2017

小 说 ②

内蒙古作家协会 ◎ 编

远方出版社

多布库尔河

2015 年获第十一届内蒙古自治区文学创作"索龙嘎"奖

萨　娜

第一章

1

妈妈在白雪皑皑的大地上生下了我。

那个冬日的早晨,飘飞了一夜的大雪总算停下了,空气里散发着寥远的寂静气味。我在妈妈的肚子里不安地躁动起来,因为我看到了整个世界被大雪挤压得阒无声息。我踹醒了妈妈。她从狍皮被子里伸出手,小声地骂了一句,便扑通一下坐起身,她决定出去打猎。这样糟糕的天气,那些小动物肯定从洞穴里跑出来觅食,它们饿得快死了。不过,在厚厚的雪地上,它们没法飞速奔跑,妈妈相信自己的枪法不会让她空手而归。

她点燃了篝火,支起吊锅的三角木架,用昨天剩下的半只山鸡煮汤。我的躁动让她越来越难受。她双手合拢放在胸口,不安地对着篝火祈祷:火神,赐给我力量吧。让这个不安分的家伙再挺一挺,他来得不是时候,今天是整个冬季最寒冷的一天,我听得见大地冻裂的声音。

姐姐苏妮娅在她身后哭起来，由于耳朵上的冻疮疼痛难忍，苏妮娅用手抓破了皮肤。妈妈匆匆地结束了祈祷，边大声喊着让哥哥各罗布起来照看妹妹，边把玉米面用水调稀放进吊锅的汤里。各罗布从狍皮被子里跳出来，迅速地穿上衣服。行啦，哭巴精，闭上嘴巴，他摇摇苏妮娅的脑袋，气哼哼地说，你有完没完，你要是小子，我就揍你啦。

妈妈用手里刚拿过的一条劈材顺手揍了各罗布一下，让他闭住嘴巴。她跑到苏妮娅身边刚看一眼，便叫了一声。苏妮娅的小手冻了，一定是夜里睡觉不小心，把手从被子里伸出来冻着的。喂，拿雪来，她朝各罗布喊，给妹妹搓搓手，你没看到我忙吗？

各罗布跑出去，又跑进来，用手里的雪搓苏妮娅小手的冻疮。他干得很老到，一点也不像六岁的孩子。苏妮娅停止了哭泣，对妈妈喊：我饿，妈妈。

妈妈一下子用手捂住脸，她想念父亲时就这样，好像重新捂住过去的日子。你看见了吗？我快被逼疯了，她说，两个孩子每天朝我要吃的，肚里的孩子也要降临人世，可是你离开了我们，去了那里。

我踹了妈妈一脚，让她振作起来，现在不是她哭哭啼啼的时候。用木杆支撑起的斜仁柱帐篷抵御不了外面的严寒。玛鲁神灵知道，大兴安岭的冬天寒冷极了，比死亡还要寒冷。在零下五十多度的气温里，许多动物随时会倒毙在暴风雪中。生命在这个季节里非常脆弱。

妈妈感到了腹疼，脸上渗出一层细汗。她没时间发牢骚了，必须抢在生我之前做完该做的事情。现在，她要喂饱两个孩子、照看火塘里的火旺盛地燃烧、烤干孩子的鹿皮乌拉。最重要的是，她不能空着肚子出去打猎。昨天，她顺着木梯爬上"奥伦"仓房里取食物，不禁忧心忡忡。冻肉和粮食只能维持吃七八天，无法提供她在产期里全家人的饮食。

没有奶水，婴儿会饿死的。

我紧紧贴在妈妈的子宫里不敢动弹。因为我知道，那道神秘的生命通道正在缓缓地启开，我听见了它张阖的有力蠕动。但是我不能出去，我的灵魂正在高空飞翔，若是它来不及进入我的肉身，我降生后只能成为可怜的白痴或怪胎。

我紧紧地贴住妈妈，焦急地等待与灵魂重逢。我不知道在上世里我是谁，从哪里落到妈妈的腹中,未来将是什么样子。但我知道灵魂能引领我走向大地的每一天。玛鲁神灵已经让我睁开了今世的眼睛,我看见了森林。它被厚厚的白雪包裹住,像巨大的胎儿一样缓慢地呼吸,发出古远而悠长的节奏。当森林沉缓地喘吁出一口气,大地也跟随着轰隆起伏一下,那轮亘古的太阳已经跃然而起,它的光芒冲散了阴沉沉的雪霾,天空变得明亮清澈。

就在这时,我听见了远古传来的歌声。它庞大而缥缈,缓缓地流淌在岩石、树木、无边无际的皑皑白雪上。我的灵魂在歌声中飞舞,一种无法抗拒的力量吸引它飞向我。歌声融化掉它翅膀上面的寒霜,它飞翔起来轻盈许多。

我哭了,奇怪的是,我发不出哭声。我看见灵魂在歌声中飘浮、飞翔,我幸福地哭了。

玛鲁神灵说过,所有的生命都会听见宇宙的歌声,就在生命开始出发的时刻。

我的灵魂,它突然冲向明亮的太阳,然后消失了。我感到眼前顿时黑暗而混沌,一切都变得模糊不清。我的小心脏怦怦地跳着,憋闷得很难受,那一瞬间,我明白了什么叫痴呆和残缺,它使你无止境地坠落,被黑暗吞噬的坠落。

我的灵魂又出现了,它像箭一样从天空俯冲而下,遽然间冲进我的肉身。我听见它发出泡沫破灭般微弱的叹息,一切归于平静了。

它结束了我的神话时代。我不再属于天空,而属于了大地。

大大咧咧的妈妈因为我的平静放了心。她用雪一遍遍拼命地揉搓苏妮娅的小手,总算看出皮肤泛出正常的血色。她和孩子们喝过稀粥后,把苏妮娅重新放进狍皮睡袋里,大声告诉各罗布:你看好妹妹,别让她再把手伸出来,往火塘里添样子。火要灭了,你们都得冻死。

各罗布害怕地看着大腹便便的妈妈,猛然喊:妈妈,不要出去,外面冷!

妈妈从柱子上取下挂着的别力弹克枪,朝各罗布笑一下:儿子,听听,那是什么声音?各罗布又喊:妈妈,别出去!外面隐隐传来野鹿的叫声,犹如一片枯叶悄然飘落在静静的河面,但她听见了。爸爸曾经对各罗布说过:你们的卡思拉妈妈有一双神奇的耳朵,能听到别人听不到的声音。妈妈一下精神起来。仁慈的玛鲁神灵真的是在帮助她,在这样的鬼天气里赶过来一头鹿,而不是无足轻重的雪兔或叽叽喳喳的山鸡。山神白那查,她来不及拜求它了,也没时间哄儿子。她撩开兽皮门帘走出去,被寒风呛得咳嗽着骑上马,朝不远的林子里奔跑。

马跑得很吃力,厚厚的积雪陷住了它的四条长腿,妈妈被颠动得一个劲儿摇晃着上身。我憋闷得难受,开始旋转着身体寻找那条生命通道出去。有一个神秘的声音提醒我,我该出去了。

妈妈感觉到我正在挣脱她的身体,一下子慌乱了,呼哧呼哧地喘着粗气。她应该帮助我,打开她的双腿,让我顺利地出生,而不是坐在马背上堵住我的通道。可是她顾不得我,她看见了雪地上新鲜的鹿粪和蹄印。从雪塌陷的深度上看,这是一头三岁的野鹿,饥饿让它丧失了警惕,它居然跑到这里来觅食。

马也看见了鹿印,颠跑得更快了。它紧紧踩在蹄印上,不落下一步。妈妈听见了不远处传来鹿的叫声,柔和而悲怨,是母鹿的叫声。若是公鹿,一定会气冲冲地叫,挨扎了似的。

妈妈跳下了马,她忘记了自己的疼痛。母鹿已经出现在她的视线内。它正用灵巧的蹄子掊开厚厚的雪层,寻找地衣、苔藓和枯草解饿。从它瘪瘪的肚子上看得出来,它饿坏了。饥饿和寒冷让它迟钝了,否则它会发现出现在面前的危险。枪声响了,子弹准确地射中母鹿,它仅仅来得及惊讶地望了妈妈一眼,便扑通倒下去。

我听见了那一声枪响,看见了冒着蓝烟的子弹钻进了母鹿的腹部。我的眼前盈满了血色。有一种力量从前面牵引我,我和它纠结着、撕扯着向那个世界挣扎。我用脚和手踹打着,碰撞着,寻找出去的通道。

妈妈疼痛地弯下腰,这个坚强的女人来不及喊叫,刚把狍皮大衣铺在雪地上面,我就顺着一摊血水滑落出来。她跪在大衣上,用匕首割断了脐带。在零下五十多度的森林里,在雪地上,我攥紧拳头,咧开嘴,发出第一声哭啼。

2

我生下来就没有爸爸。爸爸给各罗布制作过小弓箭、小推车和摇篮,给苏妮娅用桦皮剪出过各种小动物。我没有爸爸，没有爸爸给我制作玩具。当我能坐在妈妈怀抱里时，她再也无法怀孕了，因为我没有爸爸。

我跟妈妈要爸爸时，已经五岁了。

大我四岁的苏妮娅常常把我堆到铺位上，拿过桦皮盒摆在我面前说：自己玩，姐姐干活哪。她像个小大人，可以帮妈妈烧火，做饭，晒肉干，搓鹿筋绳。十一岁的各罗布个子一下蹿得很高，他已经能用枪打灰鼠和兔子。

我孤单地玩着桦皮盒里的玩具，那是爸爸给苏妮娅剪的小动物，她像看守宝贝一样谁也不让动。对我，她就大方起来，我是你姐姐呀，她说，你要什么我都给你。

沙拉苏姑姑生了女孩，满月后抱出帐篷被我看见了。神奇的小人儿，她瞪着明亮的眼睛瞅着我笑起来。我想摸摸她，沙拉苏姑姑不让碰。她太小，等长大一点跟你玩。她哄着我说，马上钻回了帐篷，生怕孩子受了风。

我跑回去找妈妈，让她给我生个妹妹，还有弟弟，我要哄着他们玩。妈妈正忙着缝各罗布的狍皮裤子，他钻进林子里打灰鼠，树木的枝条剌破了裤子，显然他上树了。妈妈边缝两处咧开大嘴的口子边生气，各罗布太淘气了，她总是找不到他，虽然她知道儿子跑进林子里练枪法，但他还太小，轮不到他养家糊口。

我要妹妹，我坚决地说，我还要弟弟，这样我就有小伙伴啦。妈妈惊愕地瞅着我，奇怪我怎么会有这种念头。古迪娅，乖巧的百灵鸟儿，没看见妈妈忙疯了吗？她说，出去玩儿吧，今天的太阳多好。

妈妈总是说她快忙疯了，总是说你出去玩儿吧。我只好孤单地找蚂蚁玩。在大树根下，那群蚂蚁又开始排着队搬东西了。我把一根草横放在道路上，它们起初犹豫着怎么走。一个黑色的蚁王马上爬过来看看发生了什么事。它威武地爬到草上，摇动着小脑袋，后面的队伍便迅速爬过去，继续前进。

我跟它们玩了很久，最后困得倒在树根下睡了。在梦里，这些傻头傻脑的家伙仍然向我涌来，好像和我势不两立。妈妈在帐篷里喊我，我却听不见。她一下子慌了，跑出来找我。她总算在树根下找到我，抱起我就哭了。可怜的古迪娅，可怜的孩子，你爸爸看你这个样子该心疼死啦。她边哭边说。

妈妈想念爸爸。她死去的丈夫是一个出色的猎手，是一个活在传说中的勇士。但是他死了，葬在高高的风葬台上，让妈妈变成了寡妇。

爸爸死在那个大雾迷蒙的天气。这样的天气里，猎人一般不出外打猎。可是爸爸还是钻进林子里。妈妈怀上我六个多月，需要营养，而苏妮娅和各罗布尚小，帮不了大人的忙。爸爸骑上马朝林子深处走去时，没有想到自己一去不复返。乌力楞的男人们在一处悬崖下找到了他的尸体，还有那匹摔得粉身碎骨的马。克道鲁爷爷推测爸爸被一头野鹿引到悬崖边，它们经常这么干，雾气太浓郁了，他来不及收紧马的缰绳，就像白桦树叶那样飘下去。

玛鲁神灵说过，每一个生命都不是好惹的。

妈妈不是第一次遭受亲人死亡的打击了，她看到了太多的死亡。但是最让她无法原谅自己的，是大儿子失踪。她生下第一胎时才十六岁。儿子刚满月，她就用摇篮背着他，和爸爸一起进林子里打猎。儿子四个月时，已是盛夏季节。和往常一样，在途中她喂饱了儿子，把他牢牢地捆绑在摇篮里，挂在高高的白桦树枝上之后，他们便骑着马钻进了更深的林子。这种情况下，他们不会走远，无论能否打到猎物，一定要尽快返回去。那天妈妈的运气不错，打中了一只狍子。本来那只狍子让爸爸一枪击中了后腿，撒腿逃跑，妈妈补了一枪，它才一头倒下。等他俩高高兴兴回来，摇篮里空空荡荡。这两个不幸的人差点没疯掉，他们怎么也不肯相信，儿子会像乌麦鸟一样飞走了，但那只摇篮跟噩梦的脸似的，在他们眼前荡来荡去。

哥哥的失踪是一个无法解开的谜。妈妈经常在梦里听到儿子的哭声，半夜里她的喊叫惊醒了全乌力楞的人。可怜的人儿，快让她怀上孩子吧，那些女人们私下里同情地说，一旦当上母亲，就顾不得做梦啦。

虽然妈妈又怀上孩子，却无法忘记这件事情。有些时候，她正干着活，却猛地停下手呆呆地想着什么，然后咒骂自己：该死的娘们，玛鲁神灵为什么放过你，上刀山下火海的蠢货！

乌力楞的人从来不嘲笑妈妈，从不在她面前提这段悲惨的往事，而是用沉默帮助妈妈恢复正常的生活。玛鲁神灵说过，人生下来就走向死亡，有生就有死。活着便是一切。

我闹着要妹妹和弟弟，我的话连鸟儿都听见了。白嘎拉姐姐哄我玩时说：傻瓜，没有了爸爸，你妈妈怎么给你生妹妹。

在一边缝婴儿服的沙拉苏姑姑拍了女儿脑门一下：多嘴多舌的丫头，我用松树油粘住你的嘴皮子。

这一回我跟妈妈要爸爸了。妈妈，我要爸爸，我口齿不清，把爸爸说成巴巴。她叹口气，不知怎么哄我才对劲儿。这个丫头从小就倔强，让她伤脑筋。我跟在她身后转来转去，一遍遍地说，我要爸爸，我要爸爸。

妈妈从桦皮箱里找出爸爸的照片拿给我。古迪娅，这是爸爸，她郑重地说，他在天堂里等妈妈过去。什么时候你们长大了，我就走了，你们快点长大吧，我都等不及啦。

这张黑白照片被妈妈藏在桦皮箱里，从没拿出来让我们看。她怕强烈的阳光夺走男人的形象，怕我们的小手撕坏了软软的纸。爸爸在照片里傻头傻脑地笑着，连眼角的皱纹都看得清清楚楚。可是他身后什么都没有，一片黑暗，那种黑暗比深夜还幽暗。

妈妈说，这张照片是她刚怀上我时，爸爸下山照的。他和另外两个人牵着驮运猎品的四匹马去商人安达那里换粮食，被照相馆的人拉进去拍了照，爸爸为此付了一张水獭皮。他为自己的好奇和勇敢付出了太大的代价。当他回来后拿照片炫耀时，老人们默默地离开了他。他们看到爸爸的灵魂被摄进这张魔纸上，认为这个不幸的人早晚要出事。果然他就出事了。

在照片里，我找到了自己。我长着和爸爸一样的黄头发、小眼睛和塌鼻子。你和爸爸一样，当我犯倔时，妈妈便愤怒地指责我，你和爸爸一样倔头倔脑，真让人生气，女孩要温柔一点，男人不喜欢倔女人，早晚有人收拾你。

我才长到九岁时，妈妈就这么教训我。

我不要男人，我生气地顶撞她说，我只要妈妈，让苏妮娅要男人吧。

她忧伤地看着我，比看到一棵会走动的树木还吃惊。

你到底是谁呀，古迪娅，她抚摸着我的小脑袋说，你是多么奇怪的孩子，在你眼睛里，我看到了你爸爸。她一下子把我搂在怀里泣不成声。爸爸从我眼睛里流下泪水，滴在她脸上。我的泪水如此炽热，妈妈一下子放开我，默默地跪在悬挂的"玛鲁"神龛前祈祷。最后，她奇怪地说了一句：放心吧，我不会给你丢脸。

她说给谁听呢？

3

爸爸的家族属于古老的柯尔特依尔氏族。耶利俄奶奶说过，家族的人既不清楚柯尔特依尔是什么含义，也不了解家族的历史，只是隐隐记得，他们的祖先从外兴安岭一带迁徙过来。但对鄂伦春族新的氏族，那些年岁已高的老人尚且记得其含义。

比如说车车依尔千姓氏，就有一个令人啼笑皆非的传说。有一个猎人，当他的爱妻死后，为了表示怀念，他将她的生殖器割下来放进桦皮盒里，每次出猎归来都要看一看，猎人娶了第二房妻子后仍然这样做。他的妻子懊恼已久，便趁他出猎将桦皮盒里的东西扔掉，装进一只活的小鸟。猎人回家后，又打开桦皮盒，小鸟一下子从里面飞出来，他被惊吓后得了一场大病。从此，人们称他的后代为车车依尔。

红改达千姓氏有一个悲凉的传说。红改达就是桦皮桶的意思。早年间流行麻疹病，部落里死了许多人。一户人家为了保住孩子，把他装在桦皮桶里躲避瘟疫，居然躲过了劫难。这个死里逃生的孩子变成了孤儿。长大后他成了家，为了纪念自己的父母，他让后代改姓为红改达。

爸爸去世后，我们依然和他的家族生活在一起。依照传统的规矩，我们乌力楞的七户人家都有非常近的血缘关系，在多布库尔河一带生活，七户人家共同狩猎，平均分配猎物。哪怕有一块狍子肝，猎主也会切成七等份分给各家。

妈妈非常要强，她不想拖累大家，让别人照顾她这个寡妇。因为要强，她外出打猎在冰天雪地上生下我，遭到全乌力楞人的责骂。大家觉得对不起爸爸和两个孩子，尤其是三叔奥洛奇，因为这件事上火，嗓子痛得半个月说不出话。他刚好一点，就站在我们家的帐篷外对妈妈喊：卡思拉，你羞辱了我，难道我不是男人吗？你为什么瞧不起我！

我刚满月，妈妈又开始打猎了。她把我捆在摇篮里，吩咐各罗布看好两个妹妹，自己拎着枪骑上马钻进林子。她走出斜仁柱时，我们常常还在睡梦中，而当我们听见猎狗门巴和利克兴奋地从林子里跑回来时，天已经快黑了。

她打猎时极少空手回来。三个饥肠辘辘的孩子把她逼成弹无虚发的神枪手。乌力楞里对待女人是尖酸刻薄的，男人都在背后议论：卡思拉真是能干的女人，她该嫁人哪。

妈妈没有收藏起爸爸的枪，而把它悬挂在斜仁柱的木柱子上。各罗布，有一天你会用上它的，她对哥哥说出这句话时，心情很复杂。她盼着各罗布快点长大，又怕他有一天真的像爸爸那样拿起枪。我亲眼看见她亲吻那杆枪，还对它喃喃自语，好像它是活人。她用自己那杆俄式别力弹克枪打猎，倒在枪下的动物真不少，有兔子、灰鼠、山鸡、野鸭、狍子、鹿、犴，甚至还有毛皮珍贵的猞猁和水獭。尽管她像男人一样勇猛，却不打野猪和熊。

有三个孩子的女人招惹不起凶猛残暴的动物。

三叔奥洛奇爱上了妈妈，一次次地求妈妈嫁给他。妈妈边利索地切割狍子肉，把肉条挂在绳子上晾晒，边对赖在身边的小叔子说：各罗布快长大了，有一天他会把你拍成肉饼。找一个好姑娘吧，我可是大你五岁哪。

对于奥洛奇的痴情，乌力楞的人都赞许。大五岁怕什么，有三个孩子的女人更金贵，难道守寡就是对丈夫好吗？那家伙自己跳下悬崖，真是说不清道不白的怪事。卡思拉太可怜了，出嫁吧，傻娘们。

有一个男人干脆给奥洛奇出主意，让他把卡思拉睡了再说。

别绕来绕去了，他很老到地指点眼前笨头笨脑的小公鸡，找个地方好好干她一次，她就死心塌地跟你啦。

可是奥洛奇不干。他涨红了脸大声嚷嚷：你这个肮脏的家伙，难道没有更好的办法吗？我要征服她的心，让她把我当成真正的男人，不是揩鼻涕的坏小子。

奥洛奇骑上马钻进林子深处打猎去了。他要打到大猎物，要赢得哥哥那样的英名，来配得上心爱的女人。在多布库尔河一带，哥哥的名声像朝霞般灿烂，像雷声般响亮，如果能用生命去换取光荣，浪漫多情的三叔一定会在所不惜。

他骑着马在夏季的林子里钻来钻去,树枝不时地拍打他热烘烘的脸,钩挂他的衣服。走吧,走吧,对那些唾手可得的鹿和狍子,他压根不想理睬,大声吆喝道,走吧,别在我眼前晃悠。

三叔边走在厚厚的草丛上,边埋怨它们挡住他通向心上人的道路。把这么温驯的动物打死,扔在心上人面前,能证明他是一条好汉吗?卡思拉肯定会说:各罗布十二岁时,就能猎杀它们啦。

他终于遇见了熊,真正的庞然大物。这头岩石般沉重的黑公熊,似乎是为了成全他轰轰烈烈的爱情而出现。它扒开地面一个个鼓起的蚂蚁窝,掏出里面聚成一团的蚂蚁舔进嘴里,津津有味地品尝。三叔知道,熊喜欢吃零嘴。没事的时候,它总愿意四处寻找鲜艳欲滴的山果、甜香的蜂蜜、肥美的游鱼吃,蚂蚁是它百吃不厌的美食。老人们说熊的力量之所以如此强大,就是因为吃了蚂蚁。所以小孩病后身体虚弱,大人就用蚂蚁粉调理。

嘿,三叔大声喊起来,嘿嘿!

黑熊抬起头看着那个大喊大叫的家伙,他举着枪,正瞄准它。它一下子被激怒了,挪动着巨大的身体猛扑过来。

三叔沉着地开了枪,子弹准确地射入张牙舞爪的黑熊心脏,它山崩地裂地号叫着朝他追来。三叔拼命地顺风奔跑,绕过一棵又一棵大树,在他身后,不时传来黑熊撞击大树的震响。他终于听到黑熊沉重倒地的动静,但他不敢回头,一个劲儿地奔跑,直到累得趴在地下。过了很久,三叔也不敢靠近黑熊,耳朵里一直响彻它的咆哮声,鼻子里还充满着它喘气的臭气。

后来,他还是回去了。这头倒下的黑熊肚子瘪下去,元气丧尽,但是它浑身的毛发依然散发着浆果的气味。显然它吃了大量的紫都柿浆果,浓醇的果汁在它肚子里变成了美酒,所以它醉意蒙眬,反应迟钝,最后稀里糊涂丧了命。

三叔垂下枪,肃穆地站在熊的尸体前,像对待去世的长辈那样悲伤地说:我不是故意杀了你,而是误杀呀,阿玛哈神灵,求求你千万不要降祸于人,保佑我们多打野兽吧。

乌力楞里的男人们帮助三叔抬着熊返回营地。当远处低低的哭泣像风一样传来,妈妈的脸色顿时变得比桦皮还白。即使傻子也猜得到,三叔猎到了熊,所以抬着猎物的人才佯装哭泣，以示敬畏。快走到乌力楞的营地时，他们又学着乌鸦发出嘎嘎的叫声，让熊的灵魂知道，不是人伤害了它，而是乌鸦打它的主意。

全乌力楞的人都从斜仁柱里出来，学着乌鸦的叫声迎接猎物。男人们把黑熊放在营地前的草坪上，开始割卸它庞大的躯体。

三叔操起猎刀。当他割下熊的前掌时，年长的阿力库老人便拉长了声音喊：一块没长眼睛的石头硌疼了你的肉掌，躲一下吧，雅亚祖父。当剥开熊皮时，老人喊：刺骨的寒风划疼了你，躲一下吧，雅亚祖父。当猎刀卸开熊的脊骨和整个骨架时，伫立的人们发出悲伤的哭泣声。在所有人佯装的呜咽声中，只有妈妈的哭泣才是真实的，她捂住嘴，从心底里发出的悲鸣震撼了每个人。起初大家以为她为熊的死亡悲恸。不是吗？族人向来认为自己与熊有着秘不可宣的亲缘关系。瞧瞧吧，熊和人一样能够坐下，用前肢抓食物进食；能用后肢直立，像人那样行走；还可以用前肢遮在眼睛上方观察远处；连母熊隆起的乳房都酷似女人。熊的生殖器也与人相似，交配采取前入位的方式，这一点它和别的动物不一样。

所以，族人们在内心深处认为，熊是自己的祖先，是雅亚祖父。人是由熊变来的。

起初大家以为妈妈替熊悲伤，就像人们为英雄落泪，后来他们看出来，奥洛奇越来越像卡思拉死去的丈夫，他的一举一动，真就是活着的哥哥。

卡思拉不哭才怪了。

我躲在妈妈身后看着眼前的场面。那天中午的阳光格外强烈，照在人们的脸上、身上，照在远处的林子和近处的草地上，让一切看起来恍惚迷离。三叔挥舞着匕首卸下黑熊的巨大身躯给我留下恐怖的印象。我不知道大家为什么嘴里呜咽，脸上却带着快乐的笑意。那时，天空中真的飞着几只乌鸦，它们发出的嘎嘎叫声，扯碎了阳光和空气。在我恐惧的视线中，一切都显得虚幻而离奇。

各罗布和苏妮娅咧着嘴嘎嘎地叫，别的孩子也跟着叫，还不时地跑来跑去。我的脚被踩疼了，疼得我也想跟妈妈一起放声大哭。看我傻呆呆地站着，各罗布递给我一块刚煮熟的熊肉。我摇着头不想吃，他拍了我一下，气冲冲地说：

你想挨饿吗？是的，所有的人开始聚在一起吃熊肉，今天只能吃熊肉，没有别的，我不听话就要挨饿。

我撕下一块熊肉放进嘴里，嚼了几口咕咚咽下去，我吓了一跳，怔怔地看着哥哥。他被我的表情弄糊涂了，着急地拍打我后背吓唬：喂，你干什么，连东西都不会吃吗，噎死啦！欠揍的，干什么都笨手笨脚。

我哭了：哥哥，熊进到我肚子里啦，我害怕。

哥哥从我身边跑开了。过了一会儿他端着桦皮碗回来，哄我说：哭巴精，别哭哭咧咧啦，你喝下这些熊油，熊肉就能滑出肚子啦。

我们大便干燥时，妈妈用熊油给我们灌肠。各罗布想起用这个招数让我闭住嘴巴，他最怕我哭起来没完没了。

我喝下熊油，等待着那块可怕的熊肉掉出来。血淋淋的宰杀场面，阿力库爷爷拉长声音的祈祷，还有空气里煮肉的奇异香味，都让我感到害怕。我在忙碌的人群里寻找妈妈，她正在吃熊肉。看她若无其事的样子我奇怪极了，刚才她还哭得痛不欲生。而各罗布，已经成功地甩下我这个哭巴精，跑到三叔身边打打闹闹去了。

我手里还攥着那块熊肉。它很香，真的很香，可是我不想吃掉它。不为什么，就是说我不该吃熊的肉，熊是我们的雅亚祖父。

我飞快地跑开了。在不远的林子里，有一块属于我的地方。就在一棵长得最粗壮的松树下，我埋葬了猎狗利克的孩子，它得病死了。现在我要把熊肉埋进去，不让任何人看见，很快它会长成一棵小树。玛鲁神灵说过，世间万物都有灵魂。利克的孩子和雅亚祖父，在这个世界死了，应该在另外一个世界复活吧。

埋完熊肉，我心满意足地站起身。我看见七座淡黄色桦树皮苫盖的尖顶帐篷，在树木的缝隙间露出圆锥形的轮廓，淡淡的炊烟味儿从草地上慢慢地飘出来，飘进幽深的林子里。更远一些，夏季的多布库尔河正在静静地流淌，闪耀着明亮的光芒。

这次盛宴一直到太阳西斜时分。按照习俗，要在太阳落山前把熊骨风葬了。因为它是雅亚祖父，我们要送它回家。

阿力库老人让大家把所有的熊骨放在一张木制担架上。他神情肃穆地摆放熊骨，在我们视线里，渐渐出现了完整的熊的骨架。

雅亚祖父，你回家吧。阿力库老人带着哭腔说完这句话，四个年轻的猎人便抬起担架向幽深的林子里走去。大家跟在后面，送葬的哭泣声再一次缓缓浮起。

阿力库老人选中一片林子，我们站下了。妈妈紧紧拉住我的手，仰着头望着高大粗壮的松树。她一定想起了风葬在另外一座山顶的爸爸，他的灵魂会顺着多布库尔河升入天堂吧。男人们寻找了四棵松树，从两米高处截断，搭起一个风葬台。阿力库老人用树枝覆盖住熊骨，大声说：雅亚祖父，起程吧。

我们看着担架升上了半空，放置在松树搭成的台架上。即使黑熊没有了生命，即使它只剩下巨大的骨架，我们仍然感觉得到它无言的威严。大家共同为它祈祷，希望山神让它早日投胎，获得新的生命。

妈妈又哭了，我不知道她打哪儿来的源源不断的悲哀。阳光从树木的缝隙间泻下来，洒在风葬台、人们的脸上和身上，斑驳陆离。

那一天留在我记忆里的，是从未见过的蔚蓝的天空，明亮的阳光，以及长歌一样的哭声。

奥洛奇向妈妈求婚，又一次遭到她的拒绝。她冷静地对小叔子说：你要我的身体，拿去好了。等过了这个劲儿，你找别的姑娘吧。我只属于你哥哥，他走了，我的心就死了。

三叔目瞪口呆，他刚打死一只熊哪，她吃过熊肉，参加了送葬仪式，却仍然拿他当一个长不大的小叔子。难道她忘不掉给他揩鼻涕的事情吗，还是真的看不上他。至于心死了的一类话，他连听都不想听。她的身体是什么，是狍皮大衣吗？说送给他就扔过来了。为什么她不珍重自己？卡思拉，他一向拿她当女王一样看待。

我想跟你结婚，三叔气恼地冲着她喊，我不是随便说着玩的。

三叔肯定是疯了，除了打猎、睡觉，他长在妈妈身边。他不再叫她嫂子，而叫她卡思拉。多美丽的名字，像温柔的卷莲花，散发着淡淡的清香。卡思拉，我回来啦；卡思拉，我饿了；卡思拉，瞧我给你带来什么？他举起手里自己费尽心思制作的鹿骨项链，笑嘻嘻地凑到妈妈跟前让她戴上。

妈妈被这股旋风弄得晕头转向。她刚想跟女人们发牢骚,便遭到她们一顿数落。卡思拉,没有男人你是生不了孩子的;生不了孩子,你还是女人吗?为了能够生孩子,你也该嫁出去。

我戴着奥洛奇给妈妈的鹿骨项链在帐篷里晃来晃去,被他看见了。喂,古迪娅,把项链还给妈妈,三叔冲我嚷嚷,这是我送给你妈妈的。他还朝我挥了挥大拳头。

我是不怕他的,不仅我不怕,各罗布和苏妮娅也不怕,我们喜欢跟他打打闹闹。苏妮娅看见奥洛奇颇费心思制成的鹿骨项链被我霸占了,马上央求他给自己也做一个。他就用遍地的鲜花为苏妮娅编了一顶漂亮的草帽,那顶草帽太诱人了,所以我同意用项链换下来,戴着它四处招摇。可是过不了多久,草帽上的鲜花蔫软地耷拉下来,让我很扫兴。苏妮娅很仗义,找来鹿筋绳,拆开项链穿成两个,我们就都得到自己想得到的东西了。

可是过不了多久,我和苏妮娅发现妈妈又有了新的鹿骨梳子、纽扣,还有鹿骨簪子。她把浓郁的头发全拢到头顶,用鹿筋绳捆绑得紧紧的,在丰盈的发髻上顺手插上那根象牙白的簪子,露出鹅颈般的脖子,不经意间显现出她的美丽。可是没等半天,她又把头发放下来扎成一根老气横秋的辫子。因为奥洛奇趁她不注意的时候居然抚摸了她的脖子。那抒情的抚摸既让她怦然心动,又让她下定决心,了却这桩麻烦事。她是有头脑的女人,看得清楚小叔子满脑袋的浪漫很快会烟消云散。她领他进了林子,把自己的衣服脱光,直率地对呆头呆脑的家伙喊:来吧,来吧,吃饱了你就走开吧。

奥洛奇慌乱地往后退两步。卡思拉像个粗鲁的男人那样打开了身体,让他感到了羞辱。他宁愿自己一层层剥开心爱女人的衣服,看到成熟的身体像煮熟的鸭蛋,光溜溜地落在他手心。可是卡思拉撕碎了他的浪漫、他的幻想,让他猝不及防地站在一个已经衰老的身体之前,他既不能迎上去,又不能反身逃走,全乌力楞的人都知道他对卡思拉一往情深。他只能用手捂住眼睛乞求道:你把衣服穿上吧。

卡思拉当然要穿上衣服,奥洛奇的失望在她意料之中,他终于看清楚了她这个风干的皮囊,泥泞不堪的沼泽地,风剥雨蚀的岩石。她硬邦邦地戳在草丛上，一点儿美感都没有。苦难在她脸上还远远不够，苦难已经渗透了她全身，不是吗？奥洛奇，还没结婚的小子，他懂得什么是爱情。她穿上衣服，平静地说：快点和别的姑娘结婚吧，让脑袋清醒点。你若是为了守信用娶我，我会在夜里做噩梦的。

妈妈跟乌力楞的人说，她梦见了丈夫，他指责她，为什么不知廉耻。帮奥洛奇找个姑娘吧，他说。

帮奥洛奇找个姑娘吧，妈妈求乌力楞的女人们关心三叔的婚姻大事，他该有自己的家了，难道还赖在二哥家一辈子吗？妈妈说。

4

各罗布六七岁时，就用爸爸制作的弓箭射中飞跑的兔子。九岁那年，他用爸爸的枪可以射中树上的灰鼠。十岁时，他的枪法已经很准了，虽然他打到的都是小动物。

每逢天气转暖，各罗布就在帐篷里待不住，跑到别人家的帐篷不愿意回来。妈妈说，没有爸爸的男孩子不愿意待在家里。

苏妮娅一看见他往外跑，就生气地喊他回来。他对着她摇摇拳头说：我不是母兔子，不想老哄你们两个臭丫头，自己玩儿吧。

苏妮娅没时间玩，正卖力地鞣熟一块鹿皮。她是一个臭美的丫头，不满意妈妈为她缝制的皮手套，想自己动手啦。我要做"瓦拉开依"手套，她对各罗布说，你当好哥哥，不然我长大了不给你做衣服。她边说边用刮皮子的"毛丹"刮下沾在鹿皮上的肉丝。

各罗布又去拽苏妮娅的辫子：你少吓唬我，臭丫头，我打不到猎物，你拿什么做衣服？这么小就说大话。

我不想听他们打打闹闹。苏妮娅又跑到帐篷外跟妈妈告状，妈妈哼哼两声算是听见了，她永远偏袒各罗布。我的三个孩子，只有古迪娅让我操心，她跟旁边的瓦佳婶抱怨，这个丫头平时一声不响，像个哑巴，是不是刚出生就冻坏了脑袋？

诉说对我的种种忧虑，妈妈的声音就显得阴潮起来。我和别的孩子不一样，小时候就喜欢抓色彩鲜艳的东西往嘴里填，大一些就找妈妈染衣服的颜料到处涂抹，或者自己发呆。

四月的天气刚刚转暖，各罗布和苏妮娅就开始经常拌嘴了。我不清楚他俩为什么要争个高低，而且总是各罗布败下阵来，跑出帐篷去找三叔玩。他快成奥洛奇的小尾巴了。

我用不着再捂戴狍皮手套了，因为我的手已经感觉得到，太阳越来越温暖。苏妮娅眼睛尖，刚看见我用手挠脸，便喊：古迪娅，别挠啦，你的脸会烂成老妖婆的！

一到春天，我脸上的两处冻疮便痒痛难忍。苏妮娅像头小母鹿，动不动就转悠到我面前，警告我收回自己的爪子。她学妈妈的方法，用獾子油抹在冻疮上，这样我就好受一点。各罗布关心我的方式就是敲一下我的脑袋告诫：别到处乱画啦，好好待着。

苏妮娅马上喊道：别管古迪娅，她想干什么别人管不着。

我推了各罗布一下。去找三叔吧，别烦我，我说，看不到你，他又要嚷嚷了。

好像要证明我的话没有白说，外面果然传来三叔的声音：各罗布，快出来，跟我打兔子去。各罗布真像只兔子一样跑出去。

现在帐篷里安静了。妈妈和苏妮娅去了二叔家，她们为奥洛奇赶做夏季的衣服。我在帐篷角的桦皮桶里发现了染料，妈妈尝试着给奥洛奇的狍皮大衣染上鲜艳点的蓝色，她终于用三种不同的植物熬出满意的色彩，珍重地藏在桦皮桶里。

我打开桦皮桶的盖子，一股清香扑鼻而来。妈妈是个魔术师，她怎么会用到处可见的植物熬出天空一样鲜亮的颜色呢？我用手指头蘸了一点舔进嘴里，有一点甜甜的味儿。这里面大概有甘草。至于另外两种植物，只有妈妈自己知道。

我的目光落在"额尔敦"上。我们把围住斜仁柱帐篷遮风挡雨的兽皮叫"额尔敦"。我用手指头蘸着染料涂抹在狍皮围子上，很开心地听见皮子吃染料的嗞嗞响，真像婴儿吸吮桦树汁液的声音。我的手下慢慢出现了图案，没人知道它是什么，我也不知道。它是没有成形的我。

我画得随心所欲，桦皮桶里的染料越来越少。这个时候我害怕妈妈进来，她会骂死我的，或者干脆用棒子敲我一下。她气恼的喊叫从我的手指缝间冒出来，烫得我甩了一下手。妈妈，别喊我啦，我默默地在心里请求她，别喊啦，让我自由地画吧。风是我的呼吸，雨是我的眼泪，这些稀奇古怪的画就是我在喃喃自语。

因为我用了妈妈的染料，因为兽皮被涂抹得乱七八糟，妈妈还是用木制的饭勺照我脑袋敲了一击：这可是我用秋天收集的草叶熬出来的，现在我上哪找到它们？

接着她问：各罗布上哪儿去了？

各罗布拎着枪走了，十三岁的各罗布个头长得挺高，快赶上妈妈了。尽管我没看见爸爸，各罗布却让我猜出爸爸是一个高大的男人。刚才各罗布回来取枪，我回头望了他一眼。我看见了爸爸，在他身后，神情依稀地笑一下，接着消失了。

妈妈，各罗布身后有一个人影，我停住手，对并不在眼前的妈妈说。有一种不祥的感觉让我害怕，但我不敢跟妈妈讲，她已经被苦难和不幸折磨得够可怜了。每天早晨，她一定要站在帐篷外西北角念咒语，让那些看不见的鬼神离她的孩子们远一点。她甚至对爸爸的亡灵说：我们柯尔特依尔家族的人死得太多了，你不要挂念我们，那些鬼神会跟在你身后兴风作浪，还是别找回家的路途了，早晚我们也是要见面的。

我不能跟妈妈说，我看见了爸爸的幽灵。

妈妈被苦难快折磨疯了。我看得出来，自从各罗布第一次打到了狍子，她就开始为他担惊受怕。

一只狍子闯入各罗布的视野里。它可真大，像牛一样大。它的蹄子蹚在枯枝败叶上，而腿部被春天的残雪和泥泞弄湿了。它边走边啃吃地面裸露出来的枯草。阳光已经显示出温暖的力量，积雪在融化，到处能听见雪水滴落在大地上的声音，真像雾气无声地游动。

狍子抬起头，它听见了风声，听见了风里潜藏的危险，一下子飞跑起来。可是跑了不远，它又站住了，仔细聆听周围的动静。四面安静极了，它以为自己的耳朵出了毛病，便朝刚刚离开的地方走去，想看看什么东西发出了那么细碎的响动。

在那片背风的山谷里，十三岁的各罗布一点也不犹豫，用爸爸的枪射出子弹，一枪便撂倒它。

狍子与生俱来的好奇要了它的命。

各罗布是一个心大的男人啦。妈妈说出这句话时，已经哭得稀里哗啦。

各罗布走到倒下的狍子面前想一会儿，回头拍拍马的脸，他和马一起拖回了狍子。天知道他动了多少脑筋，费了多大力气。他不想让大人帮忙，而是想让妈妈看见，他第一次狩猎到大动物的完美过程。

当我们从帐篷里跑出去迎接各罗布时，天色已经黯淡了。各罗布大声喊：妈妈，看我给你带回来什么啦。

妈妈围着地面的狍子转了几圈，抱住各罗布痛哭起来。天哪，他早就准备了绳子。幸亏离营地不远，但是狍子的皮在地上被拖来拖去，还是露出了里面的肉，而马的脖子也被绳子勒出了深深的痕印。

乌力楞的人全都跑出帐篷，以为发生了什么事。他们看到妈妈把头埋进各罗布小小的胸膛呜咽着，谁也没劝她。让她好好哭一场吧，这一天早晚要到来。她的儿子长大了，她会知道，她的儿子该支撑她了！经历了许多苦难的女人若是连眼泪都不肯流，老天还能下雨吗？

妈妈像个无助的孩子那样哭泣，又瘦又小的身体急促地抽搐着，让人想起被风抽打的树叶。她是母亲，深知一个男孩子拿起枪走进森林里的危险。

她是母亲，所以哭泣。

从妈妈的哭声里，我嗅到了苦难的气味。它就在我们身边，随时跟着我们，任何时候都可能把那只厄运的手伸向一个人，另一个人。

我看不见它，但我知道它存在，无声的惊恐让我呕吐起来。我跑到人们看不见的地方吐得一塌糊涂。妈妈说我胃肠虚弱，她不知道，我害怕和恐惧时也呕吐。

男人们帮助各布罗解开狍子后，不知道怎么办才对劲儿。按照族人的规矩，猎物要平分给各家，可是各罗布太小了，大家都希望我们一家人尽情地享受各罗布的奇迹。

各罗布让妈妈把狍子分成七份，他把肉送进每一座帐篷里。那是他最骄傲的时刻，他得到了所有人由衷的赞美和祝福，还有老人深情的拥抱。

他被视为真正的莫尔根猎人。

各罗布站在三叔奥洛奇面前时，奥洛奇就感觉得到自己的大哥活生生地出现在眼前。他什么也不说，一下子抱住各罗布，喉咙间哽咽着。接着，他把腰间的匕首送给了各罗布，那一直是各罗布眼馋的宝物。它用了两年时间铸成的，奥洛奇讲匕首的来历时，总要这么绘声绘色地形容，所以它是千年不卷刀刃的宝物。他说，祖宗留给我的，除了血脉就是勇敢的精神。

他把匕首送给了各罗布：了不起的小伙子，你才配得上它！保护好你的母亲。

接着他说了一句粗话，他本想给各罗布添上几个亲弟弟，可是卡思拉却让他滚蛋。

各罗布，因为你，你妈妈才拒绝我啦。三叔拍一下各罗布的脑袋表示亲昵，你的爸爸永远只有一个，他在天堂。

各罗布很骄傲地听着。三叔把他当成了男子汉讲心里话，这一点令他着迷。他忘掉了自己先前是怎么憎恨三叔了，他不允许任何人抢走妈妈。可是现在他开始同情三叔了，猛不丁冒出一句话：把妈妈抢走吧，到时候我帮你。

三叔惊讶地瞧着各罗布，慢慢地摇着头：天哪，你还是孩子，怎么有这么大的心思？

各罗布说：我妈妈夜里经常哭，你别让她难过了。

小子，你妈妈的心已经死了，三叔说，她在死亡的道路上一直走下去，就是因为有你和两个妹妹，她才活着。

那天晚上睡觉时，妈妈笑着讲起了帕斯佳大婶提亲的事。她想把娘家侄女许配给各罗布。妈妈的笑声充溢着久违的快乐，她甚至和儿子开始玩笑。各罗布把脑袋一下钻进狍皮睡袋里，闷声闷气地喊：我才不要她呢，胖得像头野猪。

我和姐姐也闷进睡袋里咯咯笑起来。帕斯佳大婶的侄女一直跟随她住在一起，已经十六岁了，还没有男方家提亲。若是奥洛奇娶她还差不多，可是帕斯佳大婶居然看中了一个十三岁的各罗布。她真有眼力,专拣嫩肉下刀子。

苏妮娅叽叽喳喳地说,各罗布该和三叔一块儿办婚事了。

各罗布气恼地把掀开被子喊:我谁也不要,就跟妈妈过。

等我们都睡下后,妈妈仍然守着火塘。即使是春天,夜间也是很凉的。她为我们拢起一堆火,并且用匕首切出几块狍子肉,放进火堆里祭火神。我在蒙眬的睡梦里听见她向火神祈祷。最后她念着爸爸的名字说:各罗布长大了,孩子他爸,他今天打了一只狍子,他才十三岁,就是大人了。

妈妈说:可是我希望各罗布永远是孩子,永远别拿起猎枪。

我在妈妈的喃喃自语中睡过去。爸爸从一座山峰后面走出来,沿着我的目光走进我的梦中。我对他说:妈妈快疯了,她想把各罗布重新装进自己的肚子里。

她想把哥哥藏起来。

5

这一年开春后,多布库尔河一带的野鹿繁多起来,它们从更远的山林里迁徙过来。乌力楞的男人们进了山,在阳坡没长树的地方放火烧荒,为的是促使草芽早点长出来,引诱鹿群来采食,随后可以猎取它们。这个季节里,雌鹿已经怀胎好几个月,跑得很慢,猎人容易跟踪追捕。

各罗布好像随着风一块儿成长,嘴边出现了毛茸茸的小胡子。即使苏妮娅跟他犯贱,吵他几句,他最厌烦的时候,也只是一声不吭地在她面前举举拳头,事情就算过去了。倒是妈妈看着不公平,不依不饶地走过来,用手里的东西拍在苏妮娅身上让她闭嘴。

古迪娅,难道咱们不是她亲生的吗?苏妮娅抹着眼泪跟我诉苦,卡思拉的眼睛里只有各罗布啦。

我吓了一跳。姐姐太过分了,因为草籽大点的事怨恨妈妈,叫妈妈的名字。幸亏妈妈没听见,不然非拍扁了她不可。其实我看得出来,哥哥并不在意苏妮娅怎么吵,或者苏妮娅老管他的闲事,他已经是十六岁的大男人了,知道谦让妹妹和周围的人。

但妈妈不想惯着苏妮娅。臭丫头，不修理你，出嫁后你怎么好好侍奉丈夫，妈妈态度坚决地教训道，男人出生入死，回家了要瞧你这副德行吗？你该懂得珍重男人，是他们养活你，臭丫头。

我拽住妈妈的衣袖，想让她不要责怪姐姐。妈妈正在火头上，啪一下甩掉我的手，不客气地冲我嚷嚷：快懂事吧，你这个臭丫头，成天画来画去的，能当饭吃吗？你的脑袋是怎么长的，呆头呆脑，快气死我啦。

妈妈的脾气变得很暴躁，没有理由时也非要找个由子教训我们一通。帕斯佳大婶有一次对我和姐姐讲，妈妈没有男人，所以身体里出现怪现象，让我们多体谅她。

卡思拉真该嫁给奥洛奇，那样的话，她会快乐起来的。帕斯佳大婶说了一句让我们感到奇怪的话。

在烧荒的土地上，草芽长得格外茂盛。野鹿群开始出现在那里，正是狩猎的好机会。男人们进山打猎的时候，女人们则喜欢聚在一起打发时光。她们围坐在篝火旁，把吊锅挂在三角支架上煮肉，边干着手里永远也干不完的女红活边闲聊。

女人们更多地讲到了奥洛奇。三年前他去远房舅舅家做了倒插门的女婿，很快有了孩子，两个孩子。大儿子长得跟各罗布小时候一模一样，是奥洛奇的心肝宝贝。

难道他是女人吗？居然生了另外一个各罗布，沙拉苏姑姑大惊小怪地说，他把各罗布的模样都重生了一遍，可见他多么疼爱各罗布了。这桩事够神奇的了。

妈妈默默地听着。她用木槌砸着已经风干的鹿筋，让它逐渐变成很细的纤维，然后抽出两根细细的纤维搓成线，女人们就用这种柔韧的线缝制兽皮衣服。她搓线时，两根纤维扭来扭去，很像她纷乱的心境。奥洛奇，她的小叔子，为了自己无法实现的恋情离开了乌力楞。他走的时候正值秋雨潇潇，树上残留的树叶被寒冷的风吹动得瑟瑟打抖。他走进帐篷站在她面前说：嫂子。他只说了这两个字，便脱下帽子深深地鞠一躬，转身走出帐篷。

他去了远房舅舅家当女婿,他的选择无可指责,族人仍然保留着姑舅表婚的习俗,妈妈却希望三叔从别的乌力楞里选择合适的姑娘带回来,而不是入赘到舅舅家。奥洛奇,让她耳朵里灌满了秋风,一直响个不停。

奥洛奇,从此再也没有回来。

柯尔特依尔家族本该是兴旺的,就像多布库尔河那样,有许多细流汇入里面,它才能丰盈起来,可是它流走了一个支脉的水流,没法弥补啦。开依勒大婶摇着花白的脑袋,遗憾地说。

女人们低着头忙碌着手里的活,奥洛奇活泼的样子就在眼前,挥之不去。这是多么善良的小伙子,为了卡思拉,他离开了大家。有谁不想念他呢?

妈妈猛然气恼起来,她一直受到女人们的指责。她们指责她的方式就是频繁地提起奥洛奇。是的,奥洛奇愿意和每一个女人开玩笑,奥洛奇喜欢孩子,奥洛奇的眼睛比星星还明亮,奥洛奇的名字在她耳朵里像草一样繁茂。妈妈来气了,大声嚷嚷道:娘们,看看我这样子还能生孩子吗?让你们的男人试试吧!

她们哈哈大笑。妈妈真被气疯了,这样的话也敢说出口,可见她还是惦念自己的小叔子。自作自受的家伙,等人家走了,她才醒悟过来,一个鲜活的男人就这么白白送给那个有福分的姑娘了。

行啦,我们都知道你想念丈夫,他也想你。不过说起来你有点糊涂,无论怎么样,还是要尊重身体呀。开依勒大婶固执地劝说妈妈,我可不怕你发火,能不能生孩子你说了不算,你的肚子说了算,女人生来就是传宗接代呀。要是想开了,我把我男人借给你。

妈妈一下子被噎住了,开依勒比她还敢说,这头母兽,倔劲儿十足。她哭笑不得地反击说:玛鲁神灵,你给我们送来了仙人啦,她的礼物凡人俗胎可是不敢接受。

于是,女人们又跟开依勒开起玩笑。在整个乌力楞的女人中,她最能生育,她的肚子没有空闲过。刚生完孩子,她就决定再要一个,六个月之后准保又怀了孕。而她高大结实的丈夫常常跟别的男人诉苦,开依勒想怀孩子时老是缠着他,等真怀了孩子又不让他碰她。

欠揍的娘们,女人们嘻嘻哈哈地逗开依勒,你就欠男人好好揍你。

真该好好收拾你啦,没完没了地要孩子,妈妈也在一边起哄,但她心里不是滋味。

开依勒得意地眯缝眼睛笑道:我想生二十个孩子,让柯尔特依尔家族的大树结满果实,神灵会帮助我的。

女人们敬佩地望着她,好像望着星光璀璨的天空、春水荡漾的河流。

夜晚,我钻进狍皮睡袋依然感到寒冷。妈妈,我冷,我对坐在火塘边的妈妈说,我真想跳进火堆里。

她从火塘边站起来,走到她的宝贝桦皮箱子前,从里面掏出一个袋子摇一摇:你的血流得太慢啦,孩子,你的身体比大地解冻还要慢,我什么时候才能看到你的春天来临?

妈妈,她居然当着我的面,扇了一下自己的脸,然后用煮热的山鸡汤泡浸一小块鹿胎,让我吃下去:我为什么把你生在雪地里,从出生的那一刻,你的小身体里就充满了寒气。不把寒湿逼出身体,将来你怎么生孩子?没有孩子的女人多么可怜,活不活都一样。

最后一句话,她是说给自己听的。

从那个晚上开始,妈妈开始跪在玛鲁神龛前为我祈祷。玛鲁神灵,她开头总会这样说,保佑我的古迪娅,让她像开依勒那样,为我们家族生十个太阳般的儿子、十个月亮般的女儿吧。

我的身体比大地解冻还要慢。待到六月达子香花盛开时,我的手脚依然冰凉,吃饭没有胃口。糟糕的是,我的脑袋里时常出现幻觉,那时我的手指头便开始痒痒,想到处涂涂抹抹。但是,我不想让妈妈摇着头说,古迪娅,忘掉你的手指头吧,我可怜的染料要被糟蹋啦,于是我溜出去,钻进林子里采达子香花瓣,自己制作颜料,省得妈妈唠叨我。

鸟儿在枝头上鸣叫,悠长的声音犹如清亮的河水,在半空中流动。大地呈现出生机盎然的力量,草势蓬勃旺盛,铺满了每一寸土地,这是多么美好的季节。我开始跑起来,越跑越快。

我停住脚步。在我的视线里,两只野鹿正舔吃一块白色的大石头,灵巧的舌头像刷子一样发出嚓嚓的响声。我慢慢朝它们走去，脚步声惊动了它们，没等我眨一下眼睛，它们便跑得无影无踪。

我用手指头蘸着石头上的白色粉面，舔进嘴里，咸咸的味道让我感到很舒服。我索性坐在石头边吃个够，过了一会儿便打起响亮的饱嗝。当我离开那儿，两只野鹿又从不远的林子探出脑袋。

我说：来吧来吧，我决不告诉各罗布，也不告诉乌力楞里的人，他们会杀掉你们。

可怜的动物，它们像小孩子一样盯着我，直到我走出很远，它们才又凑到石头边。我忧伤地看着它们，听到寒冷的风声和枪声，还有它们倒毙的轰响。

玛鲁神灵说过，万物皆有灵魂。动物死的时候，它们的灵魂也能升入天堂吗？但愿来世它们不要托生成动物了。

凭着直觉，我找到了身体需要的东西。我经常吃这块石头上的盐土，吃过它我的胃口便好一些，能消化肉食了。妈妈以为她的祷告感动了神灵，便格外殷勤地在悬挂的神龛前挂满达子香花。大概她认为神灵也喜欢浪漫的鲜花，喜欢温情的表示，结果我们的帐篷里每天充满鲜花的芳香，好像拥有了一个短暂的夏季。

她最终还是发现了我的秘密。我进了林子，然后又出来了，手里什么都没有，甚至没有一朵女孩子喜欢的达子香花。你去散步了吗？古迪娅，她唠唠叨叨地追问我，你还没到那个年龄，不许无所事事。她警告我。

克制了两天，我还是去林子里了。那两只鹿似乎习惯了我的出现，仅仅抬起头望我一眼，就继续舔吃石头上的盐土。这真是一块神奇的石头，每天都风化出一层盐土，任野鹿舔吃，好像它就是为了野鹿而出现的。

我嗅到了危险的气味，我不敢回头，怕丧失掉勇气。我朝两只野鹿威胁地挥挥手，快跑，我喊，快跑！

在我身后响起了枪声，然而鹿已经跑掉了，消失在林子深处。

妈妈拎着枪来到我面前，抬手给了我一巴掌：缺心眼儿的东西，饿死你就对劲儿啦。

我捂住脸不敢吭声，今天晚上我非得饿肚子不可，妈妈会让我尝尝挨饿的滋味。而各罗布会摆出哥哥的架子说，欠教训的丫头。只有苏妮娅心疼地看着我，却帮不上任何忙。也许她陪着我一起挨训，因为妈妈希望她快点嫁出去，做一个好媳妇，她不想让人家说，卡思拉的女儿不懂规矩。

可怜的苏妮娅。

我没想到，妈妈饿了我两天。

6

各罗布十八岁了。

在我记忆中，那一年的夏季过得飞快，总有一双手用力地推动每一天。鲜花在阒无人语的山谷里旺盛地开放着，浓郁的花香犹如雾气一样缓缓地到处飘游。树梢上传动的风声悠然而明亮，让人误以为灵巧的鹿蹄踩在厚厚树叶上。

猎狗鲍热动辄抽动鼻子，贪婪地嗅着空气。苏妮娅逗趣地说：鲍热是男的，所以才喜欢花香，它是花心的家伙。

各罗布便冲着鲍热喊：别抽鼻子啦，你能不能找点事干干。最近他心神不定，而且经常骑马去隔在另一座山的乌力楞，一住就是四五天。有一次他无意间透露，那个玛哈依尔家族的一个人，在三个月前曾见过三叔。我们马上闭住嘴望着他，希望他谈谈三叔的事情，但各罗布绝口不谈。没办法，只要他不肯开口，别人拿他没办法。

妈妈有一次忍不住了，怨气冲天地唠叨，他都十八岁啦，还不成家，成心气死妈妈啦。妈妈的确失望，各罗布每次回来，不是带着酒味儿就是旱烟味儿，从来没有姑娘的气味。

那一天，各罗布带回一个小伙子，他叫库列，和各罗布同岁。

妈妈刚看见库列，眼睛一下亮起来，仿佛她的心里点燃了明灯。而苏妮娅不知为什么躲到帐篷西面的角落，不肯出来。

我傻乎乎地站在库列面前望着他。妈妈在我身后用力拽我一下，让我给客人倒奶茶。可是我没动弹，说了一句让我事后脸红的话：你长得真好看。库列正咧着嘴朝妈妈微笑，听见我愣头愣脑一说，马上垂下眼帘。喂，你的眼睛像深湖啦，我说，让它亮起来吧。

大家全笑了，好像我刚刚打中猎物。

他在我家住了五天。妈妈早晨起来就去我们的"奥伦"仓房取吃的。她从一棵桦树边拿过木梯子，搭在被四根粗木支撑在半空的仓库口，噔噔几下子上到梯子顶。她从仓房底端开的仓口钻进去，把平素舍不得喝的都柿酒，还有肉干和干果统统装进兽皮袋，用绳子吊下去。

各罗布喜出望外，妈妈不再唠叨他老是跑出去乱走，还把珍藏在小木桶的酒启开，鼓励他们畅畅快快地喝。她喜欢库列，这让各罗布开心，对一个刚举行了成人仪式的小伙子来讲，友情比什么都重要。

我偷偷地对苏妮娅说：妈妈想多要一个儿子吧。苏妮娅不声不响地缝她总也缝制不完的手套，突然说：库列和各罗布不一样。库列是月亮，各罗布是太阳，妈妈当然都喜欢。

我听不懂她的话，只觉得她怪怪的。只要库列偶尔瞅她一眼，她的脸蛋便飘起了晚霞。而我不一样，库列瞅到我时，我狠狠瞪他一眼，吓得他马上把目光挪开。

苏妮娅那几天变成了另外一个人。她颐指气使地吩咐我，吃饭时想方设法给库列的桦皮碗里夹满肉。他要面子，会饿着自己，各罗布又缺心眼，不懂得照看朋友。苏妮娅说这些话时挺着胸脯，那里凸显两个小蘑菇。我用手指头按一下，问她疼不疼，她尖叫一声，拍了我胳膊一下，咯咯笑着奚落我：古迪娅，你是个傻子。

吃晚饭时，我一个劲儿地给库列夹肉。库列不好意思，把肉夹给妈妈和各罗布。苏妮娅捅我一下，我很生气地说：苏妮娅，你让我给库列夹肉，他根本不懂你的心思，还是自己干吧。

库列夹肉的手停在半空，尴尬地不知道送进谁的碗里才合适。而妈妈却大笑起来。瞧她咧开的大嘴，我敢保证她一辈子没这么笑过。

各罗布也很迷恋库列，他跟随库列寸步不离的样子，真像我们家忠实的老狗鲍热。他希望库列能留在我们乌力楞里，不再跟他分开。妈妈不像以前那样训斥他想入非非，眯缝起眼睛说了一句令人费解的话：一切随缘吧。

整个乌力楞的人开始等待商人安达出现。在苍莽无际的森林里，我们与外界隔绝，外面的世界是什么样的，谁也不清楚。我们需要的子弹、粮食、盐和白酒，只有用兽皮和汉商安达交换。跟随我们乌力楞的安达，一般每年春、秋各来一次。安达第一次进山是在农历四月鹿茸期之前，用马匹驮来弹药、铅、铜帽、粮食、烟、酒和少量的布匹。住到鹿茸期结束后，安达收走鹿茸、鹿鞭、兽皮和少量的肉干等。安达第二次进山是在十月落雪的时候，他住在新搭建的帐篷里直到打皮子期结束，用我们需要的东西换走灰鼠、猞猁、水獭这类细毛皮张。

安达一年只来两次，我们无法及时换到子弹和粮食，便与不定时深入多布库尔河地带的商贩交换东西。那一天各罗布从库列家族的营地领回来一个商贩，各家马上用猎品换东西。

我和妈妈爬上木梯，从悬在半空的"奥伦"仓库里取出积攒的鹿犴皮毛、灰鼠皮、一支鹿茸、三张狐狸皮和一小罐獾子油。我们用这些东西换了10斤食盐，20斤白酒，9普特的小米、稷子米、燕麦炒面。

各罗布当场起开木桶塞子，喝了一口酒说：该死的安达，又兑水啦！妈妈垂下头，难过地说：没办法，他们都是吸血鬼。各罗布对商贩喊：酒！

商贩马上明白各罗布为什么愤怒，便在马驮的袋子里掏出一瓶白酒，在太阳下摇一摇说：看清楚，这种酒度数高，给你一瓶扯平啦。

妈妈用鹿茸换了两匹白布，打算用来做斜仁柱的围子。自从帕斯佳大婶第一个用白布换下桦树皮"铁克沙"，妈妈就惦记着这回事。每逢她从帕斯佳大婶家回来，便一遍遍地唠叨，阳光透过白布围子，帐篷里的光线多么充足。若是遇上下冰雪——老天爷总会猛不丁给你来一手，也不用害怕可恶的大冰雹直接砸到你头上。我们即使用再薄的桦树皮做围子，斜仁柱里还是光线暗淡，一旦下起冰雹，"铁克沙"马上被砸得稀巴烂，至于倾盆大雨就直接倾泻进来了。她已经买了四匹白布，再有两匹白布就够了。

看着我们辛辛苦苦攒的东西只换来一小堆可怜的用品，我哭了。这些奸诈狠毒的安达，从来不是我们认为的朋友，他们来到这里，如同恶风一般地卷走一切。

但是妈妈很快乐，她让苏妮娅和我帮忙，给斜仁柱换衣服。当晚霞映红了白色的帐篷，妈妈满意地拍拍手说：多么大的白蘑菇，玛鲁神灵该不会奇怪吧，或许它能站在这里看我们一眼哪！她高高兴兴的样子让我感到，其实妈妈是一个多么容易满足的人哪。

因为有了白布围子，家里平添了一种喜气。苏妮娅换衣服时懂得找角落遮蔽一下了，她说白布那一边有一双眼睛让她不好意思。妈妈"噗"地吐口唾沫，难得地开玩笑：是库列吗？他真是个英俊的小伙子。说得苏妮娅面红耳赤，捂住脸跑出去。

我用手指头蘸着红豆的汁液，小心翼翼地在白布上抹一下。谢天谢地，妈妈没有骂我，我大胆地又画了几笔，出现了一朵彩色的云朵。妈妈在我背后咳嗽一声：不赖呀，我的女儿，你给围子添了蛮不错的花边儿啦。

妈妈说：你哥该娶亲啦，他不应该老跟着库列转悠，这样会耽误他的正事。但愿他在那边看中一个姑娘。至于苏妮娅，她挺喜欢库列的，可是库列好像看不出来，不然他早该请媒人来啦。现在两个营地隔着两个山头就到了，一旦他们迁徙走了，两个营地的人就很难再见面，你的三叔多少年都不回来一趟，狠心的家伙。

我的手指头下面出现了一个人形，好像被突如其来的大风吹得站不稳，趔趄朝前走。妈妈屏住呼吸，看着我手指头下面慢慢出现了一个人的眼睛、鼻子和嘴。他的额头上出现了一把匕首。

喂，你干的好事，妈妈突然大声喊，这是库列，你干什么在他额头上添了一把匕首？

妈妈的声音响亮极了，我的耳朵嗡嗡作响。我站起来朝后面退几步，仔细看着白布上出现的人脸。

他太像库列了。

7

这个夏季过得真快呀。各罗布晒得黑黝黝的，他一攥拳头，胳膊上便鼓出两只兔子。乌力楞的男人们不再把他当成少年,叫起他的名字多了一分郑重,不像过去那样说各罗布你小子过来一类的话。男人们合伙出猎,各罗布打到的猎物总是超过别人,所以克道鲁爷爷开始喜欢找他商量下一次出猎的猎物定在哪一片啦,分配每个人的任务啦,或者如何分配猎品的大事情。

轮到各罗布分配猎品,他会把好的部分分给别人,而留给自己家的,常常是不大好的部分。不过妈妈很高兴,她赞许各罗布懂得谦让、公平,她相信儿子比丈夫还要出色。所以她经常开玩笑地问:我的儿子,你该结婚啦,看中哪个姑娘了,妈妈去提亲。

那天下午,趁着妈妈和姐姐进林子里采蘑菇,各罗布从桦皮箱里翻出爸爸制作的鹿哨,坐在铺位上仔细观察。他一直奇怪,自己制作的鹿哨没有爸爸的鹿哨听起来逼真。这枚外形灵巧的"乌日依翁"横躺在各罗布的大手中,它选择了牛角形的松木钻眼,制成弯筒长哨,猎人用力吸吮,就会发出公鹿求偶的呼唤。

各罗布举起鹿哨吸吮起来。爸爸的鹿哨似乎有一种魔力,我看见了一只雄壮的公鹿雄赳赳地站在山顶呼叫,它头顶的七叉犄角像古老的大树,阳光洒满它的全身,让它看起来像是神话里的神鹿。我出神地望着刚刚出现的一幕,那神鹿却缓缓地隐退进耀眼的光圈里不见了。我很想把它画在帐篷上,但妈妈肯定要骂我。她已经警告我,不许把帐篷涂抹得乱七八糟。

那天晚上的月亮格外明亮。圆月下的斜仁柱像七个肥硕的大蘑菇,伫立在草丛中间。等到妈妈和苏妮娅睡了,各罗布悄悄地走出帐篷,在草地上放一个新做的白桦皮盒,恭恭敬敬地跪在旁边叩头,祈求月亮神赐给他更多的猎物。最近一段日子,他的运气不太好,很难打到大的动物。两个乌力楞营地离得太近,动物被猎取过多后,它们逃离了这一带。库列的家族因此也要迁徙到别处。这让各罗布很难过。

九月到落雪前的时间被我们称为"叫鹿尾期",也就是野兽发情期。各罗布格外希望能打到大猎物,否则他感到自己没有脸面。

第二天,各罗布偷偷揣着爸爸做的鹿哨打猎去了。他跟我说,爸爸是多布库尔河一带闻名的猎人,他要借爸爸的运气用一下。这样的话他只跟我说,若是让苏妮娅知道了，妈妈也就知道了，她绝不会让任何人碰一下自己的宝贝。

妈妈曾经用炫耀的口气讲起这枚鹿哨的神秘性。每逢九月，爸爸便寻找野鹿喜欢出没的地方躲藏起来，用鹿哨对着山坡下茂密的丛林吸吮，那声音真像一个欲火中烧的雄鹿迫不及待地呼朋引伴。附近的雄鹿闻声后气急败坏地赶来，准备决一胜负，以便独自霸占雌鹿群。爸爸看到一头年轻气盛的雄鹿朝他跑来，嘴里还吱喽吱喽地叫着示威。因为爸爸穿着鹿皮长袍，而且头上戴着长有犄角的鹿头帽子，他躲在灌木茂密的地方，雄鹿从远处看树丛里闪动的黄影子，真以为逢遇了情敌，毫不迟疑地冲向他，于是爸爸从容不迫地射杀了雄鹿。他用马驮回猎物后，对妈妈说：这家伙死在自己的欲望上啦。

妈妈却认为爸爸做的鹿哨真是鬼斧神工。别说雄鹿上当，连猎人也信以为真。爸爸活着时，曾经为乌力楞的男人们做过不少鹿哨，他走了，手艺便失传了。

苏妮娅曾经拿出鹿哨进林子里玩。当时妈妈正和女人们坐在篝火边干各自手中的活。她们总是有活干，鞣熟皮子，搓鹿筋线，翻晒肉干，用白桦皮制作日用品。她们喜欢边干活边聊天。林子里传来鹿叫声吸引她们的注意，有一个女人甚至想回帐篷里拿枪。

妈妈听了一会儿，脸色变白了，她闻声追寻过去，狠狠给苏妮娅一巴掌：你想死呀，子弹可没长眼睛！她拽回了苏妮娅，当场警告我们，谁也不许动爸爸的鹿哨，否则她可不客气。从那天开始，她把鹿哨藏起来，而且隔一段时间拿出来看看，好像倾听里面发出的声音。

各罗布找出了鹿哨，他警告我不要告诉妈妈。我当然答应了他，因为他是家里唯一的男子汉。至于妈妈，能瞒着她还是瞒着吧，各罗布打不到猎物，妈妈肯定会骑上马钻进林子里打猎。她总说自己还没老一类的话。

那个夜晚，在月光下的各罗布，不知道从桦皮盆内盈盈的水面上看到了什么。第二天早晨，他走时还冲我挤了几下眼睛，顺手在我额头上弹了一下，表示亲昵和愉快。我相信他看到了好的预兆。

哥哥走了，妈妈也带苏妮娅进林子里摘采浆果去了。我本想跟她们走，妈妈却让我留在家里做饭。各罗布回来会喊，妈妈，我饿啦，所以呀古迪娅小宝贝，你让妈妈放心地采点野果吧，给哥哥做饭吃。妈妈边说边领着苏妮娅飞快地出了门。

她就知道疼爱各罗布。

我多么希望跟她们一起采野果，玛鲁神灵，我太喜欢吃鲜美的浆果了。小时候，我和苏妮娅比赛吃都柿果，结果我俩都吃醉了，躺在草地上昏睡不起。妈妈不得不背着我，拉着苏妮娅往回走。那天她一无所获。

姐姐比我还贪吃浆果。夏天的山林里到处长着挂染白霜的紫都柿和翠绿的托巴、羊奶子、山葡萄，还有艳红的高丽果和樱桃。至于红豆果，由于长势茂盛，遍地都是，无人摘采，到最后便如一滴滴红色的泪水悄然洇入泥土。姐姐长了心眼，她和妈妈摘采时绝不多吃，待到回家后就肆无忌惮地吃起来。她的嘴唇颜色若是紫黑色的，一定采到了许多都柿果。吃樱桃时，仿佛晚霞沾在她嘴唇。等到山果殷红的浆汁染在她嘴唇时，就到了秋天。

她们把我留在家里，匆匆忙忙地又进山里了。从妈妈塞进口袋里的肉干判断，她们要玩得痛痛快快啦。她们刚走，我马上忙碌起来，把鲜红的樱桃、紫黑的都柿、翠绿的托巴果汁挤进桦皮盆，调出颜色不同的汁液。妈妈告诫过我，别用果汁涂抹在白布围子上，雨水也冲淡不了果汁的颜色，她可不想抬起头就看见乌七八糟的东西，好像所有的乌云都汇聚到这里。我早已为自己选择了天然画布，就是营地左边的一片白桦林。用匕首划掉树干上一块桦皮，便露出里面洁净的树肉。我把颜色涂在上面，树肉就发出婴儿吸吮汁液的细响。我很感动地听着这种声音。我和大树在对话，它当然听得懂我无声的语言，所以它的肉身慢慢洇出了山神，乌麦神，绿色的太阳，狂卷的黑风。

乌力楞的男人们以往出去打猎，一定要先朝拜山神，祈祷打到更多的猎物。他们选择一棵古老的大树，用匕首剥掉一块树皮，在上面刻画出想象中的山神像，跪拜祈祷时敬奉烟、酒和猎品。他们认为，山神主宰着一切动物，他们是否猎到动物，完全是山神说了算。

自从发现了我画的山神像，男人们便朝它跪拜。古迪娅，你画的山神就是山神，它能告诉我们它想说的话，就看我们能不能听懂它的声音。他们很信服地说。

但是我另外的画令他们困惑。古迪娅，花朵干什么变成狂风里跳舞的妖怪，那头狼怎么是彩色的,还有野鹿的犄角长出了蓝色的月亮。喂,你想对我们说些什么?他们一遍遍地问我,然后问妈妈,古迪娅该不会是未来的萨满吧。

古迪娅,我还指望着她生儿育女,让别人当萨满吧。妈妈坚定地回答。

我画着,周围寂静极了,我听到了草在微风中摇曳,更远处的鸟儿悠长鸣叫。太阳照在万物之上,阳光透过茂密的树叶洒下来,有几朵光在我脸上轻轻拂动。刚刚过去的夏天,每一根细弱的小草都能感觉到太阳的神力。可是现在,太阳变得虚弱了。我伸出手之后,再也感觉不到阳光用力锥扎手臂的那份喜悦。

不知为什么,我有些忧郁。因为我无缘无故就流泪,各罗布嘲笑我是哭巴精,而妈妈也懊恼地说:收回你的泪水,我可看够了你这麻烦的样子,和苏妮娅一样快乐点吧。

我的忧伤一定有缘由。乌力楞的人慢慢感到了,只要我的泪水流下来,就是因为忧伤一件不得不忧伤的事情。我在一棵白桦树上画出一串天空的雨水,又在另一棵树上画出冬天的雪,它们都是蓝色的,这是天空的颜色。

从白桦林里飘出了两个人影。当她们越走越近时,我咯咯地笑起来。妈妈和苏妮娅似乎刚参加完别人的婚礼,脸蛋儿通红,脚下踩着松软的草。

她们吃多了都柿果。因为她们发现了漫山遍野的都柿圈儿。采满了两个桦皮篓后,苏妮娅实在忍不住,坐在地上吃个不停。妈妈刚开始急于回家,却也抵不住鲜果的诱惑,索性畅快淋漓地吃起来。

这样,她们就飘飘欲仙地回来。

吃过晚饭,天色逐渐黑下去,各罗布还没回来。妈妈强打精神和我们说一会儿话,便默默地躺下了。只要各罗布不在家,妈妈总是坐卧不宁。过了一会儿,她又坐起身,深深地叹一口气,然后跪在玛鲁神龛前祷告。这一次妈妈祷告的时间真长啊,我和苏妮娅借着篝火的光,用狍皮缝出了两只袖筒,明天天光大亮后,妈妈会把它们缝合在各罗布冬季的大衣上。我顺手用鹿筋线在袖口绣出一朵"南绰罗"花。在夏季,鲜艳的花朵开遍了山谷,而到了冬季,就让一朵素净的黄花温暖各罗布的心灵吧。有妹妹的小伙子穿戴上应该讲究点,不像库列,瞧他穿的夏季光板狍皮衣服,马马虎虎地裁成直筒式,连点绣物都没有。

妈妈站起来走到我们身边，温和地说：唉呀，还是有女儿好哇，明天我就缝合神筒，各罗布的大衣做成了。每次祷告完毕，她整个人犹如吸足水分的植物，精神气十足。可是这一次不一样，她刚打起精神，很快变得心神不定。她呆呆地盯着篝火，眼睛里有一种担忧的东西像翅膀淋湿的鸟儿沉重地飞起来，落下。她从来不这样，我敢打赌，她不是胆小怯懦的女人，玛鲁神灵知道这一点。

苏妮娅安慰妈妈：也许哥哥在库列家，人家快迁徙走了，想再找别的猎场。哥哥为此很难过呀，不是吗？

可是妈妈听不进去苏妮娅的话。不对劲儿，她焦急地喊，我的心怦怦乱跳，我听见各罗布呼唤妈妈，他需要我。她说完取下挂在木柱上的别力弹克枪，一下子冲出去。外面传来她不容置疑的吩咐：你俩给我老实地待着，别添乱！

她点燃了松油火把，骑着马进了林子。那只火把在林子里忽明忽暗，飘向各罗布经常打猎的方向，它离库列家族营地的方向很近。火光最后像萤火虫那样飞走了，远处传来妈妈的呼唤。各罗布……她喊，各罗布……她急促的声音在黑幽幽的林子里弥漫，似乎要撑破无边的黑暗。我真盼着天际露出黎明的光线，驱走我内心越来越强烈的恐惧。

苏妮娅抓住我的手，小声地说：古迪娅，我害怕。

我也害怕。各罗布打猎时独自露宿在林子已经不是一次了，然而这次不同，我们都感到了害怕。我和姐姐互相依偎着坐在帐篷外面，不想进到里面。没有妈妈和各罗布的斜仁柱，比大雪纷飞的冬天还寒冷。

各罗布回来了，被库列的父亲和哥哥用担架抬了回来，还跟着两个乌力楞的人。我们首先看到了几簇火把，渐渐从林子里闪现出来，接着听见猎狗吠叫。当纷乱的脚步声划开黑暗朝营地传来，我和姐姐一下子跳起来跑过去。各罗布，他躺在担架上，胸口开着一朵妖艳的红花，一颗子弹穿透了那里。跟随他们回来的还有妈妈。她在林子里看见了几簇摇曳的火把，于是拼命地追赶。她回来得正是时候，各罗布眼睛里生命的光芒越来越弱了。他望着妈妈，嘴角抽动几下，周围的人都看得出，他叫着妈妈！他的脸色比雪还白，我从未见过那么白的脸色，仿佛皮肤的下面是皑皑的白雪世界。

他说妈妈，他说我等着你呀妈妈。那声音谁也听不见，却谁都能听见。我惊恐地看见一片树叶在各罗布眼睛里飘落，它吃力地飞扬一下，却又无力地落下去，无声无息地贴在秋天寒凉的水面，慢慢流逝。

各罗布，他睁着眼睛走了。

我和苏妮娅发出撕心裂肺的哭声。

妈妈倒下了，倒在各罗布身上。等她醒过来时，全乌力楞的人都站在她面前。她一把抱住各罗布不肯撒手。她抱得那么紧，仿佛从来没有把各罗布生下来，他们一直长在一块儿，不曾分离过。各罗布活着，她活着；各罗布死了，她也死了。

开依勒大婶猛然击打妈妈的后背大声说：哭吧，卡思拉，哭出来吧！你有孩子，要活下去！

妈妈望着大家，流不出一滴泪水，红红的眼睛里似乎充溢着各罗布的血。担架上的鹿哨一下子让她明白儿子是怎么中了致命的一枪。我该烧掉它，是我害了你，儿子，她说，一遍遍地说。她望着各罗布的眼神真令人心碎，比各罗布的死亡还令人心碎。

妈妈也死了，大家一下子感觉到，她的死亡是另外的死亡，是死亡中的死亡。

各罗布打猎时，用爸爸制作的鹿哨吸引马鹿。鹿哨没有招来他想象的动物，却引来了也在附近打猎的库列。库列循声而来，从茂密的灌木丛间望去，那团棕黄色的身影真像一头活泼的公鹿急于寻找配偶。各罗布头戴鹿头皮帽，身穿鹿皮衣，嘴里"滋罗滋罗"地叫着，那声音真像一头公鹿啊。

库列便开出了致命的一枪。

面对柯尔特依尔家族的人，高大的库列扑通一声直直地跪在妈妈面前，泣不成声：大婶，你杀了我吧！

妈妈悲恸欲绝地喊：各罗布是怎么对你好来着，你居然杀了他！你这个杀人的恶魔，自己去死吧！

库列的爸爸也跪在地下乞求：仁慈的卡思拉，留下库列的性命吧，让他替代各罗布做你的儿子。各罗布也和我的儿子一样，两个孩子原本像亲兄弟一样，可是现在却发生了这么悲惨的事情！他咚咚地捶打着自己的胸膛，也顾不上男人的尊严，边磕头边喊：求你饶了库列，我以死赔罪！

库列的哥哥也跪下了，满脸泪水：大婶，库列该死，他该陪着各罗布一起走！他还没有成家。而父亲老了，用一个衰老的生命替换库列，这不公平。我来陪各罗布吧，那里一定很黑暗。他磕了三个头，站起来抓住了枪。没人拦阻他，也许这是唯一解决问题的办法，各罗布不该白白地送死。

库列闷声不响地站起来，抢夺哥哥手里的枪。而妈妈猛然凄厉地叫一声。

各罗布眼睛里缓缓流出两滴泪水。不仅妈妈看到了，我们都看到了。它流得无声无息，却像一道闪电撕裂了所有人的心脏。妈妈用手阖闭他的眼睛，他却依然睁着，仿佛他还有话要对妈妈说。

各罗布，我答应你宽恕库列。妈妈猛然间明白了各罗布的最后心愿，终于失声恸哭。我的儿子，你的灵魂还没走远哪，你在看着我们，我答应你，各罗布，不然你就白死啦！我们的人真的不多啦……

所有的人都哭了。各罗布的眼泪告诉我们，他一直不肯离开我们，他的灵魂就在我们头顶。现在他要走了，再也无法返回，就像水流回水中，风刮回风中，他要回到所有人最终要去的地方。

妈妈说：玛鲁神灵，请帮助我吧。

妈妈说：人要离开活的世界，总要把最重要的愿望留给我们，各罗布，我们不能违背你的心愿。她边悲恸地说边阖闭各罗布的眼睛。当她抬起手时，各罗布的眼睛终于阖闭了。

全乌力楞的人在第三天的中午为各罗布举行葬礼，库列家族的人和我们一起准备葬礼。妈妈选择了洁白柔软的桦皮包裹住儿子，各罗布像刚刚诞生的婴儿一样被裹在襁褓里。我抬起头，让汹涌的眼泪流回心里。我相信，我看到了哥哥的灵魂变成了一只雄鹰，它在我们头顶上慢慢盘旋，叫了几声飞走了，它一定顺着多布库尔河流飞翔，一直飞翔到太阳升起的地方，升入永恒的天堂。

妈妈把自己的长发剪掉了，放进各罗布的手中。妈妈说：儿子，我的灵魂跟随你去了，你想妈妈时，就拽一下我的头发，我在这儿就知道啦。

她的声音很轻，如同微弱的风从我们耳边掠过。林子里非常寂静，我们听见鸟儿在高高的树梢上清脆地鸣叫。太阳明亮地照耀在天空，金色的阳光从树叶间洒下来，落在各罗布的身上。

男人们选择了四棵白桦树，从离开地面四米处截断，在上面用木板平搭出风葬架。妈妈没有像乌力楞人担忧的那样，用匕首割开喉咙，随她心爱的儿子同去，她克制着自己的悲恸为儿子做完一切应该做的事情。看着她为儿子掖紧衣服角，乌力楞的人全哭了。

男人们举起担架，把各罗布放在高高的风葬架上。

第二章

1

妈妈的头发在一夜之间全白了，像覆盖着一层霜雪。从葬礼回来，她倒头就睡，第二天仍然昏昏沉沉地睡着，除了虚弱的呼吸，我们看不到她有一点醒过来的迹象，第三天我们也不敢打扰她，让她继续昏睡。比各罗布悲惨的死亡更加令我们恐惧和绝望的是妈妈的悲哀。我们害怕她醒过来，害怕她源源不断的悲恸，害怕她在漫长的黑夜里叫着儿子，害怕她无休无止的挣扎。

从妈妈躺下昏睡开始，从她在昏睡的第一夜头发全部变白开始，苏妮娅便拿着各罗布的枪，骑着马进山里打猎了。这一年她十六岁。

我扔掉了手中自己制作的细草画笔。我十二岁了，懂得了什么叫死亡。死亡是漫长的时间，一个人他不能吃不能喝，不能欢笑和痛苦，这太恐怖了。

我扔掉了画笔，哥哥的死亡把我从一段生活里带到了另外一段生活。太阳虽然每天都照耀在我头顶上，照耀在一排排端庄秀丽的白桦树上，我想在树上画画的念头全让哥哥带走了。那是各罗布的林子，我不敢站在每一棵树边。玛鲁神灵说过，每一棵古老的大树，都藏着一个高尚的灵魂。我不敢靠近它们，也许哥哥就在里面。任何一个声音都让我凝神倾听，任何一个声音都让我流下眼泪。哪怕是树叶摇曳，水滴渗入泥土，我都会觉得，哥哥就在我身边。

各罗布，你疼吗？我问。

库列来的次数越来越频繁，每一次都送来大量的食物。他第一次出现在门口，苏妮娅活像被激怒的小鹿，一头撞过去，毫不顾忌地大骂：杀人的家伙，我恨不得杀了你！

没有谁怀疑苏妮娅的话。可是库列不怕挨枪子，或许他就是想挨枪子。他来我们家什么活都干，劈木材，晒肉干，鞣皮子。有一次甚至拿起针，把斜仁柱白布围子的破裂处缝补好。

刚开始，乌力楞的人都敌视库列，他跟谁打招呼，谁都不吭声。渐渐地，大家的眼神变柔和了，见到他不再仇视地盯着他，反倒把目光挪移到别的地方。克道鲁爷爷对妈妈说：卡思拉，库列是一个不错的孩子，怪可怜的。

面对库列，妈妈的心情很复杂。过去，她曾经动过心思把苏妮娅嫁给他，可是现在，她再也不想看见他。库列，你不要再来啦，妈妈躺在铺位上看着天空驱逐他说，我还有两个女儿，我想为她们活下去，你让我想起儿子，我很难受。

库列走出斜仁柱，站在倾盆大雨里，用大手捂住脸沉重地呼吸着。苏妮娅有些不安地说：他想当牛做马吗，妈妈，咱们怎么办？妈妈本来又昏昏沉沉地睡着了，听了苏妮娅的话，猛然醒过来。难道不让他进来吗？还是他自己找死啊，外面正下大雨哪。妈妈坐起来生气地责骂我们，接着她朝外面喊，库列你进来，要死你就回家死去，你这个样子，各罗布会骂我啦，我不想挨儿子骂！

库列的爸爸和哥哥也来了，他们跟妈妈谈了半天话，我和苏妮娅一无所知。那天吃晚饭时，妈妈头一次打起精神喝了点白酒，苍白的脸上显出淡淡的血气，而格帕欠老人和伦巴列几乎没怎么吃饭，尽管看起来他俩又累又饿。苏妮娅很不自在，大人的目光不时落在她身上，包括妈妈，好像打量另外一个人。

妈妈长叹一声说：但愿各罗布晚上托梦给我。

吃过饭，伦巴列恭恭敬敬给妈妈磕过头，父子俩骑马走了。妈妈看着他们的背影消失在殷红的晚霞光线里，久久无语。令人奇怪的是，他们才走出不远，天空便下起雨，没有一袋烟的时间，雨便停下了。

妈妈说：各罗布流眼泪啦，这个心地善良的孩子，不想为难别人。

柯尔特依尔家族的人和我们同一血缘。妈妈总能在每一个族人身上看见各罗布的影子，总能在男人嗓音里听见各罗布的声音。当猎人夜晚经过我们斜仁柱时，即使她睡着，也会骨碌一下从狍皮铺上坐起身，大声喊，快点上灯，各罗布回来啦！

玛哈依尔家族的人要迁徙走了，库列坚决不肯离开。各罗布一家走到哪里，我就去哪里，库列对爸爸发誓，我永远不离开她们。

格帕欠老人再一次登门求婚了，遭到妈妈的拒绝。他说：仁慈的女人，玛哈依尔家族因为库列犯下的罪过受到了惩罚，我们会一直追随你们，尽到应尽的责任，否则我和库列都该下地狱。既然你不同意把女儿嫁给库列，还是搬到我们乌力楞住吧，我们会照顾好你们。库列的余生为你们存在。

妈妈和格帕欠老人像两只老鸟儿一样对面坐着，一起恸哭。

深秋时分，我们告别了柯尔特依尔家族的亲人，来到库列家族的乌力楞定居。整个玛哈依尔家族的男人们没有出猎，一起帮我们搬迁。当他们用四十多根桦木杆支撑出新的斜仁柱后，妈妈打开带来的秋冬季使用的"额伦"围子，覆盖斜仁柱。她徐徐展开狍皮围子时，眼泪便唰唰落下，这块"额伦"和无法忘记的往事一下子扑到她眼前。大号的"额伦"用了二十五张狍皮，小号的则用了十张狍皮，妈妈把它们缝制成伞形，伞底镶着淡黄的狍皮边。每一张狍皮都闪出儿子猎到动物的得意样儿，每一张狍皮都让她恸哭一场。

最后她说：儿子，我不流泪了，我把一生的泪都流尽了。

当天晚上，库列全家人和我们一起吃了晚饭。妈妈拉着苏妮娅的手放进库列的大手中，郑重地说：我想开了，让库列做我的女婿。柯尔特依尔家族的河流不能干涸，你们为我生十个小各罗布吧。

没人纠正妈妈的说法。库列的孩子本该属于玛哈依尔家族，这是鄂伦春族的规矩。没人纠正妈妈的说法，无论哪个家族的河流，都应该在太阳照耀的大地源远流长。至于他们的后代属于哪个家族，已经不重要了。

库列当天晚上就住在我们的斜仁柱里。他没有得到苏妮娅同意结婚之前，是妈妈的干儿子。苏妮娅不接受他，哭着对妈妈说：我忘不了哥哥，我不会嫁给他的，古迪娅也不会！妈妈摸着她柔顺的头发，什么也没说。

库列就住在各罗布的位置，是斜仁柱内对着门的铺位"玛路"。而我们住在两侧的铺位"奥路"上。妈妈住在右侧，我和姐姐住在左侧。

这么安排，库列就真的成了妈妈的儿子。

妈妈用八张狍皮缝制双人合用的"乌鲁达"被子。苏妮娅抚摸着染黑的狍皮镶边，补绣出美丽花纹的被头，爱不释手。我说：姐姐，你快结婚了吧。苏妮娅瞪大了眼睛吓唬我：才不是哪，我和妈妈睡在里面，让你一个人睡在单人被里，小蛇专门喜欢钻进你的怀里，你搂着它睡觉好啦。看着我们互相打闹，妈妈脸上露出久违的微笑：谁也别赖在我身边，女儿家该出嫁就出嫁，就像大地一样孕育生命。

库列坐在火塘边煮肉。他温柔地看了苏妮娅一眼，好像她是一朵刚盛开的百合花。他不太瞅我，因为我长得像各罗布，他一看见我就把目光挪到别处。大概我让他想起了各罗布。

库列不让妈妈和姐姐打猎。我养得起你们！他斩钉截铁地说，一点商量的余地都没有。每当库列早晨出去打猎，妈妈就朝着他走去的方向眺望。猛不丁我们就听她喊：各罗布！她坐在铺位上睡着了，她在梦里喊：各罗布！

挨过寒冷的冬天，春天来了。妈妈让库列新搭了一个斜仁柱，吩咐库列和苏妮娅拜过玛鲁神灵，搬到一块儿住。当天晚上，全乌力楞的人参加了他们的婚礼。格帕欠老人领着所有的人跪下来，给妈妈磕了三个头，感谢她把心爱的女儿嫁给库列。这场婚礼没有酒宴，没有歌唱和舞蹈，因为各罗布在天上看着我们。

妈妈把我们帐篷里点燃的火种送给了姐姐，语重心长地说：我的苏妮娅，你已经十六岁了，应该嫁人了。记住，库列是你的丈夫，是你一生的依靠。你对他好就是对各罗布好。

库列用妈妈的火种点燃了火塘。大家望着燃烧的篝火，就像望着死而复生的希望。

帐篷那边一直非常平静。白天苏妮娅回到我们帐篷里欢蹦乱跳像个小鸟，夜里她赖着不走。妈妈撵她回去，她便眼泪汪汪地给妈妈看。这样过了一个月，妈妈终于急了，冲进他们的帐篷看个究竟。天哪，这两个家伙各盖自己的被子呼呼地睡得真香。她一把扯住库列，用木榇子照他屁股敲一下：不明不白的家伙，你就这样结婚吗！库列红着脸说：妈妈，苏妮娅不干，她咬我。妈妈转身掀开姐姐的狍皮被子，一顿乱打，最后泣不成声说：气死我啦，你们要这么混账下去，我怎么抱得上外孙子！

那天半夜里我醒了，听见帐篷那一边传来奇怪的声音。我醒了，清朗的月光透过天窗洒进来，帐篷里浮动着水银般的光芒。我听得见月亮走动的声音，和各罗布那个夜晚拜月亮时一样。我捅了捅妈妈，她醒着，却让我闭上眼睛。我感觉这个夜晚奇怪极了，寂静异常却又充满声音，神秘而湿润的声音融化在月光里，顺着柔软的风慢慢朝四处飘散。

妈妈小声说：睡吧，古迪娅，你该做个吉祥的梦了。她无声地笑一下继续说：我的各罗布，他该回来了。

2

苏妮娅的肚子鼓起来了。她的呕吐声震颤在初夏一个又一个明亮的早晨。第一次听见姐姐呕吐，妈妈急忙拉过她的手仔细观察。和妈妈怀孕时一样，苏妮娅的左手心潮红一片，这是孕育的征兆。妈妈悲欣交集，扑通一下跪在玛鲁神龛前说：万能的神灵，我的心灵重新有了希望。

妈妈骑上马返回了柯尔特依尔家族的乌力楞。她带回一个摇篮，是克道鲁爷爷的家传。把克道鲁爷爷视为宝物的"恩母克"借回来并非易事，想来妈妈要费番口舌呀。然而妈妈没有想到，她刚说苏妮娅怀孕了，克道鲁爷爷便亲自去仓库取出摇篮，让妈妈带回来。

库列仔细观察了摇篮后，理解了克道鲁爷爷为什么如此珍爱它。这个"恩母克"没有选择大家都用的桦树皮制作，而选择了桦木薄板。桦木上显现出的图案并非人工雕刻，而是天然工成。克道鲁爷爷的爷爷在林子里发现一棵神奇的倒木，它的树身长满了古怪的图案，像是天神鼓弄出来的。平素胆大包天的他吓得磕了几个头，临走时，他还是捡起一块断裂的木头抱回家，精心制作出摇篮。或许真有神灵保佑，从那个摇篮里长大的孩子，个个欢蹦乱跳，结结实实。在多布库尔河一带，谁都羡慕他们家庭人口兴旺。

毫不费力借回摇篮，妈妈很开心。但是她又为苏妮娅的产期担忧了。女儿应该在第二年三月份生孩子。三月，大雪纷飞的三月，零下四十多摄氏度的气候，该死的西伯利亚寒流会把一切搅得天昏地暗，糟糕透顶。在这个时候生孩子要遭罪啦。

你别娇里娇气的，要像野兽那样吃东西，这样才能让孩子长大！妈妈朝泪水涟涟的苏妮娅挥舞拳头，大声嚷嚷得连狗都吓跑了，瞧你这样子，吃猫食吗？无论如何要吃下更多的食物。乖丫头，妈妈求你啦。妈妈喊来喊去的，整个斜仁柱里充斥着她的激动和不安。

苏妮娅委屈地看着库列，嘴里慢慢嚼动着狍子肉。我害怕她过一会儿又要跑出去呕吐，她已经吃不消了。库列紧紧握住苏妮娅的手安慰：听妈妈的话，坚强点。苏妮娅大喘几口气埋怨道：古迪娅，永远别结婚。

我们全都笑了，苏妮娅脸上天真无邪的神情把我们逗笑了。妈妈笑着说：看见了孩子，你就不说这种傻话啦。

妈妈又骑上各罗布的黄鬃马进林子打猎。库列想拦住她，她却像石头一样撞开他。别拦着我，她威风凛凛地宣布，我还没老。她昂着头走出帐篷，骑上马。两条猎狗兴奋地跟在她后面跑着，一直跑进林子里。

我把都柿果挤碎了，兑上点水。我的手开始痒痒了，很想找个地方涂涂抹抹了。因为妈妈走进了林子，她不再害怕林子，不再害怕我们看不见的恶魔，不再每天早晨朝西面的林子诅咒窥视我们的厄运。因为苏妮娅肚子里的新生命，我们又有了笑声，尽管这笑声无法放纵和释怀，但它毕竟如同悄然开放的花朵，让我们感到了生活的阳光。

喂，库列，我想把帐篷边涂上火焰的颜色，妈妈回来会以为太阳掉进咱们家啦。我大言不惭地说。

苏妮娅生气了：不许你叫库列，他是你姐夫，没大没小的。

可是我仍然叫他库列。他不是我姐夫，他是库列，他不大瞅我，因为我长得像各罗布，我叫他库列，而不是姐夫，这是各罗布的叫法。

库列对我们姐妹之间的小把戏一笑了之，朝火塘里添木材。苏妮娅老嚷嚷冷啊，我也喜欢明亮的篝火。当他烤出一串串香喷喷的鹿肉，我们就顾不得拌嘴了。苏妮娅吃撑了，她哼哼着来回走，期望大家同情她。我说，这个样子很丑哇，妈妈要教训你啦。

妈妈果然教训她了。丫头，你被我们惯坏啦，妈妈拉下脸对着哼哼唧唧的苏妮娅说，怀第一个孩子就这样，将来生十个八个的怎么办。

天哪，妈妈太贪了，让苏妮娅生十个孩子。我同情地看着苏妮娅，这样看来，她哼哼点真不算什么。

姐姐动不动就把我的手摁在她肚子上，心惊肉跳地说：我害怕，他在动。我的手感觉了一种神秘的力量轻轻敲打着姐姐的肚子，咧开嘴大笑起来。我看见了她肚子里的小鱼泡，柔软极了，难怪她总喜欢抱着肚子，好像里面装着易碎的宝贝。当我把想法说给妈妈听，她居然伸过手摸摸我的脑门：哎呀丫头，该不是发烧说胡话吧。我甩掉了她的手，生气地说，我没发烧，我真看见了呀，他是男孩子，正在苏妮娅肚子里游泳。

天哪，妈妈大惊小怪地嚷嚷，还有什么你看不到的东西，那你帮我看一下，我脑袋里有什么。

我连头都不敢抬，老老实实地讲：我天天看着你，妈妈，你脑袋里总有风跑来跑去的。

妈妈想了一会儿，很郑重地说：你能看到生命，却看不到未来，所以你做不了萨满。

我才不做萨满哪，当萨满的人真是灵魂附体，疯疯癫癫的。当然这些话只能烂在肚子里，若是说出来，肯定要遭到妈妈的责备。她会说当萨满的人能知晓未来一类的话。对她来讲未来是她的必由之路。

我又跑进林子里，在松树上画画。每一天我为一棵松树想一个画面，那是我最快乐的时候。有一次库列站在我身后看到我画出一头野鹿，非常激动。古迪娅，你真了不起，他说，你才十二岁就画得这么好，我太喜欢这幅画了。他掏出匕首，想把那片树皮剥下来，却把画面剥破了。他沮丧地收回匕首说：真该给你准备白纸，你愿意怎么画就怎么画，不像这样在每棵树前转来转去。

他拉住我的手往回走，他的手真烫，里面燃烧着篝火。我甩开他的手一个劲儿地往前走。这不好，苏妮娅会生气的，各罗布也会生气，至于为什么生气，我不清楚。他以为我生气了，我总是莫名其妙地生他的气，便知趣地自己往回走。我跟在库列身后无精打采地回家了，苏妮娅以为我又吵库列了，责怪我道：又找库列的麻烦啦，喂，你怎么搞的，他不是各罗布。她闭住了嘴，两只手纠结在胸前很尴尬。各罗布，她为什么提起各罗布，难道那道悲惨的闪电永远响在每个人的心头吗？

我哭了，因为苏妮娅提到了各罗布，因为库列的手烫伤了我。我想念哥哥，每逢我哭哭啼啼，他一定嘲笑我：哭巴精，把你的塌鼻子哭掉了就没人要啦。妈妈坐在鹿皮褥子上正在用力地咀嚼肉干，一听各罗布惹我便教训他：你长得好看哪，和古迪娅一个德行，都像你爸。她嫁不出去，你也招不来媳妇。

可是现在我宁愿天天让各罗布嘲笑，宁愿让他说我是哭巴精、臭丫头。

库列钻进林子里打猎的时间越来越长。当我睁开眼睛，他已经走了，当我闭上眼睛，他还没有回来。苏妮娅很心疼库列，却在我们面前羞于表露，就经常去格帕欠老人家。每逢听见她的欢笑从另一处荡漾起来，妈妈便感慨地唠叨，还是有儿子好哇，格帕欠现在多么得意。说归说，她还是愿意让苏妮娅这个美丽的蝴蝶在两家飞来舞去。有人疼爱总归是好的，她说，等你出嫁就懂我的话啦。

库列坚持自己的想法，不顾妈妈的反对，下了山。等到他和伦巴列回来，已经是半个多月后的事情了。马匹驮回用兽皮换来的粮食、盐巴和子弹。他送给妈妈一件粉红色的棉布上衣，送给苏妮娅一面小小的圆镜子。让我快乐无比的是，他居然给我买到了白纸。我紧紧抱住那一沓白纸，真怕这是一场美梦，等我醒过来，纸就像雪花一样飘走。库列热情地望着我，满脸喜悦，他终于为我干了一桩漂亮的事情。从那以后，他不再躲避我，或许他在我脸上看到了各罗布的微笑。

我多么珍惜这些白纸啊，尽管纸面粗糙，甚至有细细的木屑，却比我常用的薄桦树皮柔韧多了。这件事情的结果是，我再也不找库列拌嘴。所以苏妮娅说：古迪娅，库列拿东西收买了你，你们不吵几句，还真没意思了。

冬天到了。有一天我终于砸不动冰面取水，便学着库列的做法，用铁杵凿冰，然后把冰块搬到雪橇上运回来。我还去附近的林子里寻找倒木，用斧子劈成一段段的木桦子，也用雪橇拉回来。我的族人从来不烧活着的树木，而选择自然死亡倒在地上的树木。玛鲁神灵说过，万物都有灵魂，而灵魂是平等的。活着的树木当然有灵魂，把站立的树木砍倒了，就是杀它呢。

姐姐出了点问题。每逢库列出去打猎，她就在斜仁柱里烦躁地来回走动。她眼睛里看不见活儿，再也不像以往那么勤快。也许是怀孕的关系，也许是寒冷的冬季令人忧郁，看不到库列，她非常紧张，总是幻想他是不是出事了。她说只有走来走去，才不去想害怕的事情。库列回来了，她便依偎在他怀里。库列当然是最好的镇静药，苏妮娅安静下来，晚上会睡得格外香甜，即使外面山崩地裂她也醒不过来。

可怜的孩子，这么小她就为丈夫担惊受怕了，妈妈夜里抚摸我的头发说，可怜的，我不知道各罗布的死把她吓出了毛病，这回该她为另一个人担惊受怕了，但愿她别那么脆弱，对胎儿不好。

妈妈的风湿病越来越严重，走路趔趄着，全身疼痛。她的手已经变形了，关节突出而弯曲，拿什么东西都很吃力。看着我忙里忙外地干活，她不再说你还小一类的话，却是心疼又无奈。

漫长的冬季快把人逼疯了。我们整天守在熊熊燃烧的篝火旁，夜里钻进厚厚的狍皮睡袋里，仍然抵抗不了零下四五十摄氏度的严寒。每当夜深人静时，我总是害怕地听着呼啸的寒风在斜仁柱四周咆哮，似乎有一只疯狂的手抓住帐篷拼命地摇撼，试图把它抛向半空。

那个夜晚，呼啸的大风惊醒了全家。伦巴列的帐篷被风刮开了围子，库列跑过去帮哥哥捆绑围子，他们的对话时断时续地被风吹来。伦巴列让库列回去，库列却执意不干，伦巴列着急了，压低嗓子骂他：不清楚的家伙，你要睡饱了，第二天才可以出猎，她们三个是女人哪，你受累了。

妈妈呼地坐起身，拼命地咳嗽着，似乎凌厉的大风正在她胸膛里兴风作浪。我拍打她的后背，想让她平静下来。又来了，该死的魔鬼，又伸出你的爪子吗？她气喘吁吁地大声诅咒着，我老了，什么也不怕，拿走我的性命吧，可是别再碰我的孩子，不然的话，我到天边也不放过你，该死的魔鬼！

她从铺位上跳下地面,跑到木柱子边摘下各罗布的猎枪抱在怀里:来吧,所有的恶魔,别想从我身边跨过去,别想,我要杀了你们!说完,她猛力地扣动扳机。枪响了,像玩具一样发出虚张声势的砰响,然后归于寂静。

库列和苏妮娅一起冲进来,我们惊慌地看着妈妈。她像纸人一样挺立在那儿,两腿打着哆嗦,随时都要倒下。妈妈,库列叫了一声,别害怕,我在这儿。他走到她身边,在枪膛里塞进子弹。苏妮娅捂住耳朵,她捂得正是时候,库列牢牢地抓住妈妈的手扣动扳机。枪响了,子弹从帐篷上空钻出去,在大风中炸响了,外面传来乌力楞人跑出来的声音。喂,怎么回事卡思拉,乌恰奶奶隔着帐篷喊,该不是枪走火了吧。妈妈大笑起来,得意扬扬地喊:是枪走火啦,它飞到了天上,打到了恶魔莽盖。格帕欠老人掀开狍皮门帘进来,看妈妈的样子忍不住责怪:你是孩子吗?深更半夜地吓唬大家,真该收拾你这个傻丫头。

他叫妈妈傻丫头,连苏妮娅都笑起来。他的幽默救了我们。妈妈似乎受到嘉奖,却装出若无其事的样子说:亲家,我也是没注意,真对不起哟。她转过身大声吩咐我们睡觉,自己率先钻进睡袋里,很快睡着了。

我也睡着了。在梦里,猎狗的叫声显得悠长而绵软,它们听到了另外一种声音吧,否则应该安静下来呀。我听见苏妮娅又发出奇怪的叫声,隐隐约约,像蓝色的雾气。下雨了,我听见自己喃喃地说了一句,便坠入更加深沉的睡梦里。

雪下得大极了。乌恰奶奶说,这是一个格外寒冷的冬天,因为过去了一个热烈的夏季,所以大地耗尽了元气,变得寒冷起来,我觉得她形容的是一个人,难道大地也和人一样有自己的悲欢离合吗?不过,我相信她的话,因为她是多布库尔河一带远近闻名的大萨满,谁都说她有极高的法力,传说她可以让人起死回生。

野鹿喜欢在下雪天出动。这是嗅觉和视觉异常灵敏的动物,很难猎取。在白天,它们躲在高山不易被发现的地方,在黑夜、阴天和下雪时才出来吃草,夜晚到泉边喝水,吃碱土和草。所以库列也选择下雪天出动。他骑上马进了林子,翻越一个山头后,就在那片阴面的山坡上寻找觅食的鹿。鹿能闻到几里外的气味,而且是顶风行动,疾跑如飞,打鹿的猎人都在下风头才能接近它。不过鹿的弱点是看远不看近,库列便从山后绕过,在山下猎取它。库列说过,如果第一枪撂不倒鹿,靠马的四条腿很难撵到它。他的别力弹克枪是打单子的火枪,打了一发再压一发时,鹿已经跑得连影子都看不见了。

这一次他又在下雪天钻进林子。刚到中午时,他在山坳处发现了一头公鹿。它长着五叉犄角,正慢悠悠地吃草。库列跑下马,支起枪架瞄准它的前胸,就在它猛然抬起头要跑的一瞬间,子弹飞到它身上。库列咒骂自己打偏了枪,因为他看见子弹在鹿的腿上炸开了花,鹿便跳踔起来,飞快地钻进林子。他急忙跨上马奔过去,在雪地上发现一线血滴,他猜到子弹敲断了鹿的前腿,便抽了一下马,沿着公鹿的蹄印撵进林子深处。他能看到鹿飞跑的影子,心想下午就能追上它了,一头瘸腿的鹿跑不过四条腿结结实实的马。那鹿很狡猾,在林子里兜着圈儿地跑,枣红马真是好马,紧紧追住不放。撵到天黑了,库列觉得那头断了前腿的鹿再也跑不动了,他逮住机会瞄上它补一枪,就能剥它的那张皮了。他喝着背上挎着的一壶酒,啃着肉干,而马饿了就用蹄子掊开厚雪,吃底下的草,渴了舔雪吃。撵到第二天的下午,那头鹿终于跑不动了,听天由命地站下。它浑身的毛发黯淡,再也不像原来那么有光泽,漂亮得让想摸几下。库列下了马,支起枪架瞄准它给了一枪。这一次公鹿倒下了。库列说,如果它没流那么多血,他的马很难撵上它。

但我们知道,库列是个性子倔强的人。他最终用马驮回了猎物,却冻残了左脚的小脚指头。

3

每逢天气晴朗时,我就惦念着穿上雪橇滑雪。可是妈妈不让我动雪橇,怕我钻进林子里迷路。而且我脚上的冻疮每年冬季都要犯。即使我用熊油涂抹整个脚,也挡不住钻心的刺痒。实在忍受不住,我就用皮带狠狠抽打红肿的脚指头,痛恨地喊:叫你疼,叫你痒,把你割下来烧火吧!

春天快来吧,我在心里叫嚷着,这样谁也听不见,免得以为我发疯。春天快来吧,我们都抵抗不住这么寒冷的严冬了。库列的姥姥因为春天来了,快乐得一下尿湿了裤子，成为营地至今的笑柄。我不觉得可笑，尿裤子算什么，为了春天即使尿血也不算过分。

冻疮刚刚结疤，我摘下挂在木柱上的雪橇溜出帐篷。阳光照射在皑皑白雪上，发出耀眼的光亮，整个世界明亮极了，像神话般美丽。乌恰奶奶曾经跟我说过，苍天用白雪为大地净身，所以在明媚的春天，我们才能看到生命重新生长。我找到了一块岩石，拍掉上面鼓鼓的雪团，坐下来穿雪橇。我当然躲着妈妈，否则她唠叨起来没个完，我不敢违抗她。如果在她没看见我时溜走，顶多在我回来后她责备我几句，现在她全部的心思都在苏妮娅身上。

库列制作的雪橇真结实，他在木板上钉了柔软的鹿皮套子，我穿乌拉鞋的脚套进里面，再用鹿皮绳绑得牢牢的，就可以放心大胆地滑雪了。

我朝前飞快地滑行，用两根长长的木棍支撑身体，以防滑倒，木棍插在厚雪里居然捅不到草地，可想而知雪是多么深厚。我的身后出现了两条长长的雪橇痕印，给平坦的雪地留下了流淌的小河流。因为寒风真的把松雪吹进了痕印，似乎急于把它们铺平。

一只雪兔惊慌地在雪地上奔跑，在它上空，猎鹰铁洛儿张开翅膀滑翔，寻找机会逮住它。雪兔朝我的方向跑来，又掉转头试图逃往别处。但是来不及了，铁洛儿从高空像闪电一样俯冲下来，一下抓住了狂奔的雪兔。雪兔在它的利爪下拼命地挣扎，它猛然用尖利的嘴叨瞎了雪兔的眼睛，任爪下的猎物挣扎。雪兔慢慢地不动了。

我扭过头望着猎鹰飞来的方向，查鲁滑着雪橇出现了。他远远地看见我，兴奋地吹了一声口哨，飞快地滑过来，雪橇滑转出漂亮弧线后停在我身边。干得不错呀，铁洛儿，他扬扬得意地说，今天咱俩吃烤兔肉啦。后一句话是说给我听的。

我嗅了一下鼻子，风传过来他身上的汗味儿，他又没洗脸，为此勒日钦老人每天早晨起来跟他吵。喂，你又没洗脸吗？我问，你为什么总是不洗脸，连灰鼠都要用爪子挠挠脸哪。他不好意思笑一下，蹲下来用雪猛搓几下脸，就容光焕发地站在我面前了。看着那张被雪刺激得发白的脸，我想他还是长得很英俊哪。

铁洛儿发出咕噜噜的声音。查鲁朝它挥挥手，大发慈悲地说：兔子归你啦。

我看着铁洛儿用爪子撕扯兔肉，一口口地吞噬下去，就知道平时查鲁怎么饿它。这家伙不像别的男人用枪打猎，整天靠铁洛儿养他，没出息的家伙。

喂，你把铁洛儿放了吧，我说，它本该在天空好好飞自己的，你凭什么逮住它帮你打猎，难道你不会打猎吗？

别管闲事，他有点急了，因为我捅了他的肺子。玛哈依尔家族的人驯鹰是天经地义的，凭什么轮到你来管闲事，他冲我嚷嚷，还挥挥拳头。

这个没气量的家伙，居然跟我挥拳头。我用手中的木棍敲打他一下：铁洛儿是天空的神，不是你的奴隶，你放了它。我也不示弱。

你这个怪丫头，库列说你是有灵性的丫头，他肯定错啦。查鲁摸摸被我敲痛的地方，冲我瞪着眼睛嚷嚷，小心点别乱发脾气，将来嫁不出去。说完，他打了个呼哨，怪解气的样子令我生气。

我冲着咕噜噜直叫的铁洛儿发火：没出息的家伙，你就跟查鲁鬼混吧，现在你的腿上没绑着皮绳，你却不想飞走了，心甘情愿地当奴隶。

我反身滑着雪橇走了，听见查鲁发出胜利的大笑：鬼丫头，快长大吧，除了你我谁也不娶。他的喊声可真大，连聋子都能听见。

我边飞快地滑行边诅咒查鲁，让这个邋遢鬼撞上一群狼吧，或者干脆掉进雪窟窿里喂野猪。他才十六岁就说这么肮脏的话，难道想气死我吗？等各罗布回来，我一定让他狠狠收拾查鲁一顿。

可是各罗布回不来了。

神灵惩罚我随便诅咒人。还没等到天黑，我的肚子便疼痛起来。妈妈和苏妮娅围着我转来转去的，好像我被狼群套住了。妈妈看着我脑门一块发青的痕印问：丫头，你干什么坏事啦？我到底没忍住，把我和查鲁吵架的事情学一遍。让库列回来收拾这个坏蛋，我跟苏妮娅说，他该娶一个山猪回来，看它挠不挠他的脏脸。

妈妈居然笑起来，像奖励似的在我额头上狠命地亲一口：乖女儿，快长大吧，我等着媒人提亲哪。

我生气了，大声喊：不，我不嫁人，我跟你过，跟姐姐过。

三月末的大地，冰雪开始融化了。我踩在积雪上，感到脚下软绵绵的。被寒风捶打一冬的雪不再坚硬而冰冷，它像新娘一样，乖乖地依偎在大地的怀抱里。

妈妈开始催促库列为姐姐搭建产房。按照族人的规矩，产妇不能在原来住的斜仁柱里面分娩，血气冲犯玛鲁神龛，神灵会动怒的。要在帐篷旁边搭建新的斜仁柱做产房。

库列和伦巴列搭建起产房，天空又飘起鹅毛大雪。黏湿的雪片径直飞进低矮的产房里，把地面弄得泥泞不堪。

库列从产房里面走出来，鹿皮靴子沾满了污水。我感到一股寒意从他脚下爬到我膝盖，又从我的膝盖袭入苏妮娅的腹部。我打了一个寒战，心想姐姐怪可怜的，在这么矮趴趴的产房里生孩子，而且一直住到满月，她太可怜了！

苏妮娅去了产房几次。每次进去之后走出来，她脸色都格外苍白。没有围上围子的产房设施简陋，床铺直接铺在地面，床头两侧竖埋着两根带杈的木杆，上面横搭另外一根木杆。妈妈告诉我，所有鄂伦春女人分娩时都采取半蹲屈的姿势，要把两只手握紧横杆以便用力，而胸部靠在杆上来支撑整个身体。两条腿必须劈开，两脚蹬在铺上，妈妈说，女人都这样分娩，苏妮娅你要当妈妈了，勇敢点，玛鲁神灵会帮助你的。

苏妮娅哭了，妈妈，我不结婚好了，她抽泣得上气不接下气，我害怕，她说。

妈妈拼命拍了一下巴掌，气急败坏地训斥：你不结婚，各罗布怎么回来？我想他快想疯了，我死了才能见到他，我去死吗？

别折磨妈妈啦，我也朝苏妮娅喊，好像她犯了大错。我不在乎自己干多少活，我已经长大了，应该帮大人忙碌。但苏妮娅太娇气，动不动就让库列哄着她，这一点我和妈妈看不惯，库列一家人也看不惯，只是人家不说而已。

在爸爸家族居住的时候，开依勒大婶对我讲过妈妈分娩的事情。呀嘿，你妈生下你们真是遭够了罪，她开头便这么讲，苏妮娅出生时，和生你一样，正值最冷的正月。快生产了，你妈进了产房，我和乌茹木两个人陪她一起进去的，而你爸只能在外面守着。傻丫头，你问他为什么不进去，这是规矩，男人是不能进产房的，女人的血光冲到男人身上，男人要倒霉的。苏妮娅，她不肯出来，把你妈折腾坏啦。那么冷的天，即使篝火烧得再旺，产房的温度也和外面差不多，你妈却疼得在地上爬，满脸是汗。她号叫的声音引来一群狼，它们一个跟着一个嚎叫，直到你妈生下苏妮娅，它们才走啦。自打那次，她很长时间没怀上孩子，所以你和苏妮娅差四岁。嘿呀玛鲁神灵，生你的时候你妈更遭罪，你这个小耗子直接掉到雪地上啦！

也许妈妈让库列搭产房太早了。它孤零零地伫立在寒风里，没有一点喜气。夜晚的大风呼啸地摇撼着它，它叹息着，呻吟着，有时发出不明真相的怪叫。每逢这个时候，苏妮娅便离开库列，来到妈妈的铺位前，不安地站着。妈妈坐起身，掀开宽大的狍皮被子让她进去，这个时候她不会赶女儿回去。

苏妮娅钻进妈妈的被窝里，紧紧抓住她的手臂，过一会儿睡着了。妈妈疼爱地搂住她，仿佛她还没有长大，还需要躲在鸟巢里等待羽毛丰满。过了一会儿，妈妈就不是这么想了。即使睡着，苏妮娅仍然侧着身，用双手护着肚子。

我的女儿，生来就是母亲。妈妈想。

大风总算停下来。库列和妈妈把狍皮缝制的围子绑上去，这样看起来温暖多了。我偷偷拎出装都柿果浆的小桦皮桶，在狍皮围子边涂抹出一串串的紫黑色眼睛。妈妈还是看见了我忙碌的结果。

你干了一件好事，她在我身后嚷嚷着，吓我一跳，该死的恶魔见了这些勇敢的眼睛，还会来吗？她破天荒地，第一次夸奖我。

我抓住妈妈的胳膊，小心翼翼地告诉她，我听见一个声音了，别进去，千万别进去。那个声音总在我耳朵边绕来绕去。

妈妈警惕地听一会儿周围的动静，过一会儿迟疑地问：你听错了吧，没什么特别的声音。我肯定地点点头，别无出路，我只有这样自圆其说。那声音来自我心里，来自我的恐惧，但我只能借助四处游荡的神灵告诫妈妈。

原谅我吧，玛鲁神灵。

她望着产房，低声骂了一句。那天吃晚饭时，她对我们宣布，苏妮娅就在帐篷里生孩子。你可别像我，一个人待在月子里，太受罪啦，妈妈说。

为了苏妮娅，妈妈要犯忌了。她想都不去想，如果让女儿在挂着玛鲁神龛的家中生孩子，会招来整个乌力楞人的责骂。自古以来，女人都要在产房生孩子，让血光冲撞了神灵，会给大家招灾惹祸啦。

苏妮娅惊惶地看着妈妈。她清楚地意识到，因为库列误杀了各罗布，妈妈就不怕血灾引到男人身上的说道了。至于给全家惹来麻烦，这个死去丈夫和儿子的女人根本不在乎了。在她看来，苦难和麻烦是没办法回避掉的，它们和狼群一样，总要围住什么人。与其天天担惊受怕，莫不如敞开大门与狼共舞。

真没想到，你还是恨库列，你巴不得让他死掉，苏妮娅含着眼泪说，他死了，我也活不成，我们俩是一个人，就像你和爸爸那样。

那你就自己待在产房好啦，别这么哭哭啼啼的，妈妈说，你把我搅得乱七八糟了。

库列却满脸笑意地瞅着妈妈。一想到苏妮娅独自在产房守候到满月，他现在就坐卧不安，而妈妈那么勇敢地让女儿在自己的帐篷里生产，让他高兴极了。但是听苏妮娅说了那么过头的话，他把脸别过去，不再瞅任何人。这是我们家人之间的事，他不好说什么。

我也觉得姐姐过分了。她这么爱库列，爱到了敢顶撞妈妈，真让人生气。如果往常，妈妈肯定会好好教训她一顿，可现在妈妈却让着她，因为她是女儿，因为她快生孩子了。我把一张狍皮铺在地上，用木槌在上面敲打一遍，让它柔软起来。之后在皮里子上涂抹一层捣烂的狍肝和潮湿的朽木渣，卷裹起来放置两天发酵，就成了熟皮子。苏妮娅，哭吧，这棵美丽的小草，沾了一夜的甘露，她该流几滴眼泪。库列又抬起头，疼爱地瞅着她。这是他的女人，怀着他的孩子，为了她，库列什么都不怕。

我说，长满眼睛的产房当然应该继续竖立在玛鲁神灵眼皮下，千万别急于拆掉它，那样等于告诉天上的神灵和乌力楞的人，有人想和他们作对。柯尔特依尔家族的人不想当叛逆者，但是有谁怪罪来不及进产房的孕妇呢，大概不会有人责备那么快就降临人世的孩子吧。

我的话音刚落，妈妈切下两块肥美的狍子肉恭敬地投入火塘敬火神。火神，你来吧，我供给你鲜美的肉食，让你知道我们一向敬重你，妈妈大声祈祷道，和我们一起品尝香喷喷的狍肉吧，至于刚才的声音，也许是风声，也许是灰鼠奔跑。嘿，动静够大的了。

后一句话，妈妈是责备我的。

4

一大早晨，大家就听见查鲁拼命地呼唤铁洛儿。我的心咚咚地跳着，跑出去看看出了什么事。

查鲁正疯狂地绕着产房奔跑，让铁洛儿下来。铁洛儿傲然地站立在产房的顶端，用它寒冷的眼睛看着一遍遍绕圈的主人。

查鲁快哭了，跟围上来的人说，这几天铁洛儿不太听话了，所以他用皮绳绑在它脚上。可是今天早晨，它居然啄断了皮绳，飞到那顶上。他指指铁洛儿，哽咽着。

我的心咚咚跳着，耳朵也嗡嗡作响。铁洛儿，它终于自由了，可以飞回蓝天，它是雄鹰，不是奴隶，我再也不想见到它让查鲁用绳子拽来拽去。

查鲁要上房顶了，他真是疯了，没等大家看清楚，他就登上紧固围子的横杆，想爬上去。铁洛儿仍然居高临下地瞅着查鲁，它为什么不飞呀，难道它还想跟查鲁厮混在一起吗？

查鲁晃悠了一下，库列冲过去用肩膀支撑他。查鲁的爸爸喊：别胡闹啦，下来！但查鲁仍然往上爬，可见库列和伦巴列搭建的产房有多么结实。铁洛儿这家伙还若有所思地站在那儿瞅着查鲁。我快急死了，大张着嘴巴，无声无息地喊着，用两只手臂上下拍打着示意它。快飞吧，我喊，快飞回蓝天吧！我无声地喊。

铁洛儿盯住我看一下，它的眼神像一个人，是各罗布。它听懂了我的意思，是的，它听到了我被喉咙关闭的声音，终于扇动起翅膀腾飞起来。我仰起头激动地望着它，好像望着我正在上升的灵魂，它到底摆脱了查鲁半年的摆布，恢复了天性。它在半空中沉稳地滑翔，我们甚至能听见翅膀划动空气的声音。它盘旋着，在我们头顶盘旋着，不肯离去。

查鲁从产房跳下来，大声喊着：叛徒，我要杀了你！格帕欠老人说：让它飞走吧，你留不住它了。铁洛儿叫了一声，仿佛跟我们告别，然后它飞向高空，越飞越快，直到我再也见不到它。

查鲁沮丧地往帐篷里走，经过我面前时，他恨恨地说：这一下你高兴了吧，臭丫头。

吃饭时，妈妈从吊锅里捞出一大截灌肠，放在木墩上切成一段段。我刚伸手抓一块，她用力拍了一下我的手：说实话，你放了铁洛儿了吗？我猜出来了，它脚上的皮绳不是它叼断的，是用刀割断的，除了你，没别人干这勾当。

我只好默认了。妈妈没猜错，是我割断了皮绳。春天快来了，铁洛儿飞走吧。每逢看见查鲁把它绑在帐篷外的驯鹰架上，我脑袋里总出现一种声音，它什么时候飞上蓝天哪？昨天夜里，我悄悄地站在鹰架前，铁洛儿用金黄的眼睛看着我，好像就等着我出现。我从袖口掏出一条条新鲜的狍子肉喂它。它总是吃不饱，查鲁卡它的粮食，还振振有词地说，怕它胖了抓不到猎物，或者说它会变懒了一类的话。看得出来，铁洛儿变得形销骨立，原来闪闪发光的灰黑色翅膀变得黯淡无光了。

我掏出刀子，把它脚上的皮绳割断了，就这么回事。但我不明白，它为什么昨天晚上不飞走，一直到今天早晨，一直到查鲁出现，大家都从帐篷里出现，它才飞走。

妈妈压低嗓门教训我：你不该干这么出格的事，丢尽了柯尔特依尔家族人的脸。

我难过了，不是因为妈妈没让我吃饭，而是因为她提到柯尔特依尔家族。只有最伤心时，她才提及爸爸的家族，她思念的根永远长在那里。冬天的时候，由于实在想念他们，她曾经骑着马返回原来乌力楞的住地，但是他们迁徙了，顺着多布库尔河去了别的猎场。也许我们这一生再也无法与他们相逢。

帐篷外面响起砰砰的摔打声。楚楚大婶跑进来着急地说：古迪娅，去劝劝查鲁吧，他快发疯了。妈妈朝我努努嘴，我便硬着头皮出去。查鲁正发疯地砍剁着塌倒的木架，好像那是他的仇敌。昨天夜里，他还像往常那样，把铁洛儿的脚绑在上面，让它像雕塑般地站立着。只要铁洛儿眼睛里重新闪出凌厉的寒光，查鲁一定要教训它，让它变得服服帖帖，自从他爸爸托楚楚大婶跟妈妈提出想跟我定亲，而妈妈借口女儿还小，一口回绝后，查鲁便和铁洛儿较上劲儿，仿佛它妨碍了他的婚姻大事。

妈妈对查鲁的评价是：他还是吃奶的家伙，养不起我的古迪娅。

吊儿郎当的查鲁入不了妈妈的法眼。

查鲁，我放走了铁洛儿，我横下一条心，走到他面前，直接跟他坦白地说。反正铁洛儿成功地逃走了，查鲁怎么处罚我，我都心甘情愿，因为他的样子太难过了。他刚刚受了勒日钦老人的责骂，气恼得无法平静，所以拿驯鹰架出气。

我知道你放走了铁洛儿，他并不望着我，眼睛里噙满泪水说，我把铁洛儿当成朋友，它还是离开了我。他飞快地擦掉眼泪，哀怨地说，它飞走了，我心里空荡荡的，他指了指胸口，又指了指脑袋。

我想他该指自己的脚指头了，他果然迟疑地指一下脚背，以示他的心从胸口跳到脑袋，随后砰地掉到了地面。

如果是别人干的，我会杀了他。你干的，我就没办法了，因为我想要娶你。再过两年，你十五岁了，可以嫁人了。我会等到那个时候。除了你，我谁都不要，他顺手拍了我的脑袋一下，表示自己的决心。

查鲁，我的哥哥不会让我留在这里，等我长大了，我要离开这里回爸爸的家族，我生气地说，你不该跟我说这样的话。

他从地上捡起板斧。这一次他不再继续砸碎倒下的木架，而是重新竖起来。古迪娅，你是个小妖精，所有的人都说你的心已经和乌恰奶奶一样老了，他说，你走到哪里我都跟着，一直到你答应为止，我说到做到。

我的脸蛋刚被火烫红了，又碰撞了一块坚冰。原来查鲁还想着再逮到一只猎鹰，还想让天空最高傲的灵魂囚在自己手中的那根皮绳上。他真让我讨厌。我恨你！我再也忍不住了，捡起地面一块破碎的木板朝他砸过去。他太高了，我仅仅够到他的肩膀，但是我拼命地砸他，直到他用力扳住我手才停下来。

那天晚上我做了一个梦。我变成铁洛儿，在明亮的天空中飞翔。一只兔子在我的视线里悠闲地吃草。我俯冲下去，一下子抓到了兔子，那兔子变成了网，紧紧套住我。查鲁哈哈笑着说：这一下你可跑不掉了。

我在梦里拼命地挣扎。妈妈坐起来用手摸摸我的额头，有点发烫。她知道我吓住了，抄起枕头边用熊毛编织的坐垫，在我头顶上边扇动边念着咒语：

> 万能的神灵呀归拉雅,
>
> 已经显灵了归拉雅,
>
> 作孽的妖魔呀归拉雅,
>
> 已经逃走了归拉雅,
>
> 灵光洒进供神的肉里归拉雅,
>
> 灵光洒进供神的香里归拉雅。

我在妈妈的祈祷声中渐渐睡过去,铁洛儿重新回到我连绵不断的梦中。查鲁把它的腿用皮绳捆绑起来,放在驯鹰架上。它忧伤地望着天空,锐利的爪子愤怒地挠抓脚下的圆木。我说放了我吧,我是古迪娅。他听不见我说话,拼命地摇动圆滚木。铁洛儿跑在滚木上,它不想掉下去,鹰的骄傲让它必须保持平衡。他摇呀摇,终于把铁洛儿摇得掉下去,但是那根皮绳绑住了它的一只脚,它飞起来,重新落在驯鹰架上,随着滚动的木头无休无止地跑动。我闻到了一股臭味儿,查鲁从自己臭烘烘的乌拉鞋里掏出垫鞋底的乌拉草,捆住一块肉扔给铁洛儿。

我吞掉这块肉,因为我有几天没有吃东西。查鲁想让我尝到饥饿的滋味。他成功了,我不得不屈从他,吞掉赖以生存的肉块。我的胃很快疼痛起来,它根本消化不了臭烘烘的乌拉草,我吐出了那块肉。饥饿让我变成了奴隶,查鲁看出了这一点,他说走吧,咱们捕食去,他仍然用绳绑住我的脚。当我一次次扑向猎物时,是多么悲伤,蓝天就在我头顶上。总有一天,我会啄掉脚上的绳索、翅膀上的赘物,像风一样回到风里,像水一样回到水中。

我又醒过来,耳边响着铁洛儿沉重飞翔的声音。我错怪了铁洛儿,我只是割断了它脚上的皮绳,却不知道在它翅膀里有羁绊。它用一个晚上啄掉了查鲁绑在它翅膀上的赘物,天哪,它成功了,玛鲁神灵帮助了它。其实它一直为挣脱查鲁的束缚而努力。

玛鲁神灵,让它忘掉在营地中发生的一切吧。

我像妈妈那样,为铁洛儿祈祷。

5

当苏妮娅从她的帐篷跑过来,围着篝火团团转时,妈妈知道,她快生了。她的肚子越来越疼,汗珠渗出了额头,却咬着牙一声不吭。最后她在狍皮褥子上爬来爬去,喘得像只小母兽。妈妈再也顾不得别人是否听见,抓住苏妮娅的手乞求:疼了就喊,女人生孩子没有不喊的。

可是苏妮娅不喊,把嘴唇都咬破了也不喊。她害怕天空中的神灵听见她的呼号停住脚步,查明真相,怪罪她的血气冲犯了神界,把灾难降到库列身上。

乌恰奶奶走进来,对正在烧火的库列说:出去,回你的帐篷里,你这个不懂规矩的家伙,想挨揍吗?接着她板着脸对妈妈发火:我们都知道,玛哈依尔家族对你们是有责任的,可是你们不要过分,吵得大家心神不宁。去产房吧,这样大家都放心。

妈妈用手指着帐篷门口说:出去,回你的帐篷里!妈妈真是疯了,居然敢用这样的口吻对乌恰奶奶说话,要知道她是乌力楞的萨满,多布库尔河一带的人谁不知晓她的大名呀。苏妮娅马上从铺位上爬起来,趔趄着往外走。她想去产房,害怕事情闹大了。

妈妈急了,大喝一声:你给我乖乖地回来,苏妮娅,只要你胆敢跨过这道门槛,我就死给你看!

苏妮娅不敢跨出门槛。妈妈已经生死不怕,为了自己的孩子,现在连神灵都无所畏惧了,苏妮娅她敢离开帐篷吗?

帐篷里的空气凝重极了,我惊恐地望着她们。外面的人一定等着乌恰奶奶把苏妮娅送进产房,包括格帕欠老人。他们不想让血光冲犯了别人的生命,尤其是冲犯了库列。当然,大家不敢来劝妈妈,这个伤心的女人会对他们大喊大叫,让他们还回各罗布,还回她唯一的儿子。他们只好让德高望重的乌恰奶奶走进危险地带,传递大家的请求。而妈妈根本不妥协,她凛然的神情告诉所有的人,她连神灵都不怕了。

乌恰奶奶跪下去,对着玛鲁神龛祈祷:万能的神灵,还是请你闭上眼睛吧,苏妮娅可是来不及啦,那么就请你搬家吧。

妈妈马上明白了乌恰奶奶的意思。她跪下磕了三个头,用狍皮遮盖住木柱上的玛鲁神龛,然后恭恭敬敬拿下来,移挪到帐篷外正对着原来神位的大树上。

后来的事情就顺利了。在乌恰奶奶和妈妈的帮助下,苏妮娅顺利生产了,因为妈妈给了她勇气。当那道神秘的通道打开,露出孩子的头部时,妈妈使劲攥紧拳头,在她面前挥舞着:孩子,运足气往下憋,用力,对啦,就这样!

苏妮娅叫了一声,她终于叫了,整个过程她一直忍着。我一边朝篝火里添木柴,一边担心地看着她,真希望她喊出来,把那么重的担忧努力地倾吐出来。随着她既痛苦又欢悦的叫声,孩子坠落人间。嘿,她真棒,生了个男孩子。小家伙一落地便响亮地啼哭起来。事后妈妈说他和各罗布刚下生时一样,左手抓住自己的耳朵,哭声响亮。

妈妈哭了,她紧紧地抱住孩子,脱口而出:各罗布,你回来啦!

我们兴奋地围住孩子,谁也没想到照顾苏妮娅。她安静下来,幸福地看着妈妈用熊油把嗓门嘹亮的小家伙全身涂抹一遍,包裹进柔软的狍皮睡袋后抱给她看。小各罗布,妈妈满意地抚摸苏妮娅汗津津的脸说,丫头,好样的。

乌恰奶奶用双手挡着门口,但已经来不及了,库列冲进来。随他进来的还有一股冷风。乌恰奶奶耷拉着双臂,担心地一个劲儿摇着脑袋。一切都乱套了,苏妮娅不在产房生产已经够出格了,卡思拉管刚出生的孩子叫一个死去人的名字,呸!而库列已然忘掉了男人不能进产房的规矩,血光会让他倒霉的,呸、呸!

库列不敢一下子靠近苏妮娅,他温柔地看着苏妮娅,仿佛她是天下第一美女。苏妮娅也温柔地看着他,让他心里清楚,她为他经历了一场特殊的生死搏斗,从此之后,他该用自己一生的爱来呵护她。

妈妈努努嘴,半嘲笑半鼓励地说:过来疼疼你的女人吧,她可是好样的,这么顺产的女人,会给你带来好运的。

库列强烈地感到,以往妈妈眼神深处藏匿的怨恨和敌意终于消失了。她那么坦荡地望着他,内心里没有一点障碍,他得到了妈妈的宽恕和诚恳的接纳。他晕头转向地朝妈妈走去,把她和怀里的孩子紧紧地搂在一起。

库列给孩子取名叫各罗布,满足了妈妈的心愿。这个小家伙很乖,除了吃就是睡,又很会笑。他的微笑像鲜嫩的阳光,照亮了我们的生活。除了让姐姐喂奶时撒撒手,妈妈总是抱着他,而那个摇篮成了形同虚设的摆设。小家伙刚刚咧开粉红的嘴巴,妈妈就急吼吼地吵嚷:还等什么呀,孩子饿啦。其实他不过打个哈欠,或者吐一下小舌头。趁着库列不在面前,苏妮娅便醋意十足地取笑妈妈,小各罗布是你的,库列是我的,这样你满意了吧。

我生气地问:我什么都没有吗?姐姐再生一个孩子给我吧。

她俩哈哈大笑。苏妮娅笑道:查鲁又让楚楚大婶来了,他等着和你定亲哪,你自己会有孩子的。

妈妈说:女孩总归要出嫁的。查鲁真是个倔家伙,都十六岁了还盯着十三岁的丫头不放,看来他要等到你能嫁人那天啦。她大声叹口气,表示自己正因为这事烦心。

被一个缺心眼的家伙死死盯着不好受。

小各罗布长得真快呀。我们迁徙一次他就长一截个头,好像他是一棵树,在根部的年轮上记录我们迁徙的次数。我们眼睁睁地看着他会爬了,会走了,尽管走得不那么稳当。

他老用小牙咬自己的手指头,咬疼了后,发呆地看着手指头,然后小声地哭起来。他一哭,妈妈肯定抹眼泪,可以供他吃的食物太少了,他饿,所以咬手指头。妈妈用浓稠的肉汤煮稷子米喂他,他不是拉肚子就是便秘。我就进林子里摘采"木克切"植物的根和"翁流乐"草茎熬水喝,调理他的肠胃。这个土方法很见效,小各罗布慢慢胖起来。

各罗布,过来吧,让我亲亲你。妈妈早晨起来使劲咳嗽几声,让苏妮娅把孩子送过来。各罗布自己从热乎乎的被窝钻出来,从那边的帐篷跑到妈妈身边。各罗布,我的小各罗布,妈妈唠唠叨叨地把他举起来,费力而幸福地诉苦,你越来越沉了,我快抱不动你啦。她把各罗布塞进自己的被子里,满意地说:今天你放点响屁吧,我的梦里肯定堆满了你的大便,梦见屎尿,预兆能猎到野兽呢。

妈妈不再害怕提起各罗布的往事,不再害怕他的身影刺痛我们的眼睛,把我们一遍遍地扔进黑暗，痛不欲生。小各罗布，妈妈快乐地呼喊着儿子的名字，一次次与它相逢，一次次愈合心灵的创伤。

我们又要搬迁了。乌力楞在多布库尔河东岸猎获的动物越来越少。格帕欠老人决定找新的猎场。当他宣布这个决定时，妈妈低下头难过地对我说：克道鲁老人会在我听不见的地方说，卡思拉，你想吞掉我们家传的"恩母克"吗，说话不算数。

多布库尔河流经的伊勒呼里山脉，究竟有多少猎物，我们无从得知。离开了柯尔特依尔家族，我们这条支流就再也汇入不到原来的河流中。

我们都想念爸爸的家族。夜里，我们躺在狍皮睡袋里倾听多布库尔河的流水声，便能想象出水面上白雾缥缈。妈妈伤感地说：我上哪儿找他们，我的古迪娅已经长大了，多想把你嫁到我们出来的地方。

妈妈下了咒语啦。夜里我的肚子突然疼痛起来。我的叫声吓坏了妈妈和苏妮娅，她俩围着我转来转去，好像我被狼群围住了。等我喝下苏妮娅熬的"摩加其"草根汤药，肚子倒是不痛了，可是裤衩却湿成一片。一股血腥味儿让我惧怕极了。妈妈，我要死了，我哭了，抽抽搭搭地说，我的肚子出血了。

妈妈想起什么，一下子掀开我盖的被子，反手伸进我的两腿之间摸一下，然后凑到眼前看看。她居然笑起来，在我额头上狠命地亲一口：乖女儿，你成了真正的女人啦。她从桦皮箱里掏出一卷卷薄如蝉翼的桦皮叠成片，垫进我的两腿之间，笑逐颜开地说，哭什么，女人都这样，不然怎么生儿育女。

你该嫁人啦，妈妈说。

不，我生气地喊，不，我不嫁人，我跟你过，跟姐姐过。

6

乌力楞再一次搬迁营地。当大家收拾好东西驮在马背上，准备离开营地时，我们才看出来，该离开这片林子了。由于待的时间过久，马匹和人把四周的草皮都踩烂了，而且空气里散发着一种气味，人的气味。嗅觉灵敏的动物不再向这里靠近。

女人们抹起眼泪。每一次搬迁,她们都依依不舍。男人们沉默地看着她们,心里也很难过。在苍莽的大兴安岭就是这样,离开后很难旧地重游,那只命运的手不知道把我们推向哪里。可是这里的一切我们非常熟悉,每一片草叶都摇曳着向我们告别。

我们骑着马走了三天,沿着多布库尔河寻找新的猎场。从水浅的地方蹚过去后,我们选择了方向,朝河的西岸行走。和以往一样,妈妈把玛鲁神龛装在狍皮袋子,驮在各罗布骑过的黄鬃马身上,让它走在我们的前面。按照规矩,驮神龛的马是神马,人不能够骑上它,也不能驮其他东西,所以我们就把东西驮放在其他马身上。

我们经过一条不知名的河流时,正值烈日炎炎的中午。宽广的河面上泛着耀眼的光芒,而在不远处的灌木丛里,鸟儿清亮的鸣叫在宁静的空气中回响。黄鬃马似乎陶醉了,站立在岸边朝远处望着。妈妈拍一下马脖子说:行啦,差不多就行啦,大家要赶路啦。

我们选择了河水浅的地方蹚过去。黄鬃马知道应该走到最前面,因为它驮着神龛。它痛快地打了一串喷嚏后,跑进河水里。我们跟着它走时,感到水不像我们想象的那么浅,很快漫过人的膝盖,到了大腿根。我们蹚到河中心时,黄鬃马突然掉进水里,它扑腾了一阵,总算从那个隐秘不见的水坑里挣脱出来,而它背上的神龛却被水冲走了。

妈妈急了,玛鲁神灵啊,她边喊边往顺水漂流的神龛方向蹚去,却一个趔趄沉下去。格帕欠老人看见了妈妈从水里露出头,迅速游到妈妈身边,拉着她上了岸。妈妈死命地推搡他,执意要追回已经漂远的神龛,仿佛里面装着性命攸关的东西。格帕欠老人不由分说地把她搂在怀里。

我的耳朵里升起潮红的水雾,心脏怦怦地乱跳着。苏妮娅就在我身边,不用瞧,她的脸肯定羞红了。大家沉默着,面对眼前的一幕,他们只能保持沉默,任何一种声音都令人感到尴尬。

妈妈沉浸在失去神龛的痛苦中,没有注意到格帕欠老人瞬间爆发的激情,而是一屁股坐在沙滩上抹起眼泪。

我们知道妈妈为什么哭泣,因为她成了弃儿。我刚懂事时,妈妈就不厌其烦地告诉我，玛鲁神灵是萨满教中最大的神灵，它掌管所有的神灵。在神龛里装着爸爸家族传下来的所有神偶，都是先人们用皮张或松木制作的。可是刚才，神龛弃我们而去，顺水漂流，去找爸爸的家族了。妈妈能不为之哭泣吗？

在族人看来，丢失神龛是不祥之兆。他们马上联想到苏妮娅没进产房生孩子，所以神灵一怒之下丢弃了我们，格帕欠老人又当众出了洋相，一切看起来乱糟糟的。

席兰嫂走过来劝慰妈妈：不要难过呀，所有的人都不开心，都看着你。只要心中有神，玛鲁神灵会知道的。

格帕欠老人不给妈妈伤心的机会，在前面大声喊：走吧，我们会找到一个好猎场的。

我们继续朝西面走，那是太阳将要落下的方向，玛鲁神灵应该在那里走进妈妈的梦中吧。大家都沉默地走着，偶尔传来简单的对话，也是闷闷的。纷乱的马蹄声敲响在草地上，阳光犹如长梦一样牵引所有的人，跟随它无休无止地向远方走去。

我们看见了一片松树林，它们像缓缓移动的绿色宇宙映入我们的视野。格帕欠老人跳下马，朝山坡上奋力行走，我们兴奋地跟随在他身后。看得出来，这里是一流的猎场。我们占据的山势很有优势，能看清楚山下的几处山沟，甚至能感觉到动物在林子里走动。更为可贵的是，一条河流正在缓缓流淌，汇入山下的多布库尔河。

一棵古老的落叶松映入了大家的视野。它太粗壮了，五个人围拢不住它。格帕欠老人走到树根下扑通跪倒，喜出望外地说：白那查山神，难道你一直等待我们吗？我活了五十二年，从未见过这么神奇的大树。

大家来不及卸下马背上的东西，马上祭祀山神。格帕欠老人让我先画出山神像才能祭祀。就在那棵千年古树上，他在离开地面三尺高的树干上用匕首剥下一块树皮，之后把匕首递给我。我用匕首几下子刻画出一张脸，山神白那查仁慈地朝着我们微笑，张启的嘴似乎正在告诉我们林间秘密。听着木屑窸窸窣窣地撒入草丛里，大家神情肃穆而畏惧，仿佛等待我揭示一个真相，一个未知的谜团。我也被自己刻出的神像骇住了，慢慢朝后面退去。妈妈搂住我的肩膀，她的手在发抖。有一瞬间我差点叫出声，因为我看见山神的脸被一股神秘的鲜血注入后，变得栩栩如生，呼之欲出。妈妈拉了我一下，我顺势跪了下去，和所有的人一起跪在山神面前，倾听格帕欠老人用悠长的音调诵念祷文：

> 掌管山林的万能神灵啊，
> 我们跋山涉水向你走来啦，
> 从此在你的恩泽下打猎讨生。
> 敬奉鲜美的兽肉和奶酒，
> 敞开诚挚的心灵，
> 白那查山神，
> 请接受我们的敬意，
> 恩赐我们更多的猎物吧。

那天傍晚，我们在山神树边点燃篝火，共同进餐。当吊锅里煮的肉干散发出香味时，格帕欠老人把肉盛在桦皮盒里，供奉在山神像下面，查鲁随后跟过去，把手中的酒碗倾斜着洒下酒。白那查爷爷，你帮帮我吧，他醉意蒙眬地说，让我娶到心爱的丫头。

大家全都笑起来。这个傻家伙，居然跟山神说这样鲁莽的话，山神会笑得前仰后合，找一个小母鹿送他当新娘吧。

库列正从兽皮袋子里抓出肉干喂马。连日的迁徙让马匹消瘦下去，用肉干能让它们迅速恢复体能。听见查鲁的话，他飞快地瞅我一眼，走过去拽住查鲁的衣领朝没人的地方走过去。古迪娅是河里的鱼，你捞上来她就干涸了，他边说边抓紧查鲁的衣领，弄得查鲁快上不来气啦，放了她，你这个麻烦人的臭小子！

查鲁扯下库列的手，整理一下衣领说，我等不及了。他指指自己的裤裆，粗鲁地大笑起来，哪天我把她收拾掉算了，她就乖乖地归顺我了。

库列一言不发地瞪着他，他把拳头举到库列鼻子底下嚷嚷：你干什么，古迪娅又不是你的女人，你不过是当姐夫的。帮帮忙吧，我一看她就憋得不行，她变成小美人了。

库列一拳头把查鲁砸倒在地,看着他趴在地上哼哼着起不来。知道我为什么揍你吗,库列擦擦手压低嗓门说,你敢动古迪娅一根手指头,我就把你扔进多布库尔河喂马哈鱼!

库列朝我们走来,他懒得再搭理查鲁。查鲁突然从地面一跃而起,跑到马群中,从他的袋子里掏出猎枪朝库列开了一枪。子弹从库列头顶擦过,钻进远处的松树身上。

一切都乱了套,苏妮娅失声尖叫着扑向库列,伦巴列夺下了查鲁的枪,大家纷纷围上来问发生了什么事。而我远远地看着查鲁,他像一个受尽委屈的孩子,垂着手呆呆地站立着。

勒日钦老人铁青着脸把他带到林子深处。大家听见他用马鞭抽打查鲁的声音。奇怪的是,查鲁居然笑起来,他的笑声像疾风一样刮在每一个人的心里,扬起一片沙尘。

我哭了,让我全身寒冷的枪声和鞭打声,就像滚滚的雷声和惊悚的闪电。苏妮娅仇恨地说:打死他,这个坏家伙,他太凶残了!可是我看出来,查鲁不是真的想射死库列,他是想让库列看看,自己是个大男人。他揍不过库列,所以就这样发疯。

到后来还是妈妈请求查鲁爸爸放下鞭子。看见妈妈求情,老人更加来劲儿了,额头青筋暴跳,一只手紧紧攥着鞭子拼命地抽打躺在地上的儿子。妈妈抓住他的手喊:够了,你想打死他吗?库列不是好好的没掉一根头发吗,难道让我下跪你才饶这个臭小子呀。

妈妈拽着查鲁的胳膊走到大家面前说:这件事就算过去了,我们该干什么就干什么吧,今后大家就不要提这件事啦。

夜晚,大家来不及搭建帐篷,便围着篝火钻进狍皮睡袋过夜。深夜里,四处窜动的凉气袭醒了我。妈妈坐在我身边,正用一块松木制成雀形的乌麦神。看来,她想彻夜赶制成玛鲁神龛,以便搭建好斜仁柱时可以悬挂在帐篷里。没有神灵的保佑,她睡觉都不安宁。

我从睡袋里爬出来,陪妈妈制作所有的神偶。她已经制作出几种神偶了。

保护孩子的乌麦神已经站在我面前。而祖先神阿娇儒也是松木雕刻的，它像人的形态，身体呈现锯齿形，奇怪的是它身上挂着一个小皮口袋。我问妈妈，她想了一会儿说：你问来问去的，把人都快问烦了，先祖们就是这样制作的，至于皮口袋，大概是装粮食种子用的吧。我拿起铺在草地上的一块白布仔细看，上面画着八个人形，我知道这是司管各种疾病的翁库鲁神像。至于财神吉亚其的样子，我看和翁库鲁神像差不多，是六个手拉手的小人形，只不过它们头顶多出太阳和月亮。妈妈把那张保存多年的金箔纸派上用场，让它们熠熠生辉地照耀我们。

妈妈说：古迪娅，过去的玛鲁神灵顺水漂流了，我要请它们重新返回来。除了乌麦神和吉亚其，别的神灵大多是善恶同身，凶吉同体呀。人们只能敬畏它们，供奉它们，祈求它们，才能获得平安。库列懂善，却不懂恶，所以他不原谅查鲁，差点丢了命。查鲁呢，无论多么莽撞，却最知道逢凶化吉，最后的时候抬高了枪。

还有，你离查鲁远一点，越远越好，但不要让他看出来。妈妈突然小声嘱咐我，敬人如敬神，女儿，你该懂道理啦。

我吃惊地望着妈妈，她让我感到陌生。她为什么让我躲开查鲁呢？他是多么没心没肺的家伙，明天他会忘掉一切，第一个跑到库列面前唠唠叨叨。真不知道库列怎么样，再给他一拳吗？

查鲁早晨起来完全忘掉了昨天夜晚发生的事，跑过来围着我们团团转，不时地吵嚷库列搭建斜仁柱架的毛病。嘿，阿权不太牢靠呢，他用手边摇晃帐篷的主干支架边挑剔地说。库列阴沉着脸不理他，苏妮娅用力推他一把，又朝地上吐口水，以示无法遏制的愤怒。

查鲁讪讪地转过头对我说：我吓唬库列呢，你们干什么当真，没看见我挨揍了吗？我爸爸差点没把我打死。

我问他为什么和库列吵起来，他猛地抓一下我的肩膀悄声说：都是因为你，我想娶你，他就揍我了。

不对，库列不会无缘无故地揍人，我恶狠狠地训斥他，还是你做错了什么。

喂，你别老替他说话，咱们是一家人，查鲁冲我嚷嚷，我要娶你，不管你愿不愿意，你就是我的女人。

这个无赖居然说这种丑话，快气死人了。我举起手中的棍子狠狠砸在他身上喊：离我远点，我再也不想见到你啦！我飞快地往回走，想甩掉后面讨厌的家伙。

他紧紧跟在我身后，喋喋不休地说：别生气，我保证不惹库列了。你以为我没长脑袋吗？他不想让你出嫁，喂，他这一辈子就想让你待在他身边。有次他喝多了，跟我说，他原来喜欢你，可惜你太小了。

我站在那儿，像中了一枪。库列是这么说的吗？查鲁不会编出这么可怕的话。我晕头涨脑地转过身，查鲁正怜悯地看着我。你放走了铁洛儿，就该嫁给我啦，风神告诉了我，铁洛儿是你不安分的灵魂，它飞走了，你就趴在大地上了。

我怔怔地望着他，感到了一丝畏惧。妈妈说得对，敬人如敬神。每个人都是相似的树叶，灵魂如此相通，所以一个人可以毫无妨碍地看到另一个人。

谁说查鲁缺心眼儿。

为了表示爱慕，查鲁花了几天时间做成一串鹿骨项链。他用一把生锈的锉刀，坚持不懈地磨出几十个圆溜溜的鹿骨珠，穿在一根结实的鹿筋线上。他郑重地送给我，让我套在脖子上。你瞧，我多能干，他眯缝着小眼睛自吹自擂，我肯定养得起你，不让你拿猎枪，你要过别人没过的日子，所以我想当安达，把咱们的皮货送到山下去卖掉，不让奸商再欺诈咱们。

我也恨那些黑心的安达，他们简直就是杀人犯，而且满嘴谎言。难道查鲁愿意变成那种人吗？

男人们按照先祖们传授的围猎方式，在河汊之间架起一道栅栏，每隔三个俄丈留一处缺口，从那里伏设地箭，野兽通过时即被射杀。

他们埋伏在周围，等待猎物。当几头马鹿沿着河流走过来，看见平地而起的栅栏迟疑地停下脚步。一头经验丰富的公鹿警觉地嗅着鼻子，朝后退两步。但是来不及了，前面几头莽撞的马鹿从栅栏缺口跳跃出去。它们倒下了，地箭准确地射中了它们。而埋伏的猎手用弓箭射中了另外几头鹿。

我们找到了一流的猎物，谁都看得出来，格帕欠老人引领着乌力楞的人走对了方向。在一段时间里，我们可以过着不愁吃喝的日子。大家高兴极了，伦巴列的妻子席兰用两根木棍当乐器，边敲击边唱起歌。她的嗓子真不怎么样，沙沙地刮着风沙，但我们还是被她感动了。自从她第三个孩子夭折后，她很少说话，好像一个阴影躲在帐篷里不肯出来。所以男人们背地里对伦巴列说：没用的家伙，再送给她一个儿子就行啦，她肚子里有了小生命，忙都忙不过来，哪里有时间悲伤。

可是，她无法怀上孩子。

那几天乌力楞的人聚在一起吃饭，因为谁也不想各自用餐。女人们忙着煮肉，而男人们拿出酒坐在一起痛饮。到了夜晚，大家围着篝火欢快地跳起舞，连妈妈也跳进人群里，两条胳膊举得很高，学着大鸟儿的架势飞快地旋转。妈妈跳得真好，她高傲地扬着脖子，脚步轻盈地在地面来回地踢踏。苏妮娅不怀好意地冲我笑一下说：妈妈挺风骚哇，瞧她把身板挺得多直，两条胳膊像花蝴蝶似的。

我们的笑声和头顶上的飞蛾一起舞动起来。妈妈以为我们夸奖她，跳得更带劲儿啦。嘿嘿嘿、嘿嘿嘿嘿，她边跳边呼叫，声音明亮而快乐。格帕欠老人猛地打个尖锐的呼哨，跳进人群里，拉着妈妈的手跳起舞。我和苏妮娅看得目瞪口呆。他真像个毛头小伙子，围着妈妈转来转去。老实讲，他跳得不怎么样，脚步像吃多了野果的憨熊，东摇西晃，但他跳得那么炽热和勇敢，连天上的鸟儿都明白，他对妈妈秘而不宣的爱慕多么强烈。

库列紧张地望着爸爸，他从来没有看见爸爸这么忘我的时候。自从妻子去世，格帕欠老人变成一潭死水。而今天，库列看到了一颗已经衰老的心为另一个女人怦怦跳荡。妈妈真能沉住气，她像一团祥和的风，跟随格帕欠旋转，这样一来，他成了妈妈的核心。

最后，妈妈累得先停下脚步。她大笑地说：我喝多了，亲家，你找一个漂亮的母狼好好跳吧。格帕欠老人不让妈妈停下来。喂，亲家，我也喝多了，他硬着舌头说，所以我就找你这个漂亮的母狼好好跳，一直跳到明天，跳到太阳升起来。

大家什么时候停止了跳舞，我已经不知道了，因为我和小各罗布在他们的歌舞声中睡着了。这个夜晚发生了太多太多的事，让我既兴奋又疲惫。温暖的篝火好像天上的太阳来到了人间，散发着明亮而娇美的光芒。我和小各罗布惬意地躺在狍皮褥子上，数着天上的星星。慢慢地，我闭上眼睛。在梦里我还听得到他们欢快的笑声，夜鸟在远处森林里悠长的鸣叫。

7

查鲁和翁基勒一起下了山，他们用五匹马驮着大家准备的皮张和四支鹿茸，下山换取需要的物品。

查鲁走的时候，跑来站在我面前说：唉，没有什么话嘱咐我吗？人家走那么远，为我祝福吧，库列都拍我脑袋原谅我了。

早点回来，别让大家为你们操心，翁基勒脾气暴躁，你俩千万别打架，我边说边为他们担心。可怜的，他们在深山老林里走，该有多么孤单。

查鲁满脸放光，走过来拉拉我的手：你是个善良的丫头，尽管嘴巴太厉害。

我把手抽出来，生气地骂道：干什么拉拉扯扯的，走吧。

查鲁走了，一走就是半个多月。在此期间，大家心神不宁，期盼着他们安全返回，也让我们看见查鲁欢蹦乱跳地继续喝酒，找麻烦，挨揍，或者揍人。格帕欠老人有一天没忍住，对着下山的那条路骂道：查鲁这个浑小子想干啥，他能当安达，连灰鼠都能当英雄。

妈妈在帐篷里竖着耳朵听着，过一会儿朝地面吐了三口唾沫：呸呸呸，这个老家伙又想教训谁哪，万能的神灵，最好把你簸箕大的耳朵堵住，他的话可太多啦。

查鲁和翁基勒回来的时候是夏季里最美丽的时光。当晚霞映红西面的山崖，林子里的鸟儿发出归巢的鸣叫时，营地里的人听见马蹄敲击在草地的声音。阿依玛罕大婶把手指塞进嘴边，用力打了一个呼哨，山下也传来一个接一个响亮的呼哨。接着，翁基勒那张狭长的脸从树林露出来，跟在他身后的除了胡子拉碴的查鲁，还有一个我们不认识的汉人。他长着满头卷发和高鼻子。

查鲁告诉我们，他们路上捡到了这个沉闷的家伙。他几乎不说话，一副找死的样儿，真想踹他几脚，查鲁说，他该不是逃犯吧？

查鲁和翁基勒给我们带回了子弹和粮食，还有一百元人民币。那是四支鹿茸卖的好价钱。这一次两个人没有去找以往和我们联系的商贩，而是多走了两天，找到政府办的供销社，把带去的山货卖了不错的价钱。因为国家收购山货。查鲁有些遗憾地说，他想当安达挣钱的梦想破灭了。

小子，别偷懒啦，还是打猎吧，勒日钦老人恨铁不成钢，勃然大怒地骂道，你这副德行，谁家有姑娘敢嫁给你！说完，他气冲冲地走回帐篷。

查鲁委屈地对我说：都是你，把铁洛儿放了，我的枪法又不怎么样，害得我爸整天教训我。他气呼呼地塞给我一包东西，送给你的，我真是没皮没脸，他说，我已经很长时间没看见你画画了，难道你也要打猎吗？

我打开了兽皮袋子。没错，正是白纸，还有几个锡管的油彩，真正的油彩。天哪，我欢呼起来，这是我最需要的东西。

而那一百元钱，格帕欠老人平均分给了每一家。妈妈拿着自己那一份，开始筹划怎么花掉这一笔钱。她需要的东西太多了，粮食、子弹、棉布、盐巴、烧酒，还有孩子需要的白糖。总之，她规划了许多花法，就是没想到给我买白纸。

我干完了所有的活，一个人跑到河边。我要享受意外的收获。阳光照在我的后背，很温暖，而我把一张白纸铺在腿上，小心翼翼地把锡管里的油彩挤出来，涂抹在纸上。

后面传来声音，我转回头看到那个汉人，他用两双手比画着，我不明白他说什么。他着急地用手蘸上一点油彩，涂在纸上。我吃惊地看到了一条河流出现在纸上。这条河流好像从太阳里流淌出来，又朝神秘的远方流去。

他放下了纸，默默地离开了我，然后沿着河岸慢慢地行走，他的身影渐渐地隐入旺盛蓬勃的灌木丛里。

那天的时间很短暂，我觉得从来没有一天能像那天一样，很快就过去了。

妈妈说这个像风一样的人有点来历。他像一股看不见、抓不着的风，让大家感到不安。在大家的帮助下，他搭建了一座斜仁柱，孤零零地竖立在河边。

风啊，风，查鲁像唱歌一样呼唤他，他听懂了，这是大家给他起的名字。他捡了一根木棍，在沙滩上划拉几下，一条船的形状便凹现出来。

他是打鱼的，查鲁很有把握地说，他不想白吃别人的饭。

格帕欠老人为风打制出一条桦皮船。他用了三张桦皮，精心制成两头尖尖的船，最后一根木钉钻进船沿后，查鲁就用早就准备好的松树油抹至桦皮接合处，这样船就可以下水了。

风随着查鲁来到河边，当他看到那条淡黄色的小船浮在水里轻轻荡漾，呆呆地站住。查鲁说：这条船送给你，风该把它吹进清凉的河水里了。风开始说话了，我们听不懂他说什么，却猜得出他正在讲自己的故事。最后，他沉默了，用一根棍子在沙地上画出一架桥，还有一个女人。

他该有女人的故事。

风划动着轻盈如云的淡黄色桦皮船，整天游荡在河里。融入多布库尔河的许多溪流，没有名字，或者有人起过名字，他离开后，名字也跟随他离开。风在这条无名的河流里每天都在捕鱼。他用兽骨制作的鱼叉很结实，投出去从不落空，只要收回鱼叉上的线，总能看见十多斤重的鱼挂在叉夹上，拼命摇动的尾巴闪闪发光。

那一段时间，乌力楞的人都吃鱼，连马匹和猎狗也开始吃鱼。风待在自己帐篷里的时间很少，即便在夜里，他点着松油火把仍然在河面漂荡。我们把他捕获的细鳞鱼、牙鲁鱼、草根鱼、鲫鱼晒成鱼干，放进"奥伦"仓库贮存起来。有一天吃早饭，小各罗布刚闻到吊锅里的气味就哭了，他想吃肉粥或者是烤荞面饼，他说那些鱼在肚子里横冲直撞，用尾巴扇他的屁股。

我们哈哈大笑。整天吃鱼的日子是该结束了。男人们已经变得懒洋洋的，整个营地充斥着鱼腥的气味。这可不是什么好事，钓鱼原本是女人的事情。趁着闲暇时，女人坐在河边，用鱼竿钓上十来条鱼，拿回去尝尝鲜就行了，男人们还是应该正儿八经地去打猎。

男人们骑上马钻进林子里，风不得不和女人们待在一起。他笨拙地帮她们搓鹿筋线，鞣熟皮子，可是他用剪刀剪出的兽皮花纹非常漂亮。楚楚大婶和娜佳让他剪出许多花纹，珍重地留起来，准备缝在狍皮衣服的袖口和衣服底摆。

风用细草为我捆绑了一支精致的毛笔。他找来紫都柿挤出汁，蘸着汁液在一张桦树皮上画着，一个女人渐渐地露出娇美的面容。我说这就是大家猜测的那个女人吗？他似乎听懂了我的话，用力点点头。我问，你是为她杀了人，躲到林子里吗？他茫然地望着我，不懂我的意思。我用手砍一下脖子，他的脸色顿时变得煞白。过一会儿，他撕碎了桦皮，离开了我。

晚上，我把这件事告诉了库列。他皱着眉头嘱咐我离风远一点。因为大家猜测，这个人说不定是杀人犯，想逃进林子里躲藏起来。

我恍惚记起，库列已经很久没和我交谈。他躲着我，他为什么躲着我呢，真奇怪。

随着年龄的增长，妈妈越来越像老人们那样，逢人遇事靠经验说话。尽管她以前曾经发过誓，自己决不会像老人们那么自以为是，然而她在不知不觉中成为他们。

古迪娅，别招惹那个人。一个人的面相带着命运的痕印，那个人的面相有阴影，可怜的，他的罪还没有遭够哪。妈妈边给小各罗布做饭，边确信不疑地警告我。

只有乌恰奶奶不这么认为。她说风是一个被情欲诅咒的人，他肯定是为了那个女人出逃，一直逃到他想停下来为止。他在岩石上，在树上画下那个女人的画。而玛鲁神灵说过，为情感奔波的人无家可归。风就是这样，哪里有那个女人的画，哪里就是他的家。

夏季很快过去了。当树叶缤纷落地，大地呈现一片凄凉景象时，我们知道，寒冷的冬天快到了。

风每天早晨起来后，把桦皮船推进清凉的水里。直到那一天，他看到河面结了冰，便再也不打鱼了。他开始收拾自己携带的东西，把许多鱼干塞进一个肮脏不堪的帆布袋子，然后他找到我，送给我一支铅笔。

我从他的手势上猜出，他要离开这里，我突然跳起来，拉着他往林子里奔跑。当我家的"奥伦"仓库映入视线时，风一下明白我的意思，站住不跑了。我朝他挥舞拳头威胁道：没有肉食，你会饿死的，你根本走不出去这个林子。

风被我气势汹汹的样子吓住了，顺从地站在那里等我。我把藏在树边的木梯子找出来，直接搭在悬于半空的仓库底部，从底部开的入口钻进去。我刚上去，心里有点发毛，尽管帮妈妈经常晾晒肉干，但仓库里贮存的肉干很有限，即便如此，我还是装了大半袋的肉干和炒荞面递给风。

我们返回了风的帐篷。风点燃篝火，为我烤了鱼干，那是我吃到的最好的鱼干，他用感激和绝望的火焰烤炙了它。我们什么也没说，因为无话可说。当我离开那孤零零的帐篷，里面隐隐传出哭泣声。

风走了，没和任何人告别，他真的如同命运的风，无声无息地消逝。他是夜里走的，第二天早晨，妈妈发现门边堆着一个兽皮袋，里面装着我送给他的食物，才知道他离开了我们。为此，妈妈还跪在玛鲁神龛前，为他做了祷告。

二十多天后，库列和男人们进林子里打猎，看见了风。他吊在一棵白桦树上，他一定感到走累了，再也不想朝未知的明天走下去，所以结束了自己的生命。

库列说风必死无疑，他就是寻死的家伙，活着对这个废物讲就是难题。库列说，如果他是风，他要为心爱的女人活到最后一分钟，因为活下去才能铭记。

库列的话让我想起风的怯弱和敏感，他那种像哲罗鱼发出的哭泣，还有那幅从草地里生长出来的女人画像。

8

各罗布，你给我回来！妈妈声嘶力竭地呼喊着她的宝贝外孙。刚才还看见小家伙在她眼皮底下玩鹿拐骨，过一会儿他就跑出去了。

小各罗布跑出去了。只要有机会，他便从妈妈身边溜走，跑进周围的林子里。他很有主意，不想让妈妈和苏妮娅圈住自己。

而妈妈只要看不见小各罗布，就跑出帐篷焦急地喊叫起来。

格帕欠老人听见妈妈的喊叫，一声不响地走进了林子，把小各罗布找回来。每逢看见一老一小牵着手从林子里走出来，妈妈便露出笑意：瞧瞧他俩，长得有多相像。

我经常在阳光下看见小各罗布跑动。刚开始他跑得摇摇晃晃，一根小木棍、一丛蒿草就能把他绊个跟头。渐渐地，他的两条小腿迈步稳稳当当了，很有把握地跨过木棍、草丛，最后可以像灵敏的小鹿，欢蹦乱跳，肥胖的小腿开始变得瘦了起来。眼看他长成三岁的小男子汉了。

苏妮娅又怀孕了。和上次不一样，她非常贪吃，仿佛身体里有一个无底洞，需要一个劲儿地往里填食物。

苏妮娅怀的是女孩子，所以这么贪吃，妈妈遗憾地跟库列抱怨，好像他让她的希望落空了。小各罗布三岁了，苏妮娅才怀上第二个孩子，大家认为她没在产房生孩子，遭受了神灵的惩罚。现在她怀了孩子，看来妈妈每天向玛鲁神灵祈祷起了作用。妈妈多么希望她为小各罗布添个弟弟，因为她决定，第二个男孩要随库列家族的姓氏。

格帕欠老人高兴极了。他在没人看见的地方拍了一下库列的肩膀，算作由衷的祝福：小子，继续努力吧！只要有一天看不见苏妮娅，他就来到妈妈面前说：你想找我的麻烦吗，为什么苏妮娅没露面？妈妈也不示弱，边忙碌手中的活边反唇相讥：你让库列和苏妮娅搬到你的帐篷里吧，反正我也伺候够他们了。格帕欠老人坏笑一下说：好哇，连你也一块儿搬过去吧。

妈妈怔了下，生气地嘀咕：喂，你说什么呀，你这个坏家伙。

各罗布，你给我回来！妈妈这么喊惯了。乌力楞的人早已习惯她的喊叫。喊吧，喊吧，她听见自己的声音就心里安静啦，他们说。

这一回，小各罗布自己从林子边儿跑出来，跟在他身后的还有两条猎狗和驮着猎物的马匹，当然还有库列。

呜——嘿，妈妈瞪圆了眼睛又叫起来，各罗布会接爸爸啦，我的心肝宝贝，你可真是出息啦。妈妈用狍皮擦净手，然后张开手臂迎接跑过来的小各罗布。

库列的名气在多布库尔河一带越来越响亮，别的乌力楞好猎手不服气，找机会过来和库列比试枪法。真正的莫日根称号是古老辉煌的荣誉，它照耀到谁，谁就是森林里的英雄。

每逢一个猎手出现在库列帐篷前，妈妈就叹口气。他们总是老一套，进林子比赛谁打的猎物多，谁的枪法好。然后喝酒，或者打一架。如果库列带着伤痕回来，他肯定把对方打得更惨。库列开始酗酒了，有时候他几天不回来，等到出现在我们面前时却带着满身的酒味。妈妈，他们都跟我提亲了，想娶古迪娅，他硬着舌头说，这帮家伙没有一个配得上古迪娅。

妈妈沉默地低下头。她担心我嫁不出去，库列哪里知道我的麻烦。自从我有了月经后，一年才来两次，这样的女人能生孩子吗？妈妈私下跟苏妮娅交代过：古迪娅出生时落下了病根，恐怕成了开不了花的石头，等我死了，你和库列善待她吧。

我去河边打水，查鲁从身后跟着我，高兴地说：我现在喜欢库列了，谁要提亲，他就把人家打跑，所以你肯定是我的了。

我已经习惯他随心所欲地说话了，不理睬他继续往前走。他抢过我手中的桦皮桶，在河边打上水，然后拉住我坐在沙滩上。

昨天我爸骂我了，喂，你这么晃悠到什么时候为止呀，你都十六岁了，该成家了。查鲁说，古迪娅，你嫁给我吧。

我说：你一天吊儿郎当的，拿什么养我。

他用手捂住脸，有点难过地说：我养得起你，还有，你愿意怎么画就怎么画。

这一次把猎物皮张送下山的不仅是查鲁，还有库列。查鲁倒腾猎品尝到了甜头，劝库列跟他下山。

库列最近打猎的运气不好。男人们说苏妮娅怀孕的气味太重，野兽嗅到后很快逃掉。为了不影响他打猎，苏妮娅搬进我们的帐篷里住，过不了一天，她又搬了回去。这样折腾几次，妈妈就不高兴了：我该打猎了，苏妮娅不怕挨饿，我可是大活人哪。

库列就跟随查鲁下了山。

等待他们回来的日子格外漫长。尽管我们暂时不缺吃的，库列已经在"奥伦"里准备了一些肉干，可是我们嘴里嚼动着食物却无滋无味。库列进山里打猎是一回事，下山又是一回事。我们习惯了他钻林子，而那山下仿佛是另外一个世界，我们总感到和他失去了联系。

苏妮娅夜里让我陪她睡觉，她不习惯身边空空荡荡。夜晚，透过圆锥顶的天窗，我们看着天空中一颗颗明亮的星星。我和姐姐像小时候那样拉着手。妈妈和小各罗布已经发出轻轻的鼾声。

我想起了几年前的那个夜晚，哥哥在月光下祭祀的样子。我很想念他，每逢看见月亮便格外想念他。姐姐，你想不想哥哥？我推推苏妮娅，小声问，她撒开手，把身体挪得离我远一点。过一会儿她说：我怎么办，哥哥和库列我都想。我终于憋不住了，用手捂住眼睛哭了：我恨库列，非常恨他，我永远不原谅他。苏妮娅也哭了，她抽泣地说：我能怎么办，我老做噩梦，哥哥牵着库列走了，他说他在那儿太孤单了。醒过来，我就摸一摸库列在不在身边，古迪娅你求求哥哥，放过库列。

我刚想阖闭的眼睛被一只无形的针芒草刺了一下。我睁大眼睛凝视着帐篷顶。清冽的月光真像水一样，让我又看到了哥哥。如果那天他不祭拜月神，不拿爸爸的鹿哨打猎，一切悲剧都不会发生，而我，也不会这么仇恨库列，我从来没叫过他姐夫。

苏妮娅拉拉我的手说：你睡了吗？再陪我一会儿，我这儿堵得慌。她拍拍胸脯，又拍拍腹部，恐怕过一会儿，她该拍脑袋和脚脖子了。我用手拉拉姐姐的耳朵说：别怕，神灵会保佑你。

第二天，我跟妈妈学了苏妮娅的话。妈妈直直地瞅着我，咳嗽着说：苏妮娅和库列是一个人哪，她没有白白说的话！天哪，我以为那件事已经过去了，但它没过去，它还在我们中间。

查鲁和库列回来了。查鲁的脚被猎人下的铁夹夹伤了，所以他们耽误了两天的路程。查鲁从马背上歪歪斜斜地跳下来，格帕欠老人马上用狍皮围住他的右腿，怕得破伤风。查鲁伤得不轻，走路一瘸一拐的，脸色显得很苍白。

查鲁的伤势把乌力楞人的快乐压在心底。他给大家带回子弹、面粉、白酒和盐巴，也给大家带回烦恼和担忧。那处埋伏着铁夹的陷阱历时多年，甚至连最初设圈套的猎人都忘了它的存在。库列绕过了它，马匹也绕过了它，而查鲁却不偏不倚地踩下去。

没有库列，我真回不来啦，查鲁仰着苍白的脸跟大家说，有谁拽着我的脚朝那儿走，原本我跟在库列身后，有谁拽我脚一下，我就像自己要找事一样，偏要从那两棵树中间穿过去。

当天夜里，查鲁发起高烧，乌恰奶奶凝神望着他，说了一句匪夷所思的话：你还没结婚哪。

查鲁睁开眼睛，吃力地说，等古迪娅年底长满十六岁，我娶她做老婆。

守在一边的妈妈难过地哭起来，她抓住查鲁的一只手说：你这个邋遢小子，真是死心塌地，快点好吧，看来古迪娅非嫁给你不可。

勒日钦老人端着泡着熊胆水的桦皮碗，担忧地说：已经喝了第二碗啦，他还不退烧，凶多吉少。

乌恰奶奶从铺位上站起身，颤抖着两条腿来到玛鲁神灵龛前。她没跪下，呈现出平起平坐的样子：我们的上空有一个最大的神灵，命运神灵，它主宰着人间的一切。除了努力地活着，我们别无选择。凡事不必哭哭泣泣，接受命运吧，顺从自己的生命方向。

两个令人揪心的夜晚过去了。乌力楞的人嗅到了死亡的气息。营地上空传来乌鸦的叫声，而更远的林子里，猫头鹰的哀鸣比清冽的月光更令人感到寒冷和凄凉。查鲁腿部的伤口开始散发出难闻的气味，他因发高烧而昏迷不醒。

乌恰奶奶找出收藏已久的萨满服饰。它们一直被紧紧关闭在桦皮箱里。乌恰奶奶制作这只神秘的桦皮箱时，回避了所有人的注视。在五月的季节里，她独自钻进桦树林，选择一棵树干笔直、少有节疤的桦树，在一人多高处用猎刀沿树干径直划开，然后在划线向下一米处再划出一道线，用刀尖轻轻一撬，银白色的桦皮便如解掉纽扣的衣服脱落了。

乌恰奶奶把桦皮背回后，趁着明艳的晚霞修理桦皮。那是一天最安谧的时候，也是黑暗即将铺向大地的时候。她将桦皮表皮和里面的硬皮剥去，然后用滚烫的开水煮一遍。这样就处理好了制作箱子的桦皮材料。

当她精心制出漂亮的长方形"阿达玛拉"桦皮箱，便让我在箱盖和箱边上刻出花纹，所以我知道她在里面装了什么东西。

那套萨满服饰已经遍布时光的尘埃，它应该歇息在箱子里面，回忆自己光彩夺目的生涯。乌力楞的人知道，乌恰奶奶用桦皮箱封存了她的萨满生涯。因为有一个时期，每次做完法事，她都要昏睡几天，醒来后犹如患过难以治愈的大病，恹恹许久。

妈妈说过，萨满的生涯是奉献生命的过程，乌恰萨满每次救活一个人，一定要折寿的，但她无怨无悔。乌恰刚降生时，几乎把她的妈妈折磨死。因为胎胞不破，接生婆只好用猎刀切开胎胞才取出她。家人尊重习俗，让部落萨满把整个剥下的胎胞鞔成一面萨满神鼓，放在野外的仓库中。经过这样的仪式，她活了下来。

乌恰奶奶长大以后,顺理成章地做了萨满。她终生未嫁,一直跟随家族部落,像是神灵赋予的双翼一样守护族人。最后一次她为几匹患病的马做过法事后,整整昏睡了十天。当太阳迅速坠入莽苍的山峰,乌恰奶奶从旷久的沉睡中醒来,她决定放弃当萨满了,留下残余的生命熬度晚年。

若是再做一次法事,乌恰萨满就归天啦,格帕欠老人告诉我,人的寿命有限,萨满是用自己的性命拯救他人。她向神灵为人们祈祷时,就等于让神灵拿走自己的寿数。

他的话和妈妈说的一样。

9

谁也没有办法说服乌恰奶奶放弃救查鲁。她把萨满服饰从桦木箱里重新取出来,让我帮助她穿上。帐篷里没有别人,我进去后首先嗅到"神开路"植物的香味。乌恰奶奶为了净化斜仁柱里污浊的空气,点燃了香草,以便迎来神灵。她坐在火堆边,凝神注视着明亮的火焰。古迪娅,我的孩子,你会成为我生命最后时刻的见证人。她听见我进了帐篷,并没有抬头,却轻声说出上面的话。

乌恰恰奶奶吩咐我为她拿起"奔波里"神帽。按照习俗,女人可以制作萨满的神衣,却不许触摸。而她让我拿起神帽,显然有她深刻的用意。事后妈妈说,她知道大限已到,想让我接替她当萨满。我当时无法理解这一点,却被她裸露出来的身体吸引了注意力。

我再也没有见过如此美丽的身躯。乌恰奶奶用笨重的兽皮衣物,用旷日持久的平淡与寂寞覆盖住身体,只有我才看到她的迷人的秘密。在乌力楞人心中,她的年龄一直是个谜。有人说她七十岁了,有人说她快一百岁了。现在,她在我的视线里像少女一样鲜嫩,时间在她的身体里凝固了。

我哭了,我不想让她死。昨天夜里,妈妈在玛鲁神灵面前祷告了,她说自己活够了,可以替乌恰奶奶去死。

乌恰奶奶看穿了我,她神情迷离地笑了:孩子,这个世界除了生与死是大事,还有什么叫作事情。死太漫长了，它才是永恒的，我们在活着的时候所做的一切，就是接近那个永恒的境界。不要哭，查鲁会留下来的，他太年轻了。

我停止了哭泣。乌恰奶奶真像快进入天堂的人那样，脸上呈出悲欣交集的表情。我惊呆地望着她，头一次感到脑子里乱糟糟的，一种清晰的混乱。它带着强大的力量，一次次冲刷着我的心灵。

乌恰奶奶穿着萨满服饰走出帐篷那一瞬间令人惊心动魄。用鹿皮缝制的神衣，浅黄色的皮纹汇成神秘的光波，在篝火的映照下轻盈荡漾。她的前胸挂着八个圆形的铜镜，后背挂着一个覆盖住背部的巨大铜镜。四排铜铃随着她的走动发出摇曳的撞击声。神裙的长腰带垂坠着几十条色彩斑斓的布条，上面精心绣着形态各异的飞禽、猛兽和树木，还有皎洁的月亮和辉煌的太阳。与她前身的铜铃相呼应，后背腰间坠挂的一条皮带，上面依次缀挂着二十多个圆锥形的铜铃，发出互相撞击的响声。

乌恰奶奶走到草坪中央，满意地看见大家准备好的祭祀肉食、白酒。当她仰起头时，"奔波里"神帽上的六叉鹿角微微摇动起来，随后，她左手握紧的神鼓便在晚风中发出悠然的鸣声。她握住神鼓，握住自己的生命起点，用右手紧攥的神槌敲击它。这面用她的胎衣鞣制的神鼓，多年后依然坚韧如初。这真是不可思议的奇迹。

查鲁躺在担架上昏睡着。乌恰奶奶走到他身边停止了击敲，俯下身仔细察看他的脸色。她慢慢地垂下眼帘，静默片刻，一股巨大的困意犹如白雾朝她袭来。她振作起来，扬起手敲击神鼓，我们便听见遥远的伊勒呼里山脉巨石滚落的轰响，它们滚动得越来越快，一个跟随一个坠落，飞舞，旋转。在湍急如流的鼓声中，乌恰奶奶跳起驱赶病魔的神舞。她边击鼓，边跳跃，边吟唱，深沉而低回的声音回荡在我们的四周。

翁基勒拿来一团烧红的火炭放在她脚前，为神引路。让所有人震惊的是，她身着一百多斤的萨满服，居然轻盈地站在火炭上面，好像蜻蜓站立在草叶上。如此连续上下三次，她赤裸的双脚居然没有一点被烧炙的痕印。

鼓声突然停止，周围一片寂静，连鸟儿也停止了不安的啼鸣。乌恰奶奶浑身颤抖，这是神灵附体的征兆。男人们往篝火里放木桦子，让火燃烧得更加明亮、旺盛，以助乌恰奶奶的神力。鼓声重新激荡起来，我恍惚间看到乌恰奶奶凭借先神的力量，在天地间与死神奋力搏斗，争夺查鲁的灵魂。我听见了来自另外一个沙场征战的硝烟和呐喊，一轮蓝色的月亮穿越云层发出破裂般的响动，互相撞击的铜镜散发忽明忽暗的金属光芒。她倒了下去，沉重的身体犹如坠落的石头，砸得大家心惊肉跳。格帕欠老人走上前扶起她，在她耳边说了什么。大家等待她站起来，重新与神灵对话。除了她，我们谁也接近不了冥间的鬼神。

乌恰奶奶又站立起来，一百多斤重的神衣像轻盈的树叶，在她的旋转和腾跳中飞舞。她在时间里跳着神舞，时间太慢长了，比河流还漫长，比星空还遥远。

大家一直跪着，现在站起来，围住疯狂飞旋、腾跳、吟唱的乌恰奶奶，用力地跺着脚，拍着巴掌，应和她的祷告和呼唤：

> 飘飘散开了神香雅戈耶，
> 悠悠落坠了吉祥雅戈耶，
> 咚咚敲离了灾难雅戈耶，
> 当当唤回了平安雅戈耶，
> 诚意供神寿命长雅戈耶，
> 实心敬神好景久雅戈耶，
> 火星逆入天空了雅戈耶，
> 天神应诺你们了雅戈耶，
> 火光照亮大地了雅戈耶，
> 山神应诺你们了雅戈耶。
> ……

●

躺在床铺上的查鲁睁开了眼睛，他迷迷糊糊地说了一句：渴呀。

查鲁的话像风一样吹倒了乌恰奶奶。她倒下去时，嘴里散出雾一样的血气。我害怕地闭上眼睛，飞散的血水犹如绚丽的红花，开放在茫茫的黑夜里。

乌恰奶奶终于用自己的性命换回了查鲁。他从那里回来，她就回到那里。

我冲到乌恰奶奶身边,痛哭地喊起来:你说过你要告诉我一句话!

乌恰奶奶费力地吐出几个字,只有我听清楚她的话。

智者无家可归。她说。

所有的人围了上去,守望着乌恰奶奶吐出最后一口气。

第三章

1

查鲁病愈后,似乎变成另外一个人。他沉默寡言,总是一个人去乌恰奶奶的坟墓待很久,回来后蒙上被子睡大觉。勒日钦老人说,他的魂魄不肯从乌恰奶奶身边回来。

我们没有为乌恰奶奶举行风葬。林子里进来了外人,他们砍伐树木,用火车拉走。后来,我们知道他们叫林业工人。我们把乌恰奶奶埋入大地里,那样会更安宁些,她的灵魂可以永远沉睡,不被任何人惊扰。

外面的世界发生了需要我们慢慢接受的变化,我们不再和商贩打交道,而把山货直接送进供销社。

查鲁自动担当了送货的责任,他说他的命是乌恰奶奶给的,他要把命还给大家。有一次,他望着天空中飞翔的鹰对我说:铁洛儿该回来一趟,它的脚脖子上还有皮套哪。他的声音充满了懊悔。他不再提跟我结婚的事,他跟库列说:让古迪娅心里有我吧,我不能强迫她。

查鲁每一次从山下返回来都带着新的消息。他最激动的是见到了火车,那家伙像怪物一样,带着蛮劲拼命地跑,还喘着粗气。刚开始他还兴致勃勃地形容它的肚子里装满了木头。那些人把活的木头砍死了,然后送下山,说到最后,他沮丧地低下头。

接着，乌力楞里来了一个人，他是阿里河镇教育科的老师，叫万泉，在各个猎民点搞社会调查。当他跨进我们斜仁柱里，一眼便注意到了我。我正给刚缝制好的狍皮大衣涂画出"南绰罗"花纹，打算用线绣出来。他飞快地在本子上记下我的名字，让我再画一张。

我拿过他手中的铅笔，在他的本子上画了两只鹿。他看了以后说：你跟我下山吧，古迪娅，你该上学了。

妈妈不同意我上学。她该出嫁了，妈妈为难地说，你还是劝劝别人吧，比如查鲁这小子，就应该让他学点规矩。

我和查鲁又坐在河边闲聊。我问他去不去上学，他从地上捡起石头扔进河水里，看着秋水荡漾的波纹发牢骚：我哪儿也不去，山下乱糟糟的，都是外面的人，早晚有一天，林子被砍光了，动物都跑到西伯利亚去，咱们就活不下去了。

我说：咱俩一起上学吧，你要不去，我也不去，没有你，我快乐不起来。

查鲁扭过头吃惊地看着我。他看出我没有开玩笑，便感动地说：你走吧，别操心我啦，咱们俩不一样，你飞在天空，我却只能在大地上行走。

妈妈终于答应了万泉老师，让我去上学，而且她要亲自送我下山。好啦好啦，趁我还没累掉胯骨，我要下山看看。妈妈向我宣布。

为了欢送我，乌力楞的人聚了一次餐。自从安葬了乌恰奶奶，我们再也没有开心地聚过餐。苏妮娅抱怨过，如果继续这样悲伤地生活下去，她的孩子恐怕不喜欢降临人世了。因为有了小各罗布，我们对她再度怀孕不再欣喜若狂，尤其是库列，有点漫不经心，这一点让苏妮娅苦恼。妈妈心平气和地开导她：男人都这样，你别指望库列有什么特殊的。可是姐姐感觉不正常，尽管说不出理由，但她说库列有心事。我怂恿她说：你俩最好打一架，打架了就能亲近起来。苏妮娅扑哧笑道：你和查鲁打架的次数还少吗，怎么亲近不起来？

所有的女人们忙碌着做饭。我拎着桦皮水桶去河边打水，我把水桶用力地砸在薄薄的冰面上，听着清冽的凉水灌进桶里。天气开始寒凉了，山林变得五彩斑斓。看着层林尽染的山林，我忧伤地想，快到冬天了，漫长的冬天，我们又要经历严寒的摧残。

库列走过来，他高大的个头突然让我感到陌生，我发现他比我想象的还要高大，而我是多么喜欢高个子的男人。我把拎起来的水桶放下，心里有点慌乱，这可是从来没有过的事情。他走过来，站在我面前，一言不发。我看见他的眼睛里飞着两只忧郁的大鸟。我说：库列，我要走了，你就费心照顾她们吧。

你恨我，古迪娅，我知道你从来没原谅过我，库列突然激动地说，如果我死了你才满意，那我就死。

我又看见了哥哥，他站在我们中间沉默无语。他摇着头，我不知道他为什么摇头，接着他隐入了那个世界。

库列，我说，库列哥哥，其实我很想念你。我的话吓了自己一跳，也吓了库列一跳，他瞧着我的样子又吓我一跳。

他搂了我一下，是的，他搂住我，什么也不说，接着松开手后退两步。你救了我，小妹妹，你不知道你怎么救了我！他拎起水桶大步往回走。他走得真快，像飞一样。

我跟在他身后喊：喂，库列，你等等我。

他笑着往前走。我从未听他笑得这么开心。

查鲁远远地站在那儿，看见我们回来，大声嚷嚷我去他身边坐着。他在洗净的狍子胃囊里装上肉和水，吊在篝火上烤。他得意扬扬地打着呼哨说：你瞧瞧我煮出的肉，一定是最好吃的。

胃囊里的水煮沸了，里面的肉该有七八分熟了。这个火候的肉最好吃。看着我吃得热火朝天，他笑眯眯地说：丫头，好好读书吧，我准备当商人了，挣钱给你花，你这丫头，前世我一定欠你的了，所以这辈子我还债啦。喂，你要挨谁欺负了回来告诉我，我揍他！他举起拳头在我眼前挥舞着。

查鲁当然敢揍人。他已经朝库列开过枪了，这家伙什么都敢干。乌恰奶奶真是白救了他，到现在还是张口揍人闭口打人的。所以我根本不领他的情。

那天聚餐，我破例吃到妈妈精心制作的杂花菜"阿素"。她把煮熟的狍肺、狍里脊、狍头肉切成丝，用狍子的生脑浆、野葱、食盐拌调出来，味道非常鲜美。平素我吃不到这么好的东西，只要聚餐，女人们总要把最好吃的东西先让给老人，今天我成了主角，所以可以心安理得地享受美味佳肴。

苏妮娅很羡慕地对我说，她宁愿跟我换一下，她很想下山去看看外面的世界。她指指胸膛，说里面有一处很空，她不知道怎么填满它。我捞起一块血肠递给姐姐。娜佳灌的血肠因为添加野韭菜，味道很好。姐姐刚怀孕时是多么想吃到娜佳做的血肠，可现在她懒洋洋地不瞅一眼，她真的有了心事。

妈妈忙碌完了，终于想找个地方坐下来吃饭。她挤到格帕欠老人身边坐下，本来指望他和自己好好喝一杯。可是格帕欠老人正襟危坐，似乎忘掉了昔日的激情。他的样子惹恼了妈妈。她连瞧都不瞧他一眼，自己一下子灌进一桦皮碗的烧酒。所以她大声叫着我的名字，让我给长辈们斟酒时，我同情地站起身，朝着天空中那轮即将饱满的月亮举起酒壶。

我和妈妈坐着教育科派的吉普车下了山。万泉老师安排我们住进了招待所。妈妈躺在白净的床单上，不敢轻易翻动一下身体，生怕弄脏了床单。睡到半夜时，我听见妈妈发出很粗的喘息声，连忙拉开灯绳。她睁着眼睛，一点困意都没有。古迪娅，我睡不着，她抱怨地说，屋子里真闷哪，好像土把我埋起来了。

我也觉得憋闷。在斜仁柱里，新鲜的空气像无数的鸟儿一样从天窗飞进来。可是现在，我既看不见天空，也嗅不到树木和草的芳香，心里怪不舒服的。

既然睡不着，咱俩就说一会儿话吧，妈妈围着被子坐起身，大声咳嗽着说，古迪娅，你告诉我，你和库列是怎么一回事？

我一动不动地躺着，真想一下子把灯熄灭。但我不敢，妈妈准会抽我一巴掌，她好不容易找到教训我的最佳时机。

孩子，你不能盯着库列，你该有自己的生活。妈妈说，我知道库列喜欢你，那时你还小，他就喜欢上了你。可是各罗布出事了，他娶了苏妮娅，你姐姐对他一心一意的，真不容易呀古迪娅，要知道库列误杀了她的亲哥哥，谁能像苏妮娅这么痴情，用心去接受了库列。古迪娅你办得到吗？你办不到！你姐姐心里有多苦，库列心里有多难，玛鲁神灵最清楚。你这个不安分的鬼精灵，快点离开他们。我宁可让你嫁给查鲁，也不让你再留在家里！

我的妈妈，她什么都看得清清楚楚，这太可怕了。可是她又说了一句让我感到无地自容的话：你以为苏妮娅什么也看不出来吗？哼，两个自以为聪明的蠢货，苏妮娅早就知道你们的心思，她可是天下最仁慈的女人了！

说完，她倒头睡过去。而我则一夜未眠。

妈妈说得对，姐姐的内心里一定充满了痛苦。她承受的，是我无法承受的。我应该离开她和库列了。

第二天早晨，妈妈差点丢了丑。招待员大声嚷嚷走廊里少了一个痰盂。我一下猜到是妈妈干的。我从床下的皮囊里搜出那个圆溜溜的像萝卜一样的东西，悄悄放回走廊。

妈妈其实胆子挺小，听见招待员大呼小叫时，马上吓得用被子捂住脑袋。看我把痰盂搜出来，她很委屈地说，苏妮娅生孩子时会用上这玩意儿的。

妈妈，这不是乌力楞，大家可以共用一样东西，我吓唬她说，如果再少了东西，人家会搜咱们的皮囊。

白天，我们去了阿里河镇的供销社。妈妈在货架子上一眼看见了摆放的痰盂，决定买下它。她掏出皮囊里的山货，用五张灰鼠皮换下它。接着她又看中了柜台上放的碎花布，还有一大堆花线。不过，当她看到白纸时就毫不犹豫地用一件新的狍皮坎肩换下了几沓纸。丫头，你喜欢画画，也许玛鲁神灵给你指出来另一条通道，她说，你快走出林子吧，咱们活得太苦了。

临走时，妈妈的目光落在碎花布上。喂，古迪娅记住点，等我死了，一定穿上布做的衣服，妈妈说。

我们见到了校长。妈妈把带来的肉干送给他，然后胆怯地坐下来，她不知道说些什么才对劲儿。校长当然收下礼物，虽然他是汉人，却懂得我们的规矩。若是他拒绝了，等于瞧不起人。他回送妈妈两个铁桶装的牙克石牌奶粉、一包球状的彩条糖块。我们从未见过这么好看的食物包装。亮锃锃的铁桶上印着两头肥硕的奶牛，它们的乳房像房子一样巨大而温暖。至于糖块，它们真像一颗颗饱满的果实那样招人喜爱。

妈妈小心翼翼地收起来，怪不好意思地说：真是的，古迪娅在这儿白吃白住，你还要送东西，很对不住了。

校长从破旧的办公桌抽屉里找出我的画，仔细看一会儿说：古迪娅，你必须先学会汉语，才能到北京深造，你很有天赋，应该走出去。

整个过程，他都用鄂伦春语和我们交谈。

他姓安，叫安文武，很奇怪的名字。

妈妈回去后，把一桶奶粉和糖块分给各家，另外一桶奶粉留给小各罗布。小家伙第一次吃奶粉尝到甜头后，他嫌水沏的奶粉稀淡，干脆用手剜着干奶粉吃，结果屙不出大便。苏妮娅给他喝了许多水，才让他正常排便。直到有一天他看到奶粉桶里空荡荡的，便哭着说，他也要下山去。他认为只要下山了就会有奶粉喝了。

从第一天上课起，我的同桌嘎奇热就老用他细长的腿碰我。同寝室的乌娜堪和别雅儿告诉我，他也老找她俩的麻烦。别雅儿说：只要他犯贱，你就大声喊。

我不想喊，真希望查鲁在身边好好教训他一顿。我准备了一个铁钉，他碰我时，我就扎他一下。他居然龇牙咧嘴地冲我笑了：小母兽，看着你挺温和的，这么厉害。

教我们语文课的安校长走过来，很严肃地说：古迪娅，下课后到我办公室一趟。嘎奇热收回放肆的目光，低下头摆弄手中的铅笔。他受到了打击，安校长的态度让他隐隐感到，自己随心所欲的小草刚拱出地面，就碰上一把肃杀的钐刀。

古迪娅，好好学习吧，别打打闹闹，你是一颗优良的种子，将来会长成参天大树，玛鲁神灵保佑你吧。安校长苦口婆心地说了一大堆话，最后居然提到玛鲁神灵了。

他真的为我着急了。

我再也不搭理嘎奇热了。他刚把那张长着青春痘的脸凑到我面前，我就威胁道：我告诉安校长，你又要欺侮我。

他害怕安校长。虽然安校长从不大声说话，我们却全都敬畏这个小个子男人。嘎奇热害怕让他退学回家，尽管他抱怨土豆汤和玉米发糕弄得胃口酸溜溜的，抱怨吃不上肉，他仍然惧怕回家。

我不想围着树转来转去，嘎奇热边大声喝汤边说，可是在这里，我又快闷死啦。

别雅儿在夜里哭醒了。我和乌娜堪问她发生了什么事。起初她不告诉我们，后来她实在忍不住，让我们看她前胸被抓出的伤痕，还有红肿的嘴唇。她傍晚出去上厕所，被一个男人摁在墙上了。我和乌娜堪也吓哭了，觉得一个看不见摸不着的幽灵就在走廊里徘徊，随时可能破门而入。

别雅儿坚决要回家，不打算继续读书了。女孩子迟早要嫁人，我不能出事，不然，男人不要我啦。别雅儿说。

第二天早晨，我们陪着她去安校长办公室。当别雅儿说明情况后表示坚决要回家时，安校长很难过。他检讨自己早就应该派女老师住进我们宿舍，然后劝别雅儿好好考虑一下再做决定。

别雅儿还是回家了。尽管安校长派了一位鄂伦春女老师住进宿舍照顾我们，别雅儿还是坐上吉普车回家了。她走后的一段日子里，安校长干脆住在学校里，从早到晚地在校园里巡视。他推断那个坏家伙一定是住在附近的盲流，所以把我们看得非常紧，轻易不准假。

嘎奇热请假次数太多了，他有许多理由要出外转悠。比如肚子疼，比如买铅笔，或者去供销社问问狍皮的卖价。安校长慈祥地点点头：你可以请假，但是要带着我。安校长跟着他去了一趟卫生所，买了打虫子的"宝塔糖"，让他吃下去，还真的打下了虫子，从此他再也不吵嚷肚子疼了。

别雅儿结婚了。是和自己心仪已久的表哥结婚。我们族人的婚姻关系中，一直保留着姑舅表婚的习俗。听说别雅儿辍学回家，她的姑姑就打发儿子去看别雅儿。她一见到英俊的表哥就流下泪水。她对表哥说，如果他不娶她，她就去死，因为她差一点出了事。她不能出事，她要把自己完整地交给表哥。

当天夜晚，别雅儿和表哥住在一起了。这是别雅儿父母决定的。相爱的人应该在一起，亲上加亲的婚姻像岩石般牢固，何况族人流行婚前到女方家同居的习俗。一个月后，表哥才和别雅儿分开，他需要回家给女方家过彩礼。

那时，别雅儿已经怀孕了，她感到自己非常幸福。因为在婚礼上，大家可以看到她出世的孩子了。给家族添丁增口，会得到全乌力楞人的赞美，连玛鲁神灵都会为她祝福。

得知别雅儿订婚的消息，我们快乐极了。班长布库请求安校长让食堂为我们做一顿带肉的菜。没有肉，我们怎么庆祝别雅儿，布库兴高采烈地说，我们族人又增添一个人啦!

安校长走进教室里,向同学们宣布,中午有肉菜,但不许喝酒。他有点底气不足地开导我们:鄂伦春族迫切需要民族干部,你们必须好好学习,尤其尽快学会汉语,将来派出去到外地学习,可以与外界沟通。

当然,鄂伦春族人口不足一千人,还处于原始社会阶段,刚刚进入社会主义社会,增加人口也是一个非常重要的问题。安校长说。

我不嫁人,乌娜堪对我说,让别雅儿多替我生几个孩子吧。

我也不嫁人,我说,让姐姐苏妮娅多生几个孩子,我要学绘画。

查鲁下山来看我。这一次他没费多少力气,因为我们乌力楞又搬迁了,离阿里河镇很近。他告诉我,苏妮娅生了女孩子,是在产房里生的。她坚决要进产房,无论妈妈怎么劝她,她还是遵守古老的规矩。女孩长得真像库列,长大肯定是美人啦。因为是女孩,妈妈和格帕欠老人略略有点失望。

查鲁一直用陌生的目光瞅着我,我低下头回避他。安校长说得对,我应该走出森林,去外面学习,查鲁该过他自己的生活。他给我带来肉干和烤饼,还有妈妈新做的狍皮坎肩。看着我穿上坎肩,他突然说:喂,倔丫头,你长得好看啦。

我用学校发的助学金给姐姐买了红糖,给妈妈买了眼药水,现在她的眼睛一上火还是马上红肿,给小各罗布买了饼干和糖块。至于库列,我想不起该送他什么,就画了一张画让查鲁捎回去。

查鲁一看那张铅笔画就哈哈大笑:你画得太像了,现在他就这副德行,死气沉沉的。

是的,我把库列的身体画成岩石了。

临走时,查鲁塞给我一沓脏兮兮的钱,是他用心攒起来的。我看了,都是两分的毛票。查鲁说:本来还能给你更多点,不过我喝酒了,在那家小酒馆里被人掏了兜。我快气死了,这家伙就是这么不争气,还有脸说出来。我把那沓毛票塞在他的手里,恨恨地说:你什么时候能有个样子,别这么混来混去的让人生气。我知道你瞧不起我,查鲁沮丧地耷拉着脑袋说,我怎么样你才满意,我已经不太喝酒了。我耐着性子说:你能不能像库列那样,是个真正的男人,你已经不小了。

他突然发疯地喊：又是库列，他杀了你哥哥，你还这么看重他。他有什么了不起，为了赎罪他必须那么干，一直干到死那天为止。我可不想成为他，没有一点自由，没有真实的快乐，没有自己的希望。

我哑口无言。查鲁，他捅破了一个悲惨的秘密。他没说错，我们都在煎熬。

查鲁走了，非常难过地走了。我送他走出校门后，他头也不回地走着。他身上穿的狍皮大衣剐出一个口子，在寒风中狍皮条子微微地抖动。我怪自己太粗心，没有注意到这个剐口。我喊：查鲁，回来！他像没听见，就那么走掉了。

快到放寒假时，嘎奇热出事了。每逢星期五，他都去表姐兰千艳家吃饭。兰千艳的丈夫老实厚道，是公认的好人，嘎奇热也喜欢他，两个人经常在一起喝酒。后来，嘎奇热开始讨厌表姐夫了。他跟同学们说了无数遍，他真想好好收拾表姐夫一顿，因为兰千艳不生孩子，表姐夫就想把她送回娘家。

后来，嘎奇热就经常跟表姐夫吵架。他自己也搞不清楚为什么吵架，似乎没什么大事，似乎每次争吵又因为很大的事情。比如说猎民该不该下山居住的问题，两个猎人合伙打猎怎么分配猎物，男人可不可以有两个老婆，甚至还扯到了苏联红军里有许多从牢里放出的罪犯，恶习不改到处惹祸。表姐夫说，这群人该杀。而嘎奇热说，不，他们是红军了。

那天嘎奇热出事了。他去表姐家，看见表姐夫打老婆，他就一拳头把表姐夫砸倒了。这是新社会，你不能这么对待妇女，他挥舞拳头喊，八成是你自己的肉弹臭了烂了，还怪女人不生孩子！

听了这样的话，兰千艳的丈夫一下子气昏了，他觉得嘎奇热侮辱了自己，抓过猎刀捅进嘎奇热的腹部。那刀尖斜着进去，扎在肝脏上，嘎奇热倒在地上，再也没起来。

兰千艳的丈夫被关进监狱。他知道自己判不了死刑，因为鄂伦春人口太稀少，于是他天天撞墙寻死，监管人员不得不把他捆绑起来以免自杀。一个看守员听他整天哭哭叽叽地烦了，狠狠揍他一顿，然后气势汹汹地说：你想死，容易，给你老婆留个孩子，否则嘎奇热白死了。

为了稳定丈夫的情绪，兰千艳到监狱里和丈夫住了两个星期。一个月后，兰千艳知道自己怀了孕，特意到嘎奇热的坟地烧了纸。她坚决要求和丈夫离婚，她说自己活不活都无所谓，但要扶养大孩子，而这个孩子是嘎奇热用命换来的。为了对得起嘎奇热，她把孩子的姓归入嘎奇热家族中。

嘎奇热就这样离开了我们。我们非常难过，再也看不见这个放荡不羁、快乐无比的讨厌鬼了，我们非常想念他，想念他活着时的一切。

那天上课，安校长在黑板上写了一个数字，让我们大声念三遍。他捂住腮帮子说：鄂伦春政府刚成立时，统计阿里河小镇的鄂伦春人口才有七百九十一个人，你们每一个人都要为自己的生命负责。不许打架，不许喝酒，不许擅自外出，不许下河游泳，不许吃变质的食物。他说了许多不许，我们听得哄堂大笑。后排的男生打着呼哨大声喊：老师，饶了我们吧，我们不是小马鹿，给我们一点自由。

安校长把手从脸上挪下来，威严地盯住我们。我们吓坏了，等着他大发雷霆，继续教训我们。他的脸红肿了半边，看来嘎奇热的死对他打击很沉重。

他拍拍自己瘦弱的胸膛说：如果需要去死，那就让我去死吧！你们每个人的生命意味着什么，你们根本不懂。

我们呆呆地望着他。他慢慢地转过脸，对着黑板，突然失声痛哭。

2

终于放寒假了。当学校宣布镇政府用吉普车送同学们回家，大家高兴地跳起来。安校长表示理解，挥挥手说：想跳舞就跳舞吧。

我们没有时间跳舞。中午下课后，大家纷纷去供销社，掏出平时积攒的助学金买东西。安布伦给爸爸买了一个军用水壶，乌娜堪给奶奶买了三瓶白酒，阿冬的眼睛在花花绿绿的糖块、茶叶和盐巴上转了一圈，最后还是买了糖块。他很后悔平时贪吃没有多攒钱，现在没办法给家里买东西。男生开他的玩笑，阿冬若是再节省钱，就要变成一米八的倒木了，和别的男生相比，他的个长得太快了。

同学们大多买了糖块。阿冬说得对，山上的日子比马粪包还苦涩，比乌热草还腥寒，我们需要香甜的味道滋润日子。

我买了一包糖块，甜甜小各罗布的嘴巴，而小阿里呢，我已经为她缝制了一套棉布内衣，她穿着一定感到舒服。妈妈肯定要唠叨自己没穿上棉布内衣，而刚来到人世的小家伙却占了先一类的话。我也很冤枉，再过两年，阿里跟着我起劲地喊老姨，我会老得让人受不了的。即便如此，我仍然喜欢她，喜欢她叫阿里，像河流一样明亮的阿里。

阿里没有我想象的那么胖那么大。妈妈把布衣服套在她身上，她的小脸几乎被埋在里面。妈妈说：奶不够吃，阿里饿得长不开哪。

而小各罗布，已经风卷残云地把十几块糖吃进肚子。我们仅仅来得及看他嘴角淌着一道晶亮的液体，那些糖块就像雾气钻进了他的肚子。或许我们的目光吓着了他，或许他被噎住了，他哭了起来，而且咯咯地打着响嗝，嘴里散发着甜味儿。他脸上无辜的惊恐表情把我们逗笑了。妈妈笑得流出眼泪，她抱过小各罗布哄道：让甜甜的东西乖乖地待在肚子里吧，我的小各罗布知道，自己要长力气呢。

小家伙害怕妈妈把糖块分给各家，所以把自己吃噎住了。

太阳刚刚落下，苏妮娅就咳嗽起来。声音一下一下地敲击我的耳朵和太阳穴。浓郁的夜色闪着星星的微光，苏妮娅还在咳嗽。妈妈私下告诉我，苏妮娅的情况有点不对劲儿，她生完孩子后，身下的血很长时间淋漓不净。库列专门抓获几只刺猬，剥下皮后用水煮成药，让苏妮娅服下后，才慢慢止住血。从那之后，她就咳嗽起来，而且怕冷。

夜里，苏妮娅从那边的帐篷走过来，钻进我的睡袋里，她走路真轻盈呀，像弯弯的月亮一下子滑进睡袋里。我焐着她，想把她焐热过来，过了很长时间，她的身体依然凉凉的。在微弱的火光中，我看见她没有一丝困意，睁大眼睛望着帐篷顶的天窗。

你没处朋友吗？她问我，你已经十七岁了，过了春节就十八岁了，想当老姑娘吗？

睡吧，我迷迷糊糊说了一句，想睡过去。除了这个话题，她恐怕谈不出什么了，而我也找不出我想说的话。我头一次觉得我们之间缺少一样重要的东西，或许是因为我上学的关系吧。半夜里，我在睡梦中听见小阿里的哭声，姐姐又跑回去。唉，她受凉又咳嗽起来。妈妈也睡不着觉，我依稀听见妈妈像猫一样的脚步声，火塘里木桦子噼噼啪啪的燃烧声，帐篷外马匹吐噜噜地打着鼾，还有夜鸟的啼鸣。

小各罗布会做梦了，他的梦常和食物紧紧相连。他学着在梦里贪吃的样子，把我们逗得哈哈大笑。这个早晨，他从铺位上爬起来就给我们讲他的梦。刚开始我们谁也没在意，库列正卸狍子，苏妮娅给小阿里喂奶，我帮助库列洗狍子内脏，而妈妈的活有些麻烦，她把晒干的柳蒿菜放进沸水里焯，捞出来用刀剁碎，准备下进肉汤里。

小各罗布又大声嚷了一遍：我梦见太阳下山了，红红的，比血还红。

妈妈举刀的手僵在半空，接着无力地垂下来，我们都沉默了。小各罗布做了一个凶梦。梦见太阳西下，预兆双亲即将离开人世。族人常用梦兆来预测凶吉祸福。连七岁的孩子都可以告诉你，梦见穿着漂亮，找到丈夫或妻子，脸发胖，是预兆要得病或死亡；梦见火烧房屋或刮大风，预兆全家要患病；梦见河水浅，预兆要发生坏事；梦见走向落日或顺水行舟，预兆灵魂走向阴间；如果梦见马匹死亡、受伤流血或者梦见屎尿，预兆狩猎运气好；梦见星星、月亮和蛇，预兆要生男孩；梦见枪打中人，预兆能猎取到熊或野猪；梦见骑马奔驰或者捉到很多鱼，预兆要下雨或降雪。

我们谁也没说话。小各罗布不知道，他的梦在我们心里投下了阴影。只不过我和妈妈为苏妮娅担心，因为看起来她弱不禁风。谁也不会想到库列会出事，他怎么能出事呢，结实得像黑熊，而且他的胃口那么好，如果吃进去一棵大树，也能拉出来一堆木桦子吧。

谁也不会想到库列会出事。

妈妈找个借口出去了。她肯定钻进附近的林子里，恶狠狠地咒骂那些妖魔鬼怪。有本事冲我来，我在这儿呢，她拍着消瘦的胸膛挑战地说，我老了可是什么都不怕，你们敢动我亲人一下，我绝不放过你们！

所以，妈妈从林子里回来，面色和蔼多了，她甚至跟我开玩笑，让我下次回家给她带回来男孩子。姐姐也开玩笑，说嫁给查鲁算了。查鲁倒腾兽皮挺来劲儿，衣兜里少不了零钱。如果我们拌嘴，我肯定不吃亏，他跑不过我。

当查鲁歪歪扭扭走过来时，我们全都笑着看他。他气恼地说：小妖婆，你肯定说我坏话啦。

乌力楞的人们因为我回来聚餐了。格帕欠老人让我坐在他身边。他明显老了，那种老不是一下子出现在你眼前的老，而是时间一点点地积累，让人欲哭无泪的老迈。他的牙口不好，嚼不烂带筋的狍子肉，他就把肉硬生生地咽下去，我能听见他吞咽肉时喉咙发出的咯啰啰的响动。我用匕首撕切开肉，一小条一小条地放在他面前的桦皮碗里。他觉得伤了自尊心，涨红了脸说：古迪娅，小瞧我啦，我还没老，用不着像孩子一样吃饭。

他没动我切割的食物，而是大块大块地吃肉，喝酒。那天的聚会上，所有的人都喝醉了。格帕欠老人尤其醉得厉害。我们把他扶进帐篷里，他拉住我的手说：古迪娅，库列心里很苦，他总是梦见各罗布在那儿呼唤他。库列说，每逢看见你，他就想起各罗布，你们俩长得太像了，你不要再恨他了，他受不了。

格帕欠老人眼睛里流出泪水，他睡过去，呼吸沉重。我看了身边的库列一眼，他垂下眼睑。每逢我看他时，他总是垂下眼睑，过去我以为他没把我放在眼里，现在我明白了一切。

我走出去，心里恓惶。雪地上的篝火依然旺盛地燃烧，女人们不肯离开刚才还热热闹闹的场合。她们猫着腰往篝火里添木桦子，大概准备再待一会儿吧。

妈妈，我说，妈妈。我的声音怪怪的，犹如远处冬天的枯草在风中作响。妈妈有些喝高了，歪着脑袋听着，迷迷糊糊地问：你想说什么，哼哼唧唧的，像只蚊子。

她们都笑了。娜佳学着我腔调，妈妈，妈妈一个劲儿地叫。她的声音引起了一阵哄笑。我真喜欢她们的笑声，一下子驱散了我内心毫无由来的恐慌。

从腊月初开始，乌力楞所有的男人都出外打猎，查鲁也去了，斜仁柱里就剩下女人和孩子。为了过好春节，我们需要准备大量的肉食，那样男人们就用不着每天出外打猎，可以过一段安闲的日子了。

我快忙死了。女人们正在暗中较劲，看看谁能缝制出最漂亮的新衣服，这一年她就成为受人尊敬的女王了。

古迪娅，你给我画一个"南绰罗"花，我要描下来，用皮子缝在皮袍边。楚楚婶说；古迪娅，帮我剪出云朵的图案，拉宝嫂说；古迪娅，我可没时间啦，帮我染皮子吧，娜佳说；古迪娅，达尔西的帽子该贴上什么图案呢？灵诺跑来问道。

每天我都在这样的呼叫声里忙得团团转。我在薄皮子上剪出飘逸的云朵，让它随着拉宝四处游猎吧。我用腐朽的柞木熬水，染黄了熟好的皮子，让它裁剪成一件漂亮的"阿西苏恩"皮袍，穿在娜佳肥胖的身上；我用祭祀的黄绸缎剪出太阳神的图案，让灵诺姐姐把它缝在达尔西的帽子上，吉祥的阳光会照耀他幼小的生命。至于楚楚婶，不知道在"额勒开依"皮裤上弄点什么样的装饰才夺目耀眼，我也感到很难下手。狍皮制作的"额勒开依"，式样犹如老式宽裤腰的裤子，穿时裤腰折上一些。裤长只遮住膝盖，然后把套裤套在上面。套裤上下钉着结实的皮绳，上面的皮绳系在裤腰带上，下面的皮绳系在靴勒上。如此复杂的穿着，做出花样要费一番脑筋。

我让楚楚婶索性在两条裤腿上镶缝风神的图案。风，多么像人的幻想，不知从何处来，又朝何处去。它既能摧枯拉朽，又能缠绵纤柔；既可穿越冰雪风雾，又可以轻拂在香花绿草之间。就让楚楚婶和丈夫的感情，像风一样，剪也剪不断。

当我把这个寓意讲给楚楚婶听，她高兴地在我额头上亲一下：人就是一根草，玛鲁神灵让它动它就摇呀摇，玛鲁神不让它动了，它就倒下了。孩子，祝福我和丈夫相亲相爱，你是多么善解人意的宝贝。你懂事得太早啦，是仙女下凡吧。

而妈妈则死死捂住她正在缝制的衣服不让我们看。苏妮娅猜想她给我做衣袍，怕大女儿嫉妒吧。而我则猜到她一定是给格帕欠老人缝制。她从来不做鬼祟之事，她的内心比雪还纯净，比水还透明，若是这般捂捂藏藏，真难为她了，等她自己发话吧。

过了两天，妈妈忍不住了。古迪娅，你给我出主意吧，库列的个头挺高的，看样子他穿不进去。她的神情有点羞怯，两只手放在膝盖间，仿佛随时准备藏起什么。

苏妮娅拎起皮袍的两个肩头，脱口而出：库列根本穿不进去，妈妈糊涂了，我公公穿还差不多。

她一下闭住嘴。妈妈被揭了短，索性说：那就送给你公公吧，这么多年了，你也该为公公做件衣服了。

妈妈真的是给格帕欠老人做了衣服。苏妮娅是妈妈的幌子。我知道，是各罗布把妈妈和格帕欠老人隔开了。各罗布，我的哥哥，他永远让我们所有的亲人隔火相望。

3

每当夜幕降临的时候，女人们习惯聚在我们的帐篷里，围着篝火沉默地坐着。

男人们这次回来得太慢了，整整过了七天，他们还没回来。我们忧心忡忡地等待着。帐篷外面的飞雪声不绝于耳。雪花太大了，落在帐篷上的声音像沙子，沙啦啦地响。而远处林子里发出的雪涛声，天摇地动。

娜佳婶竖着耳朵倾听一会儿，慌慌张张地说：这么大的雪，会把他们隔在半路的。她一个劲地用狍皮衣服下摆朝脸上扇风，嚷嚷着太热了。

她没说错，越来越大的雪花让我们领教了它的声势浩大。透过篝火橘黄的光晕，我看见缓慢翻飞的门帘外，一片片雪花忧郁地压下来，更远的地方，整个山林似乎被一只巨大的手用力摇撼，发出沉重的喘息。

我们心事重重地坐着。因为语言比什么都可怕，比什么都苍凉，谁都害怕轻浮的语言擦伤忧愁的心。我们像石头一样坐着，连哭泣的力量都丧失了。玛鲁神灵，保佑我们的亲人吧。这么大的雪会成为灾难，许多动物因为无法吃到深雪下的冬草而倒毙，那些打猎的男人怎么在如此寒冷的天气里走路。

娜佳站起来，跑到桦皮桶边，用桦皮碗舀了冰水，咕咚咚地喝下去。真热呀，她大声喊，我快热死啦，说着她跑出帐篷。起初我们没在意，以为她去解手。过一会儿阿里哭起来，她哭得那么凶，像是被什么吓住了，苏妮娅怎么也哄不住。

妈妈大声说：娜佳犯病了。

我们猛然醒悟过来，纷纷跑出去。我被一个东西绊倒，随手抓在手中，是娜佳婶的外衣。接着，我们拾捡到她丢弃的所有衣物，最后在不远的雪坑里传来了她的叫声。快热死我啦，玛鲁神灵，娜佳婶哑着嗓子一遍遍地喊，快救我呀，大火烧在我脸上啦！

我们把娜佳拽出雪坑，硬逼着她穿上衣服。她边挣扎边恸哭地乞求：我热，身体里跑着大火，我的头发烧着啦，骨头快烧塌架啦，你们为什么还强迫我穿衣服。

妈妈飞快地跑进帐篷找出绳子。我们七手八脚地把她捆绑起来。她的力气太大了，比男人还有劲儿。捆住了手脚，她仍然拼命挣扎着要跑，好像漫天大雪的世界深处有一个幽魂呼唤她，引诱她。

我们吓坏了。在阿里惊恐的哭声里，我们不得不轮番照顾歇斯底里的娜佳。

刚来到玛哈依尔家族，我们便知道了娜佳这个病是被恶劣寒冷的气候冻出来的。有一年，大兴安岭的冬季格外寒冷，零下五十多摄氏度的严寒持续了两个月，动物纷纷倒毙，连耐寒的松树都软了脊梁。娜佳也冻出大病，神经出了问题。从那以后，她容易在冬季犯病。漫天大雪会让她产生极度的恐惧，一旦她感觉到自己被烈火包围，体内奔腾着一条猩红的火龙，她就往外跑，而且脱光了所有的衣服。如果没有人发现，她会冻死的。

我们比任何时候都迫切希望男人们回家。以前，楚楚婶还嘲笑娜佳，每一次送别丈夫毛考出外打猎都像生离死别。恨不得把自己拴在丈夫身上，没出息的娘们——瞧，她就这么不留情面地形容娜佳。而现在，她也像娜佳那样大声叹息，即使隔着帐篷，我也听得清楚，她正跪在自己家中的玛鲁神龛前为娜佳祈祷。

快回来吧，亲人们，没有男人，女人可真是没靠山了。她最后说。

我们拼命地干活，以此来抵抗源源不断的恐惧。当然，有的是活等着我们干，鞣皮子，做衣服，用狗套上爬犁去河边凿冰块，劈木桦子。有的是活等着我们干，帐篷里每一个角落都有活拽住我们，让我们找到了很久也找不到的东西。我找到了小各罗布一直找不到的鹿哨，这是格帕欠老人做的，一定是库列想起什么，把它藏在这里。

而最令人惊心动魄的，是我发现了妈妈的秘密。她在一张皮子上画出咒符，在妖怪的眼睛和嘴巴上扎了无数的针眼。

妈妈，原来她一直生活在恐惧中。可是她从来不让我们看出来，她一直坚强地挺着。

可怜的妈妈。

除了睡觉，娜佳只要睁开眼睛，就呼唤丈夫的名字。毛考，毛考，回来吧！她呼唤着，然后昏昏沉沉睡过去。

男人们终于回来了，一定是娜佳呼唤的结果。他们回来了，营地的猎狗首先冲着远处的林子叫起来，接着发疯般地跑出去迎接他们。我们都从帐篷里跑出去。妈妈腿都软了，她把我当成拐棍扶着走一段，又甩下我快步往前走，好像跟苏妮娅比赛。跑得最快的还是小各罗布，他一下子吊在库列的身上不肯下来。库列已经累得摇摇晃晃了，他大笑着亲亲他的宝贝儿子，然后搂住奔跑过去的妈妈。我蓦然间发现，妈妈变得又瘦又老，站在库列面前，她真像个无助的孩子。

毛考听见娜佳的叫声，冲进帐篷里又走出来，脸色比雪地还惨白。谁都清楚发生了什么事情，于是大家让开路。毛考走到格帕欠老人面前默默跪下。老人用手抚摸他的脑袋，既像安慰他又像鼓励他，然后把手中的鞭子递到他手中。

我们听见毛考用鞭子抽打娜佳的声音，既结实又沉闷。没人阻拦他，乌恰奶奶活着的时候就吩咐毛考，只能用鞭打的办法让娜佳苏醒过来，否则她的灵魂会越走越远，再也返回不来。

谁也不肯举起鞭子抽向美丽的娜佳。我们都吃过她灌的血肠，都听过她沙哑的嗓子唱的情歌，孩子们都在她温暖的怀抱里待过。尤其是猎狗，受伤时都是娜佳精心医护好的。

至于毛考，他更不愿意举起鞭子。平素娜佳叫他小亲亲，她的亲昵和肉麻让男人们哈哈大笑，女人们心生妒忌。可是毛考愿意听娜佳这么叫自己，愿意天上的月亮都羡慕他们的恩爱。而现在，他不得不举起鞭子，让老婆认出来，她的毛考回来了。

小各罗布哇地哭起来，他以为毛考欺负娜佳，大声痛哭抗议。他的脸憋得通红，把头上的狍皮帽子一下扔在地上，骂毛考是魔鬼。好像应和小各罗布一样，娜佳也哭了。她边哭边喊：救救我吧，小亲亲！

娜佳回来了。她的灵魂再一次从遥远而寒冷的孤独境地返回来了。

妈妈悄悄地对我说，冻死的人脸上都带着微笑。据说快死时，他们已经感觉不到彻骨的寒冷、刀刺般的疼痛，而是觉得被大火包围，浑身炙热难耐。

娜佳婶后来告诉我，她出现幻觉时，每一棵树都变成梯子，通向天堂的梯子。而且她看见了天堂，那里并不像人们说的美丽而温暖，那里真的很清冷，很寂寞，所以她要回来，和她的丈夫在一起。

古迪娅，小可爱，去找一个好男人吧，他会给你完整的世界。娜佳婶说。

大风雪随着男人们的归来停下了。这次集体狩猎时间长，收获真不少。他们打到五只狍子、三头马鹿、一头四百多斤的野猪。漫天大雪帮助了男人们。这些动物在厚厚的雪地上跑不过马和子弹，何况从它们干瘪的肚子看得出，它们挨饿的时间不短了。

营地重新响起了欢笑声。尽管天气阴沉沉的，阳光像金子一样稀少，女人们还是感觉到暖意融融。因为男人们正懒洋洋地躺在帐篷里休息，因为娜佳清醒过来，因为春节即将来临。女人们比任何时候都要忙碌。按照习俗，全乌力楞人聚在一起过年，需要很多吃喝的东西，我们必须提前收拾好猎物。

孩子们围着娜佳婶团团转，她正在灌血肠。她一会让我用温水泡开晒干的野韭菜，一会儿让我剥几棵山葱，然后把这些佐料剁碎后搅拌进血浆里，灌进一根根粗肠里。毛考知道她喜欢灌血肠，所以在林子里卸肉时，特意留下一些血带回来。娜佳边灌血肠边跟我唠叨，冻过的血浆就是不如新鲜的好吃。

我们灌完血肠后开始煮。沸水开了几分钟后，娜佳婶用骨头制成的发簪夹儿轻轻戳进血肠里，便眉开眼笑地喊：宝贝们，敞开你们的小肚子尽情地吃吧，不过别吃拉稀了，免得挨骂。

我把娜佳婶装进我的桦皮碗里的血肠端给库列。库列已经咳嗽几天了，苏妮娅天天为他熬百合果的汤药喝。这两天他虽然咳嗽不那么厉害了，还是病恹恹的。

我把血肠端进帐篷，看见库列盖着狍皮被躺着。听见脚步声，他睁开眼睛，一声不响地注视着我。

我用刀把血肠切好，叉出一块举在他眼前：库列，吃吧，刚煮出来的。

他慢慢地摇摇头。看得出来，他不想吃，狩猎一个多星期，已经有三个男人感冒了，而库列是最严重的一个。

可是我举着血肠不放。吃下去，我听见自己的声音带着乞求，吃下去，不然你没有力气，感冒好得不快，翁基勒和拉宝已经好了，开始喝酒了。

他听话地坐起身，接过桦皮碗慢慢地吃着，额头上流出汗水。我抓过一块软皮子给他抹掉汗水。他低声说：古迪娅，你不要躲着我了，我很难受。

我不会再躲开你，库列，我说，我想明白了，除了生与死是大事，什么都不是事情。我们能在一起，这比什么都重要。

他笑了，明亮的阳光一下子照耀了他整个的心境。我刚看到你的时候，你才十二岁，又聪慧又安静，那时我就想，我等你长大，我会等到你嫁给我那一天。他望着我热情地说，急促的话语像秋季的河水从远处袭来。知道吗，我多喜欢你画的那些画，你是个有灵性的丫头，现在你长大了，真该出嫁了，去找一个用心疼爱你的男人吧。

我慌乱地望着他，天哪，他为什么都说了出来，难道他感到自己快不行了吗，所以才说出不该说的话。玛鲁神灵，我该怎么办？

我跑出去，心里像揣着一窝兔子，慌乱而惊恐，没有一点甜蜜感。库列，他不该把一切说出来，苏妮娅听了会难过的，她是那么爱他，是她在那个令人发疯的痛苦时刻嫁给了他，是她为他生了两个孩子。

整整一天我闷闷不乐，查鲁很奇怪地围着我打转转。喂，想学校了吧，他说，难道那里真让你留恋吗？他的腔调听起来酸溜溜的。我马上反唇相讥：后悔了吧，开学了你跟我走还不晚。他把两只手搭在头顶上做了一个怪动作。我不笑，坚决不笑，没有什么好笑的，他不是三岁的孩子，我可不想摸着他的脑袋表扬他。查鲁自己也觉得挺没趣的，搬过一块木桩子坐在我身边，看我收拾野猪的内脏。古迪娅，我不开心，这儿被封住了，我不开心，他指指心窝，又指指脑袋。

我也不开心，到了冬季，所有的人都不开心。寒冷的天气和没完没了的大雪令人忧郁。男人们常常靠着喝酒抵御源源不断的忧伤感，而女人们则用干活来排遣内心的压力。

他喋喋不休地说，他每天都望着通往山下的那条小路，巴望我一下子出现在他面前。过去我气恼你老跟我找茬打嘴架，你走了，我连说话的人都没有，现在连你骂我都那么好听。查鲁不好意思地说，喂，你别拉着脸，小小的年龄你学会拉脸，以后我还敢跟你说话吗？

我现在真巴不得他一直唠叨下去，他的话让我感到安全和亲切。看着一个男人欢蹦乱跳地跟别人捣乱，这是多么美妙的事情。他鲜活的肉身散发着生命的光彩和热力，又多么令人感动。

你上学吧，我说，咱们俩一个班，你会开心的。

他高兴地仰起头望着我，露出渴望的神情。过一会儿他变得无精打采。算了，古迪娅，我的腿这个样子，人家会笑话的，他说，在这儿，没人会看我的笑话。

我惊愕地望着他，他的胆怯瞬间照亮了潜藏的自尊。他当然想象得出，自己和一群机灵的男孩子们在一起有多压抑。别看他平时爱吵架，惹麻烦，老人们提起他就犯愁地说：嘿，查鲁吗，他是神灵派来考验我们耐性的，这个孩子比石头软不到哪儿去，我们应该学会从他身边绕过去。可是查鲁，他藏匿在自尊和自卑的影子里，让我们根本无法看清楚他的忧伤。

4

除夕晚上，妈妈在"斜仁柱"南面燃起两堆篝火，又在帐篷内的"玛路"正席两列摆放十几个盛有小米的桦皮碗做香炉。我刚把一炷香插进桦皮碗里，妈妈便短促地咳嗽一下，我便把手中的香递给苏妮娅。姐姐勉强笑道：妈妈，别这么偏心眼，古迪娅是大丫头啦。妈妈不说话，但她挺着直梗梗的脖子告诉苏妮娅，这份殊荣还轮不到二女儿的头上。

苏妮娅抱歉地朝我努努嘴，恭恭敬敬地插上香。我留意到，今年的香炉里增添了香的数量，每炉七炷，吉利的数字。

库列已经搬进我们的帐篷里住。他虽然躺着，但感觉好一些，起码他的脸色不那么苍白。

我把吊锅支在火塘上熬汤药。除了百合果外，我又加了满山红和黄芩两味草药。姐姐说我下药太狠，格帕欠老人却认为我有道理。库列的肺病不轻，需要下重药才有疗效。

我把汤药放进桦皮碗里端过去，库列接过来默默地喝下去。他冲我笑一下，我突然感到心里纠结成一团，非常难过。因为他的微笑太像哥哥了，各罗布临走时也是这么恍惚地笑一下，犹如百合花悄然落地。

你为什么不画画了？他问我，你画得真好，将来一定要走出林子，去外面吧。

我有些生气，大声说：我不能把妈妈和姐姐扔给你一个人，这样不公平。

库列咧开大嘴笑了：我倒真希望你是个小子，咱俩会情投意合的。

他闭住嘴，脸上的表情像是吓了一跳，我低下头，什么也不说，过一会儿抬起脸时已是泪流满面。

他怜爱地用手擦去我脸上的泪水，他的手在我脸上停留的时间真长，比天还长。我绝望地想，假设各罗布没有死，我会怎么样，我会嫁给眼前这个男人吗？

小各罗布的欢笑声从帐篷外传进来，妈妈和苏妮娅帮他堆好了雪人，他跑进来让库列出去看看。库列走下铺位，拉着儿子的手出去了。我望着库列刚刚躺过的铺位想，没有假设，存在就是存在，各罗布不会复活，时光不会倒流。

我也走出去，站在妈妈身边。小各罗布已经跑进爷爷的帐篷里，拉出格帕欠老人。他穿着苏妮娅送的皮袍，很炫耀地站在那儿。

啧啧啧，妈妈眯缝起眼睛，打量自己做的衣服，很得意地说：亲家，你看起来像一只雄鹰，不错嘛。

格帕欠老人威严地哼了一声，算是回答了妈妈的话。他送给妈妈一条鲜红的头巾，天哪，他一定是让查鲁捎回来的，直到现在才拿出来。他又送给小各罗布一包糖，最后从怀里掏出一样东西挂在库列脖子上。不用问，肯定是专司伤寒的额胡娘娘神灵。他相信，只有自己亲手制作的神谱才灵验。

妈妈把头巾围在头上。我们看了都说妈妈还是那么漂亮。她满意地说：亲家，我会一直戴着它的。

每年除夕夜，格帕欠老人一定跟我们共同度过，大年初一，他才回儿子伦巴列家。

午夜终于到了。我们把祭祀用的食品盛在桦皮盆里,准备敬奉火神。作为一家之主,库列率领我们走出"斜仁柱",先朝东面一直燃烧的篝火磕头,再给西面燃烧的篝火磕头。小各罗布早已学会了敬神礼仪。看他认真地磕头,嘴巴里念念有词,妈妈喜上眉梢,郑重地对格帕欠老人说:这么乖巧的孩子,火神会降福他的。

阿里也被苏妮娅抱出来,她跪下磕头时,按住阿里的小脑袋点三下头,算是拜过火神。阿里瞪着眼睛看着篝火,忽然咯咯大笑起来。她的笑声让妈妈心花怒放,她相信阿里一定看见了火神仁慈的面容,因为只有孩子才能看见那位掌管光明的老妪真相。阿里的笑声预示了新的一年里,我们会有好运的。

我刚懂事时,爸爸家族的老人就给我讲述了火神的故事。从那以后,我和所有的鄂伦春人一样,从小就知道火神是一位白发苍苍的老妪,族人称她为"透欧博如坎"。她在哪里出现,哪里就有了光明和温暖。当然,她也会给人类带来灾难,所以,我们必须小心翼翼地供奉她。没有谁敢朝火上倒水,或者用刀插火,没有谁敢如此胆大妄为,那样要遭报应的。有一次,我朝火塘里放一块劈柴,燃烧时发出迸射的火花,妈妈连忙拽出劈柴在雪地上熄灭了。她说火神不高兴,所以发脾气给人看,因为有人动了不该动的心思。我记得当时库列垂下了头。

在传说里,那位长着世界上最明亮眼睛的火神,永远会看到人灵魂的深处。

人是脆弱的,但人又健忘,妈妈说,这个世界里谁都不好惹,谁要是拿火撒气,他就欠教训啦。

那天夜里,我磕头磕得头都晕了。完成仪式后,我们进了"斜仁柱",苏妮娅燃点上香烛,我们给每位神灵和帐篷内的火神磕过头,库列又带着儿子去"斜仁柱"外挂神像后面的位置,让小各罗布堆起一小堆雪,把几炷燃点的香插在上面。

库列开始祷告,祈求正在幽暗的天际里遨游的神灵保佑全家人畜平安。这次他祷告的时间比往年长,小各罗布冻得直哆嗦,跑进屋子对妈妈说:爸爸一定是和许多神仙说话呢,不然为什么用那么长时间。

按惯例,我们先拜妈妈,然后再拜格帕欠老人。我们一起磕拜妈妈,起身时,妈妈早已泪流满面。她对格帕欠老人说:库列给了我两个外孙,我心里知足啦。她边用手揩眼泪边大声笑道:我还要更多的外孙,喂,你俩努力呀!

苏妮娅羞红了脸,垂下头幸福地笑着。库列则用右手搂住苏妮娅的肩膀,亲昵地贴一下脸。我们哈哈大笑,为他们的恩爱,为即将到来的新年,为每一个人刚刚换上的新衣服,甚至什么也不因为。我们活着,在零下五十摄氏度的森林里活着,这就够了。

妈妈笑够了,朝我挤挤眼睛。她说过库列是苏妮娅的,至于我,应该找自己的心上人了。快乐的气氛冲晕了我,我没有感觉到妈妈的提醒。她早已看穿了我的心思,只是不流露出来而已。我笑够了,便忙碌起来,用匕首为小各罗布和阿里削掉长指甲,然后洗干净他们的脸。当我用达子香瓣水给他俩涂抹红脸蛋时,阿里很乖巧,而小各罗布却喊:我不是丫头,别给我抹红脸蛋。

我还是坚持给他抹上一层淡红。今天夜里,玛鲁神灵肯定喝多了,而花香的气味,会让它想起六月的森林,漫山遍野的达子香嫣然开放,便在感动之余垂降福禄给孩子们。

那个夜晚,全乌力楞人祭祀神灵后,聚在一起过年。由于睡眠不足,我的脑袋里灌满了风。可是苏妮娅不让我打瞌睡,一个劲儿地用马尾刷子扫我的脸,让我守夜。可是我到底没撑住,还是跑回帐篷里睡着了。在浅浅的梦境里,我听见篝火熊熊燃烧,人们唱歌跳舞,还有猎狗跑在雪地里活泼的叫声。当格帕欠老人唱起那首迎接太阳神的歌曲时,我便嗅到晨曦的味道,犹如白桦树汁一样,湿润而清甜。我就在新年的气味中沉沉入睡。

大年初一的早晨,妈妈早早地起来,很仔细地洗过脸,先给玛鲁神龛烧香磕头,然后跑出帐篷外察看篝火的灰烬。

谁也没有跟随妈妈出去。点燃在我们家帐篷边的两堆篝火是在清晨熄灭的。我们心里忐忑不安,还是让妈妈先看到新年的预兆吧。如果灰烬上有朝南走的脚印,预兆今年家里有老人要离开人世;如果有朝北走的小脚印,是要增添人口;如果有朝北走的马蹄踪迹,是马匹要得到繁殖。

妈妈进来了,神情一片茫然。我松口气,姐姐也松口气,没有答案就是答案。小各罗布大声问:姥姥,有脚印吗?妈妈说:当然有,是小脚印。小各罗布高兴地喊：是爷爷让我踩的，他不让我告诉你们。

妈妈猛一拍手，绷住即将绽开的笑意说：孩子，往北走的小脚印，是要增添人口啊。你许个愿吧，要弟弟还是妹妹。

小各罗布立即回答：要弟弟，咱家女的太多啦，阿里是妹妹，就会哭哭啼啼。

这话一点儿也不像四岁孩子说的。

按照规矩，我们重新燃点起帐篷前的篝火。库列认真架起劈柴。他的手真巧，劈柴错落有致地围成一堆，仿佛是心灵在对话。妈妈很满意地形容，库列送给她最美好最温暖的礼物，她会让库列的火在心里燃烧下去。

篝火燃烧起来。我和姐姐把手伸进桦皮盒里，把准备好的肉条和烧酒恭敬地投进火堆里，让火神品尝我们的供品，接受我们的诚意。我和姐姐许了愿，却没有告诉对方是什么愿。

说出来会犯忌的。关于疾病、痛苦、灾难和死亡，在新年的第一天我们不可以提到它们。也许，它们蒙着我们看不见的面纱，正站在对面，一旦有人提起它们，它们就会默无声响地跟随你。

绕过一切苦难，让生命在新的一年里继续向前延伸。这是我们共同许的愿。

5

晚上，我把吊锅底部的锅灰全刮下来后，仔细收进桦皮盒里。库列逗趣地形容我快把锅底刮漏了。我马上表示，明天早晨第一个给他涂成黑脸。

我听得见别人家也发出锅底和铁片互相摩擦的尖叫声。每户人家一定积攒了足够令人疯狂作乐的锅底灰吧。正月十五的早晨，大家会互相把脸涂成黑色取悦。我问妈妈，这个习俗从什么时候传下来的，她不知道，她的妈妈也不知道。

抹黑脸嘛，大概是讨个吉利吧，妈妈解释说，想想我们有另外一张陌生的脸，鬼神就找不见谁啦。

可是我猜测，这个习俗肯定和寻找道路有关系。每一个猎人进林子里打猎，当然要记得返回的道路。他们边走边在树身上用刀刻下路标，以防走丢。一个猎人突发奇想，他用黑色颜料涂抹在脸上，自己寻找自己。从那之后，他没有迷失过方向，因为道路就写在他的脸上。

一大早晨，妈妈端端正正地坐好，等待我们给她涂抹黑脸。磕过头后，每一个人用锅底灰涂在她脸上。库列礼节性地画两下，而我们则不然，苏妮娅在妈妈鼻子边画出两道黑纹，她一下变成了威风凛凛的男人，我顺手在她额头添了三道横纹，让她变成卧在儿女身边的母老虎吧，小各罗布干脆在妈妈脸上左一条右一道抹个没完。妈妈终于忍不住地喊：行啦，我是烟囱吗？

没照镜子她也猜得到，自己的脸被涂抹得乌烟瘴气。

之后，大家互相涂抹了脸。我把阿里的眉毛描黑了，看起来她漂亮许多。阿里刚生下来时眉毛淡淡的，若有若无。妈妈私下里为她叹气，担忧她将来难出嫁。或许是因为世代居住在深山中食物缺盐的缘故，族人里总有阿里这样毛发稀少的孩子问世，他们的样子犹如只生长树干却不长树叶的怪树，令人心生忧虑。

苏妮娅看不到孩子脸上的缺憾，她把女儿当成公主，认为阿里是世界上最漂亮的孩子。

轮到库列，我毫不犹豫地在他脸上涂抹出野公鸡耀武扬威的尾巴，让尾巴梢一直翘到太阳穴。有几次我忍住笑，看他老实地坐着，任凭我涂涂抹抹。过一会儿他说：你就当我的脸是画布好了，只要你愿意画，我不怕出丑。苏妮娅在旁边赞叹道：你画得真漂亮，库列像仙境里的花公鸡，玛鲁神灵会第一个看到他。后面的话不用说，我们也都听懂了，玛鲁神灵今天一定会把福禄第一个降给库列。

那天上午，我过足了瘾。乌力楞的人都找我为他们涂脸。查鲁变成了威风凌厉的老虎，娜佳婶挑选了活泼可爱的灰鼠，毛考扮成了狼，而楚楚婶一定要变成神气的黑熊，让楚楚不再随便发脾气，老老实实地过上一天。格帕欠老人起初犹豫，想起妈妈常说狐狸聪明，他就执意当狐狸了。

那个上午我的膝盖骨都磕疼了。轮到与我平辈的人可以不讲规矩，打闹嬉笑之间，我就画完脸谱。轮到长辈，我必须磕过头才可以为他们涂脸。等到大家互相走动着炫耀自己的脸谱时，我已经累得不想说话了。

查鲁又来了，他把脸洗得比雪还白。我让你重新为我画脸谱，他向往地说，我画库列的脸谱。

我一动不动地瞅着他。他又折腾我了，这个臭小子，我回来后他一直折腾我，动不动就跟我发脾气，或者找点事情让我帮忙。

你成不了库列，我说，还是老老实实当山大王吧。

查鲁的脚开始在雪上蹭来蹭去的，我还没见过他这么心事重重的样子。我想变成库列，喂，古迪娅，我真是这么想，他伤心地说，库列勇敢、善良、长得又英俊，我是女人也愿意嫁给他。

别这么想，查鲁，我说，你是好男人，会有人喜欢你的。

他的眼睛亮亮的，很认真地瞅着我。喂，你会说话了，他兴奋地说，你从来没这么好好跟我说话，现在你有点仙女的味道了。

我大笑，我也感觉自己有点喜欢他，虽然还来不及想清楚喜欢他什么。我重新在他脸上涂抹，画出野公鸡的尾巴，它像一把神奇的扇子让查鲁露出灿烂的笑容。我的表情肯定像一面镜子让他看到了自己。嘿，玛鲁神灵该降福于我了，他高兴地拍一下我的头顶，大声宣布，因为我和库列一样讨人喜欢。

我猛然想到库列，想起他那句话，我有点困，他对苏妮娅说，我想回去睡一会儿。苏妮娅匆匆瞟了他一眼说，回去吧，昨天忙一天，你累了。库列从我们帐篷里走出时，脸上还带着笑意，但那笑意显得很勉强。

我朝家里跑去，查鲁站在雪地里生气地喊：回来，我有礼物送给你。我没搭理他，只是拼命地跑，大地像一只巨掌从后面推着我，让我疾跑如飞。我掀开门帘看见，帐篷里只有库列一个人，妈妈和姐姐全都不在，她们的笑声在格帕欠老人家此起彼伏，苏妮娅怎么能够把库列一个人留下。库列躺在铺位上，脸面变得模糊一片。他的手抓住一片鹿皮，上面沾染着黑色的东西，他用它擦脸了。他望着我，慢慢地说：古迪娅，给我擦干净脸吧。

我慌乱地抓过小罐里的熊油，涂在他脸上，然后用鹿皮一点点擦干净。当他的脸重新变得洁净时，我不由得后退一步。这是一张各罗布的脸，苍白，毫无生气，犹如被一张命运的手捂过一样。他的呼吸缠绕在我的手上、脸上，比丝还纤弱，比风还虚无。我害怕了，轻轻地叫起来，库列，快睁开眼睛，你怎么了？

他睁开眼睛，用另一个世界的目光望着我。小妹妹，我要走了，他说，死神认出了我。

我抓住了他的手，害怕地大喊道：库列，库列！

他拼命地睁大眼睛注视着我，哆嗦着嘴唇说：去找苏妮娅。

我隐隐地意识到，库列留给我的时间像秋叶般短暂。一切都来不及了，来不及让他明白，我一直爱着他。各罗布的死亡阻止了我的爱，而现在，他生命即将终止时，我的爱却不可遏制地爆发了。

我俯下身紧紧抱住库列，炽热的脸贴在他的脸上。那是一张死亡的幕布，冰冷极了。等一下，我害怕极了，大声喊，等苏妮娅和妈妈！

我跑出去，跑到格帕欠老人帐篷里。我的神情让他们明白了将要发生可怕的事情。苏妮娅疯狂地跑出帐篷，过一会儿，她撕心裂肺的喊叫传遍了乌力楞，天空似乎炸裂了一道缝隙，接着响起了滚滚的惊雷，经久不息。

我一定是眼睛瞎了，模模糊糊地看见姐姐一次又一次扑向库列，乌力楞的女人们一次又一次把她拉起来。我一定是耳朵聋了，听不清妈妈捶胸顿足，对死亡之神发出令人毛骨悚然的诅咒。库列真安静呀，比一片羽毛还安静，任凭格帕欠老人昏死过去，任凭伦巴列抓住他的双腿，他也不肯睁开眼睛。

我真不该给库列洗干净脸，死神选择了他。正月十五这一天，尽管我们藏匿在黑暗之后，尽管我们已经熬过最寒冷的冬季，然而，死神仍然抓住了库列。

他洗干净脸，他看见了它。所以他才对我说：古迪娅，你不要离开我。

我怔怔地望着眼前的一切，再一次坠入无边无际的恐惧里，再也无法承受这样悲惨的打击。库列，发发慈悲，带走你悲痛欲绝的父亲吧，他正用头一下下地猛撞木柱子，想跟随你一同走去；带走妈妈吧，她抓住衣领，紧紧勒住脖子，快疯掉了；带走苏妮吧，她用两只手抠着地皮恸哭，手指缝已是鲜血淋漓；带走我吧，没有你的日子，我不知道如何熬度。

已经两天了，苏妮娅抱住库列的尸体不让安葬。即使妈妈劝她，即使格帕欠老人求她，她也不肯撒开手。她说库列死了，她也死了，她是一片落叶，只能随风而逝，库列就是她的风。

妈妈把哭闹的阿里送进苏妮娅的怀里，她却奋力地把孩子推出去。妈妈，让阿里活下去，她瞪着眼睛轻声说，妈妈，我的怀抱是坟墓，只能埋葬库列。

妈妈用力扇了姐姐两巴掌，可是她目光呆滞地望着大家，好像妈妈的手扇错了地方。连傻子都看出来，她的灵魂真的跟随库列走远了。

我搂住姐姐。她那么轻盈，有一瞬间我以为搂住了一团云雾，一缕青烟，一具纸做的躯壳。妈妈气愤地让我放开手，她大声朝我俩喊：放手，别搂着她，让她自己挺过来，她有孩子，别这样要死要活的！妈妈的嗓子几乎哑得说不出话，沙哑、粗硬的嗓音却像石头一样砸向我们。我抽回了手。

苏妮娅站起来，摇摇晃晃地走到妈妈面前，朝地面呸一口。卡思拉，她喊，你巴不得库列死掉，替你的各罗布报仇。现在他走了，你高兴了吧！

妈妈惊呆了，所有的人惊呆了。苏妮娅居然说出这么恶毒的话，真是欠揍啊。然而没有一个人指责她，还有什么场面比这更凄惨更令人绝望的，她连孩子都不放在心上，玛鲁神灵也救不了她。

妈妈的腰板塌下去，接着又挺起来。她俯下身对着躺在灵床上的库列说：我的孩子，你放心地走吧，我们留不住你了，就像晚霞留不住太阳，大地留不住闪电。我的孩子，妈妈老了，却没法代替你去那里。求神灵保佑我们吧，我还要活下去，两个孩子需要我。

我们全哭了，为库列，为妈妈和苏妮娅，还有两个孩子，我们哭泣。

苏妮娅终于同意安葬库列了。格帕欠老人跟她说，她这么纠缠库列，他在那边也不得安生，每天要惦念着与家人团聚，家人要减寿。整个的安葬过程，苏妮娅没出一点差错，连一向挑剔的楚楚婶都无话可说。

当库列的躯体被高高地举在风葬架上后，格帕欠老人老泪纵横：儿子，放心地走吧，玛哈依尔家族的人会照顾好她们。我老了，很快过去陪你。等着我吧！

妈妈再也挺不住了，大声恸哭地说：库列，别惦念我们。我把小各罗布归还给你们玛哈依尔家族，他该随你的姓氏。

苏妮娅扑通一下跪在妈妈面前，当她匍匐在地磕了三个头时，我们以为她感激妈妈的决定。有了小各罗布这条清澈的小溪流淌进玛哈依尔家族的河流，库列在天之灵该感到欣慰了吧。可是妈妈突然哀号起来，猛然扑向苏妮娅。然而，一切都来不及了，苏妮娅已经把匕首刺进自己的心脏。她刺得那么狠、那么准，整个匕首从敞开的衣袍深深刺进去，只剩下木柄把露在外面。她躺在妈妈怀里说：妈妈，把我葬在库列的身边。苏妮娅说完这句话便阖闭了眼睛。

所有的人站在苏妮娅身边一动不动。空气凝重得令人窒息。我们吸入的是寒气，呼出的仍然是寒气。格帕欠老人明白了，为什么苏妮娅跟他说一定要选择风葬，她已经打算跟随库列踏上漫漫的死亡长途。他走到妈妈面前，脱下帽子痛苦地说：卡思拉，苏妮娅抛弃了我们。

妈妈直直地站立着，比树木还挺拔。她抓过祭祀的白酒，仰着头咕咚咕咚地喝进去。苏妮娅，你走吧！妈妈红着眼睛喊，你这个胆怯的臭丫头，连自己的孩子都扔给了我们，去陪库列一个人，我恨死你了！

我们没有带回苏妮娅，她留在库列身边。当我随着送葬的人们往回走时，不由回头看了风葬架一眼。他们并排躺在高高的风葬架上，像活着的时候那样，相依相偎。寒风吹动着林子，发出呜呜的哀鸣。我不知道，那是谁的叹息。

我想起苏妮娅说过的那句话，库列是她的。

第四章

1

妈妈老了，彻底老了。她的头发在一夜之间快掉光了，稀薄的头发盖不住头顶。残留的头发像婴儿的胎毛软软地趴在脑袋上。这让她看上去像在暴风雨中挣扎的老猫。

阿里改了名，叫苏妮娅。妈妈抱着她轻易不肯撒手，尽管这样干起活来碍手碍脚。苏妮娅，她叫道，各罗布，她叫道，然后怔怔地瞅着他们。只要哪个孩子咳嗽一声，她便扑过去，心惊肉跳地看着他们正在张开粉嫩的咽喉。她喂小苏妮娅肉粥，因为害怕粗硬的肉干伤害她虚弱的肠胃，便在吊锅里一个劲儿地煮肉干，直到煮烂为止。

没有了库列和苏妮娅，帐篷里变得空空荡荡。只要妈妈抱着小苏妮娅，小各罗布便挤进她的怀里。他害怕一个待在火光无法照耀到的任何角落，害怕凛冽的寒风刮过森林发出的呼啸，害怕雪地上不明真相的脚步声。他害怕，那么小的孩子，他就知道生命有多么脆弱。

妈妈用繁重的劳作压制自己源源不断的悲伤。她找出所有的兽皮鞣熟出来，那是本该在温暖的春季里干的活。她敲打着疼痛的膝盖，用狍子筋线给两个孩子缝制衣服。我必须做出五年的衣服给他俩备着，她对格帕欠老人说，我要是死了，这三个孩子无依无靠啦。

除了夜里回去睡觉，格帕欠老人白天就待在我们帐篷里。他已经离不开妈妈和两个孩子。妈妈跟他一遍遍地唠叨：亲家，我连走路都害怕自己突然倒下去，睡觉怕醒不过来。我不是怕死，早就活够了，我就怕这三个孩子又趴在我身上哭。她抽泣一下：听见他们的哭声，我走不了。她默默地流淌眼泪，我走不了，苏妮娅已经替我走了，这个烈性的女儿，死得轰轰烈烈，她哽咽着说。

那天早晨，我一下子醒来。妈妈在帐篷外呼喊：卡思拉，你回来！我醒了，妈妈在外面，在阴沉沉的林子边，正在呼喊自己。她出了事，她发现自己丢了，所以寻找丢失的自己。我连忙爬起来，连帽子都没戴就往外跑。妈妈，她出事了，她找不到自己，她会一个人钻进林子深处，去找库列和苏妮娅。她看见自己还在他们身边，在那片风葬她两个孩子的林子里。现在，只要她走进冰天雪地的林子深处，她不会回来的。

我拼命地奔跑，野风灌进我的嘴里，灌进我的肺里和两条腿里。妈妈，我喊，拼命地喊，但是我听不到回音。声音在我头顶，在我四周，在遥远沉默的山顶，我听不到回音。妈妈就在我前面，我却追不上她。她走得真快，仿佛两只脚踩在旋转的风里。

比我跑得更快的还有一个人。格帕欠老人从我身边呼哧呼哧跑过去，他追上了妈妈，一把抓住了她，让她的脸对着自己。他们互相凝视着，也许是一瞬间，也许是一生。妈妈挺得直直的腰杆，慢慢弯曲了，因为格帕欠老人说：卡思拉，苏妮娅有库列，你有我，我们在一条河流里，而他俩在另外一条河流里，你为我也要好好活下去。

妈妈瞅着地面的厚雪，又瞅着远处的林子，那里风葬了她的两个孩子，也是格帕欠的两个孩子。不是她一个人因此绝望，还有一个人因此伤心欲绝，这个人就站在她眼前，像活的誓言，邀请她跟随自己一起行走。妈妈抓住了格帕欠老人的手，转身朝营地走来。这一对老鸟，似乎刚从大火中逃生，神情严肃，脚步匆忙，却又坚定不移地向我和两个孩子走来。

我也反身往回走。他们在互相援救，却无法结合。死去的亲人既是河流又是绳索，既隔离他们又让两个人无法分离。

玛鲁神灵，它在天上看着，两个老人正在遭受煎熬。

第二天早晨，我从木柱子上拿下库列的枪，妈妈哭了。她跪在"玛路"铺位上，捂住脸抽泣着。悬挂玛鲁神龛下的铺位，是男人们才能歇息的地方，它曾躺过我的父亲、哥哥和库列。而今，我拿起枪替代他们走进森林，妈妈再也忍不住泪水。玛鲁神灵，她呜咽地说，玛鲁神灵，她只能反反复复地念叨这句话。

我没安慰她。家里已经没有食物了，两个孩子不能总是吃肉干，他们的肠胃受不了。小苏妮娅嘴里的溃疡总是下不去，能喝到鲜肉汤就好了。整个乌力楞的人已经有七天断了肉食，只能用肉干充饥。该死的大雪一个劲儿地下着，那些野兽恐怕跑到了更远的地方觅食，男人们很难打到猎物。

我没安慰她，而是拎起库列的枪走进森林。寒风吹干了我眼睛里的泪水，吹散了我心中的悲伤和忧愁。必须生存下去，这是森林法则，是人和动物共同遵从的信念。我们必须活下去，除此而外，所有的伤感都无济于事。库列的孩子就是我的孩子，因为我爱他，就像爱哥哥一样。如果他活着，会用他的爱告诉我，活下去，这就是一切。我必须活下去，让妈妈和孩子们活下去。就这样，哭是没用的。

妈妈从身后追上来，她呼哧呼哧地跑着，被一根倒木绊了一下。我牵着马大步朝前走，不时回头挥手让她回去：妈妈，回去，你要摔成瘸子啦！她追上了我，气喘吁吁地喊：臭丫头，瞧不起你妈啦。她举着各罗布的枪嚷嚷，你爸死后，是谁把你们三个养大的？现在你居然拿我当废物啦。她挺着胸膛，像只骄傲的母鹰，只不过这只母鹰瘦骨嶙峋，而且快掉光了毛，站在那里，双腿微微颤抖。

别怪罪苏妮娅，妈妈在寒风里边咳嗽边喘着粗气说，她是好女人，她说过她和库列生死不离，她做到了。我什么也不说，只是一个劲儿地往前走。我忌妒姐姐，她掠夺了我的记忆和想念，这回她好了，拥有了库列的一切。乌力楞的人提起苏妮娅便说：那孩子吗，现在和库列在一起，谁也不能把他们分开。

我和妈妈一起钻进了林子，猎取那些瘦弱的动物。灰鼠、兔子、山鸡、狍子，只要逃脱不掉的家伙，我们绝不放过去。我的枪常常放空，妈妈补过枪后边叹着气边去拾倒在地上的兔子或山鸡，连理都不理我，直到我奇迹般地放倒一只狍子，妈妈才牛哄哄地夸耀：到底是我女儿，虽然比起我来差远喽。

那只狍子自己撞到我的枪口。在向阳的山坡上，狍子用身体蹭着树干，发出嚓嚓的响声。枣红马放轻了脚步，耳朵竖起来倾听着。我跳下马背端起枪瞄准了它，妈妈也跳下马背，她不奢望我能打中猎物，所以先开了枪。狍子怔了一下，然而来不及了，我也开了枪，它应声倒下，而妈妈那一枪打偏了。妈妈牵着"追风"马走过去，我愣了一会儿也走过去，每次打中猎物后，我都需要站在原地稳稳神。看见它睁大眼睛仍然惊悸地望着天际，我很难过。妈妈看出我的心思，训斥我：别这个样子啦，难道让孩子们饿死才对劲儿吗？

我们用匕首卸开狍子。当妈妈打开它的胸腔时，我就开始反胃了。妈妈找到狍子的心脏，用手勾扯下来牵连腹腔的肉，狍子心脏就像成熟的硕果被摘下来。她割下一块狍子心递给我说：吃下去，扛饿。我接过那块血淋淋的东西，感觉到上面尚存的体温，便硬着头皮吃下去。吃着吃着，胃里面伸出一只手拼命往上推。妈妈看我难受的样子气坏了。嘿，咽下去，她用枪托砸我一下，咽下去！

我当然咽了下去。我需要保持体力，把这个庞然大物用马驮运回家，何况宰杀它的过程很长，我需要源源不断的力量。我咽下去在嘴里打滚的肉，眼睛里冒出泪花。妈妈什么也不说，抓过一块生的狍子心吃起来。她用牙齿撕扯着，像野兽一般连嚼带咽，她的喉咙间出现了一块可怕的硬块，她抓过一把雪吃下去。谢天谢地，那块肉总算吞噬下去了，没卡住妈妈的喉咙。我不再犹豫，用匕首切割狍子心，一块块吃下去，吃饱为止。

妈妈割下狍子肉，一条条地喂马。马吃肉的速度特别快，肉条仅仅来得及在它嘴里转两下，便被咽了下去。我拍拍马背说：库列，你饿了多少天，现在痛快地吃饱了吧。妈妈装作没听见我的话，但我看见她收紧了肩膀，仿佛准备承受什么，或者说迎接什么，可是转瞬间她放松了自己，对着马喊：小子，看你的了。

我们卸完狍子，把肉装进皮囊里搭在马背上。漫天的大雪又飘落下来，寒风裹卷着雪花肆意地打着旋儿。妈妈被呛得咳嗽着说：孩子，你真难嫁人啦，有我们拖累你，谁也不会娶你啦。

我不嫁人，我说，我要养大两个孩子。

我的枪法越来越准了，营地的男人们开玩笑说我前世一定是个男人。只要饥饿跟随着我们，只要看到两个孩子四处寻找食物，我和妈妈就毫不犹豫地出猎。我的枪法越来越准了，很快做到弹无虚发。我打到最多的是山鸡、兔子、灰鼠，而尽可能绕过那些凶猛的动物，因为我们不是对手。枣红马只要嗅到狼群和野猪的气味，马上站下来不再朝前面走，而妈妈骑的"追风"马也跟着停下来。每逢我们躲过狼群或野猪群，妈妈便说：库列保佑我们哪。

格帕欠老人总给我们送来食物。那个时候，妈妈就坚决地推辞：亲家，等我躺下动弹不了的时候，你再送肉也不晚。格帕欠老人当然斗不过妈妈的嘴。他眯缝着小眼睛气冲冲地回嘴：难道让我把皮袍脱下来还给你吗？

妈妈脸上浮起羞报的红云。她怪罪的样子让格帕欠老人明白，他真不该用这么大的嗓门揭她的隐秘。多么苍老的女人站在太阳下，也要用东西遮一下脸面吧。所以，他就讲和地建议，他要留下来吃饭，就用自己带来的肉食讨一顿饭吃好了。妈妈顿时高兴地忙碌起来：亲家，尝尝我做的肉汤，味儿美极了。

妈妈调制肉汤的鲜味儿是一绝。女人们曾经瞪圆了眼睛站在她身边，看她究竟是用什么神奇的办法调制美味的，但她们失望了。别猜来猜去啦，妈妈说，女人做饭一定要用心，这样做出的食物才好吃。

开春的时候，查鲁和翁基勒下山了。回来时带来两个人。当安校长走进我们帐篷里，我一下子怔住了。他们给两个孩子带来了奶粉和面包。他把食物分别送给孩子们时，妈妈便捂住嘴无声地抽泣起来。

让古迪娅上学吧，安校长求妈妈说，她是太好的学生了，应该读书，绘画，走出大山。

妈妈什么也不说，因为我们无话可说，因为两个孩子需要我。与生命相比，任何事情都不重要。

安校长他们在乌力楞住了四天。他们原本以为能看到我们吃饱了后便唱歌、跳舞，原本以为我们能向他们展示热气腾腾的生活，但是失望了。

妈妈向他解释：玛鲁神灵说过，万物有灵，灵魂会发出声音。乌力楞的人已经习惯在寒冷的季节里平静地生活，用心倾听万物的声音，所以我们不觉得孤独和寂寞。

他们谈话时，一只乌鸦从帐篷顶上呱呱叫着飞掠过去。妈妈凝神地倾听一会儿，自言自语地说，乌鸦是一种特殊的鸟，它从遥远的古代飞来，又朝另一个古代飞去。这个黑色的幽灵听够了人们的坏话，人却无法猜出它想告诉地面的生灵，它看到了什么。

安校长懂了妈妈的意思。无论唱歌、跳舞，还是寂静中的端坐，乌力楞的人都活在自己的世界里，别人很难懂得他们。

他们骑着马下山了。他会让我继续上学的，安校长向妈妈发誓，他要让所有鄂伦春的孩子上得起学。政府会帮助你们的，他说，一个新的时代已经来临，你们应该过上幸福的生活。

我们很怀念安校长，他成为我们的朋友。森林里没有时间，回忆就是时间。安校长，他是一段时间、一段回忆。玛鲁神灵说，把世界放进心里的人才有灵魂。

他是有灵魂的人。

2

小苏妮娅经常拉肚子。听见她扑哧哧地拉屎，小各罗布便捂住鼻子叫喊：

臭死啦，妹妹的肚子是沼泽地吗？小苏妮边拉边哭，因为肚子疼，不明真相地疼。妈妈认为她消化不良，用山鸡的鸡内金给她治病。她的肚子刚好些，又患上了盗汗的毛病。白天，她的衣服总是湿漉漉的，每逢夜晚刚躺下，她的虚汗便从头发里、皮肤里渗出来，而入睡后开始做梦。它在那儿，小苏妮把手从睡袋里伸出来，拼命推着压住她的阴沉的噩梦，它在那儿，她叫醒了，脸蛋发热，眼睛里充满恐惧。

妈妈把小苏妮娅紧紧搂在怀里，沉默地垂下头。她不再像从前那样大声咒骂看不见的厄运，不再折腾自己到处埋咒符，不再用对抗的姿势表明她不屈不挠。她垂下头，甚至没有泪水。

一连两个月，小苏妮娅都这样发低烧。我每天用开水冲泡熊胆喂她。喝了一段时间，她的病症时好时坏。格帕欠老人只要有时间就过来守着她。两个老人像两只无助的老鸟痛苦地守望，让我心疼欲裂。他最后担忧地说：这孩子怕是保不住了，她得了肠结核。

妈妈感到膝盖骨被抽空了，那儿剩下两个黑洞，黑暗的风嗖嗖地灌进去，充满全身。整个阴冷的秋季压在她的胸口，像石头一样沉重。救救她吧，求你啦！妈妈突然抓住格帕欠老人的手，捂在自己脸上，泪水潸潸。

格帕欠老人和儿子伦巴列送我们下山了。我们找到阿里河镇政府。我们找的正是时候，小苏妮娅住进了卫生院后，医生告诉我们，再拖一个星期，孩子就没命了。

小苏妮娅住院了，妈妈看着输液的吊瓶，担心地问医生：魔鬼莽盖不怕水，你们用长长的针往孩子身上灌水，莽盖根本不怕，还是请萨满跳神驱灾吧。

医生给她讲了相关的医学知识，妈妈半懂不懂地听着，还是想请萨满跳神。

医生急中生智，认真地告诉妈妈，他已经在药水里加进了神灵，是医学的神灵，它们像天兵神将，会战胜小苏妮娅身体里的病魔。妈妈当然相信医生的解释，因为她亲眼看见小苏妮娅的低烧退下去，而且胃口好起来。那些源源不断的神兵快把莽盖打败了。

一物降一物，该死的莽盖现在碰到对手啦，妈妈后悔不迭地说，早知道这样，就该把库列送进卫生院，这样苏妮娅也不会离开我们。

小苏妮娅出院时,妈妈竟然有些留恋。她抚摸着铁床悄悄对我说:真想把它扛回去。我开玩笑说,扛回去一张铁床,谁都想睡在上面怎么办,总不能一人轮一夜吧。

医生找到镇政府派一辆吉普车,送我们返回了山上。当车开到乌力楞的营地时,妈妈一眼望见枣红马躺在我们帐篷前的地面一动不动,一种不祥的感觉猛然击中了她。古迪娅,古迪娅,她抓住了我的手紧张地咳嗽起来。车刚停下,我冲出去,跑到它身边。它睁开眼睛看着我,又看着妈妈,喉咙间不时发出古怪的响声,四肢无力地抽搐颤抖。它挺了几天了,站在一边的毛考低声对妈妈说,它等着你们,一直等着。

我们用刚带回的小米煮粥,给它灌进去,可是粥很快便顺着它的嘴角流淌出来。即使一棵草也看出来,马快死了。我在它头顶的方向点燃篝火,跪在雪地上祈祷。妈妈把手按在它头顶,悲伤地呜咽:库列,你又走了,这一次你是替小苏妮娅走的。走吧,我们留不住你了,一颗高贵的灵魂,就这样离开我们,在黑夜与光明之间游荡。你的路就是我的路。

天黑下来的时候,枣红马咽气了。它倾听着远处森林里一只猫头鹰悠长清冷的叫声,慢慢阖闭了眼睛。库列,我喊它一声,它睁开眼睛,像人那样瞅着我。库列,我轻轻喊道,库列。它阖闭了眼睛,眼角流下一滴泪水。我知道,它不肯走,不肯离开我们。去天堂的路遥远极了,它自己走太孤单了。妈妈在一旁给它擦去泪水。她伤心至极,没有流下一滴泪水。我再也流不出泪水,她对格帕欠老人说,我的心被苦难勒得紧紧的,它很快像秋天的树叶那样从我身上飘落。

我看见了枣红马的灵魂,它从苦难的大地上升浮起来,顺着黑暗中的光明飘向了天际。那些遥远的星星发出轻声叹息,而树木在微风中抖动着无数树叶,和大地的脉搏一起跳动。

我们开始频繁搬迁营地,因为我们总是逢遇那些外来的人。他们是林业工人,砍伐树木后用火车运出林子。为什么要砍下那么多的树,查鲁问道,难道它们是罪人吗?他像傻子一样追问每一个人。大家被他弄烦了,都说他越来越不可理喻,尽想别人不想的事情。所以当他问到毛考时,毛考便扇了他一个嘴巴，终结了他无休无止的发问。

那些动物受到惊扰后格外警觉，钻进了更茂密的林子里。当贝加尔湖的凉风吹进林子，它们才稍微放慢逃窜的速度。来自动物的嗅觉让它们警觉地意识到，前面是更寒冷的山林地带。

我们跟踪猎物的足迹，频繁搬迁营地，男人们经常抱怨打不到猎物，而女人们则更关心孩子们的入学问题。因为镇教育科几次派人来乌力楞动员孩子入学，动员所有的猎民搬迁到山下定居。当乌力楞的人开会，决定是否下山居住时，妈妈强烈反对。要走你们走好了，我不会离开这里一步，妈妈说，我的孩子和丈夫都留在这一带，我不走，死也和他们死在一块儿。

大家沉默了。我们不愿意离开山林。山下是陌生的世界，让人无从把握。而在山上，我们能够找到食物。可是山上的日子太苦了，饥饿、寒冷、疾病，各种各样的麻烦和意料不到的死亡威胁总是跟随我们。孩子们需要学习知识，总不能让他们一辈子也过着动荡不安的生活吧。至于亲人的灵魂……还是随他们自由地游荡吧。也许他们会认为在山下更好一些。格帕欠老人第一个离开会场，走回自己的帐篷，别的人也都回去了，他们需要好好想一下怎么办。

回到帐篷，我生气地责怪妈妈：你想一个人待在山上吗，两个孩子有病怎么办？妈妈立刻回答我：你领孩子下山，我要守着你父亲。我气哼哼地反唇相讥：还以为谁都听你的吗？我父亲和苏妮娅会跟着孩子们下山的。妈妈正敲着木勺上面的泥巴，小各罗布用它挖泥来着。她怔了一下，接着把木勺朝我扔掷过来，砸在我的肩膀上。欠收拾的丫头，这个家谁说了算？她怒不可遏地教训我说，我还能站起来，没你说话的分儿！妈妈的心眼已经封死了，她看不明白，乌力楞的人们最终要下山了，因为政府要求我们下山居住，结束猎民动荡不安的生活方式。妈妈不走，乌力楞的人是不会走的，库列家族的人永远选择跟我们在一起。

格帕欠老人没告诉任何人，独自骑马走了。大家心照不宣，他去请阿摩萨满。妈妈不走的决心已定，谁也撼动不了她的想法。既然她相信神灵，相信萨满能看清楚未来的道路，格帕欠老人只有让阿摩解决悬而未决的问题了。

阿摩萨满从另外一处山谷被请来了。他和格帕欠老人骑马来到营地时已是凌晨。当马蹄声渐渐接近营地时，男人们穿上衣服站立在凉风中肃立等待。阿摩萨满的名声比天空还辽阔，比太阳还明亮，他传奇般的人生经历早已如风般不胫而走，让所有的鄂伦春人耳熟能详。他本该在阳光明媚的白天到达，谁也没有想到，在茫茫的黑夜里，他领着格帕欠老人穿越了障碍重重的森林，抵达营地。

阿摩萨满从马背上跳下来，天际间便泄漏出淡淡的晨光。这个不谋而合的迹象足以令人相信，他是超凡脱俗的先知者。

我们在格帕欠老人的帐篷前清理了一块草坪，然后用一人多高的倒木搭建了篝火架。当祭祀的食物摆放在熊熊燃烧的篝火前，阿摩萨满从摘下沙克围子的帐篷那端走出来。他穿着全套的萨满服饰稳重地站着。缀满沉重铜镜的神服似乎想把他拽向深沉的大地，而那手中轻盈如羽的神鼓则想把他拉向浩渺的天空。他很老了，时间真是格外眷顾他，时间没有吞噬他，而是美化了他，让他看起来深不可测。

整个祭祀的场面跳跃在篝火的热流里。我没有坐在人群当中，他们面对着萨满，随时准备奉献朝拜的歌声，因为阿摩需要他们的热情与狂迷。我隔着篝火去看萨满跳神。火光和热流把他的身影晃动得虚幻而迷惘。我们看不清楚他的面貌，不仅是由于神帽上垂落的密集的缨穗遮盖了他的脸，他急促的雷电般的舞姿划破了灰暗的天色，而且还因为那嘶哑的歌声直刺我们的眼睛。他吟唱的神歌让我们想起乌恰奶奶，她最后的绝唱犹如血雾般灿然地开放在所有人的视野中。我猛然想起乌恰奶奶临终时说的那句话：智者无家可归。我终于理解了其间的含义，我们活着，并且终生行走在寻找的道路上。我学着妈妈，双手紧紧握在一起，放在胸前祈祷。阿摩萨满，带着我们行走吧，去找回我们已经丢失的归宿，也找回我们的安宁和梦想。

智者的归宿就是融化在自我放逐的河流中。

我用一直珍藏的白纸和铅笔画下祭祀的场面。当我描摹舞蹈中的阿摩萨满，感到他就是明天的我。我们不同之处仅仅在于，他在风中寻找方向，而我在水中寻找归宿。没有谁可以帮助我们，我们跟随自己的身影，在光明与黑暗的交接处生长或死亡。

阿摩萨满和风一起凝固在我的画面中，我的脑海里。他凭借祖先神的力量，在想象中远征沙场,和所有阻止我们前进的恶魔做殊死的搏斗。他在我们对面,在我们目所不及的场地,进行着一个人的战争。神鼓像一片树叶在半空中翻飞,发出悠远圆润的音响,明艳美丽的朝霞燃烧在天际,远处的溪流弹拨着一个女人的歌喉,发出轻柔而忧伤的吟唱,它时隐时现,薄如草芥,却闪动着犀利的刀光剑影。

阿摩萨满在舞蹈中飞腾起来,犹如一片羽毛落入篝火。看他在燃烧的火中来回穿行,小各罗布哇地哭起来。我们惊恐地注视他,他走过的地方是大地的一条黑线,他身后的火焰比太阳还明亮,他的脚下出现一团黑色的旋涡紧紧地围住他,让他毫发无损。时间太漫长了,从我们眼睛里、喉咙间和每一个毛孔向外流淌,源源不断,我们没有办法让时间停下来。

他终于像火鸟般从烈火中飞出来,安然无恙地落在地面。

那场搏斗从清晨开始,一直持续到傍晚。当悠然的晚霞吹响夜风时,阿摩萨满稳稳地站立在地面,无言地宣告祭祀结束。他的脚下,大片大片的草地被踩踏得露出深褐色的泥土,盘根错节的草根枝须。一个深深的土坑里突然冒出汩汩的泉水。他平静地宣告:神已经告诉我们,放弃固执,寻找新的命数。它赐予这股泉水洗濯我们的眼睛,让我们看得更远,破解存在之谜。

妈妈在一条鹿皮绳上打下四个结,挂在祭祀的树枝上,别的人家也如此悬挂上打着结的皮绳,表示全家人听从神灵的指点,下山定居。所有的人吃过祭祀的肉食后,围着阿摩萨满坐在篝火旁,共同迎来又一个黎明的曙光。看到夜色中燃烧的篝火渐渐露出疲倦的神情,我们就知道,接替它的黎明即将到来。当水一样流泻的天光抹去篝火橙黄色温润的光芒时,阿摩萨满站起身,仰起头对着天际做了最后的祷告:万能的火神,我们一直生活在森林的怀抱中,一直追随着猎物过着游荡的生活。现在,我们要下山定居了,另外一种日子和新的时代一起到来。请你继续保佑我们,赐给玛哈依尔家族平安和富足!

3

当第一场大雪被暖流融化后,乌力楞的人集体搬迁下山了。整理东西时,妈妈拿不准是否带上"额尔敦"兽皮围子，最后还是放在马背上。我们的"奥伦"高脚仓库里的食物被妈妈留下了，留给打猎者经过时食用。

妈妈从"玛路"正铺上方的柱子请下神袋时，用手抚摸着铺位。这个位置向来是家中男人居住的席位，她一定是想起了父亲和哥哥。而我看着左侧的"奥路"席位也黯然神伤。我和苏妮娅曾经睡在一个睡袋里相互取暖，而她和库列之间浓浓的爱意，曾经让我多么嫉妒和羡慕。

妈妈抱住小苏妮娅没头没脑地亲一口。小命根，我真是老糊涂了，我不会永远活着，现在就应该乖乖地守着你们。

马队沿着静静的多布库尔河走下去。搬迁那天是少有的好天气，阳光照亮了每一个地方。地面铺着厚厚的土质层、绿色褪尽的树叶，马蹄踩在上面，发出绵软的声音，好像另一个马队，从远方向我们走来。看着结着薄冰的河面闪烁的阳光，妈妈大声唱起那首人人会唱的民歌：

> 住了一辈子斜仁柱，
> 不知遭受多少苦难。
> 霜来了，
> 草荒了，
> 我呀，也和荒草一样，
> 等待着冬天的大雪。
> 生命像河岸的岩石，
> 慢慢滑入秋水里。
> 孩子们，
> 记住妈妈，
> 她正在衰老，
> 她的歌声，
> 留下永远的回忆。

妈妈忧伤的面容和初冬的阳光让我相信，她真的把灵魂留在了山上，留在了高高的风葬架，跟随马队行走的是她的躯体。那一瞬间我明白了妈妈，也明白了阿摩萨满为搬迁做的祈祷。一个人死亡的时间太漫长了，我们每个人都会走进那个漫长的永恒之中。与死亡相比，活是瞬间的，也是幸运的。当一个人懂得了活，才可能明白什么是真正的死亡，那是灵魂对生的回顾，永无休止。

我们搬进了政府为猎民搭建的木克楞房子，它们正等待着我们。用原木建造的房子支撑着高大的身躯，像巨大的仆人严肃地站立在呼啸的北风中。我们搬进了属于自己的房子后，小各罗布奇怪地看着玻璃窗，小心翼翼地用手戳几下。他搞不清楚，谁能把河里的水变成薄冰镶在木格子里。

是新玛鲁神灵吗？他跟在我身后一个劲儿地问，我们到山下了，归新神灵管啦。

最后他大声喊：冰会融化的，难道新神灵想不到这一点吗？

我们把火炕烧得烫人。小苏妮娅脱掉鹿皮袜子，光着脚在上面跳来跳去的。妈妈每隔一会儿便走出屋子透气，她嫌屋子里憋闷。像亲人一样的空气被厚厚的墙挡住，让她觉得自己的肺子像扇子一样地拼命摇扇，才能进入足够的空气。妈妈抱怨地说，屋子里肯定点不了篝火，火神待在狭小的土灶里，连腰都伸不开，真是大不敬。至于天窗，已经开在南面的墙壁上，屋子里的人只能从那里看外面的风景，而无法直视苍天。

古迪娅，我怎么和苍天对话，妈妈犯愁地说，你爸去世后，每天夜里我都从天窗望着夜空，总觉得老天倾听我的心声，可是现在有难处了，我们谁也看不到谁了，它肯定误以为我进了棺材，再也不能思考人间的事情啦。

过了一个星期，妈妈到底找伦巴列在院子里支起帐篷。当我们用兽皮围好架子后，妈妈拍几下巴掌大笑地说：又闻到熟悉的味道啦，真亲切呀。

不错，连马闻到帐篷的气味，都一下子振作起来，用热情的目光一个劲儿地朝帐篷里看，好像里面正举行宴会。面对自己的创举，妈妈得意地扭了扭腰，大笑道：看来我还能跳舞哪，我的胯骨还好好地长在两条腿上。

阿依玛罕和楚楚姆过来一趟，回家就让丈夫搭建了帐篷。了不起的主意，乌力楞的人全学着妈妈在自家院子里支起帐篷。我们恢复了山上居住的形式，随时可以进帐篷里点燃篝火，支起吊锅过日子了。

我们渐渐地习惯住在木克楞房子里，习惯没有天窗的夜空，习惯用灶塘做饭。有一天夜晚，我们从呼啸的大风中醒来，听见屋外的帐篷发出骨折似的摇动，吱嘎嘎地响个不停。妈妈打了一个长长的哈欠说：睡吧，这房子挺结实，看来房顶砸不下来。

席兰嫂动辄往我家跑，后来干脆就和我们住在一个大火炕上。她不喜欢住在木克楞房子里，因为听不到别人家的声音。第三个孩子流产后，她再也没有怀孕，伦巴列总是给她脸色看。库列走了一个多月后，她便犯了胃肠病，吃东西就呕吐。伦巴列害怕了，以为她被库列传染上伤寒，可是过不久大家就看出来，她的肚子迎来了春天，里面孕育了一个姗姗而来的小生命。格帕欠老人悲喜交加地跟妈妈说，一定是库列转世了。尽管听起来更像梦话，妈妈还是愿意相信库列正在返回玛哈依尔家族。当格帕欠老人走之后，妈妈潸然泪下，古迪娅，你快结婚吧，给我生十个儿子、十个女儿，她坚定不移地宣布，我不能让自己的怀抱空空荡荡，小苏妮娅满地乱跑啦，我抱什么哪，难道抱木头才对劲儿吗？

席兰嫂让妈妈劝伦巴列，把她送回山上的娘家居住一段日子。她害怕那些纷纷倒下的木头伤了胎气。她说自己晚上刚躺下就做噩梦，树木像人一样倒下去，倒下去，没完没了地倒下去，她的尖叫变成飞扬的尘土，飘在梦境的上空。我这儿难受，席兰嫂指着自己的心窝，愁眉苦脸地说，那些外乡人一股股地涌来，他们钻进林子里砍伐树木，然后倒运出去换粮食吃，他们什么都不用干了，靠这个活着呢。那些原来活得好好站在那儿的树木，顷刻间没了命。我的孩子，他来得不是时候，我真怕伤了胎气。

妈妈无言以对。尽管弄不明白胎儿与树木之间有什么神秘的关系，她还是相信席兰的不安并非无事生非。族人烧火时，从不砍伐活着的木头，而是选择已经倒下的枯木做木柴。即使刚出生的孩子也知道树木是有灵魂的，但为什么那些外乡人朝它们举起了刀斧。至于席兰，因为每天目睹那些大树倒毙而心烦意乱，肚子里的孩子也会受影响。

妈妈和格帕欠老人总是凑在一起嘀咕。我刚出现在他们面前，俩人便一起闭住嘴，抬起头望着天空，仿佛正看到有人顺着阳光向上攀缘。其实，我很清楚他们的烦恼，他们有的是烦恼。他们不想送席兰回娘家，而伦巴列要领狩猎组进山打猎了，席兰一向安安静静，却在这个时候添乱，伦巴列从来没遇到这么麻烦的事情。还有，政府发给我们一些粮食，但用不了多久，粮食很快被吃光。

小各罗布早晨起来刚闻到玉米粥味儿，就耍赖不肯穿衣服。我饿，他喊，我快饿死啦。而妈妈用稀粥喂小苏妮娅时也犯愁：这些比水稠不到哪儿去的粥会像秋天的雨水一样，抽打人的筋骨。大人挺得住，孩子受不了。

单枪匹马进周围的林子里打猎，收获甚微。因为林业工人采伐树木，用汽车运走一批又一批木材，动物都吓跑了，钻进更深的林子里。我和妈妈每一次出猎，都必须走出很远，才能打到大一些的猎物。乌力楞里其他人家的情况也差不多。待到五月的"鹿茸期"到来，男人们便组织"安嘎"狩猎组，准备返回多布库尔河一带打猎。他们还需要三个女人做饭，喂马，晒肉干，收拾猎物。我说服了妈妈，要跟随他们进山。妈妈找到伦巴列，让他同意我进"安嘎"狩猎组，因为伦巴列是大家选的领头"塔坦达"，但他说什么也不收我，还说了玛哈依尔家族应该照顾好你们一类的话。我生气了，直接去找他。他把脚举起来说：看见了吧，我的脚成什么样子啦。我当然看见了他的脚，扭曲变形的脚，而且脚指甲也变了形，厚厚的，像松树皮。古迪娅，你是丫头，要是长了这样一双臭脚丫，丈夫会嫌弃你，还是好好待在家里，帮席兰嫂干点活。

我不出嫁，我理直气壮地说，我也不怕烂脚丫。

他搔搔脑袋，慢慢收回自己的脚。当他穿好乌拉鞋后改变了主意。行啦，你去吧，死犟的丫头，库列怎么就看上你了。他闭住了嘴，垂下眼帘，朝后退一步，因为他看到泪水突如其来地涌上了我的眼睛。

狩猎组出发了。席兰本来很安静地站在人堆里，却突然冲出来抱住伦巴列哭泣了。伦巴列一动不动地站在马跟前，忍耐一会儿说，好了，接着他骑上马。这是一声号令，我们都骑上马，告别家里人，朝林子里走去。

小各罗布在我们身后大声嚷嚷：我也要去！

我不会让小各罗布走库列的路，他应该活得比我们好。他应该读书学知识，过上与我们截然不同的另外一种生活。这就是我为什么翻身上马，钻进林子里打猎的全部理由。

4

我们的马队行走的速度很快。老马识途,它们嗅出了远方多布库尔河的气味,便不知疲倦地赶路。走了两天行程后,当一条无名的河流像亲人一样拦住我们时,伦巴列跳下马,决定就在河边搭建帐篷。

古迪娅,你今年多大了?伦巴列没头没脑地问我一句。我不明白他是什么意思,正打算回答,他却说:最好忘掉年龄,森林里没有时间,只有四季。过去的时间在我们后背,未来的时间在我们胸膛,而我们将要经历的人生,会一个个地撞在身体上。

说完,他朝我笑了一下,我头一次注意到,他的笑像一个人。是的,是像他。另一个他,他们告诉我,什么是时间;他们告诉我,无论一个人走出多远,最后还是回到原来的地方。

我和娜佳、灵诺卖力地往男人们支起的帐篷架上捆绑兽皮围子。她俩总背着我说悄悄话,我不高兴了,娜佳哈哈大笑道:古迪娅你还吃素哪。我顶她说:我也吃肉哇。娜佳转过脸对灵诺挤眉弄眼地说:不吃肉可不行,男人晚上连女人身体都懒得挨啦。我怔怔地望着她,隐隐感到她在说什么。灵诺捂着嘴笑一下:快结婚吧,到时候就明白这些话了。

望着男人们忙碌的身影,我忧伤地想,我再也看不见库列了。许多年来,仇恨蒙住我的眼睛和心,让我来不及懂得爱。库列走了,我的爱才苏醒,我的爱看不见库列,也就看不见别人。

男人们出猎后,我们三个人便忙碌着准备饭菜,煮好马料。等到他们打了猎物,我们就忙碌得停不下来。灵诺心细,总是把肉条挂起来风干,这样我们会带回更多的肉以便贮存。沿着多布库尔河有一些不错的碱场,男人们只要不惧怕多走些路,就会遇见舔碱土的野鹿。男人们就在这个时刻射杀它们。

半个月过去后,我们积攒了三架鹿茸,也晒了不少肉干。连马儿都因为吃肉干和鲜肉变得膘肥体壮。我们几天内转移到另一个狩猎场,总会碰到铤而走险的野鹿,去碱场舔食碱土。野鹿在鹿茸生长期格外需要盐分,它们找到一块好碱地很不容易，即使意识到有危险，还是要去的。

没事干的时候，我更愿意一个人沿着河边走动。五月的河水还像一个刚刚睡醒的少女，安静地流淌。我把双手伸进水里，感到寒凉极了。男人们喜欢在河边痛痛快快地洗脸，甚至洗头，女人却害怕寒凉，喜欢用热水洗头。来到河边，我试探着像男人们那样，把脑袋扎进水里，却猛然跳起来。水太凉了，像无数的冰凌刺向我。库列坐在河边看见我冷得直打哆嗦，微笑地奚落道：别逞能了，你这个丫头，小心感冒。而他身边的苏妮娅怂恿道：别怕，妹妹，你什么都别怕。我闭上眼睛，无声地流下泪水，吞噬了两个微笑的亲人。我不敢睁开眼睛，更多的泪水从我头顶上倾盆而下，我在泪水中看到，沙滩上空空荡荡。

我又把头深深地扎进水里，我的头在燃烧，浓密的头发犹如沸腾的火焰，升腾在水里向上跳跃。它们簇拥在一起，拥抱过去的一切。我慢慢地把整个头部深深地埋进水里。我不能呼吸，也不想呼吸。我在窒息中感到了未来，感到了即将来临的东西，它们一个个地袭击我，用我无法预知的方式和力量。我的脸很疼，全身很疼。我突然想到，也许死亡是一种解脱吧，就这样神不知鬼不觉地顺水漂流，一直漂流回到我的身后，归回漫长的过去。

我跳起来。不，我不能死。没什么理由，活着就是一切。湿漉漉的头发像鞭子一样抽在我脸上。我慌乱地挤出长发里的水，像捆草一样胡乱捆成一团，塞进狍皮帽子里。古迪娅，没人看到这一切，没人知道你想什么，忘掉刚才的一切。忘掉它，忘掉这种丑恶的脆弱。我命令自己。

我在刚才库列坐过的沙滩上信手画起来，阳光在我脚下一步步地挪动着，我沿着沙滩一路画下去。不知过了多久，我站起来，拍掉手中的沙子，朝前面望去。我抬起头，因为更强烈的阳光耀疼了我的眼睛。过了一会儿，我看到了自己的画，那些动物，那些神祇，都在阳光下微微跳动，它们既清晰又陌生。我想，它们一定在我的脑子里潜伏已久，今天才会呼之而出。

可惜，水浪会冲没这些画。我头一次心疼地这样想，应该用纸张和颜色挽留它们，或者画在白桦树上。桦树具有非凡的记忆，会用细腻的皮肤留存我的一笔一画，留下每一处隐秘的呼唤和祈祷。

我和娜佳、灵诺住在一个帐篷里。起初娜佳没说什么，过不了几天，她就赖在毛考身边不愿意回来。所以大家又为他俩支起了帐篷。最近毛考打猎的运气不好,大家就让他避开老婆一段时间。可是娜佳眼泪汪汪的样子让毛考于心不忍,虽然他很后悔把娜佳带出来,最终还是和她住在一个帐篷里。乌力楞的人都知道娜佳离不开丈夫,她也承认这一点。我不在乎做不做那件事,娜佳跟我们解释,但我要跟他在一起,否则我会做噩梦的。

尽管男人们嘲笑毛考,其实很羡慕他有福分。男人和女人就应该这样相亲相爱。

昨天下午,男人们打猎回来后,娜佳一看见毛考满身血迹,惊叫一声扑了上去。毛考推着她逗趣地说:刚打了一头野猪,又来了一个女妖。

毛考打中了这头大野猪。男人们用子弹封锁了它的退路,它就朝没有枪声的方向跑。毛考是沉得住气的男人,他埋伏在那里一动不动,当野猪快跑到他眼皮底下,他才勾动水连珠枪的扳机,子弹漂亮地钻进它的心脏。

这家伙性子烈,毛考拍拍野猪头赞叹道,它一蹦老高地朝我扑上来,上当的滋味挺他妈难受。好样的,两条獠牙一下子划破了我的胳膊,然后才扑通倒下了。

娜佳看着那头野猪,后背渗出一层冷汗。那头三岁的公猪太大了,嘴里伸出的两条獠牙像锋利的短剑,连熊都让它三分。所以,吃过晚饭后,她和毛考提前回帐篷,男人们用最粗鲁的话亲昵地骂他俩要孩子去啦。

灵诺却是郁郁寡欢。她的男人嘎乌热不仅贪酒,而且嘴巴像个娘们一样唠叨。只要睁开眼睛他的话就像寒风一样刮起来。乌恰奶奶活着时就断言他早晚死在自己的烂舌头上。乌恰奶奶死后,嘎乌热仿佛从身上掀掉了一块大石板,逢人就说再也没有人诅咒他了。查鲁因为这个跟他打了一架,结果被嘎乌热打得鼻青脸肿。他真欠揍啦,嘎乌热振振有词地说,他管到我头上了,难道我没有说话的权利吗?

灵诺被嘎乌热的饶舌和尖酸折磨得越来越沉默,越来越消瘦。想当初她刚嫁过来是多么快乐的人。她的痛苦谁都知道,谁也帮不上忙。楚楚婶让她多向玛鲁神灵祈祷,或许会出现奇迹,嘎乌热说不定哪天灵魂开窍,改掉他的坏毛病。可是灵诺摇摇头,她了解丈夫,他对每个人都挑三拣四,对每件事都吹毛求疵,自私得无可救药。

大家不喜欢嘎乌热,只因为可怜灵诺,狩猎组才带上他。至于用餐时,他贪吃最好的肉,贪喝点酒,那就随他吧。但是灵诺坚决不跟他住在一起。她也想离婚回娘家,但是儿子达尔西太小,嘎乌热用儿子牵制她。要走你自己走,达尔西想跟你嘛,我就拍折他的腿!他用这种话要挟灵诺,而且恬不知耻地告诉男人们,灵诺别想嫁人了,除了达尔西,她再也生不了孩子,晚上他一挨到她,她那个地方就疼,是真疼,疼得全身都出汗。

乌力楞的女人全都说,灵诺废了。

早晨,我悄悄起来点燃篝火。我喜欢在清晨如水的光线中倾听篝火发出温暖的燃烧声。过一会儿,灵诺和娜佳就要起来做饭,热烈的篝火会让她们温暖许多。我看见嘎乌热从帐篷里钻出来。他的胸口鼓鼓囊囊,塞了不少东西。过一会儿我听见他的铁青马咔嚓咔嚓嚼肉干的声音了。这家伙每天晚上纠缠灵诺多给他肉干,他偷偷喂马,让马长力气,能更快地撵那些比鸟还灵敏的鹿。

他探头探脑进了我们帐篷,想叫醒灵诺。我说你别叫她,还没到该她起来的时候。他便一屁股坐在我对面诉苦。他总是诉苦,没完没了,好像他刚从地狱里返回来。古迪娅,我昨晚做了一个稀奇古怪的梦,他唠叨起来,达尔西光着脚丫在雪地里跑,他喊渴了,我急得不行,找了一棵桦树用刀划开一道小口,树汁就流出来了。达尔西喝过树汁又跑了,我再也找不到他了。这小子真欠揍,我在梦里都想揍他。古迪娅,梦到冬天的树流汁液这是怎么回事?他直勾勾地瞅着我,好像我脸上有答案。

你除了打人、骂人还会什么?我生气地指责他,一个人心地不善,风会扇歪他的脸,鸟儿也恨得在他脑袋上拉屎。你的梦告诉你,别折磨孩子和老婆了,冬天的树流下的是眼泪,它们都可怜达尔西得不到父亲的温暖。

嘎乌热把手里的肉干扔到我脸上。他骂我是巫婆、嫁不出去的丑丫头,还骂我们都是背地捣鬼的恶魔,然后冲出帐篷,一个人去野地里发疯。灵诺在他的骂声中坐起来,看我低头抹眼泪也跟着哭泣起来。那顿早饭我做得真不怎么样,肉是半生不熟的,汤里没放盐。灵诺添柴火也是漫不经心,割肉时伤了手指头。但是大家吃得津津有味,仿佛我们的眼泪变成了一道神奇的佐料,让他们的味觉发生了变化。

吃过饭后,大家还是不理睬嘎乌热,不仅仅因为他骂了我。他太自私了,男人们的心胸无论多么宽容与厚道,还是计较这一点的。灵诺那可怜的目光落在每个人身上,希望我们原谅嘎乌热。她太可怜了,谁也承受不了她的目光,那是比月亮还温柔的语言,足以融化任何一块坚硬的岩石。男人们最后还是带着嘎乌热进林子里打猎了。灵诺高兴地放下桦皮碗后马上干活。我们手头总有干不完的活,泡马料,鞣皮子,搓鹿筋,晒肉干。我们忙得没有闲暇的时间,灵诺比我俩还能干。娜佳悄悄地说:让灵诺忙碌点吧,嘎乌热快折磨死她了,她只有干活才能暂时忘记那些烦心的事。

哼,看着吧,今天毛考非教训嘎乌热不可,他要好好收拾这家伙了,欠揍的!娜佳得意扬扬地说,好像已经看见嘎乌热趴在地面求饶的样子了。

我开心地拎着桦皮桶去河边打水。欠揍的,我想,嘎乌热才欠揍哪,除了欺侮老婆和儿子,偷东西,他那张烂嘴惹出多少麻烦,真该有人好好教训他了。

离帐篷不远,流淌着一条无名的小河,它最终要流进丰饶浩荡的多布库尔河。也许是从山顶上流淌下来的缘故,它显得很有气势,不像别的小河流那样温和。我喜欢在深处的水流里打水,那个地方窝集着许多鱼,甩进桦皮桶,准能捞上几条两巴掌长的大鱼。我用鲫鱼和细鳞鱼熬汤,男人们不喜欢喝,但我用哲罗鱼熬汤,他们就喜欢喝了,因为哲罗鱼有一股特别的清香味儿。以后,我就把鲫鱼和细鳞鱼烤成鱼片,这样,他们都抢着吃了。

天光有些阴郁黯淡。春风像一把大扫帚,四处飞腾地打扫着,发出躁乱的响动。我看见一头小黑熊站在齐腰深的水里捞东西。过一会儿,它举起一条大鲤鱼,高兴地叫起来。它是聪明的家伙,选择的地方正是水流顺势而下的大陡坡,那些个头大的鱼没来得及滑入下一段的水流里,就被它逮个正着。它举起鲤鱼,看鱼在手里有力地扇动尾巴,一口咬住鱼头,还没等我再看清楚,就把鱼吞进黑洞洞的嘴里。

我站在那里,感到眩晕。它离我们太近了,周围一定有母熊,它不会离自己的孩子太远。库列早就警告我,去河边打水要带上枪。他是对的,该死的,他总是对的,尤其是现在,我早该记住他的话。

大概吃饱了，它横躺在河卵石上，任凭河流舔着它圆滚滚的肚子。一条从高处水流跌下来的鲑鱼，竟然落到它身上。它抓住它，凑近鼻子边嗅了嗅，又扔进水里，接着就在深水里扑腾起来。这家伙一点也不怕冷。

我慢慢后退着，然后跑起来，手里的桦皮桶来回摇晃着。我飞快地跑回帐篷，不用问，她俩马上就猜出我遇见了什么。两条年轻的猎犬从我身上嗅出了危险，开始焦躁地来回走动。索索是有经验的猎犬，它昂起头，鼻子用力地嗅嗅，警觉地站在帐篷门前，朝河水的方向凝视。

我们已经在猎枪里填上大粒的铅弹。时间一分一分地过去了，谁也不说话，只能躲在帐篷里等待男人们回来。四周异常安静，不远的林子里传来啄木鸟的敲啄声，清晰而富有节奏。鸟儿似乎告诉我们，这一带很安全，那个小黑熊大概走了。

索索垂下了一直竖立的耳朵，另外两条猎犬也松懈下来，走到索索身边，与它站在一起。我从它们的目光里看见了阴郁的思考的幽光和一种承担责任的勇气。它们不是胆小鬼，因为经历了无数次与野兽的厮杀，因为衰老下去，它们比我们更懂得对手有多么强大。

5

我还是拎着桦皮桶去了河边。索索走在我面前，它走得很快，毫不犹豫。我刚把桶拎在手里，它就蹿跑出去很远，然后站在那里等着我。已经到了下午做饭的时间，但是没有水，所以我必须去河边打水。

索索是一条老猎犬，上次捕捉野猪时伤了前腿，男人们就留下它养伤。几天来它一直沉睡，所以它的伤势恢复得很快。灵诺总是单独喂它食物，她把肉汤留给它，还有汤里熬烂的肉干。它对灵诺的感激是高傲地望着她，从来不围着她打转转。灵诺说，这是一条稀有的猎犬，因为它懂得尊严。说完这句话，她痛苦地低下头，她想起了嘎乌热，一个连狗都不如的男人。

灵诺和娜佳跟着我。她们不放心我，那就跟着吧，我可不想像松鼠一样被困在帐篷里。我站下来，朝身后挥挥手，让她俩别紧跟着我，拉开点距离。我失望了，不仅她俩齐心合力地跟随我，那两条猎犬，去年夏天还摇晃小脑袋找奶吃的半大家伙，也紧紧追随在我身后。

真像一支敢死队。

我们来到河岸。河面空空荡荡，清冷的风扫在水面，激起阵阵涟漪，一束阳光从阴郁的云缝间透射在水面，泛起明亮的波光。一切都显得那么平静。

小黑熊走了，或许它自己走了，或许跟随母熊走了。

索索飞跑到前面的沙滩上。它迷惑地转了几圈，然后站在原地等待我们。我们走过去，看见沙滩上几条死去的鲤鱼，它们的个头很大，有成人的胳膊那么长。看来，小黑熊玩耍着把它们扔上河岸。我的鼻子里马上灌进一股凉气。从河水的中央把鱼甩到这面的岸边，可见它的力量非同寻常。

一条鱼突然拍了几下尾巴。索索咬住它的头，用力甩一下，鱼便无声无息地躺在那里。索索后退两步，抬头望着我，它既不亢奋也不惊恐，显得冷静而若有所思。它的目光像老人一样藏匿着许多东西。

它还会来的，我蹲下去，拍拍索索的脖子说，你没猜错，下一回它要带着母熊一块儿来，它没玩够。就在明天，当太阳升得很高，沙滩变成暖金色。这是小黑熊的乐园，它会来的。

我们搬进了男人们的帐篷里，那里宽敞些，可以容纳三条猎犬，至于马匹，就待在外面吧。快到凌晨时，我们才睡了。起初还能听见夜鸟偶尔的啼鸣，风刮在草地的沙沙响动，还有马打喷嚏的响动，之后，我便什么也听不见，进入了梦乡。

我醒了。索索的喉咙里正发出压抑的低吠声，我抓过枪，身体瑟瑟发抖。地面的篝火快要熄灭了，帐篷里充满寒凉的气息，这个时候猛然惊醒，心脏跳动得很慢，四肢也显得僵硬和无力。

帐篷外的三匹马惊恐地嘶鸣着。我从未听见马匹可以发出这么令人惊悚的声音，嗓子眼里似乎有许多尖锐的石头互相碰撞，挤压，迸裂。我冲出去，把缰绳从木桩上解下来，以防它们受野兽袭击。在猎犬疯狂的吠叫声中，一个庞然大物从不远的林子里出现了，它慢慢走来，高大的身影压住了所有的黑暗和微弱的光线，地面松软的土层发出了被挤压的呻吟，连绵不断。突然，它站起来，像人一样观望着，然后一步步朝我们走来。三条猎狗疯狂地吠叫着，它们的叫声和马匹的嘶鸣撕碎了天空，阴郁的晨光像水一样波动着。

灵诺和娜佳迅速跑到我身边举起枪。

它大声吼叫着朝我们扑来，我嗅到它身上的臭气和不可一世的霸气。已经来不及恐惧，来不及躲闪，从我左边蹿出了两条猎狗，疯狂而尖厉的吠声让黑熊迟疑了一下，接着我开了枪，还有灵诺和娜佳同时开了枪，空气里响起一片迷雾般的喧哗。

索索冲了上去，它在我右边射出去，像黑色的箭直直地射出去，它发出的吠叫有一种拼死的力量，吸引了黑熊的注意。它毫不畏惧地冲上去，腾空而起，咬住黑熊的喉咙。另外两条猎犬也冲了上去，它们混淆在一起，发出震耳欲聋的吼声、厮杀声。我们端起枪却无从下手，黑熊倒在地上，用两只巨掌扑打猎犬，两条猎犬机灵地躲闪着，而索索拼命咬住它的喉咙不放。

黑熊站起来，在我们的枪声中站起来，它好像是从地里刚刚长出的一棵巨大的怪树，一直在生长。有一瞬间我以为它要长到天上，和微弱的晨光融合在一起。它一把抓住了索索扔出去，我看见索索像枯叶般从这棵大树上飞落出去。黑熊的前胸出现了空当，我们一起勾响了枪，射中黑熊。那匹铁青马从旁边飞奔过去，挡住了向我们扑来的黑熊，黑熊发疯地抓住马的前胸，但是马的前蹄已经踹在它肚子上。它摇晃了一下，掉转身子逃走了。

我们跑过去，俯身看着躺在地上的索索。它的皮肤被扯烂了，耳朵撕扯掉一只。我试图抱起它，它凌厉地叫一声，它的脊椎全折了。灵诺飞快地跑进帐篷，拽出一条狍皮，我们把它挪移到上面。

娜佳的铁青马一动不动地躺着，呼吸急促，它的肠子全从巨大的伤口里露出来，黑熊扯烂了它的肚子。它看着哭泣的娜佳，眼神里流露出无限的眷恋，娜佳一向待它如同自己的孩子。为了保护主人，铁青马不惜生命和黑熊搏斗，娜佳因为这一点终于失声恸哭。在越来越亮的天光中，它的腹部瘪下去，内气丧尽，生命的火花在它黄色的瞳仁里顽强地闪动着，最后熄灭了。

我跪了下去，把手放在它眼睛上。我跪了很长时间，真想一直跪下去，再也不起来。

我把索索抬到我的床铺上,它一直无声无息地躺着,偶尔睁开一下眼睛,好像要记住什么。男人们回来了,他们是中午返回来的。他们看到了已经死去的铁青马,看到了比草叶还安静的索索,他们站在铺位前围住索索,它睁开了眼睛,鼻子翕动了几下。

伦巴列把帐篷的围子掀开,让刚出现的阳光直接晒在它身上。索索一向喜欢阳光,喜欢在阳光里奔跑。老人们曾经说过,索索获得了太阳神的力量,所以才变得勇敢无比。在生命的最后时刻,太阳神也格外垂怜于它,从厚厚的云层里露出脸。那天的阳光很温暖,让人想流泪。五条猎犬和我们一样,静静地守候在索索身边。

索索死了,它死得太安静了。当它最后一次睁开眼睛看着这个世界时,想把阳光和开始泛出葱茏绿意的树木,以及远处清澈的河水都收藏在心里。

它阖闭上眼睛,再也没醒来。

男人们抓起枪走出帐篷。我们没有时间考虑,这件事情应该有个了结。

我们来到了河边。就在昨天小黑熊待过的地方,我们看到了母熊。它已经蹚过河流,在对岸的沙滩上躺下,阳光照在它身上,它一动不动,像一块黑色的岩石。那头小黑熊正用力地推着母熊,嘴里发出凄凉的呼唤。

母熊负了重伤,子弹打中了它的肚子,而铁青马又蹄上了致命的一击。它看见了我们,喉咙里发出低低的咆哮,既警告我们,又提醒身边的孩子马上离开。

那个半大的家伙朝我们掉转身体,愤怒地号叫起来。猎犬们散开后冲它们狂吠着,单等着主人下命令让它们冲上去。空气和阳光在撕心裂肺的叫声中凝固了,有一瞬间我甚至看见河水也凝固下来。只要伦巴列吹一声口哨,一场厮杀就开始了。

小黑熊被猎犬声东击西的吠叫弄得晕头转向,完全没有注意到迅速从浅水处蹚过去,隐藏在灌木丛里的猎人。谁也没有料到,母熊突然站起来,一下子挡在小黑熊前面愤怒地号叫着。它挡得正是时候,子弹全打在它的腹部上,猎犬们也像离膛的子弹射出去。在猎犬们沸腾的撕咬、狂吠声中,它笨重地抵抗着,边用短促的声音让小熊离开。枪声又响了,母熊做困兽之斗时,抽空给正在厮杀兴头上的小熊一巴掌,然后挥舞巨掌打倒一条又一条紧紧咬住它不放的猎犬。两岸回响着一片喧嚣，新的喧嚣撞击在重新返回的噪声里，掀起了更大的声浪。

离母熊最近的伦巴列开了枪。他身后的嘎乌热开出的第一枪射向小黑熊时，他就知道，母熊会疯狂地报复。这个气势汹汹的母熊会把躲在灌木丛里的嘎乌热追得屁滚尿流，最后把他撕个稀巴烂。他开了枪，他不得不开枪，混乱的局势让他必须开枪。母熊径直朝他扑过去，他来不及躲闪，也来不及装上子弹，便从腰间掏出匕首，毫不犹豫地迎上去。母熊这次没有挥动巨掌击打他，而是朝他张开了双臂。那把匕首闪着寒光，一下刺进母熊胸前长着焦黄毛发的心脏部位，用力捅得更深。母熊抱住他倒下去，后背重重地摔在地面，在母熊的怀抱里，伦巴列像个婴儿，然后，我看见了终生都难以忘记的惨状，母熊翻过身把他结结实实地压在身底。

密集的枪声让母熊重新站起来，而伦巴列一切不动地躺着，血肉模糊。母熊看着小黑熊已经逃离到远处林子的背影，发出最后一声吼叫，和自己的孩子告别。那声音充满了悲恸和留恋，还有不可摧毁的威严。它走了两步后轰然倒下去，像一棵上百年的松树被截断根部，重重地直直地倒下去，再也没有醒过来。

我们围住了伦巴列，他睁着眼睛凝望着天空，像是活着，又像是死去。看见了我们，他的嘴角牵动了几下，我们听见他说：它睡啦。毛考跪下来，用力点着头回答他：它睡了，再也醒不过来啦，天上的乌鸦带走了它的灵魂，风蒙住了它的眼睛。

好样儿的，伦巴列由衷地赞叹着那个置他于死地的对手，别打死它的孩子……

我们低垂着头，无声地望着伦巴列。他睁着眼睛，但他看不见任何人了。

玛哈依尔家庭中最优秀的猎人离开了人世，他倒在了猎人应该倒下的地方。

6

我们下山了。沿着长满茂密丛草的山路往下走，可以看到四周的林木正泛出浓郁的绿意，每一片树叶都渲染着热烈的春意。

我们骑着马离开营地，那里一片凄凉。没有一个人回头望着那座不知名的山峰，因为上面风葬着年轻的伦巴列、忠诚的狗和马，还有那个为了孩子牺牲性命的母熊。

当狩猎组的人仇恨地吃掉母熊的肉时，我无法咽下一口肉。我想起了小黑熊跑进森林的背影，想起了席兰的孩子们。

我骑着伦巴列的马跟在马队后面，它走得真慢，仿佛不打算离开山里。伦巴列和马的感情太深了，没有食物时，他宁可自己挨饿，也要把肉干喂给马吃。伦巴列死了之后，它伤心得吃不下去食物，几天就瘦下许多。马队走到山腰时，它站下来，朝着山上长长地嘶鸣几声，向主人告别，娜佳和灵诺顿时哭起来。而嘎乌热耷拉着脑袋，很内疚地瞅着地面。伦巴列用死亡唤醒了他的良知，他对灵诺不再像从前那么粗暴和野蛮，但是，灵诺并不原谅他，她想起嘎乌热一次次殴打儿子瘦弱身体时的疯狂，就恨不得哪一天杀掉他。

我们返回了阿里河小镇，迎接我们的是席兰的哭声。她从窗户望见我们回来的马队，看见丈夫的马背上没有她日思夜想的亲人，就猜测到发生了什么事情。尽管那天的阳光很温暖，但我感觉寒冷的冬天跟随席兰嫂的哭声回来了。

格帕欠老人在炕上昏睡了三天。他醒过来时先看到了守在一旁的妈妈。卡思拉，他说，我看够了死亡，我也想走了，走是一件多么容易的事，太阳下山了，我也下山了，伦巴列就该回到我的身边，还有库列和苏妮娅。

妈妈什么也没说，让席兰的两个孩子跪下，小各罗布也跑过去跟着一起跪下。格帕欠老人一下子从炕上坐起身，大声喊：把吃的东西拿来，我饿了。

在供销社，男人们用四架鹿茸换回了布匹、粮食、火药和铅弹，还有几桶白酒，余下的五架鹿茸换成钱分给各户。他们把东西拉回来，放在大院里吩咐女人们挨家挨户平均分配，而他们则围住篝火喝酒。在席兰的哭声里，他们个个喝得酩酊大醉，几桶酒被他们喝空了。伦巴列的死亡给乌力楞的人打击太沉重了。

席兰终于停止了哭泣，她用酒浇灭了自己的悲恸。她成了酒鬼，比男人还能喝酒，不用吃任何下酒的东西，她端起盛酒的桦皮碗，一下子喝得滴酒不剩。

这样的后果的确令人始料不及。起初他们让席兰少量饮点酒,是想减轻她的痛苦,大家不想让她变成第二个苏妮娅。可是,玛鲁神灵,她居然酗酒成性,整日神志不清,这可不是伦巴列愿意看到的。于是男人们在梦里看见他们思念的伦巴列了,他给每个男人一记耳光,疼痛地甩着手腕隐入梦境的后面。但那巴掌如此有力,第二天,他的脸上还隐隐作痛,嘎乌热的脸甚至红肿起来。

为了弥补过失,男人们都藏起酒。可是席兰像山猫一样,总会找到让她飘飘欲仙的东西。她用不着跟谁打招呼,进到别人家大模大样地把酒壶从某个隐秘的地方掏出来,然后像喝桦树汁似的咕咚咕咚灌进去,过一会儿轻盈如风地飘走了。

席兰,这个可怜的女人,没有救啦,她连自己的孩子都快认不出来啦,妈妈边唠叨边把肉粥分盛进四个桦皮碗里。各罗布,去叫他们吃饭,她吩咐着坐在炕上用木头削枪的小各罗布。

小各罗布当然知道他们是谁,飞快地跑出门。妈妈趁我转身时,迅速舔干净木勺子沾的米粒,又抓起孩子们啃剩的骨头重新啃一遍。我和妈妈尽量从自己嘴里省食物,让席兰的两个孩子吃饱。席兰清醒时能给孩子和老人做一顿像样的饭,酗酒后她就什么都不管不顾了。至于格帕欠老人,他从不埋怨儿媳妇,而是自己拿起枪进周围的林子打猎。但他常常失望地返回来,除了灰鼠、兔子和山鸡,那些大动物已经跑到森林深处。在冬季黑龙江结冰后,它们就跑进苏联境内。

古迪娅,咱们又多了两个孩子,现在连傻子都不娶你啦,妈妈心疼地对我说。

席兰流产了。她找不到酒喝了,因为女人们知道把酒该藏在哪里。她找不到酒喝了,却在风里跑,在雨里跑。她跑累了便想起两个孩子,于是呼唤着他们的名字跑回家。她看见孩子们已经躺在热炕头上睡着了,便怔怔地想着什么,又什么也想不起来,躺卧在孩子身边睡过去。然而那个早晨,席兰忘记了野地的风、林子里的鸟儿,却朝我们家跑来。妈妈正在大院里摆放我劈好的木桦子,看见席兰奋力地奔跑,手里的木桦子掉下来砸在脚背上。古迪娅,她喊,古迪娅,快出来。

我跑出去时，席兰已经站在妈妈面前。她慢慢弯下腰，好像那里压着一块石头。我肚子疼，她抽着冷气轻声说，她的声音真轻啊，比羽毛还轻，而脸上却淌着豆大的汗珠。我背着她进了屋，让她躺在炕上，一缕血流从她裤角流出来。妈妈失声尖叫道：玛鲁神灵啊，伦巴列的孩子没啦！

席兰在我家躺了三天。当她从炕上能坐起来时，我们都以为她刚从棺材里爬出来。三天前她是到处蔓延的大火，现在她是微弱的风。妈妈说，席兰燃烧尽了，不会再奔跑了。

我找来"嘎胡库如"和"那拉格塔"两种灌木枝熬水让席兰喝。喝了七天的汤药后，她总算能挺起腰，下地慢慢走动。对于失去的孩子，她并不难过，反倒有些欣慰。没有父亲的孩子多么可怜，她说，我害怕黑洞洞的屋子，没有伦巴列，哪里都是黑暗的。

我害怕，她说。

所以她才到处奔跑，躲避心中的黑暗。

我去找镇长。我们的生活面临很大困难，我们家没有男人，总是吃其他猎人打的猎物，这不是长久之计。我想问问镇长，我们应该怎么办。

镇长是鄂伦春人。他听我磕磕巴巴讲完了面临的困难，拍着桌子上厚厚的文件说：我们的男人越来越少了，这是个问题。

他跳起来匆匆走出办公室，我紧紧跟在后面，然后和他一起坐着一辆吉普车回到我们的住处。他挨家挨户走一趟后，又一言不发地钻进车里走了。妈妈生气地说：这家伙干什么来啦，难道这里有他值得炫耀的东西吗？

第二天早晨，镇长又来了。当一辆大卡车停在村口，他从车里跳了出来，紧接着出现了矮小的安校长。安校长看见我就激动地说：就是她，你昨天刚问我有一个女孩没上学，我就知道肯定是她。

镇长让我画一幅画，我略略想一下，就在他的笔记本上画起来。当女人们兴高采烈地扛着粮袋回家的场面出现在纸上，他们谁也没说话，好像怕把画里的人吹散了。

镇长郑重地说：古迪娅，安校长找我说过你的情况，他是对的，你应该出去学习，建设美好的社会主义，建设我们的家乡。

我不能走，我低下头看着自己的脚，有点难过地说，各罗布还小，苏妮娅的结核病没好，妈妈已经老了，我不能离开他们。

镇长阴沉着脸骂了一句粗话，表示他的烦恼。要想办法，古迪娅，面包会有的，一切都会变得美好起来，咱们要有信心。他说不下去了，猛然挥一下手，似乎眼前有许多蚊蝇。这是一场无法继续进行的谈话，妈妈领着小各罗布走过来向他致谢时，他匆忙地掏掏衣兜，可是里面没有糖果一类的东西，所以他把两只手背到身后，这样看起来自己像点样子。

安校长嘱咐女人们让孩子上学。他走后，女人们互相商量着要领孩子去学校报名。席兰说她在世的时间不多了，如果没有孩子陪伴，她会死得更快。妈妈听了勃然大怒，指着席兰呵斥道：想死就快点死吧，你这个没用的娘们，让孩子陪你一块儿完蛋吗？伦巴列如果活着，非揍得你找不到自己的脸！

格帕欠老人没有责怪儿媳妇。不是每一个女人都能像妈妈那样，勇敢地接受命运一次次地打击，不是的。席兰，她的心灵如同百孔千疮的树叶，经不得一点点的打击了。

我领着席兰的两个孩子和小各罗布去学校报名。格帕欠老人说得对，不能让孩子生活在席兰的阴影中。

经过镇政府大院时，小各罗布看见房顶端挂着国徽，好奇地问我是什么。我解释说那是国徽，他还是不懂什么意思。它是神灵，我说，它会保佑我们的。

三个孩子看着上面的图案后大惑不解。那个神灵居住的圆盘上没有枪，没有熊和野猪，没有乌麦鸟和帐篷，甚至没有多布库尔河。

玛鲁神袋里装着那么多的神灵呢，小各罗布叽叽喳喳地说，干吗不弄一个更大点的国徽，把所有的神灵都画上。

小各罗布第一天上课回家后，兴冲冲地告诉我们，他明白什么叫国徽了，那里有五星红旗，农民种的谷穗，工人制造的齿轮，还有北京天安门，里面住着中国部落的首领。

长大了我要去北京，小各罗布宣布，我让爷爷把天安门搬回森林，它离咱们近点吧。

7

查鲁跟随杂耍班的人去了齐齐哈尔，结果被商贩算计了。他住在一家肮脏而潮湿的小客栈里一直喝酒，直到瓶底朝天后，他才清醒过来，知道自己上了天大的当。幸亏他还没忘记给自己留下买火车票的钱，最后算是顺利地回了家。

小镇的夏季里出现了一个杂耍班。他们带着猴子和驯养的八哥出现在那条唯一宽敞的大路上已是傍晚时分。无所事事的查鲁首先被猴子迷住了，那家伙衣冠楚楚，捧着一顶肮脏的帽子向行人要钱。查鲁从猴子手里抢过帽子戴在头顶，得意扬扬地打着口哨，脸上顿时挨了一记耳光。那个眼睛长得像猫头鹰似的女孩摘下他头顶的帽子时，他还晕头转向地朝人家嬉笑。可是过了一会儿他就笑不起来了，火辣辣的脸蛋让他恼羞成怒。班主怕事情闹大了，送他两瓶白酒，又用两枚圆溜溜的镜子、一件肮脏的红绸坎肩换掉他腰间扎捆的鹿筋皮带。

结果，查鲁收集了各家的兽皮和两支鹿茸，跟着杂耍班去了齐齐哈尔城。女孩引着他，把所有的山货送进一家隐藏在居民区的杂货店。他被店主算计了，人家多给了他几瓶烧酒，他就乐颠颠地答应了交换条件。

查鲁带着东西在半个多月后出现在我们面前。当他打开三个巨大的兽皮袋，倒出里面的货物时，我们的期盼比鱼泡破灭得还彻底。那里面装了一些什么呀：花花绿绿的布头，化成坨的糖块，铁皮制作的匕首，稀奇古怪的梳妆木匣子，掉到地面便摔成八瓣的蓝边粗瓷碗，颜色杂芜的玻璃纽扣，压扁的纸风车。而我们需要的粮食、食盐、子弹、药品，连影子都没有。

他收集各家的兽皮、鹿茸时，只是说已经和一个商贩讲好了价格，高于供销社的价格。这样，大家也没过问什么，把东西交给了他。现在，他给我们带回了一堆破烂，气得男人们真想狠狠揍他一顿。然而，大家又一次想开了，查鲁就是查鲁，他不出错才怪了，以后小心点就是了。

查鲁骑上马跟随我在附近的林子里打猎。政府给我们发放了粮食，但我们需要吃肉食，所以我常常一个人进林子里打猎。查鲁大早晨站在外面张望着，一看见我拎着枪出来，他便回家骑上马，跑到路口堵住我。

那天我们的运气不错，打到三只野兔和两只山鸡。查鲁慷慨地说，这些野物全归我，他到我家蹭一顿饭就行了。我知道他很郁闷，齐齐哈尔一行对他打击很大，他对那个长着猫头鹰大眼睛女孩的迷恋，很快变为憎恶。古迪娅，她是个骗子，他恨恨地说，她把我诱骗到城里，让商贩宰我一把，现在她该高兴地嘲弄我是个傻子了。

我隐隐感到了他对那个女孩子产生的感情。她很老到，不像查鲁想象的那么直露和简单，这样的把戏她干得多了。这个杂耍班来到阿里河的目的不言而喻，会有猎人继续上当的。查鲁回来后，总去马路上寻找杂耍班，他们却像一团污水般蒸发了，而在马路上出现了更多的林业工人，还有跑起来尘土飞扬的大卡车和解放牌汽车。他嗅着充满汽油味儿的空气，眼巴巴地等待那场骗局重新上演。

你怎么办，还像上次那样，让女骗子再扇你一下吗？我奚落地说，她不会赔你钱的。

我不让她赔钱，查鲁的表情冷冰之极，我就想知道，她凭什么骗我？他说。

情况变得糟糕了，他就是这么较劲儿，对那个女孩子，或者说对那个女骗子，他是认真的。我隐隐感到，他掉进自己挖的陷阱里不肯出来。

妈妈把猎物分成两份，一份送给席兰家。席兰总算正常起来，可以为孩子们做饭，洗衣服，只是病病恹恹地提不起精神。娜佳说，席兰该爱上哪个男人，才能振作精神。我很怀疑她的说道，谁比得上伦巴列呢？每一个鄂伦春女人心里，丈夫就是自己的一切。席兰不是轻浮的女人，所以她才那么痛苦。

查鲁终于找到了杂耍班。他骑着马在小镇里整天转悠，相信一定能找到这些骗人的家伙。他要杀了那帮骗子，是的，骗子的下场就该如此。鄂伦春人最痛恨说谎话的人，骗了人，那就有付出性命代价的危险，而这帮外来人居然敢用谎言欺辱他。满肚子怒气折腾着查鲁四处寻找，他的坚持终于有了结果，在另一处乌力楞居民区，他找到了杂耍班。班主正让猴子捧着帽子一遍遍地收钱，查鲁冲上前揪住班主，一拳头砸过去，接着举起枪喊：我要杀了你这个骗子。突然有一双手拽住了他的双腿，查鲁低下头时看了一眼便垂下手中的枪，那个长着猫头鹰眼睛的女孩，像蛇一样盘坐在地面，正仰着脸看着他。

她瘫痪了，被一辆拉着木头的拖拉机挂住后，又甩了出去伤了腰。这个戏剧性的结果并没平息查鲁的怨气，但他开不了枪，因为玛鲁神灵惩罚了她。他踢翻了杂耍的摊子，又被气恼的猴子抓伤了手，很失败地回来了。

喂，古迪娅，外面没有什么可看的，那些外来人，他们说谎、骗人，你出去会吃亏的。他忧心忡忡地警告我。

我知道，查鲁真的怕我离开他。在他看来，外界是另外一个与我们格格不入的世界，充满了凶险，需要带上枪，还有玛鲁神灵。

安校长来我家几趟，都没见到我。那一段时间，我一个人进周边林子打猎。妈妈已经习惯我独来独往，在四壁上挂着兽皮和旧枪的高脚仓房里，需要贮藏过冬的食物。除了依靠我，她没有别的指望。她每天早晨坐起来，听着浑身的关节发出嘎巴嘎巴的响声，就觉得自己的骨头变成黑洞，许多老鼠正在那里自由地出入。有一天，她终于老老实实地承认，她已经骑不上"追风"了，再也不能像年轻时那样威风凛凛地打猎了。

每天早晨，她望着我骑上"追风"走在草地上，慢慢隐入林子。于是她就用一整天的时间幻想，一串串晒干的狍子肉或鹿肉挂在仓房的铁钉上。可是等到我傍晚归来，看着马背上干瘪的兽皮袋，她就泄气了。她对小各罗布说：孩子，家里只有你一个男人啦，你快点长大吧，我快急死啦。

那天傍晚，在返回家的小路旁，安校长截住了我。

我跳下马，走到他身边，把头埋进他的胸前流下泪水。

古迪娅，不要担心家里，政府会想办法解决你的困难，安校长慈祥地说，世道变了，鄂伦春人应该成为这片土地上真正的主人，我们的政府还很年轻，需要自己的干部，所以你必须出去学习，不仅成为干部，还要成为鄂伦春族第一个画家。

外边的人会欺侮我吗？我痛苦地问道，我们总是挨骗，受欺诈。

安校长沉默了，他终于理解我不想出去的深层原因，感到很难回答我的问题。多少年来，我的族人受尽了土匪、奸商、国民党政府和日本人的欺凌、压迫，甚至无缘无故地被人打死，族人轻易不敢出山，只能过着与世隔绝的生活。查鲁每次从山下回来，都痛苦地告诉我，那些人如何欺骗他，甚至辱骂他是讲牲口话的野人。我无法忘掉这些屈辱。

安校长不知道怎样回答我，这是一个复杂的话题，他没法一下子跟我讲清楚。他想了一会儿认真地说：古迪娅，你是有勇气的女孩子，你说的都是事实，但是外面的世界变了，究竟是什么样子，你应该自己出去看看。

他沉默了一会儿说：卡思拉大妈说过，她再也不想让你过像她从前那样的日子了。

他的话深深打动了我。

查鲁知道我去北京上学的消息后，开始躲避我。他变得消沉、冷漠、谁也不搭理，骑着马到处乱逛。他常去的地方是火车站。看着南来北往的列车，他内心很矛盾。有一次他向玛鲁神灵请求：让这些该死的家伙四脚朝天好啦，古迪娅就会老老实实待下来。可是另一次他祈祷：玛鲁神灵，让古迪娅出去吧，自从她姐姐死后，她再也不画画了，今年她才十九岁，难道这样的生活还要继续折磨她吗？

妈妈说：可怜的查鲁，库列在他这个年龄已经是两个孩子的爸爸了，这家伙还在晃悠。他想等你一辈子吗，缺心眼的捣蛋鬼。

我内心很烦乱。如果上学，我只能把妈妈和两个孩子委托给乌力楞的人们照看，这样会给他们添上许多麻烦。但妈妈执意让我上学，我无法违抗她。至于格帕欠老人，听了妈妈唠叨我不想上学，什么话也不说，有一天夜里把两个孩子领走，留在他家里过夜。那天夜里，我和妈妈躺在烧得烫人的火炕上，翻来覆去睡不着。我终于没忍住，小声问妈妈：我走了，你搬过去吗？

我不搬过去，妈妈呼地坐起身坚决地说，我不搬过去，这样会乱套了，别人会怎么想？

我看不出妈妈和格帕欠老人有什么前景，他们顾虑得太多，连玛鲁神灵也帮助不了这两个在内心苦苦挣扎的人，可是我多么希望他们勇敢地走到一起。

政府发给妈妈第一笔生活费时，她站在我面前显得怪不好意思地说：行啦，放心走吧，我们不敢拖你的后腿啦，每个月我们都得到生活费，有吃有喝的，你没有理由不走。

最后她大声补充一句：别忘了和查鲁道别。

临走前，我找不到查鲁，就骑上"追风"去了车站，果然在那儿找到了他。他坐在堆积一人多高的原木上发呆，他的枣红马在不远的草地上慢悠悠地吃草。

我跳下马朝他走过去。在我身后，"追风"打着响亮的喷嚏朝枣红马跑过去。以往在山上狩猎时，各家的马都聚在一块儿饲养。定居后，马被圈在各家大院里，所以我身后传来两匹马兴高采烈的呼唤声说明，它们有一段时间没混在一起了。

查鲁冷淡地看我一眼，掉过头继续看远处铁轨的转弯处。一辆小火车出现在那里，正在迅速地朝火车站驰来，发出轰隆隆的巨响。

瞧着吧，这家伙进林子里就拉出一串串火车皮，里面装满木头，他突然跳起来激动地对我喊，没有了林子，咱们靠什么活，难道天天吃政府发的粮食吗？

火车经过我们面前时，司机从里面探出头向我们招手，又拉了一下汽笛。那短促、尖厉的叫声震耳欲聋。我俩紧紧塞住耳朵，望着火车驰过车站，径直开进远处的森林。铁路两边葱茏的灌木像巨大的绿色屏障，遮挡住它们。

查鲁在脚下找到几块石头朝铁轨砸过去，铁轨发出砰砰的响声。我恨这些怪物，它把树木拉走了，把你的心也拉走了，他边扔石头边喊，你走了，除了喝酒，我跟谁说话去？

他猛然抱住脑袋哭泣起来。古迪娅，我是个蠢笨的男人，不会说讨你喜欢的话，可是我真的想娶你，他边哭边说，本来我不想说这些话，我真的不想说，玛鲁神灵做证，可是你来了，我再不说出来就没机会了。

我从怀里掏出狍皮巾替他擦眼泪。这块狍皮巾原本是妈妈给我鞣熟出来，让我带走。现在我想留给他做个纪念。

他愤怒地推开我指责道：你是个巫婆，臭丫头，你出生就是折磨人来了，走吧，快走吧，别再让我看到你！

我没有动，站在那里等他安静下来。查鲁，我不怪他，他是我的另一部分。他替我抱怨、痛苦、仇恨、盲目地与外界抵抗，所以我不再抱怨、痛苦、仇恨和抵抗。看到他，我才清楚自己该怎样做事情，怎样活下去。

查鲁，他是我们。

我抬起手摸了摸他的脸颊。他一动不动，好像我的手在抚摸与他无关的东西。他粗糙的脸一点也不像年轻人，而像个老人。我的手摸在他开始硬起来的胡须上，他是个大男人了。有一天他会找一个心爱的女人结婚，会自然地忘记我；有一天他见到我时会说，臭丫头还逛什么呢，我的儿子会打枪了。或许会说，你还等着我吗，臭丫头，男人到时候一定要结婚的，你还是找自己的那一个吧。

查鲁一下子搂住了我，他的两条胳膊真有力量，快把我挤碎了。古迪娅，你走吧，我等你自己回来，他凝视着我热情地说，我多傻，干吗不等着你，我有的是时间，有一辈子的时间，你走到哪里，也走不出我的心。

他放开了我，后退两步哈哈大笑道：真想亲亲你，但我要到婚礼时当着全乌力楞人的面亲你，让他们看看查鲁对爱情多么执着！

第五章

1

我醒了，走廊里传来了脚步声和说话声。学校礼堂放映的电影散场了，同学们正在返回宿舍楼，每逢星期六夜晚，同寝室的人都去看电影，楼里显得格外安静。我便一个人躲在寝室里拼命抄写赵兰的课堂笔记。抄着抄着，浓郁的困意袭上来，我就一头倒下睡过去。

我醒了，透过窗户看见对面的教学楼亮着彩灯。刚过十一，北京的温度依然很温暖，一些女同学仍然穿着布拉吉裙子，像鲜艳的花朵四处开放。这里的冬天来得很晚，而在我的家乡，多布库尔河畔早已结冰，森林里到处飘落着枯黄的树叶。在梦境里，那些树叶贴着我的脸徐徐飘落，我听得见它们滑在空气里如水的流动声，和擦身于大地的细响。

赵兰走进来打开灯，递过一个烤红薯让我趁热吃下去。每次看完电影，她一定跑到学校门口买红薯带给我。卖红薯的老人每个星期六夜晚都守望在校门前，等待饥肠辘辘的学生。

毕素芬和韩文慧也回来了，毕素芬进门时说：古迪娅，今天你错过了机会，赵丹演的《乌鸦与麻雀》好看极了。

我茫然地望着她们。她们起劲儿地聊着赵丹：赵丹的英俊、演技，赵丹的私生活，还有一串我记不住的名字。我在她们兴奋的交谈中睡过去，而且做了一个长长的梦。美术老师石峰举起一幅素描，那上面画着一棵白杨树，它像女人一样的身躯在风中瑟瑟打抖，树枝却光秃秃的，没有一片叶子。

古迪娅，你想告诉我们什么？石老师的额头上出现了川字，让我想起了山林间的河流。真是糟糕，我盯着画一言不发，却不由自主想起森林、河流和天空。你想告诉我们什么？他额头上的川字越来越深，认真地追问我。

冬天，死亡和寂寞，从我身后传来一个人的声音。我很想扭过头看看他，但我的脖子变成了树干，无法扭动一下。那个声音消失了，但那个人存在。他是谁，我知道，他在天堂。

石老师消失了，我进入了连绵不断的睡梦中，那些汉字像大水一样包围了我。

星期一早晨上课了。我刚走进教室，吴仁杰就冲我微笑。我坐下来瞅一下他，他还在微笑，真是莫名其妙。走廊里传来脚步声，石峰老师在门外清清嗓子，走进教室。他站在讲台上，我便想起了连日来的梦境，深深叹了一口气。上他的课真不轻松，同学们经常遭他的白眼。当然他不批评谁，但他的严肃令人生畏。韩文慧说过，石老师不该留校任教，应该去收检所当警察。

石老师刚举起手中的作业，我的心怦怦跳起来，想起自己连篇累牍的梦境。在他逐一举起的素描画上，我看到了自己。我没想到有六个同学把我画在素描作业里。当然，我也看到了自己的作业，吴仁杰正凝神望着窗外。

请同学们看着，哪一张素描像古迪娅？石老师眯缝起他那双鹰一样犀利的眼睛，向我们发问。没人接他的话题，谁也不想当他的枪靶。

他很满意我们的沉默。挥了挥手中的作业做小结：哪一张也没画出古迪娅，你们以为看见了古迪娅就看见了鄂伦春人，你们把她画得半妖半神的，这种猎奇心理很可怕，我抗议！

大家哄地笑起来。吴仁杰笑得最响亮，他嘴里的热气从后桌喷到我脖子上了。石老师一反常态，突然恼怒起来。他从素描里找出一张重新举起来说：看看吴仁杰的作业，古迪娅好像刚从非洲回来。

我看见了自己，我穿着一件天鹅羽毛制作的衣服，头上插着一支长长的鸟羽，手中拿着一朵野菊花，而脸上露出幸福的微笑。

它完全可以做宣传画了。

石老师板着脸问：吴仁杰同学，你想告诉我们什么？

吴仁杰尴尬地站起身，椅子在地面划出一声尖叫。有人笑起来，又马上闭住嘴，因为石老师的目光斜视过去。吴仁杰不好意思地说：老师，我们都选同学画素描，古迪娅为人善良，所以我们画了她。我们都在歌颂她。

石老师挥挥手让吴仁杰坐下，有点疲倦地拽一下衣领说：你们觉得把古迪娅画得很美丽，不是吗？天鹅羽毛衣服、羽毛头饰、鲜花、微笑、神奇、奥秘，应有尽有。但那不是她，是你们不动脑子强加给她的，是为了让你们的素描夺人们的眼球。而真正的古迪娅和她的民族需要你们理性的认识，那就真要看你们有没有造化了，有没有画家的天赋。

我咬一下自己的手指甲，尖锐的痛感让我倒吸一口气。妈妈望着我大声斥责：别咬啦，你会咬死自己的，你干了什么坏事吗，这么紧张，没出息的家伙。

我咬住手指头，疼痛让我安静下来，妈妈的责骂声消失了。我大着胆子看石老师，他正瞅着天花板滔滔不绝地讲话，最后，他用手指头敲击几下讲台说：一个民族区别于其他民族，不在于服饰、饮食、风情，而在于他们独特的思维方式，这才是你们了解古迪娅的方向。至于服饰，不是不可以画，但别出笑话。非洲人居住地气候炎热，用羽毛做裙子装饰还算说得过去，可是古迪娅会告诉吴仁杰，大兴安岭的冬季非常寒冷，即使在盛夏的夜晚，居住在林子里的人，也会用被子裹严自己，因为林子里的潮气伤人的骨头。总之，山里人的服饰以御寒为主，修饰性不强，搞明白了再动笔。

当石老师把我的素描轻轻放在桌上时，我低下了头。他欲言又止，从我身边走过。偌大的教室里，他的脚步声和窗外的风声萦绕在一起，慢慢消失在门外。

下课了，我和赵兰一起去食堂。吴仁杰从身后冲上来，敲着饭盒说：今天我请客，你们吃什么？我俩戒备地瞅着他，谁也没搭话。他打扮得过于招摇，在整个师范学院里，他太显眼了，穿的红格衬衣让他看上去犹如翩翩飞舞的蝴蝶。这么惹眼的家伙，我们心存芥蒂。

他坚决地跟随我们排队买饭。他买了两份肉菜放在我们的餐桌上，自己端着饭盒去了别处。我莫名其妙地问：喂，这是什么意思？赵兰连想都不想地说：吃吧，他爸爸是高干，家里有钱，你又老实地让他画了素描，他应该请你。我高兴地说：一起吃，我们族人没有吃独食的。那顿饭我俩很开心，几分钟就把菜吃得见了盒底。

但是他第二次第三次这么干，我就为难了，为了不欠人情，我决定送他一件礼物。临来北京之前，妈妈为我缝制了一个鹿皮手提包。她在仓库里找出四个鹿腿，用匕首顺着鹿腿的皮划一刀，剥下来鞣熟后，依照鹿皮黄灰相间的颜色设计出美丽的图案，缝制出手提包。她对自己的作品相当满意，神气地说：嘿，整个北京城，只有我的女儿有这么漂亮的手提包，让他们眼馋吧。

我来到了北京，看见了妈妈一辈子也看不见的东西。那只手提包如同胆怯的长尾巴灰鼠躲藏在兽皮袋里，我没有拿出来。用它还一份儿人情，妈妈肯定要骂我，但我没有别的东西送出手。

妈妈，原谅我。

在教学楼楼梯转弯处，我拦住了吴仁杰，他正和几个男生下楼。我拦住了他，那几个同学从我们身边绕过去后，好奇地回头望着我们。吴仁杰听我说送他东西，很困惑地看看提包，突然生气地说：你知道自己干什么蠢事吗？这么珍贵的东西怎么随便送人。

我转身走了，我当然知道自己干什么。如果他去过我们乌力楞就会明白，与善良的心地相比，再昂贵的东西也是寻常之物。

2

妈妈来信了，她找到小学校的老师写了回信。妈妈说，她很好，两个孩子也很好，政府的人经常看望她们，粮食够吃了。妈妈说，毛考又带着狩猎组进山了，格帕欠老人居然也跟随而去，骑着伦巴列的枣红马。妈妈说，查鲁开始酗酒了，总说活着没有意思的话，他喝多了就喊，要去北京看你。

妈妈说，今年的雪下得早，大雪已经一场一场地下起来，没过多久，小各罗布就能用爷爷制作的爬犁滑雪了。想到他从山坡上往下滑爬犁，她的心就骇得怦怦跳。每天早晨，她带着小苏妮娅去卫生所打针，可怜的孩子，她的结核病又犯了，妈妈每天夜晚都在玛鲁神龛前为她祷告。妈妈说，也许是搬家的缘故，她很久没梦见在天堂的四个亲人，大概他们忘了她。

同学们都走了，教室里只剩下我一个人。赵兰从外面探进头问我去不去吃吃饭，我摇摇头。我没有食欲，而且想一个人静静地坐一会儿。透过窗户，我看着操场上活跃的学生们正在打篮球，他们穿着背心和短裤，跳跃着，奔跑着，脸上的汗水泛出青春的光泽。

而我的家乡正是大雪纷飞。

我坐在画架前，用铅笔慢慢勾勒出斜仁柱的轮廓，然后把颜料挤在调色板上调色，涂色。斜斜的夕阳从窗外一点点地在画面挪移，又一点点地挪移下去。室内残留的光线如同淡淡的炊烟，散发出傍晚间森林的气息、河流的清冽。

我多么熟悉这些气味，它总在我最需要的时刻降临我内心，像一道隐秘的咒语，划开了我和森林之间的所有屏障。

我打开灯，重新坐在画板前画着，忘记了饥饿和寂静，还有来到北京的种种不适应。七座神话般的斜仁柱逐一出现在画面上，它们沉默，坚挺，在漫天飞雪里伫立在森林的边缘。和它们同样沉默的，是不远处的多布库尔河。而猎狗索索让整个画面充满了飞雪激扬的声音，它站在河边摇动着尾巴，正等待着狩猎的男人们走出森林。

我的脸变得滚烫起来。是的，我回到了家里。妈妈的脸庞从帐篷上面隐现出来，那些围着帐篷的兽皮花纹是她饱经沧桑的皱纹，她的额头间游走着山林里的动物，她的头发里流淌着一片片疲倦的白云。

我低声哭泣起来，现在我可以流泪了，许多天来我一直憋着，没有理由，就是想默默地哭一场，就这样。教室里回响着灰鼠咀嚼松果仁的细响，它们听到我的抽泣停住嘴,一起望着我。

我说:卡思拉,她是了不起的女人,她已经老了,还养着两个孩子。

有人在走廊里走动。我屏住呼吸,慢慢地转回头,石峰老师已经站在门口。屋子里只有我一个人,这出乎他的意料。他生气地问:为什么只有你一个人?我不得不提醒他,今天是星期六,学校礼堂放映电影。

他站在门口略略思忖后朝我走来。他本来要看同学们绘画,现在只看见我一个人,有些生气。他站在我身后,一言不发,我有些不安,便从座位上站起来。他用右手指头擦一下鼻梁,若有所思地说:小时候你听过许多神话故事吧?我点点头说:多布库尔河一带冬季特别寒冷,老人们在夜晚里常常给我们讲故事。我闭住了嘴,脑子里出现大雪纷飞的山林,妈妈抱着刚降生的我,对着天空祈祷:万能的神灵啊,赐给我的孩子平安吧。是的,我听懂了她的话,从降生开始,我就听懂了她的话,直到现在,她的祈祷声一直萦绕在我耳畔。妈妈就是神话故事。

玛鲁神灵说:生命是有记忆的。

他清了清嗓子说:你让我想起了画家康定斯基,他是俄罗斯人。他早期的作品就把现实和神话糅合在一起,表现出了对民间传说和宗教题材的兴趣。你的画很有民间艺术的特色。

他拿过画笔看了看我,我明白他的意思,点点头。他用油彩在画面的河流上抖动出许多亮斑,得意扬扬地说:古迪娅,你非常聪慧,来,试一试用抖动的笔调画出无数发亮的斑点,让风景变得抽象一些。

我惊呆了。画面上的多布库尔河开始变得神秘莫测,它完全超出了自然的形态,好似在漫天大雪中悸动地舞蹈,整个画面成为让人捉摸不透的画谜和奇妙的陷阱。

老师,我刚刚叫了他一声,他就举起手,像在课堂上阻止我们说话那样。我充满感激地望着他。是的,他知道我想说什么,他知道我的惊喜和感动,还有长期置身于黑暗,突然被一束光明照亮的醒悟。

小朋友,你马上会招来许多人的指责,他热情地望着我说,或许他们认为你的创作是故弄玄虚、无知大胆,总之,你会感到自己很孤独,因为没有人能像你那样发出梦幻的声音。绘画就是梦幻，是梦幻在一瞬间的凝固。我们太喜欢热闹了，必须扎堆才能证明自己的存在。而你不一样，孤独会陪伴你一直寻找的艺术，至于能不能找到，那是另外一回事。祈祷你的玛鲁神灵吧。

说完，他离开了教室。

赵兰发现我的手提包不见了，我只好告诉她，我送给了吴仁杰。为了还人情吗，赵兰责怪我说，你知道自己在干什么吗？我想起吴仁杰，他也说了这么一句话。

这几天晚上我回宿舍，推开门时，她们三个本来正在说话，见我回来马上闭住嘴。我终于没忍住，生气地问道：你们背着我搞什么鬼？可是没人回答我。上床后，我睁着眼睛想了半天，还是猜不出她们有什么事情瞒着我。若是在乌力楞就好了，每个人心里藏不住东西。尤其是查鲁，他要不把当时想法嚷嚷出来，做梦都会打挺。而我同寝室的三个丫头，心眼比草籽还多，她们不想告诉我的事，一定和我有关系。

后来我还是知道了。韩文慧见我蒙在鼓里的时间太长了，于心不忍地告诉我。原来吴仁杰同宿舍的男生放出话，说我看上了吴仁杰，还送他一个精美的手提包，吴仁杰为此揍了那个男生，事情就闹到石峰老师那儿去了。石老师息事宁人，自己掏钱买了提包，准备让同学们当作临摹的静物。

我没想到自己干了一件傻事。赵兰说得对，我不知道自己干了什么。我早该想到这里不是乌力楞，不能把自己的东西随便送给男同学。在我们那儿，没有人说这样的闲话，而在这里，事情就麻烦了，我变成了班级里第一个受人非议的女生。

幸亏查鲁不在这里，否则他会把那个男生揍个半死，说不定顺便也把吴仁杰扔到操场去。这帮龌龊的山猫，给他们每人一粒枪子儿就闭嘴啦，他肯定要这样骂来骂去。

那一段时间，吴仁杰不想让这件事如此草率地了结，他成了斗志昂扬的小公鹿，把好斗的鹿角随时挑向任何一个对手。但是没人给他机会，传闻在他听不见的地方一遍遍回响。总之，大家需要故事，需要别人为自己的生活涂上色彩。

毕素芬又听到班级一个女同学讲我的新故事，马上去找石老师为我打抱不平。我不知道她跟老师讲了什么，总之，石老师找到了我谈了一次话。古迪娅，你要正确对待同学们的玩笑，他说，当然，我要制止这种传闻，你是少数民族，同学之间要注意民族团结。

这件事令他不安，一个手提包惹出意料不到的麻烦，这让他非常恼火。他怕我想不开，干出让他控制不了局面的事情。

我很平静地说：老师不用担心，我不会找谁打架，也不会再让男同学说三道四。我说话时并不看着他，而是望着别处。同学们正在周围活动，他们的目光不时瞟向我们。事后，赵兰说，石老师特意找同学们上体育课的时候跟我谈话，颇有用意。

石老师无可奈何地摇摇头：古迪娅，你在心里跟我说话，你想说，我打的猎物多了去了，让这些半大家伙闹腾去吧，小兔崽子。

我吃惊地望着他。是的，他看穿了我，看穿了我对男同学那种难以察觉的淡漠。用不着任何解释，他理解了我并不介意这个让他头疼的传闻。这真是令人轻松的时刻，我们一起轻声笑起来。

然后，我给他讲了库列和苏妮娅的故事。在阳光灿烂的操场，在同学们的注视下，我讲了那场风葬，讲了在大雪纷飞的另一天，我独自去了风葬架前，默默地看着库列和苏妮娅躺在一起，像活着的时候一样，相依相偎，须臾不离。漫天的鹅毛大雪飘落下来，覆盖在他们身上，犹如苍天撒下的花瓣。

他听着，眼睛里倏然间闪过泪花。他垂下眼睛，又抬起来，目光清亮而温和。

3

我坐在画架前的时间越来越长，凭着记忆，我画下乌力楞里所有人的素描。这很有难度，没有真人在我眼前，我只能靠想象再现他们的音容笑貌。时间在我的笔下倒流回去，时间让我返回到我降生的那一时刻，然后，我在时间的河流里重新生长一次。玛鲁神灵是对的，它说过一个人无论走到哪里，最后都要返回原来的位置。

吴仁杰把画架挪到我跟前，也开始很有耐心地画素描。不得不承认，他很有天赋，对传统的再现观念和手法运用自如。石峰老师常常拿他的素描让我们观摩，这让他很骄傲。要知道，石峰老师对学生的要求有多么苛刻。

古迪娅，你身上肯定有魔力，吴仁杰边用铅笔勾勒静物的轮廓边说，我坐在你身边就能沉住气，可以画很长时间。他歪着脑袋仔细看看构图的对比均衡关系，打了一个口哨，表示很满意。

后面有人窃窃私语，一条椅子蹭在水泥地面，发出刺耳的声音，又有一个人笑了一声，但很快闭住了嘴，短促的笑声像一滴水马上渗进地面，了无痕迹。谁都看出来吴仁杰正在表演，他想用这种公然的姿势告诉大家，他才不在乎流言呢，他不仅不在乎，还要推波助澜。现在，他不再忌讳跟我打交道，甚至没事找事地跟我去图书馆，去食堂。他走在我身边，滔滔不绝地说着班级里层出不穷的笑话，两只手插进裤兜里，摆出很潇洒的样子，穿着白色回力鞋的脚不时地踢一下路边的石子。

他的斗志很快地松懈下去，因为同学们的注意力不再集中于他身上，而是转向了石老师。听说石老师开始谈恋爱了，女朋友是美术系的肖老师，她的父亲是京城的著名画家。

现在，我需要自己记笔记了。同寝室的三个同学似乎商量好了，在石老师的课堂上不记一个字，仿佛跟他有深仇大恨。尤其是赵兰，她的变化让我感到满头雾水。以往我抄她的笔记时快累死了，在石老师的课上，她几乎成了快速记录员，恨不得记下他每句话、每个呼吸、每一个停顿。在笔记本上，她常常写下让我心惊肉跳的评语，什么永恒寂静的世界啦，什么一个孤独、苦恼、疑惑的灵魂啦，什么温暖的声音和色彩啦。现在，她的课堂笔记却是一片空白。

赵兰并不避讳我什么。我信任你，古迪娅，她抱着膀子怕冷似的说，如果你要不可靠，这个世界就没人值得信任了。然后，她滔滔不绝地讲起了对石老师的迷恋：从他走进课堂的那一瞬间我就爱上了他，没什么理由，他一出现我就完了，上他的课是一场接着一场的折磨，无论他的目光落在哪儿，我都觉得他正在瞅着我。赵兰跟我说话时，整个身体蜷曲成一团坐在床铺上。她很冷，即使室内的暖气热烘烘地烤着我们，她还是冷，那是心底深处的寒冷。

石老师让我到办公室一趟。他从办公桌里拿出我的一幅风景油画,郑重地放在桌面上问:有人想买下它,你同意吗?

有一瞬间我以为自己听错了。我望了望画,又望了望石老师,他神情严肃地等待我回答。我咧开嘴笑起来,也许我应该掩饰一下自己的激动和兴奋,但我还是咧着嘴笑着。妈妈说我一旦笑起来,连乌麦鸟神都惊奇,可见我笑的时候太少了。

石老师也笑了,他咧开的嘴不比我小到哪儿去。我突然发现他笑起来变得像个孩子,平素的威严荡然无存。于是我板住脸冒失地说:老师,你不能笑。他马上收回笑意,眼睛里露出困惑。你一笑就糟啦,我只好提醒他说,你一笑同学们就不怕你啦。

我都不怕你啦,最后我补充一句。

他真的大笑起来,有人从办公室门口探进头,想看看屋里发生了什么快乐的事。接着,他打开办公桌的另一个抽屉,拿出一个信封说:这里面装着买画的钱,你可以买颜料,买自己喜欢的东西了。

我打开信封,从里面滑出了一沓钱。石老师看我目瞪口呆的样子,替我数点了钱,一共是三十元钱。天哪,我一下子成了富人,这些钱可以让我买多少颜料啊!我快乐晕过去了,我从来没见过这么多的钱。

石老师被我的惊喜和怆惶感染了,他温和地对我说:相信生活吧,一切都是美好的,一切都是刚刚开始,你会成为出色的画家。

我晕头涨脑地走出办公室,来到校园里。阳光出奇的温暖,十一月初的北京温度依然很高,校园里到处是学生。与阴凉的教室相比,他们更喜欢洒满阳光的校园。我紧紧攥住钱,把手揣进裤兜里,那些钱像饱满的兔子一下下地跳动,敲击着我的手指头。我脑子里装满了花钱的计划,当然我要先买颜料。那天,石老师在课堂辅导我们时,看着我把最后一点粉红色的颜料涂在画中的山梁上。我用颤抖的笔触,以横向的趋势运行,那些光点像精灵般在空间飘浮,整个山脉似乎正在与壮丽的晚霞融为一体。可惜,颜料没有了,我沮丧地停下笔,只听身后传来一声惋惜的叹息,我回头时看见了石老师站在我身后。

我找到吴仁杰,求他带我去王府井商店,他爽快地答应了。他没有问我为什么不和同寝室的女生一起逛街,他没问,这很好,我想让她们高兴一下。赵兰早就想买一个绸缎面的日记本,韩文慧喜欢丝巾,至于毕素芬在穿着上大大咧咧的,我就为她选一副毛线编织的手套吧。现在,我终于可以还人情了。很长时间里,我每天只吃两顿饭,因为我要省下学校发的助学金买颜料,她们三个人知道我经济拮据,经常给我买饭。

我们一起去了王府井。跟在吴仁杰身后,我感到很踏实。在北京,大路上川流不息的车流常常让我产生错觉,我是在河流里行走,而那一条条的斑马线随时会从地面站起来,像猝不及防的栅栏拦截我。而在我们生活的小镇里,喝醉酒的男人们走在大路上,汽车都要绕开他们。

吴仁杰非常熟悉路途。我们走了三个多小时,在一条条胡同里穿行,最后来到王府井大街。古迪娅,咱们避开横穿马路十八次,被红灯拦截二十次的麻烦了,他得意扬扬地向我宣布,我的方向感好极了,真该学地质学,或者当猎人。我也很开心,自从来到北京,我还没有这么痛快地走路。毕素芬她们从来都是坐公共汽车。每次跟她们逛街,我都被汽油味儿熏得吃不下饭。她们让我多锻炼,可是我实在受不了汽油味儿,比熊身上的臭气都难闻。

我们都饿了。吴仁杰领着我进了一家小吃铺,要了三斤饺子。那顿饭让他吃得声情并茂,他一个劲儿地在碟子里添辣椒面儿,辣得鼻尖渗出一层细汗。剩下最后六个饺子时,我放下筷子,他也马上放下筷子。你给我吃下去,我说,你是男生,饭量大。他想了想说:咱们还是扔钢镚儿决定吧。我摇一下头,抬手拽下一根头发说:咱俩打赌吧,用头发丝打赌,谁的头发丝被拉断了谁吃下这些饺子。他看着我手里又细又黄的头发,一下笑起来。说话算数,不许耍赖,他说。

他用自己又黑又粗的头发拽住我的黄头发,结果出乎他的意料,他的头发居然被拽折了。他呆呆地望着我说:不能吧,你施了魔法吗?你那根小胎毛,风一吹都断了。

我忍住笑,让他吃掉盘子里的饺子。他当然该输了,这个粗心大意的家伙没看出来,我用了两根头发击败了他,就是这么一回事。他把饺子夹进我的碟子里时,我毫不客气地用筷子拍他的头:别耍赖,懂吗,这叫以柔克刚。

进了商店，我想买的东西太多了。带花边儿的儿童太阳帽，暖色的毛衣，漂亮的方格围巾，还有北京特产的果脯和酥糖。我走来走去，一时做不出决定。但是站在玩具专柜前，我就不走了，因为我的耳畔想起了小各罗布的哭声。在小镇那家杂货店，他看见了一个能在地上跳来跳去的铁皮青蛙，非常想买下它，但是没有钱。那天他哭得很伤心，拒绝吃晚饭，气得妈妈不搭理他。可是晚上睡觉时，她借口火炕太热，翻来覆去睡不着。

现在，这个铁皮青蛙就在柜台上摆放着。

我给小各罗布买了两个拧上弦就能蹦蹦跳跳的铁皮青蛙，为小苏妮娅买了一个躺下便闭上眼睛的布娃娃，为妈妈买了两套棉布的衬衣衬裤。经过衣帽柜台前，我被一排滑冰帽吸引得站住脚。我想起了查鲁，想起了他在白雪皑皑的大地上滑雪的样子，就给他挑选了一个艳红色的滑冰帽。当我付款时，吴仁杰拿起滑冰帽，仿佛不经意地问了一句：你有弟弟吗？他的眼睛很明亮，有一种光芒闪动一下。我说：不是弟弟，是一个小伙伴。接着我又补充一句：一个麻烦的家伙。他垂下眼帘，半开玩笑半认真地说：喂，问问你妈妈，放寒假我想去你家做客，老人家同意吗？

我边走边说：这有什么难的，赵兰早就想跟我回家了，多你一个人更热闹。

我的身后没有回音。

4

妈妈来信了。她告诉我，已经收到了邮包和邮包里的钱。她把所有的酥糖全分掉了，小各罗布的铁皮青蛙当时就被席兰的儿子玩坏一个。妈妈吩咐我，再买玩具一定要挑结实的，怎么砸也不坏。

查鲁高兴极了，妈妈说，他天天戴着那顶滑冰帽，没过一个礼拜，帽子就和野猪味儿差不多了。因为这顶帽子，勒日钦老人老跟她打招呼。

我把信捂在了胸口，感觉它就是明亮的篝火，温暖着我的全身。

每逢十五日，赵兰她们三个人似乎相互间受了传染，相继来了月经，屋子里隐隐散发特殊的气味儿，只有我洁身自好似的没有状态。时间一长，她们终于觉察到了我的异常,劝我去医院看病,但我坚决拒绝了,我说害怕碰到男医生。她们听了我的理由感到可笑,狠巴巴地指责我。没想到你这么封建,古迪娅,你是新中国的女性,是一名大学生,她们说,难道只有女的才能当医生吗?因为我的固执,她们最终还是妥协了,选择了北京中医院。走在路上时,韩文慧逗趣地说,古迪娅是旧时代的小姐,医生也只能隔着帏帘为你诊脉。她们善意的笑声,像蓝天里正在飞翔的鸽子,刺痛了我的眼睛。我什么话也不说,只是一个劲儿地朝前走,生怕她们看到我脆弱的泪水。已经有三个月我没来月经,这对我来讲是常有的事。过去我在家的时候并不十分在意,然而现在,我却越来越强烈地意识到我是女孩子,我应该和别的女同学一样,每个月在固定的日子里半抱怨半欣喜地迎接老朋友,嗅着身体里淡淡的梅花气味入睡。走进医院的长廊里,我的心脏因为希望扑通通地跳着,我想起了妈妈,她多么盼望我能正常起来。为此,她经常向玛鲁神灵祈祷,让我喝她熬的汤药,后来,她失望了。

一位脑门宽阔的女医生给我把过脉后,默默地开出方子。我不安地问:医生,我的病能好吗?医生说:先吃一个月的中药看看吧,你身体里的寒气太重,子宫发育有些不良,一定要坚持就医,否则无法进入婚姻生活。

我们走出诊室后,她们沉默了,显得心情比我还沉重。因为她们知道,我降生在白雪茫茫的冬季,我生长的大兴安岭地带,那里的冬季非常漫长,比地狱还漫长。毕素芬搂住我的脖子边走边安慰我:咱们相信医学,一切都会好的。赵兰在我的身后说:喂,别这么泄气了,古迪娅的人缘一向很好,又那么讨人喜欢,咱们四个女生,她肯定第一个出嫁呢。

我们走出了医院。坐在公共汽车上,我从窗户又看到了那群美丽的鸽子,它们仍然在天空中一遍遍地盘旋,飞动,悠扬的鸽哨声在阳光里鸣响。我紧紧抱住书包里的药,把头靠在窗户上。温暖的阳光洒在我身上、脸上,我很快睡过去了,耳畔却仍然鸣响着忽明忽暗的鸽哨声。

当同学们嗅到我身上那种挥之不去的中药味儿,我已经认真服过二十服汤药了。一个月后我去中医院复诊时,女医生很有把握地告诉我,回去等待吧。那个夜晚,下起了绵绵的小雪,黏稠的雪花无声地落下,玻璃发出扑扑的细响。我从睡梦中醒来,发觉裤衩湿了。我嗅一下,闻到一种久违的气味,是女人生命的气味。我慢慢坐起来，拿过纸垫在身下，坐在上铺看着窗外。没有拉严的窗帘之间好像是一个新的窗口，让我看见了从前没有看见的东西。也许是悠长的雪夜让空气变得越发湿润的缘故吧，染着橘黄灯光的夜色沉甸甸地铺在空旷的校园里、房屋顶。我似乎听见深夜的光线垂落在大地后飞溅起来的声音，寂静而辽阔，犹如木克楞房檐在春天里融化的冰凌，闪动着幽静的光泽。

我又躺下了，希望重新进入梦境，玛鲁神灵说过，梦境是一条道路，它让人预先知晓明天将向你走来的一切。我很快坠入了连绵不断的梦境当中，大朵大朵的雪花像温暖的棉花铺满了大地，查鲁从遥远的地平线向我跑来，他的腿健美而修长，奔跑起来犹如雄健的野鹿。他来到我面前，怀疑地问道：我快认不出你了，你跟我回家吧。他抬抬腿说，我的腿完全好了，我可以领着你走到世界的任何角落。

我隐隐记起一件事，急急忙忙拉住他说：你为什么说过要等我一辈子？他灿烂地一笑，转身想要离开我。你回家了，我就告诉你，他边说边往身后退，一直退到浮起的大雾里。我跑上前想抓住他，却看见他像水一样慢慢融化，很远很远地飘浮着他的声音：再给你一点时间，你才能看到自己。

系里要求同学们学习交谊舞，参加与外校的联欢活动。每天傍晚时，她们三个人梳妆打扮后，身上带着淡淡的胰子味儿去学校大礼堂。我不得不跟随她们去了，班主任要点名的。当音乐声从喇叭里热烈地播放出来，同学们纷纷走进场地学跳舞时，我便偷偷向门边撤退，准备溜走。班主任早就盯住了我，我刚走出大门，他就在我身后喊：古迪娅同学，你回来。我不得不转身走回去站在他身边。你不要溜号，这是政治任务，他说，你应该融入火热的生活当中，这是一个到处沸腾的时代，你不能缺席。我不好意思地说：老师，我记笔记的速度太慢，每天晚上要借同学的抄写下来。他迟疑了一下后还是说，不行，你必须参加学校的各项活动，你要有全局观念。

我返回去了，我只得返回去。班主任离很远就召唤吴仁杰，让他教我学跳舞。吴仁杰跑过来，满脸是汗水，他已经教过几个女同学跳舞，刚才我已经看到，他成了众目睽睽的目标，招惹人的红色秋衣，热气腾腾的身体，奋力向上左突右奔的舞姿，都令人感到他青春的活力。班主任吩咐他：吴仁杰同学，你必须教会古迪娅跳舞，班级里的同学要一个不落地参加联谊会，谁也不许溜掉。

吴仁杰拉着我学跳舞，我们跳得满头大汗，一点儿也不敢懈怠，因为班主任坐在旁边盯着我们，他带着我一遍遍地练习舞步，直到我跳得像模像样了，才让我休息。班主任露出胜利的微笑，很有成就感地说：很好，古迪娅。在第二天的班会上，他继续表扬我：古迪娅同学还有什么干不了的吗？很好。

石峰老师因病请假了，尤佳老师代他的课，当我们的素描作业全部发下后，没有我的作业。她把我叫到办公室，从抽屉里拿出我的素描轻轻放在桌子上。古迪娅同学，你要把握人物的比例，这是基本功，你瞧瞧这里，还有这里，她用铅笔指了指画面上人物的脸，还有臀部，很惋惜地说，一个摇摇欲坠的女人面对摇摇欲坠的世界，这是多么颓废的意识。

我看着素描，是的，我故意这么画的。那个女模特坐在靠背的椅子上，面无表情，同学们抱怨尤佳老师找的模特相貌平平，但是过一会儿我们就平静了，她的身材真美丽，稀有的美丽正在考验我们的结构能力。

有人叹息一声，她的美丽是画不出来的。

望着女模特，我的脑袋里灌满风。她让我想起了我的族人。自然的风霜雨雪像粗暴的工匠，在他们身上、脸上生拉硬扯，每当我看到面部不对称的男人或女人，看到身体有缺陷的族人，真是感到生命的脆弱。所以，我把女模特的脸画歪了，把她的臀部画得瘦小干硬，与大腿相比失去平衡，于是，整个人显得摇摇欲坠，仿佛只要有人打个呼哨，她就落入尘埃。这幅素描里，充满了我与自己的冲突和碰撞。我不想躲避自己，只能迎向我，打开我自身的某一角落，让它变成通向外界的道路。

如此混乱的想法，我无法向她述说清楚。

这个晚上，同寝室的人又去看电影，我坐下来给妈妈写信。每逢遇到心里有麻烦，我就很想和妈妈谈谈。但她在远方，在我目所不及的地方，我只能借助写信的方式回到家里。在活跃的同学当中，我感到了孤独，而妈妈能够理解我的孤独，在森林里，在河流里，在岩石中生长的孤独。而我在这样的孤独中，却找到了苦思冥想的答案。我铺开纸，想了一会儿，兴奋地写道：

妈妈，我越来越清晰地意识到，我离不开这座城市，毕业后我不回去了，我要留下来参加工作，还要把你们接过来和我住在一起，这样我就能够独立地走进这个城市了，因为有你们支撑着我，我就有了根基。

在这里，我是孤独的，像一滴神秘的水滴，无论掉落在哪里，我都无法融化。在这里，我会保护好自己，成为完整的自己，把家庭和森林都留在我的身体里、精神深处，它是我能够画下去，能够作为自己而不与别人混淆的理由。而回去，回到森林里，我会遭受破坏，和那些自然中挺立上百年的树木一样，只要有人对它举起斧子，它就会悲惨地倒下。我不想再被贫困的生活压垮下去，我要画画。

5

石峰老师又出现在讲台上，已经是一个多星期以后的事了。他显得憔悴、消瘦，好像得了一场大病。

晚上，赵兰她们三个人谈起了石老师。他和肖老师很早就认识了，在一次画展中，他们站在同一幅画前，他说了一句话，她也说了一句话，他们就认识了，然后相爱，至今仍然像刚刚结识时那么相爱。他见她时一定要穿得西装革履，她也要穿上漂亮的裙子，冬天也穿上厚厚的裙子。这一对唯美的恋人成为学校的童话，令许多人羡慕。但是石老师的父母始终不同意这桩婚姻，理由是女方家庭背景复杂。

她们谈论石老师时，我坐在上铺编织小毛衣，给小苏妮娅的毛衣，复杂的花纹牵扯了我的注意力。听到最后，我突然问一句：什么叫家庭背景复杂？

她们三个一起瞅着我，好像我问了一句需要让她们费力思考的话。这种情况经常在我身上出现，比如说什么叫四合院、北京中年妇女的脸形为什么多是银盆大脸、梅兰芳是否可以算是美男子，因为他长得很黏稠，还有动物园的动物如果被同类虐待，却无处逃生，算不算人类正在犯罪。她们很难回答我的这些问题。你让人感到很累，古迪娅，她们常常拍着我的脑袋说，你是人类的朋友，喂，别太烦人啦。

什么叫家庭背景复杂，韩文慧说，石老师出身于军人家庭，他父亲是高干，但是肖老师家庭复杂，爸爸是画家，爷爷是大商人，一个叔叔跟蒋介石跑到台湾做了大官。

我明白了石老师的父亲不会要这样的女人当儿媳妇的。

赵兰一下子坐起来，话里有话地说：石老师是个真正的男人，他懂得感情，不会让步的。

未必，毕素芬马上反驳道，没有父母承认的婚姻比杂草还虚弱，难道他们能扛住家庭压力吗？她说得那么不容置疑，我们知道这些经验来自她的父母。那对热恋后私奔的恋人，似乎受到了诅咒，贫穷的日子腐蚀了他们的爱情。毕素芬是在父母争吵声中长大的，她曾说过，她一定要嫁给有钱的人，钱会带来她需要的平静。

赵兰从铺上举起手表示反对：爱情就是要冲破世俗观念，勇敢地走下去，我支持他们。她这样子像刘胡兰，英勇不屈。韩文慧扑哧笑道：心里装着别人，自然就把人家的事放在心里。然后，她又冲我说：古迪娅，别闷葫芦啦，你也说说看法。

我放下手里的针，迷惑地看着毛衣上已经出现的花纹，它们像刚刚开始编织的迷宫，还没来得及设计出口。迷宫只有一个出口，但却可以有无数进口，当人们开始进入事情的迷宫时，总会相信找到那个唯一的出口。不过这需要他们行走，在时间里行走，在越来越难以抗拒的迷惑中行走，没有答案，或者有无数的答案。而石峰老师能找到那个被堵住的出口吗？

他们不会顺利结婚，我说，石老师的父亲是军人，不会让肖老师走进自己的家庭里，因为那个家庭的血液是红的。

三个人沉默了，这是我们共同看到的结果。我们白白地为石老师担心，除非他死了这条心，除非他和女朋友逃到深山老林，像风一样漂泊。一想到这些，我们都很泄气。

我喜欢去图书馆，一排排的图书架散发着木头的气味，我熟悉的气味。它萦绕着我，甚至在梦中，我都悄悄地出现在一排排图书架之间，等待多布库尔河从我的头顶漫过。我去了图书馆，走到那排摆放人体画册的书架前，我看见了石老师，他正低头看着一本画册。那一瞬间，我想躲过去，因为在昨天夜里，我们还在谈论他和他的婚姻,现在我不想面对他。

石老师抬起头,无声地朝我笑一下。古迪娅,你为什么躲着我,他扬着手中的画册说,来看看雷诺阿的画,色彩明亮饱满,他按自己的要求安排题材,接着像一个孩子那样朝前画下去。

我听懂了他的意思。他在肯定我,肯定我运用本能和直觉画画。他和尤佳老师谈过我,是的,谈过我的那幅素描,但他们的意见不一致,当然不会一致的。石老师看到的,尤佳老师无法看到。石老师看到了一个由自身决定的素描,而尤佳老师看到的是比例和画面。

我牢牢记住了他手里举起的那本画册,他把它插放在原来的位置。等他走后,我会重新找出来,用他的目光仔细看画册里那些震撼世界的美术作品。

我转身朝另外一排书架走去,我看见了韩文慧,她的表情让我想起了她的南方梅雨季节,阴冷潮湿。我耳边响起了昨天夜里她说的最后一句话,何苦呢,她说,石老师为什么和父母过不去,他完全可以找别的女孩。她的声音如同一只美丽的狐狸,向我们露出了一截藏匿已久的小尾巴。

森林里有一种长着绿斑的蝴蝶,当它想找到自己意中的配偶时,总是通过另外一只同性的蝴蝶去判断,它们常常三影成舞。

韩文慧,我喊了她一声,她转过身仿佛刚看见我,脸上露出欣喜的微笑。我是来还书的,她说,你要走吗?

你刚才看见我了,为什么装成没看见,我说。当然,我没有说,我不愿意听别人撒谎,我不愿意。如果在我们乌力楞,一个人撒谎要付出代价,没人相信撒谎的人。我看见她慢慢地红了脸,你是个傻瓜,她勉强笑一下说,你不要用这样的腔调跟我说话,这里不是森林,你别弄错了。说完,她反身走回书架前,哗啦啦地翻着书,不再理我。

我碰在一根柱子上了,我边走边想,我早就碰在柱子上了,只不过浑然不觉。你是个傻瓜,她说对了,这里的规则,需要我慢慢熟悉,我应该忘掉我的森林和森林里的规则。

但是不可能,我在内心里大声对自己说,我无法忘掉森林,那么就当傻瓜好啦。

吃晚饭时，赵兰告诉我，系里要挑选十幅油画送至北京美术馆参展。我不知道她的消息来源是否可靠，默默地看着她。

是吴仁杰告诉我的，赵兰一边飞快地朝嘴里扒拉饭一边说，他是系主任的跟屁虫，消息来源一定可靠。铁皮饭勺在她两排牙齿间滑动一下，发出清脆的响动。我跟石老师说了，一定让你的作品参展，她得意扬扬地说，石老师还不相信我的消息，瞧吧，过几天咱们班就热闹了。她用饭勺拍我的鼻梁一下说：瞪什么大眼呀，傻乎乎的，就我罩着你，还不快点准备呀，你长点心眼吧。

班级里果真热闹起来，吴仁杰几乎是长在画架前画画，他买了几包饼干充饥，不太去食堂吃饭，还有几个男同学，也悄悄地出现在教室里画画，除了上课，平时在教室很难看到他们。吴仁杰边画画，边讥讽地说：没有人的时候，我还没想到害怕，现在你们都挤进屋子里，我感到害怕。接着他就唱起了歌，一首接一首没完没了。起初我们还忍着，等待他自己闭住嘴，最后我忍不住了，对他大声喊：喂，你有完没完，把嘴巴闭上！他睁大眼睛委屈地喊：古迪娅，你从来没这样对待我，你快变成小巫婆了。我没时间搭理他，这家伙就是想引起我们的注意。最近他脸上长出几颗耀眼的青春痘，情绪也显得亢奋，毕素芬逗趣地说他该处女朋友了，所以他显得吵吵嚷嚷的并不奇怪。

我坐在椅子上，面对画架一动不动。我已经坐了一个多小时，手中的铅笔始终举不到画布上，因为我不知道自己画什么参展。屋子里总算安静下来，听着别人在画布上涂抹的声音，我很泄气。我只能提供我所有的，给出我的存在。我和他们不一样，这些城里来的学生，他们比我更知道参展绘画的技巧、构思和表现的艺术精神。也许我犯了一个错误，进入学院后，我不应该直接插入油画系大二的班级学习，我应该老老实实地从基础开始学习，而不像现在，在半空中悬着。可是妈妈每天夜晚总出现在我的梦中，她举起双手默默地为两个孩子祈祷，为我祈祷。在梦中，我看得清楚，她脸上每一道深深的皱纹、紧闭的嘴角和充满孩子气的眼神，她担心自己能否养活两个孩子。入校时我就做出决定，缩短学习时间，尽快回去，回到多布库尔河，回到小镇。可是现在，另外一条路在我眼前隐隐闪动，我喜欢北京，真想留在这里。

我晕头涨脑地走出教室，一个人在校园里走动，不时地抬起头望着我们教室的窗户。那里灯光明亮，同学们都在认真地绘画。划破黑暗的灯光让我既紧张又羞愧，我的大脑里空空荡荡，想不出来用怎样的绘画内容表达一个整体，森林的整体。

远处传来脚步声和说话声。我站住了，不假思索地躲在一棵树后面。因为我听出了一个是石老师，另外一个是毕素芬，她的话把我死死地钉在地上。

老师，你给我一个机会，我能证明我不比古迪娅差，毕素芬说，古迪娅的色彩感觉非常好，可是她的画怎么说呢，总让人感到她对事物和人发生错觉，构图缺乏平衡感。

石老师站下了，他沉默一会儿说：古迪娅很有天赋，这一点你们谁也比不上她，可以说她无师自通。她在图书馆看了所有的西洋现代绘画画册，她的画风里就出现了异于寻常的想象，还有你所说的错觉，这些正是绘画需要的品质。现在国内搞美术的没有什么出路，因为我们一直坚持现实主义，视西方的现代艺术如毒蛇猛兽。我不想打扰古迪娅，真希望她像孩子一样自由地画下去。中国将来真正的画家，有一部分可能从民间产生，他们没有约束，是自由的，想怎么画就怎么画，而学院派的画家受条条框框的束缚，艺术感觉容易变得麻木，出不来好作品。

老师，请你给我一次机会，毕素芬很焦急地打断石老师说，古迪娅即使没有机会也能走得很远，可是我需要这次机会，我想留在北京。

石老师快步地往前走，他的速度真快，毕素芬一路小跑地跟着，最后走不动了，停在那里大声喊：老师！

石老师继续走着，很快隐入教学楼门内。毕素芬难过地站在那里，消瘦的肩膀无力地向下耷拉着，像受了伤的山猫。她让我心生怜悯，我真想走过去告诉她，如果你需要任何东西，从我这里拿走好了，柯尔特依尔家族的后代不会跟任何人争抢。但我不能动，不能让她发现我听到了不该听的话，那样她会很尴尬。是的，她没有错，她仅仅想争得一次机会，仅此而已，用不着走到她面前，向她证明我的坦荡，用不着。格帕欠老人早就告诉过我，不要把船顶在头上，你已经渡过了河流，就把船留下来继续走路，如果你放弃不了船，把经历人生河流的一条条船顶在头上，那你就会成为疯子，你的人生变成沉重的负担，你就没有办法飞翔、流动，最后你守着一堆破烂不堪的船，连一条小溪都走不过去，到了死的那一天，你才懊悔，因为无数的欲望牵扯了你，无数没用的东西拖累了你，你在人生的路途上仅仅走了一小部分，白白度过了属于你的生命。

毕素芬走进教学大楼，我望着她消失的方向，慢慢转过身体，想返回宿舍。一个人站在离我不远的地方，然后走过来说：古迪娅，我都听见了，她是你的朋友，我没想到她会这样，平常看她挺老实的。

现在轮到我困惑了，吴仁杰，他为什么跟踪我。我下楼时，他正在忙碌着画他那幅老也完成不了的画。凭他的才华，入选画展没有任何问题。他跟在我身后，我却浑然不觉。

你为什么跟着我？我生气地问，你吓我一跳。吴仁杰从裤兜里掏出一封信说：对不起，我忘了把信给你，下午传达室的人让我把信捎给你。

他居然一个下午没把信给我。这只小狐狸，还以为我能被他蒙住了。我拿过信后要走，他一把拉住了我。古迪娅，你听我说，你绝不能放过这次机会，他坚决地说，毕素芬没说错，这次如果能参展，就能留在北京工作，几家出版社缺美编，要在画展中选人。

让她去吧，我平静地说，大不了我回林子。

那我呢，他激动地说，你考虑过我吗？

我们俩一起怔在那里，为他的一句话怔在那里。我听懂了他的意思，却怀疑刚才他的话。看我想走开，他一下子激了：古迪娅，我早就喜欢你了，但你心里没有我。

我慌张地问道：你喜欢我什么？真的，我猜不出他为什么喜欢我，和别的女生相比，我是又笨又傻，一点儿也不灵活，班里的男同学给我起了一个绰号：可爱的闷葫芦。

傻丫头，他热情地叫一声，我就是喜欢你的纯朴、善良，这是中国劳动妇女的美德，我妈见到你，一定会喜欢的。

真是的，说什么呀，我低下头害羞地嘀咕一句，怦怦跳动的心脏像燃烧的篝火，舔着我的脸面。幸亏是黑天，他看不到我红红的脸。我们面对面地傻站着，听着对方紧张的呼吸。他实在忍不住了，长叹一口气说：真是紧张啊，害怕你拒绝。

我害羞地一笑：我也害怕。

他马上高兴地说：你害怕了，这太好了，这说明你不反感我，喂，握一下手吧。他朝我伸出手，紧张地等待着。

我屏住呼吸，慢慢向后退两步。一切都来得太突然了，我根本来不及思考，那只手像一个问题悬在我眼前。不能这样，我摇摇头说，我要养妈妈，还有姐姐的两个孩子，这很麻烦，你不应该面对这些麻烦。

他朝前走两步，坚决地伸着手说：我都知道，我愿意和你一起分担这些困难。

我想起了石老师、石老师的父母，那两个军人的严肃表情。吴仁杰的父母是南方一所大学的教授，他们不会容纳我的家庭。他们会说：去找门当户对的女孩，难道你要钻进深山老林活一辈子吗？

我什么也没说，转身走了。即使我不回头也知道，吴仁杰伤心地站在那儿一动不动，因为他不明白我弃他而去的理由。在他的头顶上，树梢被夜风摇曳着，发出轻轻的响动。我边走边望着宿舍楼里的灯光，好像在迷失的旷野上寻找方向。手中的信一遍遍地告诉我，就在这个夜晚里，多布库尔河将迎来又一场大雪，我看到阿里河小镇的大街上狂风席卷，房屋上盖满了厚厚的积雪，看到炊烟散在阴暗的半空，眼泪便静静地流下来。

6

古迪娅，我想你，我死吧。

查鲁邮给我的这封信，一张白纸上就写了这么一行字。我坐在床铺上，连续看了五遍，不由哑然失笑，真难为他了，每一个字都写得如同匆匆搭起的篝火架，七扭八歪，支支棱棱。为了写信，他可真没少卖力气，也许他就想吓我一跳，让自己开心。

他的信让我感到温暖，我把信放在枕头下面睡着了。那天夜里，大雪飘飞的声音一直响在我的梦中。

毕素芬晚上回来的时间越来越晚了，每次她打开门悄悄走进来，我们都已经入睡了。她窸窸窣窣地脱掉衣服钻进被窝，马上就睡过去。第二天早晨，我们三个叫她一起吃饭，她让赵兰捎两个馒头，又睡过去。

　　在去食堂的路上，赵兰憋不住话，有些生气地说：毕素芬太有心计了，至于这么卖命吗，不就是参展吗？韩文慧同情地说：她知道自己的画技不怎么样，所以才这么努力呀。赵兰不屑地哼一声，扭头问我：你的画怎么没开始画呀，想拿旧画参展吧？我低头走路，沮丧地说：我脑袋钻进了大雪，什么也想不出来。赵兰和韩文慧相视而笑。你再不动笔，石老师让你罚站三天，赵兰吓唬我说，你小心点。

　　下午，石老师让我去他的办公室。他感冒了，边咳嗽边不客气地说：你很反常，最近一段时间没有作品了，你给我的是作业，懂吗？你告诉我，你有什么理由回避这次画展？

　　我站在那儿一言不发。每逢妈妈气急败坏教训我时，我就站在她面前一声不吭，她就扑通一下跪在玛鲁神龛前痛斥那个离她而去的亲人：玛鲁神灵，求你告诉我的丈夫，他的古迪娅脑袋是石头，一点也不开窍，她能直通通地跳进深水里再也出不来啦！

　　我站在那儿一言不发。石老师愠怒地说：你倔得没道理，真是少数民族的脑袋，你以为你不参展就让毕素芬去了吗？咱们班同学每人要交一幅作品，系里组织评委会集体投票产生参展作品，懂了吗？他挥了挥手，似乎想说什么又欲言而止。

　　我感动地抬起头望着他，这是他第一次没头没脑地教训我，却令人感到格外亲切。老师，我马上画画，我笑了一下老老实实地回答，我不想惹你生气。

　　他的目光柔和起来，口气温和地说：古迪娅同学，艺术家需要有一颗孩子的心，不被任何事物污染，他无论被逼到任何一个角落，都将爱惜自己卑微的一份自由，去老老实实地做事，绘画。你现在还年轻，还来不及体验更多的东西。万幸的是，你已经学会了用画笔思考，而不是用嘴思考。

　　我似懂非懂地点点头，走了出来。那天晚上，我坐在画架前对着画布沉思一会儿，抬起铅笔用力地画起来，画布上逐渐出现了绵延的山峦，三棵粗壮的大树，妈妈的面庞。我耳边响起了小各罗布敲打狍子腿骨的节奏，还有他那稚嫩的嗓音唱出的歌曲：

  妈妈，你是昨天的树；
  妈妈，你是今天的树；
  妈妈，你是明天的树。

  小各罗布的歌声变成茂密的森林生长在画面里。我的妈妈，她的身体是三棵古老的树木，粗壮的树根延伸进深厚的大地。她的双手变成了树木的枝条，又似野鹿的五叉犄角，在头顶上齐齐地绽放，仰向蓝天，为世间万物，为所有的生灵祈祷。那三棵带着魔咒的古老的大树，象征着过去、现在和未来。

  我的妈妈，她是一个整体，森林的整体。

  我沉稳地画着。妈妈的轮廓越来越清晰，她的头发像柔软的兽皮缠绕在树枝上，那些纷繁的树枝如同云烟般朝天空伸展、聚拢。而深深扎根于大地深处的根须犹如家庭的血缘结构图，时隐时现，盘根错节。

  昨天的妈妈，隐隐出现在苍茫的山峦那一面；今天的妈妈，正朝向我们；而明天的妈妈，背向我们，迎向过去与现在。

  我画着，即使没有回头，我也感觉到，几个同学正站在我的身后，他们无声地凝视我用画笔缓慢地勾勒着母亲，以及她的家族与自然世界的深奥关系。

  一个星期后，我把这幅名为《血缘》的油画交给石老师。我站在他面前等待着，但他没有说话，眼睛被画吸引了过去，脸上慢慢呈现出惊愕的表情。那幅画的色彩非常浓丽，三棵大树的根部血红浓艳，如同沸腾的血液在大地上滚滚流淌，幽蓝幽蓝的山峦把人们的思绪拉回了古老的幻想和追忆，里面潜藏着一只只轻盈欲飞的野鹿、狍子和山鸡。画面上的母亲身穿鹅黄色的皮袍，像太阳一样灿烂，像月光一般柔滑，她举起双手，默默地祈祷。

  石老师抬起头，表情复杂地问：你想告诉我们什么？

  我思忖一下后回答道：我们的玛鲁神灵说过，无论是过去还是未来，都流淌在你现在的血缘里，你从自己的身体里能找到逝去的亲人和将要缅怀你的后人。

他什么也没说，点了一下头。

系里组织的评委会集体投票的结果，全票通过《血缘》。

又一场雪纷纷扬扬地下起来。北京的雪下得安静、黏腻，完全不像大兴安岭的雪下得气势汹涌。透过学校大门的铁栅栏，看得见对面的街道上堆起两座白白的雪人，吴仁杰和几个同学便跑到门口支起了画架，在画布上画下丰腴的雪人、欢快奔跑的孩子们和雪地上留下的一串串活泼的脚印。

我端着午饭回寝室。毕素芬的画落选后，心情很忧郁，而且得了重感冒。虽然在校医室打了三天针退下烧，但仍然咳嗽得夜里睡不着觉。每逢夜里我被她的咳嗽声震醒，便悄悄下了床，把她的暖水袋重新换上热水，放进她的被窝里。我的手无意间触摸到她的脸，上面有着湿湿的泪痕。

中午吃饭时，我发现她没来，就给她带回去两个馒头、一份炒白菜。走出食堂后，黏腻的雪花沾在我脸上、身上。校园里积了很厚的雪，而道路上的雪已经被来往的行人踩踢得灰蒙蒙的。我不由得想起多布库尔河一带茫茫无际的白雪世界，这是整个大地洁净身躯、脱胎换骨的时节。

我推开门，毕素芬慌乱地把一样东西扔在我上铺。不用问，我知道那是我的素描本。我装作没有看见，反身关上门，把饭盒放在她面前的桌子上，轻声说：吃饭吧，不要饿着自己，身体会垮掉的。

她接过饭盒，用勺慢慢地喝着白菜里的汤水，眼睛湿润了。我想了想说：我在你肘弯放点血吧，咳嗽会好得快一些。她仍然不吭声，只是慢慢地吃馒头。我感觉得到她的心事重重，就跃身上了床铺，想补充一个午觉。

肖老师住院了，她突然对我说，我在医务室打针时无意间听到医生对别人讲，石老师的未婚妻住院了。

我一下子清醒过来，那个美丽的女教师，一直保持着温和笑意的女人，为什么住院了？

她是割了手腕的动脉，被家里人发现后送进医院的，医生说晚一步就没命了，毕素芬说，一个女人为一个男人可以去死，这真是骇人听闻。

我的脑袋嗡地响一下，里面乱糟糟的。我想起了库列和苏妮娅，想起了查鲁的信，突然觉得透不上气。她一定留下了信，我大声说，她要走了，一定会留下信。

毕素芬惊讶地抬起头望着我：你猜对了，肖老师给石老师写了一句话，石峰，我想你，然后写上自己的名字。

我在铺上翻着书，很快找到夹在书里面的信。古迪娅，我想你，我死吧。查鲁只写了这么一句话，然后写下自己的名字。而为爱情寻死的肖老师，也只给石峰老师留下这样一句话。查鲁，他想告诉我什么？他的信的确让我不安。

我下了床铺，把查鲁的信递给毕素芬，她仅仅看了一眼，便失声尖叫了一声。是的，我在她惊恐的脸上听见了她内心发出的尖叫。我们都想到了割腕的肖老师，查鲁与她不谋而合的信。我努力平静自己，甚至笑着说，只要我为她放点血，她的病就会好一些。她顺从地把手背举到我眼前，看我用火柴烧过的缝衣针扎在她肘间的粗血管上。一股紫黑的血从针眼里冒出来，我用一团棉球轻轻擦去，安慰她说：你很快会好的。

你恨我吗？她突然问道，吴仁杰告诉我，那天晚上你听到了我和石老师的话，他说真没想到，你们居然是好朋友。

我勉强笑一下，控制突如其来的心慌，因为查鲁的信引起的心慌。别多想，我轻声说，在我心里没有怨恨，因为那些死去的亲人告诉我，他们很留恋活的世界。你会完全好起来的，等放假去我家住一段时间，我妈妈做的肉汤很好喝。

她望着我，神情明显变得轻松了。我知道了，吴仁杰为什么喜欢你，她脱口而出，和我相比，他的确应该喜欢你。

还有两个星期就放寒假了，但我等不及了。一个声音告诉我，我应该快点回家。我找班主任请假时，他告诉我请长假找校长。

我去了校长办公室，把请假条递给他。校长仔细看着假条，微微皱着眉头说：再坚持两个星期就放假了，古迪娅同学，你没有充分的理由马上回家。我张张嘴，却什么也说不出来，只好转过身慢慢地走出去。门在我身后阖闭上了，悄无声息，我很想再次推门进去，把查鲁的那封信拿给校长看。但是，他不会相信我的预感，不会相信查鲁用这句话告诉我，他很危险。其实连我也无法确认，自己的恐惧是来自幻想还是未曾揭开的事实真相。

我慢慢地走在长长的走廊里，周围不时有老师经过，我礼貌地向他们打招呼，心里突然涌出一个念头：不辞而别。一想到这里，我飞快地跑回班级，打算听完石老师的课之后，马上收拾东西回家。

我刚刚坐下，上课的铃声响了，石老师夹着教案走进教室。同学们马上寂然无声，齐齐地望着他。他很平静，像往常一样平静，看不出发生了什么事情。他从教案里拿出两张油画让我们传看，一张是法国画家瓦尔什的《小雪》，另一张也是法国画家的作品《卡瓦里埃尔松林》，画家的名字叫芒甘。我拿到两幅画时注意到，它们是从外国绘画杂志上剪裁下来的，画面下有英文简介。

石老师介绍说，他在一个画家那儿看到了这两幅油画资料，借来给我们看看。瓦尔什的画笔离不开法国百姓熟悉的现实，油画《小雪》蕴含着风俗画的因素。这幅画面里被雪覆盖的乡间一派萧索、阴冷，裹着厚实冬装的女人和孩子匆匆行走，更让人感到冬天的寒冷。深暗的线条，沉郁的色调和枯涩的笔触，活生生地展示了法国乡村的冬景。居民生活在冬季的阴郁心情。而芒甘的风景画《卡瓦里埃尔松林》却洋溢着画家热爱自然的感情。这幅画以典型的野兽主义色彩语言，赞美初夏时节岸边的风景。观看这样的绘画，人们会随着奔放的笔法，领悟到他挥笔绘彩时的欢乐。即使如此的富于激情，他仍然在表现手法上有所节制，在空间和形式的处理上保持自然的面目，称得上清晰明确，还没达到纯形式上探索的境地。

当同学们提出要临摹两幅画时，石老师迟疑一下后同意了。快下课时，他告诉我和吴仁杰、洪刚，过两天校长要找时间和我们谈话，希望我们三个人寒假时留下来，参加民族宫的建筑绘画工程。

自习课时，我鼓起勇气去石老师办公室，把一直戴在脖子上的神袋送给他：这是我妈妈亲手缝制的神袋，里面装了玛鲁神，请你送给肖老师，神灵会保佑她的。

他感动地说：我替肖老师谢谢你了。然后把神袋郑重地放进内衣兜里。

我说：还有一件事我要告诉你，我终于知道了，是你自己买下了我的三幅画。

他吃惊地问：你怎么知道的？

我说：你刚刚告诉我的。

他马上反应过来，淡淡一笑说：能帮助你顺利地学习，这是我的心愿。

我从衣兜里拿出查鲁的信，平展地放在办公桌上解释道：这是查鲁的信，他是我的小伙伴，我们一起长大的。

他看过信后，抬起头困惑地问：你好像担忧什么，这句话的确令人不安。说完，他的脸色顿时凝重起来，大概想起肖老师给他的最后一封信。

老师，我轻轻呼唤一声，似乎准备揭开那层薄薄的面纱，但是有一只无形的手捂住了我的嘴，我闭上嘴默默地望着他。他从椅子上站起来，在地上走来走去的，最后站在我面前说：你相信自己的直觉，他要出事了。我点点头，泪水涌上来，不听话地流在脸上。他慌乱地说：别哭，或许事情没有你想的那么糟糕，马上请假回去看看。

我说：我请过假，校长不同意我回家，认为我没有充分的理由，而我不能编别的理由骗他，我不能骗人。

你马上收拾东西回家，他说，我送你去火车站，至于校长那儿，我来向他解释。

我怔在那儿一动不动，他的话让我一时反应不过来。他见我木然地站着，突然大声喊：快回去收拾东西。

7

我下了火车，一脚陷进厚厚的雪地里。粗野的狂风迎头吹来，我趔趄地走着，眼泪马上被风吹得流出来。用红砖搭建的车站像一个失魂落魄的孤独者，默默地守候着行人。我快步地走着，雪在我脚下发出嘎吱嘎吱的响声，真是亲切无比呀。

到了马路上，一辆运材车从我身边驶过，飞溅起的雪沾在我的裤子上。我刚打算用手套拍下去，又一辆运材车过去，重新飞溅的雪让我打消了念头。沉重的旅行包压得我喘不上气来，里面装满了石老师买的东西：糖果、糕点、两条方形围巾和一盒积木。最沉的还是颜料，这是他早就为我准备好的。当他拿给我时，我什么也没说，甚至没说谢谢。古迪娅，你要回来读书，他把旅行包放在行李架上，不放心地嘱咐我。有一瞬间，我真想跟随他下车，返回学校；有一瞬间，我想躲开迷惑、死亡，躲开所有来自森林的折磨、苦难。

有一瞬间，我想躲避一切。

我终于拦住了一辆马车，把包裹扔在上面，跳上了车。马车在深深的雪地上走得很慢，车老板告诉我，就在一个星期前，一个鄂伦春小伙子开枪自杀了，因为他被未婚妻抛弃了。我听着，额头渗出了冷汗，后背也像背着沉重的石头，阴凉刺骨。我很想问他，那个小伙子的名字是否叫查鲁，但我刚张开嘴，狂卷的大风便呛得我咳嗽起来。

他说，他认识那个小伙子，经常来车站等自己的未婚妻。小伙子有时帮他装车，因为腿不太好，所以跑起来像在狂风里奋力行走。

我叫他停下车，跳下车后背上旅行包往前走。他奇怪地叫了我一声，大风卷走了他的声音。我拼命地走在雪地里，越来越厚的雪让我举步维艰，可是我再也不能忍受自己待在他身边，不想听他提起那个小伙子。

在大门外，我看见妈妈在院里劈木材。她用一把大斧子劈着已经锯成一截截的木头，当斧子从半空中准确地落在木头上，空中便响起木头清脆的开裂声。她身边已经堆积了高高的木桦子。

我快步走进院子，放下了包，从妈妈手里拿过斧子劈木材。妈妈什么也不说，站在一边看着我，然后佝偻着腰，抱起一堆木柴进了屋子。当她再出来时，身后跟着小苏妮娅，她边喊边朝我扑来。我站在那里回转过头，听见苏妮娅姐姐撩开斜仁柱的兽皮帘跑出来，古迪娅，她喊，你回来啦，她的声音响在空气里、雪地里，然后被大风卷走了。我蹲下身迎接着小苏妮娅，把她紧紧地抱在怀里。

晚上，妈妈自己提起了查鲁。孩子，我见到你第一眼就看出来，你知道了一切。到我身边坐一会儿吧，查鲁在天上看着你哪，他一定想让我第一个告诉你，在他身上发生了什么事。

我用兽皮吸干净窗台上的水。屋子烧得太热了，玻璃上的冰开始融化。听见妈妈叫我，我就把兽皮挡在窗台上，以免水淌下来。我走过去，坐在火炕上，这时小苏妮娅和小各罗布已经睡着了，这时，我将面临一个无法回避的真相。

妈妈把手里的活推到一边儿，捶打着双腿说：我干了蠢事，不该把你的信给查鲁看。那天他又来了，问你来没来信。我说查鲁，古迪娅想留在城里，可是我不想去，这丫头现在开心得快忘了这里。查鲁起初不相信，他说你不是那样的人，你会回来的，我就把信拿给他自己看去，他揣上信走了，去找学校的老师读给他听。第二天中午，他就站在这里跟我说，古迪娅真的变心了，她不想回来了。我现在还记得这可怜的孩子苍白的脸，好像堆满了整个冬季的雪。当时，我应该安慰他才对劲儿，要知道他帮我干了多少活，外面的木桩子都是他劈出来的，缸里的水也是他从河里一桶桶拎回来的，而且隔几天他就给我送肉食。我真该遭到神灵的谴责，当时为了断掉他的痴心，我居然跟他说，臭小子，别一根筋啦，既然古迪娅不想回来就随她去吧，你也该成亲啦，二十二岁的大小伙子，不能一个人整天这么晃悠。

可怜的孩子，他还是经常来咱们家。我一见到他在院子里劈木材，心里就犯愁。这小子怕是一辈子非你不娶了，这欠揍的傻瓜，他快气死自己的爸爸了。唉，我们只当成什么也没看见。那天早晨，他又来了，我正做饭呢，他说他饿得不行，因为昨天一天没吃东西，我就在锅里又放进几块狍子肉。饿了一天不是闹着玩的，他肯定又和谁打架了。没等肉煮到半熟，他便告诉我，昨天他和翁基勒打起来了，如果不是腿不利索，他准能把翁基勒的脖子卡断了。我问他出了什么事，他哼哼唧唧地说是因为古迪娅，他们都知道古迪娅想留在北京，是他告诉大家的，那几个家伙不但没安慰他，反而让他趁早找老婆，翁基勒甚至还说库列这样的男人没有了的话。他没忍住，起初倒是想耐下性子，但是喝下第三碗酒他再也忍不住了，把碗摔到翁基勒的脸上，然后他俩在雪地上结结实实打了一架。

那顿饭他吃得太多了，他走出门口时，我都担心他弯不下腰去掀开门帘子，这一年他又长了一截个头。唉，说到这儿我伤心极了，只有孩子才长个头，查鲁才二十二岁。本来已经走到门口，他又反身朝我走过来，我以为他忘掉了东西。他走过来，把我扶好，接着发生了让我意料不到的事情，他给我磕了三个头，恭恭敬敬的，站起身时叫声妈妈。妈妈，我是你的孩子了，他站在我面前这么说的。没等我问他什么，他就走了。我以为他的酒劲儿还没过去，到我这儿撒撒脾气，这事就在脑袋里过去了。

可是中午，我就听见了枪声，在河边传来的枪声。剩下的事情我不想说了，睡吧。

第二天，妈妈让我去看查鲁的父亲，我摇摇头，眼眶里含着泪。她勃然大怒，拿过炕上的笤帚朝我后背拍一下：你现在想躲开可怜的老人吗？脑袋不开窍的丫头，查鲁为你死得真冤，你哪里值得他用命去爱！玛鲁神灵早就说过，当你轻视了一条生命，你就丢弃了自己。现在你为自己赎罪吧，去勒日钦老人面前，听凭他的发落。

我穿上狍皮大衣，戴上手套，将妈妈的方格围巾围在头上后走出屋子。气势汹汹的大雪下了一夜，遮盖住地面上所有的印迹，大地显得真干净。快到中午了，天空还是阴沉沉的，裹在灰蒙蒙的雾气中的太阳在山顶上缓慢上升，一座座木克楞的房屋顶覆盖着厚厚的雪，一缕缕青烟从烟囱里冒出来，散在半空中。我看见席兰的儿子在雪地里飞跑，他身后跟着一条黑狗，便叫住了他。他认出了我，颠颠地跑过来，地上松软的积雪在他身后扬起来又落下，两条银河便朝我淌过来。

玛诺呼真长大了，我欣喜地蹲下来抱住他，从衣兜里掏出糖块。他的鼻尖冻得通红，黄茸茸的眉毛上沾着白霜，嘴里冒着哈气。他告诉我要去看看勒日钦爷爷。查鲁叔叔死了以后，爷爷就生病了，玛诺呼边嚼着糖块边说，妈妈让我去看爷爷，大人去了他躺着不起来，小孩去了他才起来。

我拉着他的小手一起朝前走，那条黑狗也认出了我，边叫着边跑在我们前面。在厚厚的雪地上，它奔跑的样子像在水里游泳。我问孩子，查鲁叔叔被安葬在哪里，他指指南面的山说：就在那里，爷爷说了，让他能看见家，等爷爷死了，也埋在那儿。

我望着那里，一想到查鲁孤单单地躺在寒冷的地下，我就感到嗓子发紧。如果真有灵魂，他一定后悔自己提前来到自己生命的终点。

勒日钦老人看见我时，一点没感到惊讶。我施过礼后，把妈妈装的食物和糖果恭敬地递给老人。他慢慢地从火炕上坐起身，把袋子里的东西拿出来，供在玛鲁神龛下面的木架子上。玛诺呼眼巴巴地瞅着，知道神灵闻过味儿后，他就可以吃到供品了。而查鲁的哥哥和嫂子和我寒暄后，躲到另一个屋子里。

查鲁走了，勒日钦老人说话了，他的嗓子像沙漠一样，发出沙哑的声音：这小子没出息，在河边给自己一枪，枪口被他含在嘴里，他用脚指头勾住枪钩，送走了自己。我到他身边看他倒下的样子，就知道他真不想活了。

那天快中午时他回来了。在大院里他就咳嗽，一直到门口边咳嗽边跺着脚，把鞋底的泥和雪跺下去。我生气地想，这小子犯不上用这么大的劲儿跺脚，八成又跟谁喝多了，近些日子他经常酩酊大醉，然后吵嚷着古迪娅变心了一类的话。因为这个，我曾经用皮带抽过他。我让他在半年内一定要结婚，找谁都行。他抓着脑袋大声喊：难道你们谁也不懂我吗，没有古迪娅，我会死。他反反复复地只说这句话。当时我看出来了，他没疯，糟糕的是他说的话从来都是心里想的。为了让他死心，我劝他说，古迪娅已经飞走了，连神灵也拽不回她了，你要是喜欢她，就放她走吧，那是个好孩子，咱们谁也别耽误她。他怔怔地望着我，好像想通了，站在那儿傻呆呆地想事儿。我懒得搭理他，这个脑袋转一圈儿比树长年轮还慢的小子，让他想通一件事可不容易。既然他愿意站在那儿就别坐下了，我还有活要干。爸爸，他叫我一声，我抬腿就走，我说过我有活要干，没精力搭理他，他已经把我折腾得精疲力竭了，我打熊的时候都没这么累过。你妈妈曾跟我说过，别让查鲁这么任性下去了，他该结婚生孩子，别老泡在哥哥家。听了你妈妈的话，我感到丢尽了脸，这个没出息的小子还是要死要活地折腾，随他去吧。我出了屋，站在大院想一会儿该干的活，然后进了仓库找兽皮，打算给孙子做一个滑雪橇。

他出去了，我在仓库里翻东西时，听见他打开门出去了。他的脚步真轻，比狐狸还轻，但是逃不过我的耳朵。当时我正生气，就没拦住他，他往河岸的方向走，大概是去凿冰。他干这活很在行，把一块块冰放在爬犁上拉回来堆在大院里，够我们用的。只要他干起活来就好了，会跟常人一样接受自己的命运，玛鲁神灵早晚能让他平静下来。想当年我也为了一个姑娘跟自己过不去，自从她嫁到别的乌力楞后，我赌气娶了查鲁的妈妈，她真是好女人，让我懂得了生活，得到了温暖和体贴。后来，我忘掉了那个姑娘，一心一意地和老伴生儿育女，直到她得了肺结核吐血死去。当时，我以为查鲁会和我一样扭过脑筋，别去争抢不属于自己的东西。可是我听见了枪声，闷闷的，很奇怪的动静，像野鹿在浓雾里穿行。我刚怔了一下，马上预感到查鲁出事了，我跑出仓库跑出大门，又跑回来，骑上马朝河岸狂奔。在开阔的河岸上，我看到了一个黑影倒在雪地上，我跑过去后跳下马背，扑到查鲁身上，他已经死了。

后来，我们把他埋葬在西面的山坡上。他是一个人，孤零零的没人说话，用不了过多久，我该过去陪他了。这孩子一向不太会说话，直到他走了，我才听懂了他的话，我真是白活了。

你走吧，古迪娅，我不想再见到你。查鲁是为你死的。

我躺在火炕上睡了两天。中午醒来时，睁开眼睛看见了妈妈，她把手捂在我头顶上说：终于退烧了，古迪娅，你不能这么睡呀。

我没有说话，汹涌的泪水从眼睛里流淌出去，淌到枕头上。妈妈让我坐起来，用厚厚的被子垫在我的后背说：孩子，对着窗户你看看外边，想画点什么就画吧。

我喝了两碗玉米粥，把画架支在腿上，慢慢画起来。我画出一个坟墓，被大雪掩埋了的坟墓。查鲁，他选择了在严冬结束自己的生命。这个时节，大地冻得比岩石还坚硬，部落的男人们硬是用铁镐刨出深深的土坑，把他埋葬了。那座坟墓被无声的大雪覆盖住，上面还来不及长出柔嫩的草，来不及有肃杀的风拨动坚硬的草茎，来不及有动物爬上土堆。

查鲁，他告诉过我，他的爱。他不知道，自己面对的是一个轻浮无知的女孩。我从来没有听懂过他的爱，就像面对一棵草，以为一块土地便是他的全部。我不懂什么是拿命去爱，当我懂得他的爱时，他走了，把命带走了，留给我终生的悔恨。我去哪里找回他，找回本该属于我的世界？

那天，我在画布上只画了一座被大雪覆盖的坟墓，便睡着了。在睡梦中，我听见席兰嫂进了屋，听见她和妈妈说话的声音，之后，我就昏昏沉沉地睡过去。晚上我醒过来时，妈妈告诉我，乌力楞里的人都来过了，他们看见我一直昏睡，什么也没说，又走了。

我说：妈妈，我想看查鲁的坟墓。看见她脸上想要拒绝的神情，我态度坚决地重复一句：我知道在哪儿能找到他。妈妈的神情立刻变了，妥协地说：

行啦,你打起精神吧,把自己喂饱了再去,不然的话,大风能把你吹翻一百个跟头。

我下了火炕,开始吃饭。过度的忧伤撑开了我的胃口、身体和血管,食物掉进胃里像掉进了深洞。妈妈见我狼吞虎咽地吃饭,有些担心地瞅着我,后来她索性抢过我的碗,断然地说:够了,再吃就是第五碗饭了,你想撑死自己吗?

但她心里清楚,源源不断的忧伤让我大量地进食,以此来抵抗即将到来的崩溃。

我和妈妈骑上马,朝南山走去。茫茫的大雪一直铺向辽远的天际,道路两旁的杨树挂满了饱满的冰霜,在寒冷的空气中像钢一般凝重,偶尔能听到冰霜冻裂后坠落大地的声音,像缓慢散开的迷雾。一些杨树微微弯下腰,待到天气更寒冷时,它们会像柳树那样垂下腰,接近大地。

妈妈一言不发地走在前面带路,她挺着腰板,好像要替我顶住即将倒塌的东西。她的背影像一幅永不褪色的画,深深印在我心里。雪很厚,马有时陷进雪窝里走不动,我们就跳下马,蹚着没到膝盖的雪继续朝前走。我用全身为两匹马蹚路,妈妈跟在我身后喘着粗气,不得不翻身上马,看着她的女儿用双手拼命地刨开结成硬壳的雪,全身犹如破冰船冲在前面。她看到了我内心的疯狂,即使是天崩地裂,我也要走到查鲁的坟墓前。

我们走了两个小时,终于找到了查鲁的坟墓。当我看清墓碑上写着查鲁两个字时,抱住墓碑哭了。妈妈沉默地走开了,她知道我有话要跟查鲁说。

我把祭祀用的肉食、糖果和他最爱吃的烤饼放在坟墓前,打开兽皮袋的塞子,倒出里面的酒,然后跪在雪地上,几口喝光袋子里剩下的酒。查鲁在地下看着我做的一切,肯定生气地喊:你可从来没像现在这样喝酒呀,臭丫头。

我大声地说:你出来,查鲁,你不能躲在下面。你捎信让我回来,但我来晚了,只看到你身上积攒了这么多的雪,全世界的雪都落在你身上,我只能隔在外面看着你。

他躺在一张鹿皮褥上,望着帐篷的出烟口,那面的天空一定比这个世界离他更近,他瞧见的星星是一簇簇金黄的篝火,在他头顶摇曳,那是天空的时钟。他很想动动身体,却不得不放弃这种努力,手里紧紧地抓着那顶艳红色的滑冰帽。

我变成这个样子，回不到你身边了，他怪不好意思地说，真没想到我一下子来到地下。子弹被我咽进肚子里时，我才知道，自己回不去了。他说话时，一动不动的嘴唇像石头一样沉重。

我看见了查鲁的灵魂在无边无际的光芒中游荡，他很想看清楚眼前的世界，却失望了。苍茫的光明中没有声音，没有道路，没有世界，他的灵魂只能飘浮在自己身边。

老人们说，选择了自杀的人就意味着，你的灵魂寻找不到新的道路。

我不知道自己跪了多久。当我慢慢地站起来时，沾满了雪的膝盖发出嘎巴嘎巴的响声。覆盖在坟墓上的雪真厚啊，那是我一生的孤独，在雪的下面，燃烧和冷却我的，是查鲁灵魂永恒的孤独。

他的孤独和爱将深入我的骨髓，伴随我的一生。

查鲁，我要走了，我对着泥土下的人儿说，没有了你的爱，即使睁着眼睛，我也找不到世界。因为再也没有一个人，能像你那样用命来疼我，爱我，用命来跟我这个轻浮无知的臭丫头清算。我用一生寻找的，我想得到的，应该属于我的，都让你拿走了。我要走了，回到北京。在那里，我才敢回头看你，看我所有的亲人，看森林和多布库尔河，才有可能重新活一次。

妈妈在我身后猛然喊起来：查鲁来了，他在雪地上。

我听到了呼啸的风声，惊骇地抬起头望去，远处的雪地上正出现一团巨大的狂风，在半空中缓慢移动。它卷起地面的雪向我们走来，离我们越来越近。我凝视着它，凝视着巨人般的精灵，心跳得像麋鹿在狂奔。

红　毛

2009 年获第九届内蒙古自治区文学创作"索龙嘎"奖

袁玮冰

1

一团火球在胯间炸响,凶猛的气浪夹裹着浓重而刺鼻的火药味,将红毛轻巧的身子抛起来又重重地摔下去。

一阵痉挛……

一股皮毛被灼焦的煳味……

红毛像以往遇险一样,就地打个滚儿,躬起腰身,然后箭一样弹射出去。身后又是一声爆炸,但在红毛如风似雾的逃遁里,那"闪电"对它早已望尘莫及了。

从这枪声和对自己影踪如此熟悉的程度,红毛猜想:这次突袭一定又是那个猎手干的,不会错!跃过一个大雪包,它用余光扫了一下开枪的人。

这是一个中年猎手,个儿不高,瘦精脸,一根"管子"攥在手中。此刻,猎人咆哮着在没膝的雪地里笨拙地向前跳跃。随着他的蹿跳,头上的两个帽耳在扇动,一团一团的白雾从他嘴巴里喷出来。

这次的确不幸:红毛被打中了。铅弹击中了一条后腿,使它逃脱的速度缓慢下来,以致爬上山梁,依然可以看到那个猎手如甲虫一样跟着它的脚印向山顶蠕动。

红毛知道不能再这么明晃晃地逃下去。雪白的林地上红豆一样洒下了它的鲜血，身后那个猎手正在穷追不舍。它知道这是个什么样的猎手——嗜血如命！许多同伴都在他耐力无比的追赶中丧失了性命。

红毛匆匆钻进一片矮树丛，树丛上的雪球砸下来，淹没了它的足迹。

在一个阳光融融的树洞下，它歇息下来。这是一棵老桦树。粗短的树干，翘着黑红的外皮。树洞从一米多高的树根部延伸到树腰，空空荡荡，像巨大的鳄鱼张开的嘴巴。黄糟糟的树心不知被什么虫儿钻爬过，留下了杂乱的小孔眼儿。此刻，这老树拼命吮吸着冬日阳光的紫外线，树洞里少许的霜雪融化了，缕缕白气飘出来。

红毛浑身抖着，被打中的后腿开始恢复知觉，疼痛遍及周身。这一枪打在了它的左后腿上，伤口流出的血凝成了坨儿。

血，流得太多了，红毛感到疲劳无神、心衰力竭。它又痛苦、又难过、又悲伤、又愤怒，在强大、孤傲、冷酷无情的人类面前，它既不会呼风唤雨，又不会撒豆成兵，仅有的那点本领，目前又无法施展——要是往常，它会用比猎人快几倍的速度跑到那个山村，钻进那座草房……

红毛熟悉那个村子，熟悉那座草房。村子不大，深深地陷落在大山脚下。村子的西北角有一座黏泥涂壁的草房。这草房的前前后后它都了如指掌。它知道从什么地方进去，也知道从什么地方出来。它会用自己身上喷发出来的激素去刺激猎人的神经脆弱的女人，因为猎人的女人对它身上的激素太敏感。

可这次，红毛无论如何也动弹不得了，后胯疼痛难忍。它勉强扭回身，想用舌头去治理伤口。伤口被血块冰疙瘩遮盖着，只好用牙齿去啃咬。

血疙瘩被啃碎了，它看清了自己的伤口：这次不是皮肉伤，左腿骨折了，白森森的骨头碴扎在肉里。

完啦！它绝望地号叫一声，抬起头，两颗绿豆似的眼睛茫然地望着苍穹：天空暖洋洋的，或明或暗的几朵白云，有的透着光亮，有的被光亮包围着缓缓移动。在这光晕、云朵和蓝天里，它看到了自己的亲人——它们的生命早已化作了蓝天白云……恍惚中，红毛进入了朦胧的回忆。

多久以前的事儿了？反正是个秋天。大片的麦田已经收割完了，硬挺挺的麦茬像一片片森林在秋阳里泛着金黄，那是一个好季节。

它随着父亲、母亲来这里觅食。

父亲，雄壮而剽悍。它浑身的绒毛是一色的火红，油汪汪的皮毛在秋日的阳光下闪闪发亮；眼睛像两粒明珠，深邃、晶亮，透着尖利、冷峻；它的黑嘴巴上掺杂着白毛，可以看出父亲所经历的雪雨风霜；它的嗅觉和听觉是那么灵敏，碰到什么风吹草动，父亲会像一道闪电，迅速地避开危险。

因此，父亲赢得了母亲的爱情。

只是父亲一只前腿折掉了一截，走路有点跛。梅花状的爪印后面有一个圆圆的印痕。母亲说，这是父亲的骄傲。

一个雪天。

父亲正年轻，它像往常一样借着星光外出觅食。

多么平静的夜晚啊！当父亲在一个冰窟窿里饱餐了一顿柳根鱼，按原路返回的时候，不幸碰翻了猎人的踩夹。右小腿被夹住了，它拼命地挣脱。踩夹被一条链子牢牢地拴在附近一棵小树上。父亲围着小树绕了半宿，它左冲右突，用嘴咬，用爪儿挠，怎么也无法挣脱这个羁绊。

疲劳、痛苦、绝望……它躺在雪地里等待着猎人的到来。只要到了早晨，遛踩夹的猎人就会发现它。如果发现它还没断气儿，就会把它扔进一个袋子里，然后把它和袋子朝一棵粗树上猛抡……它看到过这种场面。有个伙伴就是这样被猎人折磨死的。

想到这儿，父亲真有点不寒而栗。父亲猛地爬起来，结果它站不稳了。那条被夹住的腿由于时间过长不通血液，被冻僵硬了。父亲用嘴巴触摸着那条僵腿，然后用牙齿咬了咬，毫无知觉。

夜空有点发白。星星累了，一个接着一个悄悄在隐退。清冷而又明亮的早晨啊，多么可怕！

父亲突然有了一个大胆的念头：把夹住的半截僵腿弄掉！虽然从此它会成为一个跛子，一个失去完美、失去雄健的黄鼬，可是为了活命，为了逃出去，必须得这么干！这想法要像撕咬田鼠那样凶残冷漠，像追逐飞鸟那样执拗勇敢，像咀嚼柳根鱼那样心安理得……尖尖的牙齿慢慢撕开了小腿的毛皮，虽然感觉不到疼痛，但当咀嚼小腿筋骨的时候，尚未完全冻僵的神经送给它很多的痛苦。

父亲就这么凭着坚强、勇敢，凭着果断牺牲的精神，逃了出来。从那以后，父亲总结了一条经验：在这个世界上，无论多么熟悉的路都不能重复去走。

绝不重复！而它的同伴大都在循规蹈矩中白白地丧失了性命……这就是英雄的父亲！

然而，在那片金黄的麦田里，父亲仍旧没躲过灭顶之灾。

正当它们在麦地里寻找田鼠的时候，土岗子后面突然出现了一个猎手。这绝对是一个偶然的巧合，彼此同时愣住了。机警的父亲一声长啸，从儿子身旁猛地跳开，几纵就跑到了儿子对面。儿子趁机顺着麦茬扑向母亲并一同钻进麦秸垛。麦茬遮不住父亲的红脊梁。猎手的那根"管子"随父亲的纵跳在不时点动。"管子"冒出火来，父亲被打中了，惯性使它向前冲了十几米，一头栽了下去。

母亲冲出去，被父亲发现了。它号叫一声愤怒地爬起来，顽强地向前踉跄。可是父亲的动作迟缓，行动艰难，不一会儿猎人就跑到了它的跟前。父亲又猛地转过身子往回冲，正和猎人撞个满怀。它不顾一切跳将上去，一口咬住猎人的手套。猎人机灵地甩掉手套，枪托砸向父亲的腰身。父亲向前爬动了几下，终于被猎人用"管子"猛击，倒了下去，再也没有爬起来……

儿子和母亲目睹了这一惨剧。惊骇和愤怒使他们母子无所适从。母亲依偎着儿子，身子像风中摇动的小树：记着，别放过这个猎手！母亲的牙齿动了一下，送给儿子一个心灵暗示，大颗的泪珠从两只小眼睛里滚落下来。

猎人兴高采烈地用一根细铁丝从父亲的鼻孔穿过去，挂在"管子"上。猎人下山了。随着猎人得意的步伐，父亲的身躯在"管子"上来回晃动。阳光照耀着父亲火红的皮毛，也照耀着父亲的那条跛腿——天长日久，跛腿处磨得光秃秃，此时也正泛着光亮。

由于鼻孔被吊着，父亲整个面孔迎着明亮的苍穹。它和母亲随猎人来到了一座草房前，找到一个鼠洞钻进屋子，躲在油灯照不见的角落。

惨剧在继续。

父亲被吊在一根柱子上。猎手喜气洋洋地衔着一支旱烟正在剥父亲的皮。猎手挽着袖口，拿着寒光闪烁的刀子切开了父亲的嘴巴，然后是麻利地撕、拽。

一会儿，父亲的头皮就被剥了下来。猎手又叨起刀子，油腻的手一只扯着头皮，一只攥着骨肉，哧啦一声——皮肉在分离……

父亲的头骨被砸碎了，失去了往日的风采，血肉模糊；眼珠毫无掩遮，黯淡、浑浊，没有生机和活力；白森森的利牙倔强地咬在一起毫不松动——父亲在向猎手示威！

母亲再也无法忍受，翘起尾巴，抬起一条腿，将满腔怒火从胯间"哧"地发泄出去。

这种激素对体魄健壮的猎手来说毫无侵袭作用。猎手依然叨着旱烟，眯缝着眼睛欣赏着父亲那身珍贵的火红的皮毛。

但猎手的女人却在炕上号叫一声，将自己的头颅向泥墙撞去……这天夜晚，它和母亲对猎手家进行了无情的报复：咬断了二十只母鸡的喉咙。从这天起，它和这个猎手结下了血仇；从这天起，它开始走向成熟，真正体验到了血腥，学会了怎样躲避灾难。它和父亲一样，背上披散着油汪汪的红毛。

2

母亲带领着它顽强地活了下来。这时，它已经不是那只弱小的黄鼬了。它继承了父亲的剽悍，强壮的身子骨里蕴藏着无穷无尽的力气；飞快的速度像一阵风；它机智、灵敏，从不失误。而且，它开始独立生活，并开始恋爱了。

那是一只身材瘦小、嘴脸俊俏的雌鼬。它们爱得很深——野花烂漫的山岗、错落起伏的塔头甸子、湖畔、田野、森林、柳丛，都会看到它们的身影。它们彼此相随，从不分离。然而在一个绿茵茵的夏季，它们双双病倒了。

这是一个多雨的季节。阴森森的，没有阳光，没有温暖。云层是铅灰色的，像浸透着水的海绵那样。雨水湿淋淋地往下滴着。河湾里涨满了水；塔头甸子里涨满了水；田间鼠洞里灌满了水。

它们病倒在山坡上。发烧、口渴、乏力，又赶上俊俏的黄鼬开始妊娠。红毛凭着身子的强壮，每天勉强支撑着去寻找一些食物。山上可食的东西很多，鼠类们因多雨也大多集中在山上，可它身子太虚弱了，很难捕捉到它们。这样它只好每天到水边去，捕捉那些笨拙的青蛙。妊娠的妻子吃不下这些东西，静静地趴在那里，身子越来越虚弱。

红毛无可奈何，每天围着自己挚爱着的那个瘦小的身子转，透过皮毛，它感到那弱小的身子越来越消瘦，真难过！

有一天，它发现自己皮毛下面冒出了好多豆粒大小的红包，尤其是那条美丽的尾巴上布满了这样的疙瘩。刺痒，继而是火烧火燎的疼痛。

红毛真怕失去这条美丽的尾巴。这是一条怎样的尾巴呀！没事儿的时候，它常常把尾巴竖起来，直挺挺的，尾毛在阳光下微微晃动，看上去像一串儿偌大的芦苇花儿；有时候，它又会把尾巴卷起来，紧紧收缩再突然甩出去，像仙女的长袖，在空中划出美妙的弧线；当飞跑起来的时候，这条尾巴又会蓦地变得那么刚硬，和脊梁拉成一线，宛若古战场上将军挥动着的狼牙棒……

就是这条妙不可言的尾巴上长满了脓包，多么惋惜和痛苦啊！

最让他难过的，还是那娇小的妻子。它的嘴脸被痛苦扭歪了，牙齿咬得咯咯响，脓包无所不在，俊俏的脸上也布满了疙瘩。

红毛伸出舌头，用口腔分泌的唾液替那瘦小的身子治疗，当舌头舔在那俊俏的脸庞上，黄鼬看到同伴那深陷的眼睛里涌出了泪水。

"红毛……我好难受……"妻子用眼神在跟它对话。

"别——咱们——能熬过去。"它同样用眼神回答。

"我……真的，挺不住了……"

"能行，得坚持！"

"可惜咱们的仔儿……"妻子流出了眼泪。

"别瞎想！能熬过去。"

"那你……赶快给我弄点吃的……"

如果是往常，它会毫不犹豫地冲向田野，迅雷不及掩耳就能捕捉回几只田鼠，可是这次它的确有点担心、动摇。它怕满足不了妻子的需求了。它爬起来，长长地出了一口气，迈着颤巍巍的步子走下山坡。

草甸子里都是水。被撵上山坡的小动物们都很贼性，换了一个栖身地，一有风吹草动就逃之夭夭。寻找了好一会儿，它终于发现了一只田鼠。那家伙离它不远,正从一堆草叶里拱出来,看到眼前的天敌,惊呆了。

红毛大喜过望,猛扑过去。田鼠醒过神儿,一骨碌躲开红毛的利爪。怒火从红毛胸中蹿起,它又继续扑两次,连连失手。最后,它只好眼巴巴看着灰脊梁上带红道道、肉乎乎的田鼠逃掉了。它身子太虚弱了,失去了追扑的能力。

它悻悻来到水边儿,逡巡了好一会儿,红毛发现缓缓流动的水面上,有一只麝鼠仰着头,拖着鳗鱼一样的尾巴在游动。晃动的长尾掀起粼粼波纹,荡漾的水波传过来,渐渐消失在岸边。

它的心里又涌出喜悦。不错,如果顺利的话,它和那奄奄待毙的妻子就有救啦!它沿着河岸小心翼翼、如饥似渴地跟踪着那只游动的麝鼠。它必须等那麝鼠靠近岸边的时候,才能突然发动袭击,如果过早地惊动了那只麝鼠,那家伙就会机灵鬼似的一头扎到水里,沿着水底溜之大吉。

一堆柳丛挡住了它的去路。它只好屏住气跳跃绕过柳丛。就是这么短暂的瞬间,麝鼠在它的眼里消失了。空荡荡的水面上,只留下支离破碎的波光。

麝鼠消失了。

水波消失了。

红毛的希望也随着河水缓缓漂走了。

就在这时,在柳丛的暗影处,那只麝鼠又出现了。灰色的,皮毛很光洁,平短的嘴巴上,几根钢硬的胡须针一样挺立着。麝鼠正在追逐几条惊慌失措的小鱼儿。

这正是一个好机会!红毛迅速将身子缩在一起,后腿胯聚涌来一股神力,然后猛地将身子弹出去。调整前爪,瞄准目标。

以往,它会准确无误地扑到麝鼠身上,牢牢地抓住那浑圆的腰身,扼住脖颈,撕开喉咙,喝尽鲜血,最后再去享受那些骨肉。可这次体力太差啦,弹力不够,它只抓住了麝鼠那只坚硬而又滑腻的长尾巴。

麝鼠熟练地一个猛子扎下去,速度之快之迅猛,使红毛连眨眼的工夫都没有。它被拖入水底。这是一只雄性麝鼠,肥壮、结实,性子暴烈。眼下,这家伙宛如游泳冠军,拖着红毛飞快地游动,想一下子甩掉这个突然袭击者。

红毛紧咬着那条尾巴——这是它和妻子的希望。逮住这只麝鼠,它们就可以美美地饱餐一顿，让精力恢复，好与病魔抗衡。

麝鼠感觉到尾部的疼痛，加快游动，在水草密实的水底穿越。

红毛的耳朵里灌满了水，只感到眼前忽而是绿色的东西闪过，忽而又是黄的，也有黑的。麝鼠那光滑丰腴的脊梁就在它的眼前，只是那条可恨的尾巴太长了，伸出去的爪子够不着它的身子。

黄澄澄的水底，鱼儿看见了它们便四下逃遁。这时，麝鼠将它拽到一团黑乎乎乱麻一样的东西前，没等它辨认清楚，身子就重重地撞在了黑团上。这是一个大树根，七弯八扭像龙爪。麝鼠从一个缝隙钻过去，将红毛的身子留在了另一边。

红毛受不住了。在水下，它可不是什么英雄，再加上身子那么虚弱。于是它咬紧牙关，"咯嘣"一声，咬断了那家伙的尾巴，随之它的身子慢慢浮出水面。它叼着麝鼠的一截尾巴，狼狈不堪地爬到了岸上……

红毛终于倒下了。

昏昏沉沉中，母亲似乎来到了眼前。母亲瘦了，但身子骨硬朗如初，像没长大的时候一样，母亲精心照料着红毛，为它觅食……

不知过了多久，它终于醒过来了。母亲真的就在它的眼前。它激动得热泪盈眶——感谢你，母亲！

母亲把经过告诉红毛：这是一场少有的灾难，一旦染上很难幸免。这次红毛烂掉了尾尖，而它的妻子则永远地离开了它。当红毛从死亡线上重新爬起来的时候，它的妻子留给它的，是炎炎烈日下的一摊脓水和一堆惨白的小巧的骨架儿。妻子从这片山岗上消失了。

痛苦、失望、悲伤、难过，红毛为妻子的离去而失魂落魄……

母亲沉痛地告诉它：在这个世界上，它们黄鼬的生命宛如一根枯草棍儿，任何力量都可以随意将其折断，将其毁灭。

3

春阳毫不费力地融化了所有的残雪，然后是干燥，是闷热。大自然里的水被蒸发得所剩无几。林中的积叶开始卷缩，叶尖和叶柄对着翘起来，卷成一个筒儿。山坡上便堆满了这些小筒儿。

天空惨白。骄阳在一丝云朵也不曾遮挡的蓝天里肆虐地释放着它的热量，使整个森林、整个草原乃至整个世界枯干燥热。

太阳落山的时候，它和母亲醒来了。这是觅食的最好时间，出了洞穴，它们就听到了强大的引擎响，是空中传来的。一个银白色的如蜻蜓状的东西正迎着它们飞来。

红毛带领母亲钻进了那片枯黄的干草甸子。这时，它的胆略和智慧与母亲不相上下，生存的磨难和阅历也不比母亲逊色多少。可以说，它已经是一只完全成熟的黄鼬了。它可以和森林及草原上所有的动物争斗，有时也和一心想要它性命的猎人戏耍一番，以此来捉弄一下人类的智慧。

那是冬天的事。有个猎手一直跟踪着它和母亲。踪迹毫不掩饰地告诉猎手：这是两只无与伦比的黄鼬。猎手从落雪就发现了它们，一直跟踪着。经过无数次的较量，它们也无数次地挫败了猎手的凶恶企图。

狡猾的猎人终于发现了它们的洞穴，在洞口布下了天罗地网。猎人在洞口下了九盘踩夹，接着，在一个个跳跃步间的距离上又下了九盘踩夹。一切安排妥当，猎人离去了。在猎人的想象里，天一亮，两只皮毛上乘的黄鼬准会躺在他的踩夹旁。

猎人错了。他面对的是黄鼬家族的精英！

母亲还没醒来，红毛就来到了洞口。不用看，单凭嗅觉，它就知道发生了什么事儿。于是，它用前爪将洞口四周的积雪一点点扒开、松动。不一会儿，第一盘踩夹暴露出来，乌黑的铁架在松软的雪粒中恶毒地张着嘴，圆圆的小踩盘伸着脖儿引诱着它们去踩碰。

它衔起一根硬草根儿，在那小小的圆盘上轻轻一触，"叭——"飞起一片雪粒。第一道险情清除了。然后他凭着视觉和嗅觉很快判断出周围踩夹的位置，以此类推，逐一摧毁……最后又在洞口的踩夹上撒了泡尿。

猎人，哼！任你怎么去失望好了。从这以后，猎人不再用踩夹对付它们。

过了好久。它们又在沟塘子里见到了一个非常奇特的小木箱。箱子的一头是死的，另一头没有任何遮挡。它和母亲好奇地观赏着。这时，它发现了一只麻雀——被火烧过的麻雀，满身散发着油香，躺在箱子里。

"又是圈套。"母亲盯着木箱。

"老早我就看出来了。"

"赶紧离开。"

"可那只麻雀多香。"

"不行，会丧命的！"

"绝对不会。"它边说边从容地走近木箱。它观察了一圈儿，开始审视那只麻雀，有根细铁丝拴在麻雀的脖子上，一头从木箱的一个孔洞里伸到外面去。

"这就是机关。"它寻思。于是它叼起那只煳巴巴的麻雀。忽然身后"轰隆"一声响，退路被封死了，半点缝隙都没有。它不慌不忙咬掉麻雀的头，叼起麻雀身子。

它记住了那个小小的圆孔，那儿正透着一丝亮光。

母亲在箱外悲泣，埋怨它的鲁莽。

它开始用尖利的牙齿去扩大透亮的圆孔。木板很糟，一点儿也奈何不了它坚硬的牙齿。一会儿，那小小的圆孔就有鸡蛋大小了。它憋足一口气，将身子收缩，再收缩，它的脑袋探出了木箱，接着就是身子。

它就这样在母亲心目中成熟了、长大了……

轰鸣声越来越大，震颤了整个山谷，连它和母亲栖身的地方也跟着震荡起来。

像蜻蜓的玩意在峡谷里盘旋了一圈儿，缓缓地落在一块平整的草地上。一个门儿打开了，跳下了许多人。后来才知道是森林里着了火，那"蜻蜓"正空运扑火的人类。

它和母亲又目睹了那玩意的起飞。那旋转的翅膀把周围的干枝枯草吹荡得呼呼响，剧烈的轰鸣声让它和母亲撕心裂肺。

后半夜，大火漫过了山头，半个夜空通红。红毛和母亲并没有意识到处境的危险，根本就不知道大自然遭受了多么大的浩劫。

洞穴里沉闷而燥热，喘息困难，似乎空气被一个气筒抽干了，喉管干瘪，上气不接下气。

它们向洞口爬去。眼前一片豁亮。山头似一支火把，山谷如一条火龙。热流从山头移到山谷，又从山谷推到山头，火势形成了气旋，气旋又控制着火势。

魔鬼一样的气旋通天立地，挟着无数巨大的火球在旋转，在移动，肆无忌惮地将烈焰播撒到另一个山头和峡谷、另一片森林草地。

它和母亲惊悸得不知所措，如此巨大的灾难，它们还是头一次遇到。它们虽然都经过山火，像烧麦茬地啦，打防火道啦等等，可那都是小面积的燃烧，还会引起它们的好奇，远远地欣赏窜动的火苗儿呢。

可这次方圆百里都在燃烧，它们被围在其中，若不是洞穴保护了它们，那么无论如何是逃脱不了这场厄运的。

它守着洞口，朝外边呆呆地望着。

火头已经过去，只剩那些干枝枯树在燃烧。在它的眼里，整个世界噼噼啪啪窜跳着火苗儿。高大黢黑的树干上，蓝烟缕缕升腾。有时树枝燃烧着从空中砸下来，溅起的火星飞进了洞口，随着"嗞啦"一声，难闻的燎毛味儿钻进鼻孔。

它们只好缩回洞穴，里面仍是燥热、憋闷。地下的冻土融化了，洞子里充满了水汽，水汽浸湿了皮毛，皮毛裹在身上，湿漉漉的，真难受！

山火已经过去，烧得地上像个大火盆，落不得脚。它们几次想冲出去觅食，可最终又不得不退回来。正当红毛和母亲饥肠辘辘感到绝望的时候，上苍却破天荒地给它们母子送来了礼物。

乌云遮盖了白惨惨的天空，毛毛细雨毫不间歇地落在了山火过后满目疮痍的大山和峡谷上。

它们终于可以觅食了。

火迹地里一片死寂。动物们能逃的逃了，逃不掉的大都葬身火海。在一片烧毁的林子边，它们发现了一具野兽的尸体。那是一头野猪，或者是一只刚休眠醒来的棕熊。这家伙个头挺大，头上的肉皮已经开裂，肚子鼓胀得像一座山丘。

它和母亲饱餐了一顿，又跑到峡谷的沟子里喝足了水。母亲用舌头梳理着儿子脊背上被火星烧焦的绒毛，有点哽咽，抽动着嘴巴上的几根长须。它为它们母子能够在如此巨大的灾难过后仍然活着而深感自豪、骄傲！

除了那具腐尸，它们在山上什么也没有找到。迁徙！这是所有动物的本能。它们顺着山坡走进峡谷，又从峡谷走过草原，再越过人类修筑的铁道线。远山已经泛绿，回首望着黝黑毫无生机的火迹过后的山峦，心里空荡荡的，好像失落了什么。

母子俩朝那片葱绿走去。

4

这是一片田野。当它和母亲游荡到这里的时候，农人已播完了种。这里地阔无边，平坦如砥。山火过后，许多小动物都聚集到这里。

它们在这里栖下身来。在这里，它们不用颠沛流离，也用不着提心吊胆。在这里，它们只是悠哉悠哉地消磨着日子。它们可以随意钻到哪一个鼠洞，把那些被麦粒养肥了的胖乎乎的田鼠们堵在里面，想享用哪只就毫不费力地抓过来吃掉，然后将那洞穴当作自己的栖息地。

这真是一个乐园！

可是，在这片广阔的田野上，接连发生着一桩桩怪事。田鼠们无声无息接二连三地在田野上死去，也有各式各样的飞鸟啄食播种过后裸露的麦粒，来不及拍起翅膀就悄无声息地栽倒下去。也有大一些的鸟儿，像野鸭、大雁什么的，成群结队地从空中盘旋而落，没等啄食多久，便就支撑不住，一声哀号，告别了同类，自己永远留在了这片土地上。

它和母亲无法解释这种现象。它们很纳闷。

有一天，它们在一个洞子里堵住了一只老田鼠，这家伙看上去饱经风霜。老家伙气管不好，嘴里咕咕噜噜，上气不接下气，长胡子掉得稀稀拉拉，随着嘴角的拉动，露出了残缺的牙齿。

"咱们相遇，这是劫数。你让我把话说完，好不？"老田鼠嘴里泛着白沫沫。

"哈，老家伙，耍什么滑呀？进到我的肚子里，你可就省心啦。怎么样？走过来！自己走过来！"红毛戏弄着这只老田鼠。

"听我说，我说的是实话。碰不上你们，我也该完蛋啦。知道吗？聪明的种田人在种子里拌了农药——是剧毒，吃了这样的种子，谁都活不了多久，包括吃了田鼠的你们。"

"骗人！你的家族为什么还没死绝？你，不是也活得这么自在吗？老家伙，骗鬼去吧！"

"听我说。我禁止子孙们吃这种麦粒，让它们秋天拼命积攒食物，直到够一年消耗的。那时的麦子毒性小，但天长日久吃下去也会中毒。毒性达到一定程度，都得死！"

"笑话，那么人类呢？吃了这些麦子的人类，为什么还活得那么滋润？"

"人类？人类就不中毒吗？毒性在他们身上发作得缓慢，但寿命照样会减短！"

"人类绝顶精明，会做这等蠢事？"

"聪明？"老田鼠眨眨绿豆一样浑浊的眼睛，"因为人类聪明，所以人类迟早会被自己毁灭。看到田地里那些死去的无辜的生灵了吧？人类只许自己活在这个世界上！他们任意妄为！砍伐森林，破坏草原，荼毒生灵，污染环境，制造大当量炸药。人类在干吗？他们把我们的地球破坏得乱七八糟，又想入非非准备迁徙到别的星球去搞破坏！人类患了疯病，同类也互相歧视，你看不上我，我看不上你，互相大动干戈……"

老田鼠累坏了，嗓音嘶哑起来。

"跟我啰唆这些有什么用？你我都是人类以外的小生灵。"红毛显然被感动了，声调低下来。

"我是说，我只是凭良心提醒你们，离开这里，秋天再回来，不然就会死无葬身之地……"老田鼠说完！身子瘫软下去。

"别听它的！"母亲毫不怜悯地按住老田鼠，"我们没有能力去管人类的事，知道吗？只有填饱肚子才有生存的可能。我们不能有思想。孩子，我们一旦有了思想，痛苦就会缠上我们。让肚子鼓起来才算咱们有本事。"

"咱们黄鼬家族还不如老鼠吗？"

"说对了。老鼠可以和人类争夺，它们失去了一个却又能涌出一大群。它们的繁殖能力是无与伦比的。如果不是那么多天敌去对付它们，那么地球的确会被他们占领。至于我们，孩子，我们没有那个本事。"

母亲的话在红毛耳边嗡嗡响着。它捕捉过数以万计的老鼠，从没有怜悯过，也没想过什么。可这只老鼠却给了它沉重的打击：它似乎也有了什么思想。看到母亲津津有味地嚼碎了老田鼠的脑袋，它有点惋惜，因为那颗不大的小头颅里盛装着的思想和智慧，转瞬间就被母亲咀嚼得粉碎。

老田鼠血肉模糊的脖颈上有鲜血淌出来。母亲马上叼住脖颈吮吸那紫黑的血液，最后母亲彻底消灭了老田鼠，就连一点儿毛渣都没剩下，然后伸出带刺的舌头麻利地在自己的唇上舔来舔去，似乎在回味鼠肉的醇香。

红毛的眼睛潮湿了，转身出了洞穴，它第一次感觉到：这世界是如此的不公平！

老田鼠的预言实现了。

没过多久，母亲的身体就迅速衰弱下去。它常常四肢乏力，口内发黏，两眼模糊，最后趴在洞子里再也爬不起来了。如果像老田鼠所说的那样，母亲是无可挽救的。这不是什么流感发烧、头疼脑热，这是中毒！而这种中毒现象是人类自己也无法克服和解决的，一旦发作，只有死亡！

它捕捉鲜活的田鼠，咬断血管，让血液流进母亲的嘴里，可母亲最后连吞咽的力气都没有了。眵目糊黏糊糊、黄澄澄堆在眼角，呆滞的目光盯在一处，瞳仁不再活动，只有胸脯还在微弱地起落……

死亡终于把母亲从它身边拉走了。亲人先后离它而去使它悲痛，使它愤怒，也使它无可奈何。红毛出了洞子，挥泪用土把洞子封死。

山青了，麦苗拱出了地表。田野生机盎然的时候，红毛感觉到的却是绝望和失落。回山里去，红毛想。于是，不用做任何思索，它又告别了麦田，迎大山而去。

5

这是一个无法描述的寒冬。小雪过后，气温急骤地降下来。整个冬天，天空都是灰蒙蒙的。千山鸟飞绝，小动物们不到肚子饿时再不露踪影。它们蜷缩在窝里，用体温去与寒冷抗衡。

它只好沿着砍柴人的车辙准备冒险到山村里。路上，它和一个拾柴而归的老者不期而遇。

老者的狗皮帽耳系在一起，缩着脖儿，抱着膀儿，一根木棍插在怀里。他腰间紧束一条绳子。不知是棉裤太肥还是腿有什么毛病，随着牛车轱辘的转动，两条罗圈儿一样的弯腿向前挪动着。

红毛本想逃避，但看到这么一个糟老头，身上又没有什么可怕的玩意儿，红毛就放下心来。于是，它搬起路边一块薄薄的大饼似的牛粪顶在头上遮挡着。

老者发现了，停住脚，凝视着。红毛紧张起来，抬起右胯将一股袭人的气味释放出去。老者没有任何反应，但他张开了霜雪挂满胡须的嘴，口中念念有词儿，突然跪在雪地上，捣蒜一样磕起头来。

红毛把遮眼的牛粪往上抬了抬，偷眼看去，觉得老者的举动挺有趣儿。

老者嘴里一边嘟囔着，一边解开怀，从贴身处拽出一个塑料袋。

它马上嗅到了馒头的香气。老者从怀里拽出个剩馒头，恭恭敬敬地把馒头放在路边，又虔诚地磕了几个头，双手抱在一起向它作揖。最后，老头儿抬起赶牛的木棍，一溜烟地向走远的牛车跑去。

红毛一下子掀掉牛粪，冲上车道，抱住馒头大吃起来。

它就这样在那个傍晚，远远地跟着老者的牛车进了村。

红毛的肚子饱了，肚子饱了就好奇。它要认识认识那个老头儿。

这个村子它是熟悉的。红毛记起来了，父亲就是在村头那座草房里被剥的皮。

它觉得那老者不会伤害它，而且他的举动也的确稀奇古怪。它就偷偷地钻进了老者的土屋，跃上一根裸露的房梁，蹲在那儿。

屋里暖洋洋的，充满了一股烟草的干辣味。几个精瘦的老人围着一根白蜡坐在一起。烛光跳着，使老人们饱经风霜的脸忽明忽暗。

"那个皮子顶着一块牛粪，身上没有一根杂毛，一色的火红。"

拾柴的老者把松弛的眼皮抬起来，灰黄的眼珠子流露着恐惧。他叼着一根纸烟，吸一口，让大团的蓝烟在口中打个旋儿再吐出来。

"这可真是大仙下凡。活这么大岁数,没见过这号皮子。"

"咋办?山上的皮子都给咱村整尽了,大仙记恨啦!"

"咱得供奉,给大仙消火解气儿,不然还了得?"

老人们七嘴八舌,神秘兮兮地商量着。有个老者不经心地抬起头,扫了房梁一眼,突然发现了红毛,蓦地惊叫了一声。

老者们沿那人惊恐的眼神望去,也都战栗起来。

红毛知道人们发现了它,纵身从房梁上跳将下去。红毛从几个老人头顶闪过,迅速从门缝里消失了。梁上的尘土纷纷落下来,掉在几个老者头上。他们顾及不了那么多,跪下去,冲红毛消失的方向磕头……

红毛成了村子里的宠物。人们敬仰它、供奉它,尤其是上了年岁的老人们在村子里游说。他们不允许任何人去惹它、伤害它。他们把山村的贫穷和自身所制造的灾难,统统归结为它喜怒的结果。它可以不分白天还是黑夜,想到哪里吃东西就去哪儿吃东西。有时候,心情烦躁起来,它也索性跑到什么人家的鸡窝里,将鸡头撕掉,喝尽血液。

人们对它在这里生存认可了。它可以招摇过市,为所欲为。没人敢对它的皮毛有什么奢望,而是对它敬若神明。

红毛只是不敢到村头的那座草房里去。因为那里老远就可以嗅到一股雷火味。而且那草房对它来说总是那么阴森森的,充满了杀气。

可红毛还是被那草房吸引着。它想再看一看草房内是不是还是那个老样子,那个仇人是否还在。

它开始接近那座草房。久违了!它在草房四周转悠。毕竟它是一只黄鼬,在人类过分的尊宠面前,它的头脑开始发热。这天,红毛终于按捺不住内心的好奇,沿记忆的路线纵身跳进天棚,钻进屋子。

屋子里热气缭绕。猎手在土锅台上忙着什么,腾腾蒸气缠着他,看不清面目。

猎手的女人躺在炕上,直挺挺的,一块毛巾遮住她的额头。

炕沿上坐着几个妇女。躺在炕上的女人面容枯黄,神情倦怠。有个年岁较大的女人在地上手舞足蹈着,口中念念有词,上蹿下跳,哼着忽高忽低的怪调子。忽然,她咋咋呼呼,装模作样地将嘴里含着的一口水喷到病女人脸上。

此时，红毛气味难闻的液腺又鼓胀起来。它知道病女人的神经是极其脆弱的，只要它稍微把气味放出去一点儿，这病女人的神经就会被麻醉，神经就会错乱。它就会任意地摆布她，折磨她——以前它经常这样干，它曾用这种办法去报复猎手！

有一次，猎手在山上追了它几天，毫无收获。它就在一个夜里跑进了猎手家。猎手的女人赤条条的，奶白的身子被一个粗黑的壮汉搂抱着——那是猎手的女人同一个庄稼汉在偷情。粗黑的身子时缓时急地扇动着，女人在呻吟。

它躲在角落里。人类美好的情爱揭开了它痛苦的伤疤——它想起了死去的俊俏的妻子。

啊，那和谐的日子，那美妙的日子，那投入的日子，那销魂的日子呀……它悲伤至极，不敢追忆，一切都是过眼云烟。自从失去了相爱的伙伴，它就走进了孤独。

望着炕上的男女，它的愤怒从胯间喷射出去。

女人号叫一声不再呻吟，男人毫无察觉，加紧了动作。可惜女人只有出的气儿没有进的气儿了。

从那以后，它再没进这座草房。

这次，它还想折腾一下那女人，但看到那女人干黄的脸和半死不活的苟延残喘样儿，它放弃了这个想法。

饭熟了。猎手放好炕桌，扶起病中的女人。大家把桌子围住。清一色的野味：飞龙、山兔、野鸡，肉香袅袅。它迅速跑向锅台。

以往的经验是，农户们的锅台后有它的牌位，它想享用什么就到那儿去取。可这次它看到的是一个大锅坐在炉子上，里面的饭菜都已端上桌子。锅里仅剩下少许的开水，咝咝响着，锅台上是狼藉的炊具和杂七杂八的草棍儿，它又回到屋子里。

人们正大口大口地喝酒吃肉。它忍无可忍，抬起右胯，腺细胞内分泌物像一团幽灵，悄悄地向吃饭的人们袭去。

病女人昏死过去。与此同时，人们发现了它，慌作一团。

猎手去操那根"管子"。

红毛趁机逃掉了。

由于它的出现，猎手开始在村子里到处寻找它。

有一天夜晚，它正想外出觅食，刚大摇大摆地露出头，就发现一团火焰迎面而来。它知道是怎么回事儿了，是那猎手的"雷电"向它开了火儿——这猎手真狡猾！他用羊油擦了那根"管子"，以致它事先没嗅到半点火药的味道。

就在它伏身的刹那间，雷火在它头顶炸响。它抓住猎人换子弹这个空儿，勇猛地迎着猎人突围出去。从此，它的耳朵里便永远留下了轰鸣声。

躲在一个角落里，它暗暗想：从记事起，它的家族就和那个猎手争斗，确切地说是和人类去争斗。最终只剩它孤单的一个了。人类强大的力量是无与伦比的，凭他们的力量和智慧想毁灭任何一种动物、植物都是轻而易举的事，这是人类的荣耀和伟大！但让它不能理解的是，人类干吗不利用其特有的优势去与其他生灵和睦相处、共享其乐呢？尤其是那些对人类没有任何危害的生灵！

那天，它带着满脑袋的轰鸣声，带着对人类无可奈何的沮丧，也带着失败的苦恼，更带着求生的美好渴望，又悻悻回到了被大雪封住的皑皑山林。

6

大山绿了又黄，黄了又绿。它在这崇山峻岭中颠沛流离，艰难而又顽强地生活着。岁月的洗礼，生存的磨难，早已使它泯灭了情爱，泯灭了除食欲以外的任何欲望。即便如此，他依然得小心翼翼地出外觅食，因为不时有猎人的跟踪和赶山人的打扰，让它不得安宁，惶惶不可终日。

有时趴在洞子里，红毛感觉孤独而又悲伤。

孤独中，红毛觉得自己有了思想。种族即将绝灭的原因，就是它们生长了一身好皮毛。人类之所以凶残地大肆捕杀它们，也正是看中了那身皮毛而绝非皮毛里面裹着的同人类本身一样具有的血肉。当然，这是对黄鼬，而对其他动物却不是如此。它亲眼看见过一只飞奔的雪兔被猎手的"闪电"击中。雪兔四脚朝天，鲜红的热血缭绕着一团雾霭，从雪白的胸脯流向林地。尽管这驰名的兴安雪兔有如变色龙一样能随季节变化而改变自己的色彩，但仍然避免不了被捕杀的厄运。这些小家伙们致命的弱点，就是它们的踪迹会大方而又明晃晃地暴露在身后，最终留给猎人——但不尽然，它也看到过有只飞龙鸟高傲地挺着胸脯在松枝上鸣叫，那"闪电"突然飞来，这鸟便石子儿一样从树梢上跌落下来……

想着这些，它对人类看中自己的皮毛又有点茫然而不可解。那么人类真的像老田鼠说的那样，发疯了吗？可能是，也可能不是，但有一点可以肯定：人类的欲望包罗万象，仅仅为了满足其中的一个，他们就可以大开杀戒……

疼痛让它停止了回顾。红毛知道，这一次就是它生命的终结。猎人很快会发现它，也会将它拴在"管子"上，将它带回村里向人们去炫耀：喏，这家伙终于让我逮个正着。这身皮毛！我的妈呀，你一辈子都没见过这样的皮子吧……然后，那单刃的剥皮刀也会从它的嘴巴上切下去……

夺走了生命，又要去了皮毛。如果能像人类那样，皮毛是一件衣服，那它会毫不吝啬地脱下去，谁需要就送给谁好了。

红毛决定：不让猎人得逞，什么也不让猎人得到！它想起了身后的树洞。对，跳进去，让鲜血在那儿流尽。

它勉强爬起来，拖着不听使唤的后胯，艰难痛苦地抠着粗糙的老树皮向树洞爬去。

这是一棵老桦树。它生长在不很密实的白桦林中，树干粗壮而矮短，树冠毫无生气，干巴巴地将一片天空戳得支离破碎。习惯上，森林中的动物们称这类树为霸王树。

红毛好不容易爬到了树洞的边缘。跳进去，它就会与这个世界永远地别离了。它蹲在树洞外，无望的眼睛重新审视面前的世界。一地雪白，没有任何野兽的踪迹；山岭上的树林像倒插的一把把扫帚，空寂、无聊，没有生机。这是一个不值得留恋的世界！

这时，它感到树洞里辐射出一股温热，还有股臭烘烘的气味传出来。它开始打量这黑黝黝的树洞，结果发现有一头棕熊蜷缩在里面。由于它的惊动，棕熊正抬着头，用疲惫的眼神盯着它。

它们互相审视着。以往，它们只是远远地打个照面，然后各自走开，这般近在咫尺的时候的确不多。红毛努力振作精神，尽量显出些威风来。

"伙计，走开！"棕熊的嘴巴张合了一下，不耐烦地眨了眨小眼睛。

红毛没有力气回答，还是那样看着棕熊。它觉得这家伙真是幸福，忙碌半年，余下的时间打发给蹲仓——在一个春天，刚蹲仓出来的一头黑熊和它相遇了。那庞然大物晃晃荡荡地向它扑来。它决心戏弄这家伙一会儿，慢慢地与之兜起了圈子，弄得黑熊痛苦不堪。因为这熊舔食了一冬的大熊掌，弄得前掌鲜血淋淋，不敢沾地，最后只好一屁股坐下去，望着它呜咽……

"你真清静。"它鼓足力气与棕熊对话。

"别这么说，这里像个坟墓。"

"对了。我被猎人打中了，伤得好重……"

"什么？"棕熊抬起身子，尖利的耳朵竖起来，牙齿磨得咯咯响，"你的踪迹会引来猎人！"

"别担心。我进行了巧妙的伪装。"

"倒霉的家伙！别自以为是了，那么机灵干吗躲不过猎人的'闪电'？快滚开！"

"让我去哪儿？"

"能滚多远滚多远！反正别把我搭上。"棕熊喘着粗气。

的确，它不能连累了棕熊。可是，这家伙干吗这么蛮横？红毛的自尊心受到了极大的伤害，泪水不禁涌出来。它掉过头，从树洞口滚落下去……

当它醒来，身上已盖上了一层薄薄的雪花。山林里很静，能听到簌簌的落雪声。它抖落皮毛上的雪花，抬头看看头顶。天阴沉沉的。既然还活着，就必须找一个栖身地。它四处搜寻，终于发现不远处有一棵倒地的雷击树，树杈上有一个偌大的尚还完整的鸟巢。

到那里去！

雪还在落。

不知过了多久，它觉得自己的身子开始凉起来，四肢麻木冰冷。它知道自己就要完蛋了，无非是眼下还有一息尚存。

朦朦胧胧中，它听到了嘈杂的声响。它勉强睁开小小的双眼，看见几个猎人正围住那个大树洞。它快要停止跳动的心又一下子加快了速度。

有个猎手握住一根长杆子向树洞里猛捅,一下、两下……突然从树洞里传出一声凄厉的哀号,打雷一样。树洞另一侧还有个猎手蹲在雪地上,虎视眈眈地端着闪亮的"管子"。

"冲点捅!"那人喊。

杆子又拼命向树洞里捅去。

"呜——"随着一声惊天动地的哀鸣,棕熊猛地从树洞里冲出来。

树洞旁那个汉子手中端着的"管子"震颤了一下,接着是电闪雷鸣。

跌跌撞撞的棕熊没来得及站稳,就惨叫一声笨拙地栽倒了。强壮的身子压倒了树洞旁的几棵小树,霜雪纷纷落下来。

血,喷泉一样从棕熊的前腿畔喷射出来,洒向林间雪地。

棕熊死了。

红毛感觉到自己胸口里的心脏越跳越缓慢,呼吸也越来越困难。恍惚中,它觉得鸟窝里的身子长出了翅膀,慢慢飞升起来,越飞越高。它看到了那个老田鼠,接着是一群田鼠和黄鼬……

它还看到了一个硕大的太阳。悠远、广阔的蓝天下是温和碧绿的芳草地,鸟儿在筑巢,鱼儿在戏水,蜜蜂在花丛中采蜜,各式各样的小生灵悠哉悠哉地舒活着筋骨……

忽然,红毛的脑袋里一阵鸣响,美好的画面在它的脑海中消失了,最后的感觉是:从鸟巢中飞升起来的身子,又轻飘飘地落在了白茫茫的雪地上。

红毛终于看见了爸爸,看见了妈妈……

达勒玛的神树

2009年获第九届内蒙古自治区文学创作"索龙嘎"奖

萨　娜

达勒玛醒了。她听见森林里的小火车张开大嘴狠狠咬了她一口，然后发出歇斯底里的尖叫。她迷迷糊糊睁开眼睛，从狍皮被里伸出右手举向半空。在朦胧的光线中，短小粗糙的手掌似乎是柞木上长出的黑木耳，正在警觉地聆听远处的动静。

她把手又放回狍皮被里，忧心忡忡地捏了捏另外那条胳膊的肉。肉是疼了，和往常的疼没有两样，但是她隐约地感到，她的疼痛不像过去那么尖利、那么清晰，她的疼痛和山峦间的雾团一样，混混沌沌，找不到方向。她老了，真的老了，连疼痛都有气无力、含含糊糊，牵一处动全身，这说明整个身躯都在衰弱下去，她的生命即将进入隆冬季节了。

正像玛鲁神灵告诉人们的一样，生命是有轮回的。她走进了冬季，就应该准备进入另一个世界，准备另外一次灵魂的漂泊。

达勒玛有点猜不准时间，现在究竟是凌晨三点还是三点半。从帐篷缝隙透进的光线像生气的猎狗，闷声不响地，令人捉摸不透。她呆呆地看着外面的光线洇成水流，慢慢地爬到帐篷四周，她的思路又绕回老路。她老了，真的老了，每天早晨醒来第一个想的准是那件事：如果她死了，究竟怎么安葬自己。人老了当然要死，不过安葬在哪里，就该轮到她活着时自己拿主意，儿子们总归要听她的。

她想风葬自己。到了那一天,她希望儿子们把她体面地送上高高的风葬架,让她安静地躺在阳光下,灵魂顺着阳光的指点,漂游在蓝色的安格林河流上。随着这条清澈而古老的河流,她就可以抵达玛鲁神灵所说的天堂了。

儿子们听到她这种想法会怎么样?达勒玛完全能想象得到儿子们的表情。他们会说:额沃,你疯了!他们会说:额沃,还是土葬吧。那些疯狂的油锯几下子就让你从半空掉到地面,你就在夜梦里老找我们的麻烦。

她是不该麻烦儿子们。达勒玛年轻时心脏就有问题。不仅她,部落里许多人心脏都不好,只不过他们不在乎罢了。他们生活在森林里,严寒潮湿摘走谁的心脏就像摘果实那么容易。她前一段时间犯病住院,刚能坐起来就吩咐儿子接她出医院。坐落在镇子里的医院,四周光秃秃的,连一棵像样的树都找不到,而且到处散发着憋闷人的药味。临走时,她顺手把一个白瓷接便器装进狍皮囊里,打算回家后动弹不了时用。为此,儿子还被医院罚了款。然而车走在半路上,她又掏出接便器扔进山沟里。如若到了躺着大小便的程度,她该自己处理自己了,绝不给儿子们找麻烦,那个不伦不类的椭圆形的东西当然要扔掉的。

达勒玛满腹的心事只能说给耶思嘎听。她揣上儿媳妇制作的奶酪去了耶思嘎家。他也老糊涂了,光知道用掉了牙的大嘴品尝奶酪,也不问一下,她舒舒服服坐在铺着狍皮的铺位上为什么一言不发。以往的耶思嘎多精明,连一只小鹿打哪儿来,又想去哪儿,他都清清楚楚,给你说得头头是道,而今他却耷拉着薄薄的眼皮,一句问好的话都挤不出嘴。

达勒玛生气了,一张开缺牙的嘴,仍然像年轻时那样伶牙俐齿地揶揄:喂,外面升起的是太阳,不是月亮,你醒醒吧,别这么昏头昏脑的,谁看谁生气。

耶思嘎委屈地开了口:你不说话我敢说吗?我说什么都不对劲儿,干脆就别说了,也省得你接话劳神费力。

达勒玛也委屈地闭住嘴。这个老家伙,连幽默感都没了,听不出她只想和他斗斗嘴,开开心。她非常怀念他们年轻的时候。那时他俩谁也不服谁,经常唇枪舌剑地斗嘴,整个部落如若少了他俩顶嘴,日子过得说不定多么寡淡呢,他俩为部落的人带来多少快乐!正因为他俩互不相让,争强好胜,盘旋在头顶的乌麦神最终绕开两个本该相爱的年轻人飞走了。达勒玛稀里糊涂先出嫁,耶思嘎不甘示弱也很快成婚。大概是心里积怨甚深，俩人的脾气一点儿都没改，遇到一块儿还是水火不相容。想想吧，他俩一辈子因为斗嘴说出去的话，肯定能流成两条安格林河流。部落里的人想起他俩动辄凶狠地奚落对方，不依不饶的架势，半夜都会从梦里笑得坐起来。其实，达勒玛和耶思嘎心照不宣，有苦难言。大家才不惋惜他俩阴差阳错的婚姻呢，如果他俩成了亲，那些逗乐的话都躲进被窝里说尽了，大家还怎么开心哪。

耶思嘎不用问就知道，达勒玛气喘吁吁地来了，准是又唠叨一个老话题：若是死了，她该安葬在哪儿。

达勒玛的问题真成问题了。十多年前，在额尔古纳河畔的森林里，一场瘟疫夺走了猎营地五条人命。待到存活下来的人摇摇晃晃站起来，把被死神掳掠走生命的亲人抬到高高的风葬台时，曾对着明亮的太阳和神圣的山神发过誓，待到那一天来临，他们也会躺在风葬架上，让灵魂乘着清风飘向天堂，与逝去的亲人会面。在发过誓言的人中，既有失去了丈夫的达勒玛，也有失去妻子的耶思嘎。

达勒玛想风葬自己，只有通过这唯一的方式，她才可以看见死去的丈夫。她不想土葬自己，土葬多么可怕，她像灰鼠一样被埋进深土，她的灵魂怎么跑出去？只能憋在地底下哭泣！想起这一点，达勒玛就责怪自己太能活了。她早点死去该有多好！趁着铁轨还没钻进安格林森林腹地，没有喝油的铁锯嗡嗡尖叫，没有蛇皮绿的帆布帐篷遍布林子，她放心地离开人世多好！那个年月，儿子们在森林里会轻松地找到四棵直溜溜的大树做风葬架的柱脚，从离地快三米的树身处锯开，让四棵树呈四方形的平面，然后捆绑结实原木的板铺。接下来事情便好做了，把她抬到气势威武的风葬架后，用树枝包裹紧她。嘿，她劳苦了终生的身体最终被巍峨的大树托起，高高架在半空。那时候，山神不会怪罪一个弥留者的请求，肯定慷慨地馈赠她四棵大树。他看得清清楚楚，她一辈子生活在崇山峻岭里，却未砍伐过一棵生机勃勃的树。她和族人一样，烧火用的木柴都选择已经枯死的倒木。临到离开人世了，就让她破例一次吧，她躺在风葬架上该心满意足了，还有什么比寿终正寝更庄严的事？她认真而体面地活着，没有罪恶地离开人世，踏踏实实走过生命的旅程，还有什么好遗憾的吗？

但是林子现在被糟糕成什么样了？喝油的铁锯每天像魔鬼一样尖声怪叫，放倒一棵棵参天大树。那些长着八个轮子的庞然大物，白天黑夜地奔跑，把放倒的树拉到山下，送上火车，让它们流散到各地。山下建起一个叫莫尔道嘎的镇子，里面挤满了嗷嗷乱叫的外地人，他们什么都敢干，无所顾忌。他们采山货，打鱼，捕捉飞鸟，猎杀动物。他们把好端端的大树伐下来运回家当柴火烧掉。腾格热老天，他们可是能吓死人的，干什么都凶狠大胆，就差放一把火把山烧光啦。

难怪达勒玛老唠叨她做的噩梦。她梦见一个个动物走进帐篷里，流着眼泪向她告别，然后跑进幽深的森林里不知去向。它们去哪儿了？她数着地面动物纷乱的脚印伤感地想。它们肯定被逼得逃往西伯利亚森林了。可怜的，在那里能活好吗？冬天零下四五十度的低温，厚厚的大雪下起来有一米来深，会冻死它们的。达勒玛刚为这些可怜的动物流泪，随之而来又梦见自己的不幸了。在绵延不绝的梦境里，她的三个儿子到处奔波，为她找搭风葬架的地方。他们总算在光秃秃的山里找到四棵白桦树，勉强搭起风葬架。玛鲁神灵啊，她刚试着爬上去，还来不及坐稳，轰隆一下就栽到地面上。她栽下去的时候便看得清清楚楚：一把油锯正在凶狠地啃白桦树柱脚的根部哪！达勒玛边描述连篇累牍的噩梦边流泪：耶思嘎，我不想钻进地下去，泥土会堵住我的耳朵、盖住我的眼睛，还弄脏我的头发。我既听不见树叶飘落、鸟儿归巢，又听不见春天冰雪融化后安格林河哗啦啦地唱歌，你不知道那声音该有多好听。耶思嘎听着听着没忍住，他努力地把话茬扯到眼前：别难过了，还是搬过来和我住到一起吧，你离死远着哪。你死了我怎么办？你这个自私的老太婆，从来不为我想一想。达勒玛张大嘴巴，半天合不上，最后才狠狠地说：牙都掉光了，还想乱七八糟的事，也不怕神灵在半空抽你一巴掌！说罢，她从铺着狍皮的铺位上站起身，撩起狍皮衣服的襟角走出帐篷。耶思嘎才不肯拦着她，她就会跟他耍脾气。

打十三岁起她就学会找他的碴儿，动辄话里话外地敲打他，至于傲气地扭着脖子不理睬他，那也是她常耍的把戏。瞧着吧，过不了一袋烟的工夫，她该忘掉自己甩脸子示威的事，又会因为心里涌出的哪路想法重新找上门来，跟他一遍遍地诉苦。山有山脉，水有水路，达勒玛的丈夫、耶思嘎的妻子活着时就认了一个理儿，若是把他俩隔开，并不比劈开一条河容易，所以那两个混蛋像商量过一样，说走一起走，撇下他俩懊悔吧。在耶思嘎的记忆里，达勒玛安葬过丈夫库克后就决定再也不理睬他了，那神情仿佛是他杀死了库克。不过，仍然是库克让他俩重归于好。

在那个小雨淋漓的下午，她走到他面前迟疑地说：库克在梦里来见我了，他还托我向你问好。

库克，一个既高大又英俊的猎手，多勒巴家族中的佼佼者。以往耶思嘎在内心怨恨达勒玛是看中了库克的外形、库克的长相才不搭理他的眷眷深情。当死亡扯平了他和库克之间的恩恩怨怨，他才能够公道地评价库克了。他承认，库克是个真正的男人，漂亮能干的达勒玛嫁给库克，就像白云飘在蓝天那么天经地义。既然库克托梦带话给他，他当然要对得起库克的信任。所以适逢达勒玛还跟妙龄少女似的使性子，他就乐得由着她，就让她自以为是当一朵含苞待放的鲜花吧。达勒玛从帐篷里走出很远，仍然没听见耶思嘎叫她回去，她沮丧地停住脚步，希望看见耶思嘎那张长条脸露出来，可是她失望了，她只能沿着来时的小路往家走。啧啧，真是活该。一只松鼠从达勒玛眼皮底下蹿跳过去，翘着金黄金黄的大尾巴，一下子跃上灌木丛顶朝她张望。达勒玛扑哧笑起来，这个机灵的小家伙认出她了，才跟她逗着玩儿哪。她欣喜地看出来，它可长得不小啦，和去年秋季相比，它变成漂亮的大丫头，该出嫁了。这个小家伙去年秋天刚长不大点儿，它闯进达勒玛家的帐篷里，大模大样地四处乱跳。猎狗图门刚刚压低嗓子阴沉地吓唬它，达勒玛顺手拍一下狗的脑袋，让狗少管闲事。以后它又来几次，在帐篷里自己找吃的，还跳到图门眼前，用麦穗一样的大尾巴撩逗狗。图门摆出长者的风范很仁慈地对待它。以后它再也没出现，不仅达勒玛感到失落，连图门也显得郁郁寡欢的，大概它也很怀念调皮捣蛋的小松鼠。

没心没肺的，说走就走，图门可比你有情义，还一门心思想着你哪。达勒玛边数落它边从衣兜里往外掏奶酪的碎屑，放在草地上。它果然像个金灿灿的圆球跳下来，凑到跟前用鼻子嗅来嗅去。这个小家伙与众不同，长着好奇的胃口，什么东西都要放进灵巧的嘴巴里品尝。达勒玛想到这儿不禁打个激灵，也不管它听懂听不懂地吩咐：喂，千万别进绿色的帐篷里，里边的人抓住你，你可就没命啦。他们肯定把你穿在铁棍上烤着吃。看它贪吃的忙碌样，她叹口气后慢慢往回走。也许过不了多久，松鼠们连松树结出的松子都吃不着了，她望着一片片砍伐光树木的草地，忧心忡忡地拍几下额头。

儿媳妇正在帐篷前点燃一堆潮湿的柳条熏蚊子。盛夏的暮色呈现出温柔的余晖，像无声的金色河水朝林子里的每一个角落蔓延。十几只肥大的蚊子、瞎蠓嘤嘤嗡嗡地在她头顶盘旋，伺机落下来叮咬她。她不时地腾出手拍脸上的飞虫，忙忙碌碌的笨拙劲儿让达勒玛想起怀孕的母熊。儿媳妇又要生了，硕圆的肚子快顶至丰满的胸脯了，但不耽误每天早早地起来干家务活。达斡尔族女人就这个样子，直到生孩子时才肯停下劳碌的手。

达勒玛既抱歉又自豪地看着儿媳妇高挺的肚子，心情也像眼前的光线一样温暖起来。她希望这个最小的儿媳妇再给多勒巴家族添一个真正的猎手。多勒巴家族的生命力如此顽强，她生了五个孩子，两个孩子很小时夭折了，丈夫也被瘟疫夺走了性命，然而，天神相继给了她四个孙子，他们个个长得结结实实，像牛犊子一样健壮。

从小时候她就看出来，他们会像多勒巴家族所有的男人一样，无论遭遇多少苦难，他们都不会改变自己的本质，会成为真正的人。

达勒玛想到这儿，心情愉快极了，连走路都轻捷起来。她小心翼翼地绕过儿媳妇，进入帐篷里面，生怕碰到那个怀着她的后代的身体。儿媳妇透过火堆燃升起的烟气，看见她正闷声不响地往怀里揣东西，出来时肚子鼓鼓囊囊的，也像怀孕似的，便忍住笑问道：额沃，快吃饭了，我摆桌子吧？按照规矩，小辈是不可以问长者去哪儿的，所以只能委婉地表示一下意思。何况儿媳妇知道婆婆刚从耶思嘎老汉家出来，说不定俩人商量好了有什么事情。

达勒玛按住肚子答非所问：天还早着哪，你还是躺一会儿，别窝住肚子里的孩子，他也想伸伸胳膊伸伸腿哪。说罢，她继续捂着肚子摇摇晃晃走了。虽然目不斜视地走上一段路，她还是感觉儿媳妇的目光粘贴在后面，怪不舒服的，不由责怪自己在小辈面前稳不住架子，难免令人胡思乱想的。不过，真让她心里慌乱的倒是怀里揣的斧子，还有像大树一样牢固的想法。这种想法刚冒头时没有蘑菇那么大，仅仅过了一个时辰便长成了一棵大树，而且在她脑子里扎下根。她为此既心惊肉跳又兴奋不已。这辈子她活得像蔚蓝的天空那么干净，可是到了一把岁数却要干出别人容易说三道四的事，她不能不感到难为情。

达勒玛刚刚试着松开手，掖在鹿皮制成的腰带上的斧子便沉甸甸地要掉下去，一副要赖的架势，让她有点泄气。她挺起胸膛，运足气发出鸟儿的鸣叫声。寂静的四周顿时跳荡着鸟儿悠长而缠绵的呼朋引类声。斧子也似乎听得入了迷，渐渐安静下来，贴住她的身体一动不动。

她满意地哼一声：这就对了，别大惊小怪的，我还指望你给我壮胆哪，咱俩谁也离不开谁。

空气里隐隐出现一种小动物的气味。达勒玛奇怪地停住脚步，猛力地嗅几下，然后判断不远的林子里悄悄走着一只幼年的狐狸。没错，那些老奸巨猾的狐狸早已逃避得远远的了，而这只涉世未深的小家伙由于好奇，居然跑到它不该来的地方乱溜达，胆子可不小。她开始为它担心起来，它是挺任性，没看见林子边缘驻扎的小工队的帐篷，仍然自作主张地东游西逛，一丝丝狐臊味儿变成欢蹦乱跳的小脚印，从她眼前闪过去，发出亮晶晶的细响。看样子，它不到天黑是不想回家了。

达勒玛继续往前走时，发现自己接近了小工队的住处，从树林的缝隙间能够看到几处蛇绿色的帐篷。一棵树后面露出一个晃动的影子，尽管距离很远，她还是看出是一个男人在撒尿。她回头望一眼自己走过的地方，心里埋怨小狐狸的母亲，肯定是个虚挂聪明而狡猾的美名却不懂得呵护孩子的傻瓜。这只鲁莽冒失的小狐狸，说不定哪下子就掉进人家下的套子里。玛鲁神灵，它才是多大点的玩意儿啊。

达勒玛着急地大声呼喊起来：呼、呼、呼……她的声音高亢而尖厉，一下子钻进林子里，从里面尖细地回应着，把她自己都吓一跳。那个撒尿的男人从树木后面露出脸，骂骂咧咧道：喊什么喊，掉魂儿啦？达勒玛更生气了，他怎么可以在树根下随便撒尿。树是有皮有脸的生灵，跟人是一个样的。你能在人身上随便撒尿吗？这个不懂规矩没有忌讳的外乡人还来劲儿了，冲她大喊大叫的。好在小狐狸走了。肯定走了，你让它来它都不来，它听得懂她发出的警告，知道事情不妙，它的本能会让它记住一个道理：离人远一点。

腰间的斧子又想掉到地上砸她的脚背。达勒玛用力按一下它，让它老实地待着，现在可不是谁想发脾气就搅起风雨的时候。她边走边听见身后传来脚步声，那个男人也快步走着，很快超过了她。他的手里居然还提着一个红彤彤的家伙。她的心开始狂跳起来，她闻到它身上的臭味儿，人和动物身上都没有的臭味儿，根本不同于她在森林里生活了五十七年所闻过的任何一种气味。她又想呕吐了，每逢闻到这种臭气她就跟中毒了一样，胃里翻腾得厉害。她低下头想找蒿草或天芒放进嘴里咀嚼，压一压呕吐带来的虚弱感。有几朵淡紫色的小花正轻盈地摇曳着，她便摘下这种叫黄芩的小花送进嘴里。来自花草的清香味儿让那窒息人的臭气打个滚，远远地躲开了。

那个男人突然站住等着她。他说：你找谁？达勒玛用红肿的眼睛瞪着他，告诉要找他们领头的。他快嘴快舌道：那你就跟我走吧，找班长就行。达勒玛沉默后又问：班长管不管油锯？他依然快嘴快舌道：管，班长什么都管，连死尸都管。

男人继续在前面快速地走着，而他的话也滔滔不绝地涌入她耳朵里。达勒玛费力地跟在后面，从他牢骚不断的讲述中勉强听懂了大概的意思。他说大兴安岭的伐木工人，一年要被树砸死几个。他说有的大树压根就不该碰它，里面肯定藏着神灵，伐木时明明找准了方向让它顺山倒，可它偏偏一头横砸在山坡上，活活砸死站在坡上的伐木人。还有一种大树更是骇人，粗壮的树根都被伐空了，中间什么都没有，大树还纹丝不动，你永远也不知道它什么时候能倒。待到伐木人觉得没希望了，刚刚挪动几步，那棵大树便轰然砸落下去，把人砸在雪窝里。他说伐木人晚上总是噩梦连绵，白天砍伐树木时，一定偷偷地给树先磕几个响头，求它宽恕自己，然后才敢开启油锯。他们一天天被吓得魂飞魄散。若不是为了养家糊口，谁都不愿意干这种活。

达勒玛听得唉声叹气。她边走边说：可怜的人哪，他应该知道，山神是有脾气的，你动他身上的东西，他就要报复你。他伸出手指轻轻捅你一下，你会受不了的。

男人垂下脑袋盯着手中的油锯，小声说：我害怕，我真的害怕，怕再也见不到我老婆了，她还等着我拿钱哪。他的声音里渐渐有了抽泣的动静。

达勒玛摇晃着脑袋自言自语：知道害怕就好。万物都有灵魂的，你招惹了谁，谁都能记住你带来的伤害。你招惹了一根无辜的小草，你觉得没什么，它才不会有力量报复你，可是所有柔弱的小草都会记下你干的坏事，你遭报应的时候也快到了。

这是你们的人的说道吧？男人神情显得紧张起来，又有点好奇地问：听说你们避难的办法是跳神，管用吗？

谁也躲不过去。达勒玛迟疑一会儿，按照自己的思路讲下去：神灵一边劝你从善，劝你自己长悟性，一边记着你的愚蠢。它可不想含糊，光劝劝你拉倒。可是愚蠢的人看不到这一点，常常为了捞一点东西，就忘记苍天还有一双眼睛盯着你。

听眼前的老太婆神神道道的，男人不耐烦了。这些土著人张嘴便劝你信神。他们信的神真多，天空飞的、地面跑的，甚至石头、河流、空气、风雨、彩虹都是神灵，都让他们顶礼膜拜、敬畏万分。他飞快地在前面走着，听见身后的老太婆发出呼哧呼哧的喘气声，便长舒一口气。谢天谢地，她总算闭住了嘴巴，若是再讲天神地鬼的事，那可真够他受的。

男人进了一个帐篷里，对躺在床铺上的人嚷嚷：班长，有个老太太找你。说完便把手里拎着的油锯放到帐篷角落，拍拍手上的灰走出去。达勒玛一进帐篷就看见十几把红彤彤的油锯，活像一堆龇牙咧嘴的怪物蜷缩在那儿，怪气人的。

班长懒洋洋地抬起头问：你有什么事赶紧说吧，我们快开饭了。

达勒玛眼睛疼起来，一跳一跳的，像是警告她什么。她连忙用手指蘸点口水涂抹在眼皮上，自言自语道：白跳。她走了两步，很认真地说：是这样，你是外地人，你从别处来的。而我们世世代代生活在林子里，死了的亲人都在林子里风葬了。她看见他点点头，顿时激动起来，语言也变得流畅许多。这片林子里风葬着我们的人，你们砍树快砍到他们周围啦。他们安安静静地躺在里边已有年头了，玛鲁神灵替我们这些活人记着哪。安格林河上空的太阳是仁慈公平的，它照耀着活的世界，也照耀着死去的人们。

灵魂是不死的，人活着是一种漂泊，死去了是另外一种漂泊。小伙子，你的眼神和乌云一样，总挡着我说话。嘿，我忘了你是外乡人，你听不懂我的意思，听了也不懂。别嫌我啰唆，我快讲完了。是这样，你们离开林子到别处去吧，别砍木头啦，罪孽啊！一棵棵大树，长得快够着天啦，它们刚从地面露出脑袋那会儿，这儿还没有人哪。

达勒玛猛然拍一下自己的脸。一只蚊子的尸体模模糊糊粘在她手心。她说话的工夫，它一直围住她嗡嗡乱叫。贪得无厌的家伙，就别怪她动手了。

班长起初被她不流利的汉语搞得云山雾罩，之后连蒙带猜，总算听明白她的来意。她叫他们离开这里到别处去，她讲了一条河流那么长的话，关键的就是这么一句。他踢踢脚底下的草，草却纠缠住他的胶鞋，顺势爬到小腿上，打算在那里安家落户。该死的草真是无孔不入，它们像山谷间汇集的水一样肆意泛滥，无论他睁着眼睛闭住眼睛，它们都气势汹汹地扑向他。

小工队的人如果不随时奋力铲除，这些疯狂生长的草肯定能钻进他们的骨骼里。他踢踢脚底下的草，草咬他一口，是草咬的，绝对是，信不信是别人的事，挨咬的却是他。眼前的老太婆有一点说对了，林子里生长的植物都是神灵，都像人一样不好惹。他望着帐篷开出的窗口，没错，前两天他刚拔净的草，现在这些草又长出来了，正准备从低矮的窗口上探进身子，或者干脆爬进来。班长从窗口扯下一束草当抹布，用劲揩自己手上沾的柴油。他刚刚给油锯灌油来着，他被油味熏得连胃口都没有了，他朝谁诉苦去？

好啦，老妈妈，走不走我说了不算，镇子里的领导说了也不算。班长苦口婆心地劝慰达勒玛，她正瞪着固执的小眼睛望着他。我们都得执行上边的指示，小工队的人每天必须拼命干活，完不成任务要挨批评。老妈妈，你们不用操心日子怎么过，听说镇子里在给你们盖房子，你们很快就能搬下山啦。

达勒玛阴沉下脸，心事重重地走出帐篷。

不会有谁因为一个老太婆的请求而离开这里，这是明摆着的事。她原先便晓得会是这种结果，只不过她的固执非让她来碰一次钉子不可。现在她剩下唯一的办法了，趁没人时钻进帐篷，用斧子狠狠敲掉油锯的锯链，看它们张开没牙的臭嘴怎么啃树木。

达勒玛在离开帐篷不远的空地溜达来溜达去，单等着班长出去吃晚饭。天色逐渐暗淡下去，远处的树木也显得影影绰绰，而地面已经浮起一层稀薄的岚气，用不着多长时间，整个林子便会无声地落进厚厚的岚雾里，像潜伏在水底一样。

有一个人出现在她的视线里，朝她快速走过来。达勒玛咧着嘴无声地笑起来。性子急躁的耶思嘎，老了也改不掉走路匆匆的样子，瞧他现在还当自己是小伙子，正飞快地赶路哪。达勒玛顿时精神抖擞，腰板也挺直起来。她有了依靠，耶思嘎就是她的依靠。每当她孤独无助的时候，每当她碰到棘手的事，他总会及时地出现在她面前，像是神灵指派来的。

耶思嘎快步如飞地走到她面前，翻动着厚嘴唇打趣道：有一只傻狍子晃悠来晃悠去的，在一个地方打转转，谁也没碰见。它琢磨开了，我以前怎么那么胆小，谁都怕，连月亮的影子都怕，一点儿也不知道自己是多么威风。看来那些凶猛的动物徒有虚名，听到我的声音就被吓跑啦。以后我不再缩头缩脑了，要保持百兽之王的尊严。太阳升起后，它才发现自己掉进了陷阱里，而且做了一夜的国王梦。

达勒玛忍住笑，很给他面子地点点头：是呀，你没说错，我就是那只傻狍子。趁着天还没亮，太阳还在睡大觉，我就做一回国王梦吧。

耶思嘎张张嘴，一句话也说不出来。达勒玛即使认输也是国王，这一点她没说错。一个人想当国王，别人是无法征服她的。

班长终于离开帐篷。见他黑乎乎的背影隐进另一处帐篷里，达勒玛高兴起来，连忙吩咐耶思嘎帮她看人。耶思嘎听完她的主意，脸色不由得阴沉下来，挺烦恼地嘟囔：我不干这勾当，偷偷摸摸的事情我从来不干！

达勒玛也来气了，失声尖叫道：嘿，你说的是人话吗！你把他们都叫来吧，我当着他们的面干，他们会夸奖我的，瞧这娘儿们多勇敢！说罢，她气势汹汹地朝帐篷走过去，甩下耶思嘎站在那儿发呆。

耶思嘎很快听见帐篷里传出惊天动地的砸铁声，他待不住了，朝帐篷里飞快地跑去。他站在门口吃惊地看着达勒玛，她肯定疯了，高举着斧子深仇大恨地砸下去。锯板随后便发出激烈的怪叫，整个帐篷里似乎正在发生一场厮杀。

耶思嘎一眼看出，疯狂的热情让她难以集中注意力，斧子下落时杂乱无章，有一次甚至朝她自己的腿砸去，幸亏肥大的衣袍替她遮挡一下，否则，她就该变成瘸腿的达勒玛啦。嘿，她也够了不起的，哼都不哼一下，继续奋力挥舞斧子。耶思嘎被感染得兴奋起来，过去一把抢过斧子，高高举到头顶，坚决而有力地砸到锯板上。听见锯板发出分崩离析的破碎声，耶思嘎很满意。这可不是你们耍威风的地方，他像教训人一样轻蔑地说，你们最好回到该待的地方去，这儿用不着你们。

达勒玛看得心花怒放。耶思嘎确实能干，干脆利索地砸光所有油锯的牙齿，让它们规规矩矩地待在那儿了。俩人一前一后走出帐篷，高兴得忘记了应该躲着点人，大摇大摆地往回走。达勒玛不一会儿感到浑身热腾腾的，像烧红了的铁条，于是忘乎所以地说：这会儿林子可静下去啦，跟冬天结冰的河底似的。你砸得正来劲儿那会儿，我听见自己的骨头吱嘎吱嘎地叫唤，挺不服气哪。

听达勒玛抱怨自己半途而废，让他风光一把，耶思嘎的高兴劲儿一下子没了。事情做得再漂亮，他在她心里也是矮三分的。如果她是男人，他真想好好教训她一下。而眼下，他只能生气地问：喂，你还有没有良心，你连自己骨头的动静都能听见，就听不见我正在肚子里骂你吗？我天天惦念你，拿你当依靠，你却总在我面前端架子，你什么时候才晓得后悔呀？

达勒玛张皇失措地四处张望。这个无所顾忌的老头子，大声嚷嚷什么呀，若是凑巧让一个过路人听见，明天猎营地的人就都听见了，甚至儿媳妇肚里的孩子也乐得打滚啦。可是她埋怨不着他了，看来他真是气得不轻，一个人呼哧呼哧地往前走，两只脚与地面蓬勃的野草可笑地较量着，那动静连扯带拽的，一会儿便把她落得老远。

达勒玛忍不住笑起来，笑了一会儿，泪水慢慢地流淌下来。幸亏天已经黑暗起来，幸亏这倔老头怪卖力地往前冲，看不见她越来越汹涌的泪水。老耶思嘎，瞧他硬朗得如同岩石的身板，准能长命百岁，说不定还能创造出生命的奇迹，在后人嘴里留下美丽的传说。而她老了，比谁都清楚，她活不了多久，因为她的心脏像百孔千疮的鸟巢，快被岁月的大风吹落掉地。那个小鸟外形的乌麦神，最近经常飞进她的梦境里，单等着她疲惫不堪的心脏扑的一声脱离她悠悠飘落尘埃时，它便尽职尽责地飞来叼住，反身飞越阴阳两界的界线，把她的心归还给冥界的丈夫。

耶思嘎,她敢应承他什么呀,不识好歹的老头子。

把木杆插进草地里竖立起来,用狍皮筋做绳子,在明晃晃的太阳下晒肉条,肉条干得快而透彻,不招惹蛆虫。

达勒玛嘴里念叨着,一下子从铺位上爬起来,匆匆忙忙穿好衣服,又从铺底下掏出摔成半截的磨刀石,在上面飞快地磨着刀,然后把整块的狍子肉切成细长的肉条,晾晒起来。

昨天深夜时分,她的小儿子从林子里打猎回来了。她一看马背上驮放的两个小山似的皮囊,就知道收获不小。儿子打了两只狍子,他在河边解割狍子后,把骨架扔在那里,把肉装进皮囊驮了回来。夜里临睡前,她曾反复叮嘱自己早点起来晒肉干,却一觉睡到大天亮。她刚睁开眼睛,照例屏住呼吸,倾听远处林子里油锯的响动,可那边安静极了,只有白云悠然地游动,没有油锯那种扎入脑壳似的尖叫声,难怪她睡了一个舒舒服服的大觉。

达勒玛心爽气顺,人也精神起来。她边晒肉条边风趣地告诉儿媳妇,生下孩子时别忘掉在小屁股上涂点熊油,让他长大后像熊一样健壮和威猛。给孩子过满月时别忘掉喂点鲜花汁液,希望他心细如丝,才能招惹女孩子喜欢。她总结似的说:一个男人非有这两样品性不可,你们的爸爸就这样让我死心塌地跟他一辈子。

就是那会儿工夫她又听见油锯尖锐的叫声骤然响起。她的右手哆嗦一下,刀就斜斜地划到左手,手指上的血汩汩地流淌出来。儿媳妇低声叫一下,连忙跑进帐篷里找出捆成一卷的桦皮。她撕扯下里面一层柔软的桦皮薄膜,给婆婆包裹紧出血口,达勒玛抬起头看着晾杆上晒的肉条,它们正嗞嗞地吸吮着热辣辣的阳光,颜色鲜亮而红润。这样的肉干肯定是上等的食物,吃起来格外香酥可口。

达勒玛连话都懒得说了,放下手中的活儿,自己举着手指头慢慢走进帐篷里。她坐在儿子铺好的铺位上,感到伤口一跳一跳地疼,心脏也开始隐隐作痛,一种黑暗的虚弱遍布全身。

心细的儿媳妇看出婆婆难受,在桦皮碗里放些晒干的鹿心血,用温水冲泡一会儿，便端着药碗让她喝下药。她听话地喝了半碗麻涩的药水，过一会儿感觉心脏跳得平稳多了，不像刚才有谁用小锤子咚咚地敲她胸膛。她对站在眼前忧心忡忡的儿子说：该干啥干啥去吧，我没事了。过一会儿她摇晃着脑袋自言自语：气得，我快气死了，那些可恶的油锯还不如先割掉我的脑袋，我真活够啦。

她恹恹地躺下，浓郁的睡意顿时袭上来，接着就是连绵沉重的梦境，一个个挤了进来——她的儿子吃力地走在林子里，找不到回家的路……而那些动物，那些狼、狐狸、鹿、狍子，还有野猪和熊，都排着长队，跟随她儿子，寻找生存的道路……它们的眼神像秋天的寒风那样忧郁，那样冰冷。

她举起手召唤着儿子，儿子却领着那群动物慢慢走进更深的林子里。

伤口尖锐的疼痛唤醒了她。她坐起来，听儿子和媳妇在帐篷外忙碌的声音，仍然如坠梦中。她觉得自己不过打了个盹，却发现这一觉睡的时间可不短，从帐篷门口朝外看去，光线已经暗淡了。她的眼睛肿胀起来，连嘴唇都厚得像被黄蜂蜇过。她心惊胆战地伸出腿，在上面按一下，小腿浮肿得马上陷进去一个肉坑，如同一只患了白内障的眼睛盲目地望着她。看样子，她又要重返医院了。

达勒玛真想号啕大哭，又觉得若是那样便显得太放肆了，让神龛里的玛鲁神看着不高兴。

安静点吧，它会警告她道，受苦受难的人多了去了，他们一直沉默地承受，到死了也不吭一声，怎么就你大呼小叫的。想到这里，她硬憋回去已经涌上来的眼泪，光着脚走出帐篷，在院子里转悠一会儿，最后一屁股坐在篝火堆边。篝火正在起劲儿地燃烧，煮着吊锅里的狍子肉。她闻着肉香味儿，对烧火的儿媳妇说：我又饿了，我总是饿，怪没出息的，你公公在那边省事，用不着吃东西，他每天到处闲逛就行啦。她边说边用割肉的尖刀伸进沸水里，叉住一块肉，捞出来看看熟没熟。

她的小儿子正坐在一堆木桦子上数着皮袋里的子弹。有两颗子弹一下子骨碌到地面，眨眼间不见了。他半跪着伸出手在木桦子下摸索一会儿，才找到那两枚滑溜溜的玩意儿。他重新坐在木桦子上，非常担忧地看着母亲。她正津津有味地嚼动嘴里的肉，看起来吃得热火朝天，实际上肉就顶在嘴里，很难咽下去。母亲的脾胃太虚弱了。她是做样子给儿子看，她很结实，也很能吃，用不着操她的心。他控制住自己的情绪,走到吊锅边,找出一块煮烂的肉,一点点地撕开肉丝放进桦皮碗里,让母亲吃。眼下,不是他轻易流露忧伤的时候,真正伤心的泪水是该流在心里的,而不是淌在脸上。能大大方方淌在脸上的,一定是汗水。

吃饱喝足后,达勒玛觉得自己又有劲儿了。她找出一个空皮袋,去了小工队的住处。她猜对了,他们把断锯链随便地抛弃在帐篷外,任它们今后风剥雨蚀地腐烂掉。这堆不再具有杀伤力的东西,在她眼睛里变成了有用的东西。她仔细捡起断锯链装进皮袋里,然后背着袋子慢慢走进林子里。

她被一棵树挡住,它裸露出土的树根绊了她一下。她放下背的口袋,俯下身拍拍树根惋惜地说:小伙子,你该学会收敛自己呀,根要往深处扎,不要浮出来。说罢,她又背上口袋,在树丛间绕来绕去,站在一棵苍翠的松树前。她用双臂刚刚拥抱它,马上又抽回手,像烫着了一样。里面有一种力量传递到她手臂上,肯定是树神告诉她,他在里面待着哪。

达勒玛在口袋里找出四五根断锯链,一根一根地用斧子敲进松树的根部,她相信,张牙舞爪的油锯一旦撞上这些铁东西,马上就变成哑巴,锯链一下就会崩断了。这就叫物物相克哪。

她被自己聪明的想法鼓舞着,给一棵又一棵树的根部敲钉进铁牙齿,让它们保护自己免遭戕害。她打算用完这些断锯链后,和儿子商量一下,用给她看病的钱下山买钉子,越多越好,她恨不得给所有的树木都装进牙齿。儿子会同意她的请求,因为她干的是积德的事情;儿子为什么不同意,他那么懂事和善良,纯洁的心跟金子一样。

达勒玛听见不远的地方传来脚步声,是人的脚步声,耶思嘎的,她听得出来,捂住耳朵都听得清清楚楚。她高兴极了,站直身板叉着腰大声说:你找对地方啦,我快累死了,你接着干吧。

耶思嘎从树木间露出脸,挺得意地说:你弄出的动静可不小哇,我还以为打哪儿来了只啄木鸟,到处敲打找虫子哪。

达勒玛咳嗽一声说:闭住你的乌鸦嘴,你想成心气我吗?我可不上当。既然你来了,就干活吧。

耶思嘎围着达勒玛刚敲进锯链的大树绕一圈，心悦诚服地说：多么能干的女人哪，应该给大家当莫昆达啦。若是你当首领，我们这些男人会死心塌地帮助你的。可惜你生不逢时。

达勒玛低声笑了，好像许多辛勤的蜜蜂正在她嗓子眼里酿蜜：你可真老实过头了，耶思嘎，你怎么没看出来，我要遇到点事，马上慌慌张张找你去，我的主意其实都是你的主意——和你抬杠抬出来的主意。

耶思嘎费了很大劲儿才把脸上即将绽放的笑容压下去。打他们相识开始，达勒玛还是头一次当面褒扬他。他既感动又有点难过，接过她手里的斧子开玩笑似的自嘲：我还是听你抬杠的话舒服，你这么好好地说话，我就变哑巴啦。

他用力地把一截截的断锯链敲进树根，很快，口袋里空荡荡的，让他懊丧起来：太少了，还没敲进去多少铁家伙，明天上哪儿再弄些钉子来？

达勒玛心满意足地拍着树身说：这样也不错，保一棵是一棵。瞧瞧，让咱们呵护过的树，活得多结实，连叶子都冲着咱俩笑哪。今天夜里，它们肯定能睡个好觉，一个噩梦也不做。

耶思嘎沉默地倾听一会儿。他转过脸，对达勒玛郑重地说：我听到太阳下山的声音了。

达勒玛站直了身体，凝神屏气地倾听着，小声说：我也听见啦，太阳神下山啦，它走路的声音真好听，跳舞一样。他们面对面伫立着，倾听太阳像跳舞一样旋转着坠落山峦，倾听高高伸向天空的一棵大树上悠然地飞落了一只鸟，倾听几片绿色的树叶在半空中悠悠飘落……有两片叶子倏忽间轻盈地碰到一起，发出亲吻的细响，然后依依不舍地分离，悄悄地滑向散发无穷热力的大地。而大地正发出孩子吧唧吧唧的喝水声。耶思嘎欢快地笑起来：大地喝水哪。他想了想，加重语气说：大地是孩子，它晒了一天，渴坏啦。

达勒玛轻轻抽泣一下，耶思嘎以为自己耳朵出了毛病听错了，接着她又发出一声响亮的抽泣，他于是隐隐地感到，她已经伤感一阵子了。见他探过脸仔细观察她，达勒玛索性呜咽起来：我想活，我真想活下去。我走了你怎么办？一个人孤零零的，找谁说话去，时间长了还不憋出毛病来啦。孩子们毕竟是孩子，他们的想法和上年岁的人不一样。

耶思嘎难过地低下头，他的嗓子眼被一只伤感的手捂住，让他喘气都有困难。这个倔强的老太婆，平时看着没心没肺，逮什么说什么，其实关键的话她半句都不肯泄露，把自己捂得死死的。现在，她自己觉得生命之火快熄灭了，才张开金刚式的硬嘴巴，露出心底的秘密了。他没猜错，她心里一直有他，这就足够了，他要的就是她的心。苍天在上，他这一辈子除了把她放在心里，没把任何事当成事，他够痴心的了。耶思嘎昂起狭长的脸，既遗憾又欣慰地说：喂，拿出你从前的勇气，你要好好活下去，我不许你再胡思乱想。你为我也该好好活吧。我回家就跟孩子们讲，达勒玛姊姊终于开恩啦，想成为咱们家族的人啦。孩子们会高兴的，他们早就盼望你进我们家门啦。

达勒玛听得心驰神往，刚刚还挂着泪的脸隐隐浮起含糊的笑容。可是，她的目光一旦落在远处的树丛里，另一种想法便随着晚风袭上心头。她慢慢地摇着头，她摇头的样子让耶思嘎恍惚间听见，残挂在树枝上的山果在凝重的秋风里微微晃动。达勒玛又快流泪了，她难过地说：好女人不可以嫁两个男人的，这辈子我就是多勒巴的老婆，我要对得起他。等到来世吧，来世我再嫁给你，一定好好还我欠你的情。

耶思嘎伤感地垂下脑袋。

油锯声继续尖锐地响着，可是它突然哑巴了，像被谁掐住脖子。达勒玛心花怒放地跪在篝火边，朝旺盛的火焰里恭恭敬敬地投进一块肥美的狍子肉。欢快的火苗伸出殷红的长舌头，津津有味地舔着肉，很快打起一串饱嗝。今天的阳光仍然像往常一样明媚，一切都显得生机勃勃的，连火神的胃口都出奇地好，瞧它伸出一条条炙热的舌头围着吊锅跳舞，锅里煮的狍子肉粥开始弥漫出香味儿，看来熬到劲儿了。林子里传出一声雄鹿的长鸣，达勒玛奇怪起来，支棱起耳朵认真地听一会儿，那雄鹿仿佛知道她倾听，吱噜吱噜地叫个没完。达勒玛忍不住笑起来。这个老耶思嘎，亏他想得出来，用这个法子告诉她，他们没白干，油锯被树里藏的锯链崩哑巴啦。他用叫鹿筒吹出的动静够大了，真像一头性急的公鹿四处呼唤母鹿。现在是盛夏八月份，哪有公鹿到处乱叫的事，九月份野鹿才发情哪。尤其是雄鹿，发情时才不会斯斯文文躲在林子里唱小调呢。它们性情一下子像火焰似的暴躁，自己脱离鹿群，站在山坡上连性命都不顾地呦呦呜叫，呼唤年轻的母鹿做伴侣。这个老耶思嘎，乱叫什么。嘲笑归嘲笑，达勒玛还是听得挺带劲儿的。但是耶思嘎欢叫的日子没几天就结束了。油锯又嚣张地张开大嘴，山上的树又一棵接一棵地倒下去。一棵几百年的大树轰然倒下时，连大地都被震得颤抖了，达勒玛家的帐篷也跟着摇晃起来，帐篷里挂着的玛鲁神像也摇晃得像钟摆似的。她跪在神像前祷告时，曾抬头看过玛鲁神，结果看到玛鲁神一直摇晃着脑袋，任何神谕都没告诉她。

达勒玛只能又去找耶思嘎。她认输了，彻底认输了。耶思嘎是男人，男人的脑袋终究要比女人聪明。女人的脑袋平素看着灵光八面，一旦遭遇大事就糊涂成汤汤水水。达勒玛颠三倒四说了不少话，耶思嘎只记住一句：他是男人，是男人就应该有主意。

耶思嘎当然有主意。安格林河流淌进多少丰盈的源流，他脑袋里就有多少主意。在他层出不穷的建议中，达勒玛选中一个办法：在道路上挖陷阱，让运材车掉进去。那些长着胶皮轱辘的汽车太气人，整天拉着粗壮的原木送到山下的镇子里，它们活像一头头怀了崽的母兽，挺着撑大的肚子，连跑都跑不快。非让它们崴折腿才老实点。

俩人大清早便从家里走出来，他们会面后便沿着运材路走走停停，寻找合适的地方挖坑。运材路面被沉重的车轮碾轧出一道道深深的裂痕，犹如天空撕心裂肺的闪电印在路面。走到转弯处，达勒玛把铁锹插进土里，决定就在这儿挖坑。她的理由很充分，转弯处有繁茂的灌木丛遮掩，别人很难一下子发现他们。

这回轮到耶思嘎摩拳擦掌了，他吩咐达勒玛去路边看着人，他一个人干就可以了。他朝她举一举手中的铁锹，然后开始挖土。铁锹刚碰到硬铁板似的地面，他便觉出自己手臂力量的虚弱，但他不想让达勒玛在背后摇头，叹息地回忆他昔日是何等的威猛，何等的力量超群。达勒玛心情复杂地看着他犹如一只勤奋的蚂蚁，伸出精瘦的胳膊顽强地掘土。他到底力不从心了，他气势汹汹地挥舞铁锹，马上被土地的力量顶回来，他的胳膊、腿，还有脊背显得笨重起来。达勒玛走过去，和他并排站在一起，坚决地伸出铁锹。他们都老了，更需要齐心协力干活。她坚决地伸出铁锹，土地也坚硬地反抗她。土地长脾气了，它不再是昔日松松散散、任你用手都可以在它身上挖出坑的样子，而是和谁都来个硬碰硬，一副死犟到底的德行。达勒玛没挖一会儿便呼哧呼哧喘起粗气来。不识好歹的东西，跟我硬顶有什么用。她呸了一口吐沫，气急败坏地数落着：你们连脑袋都不长，任着一辆辆车从你们身上开过去，任它们把木头拉光吧。

他们刚挖出一个像模像样的大坑，远处便传来汽车声。耶思嘎手忙脚乱地用树枝掩盖住大坑，在上面撒落一层土。他拉着达勒玛走到路边，连躲避一下都忘记了，明晃晃站在那儿，像两只缺心眼的狍子。道路上耸现出一辆运材车。这个巨大的吃汽油的家伙肚子里装满了原木，一路轰轰叫着飞奔而来。耶思嘎一看见鲜艳如血的车身，马上想起来，这种车叫斯康尼亚，是外国货。关于它的来历，安格林河一带的猎户已经耳熟能详。它出现在通往森林的道路时，便意味着猎户们狩猎为生的时代即将结束，另一个时代即将来临。至于新的时代会是什么样子，谁也无法想象。血红的斯康尼亚飞驰而来，它带着不可一世的神气一下子扑到他们眼前，接着栽进坑里了。可是它只哼哼几声，便从土坑里弹出来，它的八只巨大的车轮轻而易举地托住车身，呼地一下跳蹿出那个小土坑。没等他们缓过神，巨大的运材车又飞快地跑远了，车轮刮起的尘土弥漫了半空。

耶思嘎气坏了。达勒玛从来没见他气得快疯了。是的，他一动不动地站在那儿，没有任何声响，甚至连呼吸声都是均匀的，像打点的时钟那么均匀。但达勒玛知道，他快气疯了。耶思嘎突然把双手伸向半空，喃喃自语道：腾格乐天神，请你赐给我无穷的力量吧！请你让我的血液重新像年轻时那样奔腾，请你让我的骨骼重新像岩石那般坚硬。说罢，他举起铁锹跳进土坑里，拼命地掘土。达勒玛也举起铁锹跳进去，和他并排站在一起狠狠地铲着土层。铁锹铲下一簇簇的草根，这些草根长得格外繁茂，似乎从地壳深处爬出来，用人们无法想象的速度蔓延向大地的每一个角落。它们从伤口淌出白色的汁液，和黝黑的泥土混合起来，散发出一股股滑甜的气味。

达勒玛边打喷嚏边用力铲掉维护泥土的草根，挖出底下的湿土用力抛到土坑外面。鲜甜的草根吸引来一群肥胖的蚂蚁，它们忙忙碌碌地爬来爬去，有几只不小心掉进土坑里，张皇失措地四处逃窜。达勒玛感到湿漉漉的后背也有蚂蚁在爬,那里又凉又痒。她看到正在拼命掘土的耶思嘎,他后背的衣服仿佛雨季中的桦树皮,湿淋淋的。土坑越挖越深了,达勒玛很骄傲地想,他俩的汗水可没白流。耶思嘎终于把铁锹狠狠插在土里大声嚷嚷:好了,这回该好好教训到处乱窜的铁家伙啦。他爬出土坑时颇费周折,但是没出洋相。轮到达勒玛上去就可笑了,手脚并用还是重新摔进坑里。耶思嘎不得不跳进去,在下面把她捣了上去。耶思嘎上来后,用树枝遮蔽住土坑,又在上面仔细地撒层土。他听着远处传来汽车飞驰声,很自信地说:这回它可逃不过去啦。一辆解放牌汽车轰隆隆地开过来。达勒玛和耶思嘎又忘掉隐蔽起来,仍然站在离路边不远的草地上张望。这个庞然大物飞快地陷进土坑里,汽车轮胎的爆炸声快把他俩的耳朵堵死了。爆炸的巨响在半空里膨胀成巨大的蘑菇云,接着山里面也传出回声,好像过节放礼炮似的。

俩人开心极了,哈哈大笑。达勒玛像金灿灿的葵花那样,边笑边把脸转向耶思嘎。她只能看见他那张笑脸上一个黑洞洞的大嘴,瞧他乐不可支的样子,真比娶亲还兴奋。汽车驾驶室里弹出一个矮小的男人,怒气冲冲地朝他们跑来。接着又下来一个人,站在道路左侧,朝后面开来的运材拖拉机摆着手。达勒玛有些害怕,紧紧靠着耶思嘎说:咱们跑吧。耶思嘎盯着奔跑的男人倔强地说:我又不是兔子,我不跑,来的时候我就没打算跑,看他怎的。

那个矮小的男人冲上前,一把揪住耶思嘎的衣领,而且用绳子捆绑他的胳膊。达勒玛甚至没来得及看见男人从腰间掏出绳子,仿佛那绳子是自动生长出来的。达勒玛张开手臂,摇摇晃晃走到耶思嘎面前,拼命地拽扯那根该死的绳子。矮小的男人粗鲁地推开她,对着跑过来的三个男人大声叫骂,接着又是叹气又是诉苦,跟倒霉鬼一样。

达勒玛支撑着站稳脚跟,攒足力气又走上来。耶思嘎看出她的心思,大声喊她站住,保持自己的尊严。他自己被人家挟持着还顾及她的体面,她一下子流出泪来。耶思嘎是对的,人应该有尊严,他不愿意看到她像泼妇似的与人撕扯叫骂,那样子挺丢人。她听话地站立着,拼命地控制潸潸泪水。她看见他又皱起眉头,很生气地瞪她一眼。她马上抬起手擦干眼泪,顺便又擦干净脸面,然后昂起脑袋,傲慢地面对那些人。

不用再看她也知道，这回他该满意了。他曾经说过，他就喜欢她的傲气。

那四个人凑至一块儿商量后，便分开行动。他们捡起地面的铁锹，先在陷进的车轮前挖出一条斜坡，司机把拖拉机开到汽车前，把松塔粗的钢丝绳挂到汽车前部的铁钩上，然后开动拖拉机，亮铮铮的履带咔嚓咔嚓向前推进一段路程，那辆汽车便哼哼地爬上路面。

达勒玛悲伤地垂下头。他们白干了，这个刚挨了教训的家伙只哼哼几下便爬出来啦。它身后的土坑，活像坍顶的耗子洞，能灌满两桦皮桶的凉水就不错了。这时候，耶思嘎居然令人不可思议地笑出了声，他压低嗓门告诉她：我摸到门路了，下一次要干得漂亮点，他们肯定以为碰见山鬼了！她忧郁地瞅着他，又忧郁地瞅着那些人。他们正在换轮胎，一个神奇的铁家伙说把车身抬起来就抬起来。没用多大工夫，汽车又长出个好腿，又可以满世界乱跑乱窜了，该死的家伙。有两个人走过来，吵吵嚷嚷地推着耶思嘎上汽车。他们要把耶思嘎带走，带到镇子里，那儿会有人管教这个老东西的。他们把耶思嘎叫成老东西。

耶思嘎牛烘烘地进了驾驶室，那模样仿佛是去领奖。他费力地扭转脖子望着达勒玛，他的脖子显然不对劲儿，大概扭伤了。他对她喊：回去吧，我不会有事的。

他们哈哈大笑，其中一个甚至吹起口哨，表示讥诮和嘲弄。汽车司机倒一下车，接着让车从两把沾满泥土的铁锹上碾轧过去，一溜烟跑得踪影皆无，而拖拉机也咔嚓咔嚓地跑远了，留下难闻的臭气。

达勒玛终于无声无息地哭了。已经没人看见她，她再也忍受不住，任泪水像秋天的树叶一样簌簌落下。她感到心脏被挖空了，里面像无边无垠的深渊，笼罩着绝望的浓雾。她从来没有如此绝望过，就像她从来不知道，一个人的身体可以变成深渊。

达勒玛挪动一下脚步，接着又挪动几步。

太阳光慢慢延伸过来，不动声色地爬上她的脚面开始咬人。她记不清楚自己伫立了多久，神情也恍惚起来。该回家了，有一个声音贴着她耳朵吩咐，有一只手轻轻推她一下。她便背对着运材路，慢慢地往林子里走。

她走啊走啊，又站住了。她面对着三条小路，就像面对三片相同的树叶一样。

她感到浑身炙热难耐,便摘掉脖颈上的围巾拎在手中。清晨时,林子里凉气袭人。从家里出来时,她用围巾包住头部,以防自己着凉。她站在岔道口,白晃晃的阳光晒得她眼前阵阵发黑,她顺着一条小路走一段,又返回来选择了另外一条路。高高的草藤拽扯住她手中的围巾,她也没感觉到,那条饱经风霜的围巾躺在草丛间,委屈而担忧地看着她越走越远。

达勒玛选择了那条通向幽幽丛林的道路,一直走下去。虚弱不堪的心脏提醒她,该为自己寻找最后的归宿地了。嗅着越来越浓郁的树林气息,她又开始哭泣了。她的父亲和丈夫都留在大兴安岭密林深处,浩瀚的森林仁慈地接纳了他们的灵魂,没有谁能够打扰他们了。谢天谢地,人的力量无法抵达他们那里。他们每天顺着山峦里洁净的风自由飘游,沐浴着金灿灿的阳光,那是多么美好的境界!他们活的时候所承受的一切苦难,都化成吉祥的福音,让他们的灵魂获得了永恒的安宁。

没有风葬架高高抬起她的躯体,达勒玛是不会见到他们的。

一阵致命的虚弱袭上全身。达勒玛慢慢合上眼睛,她的后背渗出一层如油般的汗水,继而全身都渗出一层冷汗。她生命的大限到了,达勒玛清楚地记得,自己的亲人离世时,都曾流淌过这种绝命的汗水。

我累了,她低低地呻吟着,摇摇晃晃地坐在地上。周围有十几处白光光的树墩子,她不会坐上去的,而且任何一位族人都铭记古训,从不坐在树墩上歇息。即使树身被伐掉,但是树的根部仍然驻留大地赐予的生命,人怎么可以凌驾于树神之上呢?

达勒玛伸出手,怜惜地抚摸身边的一个树墩,它像一个巨大的圆桌摆放在那儿。它应该是一棵老树,上面细密的年轮犹如涟漪朝她荡漾而来。她数着一圈圈的年轮,很快就数糊涂了,它至少有上百年的树龄。

达勒玛渐渐垂下脑袋靠在树墩上,一股浓郁的困倦像树胶一样粘住她的眼皮。她合上眼睛后,便缓缓坠入扑面袭来的浓雾里。她听见远处有一只熊呜呜地呼唤她的名字,接着她看见母熊乌森从白雾里慢慢走到她面前,用力推了她几把,站起身朝天咆哮一声,又慢慢地隐入白雾深处。

达勒玛一下子睁开眼睛,从地上站起来。尽管视线里只有树木和草地,四周静寂而空荡，但她相信，母熊乌森的确来过。达勒玛七岁时曾在山林里迷路了。到了第三天，她靠着一棵大树根睡过去。她睡得真死，若不是听见那声低低的咆哮，她肯定再也醒不过来了。她看见了它，母熊乌森。她吓得尿湿裤子，双手捂住眼睛呜呜哭起来。母熊挥着它那黑巴掌，掉转庞大的身体走开了。她睁大眼睛恐惧地看着它。它再没有回过头，宽阔的后背逐渐消失在林子深处。她朝山下跑了几步，奇迹般地发现一条小路，便沿着它走回了家。

后来，耶思嘎的爷爷猎到了乌森。他表情悲哀地返回营地，找人把它抬回营地。按照古老的习俗，全部落的人团聚在一起吃熊肉。他们边敬畏地学着乌鸦呱呱乱叫，边趁机把煮熟的熊肉咽进肚子里，让熊的灵魂误以为是乌鸦侵犯它神圣的躯体吧。至于那堆已经剖卸完的熊骨架，当然是猎人干的。但不是一个猎人干的，而是所有的猎人。他们沉默不语，神情肃穆地干着活儿，连一根熊骨头都不敢随便丢弃在别的地方。趁着天光明亮，部落的人把熊的骨架抬进林子深处，用风葬的仪式安葬了母熊乌森。只要它的灵魂寻找到自己的骨骼，就像河水找到山谷、白云找到天空，它就想不起再找猎人的麻烦。达勒玛连一口熊肉都不肯吃，她坚信乌森是自己的救命恩人。达勒玛一辈子没忘记安葬母熊乌森的壮观场面。当部落的人们把乌森庞大的骨架抬到风葬架时，天际骤然下起暴雨，几分钟后雨过天晴，天边出现两道美丽的彩虹，那可是罕见的吉祥的象征。当她抬头远眺神奇的天象时，相信母熊乌森的灵魂正顺着双拱彩桥升腾到了天堂。

达勒玛一直守护着心里的秘密。她没能嫁给耶思嘎是因为母熊乌森，嫁给丈夫也是因为母熊乌森。多勒巴家族信奉的图腾是气吞山河的大熊，她自然要嫁给熊的后代。达勒玛凝神屏气地倾听着，然后朝林子深处继续走去。她肯定没有听错，是母熊乌森从遥远的地方呼唤她。丈夫临终前曾经听见夜空里有熊叫他的名字。多勒巴家族的祖先是熊，他们这些后代，哪儿来的当然要回到哪儿去，达勒玛也不例外。

达勒玛又感到自己快走不动了。她开始模糊的视线里仍然没有出现像样的大树。粗壮的树已经被伐倒运走了，周围只留下一些尚未成材的小树。达勒玛跌跌撞撞地走了一段路，她支撑自己别靠到小树身上。这些没什么经历的孩子，筋骨嫩着哪，哪儿经得住她这把老骨头挤压。

她到底还是靠在一棵树身上，呼哧呼哧地喘着粗气。她真的快不行了，她抱歉地想，自己不能在这个时候倒掉。她努力地站稳脚，而背靠的那棵树也在努力地支撑她。树梢上掉落下几片毛茸茸的绿嫩叶，轻轻拂过她的脸，飘落到地面。它快弯下腰了，这样不好，她忧心忡忡地想，这么小就学会弯腰，一辈子会没出息的。达勒玛吃力地站直身体，那棵年轻的树也重新站直了身躯，像是一个英俊而挺拔的少年。她留恋地抚摸着它，感到树身里有一股激流突突地奔涌，震得她手心发麻。达勒玛听出来了，是大地的脉搏在它身上跳荡，在所有的生灵身上跳荡。她的头顶上也传来生命的脉搏跳荡，那是一只山鹰盘旋在碧蓝的天空上。她赞叹地笑了，大兴安岭的天空，只有山鹰才可以在太阳下骄傲地翱翔。达勒玛终于找到一棵参天大树了，它仿佛自己挪移到她眼前的。达勒玛绕着它走了三圈，不敢相信眼前出现的奇迹。这棵大树太古老了，连伐木的油锯都绕过它。或许慑于它的巍峨和神秘，或许出于难以解说的原因，他们绕过了它，让它依然耸立在那里。这棵古树的表皮爆裂了，从里面重新生长出新鲜的树皮，繁茂的树枝犹如无数条遒劲的臂膀伸向天空。强烈的阳光渗进树叶的缝隙里，散落在草地上，微风拂动着地面，那些晃动的光斑犹如天籁之音袅袅飘浮。达勒玛跪倒在大树前，面对黑黝黝的树洞，虔诚地磕了三个头。被时间掏空的洞口依稀散发着熊的气味。达勒玛明白了，是母熊乌森呼唤她来到这里，它为她找到了最后的宿营地。她恭恭敬敬地整理好衣服，然后钻进树洞，按照神灵的旨意端庄地坐下。那个位置刚好仁慈地容纳了她。达勒玛感觉得到，这棵古老的神树正在温情地搂抱着她，仿佛母亲把童年的她搂抱在自己的怀抱里。她慢慢地合上了眼睛，长长地嘘出一口气，最后听见自己苦难的心脏回归大地的声音。这个声音悠远而宁静，带领着她进入另一个世界，她睡着了，梦见自己和古树融合在一起，永不分离。

霍林河歌谣

2009年获第九届内蒙古自治区文学创作"索龙嘎"奖

白雪林

海利斯泰只有二三十户人家，在霍林河中游东岸，沿着鄂尔敦山脚下的沙梁稀稀拉拉地分布着，村子足有三四里地长。

诺日玛的家在村子最南面。

初冬的一天早上，诺日玛从她家那低矮的泥土房里出来，向院子里的勒勒车走去，解下拴在门前的红犍牛，套进辕子，一拍牛屁股，红犍牛就踢踢跶跶地摇晃着尾巴向村外走去。

风淡淡的，太阳还没有出来，草原上盖着一层薄薄的白霜。诺日玛坐在勒勒车上，任随红犍牛慢腾腾地走着。她今天心情很好，勒勒车不太好使了，她要上毛道艾林找木匠达瓦修理修理。车轴已经磨得太细，连接牛鞅子和辕子的柳木盘肠也不行了，再不换，哪天坏在路上，那就坏了事。她自己的身体似乎也该拾掇拾掇了，浑身轴得不行，肚子里也好像不太通畅。她想念达瓦粗硬的胳膊和扎人的胡子，让他一压，再揉搓揉搓，那可是十天半个月的舒服与清爽。她早就是个寡妇，达瓦也是单身，俩人本来可以往一家里凑合的，可是达瓦这个老东西就是不想结婚，说不想让家庭这个夹板子给夹住身。看起来不光城市里的年轻人知道单身自在，没有多少文化的达瓦也知道单身汉自由。人是最狡猾的东西，她知道达瓦虽然没有老婆，但是从来没有老实过，喜欢和女人们勾勾搭搭。这样的男人怎么能当丈夫呢？虽然不能当丈夫，但是做个相好达瓦还

是不错的。达瓦的木匠活儿做得好,那个活儿也做得好,要不然诺日玛怎么能和他好了二十多年呢。勒勒车晃晃悠悠地走着,诺日玛想着和达瓦做那事儿时的情景,心里就有些发慌,身上潮潮的,她觉得勒勒车太慢了。太阳出来了,地面上的白霜慢慢融化,淡淡的氤氲在草原上蒸腾着。

现在村子里用勒勒车的人家很少了,富裕的人家用上了汽车、拖拉机和摩托车,次点的人家也用上了驴车。胶皮轱辘的驴车轻快方便,人们管驴车叫驴吉普。诺日玛要是不急着出外办事,她还是喜欢用勒勒车,勒勒车稳当,不像驴车那样让人手忙脚乱。驴车的胶皮轱辘有时还会扎破,不如勒勒车方便,山上可以,土路可以,泥里可以,乱石堆里也行,就是粗粗大大的木头茬子也不怕。年轻的时候有一次她和达瓦就在勒勒车上干了那活儿,在晃晃悠悠的勒勒车上干那活儿的滋味儿是不一样的。那是她和达瓦的第一次。男人都是那样,在节骨眼上就啥都顾不了啦。可话说回来,那天她咋也没想那么多呢?女人急了也是一样的。

用勒勒车的人少了,能做勒勒车的木匠也少了,但她还坚持要用勒勒车,是不是想以修理勒勒车的借口去和达瓦幽会?勒勒车是个好东西,她现在坐的这个勒勒车就是达瓦当年做的,看看,都已经二十多年了,还很结实,像达瓦的干巴身子一样,瘦男人尿水足、经折腾。

她和达瓦就是通过勒勒车认识的。那年她家要做一个勒勒车,就把达瓦给找来了,那是她丈夫死后的第三年。达瓦在她家里乒乒乓乓地干了七天,就把一辆勒勒车做好了。她很高兴,围着勒勒车兴奋地看着,说:"车做好了,该给你工钱了吧?"

达瓦擦着脑门儿上的汗说:"当家的,工钱你看着给。"

"啥叫看着给?不是已经说好了吗?"

"我不仅车做得不错,别的活计也挺好,你不想做点别的吗?"达瓦眯缝着眼睛看着她。

"做别的?"诺日玛还没有反应过来,歪着脑袋认真地想了想。她是个不懂风情的女子,做什么事情都非常认真。

达瓦看着她的样子笑了,走过去,拍了拍她的屁股:"多肥的土地呀,怎么能让它荒着呢？"

诺日玛这下明白了，在达瓦干活儿的这几天，她一直恭恭敬敬地伺候着他，从来不和他多言多语，想不到这个木匠把勒勒车做完之后，还有别的花花肠子。诺日玛生气了，她咚咚咚地走进屋里，把工钱拿出来，甩给了达瓦，大声喊道："滚，你快点儿滚！"

达瓦可能是从来没有见过这么厉害的女人，他把钱装起来，灰溜溜地转过身。达瓦走到门口，又嬉皮笑脸地转过身来："诺日玛，你别生气，勒勒车要是有了啥毛病你就去找我。"

诺日玛生气地说："快点儿滚吧，勒勒车坏了我自己会修。"

达瓦还是赖在门口不走："你有别的活儿让我帮忙也行。"

"你这个人咋这么招人烦呢？没活儿了，快走吧。"

达瓦摇摇头："诺日玛，你还是太年轻了，怎么脑袋这么固执呢？你不懂得人活着是怎么回事儿。"

诺日玛不理达瓦，低头做别的去了，达瓦只好悻悻而去。由于诺日玛是寡妇，给她提亲的人就很多，诺日玛都不满意，她想起了那个瘦瘦的会做勒勒车的木匠达瓦，就赶着勒勒车去找他。她的借口是让他把勒勒车修一修，实际是想看一看达瓦是不是真心的。如果是真心的，她就情愿嫁给他。那个木匠人很好，身体也挺结实，还能做那么结实的勒勒车。没想到，诺日玛和达瓦在霍林河边的小路上相遇了，达瓦骑着马，背着木匠家什正摇摇晃晃地走着。诺日玛把达瓦喊住，两个人在路边的柳树下坐下来。

诺日玛有些羞涩地说："达瓦，我看你去年给我做勒勒车时，好像是对我有点那个意思？"

"啥意思啊？"

"你是不是想和我那个？"

"当然想了，你这么胖乎乎的女人，怎能不让人想入非非呢？"

诺日玛被达瓦说得满脸绯红："我和你说正经事儿呢。"

"我说的也是正经事儿，实话实说嘛，没开玩笑。"

"你如果真那么想，那咱俩就结婚吧，反正你也没有家，我只有一个女儿。"

"结婚？"达瓦的神情很古怪，"我才不干那傻事儿，你看看我，光棍子一条，轻轻松松，来去自由，这多好啊。我脑子有病呀，非要找一个老婆，再养一大堆孩子，给那些没良心的小东西们当牛做马，累不累呀？"

诺日玛被达瓦的话给闹愣了，这么多年她还没有遇到过不想结婚的男人。她奇怪，这个达瓦是不是有什么病呀？她绷起了脸，审问达瓦："不想结婚？你说的不是真心话吧？你是不是有啥病？"

达瓦用力地拍着胸脯："有病？你看看我这一身疙瘩肉，能是有病的人吗？"达瓦说着就要把衣服解开，让诺日玛看看他身上硬邦邦的肌肉。

诺日玛急了，她怎么能让达瓦把衣服解开呢，她慌慌张张地站起来，赶起勒勒车，掉过头，向海利斯泰走去。可是达瓦也掉转了马头，他把马拴在诺日玛的勒勒车尾巴上，人跳到勒勒车里，大模大样地坐下，和诺日玛开起玩笑。

"诺日玛，你看咱们俩都三十多岁了，又不是小丫头小小子，有啥不好意思的，难道咱们俩就不能做个相好？"

这个事儿诺日玛没想过，虽然丈夫死了，她已经几年没沾过男人，但是达瓦说的事情，她真的没有想过。达瓦如果实心实意和她好，那就应该和她结成夫妻。

诺日玛生气地赶着车，不言语。达瓦从后面看出诺日玛在生气，就说："诺日玛，我这样活着才是对的，你那样活着是错的，你为什么要为别人活着呢？"达瓦的这句话，倒让诺日玛有些吃惊："达瓦，你说啥？要为自己活着？"

"那当然了，咱得为自己活着，怎样轻松自在咱就怎么活。"

诺日玛不说话了，她默默地听着达瓦在后面东一句西一句地说着。

"诺日玛，你今天找我来就是想问我愿意不愿意娶你吧？"

"瞧把你美的，这勒勒车不好使了，我想让你给修理修理，顺便问起了去年的事情。"

"我看不仅仅是修理勒勒车吧？你的脑子也有毛病，我连你都一起修理修理吧。"

"你又瞎说。"

"你真不想男人吗？你又没病。"

诺日玛恼了，她转过身来，挥起拳头狠狠地向达瓦胸脯砸去。

达瓦死死地攥住她的手腕子："别打，别打，我说的是实话，你听我把话说完。"达瓦把脸凑过来，他身上热乎乎的，这让诺日玛心慌。她挣扎着："你把我手松开，把我的手松开。"

达瓦向四外看了看，没人，一个人都没有。

诺日玛的双手让达瓦的大手死死地攥着，他的大手真有劲，不知道为什么诺日玛浑身有些发软。达瓦的眼睛火辣辣地看着她，猛地一用劲，把她拖了过去。诺日玛还想反抗，可是达瓦已经把她压住了。诺日玛想哭，也想大声呼喊，可是她的手却和她的想法不一致，她紧紧地抱住了达瓦的身子。达瓦在勒勒车上疯狂地折腾着，把套在车前的牛吓得小跑起来，勒勒车忽忽悠悠地颤动着……

诺日玛回想达瓦的种种好处的时候，勒勒车就到了毛道艾林达瓦家门口。瘦瘦的达瓦正从家里出来，他一看见诺日玛脸就笑得像孩子看见了母亲。

"你咋来了？多亏我没走，要不就见不上了。咱俩也该预备个手机。"达瓦对诺日玛开着玩笑。

"你就是给我买了手机，咱也不会用啊。"诺日玛笑眯眯的。

"快进来吧，陪我喝点酒，多长时间没见着肉了，馋了。"达瓦有些色眯眯的。

"勒勒车有毛病了，你给修修。"

"我知道，该修理的今天都给你修。"

诺日玛把车卸下来，美滋滋地往屋里走，达瓦趁机在她圆滚滚的屁股上掐了一把，诺日玛狠狠地把他的手打开。

这时拴在达瓦家院子里的那头白底红花的母牛冲着诺日玛低低地叫了一声，诺日玛停住了脚步，她留心地看了母牛一眼。她发现母牛眼泪汪汪的，冲着她叫了一声，还用力地摇了摇头。

"这牛咋了？咋不送它上山？"

"老了，一会儿有收牛的人来，想卖了它。"

"老了？"

"就是，腰和腿都没劲儿了，扛不住牤子（牤牛）上去压了，啥事儿没干成，它都趴地上了，连牤子的玩笑都挺不住，还让它活着干啥？"

诺日玛瞪了他一眼:"滚一边去,挺不住牤子压就得死吗?"

"别管他人啊牲口啊,不就活个乐子吗?它老了,该卖了。"达瓦感叹着。

这时那条母牛又冲着诺日玛叫了几声,好像是在向她求助。诺日玛心里一动,向母牛走去,母牛温顺乞求地看着她。

这条牛是老了,刚过了肥硕的秋天,它竟然没有胖起来,还这么瘦,卖掉它也许是对的,它能挺过这个冬天吗?

"行了,老是正常的。要是人和牲口都不老,那不都变成了妖精?草原还能放得下吗?进屋吧,我想你了。"虽然没有别人,达瓦最后的那句还是把声音放得很低。

诺日玛把手伸给母牛,母牛温情地舔着。它的舌头软软的、热热的,让诺日玛觉得很舒服,它一边舔着诺日玛一边还在哭,眼泪流个不停。

"木匠,这条牛你别卖了,我带回去,怕是还能再下一条小牛呢。"那牛的舌头让她喜欢上了它,她决定救它一命。

"那还不好说吗?给你。"达瓦马上就同意了。

诺日玛很高兴,拍拍母牛的脑门儿,和达瓦进了屋。

刚一进屋,达瓦就抱住了她,诺日玛也急切地抱住了达瓦,手忙脚乱地脱着衣服。

在两个人亲热的时候,诺日玛看见达瓦忽然掉下一串眼泪:"咋啦?你哭啥?"

"诺日玛,你太好了,今天也不知道咋弄的,我有些害怕,像这样的时候能长久吗?"

"我看你是老糊涂了,牛有老的时候,人也有老的时候,咱俩都老了,快干不动这个事情了。"

"是啊,我真想在你身上待一辈子。"

"要想在我身上待一辈子,那你只能和我结婚。"

"你咋又说那没有意思的事儿?"

"好啦,不说没意思的事儿了,我知道你不愿意结婚。"

她和达瓦在屋里亲热了一番,汗津津地出来,却看见那条母牛旁边站着一个五十多岁的女人。诺日玛认识她,她也是个寡妇,叫海吉勒。

那海吉勒歪着脑袋看着诺日玛,问:"你又来干啥?"

诺日玛客气地说:"勒勒车坏了,让达瓦这个老东西来修修。"

海吉勒问从后面跟出来的达瓦:"她是来修车的?"

达瓦急忙点头哈腰:"是的,是的,她这勒勒车现在不好使了。"

那海吉勒气哼哼地对诺日玛说:"各村都有木匠,你为啥非得来找达瓦?"

诺日玛有些不高兴,她腰一叉:"咋这么说话呢?你是达瓦的啥人?他要是你的男人,我就看也不看。可他不是,你凭啥不让我来找他?"

那女的脸一阵红一阵白,走过去揪住达瓦的后脖领子。达瓦现在正装模作样地弯下腰,要给诺日玛检查勒勒车。"达瓦,你说咱俩是啥关系?"

达瓦结结巴巴地说:"你这个人咋这样呢?人家是来修车的,我和她没啥关系。"

那寡妇还是不依不饶:"老达瓦,我可告诉你,你要是想和我好,就不能再和别的女人来往。"

诺日玛为达瓦有些气不平,就一步挤上去,把达瓦往旁边一推:"海吉勒,我也知道你,你要是真心想和达瓦好,你们俩就结婚。"

海吉勒哼了一声:"我才不和他这个老东西结婚呢。"

诺日玛气愤地说:"你不想和他结婚,就不能拦他和别的女人来往。"

诺日玛说完生气地驾起自己的勒勒车走了。

达瓦着急地说:"喂,勒勒车我还没修呢。"

诺日玛头也不回:"算了吧,我不修了。"

达瓦这才想起来:"我说诺日玛,这牛你不要了?"

诺日玛这才把车停住,回来牵那头母牛。

那海吉勒却来到桩子前,按住了诺日玛正在解绳子的手:"达瓦,你咋把牛让她牵走了?"

达瓦说:"她相中这头牛了,我就把牛送给了她。"

海吉勒问:"那她给你多少钱?"

诺日玛讨厌这个女人,就说:"三百元。"

诺日玛说着真从身上掏出了三百元递给了达瓦。达瓦非常狼狈，但是也只好接了过去。

那个女人上上下下地把那头母牛看了半天："站住，这么好的牛怎么能三百呢？达瓦，我给你四百，把这牛卖给我。"

诺日玛更生气了，从来没见过这么没意思的女人："达瓦，我给你五百，那二百块钱我下次给你。"

诺日玛牵着牛走了，她暗暗咬着牙。

海吉勒冲着她的后背大声说："诺日玛，我告诉你，以后少上我们村来，让你这么搅和着，达瓦的日子快散了。"

诺日玛也不服气，转过头来大声喊："来，就来，过几天我还来。"

诺日玛坐在勒勒车上嘿嘿地笑了，虽然花出去三百块钱，可是她心里高兴。可是勒勒车走了一会儿，她又哭了起来……白底红花母牛被诺日玛从达瓦家的木桩上解下，拴到了自己家的木桩上。

诺日玛把它牵回来，女儿和女婿都很高兴，他们也知道这头牛老了，但是它是阿妈带回来的一条生命，还有什么可说的。

女儿娜仁高娃说："多漂亮的一头牛啊，明年要是能下个小牛就好了。"

女婿那木拉说："阿妈，你就不用忙活了，这头牛我来照顾。"

"不用，你们忙你们自己的事情，这头牛我自己照顾。今年要是能过冬，明年就让它给咱们下一头小牛。"

诺日玛还给它起了个名字，叫莫日根，就是聪明的意思。她觉得这头母牛就是聪明，那天它如果不向她呼救，现在也许就没了性命。

打从达瓦家回来，诺日玛就急着照顾母牛莫日根，她觉得无论如何必须让它安全过冬，当前的关键是让它添膘，没肉是不扛冻的。霍林河的冬天多冷啊，蹲下尿尿的时候，屁股都能冻成瓣儿。

诺日玛每天天黑之前总让母牛莫日根吃点玉米面。吃粮食还是比吃草好，天刚冷的时候，母牛莫日根已经胖起来了，它的毛色也亮了。诺日玛心里有了底，母牛莫日根能顺利过冬了。

天气大冷之前，母牛莫日根发情了，这让诺日玛非常高兴。那天黄昏，一条高高大大的牤牛跟着莫日根回来了。那头牤牛好大啊,脑袋如斗,满头疙瘩毛,腰身像堵墙似的,肚子底下的那一对圆蛋跟小磙子似的,看着都瘆人。诺日玛想莫日根能架得住吗?在那条牤牛面前莫日根显得非常温顺,眼睛一眨一眨的,好像很害羞,很难为情。那牤牛扑扑地喘着粗气,尾巴骄傲地甩动着,它对一切都是满不在乎的。诺日玛想了想,还是决定不让这条牤牛和莫日根交配。她想把牤牛撵走,她摇晃着木棒向牤牛走去,可是牤牛却对她置之不理,她气得狠狠地照着牤牛屁股抡了一棒,牤牛岿然不动,只是回头看了她一眼,又继续抬着脑袋闻着莫日根的屁股。

  诺日玛生气了:"你瞎呀?看不见它都已经老了吗?它经得起你上去吗?你是个老实东西吗?没轻没重的,快点走,找别的年轻力壮的去吧。"诺日玛跑到牤牛前面,举着木棒吓唬它。那头牤牛对她的木棒满不在乎,它太健壮了,居然当着诺日玛的面,腰一拱想往莫日根身上爬。诺日玛气得照着牤牛的脑袋狠狠地砸了一下,这回牤牛感觉疼了,它刚抬起来的前腿放了下来,凶狠地看着诺日玛,低低地叫了一声,把头低了下去。诺日玛吓坏了,那牤牛要是冲上来就完了,她急忙躲开。

  这时牤牛再一次向母牛莫日根发起冲击,它一下子跳上莫日根的身子。别看它像个小山似的,动作却利索极了。诺日玛瞪圆了眼睛,等待着那猛烈的一幕,可是没等牤牛开始使劲,莫日根就稀里哗啦地瘫倒在地。牤牛失望地站在那里,等待莫日根起来。这一下可能真的压得够呛,莫日根趴在那里起不来身。

  "哎,你就别等了,它肯定不行了,你走吧。"诺日玛大声地对牤牛说,牤牛还是不睬不理。

  诺日玛忽然想起什么,她急急忙忙地跑回了家,大声地吆喝女儿女婿:"你们出来一下,莫日根招牤牛了。"

  女儿娜仁高娃有点不好意思:"阿妈,你管那些事儿干啥?"

  "死丫头,你有啥不好意思的,莫日根它扛不住那牤牛,那牤牛太大了。"

  女婿明白了她的意思,急忙跑出了门。

  "你也出去,人多点好。"

  "阿妈——"女儿还想说些啥,诺日玛已经来不及听她啰唆,就跑了出去。

果然外面形势很紧张，牤牛烦躁地刨着土，看样子它是不想放弃莫日根，可是莫日根又无法承受它巨大的身躯。

"咱们只能抬着莫日根，这样才能使莫日根不倒下。"女婿说。

诺日玛明白了女婿的意思，问："咋抬啊？"

女婿那木拉跑回了院子，找来了一根大木棒，把木棒从莫日根身下伸过来，诺日玛想上前握住，女婿那木拉在那边喊："你把木棒给娜仁高娃，你没劲。"

娜仁高娃急忙上前抓住木棒。

这时牤牛忽地跳了起来，爬上了莫日根的身子。

那木拉喊："挺住！"

那木拉的话还没等说完，母牛莫日根就又趴下了，娜仁高娃也被木棒带得摔在了地上。女儿女婿嘻嘻哈哈地笑了起来，这种事儿让他们忍俊不禁。

牤牛可能从来没受到过这种侮辱，它叫了一声，昂着头悻悻而去。

女儿娜仁高娃还坐在地上笑个不止，长这么大她可从来没帮人家干过这样的事情，将来要是和别人说起来那不得让人笑话死啊。

"起来，起来，你还笑啥啊，牤牛走了，这回咋办啊？"诺日玛着急地说。

娜仁高娃说："阿妈，这点儿事儿你愁啥？河西就有配种站呢，去告诉他们一声，他们还不屁颠儿屁颠儿地跑来，这样的买卖他们找还找不着呢。"

"配种站？"诺日玛连连摇头。她心里想：牛不像人，人能天天发情，而牛每年才发情一次，一次才两三天时间，你用个塑料东西，那不是欺骗莫日根吗？

"配种站咋啦？人家就是干这个的。"娜仁高娃从地上站起来，她指点着莫日根的脑门儿教训它，"莫日根，我告诉你，这怨不着我们，是你自己不行，难道你不知道吗？那条大牤牛已经失望地走了，只能让配种站的人来收拾你。"

莫日根似乎是听懂了娜仁高娃在嘲笑它，它生气地摇晃着脑袋，好像是要用犄角顶她。

娜仁高娃气得大声叫："阿妈，你看看，这莫日根还知道生气呢，它不愿意让配种站的人来。"

"那当然了,莫日根怕是最后一次做新娘了,该给它正正经经地找个牤牛。"

那木拉看着牤牛远去的身影,像是自言自语:"这家伙太大了,得给莫日根找个小点的。"

那木拉的话提醒了诺日玛:"是啊,我给莫日根找个小牤牛去。"诺日玛说着就要走,她比莫日根还急。母牛找牤牛和女人找男人不一样,就是那两天的事情,那个劲一过去,再好的牤牛来了也没了用。

"阿妈,你别去了,我去吧,我知道哪有小的牤子。"

"你就让那木拉去吧,那木拉,你还愣着干啥?快走啊。"娜仁高娃冲着那木拉喊。

"我这就去。"

那木拉就是机灵,很快就找回了一条小牤牛,一看就是今年刚刚进入交配期的家伙。诺日玛高兴坏了,莫日根终于能做新娘了。莫日根对这头小牤牛也很满意,它亲热地贴在小牤牛身边,伸出长长的舌头舔着它的身子。小牤牛受到了鼓励,它在莫日根身上贪婪地闻着,寻找着。大概自从它进入交配期之后,那些母牛都躲着它,没有哪头像莫日根这样对它柔情蜜意的。它转过身去,激情澎湃地跳上了莫日根的身子。莫日根摇晃了一下,险些跌倒,诺日玛和娜仁高娃都担心地啊了一声,可是莫日根又控制住了身体,站稳了,一动不动,认真地配合着这头小牤牛。它感动地望着诺日玛,轻轻地叫着。诺日玛这才松了一口气,她捂住了胸脯,让呼吸均匀一些。

娜仁高娃脸色红红地站在一边,她为莫日根羞臊,又有些不好意思看那轰轰烈烈的场面。"莫日根叫的是啥意思?"娜仁高娃故意逗母亲诺日玛。

诺日玛假装生气地瞪了女儿一眼,对莫日根说:"行了,你别叫了,我知道你这回满意了。给咱好好下一头小牛犊吧。"

莫日根闭上了眼睛。

诺日玛像是自言自语:"咱们要是把配种站的人找来,莫日根还不得委屈死。"

小牤牛和莫日根恩恩爱爱地做了两天夫妻,两天过去之后,莫日根对牤牛的感情明显淡了。诺日玛搂着莫日根的脖子说:"莫日根,这回你可得给我争气,给我下一头小母牛行吗?"

莫日根甩着尾巴哞哞地叫着。

天气越来越冷,诺日玛怕莫日根冬天受罪,就去河湾里割苇子。现在的霍林河是条没味道的河了,以前河湾里那两丈多高的柳条子没了,那密密匝匝狐狸尾巴一样美好的芦苇变成了干巴老头脑袋上的头发似的,稀稀拉拉的没有多少了。诺日玛东找西找地割来了几捆苇子,插在家里的柳芭小房的外面,那就挡风了,莫日根冬天不至于太挨冻。

牛毕竟是要在外面生活的,否则她就要莫日根到家里来了,她怕莫日根在家里变得娇气,出去感冒了可怎么办?

冬天霍林河流域下了一场几十年罕见的大雪,平地都能深到大腿根。牛羊可是遭了灾了,家家户户的青储牧草有限,健壮的牛羊都在死去。可把诺日玛难坏了,咋办?好在女儿女婿体谅她的心情,让她给莫日根随便喂。诺日玛知道莫日根没有几年的光景了,可是她舍不得放弃它。

临近过年的时候,老天爷沉着个脸,大北风呜呜地刮着,人出去不大一会儿,好像身子就要冻僵。那些牛羊一到下午四五点钟,就急着往回跑。在霍林河流域黄昏时节是最冷的,那些牛羊从山上往村里跑的时候,它们低着头一声声地叫着,好像告诉人们风吹得它们脑袋疼,它们的脑袋就要被冻裂了。

每当这时,诺日玛就来到村外高岗上,她怕莫日根冻坏了,回不了家。莫日根远远地跑过来,用舌头舔着她的手,诺日玛见此也就放了心。

母牛莫日根的肚子一天天大起来,诺日玛怕把它冻坏,最冷的那几天她把莫日根牵到屋里,就让它晚间在自己的屋里睡。

诺日玛家是三间房,女儿娜仁高娃和女婿那木拉住一间,诺日玛自己占一间,她让莫日根就在自己那屋的地上睡。诺日玛上岁数了,女儿女婿也就任着她的性子折腾。再说都是牧人,这样养牛也是常见的,牧人们都能理解。

自从母牛莫日根住进屋里之后,诺日玛夜里睡得就格外踏实。以前莫日根在外面住时,她夜里醒好几次,每次醒来都要出去看看,现在她能踏实下来,一觉睡到天明。

母牛莫日根总是比诺日玛醒得早,它醒之后,就走到诺日玛头前,用它那长长的舌头舔诺日玛的脑门。诺日玛就被它舔醒了，呵呵地笑着，拍着莫日根的脑袋："别舔了，别舔了，我知道天亮了。"

莫日根终于熬过了冬天，眼瞅着远处的山岗开始一天天飘起了绿雾。

牧民们最怕的就是这个季节，牲口们明明闻到了绿草的气味，它们比人更早地看见了远方的绿色，它们就不停地追逐着，可那是青草刚刚冒出的小芽芽啊，连羊都啃不着，更别说牛了。牛羊们每天累得要死，总是跑个不停，还是不能把绿草吃到嘴里。诺日玛看着每天为了追逐绿草累得筋疲力尽的母牛莫日根心里很难过，她真不想让莫日根出去，可是家里的草没了，只能让它出去，哪怕就是一口烂草也得吃啊。

这天，天要黑了，莫日根也没回来。诺日玛急了，她急忙去找。这个时节牛羊都不愿意回家，它们满鼻子的新草味，可是天天吃不着，它们弄不明白，就恋着野外。

诺日玛找了很多地方，就是看不见莫日根，她急得要哭了。后来她在霍林河边的一个小河湾里找到了母牛莫日根，它陷在泥里动不了。看见诺日玛它低声地叫着，它的眼睛里充满了不安与恐惧。

诺日玛把鞋一脱，不顾一切地扑了过去，连裤腿也没来得及往上挽。泥水可真凉啊，她拽着牛犄角往前拖。莫日根也拼命往前挣，可它就是出不去，而且越挣陷得越深。

她把莫日根的一条腿刚拽出来，它的另一条腿就又陷了进去。她站在泥水里想了想，知道这样折腾不仅会把自己累坏了，母牛莫日根也会被累坏的。她得回去叫人。

一抬头，达瓦正好站在岸上，看着她手忙脚乱的样子，脸上笑眯眯的。

"你个没良心的东西，看着我在这里受罪，你却在岸上自在。快下来，帮一把手！"诺日玛气哼哼地命令道。

达瓦笑微微地说："我早就和你说过，它老了，没用了，你就是不听话。"

"还啰唆，快下来！"诺日玛抹了一下脸上的泥水，再一次命令达瓦。

达瓦只好把鞋脱下来，噼里啪啦地进了泥水。春天的泥水刺人骨头，达瓦龇牙咧嘴的。他开着玩笑埋怨诺日玛："你看看，这泥水多冷，把我的老二都冻得缩了回去。"

"老二缩了？我看是你脑袋先缩了。怕冷了？那你出去。"

"出去就出去。"达瓦真的要走。

"回来，你回来。"诺日玛一把拽住达瓦，"你和我遇上了，就别想走。"

达瓦问她："那咋办啊？"

"你在下面帮助牛用力，我在上面拽。"

"行，你上去吧，每次让你上去你都不愿意。"

"别胡说八道。"

诺日玛来到岸上，她把自己的红裤腰带解下，拴在莫日根的犄角上，她弯着腰防止裤子掉下去，一边用力往外拽莫日根。达瓦见把莫日根的腿一条一条地往外拽是不可能的，干脆揪着牛尾巴把莫日根往外拖。

"你个没良心的东西，它可是肚子里有小牛犊，你别把它拽坏。"

"我有啥办法？你快点用力拽吧，别老怕裤子掉了。"

诺日玛一使劲儿，莫日根真从泥水里出来了，诺日玛忙得裤子还真的掉了。

达瓦气喘吁吁地从泥水里出来了，他冻得牙齿咯咯直响，看着诺日玛滑稽的样子也笑不出来。母牛莫日根在寒风中颤抖着，那是夜晚来临前的寒风，吹在身上一阵阵发麻，风是春吹骨头秋吹肉啊。

诺日玛心疼地一把一把从母牛身上往下抓泥，然后就手忙脚乱地脱衣裳。

达瓦愣住了："你干啥？我没让你脱衣裳啊？"

"屁话，是为你脱吗？没看见它在哆嗦吗？"

"那也不能让你脱衣裳啊，要脱还是我脱吧，别把你冻坏了。"

"就是，你也得脱，这牛肚子里的小东西该出来了，你没看见它尾巴底下都有水铃铛了吗？"

养牛的人都知道，母牛临产前几天，尾巴根底下产道口上会垂出一个明亮亮的水泡，水泡一天天长，等到鸡蛋那么大时小犊儿就要出生了。

达瓦没办法，只能把自己的破棉袄也脱下披在了母牛身上，二人赶着母牛往村子走。路上达瓦告诉她他这几天没事儿，这次是专门来看她的，他觉得现在身体不如以前了，总一个人过下去很寂寞。可现在这么手忙脚乱的，诺日玛哪顾得上想他的事情呢。

诺日玛把莫日根牵到屋里,莫日根现在身上全是泥,这样在外面待一晚上,还不得把它冻坏呀。她找了一件衣服让达瓦穿上,她和达瓦的棉衣上净是泥,穿不成了。她找了一个破笤帚,让达瓦赶快给她端水来,她要把牛身上的泥好好洗洗。

诺日玛和达瓦好一阵折腾,才把莫日根身上的泥洗光,可是屋里地上也全都是泥了。

她命令达瓦再出去抱点儿柴草来,铺在地上,让莫日根睡在上面。她看见莫日根老老实实地站在那里,很安静,看样子肚子里的小犊儿没有什么事儿,这才放了心。

她坐在炕上给达瓦装上了一锅烟。达瓦愁眉苦脸地抽了一口说:"老东西,把我的棉袄给它穿了,我穿啥回去?"

诺日玛嘿嘿地笑着:"那你就光着身子回去吧。"

达瓦往炕上一躺:"我是你的奴才吗?想怎么支使人就怎么支使人,今天晚间我不走了。"

诺日玛抽足一口烟慢慢地吹出去:"不走就不走,怕啥?我是老太太了,谁能把我咋样儿?要是没有你,我这莫日根还得在泥水里泡一晚上呢,那可就惨喽,那是两条命呀。"

女儿娜仁高娃和女婿走了进来,安排他们吃饭。诺日玛说:"今天多亏了你达瓦大叔,他的棉袄全是泥水,今天走不了啦,就住咱家。"

女儿看了女婿一眼:"那就住吧。"

达瓦却面红耳赤地说:"不行,我得回去。"

诺日玛说:"算了,别装了,我还不知道你。你的棉袄净是泥,能穿吗?"

达瓦真的累了,他躺在炕上天已经黑透,他想在诺日玛家赖上一晚上。像他这样的光棍老汉,有个地方住就行,应了那句老话,瞎子掉井———哪儿不是背风。

诺日玛掏出二百块钱,推到达瓦跟前。

"干啥呀?"

"上次那个海吉勒寡妇插了一腿，我还欠你二百块钱呢。"

"算了吧，我不是来要钱的。"

诺日玛把二百块钱收起来，达瓦刚才说的这句话让她很满意，这才像个男人的样子。

全家人都睡了之后，那木拉和娜仁高娃商量："喂，我说，咱阿妈和达瓦大叔既然不错，干脆就让他们俩在一块儿过算了，你说呢？"

娜仁高娃往丈夫身边靠靠："我也是这么想的，明天我和阿妈商量商量。"

后半夜，诺日玛被牛粗重的呼吸声惊醒，莫日根在柴草上用力，它的腰弓了起来，原来是要生了。

诺日玛急忙一脚把达瓦踹起来："快起来，快起来，它要生了。"

达瓦急忙下地，这时小牛的脑袋已经出来了，达瓦伸手想接住，诺日玛打了他的手一下："你干啥？把手拿开，让它自己下来。"达瓦咧咧嘴："我不是想帮你嘛。"

诺日玛早把灯点上了，她说："看看，是公的还是母的？"

达瓦哆哆嗦嗦地说："母的。"

诺日玛高兴地一拍达瓦后脑勺："真好，真好，又是个母的。"

莫日根有惊无险地生下了一头小牛，诺日玛家真是喜气洋洋的。女儿娜仁高娃悄悄地问母亲："阿妈，这次可多亏达瓦大叔了，我看你就把他留下吧，俩人也好有个伴。"

诺日玛说："那可是个大事儿，让我好好想想。"

早饭吃的是黏豆包、羊肉汤、红糖、白糖、黄油、猪油。达瓦吃得满面红光，他还很自觉，吃完饭之后就张罗着要走。诺日玛没太留他。已经六十岁的人了，孩子们都这么大了，忽然和一个男的要在一起过日子，诺日玛觉得心里很麻烦，这事儿她必须仔细斟酌一下。

莫日根这次生的这个小犊儿也是白底红花，后半夜生下来，下午就能满地乱跑了。

莫日根一步不离自己的小犊儿，小家伙走到哪儿，它就跟到哪儿，不断用长长的舌头舔着小犊儿，小犊儿已经被它舔得亮亮的。诺日玛坐在木墩子上，看着院子里的莫日根和小牛犊儿，脸笑得像朵花一样。

莫日根是头老牛了，那天又在河湾里陷住了一次，它生下小犊儿之后，诺日玛没有舍得挤它的奶，先让小牛犊好好吃饱。小牛犊长得很快，三五天之后就有模有样了，圆圆的一对小红耳朵，大大的眼睛也带着红圈，粗壮壮的四条小腿，新打的粗绳子一样有劲儿的尾巴。诺日玛看出来了，这小牛犊长大之后定是一头好牛，看那骨架子就知道个头小不了。牛能不能长大个儿，看它蹄子和大腿中间的那段骨节就知道，那段骨节高的，牛肯定能长大个儿；那段骨节短的，牛长不了大个儿。这小牛犊的骨节刚生下来就足有一寸多高。诺日玛养了一辈子牛，这样漂亮的牛犊见得也不多，她心疼地给小牛犊起了个名字：查干伊娜。查干伊娜的意思就是白姑娘。瞧，查干伊娜正在院子里撒欢跑呢，它能不是一个活蹦乱跳的白姑娘吗？

一场清亮亮的春雨之后，漫山遍野的草这回才是真正地长起来了，那几乎是一夜之间的事。草绿油油的，能盖住地皮了，牛羊现在差不多都能吃饱肚子了。

诺日玛看见莫日根渐渐胖了起来，奶水也多了，就准备挤它的奶，让查干伊娜也吃点青草。

第一次要挤莫日根的奶，头天晚间查干伊娜吃饱之后，诺日玛就把莫日根拴到了旁边的柱子上。这一晚必须让它们母子分开，不能再让查干伊娜靠近，它要是再吃上一夜，早晨起来莫日根的奶房就是瘪的，无奶可挤了。

小查干伊娜一看老太太把它拴在一边，晚间不让它和母亲睡在一起，急得围着柱子转。牧民们把牛羊拴在柱子上是很有讲究的，他们都会系出宽宽松松的扣子来，小牛虽然围着柱子转，那绳子也缠不到柱子上，转一晚上也没事儿。查干伊娜一声声地叫到半夜，后来它累了，才趴在柱子旁的干草上睡了起来。它睡觉的样子很甜美，把身子蜷起来，脑袋插在两条后腿中间，圆圆地在那里盘成了一个圈儿。

早晨诺日玛起来，拎着奶桶向查干伊娜走去，小家伙早就站了起来，在那里低着脖子向母亲那边使劲儿。莫日根知道把它和小犊儿分开是要挤奶了，它也着急地一声声叫着，想再给查干伊娜喂一口。

娜仁高娃走了过来:"阿妈,还是让我来挤吧。"

诺日玛说:"你忙别的去吧,这是莫日根第一次挤奶,让我来做。"

诺日玛解开查干伊娜的绳子,小家伙箭一样地扑向自己的母亲,一下子叼住了母亲的奶头,用力地吸着,小脑袋瓜一下下撞着母亲的奶房。诺日玛站在旁边笑微微地看着,她知道,别看查干伊娜吃得这么有劲儿,可奶还没有出来呢,因为查干伊娜嘬奶头的时候,它的小尾巴是垂直着的,这个时候就是它在用劲儿呢,嘴里还没吃到奶,等到它的那根小尾巴快速地左右摆动时就是奶出来了。诺日玛一看见查干伊娜的小尾巴快速地左右摇动起来,她就笑呵呵地把查干伊娜拉开。小家伙刚尝到奶的滋味,就被老太太拉走,很不情愿,四蹄儿牢牢地站着不动,诺日玛还有些拉不动它呢。诺日玛也有诺日玛的办法,她伸手抠住查干伊娜的尾巴根儿。

查干伊娜受不了啦,浑身骨头像松了一样,乖乖地跟着诺日玛走了。

别看莫日根是头老牛,可是它的奶水旺着呢,诺日玛在它身子底下,揪住它那饱满的奶头两手上下用力,奶流就像银柱一样,一根一根地射进奶桶,吱吱吱的,好听极了。

挤得差不多了,诺日玛住了手,她要给查干伊娜留点儿,让小家伙也最好能吃饱。

诺日玛让莫日根白天随着牛群到山上去。村里有两个牛倌,每天早晨把家家户户的牛赶到山上去,黄昏时再赶回来。

查干伊娜是不能跟着母亲上山的,诺日玛把它牵到房后面的沙冈上,沙冈上的草都是那种灰菜、蒺藜和扁叶草,初夏的季节这都是好吃的东西。可是查干伊娜不喜欢吃草,它想着母亲的奶水,那奶水很甜很浓,吸在嘴里能冒出泡沫来。可是一到中午的时候,它肚子就饿得咕咕叫了,无可奈何只能吃脚下的青草。慢慢地,青草也在它嘴里有了味道,它一口一口地吃着,把粉红色的小嘴巴吃得绿绿的。

查干伊娜吃饱之后,就拖着诺日玛在草地上跑,它想在草地上撒欢儿,不想让老太太牵着。可是诺日玛已经老了,她跑不起来,那种在草地上健步如飞的日子已经离她远去。她被查干伊娜拖着在草地上踉踉跄跄地跑着,累得气喘吁吁，摇着手喊："查干伊娜，别跑了，想把我累死吗？"

小牛查干伊娜好像是听懂了老太太的话，真的不跑了，看着诺日玛，无精打采地跟在她后面。查干伊娜觉得很没意思，它本来想在草地上撒欢，可是这老太太一点儿也不配合它，她是不是老了？查干伊娜歪着脑袋古怪地看着诺日玛，它越看越来气，就用脑袋猛地去撞诺日玛的屁股，诺日玛差点儿没被它撞倒。她抡起绳子，想要打查干伊娜："你个坏东西，撞我干啥？"

没等诺日玛的绳子落下来，查干伊娜拖着绳子跑了，一边跑它还一边叫。

诺日玛觉得好玩儿，蹲在那里哈哈地笑了，她就在那里等着，查干伊娜疯够了，就会乖乖回来的。

好些日子不见达瓦那个老东西了，他咋不来了呢？小牛让诺日玛的生活多了几分快乐，可是在下雨的日子里，诺日玛坐在炕上，看着外面的雨丝，她想起了达瓦。

天晴之后，诺日玛决定去看看达瓦，她和那辆勒勒车，现在都该修理修理了。

诺日玛赶上自己的那辆勒勒车，晃晃悠悠地出了门。

诺日玛中午的时候来到了达瓦的家。达瓦的院子很静，那几头牛早晨松出去，晚上自己回来。光棍汉的日子一直这样，过得寡淡淡的。

门关着，也不知道他在没在家。诺日玛把车拴好，推开了达瓦的屋门。屋里有个陌生的声音沙哑着嗓子问："谁呀？"

扑面而来的是一种刺鼻的味道，怪怪的，让人闻了不舒服。霍林河流域的蒙古人即使在冰天雪地的日子也不在屋里拉尿，他们都习惯到外面去，牧人要保持住处的洁净。可是今天达瓦家里的气味儿有些异常。

诺日玛看见达瓦在炕上躺着，就问他："你咋啦？病了吗？"达瓦还真是病了，他现在说话口齿不清，一只手动不了，另一只手也不太灵活。他吞吞吐吐地告诉诺日玛他已病了两天，这回怕是真的不行了。

诺日玛就问他是怎么得的病，达瓦告诉她，前天他出去喝酒，喝酒回来睡了一觉，昨天早晨醒来就变成了这个样子。

诺日玛的心里凉了半截，看这样子是半身不遂。达瓦已经是六十多岁的男人了，得上这种病是不会好的。这种病也就是三五年的事儿，诺日玛清楚。

达瓦哭了："诺日玛，我这回算是不行了。"达瓦哭得很伤心，他咧着嘴，表情非常难看。本来他的嘴已经歪了，再一哭，嘴就歪得更厉害，眼泪从他左眼往下流，右眼眼泪就汪在眼里流不出来。

诺日玛知道，平日里达瓦有很多相好。

他是个木匠，又有讨女人喜欢的脾气，这些年没少和女人黏糊，她诺日玛只是其中的一个。诺日玛之所以没有和达瓦在一起过日子，也是嫌他这个毛病。

达瓦伤心地说："你走吧，能来看看我，我已经心满意足了。"达瓦边说边用一只胳膊往外推诺日玛。

诺日玛轻轻地一拍达瓦的胳膊："老东西，说啥呢？我是那样的人吗？既然撞上了，咱俩就是这个命，你就该死在我的手里，走吧，到我家去。"

诺日玛说着就上了达瓦的炕，把达瓦抱出来，想把他抱到外面的车上。

达瓦嘟嘟囔囔地说："你别管我，让我这样死吧，用不了几天的。"

"你给我住嘴，别再说了。"

达瓦还是嘟嘟囔囔的，诺日玛才不管他在说啥呢，就上前抱他。可是达瓦身子很沉，她抱不动。再说达瓦嘴里也不知道说些什么，弄得她更手忙脚乱了，忙活了半天也没把达瓦弄出来。

诺日玛只好出去，在自己车上铺好达瓦的皮褥子，又把两床被子扔到车上，才到村里去找人。

诺日玛刚一出门，就遇上了那个海吉勒。她摇摇摆摆地走过来问："诺日玛，你这急匆匆地要干啥呀？"

诺日玛着急地说："不好了，达瓦他病了，半个身子动不了，也说不清楚话。"

海吉勒惊奇地说："哎呀，那可不好，六十多岁的人，要是得了这种病，那可麻烦了。"

诺日玛忽然想起了什么："海吉勒大妹子，你是他的邻居，关系也不错，把达瓦接到你家去呗？"

海吉勒一听，眼睛立了起来："你说啥？把他一个病包子往我们家推？我才不管呢。"

诺日玛也算是试出来了海吉勒的心情，就说："你不是不想管吗，那我可拿走了。"

海吉勒愣了一下，说："大姐，还是你心肠好，达瓦要是早点儿和你过到一起去，他也不会得上这个病。"

诺日玛说："你快帮我一把，我这就把达瓦拉到我们家去。"

海吉勒翻了翻眼睛说："咱俩都是女人，怕是抬不了他，你再去找两个人来，我进屋看看。"

诺日玛只好再去找别人。她在村路上遇到了两个小伙子，告诉他们达瓦病了，她要把达瓦接走，让他们帮一下。

两个小伙子不认识诺日玛，就问她是达瓦的什么人，诺日玛说是达瓦的老婆。

两个年轻人奇怪地互相望着，达瓦光棍一辈子了，怎么这会儿冒出个老婆来了？他们不想跟诺日玛走，这时又有别人走过来，那人认识诺日玛，知道诺日玛和达瓦关系不错，听说她要把生病的达瓦接走，很是感动。

诺日玛再回来时，达瓦屋里唯一的那个柜子被人撬开了，莫非是海吉勒干的？可是诺日玛此时顾不了那么多，现在有了人，海吉勒不来也无所谓了。在那三个人帮忙下，达瓦被弄到了诺日玛的勒勒车上。

诺日玛赶着勒勒车向海利斯泰走去。今天倒好，本来是想到达瓦这里修理修理勒勒车和自己的身子，想不到这回她该修理达瓦了。

诺日玛把达瓦接回家来，女儿娜仁高娃和女婿那木拉都不太情愿。但是阿妈既然已经把人家接回来了，他们也不能说什么。达瓦大叔已经病了，没人照顾那不就是个等死吗？

把达瓦接到家之后，诺日玛比以前累多了，晚上躺到炕上，她每天都觉得腰疼得不行。毕竟是上了年纪的人了，照顾一个病人很不容易，何况达瓦还是这种半身不遂的病，那活儿更多了。达瓦身子动不了，仅收拾大小便的事，就把诺日玛折腾得头晕眼花。

因为忙，日子过得快了起来，今年夏天好像很短，诺日玛还没把腰身好好舒展舒展，天气又凉了，秋天了。

今年秋风起的时候，诺日玛就觉得伤感，因为达瓦就在自己家的炕上躺着，看见达瓦的样子，她想到了自己的将来。

达瓦的病情好多了，虽然还是半拉身子动不了，但是说话已经很清晰了。

一天，吃晚饭的时候，达瓦坐在那里哭了。娜仁高娃说："达瓦大叔，你哭啥？是我们照顾得不好吗？"

"不是，你和那木拉和我非亲非故，可是你们俩却像我的儿女一样照顾得太好了。"

"那你为啥还要哭啊？"

"娜仁高娃，我告诉你和那木拉，人还是应该结婚，应该有老婆孩子，只有病了的时候，才知道有老婆孩子好啊。"

诺日玛假装生气的样子："老东西，你说啥呢？咱们俩虽然没有结婚，我也不是你的老婆，但是我对你照顾得不好吗？"

"好，当然好，你是个好女人。咱俩不是夫妻，你没有义务照料我。把我丢掉不管，我也不能说啥。你为什么还要照顾我呢？"达瓦一边说一边又哭了起来。人年龄大了，再加上有病，心理就很脆弱，有时像个孩子一样，小孩子的泪水多，有些老头老太太也是泪水多。

这天晚上，达瓦在那边折腾着不睡觉。

"老东西，你咋还不睡觉？"

"诺日玛，我想好了，还是让我走吧。"

"走？你往哪儿走？"

"我早就想好了，为啥一辈子想打光棍儿呢，就是不想老的时候受这个罪，让病来欺负我。人是个什么东西？人应该怎么活着？人活着就该嘴巴说话巴巴的，手脚办事儿刷刷的，男人的家伙邦邦的。可是我现在成了个什么样子，话也说不清楚，身子也动不了，男人的家伙也软蛋了，我这叫个啥？"

"你别急嘛，有病了要慢慢治，过一段日子会好的。"

"你不用哄我，这种病我知道，再恢复也不能恢复成以前那个样子。你摸摸，我这半边身子是热的、半边身子是凉的，我不能总给你添麻烦。"

达瓦的话让诺日玛很难受："你说啥呢？我不嫌麻烦，你就是病上二十年，我也要照顾你。"

"我也不完全是怕麻烦你,我是自己觉得苦,就这么在炕上躺着,有啥意思呢?我不想活了。我是个木匠,再怎么恢复也什么都干不了啦。"达瓦说着呜呜地哭了起来,哭得那么伤心。

诺日玛呼地一下坐了起来,她揪住达瓦的耳朵:"告诉你,以后再也不许说这样的话!听见了没有?"

达瓦停止了哭泣,有气无力地说:"睡吧,睡吧,我听你的还不行吗?"

诺日玛慢慢地抚摸着达瓦的身子,达瓦长长地叹了一口气:"唉,还是年轻的时候好啊,年轻时候那才叫人呢。我这个样子还算什么人,这老了,再有了病就更没意思了,以前那生龙活虎的日子再也回不来了。"

诺日玛忽然明白了,上次去达瓦家的时候,达瓦最后一次在她身上干那事儿时曾经哭了,看起来那就是预兆啊。

达瓦又说:"诺日玛,我已经非常满足了,咱俩非夫非妻的,你能照顾我这么长时间,我还有啥可说的?你也帮帮我,别让我再这样受罪了,给我弄点儿安眠药来,我听说那个东西喝下去,人就睡着了,再也不会醒来,不受一点儿罪。"

"你这个人咋回事儿啊?让你不许说死了活了的,你怎么还说?"

"你是不理解一个病人的心啊。"

"我啥都知道,你给我快点儿睡觉,我就要让你在我身边活着,只要你喘着气儿,我心里就舒服。"

"你心里舒服,可我不舒服。"

诺日玛就轻轻地捂住了达瓦的嘴。达瓦不说话了,他用牙齿轻轻地咬着诺日玛的手,诺日玛觉得很愉快。她想起女儿小的时候,那时娜仁高娃经常咬她的手。她把自己的双腿伸进了达瓦的被窝里,达瓦摸着她的大腿,长长地叹着气。

不仅人老了,牛更显老,莫日根好像今年也不如去年了,它现在走路的样子已经慢腾腾的。一直到冬天,没看出来它有要发情的样子,看起来查干伊娜是它最后的一个孩子。

诺日玛拍着莫日根的脑袋说:"行了,你已经儿女成群了,查干伊娜又是一个这么好的姑娘,你就好好休息吧。"

莫日根好像听懂了诺日玛的话，它歪过头来用舌头舔着诺日玛的身子。

诺日玛扳过莫日根的头，把自己的头顶在莫日根的脑门儿上，莫日根的脑门儿热乎乎的："老了，咱们都老了。"

莫日根是老了，可是当第一场雪飘来的时候，诺日玛发现那小牛查干伊娜已经长得有半人多高了。

天冷之后，诺日玛决定不挤莫日根的奶了，这是一头老牛，就让它好好地度过一个冬天吧，还不知道明年春天它能不能扛过去。可是诺日玛也不让查干伊娜再去吃莫日根的奶，她给查干伊娜的嘴巴戴上了一个皮笼头，那皮笼头向外插着钉子，只要查干伊娜一去吃母亲的奶，钉子就扎莫日根，莫日根就疼得不行，摇晃着身子，躲避着自己的孩子。

诺日玛怕查干伊娜不吃奶后影响它的身体发育，每天就在小盆里倒上半盆奶，拿着去喂查干伊娜："查干伊娜，你阿妈它老了，你别再吃它的奶了，你咋这么没有出息呢？你都多大的姑娘了？"

查干伊娜就很不好意思，它赶快闭上眼睛，香香地把盆里的奶喝完。

查干伊娜现在吃草已经能吃饱了，再喝上诺日玛给的奶，它也就可以不去纠缠它的母亲，它毕竟已经是个半大牛了，不好意思总是追在母亲的后面要奶吃，再说诺日玛老太太还每天训它，谁能那么没脸呢？村里来收牛的人了，今年牛肉的价钱很好，娜仁高娃和那木拉想把莫日根卖掉。诺日玛不同意。她对莫日根和查干伊娜感情已经很深，查干伊娜还没长大，怎么能让它没有阿妈呢？她把自己的道理讲给女儿女婿听，女儿和女婿听了都不再说话，尤其女儿娜仁高娃听了母亲的话之后心里觉得酸溜溜的。

诺日玛虽然没有把莫日根卖掉，可是这年冬天还是出了大事儿，莫日根的生命结束了，而且结束得很悲壮。

下雪后的第三天，达瓦走了。诺日玛虽然一直对他照顾得很好，也给他不断地换大夫，但是达瓦不想这样连累诺日玛。两个人又没结婚，为什么让人家跟着自己这样受累呢？尤其是他不愿这样活着，他不能作为一个病人活着，人不能仅仅是个造粪机器。

一天夜里，他就把一条毛巾生生地吞进了肚里。那条毛巾是诺日玛放在他的枕头旁边让他擦鼻涕用的,谁知道他打起了毛巾的主意。毛巾并不好吞,他用力往喉咙深处吞,没等把毛巾吞完,他就被活活憋死。等诺日玛惊醒,看见达瓦一声不吭地躺着。诺日玛不知道怎么回事,问他也不出声。

点灯一看,达瓦的嘴里塞着毛巾,眼睛已经翻了过去。

诺日玛很伤心,想不到达瓦在她的身边,用这种简单的方式结束了生命。早知道他的决心这样强烈,真不如给他弄些安眠药来,那样他走的时候也不至于这样艰难与痛苦。这些日子她每天照顾着达瓦,太累了,脑袋只要一挨上枕头,她就能睡着,达瓦在她身边偷偷地吞毛巾她竟然没醒也没感觉到。

虽然达瓦没儿没女,虽然达瓦不是诺日玛的丈夫,可是来给达瓦送葬的人还是很多。尽管时代向前发展了,但是霍林河流域蒙古人的风俗还是那个样子,把死人安葬之后村里的人们都要喝酒吃肉。

折腾完一天之后,诺日玛全家都累了,他们睡得很死,家里的狗叫个不停,他们竟然也没有醒。

海利斯泰在霍林河的东岸,村子的东边就是高高的鄂尔敦山,鄂尔敦山是图谢业吐旗最高的山峰,海拔八百多米,方圆五十里,山上全是悬崖峭壁。"文化大革命"那些年山上的林子被砍光了,但是山下草很深,山里还藏着狼。

这年冬天雪大,狼在山上找不到吃的,就经常晚间到村子里来。

海利斯泰是个半农半牧的小村子,每家都养牛养羊,这里社会治安很好,村子里没有小偷。蒙古人最看不起偷东西的人,家家户户的牛就在自己家门前散放着,甚至连牛圈都没有。那条狼摸到了诺日玛家院外,诺日玛家里养的那条狗一声声地叫着,躲在小窝里,吓得不敢出来。

莫日根和查干伊娜在诺日玛家院子外面杖子底下趴着,狼向它们扑去。狼是最狡黠凶狠的动物,这条狼看中了肥嫩的查干伊娜,但是狼故意向莫日根扑去,它这是佯攻,是试探性的,果然莫日根站了起来,低着头,端着那一对犄角向狼比画着。狼在离莫日根十来米的地方却停住了,它身子向后倾,四腿绷直,好像一张拉开的弓,这个姿势对狼非常有利,它弹起来可以进攻,身子一歪可以逃走。村子里的狗没命地叫了起来,狼害怕了,它不能恋战。此时的莫日根很慌乱,它既要向狼进攻,还要保护身后的查干伊娜,它愤怒地吼叫着,前蹄不断刨地，翻起的冻土屑高高地射向天空。面对莫日根的反抗，狼不能不心慌，莫日根猛地冲过去，狼撒腿就跑。但是莫日根向前这么一冲，却把身后的查干伊娜暴露在外。在莫日根没能转过身时，狼开始了真正的进攻。它猛地向查干伊娜扑去，瞄准了查干伊娜的脖子，只要把这根脖子咬住，牛就会束手就擒。但是查干伊娜是条健壮的小牛，它动作敏捷，四蹄一弹，高高地跳了起来，向母亲那边靠拢。在查干伊娜四蹄没有落地的时候，狼又追上了它，张开大口，一下就咬在查干伊娜的后裆上，一口鲜肥的嫩肉进了狼嘴。这条狼太饥饿了，这口嫩肉进嘴，让它兴奋得浑身发抖，它顾不上提防身后的莫日根，又向查干伊娜扑去。狼也看出来了，这莫日根是头老牛，它已经把全部本领都使了出来，它刚才冲上来时的步伐有些不稳，也不够矫健，像这样的老牛，狼根本不会放在心上。

查干伊娜被狼在后裆上撕了一口，一下子扑倒了，可是它马上就站了起来，痛苦地叫着，急忙向母亲跑去。狼把那口嫩肉吞了下去，又向它扑过来。查干伊娜身子一阵摇晃，后身的疼痛让它再也跳不起来，狼的嘴巴已经接近了它的脖子。就在这时，莫日根愤怒地扑了上来。狼太想咬住查干伊娜的脖子了，它竟然大意了，就在它的嘴巴咬住了查干伊娜脖子的一瞬间，莫日根的犄角也一下子插进了它的肚子。狼疼痛得放开口中小牛的脖子，它想逃跑，但是已经来不及了，牛的犄角把它一下子挑了起来。狼在空中四爪乱挠，一下子挠上了莫日根的左眼，左眼珠被它挠翻出来。它低头一口又咬住了莫日根的鼻子。莫日根就顶着头上的狼，向前猛地冲去，一下子撞在了一棵杨树上。莫日根的这一下冲击，足有千万斤的力量，冬天的杨树发出一声清脆的断裂声，树干和树冠轰然倒地。

莫日根一下子扑倒了，狼正在它的脑门儿上，在它和杨树中间这么一夹，口吐鲜血，黏糊糊的肠子就流了出来，当即毙命。莫日根倒在地上喘息了一阵，随后渐渐也停止了呼吸。

诺日玛家的人被杨树折断的声音惊醒，都跑了出来。那天晚上月亮很亮，月光照在雪地上，他们被眼前的情景惊呆了。

只见莫日根把一棵脸盆粗的杨树撞断了，倒在地上，已没有了呼吸。查干伊娜在母亲的身边瑟瑟发抖,后腿上的创伤鲜血淋淋。诺日玛现在最难受的是那条可怜的小牛查干伊娜,查干伊娜被狼在后腿中间撕走了一块肉,撕得真不是地方,把查干伊娜四个奶头撕掉了一个,现在只剩下三个了。它的脖子还让狼咬了一口,如果不是莫日根营救及时,狼只要撕一下,查干伊娜脖子上的动脉就会被撕断,这条小牛就会没命。

小牛查干伊娜在屋里瑟瑟抖动着,昨天晚间悲惨的一幕把它吓得不轻。

人们进屋来看这条可怜的小牛,都说这小牛是活不成了,狼的牙有毒,无论是牛马羊还是毛驴,只要被狼咬过,肯定得丧命。

诺日玛心疼地把查干伊娜抱在怀里,在它耳边轻轻地说:"查干伊娜,你不要害怕,你可要挺住,别看你的阿妈没了,可它是为你死的。你阿妈死了,现在我就是你的阿妈了。"

查干伊娜把头温顺地插在诺日玛的怀里,还是抖个不停,它后腿中间的那处伤口还在流血不止。

诺日玛想让查干伊娜趴下,可是由于伤口太疼,查干伊娜的屁股不敢着地,已经半天多了,它就那么站着,或者小心地走来走去。

诺日玛想,怎么才能保住小牛查干伊娜这条命呢?她忽然想起了一件事,好像有什么人曾经告诉过她,死人脑瓜骨,就是那风吹日晒的骷髅,有解毒止血的作用。现在天快黑了,死人骷髅只有在离村十多里远的那片小山坡上才能找到。那片小山坡叫哈拉冈能,就是黑洼子的意思。那里有一片乱坟,不知多少年了,有些坟就被牛羊踩塌了,从那里能找到骷髅。村里的人没有文化,都以为那些坟是喇嘛留下的,其实他们不知道,村里哪有那么多喇嘛,那应该是一片契丹人的坟墓。在海利斯泰的村东面还有一片村庄的遗迹,那也是当年契丹人的城镇,但是时间过于漫长了,现在这里只有蒙古人的草场,再也找不到一个契丹人的踪影。

诺日玛一个人前往哈拉冈能,等她走到哈拉冈能时,天色已经快暗下来。她着急地在草丛里找着,由于有雪,地上的东西看不清楚,白茫茫一片,她找了半天什么也没找到。眼前的景色模糊起来,天开始黑了,她只好失望地往回走。如果小牛查干伊娜今天晚间死掉,她也没有了办法。她气愤地骂:"达瓦,你这个不要脸的老东西，我本来照顾你好好的，你为什么要走？为什么要吃那毛巾？你没个好心，死就死呗，还把我的莫日根领走干啥？那狼就是你给招来的，你要是不招，它怎么敢跑到我们家门口去？你可真是个吝啬鬼，莫日根本来已经送给我了，你为什么还要领走它呢？"

诺日玛骂的声音很高，仿佛达瓦就在她的身边，她一边骂，还用手指指点点，如果此时有人在这里撞见了她，一定会以为诺日玛已经疯了。突然诺日玛脚下被什么东西绊了一下，身子跌跌撞撞地向前一扑，倒在了地上，满嘴满脸都是雪。诺日玛气愤地站了起来，指着天空接着骂："达瓦，你个没良心的老东西，我就骂你了，你还想来坏我呀？你为啥要把我绊倒？"

四周静静的，连风也停了。诺日玛忽然觉得奇怪，什么东西把自己绊倒了呢？她弯下腰，小心地在雪地里找着，她从自己刚才被绊倒的地方捡起了一个东西，是人的骷髅。

诺日玛喜出望外，她把骷髅揣进怀里，快步向村子走去。

天已经完全黑下来，老母亲却不见了，娜仁高娃和那木拉非常着急，他们的孩子还小，坐在那里哇哇地哭着。

娜仁高娃很害怕，昨天白天刚安葬了达瓦大叔，昨天夜里狼就来到他们家门口捣乱，今天晚上母亲又失踪了，她急忙让那木拉赶快到村里去叫人，找自己的母亲。

那木拉刚一出门，诺日玛从野外慌慌张张地回来了。

那木拉急忙迎上去："阿妈，这么晚了，你到哪里去了？"

诺日玛抱着骷髅，脸已经冻青了，还有跌坏的伤口，她说："我找宝贝去了。"

那木拉疑惑地看着老丈母娘，这是怎么了？她能找回什么宝贝来呢？

诺日玛快步走进屋里，要那木拉和娜仁高娃不要进来，她把骷髅带回家里，怕他们害怕。她把门关上，在自己的屋里鼓捣起来。

诺日玛找出一块木板来，把骷髅放在上面，又把斧子找来，砰砰几下，就把那骷髅拍碎了。那真是一个风吹日晒不知几百年的骷髅，已经非常脆了，就像城里的那些锅巴一样，一点不禁打。她把骷髅拍成碎末之后，这才把门打开，让女儿女婿进来给自己帮忙。

娜仁高娃和那木拉只听见老太太的屋里搞得叮当乱响，不知道老太太在干什么，一见老太太把门打开了，就急忙走进屋里。小牛查干伊娜还在那边瑟瑟地抖动着，地上有一块木板，木板上有点儿灰色的粉末，不知是什么东西，旁边还扔着一把斧子。诺日玛已经累得上气不接下气，她说："你们俩把小牛给我摁倒，掰开腿，我要给它上药。"

娜仁高娃和那木拉只好照办，他们把小牛查干伊娜扳倒，抬起它的后腿，诺日玛用棉花蘸清水给查干伊娜的伤口仔细地擦洗起来，她每碰伤口一下，查干伊娜就是一阵猛烈的抽搐。诺日玛把伤口洗干净，小心地把骷髅粉末撒在伤口上，又在查干伊娜的脖子上仔细地上了药，把被狼咬出来的窟窿都填满，这才让娜仁高娃和那木拉松手。

查干伊娜站起来了，疼得它拖拉着后腿，在屋里慢慢地晃悠。

娜仁高娃问："阿妈，您弄的是什么药？"

诺日玛说："现在不能告诉你，等查干伊娜好了之后再说。"

娜仁高娃和那木拉不好再问，但是他们觉得母亲今天晚间有些反常，不会是老太太脑子出了什么毛病吧？

诺日玛觉得还有点儿事没做完。达瓦的那些衣服裤子行李被褥都已经烧掉了，达瓦的烟袋她却留下了，人已不在，这就留作纪念吧。

达瓦还有一串佛珠和一把小茶壶，诺日玛想把这些送给达瓦的侄子。老人不在了，该给亲戚们也留点儿纪念。诺日玛第二天就赶着勒勒车又到毛道艾林去了。

诺日玛来到达瓦的家后，屋子没人住，门和窗户也被人卸下来。诺日玛伤感地站在达瓦的院子里，虽然这小泥房不是特别好，可是当年那暖烘烘的热炕上，曾经给她带来多少甜蜜和幸福，现在这一切都不复存在了。

达瓦家的邻居海吉勒寡妇看见诺日玛来了，急忙躲进自己的屋里。在回来的路上，诺日玛想，海吉勒那个女人不是好东西，她把达瓦柜子里的什么东西偷走了？

诺日玛的那个歪方子，还居然起了作用，查干伊娜的伤口当天夜里就不流血了，长出了血痂，后来又有新肉长了出来。

看着查干伊娜身体一天天地恢复，诺日玛别提多高兴了。她这才告诉女儿女婿自己上的那个药末是死人骷髅，把娜仁高娃吓得目瞪口呆。

查干伊娜就在诺日玛的屋里待着，诺日玛精心地喂养着它，给它吃玉米面儿和黄豆面儿，找来最好的干剑草给它喂养。

春天，等漫山遍野绿起来的时候，诺日玛把查干伊娜放了出去。可是查干伊娜不敢往远走，就在家门口附近。查干伊娜长得很漂亮了，它的身材很高大，腿细长，一看就比同龄的小牛高一拳头。可自从冬天受了那次惊吓之后，查干伊娜的胆子就特别小，尤其怕狗，只要有狗向它一叫，它都会吓得没命地跑。它不敢在外面睡觉，一到天黑，就守到屋门口，诺日玛没办法，只好让它进了屋。诺日玛心疼地说："查干伊娜，你这个小姑娘啊，长得倒是挺漂亮，就是胆子太小了。你是个受过伤害的小姑娘，一定有一肚子话，可你就是说不出。"查干伊娜就冲着诺日玛哞哞地叫着，诺日玛得意地笑了，查干伊娜听懂了她的话。

查干伊娜在一天天长大，诺日玛有些犯愁了，查干伊娜胆子总这么小也不是个办法呀。它毕竟是一头牛，总是要在风风雨雨里活着的，总在家里待着怎么成？诺日玛就想把查干伊娜的胆子练得大一点儿。

一天黄昏，草原上下起了大暴雨，狂风呼呼地吹着，天上雷声滚滚，粗大的树木都弯下了腰。查干伊娜又守在屋门口，诺日玛把门打开，查干伊娜刚把脑袋伸进来，诺日玛用力把它推开，反手把门紧紧地关上。诺日玛抻了抻衣服，忽然撒腿向暴风雨里跑去。查干伊娜对诺日玛非常依赖，经常是她往哪边走，查干伊娜就往哪边跟。现在诺日玛向暴风雨中没命地奔去，查干伊娜急了，它紧紧地跟在诺日玛的身后，冒着头上的劈雷，在草原上疾驰。诺日玛跑不动了，她气喘吁吁地站在那里。查干伊娜站在她的身边，瞪着眼睛，莫名其妙地看着她。查干伊娜不明白，这样的天气，女主人为什么要往外面跑呢？诺日玛喘了半天气，等呼吸均匀了，又撒开腿跑了起来。查干伊娜被诺日玛闹愣了，天上的雷声越来越大，查干伊娜浑身发抖，恐惧地叫着，只能紧紧地跟在诺日玛的身后。在草原上折腾了很长的时间，天已经漆黑一团，查干伊娜紧紧地贴在诺日玛的身边。这天夜里,诺日玛把查干伊娜拴在漆黑的外面,不让它进屋。但是为了不让查干伊娜害怕,诺日玛就站在门口,陪着它度过了一个不眠之夜。

女儿和女婿心疼诺日玛,让她进屋睡觉,可是诺日玛没有答应,她披着衣服,在门口继续站着。

暴风雨是后半夜停的,天上的云彩散去,露出满天亮晶晶的星星。那个夜晚海利斯泰的星光真美,天上的银河宽宽的、长长的,有那么多璀璨的星星拥挤在一起。诺日玛一点睡意也没有。小牛查干伊娜后来就累了,不叫了,它终于委屈地趴在地上睡着了。但它睡得很不踏实,有时,醒后就抬起头,看见诺日玛就在门口站着,它就伤心地叫两声。

诺日玛骂它:"快睡觉,快睡觉,你叫啥?再也不能让你进屋里去。"

查干伊娜看见诺日玛没有把它拽到屋里去的意思,只好识趣儿地把头扭过去,贴在自己的肚皮上。

天亮了,这是查干伊娜被狼咬伤后在外面度过的第一个黑夜。第二天晚上诺日玛又把查干伊娜拴在了院子里,又陪它在门口站了一夜。连续三天,查干伊娜终于敢独自在外面过夜了。

又一年过去,查干伊娜已经三岁,完全长成了一头大牛。它高高的个子,红耳朵,红眼圈,身上还有几块盘子大的红花儿,漂亮得很。可惜脖子上有几处伤痕,后裆上也有一处难看的伤疤,但这并不影响查干伊娜的俊秀婀娜。如果没有这几处伤痕,诺日玛敢断定,查干伊娜是草原上最最漂亮的母牛。

让诺日玛心花怒放的是,查干伊娜的肚子里已经有了小牛犊,夏天的时候就该降生。

诺日玛对查干伊娜照顾得更加细心了,这是头历经磨难的母牛,它的头胎能下个什么样儿的小犊儿呢?

这天,诺日玛把查干伊娜留在家里,她知道查干伊娜该生了,因为它尾巴底下已经长出亮晶晶的水铃铛,快有鸡蛋一般大小了。

果然,下午的时候,查干伊娜生下了一头小牛犊,也是白底红花,也是一头小母牛。诺日玛高兴得直流眼泪。多好啊,这都是莫日根留下的骨血呀!

可是令诺日玛奇怪的是,那查干伊娜好像对自己生下来的这个小犊儿没有任何感情，它生完之后，就走到一边，理也不理自己的孩子。

别的母牛可不是这样，只要是小东西落了地，它们就一刻不停地守着自己的孩子，舔个不停。

诺日玛气愤地走过去，骂查干伊娜："你这个不要脸的东西，怎么能这么干呢？这不是你的孩子吗？你咋不管它呢？你该把它身子舔干净了！"

可是查干伊娜躲在一边安静地吃草，没事儿似的。诺日玛只好把黏糊糊的小牛犊抱到查干伊娜嘴巴底下，逼着它去舔，可查干伊娜依然置之不理。诺日玛就把查干伊娜脑袋往下按，强迫它舔。查干伊娜生气了，用犄角顶了诺日玛一下。诺日玛气得拍了一下它的脑袋："干啥？还想顶我呀？"养了这么多年牛，不理小犊儿的母亲，诺日玛还是第一次遇到。没有办法，她只好找了个刷子，端了一盆温水，给小牛清洗身子。小牛现在全身还黏糊糊的，不清理干净怎么行？可是诺日玛知道自己这刷子没有查干伊娜的舌头好使，母亲的舌头是多么柔软温热啊，那一下下舔起来是饱含感情的，可比刷子强多了，刷子又凉又硬，可是诺日玛没有办法。

小牛犊还很结实，等诺日玛给它清洗完之后，便摇摇晃晃地站起来，慢慢走到查干伊娜的身边，到母亲的身下去找奶头。诺日玛高兴地拍起手来："太好了，太好了，对，那就是你的阿妈，把奶头叼住……"

诺日玛的话还没有说完，那查干伊娜后腿一抬，把小牛犊远远地踢开。

诺日玛"啊"的一声，慌忙跑过去，把小牛从地上抱起来。还好，小牛没被踢坏。诺日玛拿起一根木棍，狠狠地打了查干伊娜屁股一下："干啥呢？你这是咋啦？这是你的孩子，你咋不让它吃奶？"

查干伊娜大口地吃着青草，毫不理睬诺日玛。

诺日玛把小牛抱过来，放在查干伊娜的身边，抱住小牛的脑袋，把小牛的嘴巴顶到了查干伊娜的奶头上。查干伊娜这次倒是没有踢小牛，却一下子跑开了。

诺日玛急忙把院门关上，不能让查干伊娜出去。查干伊娜刚刚三岁，年龄太小了，还不知道怎么做阿妈呢，让它和自己的小牛熟悉一下，建立起感情来，它就会接纳自己的孩子。

可是诺日玛显然是在枉费心机，查干伊娜干脆就不要自己的孩子，只要那小牛犊一去撞自己的后身，它就抬腿踢它。最可恨的是，小牛犊再去找奶头时，它竟然转过身子，低下脑袋要用坚硬的犄角去顶自己的孩子。

诺日玛急忙跑过去把小牛犊儿抱开。诺日玛粗粗地喘着气，她这回可气坏了，她指着查干伊娜狠毒地骂着："查干伊娜，我这回算是看出你的歹毒心肠了，你是根本不想要自己的孩子！你是个什么东西？你要是再敢踢它一下，我就扒你的皮，吃你的肉。"

可查干伊娜好像是啥事儿也没有发生一样，安静地在那里吃草。太阳已经快要落下去了，院子里和村子外的草原到处都红亮亮的，那是个美丽的傍晚。诺日玛愁容满面。虽然查干伊娜不给自己的小犊儿吃奶，但是村子里养活一个小牛是不成问题的，到哪里也能找到奶。但是怎么能容忍一头母牛不要自己的孩子呢？怎么才能说服查干伊娜呢？

诺日玛只好把查干伊娜拴到柱子上，搬了一个凳子，就坐在它的旁边，一句一句地跟它说。可是查干伊娜根本听不进去，照样不理生下来的小东西。

诺日玛心一阵狂跳，她的脸越来越烧起来，她想把做女人的很多话告诉它，她知道跟它小声地说，它是听不进去的。

诺日玛进屋洗了脸，把头发梳得光光的，又换了干净的衣服，这才走出来。她把拴查干伊娜的绳子缩短，让它不能随便走动。然后就趴在它的脖子上，揪住它的耳朵，把嘴巴对着它的耳朵大声地骂了起来。骂它没有良心，怎能不要自己的孩子？骂它忘恩负义，它被狼咬伤之后，要不是她救它，它早就死掉了。它的阿妈莫日根也是被她救下来的，如果不是她相救，它母亲莫日根早就被人吃了，哪还有你查干伊娜呢？

诺日玛大声地骂着，说起这些往事，她越来越激动。而查干伊娜却不听话，对她的咒骂满不在乎，无动于衷。这让诺日玛很伤心，气得泪流满面。她开始低声地唱了起来，后来她的歌声越来越大，曲调拖得越来越长。蒙古人都善于唱长调，对于长调的喜爱已经渗透在这个民族的血肉里。诺日玛的嗓子清亮，唱歌很好听，要是在往日，每逢有喜庆的日子，比如哪家姑娘出嫁了，哪家儿子娶媳妇了，都把她请去唱。那时她的歌声带给人们的是欢乐和满足，而今天她那质朴的歌声从胸腔里奔泻出去之后，在海利斯泰村庄上空萦绕着久久不去，好像一条解不开的绳子，把每个人的耳朵和心脏都拴住了。

太阳下去了，家家户户正是吃饭的时候，可是哪家现在都默默无语，表情凝重。这样的一个老女人的歌声，不仅让那些年轻姑娘和小媳妇们受不了，就是那些刚强的汉子也觉得心里难受，每个人的心里都想起了什么呢？

诺日玛沉醉地唱着，歌唱着一个蒙古女人对草原的感受，歌唱着自己活了几十年的艰辛，歌唱着女人们的路为什么这么难这么长，歌唱着是什么支撑着女人在人世间默默地向前走，歌唱着男人和女人……她用歌声大声地诉说着，想把这些东西告诉母牛查干伊娜，诺日玛相信自己的歌声一定能打动查干伊娜的。

月亮升起来了，有月亮的夜晚星星很少，村庄里只能听见诺日玛的歌声，其余的声响好像都消失了，连草丛里的虫儿也不叫了，它们趴在叶片上安静地听着。河里的鱼儿也浮了出来，听着这奇怪的声音。

查干伊娜一开始听见诺日玛的歌时显得烦躁不安，总想挣脱绳子从院子里逃出去，可是拴它的那条绳子很结实，它挣不断。

没办法它只能站在那儿，后来它渐渐老实起来，诺日玛悲伤的歌声从耳朵里灌进来，它的心脏感觉到那歌声一下下地冲撞过来。慢慢地它安静了，诺日玛那母性的歌声让它变得温顺，它好像是懂了，它的心在歌声里变得柔软，浑身的骨架好像也松懈下来，尾巴摇得越来越有气无力，好像要从它身上脱落下来。查干伊娜的舌头一次次伸出来，它想舔老太太诺日玛，可是它舔不着。

诺日玛快撑不住了，这样投入地歌唱，已经把她五脏六腑掏空了，她身体微微地颤抖着，再这样唱下去，她怕要跌倒在院子里。已经这么多年了，她从来没有这么纵情忘我地歌唱过，她歌唱自己一生走过的路，歌唱自己的亲人，歌唱对村庄的感觉，歌唱那些走去的冬天，走去的春天，走来的夏天，又走去的秋天。歌唱那天上的星星，歌唱那不停流动的河水，她的歌声无所不有，囊括了天地间的一切。

娜仁高娃今天晚间没有做晚饭，阿妈的歌声让她浑身有气无力，她抱着孩子难过地坐着，一下一下擦着眼泪。

那木拉也没有吃晚饭，老丈母娘的歌声让他烦躁不安，既坐不下来也站不住，后来索性从家里离开，就在村子里走来走去。

诺日玛的歌声长长的，慢慢地起伏着，向高处爬上去，一会儿又慢慢地落下来，好像微风中飘动着的绸子。

查干伊娜终于被歌声摧毁了，它眼泪流了出来，它用眼泪在忏悔，它一声声地叫着，让小牛到自己这边来。小牛摇摇晃晃地呆在一边，由于阿妈刚才的粗暴野蛮，它已经不敢靠近。听见阿妈召唤，它也一声声叫着，好像是在哀求母亲：我饿了，不要再踢我了。查干伊娜继续叫着，母女俩一唱一和的。小牛一下子冲过来，叼住了查干伊娜的乳房……

娜仁高娃趴在窗台上，看着院子里的情景。小牛叼住查干伊娜的奶头吱吱吃起来后，她欢呼起来，向院子里跑去。

看见女儿跑了过来，诺日玛向她招手："来，快点儿过来。"

娜仁高娃问："咋啦？"

诺日玛说："扶我一把，我站不起来了。"

娜仁高娃急忙去扶母亲，母亲身体软软的，她快瘫在地上了。

霍林河水哗哗地向前流着，就像人们每天过的日子。

几年过去了，三个奶头的查干伊娜，又生了六头小牛。它现在已经做祖母了，它往哪边一走，身后就跟着很多小牛，它后来生的牛和它子女生的牛都是白底红花，这是莫日根家族的特征。

自从查干伊娜生下第一胎小牛，每天早晨去山上吃草时，都要守在诺日玛的屋门口，等诺日玛出来它就会把诺日玛的双手仔仔细细舔一遍。它还想舔诺日玛的脑门儿和头发，诺日玛就用手推开它："行了，行了，你别再舔了，快上山吃草去吧。"晚间回来，它还要守在诺日玛的屋门口，再把诺日玛的双手仔细地舔一遍，又要舔诺日玛的脑门儿和头发，被诺日玛再次拒绝后，它才趴在一边休息与反刍。

对它来讲，它也只能做这么多了，它不会说话，也不会做别的事，只能用自己的眼睛默默地看着诺日玛，用自己的舌头轻轻地舔着诺日玛，用自己温柔的叫声呼唤她。这年初夏，诺日玛忽然想吃哈拉海菜了。哈拉海菜就是荨麻，荨麻在初夏时，刚长出嫩嫩的叶子，很好吃。拿回家来用水焯一下，可以凉拌，也可以做面汤吃，海利斯泰人都喜欢。

诺日玛现在牙齿少了，她想吃那滑溜溜的哈拉海菜。吃完早饭之后，她拿起一个小筐子，要到山上去采哈拉海菜。荨麻都长在野外，村子附近几乎找不到。娜仁高娃拦住了母亲："阿妈，你别去了，我给你采还不行吗？"

诺日玛有些气恼，推了女儿一下："你这是干啥？为啥要拦我？我不光是想吃哈拉海菜，我还想到山上去转转，一会儿天热起来时我就回来。"

娜仁高娃今天有些忙，孩子到乡里读中学去了，今天有人要到乡里去，她准备给孩子捎些东西，就千叮咛万嘱咐，要母亲早点儿回来，千万不能走远了。

诺日玛毕竟老了，她的腿脚已不灵便，她不敢往太远的地方去，走出村子一段路，来到山根底下，那里有大片大片的荨麻，她就小心地挑那些最嫩的叶子采摘起来。

她突然觉得脑袋疼了起来，而且疼得越来越厉害。这脑袋疼的病，就是那年给查干伊娜唱歌后留下来的，查干伊娜虽然做了母亲，可是她却头疼了好多天。现在她只好坐在那里，无望地看着自己熟悉的村庄，希望有人走过来，可是一个人也没有。但是她看见查干伊娜正在附近吃草，就挥着胳膊大声喊叫着它。

查干伊娜一听见老太太叫喊，就慢腾腾地走了过来，它不知道老太太脑袋在疼，也不知道老太太叫它有什么事，它毕竟只是一头牛，它对于人的世界的理解是极其有限的。

查干伊娜走到老太太身前，把舌头伸出来，慢慢地舔着诺日玛的额头。

诺日玛拍了拍查干伊娜的脑袋："查干伊娜，你怎么是头牛呢，你要是个人多好啊，你可以把我背回家去，也可以给我去送信，可是你只是头牛。我现在脑袋疼，你知道吗？"

查干伊娜听着老太太絮絮叨叨地说着，也不知道是不是听明白了，它睁着温和柔软的大眼睛看着她。

诺日玛用手指点着自己的脑袋，告诉查干伊娜："就是这儿，疼。"

查干伊娜听不懂老太太在说什么，看着诺日玛。

诺日玛站了起来,想走回村里,可是刚迈了一步,身子就重重地跌倒了。

查干伊娜一看老太太摔在地上,着急地用鼻子拱着她的身子,希望她能再站起来。

诺日玛觉得心里很累,身上的力气好像正在慢慢消逝,她拍了拍查干伊娜的脑门:"查干伊娜,你要是听懂了我的话,就去给我叫人,给我叫人来……我脑袋疼。"诺日玛满脸涨红。

查干伊娜抬起头来,一动不动地看着诺日玛,知道老太太有事儿求它,可是它不懂老太太说的是什么。

诺日玛失望地摇了摇头,她想站起来,她必须走回村里去,可是她刚往前迈了一步,又跌倒了。

查干伊娜哞哞地叫着,又来用鼻子拱她,希望她能重新站起来。

诺日玛拽了拽查干伊娜的耳朵,把它的耳朵往村子那边拖了拖,又用手向村庄那边不停地指着,查干伊娜还是听不懂,傻呵呵地站在那里。

诺日玛生气了,她骂查干伊娜:"你这头笨牛,怎么听不懂我在说啥呢?"

查干伊娜不走,就那么看着老太太,它的眼光特别的温柔。

诺日玛不能再等了,她从筐里拿出镰刀来,做出要砍查干伊娜的样子,可是查干伊娜还是不走。诺日玛只好狠心地砍下去,镰刀砍在查干伊娜的脖子上,血慢慢地流出来,可是查干伊娜还是始终不动。诺日玛大声地喊:"你快点儿给我叫人去。"诺日玛又向查干伊娜的脖子砍了一刀,还向村庄不停地指着,这回查干伊娜真的懂了,它撒开四蹄没命地向村庄跑去。

查干伊娜很快跑到家里,可是家里没人,娜仁高娃开会还没回来,它就围着诺日玛的家,一遍遍地跑来跑去,嘴里不停地哞哞叫着。

这时娜仁高娃恰巧回来了。一见查干伊娜正在院外跑来跑去,就很奇怪,牛在中午是从来不回家的,它怎么现在回来了呢,而且脖子上还有伤,正在流血。娜仁高娃走过去,一下子抓住了查干伊娜,给它戴上了头绳,把它拴在柱子上。

查干伊娜一看主人把自己拴在柱子上就更加暴躁,它大声地叫着,头顶柱子,想把柱子撞倒。

娜仁高娃愣住了，这牛怎么了？

查干伊娜一看主人还不把自己松开，急得眼泪流了出来。牛的泪珠很大，一粒粒滚下来，连成了串儿。娜仁高娃有了一种不祥的预感，她急忙把查干伊娜松开，看看它究竟要干什么。查干伊娜一被松开了绳子，就哞哞叫着向后山跑去，还回过头来一声声地叫着娜仁高娃，看见娜仁高娃站在那里不动，它又返回身来用头来顶娜仁高娃，然后又向后山跑去。

娜仁高娃明白了，牛是让她跟着走。她知道母亲早晨到后山去了，一定是母亲出了什么事情。娜仁高娃赶紧跟着查干伊娜向后山跑去。

娜仁高娃和查干伊娜跑到诺日玛身边时，老太太已经死了，她倚靠在一棵老榆树干上，满脸笑容，而且很安详。

娜仁高娃扑到母亲身上放声大哭。

查干伊娜默默地站着，它用舌头一下下舔着诺日玛，希望它的主人能活过来，可是诺日玛对它亲热的舌头再也没有了回应。

娜仁高娃哭了一阵，只好回村去找人。等娜仁高娃从村里找来人，看见查干伊娜还在那里不停地舔着母亲，母亲的头发已经被查干伊娜舔得光光的了，好像抹了一层银，那是一种特别奇怪而神圣的光泽。死后的诺日玛的头发让查干伊娜弄成了这个样子，看上去非常漂亮，好像要活过来似的。

娜仁高娃把查干伊娜给她送信的事儿讲给人们听，村里的人们都被感动了，人们走过来，亲热地摸着查干伊娜的身子。在海利斯泰有个规矩，在野外死的人是不能再运回家的，那样对活着的人不吉利。

娜仁高娃把棺材运到了老榆树下面。诺日玛前两年就觉得身体不好，她已经把棺材早就做好了，棺材涂了一层红颜色。红色让牛的情绪躁动不安，母牛查干伊娜一直在旁边看着，它亲眼看见诺日玛被装进棺材里。查干伊娜急了，它走了过去，用自己的身子蹭棺材。

大概它以为诺日玛会从棺材里站出来，再骂它几句，或者再打它几下呢。但是无论它怎么蹭，诺日玛就是不出来。人们都忙着挖坟墓，没有人在意查干伊娜。查干伊娜在棺材边蹭了半天总也见不到诺日玛，它更加躁动不安起来。它刚才亲眼看见诺日玛就被装进这棺材里，它以为诺日玛在和它开玩笑，在和它捉迷藏呢，它就更加剧烈地蹭起棺材来。棺材被查干伊娜推出很远，可是诺日玛仍然不出来。查干伊娜更大声地叫着，它用蹄子刨地，把身下的草地刨出一个大坑，可是仍然看不见诺日玛。它忽然跑开，再猛地向棺材冲去，嗵的一声，它把自己的一只犄角撞断了，血染红了脑袋。

查干伊娜的举动把那些挖墓的人们都震动了。人们知道这条牛是想自己的主人了，有人提议把棺材打开，让查干伊娜再看一眼。但马上有人反对，棺材早已经钉好了，再打开怕是不吉利。再说查干伊娜毕竟只是一头牛，理它干什么？但是这头牛对主人的感情还是把人们感动了，有人就急忙跑到一边，找来一棵马粪包。马粪包是一种菌类植物，能长成西瓜那么大，灰色，薄薄的一层皮里面是一种黑色的絮状物，是一种止血的药材。

人们把马粪包按在查干伊娜的脑袋上，希望止住它的血。闻到自己血腥气的查干伊娜更加烦躁了，它绕着棺材一圈一圈地走，一声一声地叫，眼泪不停地流着。它现在大概明白了，诺日玛已经死掉了，它再也见不到这个善良的老太太。娜仁高娃急忙跑过去，她一遍一遍地拍打着查干伊娜的身子，希望它能安静下来。很多干活儿的人也停住了手，大家都围过来抚摸着查干伊娜的身体。

人们在查干伊娜的叫声中把坟墓挖好了，大家默默地把棺材抬进坑里。查干伊娜走过来，它伸着脑袋，闻着棺材的气味，人们知道它不是在闻棺材，而是在闻棺材里面的主人。有人哭了，大家开始把土一锹锹地盖住了棺材，一座新坟在大树底下出现了。

查干伊娜就围着那座坟一圈圈地走着。娜仁高娃看见查干伊娜在坟旁已经走得很累，但也没有办法阻止它。

娜仁高娃回到家里招呼人们吃饭，这是村里的规矩。

天黑了，查干伊娜没有回来，娜仁高娃放心不下，于是她向山上走去。

查干伊娜果然还在母亲的坟前站着。娜仁高娃愣住了，母亲的坟已经被查干伊娜给刨开，愤怒的它把新堆起来的坟给弄平了，它大概是在寻找棺材。娜仁高娃很难过，母亲的坟被查干伊娜破坏了，但她不能责怪它。她走过去，搂住查干伊娜的脑袋："查干伊娜，天黑了，咱们回家去吧。"

可是查干伊娜说什么也不走，娜仁高娃只好把它硬牵回来，让丈夫那木拉把母亲的坟重新堆起来。

谁知道,第二天查干伊娜又把那座坟刨开了,它非要找到自己的主人,它不能让自己的主人永远躲在地底下。娜仁高娃和那木拉再把母亲的坟堆好,第三天却又被查干伊娜刨开了,而且从诺日玛死后的这一天起,查干伊娜就再也不吃东西,也不喝水,每天就在坟前,在那土里寻找着,后来它的体力已消耗殆尽,就悄无声息地趴在那座坟旁边。

查干伊娜要死了。娜仁高娃心疼它,她给查干伊娜割来最好的草,给它拎来加了白糖的水,可是查干伊娜看也不看那草和水。

它现在把身上所有的劲儿都耗尽了,也叫不出来了,只有眼泪在默默地流淌。

查干伊娜死了。

娜仁高娃在一个清晨把查干伊娜埋在母亲的旁边,也给它立了一座坟。于是在霍林河东岸,在鄂尔敦山脚下,只要是放牧的日子,就会看见有成群的白底红花的牛在那里像一团团云彩一样聚集着……

黄河送你回偏关

2009年获第九届内蒙古自治区文学创作"索龙嘎"奖

郭增源

抗战胜利那年,从河套的柳林渡,驶出了一只航向偏关的木船,这只船载着英雄的灵柩,顺水航行了八百里,悲壮地靠上了黄河老牛湾的河岸……

一

一个偶然的下午。

那个下午,才真正打开了偏关少年梁河生的人生画卷。

当时,他在对面的山坡上拾了一捆干柴,正想登上高高的山梁眺望蜿蜒壮丽的黄河,山林间突然传来一阵杂乱的脚步声。

他机警地躲在岩石后面,睁大了惊恐的眼睛:第一眼看到的,是一面拂动在枪刺中的膏药旗,那面膏药旗在山地的风中霸气地翻卷,如同刺刀搅动腐败的蛋黄;随即,他再次看到的,便是一片晃动的钢盔在尘埃中闪着贼光,那些浮荡的钢盔,在皮鞋溅起的黄尘中一起一伏,犹如洪水中漂浮着滚动的西瓜……

接下来的景象更把他惊呆了:他清楚地看到了那个身穿黑绸衫,头戴黄礼帽,名叫柳四明的偏关人,那人带领鬼子兵穿越丛林,斜插着翻过了山梁,直奔他家住的那个小山村里去了。少年看见那股闪烁的祸水漫过山梁,便知他家在劫难逃。他像只受惊的小鹿,身子一跃,蹿进稠密的灌木,绕道朝山村疯狂地奔跑，他想尽快赶在鬼子前头，扑进山村，救出他的姐姐枣花。

爹妈在渡口的划子上，家里只剩下姐姐。这个头戴黄礼帽的人，前几天去过他家，要把姐姐带到据点里给日本人唱歌，被老爹一顿臭骂之后，灰溜溜地走了。今天他带着这一长溜鬼子兵，贼光闪闪，一定是冲着姐姐来的……河生不敢再往下想了。他怀着恐惧一路狂奔。他绊倒，爬起，再绊倒，再爬起，奔跑中擦伤了膝盖、划破了脸蛋儿、挂烂了衣裳，等他气喘吁吁赶到村口，还是晚了一步。所有没来得及逃离的乡亲都被明晃晃的刺刀逼到村后的打谷场上了。这些人大都是老弱病残，姐姐夹在其中，她是唯一鲜亮的山村女子。

打谷场上传来日本人咿哩哇啦的训话，黄礼帽操着浓重的偏关口音不住地翻译。河生惊慌地趴在土墙后边，他为这迟到的报信落下悔恨的泪珠。他听不懂日本话，只是听那只偏关狗子反复地吠叫：

"山本太君喜欢咱们的山西民歌。"

"皇军要几个山妹子唱歌。"

……

随后，便是哭天喊地，便是撕扯与叫骂。日本人要带走枣花和一个瘸腿的年轻媳妇。近于爆裂的空气中，重复着老人的哀求——换来的却是中日混合语言的斥骂和皮鞋枪刺的磕碰声。秀丽的枣花泪珠纷飞，她被柳四明从人群中拉了出去。她声嘶力竭奋力抗争。一个鬼子揪住她的辫子，并揪掉了辫梢上的红头绳。那鬼子走前几步，讨好地望着山本小队长。山本挺了挺胸脯，那双鼓胀的蛤蟆眼顿时猩红放亮。日本兵得到鼓励，便抓紧这战栗的辫子用力一拽，痛与辱同时出声，打谷场传出一声锐利的尖叫。与此同时，小河生这个初生牛犊从土墙后面跃起了身子。他想阻止鬼子对姐姐的伤害，便像一股滚地旋风般刮进了那片骚动的人群。片刻的慌乱之后，日本兵很快镇定下来，他们又挺起雪亮的刺刀，步步逼近少年。少年的胸膛横了过去，无所畏惧，在刺刀的寒光下，他横在鬼子与姐姐之间。他一面死劲地扳着那只蹂躏姐姐的大手，一面恶狠狠地叫道："放开！放开我姐！"

"反了！你这个小兔崽子！敢跟大日本皇军作对！"

随着黄礼帽的怒骂，一柄枪托瞬间起落，沉重地砸在少年的额头上。

后来，惊天动地的哭喊覆盖了那一场苦难，也覆盖了昏迷的梁河生。在昏迷之前，他还望了姐姐一眼，而看见的却是姐姐的后背了，那件素雅的蓝花布衫，被几只大手粗暴地蹂躏着，如同杂乱的马蹄踏过一簇盛开的马莲花……

那个灾难的下午，小河生失去了姐姐。枣花和瘸腿媳妇被日本鬼子掳走了。

那一小股不带战斗使命的军人，押解着两个无辜的柔弱女子，行走在黄河的高岸上。强劲的河风吹乱了女人的头发，呜咽的河水悲叹着弱国女人！她们被劫持在铁与皮鞋之中踉跄行走。两个年轻的女子，晃晃悠悠，宛如两支裹在黄风中的芦苇，被卷向恐惧的深渊。她们的脸颊明明晃晃，流淌着屈辱的泪水。她们的身影痛苦地扭摆在异国的军人中。

她们的脚步没有声音。

突然，远处的河岸上传来零乱的枪声。枪声搅乱了这伙鬼子的脚步。他们机警地改变了行走的路线，翻上了那道河岸边的山坡，并将两个女人裹挟着，钻进了一片翠绿的枣林。枣树还没有坐果，满树都是米黄色的碎花，空气中弥漫着慌乱的芬芳。地上的花草遭遇了皮鞋的踩踏，片刻变得东倒西歪。随之，猥亵与淫荡便打破了平静的树林。异国的黄种男人，为肉欲解除了战斗武装。他们像一群饥饿的狼一样，集体扑向了会唱情歌的中国女人。

然而，他们要的却不是女人的歌声。

他们无耻地以军衔分着等级。由等级分着先后。淫邪、狂笑、撕扯、揉搓、生吞活剥，眼和手、心和欲全都淹没在一片刺目的骚动中。

他们撕去了人间最后的遮羞布，让山村的女人裸露在芳草碎石中绝望地扭动。

他们放纵侵略者的兽欲，掀起魔鬼的狂欢，让偏关的女人在山林中哀怨地挣扎；他们打着太阳的旗帜干着黑暗的勾当；他们借以歌唱的名义，封了偏关姐妹清纯的歌喉；他们在上天崇高的眼皮底下，公然摊开了一幅刺眼的、恶俗的、肉欲的掠夺图。

那个人模人样的中国人渣，也被这突然的景象扼住了灵魂，他惊愕地背过头去，耳中冲击着猥亵的日语和中国女人的尖叫；他眯上无神的眼睛，藏匿了羞耻的思绪；他佝偻着奴才的脊骨，酥软地靠在了一块大岩石上；他仿佛还做了一个下意识的深呼吸，为他那充满共荣泡沫的心肺输入了一股枣林的空气，可偏关山地的空气带着家乡的自尊，宛如不由分说的芒刺，伴着女人绝望的尖叫，更深地刺中了他的灵魂。他的腿开始瑟瑟地颤抖。

瘸腿女人首先发出了裂帛般的叫声……叫声又被怪异的狂笑淹没了。山林的鸟儿飞光了，连昆虫都绝了声息，只剩下鲜树、芳草、丑石、弱女与骚乱的兵。这个女人早就被命运夺去了一半美丽，作为女人，她已经倾斜，已经残废，已被扭曲，残留的羸弱的一半，只因还有颤抖的未死的花儿般的模样，只因还有残损、零落、坚韧的年轻，便被一群打着共荣旗号的东洋鬼子彻底捂死在生命的通道里了！

枣花刚进青春期，她的品性是单纯的、无邪的。她的女性意识刚刚苏醒，雾一般迷茫，羽毛一般轻灵。起初，她以为鬼子汉奸真是逼她去唱歌，起先只为自己出色的歌喉悲哀，根本没想到会被几只生满黄毛的大手生吞活剥，活剥去她固守了十八年的外壳。她的眼前除了一个扭头挨打、面有朱砂痣的影子，满眼都是狰狞的头脸。她听见了衣服的破裂声及生命被强行折断的响声。她的衣衫在淫荡的笑声里被一件又一件剥去，那件贴身的珍藏着少女贞操、珍藏着青春柔情的红肚兜，被强行撕掉之后，又被一个鬼子恶作剧地挑在刺刀上，那鬼子迎着河道上吹来的风，着意地旋了一个无耻的把玩的弧圈儿，随即刀光一闪，甩向一丛带刺的灌木；忧伤的红肚兜，带着姑娘破碎的神秘，像一只烈火中毁灭的鸽子，在刺刀的哨音中飞了出去，飞向那片仍旧残存着山林温暖的树丛；它缓缓地悲哀地降落下去，无声无息地坠入丛林深处，隐藏得无影无踪了。而枣树之下、花草之上，惊心动魄的女儿之身，在尖锐的疼痛中，也僵死在故土的噩梦里了。

上有光天亮日长风，下有香草碎花湿泥，中间便是这场黑暗的骚动！这一天，山没有蒙头，天没有闭眼，都看见了这群侵略者的丑恶，都看见了山村女儿的破碎，都皱起眉头并闭上了痛苦的眼睛……群寇撕扯，恶欲轮番，他们吸干了青春最初的血，并将那垂死的生命踩进了污泥。弱女被残忍与淫邪瞬间吞没，同时也吞没了昔日老牛湾那一抹温暖人间、照耀生存的素朴和美丽。

……

河边的枪声，带着死亡的哨音再度传来。

顷刻间，枝叶披靡，花瓣坠落，声息平定。

淫邪丑恶的团队，听到枪声再度慌乱。他们叮当乱响，收拾行装。他们潦草地结束了肉欲的掠夺。他们裹上遮羞的皮囊，抛洒了恶毒的腥臭，跨越摧残的花瓣，踏过了芳草、碎石、沃土、碧血；他们慌乱地掩去了远征军的龌龊，又以枪刺挑起了太阳旗，钢盔上了头，武装到牙齿，贼光闪烁，铁蹄零乱，急匆匆隐没在苍茫的山峦中了。

他们身后震荡着几声凄厉的绝望的嘶喊……

草地惨不忍睹。女人惨不忍睹。天地之间惨不忍睹。

天有眼，天看得真切；天叹息，长空里吹过了疼痛的风。枣树木然地摇摆，斑驳的树影，珍贵的飘扬的花粉，遮掩了山地的女人。天也不忍，背过眼去，当空滑过了一片抚慰山地的阴云。

"嫂子……嫂子……"声如游丝欲断。

嫂子无声无息。

枣花胡乱地揪回衣物包裹了自己，犹如残败的花枝卷起披靡的叶子。她挨近了瘸腿女人，再次轻轻地呼唤："嫂子……"

瘸腿女人艰难地坐了起来，光裸的身子血迹斑斑。她那小圆脸儿苍白得没有一丝血色。她的头发如同狂风暴雨摧残过的衰草。她的眼光是直的，眼白完全被血染红。她那苍白的嘴唇抖动着，吐露出灵魂的托付："天哪——天哪——收走我吧！"随后，她便猛撞在脸前的石头上……

"嫂子——"

血花溅上西天，淹没了枣花的惊叫，吞噬了这个残疾而破碎的中国女人。而另一个刚刚跨进青春门槛的山地女儿，却带着另一份破碎、另一种绝望，软瘫在同伴的脚旁，她横亘在那个高贵的青春门槛上昏死了过去。

晚霞如血！如同刀子捅了忧伤的太阳！

枣花已经身有所属，心有所爱。未婚夫杨春参加了抗日游击队。他转战晋陕，两年未归。枣花心中供放着一轮不落的太阳，供放着一轮温暖青春、照射幸福的太阳。她为心中的太阳保管着圣洁的童贞。现在，沦落山林，破碎了生命的她，还怎么收拾自己？怎么去面对她那神圣的春哥呢？她和她的春哥在黄河岸边留下了多少重叠的脚印？说过多少忠贞不渝的情话？春哥临走之前，爹妈曾提议把他俩的喜事草草地办了，免得兵荒马乱养着个黄花闺女提心吊胆，可是春哥偏不！春哥把他的枣花妹子看得太重了、太珍贵了，他一定要等打走了鬼子胸戴红花隆重地迎娶他的新娘。他说："日本鬼子很快就会完蛋，你等着我，抗战胜利了我就回来娶你。倘若我不幸牺牲了，你还是咱偏关的黄花闺女，你就再找一个打日本鬼子的好汉……"她赶紧捂住了他的嘴，她说："不许你这么说。"他说："那我这样说，你好好地给我保存着、看护着，等抗战胜利，我凯旋归来，再采摘你的枣花骨朵儿。"她用小拳头捶打了他的胸脯，他的胸膛嗡嗡地回响，俩人都闭了眼，听那青春的旋律铮铮地微妙地回旋……从此，枣花的梦里老有别离的情节、别离的笑容，甜蜜的期盼也从此替代了青春的誓言。

不幸的是日本鬼子踢破了家门。不幸的是花儿破碎，美梦落空。

枣花跟跟跄跄爬过了那道坡梁，她挣扎到黄河的边上，面对那滔滔不绝的黄河水直声子呼喊，喊她的春哥：

"春哥……春哥……你曾说，黄河就是那天上的水。可我的身子，跳进黄河也洗不净了！天上的水也洗不净了！……我那清风秀气心比天高的春哥哥！我那骑马挎枪闯天下的春哥哥啊！"

老牛湾的河岸，沐浴在血染的晚霞里，两岸的山坡倒映在呜咽的河水中。远处，有凄婉的歌声悠悠荡来，如泣如诉，断断续续，仿佛来自另一个无可奈何的世界。

绝望的枣花，一步一步走下河滩。她走进了那片"天上的水"。她一闭眼，扑入了翻卷的河流，扑入了永恒的淘洗。漩水湾上溅起了一片橘红的水浪。河水中忽隐忽现，那是蓝花布衫和零乱的漂浮的发辫，在霞光映照的河面上缓缓地回旋……

二

傍晚，爹妈从渡口回来。门口一片慌乱。

小河生还在昏迷中。

众乡亲告知：柳四明带着据点里的山本小队长，抢走了枣花和另一个女人。河生的妈妈乱发披散，号啕痛哭。她哭醒了昏迷中的儿子。儿子的额头有一片紫红的破绽。

河生问："我姐呢？"

爹说："你姐被鬼子……抢走了。"

河生又一阵昏迷，朦胧中眼前复现了刺刀与钢盔，复现了姐姐在一片骚动的黄色里瞬间覆没的景象。妈妈抱住受伤的儿子，悲切地号哭。船汉梁迎柱，像只愤怒的狮子。他怒发冲天，额头青筋暴起。他在乡亲们的簇拥下，拉起一把镢头走进了沉沉夜幕，他们顺着日本兵退去的路线，连夜寻找枣花与瘸腿媳妇。

一夜呼唤，山林回音。直到次日黎明，他们才摸进了那片枣林。他们在那片惨遭践踏的草地上，目睹了罕见的零落、罕见的死亡！他们收殓了死者的遗体，包裹了山村的屈辱。留给那片枣林的，仅剩下那块溅染鲜血的石头。清明的天空下，无知的鸟儿又在树枝上啁啾，枣树带着苦涩的花香依然浓郁，山村的尊严、偏关的尊严、黄河的尊严，就败落在这个鸟语花香的林子里了。

他们离开枣林继续寻找枣花，寻遍了山川与河道。船汉梁迎柱喊哑了嗓子，最后在黄河漩水湾的泥岸边，发现了一块红头巾和一双陷入污泥的鞋，面对滔滔大河，大家才明白了枣花的结局。

梁迎柱怒视着黄河：河面上黄波荡漾，浊浪追赶，这里记载了他多少征服浪涛的骄傲！可为什么这条让他历经千辛万苦、闯荡了半生的命运之河，偏偏收走了他的宝贝女儿？

梁迎柱没有泪，满脸只见纵横的沟壑。几十年的河道长风早已吹干了他的泪泉，几十年的浪涛生涯早已钙化了他的情感。他认为船汉遇上天塌地陷也不能流泪，流泪的船汉愧对黄河的涛声。

他无泪，因为心硬。

他心硬，是河流给的。

他弯下衰老的长腰捡起那块花头巾，又用头巾包裹了那双沾了黄泥的女儿的鞋，将其揣进了胸怀。古铜色的胸怀敞着小口，犹如怀抱了幼时的女儿。

他迎着西风，昂起那颗饱经风霜、硬发如针的头颅。他要顺河寻找，寻找他那或是漂浮或是搁浅的清水荷花般的女儿，寻找那水做的清爽的女儿。

乡亲们陪伴着他，走在坎坷的河岸上，所有的眼睛都望向浩荡的河，望向绵延的岸，望向起伏的草；所有的眼睛都含着泪光，泪光里却一片迷蒙，没有枣花的影子。

五里过去了。

十里过去了。

无踪无影，只有浩荡的长河汹涌澎湃地向南流淌，只有绵延的岸帮在激流的冲刷中轰鸣。

乡亲们围了上来，劝说梁迎柱止步。

梁迎柱留恋地遥望着直奔晋陕长峡的河水。他默默地念叨："杨春，杨春，枣花顺河去了！你打鬼子时抽空到河边看看，倘或见到你这未过门的媳妇，捞上来就地埋了吧！万里黄河归大海，处处黄土都埋人呐……只是，枣花埋到哪里，也是个不安的鬼，游到哪里，也是个屈死的魂呀！"

"回吧……回吧……"

"回吧……就当那娃被天杀了！"

"天？我们还有天？天在哪里？"他仰天长啸："天在哪里呀——你们这些丧尽天良的畜生……"

两天后，山坡上堆起一座小小的坟茔。坟茔里埋进了头巾和鞋。

头巾和鞋只是象征。象征一个有物的空冢、有魂的空冢。

空冢就是枣花。

枣花就是空冢。

爹妈和弟弟围着虚无的她，安慰着萦绕山坡的魂。他们发誓要为她雪耻。他们让她站在坟头望着渡口和山村。这个位置正好把渡口和山村尽收眼底，能看见那里的恩仇聚散，能看见那里的人间动静。枣花应该知道人间动静。一定得让枣花知道人间的动静。

爹妈的话都是用心说的："你站在这山坡上看着我们,我们一定给你报仇……你孤单了、想家了,就唱一嗓子山歌。你不是爱唱山歌吗?你那尖亮亮的嗓子,山村和渡口都听得到。爹妈和弟弟都能听得到。说不准打日本鬼子的杨春和县城做事的哥哥也能听得到……"

河生坐在姐姐的空坟前,他不看爹妈,不看坟头,目光痴痴地越过远处的山峦,他在风水线的波荡里寻觅缥缈的影子……他看到了姐姐隐约的浮荡的背影……还很小,她背着他,沿着弯弯的小路,从山村到渡口,从渡口到山村。还有,那长大以后,映入眼中的姐姐的背,穿着蓝底白花的衫子,散发着温馨的香气,那蓝底上的小白点儿大约就是有香无形的枣花吧?在那枣花的香气里,飘荡着一根直达腰际的发辫,辫梢上有一对红头绳结成的毛蝴蝶,亲切地在背上扇着翅膀……

突然,爹沉重地说了一句:"咱们回吧……咱回。"

河生朝向爹妈愤愤地说:"我要当兵!我要去打鬼子,除汉奸!"

"你才多大点人,就这么大口气!"爹直起腰来,仿佛不认识自己的儿子。

妈也扭过愕然的脸。

河生没理会妈的惊愕,也没在意爹的不屑。少年的心灵已经醒悟,他说:"对付日本兵只能是兵!你们没听说……昨日夜里,前坡的二哥去找日本人说理,被日本人用刺刀挑了?"于是,他又补了更坚硬的一句,"我要当兵!"

河生出生在渡口的划子上,他一出世就喝了满肚子河风。他的第一声啼哭是在浪涛中生起的。懂事之后,他不是跟爹在河浪里颠簸就是跟妈在山坡上刨地,他的天性在两个截然不同的生存点上流动,新奇与刺激,苦难与坚韧过早地锤炼了他的性格,他被流水和石头轮流点化,小小年纪就披挂了河流般的坦荡与山川般的坚硬。他在山村和渡口间,在死亡和苦难中早熟,早熟在十五岁的门口。

枣花姐死了。那个瘸腿嫂子也死了。嫂子的丈夫——那个不屈的二哥也死了。

他们死于鬼子的凌辱。

死于贞节的高贵。

死于净。

可河生还是怪他们软弱，怪他们死之前没有咬断日本人的脖子。

他活了。在枪托的重击下他活得像一场梦。在姐的死和自己的复活中，他看到了自己必得以生命抗衡的三个景象——那便是：枪刺上摇荡的膏药旗、鬼子钢盔上流动的贼光以及黄礼帽柳四明瘦骨嶙峋的爪子。从跪在姐姐空坟前的那一刻，他就起了杀心。他将自己生命进击的靶心，命定在那三个恨可断肠、怒可喷火的景象上了。他已暗下决心：命定的靶心决不移位。他对着花白头发的妈妈又重复着请求："我要当兵！"

妈妈再次惊愕了流泪的眼睛。

爹抓了把坟上的新土，慢慢搓成了粉末。他望着空坟前的毛头小儿接过了话茬："你还小，咱让你哥别在县城学什么鬼手艺了，让他去投八路，出咱这口窝憋气！大不了我也停船罢渡，立起棹杆，扣过船，提上菜刀去砍狗头，怎么说也轮不到你这个黄嘴叉的小娃子去拼命呀！"

"我要当兵！"

"你可是妈的老生儿，妈的命豆子呀！"

妈将河生揽进怀里。流泪的母亲怀中火热。河生望着妈妈皱纹环绕的眼睛，妈的眼泪一点一滴滚下脸颊，一点一滴落在儿子脸上。他还是被妈的泪水溶化了。他伸出手掌擦拭妈的泪水。他离开了妈的怀抱。他带着怀中的温暖转过身来，双膝下跪，跪在爹妈面前，跪在姐姐的空坟前。

他的后脖颈很直、很硬。

他说："我守着姐姐的空坟发誓，我早晚得去当兵！"

三

渡口停渡了。

渡船倒扣在岸上，凝固了渡口的活气。来来往往的过客因这突然的"倒扣"绕过了老牛湾，无可奈何地走向延伸的河岸。

山村梁家的土房门口，倒竖着两支衰败的船桨。一场灾难已过，冷寂的烟囱口又无可奈何地飘散开灰白的柴烟，苦难的人家从苦难中抬起头来，又续上了生存的烟火。

梁迎柱进了偏关县城。他看到满街的鬼子和汉奸横冲直撞，亡国的景象使他怒火填胸。他避过狂风卷地般的马队，终于走进了街口的平安药店。这是儿子学徒的店铺。他见到了大儿子河运。

店铺的偏房再无别人，太阳的光柱透过窗口的一小块玻璃斜照进来，父子二人隔着那束滚动的阳光对望着。俩人的脸面都很明亮。河运眉宇清秀，棱角分明，穿着粗布长衫，显得挺拔精干。战乱之年风云莫测，他从老爹的神色中已预感到某种不祥。没等他询问，强硬的老爹面对亲人，眼睛先渐渐地红了。他给久别的儿子带来的是苦难与怒火。他望着儿子惊愕的脸膛，低沉地道出了苦难的真相与复仇的请求：

……

河运搀着父亲坐在木凳上。他抚着爹的鬓角。那鬓发间已有了掺半的白发。他已经不是那个一惊一乍的毛头小伙子了，他长了几分老成。听到父亲的诉说，他的嘴角只轻轻战栗了几下。他给了父亲一个意想不到的平静。

"爹，枣花妹子的仇一定要报，可家难因为国破，您知道一个偏关县每年有多少妇女被糟害？您知道全中国又有多少人死在日本人的屠刀下？"

"爹管不了那么多！爹只知道你妹子的仇非报不可！你是咱家唯一的青年汉子。汉子你懂不？你不能在这儿穿着长衫当亡国奴了！你应该有你弟弟河生那样的血性！一个十五岁的娃子就哭着喊着要去报仇。你还能在这儿守得住？你应该去当兵，当八路！你得首先想办法宰了柳四明这个狗杂种！不然，我跟你妈你弟的心就平不下来，就长久地搁在你妹的空坟头上了！咱老梁家的日子也就没法熬了！运娃子，拿主意哇！"

河运的眼睛放出了光芒。他为这位抗击苦难宁折不弯的老爹骄傲。他上前抱紧了老爹，紧贴着爹的耳朵告诉他，自己早已参加了八路军的地下组织，他天天都凭借这长衫的掩护从事着老爹所期待的斗争。他做的事比当兵重要得多。他让老爹必须以生命担保严守机密，因他逼迫儿子违反了组织的保密纪律。他所从事的工作是不允许告知父母的。

梁迎柱推开了儿子，不认识似的，他将儿子凝视了片刻，又一下拥进怀抱。他们在那束稀有的阳光中拥抱了很久。心心相印，儿子与父亲。这个反对流泪、不会流泪的船汉，他的眼眶热了，他的泪终于明晃晃地淌了出来，那泪水滴滴淋淋，浸湿了儿子的肩膀，浸润了血脉与骨气，并与那缕可贵的阳光融合在一起了。

木板的隔门吱呀一声，门口飘进个俊秀的女娃子。的确是女娃子。在那束阳光的映衬下，她那红润的两颊现出金色的绒毛，小巧的嘴唇艳如花蕾，毛森森的眼睛就像早晨的晴空一般清澈。是个黄毛丫头。女娃子的发辫和蓝底白花（流行的土布）的上衣，一刹那迷乱了梁迎柱的泪眼，这情景就像一个悲哀了几天、飞翔了几天，又突然落在店铺里的梦。如果不是那女娃启齿一笑，露出一颗亮丽的虎牙，他差一点错认成女儿枣花了。

"寒梅，有事吗？"河运问话之后，他爹才猛然回过神来，不由得揉了揉自己的眼睛。

"当然有事。好事。我爹妈杀了鸡，打了酒，请河运哥和大爷去那——厢（屋）——吃——饭！"

银铃般的声音主宰了空间。随着姑娘调皮地一笑，闪光的小虎牙照亮了小屋。

那顿饭吃得很不安静。街头上不时地传来马队的轰鸣、零乱的枪响和黎民百姓的呼叫，县城的骚动破坏了他们的食欲。

临别的时候，父子的神情介入神圣。儿子的话有了超乎身家性命的分量："渡口还得开，船还得扳。为了死去的不白死，为了活着的更好地活。为了您还没有弄懂的大道理……"

爹说："你总得给我一个盼头呀！"

河运双目灼灼地盯着老爹，他给了爹一个期待，一个许诺：

"很快。"

爹凭着一张"良民证"，走出了偏关县城。他一路默默念着那两个字——很快。

这两个字成了他强烈的期待。

四

老爹停船罢渡去县城那一天，河生的头上打着包伤的补丁翻过了村东的土山，他顺着日本人走过的山路，寻找姐姐和瘸腿嫂子飘逝的灵魂。他恨自己无能。他恨自己既不能飞奔在鬼子前边报信，又那么不经打，只一枪托便被打到了鬼门关上。随之，那个残疾的邻村嫂子和那个朝夕相处的姐姐——那个身穿蓝花衫子的姐姐就被裹进那片贼光中卷走了，卷到了一个葬身夺命的地方……

他毫无目标地飘荡。他苦苦一天地寻找。夜幕降临之前，他找到的还是姐姐那座空坟。他站在空坟前默默无言，直到星斗满天。

老爹回来的那天，河生二出家门。他终于找到了那片枣林，找到了那块沾满鲜血的石头，找到了河岸边陷入污泥的瘦小的脚印。少年心里潮头激荡，他还不知道偏关之外有更大的天、山西之外有更大的国，但他那一天却面朝黄河痛定思痛，觅见了老牛湾的精明：他已认定了这是偏关的丢人！男人的丢人！黄河的丢人！……十五岁的少年、十五岁的心啊，已痛感到这是丢不起的人！！

他朝着黄河直嗓子呼喊。他朝着河湾直嗓子号啕。他的喊声越过了黄河，越过了山川。山川与黄河回应，四面都是同一个回声：丢不起的人！丢不起的人！……

次日清晨，父子俩每人扛着一支船桨，顺着村后那条弯弯的小山路去了渡口，儿子被老爹领着，爹的心里揣着那个期许的"很快"，儿子心里却揣着那句"丢不起的人"。他们一老一少，像一对河路上混饭吃的老搭档，行走在通往河岸的小路上。

渡船下了水。船在水面上漂荡。河水撞击着船帮，鼓动着船汉的斗志，过河的人偶然间隔岸的呼唤，又回荡在老牛湾的河面上。

渡口复活了。山村与渡口之间的小路上又晃动着人影。河生的妈妈扭着小脚，一天两次颠簸着往渡口送饭。丧失爱女的母亲挂着满脸憔悴，仍以母性的慈爱温暖着苏醒的父子，温暖着苏醒的渡口。渡口的苏醒离不开女人。女人的温暖滋养着苦难的生存,也抚慰着人间无奈的伤痛。

河生不管在船上或岸边,他的目光老在两个地方流连,姐姐的空坟和壮阔的老牛湾,这两个地方是他安抚心灵的图案。自从那天发疯地呼喊之后,他突然变得沉默了,他与空坟,他与黄河,他与老牛湾的对话,都在心灵深处进行着。白天是那样,夜晚也是那样。

梁迎柱心里储满了大儿子河运点燃的人生的明光。老牛湾渡口也因他的县城之行有了秘密的命名——抗日武装转运站。他望一眼山坡上枣花的空坟,再望一眼荡漾在岸边的划子,强烈地期待着那个"很快"。他渴盼着那个"很快"的到来。

一个雨后的傍晚,那个"很快"还是被一个要饭的女娃子送来了。她顺着河岸直接摸到了渡口。人是曾经的人,但整个变了模样:拉着讨吃棍子,提个讨吃篮子,脏样,穷样,埋没了原本的她。尽管那颗小虎牙迎着晚霞亮了出来,可还是没能揭开表面的埋伏,只等一声几天前称呼过的"大爷"叫出口,才让梁迎柱认清:是那个女娃子,是那个药铺里的黄毛丫头,是那个不是枣花近乎枣花的寒梅。

他说:"寒梅!"

女娃子微微一笑。

河生一下记住了这个又冷又香的名字。

女娃子带来了任务:从河西往河东,夜渡一个小组——是个特别小组。特别的含义都在眼神中,都在语气里。

渡口从未夜渡。那是黄河的忌讳。

破除忌讳,头一次夜渡,还是"特别",难免紧张。但任务不重。八个人,轻便的一船。风平浪也静,双桨只是意志的点缀,可是神色庄重。神色也压船。船上的人一色商人打扮,头戴礼帽,身穿长衫,腰里却硬鼓鼓的。鼓着那个"特别"的内容。乘客的神色从河西庄重到河东,带着河西的神秘、河西的命令,带着黄河的泥腥气,带着无言的许诺,将夜色也感染了——化不开的凝重被船儿载着,浪拥波护,轻悠悠荡了过来。在渡口等待的寒梅,少了白天的穷气,陡生一脸的镇定。夜风吹乱了她头发,吹不乱的是夜色下的容颜。她的话也少得出奇,短促而凝练;清晰而果决。但她眼神瞟过河生时,还是有了少年之间才有的光泽。是那种潮湿的温和的青春互惠的光泽。虽然只是一瞬间,可一瞬间的滋味却很微妙,甚至还有渗透心灵的功能,那滋味稍稍暖了他失去姐姐的心怀。河生惊羡地望着夜幕中的女娃,那女娃将头一摆,便将特别小组带进了河风萧萧的夜幕。

倏地,她复出夜幕,又做简短的交代:"五天后的深夜,对岸以火为号,有一支游击队要过河。如情况有变,我来通知。"言罢,她又飘然隐去。没有脚步声,只有瑟瑟风声。夜幕复又闭合。

这个夜间飘忽的女娃,像一盏神灯照射了河生。他觉得这个时而讨吃、时而传令的女妖一般的寒梅,能顶一百个一千个枣花姐。柳四明的手,鬼子的手,绝对摸不上这个女娃的发辫。这个女娃已有了汉奸鬼子对付不了的杀气。

他想,女娃是八路。

他想,寒梅一定是八路。

他想,我要当兵,当八路。

风平浪静的渡口。空船儿摇荡。空船儿在摇荡中休息。老爹挨着儿子,在茅庵的草铺上,也睡了个气定神凝的好觉。他们在期待中酣睡,又在酣睡中期待。黄河的涛声犹如雷鸣击鼓,雷鸣击鼓也惊不醒他们。

寒梅在夜幕下的交代,使父子俩天天掐着指头数日子。数到第三天,过渡的行人神秘地传递着一个大快人心的消息:前一天晚上,柳四明等三名罪大恶极的汉奸被地下党秘密处决,死者脸上都压着一张红笔勾过的人民判决书。并且,在偏关城内,到处撒满了严惩汉奸的传单,震惊了日本军营。

这天下午,梁家三口人登上了山坡,他们围着枣花的空坟烧了一堆纸钱。并且,他们在点燃纸钱的过程中,先后告慰屈死的枣花:那个为非作歹的柳四明已吃了八路军的枪子儿!爹妈一边念叨一边拨动纸火,一群灰蝴蝶轻盈地飞了起来,飘向山野四方。

离开山坡之前,河生采了一把山丹花和野牵牛,敬献在姐姐的空坟前;爹妈捡来一堆碎石,均匀地摆在女儿的空坟上。有花儿的空坟,坚硬地膨大了一圈儿。一家人凝视着枣花的空坟。空坟不动声色。

渡口上传来一阵又一阵的浪涛声。涛声如雷。

五天很长。五天很短。

船汉父子终于等来了渡口的第二次辉煌——那是老牛湾献给正义、献给历史的记录——那是老牛湾献给偏关的骄傲。

一个明月高悬、无风无浪的深夜,月色中的河川一片静谧,河面在皎洁的月光下闪烁着粼粼的光波,往日喧嚣的流水一改暴躁的脾性,突然变得温和而从容,偶尔几声轻巧的浪击,也被那满河的沉默与静夜的祥和吸附了。船汉父子为这庄严的时刻苦等了五天。这个时刻如期而至。这个时刻大河温顺、天地安然。

对岸燃起了一个小小的火堆,火苗闪了几闪便机警地熄灭了。

儿子河生跃跃欲试,也要参加这神秘的夜渡。船汉却让他待在东岸,查看动静,如有异常,点燃茅庵边的柴草,以火告警。机灵的少年,眼睛便有了精神的光泽。他帮老爹解开了缆绳,又随手将船一推,船儿便轻轻地荡了出去。船头压过波浪,驶往对岸,双桨起落,河面上传出哗哗的响声。

小船像只扇起了翅膀的大鸟,轻捷地飞过了月色中的河面。对岸聚集了身着便衣全副武装的队伍,像是一片沉默的铁。只经几句对接,船汉的肩膀便压上了队长的手。他一听话音,竟是未过门的女婿杨春,立刻便颤抖了喉咙,他说:"枣花她……"

"大叔,别说了……我们都知道了!这伙强盗最近在偏关北部糟蹋了八个妇女,我们这就去讨还血债!"杨春看了看怀表,即刻轻声传令,组织有序的过渡。每船运送八人,船儿往返平稳。岸边,船上只有低沉简捷的命令。夜色中流动着朦胧的身影,身影个个如铁。

谁想人过大半之后,河面突然起了风浪,一支队伍分隔在大河两岸。军机决胜分秒,天时不利人谋。队长杨春眉心紧锁,他攥紧船汉的双手追问:"大叔,还能渡吗?"

"能。"

"安全吗?"

"没事。但有一点要记住，坐船的人决不能惊慌。"

小船在风浪中颠簸，队伍继续往东岸聚集。

只剩最后一船了。杨春也上了船。河风刮得更加猛烈，船汉想着屈死的如花的女儿，他的双臂灌满了仇恨，有力地搏击着风浪。渡船驶过湍急的主河道，压住浪头稳稳地前进，离岸很近了，再划几桨便可到岸。这时，也许因狂风强大的阻力，也许因期待和喜悦的急躁，一支船桨"嘎巴"折断了，渡船骤然失衡，船头扭向下游顺流而下。"绳子！"船汉朝着人群聚集的对岸发出一声惊呼。岸上的队伍骚动了。这时，河生挤开众人抱出一团绳索，他将一头绾在岸边的木桩上，另一头系在自己的腰部，纵身一跃扑入河水，他不顾一切地朝渡船游去，浪涛将他几次覆没，他又几次浮了起来，他终于冲过旋涡贴近了船帮……大家揪着那根救生的绳索平安到岸，免去了一场河的惊吓。成全了一个周密的计划。杨春抱紧了这个黄河怒涛中忘我的湿透的少年，抱紧了这个在夜幕中还没认出他来的好兄弟久久不放……他动情地说："胆大、机灵，将来一定是个好兵！"队伍走后，爹才告诉河生，那个抱他的队长就是杨春。那天的战斗在拂晓前打响。活跃在黄河沿岸的三支游击队按计划准时聚集，他们组成联队，像突然攥紧的拳头，形成一股不可抗拒的力量，他们配合内线，梦里打狗，一举歼灭了二百多名日伪军，拔掉了一个河岸边的据点，他们前后只用了两个小时便解决了战斗。等敌人大批援兵赶到，部队已在日出之前分散隐蔽，及时融入黄河两岸的山川厚土无影无踪了。河东河西的山岭千重万叠，每一个皱褶里都有一盆人间的炭火。日本人最头疼最无奈的，就是这东亚民间永不熄灭、永不彰显的火盆，还有这条回环百折、不屈不挠、暗藏杀机的滔滔大河。又一天的后半夜，老牛湾渡口船桨起落，父子二人怀着畅快的心情又将那支部队送过了河西。在西岸的芦苇丛中，河生一抱搂紧了姐夫的后腰，求道："我要当兵！你领上我，我现在就是个好兵！"

杨春看了看船汉老爹，默默地掰开了河生的手。他转过身来，双手按在河生的肩上，说："你还小，赶快长，长大了我回来领你。"

那天的河生汪满两眼泪花，泪花照亮了沉重的夜色。他无可奈何又十分崇敬地看着那些肩上的枪,看着那些月光中冷峻的脸,看着那些浑身披挂着力量、披挂着正义、披挂着希望的汉子,看着那支神秘地给鬼子汉奸制造死亡的队伍,在茫茫的夜色中,走远了。

他朝向茫茫的朦胧的月夜,凝望了很久。他的眼窝再次热了起来。他望着那支披挂着钢铁、披挂着激情的队伍隐去的方向,发出了一声少年的长叹。

五

连续的失利使日本人醒悟过来,他们发现土八路出奇制胜、转战灵活的根本条件是利用了沿河的渡口。于是,他们出动大批兵力一面对黄河两岸进行清剿,一面封闭渡口,并将抢夺的船只集中到一起为他们运送砖石,抢修炮楼。

此间,县城的地下组织因出了叛徒,全都秘密撤离了。

形势日趋严峻,老牛湾渡口在劫难逃。那天,帮母亲侍弄山地的河生听说鬼子沿河抢船,便急匆匆奔向渡口,但他还是晚了一步,远远地他就看见了一片黄色的骚动。他看见船上坐满了鬼子,老爹被一个持枪的鬼子逼着划船。他默默地数了数,是八个鬼子。他们的钢盔都背在背上,头上是一色带布帘儿的军帽。那些背上的钢盔与零乱交叉的枪刺,再次刺痛了少年的眼睛。河上传来阵阵狂笑,他们正为这异国河流上的武装消遣得意忘形。船到中流顺河而下。他们劫持了老爹,劫持了船顺河而下。枪刺上挑着的膏药旗,也飘拂在委屈而惶恐的船上。河生的心提到嗓子眼上,但他不敢惊乍,不敢呼喊,他只能忐忑不安地沿岸跟随。他只能以少年的天真期盼着一个突然的变故,期盼驾船的老爹有个突然的转机。

转机真的那么突然。转机是老爹自己创造的——船到中流浪急处,他突然横操船桨,打落了那个持枪的鬼子,接着他便凭借颠簸的浪涛蹬翻了渡船,自己就势潜水游向了对岸。明晃晃的阳光下,一船的鬼子如一群中弹的鸭子在水中沉浮,他们身上裹带的杀人的钢铁加速了他们的沉没,同时也沉没了枪上的旗。短暂地挣扎,绝望地呼号,黄河概不理会,它只将河流的不满掀动起来,化作层层浪涛盖过一刹那的挣扎与喧嚣。河面上很快平静下来。一群捞鱼鹰上下翻飞，它们欢快地叫着，跟随着偶尔的垂死的波荡和流动的隐约的沉船，一直向南，向南……

岸边的鬼子拉动了枪栓，夹杂着哇哇的怪叫，他们朝游向河岸的老爹连连开枪，枪声之中，河面上激起爆裂的浪花，那片有爹的河浪几经翻腾，几经回荡，最后泛成了平静的红色……红色的河水吞没了阳光，吞没了大地，老爹的面容慢慢地沉入水里——也许老爹正是等待着这个一比八的决战！他终于实现了这种直接的短兵相接的抗日！他实现了对女儿空坟的承诺！他实现了对大儿子河运的表白！他以一个船汉的沉着与无畏，轻易地抹平了日本人对船的侵略！他以九曲回旋的气度实现了对黄河的忠孝！他隐在血水中的脸或许正浮现出一个满意的微笑——那是中国男人战死沙场的表情。他躺在女儿洗刷耻辱的河流里，正为脆弱的屈死的女儿改变着人与河流存亡与共的形象——他用一根船桨搅动满河风浪，划下了一个中国抗战史上平民与日寇的搏击记录——一个一比八的记录！一个漂亮的生命兑换的比例——一个黄河的比例！

"爹——"

河生扑倒在岸边的岩石上。他的牙齿狠狠地啃住岩石的棱角，并将那青苍苍的苔藓嵌入齿缝；他的双眼瞬间充血，血光之中，他看到了浩荡的黄河一片苍茫，苍茫的河面上漂流着那只忽隐忽现的沉船。爹与渡口梦一般消失。沉船与梦一溜儿向南，朝着明晃晃的晋陕长峡流走了……

"爹爹……"岩石间又是一声低沉的啼血般的嘶喊。

梁家的天再次坍塌了。河生的泪水淋湿了脸前的岩石。这个扑倒在苦难与悲壮中的少年昏睡在河岸边。不知过了多久，他仿佛沉入了意念中的死亡；恍惚中，他好像正用生锈的铁锤去擂打地狱的门框。

许久，一双潮湿、温和的目光照进了他的意念之窗，他眼前突然映现出雨后的渡口，映现出那个叫寒梅的女娃，那个在夜色中如同女侠般锋利与刚毅的女娃，那个吐字如金、目光如电的女娃；渡口之夜那瞬间的果决、瞬间的隐没，分明给了他近乎羞耻的折射……他想站起来！他得站起来！为了老爹那支挥舞的船桨和那一比八的兑换，他也得站起来！为了姐姐的空坟和那凄苦的妈妈他也得站起来！

他站起来了！爹就是他骨骼的号角！寒梅就是他心灵的旗帜！姐姐就是他站立的理由！

他疯狂地朝渡口后面的山坡上跑去。他上气不接下气地登上了那个山坡，扑在姐姐的空坟上，他号啕哭诉："姐……爹跟你一道去了！同在一条河路上安息，你照顾爹吧……"

他哭过空坟，又疯狂地朝小山村跑去。在村后的小路上，他与翘首眺望的老妈相拥在一起。他向老妈倾诉了渡口的变故，倾诉了老爹的壮烈，倾诉了刚刚坍塌的青天……老妈却没有泪，她嘴唇抖动，只将枯瘦的手指嵌进了儿子的臂膀。

那天事发之后，日本兵如蝗虫般撒满了沿河两岸，那搅拌着惊恐与愤怒的异国的号叫，充塞了涌荡的河流和平静的岸。鬼子兵不懂河流的脾气、河流的语言，他们一直歇斯底里地追逐，叽哩哇啦地呼喊，他们跟随着河流一起淌向渐趋险峻的河道。黄河流进峡谷变了性情，它涮帮裂岸，发出雷鸣般的吼声。日本兵相继停了脚步，他们悲哀地目送着这八比一的战果流向险象环生的晋陕长峡，流向咆哮如雷的壶口，流向遥远的布满战云的大海……

枣花的空坟边又堆起一座空坟。两座空坟——两座在战乱中隔着辈分连着亲情的虚设的死亡标记，一对重叠的延续着老梁家仇恨的死亡标记，两个虚幻的生命句号，木然地凝固在天地之间，木然地凝固在老牛湾对面的山坡上。父女俩全都遗弃了生前的形骸，只留下生前的衣衫和不屈的灵魂共守着一面山坡。空坟前飘散着灰色的纸蝶和袅袅的烟。烟雾中跪拜着泪水长流的母子及偏关悲伤的太阳。太阳很热，它正朝西边低沉的云霞垂落；太阳很红，那是一轮凄美的喷射着感慨的落日。

辞别空坟的血染的傍晚，河生如同妈的拐杖，妈挂着河生，一步一步走向洼地里的山村。弯弯的山路通情达理，它把江山的情意化作微风，温柔地搀扶着忧伤的母子，一直把他们送回了低矮的土屋。

油灯忽闪，照亮了清冷的小屋。灯下，河生仰起头来望着妈的白发，望着妈的眼睛，望着妈那苦难的皱纹，恳求道："我要去当兵。您让我去吧，打不走日本鬼子我会疯的！"

妈那细细的眉毛一扬,牙帮骨轻轻地错动,她的泪又漫过脸颊长流下来,顺着下巴滴答、滴答……

"您让我当兵去。等打走了鬼子,我一定回来孝敬您!再也不离开您一步!"

妈将河生再次揽进怀抱,她说:"你姐、你爹都走了,一个个活不见人死不见尸……你哥在外面做事,神神秘秘几年难得一见……我脸前就你这么个老生儿子金命豆子了!你再去当兵,叫我这个孤苦老婆子咋活呀,你说!娃你说!"

河生跪下了。

他的头脸仰成一个凝固的朝天的托盘,他的每一句话都像朝着天说,天静寂地听着——妈也是天,妈也听着。

"我要当兵!……只要日本人的钢盔和刺刀还在我眼前忽闪,只要让我看见那片膏药旗,我就没法安下心来给您尽孝……妈妈,您叫我走吧!咱跟日本鬼子的仇只能在战场上了断!儿子的心早已上了战场!我把您托付给山那边的表叔,叫他照顾您几年,等我打走了鬼子,一定会回来孝敬您的!一定!儿子朝天发誓!一定!一定的!"

天听了河生的话,天没有表情;妈听了河生的话,自己伤心也替天动容。纵使她有一千个一万个舍不得也留不住铁心报仇的老生儿呀,她突然昏迷在儿子的脚前。

……

三天后,妈妈从苦难中站了起来。她包好了河生的衣物和干粮,在璀璨的霞光中,她颤动着手指给儿子指了一条通往河西的路——那里水流平缓,凭他的水性,可以安全地游过对岸。

临别的时候,河生双膝跪地,他给妈磕了三个响头。是那种头杵大地结结实实的响头。在母子辞别的沙地上,深拓的膝盖,托地的双手,伏拜的额头,留下一组深深的印迹,细看起来,像个"孝"字的拓印。

河生走了一截扭回头看——潮湿流动的霞光里,妈妈站着,她站成一棵无枝无叶凝望不动的树桩。

河生又走了一截扭回头看——那棵"树桩"挂上了霞光淡淡的绯红，她还是一动不动地站着，只是风儿将她的白发吹乱了，乱发遮过了她的眉梢。可河生踏上山路时想到的，却是小风卷着落叶和惆怅，瑟瑟地漫过了妈妈的脚面……

翻上梁坡后河生扭头再望——已显渺茫的妈妈还在原地站着。河生的泪水迷蒙了视线，他朝着那棵不动的隐约的"树桩"再次跪下，这时他看到"树桩"的后面慢慢聚起一面晃动的人墙，挥动的手臂犹如枯树突然长出了树梢；他再次五体投地，伏拜苍天、厚土、人情……随后他一挺身站立，扭转身子，再没回头，他带着两膝瑟瑟跌落的碎土，融入了苍茫的丘陵。

六

河生背负着妈妈的目光与牵挂，怀着燃烧的仇恨，游过了爱恨交加的黄河。他历尽艰难，循着枪声、循着硝烟寻找游击队。

他终于在河西清水河一带找到了杨春的队伍。这支游击队靠机动灵活的打法和人民群众的拥戴，得到空前壮大，已是支拥有三百多人的队伍，并根据上级指示，命名为黄河支队。部队将在晋绥西线，以黄河为屏障对日寇进行长期的斗争。

那天的黄河支队刚刚围歼了一小股日伪军，战后的硝烟还没有散尽，战场尚未打扫，河生便冒冒失失闯进混乱的村庄。他那细高的身材，古怪的打扮，差点被岗哨当成了日本人的探子。直到他提出杨春的名字才被卫兵领进了一座大院。杨春身着军帽皮带、裹腿短枪，一副飒爽英姿。河生一见姐夫，热泪夺眶，他诉说了渡口近日的悲壮，提出了入伍的请求。杨春感慨万分，他说："如果中国人都有梁家老少这番气概，小日本早已完蛋！"他将这个夜渡老牛湾时表现出色的少年，一下揽进了怀抱。他也为痛失未婚妻、痛失梁大叔，热了眼窝，酸了鼻腔。

那天晚上，杨春通宵未眠。先是他的眼前反复晃动着那只老牛湾的渡船，晃动着梁大叔那副高大强壮的身影……后来，他慢慢地迷糊了，惶惑中又被一声悠远脆亮的"春哥"叫醒；他十分清晰地听见了一个熟悉的声音。那是一声少女的叫声。他睁眼一看,马灯还亮着。挨他躺着的河生已经睡熟。窗外晃动着卫兵的身影。他伸手扭灭了暗红的灯头。黑暗中他看见了自己亲爱的枣花——那个几年前在山坡的小路上,在老牛湾渡口长满青草的石头边,在摇晃的小船上,那个亲切地呼叫他春哥的枣花姑娘。他记得临别之前,俩人相约在一棵大柳树下,柳枝垂下丝丝枝条,冰凉的叶子拂动着眼皮。他先是紧攥着她的手,后来他抱紧了她。当时他被她身上的芳香和曲线玲珑的缠绵迷醉了,他被她的泪眼,被她的笑,被她颤动的求爱的躯体溶解了;他用手轻轻擦去了枣花晶莹的泪水,还亲了亲她那光洁的眉头,亲了亲她的眼睛。因为是去参军,他不能给她太浓太重的爱,给她的只是轻如羽毛一扫而过的吻。那一刻,他仔细端详着枣花那张秀丽柔美的脸庞,明澈的天空一般的眼睛。枣花的身子仿佛是河流,迷人的酒窝就像一对精致而激情的旋涡——他在情感的矛盾中把自己对河与女人的爱都混淆了……一面是壮怀激烈,一面是柔情万种。那一阵,刻骨铭心的恋情统治了他的意志。他无助地望着远处与他同去当兵的伙伴,无助地望着那等在渡口的船……最后,他还是轻轻地推开了怀中的姑娘。又把象征信物的一块蓝花布、一块花头巾放在枣花手上。他正要扭身走去,枣花又扑进他的怀抱。她说:"我送你甚哩,我给你唱个歌吧。"

他的脸紧贴着姑娘冰凉的脸颊,目光却越过姑娘的肩头望着河边的同伴和船。他在急切与留恋中倾听了她清唱的歌声:

> 三月里来柳丝扬,送哥参军上战场,
> 山歌是条连心线,哎,早日回家乡。
> 六月里来荷花香,春哥提枪打东洋,
> 哥骑骏马沿河走,哎,黄河起波浪。
> 九月里来秋风凉,当兵的哥哥缺衣裳,
> 妹子捎去件贴身袄,哎,外面套军装……

唱到这儿,枣花已经满面泪流、歌声喑哑,她随之复为请求:"你就不能娶了我再走呀?"

"不能!一面是战场,一面是美人,娶了是错误,不娶才是对的。我不娶,你是黄花闺女;娶了,你就成了妇人。我得对得起你的歌,对得起你的爱,对得起自己的良心。"

她的手抓紧了他的胳膊,她的脸深埋进他的怀里,柔嫩的肩膀微微抽动。

"你等我,等打走了日本鬼子我一定回来娶你。"他甚至重复了说过的笑话:"我一定戴着英雄的红花回来摘你这朵枣花骨朵儿。"其实,杨春心里早已有了主意。他推迟婚期正因为是去当兵,火线征战,枪子不长眼,哪一时自己光荣了,丢下一个小寡妇让她怎么熬炼剩余的岁月?有责任心的男人决不在胜利之前拿走女人的童贞。胜利与婚姻放在一起才是军人真正的大爱——那是对天对地对女人都说得过去的大爱。他认为。他永远这样认为。他终于挣脱了少女的怀抱,向同伴和船走去。在他走向船头的时刻,他听到了又一声呼喊,那便是这声难忘的颤颤的"春哥"!那呼喊感动了等待的伙伴,那呼喊像鸟儿一样滑落进杨春的心灵,从此成了抚慰他行军、激励他战斗的情感的伴音。有这偏关的音韵、亲情的音韵,足够消受了!这一声如糖如蜜的"春哥",足可以泡软普通的男人,但杨春是个例外,他果决地离开了温柔之乡、芬芳之怀,走向了远远的渡船和伙伴。

坐在船上,他摸了摸下颏,觉着那儿有点疼痛,那儿正是枣花亲吻过的地方,她给他留下了芳香的牙印……

船离了岸,枣花追到岸边,她送别的歌声越过浪花再次飘来:

十二月里鞭炮响,抗战胜利返家乡;
高头大马英雄花,哎,春哥娶新娘。

船上所有的人,都向枣花挥手,又都羡慕地望着挥别情场的杨春。

在河生入伍的这个晚上,杨春被这柔婉的歌声、难忘的呼喊、缱绻的别离,被这夭折于铁蹄下的男女情缘折磨得再无睡意。他揉了揉干涩的眼眶,又下意识地摸了摸胡碴丛生、香齿留痕的下颏,后来索性穿衣起身走出门外,接替了门外的卫兵。

河生成了支队最小的战士。从此,他开始了艰苦的军旅生活。从偏关老牛湾带来的屈辱和仇恨是他生命的燃料。他觉得自己每一时每一刻都在燃烧,是从心里往外燃烧。

杨春安排河生当了通讯员,河生却并不安心,他每每听到枪响就想入非非,他日夜苦想着报仇。但杨春不给他机会,也不给他发枪,不是让他在支队部打杂,就是让他背着一只皮书包去连队送信。他只得服从支队长的安排。在队伍里,他感觉有只无形的手掌抚摸着他的头,使他跟复仇隔着人为的距离。他几乎每一夜都梦见山坡上的空坟,每一夜都做着杀敌的梦,可一梦醒来面对的却老是支队部那张陈旧的桌子。

通讯员这个差事,学文化方便,学军事却隔了一层。当了一年兵,支队打了几十场仗,河生连火线的边都没沾上。没机会,每次都是阴差阳错。他身在打日本鬼子的队伍里,却快要把心灵深处长满芒刺的景象——日本人钢盔上的贼光和刺刀上的膏药旗都淡忘了——那是带响声、带痛感的意念的祸水,那是他早已瞄准的进击的目标。为这嵌入灵魂深处的目标他烦躁不安。他烦躁了一年,一直烦躁到这个春天的晚上。

那天晚上,在队部橘黄的灯光下,他望着支队长的后背很久了,但他只能望着。支队长正在军事地图上点画着。河生的嘴唇动了动,堵在心口的话还是说不出来。他怕引起支队长的误会。直到灯光中的杨春扭过身来关切地问他:"想家了?怎么闷闷不乐?"

"不。"

"你好像有心事。"

"我要下连队。我要报仇。我想跟日寇面对面地干。"

杨春笑了。他笑这个急躁的少年。他没去讲那分工不同的大道理,也没讲如何保护他的成长。他只是说:"在日本兵面前,你还不具备面对面的力量。你还没长成一条汉子,还是个屁娃子哩!一个急躁的屁娃子!"

河生无奈地望了望那盏橘黄的马灯。灯光里的背影又像一道宽厚的屏障遮蔽了半个屋子。那里传出红蓝铅笔划动纸张沙沙的声音。

过了几天,杨春给河生发了支手枪。那是一支刚从汉奸队手里缴获的二十响德国盒子，乌蓝色的枪身，十分漂亮；外加几十发子弹，那是枪的口粮。河生的容颜一下欢快了。他把手枪斜别在皮带上，刷的一个立正，紧随便是一个标准的军礼。

从那天起，他除了完成通讯任务外，整天都沉迷在拆卸、安装、瞄准、射击的练习中。他掂着沉甸甸的手枪，觉得自己具备了报仇的力量。他可以从此真正地挺起腰杆，手握枪把，洗雪偏关的耻辱，清算梁家两座空坟的仇恨了。

有一天早晨，支队获得情报：有两辆汽车载着几十个日本兵，去一个叫瓦匠营子的村子抢粮。这个村子紧靠黄河岸边，离支队部较远，离一连的驻地仅有五里。杨春让通讯员河生快速穿过一片红柳林，给一连下达作战命令。河生接到任务，眼睛都放光了。他缠好裹腿，束紧皮带，给大肚盒子的枪膛里压满了子弹，一扭身便像只黄羊般蹿入了那片林子。

一连的韩连长接到命令，立即部署战斗，在村口设了伏击圈，准备将战斗解决在村外，免得让村民受到惊扰。河生渴望报仇，赖着留了下来。他跟随韩连长守在村口的河坝上。日本兵也很鬼，他们在离村很远的地方下了汽车，拉成散兵线摸索着进村，而汽车却在队伍后面慢慢跟着。韩连长游动指挥，临时应变，悄悄地将伏兵向外延伸。河生独自潜伏在草丛中，他看到了鬼子的钢盔、刺刀和膏药旗，仿佛突然又看到了偏关老家的打谷场、柳四明的黄礼帽、鬼子的狂叫、姐姐的哭喊，还有老牛湾的河流上一船的鬼子及老爹的血……他咬紧牙关，顺着燃烧的视线伸出了枪口，他对准那个挂着指挥刀的军官开了一枪。

枪响后，鬼子军官并没有中弹，只听他尖利地叫喊了一声，鬼子的散兵线便调头后撤。这时他们刚刚走近伏击圈的边缘。

"谁开的枪？"韩连长愤怒而低沉地追问。

这时，日本兵一边撤退一边朝河生的方向盲目地扫射。土坝上顿时爆起一片灰尘。

设好的伏击战瞬间演变，变为进攻与撤退。蝗虫似的流弹四处乱飞，盲目地击碎了红柳梢头的穗状花序……

日本兵退向汽车。汽车调头行驶。枪声渐稀，汽车远遁。

一枪搅乱整个战局的河生气急败坏，他提着手枪闯进敌阵，在红柳林里拦截了三个鬼子散兵；他们在红柳林中展开了丛林战。可惜河生枪法太嫩，打光了枪膛里的二十发子弹，竟无一弹能中。最后，他被三个鬼子追到河滩上，他潜水游过黄河的套子才免去一劫。后来韩连长听到枪声带兵赶了过来，才将河滩上的鬼子乱枪击毙。

事后，河生被支队长杨春下了枪，并被关了禁闭。

禁闭室门外，有一个魁梧的军人来回踱步。他的脚步很沉重。那是韩连长。

三天后，杨春打开禁闭室的门。随着一声高叫："梁河生！"他将他的姓和名第一次连在一起呼喊。但河生却慢慢站了起来，没有答应。

杨春立刻用指头点着河生的脑门说："你是人民军队的战士，你必须像战士一样回答！"

"梁河生！"

"到！"

梁河生唰地一个立正，随着一个军礼。

"你这个无法无天的屁娃子！就知道报仇！报仇！报仇是要纪律、要本事、要力量的！你现在只能老老实实地学纪律、学本事、长力量，哪一天你把军纪看成自己的生命了，哪一天你能相距百步枪点铜钱不差分毫，哪一天你能力拔小树心平气定了，我自然会送你去前线，让你在日本人的钢盔刺刀面前找见英雄的感觉……可是现在不行！你只能给我老老实实地当你的通讯员！"

娃子成了战士；河生成了梁河生。他的眼眶里渗出了血一般的眼泪。他用乞求的目光望着支队长道："可我的枪……"

"枪还给你，可你要记住：人民军队的纪律是第一位的。你必须一切行动听指挥。"

"是！"梁河生又是唰地一个立正，随着一个军礼。

七

后来，从高原支队调来一名刘教导员。这人高高的个子，黧黑的脸庞，相貌英武，气质坚毅，而且口才很好，文才也很好。他带过来一个故事——一个神奇女兵的故事。他把真事讲得胜于故事，他把故事讲得如同真事。他把一个练兵的操场讲得鸦雀无声，仿佛整个操场只操练着一个兵——一个叫辛华的女兵。操场上一片静默。刘教导员挥舞着手臂。

"那个女兵真是扶了高原支队的正气。谁都说那女人是个锐利的女人，比方说话，比方做事，比方杀敌，都拌着火、掺着铁、裹着不倒的锋芒。尤其那目光，像是洞穿一切的强光，也许这是枪法准的第一要素。她昼夜苦练，已将腰上的两把盒子枪练得出神入化，尤其点射，简直弹无虚发，不差分毫。在双枪女兵的枪口下毙命的鬼子，往往连中两枪——第一枪击中阴部，给敌人以片刻的铁血玩弄，使其首先解除性别武装，破灭其骄横肆虐的雄性欲望，使其在葬送了男根那一刻，痛惜自己从此愧对了东洋岛国的望夫女人；第二枪则击中眉心或心脏，让其带着一个破碎的不可收拾的下体滚出这个混战的世界。两枪之后，随去一个女侠般嘲弄的冰凉的微笑——嘴角的笑容如同表情的刀子，在战火硝烟中划伤了日寇惊愕的眼神。这是个极有个性、变数无常的辣女人、铁女人，一身魔光侠气，是个闪击邪恶的女人。她已将杀敌当作游戏，将战斗当作享乐，她那凌厉的杀气裹着性别的尊严，她所驾驭的枪声和微笑闪烁不定、变数无穷，是爆裂与嘲讽最完美的组合。她所操纵的死亡与戏弄如同两只战神的翅膀，不由分说地掠过了硝烟与战壕，掠过了人性与欲望，并如狂飙一般席卷了高原日寇的惊梦。她算吃准了游击战的精髓：她时而化装成一个要饭的老太婆，时而化装成一个瘸腿的女巫，时而又化装成一个腰缠万贯的富商……她的每一次化装都给敌人造成了空前的慌乱。她的每一次出击都得留下一摊下体破碎的敌兵尸体。连环续接的幽灵般的袭击，大略相似的神魔似的取命法，使日伪军输了胆，那一度在高原上张狂的东洋武士的雄性萎靡不振了。他们的阳气奄奄一息。他们躲在兵营里不敢出门，生怕碰上这个直捣男性之根的母幽灵，从此做了不男不女的鬼……"

说到这儿，刘教导员卷了一支旱烟点着了。战士们朝他张着渴望的眼睛。他慢悠悠地吐出一缕烟雾，又朝痴迷的战士扬眉一笑，烟雾里闪烁着白亮的牙齿。他给自己的演讲做了个鼓动性的总结："双枪辛华丰富了中国女兵的战斗风格。这个女兵进入高原支队之后，以她独特的杀敌方式和舍生忘死的战斗精神感召了支队的全体官兵，半年之内，高原支队的战斗力大大提升，已经锤炼成一支横扫高原、让日伪军闻风丧胆的旋风！这个双枪女兵已经成了高原支队的军魂。"

"军魂！你们知道什么是军魂吗？"操场一片静默。教导员清了清嗓子进而鼓动："我们黄河支队现在就缺这种出色的军魂，就缺这种独特的英雄！你们这些战士中一定能产生双枪辛华一类的英雄！咱们黄河支队没有女兵，都是一帮男子汉，如果能产生一批百步穿杨的神枪手，产生一批旋风般的白刃格斗勇士，同样能使日寇闻风丧胆！"

操场上卷起一片热烈的掌声。

梁河生没去附和那掌声，他被这女兵的故事迷住了。他联想到了记忆中的寒梅，联想到了那个河风萧萧的暗夜，联想到了那个神秘的夜渡天兵的渡口，他猜想：这是个什么样的女人？什么样的女人才会有这样的侠肝义胆和这般强大的心灵？什么样的女人才有这种驾驭胜负、来去如风、把玩战火、把玩生命的胆略？他觉得双枪辛华即便不是他记忆中的寒梅，也一定是个类似寒梅的女人。他憧憬这个女人，憧憬那个拥有英雄、弘扬英雄的高原支队；他渴望见到这个神秘的女人，并渴望自己尽快变为类似辛华的男人。

练兵的热潮掀起来了。军营里到处都是喊杀声。

夜幕中有个奇特的景象感动了队长杨春。那是一个牵动着偏关、牵动着亲情的不屈的少年，那是一个细高的羚羊一般忘我的身影。不管风高夜黑还是皓月当空，不管霜雨秋夏还是风雪隆冬，那个身影从此不屈不挠，始终铆定了一个角色——一个通讯员的第二角色，他始终与一个人形的草靶鏖战。他围着草靶拼杀，围着草靶腾跃，他带给军营的夜夜都是呼啸的风声和枪械的磕碰声。

一年又一年。

梁河生还是个通讯员，他还是在暗暗地练武。他用一本传授武术的小册子对照边区纵队下发的《拼杀要领》，他潜心寻求战术与勇气、刺刀与死亡之间的多种可能。他终于在虚与实、勇与术、自由与要领之间找到了游刃有余的缝隙……他一下觉得自己的心灵强大了起来。他觉得自己离记忆中的寒梅、传说中的双枪辛华愈来愈近了。

在支队比武的前一个晚上，梁河生将那一具陪他练武、千疮百孔的人形草靶拥抱在怀里了。他想，他已具备了向支队长请战的资本。

事实证明了他的判断。射击一项他拿了支队第二，而拼杀一项，整个支队他全无对手，他还没怎么发挥便轻取了那些久经沙场的拼杀老兵。谁也没想到两年时光的洗礼，产生了一个默默无闻的奇迹。刘教导员站在操场的高处微笑，他夸赞梁河生已是黄河支队的白刃旋风。支队长杨春按捺不住了，他戴上护罩，接过一支木枪要与梁河生对阵。梁河生笑着问："枪下用不用留情？"

杨春正色道："留什么情，拼不过我你就下不了连队。"

俩人拉开架势，只三个回合，杨春还没看清是怎么回事，便连中三枪。引得满场喝彩。

杨春笑了。他按住梁河生已显宽厚的肩膀发出口令："韩连长！这个兵交给你了。这可是块好钢，你必须把他用在刀刃上。"

……

梁河生编进了一连二排的突击班，此后的他便有了英雄的色彩。在他的渴盼中沉睡了几年的子弹与枪刺，终于带着仇恨与灵性穿透了日本兵的胸膛。第一场战斗是在一个山谷里结束的，这是一场漂亮的伏击战。硝烟散去，打扫战场时，梁河生走在前面，他浑身溅满了鬼子的血，穿布鞋的脚抬得很高，他骄傲地跨过了日本人的尸体。他看着那些倒在污血中的太阳旗，看着那些破尿盆般满地乱滚的钢盔，看着那些不可一世的东洋鬼子倒在血泊中丑陋的死相，看到鬼子的杀人武器横七竖八变为自己的战利品，别提有多么的畅快了，这是多么畅快的一次席卷呀！如同河边的轻风吹拂着燥热的身子，如同火热的喉咙喝进了沁心的泉水。那真是通心透肺的畅快！畅快极了！

虽然战斗已经结束，他好像还没过瘾，他猛夺过战友的冲锋枪，一脚踏着敌人的钢盔，朝向空中灰色的云团又扫了一梭子。山谷回音，天地联唱。那是他心头的第一首歌。

那是他一生中的第一次畅快，那是他心灵暗影的第一个翻版。他第一次实现了真正意义上的报仇。他将堵心的一面扣了过去，打了一个精神的翻身仗。可正是这个精神翻身的晚上，他失眠了。失眠了一个通宵。他思念起托付在表叔家的孤单的老妈妈,他思念起送他参军时如一棵树桩般凝望的老妈妈,以及妈妈那被风吹乱的丝丝白发。他想起了临别时对妈妈的许诺,将来如何床前尽孝的话;他想起了妈妈挂在皱纹上的泪珠和深情的不舍的眼神,想起了背负黄河的辞别,想起了皇天后土间的最后跪拜,甚而,还想起了山坡上那两座并列的空坟,那两座压在梁氏后人心口上的空坟。环视周围,战士鼾声一片。他迎着黎明的曙光坐了起来,伸手点着马灯。借着光亮,他掏出一支铅笔,舔了舔笔尖,在一个硬皮的小本子上写下了第一篇怀念妈妈的日记。他在日记中与妈妈对话。他在日记中做着心灵的承诺。他把妈妈写成了偏关,他把妈妈写成了黄河。他把火热的手伸进字里行间擦拭妈妈面颊上虚幻的泪,可日记的结尾却加了一个"然而"——一个意味深长的"然而"。后面便是这样一句传遍军营的话:没有国,便没有家。

这位首战立功的偏关虎兵,很快被提升为一连二排的排长。这个排,因排长的骁勇善战,被支队命名为"猛虎排"后,立即拉出来进行特种训练,为以后精兵突袭的特别任务做着准备。梁河生理所当然地当了教官。

此后战事频繁。白刃旋风威震敌胆。黄河两岸伴着雄壮的船夫号子又从此传颂着一个保卫黄河的口头禅:南有双枪辛华,北有白刃旋风。

八

一九四三年冬天,黄河封冻之后,日军调集部队在鄂尔多斯高原进行冬季扫荡。为粉碎敌人的进攻,上级命令黄河支队抽出一半的兵力跨过黄河与高原支队配合作战。这次反扫荡经上级首长的周密部署,将晋西日军进犯高原的一个联队包围在大沙湾一锅烩了。烩得很烂,日寇死到临头也没回过味来。他们只以为铁蹄可以踩躏沙漠、踏碎河川,刺刀可以挑起太阳、黑白乾坤,殊不知他们的以为只是虚妄的以为。他们永远也解不通"大漠孤烟直,长河落日圆"所蕴含的中国神秘与中国力量。他们的扫荡什么也没有扫到,只将自己扫进了大沙湾的洼地,赚了个"孤烟直",赚了个"落日圆",赚了个中国式的诗意的集体大死亡,集体填充了大沙湾的洼地。

解决战斗之后，部队会师沙凤口，梁河生在队伍里偶然间认出了短枪队的寒梅。寒梅腰扎皮带，头戴军帽，军帽下露出齐耳的短发，她那果决的谈吐和干练的动作，让梁河生觉得十分眼熟。他大胆地朝那个精干的女兵呼喊了一声："喂，你是寒梅吗？"

那女兵扭头盯着他，随后启齿一笑。

迎着沙原的太阳，他看到了那颗亮白的小虎牙，他更坚定了自己的判断。

"你不是那个渡口传令的寒梅吗？在老牛湾渡口……"

"你是？"

"我是船工的儿子！我是城里那个河运的兄弟！"

女兵走了过来，满脸的惊奇，满脸的欣喜。她热诚地拉住了梁河生的手。她告诉他，形势突变之后，药铺被砸，父母都被鬼子抓进牢里折磨死了。她与河运几经周折化装出城，河运受组织指派去了太原，她参加了高原支队的短枪队。这些年来打打杀杀也真过瘾，也很解气。只是一直没有河运的消息……

河生简述了自己的经历后又凝视寒梅的腰间，只见那红亮的皮带上插着一支短枪，便急切地问道："双枪辛华不是你呀？我还以为你改名叫辛华了呢！那可是让鬼子闻风丧胆的神枪手呀！"

寒梅扑哧一笑："什么呀！辛华是我们女子短枪队队长，枪法百发百中，分毫不差，说起来能把你吓死。这次战斗，光她那两把盒子就消灭了一个排的鬼子，其中一个脸上有朱砂痣的鬼子被她打断手腕留了活口。她可是从来不留活口的呀，这次不知怎的发了善心。"

"能见她一面吗？我早就想拜见这位高原女侠，只是得不到机会……"

寒梅顺手一指："那儿，沙丘上，挎双枪、穿便装的那位就是。你这个白刃格斗的勇士还惧怕一个女同志？冲上去一问不就认识了？"

这时，有人呼唤寒梅搬运枪械。寒梅匆匆告别。她给梁河生留下一个潇洒的手势和灿烂的微笑。

河生走向硝烟弥漫的沙丘，走向心底的传说。他想近距离地一睹辛华的女侠风采。在相距不到五步远的时候，俩人都愣住了，他们的目光都直了。一个失去了长长的发辫和碎花的蓝布衫，一个成了英俊的青年军官，战火流年，生死不定，梦一般的相会使他们不敢相信自己的眼睛。

辛华悲痛地扭过头去……河生的呼唤恍如隔世……腰里扎着皮带，别着武器，根本没法悲痛欲绝。多余的感情都被皮带束紧了。

人被精神武装，被武器武装，被仇恨武装，感情就简化了、直接了，就像请示与被请示，就像汇报与听汇报，就像口令，就像战报。

战争刷去了心灵的毛刺，刷去了多余的粉饰、多余的情感秀。尽管是死里逃生的骨肉亲情，尽管是生死的大话题，是生离死别也只能删繁就简，近似于口令。近似于省略或空白。

"姐！——这是真的？姐……我的枣花姐！"

辛华猛转过身子。交叉在胸部的枪带闪着红褐色的光。只是一刹那，她像被什么沉重的东西压倒了。她坐在了沙丘上，泪珠飞落。她低沉地命令道："别叫我枣花姐！永远别叫！兄弟……你知道，那可是女人的灭顶之灾……"

河生无言。在大沙湾的晴空下，他痴望着少了长辫、少了蓝花布衫、遗忘在另一个世界的亲姐姐。这遭遇比梦境还离奇，比空坟还决绝。

姐说："在咱偏关，谁都知道你姐被日本人糟蹋了……我本来已死了，死在那个黄河的漩水湾里，可游击队救出了我。我吐尽一肚子苦水醒来后，发现自己还活着，我就狠命地挣扎，我甩着脑袋，我呼喊，想重新找回死的感觉，但我又受伤了，我的眉头碰在老乡的水瓮沿上，又昏迷过去……"

河生还是无言。他惊愕地望着他的姐，望着这个把玩生死的女人。

"后来，我终于镇定下来，游击队的大姐怪怨我任性，怪怨我狂躁，却没怪怨我不识好歹。她说：一个从死神那儿回来的人总有她伤心的道理。你看这血，只怕将来会在眉头上落下一块疤痕，这块疤可能会改变你的容貌。古今中外一个理，女人的容貌很重要。我心里想，我就要这疤，就要这改变。我现在需要的不是好看，是改变！只有这疤才能让我忘记过去，盖住过去。只有这疤才能让我新生……"

河生凝望姐的眉头，果然有一块隐约的暗红的疤痕。

"在老乡家，我三天没说话。三天后他们仍然问我的身世，问我的名字，我还是不说。后来那个大姐来问，我说了，只说了一个字，我说我叫花。这个花已经死了。你们要想收留我，其他的就甚也别问，否则我还要死，死过一次的人不惧怕死的重复……"

河生半跪在姐的面前，他不流泪，他只是仰望着这个全副武装的姐，仰望着这个踏破了鬼门关突然强大起来的姐，仰望着这个被家人埋进了空坟，焚烧过无数纸钱，了结了阳世缘分的姐。他的眼底发烫、发干、辛辣。姐还是简洁地诉说。她诉说着双枪辛华的来历：

"那位大姐说：你说你叫花，这个名字好。人死了不能复生，花死了还能重栽，只要不怕辛苦，我给你重起个名字你就复活了。你叫辛华吧，辛苦的辛，中华的华。我点了点头。我突然有了转世的感觉。那以后，我就真正地复活了。我回到了阳世。我直起了腰杆。我挎上了双枪。我把所有的仇恨都凝聚在准星上，三点成一线；我把所有的屈辱都凝聚在动作上，出枪、击发、压子弹，连贯的动作不出三秒。我终于活成个枪点邪恶、百发百中的女八路。那以后我就想尽一切办法用我的方式给鬼子汉奸开路条——去阎王殿的路条。"

……

战场上的亲情如铁也如火。他们刚谈起爹妈的事，高原支队已吹起了集合号。辛华再次叮咛弟弟：

"记住，你那个枣花姐已经死了。你新认的姐叫辛华。我把以前的痕迹全都擦去了——这是我命运的秘密。这个秘密只有你我知道，你不许告诉任何人！你得保住你姐活着的尊严！活着的尊严！知道不？"

"我在杨春那儿当兵，难道连他也不能告诉？"

"更不能！绝对不能！！"

"可姐夫梦里都喊着你、叫着你，你难道就狠心忘了他？"

"你住嘴！住嘴！枣花姐死了还有姐夫？你的枣花姐永远就是那座空坟了！你记住，永远不能再提我的前世！永远不能！"

梁河生默默地望着他的姐。他望着这个既熟悉又陌生的姐。他望着这个既温情又严厉的姐。他想起家乡的山坡和山坡上那座枣花姐的空坟，那座他与爹妈祭奠过纸钱、抛洒过眼泪的空坟，那座几乎把妈妈的眼睛哭瞎的空坟。那可真是一座名副其实的空坟呀！这座空坟空出了老梁家多少辛酸和愤怒？那空坟也许长满青青的墓草了……他的心有点颤抖，他的嘴唇有点颤抖，他的腿有点颤抖，这是面对死亡都不曾有的反应……而姐的语言却硬如冷铁。

"不能！决不能！"姐的眉头因激动而高昂，那块疤痕也显得闪闪发亮。她下面的话更是强硬。"你能坚守这一条，我就认你这个同胞异姓的隔世兄弟；你如果泄露了这个秘密，就等于亲手又杀了姐一回！就等于又把姐推进了污水坑！就等于磨灭了姐活着的资格！到了那一步，咱们姐弟的情分就算永远绝了。你记住了没有？"

"我……记住了。"

"永远？"

"永远！"

梁河生的眼眶噙满了泪花，泪花中的姐如一座耸立的山——山开始移动，慢慢地退出了视线。

姐弟分别时，西北风扬起了高原的黄沙，有沙尘间或、突兀地从丘陵那边拱起，形成一道移动的黄色的屏障……渐渐地，远近变为一片迷茫。风沙踏着高原的行板，不由分说地卷进了大沙湾的洼地，黄沙滚动，层层覆盖着侵略者的尸体。两支凯旋的队伍顺着不同的方向开进了大地的深处，在高原和黄河的皱纹里寻找新的战机。

高原支队中押解着一个战俘。一个唯一的战俘。一个吊着胳膊、面颊上生有铜钱般朱砂痣的战俘。辛华走在队伍后面，距离战俘十几步远。她回首望了一眼渐渐远离的大沙湾，突然间有了由衷的感慨：天地真就这么小，机缘真就这么巧，是流年的巧合还是生死的对应？一场歼灭战竟又返照了枣树林的情景，返照了噩梦般的前世……她在地狱的门口留住了这个战俘。留下吧，他毕竟还在曾经的劫难中保留了一丝善良……想到这里，她快步超越队伍，走进了队形的前面。

黄河支队的参战部队穿越高原直线向北，他们从柳林渡一带跨过了大冰河，又经过半夜的行军，才回到了支队的驻地。

九

梁河生归队后一直心神不宁。尤其当他面对支队长杨春的时候，老是排除不掉姐弟俩奇遇沙风口的情景。他想，支队长虽然接受了枣花姐的死亡事实，但他并非终止了对枣花姐的思念。他本该享受这死而复生的惊天大喜，但枣花姐性格上、尊严上、生命里的铁质却顽强地抗拒了这一切。如果生命是一条河流，枣花姐的生命之河从噩梦醒来就闸死了，就改道了。她在抗日的队伍里苏醒，已经是另一条全新的女人河了。从枣花姐身上，梁河生才真正认识了中国女人如玉的贞操和基础品格。他敬重这种品格。他呵护这种品格。他在认定了"死"的前提下，才得到了一个"生"的姐。而枣花姐与支队长的那一段情缘却永远变为遗憾，永远埋葬在膏药旗、刺刀与钢盔所统治的枣树林里……她留给梁河生的是一个再生的英雄的姐，她留给家乡、留给偏关、留给支队长的却永远是原本的贞洁、原本的纯情和那座虚无的空坟了。

由此，梁河生的仇恨再度点燃，他集合起他的猛虎排，命令各班强化演练拼杀技能。他觉得，面对日本鬼子，什么武器也不如刺刀解恨；唯独那种猛虎下山蛟龙出海短兵相接刀光剑影的战斗，唯独那种白的进去红的出来、带有魔鬼尖叫的快感，才能平息他积郁心头的火焰。

夜晚，村庄一片静寂，夜风中偶尔传来哨兵的口令。一弯新月挂在中天，梁河生对着一棵小院里的柳树又练习拼杀。他心头始终萦绕着辛华姐的影子，萦绕着两个字——"准"与"快"。有了少年时摄入眼睛的刺目景象，有了老牛湾山坡上的两座仇恨重叠的空坟，作为老梁家的骨肉，他就再也不畏惧枪弹和刺刀了；而有了姐的"准"与"快"，有了将仇恨与力量完美融合的"三秒法"，更提升了白刃旋风出神入化飞旋穿越的灵气，对于未知的战场，他逐渐形成了有知的沉着。他更胸有成竹了，能于生死关头处乱不惊了。

支队部的窗户还亮着灯光。杨春的身影在窗棂上晃动。河生望着窗上的光影，想着高原支队那个间隔着中国理念的姐，他想着这一对被战争与邪恶异化分离的亲人，他的仇恨又骤然而起，他的刺刀在夜色中刮成一股四处回旋的风，寒气凛冽，刀光闪烁，猛然捅进了柳树的树身。

柳树是无辜的，它扮演了一种人类敌手的角色，充当了邪恶的替身。柳树被闪光的刺刀捅开一道流血的口子，流出的血是清白色的；树的血色证明了树的无辜、树的清白；无辜与清白的背后却隐藏着一条大河、一个民族的憎恶。

此后，梁河生曾多次地梦见他的姐。梦见挎着双枪风光凌厉的姐，也调到了黄河支队，她与杨春一起指挥部队，而醒来后却枣花飞尽，再现的却是大沙湾的情景，却是那个言语像刀刻斧凿般的辛华姐……现实与梦境，亲情与仇恨交替磨砺着梁河生的心灵。他在战斗中更加锋芒毕露、所向披靡，而在杨春的眼皮底下，他却始终隐藏着那股感情的潜流。

十

一九四五年初夏，日寇气数将尽，临近日落西山。在抗日武装的打击下，日军放弃了周边的小据点，龟缩到黄河南北的两个重镇固守残局。这两个重镇间隔着一条奔腾的黄河，柳林渡是黄河解冻后的唯一通道。这个通道隐蔽在一望无边的柳林中。渡口的船主叫常胜。姓名愿望丰满，含了期待；但战乱之年事与愿违，常胜却常败。

常胜身材魁梧，满脸的络腮胡。他原是个上下千里吃河路饭的黄河纤夫。他躬起肌腱强壮的腰身，绷紧挺秀瓷实的腿肚子，足蹬河泥，手把大绳，辛辛苦苦拉纤十年，呼了三千余日船夫号子，喝了三千余日河风，未得家室温饱，到头来因无钱治病中年丧妻。穷汉丧妻犹如墙倒屋塌，他的家境一下败落到底。于是他背井离乡，领着十五岁的女儿翠白，沿河漂泊，到柳林渡落了脚。他算跟黄河较上了劲，总觉得跟黄河没算清这笔绵延十年的生命账，非要在浪头上讨出个明黑，讨出个人生的公道。他看上了这个废弃多年的古渡口。这里既有昭君过渡的传说，又有江湖征战的逸闻。上下河道尽都水阔滩浅，行人车辆无法靠前，唯有这里岸宽河窄、柳林环抱、道路平缓，他便觉得是个摆渡为生、颐养天年的好地方。于是，他东攒西借，置了木船棹桨，收拾椽、柳、藤、索，修筑庵棚一座，备了锅、碗、瓢、盆，垒了土炕、火灶、高囱，烟火一点便安顿下来。漂流的水命,又是守着黄河——只不过是改飘零为定居,换纵行为横渡;漫漫长岸,滔滔激流,一船一庵一炷烟火,着意之中,平添了一角人间散漫的景致,平添了一处河流人家逍遥的所在。从此,这一段黄河被一只渡船摇得生动活泼起来。

兵荒马乱年代,常胜小人小志,自有麻木处世讨生活的庸人套路。他坚持不管红道、黑道、白道,渡口朝天,普度众生;不管国军、八路、汉奸、日寇、土匪、盗贼、游人、商贾……只要讨到河利钱,为了生存,商男不问亡国恨,谁来渡谁。河路惊险,浪涛瘆人,属于国人品类的,哪怕强盗、恶少,平日乡里横行,欺男霸女抢劫钱财,可面对母仪天下时而暴怒的黄河也乖巧了许多,甘愿付钱渡河,买个安然平静,买个心跳稳定。唯有日本兵是个例外。他们自从踏上了中国的土地,就习惯了靠枪炮、刺刀说话。他们以为太阳旗就是他们的免费通行证,刺刀就是闪光的路条。遇到日本兵,常胜虽说心中不快,也只得忍气吞声。

柳林渡有满眼苍茫的柳林掩护:茅柳、顺柳、红柳交织连绵,又加一片连一片点缀其间,遮天蔽日的高秆芦苇,海海漫漫,一望无边。渡口因为目标掩蔽,两岸兵家调动,往往选择这里。这里既是兵家必争之地,又是兵家不守之地。因为茫茫的柳林如四季不倒的青纱帐,潜伏着摸不透的危机,深藏着猜不到的未知,所以谁也不去着意占领,事实上谁也很难占领这个渡口。一旦占领者亮到明处,而苍茫的柳林苇荡却暗藏杀机,说不定哪一丛柳林后会凭空飞出一声爆炸或射出一梭子枪弹,等你回过神来寻找目标,面对的又是柳林苍茫苇苇浩荡,四周一片默然,稍一定神,还没找到方向呢,说不准又是再一次袭击。面对如此渡口,各路神仙都很精明,只是急用急占,用过即撤。

梁河生的猛虎排,事实上是黄河支队的别动队。它以少而精的兵力秘密担负着转运军用物资和护送工作队的任务。派出的特别小组经常出没于渡口,有时与日伪军偶然遭遇,但顾及渡口的安全,往往避其锋芒,把战斗引领到河滩之外进行。而更多的时候还是以任务为重,以大局为重,大路朝天,各走一边……

十一

翠白在渡口茅棚中长到十七岁,眼睛里就有了顾盼的光。天性使然,青春使然,岁月使然。十七岁,多么动人的年龄!对于女人来说,正是花蕾期:身条儿清新,皮肤光亮,犹如举起花苞亭亭玉立的美人蕉,香味是包着的,一切美好的情愫也是包着、藏着的,只待甜蜜开放的一天。生命是个神秘的精灵。也不知从哪一天起,翠白开始顾盼左右了;她的顾盼已有了长河九曲、千回万转的欲望。欲望也甜,欲望也香。从那些来往的过客中,她寻觅着使眼睛舒服、心灵温暖的男性。眼睛舒服,心就温暖。那舒服和温暖的目标还真让她看到了——几个身手敏捷、容貌阳光的青年百姓从渡口走过,脚步声动地传来,青春涌动。翠白眼前一亮。老爹便先有了感慨,他说:这些人像八路军的便衣。翠白也看出像便衣,八路军的。进而,她还看出了他们人性的硬度,看出了他们平凡中的不平凡。

平凡的部位在脸上:面善。

不平凡的部位在腰上:腰硬。

因这平凡与不平凡,心灵的距离就拉近了,她时不时将笑脸迎向他们。那笑脸娇艳如花,散发着姑娘的馨香。青年百姓站在茅棚门口要水喝,一个小伙子问:"有凉水吗?渴死了。"翠白格格地笑道:"守着一条黄河,再穷也不缺凉水,遭了一回旱灾也没缺过凉水呀!"她随即拿起一只葫芦瓢,舀得满满当当。她双手端着,款步向前,奉上带泥腥气的凉水——那是澄清了的黄河水。那凉水真解渴,既真实又凉爽,直透肺腑,像从天上流下来的,带着高空神秘的清凉。年轻百姓的喉咙发出咕嘟咕嘟的响声,仿佛将黄河的浪涛声都喝进去了。这个渡口的女娃子,带着她的靓丽与纯真,带着她的质朴与随意给疑似八路的"便衣"们解渴。她乐意给他们解渴;因为他们面善,还因为他们腰硬。

有一次,翠白大胆地探问:"几位哥哥做的是甚买卖?"

他们的回答十分简洁:"大买卖。"

一大遮百小。翠白多精明,眼里说话呢,她清楚,这买卖有不便深问的"大"。

这大买卖是与日本人做的，是山河的买卖、江山的买卖。便一笑而过，只心中为他们的"大买卖"祝福。

这"他们"中便有梁河生。梁河生已是挺拔俊秀的青年，他那含蓄坚毅的气质首先吸引了翠白。许是翠白的女儿心在作怪，她给他端水的时候总是手抖。她由不得自己，管不了自己。她每每告诫自己，可每每心不由己、手不由己。他看到她手抖，总是及时地接过水瓢，并将瓢里的水喝得一点儿不剩。他用彻底的水干瓢尽来安慰她的手抖。他将空瓢平静地转还给她，并陪送一个满意的感激的欣慰的微笑。她又总是在对方的微笑中平静着自己，并把平静的心留给下一次更为强烈的期待。

"他们"也认真地打量翠白，打量这个有着好名字、好容貌、好品性、好人情的渡口闺女。

翠白的脸圆。但不是半径相等不折不扣绝对的圆，是椭圆。就像河滩上明镜似的水套子，绕了一圈儿打了个定心又回归黄河，是流畅的圆、自然的圆。

翠白的秀发也特别。她每天都用澄清的黄河水洗一遍，洗得很顺，顺得一溜下来在肩膀处转了个柔软的弯儿，又一泻而下直达腰际，如同无风无浪无波无澜的一湾流水。

翠白合体的衣衫如一片盛开的淡黄的沙枣花，清香而朦胧。小偏襟，疙瘩扣，曲线柔和地烘托着河流女儿的面容与身段。那颜色是从河流而来，那衣料是从客商而来，也许是身在商客如流的渡口见多识广，无意间成就了河与女儿天衣无缝的美。也许是人与自然美在了一块儿，本身就天衣无缝。

翠白生得白，白得自然、白得柔和，属于月光照进小窗的那种不声不响的白，属于柳棵下拱开浮土的蘑菇那种渴望成长、不缺水分的白，白得恰到好处。白得干净、白得舒服。不沾脂粉便贴近了所有爱美的心灵。

翠白的身段也好看，优雅而柔美。那优雅既不是金屋里藏出来的，也不是茅棚里捂出来的，是河流默化于她的那种平淡的朴素和流动的优雅；那柔美也不是娇惯出来的，那也是河流传给她的千回百转曲意自然的荡逸的柔美。柔美到让人无以言说的好处，柔美到轻不得重不得冷不得热不得，能柔美到青年男子的心灵深处，娇宠在疼爱的心湖里，并可激起无数的微澜。翠白对他们认真的看和他们对翠白的仔细打量，尤其体现在一个早上，一个五月端午的早上。这个早上，柳毛子托着青春的梦幻在空中浮荡，看与打量发生在端午节，便使这青春的眼光显得十分珍贵了，珍贵得让河流女儿一辈子都难以忘怀。何况还有那如花如絮的柳毛子——那种如诗如梦、让人浮想联翩的东西，总是将现实与虚幻混淆得难分难解。

他们刚来到茅棚门口找水喝的时候，翠白手中端着新做的凉糕。五月端午吃凉糕是西部民间的风俗。别看西部苍凉，西部的民间也有文化寄托，虽然他们的寄托没有中原和江南精致。中原及江南是把糯米与馅儿裹进苇叶里包成粽子（角黍）祭奠江湖；而西部的民间自有粗犷的做法、坦荡的大气、淋漓的表白，是用红泥地出产的黄米添加晋陕的红枣熬成黏粥，摊在一个平面上，再撒上一层白糖，冷却后切割成块，制成凉糕，是凉与黏与甜的三重组合。他们也是"守着湖先祭湖，靠着河先祭河"，并且传颂着同一个纯属民间的中国愿望——让鱼儿或蛟龙在端午这天有的食吃，别去惊动那个投江的古典的爱国志士屈原的灵魂。

翠白和船汉爹不谙民俗，只知端午节是流传下来的节日，是吃凉糕的节日，并不知纪念的是爱国者屈原。她双手将凉糕端给他们，她平静地托着满盘的殷勤。盘上放着四双筷子。他们一共四个人，却没有一个人接她的凉糕。只是说口渴，要喝凉水——那仅是"一针一线"之外无须计价的索求。她才不得不放下那个殷勤的凉糕盘，端起了那个大水瓢。她反复地舀，他们轮着喝，茅棚里回转着青年汉子粗犷的饮水声。她舀了四次，他们喝了四瓢。四个人都表示，感谢她这瓮里澄清的黄河水，甜、凉、爽。这凉水真解渴。而她却送给了他们一个惋惜的笑，一个欠缺的没吃凉糕的笑。她闻见了他们那青苍苍火辣辣的男人味，还伴有黄河高贵的泥腥气。男人身上的泥腥气才是西部男人的正味。那味香得浓郁，香得热烈，撞击着青春的门框。十七岁的渡口女儿被男人们一股又一股的香味熏醉了，也醉得热烈起来。

他们刚走出茅棚几步，便听到翠白在身后呼喊："你们站住……站住我看……"

四个人都站住了。翠白挨个地端详，其实目标明确。她转到梁河生面前，她甚至有意识地用胳膊肘碰了一下他的腰，感觉硬邦邦的，是铁一样的硬。说也怪，她竟由此滋生了心灵的力量。她欢快地说："你脸上有一个道道，肯定是喝凉水时水瓢蹭下的印子。"她又说，"你擦一擦。"顺手便递过去一块小手绢儿。梁河生将信将疑接手绢儿时，翠白递去的却是姑娘柔滑的手背。手背朝下。那手背先在他的手心里"沉"了一下，"团挽"了一下，"沉"得温柔，"团挽"得神秘，温柔透骨，"团挽"达意，柔进骨髓，直达心灵了。"团挽"过后的小手才依依翻转，翻出言说的内容——并有力地按下了那块既可擦脸又可擦心的小手绢儿。一切都是不经意的，一切又都是刻意的，一切的一切都很纯、都很甜、都很香。

那微醉的河风也不失时机，送来一股又一股飞扬的柳毛子。柳毛子天女散花般飞扬的时刻，翠白的心头也就不由得荡起一种说不明道不白、又急切又缠绵的滋味，那是在渡口的茅棚中焐熟了，在渡口的土灶中烤透了的河的情愫。那珍贵的情愫，被日益成长的青春鼓动着，被青年百姓的阳光照耀着一路升腾，又借了这端午节和柳毛子共同的蛊惑，才一下醉了少女的心。那是少女心头的开放之梦，那是刻意收留都收不回来的情感的迷雾，只能由它散漫地飞翔——飞翔着才真、才善、才美，飞翔着才像河流的女儿。

梁河生手执柔软的丝绢，下意识地擦了擦脸。他闻见了花的香味、水的香味、异性的香味，是生平第一次——香通七窍，弥足珍贵。

他还手绢儿时，她却笑出了一口白玉般的牙齿，眼睛的光就带了撩人的钩，就多了纯情少女才有的娇嗔，她说："送给你了，一块小手绢儿还好意思还，好一个小气的哥哥哩！我们可是开渡口的，多坐一次船不就全有了？"

梁河生就此笑了笑，便将手绢儿和香味一同装进了口袋。他心里也生了由衷的话：真是个热辣辣的小姊妹，真是个实心的小姊妹！这小姊妹转身的时候，转得很急，很有力度，那秀发一刹那飘飞起来，发梢温柔地抚摸了梁河生的脸庞。痒酥酥的，还有股子青春的香气、河的香气，还有股子爱的霸气——姑娘的霸气也香、也温柔。

同伴们都投来惊羡的目光。

此后，他们硬着腰，背负着翠白的笑容走向岸边。那个叫梁河生的人脱下褂子在空中舞了几圈儿，对岸的船便驶了过来。满满一船人。他们带着这些神秘的人，急匆匆隐入茫茫的柳林不见了。

十二

临近中午的时候，梁河生与三个同伴完成了神秘的护送。他们又返回柳林渡。他们是来证实一个有关军事方面的消息，证明一个扑空了的袭击。这时候，他们突然听到几声尖锐的呼叫。

他们机警地摸出短枪，钻进了柳林子；他们靠向渡口，靠向那尖锐的声音。

梁河生最早靠向前去。他一眼看到：围困叫声的竟然是那场陈旧的噩梦——钢盔、太阳旗和刺刀！枣花姐的惊叫、瘸腿嫂子的血、河边的脚印、山坡上的空坟、老爹与沉船……这些划破他少年记忆的景象如一把烧红的钳子，一下夹住了他的心……他想，又是丢人！又是那丢不起的人！！他的眼睛黑了一下，接着就充满了鲜血。从充血的眼睛里，他进一步看清了那黄漫漫的日本军装相互穿插如混搅的脏水，里边裹挟着一个女子，那女子再次发出了尖锐的叫声。叫声惊炸了林子间的空气，空气都在惊慌地乱窜。

他断定是翠白，是那个小姊妹，是那个端给他们凉糕、端给他们凉水的美丽的河的女儿。

他扭回头去，严峻地望着身后的同伴。同伴的脸都近于铁。他冷静下来，悄悄地说："你们数一下，好像是十八个鬼子。"同伴们点头的瞬间，河生的心头闪过了一个比例：四比十八。面对实力悬殊的对抗，还必须派一个人回支队报信，这是纪律。林中有隐藏的快马。支队驻地与柳林渡相距四十多里。走掉一个，变成了三比十八，也就是一比六，还等不得救兵。要救那个河的女儿，救那个今天早上还给他们凉糕给他们凉水给他们微笑的翠白。

他想起了一个男人——那经历了惊涛骇浪又平静地躺在水里让他终生崇拜的父亲。有了这样的男人，才没有鬼子的横、鬼子的恶、鬼子的邪。他心头又闪过了一个比例：一个一比八的交战比例——老爹靠船与河创下的河的比例——一个没有武器的男人对日抗战的范例。他们凭借着一人一支短枪，尽都具备男人的胆气和武装，可惜都没有辛华姐那么好的枪法与魔气，没有辛华姐的准与快——她能将鬼子的小命把玩戏弄，取其小命如探囊取物。他们却必须利用柳林的掩护，采取麻雀战的打法，跳着打，藏着打，一层一层剥掉鬼子的优势。

鬼子已撕破了翠白的衣衫，露出了里面的红肚兜，露出了西部女人火热的内核。翠白一边挣扎一边呼救，尖锐的叫声如呼啸的弹丸划破了柳林的天空。

对于姐妹，对于中国女人，在军人面前再被糟蹋，那便是心灵的重罪！那便是丢人的丢人！是大丢人！！

日本兵在明处，他们在暗处，明暗之间便有了主动与被动。三支短枪同时打响、连发、单点。鬼子倒下一片，惊动了围困翠白的那一圈子黄色。黄色的鬼子顾不了异国的美色了。他们丢开翠白，各自抓起了武器，扑向柳林，枪弹又从另一个方向射了出来。片刻的混战之后，日本人已死伤大半，剩下的醒悟过来，也做了"麻雀"，也隐蔽了起来。河生他们打光了子弹，捡起了鬼子的枪支，挺起刺刀，开始了肉搏。刀光剑影，穿插如电，枪声与刺刀混搅着柳林；梁河生带着一缕白光，刮进了鬼子群中，让刀下之鬼在地狱门口开了眼界。两个同伴倒下了，厮杀的人眼睛都红了。梁河生看见鬼子还有四名，还是一比四。那个拿指挥刀的鬼子队长叫嚣："你的……好汉的，退出子弹……拼刺刀的干活！你的……不敢？"说罢，鬼子小队长轻佻地扔掉了手枪。他双手握着指挥刀，刀锋直指青天，他带着骄横跋扈的神气亮出了武士道威风。这家伙脸肥、鼓眼、凶相、仁丹胡，很像那个记忆中的山本。或许是，或许不是，但很像。这就更激起了梁河生的复仇之心，他心底的烈火再度点燃。

柳林的梢头扬卷着柳毛子花，那飞扬的花絮如烟如雾地漫过他们的头顶，如同虚化的硝烟……

梁河生怒向三个鬼子兵。鬼子兵退出了子弹。

梁河生也从容地将子弹退出。他轻蔑地一笑，他心里亮过了这个期盼已久的较量——他又得了一个英雄的用武之地——他把他们看作了四具陪他演练的草靶。三个鬼子兵同时出击，枪刺来处，三股光波。梁河生在"草靶"间飞了起来，转了起来，旋了起来，游刃有余起来，风声飕飕，白光闪闪，眼前真的刮起了白刃旋风，旋得人眼花缭乱。风过之处所向披靡，眨眼间横下三具尸体。

鬼子小队长惊呆了。他畏惧地退向一丛茅柳。梁河生笑着逼了过去，他的枪刺已被鲜血染红，他的意志又被快感照耀。他还没有过了拼杀的瘾，他要和这位武士道的信徒过一过招。你进，我退；我进，你退；进击和躲避都有掩护，有茅柳挡在其间，中间蓬着友善的枝条，谈判都有机会。他们不可能谈判。梁河生想尝试一下武士道的刀法，给了对手一个进击的空隙——一个夸张的引诱的空隙。那军刀便不失时机地劈了下来，可鬼子还是上了当。梁河生的"躲"与"旋"都是闪电式的，从一个位置到另一个位置的转换不会超过一秒钟。鬼子的刀便砍在茅柳上，茅柳刷地倒下，拦了他的退路；与此同时，只见刀光一闪，他便饮吞了尺把长的刺刀。刺刀是日本造的。那刺刀带着旋风般的呼啸，一下捅了个透彻，捅了个明白。

柳林渡复归静寂。只一片柳林后面发出女人间断的抽泣，像受伤的鸟儿在林子里呻吟。

这个"似乎"的山本，这个山林罪魁的原版或翻版，这个在河流上掠夺异国美色的东洋武士，他的武士道精神并不纯粹。在断气的最后一刻，他竟无耻地按响了身后的炸弹，于是，无耻的他与胜利的白刃旋风一并飞了起来……

十三

船汉常胜在黄河南岸就听到了爆豆似的枪声与震天的嘶喊。等他船靠北岸时，柳林里除了女儿尖细的哭声，已再无一点声息了。他登上岸滩一看，柳林滩头灰飞烟灭，满地尸体……

过了半个时辰，柳林渡卷来了急驰的马队——黄河支队的刘教导员领来了援兵。但战火早已熄灭。他们翻身下马，清扫战场。十八具鬼子的尸体都被扔进了黄河，附之东流。对着梁排长和两位战士，所有的人都脱帽致哀。刘教导员横枪在怀，为英雄壮死仰天长叹！

他们正准备以马背驮着烈士归队，船汉的女儿翠白突然哭拜在地，说什么也不让驮走。她说："不是这三个哥哥救我，我早就碎了破了死了，是他们给了我一条命,给了我这女儿身的干净……让我们置买上等的棺材安葬他们吧……"船汉常胜也挨着女儿跪下了,眼泪纵横。刘教导员赶紧搀起。船汉说:"兵有义,民有情,你们就答应了我女儿的请求吧!"刘教导员点了点头,他说:"那俩战士的家在附近的村庄,咋说也得送回家安葬。只是梁排长家在山西偏关,可以葬在渡口……到时候,支队的同志要来送行。"

他们清理烈士的遗物时,在梁河生的衬衣口袋里掏出了一个硬皮的笔记本,一截铅笔头,一封揉皱的信,还有一块小手绢儿。手绢儿的图案是河流与船,手绢儿的边角浸染了血花。翠白一看是自己的手绢儿,眼泪再次扑簌簌滚落。她从教导员手中要过手绢儿,又给梁河生装进衣兜。她的手在梁河生的胸口按了按,才稳住那战栗,才慢慢镇定下来。她从容地给他扣上了衣扣。教导员看到这一幕,觉得鼻酸眼热,他与战友再次脱帽致哀。随之,他便招呼同伴,带着遗物和枪械,驮着两具战友的遗体离开了渡口。退去的马蹄缓慢而沉重。柳林浩荡起伏。

黄河水涨,又开始淘河涮崂,河畔上传来了浪涛的轰鸣……

许是气数将尽,日寇丢了一队人马毫无动静,他们龟缩在两大重镇再没出动。柳林渡显得十分安静。

次日,常胜备下柏木棺材装殓了烈士。刘教导员带了一伙人帮着抬运灵柩。翠白姑娘泪流不止,她宛若一条垂挂的清亮的瀑布,倾其生命之水冲洗心灵冲洗英雄的血迹。入棺时,她又悄悄将自己早已剪下的一缕长发放进棺中,以发梢拂过烈士的脸面,又暗暗掖在他的身下了——那是她最后的赠送,珍贵的分量只有死者知道,翠白知道,天知道。这一幕却被守在棺前的刘教导员看得真切,他的心头为此一震,并把别样的目光投向姑娘。此后,翠白穿上孝衣,像出殡亲人一样,扶棺抹泪,将梁河生一路送到林中的高地上;那儿有个废弃的土房框子,他们依照杨春的吩咐,将灵柩浮厝起来,等待胜利之后迁往烈士陵园。

安葬就绪,战友们鸣枪致哀。

人们脱帽,鞠躬,又恋恋不舍地离开了高地。

高地上还跪着如水如月的翠白,她把一盘端午节的凉糕摆在了墓前……行走的刘教导员停止了脚步,他的眼又热了。他感激这个生活在柳林间闭月羞花的翠白，感激这个成长在黄河畔沉鱼落雁的渡口姑娘，他感激她用纪念屈原的凉糕祭奠了支队的勇士，他觉得那是对勇士对爱国者最崇高的祭奠！是经典的民间祭奠！是人民祭奠！尽管刘教导员很有文化，他也弄不明白：黄河岸边的姐妹为何在血与火中，在兵荒马乱里，还有着不可思议的柔情。他也隐隐地感到，经他点化后修炼而成的白刃旋风，既是个让鬼子饮弹吞血的英雄，也是个柔肠百结的高迈情种。英雄也有柔情在！真英雄乃自风流呀！

其实，梁河生只当翠白是一个小妹。他们本来是两股走向不同的流水，是死亡与战火横断了生命之河的流向，才使其片刻间交融在一起了。他俩只是偶尔的遇合，并未进入情感的深处，是死亡与战火迫不及待地撮合了这种游离浮荡的情感，使其迫不及待地亲和。尽管那只是心灵上虚幻的亲和，但对于情怀初醒的少女来说，却也是难抛难舍的春梦了……尤其是船汉的女儿，河流的女儿。

翠白美。翠白善良。翠白从此泪水汪汪。

此后的翠白老是站在渡口凝望着那片浮厝英雄的林中高地。她问天，问河，问满天飞扬的柳毛子：生死之缘有多深？在翠白心中，为她而死的八路哥哥已经是她心中的天，那是河流女儿原朴的青春宗教。是和平环境下平静呼吸衣食无忧的男女没法理解的带血又带泥腥气的生命宗教。是侵略与反侵略，凌辱与反凌辱中的炎黄子孙最土、最笨、最真、最纯、最实在、最神圣的情感。情感如水，流得自然，在端午节这一天，凭着一瓢凉水一块手绢儿，还有那未曾享用的凉糕，使翠白提前了女人的盛花期——一个接近殉情的盛花期。

翠白的泪从此不干，她成了一个忧伤的淋漓的小女人。

十四

这一年的八月十八日，日本投降了。胜利后的黄河支队驻扎在柳林渡附近的村庄里休整待命。这时，杨春再次翻看了梁河生的遗物。他先看了那封信；信是偏关表叔托人捎来的，信中告知梁河生：母亲卧病在床，并日日思念她的儿子，让他设法回家看望一趟，了却老人的心愿。落款已是一年以前的日期。

读过信后，杨春默默感叹：难怪河生不跟他言语，大丈夫忠孝不能两全呀！他长叹一声又打开那本日记，仔细地辨认着有点模糊的铅笔字，一页一页读下来，竟然是四十三篇日记。四十三篇日记，篇篇不离母亲，尽是"三春晖"，尽是"寸草心"，尽是游子情。只围绕那封家信，他就写了十六篇日记，每一篇都是对母亲的牵挂和道歉；道不尽的眷念，道不尽的慈母恩。更有那篇篇相连的虔诚的许诺：胜利之后，一定解甲归田，回偏关侍奉年迈的老母亲，环枕绕膝，养老送终……杨春再也无法控制眼里的泪水了，他多么想号啕大哭。但不能号啕，只捧着日记本任热泪长流，字里行间也渗进了泪水……

正好，边区《战友报》的记者来支队采访白刃旋风的故事，杨春顺便将日记和信交给了他们。

不几日，那封信和四十三篇日记加了《编者按》分期刊登在油印的《战友报》上，一时唤醒了抗日军队的敬老情怀和民族忠孝观。纵队首长看了报纸非常感动，他给黄河支队发了一份电报，指令黄河支队派人将梁河生的灵柩护送回偏关，护送到母亲坟前安葬。电文如下：

杨春：

  虽说革命队伍提倡"青山处处埋忠骨，何必马革裹尸还"，但顾及梁河生同志生前的功劳，顾及他忠诚报国的民族大义和火热的孝子情怀，现命令你支队派人将其灵柩护送还乡，告慰天恩。

边区纵队×××

十五

一只大船靠在岸边，船上耸立着高高的桅杆，垂落的船帆打着岁月的补丁，写尽了河流的沧桑与坚韧。黑色的棺木闪着油漆的光亮，稳稳地高贵地安放在船舱中间。船上装载了河的光荣与肃穆的爱，大船即将扬帆启航，护送英雄回偏关。

大船是船汉常胜帮着雇的，正好是顺水船。船主是他拉纤时的伙伴，与他有着风雨河道生命相扶的交情。他约定随船送行，并帮船主拉回逆水的行船。

得知顺河迁葬，河岸上走来了翠白姑娘。她脸色煞白。她已没了原本的有红似白，只剩下虚弱的美丽的躯壳。

翠白弱柳扶风般站在码头上说："偏关的哥哥要回家，我想送他回偏关……"

船汉常胜没有答应。他说："你好好在家守住渡口，这点家当也得看管。"

翠白没有力气解说，也没有力气争辩。她抬头望了一眼高高的桅杆，自己便无言地隐没在清晨忧郁的河雾中了。她像被忧伤一下吞没，从此再没有露面。桅杆上的白帆静静地垂落。波浪撞击着船帮，船舱里的灵柩微微颤动。潮湿的晨雾，轻纱一般飘过河湾，几只鸥鸟在河面翻飞鸣叫。

朝阳烤干了河道上的雾气，河面渐渐地明朗而壮阔了。八百里河路回偏关，杨春全副武装，亲自送行。他要亲自护送这出色的战友，亲自护送这曾经的内弟，亲自护送这股偏关老牛湾的英雄血脉。他与教导员与韩连长握别之后登上了船舱。他手拍着棺盖说："兄弟，日本人投降了！中国人胜利了！为了偏关的老妈妈，纵队首长特批我送你回家。兄弟！你生在黄河、长在黄河，你不是最爱黄河吗？咱顺着黄河回偏关！黄河送你回偏关！！"

大船缓缓地脱离了渡口的高岸。常胜扯动缆绳，船上扬起了白帆。杨春登上船头，他掏出驳壳枪，朝着黄河的上空，朝着柳林渡的上空，射起了十二发铅弹。大河上下，枪声回荡，这是英雄启程的礼炮。枪声震荡了飞渡的云彩，云彩收敛了欲坠的雨线……

船头向东，顺风顺水，有枪声壮行，船也庄严，河也庄严。刘教导员站在渡口，河风撩动着他敞开的衣襟，他望着悠悠东去的船只，心潮逐浪追赶……自从烽火四起投笔从戎，已硝烟热血八载光阴，着实生疏了文神诗魂，这一刻，面对魂归故里的大船，他却咋也克制不住涌荡的情感。他朝向那滔滔大河，朝向那渐渐远去的船，朝向那高天远岸壮水长风，朝向那浩浩东归牵人情怀的英烈，慨然朗诵出一首激荡儒将情怀的《蝶恋花》：

谁言偏关无孝儿？人间正道，报国亦效母。三春恩晖化寒暑，四十三拜皆跪乳。白刃飞旋寇如鼠，壮士无义，谁来祭端午？柳林悲壮柔情苦，河魂东归涛如鼓。

连接《蝶恋花》的词韵，站在旁边的韩连长也鸣枪送行。

此后突然风平浪静，柳林渡出奇地安静，柳梢儿都不摆，茅棚默然，渡船悄悄，宛若陷入无言的怀旧。黄河悠悠东去，涌向远方的天际。

缥缈的船上又是一排子壮行的枪声。杨春带足了子弹，走一程，他打几枪，他用枪声为梁河生开路……枪声中，白帆抖动，河水激荡，而船汉常胜却提了精神，他帮着船主有力地摇着尾舵。船头高翘，波涛涌荡，常胜的心头也不由得壮怀激烈起来，他眼前再现了那个悲壮的五月端午，再现了柳林河滩灰飞烟灭的场景……

十六

第三遍枪响之后，船舱里有了女人的哭声，随着哭声，从黑亮的背景后面送出一串颤抖的凄婉的断句：

"偏关的哥哥……舍生忘死救了我……我就不能……为他送送行？……我想送他回偏关！我也送他回偏关！！"

……

杨春扭过头去。

常胜扭过头去。

船主扭过头去。

不见人影。所有的目光都盯向那黑色的闪亮的灵柩，朝阳与河面与油漆交织的光晕，迷离了那一片高贵的黑色。黑色的缝隙里传出的仍是女人疼痛的哭声。哭声断断续续，缠搅着一个重复的叹句："我也送他回偏关！我也送他回偏关！"

船汉常胜的脸面骤然间变红了。他狂躁地摆动尾舵，将大船靠向北岸。女人的表白伴着哭声再度从船舱里悠悠飘出，仿佛那是一种忠贞不渝的抗争。

"我想送他回偏关！我也送他回偏关……"

常胜的脸渐渐变紫了。他走进船舱,走向灵柩。他从船帮与灵柩的夹缝中拉起了女儿翠白。翠白一身素衣,头缠孝带,晶泪飞溅,犹如梨花带雨。

常胜说:"你下船!下船!咱西部有西部的讲究,河套有河套的乡俗,一个未出嫁的女子就戴孝送行,送一个男人,你让别人咋想?你让吃河路饭的同行们咋看?莫非……莫非你以后再不嫁人啦?"

翠白紧紧地抱着桅杆连连哭叫:"不嫁!不嫁!哪怕永远不嫁,我也要送我的兵哥哥!送我的恩人!送我的亲人!我要和他回偏关!我要送他回偏关……"

常胜再也控制不住,他突然号啕痛哭。船主含泪走了过来。杨春含泪走了过来。他们一起抱紧了这个战栗的生满络腮胡的男人。他们又共同搀扶起伤心的绵软的翠白……船上的人都朝黑色的灵柩弯下腰去,他们朝着英雄致哀。

大船自由地漂荡。浪涛拍打着河岸。

这时,黄河的南岸也响起了枪声。大家扭头南望,相距几百米,有几个妖娆干练的女军人,她们也在鸣枪致哀。那是高原支队的短枪队,那是几个女兵。那个名叫辛华的短枪队长沿着河岸一路相送,直到大船从水天一色的远方隐去了,她才站定。她再次掏出双枪齐指云天,又是一阵暴烈的枪声。

杨春鸣枪致谢。

只有黄河知道,这两个用枪声对话的人,曾经是怎样的恋情如火,并许过有关枣花的诺言。

河听着送行的枪声,推起层层波浪,它与岸呼应,与天呼应。它拥有无边的岸;岸拥有澎湃的它。这是神圣的存在,不容更改。

大船顺流而去,迎着远山,迎着太阳。

浪涛拍打着船帮,那是河与船的交谈。

河风鼓动着白帆,那是天与船的交谈。

满船默然。满河都是雄浑的黄浪。伴有船舵轻轻的磕碰声,伴有船帮撞击的水声,几只鸥鸟上下翻飞,它们鸣叫着,掠过白帆,轻点着水面在前面领航。两岸苍茫绵延,如游动的巨蟒,缓缓地向后移动……岸推着河走,河推着船走,船载着偏关的儿子,一溜向东……黄河送你回偏关!

船上再也无言。

无言胜有言。

远处传来裂岸的涛声。

惊涛拍岸，满船无声。

十七

几天后，大船历经八百里的航行，终于靠近了老牛湾。老牛湾是载入典籍的"黄河大转弯"。站在高处俯瞰河湾，山西偏关像凤头，绥远的清水河如龙首，龙飞凤舞呈现出道家的太极图案。浩荡的大河，扭动腰身画就了这个叩拜人间、彪炳天地的大图案，之后便轻摆龙尾迤逦南下，直奔晋陕长峡去了。那是个明丽的秋日，阳光遍洒大地，水面明明晃晃，犹如一河金汤。那一刻，杨春登上了船头，他眺望着那个母亲胸怀般的河道和废弃的苍凉的渡口，心头轰然涌起往日的烟尘、强烈的激情，促他不由得拔出枪来，将枪口指向明朗的天空，他扣动枪机，打出了枪膛中所有的子弹……

老牛湾南岸聚集着一群人，那是偏关的父老迎接他们共同的儿子，那是迎接英灵回归故土的肃穆人群。

护送英灵的船驶离柳林渡后，纵队首长将这一消息及时电告了中共偏关县委。此前，寒梅已从高原支队调回偏关县担任了组织部长，她带人提前到达老牛湾等待，等待这个在老牛湾相识、在大沙湾再会、在柳林渡殉国的青年英雄。梁河生是以其英雄业绩和人间大孝回来告慰慈母的。可他的慈母早已在一年前病逝，埋葬在那个筑有空坟的山坡上了。

大船靠了岸头。这段河岸曾是梁迎柱经营过的渡口。这段河岸就是发生过许多抗日故事的地方。老牛湾，这一湾悲情的圣水！你就煮吧！这里有河流的伤痛与悲怆，你煮沸了梁家两代人的命运；老牛湾，你就漩吧！这里有龙凤聚就的高贵气脉，有山河聚就的不屈与豪壮。这一切都保留着，留给渡口，留给山坡，留给坟墓，留给永恒……

回来了！游子西征八百里，终于返回来了！顺着黄河，大船航行八百里，送回了偏关的儿子！送回了黄河的儿子！满河深情东逝水，满岸沉哀，群体无言！无言同样胜有言！

河岸边又涌来好多的山民，大家帮着抬起了灵柩，灵柩亮着油明的黑色慢慢地往山坡上移动。抬棺的人群里，跟着一个美丽而憔悴的姑娘，她的眼皮都哭肿了，眼睛都哭红了，杨春告诉寒梅，这个姑娘叫翠白，她就是柳林渡之战中救出的渡口姑娘。寒梅拉紧了翠白的手。翠白的手心滚烫，手指冰凉。

灵柩落地，落在旧坟。

船汉梁迎柱的空坟不空了。坟里除了埋着"一比八"的黄河豪气，又埋进了儿子用四十三篇日记牵挂过的母亲。那空坟不空了，终于有了死亡的实际内容。表叔主持过他们的合葬仪式。他用两丈四尺红头绳围了坟墓的边界——那是一个在阴间成家的象征；他用镜子照了新开的墓穴，用梳子梳理了墓间的风——那是一个阴间洞房的象征。象征必定只是象征，其实母亲还是个单个的母亲。一个听着黄河涛声含辛茹苦的母亲！一个所有亲人们永久的后方！一个站立在村口无私凝望的"树桩"！一轮永远不落的偏关太阳！

表叔已是白发白须，但表叔德高望重，他是梁家葬礼的指挥。他是沟通礼教与乡俗的司仪。他按照偏关的乡俗指点着一个位置，一个属于儿子的位置。河生的墓穴开挖在母亲的膝下，那是河生多年的愿望——一个忠诚的儿子的位置，一个供奉的姿态，一个仰望的姿态，一个在日记里许诺了四十三遍的姿态。虽说这只是一个死后的供奉，可山村的人谁都羡慕这个长眠在山坡上的老女人，她膝下有个英雄的儿子，谁都觉得她得到了一个山村女人最高的荣耀。她得到了一个英雄儿子最孝顺的侍奉。

母亲，这个没向人间透露姓名的偏关女性，她在这个秋天的凉爽的梦里微笑，她辛劳一生，苦难一生，却收获了最有价值的人生果实。

梁河生的棺木下葬之前，寒梅和杨春主持了一个追悼会，人们都站着默哀。唯独下跪的是翠白，她跪着说："我如果有死的权利，我就和这个兵哥哥埋在一起……尽管他没吃我的凉糕，只喝了我的凉水，他也是我心中的亲人，我保证供奉他吃上我做的凉糕，还让他随时能喝上冰凉冰凉的凉水，我……我……"

常胜一面搀扶女儿一面劝说："你没有这个权利……你得跟我回到柳林

渡……梁河生的队伍用着咱的时候，咱再给他们扳船，咱再给他们舀水，这才合乎人家大英雄的大心思哩……"

寒梅双手搀扶翠白。她觉得翠白很沉。翠白有种坠地不起的重量，坠地不起的爱。女人能解女人心。寒梅望着这异样的生死缠绵，竟也想到了自己的情缘……撤出偏关城外，临别的一刻，她也有过这种感觉。在那皎洁的月光里，她与河运结结实实的拥抱也是生离死别的味道。那也是生平第一次女儿之恋、女儿之吻，犹如周身的热血被火点燃，并从此使她在战火中久久牵挂，久久缠绵。那恋情也很沉，沉得不可释怀，终生难忘，日日切盼。将心比心，她与翠白的心贴得更近了。

寒梅终于搀起了翠白。翠白的脸泪光闪闪，像水洗过的白缎子。凭女人的直觉，寒梅感到，翠白绝不仅仅是感恩，绝不仅仅是船汉的女儿，如同自己心里一直放不下河运一样，这个少女的心灵深处也有秘密，那是人类最珍贵的感情。只是……英雄枉有美人缘，痴情玫瑰泪空流……她与翠白并排站在梁家的坟前，心里默默做着一个虚无的认同：咱们同病相怜，咱们连脉同宗，咱们本应该都是梁家的女人！寒梅想到这里，便邀请翠白："咱们再给梁家坟头行个鞠躬礼吧！"

俩人一齐弯下腰身。黑缎子似的秀发在土坟前垂下。

寒梅捧出偏关县委下发的烈士证书。这证书给谁呢？梁家现在没有人接，只能给坟中的老妈妈。这个女部长也情绪化了，她把烈士证书埋进了山地母亲的坟头。她继而叫道："妈妈，这是您儿子为国捐躯的证明，您保存着。偏关人民忘不了您儿子就忘不了您这位英雄的母亲。"

人群散去，散得平静。有一段柔美的身子还是依依不舍，她在父亲的搀扶下艰难地行走。偶尔的回首，仍如惊鸿落泪。为恩为爱的伤怀，泪光灿灿返照，把翠白照得鲜亮而凄楚。偏关的土山坡，老梁家的坟地及离去的人群都领受了那份瞬间的凄怆。这来自黄河上游的爱与美，这延续到偏关的爱与美，使英雄的墓土也熠熠生辉了。谁能说这不是最珍贵的青春祭奠？谁能说这不是河流女儿高尚的童贞？如果英雄地下有灵，他既会怀念柳林渡的片断，也会珍惜这八百里的送行！偏关的母亲，你有这样壮烈的儿子也该知足了！你有这样虚幻的纯真的儿媳也该知足了！翠白留给墓地的是疼痛缱绻的泪光，她与墓地之间被一条揪不断的线牵着，越拉越长，河生的墓中有她馨香的手绢儿，还有她柔美的秀发、柔美的爱，也就有了柔美的怀恋、柔美的牵挂……牵挂犹如吐不尽的丝，一层层缠绕了翠白的生命，并结成个终身难破的情感的厚茧，十七岁的河流女儿，她即便回到柳林渡，也从此有了相距八百里的牵挂。牵挂将相伴她一生。

……

山坡复归静寂。几只美丽的翠鸟在灌木的梢头跳跃，它们斜睨着坟上的新土，期待着新鲜的领地，可那领地上还站着一个人，那是杨春。杨春在枣花的空坟前已默默地站了很久。坟地里都是虚幻的心灵的会谈。会谈柔情如水。会谈语境散漫。所有情人之间的语言都在先前说过了；所有情人之间的语言又在心底里滋生。在秋风的凉爽中，几株生长在空坟上的野菊花已经绽放开金黄的花蕾，那是枣花的笑脸吗？还有这开满蓝色碎花的山里蓝，共同簇拥着篷盖了秋天的墓地，这是我送你的蓝花布吗？如果有一天我为正义战死，一定会变一只带枪的蜜蜂飞到你坟前，天天亲你坟前的花瓣，天天抚你花儿的枝叶……现在，抗战胜利了，我带着男人的爱、男人的怀念和惋惜来看你了。你再喊我一声春哥吧！哪怕悄悄地喊，我也听得见，真能听得见……这时杨春突然感觉下颌处隐隐作痛，是空坟里的枣花妹子又咬了他？还是心灵里纯净的独白触动了掩埋在岁月深处留香的齿痕？

今天，我送回了咱的兄弟，他真是个让敌人闻风丧胆的好兵呀！可他牺牲了，来跟你做伴。你们姐弟俩互相照顾，也照顾咱的老人吧！咱俩的缘分是找不回来了！生死相隔，生死相隔两茫茫呀……我何其不想哭，可军人是不能哭的。男儿有泪不轻弹！我也不能跪，男儿膝下是疆土……

一阵微风拂过山坡，野菊花和山里蓝一齐摇摆，枝叶间有了摩擦的响声……枣花你在哭吗？别哭了。那冤屈早已申了。我们用鬼子几百倍几千倍的血讨回了欠你的债。你要憋屈就喊吧！喊一声春哥——喊一声春哥天宽地大！喊一声春哥震偏关！……要不，你就再唱一遍那送郎参军的歌……

今天，我没带其他的礼物，我献给你一顶军帽吧！你要知道，一个军人最崇高的礼物就是军帽。我送给你军帽就是把我自己彻底地送给了你，永远地送给了你……

他扒开空坟的一角，将自己的军帽摘下，郑重地种了进去，双手覆土如盖。随之，他如同看见了枣花的笑脸，如同看见了枣花的眼神……你能看到站在你门前的情郎哥吗？你能看见这个曾经许愿胜利之后，戴上英雄花回来娶你，回来摘你那枣花骨朵儿的春哥吗？……如果你看不见面前的杨春，杨春怎么告诉你呢？……哎哎！你的男人是军人！军人最响亮的语言不是枪声吗？于是，他又拔出了手枪，指向高天，当当当……铅弹射向云空。他用枪声告知了他的爱人：他来看过她。

他又送了她一顶军帽。

他又送给她一个彻底的自己。

十八

第二年春天，迎春花开放的时候，偏关老牛湾来过一个神秘的女人。她戴着墨镜，套着黑色的风衣，她神色冷峻，面容冷峭，衣襟飘飘，走路快步如风。她俏丽而古典，她诡异而凌厉，她是高原支队那个神奇的女人。

她仍然别着双枪。她的腰杆挺硬。

她在那个黄河的漩水湾边徘徊了一刻钟。在这一刻钟里，她的思绪回返到从前……在这噩梦的回潮中她想起了一个人。一个日本人。一个在枪口下颤抖的灵魂。一个曾经在群魔乱舞的枣树林里唯一挨打的鬼子兵。他年轻，他还像个孩子。面对软瘫在草地上的女人，他好像还是个懂得害羞的、懂得怜悯的日本人。他果真是一个反兽性有良知的日本人？还是他自惭形秽因为面相上的朱砂红？还是他尚未具备凌辱妇女的本能？……那次大沙湾的战斗，为何上天会开这种玩笑！偏偏在她枪口冒烟指点死亡的那一刻，偏偏在那种场合出现了那颗"朱砂痣"，是考验她的善恶之心呢？还是规范她的杀敌欲望？

枪口下，她打断了他的手腕，解除了他的武装。她给他留下了那点男人的命根子，也留下了他的命。那个俘虏，唯一的俘虏，耷拉着两只胳膊，像只折断翅膀的大鸟。就为他那点仅存的善良，她保全了他的性命。那一块异国男人的"朱砂痣"，在双枪的点射中忽闪了一下，那硝烟中惶惶的忽闪，竟干扰了她的仇恨，或者说分解了她的仇恨，让她顿生了一份枪口下的怜悯。那是她唯一的一次枪下留人，唯一。

这"唯一"，只因她在地狱门口记住了一个挨打鬼子的明显特征。这个日本人尤其应当感谢他的娘胎。那娘胎以人类善良的血脉给他留下了容易分辨的特征。在硝烟飞弹中，如果没有这个鲜明的特征，他的灵魂早已变为羞见异性的鬼，隐在高原的沙蒿棵子下"啾啾"悲鸣了；他的躯壳也早已掩埋在大沙湾的洼地里，变为了异国沙漠的底肥，永远地为沙蒿和骆驼刺供养了。

他因为"朱砂痣"而保命，因了娘胎中留下的那个善良的铜钱大的胎记，因了那一线跨国的母爱阳光，他才有了放下武器返回东洋的可能。在大沙湾的狂飙中，她从枪口下给他节省下一个珍贵的"可能"。他应当用这个珍贵的"可能"回去报答母爱。不管你是侵略者还是被奴役的人民，母爱永远是伟大的。侵略军中的"朱砂痣"便是个明证。

………

女人透过墨镜，望了一眼湍急的棕色的漩水湾，望了一眼那搅拌过她生命的一湾河水，便匆匆地离开了那个伤心的地方。有这一刻钟就足够她承受、足够她回味了。不能再多。

剩下的所有的旧景致，她都不看了：比如柳树、渡口、小路……面对青春流走时虚幻的烟云，她疼痛地眯上了眼睛。她来的时候就下过决心，死去的美好决不再看，决不！

她要去看梁家的坟。

可那青春的烟云萦绕着她，缠裹着她，丝丝缕缕，不离不散。不散的都是曾经的美好、曾经的感动。那是潜藏在心底永恒的景致：月光、山路、河岸、柳树，直到那送别的渡船，直到那最后的一声春哥……她下意识地闭了一下眼，将那一幕荡了过去。她又想到了大沙湾，想到了《战友报》，想到了那个蛟龙般枪挑鬼子的白刃旋风，那个从小就敢横在鬼子刺刀前的弟弟，那个曾用四十三篇日记拜谢母恩的英雄，那四十三拜何尝不是自己压在心底的感情？

她在村外的山坡上转了一圈儿，并折下一把盛开的山杏花。她捧着馨香的花束走到坟前，指着几个坟堆问羊倌："大爷，这是谁家的坟？"

那羊倌端详了一眼这个打扮奇特的女人，又抹下头上的白羊肚手巾擦了擦脖子，才开口道："这是梁家的坟……你想知道梁家吗？那可是个抗日的家庭，光荣的家庭……"

女人想，真是个唠叨的羊倌，于是切住又问："我是想问这坟，这坟都是哪一位的，您能给我分别一下吗？"

"噢……最北边的大坟是梁迎柱两口子。下边那个是他们抗战阵亡的小儿子，那个叫梁河生的英雄，去年秋天才被一个姓杨的队长用大船护送回来。我们全村人帮助抬上了山坡。下葬的时候还开了会，那个杨队长掏出二十响的盒子，朝天打了两梭子。哎呀！那真叫个气派。咱偏关还没见过那么气派的葬礼……"

当羊倌提起姓杨的队长，女人再次受到震撼——姓杨的，杨春，她的泪一下奔涌出来，想止是止不住的，好在有墨镜遮着，泪在暗影里流。羊倌没有觉察到自己的话划伤了女人，还在继续他的唠叨。女人狠狠地咬了一下嘴唇，她恨自己旧情难灭，恨自己死得还不那么彻底，新生的也不够果决。只听到一句"姓杨的队长"，就差一点违背了地狱门口的再生——那是仅从一个"花"字再生的自己。既然不能恢复枣林劫难之前的自己，便再不可怀想劫难之前的尘缘了！她狠狠地掐了一下新生的肌肉，肉体传给她锋利的疼痛，疼痛真实地提醒了她——你现在是辛华！你得找回再生的决心、再生的铁！

死去的美好决不再想。决不！铭记在心的永远是那一个字：铁！铁就是再生的女儿魂。铁不要情感。

她的泪还没有干，在墨镜的后面，泪痕闪着幽暗的光。泪光慢慢地消失后，她调整了情绪，接着问羊倌：

"大爷，那个右边长满花草的小坟呢？是他们家什么人？"

"唉！……那是个念想儿。是座空坟。他家有个叫枣花的女娃子，早年被日本鬼子糟蹋后跳河淹死了。尸首没找回来，家人疼不过，只埋了点衣物……"

"噢……原来这样。"

"闺女,你问这干甚哩?"

"我是他们家亲戚,问好了也来上个坟……再朝您打问个事,您知道他家那个大儿子的下落吗?"

"噢,那个叫河运的呀,听说去延安了,当了大官儿了。"

"好,好,谢谢您了。"女人说罢,将手中的山杏花分别摆放在两个坟上,扭头走了。也许这突然的造访唤醒了母亲的微笑,坟墓之间骤然卷起一股愉快的小风,吹动着山杏花微微地抖颤。

这个在战火中牵肠挂肚的母亲,这个有过人生秋收的母亲,她在这个春光明媚的时节,又得到了一份珍贵的礼物。

那献花的女人走了一截子,又回过头来喊道:"大爷——如果再有亲戚上坟,您告诉他,别再给那个枣花烧纸了……她早已转生了!"

羊倌莫名其妙。他望一眼渐渐消失在山川上的女人,又回过头来久久地看着那座空坟。那座小小的空坟,上面还开着几朵金黄色的迎春花,花茎挺拔,清风吹过,那花儿左右摇摆……他突然觉得,这空坟里也许还有人间不知道的故事……

这时,山那边传来了几句凄婉的歌声。歌声缠绕着老牛湾的山梁,余音不断,那羊倌听得句句真切:

  手拉手的哥哥天下游,
  妹妹我跌进了污水沟。
  污水淹死了妹妹的心,
  淹不死的魂灵儿挎枪走。
  你登烽火台,
  我上望河楼。
  痴痴两相望,
  没有渡人舟。
  ……

须臾，风声骤起，羊倌又听到了黄河那边传来的割帮刷岸的浪涛声，涛声如雷也如鼓……羊倌也被感动了，他赶着他的山羊，循着那山歌的调子也哼唱了几句：

你登烽火台，
我上望河楼。
痴痴两相望，
没有渡人舟。
……

草原文学精品选编

2007—2017

小 说 ❸

内蒙古作家协会 ◎ 编

远方出版社

女儿行

2013年获第十届内蒙古自治区文学创作"索龙嘎"奖

张雅琴

有春燕的梦总是中途醒来。

我跟在她的后面跑。好像是冰封的河面,可却满地碎石,又恍惚是在一条小巷里,巷子很长,曲里拐弯。到处都是高大的白杨树,秋风吹过,树叶的声音萧瑟而苍凉。

"春燕,这是在哪儿呀?"我在梦中大声问她。

春燕不回答,只是跑。我也跑。跑着跑着,她就不见了。而我的面前,这时便横过一条河流,仿佛日暮时分,高矮树木在柔和的天光中仰俯生姿,河流的尽头,若干熟悉的景象,都罩在一片苍茫的暮霭中。在哪儿见过这条河呢?在哪儿呢?我急得几乎醒来,经过一番艰难的辨认,最终才确认它是老哈河——世上再没有比它更让我熟悉的记忆了。烟霞渐渐散开,落日余晖从河岸西边的斜坡浮上来,将万道殷红的霞光铺射在白亮亮的土路上。成排的白杨林,辘轳井,错落而低矮的房舍,悠闲地甩着尾巴的老牛,步履蹒跚的鸭鹅,以及包着花头巾的媳妇,都渐渐明晰。再看我面前的老哈河,早已宽得没有边际。

"春燕——"我茫然四顾。春燕正站在水中央向我招手。

"你等等我!"我一着急,醒了。

我朋友神秘而玄虚地做万幸状:"亏得梦醒了,亏得你没追着她一起去——"

我知道她话里的意思。许多往事便在这时浮现出来，隔在我和时光之间的滚滚红尘瞬间烟消云散。当年的一切如大雾散开的早晨，清晰、澄澈而清明。我甚至还看见了下在我十六岁那年的一场雨，先是星星点点，渐渐变得细致而绵密。春燕和我面向后坐在一辆破旧的牛车上。我们缩着脖子，头顶上是一块塑料布。春燕和我一人抓着塑料布的两个角。绵绵细雨，唰啦唰啦地打在上面。

梦中的河流和村庄都叫老哈河，这并不矛盾。最初，为了区别于那条河流，人们不嫌麻烦地称村庄为老哈河村，渐渐地，就去掉了"村"。再后来，这个村子名传到山外，因一些卑微的人和琐碎的事儿。人们再说老哈河，就直接指那个村子了，而名副其实的老哈河，正急急地从山谷里冲出来，袒露着宽阔的胸怀，打着层层波浪向山外流去，不舍昼夜。二十多年前，少年的我曾无数次想象：在千辛万苦的跋涉中，经历了渗透和蒸发的阵痛，终究，老哈河是一直奔跑在路上还是在一个万物复苏的春天汇入了海洋？

1

一九八〇年的春天，当老哈河又一次挣脱严寒，裹挟着湍急的白沫从沟里冲出来，大厂中学初三年级有了老哈河的四个女儿——春燕、玉兰、凤霞和我。每天早晨，我们步行十六里到大厂中学。书包里装着焦黄的玉米饼子和黑黢黢的咸菜疙瘩，那是我们的午饭。

三月一号的早晨，我去找春燕上学。春燕家和我家只隔着一个菜园子，以往，我跳过墙，穿过园子，再过春燕家的矮墙，就能进到春燕家的院子。但那天，我不能跳墙了。夜里下了一场大雪，地面、房顶甚至光秃的白杨树上，都盖着厚厚的白雪，墙头上也是。我系好围巾，走出院子。

春燕家的院子已经打扫出来，我在空地上跺了两下脚，挂在棉鞋上的雪纷纷落地。四眼狗懒洋洋地抬起头，瞟我一眼，又继续垂头假寐。我撩开门帘进到里屋。春燕她爹头冲炕里低着头抽烟，她妈倚着被垛抹眼泪。炕桌上摆着一碗咸菜，半纸笸箩莜麦炒面，一瓷盆米粥。瓷盆千疮百孔，米粥有一搭无一搭地冒着热气,像弥留之际的病人。春燕的大嫂站在柜子边,双手交叉着抱在胸前,冷着脸说:"我看柳春燕就别去念书了。十七了,还不该自己养活自己?"

春燕像没听见,手脚麻利地收拾着书包。她爹凑到窗台边,磕去烟袋里的烟灰,说:"只剩半年了,就让她念完初中吧。"她大嫂反问:"那家里的活儿谁干?"春燕才转过脸,一双溜圆的黑眼睛盯着她大嫂:"用你管?不是分家了吗?"她大嫂的脸马上变得难看起来:"靠别人养活着,还有脸顶嘴!"春燕一声冷笑:"没吃你的!以后你少往我家凑合——"春燕她爹忽然吼了一声,春燕住了嘴,使劲去扯柜子上的书包。一个茶杯飞到地上,摔得粉碎。门"砰"的一声响,春燕已拉着我出来了。

"我不想念了。"闷闷地走了半天,春燕突然说。

"那怎么行?"我有些着急,找不出劝她的话。上学期期末考试,春燕考了全县第一。我们教导主任,也就是教我们化学的刘老师都说过多少次啦,大厂中学要是有一个考上高中的,也是柳春燕。

春燕叹一口气:"我大嫂看我念书眼气,总去我家折腾。看我爹妈对她低声下气的,有时就想,干脆不念了。又不甘心。唉,也许,这就是命。二丫儿你说,不念书了,我们怎么才能走出老哈河呢?"

雪后响晴的早晨,空气清冽甘甜,我们的心里却布满阴云。是啊,不念书了,怎么才能走出老哈河实现我们心中的理想呢?老哈河的女孩子能坚持到初中毕业就不错了,可春燕我们却发过誓:考高中,上大学,然后到城里去生活。

"你多好,没嫂子管你。"春燕的口气充满羡慕。我苦笑一下。其实,春燕哪里知道,我爹也巴不得我不念书呢!尤其我大姐得肺病死后,他变得不讲道理。

在那头一天晚上,我收拾好书包,又把新裤子找出来,抓住两条裤腿摊开,平整地放在毡子下,想象着明天早晨它笔挺的裤线,心里美滋滋的。我妈早睡了,我妹三丫儿在炕头用扑克牌占卜,我爹还没回来,他几乎每天都出去打牌,这个时候是不会回来的。我又检查了一遍书包,确信所有的作业再也没有遗漏时,我重新装好,准备上炕睡觉。恰在这时,我爹回来了。看我还没睡,就说:"正好,你帮我算算咱家西大川一共有多少地。"说着,摘下帽子,随手放在柜上，脱鞋上了炕。三丫儿赶紧收拾起扑克牌，钻进被窝。我一听要算数，心里有些打怵。我一直讨厌数学，在我的大脑中，所有的概念和公式都是混淆不清的。我从来都没弄清过分和亩的换算关系。我磨磨蹭蹭扯下一页纸，拿着笔等我爹说数。我爹用手指甲使劲抠着脚后跟，嘴一咧一咧的——这是他多年的习惯，因为这，我妈没少挖苦他：你的手就不能离开脚后跟儿？我爹就回应一句：扯他妈蛋，我抠我的脚，碍他妈谁啥事儿了？同往常一样，他抠着后脚跟儿，对我说："后晌，村里重新分了地，西大川那道趟子，一口人七分二，咱家五口人，你算算分几亩。"我算了半天，最后稀里糊涂地报出一个数来。我爹正卷烟，听了我的话很不高兴，问："你这是咋算的？"

我吭哧了半天，说："我设了一个——x"

"什么？"

"爱克斯。"

我爹卷烟的手顿时停下来，气势汹汹地说："你咋没设马克思呀？"接着，就开始了惯常的那一套，"你说，这些年，你把那么多墨水都喝到哪儿去了？啊？连几亩地也算不出来，还念什么书？甭去了！明天甭去了！"

这是我最怕听到的一句话，可也是我听到的最多的话。这些年，只要我做的事稍微不合他的意，他就气急败坏地不许我再去念书，有一次还把我的书包锁在柜子里。我妈从枕头上抬起头心疼地看我一眼，不耐烦地冲我爹说："她没学那些东西，能给你算出来？"

"她没学，你学啦？你算！"我爹顿时火冒三丈，一脚把枕头踹到地下。我妈不甘示弱，大声说："你输了钱回来拿我们出气？"

我爹的骂声就起来了。

夜里，我不停地做梦，都是梦见我找不到书包了。几次醒来，再入睡，接着做同样的梦。最后一次，终于看见了我的书包，挂在老哈河对岸的那棵老榆树上。老榆树细窄的树叶被一阵微风拂动，在阳光一闪一闪的间隙里，我的紫花书包若隐若现，就挂在最高的枝丫上。我脱掉底上已经磨出洞的鞋子，挽起裤腿，向对岸蹚过去。蹚着蹚着，我就漂了起来。不知什么时候，紫花书包已经背在我的肩上。我听凭河水带着我冲过丛林和山谷，一路颠簸向前。

2

老哈河绕村而过后，就向着更开阔的大厂方向奔流。冬天，不下雪的日子，我们从老哈河上滑冰去学校，十多里的路程仿佛缩短了许多。那天河面有雪，我们只好走土路。

玉兰和凤霞已在村口等我们。路上还没有人走。春燕在前面开道，我们循着她的脚窝跟在后面。雪不时钻进鞋里，脚脖子一阵冰冷，渐渐地就木了。先前，脚趾头还像针在扎，后来也没了反应，动一下脚趾，心里别提有多别扭。我们走着，说的都是丧气话，和上学第一天的心情极不相符。

我爹对我还算好呢。三丫儿更倒霉。去年，我爹就不让她念了。一个丫头片子，念那么多书有啥用？我爹谁也不瞅，蹲在炕头，双手捧着粗瓷大碗，哧溜——喝一口水，一副无所谓的表情。这是他一贯的观点。对我念书，他还能容忍的主要原因是那张旗里的奖状。这样的奖状，整个大厂公社只我一个人有。我拿着奖状回家的那个下午，设在我家的牌局正热火朝天。一进屋，满屋的旱烟味就径直冲我的肺管灌进来。我不住地咳嗽，看见一圈人挤在我家土炕上。我爹靠窗台坐着，手里抓一把牌，嘴里叼一根很粗的旱烟卷，以至于他说话时必须歪着嘴：快点！到底吃不吃？他眯着眼，样子滑稽。拥在炕沿边的几个人，都冲着桌子伸长脖子，目光兴奋而期待。有人还时不时指点几句，引得炕上的一个秃头胖子发出不满的抗议。

那天，"小先生"也在。"小先生"是我们老哈河的秀才，过年时每家的对联都他写，红白喜事，他是万万不能缺的人物。我奶奶死时，所有的"文告"都是他写的。黄纸黑字，古文多，白话少，没人看得懂。我疑心那是鬼话。那天，他把我的奖状拿过去，细细看了一会儿，立刻伸出大拇指："二丫儿真有本事！"又转脸对满屋人说，"这丫儿将来准保有出息！"

屋里的人一个个传看我的奖状，念过书的，没念过书的，都赞赏我。轮到我爹了。他依然叼着烟，半眯缝着眼睛，煞有介事地在奖状上盯了半天，好像他识字。我等他说点什么，谁知他抬手向后一挥，那张奖状就落在了他身后的炕上，无声无息。随后，我爹眼神夸张地盯着桌子上的牌，小心翼翼地抓起一张，一路把牌拖到跟前，好像拖着千斤重的东西。刚才还对我赞不绝口的那些声音，一下子消失了，所有人的注意力都跟着我爹去了，专注而渴望。我爹一脸神秘，偏偏不把牌翻过来，直到人们快要松懈的时候，他才突然发一声喊：起，带响声的！随即把牌一翻：牌面上是整齐鲜红的四道杠。我爹定定地看着手里的牌，满眼失望，然后放下，习惯地搔一把后脑勺，努力挤出一片比哭还难看的笑。别的人则释然地呼出一口气，仿佛躲过了一劫。土炕上，空气重新活跃起来。

从那天以后，尽管我每天早晨起来捡一筐牛粪的任务没变，可我爹的脸色好看多了。一次，他对几个邻村来的人说："我们二丫儿作文得全旗一等奖呢。"正好我进屋，他立刻停住，端起带豁儿的粗瓷碗喝了一口水，再喝一口。我迈进屋的脚又退了出来，心里充满了怨恨。在老哈河，我爹好吃懒做出了名，家里穷得叮当响，就算我考上高中，他拿什么供我？

直到同村的王玉柱和马小军从身边经过，我才闭了嘴。

3

说不上从什么时候开始，班里男生和女生不说话了，特别是到了大厂中学，彼此竟莫名其妙地成了仇家，要是在路上遇见，会绕着走，实在绕不开，就各自把脸转向一边。有一次，班里只有我们几个女生，马小军推门进来，抬头一看，脸"腾"地红了，返身往外走，站在门外的男生们起着哄往屋里挤他。马小军拼命抵抗，到底寡不敌众，被推进了屋。马小军踉跄几步，站稳后就恼了，红头涨脸地骂了一句娘，抡起拳头，朝离他最近的一个学生打去。俩人扭作一团。桌凳东倒西歪，乒乒乓乓响成一片。那个倒霉的男生被马小军打落了一颗门牙，右眼眶也一片瘀青。那次，马小军差点被开除。

表面上，男女生总是没来由地吵架，每次都气势汹汹。暗地里，我们女生起劲地唱《泉水叮咚》：……请你告诉我的心上人，不要想我也不要想家乡。只要他听到这泉水叮咚响，这就是我愿他时刻紧握手中枪……每唱到这几句，我们心里都有一种异样的感觉。那个年代，在老哈河，爱情和我们都是用来被遗忘的，没人过问我们，就连我们的母亲也不。她们要和男人们一样耪地、割麦、抬石头。总算熬到了农闲，可伺候完一家人的吃喝拉撒，应对完鸡鸭猪狗，母亲们依然有她们自己的活计。每个阳光普照的日子，她们互相招呼着，聚在不定是谁家的大门口，那门口一定是有棵柳树的——且又粗又壮，撑起一大片浓荫——一起纳鞋底，一边扯着家长里短，不时发出一阵笑声，还往往抬起头瞭望一眼。恰好过来一个男人，慢慢地在日头下走着，母亲们揣摩好辈数，就放肆地用话语挑逗他。大多时候，男人都不敢正面回应，只假装懦弱地呵呵几声，温顺地敷衍一句，低眉顺眼地走过去。偏偏有不信邪的，在阳光下停住，两腿一叉，大咧咧地笑着，亮开嗓门，接过女人们的话题。母亲们毫不含糊，当即就有几个放下手里的活计，一窝蜂似的冲上前去，七手八脚把那个男人放倒，再使劲往下扯他的裤子。

"让你知道知道老娘的厉害！"男人终于被脱了裤子，双手捂着裆求饶。母亲们就仰起脸，开心放荡地大笑，奶子一颠一颠的，在被汗泥浸渍的脏兮兮的背心里。

老哈河的母亲们都用这种方式来打发贫穷和劳苦。我们早已习惯了被她们忽视，要是偶尔被她们关注，竟然心里别扭。那次，我妈薅草回来，我正弯腰低头往灶里添柴火，感觉我妈在身边站了一瞬。待我直起身子，她已走进里屋。

"二丫儿，你来。"她说。

我跟进去，她拿出一张褐色毛糙的纸，卷了几下，递过来："垫在裤子里。把这条裤子换下来。用凉水，热水洗不掉。"

她努力表现得不在意，说话时也并不看我。我固执地不接她递过来的纸，倔强地站在那里和她对峙，满心没来由的屈辱让泪水滚滚而落："你不是不管我吗！"

"唉！"我妈叹了口气，把纸放在柜子上，转身出去了。

那天晚上，我用碱使劲搓裤子，然后再学我妈的样子，和一把黄土泥糊在上面。第二天，泥干了，搓掉，涂泥的地方颜色和别处不一样，外围还有一道曲里拐弯的紫痕。又一次，春燕还把经血弄到了凳子上，老老实实坐了一上午，等放学人都走光了，才敢站起来。就是从那时起，我们学会了用半尺花布把前胸勒得又紧又平。上体育课或课间跑步时，喘气十分费劲，像不小心摔在旱地上的鱼。

我们开始不知好歹，无端地和父母怄气。忧伤和烦恼很快席卷了我们，同时席卷我们的，还有那种叫爱情的东西。

4

我们几个，最先进入爱情的是玉兰。顺便交代一句，我们老哈河的人都说玉兰是一等一的美人。放学的路上，充满春天味道的暖风吹过树梢，呼啦啦地响彻安静的乡村大道。玉兰把象征爱情的纸条拿出来给我们看。她脸色煞白，仿佛到了世界末日。

纸条是马小军写的，只有两句话：

玉兰：我过两天就去当兵了，走前，咱们找时间说说话吧。我有很多话想对你说。

马小军

"就这么点儿？"春燕很失望，把纸条翻过来又看了看。
"咋办？"玉兰害怕地问。
"啥咋办不咋办的，约你就去呗。怕啥。"春燕毫不在乎。
玉兰不再说话，脸涨得通红，低下头，一只脚尖蹉跎着地下的碎石子。
玉兰终于去赴约，是在马小军入伍的前一天晚上。她的心怦怦跳，简直就是怀揣个小兔子。为了不被她妈撞见，她选择了跳墙，顺着老哈河的堤坝走。谁承想，玉兰刚拐下堤岸，就和一个人撞了个满怀。

"这黑灯瞎火的，走道也不看路！"竟是她妈的声音。

玉兰大吃一惊，看见她妈背着一个布口袋站在面前。黑暗把玉兰的惊慌包裹得严严实实："我爹让我来接你。"

"那死鬼，知道惦记人啦？"

玉兰赶紧接过口袋，背在自己身上，转身和她妈一前一后往回走。身后传来一声咳嗽，玉兰只当听不见。

大雁回来的时候，布谷鸟开始鸣叫，老哈河打着湍急的旋涡，尽情地释放着压抑了一冬的期待，我们的心愿也更加明了——走出大山，像老哈河，或者，像马小军。唉！马小军走后，我们再唱《泉水叮咚》更加情真意切，也更加向往外面的世界。我们再也不愿意像母亲们那样活着了——面对黄土背朝天，蓬头垢面，为了打发无聊的时光不知廉耻——我们得，可这没关系，只要有梦想，追求的脚步就再也无法停下来。就连老哈河水都日夜急急地往外奔流呢！

我们第一次公开谈论各自的理想。春燕说她将来要当独唱演员。凤霞的理想是当大夫，给她爹和弟弟治病。玉兰正要开口，我们就不约而同地制止了她，几乎是异口同声："将来你就去随军了。"我们对部队的生活并不了解，可我们居然像谈论自己家里的事情一样，胸有成竹。轮到我时，春燕抢了过去："二丫儿作文写得好，以后就当作家吧！"

暖融融的春风从老哈河上游的草滩吹来，固执地吻着我的脸，可却唤不醒我对这里的爱恋，哪怕一丁点儿。我不知自己能不能当个作家，但我发誓：将来一定离开老哈河。话刚一说完，我的眼里就涌满了泪水。所有和我妈一起薅草的日子也都从记忆中跳出来。因为薅草，我的十个手指头都肿胀了，以及我的腿。我蹲不住，就一下一下往前爬。山野的热风把我裹得严严实实，夹杂着蒿草的气息。日头毒毒的，脸晒得发痒，每吸一口气都烫嗓子。我多想跑到老哈河，一头扎进去，那该多舒坦！我想着老哈河的激流，一边使劲往地里抠。抠出一把潮乎乎的土，再往脸上捂。我妈回头看了一眼，什么也没说，又继续转过头，一双手在田垄间利落地忙乎。过一会儿，她再回过头，说："水在地头，你去喝点，也歇一会儿。"

我抬起头。不远处，凤霞也在薅草，像我妈那样蹲着。我望她时，她正抬起胳膊擦汗。望不到头的谷地上，零零散散地蹲着几个人，都以蜗牛的速度向前移动着。不，比蜗牛还慢。我的一生就注定消磨在这里了？日复一日，年复一年，无穷无尽，直至老死？我想。我的心里充满悲哀和绝望，任凭泪泉涌流，像线一样不断下落的泪珠悄无声息地掉在垄沟里,有的打在谷苗的叶片上,令叶片微微颤动。我最伟大的想法就在那一刻坚定起来:把生命消耗在田垄里毫无意义,不管怎样,我都要离开老哈河。青春年少的我天真地认为,只要离开老哈河,我的世界就会遍野芬芳。

5

几场春雨过后,树叶油绿。老哈河水从山谷里奔出来,欢快地冲刷着河底的石子。河边,空气整日湿乎乎的。北坡的杏树舒张开身子,将所有的蓓蕾都炫耀地摆在枝头,耐心地等待着一场和风、一阵细雨,然后释放出霞光般的灿烂。

马小军的信来了。

我们坐在杏树林里的石头上,春燕让我念。我接过玉兰递过来的信,手竟然有点哆嗦。

"你激动什么呀?又不是给你写的!"春燕乐得前仰后合。

马小军的信写了满满三页。开头称呼玉兰同学,接着是你好,然后是一系列的问句:近来身体好吧?学习紧张吧?生活愉快吧?等等。"嘻嘻——"春燕笑出了声:"这开头,咋和咱语文老师讲的范文似的?"我们跟着笑了一会儿,玉兰羞得不敢抬头。

问候结束,马小军开始用密密匝匝的文字介绍部队的情况。几点起床,每顿饭吃什么,每天干什么。中间还写了几个有趣的事。信快结尾时,他告诉玉兰,前一天,部队首长来看新兵,带着一个摄影师,每个新兵都站在军营门口照了相。下星期洗出来他就给玉兰寄,希望玉兰也给他寄一张照片。

马小军的信通篇没有一个"爱"字,可爱情的气息还是扑面而来。他只写给玉兰,而没写给我们任何人,并且吃喝拉撒睡交代得那么详细,落款写着"小军",而不是"马小军",还让玉兰给他寄照片,这不是爱情是什么!

我读完信,她们又拿过去聚在一起研究。研究来研究去,好像我遗漏了内容,又好像马小军的字里行间隐藏着什么"计划"或者"阴谋",其实,马小军的信里倒是隐藏着许多没藏住的错别字。

至此，我们确信无疑：部队的大门已经为玉兰敞开！这也更加坚定了我们的雄心壮志：一定要走出去，离开老哈河。有部队的门为玉兰敞开，就一定会有别的门为我们敞开！

当时，老哈河还没拉上电，家家都点着煤油灯，只有过年或家里来了客人才用蜡烛。就是煤油灯，晚上用得时间长了，我妈也心疼，她常常就着月光给我们纳鞋底。好在她白天累得筋疲力尽，晚上常常头一挨枕头就起鼾声。我就偷偷点着灯看书。有时，她翻一下身，迷迷糊糊地说一句：灯快没油了。话语里有明显的心疼，但往往是我还没来得将灯熄灭，她香甜的鼾声又起了，煤油灯也就继续亮着。我爹一生都对纸牌着迷，通常后半夜才回家。要是凌晨回来，准会把三丫儿和我叫醒，然后盘起腿，端坐在炕头上，美滋滋地翻开白布袜筒，并起两个手指头捏着。随后，三丫儿和我的面前就有了一堆皱巴巴的毛票。他很认真地分给我俩几张。

有一次，我爹凌晨才回来。那次，我们不是被他叫醒的，而是喊醒的。他的声音大得出奇："这是咋啦？啊？咋啦？"

我睡眼惺忪地看着他。他满脸愤怒，站在地中间，一手叉腰，一手点着被窝里的三丫儿和我："别看我，看你们自个儿！"咬牙切齿，一副气急败坏的样子。

三丫儿和我吓坏了，赶忙翻身爬起来，揉着眼睛，互相看。我的天！三丫儿的两个鼻孔黑熏熏的，那黑从鼻子里钻出来就扩散在上嘴唇边。在三丫儿的眼中，我看到了同样的惊讶。这是怎么了？睡意彻底消失了，我一下子坐起来。

我爹气势汹汹地扯下帽子，使劲摔在发黑的柜子上，骂声随之而起："小二丫儿，你个败家的玩意儿！我就说嘛，那瓶煤油咋耗得那么快！是不是你黑夜又点灯啦？啊？是不是？你个败家的玩意儿啊！"

6

我一大早挨了骂，心里很难受，到了学校才知道还有更难受的事。

那天，我们本来要去栽树，可到校后，却改成了开班会。班主任韩老师三十多岁，一张苦瓜脸从来挂不上笑容，像别人借她高粱还了糠麸——这句话是王玉柱说的。

韩老师走上讲台，先用那双小眼睛扫了一眼，才说："今天的劳动取消。开班会，整顿纪律。"她稍微停了停，一句话就从她嘴里蹦了出来，炸雷般，"咱们班个别女生不自重，和当兵的来往！"

我一惊，脸一下子就红了。

"必须把一切不健康的东西都扼杀在——"韩老师一顿，接着说，"萌芽状态！"语气非常坚决，却把"萌"字说成了"明"。后来，"明牙"成了我们班的典故。她接着又说了些什么我就听不进去了。

本来安静的教室突然骚动起来。同学们交头接耳，叽叽喳喳。玉兰就在我的右边，可我不敢转过头去看她，只是悄悄地把腿向她那边靠过去。玉兰的腿在抖。我的腿紧贴着她的腿。我希望紧靠在一起的两条腿能给玉兰一点坚持住的力量和勇气。

教室里的嗡嗡声好像很让韩老师过瘾，她也因此毫不顾忌地继续披露着事实："还寄来了照片。太不像话了！看看吧！"

我心里咯噔一下，但还是鼓足勇气，装作若无其事的样子，抬起头。韩老师手里拿着一封信，封口已被撕开。因为距离远，信封上字迹看不清，但我清楚地知道，那是谁给谁写来的。韩老师把信举了好大一会儿，开始了更令我惊悚的动作——从信封里往外抽信！她从容镇定，不慌不忙，而我的心就要蹦出来了！我看着她，有一种绝望。脉管里的血先还在流，现在仿佛凝固了。

韩老师终于抽出一张照片，自己先研究般端详着，歪了一下头，饶有兴味，再用一副大获全胜的眼神扫大家一遍，举起了拿照片的手。教室里死一般寂静，所有的目光都盯着韩老师。她的手还没举到一半，玉兰就铅块似的跌在了地上。大家像被捅了窝的马蜂，纷纷离开座位，涌向玉兰。春燕最先挤过来。我们共同抱起玉兰。她面条一样柔软，裤子湿漉漉的，地下一汪湿迹。

第二天，玉兰就不念了。

尽管我们对玉兰的事守口如瓶，可真相还是忽如一夜春风来，瞬间就从大厂传到了老哈河，从河北岸直刮到河南岸。那天夜里，全老哈河的人几乎都听见了玉兰她爹的叫骂声:"丢人现眼!"

夜风断断续续地传送着玉兰的哭声。老哈河的夜被她哭得昏昏沉沉,连月亮都不愿露面了。三丫儿和我从后山找羊回来,深一脚浅一脚地摸黑往家走。过桥时,我俩都从桥上掉了下来。正值倒春寒,河水刺骨。我俩湿淋淋地跑回家,坐在老屋的炕头,围着破棉被,哆哆嗦嗦地啃冷硬的玉米饼。玉兰悲切的哭声隐约传来,煤油灯半死不活地耗着,偶尔炸开一星半朵灯花。父亲倚在炕里剔牙,母亲不时揉着干涩的眼睛,给我们往裤子上缀补丁。

其实,人们哪里知道,更让老哈河丢人现眼的事还在后头呢。

7

早自习过后,韩老师站在台上,往上推了推眼镜,开始传达学校的通知,初三学生一律住校。我们是下午到学校去的。车上堆满了春燕、凤霞和我三个人的行李、书包、脸盆、炒面袋子。

上午,我刚收拾完东西,我爹又和我妈吵了起来,不知为啥。我厌烦透了,就跳墙去找春燕。春燕家锁着门,我就想去看看玉兰。刚过河,玉兰正好端着簸箕出来倒灰。看见我,就站在大门口等着。我很难受。听说他爹想把她嫁给那个来老哈河养蜂的四川人,如果四川人今年再来。

见到我,玉兰的泪就下来了:"二丫儿,你一定要好好念书。"还没等我说话,就听她爹粗着嗓子喊她。我抬头看,玉兰他爹披一件夹袄站在屋门口。

玉兰赶紧擦去眼泪:"你走吧。"说完,先转身走了。

我满心惆怅,不想回家。就算家里没有我爹的叫骂,也有永远干不完的零碎活儿在等我。只要我一看书,我妈就会说:"去,给鸭子添点食。"要不就是,"还不把猪送到小洼地?"说来也怪,她本来一直低头给我爹缝裤子,可是,只要我看书,她准会及时发现,好像浑身都长着眼睛。有时还很没好气地说:"一点眼色都没有!满眼的活儿就看不见?倒是干着这样想着那样啊!多大的人啦,还用指使?"

我妈说的满眼的活儿我一个也找不见。碗洗了,屋子收拾了,猪鸡喂了,还有什么活呢？我妈就随手挑一样指给我："这不是活吗？"尤其她从田里收工回来，端起我为她盛好的饭，就问我，这件事干了没有，那件事干了没有。中间夹杂着我爹的叫骂。他最常说的一句话就是："挑灶！挑灶！"因此，只要走出家门，我就不想回去。和玉兰分开后，我又去了凤霞家。凤霞正端土，准备和泥。

"大柱发烧呢。我抓了药，大夫让用铝锅熬，只好临时搭个灶台。"凤霞说。

"来，我帮你和。"我拿起铁锹，把那堆土弄成一个"凹"型。凤霞先往"凹"里倒水，然后再撒穰子，说是为了增加泥的黏度。我又慢又小心地用锹从"凹"的最里圈切着土，等水渗没了，凤霞再倒。这样做了几次，水兑得差不多了，再用铁锹铲着，上下翻动。

和好的泥要放一会儿才好用。我和凤霞先去门口搬石头。石头搬够了，就开始搭灶台。凤霞的娘死得早，父亲又是瘸子，弟弟大柱从小痴呆，家里的事都是凤霞做，垒灶台也难不倒她。她挽起袖子，掂量着，把石头都放平稳了，再用泥勾缝儿。临时灶台搭得方方正正，我们欣赏了好半天，凤霞才去找铝锅。铝锅许久不用了，找到后，先抓一把沙土放进去，使劲把锅里蹭了一遍又一遍。等把沙土倒掉，铝锅便发出了锃亮的光泽。凤霞舀一瓢水倒进去，我在灶膛里点着火。火苗携着浓烟蹿得比人还高。凤霞朝外边扭着脸，把铝锅放上去。等了一会儿，铝锅里发出嗞啦嗞啦的声音。玉兰再把铝锅拿下来，仔细洗几遍，才进屋拿出一包药，拆开，倒进锅里。

"大夫说这些药要添大半瓢水呢。"凤霞一边往锅里倒水，一边比量着。

火苗欢快地舔着灶膛四壁，湿气自由自在地蒸发。不一会儿，锅里汩汩地冒起了气泡，药味也随着四下弥漫。在苦涩的气味里，凤霞和我谈论着将要开始的住宿生活。我们都有些激动，好像要去多远的地方，又好像这一去永远都不再回来了。

"永远不回来才好呢！"我发着狠说。

我眼中的老哈河是寒碜的、死寂的，永远的煤油灯，永远日出而作、日落而息的垄上行，绝望而没有出路。我一年四季只有一身北京蓝外套。冬天，我用它套厚厚的棉裤；夏天，没有了厚厚的棉裤，我的双腿细了许多，那条裤子就显得阔阔的，甩来甩去。我把这一切都归罪于生在老哈河。凤霞的想法比我复杂。她一面渴望出去，渴望当个大夫，好给她爹和大柱治病，一面又对她爹和大柱有无尽的牵挂，又犯愁下雨淋湿了柴火，就抱了一些引火柴放在屋里。

"也背一些干牛粪放在屋里吧，万一下雨，他们忘了苫塑料布，粪堆湿透了，怎么办？"我说。凤霞马上响应，还连连夸我："真是点子多，怪不得作文写得那么好。"谁料想，这个点子竟成了我终身的悔恨。

我们卖力地背牛粪，都出了汗。直到外屋垒起了一个又高又方正的牛粪堆，我才回家。家里正吃午饭，我爹白我一眼，狠狠地咬一口玉米饼子："还知道回来吃饭？没玩儿饱？"

我不吭声，坐在炕边拿起筷子。我爹说什么，我都不在乎了。因为下午，我就要离开这个家，离开该死的老哈河了。

吃过午饭，我爹又抽了几袋烟，才摔摔打打、骂骂咧咧地把我的东西扔到车上。春燕的行李、炒面袋子和发黑的小木箱子，是在她大嫂指桑骂槐中搬到车上的。大柱发烧，凤霞走不了，只拉上了她的东西。春燕还夸了那个方正的牛粪堆，说去了给凤霞占地方。天阴下来，凤霞拿一块脏兮兮的塑料布，跑着追出来，扔在车上。刚出老哈河，雨就淅淅沥沥地下起来。春燕和我一人抓着塑料布的两个角，顶在头上。我爹先还不肯进来，后来，雨点密了，他才勉强往里靠了靠。细绵绵的春雨窸窸窣窣地打在塑料布上，拉车的老牛不紧不慢，老哈河就在旁边，不离不弃地陪伴着我们。它跋山涉水，终究会流向哪里呢？走出去的念头又一次撞击着我，那么强烈。对未知远方的无限向往，越过漫天雨帘，在一片清晰的朦胧中，无限铺开。

在宿舍占铺时，春燕说凤霞我们三个的铺位必须挨着。为此，我们和另两个住宿生吵了起来。她们说要去找老师。春燕说："找吧。找谁都不怕。"春燕学习好，谁都知道老师向着她。那两个人也知趣，最终没去找。春燕头也不抬地把别人的行李扯到一边，随手摊开了凤霞的，然后铺我的，最后铺她的。

那天晚上，我和春燕几乎都整夜没睡。不知是因为和别人吵架，还是第一次住宿的兴奋。隔一会儿，春燕就把手伸到我的被窝里，捅捅我，压低声音问："二丫儿，睡着了吗？"我用更低的声音回答："没有，睡不着！"

春燕悄悄地爬起身,看着窗外,说:"今晚的星星真多、真亮啊!"

"可不是嘛。"我也爬起来,和春燕一起悄悄地开始找自己的星星,给玉兰和凤霞也找了。我们还看见了流星,我爹管这种星星叫贼星。他曾煞有介事地说过,天上有贼星,那是要出不好的事。

8

早晨,学校食堂里挤满了人,乱哄哄的。春燕和我值班,负责给宿舍的二十八个住宿生打饭菜。我端着盛满小米饭的大盆子,站在门口等着打菜的春燕。突然,王玉柱大步流星地走过来,凭直觉,他是冲着我来的,我马上转过脸。有了玉兰的教训,我们和男生的交往更敏感也更谨慎了。王玉柱根本不在乎我的态度,在我身边停了下来。

"吕二丫儿!"他连着叫了两遍,我都没搭理他,直到他第三次叫出我的名字,我才假装吃惊地转过头。

王玉柱表情严肃,严肃得甚至有点古怪,好像要说什么,又说不出。旁边有人看我们,我正害臊,王玉柱说话了。他的话令我大吃一惊。

"你说啥?"我忘了男生女生的隔膜,甚至想过去使劲摇他的胳膊。

王玉柱张了张嘴,想再说一遍,可还没说出来,眼圈就红了。他像个小孩子一样抽抽搭搭地哭起来。我的胳膊和腿都突然软绵绵的,手里的大饭盆掉到地上,金黄的米粒满地飞溅。王玉柱说的那句话是:凤霞死了!

他又说了一些。我才知道,凤霞和我背进屋的干牛粪不知怎么落上了火星,半夜起了烟,凤霞和她的瘸子爹、痴呆弟弟都被熏死了。把干牛粪弄进屋里——这是我的点子!是我让凤霞把那些干牛粪背进屋的啊!

班主任带着春燕、王玉柱和我回到了老哈河。村子上空笼罩着巨大的悲恸,凤霞家的院子里站满了人,密密麻麻。每个人都满脸哀伤。我们撞开沉重的空气,挤进院子,眼前的景象惨不忍睹:三具尸体并排放在院子里,上面盖着白粗布。春燕和我立刻哭成一团,一向威严的班主任哭得连声音都变了。我们一哭,好多女人又都加入进来。

那个晚上，整个世界仿佛都随着凤霞去了，连狗也不叫一声。煤油灯无精打采地摇曳着，好像随时都会熄灭，我妈的声音听起来很遥远："是你爹第一个瞅见的。"她揉了揉红肿的眼睛，接着给我讲述，"你爹一大早去凤霞家，送你落在家里的语文书。刚走到大门口，就看见一股一股的烟从凤霞家的门缝往外冒。你爹觉得不对劲，紧走几步，去推门。门从里面闩着。他又走到窗下，一边敲窗户一边喊，还没动静。你爹说他心里咯噔一下，知道出事了，就赶紧出去叫人。人们砸开门，屋里全是烟，什么都看不见。你爹刚进屋就被绊倒了，一摸，是个人，抱起来就往外走，是大柱，人早没气儿了。旁的人也从屋里抬出了凤霞和她爹……"

我妈说不下去了，撩起前襟擦眼泪。外面传来一两声狗叫，乡村的夜晚昏沉暗淡。

"准是老瘸子抽着烟从外面回来，把火星弄到了粪堆上。"不知过了多久，我妈叹一口气，又说，"唉！这丫头！怎么往屋里背了那么多牛粪呢！"

我用被角使劲堵住嘴，怕自己哭出声。那晚后半夜，下雨了，也起风了。风呼呼刮得很响，似乎没有方向。雨的路线也不定，七零八落地打在窗棂上，发出噼里啪啦的响声。

9

五月转眼就来了。这是老哈河最舒心的季节，从空中到地上，都给人一种干净透明的感觉。温煦的风清爽地吹着，绿草延伸到了天尽头。花儿遍野，紫的苜蓿，红的山丹，白的芍药，还有车前子、蒲公英……都像比赛似的，摇摆着、颤动着，散发着浓香。天空显得更加高远。下过雨的午后，燕子剪起翅膀穿梭。老榆树枝繁叶茂，这一棵，那一棵，撑起片片的浓荫。老哈河似乎流得更欢快了，仿佛要去远方约会。

凤霞死后，春燕我俩和王玉柱的关系一下子拉近了。路上遇见，再不扭头躲避，偶尔还打个废话一样的招呼："刚走啊？""嗯，刚走。"填志愿时，我拿不定主意，王玉柱说："报卫校吧。将来当大夫多好！"王玉柱报了财校，春燕报了艺校。

星期一晚自习,本来是填志愿的日子,可恰恰没电。学生三三两两地回了宿舍,也有点着煤油灯在教室看书的。春燕情绪不好,我和春燕坐在教室前的花坛边,听她说家里的气人事。

事情发生在星期天。中午吃饭时,春燕说起了住校的一些开心事。她全没在意她大嫂怎样黑了脸色:"我就知道,啥去住宿了,分明是躲心静去啦。"春燕正在喝水,没吭声。她大嫂又说:"哼,有脸吗?一天到晚,总是想让别人养活。那敢情好,我还想找人养活呢。"春燕放下水碗,从鼻子里"哼"了一声,说:"出去找啊!"觉得不解气,又加了一句,"没人拦你,就怕你没那个能耐!"她大嫂的肺都气炸了,跺着脚开始骂养汉的,说:"柳春燕你有能耐,明天就找野汉子去。"一边骂,一边哭天叫地的,收拾东西要走,春燕妈拼死拼活拽着她,苦苦哀求:"你消消气,死春燕不懂事,看在妈的面子上,就别了。"

春燕大嫂死活不干。家里顿时乱成一锅粥。春燕爹勃然大怒,拿起一个大碗朝春燕抡去。一股鲜血顺着春燕的额头流下来。春燕一动不动,倔强地站在那里,任血一滴一滴地滴在前襟上。她爹更来气了,一边骂,一边撸胳膊挽袖子,还要打春燕。春燕她妈拼死抱住老头子的胳膊:"她爹,别打了。"春燕却嚷了起来:"让他打,让他打,打死才好呢!"

正闹着,春燕大哥春江回来了。见了自己的男人,春燕的大嫂哭得更凶,春江蹿过来,就要打春燕。春燕妈挡在中间,哭着说:"你们打死我好了!"一家人这才住了手。

晚风徐徐吹来,夜空神秘。星星不知人间忧患,眨着亮晶晶的眼睛。我陪着春燕叹气,正不知怎么劝她,王玉柱走过来,说要去他表哥家。

"文凯?"春燕问。

"是。"王玉柱老老实实地回答。

我们都认识文凯。他从小就会拉马头琴,后来去了乌兰牧骑,比我们大不了两岁。我们上小学时,他每年暑假都去王玉柱家,管我们叫小屁孩儿。文凯一来,小屁孩儿们就往王玉柱家跑。文凯拉着马头琴,让我们一个个唱歌。

我们每人唱完一首就退到后面，只有春燕唱时，才一首接一首。文凯说就春燕唱得好，很多时候，大人们也来听，也都夸春燕唱得好。上初中后，我们在老哈河就见过文凯一次。他留着像女孩子一样的长发，穿着白的确良衬衣，塑料凉鞋，干干净净的袜子。那是在村口的树林边，文凯正看着我们笑。我有些害臊，脸一红，就加快了脚步，瞄一眼春燕，她的脸也红了。走几步，我禁不住回头。文凯也正回头。

有一次，老哈河的几个女人在一起唠嗑儿，提起文凯，春燕大嫂马上说："那小子，眼睛贼亮贼亮的，一看就不是个好东西！"春燕暗中触我一下，扭过头，咬着我的耳朵，低声说："八成全世界只有她是好东西。"

"他放假啦？"春燕又问。

"是。"王玉柱再答，完了又说，"上次，他还问起了你们，听说柳春燕考艺校，他很高兴，说那才对。"

春燕无声地笑了一下，扭头问我："咱们去看文凯？"

"……"我拿不定主意说去还是不去。

"走吧走吧。"春燕就用胳膊撞我。

文凯的个子比原来高多了，眼睛也更黑，还长了胡须。他完全像个大人了，热情地欢迎我们，给我们倒水，哈哈地笑着，叫着我们的小名。文凯说了很多乌兰牧骑的事：他们的演出，男女队员搞对象，等等。我们听得心怦怦直跳，连眼睛也不知往哪放。看我们的窘迫样，文凯很开心，笑得肩都抖了，露出白灿灿的牙齿，随后，把一双黑眼睛转向春燕，说："过几天，乌兰牧骑要招考独唱演员。你考吧，肯定能考上。"

"我报艺校了。"春燕说。

"我知道。"文凯点点头，"可是，要是被乌兰牧骑录取了，也是铁饭碗，还去了就能挣钱，省得再花钱念书了。和艺校有什么不同吗？"

春燕点点头。

文凯真热心，立刻就给春燕选了要练的歌，还教春燕考试时怎么站，手放在哪儿。春燕先还羞答答的，很快就照着做了。

又过了几天，我们再去文凯家。春燕把练的歌唱给文凯听，文凯指点后，春燕再唱。唱着,唱着,他们就停下来,开始说话,说得很投缘。王玉柱和我偶尔加上几句,也只是个点缀,我们的声音融不进他们的话语里。那个晚上,我看见文凯的眼睛果然贼亮贼亮的。

后来有好几天,我们放了学就去文凯家,在他家做饭吃。到上晚自习时再匆匆跑回学校。文凯给春燕和我每人做了一盏灯。他把墨水瓶的塑料瓶盖丢掉,用铁皮裁个圆形,再把周围用钳子折回来,做个瓶盖,瓶盖中间穿个眼儿,用棉花搓个捻子,顺着眼儿穿过去。没电的晚上,我们就点着那盏小灯看书。

终于,文凯要走了。我们答应他走的前一天晚上去给他送行。可那天下午,还没放学,我就被语文老师叫到了办公室,让我帮他判卷子。可能是快毕业了,老师们都很忙。王玉柱也没去成。他是体育委员,得帮体育老师填同学们三年的体育成绩。就剩春燕自己了。春燕先说也不去了,可还没上晚自习,文凯就来找她了。

晚自习时,值周老师来点名。点到春燕,我按提前的约定替她撒谎:"病了。"

快下晚自习时,班主任竟然来了。真倒霉!她站在门口,威严地向教室扫了一眼,然后,慢慢走进来。我一下子就觉得她是来找我的。果然,她在我身边站住,用中指轻敲了两下桌子。我抬起头,她向我点一下头。我跟在她后面,走出教室。刚进办公室,她就说:"我想找你谈谈。"

"唰"地一下,我觉得血照直向脸上涌来,心突突直跳。莫非她知道了什么?班主任看我一眼,并不着急,拿起杯子开始喝水。一定是行踪露馅了。我听见自己的心"咚咚咚"地跳个没完,跳得我呼吸都困难。怎么办?我希望班主任快点开口。可她偏偏喝个没完,等了半天,她好歹说话了:"马上就要毕业了。"

我胡乱地点头,不知她为啥说这个。

"这些天,你们都在抓紧复习吗?"她又问。

我再次点头,努力掩饰着内心的慌乱。班主任意味深长地看我一眼,又问:"柳春燕呢?她怎么没来上晚自习?"

"她病了,在宿舍躺着呢。"我不结巴地说了谎话,估计这会儿春燕该回来了。老师没再说什么,盯了我一眼,就让我回教室了。

有两个人正在我的座位翻看试卷，我没好气地扯过来，因此扯撕了一页卷子，心里更乱，沸沸扬扬地翻涌着很多事，其中就有玉兰的事。如果班主任知道我们每天去文凯家，还在那里做饭吃，她会怎么处置我们呢？尤其今天晚上……我越想越害怕，在给卷面核分时，几次加错了分数。

回到宿舍，春燕竟然还没回来。宿舍的人闹哄哄地刷牙洗脚，同时交换着一天的见闻，没刷完牙的也呜哩哇啦地接上一句。脸盆的相撞声、倒水的哗哗声、笑声，不绝于耳。大家都无忧无虑，只有我急得像热锅上的蚂蚁。突然，有人从后面拍我一下。我扭过头：春燕！我所有的负担霎时间都卸了下来："我的姑奶奶！你总算回来啦！"

不知为什么，我觉得春燕的眼神与往常不大一样。我甚至都有点不认识她了，想再仔细看看她，可灯就在这时熄了。

躺在被窝里，我把班主任的话悄悄告诉了她。奇怪的是，春燕居然什么也没说，似乎没听见。半天，才从被窝里把手伸过来，紧紧地抓住了我的手。黑暗中，我突然发现，春燕的眼睛和文凯的眼睛一样，贼亮贼亮的。

10

夏天的到来，是老哈河上游的那片油菜花告诉人们的。黄灿灿的油菜花一摇，夏的气息就随着弥散。紧接着，养蜂人来了，在地头安营扎寨，摆出许多方方正正的小盒子，蜜蜂们嘤嘤嗡嗡地忙碌着。

毕业考试结束后，我们回家拿户口本。在油菜地头，看见了养蜂人的窝棚，然后看见养蜂人从窝棚里走出来。我们赶紧低下头。春燕小声问我："你说，玉兰她爹真会让玉兰和他结婚吗？"

"要是真让，那咋办？"

"要是我，我死活都不干。"春燕发着狠说。

回到家里，我听到的第一件事竟然就是这件事。是三丫儿说的，她的口气听上去好像玉兰订婚是一件很好玩的事。说那天她去帮着倒茶了，玉兰的眼睛肿得像桃子。我正吃一口饼，往下咽时噎了嗓子。

晚上,我和玉兰坐在老哈河岸。月光白亮亮地照着,河床里铺满碎石的老哈河,时而幽暗,时而明亮,"哗啦哗啦"的水声,夹杂着悠长的蛙鸣。玉兰哭完了,说:"我一天也不想在这地方呆了。我要走得远远的,越远越好。"我不知怎么劝她,两个人默默地坐着。黑暗释放着无穷无尽的忧伤,压迫得我们喘不过气来。远处,掩映在层层树木下的村子,黑黝黝的,死一样沉寂。

乌兰牧骑选演员来了。春燕以一首《唱支山歌给党听》进入决赛。复赛在旗里进行,时间定在七月五号。

春燕唱歌时,教我们音乐的杨老师也在场。杨老师出来就说,其实已经定下来了,春燕参加复赛只是走形式。原来,来招考的那两个人说,很多年没遇到这样的好苗子了。春燕去乌兰牧骑已经是板上钉钉的事。这以后,春燕对学习不像从前那么感兴趣了,有时上课还睡觉,老师叫醒她,不一会儿,她的头又磕到桌子上。

中考一天天逼近。很多人都熬夜备考,加上天气热,课堂上打瞌睡的人越来越多。春燕看起来比别人更疲倦,不但上课睡觉,平时也无精打采,还经常吐。吐完了,也吃不下饭,喝藿香正气水成了她的另一门功课。

在藿香正气水的味道中,"七一"如期而至。学校举办歌咏比赛,我们班选了春燕的独唱《唱支山歌给党听》。我们抬着凳子,排着队,走进操场。操场上,已经挤满了人,我们鱼贯而入。场内气氛很热烈,临时搭起的演出台边插着几面国旗,四周是彩旗,迎风舞着,猎猎地。拉二胡的在调弦,吹笛子的在试音。不时有人从台上跑过,抱着衣服、拿着凳子,从台上跑过,坐在台下的人就冲台上嗷嗷叫几声。我坐下后开始找春燕。春燕下午又吐了,喝了两瓶藿香正气水都不管事儿。我想:春燕一会儿在台上一张口,熏了藿香正气水的歌声是什么味道呢?

演出开始了。第一个节目是三句半,锣鼓很提神,每说完最后半句,场内都哄堂大笑。第二个节目就是春燕的独唱。

这么多年,我一直觉得,那晚的夜色,是我今生见过的最美的夜色。身边的人们看上去无比兴奋,不停地大声说话,可我好像什么都听不见。四周那么静。月光很好,天地之间显示出一种神秘的幽暗。飞虫们在舞台前面的灯泡周围飞来飞去。白天的热气已经散尽，凉风习习。花坛里，甬道上，刺梅的香气一阵浓似一阵。一时间，我觉得自己长了翅膀，正不知向哪里飞升，总之，好像离这个世界越来越远，心里是一种别样的感觉。我无法描绘。

如果不是报幕员报出春燕的名字，我根本不相信走上台的是她。她一出现在台上，我们初三·二班的那片领地就骚动了，每个人都用各自的方式告诉旁边的人：站在台上的柳春燕是我们班的。其他班的同学都伸长脖子，羡慕地朝我们这边望。也有人看不惯我们的嚣张，冲我们大吼。正乱哄哄地闹着，音乐起了，春燕嗓子一亮，雷鸣般的掌声顿时响起。

春燕唱完，有人大声喊：再来一个！更多的人就跟着一起喊：再来一个！再来一个！

春燕再上来，唱的是《妈妈的吻》。我出神地望着台上的春燕。杨老师给她化了妆，还给她借了一件白色连衣裙，领口和袖口镶着金边，一双白色塑料凉鞋，站在台上，亭亭玉立，仿佛她专门为舞台而生。我又欣慰又伤感。再有四天，春燕就走了。当初一起来的四个人，现在只剩下我了。操场静悄悄的，只有春燕的歌声在飘，还有夜的气息。大家目不转睛地望着台上的春燕，谁也不知道热泪怎样烫伤了我的眼睛。

春燕唱完《妈妈的吻》，就挤过人群，在一路羡慕的啧啧声中找到了我们班的位置。她挨着我坐下后，就说肚子疼。当时我没太在意，以为过一会儿会好。谁知她竟然疼出了汗，使劲抓着我的手说："二丫儿，我受不了了。"我赶忙拉起她，猫着腰到后面去找班主任。

班主任带我们去了医院。一起去的还有王玉柱和另外两名女生。值班大夫听我们汇报完情况，说可能是急性阑尾炎。我们把春燕抬到检查室的床上，大夫开始摁春燕的肚子，一边摁，一边问她疼不疼。春燕脸色苍白地肯定着，有时也否定着。渐渐地，大夫的脸色严肃起来，又摁了摁春燕的肚子，抬起头："是阑尾，不过……"他说得吞吞吐吐，转向我们班主任，"请你跟我来一下。"

班主任再出来时，神情慌乱。她结结巴巴地叫王玉柱借辆自行车，找上班长李强，马上去老哈河，通知春燕的家长来医院。然后又让我和另一个女生去操场找我们校长。

"快点,快点,都快点!"班主任说,同时,用一块兰花手绢擦着汗。我看见她的手在抖。

校长一到医院,班主任就带他匆匆进了值班室。值班室的门迅速关上。

春燕的大哥春江来时,我正在医院的大门外向老哈河方向张望。夜色如浓稠的墨,深沉难化,一切都那么压抑。同校长一样,春江到了以后,就被领进了值班室,值班室的门再次迅速关上。我们站在门外。里面先喊喊喳喳,后来就是死一般静。不知过了多久,突然传来春江的叫骂:"真是丢人现眼!你还有脸活着!"

我心里打了一个冷战,猛然想起了文凯那双贼亮贼亮的眼睛。

接下来的几天,全校学生都知道春燕怀孕了,还知道她爹打断了她的腿,闹到了乌兰牧骑。后来又有人说,文凯被乌兰牧骑开除了,被开除了的文凯去了哈尔滨。从那以后,我再也没看见过文凯。

两个星期后,我的初中生活结束了。我爹来接我,依然赶着那辆破旧的牛车,车辕、车厢、架杆,都磨得光滑锃亮。车厢底板断了几处,露出大小不一的窟窿。上面孤零零地放着一卷行李。我默默地坐在车上,突然有一种曲终人散的感觉。

11

回到老哈河,人们看我的眼光奇怪而陌生。有好事人拉住我说话,一开口就是春燕,又装出不知原委的样子,东打听,西打听,眼神诡秘。我很反感,后来就很少再和别人说话,遇见人,就远远地低着头绕过去。我爹说我越长越抽抽,家里来人,也没个话。他无比气愤地又把那句老话抬出来:"白喝了一肚子墨水。"

我想去看春燕,可爹不让。老哈河的大人都不让自家的孩子和春燕接触,好像春燕是瘟疫。太阳下山后,我站在大门口望着春燕家。等确信只剩她自己了,才偷着跳墙过去。我推开门,春燕在炕上躺着,没动。

"春燕!"我轻轻喊了一声。春燕抬起头,看见是我,坐起来,要下地。

我知道她的腿还没好，就拦着她，贴着炕边挨着她坐下。我想和她说点什么，可眼泪先扑簌簌落下来。她不哭，还安慰我，然后说，过些日子，她就走了。我问她去哪儿。她说："出去打工。"我一惊。那时，"打工"在老哈河还仅仅是个传说。我们挤扁了身子贴在村支书家的窗口看电视时，隐约听到过这个词，那可只是发生在南方的事，离我们很遥远。我心里难受死了，说："如果考不上，我就和你一起走。"春燕苦笑了一下："你肯定能考上。不像我，一条淤泥里的鱼，不挪地儿，只有死。你一切都会顺顺当当的，就像老哈河的水，没人能挡得住。"我摇摇头，眼泪稀里哗啦地落下来。

说也怪，从春燕家回来，我不但不再伤感，心里反而觉得很踏实。因为不管考上考不上，我都要离开这个地方了。到那天，我会大声说，老哈河啊，你这个兔子不拉屎的地方，我再也不会回来了！很多年后，当我艰难而顽强地生活在别人的城市时，老哈河竟成了我心中最柔软的部位。我夜以继日地想念它，想回去，尽管它依然死寂和贫穷。

接到卫校录取通知书的那天，我正和我妈、三丫儿一起割麦子。八月的午后，麦地闷热得让人喘不过气来。三丫儿、我努力跟在我妈后面。腰疼得好像要断，回头一看，才割了几丈远。朝前面一望，麦地没有尽头，这大一片地，啥时候才能割完啊！我绝望地想着，同时去看割在前面的我妈。她正用右胳膊夹住镰刀，弯腰薅起一把长得很高的麦子，再抬起左脚，将麦根朝下，冲着脚底使劲摔着，待麦根上的土纷纷落尽，再对半一分，两手利索地一拧，抬起左胳膊迅速一夹，一个麦捆爻子就打好了。她把爻子放到地上，直起腰，目光正好与我对接。她冲我大声说："你要是考上了，我一天也不用你干活！"

这些年，我妈一直都这样说，可每次下田依然大声冲我喊："二丫儿，走啦！"我妈当然希望我考上。在我们家族，我的姊子大娘头胎都生了儿子，只有我妈生了我大姐。更糟糕的是，接着，又生了我和三丫儿。在那个传统家族里，生不出儿子的她备受歧视。有一次家庭大战，我六叔就因此对她旁敲侧击。我妈突然拉过我，嘴唇颤抖着说："哼，我们二丫儿顶十个小子，等着吧，你们会眼热的，总有一天！"

我正想着这些，听见有人喊。抬头一看，是"小先生"。他正往这边走：

"二嫂,你家二丫儿考上卫校了!让去拿通知书呢。"我还没反应过来,三丫儿就扔下镰刀,跑到我身边,使劲抱住我,又蹦又跳。我们都仰着脸。八月的天空蓝得像一块水晶。老哈河的上空,水鸟欢快地自由穿梭。

王玉柱也考上了。我去学校拿通知书时,遇见了他。第一眼,我们就感觉到彼此都在回避对方,好像我们一张口就会谈到文凯或者春燕,因此我们只是慌乱地打个招呼,就走开了。匆忙的一瞥里,我看见王玉柱的一张脸晒成了古铜色。走到大厂供销社门口,从老哈河方向下来的班车正停在那儿。路过班车,我无意中抬头向车里望了一眼。

玉兰!我看见玉兰了!她正向外望,一脸茫然。我一愣,赶紧跑过去,踮起脚,一跳一跳地从外面敲着车窗的玻璃:"玉兰!玉兰!"

玉兰猛地站起身,费力挤过密密匝匝的人,打开窗子,可她刚拉开一个小缝,车就启动了。她从车上看着我,使劲招手。我一下子就明白是怎么回事了。因为我同时也看到了挤在车里的玉兰她爹、她叔和她家别的一些亲戚,特别是那个养蜂的四川人。我拼命挥手,追着车跑。班车在乡村土路上卷起一股烟尘。

一路上,我失魂落魄。在村东的麦地边,我遇见了去割地的春燕。她又黑又瘦,原来眼睛亮晶晶,现在一点神采都没有。我把刚才的一幕告诉了她,她的眼神更加黯淡。远远地,过来几个人,我们就拐进路边的麦地,穿过它,一直走到老哈河边。我们脱了鞋,坐在河边的石头上。春燕摩挲着我的通知书:"等你走了,我就走。"说完,红着眼圈儿,用镰刀头有一下没一下地在石头上磕着。我也忍不住了。清澈的老哈河荡着涟漪,将阳光打碎,再带着无数的碎光,流向春燕和我都不知道的远方。

12

临近开学的日子。我爹每天出去给我张罗学费,可每次回来都两手空空。那天,我们正在包饺子,他一句话也没说,就上了炕。我知道他又没借到钱。我爹上炕后,开始包饺子,包着包着,骂起了三丫儿,说她的皮擀得薄厚不匀。"就知道吃死食。"他说得咬牙切齿。

三丫儿抬起头，冲我做个鬼脸。这几天，她一直为我考上卫校高兴，再倒霉的事都不影响她的心情。我有些心酸，眼泪就涌了上来。煤油灯的光线昏沉暗淡。他们都低着头包饺子，我以为没人看见，就转过脸偷偷擦了一把眼泪。谁知，我的眼泪越流越涌，竟然扑簌簌地没个完。我不敢再去擦，怕我爹看见。可就在这时，突然响起一声吼，是我爹的声音，带着极大的愤怒："就知道哭丧！好像谁欠你似的！这是委屈的哪门子？啊？你说！"

我一惊，抬起头。我爹刚把馅儿放到饺子皮儿上，准备捏合，他猛然把手抬起来，筷子、饺子馅儿和饺子皮儿就都从他手里飞了出去，随后，他用脚使劲一踹，馅子盆就嗖地窜到了地下。

第二天，我爹像前几天一样，早早地就出去了，快天黑时才回来。我正在锅台边盛饭。他一进屋就向我走来，然后张开攥着的手。我不相信是真的，去看他的脸。他黢黑的脸上没有什么表情，只是眼神和往日不一样。我懂又不懂，鼻子一酸，赶紧移开目光。我爹手里，是一沓皱巴巴的十元、五元的票子。

那天晚上，要下雨。我从没见过那么黑的夜，睁着眼静静地躺着，一丝睡意都没有。在我爹如雷的鼾声中，我妈絮絮叨叨地嘱咐我，说来说去只有一个意思：长心眼儿，好好念书，将来吃一辈子皇粮。我真的要走了吗？像老哈河一样奔出山外？我反复问着自己。这多像是一场梦啊！泪水顺着我的脸颊无声欢畅地流在花格子枕头上。突然，我家的大公鹅嘎嘎地叫起来。

"是我，春江。二丫儿在家吗？"春江敲着窗户问。我妈说在。他说："春燕不见了，还以为她和二丫儿在一起呢。"又说，"问问二丫儿，今儿晌午，春燕来找过她吗？"

我坐起来，无边的黑暗包裹着我，也包裹着我的声音，我说没有。春江哦了一声。随后，我听见他离去的脚步声，还有气势汹汹的一句话："等找着非扒了她皮不可！"然后，一切都归于岑寂。

春燕就那样走了。三天后，我也离开了老哈河。

到学校不久，我接到了三丫儿的信。信中说春燕死了。三丫儿的字歪歪扭扭，我看得很费劲。关于春燕的那段，大意是这样：春燕家突然接到了从天津发来的电报，说春燕病危了。等春江昼夜兼程赶到天津，春燕躺在一个肮脏诊所的病床上。她紧紧抓住哥哥的手,眼眶里蓄满了泪水,断断续续地说了最后一句话:哥,我……要回家……

那个黄昏,我孤独地顺着马路走。城里女孩子七彩飘飘的裙裾在我身边如溪如流,不时有银铃般的笑声飘过,和路边的花香混在一起。

猎人与麦子

2013年获第十届内蒙古自治区文学创作"索龙嘎"奖

空特乐

古兰奇最初与麦子有一面之缘是在他幼年的时候,那是在定居的前两年,妈妈给他做了叫面片儿的饭。这种饭他是从来没吃过的,软软的,它不像狍子肉,烧着吃或者是煮了之后吃,但真好吃。妈妈说这是面,其实妈妈也不知道那个叫面的东西是面粉,面粉就是麦子。从此之后,古兰奇就知道这世上还有叫面的很好吃的饭,那时候古兰奇也不知道这就是粮食,鄂伦春人是食肉家族,生生世世在林子里狩猎,那时候能吃到的只有小米,就像鄂伦春赞达仁的里唱的那样:我想念小米了,也想念着你的心,我的好姑娘。就是那时候这个叫面的东西给他留下了很深的记忆。

希日特奇河缓缓地从山那边流过来,绕着林子绕着猎人们的心,希日特奇猎民村坐落在不太高的山坡上,猎民村并不像其他汉族村庄,却极有规律性。几十户人家,东边是柯特依尔氏族,西边是白依尔氏族。中间一条唯一的沙土公路,也叫街。这沙土公路又向两边延伸,西边直通向旗所在地阿里河,东边一直通向四方山,这样就出现了一个弓形,像鄂伦春人的鹿哨。秋日的午后,古兰奇从旗里开会回来,看见父亲索特和在院子斜仁柱旁边摆满了各式各样的已经很破旧的狍皮犴皮,这些昔日狩猎用的皮衣积年放在斜仁柱里边,被针叶林的林区气候侵蚀成了更加破旧的样子。父亲的猎狗库列则蹲在那一堆狍皮的中间眯着眼睛望着远处,仿佛在回忆着昔日狩猎的情景。父亲对古兰奇的到来只投以漠然的一瞥，并没有理睬儿子，索特和从昨晚风的气息里就嗅到了儿子会带来不好的消息，继续摆布着那些皮衣皮绳子。在父亲的眼界里只有林子和他的猎枪，昔日的斜仁柱及狍皮衣服只有父亲执着地守着。

吃过晚饭，古兰奇小心地对父亲说，不让打猎了。古兰奇说这句话时不敢看父亲的眼睛。

要我们猎民放下猎枪。

索特和直愣愣地看着儿子，半天没有说出话。

古兰奇把头低得深深的，此刻他是怀着出卖的心情，仿佛这一切是他让父亲放下猎枪似的。

索特和像是没有听清楚，眼睛里带着问号望着儿子。

明天乡里就公布了，古兰奇又小声地说。

你说话大声一点，怎么，你要把你说的话咽到肚子里吗？

索特和低沉的声音，像远处的雷声闷闷地把古兰奇吓了一跳。

古兰奇又把刚才的话重复了一遍，又说，不仅不让打猎了，还要把猎枪上缴。

这是真的吗？此刻索特和欲哭无泪地望着窗外的云朵被秋风吹来吹去，就像此时他的心境。

是真的，古兰奇又小声说。

过了几天之后，乡里开会公布了，不仅不让打猎，还要把猎枪上缴。

这下索特和相信了。

回到家，索特和气冲冲地对古兰奇说，没有了枪你让我怎么活，这一生我只会打猎啊！

古兰奇就怕父亲发火，父亲发起火来气性可大了，此时父亲大声地对儿子撒气，就像在斜仁柱里烧了干透了的松树枝噼里啪啦地四处跳着。枪上缴了，我们吃什么？还大声地说，枪我不能缴，你老弟还在外地上学呢，没有了枪我拿啥供他上学？捧根儿身体本来就很弱，他用钱的地方多着呢。

古兰奇说，那不是每一户都给几垧地吗？

索特和气呼呼地说，我的祖宗八辈子都没种过粮食，你种啊？

古兰奇一句话都没说出来。

乡长和书记走进索特和家时，正午的阳光也照了进来，同时索特和的神灵也从窗户的缝隙里蹿了进来，像一缕烟雾一样飘进了索特和凌乱的头发上，此刻他看上去像是跑累了的傻狍子。乡长和书记都是中年人，是受过教育的。他们很客气地说着无关紧要的话，比如身体好之类的，而索特和从乡长说话的口气里就已经嗅到他们的来意，这种气味是从乡长的大脑传过来的，之后是从他说话的声音传达的，这种气味是让他的目光黯淡的气味，这时各种嗅觉从他们的口中传出来就像索特和的母亲搓的狍皮筋线条一样，一条条的，在他的鼻子里不断地喧闹着。其中最有特点的气味时时扰乱着老人的神态让他心神不宁。乡长刚要开口说收猎枪的事，索特和用手示意他什么也不要说了……

就这样，索特和一直坐在炕头上不厌其烦地反过来倒过去地在烟袋里装烟又倒出来，像个喝了酒的半醒半醉的人。也许是烟的包皮脆了，卷好的烟爆裂开来，他又撕下一片烟叶，放在嘴里呵了好长的气，终于才把烟插进烟袋锅里，也不吸烟，又倒出来，一会儿又用纸卷烟，因先没卷好，那纸烟被火烧得爆裂开来，他便猛地甩了手中的纸烟，因为烟卷得没有粘上，烟丝散开来，撒得炕上都是，这样反复弄了一下午，一句话也不说，脸上也无表情。

乡长看到索特和这么舍不得猎枪，也很心痛，就像看到了自己的父亲，不知怎样好。

只有古兰奇理解父亲此时的心情，如果把父亲的猎枪收走了，等于把父亲的希望都收走了。古兰奇看出父亲的心里非常难受，看见父亲一生只触摸过猎枪和树木的手，那样烦躁地反复地抚摸着烟袋锅，仿佛有人要抢走他的烟袋，父亲的手像一片枯叶微微地抖着。

古兰奇小声地跟乡长说，能否缓一缓，让老人的心有个转变的过程。

乡长也就没说什么。

整个一个秋天，索特和在院子里把那些放在斜仁柱里的狍皮们搬来搬去。在秋日的阳光下，只有父亲和猎狗库列忙着。猎枪被收走了，从父亲眼中流露出的情绪里看，他的心灵里全是泥泞的小路，他之所以摆弄着这些已过时了的狍皮衣和皮绳子，就是在遵循着过去心灵的路程，因为那里没有泥泞的路，他的心中流动着清澈的河流，流水中闪烁着猎人们的身影。从父亲忧郁的眼睛里看，他像跑累了的老狍子，不知什么缘故流落到这儿了。

索特和神经质地每日摆弄着这些皮衣皮绳子。他第一次感受到狍子犴达汗这些动物们的归宿，而这些动物的归宿就在他的手里、在他的猎枪里，他以人特有的心境抚摸着他曾经穿过的皮衣、用过的皮绳子，他抚摸到了身为猎人的味道，他细细地摸着这些狍皮，并摸到了狍皮衣上他自己的体温，带着林子里风的味道和树木的味道还有他那个秋天猎到的犴达汗。他还很清楚地记得，当他猎到犴达汗时，没有一枪打中，等他跑步走到犴的跟前，犴惊恐的眼睛和它的前爪还在往空中挣扎着，索特和当时的心很慌乱，但他是猎人，打的猎物很多。可是那个犴总在他的眼前闪来闪去，像个幽魂。就在那个秋天，他儿子古兰奇出生了，就是因为那个犴达汗，索特和的老伴给儿子起名字叫古兰奇，古兰奇是犴达汗秋天的皮子的意思。

那是定居前，柯特依尔家族在诺敏河的北岸狩猎。这一年的冬天雪很厚，出猎都很困难，索特和的父亲说这样的大雪天连野猪都跑不动了，乌里楞里的猎人很久没有出猎了，家里已经没什么可吃的了，出猎就意味着全家人的口粮有了希望。天黑了，索特和的母亲做的饭汤中只有几片肉，家里几天都没有肉吃了。吃过饭，父亲在斜仁柱正中间的那一堆火塘里多加了些木柴烘烤着后背，直到把后背烤得通红。余火渐渐地熄灭了，变作一堆灰烬。父亲转进狍皮被子里面，屋子已经很暗了，他直了腰之后，就像大口地吃犴大腿一样把黑暗中的空气吸进肚子里，仿佛是冬眠了的黑熊。然后他慢慢地睁开了眼睛看着斜仁柱越往上越小的口，斜仁柱里漆黑一片，其他什么也看不见。没有了肉吃，一大家子人，老的老、小的小，这可怎么办？翻过来倒过去地怎么也睡不着，后来呢，他就干脆什么也不想了，就看着斜仁柱上面那小小的口向外一角不太大的天空，无奈又听林子里风的脚步还那么的硬，仿佛风是林子的骨头似的。直到他睡着了风的脚一直在林子里散步，风也像自己一样为了明日寻食彻夜未眠？

索特和跟着父亲去林子里找猎物，天出奇地冷，他和父亲走了一天也没看见猎物。雪原上白茫茫的，刺得索特和的眼睛一片白，白得让他害怕，林子里静得只有风的声音，像山神在吹着，这时候的风不会给你带来猎物的信息，你什么也闻不出来，除了林子和风以外就没有其他的生灵，林子里的动物们不知转到哪里去了。没有寻到猎物就意味着这一天的口粮没有了，索特和饿得慌就随手抓一把雪送到嘴中，像吃着肉干一样很有味道地嚼着，他的嘴里像真的散发着刚嚼完狍肉干的余香。不知不觉中，阳光飘落到树梢上，一闪一闪的，像爷爷说的某个神灵。

我们回去吧，这林子里除了雪什么也没有，这么厚的雪，狍子再傻也不会出来。

父亲说，咱们过了这条河，那边的林子里，也许傻瓜狍子在等着我们呢。

索特和不情愿地嘴里小声嘟哝着，雪太厚了。

父子俩在雪地里艰难地走着，过了冻结的河床后，父亲突然站住了，冲着林子那边吸了一下鼻子，神色有些异样地说，你闻到什么味了吗？

没有啊。这时候索特和的意识处在单一的白色中。

风阵阵地吹来，那种气味说不清是猎物的还是猎人的，总之风吹来的气味越来越近了。他们就顺着这个气味走下去，果然在林子边看到一个猎人躺在雪地上，雪地上一片厮打过的样子。走到跟前一看，索特和"啊"了一声，只见大爷乌热格的大腿受伤了，他左腿全是血，伤得不轻。大爷冻得话都说不出来了，他已经被冬季的风泡了很久。大爷指了指林子左边野猪的蹄印，父亲看着那蹄印，对索特和说，你背着你大爷先走，我去找野猪，它就在附近……傍晚时分，索特和背着大爷才到家。他刚进斜仁柱，大娘问，你背的什么啊，是冰块吗？因为大爷在他的后背上全身是雪霜，大娘没看清。过去在林子里生存的鄂伦春人冬季的饮水只能到冻结的河床上去取。索特和这时又冷又累，好不容易把乌热格大爷背回来了，大娘见到丈夫的腿血糊糊的，吓得瘫在地上起不来了。奶奶赶紧先用雪搓着乌热格的身子，这样大爷才渐渐地暖和过来也有知觉了。他左腿的伤奶奶用叫嘎黑毛的一种树的树皮包上，然后把树皮煮了，用汁水擦洗伤口，这样就不会发炎。这时，索特和的父亲也到家了，带回了那个伤了大爷的野猪。乌力楞里有肉吃了，尽管就一只野猪。这也是一大家子，三个乌力楞的大人孩子见到一头野猪，孩子们的眼泪"哗"地便溢出来，不停地滴在本来就很暗的火塘上，奶奶也不知怎么就"呜呜"地哭着，嘴里不知诉说些什么。

　　好不容易收住伤心的情绪后，妈妈去外面抱了一抱柴来，她舀了一桦树皮桶水倒进铁锅中，然后把父亲预先弄好的野猪肉放在锅里加了一些盐煮熟后，便一碗碗地递给弟妹们。"吃吧，"妈妈说，"索特和饿了一整天了。"索特和的确饿极了，这时却端着桦皮碗好久了也不肯埋下头去喝肉汤，妈妈明白了索特和的意思，自己也盛了半碗细肉汤，凑近嘴边就喝，妈妈喝肉汤时没有弄出响声，但索特和知道妈妈的碗里清汤寡水。这时，父亲与奶奶的泪水流了下来，滴进碗里面，但都埋下头去，连同泪水一齐把肉汤喝进肚里。那年的冬天真难熬啊……

　　索特和每天都把狍皮衣、皮绳子从斜仁柱里搬出来，到晚上又搬回去，在秋高气爽的日子里用桦树皮一样的手指抚摸着这些皮衣。在狍皮衣服上他的老婆绣了云卷图样，他摸着这些图样的纹理就像摸着老婆娇小的手指感受到老婆深深的爱一样。狍皮衣服上两边图案是表示神灵的，当他摸到这儿时想起了骑在猎马上飞奔在林子里沙沙的声音。他那时正追赶着狍子，当他猎到狍子之后狍子用哀求的眼睛看着他，现在想起来他的心都不由得隐隐作痛。猎狗库列对索特和的这种做法早已不耐烦了，它想着它的主人怎么会变得这么麻烦，一点儿都没有了昔日打猎时的那种勇敢。库列每日都显得无可奈何的样子，索特和正低头看着狃皮大哈，那是他母亲和姐姐给他娶亲时做的，狃皮大哈很旧很旧，都没有原来的颜色了。

　　那年柯特依尔家族搬迁到珠得利，这是一座山的名字，按现在的地图上说位置在大兴安岭的南坡上。珠得利这个地方即使是夏季也不是很美的地方，是非常怪异的地方，出了两件直到现在都解释不清的事情。这是索特和的萨满爷爷选中的，据爷爷说，这是一个有灵气又很静的山，为此每年的冬末他们都会来这儿扎营到春季来临。那是林子吐青的季节，风吹来了云朵的味道，真爽啊！春来了，风早已把云朵们羞涩的绿意吹来了。那年索特和才十岁，索特和只依稀记得事情的轮廓，他的姐姐和哥哥都去林子寻找猎马了，乌力楞里只有他一个人，突然不知从哪儿有人在叫他"索特和——索特和——"，非常亲切。那个时候他正在斜仁柱里躺着数斜仁柱用多少根桦树和多少张桦树皮搭成。正午的阳光照了过来，斜仁柱立刻变得比平常亮堂，叫他名字的声音也闪闪发亮。他赶紧起来看谁在叫他，找了半天也没见到人。他找了一根松枝紧紧地握在手中，又躺下继续数着没有数完的斜仁柱的桦皮，那个叫他名字的声音又出现了，"索特和——索特和——"发出了令人难以捉摸的音色。只有在林子里生活过的人才会有这样的声音，那是被森林的阳光长年照耀过的声音，沙哑低沉。索特和握着松枝的手都感到发烫了，他快速地跑出去寻找那个声音，怎么找也没找到。正在他茫然的时候，才发现叫他名字的声音是从地底下传来的，在斜仁柱左面的一角。这时太阳正向那个叫他名字的地方移动着，每叫一声，那个地底下松软的地方就突突的，有人在那里面呼吸似的，是那种厚重的呼吸。那个声音一显一隐地面对着他叫着，从那个叫他名字的声音里流露出非常急切的情绪，声音在传达着某种信息。索特和当时一点儿都没害怕，还很好奇地观看着正在眼皮底下发生的一切，根本就没有想到一场更大的灾难正在向他靠近。这时他突然发现从南面方向有火从天而降，直冲着乌力楞来，他还没反应过来是怎么回事，火已经来了，到他家了。突如其来的大火没有商量的意思，把索特和狍皮衣的后襟都燎了一下。乌力楞的前面有条河，索特和急速地跑进河里。过了许多年之后，索特和已经长大了，想起那场大火，他就后怕。索特和的父亲经常说起那场火，还有地底下出来的声音，说那是山神救了你，因为你是萨满的传承人，地底下出来声音说你快跑吧，跳进河里你就能安全。

　　夏季来临的时节，索特和的家族搬迁到珠得利河的对岸，夏日的阳光情不自禁走进你不假思索的心境，这种情境会把你带到很远很远的——夏天的风才能到达的地方，那是能把你的心托付的——风的境地。索特和的萨满爷爷曾经说过，别忘了把你的心放到风能到达的地方，在那里，你可以把心放开，让她像花朵一样盛开，你会看见你的心怎样与风在一起。你千万不要把你的心放在别处，如果把你的心放错了，神灵都找不到你的心了。一个没有心的人，怎么活在世界上呢？爷爷说这是他的神灵告诉他的，萨满的子孙，最重要的应该能看见自己的心怎样行走，在你一生的路途中，要走得像落叶松一样直，可别走得像柞树，这样你才能看见生命倾诉的样子，当你的心想哭泣的时候，你就让它哭泣吧，你的骨髓会倾听，那时候你就会懂得，身体为什么会流泪。

夏天的傍晚，林子里蚊子很多，猎马都受不了，到了晚上用干草或碎木柴点上一堆火熏蚊子，这些都是女人们干的活儿，一般熏蚊子都熏到天快黑的时候才算结束。大姐奇合列和二姐熏完蚊子回家。夏天，林子很潮湿，说话的声音都是潮湿的，她们快走到家的那条小路上有一棵很老的桦树，就在那棵树后面，有声音在小声地叫着奇合列。奇合列和二姐没在意，因为一晚上蚊子嗡嗡的，她们俩的耳膜这个时候有些麻木了，那个声音还在叫着奇合列，一声比一声大，声音越来越清晰，就在那棵老桦树后面。这时奇合列和二姐站下仔细地听，谁在叫呢？奇合列，奇合列，这个叫奇合列的声音可熟悉了，但姐妹俩没听清是谁的声音。二姐有些害怕了，叫奇合列的声音潮潮的，都能把她们俩淹没了。二姐吓得浑身发抖。奇合列好像没有什么感觉，对她来说好像是家里的人在叫她，没有害怕的样子，好像那棵树后面叫的不是奇合列，而是二姐似的。这时奇合列面色表情淡淡的，眼睛也淡淡的，淡得她好像不是活人，二姐更害怕了。第二天，天还没亮奇合列的婆婆急匆匆地来了，语无伦次地说奇合列走了，一边哭泣着一边说，昨天还好好的一个人怎么就走了呢？二姐在被子里都不大敢喘气，她想着昨天叫奇合列的声音，想着那个潮湿的声音就毛骨悚然。奇合列的婆婆说，她走的时候很安详，一点都没有痛苦或者说难受，就说了一句话，她说她到时候了，应该回家了。奇合列的婆婆反复就是这一句话。奇合列那年刚结婚几个月。索特和的母亲总是念念不忘地说着大姐，说着那个离奇的往事。那时家族在珠得利的南面，他们一个氏族的乌力楞只有四五家，在一个山坡上，离河不远的地方。夏天林子里的雾很美妙，也很轻，奇合列就出生在那个山坡上，她出生的傍晚雾格外厚，也很大，把乌力楞都盖住了，人在斜仁柱外看不清，虚虚幻幻的，说话的时候你只能听见声音但看不见人，你伸手抓一把就能握住很多，在你的手心那些雾像精灵一样跳跃着，把你手心弄得痒痒的，待你伸开手掌手心里什么都没有，但是伸开手的一瞬间能看见一股淡淡的烟雾，细细的，像一条线打着旋儿随风飘走了。母亲说那个细细的旋儿，就是雕刻在桦皮盒上的云卷纹⋯⋯

春天，干爽的风，悄悄地吹绿了天空的云，所有的一切幽幽微微的浮云承接着属于猎人真正的春天。当阳光照在大地上，那是另一种生命的声音，是给猎人希望的声音，还有颜色和空气。人们就这样生生死死地呼吸着阳光的气息，即使阳光被云朵挡住了，在云朵的缝隙里仍然有阳光的呼吸声。

春风吹绿了的猎民村，旗政府给猎民分了地，也给了些补助。索特和家的地在离托扎敏乡几十里之外的一个山坡上，猎民队给父亲还有两个儿子，分了几十垧地。索特和没有去两个儿子的麦点，他和老伴儿还有小儿子在猎民村住着。古兰奇还特意请了风水先生看了，之后古兰奇高兴地对父亲说，给咱家的地是风水宝地，猎民队给我们家选的地也好。

在一个不太高的山坡上，后面是高高的一座山，前面是希日特奇河淙淙地流淌着。这是个风景宜人的小山坡，到处都是柞木和白桦树，还有满山的棒子树。走下山坡就到了对面的希日特奇河，这林地有很大的空地，就是索特和家的地，土质很好，四周是柞树小白桦，还有只有在林子里生长的高高的衰蒿杂草。古兰奇请来了泥瓦匠，很快地把屋架支起来了。土木结构的屋架，儿子们在这里盖小泥屋，很郑重其事地盖了起来。古兰奇很快就盖好了土木结构抹着黑泥的房子了。这时索特和的儿子们很荣耀。其实儿子们的理想，不仅仅是竖起屋架，儿子们要竖起更高结构的生活，这也许是人生的最高结构。很快，索特和的儿子们住进了自己盖的房屋里，古兰奇的媳妇是个很精明的人，什么都是精打细算的，她有一个厚厚的本子记账，里面记了很多支出。另外盖起了车库、猪圈等，都是用盖房子剩余下来的材料盖的。古兰奇还买了手扶拖拉机，索特和不会叫它的真实名字，就叫它"蹦地蹦"。他说这个"蹦地蹦"时，那汉语说得很标准而且音色也很美。

古兰奇是一个地地道道的猎民，他从来都没有种过地，但从他的神态中看出来他和弟弟很有成就感，当然种地也有风险和艰辛。从此，古兰奇和他的弟弟爱上了这个亲手盖的小泥屋。第一年种了黄豆，赔了，一点收获都没有。古兰奇和弟弟很失望。尤其是古兰奇，有生以来从来都没有感到过寂寞，也没有感到过沮丧或郁闷，这时他真的感到寂寞了，放下猎枪之后，他感到心态上的失落，这种寂寞时常来压迫他。猎民祖辈都没种过地啊，他们自古以来没有动土的习惯。在鄂伦春人的观念里，大地是供人们步行的，或者说是骑上猎马走在大地上。他们从来没听说过，这个大地还能种叫面粉的粮食。也没有对土地挖掘的习俗，他们只会用一段柞木制作一个楔子，或者用桦树皮制作桦皮桶等。也许还没有挖掘他们另一方面的潜力，但一旦被唤醒，就一定能上升。过去的游猎中，在那样的生存状态下，猎民的日常生活就简单地除了吃肉加上点盐或者煮手扒肉蘸着盐吃外，没有什么吃法，那时候的猎民还能有什么呢？还能期望什么更多的食物呢？他们也会稍稍变换花样，也就是烤肉之类的，为了换换口味，并不是为了健康。然而他们猎获不到猎物，就会经常忍饥挨饿。他们不知道土地里还能种些什么吃，比如菜呀什么的。

索特和一直没去看儿子的麦地，他和老婆住在猎民村。他在家制作鹿哨，那弯弯曲曲的鹿哨像他一生走过的路，他十分看重这鹿哨。他的鹿哨与别人的不同。开春了，又一个顺着河流漂游的季节，他便认认真真地在腰带上插一把刀，到河边去，瞄准一棵胳膊般粗细的叫开拉顺的树，把它砍下来，将干上的刺和皮一一地剔下。索特和剔干和刺很讲究，既不把它削平，留得也不太长，且将皮剔去，剔得光亮光亮的，接下来趁着干皮湿润，把树皮剥下，又趁着干的湿度，把光裸裸的一根鹿哨，曲成弯状。这时候的树干本来就坚韧，他回家后烧一堆柴火，把鹿哨在火苗上细心地烤，直到它烤得白一处黑一处，直到曲成了很好看的鹿哨，这样索特和的鹿哨就做成了。做成后他就握了鹿哨走到外面，朝空中一吹。那悠远的仿佛是远古的声音传达出一种人与自然的和谐、宁静、近乎神秘的信息。鹿哨一旦吹起，不光使你激动、感动，更让你感到有种神秘的力量在左右着你。这大概是在天空中，四面都是山，还有那个远远地流淌着希日特奇河流的特定环境有关。这种原汁原味的鹿哨声，聆听后，会让人悟到另外一个生命存在……

儿子捧根儿刚刚从呼和浩特的技工学校毕业回来，分配到离猎民乡不远的一个小镇的畜牧站，索特和看到捧根儿终于分到工作了，高兴得嘴都合不上了。捧根儿对父亲不满地说，我学的专业是技工，怎么会分到畜牧站，我对畜牧一窍不通，真是莫名其妙，那个人事部门有没有搞错？索特和只知道高兴，根本就不理捧根儿，他对儿子很严厉地说，爸爸给你找了吃饭的地方，有什么不好啊。听着儿子，以后还娶媳妇呢，你还用你这个畜牧站的工作让你媳妇吃饭呢，这多好的事！别人想找都找不到你这样的工作，你这个孩子还不想去好好工作。

捧根儿理解父亲，他是纯纯的猎民，现在猎民刚刚放下猎枪，猎民都做起农民了，要改善生活，就像他的大哥二哥，他们全家都搬到麦点了，整日就知道麦子，就像父亲说的那样，他们一回来满屋子都是泥土的味道。父亲还不满地说，那个泥土味还挺香的呢。父亲不想让他做农民，父亲有父亲的理由。父亲说，捧根儿你不行，你就像林子里没有长开的松树营养不良，林子里的那些树木的养分年年都在减少，我老儿子的身体也跟林子里松树一样体内里的养分不足啊。父亲一直都在担心着捧根儿的身体，总是把儿子跟林子里的树木比较，林子里的树木缺少养分了，父亲以为自己的儿子也缺少养分了。捧根儿想的是另外的事，他特喜欢一个女歌手，他不知道女歌手的名字，只喜欢听那个声音。女歌手唱得也许不是很好，但声音好听，她可以把四处飘游的心寄存在音符里。捧根儿从小到大，感到他的心和肉体总是分离着，心始终没有着落的地儿，为此他特苦恼。这个困惑是从他六岁那年开始的，他跟着萨满爷爷出猎了，那时风把夏日最后的深绿渐渐地吹淡了，爷爷在林子里的一棵刻着白那查的桦树上，不知在寻找什么，不停地看啊看，还用手抚摸着那棵树。爷爷告诉捧根儿，他已经很久没有亲近他的神灵了，有的神灵都摸不到了。那天的风很大，爷爷摸着摸着整个身子就抖起来了，捧根儿听见爷爷的呼吸和飘浮的话语在空气中飘来飘去，神灵的话语在空中动着，恍如火苗，往空中飘去的像是捧根儿眸子中的影子。爷爷的话语来历不明也听不懂，那些话语试图要说出捧根儿的一生，突如其来的低声吟唱揉搓着他的耳膜，那些话语使他的心漫无边际地怒放。爷爷上演着永久的传唱，在那林地上，把他的灵魂掏出来，爷爷嘴里哼唱着，布日堪，布日堪，爷爷的头发就一条条丝线般纷扬，爷爷唱的这个神灵来自遥远的住着很多神灵的地方，林子的树叶被风吹得像传自神灵界的一阵雨声。爷爷一会儿唱着一会儿又挥着手，像是飞翔着的神灵。

索特和关心的只是他的林子，他的林子比他的生命都重要，天天去林子里转悠，回到家时脸总是阴阴的，好像谁欠了他什么似的，唉声叹气地对老伴说，林子被砍得四面漏风，我的牙齿也漏风了。每次去林子索特和总是这样。

捧根儿在小镇的畜牧站工作，周末回来。他工作的小镇其实就一条街，街道的中间是自由市区，也是这个小镇的商业街，镇政府就在道旁。在镇政府工作的年轻人不多，有两个家在外地，捧根儿在镇政府宿舍住宿，这儿的年轻人都不是很上进，他们谈论最多的话题是谁和哪个领导有亲属关系，这样可以早日提干等。刚从学校毕业的捧根儿，有些适应不了这种环境。畜牧站四个工作人员，一个站长，只有两个是畜牧学校毕业的。春天来临的时候，站长领着他们到各猎民乡去看一看，给猪牛马打疫苗，这是站长的强项，他是老畜牧了，捧根儿他们只有帮着摁倒猪或者马之类，听着猪马歇斯底里地叫喊，那种愤怒的叫喊真的让人受不了，这个声音会在捧根儿的耳朵里持续很久，怎么甩都甩不掉，然后会走进他的身体里，就像小时候在林子里爷爷唱的神灵的歌声。这会让捧根儿难过很久。为此他会时常请假回去。回到家父亲就跟他磨叨，跟你一般大的孩子们都有对象了，你也找对象吧，儿子，我在你这个年龄都做爸爸了。之后就调动大哥二哥张罗着给捧根儿找对象。在一年当中，捧根儿不知见了几个女孩子，自己也记不清了，他一个也没相中。父亲更加担忧了。其实捧根儿喜欢草地的蒙古族女孩。几年前，他在畜牧学校的同学结婚，他去了，他是第一次去草原，那是远近闻名的呼伦贝尔大草原，他见到了草原的蒙古族姑娘，他都看呆了，她们那么丰满那么美那么健康，捧根儿想着草原上的女人就像草地上的奶牛，是那种马上就有奶水溢出来的奶牛。他跟二哥说的时候，二哥气得大声地说，你要吃奶啊，让爸给你买一头奶牛行吧。捧根儿没吱声，默默地走出去了。

　　外面的阳光真好，春天来了，阳光好妩媚，就像草地上奶牛的奶香飘逸，走着走着捧根儿走到了希日特奇，心情的不快也被阳光晒没了，走进阳光里是不一样，心情也像阳光一样明媚，坐在河边想起了那个女歌手，他特喜欢走进那个歌的音符里，在那个音符里他就没有呼吸了，他的心也有着落了，这时候才是真实的捧根儿。很多时候捧根儿为此苦恼，记得第一次去呼和浩特上学，他不仅不适应那个城市也不适应那里的风，那里的风让他感到恐惧，他不明白呼和浩特的风为什么会那么大，犹如无数只狐狸的手爪子在撕裂着他的脸、手、身体，使他感到周身的骨骼都火辣辣地刺痛。所以他融不进城市人的路，因为他灵魂的头颅走进了更深更悠远的地方，在那个城市里风一扬手就能挥出一袋子的沙子，就像一道闪电的无数鞭子。而人的灵魂却在悄悄地消隐，比如，捧根儿身上时时掠过祖上隐秘的神灵，再比如，捧根儿情绪不佳时，他身上就会闻到荒草的味道，即使夏季也会闻到荒草的气味。捧根儿坐在河边，在他的影子里，一个老人闭目坐着，就像他此刻坐的姿态，他的心中落满了风的阴影，一条属于他祖辈的不该丧失的记忆，这个不该丧失的记忆时常来找他，他的心时时不安，让他真实的躯壳变得空空。为此，他只记得二十多年的一段时光中某个姿势，仅此而已。他听凭神灵的摆布，而这个神灵总是让他在一个城市中生活黯淡，却照耀了一只飞翔着的小鸟。而谁会料想他就是孤独的冥想者，他就是从林子里来的，不是一个人来到呼和浩特的，而是他身上的神灵也来了。

他梦见苍老的萨满爷爷抚摸着神灵的影像，爷爷的手里闪出老萨满跳神的咚咚的音节，而爷爷吟唱着的萨满歌是流淌在林子上空的水，水被太阳的哈气声弄得在他的头顶喧哗不已，这一次次的漫步也许是属于捧根儿的歌谣。

当林子里的蘑菇鲜活的时节，蘑菇上面滚动着晨露，纯洁得使人不忍去触碰它。每每望见纯洁透彻的露珠，就会想起猎人们，认认真真地做着土地的主人，这对一个猎民来说是很艰难的事情。开始猎人们向其他民族学着怎样种麦子和黄豆等，人家种了多少年了，祖祖辈辈都在种地，而猎民刚刚开始接近土地，对于古兰奇来说，这个土地是陌生的。

起初，猎民们都很好奇，在翻地后，间或是劳作歇了的时候，在地头忙农活的时候，说一些关于农活的很时髦的话，或点上一支香烟悠闲地吸着，只把一双双眼睛看那属于他们的土地，现在便也习惯了，猎民过上了真正庄稼人的日子，这庄稼人的日子也就渐渐地光亮起来。

古兰奇的媳妇是精打细算的，过日子是细水长流的，头一年多亏古兰奇的媳妇，她和弟媳妇都分工了。因为古兰奇的媳妇是汉族人，她养猪。说起养猪，索特和说啥也不让养，老婆说，养猪有什么不好？为了养猪老婆还跟索特和吵架了呢。索特和坚决不让养猪，说养什么都行。孩子们小的时候，索特和和老伴养过猪，别人家养的猪肥大而健壮，一窝又一窝地下小猪崽。索特和家的猪就不行，怎么喂都喂不好，从来都没有肥壮过，好不容易下了一窝小猪崽当天就全死掉了，索特和气得喝了好几天酒，迷糊了好几天，猎民村里的人跟索特和开玩笑说，你喝那么多酒是为你的猪们举行葬礼呢。从此之后，索特和发誓再也不养猪了。这回又不让你养，大媳妇养猪；二儿媳妇是达斡尔族，让她养鸡、鸭。古兰奇领着弟媳妇就这样辛辛苦苦地奋斗了一年。大儿媳妇把猪喂得肥肥壮壮的。又一个春天来了，猎民们种地的季节来临了，种地的准备工作迫在眉睫了。古兰奇从讷河请了一个种地专家，是汉族人，让他来指导他们种地，古兰奇用不太利索的汉语对种地的专家说，你教了我们种地，也就帮助了我们这个家庭。今年的黄豆和麦子丰收了，多少还赚了一些。儿子们学会了种地，也得到了种地的乐趣，尽管这让他们很累也很疲惫，他们还是找到了情趣。古兰奇从没想过种到地里的麦子还有黄豆会吃到自己的肚子里。那天古兰奇让老婆用刚磨好的面给他做了他最爱吃的面片，他坐在一边静静地看着老婆做面片，古兰奇就爱吃面片，可总是觉得没有他小时候母亲做的好吃，那时他母亲做的面片那才叫面片呢，他始终在想着这个问题，他的老婆还有他的弟媳妇都没有他母亲做的好吃。也许他母亲没有用面板，母亲用的是一张桦树皮当面板，是一张崭新的桦树皮改变了面片的味道，使面片有一种淡淡的野百合的清香。他闲暇的时候也想象过，这面粉是否和野百合一样呢，也许比野百合还美呢，他真是没想到他会和弟弟种这个叫面粉的很好吃的麦子。也许古兰奇的祖宗做梦都没想过他们的子孙们会在地里种这个叫面粉的很好吃的麦子，并以此为生。那土地里的麦子是他们未来的希望。古兰奇的麦点真的做大了，他也爱上了亲手建成的土木结构的房子，这个叫麦子和黄豆的物质让他更能精打细算且细水长流，古兰奇不再是一个纯粹的猎人，而是诚实地用黄豆和小麦养活自己和儿子们，他还找来很多本民族的孤儿，让他们有事可做，还帮助贫苦的孩子支付上大学的学费，黄豆和麦子让古兰奇拥有了更多的精打细算和思想。其实黄豆和麦子不仅仅是一个单纯的猎民的未来，更是属于儿子们的未来，这个生存方式的转变会把儿子们的脚步送上更远的远方……

古兰奇想起了他的爷爷，想起了那个悠远的对古兰奇的儿女们来说像个童话故事一样的鄂伦春人过去的生活，他的父亲是卡达里河海拉尔流域很有名的萨满。走惯了林子河流，把山视为生命的老萨满，或许是因为天性的因素，父亲十分地醉心于马蹄踩在松软的落叶上，祖祖辈辈都享受这美妙的原生态并一步一个脚印走过来，脚下的土地几乎全被茂盛的青草覆盖着，大朵大朵的白云堆积在林子上空，愈发衬托出森林的绿、山谷的青、树林的苍。血脉里习惯了这样的空间，既单纯又新鲜，就连呼吸都有了林子的气息、云的气息。这个世界上赖以谋生的手段有许多种，鄂伦春人曾经就是以这样一种谋生方式养活自己，并担当着家庭的责任。那时刚定居的时候，政府动员猎民下山，爷爷不愿意下山，他不愿意离开他的山神，那是鄂伦春人的灵魂，是他们的血脉。人怎么能把自己的灵魂说扔掉就扔掉呢，在林子里住习惯了，说什么也不肯下山。鄂伦春人走惯了林子和河流。河流与河流之间的距离看似很近，但河流总是绕来绕去的，过于曲折，要想走过一条河流，往往要走比林带直线距离多几倍甚至更远的路，鄂伦春人就是这样每天穿梭于河流与河流之间。老萨满此刻的心境就是这样的，在林子里无论是多么难走的河流和林子，对猎民来说没有过不去的，要让猎民下山，让他们离开林子，那太难为他们了，一下子让他们转变观念，对年轻人可以，但是对老年人，尤其是对老萨满来说很难——

　　记得那是一个夏日的午后，阳光灿烂地照耀着每一个将要下山住暖和土屋的鄂伦春人。古兰奇找不到爷爷了，整个乌力楞里找也没找到，把一家人急得，政府的领导也急坏了，已经两天没回来了，这时，古兰奇的奶奶说，他肯定在莫格吉山呢，那是你爷爷生命中的山。乌力楞里的人们都跟上去找爷爷，去寻找他们的萨满，爷爷果真在莫格吉山。还没走到莫格吉山就听见了，爷爷在吟唱萨满调儿，唱得那么悲壮，这时太阳快落山了，父亲索特和听着爷爷唱萨满唱得那么悲伤，等他们走到跟前时，爷爷还在唱，声音都湿透了，就像毛毛细雨淋湿了莫格吉山的一草一木，也淋湿了在场的每一个人。父亲跟着爷爷也哭了，真的，而且非常伤心，爷爷是在心里哭泣的，只有爷爷才能拧干那湿透了的声音，爷爷把这个想法告诉了站在身边的儿子。爷爷说，儿子你拧不干的，一个沧桑的而且是湿透了的声音任何人都拧不干的，那湿了的声音里有着很深的皱纹，会拉伤你的手，我的好儿子。当时的情景，把所有在场的人都惊呆了，萨满哭泣得像个泪人似的，老萨满在莫格吉山的四周，分别安放了鄂伦春人最重要的布日堪，也是属于萨满的神。索特和走到父亲的跟前说，我们回去吧。老萨满说，我祖辈都在这个山和林子里生存，从来都没离开过这个林子和山。我们离开了林子和山之后，这儿就不再属于我们鄂伦春人了，这个山，是我们的骨头，这个林子是我们的脊梁骨，这林子里所有的生灵包括林子里各种植物都是我们鄂伦春人身子里的全部。说着说着又哭泣了。老萨满说什么也不下山，老萨满冲着政府的人使劲大喊大叫着说，你们无论有什么样的好政策，怎么能让我们离开这个多少年来我们赖以生存的家呢？哭着哭着就晕过去了，之后老萨满病倒了，等病好了后，那时已住在政府给鄂伦春人盖的暖暖的屋子里。爷爷自从病了之后，越来越瘦弱了，在下山之后的土屋子里，每天只吃一点点的粮食，连话都懒得说，坐在土屋子里发呆，要么就是好奇地看着这个用泥土盖成的泥屋，还时不时地用鼻子使劲闻着泥土的味道。政府给他们拿来了那么多吃的，这里有一种叫糖的东西爷爷特别喜欢，那时候爷爷像孩子似的，他常常用这种叫糖的东西甜蜜着他的嘴唇，让他回味无穷。他的孩子们更爱吃，把小嘴吃得甜甜的，说话的语气也更加甜甜的了，原本是奶声奶气的声音，现在变得甜甜的又黏黏的，没有了那种吃肉的味道了。刚定居的时候，他们对什么都很新鲜好奇，没想到还有这种活法，有保暖的屋子住，吃饭还有那么多的花样，还有蔬菜之类的。时间长了，吃得好是好，只是没有在露天里烤肉那样被熏的味道，其他民族的这种生活习惯影响了爷爷的子孙们。

猎人自豪地做起了农民，尽管每年的收成都不一样。土地干旱了，雨水多了，这些也让当今的猎人感到烦恼。他们就会想起狩猎的日子，在林子里他们没有感到过沮丧或郁闷，寂寞也不来压迫，林子里的灵性陪伴着这个宁静健康的林子，不会让猎人在心态上失落。尽管这样，古兰奇在种地中还是找到了情趣，虽然种地很累很疲惫，但亲手种到地里的麦子黄豆吃到肚子里是那么甜美，为此，失落感会很快消失，让古兰奇很快又回到正常的情绪里去了。雨柔和地滴洒下来，麦子让古兰奇突然觉得受到了土地的恩赐和关爱，当然与森林不一样，与神灵与树木做伴是多么幸福。雨滴滴答答地下着，就像古兰奇最初种地时那样，滴滴答答地，一点一点地学着种地，心态上还羞羞答答的，一年年地，终于种出样子来了，古兰奇感到了麦子和黄豆的声音，还有它们生长时的景象，又感受到麦子和黄豆无尽的爱，这种地的氛围给了古兰奇那么多的希望，一棵棵黄豆，一棵棵麦子，在他的精心劳作中，它们成了他另类的朋友。

春末时节，索特和第一次来到儿子们的麦地边，在这儿住了好些天。他整天在麦地里转悠，看着那些黄豆怎样从地里长出来。有一天索特和不经意中看见，黄豆从地里面冒出来的时候，居然低着头，索特和想这真是不可思议。从那一天开始他天天去地里转悠，而且总是笑眯眯的，还慢声低吟地不知在嘴里说着什么。古兰奇也觉得父亲的行为与之前很是不一样，晚饭后，古兰奇对父亲说，今年又是好收成，麦子和黄豆都长得好极了。索特和乐呵呵地，有些不好意思地问，那个黄豆从地里长出来的时候是低着头啊，那么害羞啊。说完这话他嘿嘿地乐着。又说着，我所有的神灵都没有告诉过我，那个叫黄豆的从地里长出来的时候是低着头，而且还那么害羞，哈哈哈……索特和笑得脸都红了。

　　从那之后，索特和就愿意在麦地边住，在索特和的心灵深处，一种非常奇特的感觉弥漫开来，犹如早春红色的太阳刚出生时的呼吸声，在他的身体里跳跃着，一点一点地……他的眼泪不觉流淌下来。古兰奇看父亲这种莫名其妙的样子，很是奇怪。儿子们的麦地，一棵棵麦子、一棵棵黄豆，一阵阵风低低地吹着，麦子默默无语地具有一种神秘莫测的感染力，这里的劳动气氛，使索特和看到儿子们的另一番生存情境，这么美好，他失声地哭了起来，他的泪水告诉他，儿子们终于找到了真正的生产方式，而且找了这么漫长的路啊，也已经找到了儿子们梦寐以求的家园，融入了另一种生活芬芳气息里。渴望着另一种生命方式的儿子们，朝着希望的方向聚拢了，在未来一圈一圈永无止息的人生路上，这一群猎人，在一片越来越响的割麦子的声响中，还有那诗一般照耀着的阳光中，以花朵般的生存姿态生活着，这是儿子们生命中的亮点。

巴尔虎情感

选自《一匹蒙古马的感动》，2014年获第三届朵日纳文学奖

白雪林

斯布勒老人忽然意识到自己可能要死了，嗓子疼了一个多月，说话困难，脖子上有个拳头大的硬块，好像半年没见到雨水的土地。以前的脖子可不是这样的，虽然像公牛的脖子一样粗壮生硬，但是那种生硬是有弹性的。安格勒玛年轻的时候特别喜欢抚摸他的脖子，总说，瞧，这脖子，真漂亮，来劲儿，咱巴尔虎草原上绝对找不到第二个。每逢这时，斯布勒就会呵呵地笑着，把安格勒玛抱在怀里。安格勒玛柔柔的，像夏天的羔羊。

脖子怎么肿了呢？吃东西疼，说话费劲，斯布勒知道这绝对不是好征兆。父亲当年就是这么死的，开始是嗓子疼、脖子肿、说话沙哑，后来就说不了话、吃不了东西，大张着嘴喘气儿，气流很少，嗓子里嘶儿嘶儿地响，像那个扔在毡房后面不能用了的风箱。父亲死时很痛苦，人瘦得只剩一把骨头，脸色灰黑，吓人。不同的是，父亲死时才五十多岁，而自己已经七十多了，比父亲多活了二十多年。他想，这样的病是治不了的，假如进城去，大夫肯定会把脖子割开，取出点什么东西，或者放进去点什么东西，自己再回巴尔虎来，病歪歪地坚持几年，最后也得走。天底下的人最终都得走，无论是圣祖，还是普普通通草木一样的牧人，走是人的归宿。每逢想到这时，斯布勒就能升起一股豪情，死算个啥东西？蒙古人还怕死吗？再说自己已经七十三岁，活得不短了，人活久了，

对草原是个浪费，对家人是个累赘，白白消耗牛羊肉。人嘛，小的时候不懂事，活得怎么样，得看父母对你的关心照料程度，这个不算你活的本领。斯布勒认为，年轻时就要活蹦乱跳的，想干啥干啥，怎么舒服怎么活，等老了，比如自己现在已经七十多岁，就像一把草，黄了，干了，等待秋风和冬雪的降临。天气越来越冷，已经不是绿草肆意疯长的季节，其实死亡并不是生命的结束，而是完成了一个轮回，等待下一个轮回的开始，像草根静静地待在冻土里，等待春天的到来。这就是斯布勒的生命观。他是这么想的，也是这么做的，年轻时的斯布勒何等开心随意放纵啊，那时安格勒玛也生气，责怪他管不住自己，他就会面红耳赤地向安格勒玛道歉，请求她的原谅。可是第二天他又出去疯了，像草原上的一匹公马、一头公牛、一只公羊。实在没有办法，斯布勒只能是公的，因为他是个雄性动物，是个不曾被阉割的雄性动物。

如今七十三岁的斯布勒已经没有了当年的柔软、生猛和弹性，他毕竟老了，像把干透的草，水分已经不多，可以死掉。

人都是这样，嘴上说不怕死、今天就可以死，而实际上还是期盼着多活几天，大家都是这样，斯布勒也是这样。

让斯布勒有些害怕的是昨天晚上的梦境，昨天夜里熟睡之后，妻子安格勒玛走进了他的毡房。安格勒玛穿着华丽的蒙古长袍，头发上插着一朵鲜花，腰肢软绵绵的，她迈动脚步时，裙摆像荷叶一样飘逸。安格勒玛走过来，坐在他的怀里，摸着他脖子上的疙瘩说：老头子，你也累了，到那边去吧，我都给你安排好了。斯布勒意识到安格勒玛不怀好意，愤怒地把她推开，安格勒玛跌倒在地。斯布勒大声骂道：滚，少来纠缠我，我不会跟你走的。安格勒玛并没有发火，而是笑微微地说：不用发脾气，你肯定不想走，不过走不走，你自己说了不算，有人管着你呢。安格勒玛从地上爬起来，笑微微地走出毡房。安格勒玛的腰肢还是那么柔软，和十八岁时一样。

斯布勒后悔了，觉得不该这样粗鲁地对待安格勒玛，安格勒玛是不经常回来的。他急忙起身追出毡房外，毡房外不见了安格勒玛的身影。他大声喊安格勒玛的名字，也没有人回应。他已经把嗓子喊疼了，安格勒玛也没有回来……他把自己喊醒了，原来这是一场梦。

斯布勒梦醒之后,心情沉重,嗓子火辣辣地疼。他起身来到毡房外,外面月亮明晃晃的、蓝瓦瓦的,就在头顶上。几十步远外,牛群和羊群都在反刍,就是在倒嚼,咕噜噜沙沙沙地响着,那么有规律,那么有节奏,那么好听,这是斯布勒一生最喜欢的音乐,这是牛羊在夜晚里幸福激动地歌唱,就是为了听到这种歌声,他斯布勒辛苦了一辈子。

夜深了。

躺到松软的皮褥子上,斯布勒知道自己将不久人世,妻子安格勒玛已经死去十八年了,他们夫妇俩同岁,那时,安格勒玛才五十五。十八年来,虽然他日夜思念妻子,可是安格勒玛从来没有如此清醒地进入他的梦境,更没有在梦境中有过这样亲昵的举动。这样亲昵的举动好吗?不好,不是好的征兆,死去的人来叫你,那么你的阳寿就不多了。但是想到能和妻子团圆,他又觉得有几分慰藉。

他爱安格勒玛,安格勒玛可是巴尔虎草地上出了名的美女。他和安格勒玛是十八岁那年结婚的。几十年来,他一直为拥有安格勒玛这样美丽的妻子而骄傲,他能明显感觉到许多男人在嫉妒他,他不怕,这种嫉妒甚至让他产生了几分得意——一个不让别人嫉妒的男人,那一辈子肯定是太窝囊、太不值得一提,白白活了一次。

天亮之后,斯布勒赶着勒勒车到三十里地之外的根其高大夫那里看病,小孙子阿日德那愿意和爷爷在一起,斯布勒就带上了他。

果然,跟他预料的一样,根其高脸色沉重,摸了半天他的脖子,建议他到海拉尔或者哈尔滨把脖子上的疙瘩切下来。斯布勒当时就摇头反对,已经七十多岁的人,决不能让别人在自己的脖子上切一刀,自己全身的每一个部件都是爹妈给的,哪怕一个疙瘩也不能让别人取走。再说,动刀疼啊,他特别怕疼,虽然他知道动手术是打麻药的,可是麻药的劲儿过去之后,照样疼得要命,他决不受那份罪。他问根其高,吃草药不能把这些疙瘩化掉吗?根其高像得了转风病的羊,脑袋摇个不停。斯布勒瞧不起根其高,这个得了转风病的羊,还闭着眼睛摇脑袋,满嘴的酒气。什么东西,给人治不好病,那酒不白喝了?

斯布勒站起要走,大夫根其高一把揪住他的袍子:坐下,坐下,我给你抓药，抓药。

斯布勒不听大夫根其高的话，继续向外挣扎，袍子险些扯坏。大夫只好也站起来，猛地一推斯布勒：你这个家伙，咋回事儿？咋回事儿！不和你要钱，不要钱！

斯布勒气呼呼地说：不是钱的问题，不是钱的问题。

根其高命令他：坐下，坐下。

斯布勒只好重新坐下。

根其高也坐下。

根其高看了看斯布勒，长长地叹了一口气，从小方桌下拿出药袋子，啪嗒摔在方桌上。

斯布勒一动不动坐着，屏住呼吸，眼睛一眨不眨地看着根其高。

根其高从药袋里取出一沓黄纸，麻利地一张张摆开，摆了几十张，又用铜羹匙从皮药口袋里取药，满满地一铜羹匙，每个纸片上均匀地洒点，洒完，再到皮药袋里取，全洒完了，他就把那个小皮药口袋熟练地捆扎起来，再打开另一个小皮口袋。

根其高的动作极其干练，看得斯布勒有些发蒙。

斯布勒叹了一口气，揉揉眼睛。

从根其高那里回来的路上，他真想把根其高给他的几十包药都丢到河里，看着药包在水面上漂浮，漂出去很远，慢慢沉没。

坐在松软的河岸上，看着克鲁伦河曲曲弯弯地飘向远方，他很舒心。已经守护在克鲁伦河七十三年，值了。死就死呗，死算什么？没啥了不起的。不会有任何一个人万寿无疆，万寿无疆是天大的谎话。

看着阿日德那像小马驹在河岸上跑来跑去、蹦蹦跳跳的样子，斯布勒老人还是有几分伤感。阿日德那还这么小，他将来会是一个什么样的人呢？他会老老实实地守护在克鲁伦河边吗？斯布勒有几分忧虑和伤感。他产生了要让八岁的阿日德那学会自己身上的本领的想法，他想把自己七十年来所学到的东西传授给自己的孙子。斯布勒知道，自己身上所具有的是草地蒙古人的根本，自己的孙子当然必须是个纯纯粹粹的蒙古人。

勒勒车摇摇晃晃地走着,他坐在勒勒车车厢里,看孙子阿日德那赶车前行。往返六十里地,牛虽然不饿,却很累,慢腾腾地不愿意快走,阿日德那很调皮,他过上一阵子就要把手伸进牛的两条后腿中间乱摸,惹得那条黄色的独角犍牛疯跑一阵,阿日德那就坐在车辕上嘎嘎大笑。斯布勒也被感染了,他觉得阿日德那这小子就是好玩——男孩子就是男孩子,贪玩和使坏是男孩子的天性。独角犍牛的后腿间有个小鸡蛋大的肉疙瘩,是小时被阉割、切掉睾丸后留下的疤痕,这是犍牛一生最痛苦、最敏感的部位。虽然是孩子轻轻地抚摸和拿捏,可牛受不了,再累也得跑,牛一定回到了从前那次恐怖的时刻,那是公牛永远的疼痛……

刚进家里,儿媳妇奥登就跑过来,问老人的病咋样,大夫是咋说的。斯布勒低着头,没看儿媳妇,漫不经心地说:没事儿,大夫就知道吓唬人。

阿日德那告诉阿妈:大夫说了,爷爷该去做手术,把脖子拉开。

奥登听得瞪圆了眼睛,就急着要送老人去旗里看病。

斯布勒说:急什么呢?大夫给拿药了,先吃药看看。万一好了呢?为啥非得拉一刀呢?

奥登说:那咱们就先吃药看看,有病绝对不能耽误。如果大夫的药不管事儿,咱们就去旗里;旗里治不了,咱们就去市里;市里治不了,咱们就去哈尔滨;哈尔滨治不了,咱们就去北京,反正必须治好。

看着急得满脸通红的儿媳妇,斯布勒笑了,说:看把你吓得,没事儿的,我自己知道呢,别自己吓唬自己。我根本不是病人,啥都能干,身体好着呢。

奥登说:那也不行,反正你必须得吃药。

斯布勒就答应吃药,奥登马上把开水端过来,看着老人把一包药吃了下去。

斯布勒拍了拍自己的脖子:看看,没事儿的。

奥登说:这回额尔敦家的事咱不能答应了。

斯布勒就问:额尔敦家有什么事?

奥登张罗着给公公做面条吃,在羊排骨汤里煮面条味道是很鲜美的,公公和儿子阿日德那都喜欢吃这个。

奥登一边和面，一边告诉公公，邻居额尔敦的老婆苏德布来过，额尔敦家的羊群招狼了，想请斯布勒老人去帮助打狼。

斯布勒是巴尔虎草原上最出色的猎人，他枪法准，点子多，有他在，草原上就格外安宁。

从几十里外赶回来，斯布勒有些疲倦，坐在毡房里，喝了一阵奶茶，出了一身汗，再吃过儿媳妇做的面条，觉得轻松惬意，身上的骨节和汗毛孔好像都张开了，虽然嗓子那儿隐隐约约地疼，他仍然觉得身上别处很舒服。

吃完晚饭，斯布勒领着小孙子阿日德那到额尔敦家去串门。

奥登制止他，劝他别去额尔敦家。斯布勒告诉奥登，他现在在吃药，如果什么事都不做，会很难受的，打猎能治病呢，至少能调整心情。老人都这么说了，奥登还怎么劝阻呢？

草场承包之后，每家都分了五六千亩的草地，家家都住在自己的草场上，邻居们反倒住得远了。

额尔敦一家正在吃晚饭，炕桌上放了半盆手把肉，额尔敦啃得嘴巴子上油乎乎的，一看斯布勒领着孙子来了，额尔敦一家急忙起身让座，给斯布勒斟上了酒，给阿日德那递过去一根羊排骨。

斯布勒慢慢地品尝着酒，听额尔敦诉说着委屈，他不知道自己是怎么招惹了哪座山上的狼。巴尔虎这里草原上野生动物很多，像黄鼠和旱獭总在草原上跑来跑去，这些都是狼的美味，狼根本饿不着，因此，狼几乎很少伤害牧人的羊群。狼很聪明，知道羊群是那些两条腿动物的宝贝，惹谁都可以，最好少惹两条腿的动物，两条腿的动物太狠、太黑、太损、太聪明，那是天地之间的妖精，是魔鬼，是比狼还狠的狼。

问清了情况之后，斯布勒老人就有谱了，他知道那是两条罕山顶上的狼。那年打猎的时候，他曾经遇到过罕山顶上的狼，那时那两条狼还很小，刚刚开始独立生活。斯布勒于心不忍，不想把狼赶尽杀绝，都是性命，都有活下去的权利，为什么要把它们杀光呢？再说，它们还是草原上鼠类的天敌，没有了狼和狐狸这些动物，鼠类就会在草原上泛滥猖獗。鼠类多了，草场就会严重退化，鼠类在和牛羊争夺着青草，这点斯布勒非常明白。可是，这两条狼开始袭击羊群，这就是它们越过了定数，自取灭亡。世间的事情都有定数，谁越过这个定数，谁都会遭殃。

斯布勒老人答应额尔敦帮助除狼，额尔敦感激地给他敬酒，并且承诺，等他把狼打死后，要送给他两只羊。老人拒绝了。

饮下额尔敦敬的酒，嗓子那儿火辣辣地疼，嗓子眼儿好像变得特别地细，特别地小，酒不能顺畅地往下走。这是多么遗憾的事情，以后再也不能那么酣畅地喝酒了。酒是个多么好的东西啊！辣辣的，热热的，浓浓的，纯纯的，香香的，冲冲的，虽然是液体，却有那么大的力量，喝下去之后马上全身热血沸腾，脑袋膨胀开来，自己的身体好像慢慢变大。喝了酒之后，看见谁都是亲切可爱的。喝了酒之后，他就有那种想要唱歌的冲动，有那种想要挥手抬腿跳舞的冲动。当然，也经常有想把谁拥抱过来的冲动，酒开始捣乱了。假如没有酒，这个世界将会变得黯然失色。不过，他的生命已经不多了，有没有酒的陪伴虽然已经无所谓，但毕竟让他感觉到这是最大的遗憾，多少年以来，他曾经幻想过，等自己生命完结的时候，必须要大醉一场，然后再死，可是，看起来这种愿望实现不了了，人总是要有遗憾的，没办法，酒现在不痛痛快快地往下走，下不去了。

虽然只喝了一杯酒，斯布勒老人却有了那种醉醺醺的感觉，他摇摇晃晃地领着阿日德那回到自己的毡房。

早晨，斯布勒老人起得很早，阿日德那还在熟睡。这小家伙光着屁股，身上什么东西也没盖，睡得正香，小鸡鸡硬硬地撅着，还一颤一颤地抖呢。

斯布勒拍拍阿日德那的屁股，在他耳边说：阿日德那，起来，起来，跟爷爷打猎去。

阿日德那一下子坐了起来，他昨天晚上就知道爷爷要领他去打猎，他高兴地穿着衣服。

斯布勒认真地擦着那支长管砂枪。一般人打狼是不敢用砂枪的，砂枪的杀伤力有限，都用半自动步枪，狼那个东西狡猾，如果打不准，不能一枪毙命，猎人就会很危险。可斯布勒老人和别的猎人不一样，他的枪法非常棒，即使不能一枪把狼打死，他的猎刀也非常锋利，猎刀会置狼于死地，他有这个自信。

吃过早饭后，斯布勒领上阿日德那，带上那条猎狗阿乐嘎，骑上马就出发了。

奥登想让丈夫嘎日布跟着老人一起去，老人坚决不同意，他说：你们不能把我当成真的病人，如果那样我会痛苦的。

嘎日布觉得父亲说得对，就同意让父亲和阿日德那去。

斯布勒领着孙子不紧不慢地走，从这里到罕山才四十来里路，没必要把马赶得那么急。他甚至能容忍马儿偶尔偷啃一口蹄下的青草。斯布勒很可怜马，带着嚼子马是咽不下青草的，人这个东西很坏，干扰了马儿的生活。

走着走着，斯布勒老人忽然翻身下马，趴在那里，向前爬去。阿日德那也急忙下马，紧紧跟在爷爷身后。阿日德那小声问：爷爷，看见啥了？

斯布勒向前指了指，小声说：看见没有？这是一片向阳的小湾，离水还很近，是旱獭的理想住处。看见那边没有，那边发秃的一块草地，就是旱獭给弄得，它肯定有了一窝小崽，每天都领着小崽在那边玩，把草地都磨秃了。

阿日德那随着爷爷的手指向前面观望，这是一片漫圆形的草地，向东南微微倾斜，前面不远处就是弯弯曲曲的克鲁伦河。在这片草地中间，有一片草地被磨光了，那里显然有一个很大的旱獭洞。

爷孙俩趴了半天，阿日德那还抱着猎狗阿乐嘎，捂着它的嘴，不让它乱叫。可是等了半天，旱獭洞口也没有动静。

阿日德那捅了捅爷爷肩膀：爷爷，咱们打狼去吧，打旱獭没意思。

斯布勒转过头来：你不知道，即使现在赶过去，也打不着狼，还是把这窝旱獭收拾了吧。

阿日德那只能听从爷爷的安排。他眼睛盯着前面，忽然兴奋起来：爷爷，出来了，出来了，快打呀。

旱獭洞口里突然钻出一只大旱獭，肥肥胖胖的。

阿日德那再次催促爷爷：打，打，快打呀。

斯布勒盯着前面的旱獭，把砂枪伸出去，却不搂火儿。

阿日德那有些急了，他怕那旱獭子跑远，小声说，却包含了埋怨：爷爷，你咋了？没看见呐？

斯布勒制止孙子：你不知道，这是个母的，正带着一窝小仔儿呢，你现在把它打死了，那窝小仔不就都饿死了吗？

阿日德那说：咱们就是要打旱獭的，还想留着它？

斯布勒连连摇头：小东西，心可不能学得那么毒，什么东西都不能杀光，猎人更要爱惜生命。

阿日德那翻着眼睛：那你想打啥呀？

斯布勒：咱们要打打公的。悄悄地待着，别总说话。

阿日德那不再言语了，紧紧地抱住猎狗阿乐嘎，他更紧地掐住了猎狗阿乐嘎的嘴，不让猎狗阿乐嘎发出动静。

先出来的那只母旱獭在洞口几十步远外吃着草，它的小嘴儿很尖，牙齿很锋利，阿日德那能听见它吃草的沙沙声。又过了一会儿，果然，旱獭洞里又钻出一只更肥更大的旱獭。

阿日德那说：爷爷，这只是公的吧？

斯布勒瞄准着旱獭：对，这只是公的，公旱獭都很懒，它们总让母旱獭先出去，自己后出来。你这个懒东西，再也不用受累了，就好好地歇着吧。

斯布勒说着，扣动了扳机，嗵的一声，阿日德那看见砂枪里蹿出一条火光，把自己吓得一激灵，就看见那个公旱獭往起一跳，重重地摔在地上。

阿日德那大叫：打中了，打中了。

阿日德那想扑过去捡旱獭，却被爷爷摁住。

阿日德那奇怪地看着爷爷：咋不让我去啊？

斯布勒：等等，让母旱獭回去。

只见那只母旱獭一溜烟地往回跑，钻进洞去，没了踪影，草地上安静了。

斯布勒这才说：去吧，去把旱獭子捡来。

阿日德那松开猎狗阿乐嘎，猎狗阿乐嘎几步蹿过去，把公旱獭叼住，呜呜叫着。

阿日德那也高兴地跑过去，从狗嘴里取下旱獭，爱惜地抚摸着它光滑的皮毛。爷爷的枪法真准，把旱獭的脑袋打碎了，身上的皮毛却完好无损。

斯布勒也来到孙子身边，接过旱獭，用手掂了掂：这家伙真肥，完全是个大肉蛋，怕是有二十斤吧。

阿日德那高兴地看着爷爷：爷爷，你还打过比这更大的旱獭吗？

没有，这是我一辈子打过的最大的旱獭，这是你的福气，你第一次跟我出猎，就能打到这么大的东西，了不起，你将来肯定是个好猎人。

阿日德那高兴得摇头晃脑。

说完这句话，斯布勒觉得心里有点不得劲，这明明是在骗孙子，等孙子长大之后还会有猎人吗？草原上还会有什么动物吗？罕山上的这两条狼是不是巴尔虎最后的狼呢？

把旱獭在马身上系好，爷孙俩继续向前走，还是那么不紧不慢的速度。斯布勒告诉孙子，这个季节是猎杀旱獭的好时候，母旱獭快该发情了，这时候把公旱獭子结果掉，明年就少一窝旱獭。

阿日德那知道爷爷是打旱獭的能手，就问爷爷打旱獭的技巧。

斯布勒忽然笑了，他冲孙子神秘地眨着眼睛：阿日德那，你知道冬天怎么寻找旱獭子吗？

一句话把阿日德那问住了，这个八岁的小家伙不知道该如何在冬天的草原上寻找旱獭呢，他只知道旱獭这个东西是冬眠的，在白雪覆盖的草原上，怎么能找到旱獭呢？阿日德那急得有些抓耳挠腮。

斯布勒说：你知道，旱獭这个东西肉大油大，热量高，别看冬天它们躲在一米多深的地下，如果你在草原上，突然发现雪地中有一片雪在融化，变得比别处的雪薄，你就停下来，细心检查，你会发现，这片雪地下草的颜色和别处的草颜色不一样，有些要发青，有些要变绿，这片地底下肯定就是一窝旱獭子。就像烟筒旁边的雪，总是会先融化一样。现在咱们家旱獭子也吃得少了，以前秋天的时候，我总会打几十只旱獭，够咱们家一冬天吃了。旱獭子肉好，香，吃了还抗寒，大冬天出去绝对不冷。你现在知道咱们蒙古人抗冻的原因了吧。

阿日德那认真地听着，不知不觉已经来到了罕山脚下。

罕山海拔七百多米，对这座山，斯布勒太熟悉了，一九四八年巴尔虎的牧业三旗联合打狼，十六岁的斯布勒就跟着父亲在这里打过狼，那年整个巴尔虎打死六百多条狼。现在狼没那么多了，罕山上只剩下最后的两条狼了。

已经是下午两点多了，斯布勒和孙子在一片青草茂密的地方停住。阿日德那告诉爷爷，这里是奶奶睡觉的地方。斯布勒夸奖孙子，说他的记性真好，奶奶就睡在这片青草下，这片青草为什么长得这么好，因为这是奶奶的头发。

阿日德那轻轻地抚摸着那些草，有些不敢碰它们，奶奶的头发这么好吗？阿日德那不知道，他没有见过奶奶的模样，在他出生的前些年奶奶已经不在了。但是爷爷和阿爸都领他来过这里，这里正对着罕山前的一片河湾，他清楚地记住了。

斯布勒在青草地前坐下，孙子说得对，这是妻子安格勒玛安息的地方，按照草地蒙古人的习俗，没有留下坟墓，依然是平展展的草地，外人是看不出来这里与别处有什么差异的。此时此刻，他是那样想念妻子安格勒玛，他想起了晚上的梦境，知道妻子也在想念他。

斯布勒把身上带的小酒瓶掏出来，向青草上洒了一点，想请安格勒玛陪他喝酒。他告诉安格勒玛，让她耐心等着，自己很快也该到那边去了。他和安格勒玛开玩笑：你可不能再找老伴儿啊，你要是敢找，等我去了，我就打你屁股，把他的脊梁骨掰断。

安格勒玛没有说话，倒是有一阵清风吹过，草软软地向他这边歪过来，歪过来，好像要躺进他的怀。斯布勒满意了。

阿日德那知道爷爷在跟奶奶说话，就不言语，默默地听着，脸上有了成年人的沉重。

斯布勒和孙子都饿了，坐在树下阴凉处吃了点东西。

吃完东西后，把两张狍子皮铺开，他和孙子躺在那里休息。

斯布勒告诉孙子，罕山顶上的这两条狼已经十七岁了，以前它们从来不袭击羊群，这次为什么伤害了额尔敦家的羊呢？这两条狼也老了。狼的生活非常有规律，上午玩耍，中午休息，晚上活动。而且这两条狼就在那棵大橡树下休息，每次都是公狼在左边，母狼在右边。斯布勒看过这两条狼睡觉，那时这两条狼没有伤害过羊，他也就没有开枪伤害它们。斯布勒和父亲都是猎人，杀掉两条狼,对于猎人来说是件轻松的事情。但蒙古猎人是忌讳最多的,对草原上的任何动物都不能赶尽杀绝,包括狼。蒙古猎人肯定不知道今天那些深奥的环保理论,但是他们知道,上天既然让草原上有狼,肯定有上天的道理,上天的安排是不能违背的。

休息了一会儿,他和孙子起来了,把狍子皮卷好,系在马鞍子后面,把马拴在那棵大树上,爷孙俩徒步上山了。猎狗阿乐嘎被阿日德那在嘴巴上拴了活扣牵着,因此不能乱跑乱叫。

狼的听觉非常灵敏,骑马上山会惊动狼的。

那天有淡淡的南风,他们选择从北面上山,不想让狼闻到他们的气味儿。

斯布勒和阿日德那来到那棵大橡树附近时,已经四点来钟,按照正常的打狼时间,来得有点晚,这时狼该醒了,好在这是夏天,狼贪睡。

斯布勒领着阿日德那悄悄地走到橡树附近,慢慢趴下,这里离橡树有五十米远,是砂枪可以发挥威力的距离。

阿日德那眼睛尖,没等爷爷指给他看,他已经看见橡树下面的阴影里趴着两只灰黄色的东西,正是狼。

阿日德那指给爷爷看,爷爷已经看见了,猎枪正在向那面瞄着。猎狗阿乐嘎紧紧地趴在地上,身子向后用力,四爪前伸,像张拉满的弓,随时准备飞射出去。

爷爷小声说:两条狼,一杆枪,咋办?

阿日德那有些不明白:开枪打啊,爷爷。

斯布勒:咱们这是砂枪,不是半自动,不能打连发。

阿日德那这才明白,爷爷的这杆砂枪有一米五长的钢管,钢管里装着火药和铅弹,每打出去一枪,都得重新往枪管里装火药和铅弹,而在你装药的时候,狼扑过来咋办?阿日德那没有害怕,上天已经注定,他将来也是个优秀的猎人,只见他现在脸一下子红起来,血涌上了他的脑袋,他一手摁住猎狗阿乐嘎,一手抽出了自己腰间的猎刀,激动地看着爷爷,那神情已经向爷爷说明了一切。

斯布勒对孙子的表现非常满意,他冲孙子点点头儿,眼睛里流出黏黏的爱意。

斯布勒：好，猎人不能害怕，如果一条狼被打死，另一条狼扑过来，你就把阿乐嘎放开，阿乐嘎就会保护你。

阿日德那：知道了，开枪吧。

斯布勒又开始瞄准，他忽然大声喊了一下，只见那两条狼腾地站起来，抬着脑袋，伸着脖子，向四面张望。这时斯布勒的枪嘣地响了，有一条狼应声倒地，另一条狼一下子趴了下去。

阿日德那大叫：打中了，打死了一条，我把阿乐嘎放开吗？

斯布勒急忙往砂枪里装着火药和铅弹，一边说：再等等。

爷孙俩和阿乐嘎都继续伏在草丛里。

只见那条趴下的狼，围着倒地的狼低低地呜咽着，在为侣伴哭泣。

斯布勒有些紧张，知道自己遇到了对手，凭多年的经验，枪响后，一条狼被打倒，另一条狼应该马上逃掉，既然它没有逃，就是选择了和猎人死拼，吃掉猎人，或者和猎人同归于尽，这样的狼都已经丧心病狂，它要为自己的生存流尽最后一滴血，这是狼群里的勇士，是狼群里的霸主。

还没容斯布勒把弹药装满，那条狼已经扑了上来。

斯布勒大声喊：放开阿乐嘎。

阿乐嘎腾地向狼冲了过去，阿乐嘎把狼截住，和狼撕扯在一起。

斯布勒把砂枪放到一边，拎起布鲁棒子，也飞身而起，向狼扑了过去。

斯布勒紧紧地攥着布鲁棒子，想敲断狼的脊梁。快冲到狼跟前时，只见那条狼狠狠地把阿乐嘎撞开，身子一闪，向旁边的树林里跑去，在人和狼对峙决战搏斗的前夕，狼选择了逃跑。

阿乐嘎追了过去，斯布勒和阿日德那也在后面紧紧追赶，人是撵不上狗和狼的，过了一阵，阿乐嘎气喘吁吁地跑回，看它那神情，是不获而返，狼逃掉了。

但是斯布勒还是奖励了阿乐嘎，往阿乐嘎的嘴里塞了两块牛肉干，阿乐嘎幸福地嚼着。

斯布勒实现了自己的预想，被打死的这条狼是条母狼，公狼跑掉了。

斯布勒掰开母狼的嘴，让阿日德那看，告诉他：你看，这狼已经老了，掉了两颗大牙，这个洞就是牙的位置，牙刚掉不久。可能就是因为没牙了，老了，找不到别的吃的，它们才袭击了额尔敦家的羊群。狼老了，也挺让人可怜的。

阿日德那听爷爷这么说，心里也有些酸溜溜的，仿佛不该打死这条狼。原来当个猎人真不容易，需要留心这么多事情。

斯布勒爷孙俩把母狼拖着下山，没走出三里地，前面就是拴马的地方了，山下忽然传来了马的嘶鸣声。斯布勒极其惊恐，连连说：坏了，坏了。

阿日德那问：咋了，爷爷？

斯布勒：马遇到东西了，不会是那条跑掉的狼吧？

爷孙俩丢开正拖着的狼，快步向山下跑去。

但是他们来晚了，斯布勒骑的那匹枣红马，肚子已经被撕开，肠子血糊糊地流了一地。

斯布勒有些后悔，马如果不是被拴在树上，狼是不能得手的，狼掏开马的肚子后，消失得没有踪影。

这是一只凶狠狡猾的公狼，斯布勒知道公狼的报复还没有结束，它会在什么地方等着自己呢？自己以后必须特别小心才行。

阿乐嘎在树林里到处跑着，大声地狂吠着。

阿日德那哭了，枣红马是他的好朋友，现在被狼伤害了，肠子流了一地，它痛苦而悲哀地看着小主人。

阿日德那：爷爷，枣红马怎么带回去？

斯布勒有些为难，这里离家三十多里路呢，把这么大的一匹马拖回去，肯定是不可能，只能用车来拉。马拖回去也没有用，它死定了。斯布勒和阿日德那对枣红马都依依不舍，虽然它要死了，也绝不会吃它的肉。爷孙俩商量着想把枣红马埋掉，像是安葬一个亲密的朋友，可是他们手中没有工具，只能回家去了。斯布勒脚步非常沉重，他真的不愿意走，枣红马还在那边艰难地喘息着，不时发出吭吭的声音，它的肚子虽然被撕开，但还能坚持两三天，可是这两三天对它是种痛苦的折磨。往回走的路上，斯布勒对阿日德那说，如果明天早晨来时，枣红马还活着，就给它一刀，别让它受罪。阿日德那虽然答应，却更大声地哭了起来。

等第二天早晨斯布勒爷孙俩再来到枣红马身边时，这个忠实的朋友已经彻底死了，昨天夜里狼再次袭击了枣红马，它的尸体已经被狼啃得乱七八糟，狼对它施行了残酷的报复。

斯布勒爷孙俩把枣红马的尸骸掩埋在树林里，他们在那片新鲜的土地前站了半天，斯布勒还往那片新土上洒了一些酒，他在祭奠这个不幸的朋友，也感谢它多年来对自己的忠诚，做牛做马都不容易，辛辛苦苦一辈子，也只能得到一点主人这样的酬谢和怀念。

阿日德那似乎听见了树林里传来枣红马的啸啸鸣叫声，他把自己听到的声音告诉了爷爷。斯布勒说：枣红马的灵魂离去了，它在和咱们说再见呢。

扎，巴雅日泰。（蒙语：嗨，再见）斯布勒大声地冲着林子喊。

扎，巴雅日泰。阿日德那也学着爷爷的样子冲着林子大声喊。

巴雅日泰，巴雅日泰，巴雅日泰。爷孙两个一遍遍地喊着，爷爷哭了，孙子也哭了。

额尔敦夫妇俩觉得很愧疚，打扰了七十多岁的斯布勒老人，还让人家损失了一匹枣红马，他们给斯布勒老人送来了酒和点心，还赶来了二十只羊，他们说这二十只羊算是包赔老人的损失。

斯布勒平静地说：把羊都赶回去吧，我一只也不要，如果准备牺牲二十只羊，根本就不用打狼了，狼也吃不了二十只羊，这是得不偿失的，是件亏本的买卖，账不能这么算。

额尔敦老婆苏德布急忙说：大爷，可你为了我们还损失了一匹马呢。

斯布勒说：死在树林里也是那匹马的命，它就应该这么死，我和阿日德那都听见了它走时的叫声。它投生去了，下辈子再也不会做马，会有个好的命运的，咱们都帮助了它。

这样说着斯布勒的眼圈红了，额尔敦的老婆也哭了。

额尔敦夫妇俩遵照斯布勒老人的意见，把二十只羊赶了回去，他们从心里觉得斯布勒真好。

可能是损失了枣红马，也可能是病的缘故，自从打狼之后，斯布勒觉得嗓子疼得更厉害了，他再次感觉到了死神降临的脚步声。他暗中加大了根其高大夫的药量，把每次一包变成每次两包，喝了半个多月，把根其高给的药也喝光了，什么效果也没有。

斯布勒老人还想到根其高那里去拿药，被嘎日布和奥登阻拦，他们一致认为，根其高就是个能治感冒拉肚子的笨家伙，这么多年没看他治好过什么复杂的病。

嘎日布领着老人到旗里去了。

旗镇的名字叫阿拉坦额木勒，这个名字翻译过来就是金马鞍子的意思。斯布勒来到阿拉坦额木勒，儿子马上把他送到医院。医院里有个很好的大夫，据说是刚从北京进修回来的，他技术很高，态度也很好，摸了半天斯布勒的脖子，又是拍片，又是化验，折腾了好几天，也没有确诊老人得的是什么病。听嘎日布说，大夫还给北京打了电话，又问了很多事，让嘎日布送老人去北京，老人的脖子只能动手术。

斯布勒问嘎日布：为什么要拉开我的脖子？

嘎日布告诉他：你这个脖子必须拉开，拉开之后才能知道你得的什么病。

斯布勒火了，坚决不去北京，坚决不动手术，他可以回去吃药。

大夫一看斯布勒这样倔强，也没有办法，只好大包小包地给他带了很多药，让他回去吃。斯布勒也保证回去一定好好吃。

阿拉坦额木勒镇子的西面，有个蒙古大营，是旗政府新建的，把全旗的贫困牧民都接来住在这里，斯布勒的好几个老朋友都在这蒙古大营呢。

斯布勒在蒙古大营住了两天，和老朋友们好好地喝了酒、聊了天，这才和儿子回家。

又喝了很长时间的药，脖子上的病在加重，嘎日布和奥登动员他去北京，把十万块钱摆在他面前，让他看，说一定要把他的嗓子治好。

斯布勒把钱推开，说：瞎折腾啥呀？谁七十多岁了还拉脖子？

嘎日布和奥登没有办法，只能听老人的。

斯布勒开始想自己剩下的日子，帮助额尔敦夫妇打死了一条狼，他还想帮助人们再做点事情，该做的事情太多了，做啥好呢？

斯布勒在毡房里闷坐了一天，第二天早晨，他领着孙子阿日德那，赶着勒勒车上了罕山。罕山上的树并不多,巴尔虎就是一片平坦开阔的草原,虽然在兴安岭的西侧,兴安岭上树木茂密,可巴尔虎这里却树木稀少,大片大片的草原上是看不见树木的。可是罕山的阴坡上却有一大片柞树,柞树密密的,一丛一丛的,最茂密的地方好像韭菜、好像麦子一样,那么稠密,那么拥挤,当然比韭菜和麦子高大多了。柞树是能长成大树的,能长到一拢多粗、几丈高。当然这是成年树,而柞树小的时候,也像韭菜和麦子一样,有嫩嫩的苗,当柞树苗长成三米来高时,根部也就寸半粗。罕山上的树是不允许砍伐的,临来前,斯布勒去了一趟苏木,和苏木的领导费了半天口舌,解释了很多,苏木领导才给他开了一个证明,允许他砍一百根柞树苗。

阿日德那问爷爷砍柞树苗干什么用?老人告诉孙子,他要教他擀毡子,阿日德那不明白,砍柞树苗怎么擀毡子。斯布勒要他别问了,干完就知道是怎么回事了,阿日德那就跟着爷爷开始砍柞树苗。

柞树虽然是多年生乔木,木质却很松软,在一寸多粗的时候,比高粱谷子硬不了多少,用镰刀就能割下来。当然斯布勒的镰刀是雪亮雪亮的,锋利无比。

斯布勒在柞树丛里选准了又细又高的条子,齐根割下来,阿日德那就把柞树条拖到勒勒车跟前。很快一百根柞树条够了,连枝杈嫩叶满满地装了一勒勒车,用绳子拢好,爷孙俩就摇摇晃晃地回家了。阿日德那很兴奋,枣红马死去的阴影已经过去,孩子是最容易忘记的,现在爷爷要教他用柞树条擀毡子,这件事太有趣儿了,对于他简直是神秘极了,孩子对即将发生的一切事情都充满了期待。

爷孙俩把柞树条拉回家,修理干净。斯布勒找来一指粗的绳子,把一百根柞木条拴成帘子,在草地上展开,平平的,好大一片。

阿日德那的阿妈奥登,去年就攒了很多羊毛,今年的春毛下来之后,斯布勒也没让儿媳妇卖。斯布勒和阿日德那把羊毛抱过来,堆在柞木条帘子上,又从河边割来柳条,斯布勒就用柳条开始抽打那些羊毛。阿日德那特别高兴,这件事儿好玩极了,他跟着爷爷抽打羊毛,抽打了半天之后,阿日德那知道这抽羊毛的事情原来也很累,毛絮随着柳条飘飞,眯在眼睛上,钻进耳朵眼儿,掉进脖领里,很难受的。抽了一阵,他就抽不动了。可是爷爷还在那里一下一下地抽打，不慌不忙的。阿日德那第一次体验到了牧人的辛苦，不仅毛絮满天飘飞，羊毛里的小颗粒、碎尘土也都飘飞起来，有一种不好闻的味道。斯布勒知道孙子累了，他让阿日德那放下柳条，用木叉子翻腾羊毛，把抽过的羊毛翻到下面去，把没抽过的羊毛翻到上面来。这件事还比较轻松，也不像抽羊毛那样枯燥，阿日德那很愿意干这件事。

爷孙俩就在草地上把羊毛抽了四天，引来很多人观看，连嘎日布和奥登也没见过用这种方法擀毡子的，斯布勒的所作所为，在巴尔虎草原上几乎是个谜，无论谁问，斯布勒就是不说，他的神情变得很严肃，仿佛在做一件非常神圣的事情。

四天之后，那摊开在柞木条子上的羊毛都变得松软干净，也越来越白了，膨胀着，堆积着，像是绿草地上的一堆雪，那样的漂亮，那样的迷人。这是牧人的财富。

斯布勒告诉儿子和孙子，等把羊毛抽到这个样子的时候，就可以擀毡子了。

阿日德那和阿爸还是有些发傻，这摊开的一大片羊毛，松松的，软软的，怎么擀毡子呢？

斯布勒让儿子和孙子拿水来，拿清净的水来，往羊毛上泼。

爷爷要做的事怎么越来越有趣儿？往羊毛上泼水这更好玩，阿日德那和阿爸干得热火朝天。泼水的事斯布勒没有干，他指挥着儿子和孙子，泼水嘛，这事太简单了，让孩子们干吧。斯布勒让儿孙把水泼得匀净仔细。泼完水之后又放了三天，这三天里，斯布勒就让阿日德那继续往羊毛上泼水，只要他泼得动，泼多少都可以。

阿日德那把袍子脱了，光着小身子，拎着小水桶，一趟趟跑来跑去。听说阿日德那家给羊毛上泼水，很多小朋友们都来了，他们拎着小水桶，在阿日德那身前身后跑着，好像过节一样，这是从来没有过的游戏。

泼水三天之后，那些羊毛不像最初时那样松软膨胀了，变得软塌塌的，也不像最初那样高了。

斯布勒找来了一根木檩子，把檩子截成比柞木条子长一米多，他又拿来两根长绳子，在绳子的顶端结成了一个环，套在木檩子上，在长绳子的另一端拴上马夹板。

斯布勒让嘎日布帮着把这个木檩子抬到羊毛堆上，让儿子帮着自己开始卷柞木帘子，卷了一半，羊毛卷儿已经高高的，快像节小火车了——当然阿日德那是没见过火车的，他觉得火车就该这么高这么大。卷到这时，斯布勒和儿子已经卷不动了，阿日德那的阿妈奥登也前来帮忙，阿日德那也上前用劲儿推，他的那些小伙伴们也都上前帮着卷羊毛，柞木帘子和羊毛卷终于慢慢向前移动，等把一百根柞木帘子卷完，那已经是高高大大的羊毛堆了。斯布勒又把另一根绳子从羊毛卷下穿过去，把柞木帘子和羊毛卷拢住，绾成一个活结。

斯布勒让儿子牵来一匹马，套在夹板上，他让儿子在后面揪住那个活结，随时让绳子紧一点儿，不要让柞木帘子和羊毛卷松开。

周围来了很多人，大家都来看斯布勒擀毡子，直到这时，人们还没有看出门道，这哪像擀毡子？不知道老人在搞什么名堂。

斯布勒开始赶马向前走，柞木帘子和湿羊毛卷很沉，马几乎拉不动，他就狠狠地抽马的屁股，马终于向前走了，那个檩子作为柞木帘子和羊毛卷的轴心也向前移动。由于一开始斯布勒就把柞木帘子铺在了一个斜坡上，柞木帘子和羊毛卷慢慢向前移动，移动，后来就是滚动，慢慢滚得快起来，羊毛卷儿逐渐变小变细，不像最初那样膨胀了，走了一会儿，马也逐渐适应，等赶到平坦的草地上，马拉着这个柞木帘子和羊毛卷就显得有些轻松，在斯布勒的抽打下，后来马就能跑起来了。

嘎日布是个身手敏捷的人，他现在已经明白了阿爸的意图，他随时在后面紧着绳子，让活结向前移动，让绳子保持着一直拢住柞木帘子和羊毛卷的长度。

等那匹马大汗淋漓的时候，斯布勒老人也觉得自己快喘不上气来，这时大家都明白了老人在做什么。有人重新牵来了马，把那匹出汗的马换下来，把快要支撑不住的斯布勒老人也换下来。柞木帘子和羊毛卷都不像最初那么大了，羊毛里的水分也逐渐变少，此时不像开始时那么沉重了。

斯布勒站在一边大声喊：别歇着，越快越好，让马跑起来。

马累了，换马；人累了，换人。这么折腾一天，马拉着檩子和柞木帘子在草地上一趟趟跑，有时套在檩子上的绳环会脱落，马就想轻松地跑开，人们会把环重新套在檩子上，让马拉着檩子继续向前跑。等黄昏的时候，柞木帘子和羊毛卷已经变成一拢粗细了，毡子已经基本成型。

第二天，第三天，连续三天，斯布勒继续指挥着人们赶着马，拉着檩子和柞木帘子在草地上跑过去跑回来。斯布勒老人的做法快成了巴尔虎的传说了，很多人都来看老人做毡子，大家怀念着从前的时光，说老人把他们带到了过去。

老人虽然病着，却是神采飞扬，这样的劳动，让他回到了青年时期，回到了父亲和爷爷讲述的故事里，人原来是可以在回忆中行走的。

第三天黄昏，斯布勒把马停下来，把绳子解开，把柞木帘子展开，一块儿三米来宽、五米来长、两三公分厚的毡子已经做成了。

这个毡子虽然粗糙，也有些厚薄不均，但是毕竟是用最原始的方法，用了简单不能再简单的工具制成的。人们明白在几百年前，当内地汉族工匠和西北边俄罗斯工匠们的技术没有传进蒙古草原时，蒙古牧人们是怎样制作毡子的了。人们还想象着，那最初的奶酒是怎么发明的？最初的刀子是怎么做出来的？铁矿和煤矿是怎么发现的？猜测着在汉族人的种地技术没有传进蒙古草原时，蒙古人是怎样种地的？怎样收割的？这些都是谜。斯布勒制作毡子的过程让大家思考了很多以前没有留心过的问题。

当然，草地上的蒙古人是不喜欢抽象思维的，思考会让人疲倦，后来人们就满满地坐在那崭新的毡子上，开始饮酒吃肉，开始唱歌。

斯布勒变得伤感，因为他现在既喝不了酒，也吃不了肉，更唱不了歌。年轻和健康多好啊！斯布勒那远去的青春岁月在哪儿呢？没人告诉他，也不必告诉他，大家都沉醉在酒的迷糊眩晕中。

月亮升起来，朗朗地照着草原，人们还在喝酒，斯布勒躺在一边睡着了。

做完毡子之后，斯布勒的病加重了，儿子和媳妇说是那些碎屑和羊毛飞进了老人的嗓子，再加上那两天马拉着檩子跑时，老人喊得太厉害了。他们一致要把老人送到海拉尔去，有病就得看病，该开刀就要开刀，就算是得了癌症也不可怕，现在城里的大夫技术高着呢，人的肝脏、肾脏、心脏都能更换，据说脑袋也能换，脖子能不能换？

斯布勒很生气，他坚决不允许儿子和媳妇再说进城看病的事儿，他现在已经七十多了，再多活一天都是上天的恩赐。

儿子和媳妇没有办法，只能给老人做最好吃的东西，可是老人吃不下。儿媳妇给老人做了一件最漂亮的袍子，是那种深蓝色的，和呼伦湖的颜色一样，可是老人只穿了一会儿，就脱了下来，整整齐齐地叠好，放在那里。儿媳妇让老公公穿上，斯布勒说：等我走的时候再穿吧，这件袍子真好，我真的特别喜欢。

阿日德那的阿妈奥登哭了，这个三十多岁的巴尔虎女人对公公充满了敬畏和尊重。

看着儿媳妇奥登给自己做的新袍子，斯布勒老人有些心慌意乱，就这么走吗？还有很多事没干，给儿子孙子和巴尔虎草原再留下点儿什么呢？他的眼睛总那么直勾勾地看着前面，看着前面的草原。草原感觉不到他的将要离去，依然像往日那么碧绿、那么柔软、那么辽阔。

斯布勒又领着孙子阿日德那赶着勒勒车走了，他们走了很多家，也没有找到满意的色木。色木其实就是枫树。枫树是一种很优美的树，如果松树和杨树是林子里的美男子，那么枫树和白桦就是林子里的美少女。在这些美少女里，枫树是比白桦更优雅的女子，尤其在秋天，白桦树就不能和枫树媲美了，秋天白桦树的叶子干了，灰灰的，没有了神采，而此时枫树的叶子却是红红的，是那种鲜鲜的红，美艳极了，此时的白桦在枫树面前彻底黯然失色。最初斯布勒是想选白桦木了，很多老伙伴也都用白桦木做蒙古象棋，桦木很软，容易雕刻，做起来轻松、快。可是这盘蒙古象棋是他留给孙子的礼物，他想用坚硬而光滑的木头做，要做得特别细心，和别人做的不一样，那样才显得有意义。于是他选中了枫树。

转了几天，都没有找到满意的枫树，新鲜的枫树是不能用的，木头干不透，将来会开裂。

找不到满意的色木，斯布勒不想动工。爷爷是给自己做象棋，阿日德那更是着急，回家跟母亲奥登哭了，正好额尔敦的老婆苏德布在他们家，一听阿日德那他们在找色木，就说自己家里有，是在羊圈前做门桩子用的，有小盆那么粗呢，两米多高，两根。

阿日德那高兴了，赶快去告诉爷爷。

斯布勒和阿日德那来到了苏德布家的羊圈门前，果然有两棵粗粗的色木，这么好的色木是不容易遇见的。斯布勒当时就决定，就要这两棵色木中的一根。做象棋，一根也用不完。

苏德布二话没说，跑过去拿来铁锹，吭哧吭哧地挖了起来，一会儿就把那棵色木桩子挖下来。

斯布勒把色木拉回家，庄重地洗刷了一次，干干净净地放在那里，晾干，破成板条，抱回毡房。

阿日德那也特别喜欢那些色木板条，色木颜色很漂亮，有些微微发黄，还散发着淡淡的香味。

爷爷把他的那些长短铅笔翻出来，先在纸上画出样子。阿日德那趴在那里，看着爷爷画着这些东西。他没有想到，爷爷居然还会画小动物，他画的那些马、骆驼、车、猎狗、王爷和王后，漂亮极了。

奥登也特别满足，公公要给儿子做蒙古象棋，家里好像遇到了什么节日一样，奥登给公公炸了一盆脆脆的果条，里面放了很多白糖和黄油，这样炸出的果条好吃，而且放很长时间也不干、也不硬。公公斯布勒牙不太好，这样的果条是嚼得动的。

奥登把香喷喷的果条端到公公面前，斯布勒虽然已经吃不了干东西，可是他还是抓了两颗果条放进嘴里，慢慢嚼着，品着果条的味道，巴尔虎的果条别处还有吗？没有的。奥登炸的果条，别人家还有吗？没有的。

斯布勒美得有些陶醉。

把蒙古象棋的样子画完，斯布勒还不满足，他又领着阿日德那去了趟苏木的商店，买来了水彩。他粗大干硬的手抓着毛笔，一笔一笔地往那些人物和小动物上上颜色，红的、黄的、绿的、黑的，反正是花花绿绿漂亮极了。

阿日德那晚上睡觉时，把爷爷的美术作品拿到自己屋里去，给阿爸阿妈看，他睡觉时就把那张画放到枕头旁边。

斯布勒画了两天才画完，那天他累了，早早地睡了。刚睡下不一会儿，安格勒玛就来看他，问他的嗓子还疼吗？斯布勒告诉他，嗓子还疼，更厉害了，奥登炸的果条已经吃不了了。说着斯布勒把果条端给安格勒玛，让安格勒玛吃。安格勒玛香香地吃着，连连夸奖奥登炸的果条就是好，是巴尔虎最好的果条，可以拿到那边去卖，如果卖上一年，斯布勒会成为百万富翁。

斯布勒觉得自己真的很有钱了，他给安格勒玛做了一件漂亮的新袍子，是水红色的，安格勒玛穿上之后像草地上的一朵荷花。斯布勒太喜欢自己的老婆了，他想把安格勒玛抱在怀里，亲她的脸。可是安格勒玛不让，总躲着他的嘴。斯布勒生气了，用新买来的水彩，往安格勒玛的脸上画，把安格勒玛的脸画得乱七八糟。安格勒玛生气，转身就走。斯布勒追出去，可是草地上空空荡荡的，看不见安格勒玛的影子。

斯布勒非常后悔，为什么要把她脸画脏呢？也浪费了那些颜色。

斯布勒就在深深的悔恨中醒来，天亮了。

斯布勒把色木板条锯成拳头大的方块，用刻刀开始慢慢雕刻，他雕得特别细心，整整用一天时间，他先雕出了王爷，王爷蒙语叫诺颜，内地的汉族也称王爷或大官儿。

阿日德那把王爷抢过去，看个没完。他没有想到爷爷的手会这么巧，把这个小王爷雕得眼睛鼻子清清楚楚，还有两撇儿小胡子。

斯布勒拿了颜色，教阿日德那给王爷上色，他说：王爷是有钱的人，是当大官的，他们应该戴黄色的帽子，穿黄色的袍子。为什么是黄色的呢？因为黄色就是金子的颜色，金子是高贵的。但是帽子和衣服全是黄的了，也不好看，要给他搭配点儿别的颜色，帽子上的璎珞应该是红色的，袍子的边和袖口是绿色的。这两撇儿小胡子应该是黑色的。有钱人嘛，吃得好，不干活，不风吹日晒的，脸应该是白里透红的。

斯布勒一边说着，一边给王爷上好了颜色，放在那里，一个木头小人好像要活了。

阿日德那催促爷爷赶快做哈屯。哈屯就是夫人的意思，因为是王爷的老婆，也可以叫王后了，也有些人把蒙古王爷的夫人叫福晋。

可是斯布勒没答应孙子的请求，天色暗下来，他已经看不太清楚，他要明天再给孙子做哈屯。

做哈屯的时候，出了点小差错。斯布勒太想把哈屯刻成安格勒玛的样子，他知道安格勒玛这种女人，是应该成为哈屯的，而自己只是个猎人，委屈了她。因为太想做得完美，他把刻刀磨得非常锋利，衣服帽子头发都刻出来了，耳朵眼睛嘴也做出来了，刻鼻子的时候，刀一滑，把哈屯的鼻子削下来了。

阿日德那着急地说：爷爷，哈屯鼻子掉了。

斯布勒非常惋惜：刀磨得太快了，可惜，真可惜！本来都已经做好，咱们重新再做一个吧。

阿日德那也不是安慰爷爷，而是真的这样想：没事儿的，没有鼻子的哈屯也很好玩的，正因为她没鼻子，肯定特别厉害，王爷一定怕她。

斯布勒不同意孙子的说法：不能，蒙古女人是不能厉害的，一定要非常善良、非常温柔、非常美丽，怎么能没鼻子呢？

斯布勒把这个哈屯丢给了孙子，让他拿去玩，自己重新做了一个哈屯，因为有上次失败的教训，这个哈屯他做得分外认真，用了两天的时间。

奥登没有见过婆婆，阿日德那没有见过奶奶，他们都不知道安格勒玛长的什么样子。晚上嘎日布回来，看见父亲新做出来的哈屯，他有点眼圈发红，小声问父亲：阿爸，这是不是像阿妈？

像吗？

像。

斯布勒说：像就好，你阿妈以后肯定是位哈屯。

嘎日布情绪变得伤感，似乎在喃喃自语：怎么还会有以后呢？草原上再也不会有哈屯了。

斯布勒说：草原上可能是没有哈屯了，可是那边还会有哈屯的。

听见父亲这样说，嘎日布觉得斯布勒有点糊涂了。天色黑了下来，人老了之后，一到晚上就会显得糊涂，分不清白天黑夜，分不清这边那边，也分不清阳间和阴间，弄不清楚他们生活在什么样的状态里。嘎日布不想再和父亲继续探讨这个问题，就让老人在自己的世界里糊涂着吧，糊涂本身也是一种快乐。

做骆驼的时候，斯布勒问孙子：你是要公骆驼还是母骆驼？

阿日德那急了：爷爷，你咋这么笨呢？蒙古象棋里有几峰骆驼？

一边两个。

这不结了，你做一个公的，再做一个母的，骆驼不就有家了吗？

斯布勒呵呵地笑着，刻出来两峰骆驼，一公一母。

骆驼的颜色斯布勒直接叫阿日德那来涂，把两只骆驼涂成驼色就可以了。斯布勒没有说什么，看着孙子涂颜色。阿日德那也是个细心的孩子，没用爷爷指点，涂完骆驼身的驼色之后，给骆驼点出了黑眼睛。

斯布勒问孙子：你咋知道给它点眼睛呢？

骆驼不爱喝水，在沙漠里干活，没有眼睛它怎么走路啊？

斯布勒笑了。

今天要做猎狗了，当斯布勒把工具摆开后，阿日德那把家里的猎狗阿乐嘎抱到爷爷跟前，让爷爷做八只像阿乐嘎这样的狗。蒙古象棋很有意思，这八只狗居然也叫八个儿子，儿子在蒙语里是厚乌，而厚很是女儿的意思。

阿日德那弄不明白：爷爷，这八只狗为什么是王爷的儿子呢？

斯布勒反问阿日德那：为什么不可能呢？这阿乐嘎不也是你的儿子吗？

阿日德那摸着阿乐嘎的脑袋和它的顶脑门：笨家伙，原来你是我的儿子。

斯布勒笑了：你还小，还没娶媳妇，有个狗给你当儿子已经不错了。

阿日德那说：我倒是没娶媳妇，可是王爷娶媳妇了，王爷的儿子为什么是狗呢？

斯布勒说：你知道就行了，狗就是蒙古人的儿子。

蒙古象棋做完了，甲乙双方各十六个子，共三十二个子，有两个王爷、两个王后、四匹马、四峰骆驼、四辆车、十六只猎狗。这盘蒙古象棋斯布勒做了一个月的时间。

奥登知道，这是老人留给孙子的礼物，叮嘱阿日德那一定要好好爱惜这盘蒙古象棋，一个子儿也不能丢。阿日德那连连答应。

斯布勒教阿日德那玩蒙古象棋，他先给阿日德那讲述蒙古象棋的玩法：汉族象棋和围棋都有棋盘，蒙古象棋也有棋盘，就是在木板或羊皮上画出黑白格子。玩时，白棋先走，一盘结束，第二盘就要黑棋先走。这就是礼让，不能每次都你先走，你凭什么这么霸道？

看着爷爷那么认真的表情，阿日德那笑了。

别笑，别笑，好好听着。双方移动棋子时，如果你前面的格子里，有对方的棋子，就把对方的棋子拿掉，这叫"吃子"。谁的王、诺颜，这个，没有可调派的棋子了，谁就被打败了，输了。

爷爷，你输过吗？

输过，记住男人的一辈子总是要输的，如果你一辈子不想输，第一你是做不到的，第二你活得太累了。该输一定要输，这才是蒙古人。蒙古象棋棋子的走法是，诺颜（王）可以横着走——原来有权有势的，多少年之前就可以横行霸道。诺颜可以直着走、斜着走，进退随意，根本没有位置的限制，但是每次只能走一格——原来很早以前的蒙古人就懂得对王也要有所制约，否则就是民族的灾难。发明这蒙古象棋的人比你爷爷聪明多了。

阿日德那对爷爷的这番话有些听不懂。

斯布勒觉得孙子好像没听懂，就问他：懂了吗？

阿日德那犹豫了一下：懂了。

斯布勒指着哈屯（后）说：这个夫人没有格数的限制，横走、直走、斜走都可以。蒙古人对女人是纵容的，因为在草原上女人最辛苦、最不容易。这不是玩吗？给女人们一点儿心理满足。

我们是要欺骗女人吗？

斯布勒连连摇手：那可不行，不能欺骗女人，男人一定要懂得尊重女人，宠着她们，让着她们，让她们随便。诺颜在这里，她们能走哪儿去呢？即使走到天边，女人也得回到男人跟前。

阿日德那急了：爷爷，蒙古象棋这么复杂吗？

不复杂，不复杂。这个哈萨嘎（车）只有横走和直走，格数不限，和汉族象棋里的"车"的走法一样。骆驼相当汉族象棋里的"象"，只能斜着走，它和汉族象棋的"象"不同的是，它不受格数限制。马和汉族象棋里的"马"一样，也是走"日"字，不同的是，它要先横走或直走一格，然后才能斜走一格。蒙古马和汉族的马毕竟不一样啊。

这些猎狗怎么走?

你别急嘛,爷爷不是给你讲呢嘛,你得记清楚。这些厚乌(狗)相当于汉族象棋里的卒子,它们排列在诺颜的前面,第一步可以走两格,以后均走一格。双方的任何一个厚乌,到达对方的最后一格时,便成为被吃掉的对象。不过蒙古象棋里有一个规矩,不能吃掉对方的最后一个厚乌,最后一个厚乌就是孤儿。草原上孤儿要受到保护的,孤儿太可怜了。

现在可以走了,等我把你的"诺颜"将死,你就输了。

阿日德那听得很认真,不懂就问。

斯布勒还给孙子讲了蒙古象棋另一个特殊约定,就是不能用马将死对方,马永远是主人的奴仆,它们怎么能杀死主人呢?这是不可能的。

爷孙俩开始玩蒙古象棋,斯布勒故意输给阿日德那。阿日德那来了情绪,天天缠着爷爷玩象棋,仿佛蒙古象棋里的快乐永远也索取不完。

教会了孙子打旱獭,教会了他打狼,教会了他擀毡子,给他做了蒙古象棋,再做点儿什么呢?斯布勒想给孙子做一顶蒙古包。他被自己的想法感动了,把一顶蒙古包送给孙子,留着孙子将来娶媳妇,让孙子媳妇在毡房里给自己再生个小重孙子,这是多么有意义的事情!而自己这个爷爷又是多么伟大的爷爷啊!

斯布勒把自己的想法告诉阿日德那,阿日德那一听说爷爷要送给自己一顶蒙古包,乐得一下子蹦起来,他要爷爷赶快就做。

斯布勒把阿日德那领到做毡子用的那些柞木条前,两米多长的柞木条长度已经够了,就是数量不足。

蒙古包就是毡房,是蒙古人住的屋。蒙古包是圆的,房顶是拱形的,蒙古包四周的墙壁,是用可以移动、拆卸的木棍组成的,那些木棍蒙语里就叫哈那,这些哈那就是两米长、一寸左右粗细的木棍。木棍相互交叉连接,木棍是用马鬃绳和牛毛绳捆绑在一起的,这些像铅笔粗细的马鬃绳和牛毛绳非常结实,不容易腐烂。

擀毡子时拉回来的柞木条才一百根,还缺二百多根呢,斯布勒只能领着阿日德那又去找苏木领导。

苏木领导换了,上次的那个苏木达已经走了,又调来一个新苏木达。苏木达是蒙语,苏木相当于乡的意思,苏木达相当于乡长的意思。新来的苏木达很官僚,听说是从呼和浩特来的干部,不懂蒙语,说着斯布勒也不懂的内蒙古西部区汉话,反正他不同意斯布勒再去砍树苗。斯布勒就和苏木达拍了桌子,说自己必须砍,不让砍就坐在苏木达的办公室不走。秘书进来,把斯布勒的情况跟苏木达介绍了一番,说老人是不会伤害树木的,苏木达才只好答应。

斯布勒领着阿日德那又去了罕山,这回他们拉回来的柞木杆子在山上已经修理好,没有了枝权,都是光光的,满满地拉了一车。

把木杆子卸下来晾干,柞木是爱招虫子的,他往堆起来的柞木杆子上喷洒药水,这样将来做好的毡房就不会招虫子。

斯布勒把家里的马鬃毛抱出来,开始和孙子搓绳子。他让阿日德那揪着两缕系在一起的马鬃,唰唰两下,就把两缕马鬃搓成了一根小绳,他让阿日德那把绳子揪紧,绷直,他一边往里续着马鬃,一边搓一边向后移动,他做得既熟练又轻巧,两只手掌上下一搓,就能搓出两寸多长的小绳,把阿日德那看得眼花缭乱。

休息的时候,阿日德那问爷爷绳子是怎么搓出来的。爷爷把两缕马鬃放在阿日德那的手里,让他上下搓。可是阿日德那掌握不了这个技巧,他上下一搓,两缕马鬃就混到一起,变成一缕,不能成为绳子。原来搓绳子的技巧,就是两缕马鬃在手里搓动时,要让它们同时滚动,让两缕马鬃变成两根细绳坯,两根细绳坯搓到一起,就变成了一根绳子。但是一般的人把两缕马鬃放到手里搓时,它们不会分别滚动,不能变成绳坯,而是滚到一起,两缕马鬃变成了一缕马鬃,马鬃还是马鬃,马鬃没有变成绳子。

阿日德那不明白,为什么爷爷能让两缕马鬃同时分别滚动起来,斯布勒告诉孙子,搓马鬃绳的技巧就是让两缕马鬃在手里分别各自滚动,只有分别各自滚动,才能变成绳坯,只有两根绳坯子滚到一起才能拧成绳子。无论是做麻绳还是做毛绳,技巧就在先做好绳坯,没有绳坯就没有绳子。

阿日德那明白了这个道理,可手上就是用不出那个功夫。爷爷告诉他,这要经过多年的练习，长大自然就会了。草原上的男人和女人都会搓毛绳。

阿日德那和爷爷搓了十天毛绳，毛绳已经满满地堆了一地。

这时柞木棍也基本干了，斯布勒把四十根木杆交叉摆好，向左歪斜的二十根，在上面叠放向右倾斜的也是二十根，每根与每根之间间距十公分，再用毛绳把它们捆起来，一片蒙古包的哈那就做完了。斯布勒做了六片，再把这六片哈那连起来，形成一个圈，就是蒙古包的墙壁。

在环绕的哈那之间留出一块儿一米多宽的空地，那是门的位置。门可以向南或者向东南开。这主要是为了迎接太阳。

在哈那外面，用毡子包起来，就能遮风挡雨了。这种蒙古包的特点是，做起来非常快，可以随时拆卸，熟练的男人和女人，半个多小时就能把蒙古包分开，再用一个多小时就能把蒙古包组合起来。

做完哈那之后，斯布勒开始做套瑙，套瑙就是天窗框，是圆的，比脸盆大些。从哈那到天窗框之间要有两米多长的木杆，这些木杆叫作乌尼。乌尼的一端固定在哈那上，另一端固定在套瑙上，就像汉族房子的檩子一样，不同的是汉族房子的檩子，都是东西横向排列，或者南北纵向排列，檩子与檩子之间的间距是平行的，是对称的，而蒙古包里哈那和天窗框之间的木杆乌尼是成圆形辐射状排列的，像孩子们小时图画课上画的太阳光一样，哈那形成了蒙古包的墙壁，天窗制约着蒙古包顶部的木杆，必须是圆的。

斯布勒一边做着，一边讲解着，阿日德那明白了蒙古包的制作原理。

把蒙古包的原材料都准备好的那天，天气分外晴朗，蓝蓝的天上只有三两片很小的云朵，白白的，薄薄的，像谁不经意间把撕破的纱巾丢到了天上，这是谁干的呢？是从哪里弄到的这么好的纱巾呢？这么好的纱巾为什么不珍惜呢？撕破的纱巾还能缝到一起吗？是谁送给你的纱巾呢？他去哪儿了呢？他是不是已经老了，或者病了？

那天的风也特别软，夏天时候，草原上没风是很闷的，不舒服，但是有软风吹来，软软的，那种惬意，简直无法描述。

嘎日布和奥登也都一起出来帮忙，一会儿工夫，哈那立起来了。嘎日布站在木墩上举着天窗，奥登托起木杆，斯布勒把木杆固定在哈那上。嘎日布举着天窗手不能动，奥登就把木杆另一端固定在天窗框上。不一会儿工夫，一圈儿的木杆都固定好，哈那和天窗就成一体了，蒙古包的框架已经搭好。斯布勒把自己那天做的毡子拖进蒙古包里，平整地铺好，又把哈那四周围上毡子，把天窗和哈那之间的木杆上苫好毡子，用马鬃毛的乌尼固定好，一座漂漂亮亮的崭新的蒙古包就完工了。

斯布勒在新做的蒙古包里吃了奥登做的饺子，羊肉馅儿的，喝了奥登端来的羊肉汤，虽然饺子和肉汤都咽不下去多少，但是他吃得很香，吃得非常满足，连连夸奖奥登的厨艺好。奥登都被老人的善良感动了，忍不住要哭出来。

斯布勒告诉他们，这蒙古包只用一天，明天就收起来，留给将来阿日德那长大用，让阿日德那在这蒙古包里娶媳妇。

嘎日布和奥登连连答应，他们让老人放心。

嘎日布和儿子开玩笑：阿日德那，你长大以后会不会到城市里去啊？会不会不想回草原啊？

阿日德那：不会的，我不离开草原，不离开爷爷。

斯布勒说：这倒不一定，外面可能更好。年轻人都想到外面去，到外面转转也不错。反正你记着，无论你将来到哪了，娶媳妇的时候必须回来，要在这毡房里结婚。

阿日德那大声说：放心，爷爷，这毡房就是我的新房，我要在这儿娶媳妇。

全家人都笑了。

吃完饭后，斯布勒有些累了，他要和孙子在这毡房里住一晚上，明天开始给孙子打一辆勒勒车，他要给孙子打一辆不带一点儿铁的勒勒车，是蒙古人最早的勒勒车，也是巴尔虎现在没有的勒勒车。

嘎日布曾经走遍蒙古草原，因为巴尔虎盛产三河马，很多盟市旗县需要巴尔虎的三河马，嘎日布就把马送过去。因为走遍了蒙古草原，他知道父亲说的那样的勒勒车，在蒙古草原已经没有了，那么父亲将要做的这辆勒勒车，就是蒙古草原上最后一辆勒勒车了。

第二天早晨,阿日德那的阿妈奥登走出毡房,被吓了一跳,尖叫着跑了回来,她说院子里有狼。

斯布勒和儿子、孙子都跑了出来，果然院子里趴着一条狼，就是那条公狼，奇怪的是猎狗阿乐嘎也在那条公狼旁边趴着，看着这条公狼，一声不响。

嘎日布端着砂枪，指着公狼就要开枪，斯布勒制止了儿子，他拿着刀走上前去，看了半天，说这条狼已经不行了，它已经老了，虽然跑到了仇人的家门口，却再也动不了，已经快死了。

阿日德那躲在阿爸的身后，也来看这条狼，只见这条狼灰黄色，毛粗粗的、硬硬的。还有一颗尖利的牙齿。但是狼的眼睛已经没有了那种凶光，只有淡淡的亮。

嘎日布说：还没死，我开枪吧。

斯布勒摇头，沙哑着声音说，此时他的声音已经很低了，阿日德那有些听不清楚：别了，多好的一条狼啊，找到了仇人，却最后下不了嘴，我满足它这个心愿吧。我杀死了它的老婆，也曾经杀死过它的父亲母亲，让它咬我一口吧。

斯布勒说着走到狼跟前。

嘎日布急了，上前一把把父亲拽过来，大声咆哮：阿爸，你疯了？有这么干的吗？这是狼，你想喂狼啊？

斯布勒倒退了几步，坐在院子里的木墩上，艰难地说：儿子，你们不知道，我是个猎人，你爷爷也是个猎人，死在我们枪下的狼已经有几百只了，这条狼想报仇，找到了咱们家门口，我让它咬一下不应该吗？它已经老了，没有了力气，就是我把手伸过去让它咬，它也未必咬得动，你们看，它眼睛里的光都快没了，它是爬着来的，因为它爬着进来，连咱们的阿乐嘎都没有咬它，咱们没有听见阿乐嘎的叫，这是为什么？因为阿乐嘎知道这条狼老了，阿乐嘎同情它、可怜它，这是一只狗对一条狼的心情，难道你们连狗和狼都不如吗？

斯布勒沙哑而低微的声音让嘎日布感动，父亲也从来没有这样训斥过他，一个勇敢的草原猎人晚年了，要让狼咬一口，这似乎也是可以理解的，似乎不应该反对。

嘎日布用疑惑的眼睛看着父亲，他没能说服父亲，却被父亲说动了。

斯布勒一看儿子的眼神动摇了，就走上前去，把胳膊伸到狼的嘴边，可是狼根本没理。

斯布勒回头说：你们看，它老了，就是老了，想报仇都报不了仇了，无论是什么东西，老了都是可怜的。

斯布勒这么说着，扭过头来。

这时阿日德那看见了惊险的一幕，那条狼突然跃起，一口咬住了爷爷的肩膀。

嘎日布大喊一声：阿爸。他急忙跑过去，用枪口顶住狼的脖子，嗵的一声，枪响了。

那条狼的确已经老了，它虽然叼住了斯布勒的肩膀，却没有力量把肩膀撕开，牙齿也咬得不深。枪响之后，它松开了嘴，倒在地上。

老人一屁股坐在地上。

阿日德那扑进爷爷的怀里：爷爷，你肩膀出血了。

斯布勒很冷静：没事儿的，这条狼终于可以放心地死了，作为一个猎人，我无愧了。

嘎日布急忙跑回毡房，拿出些药，给老人敷在伤口上。看着忙来忙去的儿子，斯布勒问阿日德那：长大了还敢当猎人吗？

阿日德那坚定地说：敢，我要当像爷爷一样的猎人。

嘎日布简单给父亲上了些药之后，还是把父亲带到了苏木卫生院，让大夫给打了消炎针，还拿了些药。一个大夫也看了斯布勒的嗓子，悄悄跟嘎日布说，这病怕是很严重，可能是癌症，最好到海拉尔或哈尔滨去看看，这小苏木医院没有办法。嘎日布就很着急，和父亲商量想马上就走，斯布勒很镇静，他跟儿子和大夫说，自己得的这个病估计就是癌症，都七十多岁的人了，到医院挨一刀再死，不值得。

大夫用吃惊的眼神看着老人从医院走开，他的眼神除了吃惊之外更多的是敬畏。

经过狼的这一次袭击，老人嗓子的病更重了，肩膀上的伤口虽然没有发炎，可老人说话的声音却越来越小，阿日德那根本听不太清楚，而嘎日布还能通过老人的口型，猜测到父亲说的是什么意思。

斯布勒埋怨那只公狼来得太早，如果再晚来半个月，他就能把勒勒车做好，可是现在他做不了了。

奥登劝公公：您不要难过，要不我去找个木匠，来做勒勒车，你在旁边指导，不动手，尽量少说话，行吗？

斯布勒摇头：算了，人这辈子想干的事情很多，可是干不完的，生命不会圆满，老天爷总会让你缺少点什么，只有佛爷的世界才是圆满的，人不是佛爷，人的世界就不会圆满。比如我现在，毡子擀了，毡房做了，勒勒车老天爷不让我做了，那我就该走了。

老人的话把奥登说哭了。

斯布勒告诉儿子，自己死后不想火葬，要用巴尔虎蒙古人最古老的办法埋葬，就埋在妻子的旁边，也不要留坟墓。

嘎日布记住了老人的话，在中秋节的第二天，老人盘腿儿坐着离开了这个世界，表情非常安详。

嘎日布请来了附近几位老人，让他们帮忙安葬父亲。

那些人来到斯布勒身旁，看到斯布勒的表情后都很吃惊，老人穿着那件深蓝色的蒙古袍，还扎着宽宽的橘黄色的腰带，很漂亮，也很有风采。

木匠给斯布勒老人打了一个正方形的一米高的棺材，把老人坐着放进去。

斯布勒的棺材被抬到罕山下。嘎日布知道，十八年前母亲也埋在这里，没有坟地。深埋过母亲的地方，青草萋萋，绿得好像要流出水来，绿得让嘎日布心酸，他知道那种浓浓的绿，就是母亲的骨血，人回归大自然之后，骨头不再是白色的，血肉不再是红色的，都变成绿色的了。

嘎日布选准了位置，在当年埋葬母亲的那块儿草地旁边，和几个小伙子挖了一个二米深的坑，把棺材放进去，掩埋好。

嘎日布在父亲的墓前，烧香、祭酒、哭泣，后来就离开了。

阿日德那目睹了爷爷被深埋在大地里的情景，他的心灵被震动了，他从远处挖来了几棵野芍药，想要种在爷爷的墓上，嘎日布制止了他，他告诉阿日德那，自己当年也曾经给母亲的墓上种过芍药，可是不知道为什么，种的芍药没活。

阿日德那不听父亲的话，坚决要把芍药种下，嘎日布不想伤儿子的心，同意了，他在心里也祈祷着，希望这几棵芍药能活。

按照巴尔虎蒙古人的习俗，死了三年之内，人们是不能到逝者的墓地上去的。

整整三年之后，嘎日布领着阿日德那又来到罕山脚下，阿日德那已经又长出高高一头。他摘下肩上爷爷的猎枪冲天空开了三枪，他听到天空传来爷爷爽朗的笑声，爷爷高兴了。他用力掂了掂猎枪，有很多话想讲给爷爷听。

父母的墓前，草地已经长平了，几乎看不见曾经挖过坟墓的样子，而且草长得更加茂盛，让嘎日布欣慰的是，阿日德那栽下的那几棵芍药活了，那是一株黄色的野芍药。奇怪，中秋节之后，草原已经开始黄了，看不见鲜花，而这几株野芍药还黄灿灿地开着，不像要衰败的样子。让嘎日布惊奇的是，母亲的墓上，也长出了野芍药，虽然没有开花，但是也有大大的叶子。

嘎日布告诉阿日德那，奶奶的墓上也有芍药了，应该是自己十八年前种下的，十八年后才生根发芽，明年该开花了，那花是红色的，像血一样……

北京邻居

2015年获第十一届内蒙古自治区文学创作"索龙嘎"奖

荆永鸣

一

刚到北京的时候，我和妻子一直住在餐馆里。我们的餐馆不大，六张散桌，一个包间，包间旁边有个四平方米的小耳屋，外加一个油乎乎的厨房，仅此而已。当时，北京的小餐馆差不多都有两种功能：白天是餐厅，夜里做宿舍。我们的餐馆也不例外。晚上打烊了，休息了，男伙计睡前厅，女服务员住包间，我和妻子就在那间四平方米的小耳屋里下榻。整个餐馆，从里到外，横七竖八，到处都是放倒了的人体！

有句话，睡在哪里都是睡在夜里。其实不一样的。睡着了不用说，人就是一块呼吸着的肉，灵魂可以乘着梦的翅膀尽情遨游；醒着的时候则不行，干点什么都不方便，极其别扭。烦躁折磨着我。为此我曾不止一次建议妻子到外边去租间房子，哪怕小点呢、破点呢，都行，没关系，只要关键时刻能让人喘几口粗气就好。可我妻子总以"餐馆刚开业，死活还看不出个上下呢"为理由，一次次推诿，说，还是等等吧，看生意能不能稳定下来，刚出来创业，这么点困难都克服不了哪行啊，你说对不对？

我承认她说得对，有道理。可一想到夜里的处境我就很烦，觉得她的道理太注重理论而忽略了实际。而实际一点的话我又不能说，也没法说。是啊，困难，困难，不就是睡觉的时候有点难吗？身为女人，她能够克服并且苦口婆心地做我的工作，我还能说啥呢？那就挺呗，熬呗！

结果，一直熬了三个多月，她才主动提出到外边去租一间房子。需要说明的是，不是她熬不下去了，也不是因为我们餐馆有了比较稳定的收入，而是高大脑袋一句话让她受到了刺激。

高大脑袋是个精力充沛、热情饱满的人。在煤矿，我们是住在同一栋楼房的邻居。他比我大三岁，我很崇拜他，他是个妇产科医生。一个男人为什么要做妇产科医生？这是个有趣的问题，也是一个令人费解的问题。遗憾的是，我从没有跟他探讨过这样的话题，只是觉得他的职业挺好的，很神秘。我喜欢和他说话，喜欢听他聊天，一见面，我就拍着他的肩膀悄悄地问他，又把谁给看了。或者说，高大哥，今天又看了几个？这时候，他就会用一种鄙夷的目光盯着我，你眼热了是不是？告诉你，哥们儿看一百个可以当标兵，你多看一个那叫犯错误！知道不？我就嘿嘿儿地乐。

高大脑袋不仅是个出色的妇产科医生，同时他还喜欢琢磨政治。有天晚上，我去他的值班室里聊天，他语重心长地说，老弟啊，国家的形势要变了。我问他怎么个变法。他说打个比方，用不了几年，只要有钱，谁都可以把这座医院大楼买下来！现在看，这无疑是一句稀松平常的话了，可当时是上个世纪九十年代初，那大楼可是企业的，企业是国家的，你想买就能买？做梦啊？我说这你可吹大啦！他说你不信？那就走着瞧！没料到，几年后他的话果真应验了——倒不是说谁真的买下了那座医院大楼，而是说公有变私有、变民营、变股份制等经济模式在中国已经成为一种普遍事实。这件事，让我对高大脑袋特佩服！一个偏远煤矿的妇产科医生，他对国家形势咋就看得那么准呢？我到了北京这些年，也常听一些人谈论国家大事，说这事这样、那事那样，谁该上去了、谁该下来啦，等等，听口气，犹如板上钉钉，可从后来的情况看，他们预测得一点都不准，就像那种常常出错的天气预报，说是明天有大到暴雨，第二天却风和日丽，一个雨点儿都没落。挺尴尬的。

书归正传。那年夏天我从北京回到了煤矿。晚上几个哥们儿请我吃饭。我刚走进一家餐馆，就碰上了高大脑袋，他一把捞住我的手，钳子似的握着。当时高大脑袋已经是一家私人医院的大股东兼院长了，身份变了，人没变。他还是过去的样子：不仅脑袋比一般人大一些，身材也魁梧，能喝酒，只要眼角上带着血丝，至少一斤白酒灌下去了。他红着眼睛看着我，问我啥时候回来的，话未说完，他便钳住了我的手，硬往一个包间里拉。

包间里一大桌男女，已经喝得乌烟瘴气。有认识的，便一惊一乍地迎过来和我握手，寒暄；不认识的，就坐在那里睁着眼睛看着我。一阵小小的骚动之后，高大脑袋伸出两只手，向下压了压，意思是让大家静一静，他要讲话了。高大脑袋喜欢在这样的场合讲话，口才也好，随便扯出个话题就能滔滔不绝。这次讲话，他主要是称赞我是个敢闯敢干的人，能顺着时代的召唤走，跑到人生地不熟的北京去创业，令人钦佩！与此同时，他还特别称赞了我的吃苦精神——前不久，他趁出差的机会曾到过我餐馆一次，对我在北京的情况也算是掌握了第一手资料。说到我和妻子住宿的地方，他巡视了一下众人，说：你们可能想象不到，就这么大个小屋……他伸开两只胳膊比画着，同时回过头来看着我：几平米？我说四平米。他像拍蚊子似的往脑门儿上拍了一掌，说：妈的，这记性……对了，四平米！你们说，四平米的屋子，一张小床，两口子咋睡？谁说对了，我喝一杯酒！半天没人吱声。后来还是两个女人说话了。女人对于这种竞猜式的提问或者"互动"，总是显得比男人更积极、更有兴趣一些。

一个说，挤着睡呗。

另个说，轮着班儿睡？

高大脑袋看都不看她们，他失望地摇摇头说：不对，都不对……你们的想象力咋就这么差呢，跟你们说吧，人家两口子是摞压摞地睡！头半夜，是他在上边，弟妹在下边；后半夜，是弟妹在上边，他在下边！

几秒钟的静止之后，在场的男男女女可没乐死，跟着一阵七长八短的笑声，我也乐了。坦率地说，我并没感到有什么难为情，哥们儿嘛，开句善意的玩笑没什么，很正常。当时还没等走出那个包间呢，我就把这事儿抛到了脑后。

再次想起高大脑袋那句话，是我回到北京之后的事了。那天夜里，我躺在床上，怎么也睡不着，便浮想联翩。想着想着，竟禁不住扑哧一声乐了。我妻子问我咋的了。我说没咋的。那你笑啥？她用胳膊撑起身子，诧异地看着我。

这时候，如果我再说没笑啥，因此而产生的后果就不好了。试想，假如有人在你身边莫名其妙地笑了一下，又说没笑啥，你会怎么想呢？我是个心理素质很差的人，不喜欢在一些无聊的问题上制造悬念，折磨别人。于是就把高大脑袋那句调侃的话原原本本地告诉了她。我妻子听后也乐了。她沉吟着说：这个高大哥，他可真流氓！接着就再也没有了下言。很长一段沉默之后，四平方米的黑暗中，我听到了一声悠长的叹息……

第二天早晨，还没起床，我妻子就很认真地叫着我的名字，她说是有个事儿想跟我商量商量。

我问她啥事儿。

她说她考虑了半宿，还是去租个房子住吧。

我说租不租都行，无所谓。说真的，我都麻木了。

她说：租！

我用她以前对我说过的话提醒她，租个小点的平房也得六七百……

她说：那也租！

二

一九九八年的北京租房很困难，不像现在——现在有租房网，有大大小小星罗棋布的中介公司，信息铺天盖地，你想租哪个地段的房子、哪个价位的房子，只要在网上一搜，"哗"就会出来一大片，让你可着劲儿地挑！那时候不行。互联网还不像现在这么发达，房屋中介也少，信誉还差，有的干脆就是骗子。想租房呀？有哇，什么样的都有。去看看行吗？行啊，先交二百块钱劳务费。看成了，再付一个月的租金；看不成，劳务费不退。不退就不退吧。那就走，上车！车子是个破夏利，开得嗡嗡响，好歹没在路上散了架。到了地方一看，房子没说的，位置、设施都挺好。一问租金，眼球差点蹦出来，这不是在讹人吗？话一出口，房主的眉毛都立起来了：师傅，您怎么说话呢？想租就租，不租拉倒，什么叫讹人啊，是不是？遇上这样的茬儿，你不生气就怪了。心里想，我不租了行吧？于此之下，那二百块钱的"劳务费"就这么打了水漂儿。

我刚到北京寻找开餐馆的房子时，就经历过这样的事情。两次之后才恍然悟出这是个骗局，是个圈套！当然了，这个世界上到处都是圈套，钻不钻，全凭你的智慧，同时也在于吃一堑长一智。这次租房，我就没去钻那种骗子公司的圈套。

我钻的是胡同。北京的胡同太多了——犹如这个城市肌体中的毛细血管，不计其数。当时我钻的都是我餐馆附近的胡同，什么大纱帽胡同、南口袋胡同、磁器库胡同、取灯胡同……寻寻觅觅，一连转了好几天，没找到一家出租的房子，倒是遇见不少戴着"治安"袖标的老头、老太太，他们一律用警惕的目光看着我。每当这时，我就赶紧迎过去，躬着身子，讨好地叫着大爷或大妈，问附近有没有出租房子的。

客气的，说没听说；

冷漠的，说不知道。

热情的，说想租房啊，您得去找中介公司，知道吗？

白扯。一点有用的信息没有。

后来我才知道，想出租房子的人不是没有，而是有关部门管得太严，房子不能随意出租——尤其不能出租给不拖底的人、不明身份的人、不三不四的人，更甭说，万一闹出个贩毒吸毒、卖淫嫖娼、杀人越货等刑事案件来，房主要负连带责任，轻者罚款，严重的，没收房子的都有。因此一向遵纪守法、谨小慎微的北京市民，即使有房空着、锁着，哪怕让蜘蛛在各个角落里忙忙碌碌地结网呢，也不敢轻易出租。更不敢到大街小巷去张贴小广告。不像后来，小广告到处都是，害得那些城管人员怨声载道，整天捏着那种塑料的大可乐瓶子往上兹水，洇，然后用小铲子或小刀片之类的工具，细着眼睛一张张地清除。好不容易清理出个模样了，差不多了，本以为明天扫扫尾，就彻底清理完了呢，可第二天一看，又是一层！气死。

我租房的时候，北京的大街上还没有那么多的"牛皮癣"呢，胡同里则更少。偶尔发现电线杆或厕所的墙壁上贴着巴掌大一张小纸，我都会眼睛一亮，凑到近前一看，却是"包治各种性病，尖锐湿疣，一针就好"，令人沮丧。

我妻子也沮丧。她说北京怎么这样呢，有钱都花不出去。我说还是钱少，有个百八十万的试试，卖楼的多得是，打个电话说不定就会有专车来接你。结果竟把我妻子说恼了。她说你想租就租，不租拉倒，少跟我抬杠行不行？其实我说的都是实情。后来，就在我们一筹莫展的时候，倒是胡冬给我提供了一个信息。

他说：大哥，我听说你想租个房子？

我说：找了好几天了，没有。

他说：嗨，你咋不早说呀！

胡冬是个三十多岁的小伙子。我没接手这家餐馆之前，他就在对面的墙角支了个炉子，卖烧饼。最初，我对这个东北人没什么好印象。他不仅剃个光头，前胸上还刺着一条张牙舞爪的青龙。这种扮相，要是放到今天就没什么了，比之于那些阴阳头、鸡冠头、红头发、绿头发等种种怪异的扮相，胡冬算个啥呀，简直是小巫见大巫。可当时不行。人的个性化追求很单一，不像现在这么"多元"，这么变了态似的夸张。或者说，大多数人的观念都很保守——比如我，只要见到剃着光头或前胸后背上文着这样那样野兽的人，我就会做出这样的判断：这不是搞前卫艺术的人，就是个流氓！正是基于这样一种狭隘的认识，第一次见到胡冬时，我就觉得这家伙不是只好鸟儿。没事的时候，他喜欢站在我餐馆的外边光着脑袋往里看，四目一碰，即使他冲着我龇牙一笑，我也懒得理他。直到他和嘎子发生了一场冲突之后，我对这个人的看法才完全变了。

嘎子是附近有名的痞子。他三十多岁，个子不高，瘦。走路的时候腰部不动，两条腿弯得像个哈巴狗，身边儿却总跟着那么一两个长得不错的女孩子。那次不知因为什么，他与胡冬发生了口角，把胡冬一个单手"锁喉"龇牙咧嘴地抵在了墙上。这时候，我以为胡冬会用一招反掰腕摆脱困境，紧接着一场激烈的反击就要开始了呢。结果却令人失望。我眼瞅着胡冬被勒得脸红脖子粗，气都喘不上来了，还用一种变了声调的假嗓子，像唐老鸭似的说了好几句"对不起"，真是滑稽。至此，我才知道这个剃光头、刺青龙的家伙，别说是流氓呀，啥都不是了！眼看着他被嘎子放手之后，红着眼圈不断地抚摸自己被勒疼的脖子，我倒觉得这个家伙有点可怜巴巴的软弱与窝囊。

此事之后，我不仅对胡冬进行了新的估评，还渐渐发现：那些亮着光头，文着什么青龙呀、老鹰呀、虎头呀、蝎子呀，或者在手腕上刺着"忍"呀、"恨"呀之类的人，搞前卫艺术的不多，真正的流氓也少。相反，他们大部分是从乡下进入城市而且涉世不深的年轻人。他们之所以剃光头，或在身上文一些这样那样的凶恶猛兽，除了反叛他们在乡下一直承受的传统压抑，或在审美趣味上追求另类之外，还有另一层原因，那就是他们太懦弱、不自信，害怕遭受他人的欺侮，便模仿影视剧里的一些角色，把自己扮成了流氓恶棍的样子。遗憾的是，这种伪装起来的流氓到底是外强中干，在真正的流氓面前是那么脆弱，几乎不堪一击。

正因为这种"不堪一击"，我才与胡冬有了接触，原来是个不错的小伙子。说话慢声慢语，粲然一笑，便露出一只好看的虎牙儿。讲到过去一些事儿或形容一个人的处境时，喜欢说"可悲惨"。他做的烧饼也好，有咸、甜两种，色泽金黄，看上去挺硬，咬一口酥脆。偶尔，我会用他的烧饼给我餐馆的伙计改善一下早餐，这样一来，我们便有了交往。

胡冬告诉我，在我餐馆北边的一条胡同有个二十一号院，院里有间房子对外出租，不知道租出去没有。我问他是怎么知道的。他说两个月前他曾在那间房子里住过。我问他为啥不住了。胡冬挠了挠脑袋，吞吞吐吐地说也不为啥，就是和院里的人闹了点意见，说起来可悲惨……不说了，一说我就来气！不说就不说。别人不愿意说的事，我从来不问。

我跟着胡冬潜入二十一号院的时候，正是北京人民上班的时间，也是那些不上班的老年市民去菜市场或出去遛弯儿的时间。院子里空无一人。我们在"左手第一家"找到了胡冬所说的房子。这是一间倒座子房，门外边围着一圈木板栅栏，栅栏门上没有锁，只用一个小铁钩挂着。我们进入栅栏之后，胡冬站在门口侧着耳朵听了听，又敲了敲门，没有动静，他便凑到旁边的窗户，用两只手遮住玻璃的反光往里窥视。他说没人住。我说真的吗？胡冬侧过身子，把窗户让给我。我用同样的方法看了看，遗憾的是窗子太小了，只看得见屋子里的一部分。胡冬问我想不想进屋里看看。我说你有钥匙？胡冬转身向院子里看了看，从栅栏的木板缝里抽出了一截小钢锯条，诡秘地一笑，他说这是一把备用的"钥匙"，他在这里住的时候总习惯把钥匙锁屋子里。说着，他把小锯条顺着门缝塞进去，上上下下地滑动着，找感觉，捅。这时候我突然害怕了，万一被人撞见，岂不成了挖门撬锁的啦？我赶紧压低声音说：算了算了，别捅了，我不看啦！话音未落，胡冬手里的锁把儿"咔儿"地转了一下，门开了！

从进去到出来，也不到十秒钟。我太紧张了。屋子很简陋，是长条形的，当中打了个隔断，被分成里外两个小间，里边有一张光板的双人铁床，外边放一对很旧的布面单人沙发，此外，就是那种糊了报纸而且已经很旧的墙壁了。我草草看了几眼，便催促胡冬赶紧离开。谢天谢地，我们带上门，又从大杂院里溜出来的时候，总算没碰到一个人。

三

接下来便是联系房主。此人叫刘大平，五十多岁，大个子，在一家食品厂工作，是个小头头。那天下午，他如约来到我们餐馆。在详细地询问了我们的一些情况之后，他直言不讳地说，他的房子原本不想出租了，太麻烦！可一见面，觉得我们两口子挺不错，靠谱儿，他可以把房子租给我们。问到租金，他说这个不急，看中房子再说。

其实房子已经没说的了，我心里已经有底。特别有我们那个四平米的小耳屋子做对比，我妻子一眼就看中了。一问租金，对方开出的条件是每月六百，两个月一付，上交租。我和妻子交换了一下意见，觉得还行，没超出我们事先的预测，也就没讨价还价。

回到餐馆，刘大平草拟了一份简单的协议，彼此签了字，我又预付了两个月租金。他说：成，这就齐活了！他掏出烟来，扔一支给我，又自己叼一支在嘴里，点上。刘大平吸了一口烟，踌躇地说，还有个事儿……得跟您商量一下。我问他什么事儿。他说您能不能弄条烟啊？我说烟啊？这好办，你说吧，抽什么牌子的。刘大平告诉我，不是他抽，是他琢磨了半天，觉得租房子这事儿还是得跟赵公安打个招呼，最好是表示点意思。

他一提"公安"两个字，我心里禁不住一沉。说实话，自从开起了这家餐馆，我心里老有一种紧张感，特别是一见到戴大盖帽的人就有点怕，怕警察，怕城管，怕工商和卫生防疫站的人……为此，我曾不止一次痛骂自己是胆小鬼、窝囊废，又没干过什么坏事儿，你怕个鸟！只是不管在背后怎么给自己打气、壮胆，到了正章还是不行，心里总有一种战战兢兢的惶恐与不安。这简直就是个谜。

我疑惑地问刘大平，租房还得跟派出所打招呼啊？刘大平说不是派出所，是院里的一个街坊。我说院里还住着个警察？刘大平笑了。他说不是警察，是人名儿，名字叫赵公安，明白吗？我点了点头。其实我还是不明白，既然不是公安，而是院里的一个邻居，我租的又不是他的房子，干吗跟他打个招呼，还要表示一点意思呢？刘大平看出了我的心思。他介绍说赵公安这人有点各路儿，当然也不能说他有多坏，就是挺事儿的，像个事儿妈，他担心我住进去之后他瞎搅和。

我沉吟着说：是这样……

刘大平说：看您的，其实不意思也行，没关系。

我说：别介，该意思就意思吧。

当时我就到餐馆对面的小卖铺买了一条"万宝路"，外烟儿，混合型，有劲，在当时也算是挺够档次了。我递给刘大平说：那就麻烦你给他送去吧。

刘大平一怔，他说：这哪成啊？您得跟我一块儿去，烟得您给他，往后有个什么事儿就好说话了，您明白我的意思吗？

我想了想，有道理。

赵公安住在院子的西北角，厢房，坐西朝东。那是我第一次走进北京人的家里。屋子不大，光线很暗，物品都很陈旧了，而且零乱。屋子中间拉着一个灰色的布帘。布帘半开半合，里边是一张双人床，床上蜷缩着一个很胖的女人，看样子是在睡觉，也许是睡着了，也许是不愿意参与我们的事儿在装睡，总之我们进屋之后，她一动没动。布帘的这一边，靠墙放着一张单人床，墙上贴着一幅球星贝克汉姆的彩色画报；地中间是一张展开的折叠式小圆桌。桌上摆着一盘粉丝、一盘白菜、两盘羊肉片。地上一只铜火锅刚生着炭火，整个屋里弥漫着一股生烟味。赵公安正在忙活晚饭。他五十多岁，小个儿，身材瘦弱，一双眼睛十分灵动，对于我们的不期而至显然有些意外和吃惊。

他"嘿"了一声说：是大平啊！

刘大平笑着说：赵哥还亲自下厨！

赵公安搓着两只手：今儿不立秋嘛，我点了个锅子。

刘大平说：贴秋膘呀，好！

我注意到，屋里有三只折叠的小圆凳子，但没有多余的空间，我们又不能坐到人家的饭桌上去——只好站着说话。刘大平向赵公安介绍了我的情况，说我在附近开了个餐馆，是内蒙的，两口子特老实，不惹事儿，想在他的房子里住一段，并说了一些"往后在一个院儿住着，麻烦赵哥多多关照"之类的话。说着，他看了我一眼。我意会到他的意思，把手里那条烟递给了赵公安。

赵公安怔了一下，小眼睛又是很吃惊的样子，他说：您客气！然后转向刘大平说，大平啊，您这就不对了，都是街坊不是，干吗这么客气？一脸愠怒。

刘大平笑着说：我就说嘛，赵哥人不错，用不着客气，可这老弟讲究，说头次见面，不表示点儿意思哪成啊……得，一条烟呗，赵哥就甭客气了，收着吧。

我心里一阵温热。我是不是真像刘大平说的那么"讲究"并不重要，重要的是他让我第一次感受到了城里人对一个外地人的呵护，这种感觉挺好的。

那天晚上，我请刘大平吃了一顿饭。既然成了房东与房客的关系，也是情理之中的事。与此同时，我把从中"牵线儿"的胡冬也叫了过来。开始胡冬还有些扭捏，几杯酒下肚人才放松多了。他开始主动地给刘大平敬酒，而且一口一个"老房东"地叫着，一副很诚恳、很谦卑的样子。后来两个人越说越热乎，你一言我一语地扯起来，我才知道，胡冬之所以从二十一号院里搬出来，并不像他当时讲的那样"和邻居们闹了点意见"，而是被赵公安撵出来的！

据说，当时胡冬在刘大平的房子里已经住了一个多月。他每天守着那个烧饼摊儿早出晚归，与院里的人不相往来，倒也相安无事。直到有一天，一个老太太突然发现胡冬不仅剃了个锃亮的光头，光着膀子在院里洗衣服的时候，前胸上还刺着一条青龙……此事一经传开，院子里的人就骚动了。

真的啊？

我亲眼瞧见的！

嘿，新鲜！老刘家招了个什么人呀这是！

甭急，明儿我就叫丫滚出去！

当天晚上，胡冬就接到了刘大平的电话，让他赶紧找地儿，说他的房子不能租了，邻居有反映，万一闹到居委会或派出所去就麻烦了。胡冬问刘大平哪个邻居有反映。刘大平告诉他，别的邻居倒没大事儿，主要是一个姓赵的，叫赵公安，那人多事……胡冬跟刘大平说，这事你不用管了，我去跟他说。没想到，一说就崩了。不管胡冬怎么解释，求情似的让"赵大叔"关照一下。"赵大叔"不但不理他的碴儿，还显出一种烦得不行的样子，把一只手掌在胡冬面前果断地一挡：他说得！您甭给我说这个，谁的房子您找谁去，跟我说不着！知道吗？

按理说，赵公安的话也没错。可胡冬心里明白，这件事就是赵公安在其中作的梗，他心里憋着一肚子气，又不好直说，便一声不吭地盯着赵公安。在我的想象中，胡冬的眼锋肯定是有点硬了，再加上他的光头做辅助，反而刺激出了赵公安的一种激情。据说他当时就不让了。他问胡冬：瞅什么瞅？想打架是不是？说着，他还两手交叉，揪住自己的上衣下摆，把一件灰色的老头衫从脑袋上捋下来，往地上一甩，然后"啪啪"地拍着自己搓衣板似的胸脯，声音响亮地告诉胡冬：有种往这打！他这么虚张声势地一叫板，街坊四邻全出来了。

怎么回事儿？

有理讲理，干吗打人？

是啊，这可不是撒野的地方，知道吗？

面对这种七嘴八舌的声讨，胡冬呆若木鸡地立在那里。他不知道事情怎么会变成了这样，用他自己的话说，我招谁惹谁了？！真是纠结。

那天晚上，胡冬缩在那间黑暗的小屋子里，像个没娘的孩子，既孤单又委屈，泪都流下来了。两天后，胡冬无奈地搬出了二十一号院。据他讲，当时的处境"可悲惨"，要不是赵大妈（一个挺胖的老太太，就住在我餐馆旁边的院子里）把家里一间小屋子租给了他，那段时间他就得露宿街头了。

胡冬说得可怜巴巴。刘大平却不以为然。他说赵公安的确是个事儿妈，但实事求是地说，这事也怪胡冬自己不注意形象：挺好个小伙子，既不是斑秃儿，又不是鬼剃头，你弄个光葫芦瓢儿干啥！听说前胸上还刺了个什么青龙？他用审视的目光看着胡冬，语重心长地说：小胡啊，不是我今儿说您，年轻轻的，好好做你的生意，在身上瞎折腾个啥呢！一番话说得胡冬脸红脖子粗，一个劲儿地去摸自己的脑袋。其实，这时候胡冬的脑袋已经长成了一头乌黑的短寸，而不再是那种被刮得很亮的光头了。至于那条青龙，如果不是特意袒胸露腹，也是不易被人发现的。可尽管如此，他还是被刘大平揪住了一身毛病似的，好一顿上课！

接着，刘大平告诉我——准确地说是在安慰我，他说不管谁对谁错，小胡的事儿已经过去了，不说了。踏踏实实住您的房子，如果院里的邻居有什么说道，您别跟他们计较，我来处理！哎，对了，那钥匙我给您了吧？

我说：钥匙啊？给了。

四

一九九八年初秋的一天，我捏着那把像通行证似的钥匙，正式地走进了二十一号院。我和妻子忙活了整整一天，把那间房子彻底收拾了一遍，又添置了几样简单的家具。当天晚上，我们便迫不及待地住了进去。

有了正式睡觉的地方，我才体会到北京的夜晚真是不错，连做梦都是快乐的。回想起此前在餐馆那间小耳屋子里所熬过的上百个夜晚，从某种意义说，几乎就是白费。

五

从布局上看，二十一号院是一座老式四合院。据说清朝末期，这里曾住过一位武官。如今大门外还残留着一块不完整的上马石，只是不见了清朝的人和马。伴随着历史的不断变迁，院里那种"天棚、鱼缸、石榴树"的景致已全然不在，就连当初的格局也已面目全非。原来的"二进式"院落，不知什么时候被隔成了两个院子，一些不同年代翻盖或新建的房子则高低不等、大小不一。走进院子之后，给人的感觉到处是门：厨房、煤棚、淋浴间等等。院里的居民都是老住户，而且大都是上了年纪的老人。现代化生活把年轻人带进了高楼大厦，上了年纪的老人似乎比较适合于住在这种古老的大杂院，或者说，这种古老的大杂院也比较适合老一点的人来衬托。

住进这个院子之后，作为临时的房客，我知道融入不了它的主体，那些老住户，也不会因为一个外地户的到来而改变什么——包括他们的喜怒哀乐，包括他们的过去、现在和将来。更主要的是，我们必须吸取胡冬的教训。因此，开始的时候我和妻子都非常低调，甚至怀有一种"鸠占鹊巢"般的不仗义，尽量躲着院里的人，默默地小心翼翼地生活。

我和院里的接触，源于一个扎着羊角辫的小女孩。她叫楠楠，是隔壁家李大妈的外孙女。当时她正在附近的一所小学里读书，每天放了学，由李大妈的老伴儿接回来，到了晚上，再被她妈妈骑着自行车接走。那年国庆节，我把女儿小玉从她乡下的姥姥家接到了北京。刚见面两个孩子就成了朋友。她们一个黑，一个白；一个偏胖，一个略瘦；只有年龄相同，都是八岁。有一天，两个孩子在大院里的自来水龙头下洗手。楠楠说：知道吗？饭前便后必须洗手，手上的细菌可多啦。啥叫细菌？我手上咋没有？小玉问。楠楠说：啥叫细菌您都不知道？就是活着的东西，特别特别地小，用显微镜才能看得见。

两个孩子洗完了手。楠楠说这水真凉！小玉却不以然：这水还凉呀？我姥姥家的水才凉呢。楠楠说：为什么？小玉说，那是井里的水。楠楠说，井是什么样子呀？小玉说：你连井都没见过？就是在地上挖的洞，可深可深了！往下一看，特黑，啥也看不见！楠楠说：哎呀，吓死我了！那人掉不下去吗？小玉说，咋掉不下去呀？我们班里的刘小柱还掉下去过呢，差点儿没淹死，后来学习一点都不好了，考试净得大零蛋。楠楠说：哎呀，是不是把他摔成笨蛋啦？小玉说：不是，我们老师说，他脑袋里进水啦。

两个孩子天真的对话，使这个古老的院子里充满了童趣。我在屋子里忍不住笑了，同时心里涌出一种说不出的温情与感动。怎么说呢，住进这个院子之后，每天从一个大门进进出出的有十几号人，能说上两句话的都少。不是不想说，而是作为一个外来户，我总觉得和那些坐地户之间有一种东西隔着，看不见，却很坚硬。但是孩子却可以凭借她们的纯真，轻而易举地穿越了它。如此看来，如果我们能像孩子那么单纯与透明，我们眼前的世界肯定是另一种样子。

此后，我开始用一种比较积极的目光吸收着院子里的一切。一段时间之后，我知道了院子里住了八户人家；又过了一段时间，我便理清了哪个女人是哪个男人的老婆，哪个男人和哪个女人是鳏寡一人。起床最早而又秃了顶的男人他叫海德宝；那个细高个儿，总追着一只足球走路的小伙子是赵公安的儿子……

最先熟起来的，是隔壁的李大妈。那是个圆盘大脸的老太太，姿态端庄，面容高贵。搭讪起来，却是个挺爱说话的老人。几次之后，我便知道了她有一个儿子、一个女儿。儿子在一个派出所当所长，女儿和姑爷在街道办事处工作。两个子女住的全是楼房。她和老伴儿也有个两居室，在沙子口，一直空着，他和老伴儿谁都不愿意去住。我说是啊，老年人都不喜欢住楼房。李大妈摇摇头说：不是不喜欢，主要是接收不到地气。她用一种神秘的语气小声说，这院儿风水好，过去是一个武官的宅子！

我乐了。

您老儿在这住了有年头了吧？

敢情！我来到这院儿的时候还是个姑娘呢。

李大妈告诉我，当时她老伴儿刚从部队转业被安置到了纺织部工作，就是为了跟她结婚才要到了这个房子。她感慨地说，那时候我才二十三，现在都六十六啦，你算多少年了吧。

我算了算，确实不短了。李大妈的老伴儿也有七十多岁了吧。那是个不怎么爱说话的老人，青白发，板寸头，言语不多，但做事仔细。每天睡过午觉之后，他先是把一个很小的方桌摆到院外，然后回到家里，拿出两个小马扎，摆在小方桌的旁边。这时候，李大妈一手拿着两个蒲扇（防蚊用），一手端着个大号茶缸子，从院里走出来，老两口往小马扎上一坐，沐浴着秋天的暖阳，一直坐到傍晚。

李大妈的外孙女——也就是那个扎着羊角辫的楠楠，喜欢吃东北的锅包肉。偶尔，李大妈会带着小女孩到我的餐馆去要一个外卖。最初两次，我和妻子说啥不收李大妈的钱。李大妈却执意不从，她说：那哪成？你们做的是生意，不要钱，明儿我就不来啦！她言语认真，表情严肃，几乎要真生气的样子。后来我发现，北京人注重人情世故。尤其是那些年岁大一些的老北京，最是讲究规矩，可称得上是礼尚往来的典范，假如你给他一根针，他就会变着法地还给你一条线，绝不占你的便宜。

六

接着，熟起来的就是赵公安了。坦率地说，因为有胡冬的事做铺垫，最初我还有意躲避着他。其实，蛮好的一个人。说话高门大嗓，豁豁亮亮，给人的感觉总是那么快活。见了面，离老远便会打个招呼，并不止一次地叮嘱我，有什么事儿就言语一声，都是一个院里的邻居，甭客气！

不过，时间一长，我渐渐发现赵公安这个人还真是点"各路儿"。从性情上说，我觉得这是一个属于躁动型的人，好说好动，还好斗。通常情况下，只要他不到街上去，你在屋子里就会经常听到他的声音，和街坊打招呼啊，逗闷子啊，今儿个气温是多少度啊……或者，拖着那架两个轱辘的小购物车从菜市场一回来，他就会跟院里的邻居骂骂咧咧地抱怨说，土豆涨了五分，大蒜、白菜涨了一毛，黄瓜都他妈五毛一斤啦……琐琐碎碎，一地鸡毛。如果再来上一句：今儿碰上一傻逼，我差点抽丫的！——那保准是他在外边又和什么人吵架了。总的说来，我觉得这个瘦小枯干的人，可能是肝儿不太好，心浮气躁，喜欢抬杠，不管说什么事儿，都像是憋着一肚子气似的，而且啥也看不惯。

他甚至看不惯自己的儿子。

其实，那是个非常帅气的小伙子，个子比赵公安高出半头。他叫涛子，十八九岁，穿一套深蓝色的运动服，透出一身的青春与活力。据说涛子是在一个职业学校读书，学的是建筑，却偏偏喜欢上了足球，而且似乎到了迷恋的程度。只要你见到他，保准就会见到足球。有时候，你刚要出院或进院，一只足球会"嗖"地通过院门口射到你腿上，吓一跳！紧接着涛子就会出现在你面前，一缩脖，抱歉地一笑。涛子不爱说话，至少是不愿跟大人们说话。但涛子喜欢唱歌。有段时间，他走里走外的，总是在哼唱一首外文歌曲，很好听，给人的感觉很轻松，有一种很浪漫的味道。我不懂外文，还是能听出是前不久在法国世界杯开幕式上的主题曲：《我踢球你介意吗》……我当然不介意。相反，倒觉得年轻人活泼一点没什么不好。试想，这么一个灰砖灰瓦的大杂院，本来就是一种老气横秋的样子，假如院里的人每天都绷着个脸，进进出出，一句闲话不说，一点声音没有，甚至连走路都轻手轻脚地走猫步……岂不让人联想到古堡里的幽灵？那倒是一件恐怖的事。

介意的是赵公安。在我住进这个院子不到两个月的时间里，他和儿子就已经发生了好几次冲突。

国家花了那么多钱，都没培养出一个会踢球的，你他妈瞎踢什么呀！

——这是大前提，是引子。随后，他就会痛斥涛子没出息，不务正业，连大学都考不上，还整天抱着个足球当事儿干，将来就是个他妈戳狗牙的货！

就在他骂骂咧咧的时候，涛子要么一声不吭，要么就是抱着他的足球拿腿走人。只有到了万不得已的时候，他才会反驳几句，而且也绝不是个善茬儿。有天下午，我听见赵公安又训斥涛子了，还是"不务正业"那一套，而且越说越尖刻：告诉你丫的，再不好好学习，将来就是当上市长你也是个庸官，是个棒槌！听到这么一句没边没沿儿的话，涛子反击了。

我是棒槌，那你去当啊。

我……

你才五十多岁，还有机会呢。

我他妈抽你丫的！

我要是你，就先抽自个儿一耳光，问问自己是怎么活的，再教训别人。

你他妈再说一句？！

我说完了！

父子俩唇枪舌剑，吵得十分有趣儿。我在屋子听着，不禁哑然失笑。如果是在我们老家，在煤矿，作为邻居，我会毫不犹豫地去劝一劝，开导一下当爹的，孩子有孩子的乐趣，别老是那么挖苦，你越是挖苦，越容易造成他的叛逆心理……可这是在北京，是在赵公安面前，多一事不如少一事。怎么说呢，我觉得生活在大都市里的人，尤其是生活在天子脚下的人，或多或少都有一种优越感。作为外乡人，最好不要自以为是，否则，哪怕一句话露了怯，说不定就会被人教训上一顿。我就有过这方面的教训。在煤矿工作的时候，有一次我开着单位的一辆破卡车到北京来出差。晚上进了城，被马路上的交警拦住几次、又罚了几次款就不说了。当我们来到一家招待所门口时，又被守门的老头拦住了，问我们是干什么的。当时我很生气，便理直气壮地告诉他，我们是住宿的！老头这才收回他伸出的一只手臂，很不情愿地放我们进去。可我们的车子刚走出几米远，老头又急匆匆地追了过来，敲着车窗玻璃，愤愤地喊了一句，那叫住宿！知道吗？从此我知道，在北京，这个"宿"字的发音是"素"；而不像在我们老家那样，所有的人都念"许"。我举这么个小小的例子，不是说赵公安像那个老头似的那么较真儿、那么好为人师，而是说赵公安这个人太各路，你说啥他堵啥，甚至，你就是顺着他的人情说好话，他也总能找个理由来否定你。

秋末的时候，北京一连下了好几天冷雨。黄色的落叶粘在路面上，溜滑溜滑的，一不小心会把人撂个跟头。说起来有趣，那天早晨，赵公安是在房顶上被撂倒的。屋子漏雨了。他刚用砖头把一块塑料布压好，人就闹了个侧摔。我眼瞅着他顺着陡峭的房顶差点溜到地上，没把人吓死！回到地面的赵公安也是一脸苍白，他骂骂咧咧地说：房管所那些个傻逼，前几天就告诉他们来修房子，到现在连他妈兔子大个人儿都没见着，我他妈的要是从房上掉下来，非去找他们算账不可！接着，说到这房子至少有一百多年的时候，完全是出于同情，我附和着说，这么老的房子别说得修呀，按理说早就应该拆了。没想到，赵公安却突然掉转矛头，盯着我，他说：这您可说错啦！在北京这地方，您不能说房子年头长了就应该拆掉，故宫都五百多年了，到现在也没拆呐！说完，他便哈哈大笑，笑完还又把这话重复了一遍，好像他突然发现了一个真理似的，还问了一句，您说是不是？

真让人头疼。

这就是赵公安。不仅说话太臭、噎人，他还总是愤世嫉俗。有一次，说起他原先工作的那个灯泡厂破产的事儿，他显出既无奈而又愤怒的神态，说全是被那些当官的给祸害败的，他们自己吃饱了、捞足了，害得老百姓全都下了岗。

我问他什么时候下的岗。

他说：快他妈两年啦。

我说：没琢磨着自己干点啥？

干点啥？他看着我，北京的厕所都让你们外地人包了，我他妈的干啥去呀！

他把那个"干"字说得很重，而且声调也拉得很长（是那种典型的京腔），听起来很无奈，又像是逮住了理似的。其实，在我看来，这完全是一种强词夺理。不错，随着改革开放之后的人口迁移，城里的外地人的确是越来越多了，但再多也不至于抢了你赵公安的饭碗呀。退一步讲，即使没有外地人承包，扫厕所的活儿你干吗？搬砖运瓦扛沙子和水泥的活儿，你吃得了那份苦吗？做金融，搞科研，几天鼓捣出一个软件的活儿你又干不了！说到底，无非是大事做不来小事又不愿意做罢了。

说到外地人，我曾把我们和城里人做过比较。我发现这是两个不同的群体。我们是跟随时代的步伐闯入了城市，用自己的方式寻求生存之路，什么样的苦都能吃，敢冒险，有时候胆子还很大。城里人头脑聪明，见多识广。他们坐拥天时地利，较之于像我这样愣头愣脑闯到北京的底层人，无论做点什么样的营生，都是有绝对优势的。遗憾的是，有些人却把这种优势当成了优越，当成了资本，两手一抱，肩膀一端，什么也不做，也不屑于做。每天无所事事，便聚到一起，位卑言高地发一些时鲜的评论，小到南方水灾，大到国际战争；说到天气，少不了骂骂气象台；谈政治，总要恨铁不成钢地埋怨一通政治局；而一旦扯出柴米油盐的话题，则能琐碎地道出"今儿早市上大蒜涨了一毛，土豆涨了五分"等等，最可悲的是，眼睁睁看着身边的外地人没日没夜地拼搏、奋斗、挣钱，对照自己悠闲、愁苦的生活，他们又突然"醒了腔"似的牢骚满腹，认为外地人抢了自己的饭碗，抬高了城里的物价……

我必须申明，不是所有的城里人都是这么一种活法、这么一种心态。且不说那些文韬武略、充满智慧的北京人——他们顺应时代，锐意进取，叱咤风云，仍然是这个城市诸多行业里的栋梁与精英，即便是在那些普普通通的市民中，也有许多值得我们学习的典范。

比如，冯老太太。

冯老太太也是二十一号院里的邻居，那是一个七十多岁的孤寡老人。据说她很有钱，但我没看出她有钱的样子。她住在院子的西南角，倒座房。屋里的面积有十几平方米,中间打了个隔断。外边用来居住,里边那一间,则在临街的墙壁上开了个小窗口,做成了小卖铺,卖一些真空包装的香肠、面包、榨菜咸菜和牙膏、牙刷之类的生活日用品。同时,在靠近窗口的地方放了一张小木桌,桌上摆了一部公用电话。冯老太太就整天坐在那个小木桌前,看着胡同里的来往行人,等待着一些零零碎碎的小生意,那种孜孜不倦的生活态度、生意精神,真是不错。

在我看来,赵公安尚属年富力强、精力充沛,他完全可以干点什么,即使吃不了大苦,也可以学学冯老太太。可赵公安不那么看。他甚至对冯老太太还颇有微词。有一回,我在冯老太太小卖店买了一包卫生纸,刚转身,又被老太太从窗口里探出头来叫住,她说:还没找您钱呐,您怎么就走呀?年轻轻的什么脑子呀!她嗔怪地说完,便咯咯直乐……这时候,赵公安正在门口那块上马石上坐着,他往冯老太太那边迅速地看了一眼,又把一只手拢在嘴上,像是对我传达一种重要信息似的说:快死的人了,都倒计时了,卖出一卷纸还那么高兴,我可真是服了她啦!

什么也不屑于做的人,也有闲极无聊的时候。

——我们住的那条胡同里有一棵老槐树。树下的空场上,每天上午都有几个老头在那里抖空竹。据说,空竹也称"胡敲"、"地铃"和"风葫芦";抖空竹也叫"抖嗡"或者"扯铃",过去是一种庭院游戏,现在都是在胡同或公园里抖。有一天,我发现赵公安也抖上了。可能是手生吧,赵公安抖得不是很好。至少不像另外两个老头玩得那么娴熟,只见他们一手执一根两尺多长的小木棍儿,两棍儿之间系一根很细的线绳,把线绳在空竹轴上绕两圈,一提一送,不断抖动,使空竹越转越快,发出铮铮的响声。间或,还能玩出几个花样儿:抡高儿、对扔……最精彩的是,他们把空竹抛到空中,落下来,用棍儿接住,能让它在木棍儿上不断地旋转,然后再让它突然跳到另一根木棍儿上——这叫"鸡上架"。此外什么"仙人跳"啦,"满天飞"啦,一招一式,都玩得连贯流畅,漂亮!

相比之下,赵公安就逊色多了。我注意到,另外两个老头的空竹都是"单轴",赵公安抖的则是"双轴",可能是他抖得转速不够,那只空竹不但发不出响声，还常常失败地掉到地上……不过，赵公安却抖得很认真，而且毫不气馁，用他自己的话说，瞎他妈抖呗，要不干啥去呀！可没过多久，在那几个抖空竹的老头中，已经没有了赵公安的影子。一问，他告诉我，说：早歇活儿了，有什么劲呀，您说是不是？

七

知道赵公安这个人喜欢抬杠、不好交流，我便尽量躲着他。但毕竟是在同一个院里住着，而且已经混得很熟了，低头不见抬头见，有时候想躲都躲不了。况且，赵公安是个耐不住寂寞的人，只要逮住机会，哪怕素不相识，他也会搭讪几句。有一次在厕所里，我听见他蹲在那里一边吭哧吭哧地用功，一边跟一个陌生人搭讪：

外地的吧？

辽宁的。

来旅游啊？

办点事儿。

噢，带手纸了吗？

带了。

没带您说话，北京人好客，知道吗？

当时我正站在小便池前撒尿，听了这话，禁不住一哆嗦一哆嗦地笑。

通常情况下，赵公安总是把一些无聊的时间安排得悠闲而精致。没事的时候，他喜欢拎着一个挺大的玻璃茶罐子，趿着拖鞋，迈着"八字步"走出大杂院，往门外的那块上马石上一坐，用屁股压着那段沉甸甸的历史，把手里的小收音机鼓捣出新闻，然后，就亮着那他双机敏的小眼睛东张西望。一旦哪院里出来个邻居，离老远儿，他便京腔京韵地招呼上了。

吃了吗？他把这个"吃"字说得很重。

或者：哪遛去啊？

再或者：王师傅，那个破班还上哪？快歇了得啦！

他把那个"歇"字的音调拉得很长。

我住的房子紧临院门口,朝南的那面墙上有个小窗子,正好开在了那块上马石的上方。平时,不管赵公安跟谁说话、逗闷子,我都听得清清楚楚。因为都是久住一起的街坊,所问所答无非是前天或者昨天的重复,平庸、琐屑,没什么意思。有天早晨,赵公安突然冒出的一句话倒是很新鲜,很有趣儿。他说,保堂,你的鸭子是男的还是女的啊?

保堂是19号院里的一个邻居。那是个古怪而有趣儿的人。他四十五六岁,没工作,喜欢养玩儿物。说起来,这也是老北京的一种传统,是老北京人的一个乐儿。据有关民俗资料记载,自明朝开始,居住在北京四合院里的皇城子民,上至王公贵族,下至平民百姓,不分地位高低,素有豢养玩儿物之好。比如养鱼,养鸟,养虫,养兽……总之,不管养什么,都是为了以博雅趣儿,图个乐儿。不过,保堂与过去那些老北京人养的玩儿物略有不同。他养的是一只乌鸡和一只鸭子。有趣儿的是,那两只普通的家禽,竟然被保堂驯养得非常聪明听话。你可以想象,一个男人肩上蹲着一只乌鸡,身后跟着一只摇摇摆摆的鸭子在王府井大街上招摇过市,是一种什么样的情景——我当时的感觉是,太好玩了,简直就是个奇人!后来我才知道,保堂养的玩儿物还不单单是那只听话的乌鸡和鸭子。有一次,我看见他蹲在胡同里的一棵槐树底下默默地哭泣,脸都哭歪了。隔壁的李大妈挤眉弄眼地告诉我,说他的一只小白兔死了,昨天埋在了树底下,今儿个是在那里悼念呢。她还告诉我,保堂是光杆儿一人,年轻的时候结过一次婚,没几天就离了,此后再也没找过。我在想,这样的一个人,内心深处肯定隐藏着一种很独特的情感世界吧。遗憾的是,我却从没和保堂说过一句话。有时候,我们会在胡同里碰个面对面,我很想跟他点点头、搭讪几句,可他总是扛着他的乌鸡,并引导着那只鸭子,目视前方,旁若无人地从我身边走过去。

最初的时候,我觉得这个人不太正常,说白了就是有点"二"。那天,我听见赵公安问他那只鸭子是男的还是女的,没想到,保堂的回答像他那只摇摇摆摆的鸭子一样,既顽皮又风趣。他说,鸭子肯定是公的嘛,妓女才是母的呐。

当时我正准备到餐馆去,便想趁此机会和保堂搭个话,认识一下。当我锁上门，再从院里出来的时候，保堂和他的鸭子已经不见踪影，只有赵公安一个人在上马石上佛似的坐着。

嘿，怎么才到店里去哇？

回来拿点东西。

餐馆的生意还成吧？

怎么说呢，凑合吧。

啥时候请我喝酒啊？

我不是说了吗，啥时候都可以。

嘿，您不请，我怎么去啊？

我现在就请，走吧。

得了吧，瞧您那样儿就不怎么真心。

说实话，我的确不怎么真心。不是我舍不得一顿酒，而是我觉得赵公安这个人性格不好把握，平时就说不到一块去，又不知道他的酒品咋样，万一在酒桌上弄个不欢而散，还不如不请呢。至于赵公安，虽说话头儿上步步紧逼，说过了，也就拉倒了，并不认真。问题是，这种不认真的话他老说。这就讨厌了。

长痛不如短痛。我想，还不如干脆来个了断呢。几天之后，我郑重其事地向赵公安发出了邀请。没想到，不请他的时候，他老是磨磨叽叽，真要请他，他反倒耿直上了。他说：嘿！干吗呀老弟？一院儿里的邻居，有事儿尽管言语，喝什么酒哇！您说是不是？我解释了半天，说啥事儿没有，就是一块坐坐、聊聊天。到最后，我甚至把"你要是不去就是瞧不起老弟"这样的话都说了，他还是不去，大有一种"君子不食嗟来之食"的劲头。俗话说，请客不到，恼死主人。我生气地想，不去拉倒，我还不请你了呢！

八

时间很快，一晃到了冬天。从视觉意义上说，我喜欢北京的冬天。夏天里，满城的各种树木与花草，密密匝匝，太蓊郁，太繁复，给人一种透不过气的感觉。冬天则是一个"删繁就简"的季节。空闲的时候，你沿着故宫外边的筒子河慢慢行走，高高的城墙与角楼之上，天空宁静而肃穆；河边上，那些落去叶子的老槐树，在冬天的冷风中抖动着黑瘦的枝丫，遒劲、疏朗，给人一种骨感之美。总的说来，冬天的紫禁城在灰蒙蒙的天空下，很有一种老照片的味道。

这时候，你再走进北京的胡同（最好是走进我们住的这条胡同），会立刻感觉到什么是真正的古朴，什么叫真正的安静。胡同两旁，一律是那种古旧的灰墙古瓦，院门则高低错落、大小不一。在其他的季节，你还能看见几个老头、老太太戴着"治安"的红袖标在胡同里溜达，或聚在门前坐在小马扎上喝茶、聊天。现在已不是摇蒲扇的季节，许多老人——特别是那些病歪歪的老人，都躲在屋子里"猫冬"去了，就连赵公安吵吵嚷嚷的声音也稀少了。大杂院里听不到一点喧闹，整个胡同安静得如时光在倒流。而天空却是一种阴阴的样子……这时你就会突然生出一种渴望：下一场雪该多好啊！

盼了两天，一直未果。有天晚上，我听见赵公安在院子里又骂气象台"净他妈撒谎"——没想到，第二天那场雪就真的下来了。雪花不大，却整整下了一天。房顶上、胡同里全都铺上了一层厚厚的积雪，在周围钢筋与水泥筑起的高楼大厦中，这片低矮古老的平房区，竟有一种童话般的境界了。

傍晚的时候，我在胡同里扫雪，海师傅拎着一把铁锹出来了。

他"嘿"了一声说：院里的雪是您扫的啊！

海师傅是个瘦弱、随和的人。他叫海德宝，年纪并不大，只是头顶谢得早了点，看上去足有七十岁的样子，一问"您老儿高寿啊"，才六十二！刚住进二十一号院时，我发现这个谢了顶的男人总是起床很早。每天七点钟，院里的自来水管下就会响起他刷碗的声音，或者是吭哧吭哧地搓洗衣服……当时我曾跟我妻子断言，说这人肯定是个老光棍。有一天，他客气地问我，能不能在餐馆里给他带回一个鱼香肉丝——及至送到他家里时，我才发现床上还坐着个女人（据说已经在床上瘫痪了两年）。那天我执意不收他那个鱼香肉丝钱，后来他还是追到院子里把钱塞给了我。此事之后，我们之间的关系一下子拉近了不少。见了面，我就根据当地人的尊称，叫他海师傅。

不久后的一天，海师傅在院门外修他那辆人力三轮车。轴碗儿坏了，鼓捣了一手黑油。我一边看他修车，一边跟他闲谈。聊起来，才知道海师傅的祖上是旗人，是大清王朝的正身贵族！只是，这个秃了顶的皇城子民，不像有些旗人后裔那么恋祖，一说到祖上是旗人——什么"正黄旗"啊、"正蓝旗"啊、"镶白旗"啊，什么"吴尔古察氏"啊、"苏完瓜尔佳氏"啊（真咬嘴，想记都记不住）——他们总有那么一种掩饰不住的骄傲和自豪。海师傅不这样，他对那段历史的看法挺客观，甚至很不屑。他说什么金枝儿呀贵族呀，全落庙啦！您说是这么个理儿不？

我不太明白历史，但对于八旗子弟的那些事，还是多少了解一点的。在消灭明朝统治的战争中，他们勇猛善战，立下过汗马功劳。清朝入主中原后，有二十多万八旗子弟被封为贵族，由朝廷提供禄米、俸银、住宅、田产。并通过"圈地"和对汉人的驱赶，形成了"满汉分城"的局面。他们坐吃俸禄，不工、不农、不商、不牧，终日肥马轻裘，或提笼架鸟、斗鸡、逗蛐蛐、放风筝、把玩玉器、赏小脚，诸如此类，成了那些"北京大爷"的主要乐趣。极度空虚之下，有些人甚至吃喝嫖赌，抽大烟、吸白粉，寻欢作乐，挥霍无度。以致最后家产荡尽、穷困潦倒者不计其数，甚至沦落成流氓无赖和街头小混混的也大有人在。

在"呼啦啦似大厦倾，昏惨惨似灯将尽"的残局中，像所有的正旗人一样，海师傅的祖上也是在劫难逃，一代不如一代。到了民国的时候，他太爷爷先是卖了一个镏金的蛐蛐罐渡过了难关，晚年，又把一颗虚伪的金牙也拔下来卖掉，全家人才没被饿死……

海师傅细着眼神儿，把一个小钢珠儿仔细地捴到轴套儿里。他说，到了我这一辈儿，一件值钱的东西都没传下来。啥也甭说了，活着吧！我问海师傅是啥时候住进这个院子里来的。海师傅看着我，像猫一样地笑了一下：您问我爷爷是啥时候住进来的还差不多。我说：是吗？那么早啊？海师傅告诉我，他们家从前门搬到这里的时候，他爷爷才七八岁，还穿开裆裤子呢。听他这么一说，我突然想起一首歌来：

　　我爷爷小的时候
　　常在这里玩耍

高高的前门

　　仿佛挨着我的家

　　一蓬衰草

　　几声蛐蛐儿叫

　　伴随他度过了那灰色的年华

　　……

　　词很美，曲子也好听，可具体往海师傅身上一套，你就会感受到一种世事的久远与沧桑。我粗略地想了想，从他爷爷的父亲那一辈儿算起，到海师傅已经是第四代人了。四代人，用二十年叠加的方式计算，至少也有八十年而有余了吧？一个家庭连续不断困在这么两间小房子里，一直没挪窝儿的感觉——别说是亲自体验，只要想想就够腻味的了。

　　然而，海师傅却是个极有耐性的人，而且很勤勉。平时，除了料理家里的柴米油盐、侍候瘫痪的老伴儿，还能蹬着人力车去街上揽点活儿，拉个脚儿，带着客人沿着筒子河观光，或者走街串巷，搞个"胡同游"什么的。海师傅不愧是个老北京——他不仅知道宫里的许多事儿，对宫外一些胡同的人文历史也了解得不少。有一次，我们聊起了王府井。他说早先啊，文武官员进宫的时候，有个规定，文官走东华门，武官走西华门。这文官和武官的脾气、秉性不一样。怎么个不一样？武官比较正统、死板；文官呢，比较散漫、无形，文人嘛，骚客嘛，喜欢吃点啊、喝点啊，说白了，就是闲着没事儿瞎嘚瑟！这样时间一长，东华门一带渐渐就有了一些小摊儿小贩儿。后来卖东西的越来越多，就形成了一个很大的市场，也就是王府井原来的东安市场……

　　后来我发现，海师傅也不单是靠他的人力车挣钱，此外还做点别的小生意。有段时间，在夜幕下的王府井大街上，他还卖过提线木偶。那是一种很小的民间玩具，非常有趣儿。你正在路边上走着呢，突然有两个小木人儿从地上跳了起来，在离地一尺多高的空中格斗上了。

　　太奇怪了！

　　真好玩儿！

它们怎么会跳起来呢?

一些人围观过去。这才发现一个秃顶的男人蹲在一米开外,手里牵着一条不易察觉的细线儿,一拽一拽的——正在那里暗箱操纵呢。

一问,十块钱一个,二十块钱仨啦!

许多人都争着买。那天,我也给女儿买了一个。拿回去一试,根本玩不转。无论怎么提线儿、拽线儿,都不能让那两个小木人儿跳起来。我问海师傅是怎么回事儿。海师傅看着我,一张老脸像花朵似的笑了,他说:您不会用那股巧劲儿,它能给你跳吗?

海师傅是个和善的人,也是个仔细的人。假如你是住在二十一号院子里的邻居,每天晚上,你就会听见他积极主动地关大门的声音:

李大妈,您家人都回来了吗?我关大门啦。

王师傅,您家人都回来了吗?我关大门啦。

就这么一家一户地问,不厌其烦。

我们住进二十一号院之后,有两次店里遇上了酒腻子,磨磨叽叽,高谈阔论,总也不走。结果餐馆打烊晚了,我和妻子被关在了门外——又不敢在半夜深更的时候敲门,就只好返回餐馆,在那个小耳屋子里对付一夜。海师傅听说这事之后,他嗔怪地说:嘿!您怎么不早说话呀!到了晚上,再关大门的时候,他总是关切地问上一句:刘老板,您家都回来了吗?如果得不到回答,他就会把大门对得严丝合缝,但并不拉上门闩——这种做法,在我们老家叫"留门"。

正是为了这份留门的温情与感动,我早就想请海师傅吃个饭,却一直没找到合适的机会。须知,我和海师傅毕竟是刚刚认识的邻居,而不是那种见了面就可以彼此大呼小叫着请客吃饭的朋友。如果一见面就说"我请您老儿吃个饭",人家肯定会觉得很突兀,也蹊跷,是不会去的。其实人与人的关系就是这样,在许多事情上都不能硬掰,最好是抓住机会,水到渠成。

现在,我就觉得这是个不错的机会。我和海师傅一边扫着胡同里的积雪,一边聊天。海师傅抱怨说:本来晚上还想上街呢,这个鬼天气,下这么大的雪!我问他是不是还在卖那种小木偶。他说木偶没了,还有点新版的北京地图,再不处理了就成了旧版的了。我说这样的天气做什么也不得劲儿。海师傅说有一样倒是挺适合的。我说除非喝点小酒儿。那敢情是！说完，他突然意识到了什么，抬头看着我，对啦，你是餐馆的老板，内行儿呀！

我得寸进尺地说：最好是二锅头，高度的，用壶烫一烫！

嘿，神仙了！

至此，我已经知道海师傅是个喜酒的人、懂酒的人。接着，我又说了一些适合于下酒的菜，花生豆呀，猪耳丝呀，再配上一小锅筋头巴脑小牛肉什么的，一通忽悠，连我都觉得这顿酒非喝不可了，我才用一种突然想起似的口吻说：对了，海师傅，你不是不出去吗？一会儿咱去我餐馆去喝一杯，聊聊天！

海师傅听了一怔，他说：嘿！还真喝啊？

我说，这大雪泡天的干啥呀？

海师傅先是客气了一番，后来见我诚心诚意地邀请，他站在那里，微笑着想了想，索性地说：既然老板这么热情，喝点就喝点！

扫完雪，海师傅先去给老伴儿做饭了。我回到院里的时候，看见赵公安正拎着一壶水往屋里走。我一时心动，还是让让他吧，俗话说，让到是礼，他去就去，不去拉倒。这一次，听说我请的不光是他一个人，还有海师傅，赵公安的眼睛一下子亮了。

他问：海大哥真去吗？

我说真去。

他说：那成！

说完哈哈大笑，声音是那么爽快。

九

晚上，我餐馆里的客人不是很多。我们坐的是一张临窗的桌子，窗外白雪铺地，店里温酒热菜，其乐融融。平时，赵公安给人的感觉一向咋咋呼呼、不拘小节，现在人往桌前一坐，却显得十分和善，甚至有些拘谨。他一个劲儿地告诉我少上菜、别浪费，喝点酒、聊聊天就齐了！

我们喝得不错，聊得也挺好。只是酒意正酣的时候，赵公安的老婆来了。

我注意到赵公安先是一怔，同时站起身来，吃惊地看着他老婆：嘿，你怎么找到这儿来了？

她只是淡淡地说了两个字：钥匙。

你的呢？又丢啦？

不丢，还不许我落在家里呀？

看出赵公安的老婆不太高兴，我赶紧说：大姐刚下班吧？来来，一块坐吧。

赵公安一边解着腰里的钥匙，一边说：家里有饭，弄好了。

我说，一块儿喝点酒。

赵公安说：她啊？得了吧，一盅酒下去，浑身上下没有不红的地方。

他老婆盯着赵公安：你他妈少废话行不行？我看你最好也少喝点，别灌到狗肚子里去！

赵公安的老婆高个头儿，挺胖的，和瘦小枯干的赵公安站在一起，感觉上不是很谐调。其实单从某一个方面看，世上所有的夫妻可能都不是很谐调。俗话说："好汉子没好妻，赖汉子娶花枝。"或许，这正是"月下老人"的有意安排呢：高配矮、瘦配胖、丑配俊……这么一搭配、一互补，就公道了。从遗传学的角度上说，也科学。至于婚姻中的两个人和谐不和谐、美满不美满，则是另一回事，是外人"无法道也"的事情。

我单是知道，赵公安的老婆是二路公交车上的乘务员。住进这个院子之前我就见过她。那次，我和妻子去木樨园给餐馆的伙计买工作服，乘坐的就是二路车。车里很挤（不挤，就不是北京的公交汽车了）。上车后，我和妻子被卡在了乘务员前面那个小铁箱子旁边，身体都站不直了，车下还一个劲儿上人。一路上，女乘务员吵吵嚷嚷地指挥着乘客，慢着点儿，别挤，先下后上……可下边的人哪听呀，刚打开车门，有两个人就狠着脸子挤上来了，同时用一口浓重的东北口音喊道：去天安门夺（多）钱？女乘务员顿了一下：什么夺（多）钱？坐反啦！下车下车……还不赶紧下去呀！两个人又挤挤巴巴往车下挤。女乘务员很不耐烦地说了一句，真是的，跟这练习上下车呐！一句话，把旁边的全逗乐了。

住进二十一号院不久，我妻子用一种很神秘的语气问我：你知道谁在这院里住呢吗？我说：我哪知道啊。她说：二路车上的一个乘务员！我说乘务员多了。她说就是说那几个坐错车的人"跟这练习上下车"的那个……想起来了吗？

几天后，我们在院子里"狭路相逢"。果然是她！穿一身宽松的便服，肩上背个很大的挎包，手指上夹着一根烟，可能是去上班吧，正急匆匆地往院外走。

我很快知道，这个女乘务员就是赵公安的老婆。再后来，我发现这个人在家里的时候，与在公交车上相比，简直是判若两人，一点不幽默，甚至很少说话。细想想，也是情有可原，在那种异常拥挤而又嘈杂的环境里上了一天班，售票、验票、报站名，指挥乘客上车下车，还得不断地提醒着年轻人，给老弱病残或抱孩子的乘客让个座位……一路上不停地招呼，想必十分辛苦。下了班儿，疲疲沓沓地回到这个"宁静的港湾"，人都麻木了，还哪来那么多的废话呢！因此，即便是自己的男人和儿子吵架，那个女乘务员都极少插嘴。一旦插嘴，也是言语不多，一剑封喉。有一次赵公安和儿子又吵起来了，而且吵得比以往都激烈，一怒之下，赵公安好像是抄起了菜刀（不是要砍儿子，而是要剁了他那只足球），为此，父子俩你推我搡，扭成了一团。这时候，我听见那个胖女人喊了一句：狠点掐，往死里掐！令人迷惑的是，咆哮如雷的赵公安便真的像被掐死了一般，一点动静都没有了。还有一次，我在水龙头下冲洗拖鞋。正是早晨，院子里一派安静，我突然听见赵公安嚷了起来：少惹我啊？我他妈烦着哪！接着是那个胖女人的声音：少废话！你烦？我比你还烦呐，装他妈什么孙子！至此，便没了下文。当时李大妈刚好拎着水壶走过来，我们对望了一眼，她冲我笑笑，又挤了挤眼睛，小声说：卤水点豆腐……

根据以往的经验，我以为赵公安又被他老婆"点"住了呢。意外的是却没有。不知道是酒精壮胆，还是有我和海师傅在场，赵公安竟恼了。他说：你回你的家，我喝我的酒，什么叫灌到狗肚子里去呀？他瘦小枯干地站在那里，双手叉腰、梗着脖子的神态活像一只斗鸡。见老婆没吱声，他又用一种挑衅的口气追问了一句：都是邻居，老弟请我，我喝点酒怎么啦？！

看着赵公安这种架势，我觉得他有点莫名其妙的夸张，过了。再说，明知道老婆不是个好惹的茬儿，就别惹她了，万一骂上你几句"装孙子"之类的话，你这不是轻下惹重下，自取其辱吗？当时我感觉空气都凝固了。好在赵公安老婆还比较理性，或者说是以一个乘务员的身份克制住了自己。她盯着赵公安，不轻不重地说道：那你就接着灌吧。说完，转身便走。

我和妻子都赶紧追出去送客。

我回到桌上的时候，赵公安还在那里愤愤不平。他说：上那么一破班儿，整天跟有多大功劳似的，我都没法儿跟她喘气儿。海师傅劝着他，说：行了，人家都走了，你还磨叽啥。赵公安说：不是那么回事儿，我算看透了，做个男人真他妈没劲，小时候被爹妈管着；上了学被老师管着，参加工作被领导管着，成了家，被老婆管着；老了的时候还得被儿女管着……他妈的一点自由没有。海师傅笑了，他说：有人管着，总比管着别人强，知足吧你！

听着两个人的对话，我想了想，他们说的都是实情，是真感慨。只是所站的角度不一样。赵公安的"被人管着"指的是约束；海师傅的"管着别人"说的应该是责任吧。

比较而言，我觉得还是海师傅的感慨更为沉重些。说起来，海师傅才是真正的不容易。先说他老伴吧。那是个非常和蔼的老太太，做过小学老师，人也喜欢说话，每次海师傅让我从餐馆里带回一个鱼香肉丝或宫保鸡丁的时候，她都会和我聊上几句。老太太喜养花，据说最多的时候曾养过三十多盆，夏天放在院子里，花朵开得五颜六色，像个微型的小花园，煞是好看。到了冬天，整个屋子里就成了花的暖房。可自从得病之后就不行了，不仅侍候不了花，自己也得被人侍候了。即使这样，她还是养了两盆君子兰，这种花好养，皮实。没人的时候，寂寞了，她就看看花，和花说说话。她说花是有灵性的，你经常跟它说说话儿，它就能听懂你的语言。她告诉我，她原来养过一盆花（我想不起花的名字了），按时间推算，本来是在那天下午的五点钟开花，有两个女同事为了看花，下午三点钟就来了。当时，她就对着那盆花说，花儿，我的同事大老远来看你开花儿，你现在就开吧……连说三遍，那花骨朵就慢慢地张开了嘴儿……老太太说起这事来津津乐道，活灵活现。遗憾的是，那种美好而温馨的生活，在两年前随着她的下肢突然瘫痪已不复存在。现在，她所有的生活都得由海师傅料理。此外，他们的女儿也让老两口牵挂。据说，女儿是在五年前去的澳洲，先是留学，之后嫁给了悉尼的一个华人，如今已经有了孩子。在海师傅家的一个相框里，我见过他女儿的一张近照，圆脸，大眼睛，头发剪得很短，背景是一座海滨大桥，她站在那里微微含笑地审视着我这个陌生的人……对于她在澳洲的现状，我没细问。海师傅和他老伴儿也似乎不愿意多说。想必也好不到哪里去，否则，海师傅可能就不会去蹬他的人力车、卖他的小木偶或者什么北京地图去获取那么一点蝇头小利了。

再说赵公安。虽说他嘴上发着牢骚，喊着没劲，但根据我平时的观察，他那种沉湎于庸常的小市民生活里的状态和感觉，还是蛮有滋有味的。其实，从严格的意义上说，赵公安还算不上是个老北京。他的老家是河北易县，建国初期他父亲才到了北京。但在北京胡同里长大的赵公安，身上那种老北京人的味道，甚至比海师傅还足。比如：他喝酒的样子就很滋润，甚至很斯文。准确地说，那不是喝，而是呷；也不是呷，应该是抿。抿一点酒，佐一口菜，而且啧咂有声，节奏均匀，有条不紊。

相比之下，海师傅倒是显得有些浮躁了。特别是在下半场，也许是惦记家里瘫痪的老伴儿，也许想起了远在国外的女儿，有好几次，半两的酒盅，他端起来就干了。与此同时，他还不断地催促赵公安"加快点速度"。

结束的时候，我发现海师傅有一点儿过量。嘴上说没事儿，脚步已经明显高迈起来。结果，刚出餐馆门口，他两腿一软，差点没摔倒。我和赵公安一人架着他的一只胳膊，绊绊拉拉往回走。有好几次，因为回避不及，我把两只脚全都插进了路边的雪堆里。回到家，竟倒出半鞋雪水，这时我才感觉到两只脚像猫咬似的，生疼！

从这种意义上说，我又不喜欢冬天的北京了。按说，冬天的北京算不上是个很寒冷的城市。可那时候北京的平房区大都没有暖气，因为屋里的空间狭窄，更重要的是担心蜂窝煤容易造成一氧化碳中毒（晚报上常登熏死人的事），许多人家甚至连炉子也不生，就那么哆哆嗦嗦地挺着。不须说，作为临时房客，我们的情形更是可想而知。虽说我们来自比北京更为寒冷的北方，但那里有煤矿，是能源的故乡。冬天里，整个矿区都是集中供暖，又黑又亮的块煤可劲烧！造得数九寒天家家户户开窗子，否则，你就是脱个一丝不挂也出汗！

到了北京可真凉快。记得一九九八年那个冬天，每天夜里我和妻子总是相拥而眠，"团结"得很紧。即便如此，有时还是被冻得不停地哆嗦。由此说来，我不得不佩服那些住在胡同里的北京市民，一大早，正是冻得连狗都龇牙的时候，男男女女，全是上身裹个棉袄，下身穿一条不同颜色的秋裤，哆哆嗦嗦地往街上的厕所里跑，真是扛冻。

十

好了，冬天过去了。沉寂了几个月的胡同又恢复了原有的生气。暖阳下，老人们在屋外待的时间越来越长——有的带着红袖标，背着手溜达，"执勤"；有的坐在小马扎上聊天儿。老门框上的春联还依然鲜红，墙壁上的"爬山虎"又生出了绿绿的叶子，一派生机。五月初，我向刘大平交付了第四次房租。像每次来取房租的时候一样，刘大平总要关切地问上一句：那房子住着还成吧？我说行，挺好的。刘大平很高兴——确切地说，作为房东，他是因为我的满意而有一种成就感。他目光炯炯地看着我：是不是啊？

我没有说谎。如果说当初我只是把它作为临时的栖身之地，现在我已经渐渐地喜欢上了这条胡同，喜欢上了这个院子。我喜欢它的古朴，喜欢它的幽静，尤其喜欢它在庸常琐碎的生活中透出的那种老北京的人文气息。更重要的是，经过一段时间的打拼，我餐馆里的生意已经稳定下来，而且还有一种越来越好的趋势。生意好了，心情就好，即使走在灰突突的胡同里，也感觉满眼是春天！而且，眼瞅着餐馆的生意好起来，我终于同意了妻子的意见，招聘了一个小伙子做杂工，把自己从厨房里替出来。每天早晨，我照例去市场买肉、买菜；回到餐馆吃了早饭，我妻子就会催促我回家，她说每天早起晚睡的，快回去补个觉吧。于是我就回到二十一号院，或和院里的邻居聊聊天，或扎进那间简陋昏暗的小屋里来个回笼觉。这时候，如果餐馆里有什么事，我妻子就把电话打到冯老太太的小卖店，麻烦老太太喊我一声。

冯老太太是个很古怪的人。七十多岁了还扎着两个小辫子，说话声音很高，情绪不太稳定，有时候好骂人——骂她的儿子。冯老太太一辈子没结婚，但她有个儿子，是抱养的，四十多岁，长得挺瘦。他没和冯老太太住在一起，每到星期天，他会带着老婆和一个十多岁的儿子来给冯老太太制造一次天伦之乐。可乐着乐着，有时候冯老太太会突然大骂起来：滚，都给我滚蛋！有一次，我从餐馆回来的时候她正在院子里骂她儿子，不知因为啥，冯老太太好像比以往更生气，骂得也更难听。儿子蹲在院里，一声不语，一脸悲哀。冯老太太则气喘吁吁，脸色苍白，她一手叉腰，一手扶着门框，像是很疲惫、很虚弱马上就要站不住的样子。这时候，儿子的老婆从屋里走出来，一只手把着冯老太太的脖子，将一粒白色的小药片塞进老太太的嘴里，无奈地感叹了一句：愁死我了……

后来我听李大妈说，冯老太太的儿子是个懒汉，游手好闲，什么也不做，整天想着从冯老太太手里抠钱。原来如此，难怪冯老太太骂他，该骂！李大妈告诉我，她儿子不争气，冯老太太的精神也不太好。我问她：听说冯老太太是旗人，是格格吧？李大妈说：她自个儿说和"老佛爷"还有亲戚关系哪，谁知道啦！

不管和"老佛爷"有没有沾亲，冯老太太对我却是一向不错的。每次我妻子从餐馆打电话找我的时候，她都会隔着一个门口过来敲我的门，您爱人叫你去餐馆吃饭呢。或者说，餐馆又来检查的了，让您赶紧去。有一次敲门，则是抱着几件衣服，她嗔怪地看我：您在家啊，天要下雨啦，咋不知道收衣服啊？我站在那里，怔怔地，有好几秒钟不知道说什么……总之，有了这样的邻居，我哪能说在这个院里住着不好呢。

当然，不愉快的事情也有。

事实上，就在刘大平取走房租的第二天，我就和赵公安吵了起来。事情很简单。那天上午，我正在屋子迷迷糊糊地"补觉"呢，听见有人敲门，开门一看，是赵公安站在门外。

我说是赵大哥啊。

他说，查电。

二十一号院用电的计费方式有点麻烦。电管部门只在院子里设一块总表，每个住户家里又设一块分表。每个月，收取电费的时候，只对总表说话。至于每家每户用了多少度电、应缴纳多少费用，都是由赵公安代办。虽说是一种公益，而不是一种义务，但赵公安却干得既认真又端庄（人都有可爱的一面）。每逢月初，他就会一家一户地查表、记数，然后在门外的那块上马石上坐下来，根据一个小本子上记录的底数进行计算。把各家各户的用电度数相加，如果和总表的用电度数吻合，就可以了。接下来才会正式收费。

这次则不然。查完了电表，刚走出去不一会儿，赵公安又端着个小本子回来了。他说：丫怎么不对劲呢？

本来我睡得挺香，被赵公安一折腾，人醒了，却有一种没有睡透的感觉，浑身难受。我告诉他，用不着那么精确，差不多就得了。赵公安一听却磨叽上了，他说：什么叫差不多就得了呀，丫对不上数，就得我他妈搭钱，知道吗。

说话的时候，赵公安喜欢用"丫"这个字，并不时缀上一句"知道吗"。坦率地说，刚到北京的时候，每次听到这两句话，我都不是很舒服，后来时间长了，也就无所谓了。不过没听习惯的人却非常反感。说个乐子：有一回，我餐馆一个伙计的父亲从东北来北京办事，我留他吃饭，喝酒的时候，就因为那个伙计说了几回"知道吗"，老爷子就恼了，他"啪"地把酒杯往桌上一蹾，盯着儿子说：操你妈的，你跟谁学的？还"知道吗，知道吗"，就你知道？你再这么问我，别说我给你个嘴巴子！当时我替那个伙计解释了半天，说这是当地人的一句口头语，他听常了，便不知不觉地跟着这么说，不是他啥都知道，也绝对没有看不起你这个当爹的意思。老爷子这才息怒。

我无奈地说：那就再查一遍吧。

其实我是怕赵公安麻烦。那块电表不知道是哪个二百五安装的，太高了，几乎紧贴着顶棚，而且还是位于床的上边。我重新在床上铺了张报纸。赵公安脱了鞋，又很费劲地站到床上去。他抻着脖子瞅了瞅电表，又从兜里掏出一只小手电，照了半天。随后，人从床上退到了地上，脸子也同时撂了下来。

他说，您自己瞧瞧吧。

我说怎么了？

赵公安抽了抽鼻子，没吱声。

我上去看了半天，终于发现电表的那个数字小轮一动不动——而屋里的电灯分明是亮着的。

我说：咦，这是咋回事儿？

赵公安"嘿"了一声，他说：您问我，我哪知道怎么回事儿？

说实话，自从上次喝完酒，赵公安对我的态度还是相当不错的，即使聊天，也没怎么抬杠。现在我却发现他的态度不怎么友好。我倒不是说请人家喝了一次酒，就非得让人家对我永远都和和气气。请顿酒算个啥呀，在酒桌上，宾主之间就翻脸、骂祖宗、掀桌子的事多了去了。问题是，我觉得赵公安不但话里有话，更主要的是他的眼神儿不太对劲儿，有点伤人。

我嘟囔着说：怎么不转了呢。

他说：您的表，您自己应该清楚呀，是不是？

他这么一说，更加验证了我的感觉。当时，我脑袋里"嗡"的一声，又是电的事！这看不见摸不着的玩意，咋老是跟我过不去呢？

春节前夕，我餐馆里的电表断了一根像头发似的小铜丝，铅封开了，那查电的那一男一女就生说我窃电了，让我马上补交三万块钱的电费。当时我就像被电流击中一般愣住了，巴掌大个餐馆——我几年也用不了这么多的电费呀？我死不承认。那一男一女就蹲在我餐馆里不走。他们都是不到四十岁的样子。男的是个小个子；女的大个儿，长得一般，但是挺丰满的。她挤眉弄眼儿地把我叫到包间里，给我出主意，告诉我听她的，交上三万块钱就没事儿啦，否则，根据窃电的有关规定处理，肯定会交得更多。她慢条斯理，像是在开导一个不懂事儿的孩子，每说一句话，后边都要缀上一句"您知道吗"。面对她的惺惺作态，当时我就烦了。我说：我啥都不知道，就知道我没偷电，这个钱我肯定不交。

她微笑地看着我：您确定吗？

我说：确定！

她说：那我就没办法了。

说实话，我一生中还从没遇见过那么心硬的女人。她脸子一撂，转身走出包间对那个小个子男人说：该咋办咋办吧。小个子男人一个电话调来两个人，二话没说，爬上胡同里的一根电线杆，就把我餐馆的电源线给掐断了。结果，一直停了一个星期。这期间,我说了许多求情的话,甚至非常庸俗地讲到了我的经济状况,但不管说啥都白扯。最后他们硬是逼着我补交了五万多块钱的电费,才给我恢复了用电。五万多块啊!这对于一个开小餐馆的人来说,其打击之大可想而知。这不单是物质上的莫名掠夺,同时还让我蒙受了一种无法争辩的精神耻辱。说真的,当时我被冤枉得直想杀人,只是考虑到马上就要过年了,才没杀。一耽搁,事情就这么过去了。但在很长一段时间我一直耿耿于怀,特别是我妻子,每当想起这件事,就会用一种很怀念的口气叨咕上一句:那两个狗男女也不知死了没有。

我说:哎,你怎么还咒人呢?

她说:我不咒好人!

总之,在电的问题上,那两个狗男女已经深深地伤害过我,没想到,现在又轮到赵公安了。他那种像揪住了狐狸尾巴一般的眼神儿,非常准确地扎到了我的痛处,一种备感压抑的自尊在我心里突然爆发起来,我悲壮地盯着赵公安说:你的意思是我偷电了呗?

赵公安终究是与那两个职业流氓不同。听了我那句突如其来的话,他仿佛立刻感受到一种委屈,同时又像是吓着似的,瞪着一双小眼睛盯了我半天:这可是您自己说的啊?我可没那么说!

我觉得你就是那个意思。不知为什么,我仍然撤不下火来。

赵公安也火了,他说:告诉你,你丫别诬赖好人啊!

我说:说话文明点,别"你丫你丫"的好不好?

事后,对于这种小题大做我自己都有些吃惊。直到赵公安一甩袖子走了,我还莫名其妙地跟了出去。在院子里,赵公安立刻气势起来,他的声音一下子提高了八度,他说:爱谁收谁收,我他妈不管啦!

直到这时,我才突然意识到事情有点超出我的控制之外。怎么说呢,赵公安只不过是替供电部门收一收电费而已,还是白忙活。用他自己的话说,有时候"碰不上数",还得搭上块八角的,我图个啥呀!现在万一他真的甩手不干了,院里的邻居肯定会派我一身不是。我的语气一下子软下来了。我说:赵大哥,这么点小事儿你激动啥?赵公安把脸一扭说:甭给我说这个!我不知道什么叫激动成不成？这个电费我他妈不收啦！他的嗓门儿仍然很高。我知道，他是想用他的声音往出招人。果然，听他那么一吵嚷，李大妈和海师傅先后从屋子里走出来。他们看看我，又看看赵公安，问怎么回事。

应该说，在谁是谁非的问题上，北京人是比较主持正义、坚持真理的。问题是，此刻我已经心虚地意识到，真理也许不在我这一边……退一步说，即使我真的没错，海师傅和李大妈也未必会为我说话。怎么说呢，虽然都是邻居，可一旦到了正章，维护老坐地户之间的和睦关系，还是比为一个外地人说几句公道话更重要吧。

我审时度势，首先稳定住自己的情绪。我对海师傅和李大妈心平气和地讲了事情的经过。真是奇怪，一经说开，连我自己都觉得在这件事上有点小题大做了：电表不转了——既然我没做过什么手脚，那就是它自己坏了呗——就这么简单，简单得甚至让人有点失望。

海师傅一听就笑了。他说不就是电表坏了吗，换一块不就得了？赵公安对海师傅说：事儿是不大，可他不能说我怀疑他偷电呀，是不是？那种受了委屈的样子有点可怜巴巴。我看着赵公安，笑着说：赵大哥，我是怕你那么想……行了行了，那话就算我没说，我给你赔礼，向你道歉，好不好？

赵公安挺好！

他没再大声大嚷，也没再说他不干了。他说：那么想是您的事儿，跟您说，我还真不是那意思！知道吗？再说了，几块钱的事儿，谁他妈犯得上去偷电呀！

海师傅赞赏地点点头：公安说得对。

赵公安立刻得到支持似的看着海师傅：海哥，是不是这么个理儿呀？

海师傅说：没错儿。

事情就这么发生了逆转。我心想，不管咋说，你不认为我偷电就行（这毕竟关系到我的尊严与人格）。我表示马上换一块电表。这时候，李大妈对我使了个眼神儿，她说：换电表呀，您得找房东，那是房东的事儿。

赵公安说：找谁我不管，一个月走了两个字儿，我怎么收电费？

我想了想说，这好办。

我告诉赵公安，让他看看院子里总表上的数是多少，减去其他邻居的用电量，剩下的我包葫芦头。赵公安想了一下，没有异议，没有什么补充的，甚至认为这样很合理。他说：您早这么说不就没事儿了不是！

赵公安的意外妥协——不，是大度，让我特感动。当时，为了表示我的内疚与歉意，我把餐馆里淘汰下来的一个计算器送给了他。虽说小了点，但比起赵公安的那个铅笔头来还是要好用得多。赵公安接受了，而且很高兴。后来直到我搬出二十一号院，每次查收电费，他都一直用着那个小计算器，一双小眼睛仔细盯着字盘，2、3、5、7、9……按得吱儿吱儿响。

十一

那是夏天。

有一天傍晚，胡冬来了。

其实胡冬常来。相熟之后，我和这个卖烧饼的小伙子一直处得挺好。没事的时候，我们会经常坐到一块儿聊聊天、晕几盅。特别是有一段时间，胡冬的生意不太好，情绪很低落，他不止一次对我说生活很无聊，看不到希望，主要是没什么激情，有时候真想卷帘子回家，不干了……为此，我们一起喝酒、聊天的次数就更多一些。

坦率地说，像胡冬这样的悲观情绪，最初我也有过。首先是生意难做。随着外地人不断涌入北京，餐馆开得像雨后春笋，竞争特别激烈。要想立于不败之地，你就得使出全身的解数，挖空心思地琢磨一些经营策略。与此同时，处于一个陌生的城市里，人生地不熟，心里还总有一种不安全感。最初，我以为这种不安全感是我性格上的弱点与缺陷，其实不是，而是那种无法预料的事情，说不定啥时候就会砸到你头上，让你不胜其烦。所幸这一切都被我挺过来了。什么吃苦、受罪，最终都在一种强烈的谋生愿望中得到了平衡。要知道，人活着才是超乎一切的硬道理；而活得稍微好一点，则是我们进入这个城市的出发点和为之奋斗的目标。

因此，那段时间我不止一次鼓励过胡冬：让他咬着牙也得挺住，既然出来了，就要坚持下去。而每一次喝酒聊天，胡冬的情绪也总能被我激活。他说：大哥，听你这么一番开导，我心里还真是亮堂了呢，那就接着整吧。结果，整了不到一年，胡冬还是把他的烧饼摊儿撤了。值得说明的是，胡冬撤摊儿，并不是卷帘子回家，而是去投靠他舅舅。

离开那条胡同那天，我给胡冬饯行。席间我们喝了不少酒，还说了不少狂话。但我们谈论的可不是什么国家大事，也不关乎什么政治。像我们这种层次的外地人，即使置身于"政治中心"，也不谈政治。一是知道的少，二是和自己没关系，关键是我们不具备那种"家国天下"的风骨情操。我们的话题很平常，甚至很庸俗，整个晚上谈的都是怎么生存，怎么挣钱，怎么更好地像一个人似的活着。我们谈到了许多人通过谋生而发了大财的故事——其中，当然少不了胡冬的舅舅。

根据胡冬的说法，他舅舅可是个能人。他来到北京以后，蹬着三轮车，走街串巷地收废品，一干就是五年。胡冬说，以前他都不好意思跟人说起他的舅舅在北京，觉得"可悲惨"，挺丢人。没料到的是，他承包了一处拆迁工地上的所有废品，竟然发了大财。随后他扔掉三轮，买了一辆捷达小轿车，摇身一变，居然成了一个拆迁公司的经理，现在正在招兵买马。

胡冬说：我自己的舅舅，他让我去，我能说不去吗？

我问胡冬他舅舅的公司在什么地方。

他说：远了，在郊区呢。

我说：那倒无所谓。

的确，对于我们这样的异乡人而言，什么市中心呀，市郊区呀，整个北京都不过是一个模糊的背景。我们是为挣钱而来，为了生存不停地去奋争，去搏斗。听了我的话，胡冬很激动，他摩拳擦掌地说：就是就是，别的事儿，等有了钱再说！

去了他舅舅的公司之后，胡冬常到我的餐馆来，哪怕是办什么事路过，也会顺便到我餐馆来和我见个面。有时坐下来，喝点酒，聊一聊，更多的时候，则是抽支烟就走。胡冬很忙。据说，随着北京对老城区的改造不断加快，他舅舅的公司也是一步步向着城市中心地带挺进，据说现在已经开进了平安里，而且随着公司的日益壮大，胡冬已经是独当一面的队长，他哪能不忙呢。

这天晚上，胡冬是去北京站送从老家来看病的亲戚，顺路跑过来看我。他瘦了，也黑了，但人却显得挺精神。因为没什么事，不着急，我自然要留他吃饭。喝酒的时候，他突然想起似的问我，是不是还住在二十一号院。我说：是啊，住习惯了，和邻居们也熟了，只要房东不撵，我就在那住着了。胡冬笑了笑，他说：房东不撵，估计你也住不了多久了。

据胡冬讲，有个开发商看中了那块地段，准备建一座商务楼，已经跟政府谈得差不多了。他舅舅正准备参与这项拆迁工程的竞标呢……等着吧，胡冬说，一旦我舅把这个项目拿下来，你的餐馆肯定要火一把，我会天天带人过来吃饭。我沉吟着说：那倒是好事……可真像你说的，我到哪住去呀？胡冬说，买楼呗。

我说：做梦呀？

说实话，这种事儿，我连做梦都没想过。来到北京之后，我只是想着怎么把餐馆开好，多挣点钱，却从来没打算过把家安在北京。

胡冬说：这你可错了。我舅舅当初来北京的时候是个倒腾破烂儿的，现在已经买了一套两室一厅。你差啥？大不了交个首付，贷上十年二十年的款，国家的钱，慢慢还呗！

胡冬说得慢条斯理，又胸有成竹。对我来说，却简直就是个玩笑，是天方夜谭。直到几年之后，我才不得不承认胡冬的高瞻远瞩。说起来，胡冬文化程度并不高，他只是初中毕业。可事实告诉我们，在社会的每一次变革中，最大受益者不一定都是那些政治与知识上的精英，还有相当一部分头脑简单、用不着"解放思想"就敢想敢干的"土老帽"，因为他们总是奉行一种简单的实用主义哲学，那就是：先下手为强。

十二

胡冬的信息挺准确。大约过了一个月，我所居住的那条胡同来了几个人，他们拿着米尺，比比画画，挨家挨户地测量。问了一下，说是要拆迁。当时邻居们却没有当真。赵公安还生气了，他说：瞎他妈比画！几年前就说要拆迁，现在也没拆。您想想，这可是中心的中心，知道吗，寸土寸金啊。拆？谁他妈拆得起啊！住你的房子，甭理他！

又过了一段时间，一纸拆迁通告贴在了胡同里，邻居们这才炸了营。这种几辈子都不曾发生过的事情，弄得人们情绪上都挺激动。胡同里整天聚着一堆人，吵吵嚷嚷，议论纷纷。有的说，这个破房子夏天漏雨冬天透风，早扒早利索；有的说，房子再破，也是祖上留下来的老宅，说扒就给扒啦？一向不怎么喜欢说话的保堂也说话了，他的看法很实际，说：扒是早晚得扒，可光说扒不行，得拿好钱，掂银子！他的鸭子死了，肩上仍然扛着那只乌鸡，既滑稽又有趣。对于保堂的话，赵公安却不以为然，他说：保堂说话不走脑子，这不是钱不钱的事，关键这是皇城根！你们想啊？他拆了你的房子，就是给你个金疙瘩，还能让你搬回来吗？瞧那个丫说的，还"赶紧搬吧，绝对亏不着你们"……开他妈玩笑，我要是搬我都是他妈孙子！

就在胡同里议论纷纷的时候，我妻子也挺着急，她说：还得找房子？我说：不找房子到哪住去呀，找呗。

那时候的北京，租房已经很容易了。随着外地人不断涌入北京，当地人在经历了一段极其复杂的心理过程之后，观念已经发生了转变——对于外地人那种带有侵略意味的冲击，与其阻挡而又抵挡不住，莫不如顺势而为更实惠些。有些胡同里的居民把属于自己的空房——临街的一面，开窗扒门，改头换面，纷纷地对外出租，自己却直往院子的深处后退，直到把后来扩张出的厨房重新挪回住室，把破烂卖掉，腾出库房，租给外地人居住为止。于是，天南地北的外地人，在一种新的历史潮流中，一拨儿又一拨儿地来到这里。他们有男有女，操着不同的乡音，带着各种各样的小生意——熟食店、美发屋、小卖铺等诸多行当，犹如雨后春笋般地冒出来，哪怕是一条很小的胡同，也会呈现出一种乱七八糟的繁荣。就在这些外地人以前所未有的激情投入到都市生活的同时，胡同里的居民安之若素，仍然保持着一种"根儿"文化上的端庄与从容。只是，胡同里原有的清净荡然无存。那些从乡下来的小青年，男男女女，仨一群、俩一伙地走在胡同里，全然没有我最初来到北京时的那种惶恐与敬畏。他们衣着鲜活，发型怪异，连说带笑，招摇过市。那种无拘无束的放松状态，俨然把自己当成了城市的主人。有一次，在二十一号院门前，我眼瞅着俩小伙子在撕皮扯肉地闹。闹着闹着，扑棱一家伙，差点把赵公安的茶罐子给踢翻了，气得赵公安"嗯"地站起来：想干啥呀这是！啊？"不想干啥"的已经跑远了，赵公安还站在那里梗着脖子骂呢：操，什么素质！

没素质的人的确是烦人。可尽管如此，"院内有空房出租"的小广告却到处可见。这是个矛盾，也是个非常有趣的问题。

拆迁公告贴出来之后，没过几天，我就在餐馆不远的一条胡同里选中了一间出租屋。租金比原来的那间高了点，但房子比原来的要大，而且是正房，一进屋便给人一种阳光灿烂的感觉，挺好！

我们是最先从二十一号院里搬出来的。坦率地说，当时我的心情反而有一点留恋。俗话说，日久生情。我们毕竟在这里生活了两年多的时间，不说邻居，单是这间为我们遮风避雨的小屋——它曾吸纳了我们多少喜怒哀乐和生命的气息啊！可是我们却不能不搬，也没有理由赖在这里不走。

再见了，小屋！

再见了，二十一号院里的邻居！

十三

我们腾出房子之后，刘大平率先在拆迁协议书上签了字。知道胳膊拧不过大腿，同时也为了在期限内搬迁的五万元奖励，胡同里的其他邻居也几乎没怎么抵抗，在不到两个月的时间里，便先后在合同上签字画押。与此同时，一座座被腾空的老宅子，被推土机推得人仰马翻。没多久，整个胡同就剩下两座残缺不全的老房子，立在周围一片废墟之中。一座是赵公安的，另一座是冯老太太的。而且，两个人的口径完全一致，用赵公安的话说，就是"甭跟我说钱的事儿，不回迁，我他妈就是不搬"。

这期间，开发商和拆迁办都动用了许许多多的办法，软硬兼施，据说主要是攻心。究竟是怎么"攻"的，我就不知道了。大约又过了一个多月，冯老太太搬走了。本来冯老太太不想搬，是她那个抱养的儿子妥协了，动员她搬。搬家那天，冯老太太犯病了，又吵又骂，哭得差点背过气去，但后来还是被那个瘦猴似的儿子在老婆的协助下抱上了一辆出租车,拉走了(据说是直接送到一家养老院养老去了)。这之后,就只剩下了赵公安一户人家,孤零零地立在周围的一片废墟中,独自坚守。不知道因为孤独,还是为了以壮声色,他竟在房子的一角插上了一面五星红旗——远远看去,十分鲜艳。

有趣的是,虽说孤军抵抗,赵公安却显得既平静又从容,非常淡定。院门口的那块上马石不见了,不知道被渣土车拉到什么地方去了,赵公安就在自家门前很小的一块空地上放了一张小木桌。桌上放着一个小收音机。他坐在小马扎上,守着个玻璃茶罐子,喝着茶,东张西望。有天中午,我骑着三轮车往拆迁工地上送盒饭,离老远,他便发现了我。

嘿,这不是刘老板吗?您还干这活儿呀?

我凑过去,和他聊起来。当时赵公安已经有点妥协的意思了,他告诉我,挺是不可能永远挺下去,丫得给足这个(他用三个手指做着点钱的动作)。知道吗,冯老太太搬走的时候,多给了她这个数……他伸出一只手掌,又翻了一下,同时冲我诡秘地一笑:我挺了这么长时间了,他甭想再用那个数来打发我!

聊了一会儿,我便告辞了。刚走出几步,他就喊了起来:老弟,啥时候再喝一壶啊?他把那个"喝"字拉得很长。

我说:行呀,现在就去吧。

赵公安连忙用手一挡,他说:别!我他妈喝完酒,回来一看,好,保不齐我的房子都没啦。得,谢谢啦,走您的吧。说完,像真的粉碎了一场阴谋似的,不无快意地哈哈大笑。

十四

正如胡冬所说,他舅舅的公司在这次拆迁招标中如愿以偿。进入工地之后,胡冬没有食言,除了每天中午在我的餐馆给工人订盒饭,晚上他还经常带着拆迁队的人过来,让工友们轮流请客,喝点酒,解解乏。

拆迁工作又脏又累,胡冬却毫无怨言。那种踌躇满志的样子,好像在他眼里整个世界都是新的,而且会日新月异。我在想,毕竟是他舅舅的公司,他得卖力。除此之外，那种职业的本身也让人来劲吧？胡冬干的是拆迁，不是建筑。虽说两者都是与钢筋水泥、砖瓦沙石打交道，其工作性质却迥然不同。建，如燕子筑巢，讲究精益求精；拆，则可以随意而为，摧枯拉朽——而且，面对一堵老墙或一座旧宅的轰然倒塌，即使被扑起的烟尘造得灰头土脸，跟小鬼儿似的，却能让人体验到一种历险般的刺激与亢奋。特别是这次拆迁，让胡冬觉得很好玩，甚至有一种近似于复仇般的快感。有一次，他还小人得志似的说：知道吗？那些人可能做梦都没想到，当年被他们撵出去的人，有一天会来拆他们的房子！

话是这么讲，据胡冬说——其实不用他说，全国人民都知道，拆迁也不是个好干的活儿。开发商要速度，快点快点，一个劲地催！恨不得整天用鞭子赶着你；而搬迁户则要利益、要补偿，一旦不到位、不合理，或者碰上个狮子大开口的钉子户誓死不搬，拆迁队就成了风匣里的老鼠——两头受气。情急之下，那是软硬兼施，甚至不吝动用地痞流氓的都有，而且啥招儿都使，乱象丛生，为此逼出人命的事都屡见不鲜——报纸上常登，这里就不说了。

有天晚上，胡冬带着几个工友到我餐馆来吃饭。一进门，我发现他脑袋上缠着一圈白色的绷带。自从去了他舅舅的拆迁公司，胡冬又剃起了光头，因此那绷带便格外显眼。我以为是扒房子受了伤。一问，胡冬却愤愤地骂了一句脏话，说让狗咬的！我惊异地看着他，多大的狗啊，能咬到你的脑袋？胡冬龇牙一笑，这才说出实话，说是被赵公安给咬的。

赵公安在一片废墟中坚守了两个多月。经过多方面的不断劝说、协调，又把补偿款比冯老太太还多追加了五万，他这才妥协，表示可以在协议上签字。就在这时，唯恐赵公安再次反悔（已经反悔过两次了），胡冬抓准时机，对开钩机的伙计使了个眼色，那只像螃蟹一样的大爪子一起一落，就在房子的山墙上抓了个窟窿。见此情景，赵公安炸了，他上前揪住胡冬的衣领子，撕撕巴巴，生要跟胡冬拼命。富有幽默感的是，在被人拉扯开之后，他却余恨未消，冷不防搂住胡冬的脖子，而且不顾常理，对着他的光头就是一口！据胡冬描述，当时一点不疼，就觉得冰凉的，用手一摸，才知道咬流血了。

我问赵公安赔他钱了没有。胡冬一脸无奈地说：赔啥呀赔，倒是让他又多讹去了一万块钱，最后才签了字。

赵公安的房子很快被夷为平地。再去那条胡同的时候，我发现所有的碎砖烂瓦都已清理完毕，两台打桩机正在一片空地上哐哐当当地忙碌着。而胡冬则随着新的拆迁项目转移到磁器口去了。

二十一号院拆迁之后，也拆散了那里的邻居。几个月之后，李大妈陪她的老伴儿去协和医院拍个什么片子，中午曾到我的餐馆里吃过一次饭。问到院里的邻居，李大妈告诉我，他们老两口搬到空了几年的楼房去了，其余的邻居，光靠那点拆迁补偿根本买不起城里的房子，差不多全都去了郊区。海师傅是去北京以东的河北燕郊，保堂去了大兴，而赵公安则去了京西南的房山乡下……其实，当时这样的情况已不足为奇，我曾在报纸上看过一篇文章，说随着老城区的改造与变迁，有几十万北京人搬到了郊区……

那天，李大妈还告诉我，她和许多邻居仍然保持着电话联系，过段时间，她想在我的餐馆搞一次老邻居聚会，见个面儿，聊聊天儿。我觉得李大妈的主意挺好。当时我还慷慨承诺，说邻居们会餐的费用，我全部承担！

遗憾的是，后来李大妈一直没动静。想必那些邻居住得太过分散了，东一个，西一个，而且大部分都远在五十多公里以外的郊区，年龄也大了，进趟城并不是一件很容易的事吧。

十五

生活杂乱纷繁。但剥去层层外表，你就会发现，人只是活在时间里。而时间又总是很快，一晃就过去了好几年。这期间，我开的餐馆早已拆迁。又开了一家，也拆了。随后我们又开起了第三家。总之是拆个旧的，我们就开家新的。也不是较劲，不开不行，民以食为天啊！讨厌的是，我们居住的地方也是被开发商撵来撵去。感觉上，我们总是在找房子和搬家这两件事情上不断地折腾，犯愁，特别闹心。我跟妻子说：老这么折腾也不是个事儿呀。她说：不折腾咋着？我说买房子。她像吓着似的盯着我说：做梦呢吧？

几次后，我的梦还真的做成了。那是位于南城的一个新楼盘，介于三环和四环之间。几座拔地而起的高楼,鹤立鸡群般地站在周围一片低矮的民房中。置身楼上,透过宽大的玻璃窗子,凌空望去,豁然开朗。此外,楼的外观呀,品质呀,室内结构呀,都不错。看得我心里怦怦直跳。在一个高个子售楼小姐的亲切引领下,我们看了三四种户型,最后在十层楼的一个三居室,我和妻子站在那里不动了。我告诉售楼小姐,说:行,就是它了!

二〇〇三年,四月。

我们正式去办理购房手续的那一天,北京细雨蒙蒙,给人的感觉像是梦游:签订买卖合同,交付购房款,办理销售登记……直到办完所有手续,重新回到那间十多平米的出租屋时,才如梦初醒。我妻子捏着那本差不多归了零的存款折,眼圈一红,竟哭起来了。我还以为她是因为有了自己的房子激动了呢。她却喃喃地说:辛辛苦苦这么多年,不是白干了吗?当时我都愣了。这话说的!八十多万的楼房都买了,咋还白干了呢?她说,就是为了有个窝住?我说那你为了啥?人活着,就少不了吃穿住行,你要总问个为什么,非把自己问死不可!

说到房子,我不得不说说胡冬。怎么说呢,尽管在买房的意识上胡冬很超前,事实上他并没有自己买房子,而是坐享其成。原来,胡冬住在郊区的时候,认识了一个当地的姑娘,两个人彼此欣赏。在两年多的时间里,通过各个方面不断磨合,最终成功地步入婚姻的殿堂,成了一对合法夫妻。作为外地人,能娶一个北京姑娘做老婆,在胡冬看来这是他人生最大的成功,并为此而沾沾自喜。他曾非常坦诚地对我说,虽说他这个老婆长得不怎么好看,走路稍稍有些点腿儿,但人家毕竟是北京人,有房子,有户口,将来有了孩子,就是地地道道的北京人,再用不着跟他一样当什么农民工了。说到他原来的那个乡下老婆,胡冬告诉我,她一点儿都不亏,离婚后,她在东北嫁给了省城里的一个出租车司机(也是个二婚),虽说年纪大点,但也是城里人,这样就跟胡冬扯成了平手,可谓两全其美——这就是胡冬。每次和他见面、聊天,我都不得不承认,这个没有多少文化的乡下人,进入城市之后的观念总是那么超前!

相比之下,我的观念却有些落后。和大多数进入这城市的外地人一样,我是那种比较传统与中庸的人,总是想在现实和想象之间力求保持平衡。不过,凭借我们夫妻的同舟共济、多年打拼，最终的效果也还可以，至少我们已经有了房子，有了一个真正属于我们自己的窝。

搬入新居之后，在一种全新感的反差中，我常常会想起过去。想起以前那些居无定所、寄人篱下的日子。毫无疑问，有时候也会想起那时候的邻居。

说起来难以置信。有一天，我去王府井给煤矿的朋友修一块瑞士手表。从表店出来，当我沿着一条街往停车场走去的时候，竟然碰上了赵公安！当时他正坐在对面的马路牙子上抽烟。一眼扫过去，我觉得这个人挺面熟，却一时想不起是谁。彼此对视了半天，我说：是赵大哥吧？赵公安又困惑地看了我好一会儿，然后才"嘿"了一声，说：这不是刘老板吗？

老邻见故居，便是那种一惊一乍的热情。我们紧紧地握了手。

我说：赵大哥来逛王府井呀？

他说：不是，这有什么逛头，路过。

我问他现在住在什么地方。

他说窦店。

我问窦店在哪儿。

他说：嘿！窦店不知道啊？在房山啊！

我说：噢，没去过……

他说：周口店知道吗？

我说：知道，那不是北京猿人遗址吗？

他说：没错！窦店就离那不远儿，十多公里。

我"噢噢"地答应着。其实周口店我也没去过。一是没时间，同时我对猿人也没什么兴趣。

说起话来，我才知道赵公安的老伴儿已经退休，那个喜欢足球的儿子在城里一家建筑公司工作，挺出息的，现在给一个工程师做助理，还没结婚，平时住在市里，单位很忙，离家又太远，很少回去。他这次进城，就是给儿子送几件换季的衣服，顺道过来瞧一下过去住过的地方变成啥样了。

我想了想，这也是人之常情吧。作为进入北京的最初落脚点，我对这个地方也总有一种特殊的感情，每次到王府井办事或购物，我都会沿着一条宽阔的大街，到我当年居住过的地方去转一转。只是原来的胡同早已化为乌有，一切都留在了远去的记忆中。

我说：这变化可太大啦。

赵公安说：可不嘛。

其实，这个世界上没有什么是可以不变的。我发现赵公安也变了，脸上有了细密的皱纹，眼角也耷拉了。

那天，我们并排坐在马路牙子上说话。对面儿就是二十一号院的大概位置。看着前面一排高低错落的仿古式商业建筑，我们沉浸在一种共同的回忆里。有一会儿，赵公安还指指点点，说哪个地方是二十一号院大门口，哪儿是他的家，哪儿是冯老太太的小卖店……只是，眼前的一切已非实物，我们只能靠想象还原它过去的样子了。当说到哪个地方是我住过的房子时，赵公安像突然想起什么似的，问我现在住在哪儿，还开不开餐馆。

我告诉了他。

赵公安没有显出意外，而是很真诚地竖了竖大拇指。他感叹地说道：行啊，闹得不错！说这话的时候，他的眼睛没有看我，而是一直望着前边的什么地方。接着，他毫不忌讳地告诉我，他老伴儿退休后，他们在镇上也开了个小店儿，但不是餐馆，是往餐馆里批发饮料和烟酒，生意还凑合。

我附和着说：反正没什么事儿，干点也行。

他说：不是也行，是不干不行啦！

说到这里，赵公安的语气又回到了从前。他愤愤不平地告诉我，搬到城外以后才知道，北京的那点粉儿全都擦到脸蛋上了。别看这城里头到处是高楼大厦，连街上的厕所都弄得水光溜滑的，可在乡下，啥都不行，别扭！他必须趁着还能动弹挣点钱。他说：一句话，即使我这辈子没什么指望了，也得让我儿子重新杀回北京城，您说是不是？

我点了点头。其实我很想说点什么，只是不知道该怎么说才好。这时他兜里的手机响了。他哆哆嗦嗦地掏出来，是老伴儿打来的，问他到哪了。他回了一句：我他妈还没坐车呢。他按掉了手机，装进兜里。

意识到我们的聊天该结束了，我邀请他到我的餐馆去吃了饭再走。他问我的餐馆在哪儿。我说不远。他婉言谢绝了我,说是还忙着:老伴儿不是催了吗,得回去了,两个多小时的路哪,我还真该走了!说着,他从地上站起来,老弟,您怎么着?

我没说我去停车场取车,我说的是:我还得等一个朋友。

他说:那我可颠儿啦,坐车去了。

我说:好,赵大哥,慢着点儿,那就再见了。

再见!

他招了招手,转身而去。

……

赵公安老了,驼背了。他本来个子就不大,现在看上去更小。我站在那里,久久地凝视着他的背影——在人流中,渐行渐远……

杰雅泰

2015 年获第十一届内蒙古自治区文学创作"索龙嘎"奖
庆　胜

一

"七月里的日头晒死蚂蚁。"这是儿时读一本什么书看到的话,我总记着它。一到七月份,特别是在闷热的夜里,躺在凉席上听着蚊虫的嗡嗡声,心烦意乱难以入睡时,就会想到那只大蚂蚁,它硕大无朋就像头牛,挣扎着从漆黑的角落里飘然而出。它频繁地眨着大眼睛,两只长须四处乱扫,红色的表皮被晒出了油,蜷曲的身体还不断抽搐,它竟把燥热变成了无名的恐惧。

我从小就怕虫子。

作为老律师,暑伏天去外地办件小讼案实在不划算,收费不多加上旅途劳累,倒不如在家闲坐。可是那个地方实在令人向往,它有辽阔的草原和茂密的森林,还有许多条大河,中国还没有什么地方在自然美上能超过那里。其实,只要能躲开七月里的日头和那只大蚂蚁,那地方就是完美的。

我和陈律师刚走下飞机旋梯脚还没落地,一股草香便扑面而来,中间还夹着花的芬芳和凉丝丝的水汽。吸着沁人心脾的气息,望着云雾缭绕的远山,真有超凡脱俗之感觉。

大草原你真好!

法院的楼是翻新的,这是个老掉牙的套路:把一座造型落伍的四层旧楼贴上五颜六色的马赛克砖，整个墙壁就像麻风病人的面颊，千疮百孔。人们都说新领导上任先做两件事：一是搞基建，二是调整干部。这儿难道从没换过领导？一打听，才知道原来正在选新址，要建六层大楼，而且还在陕北某地定做了两个巨大的石狮，它们要张牙舞爪地告诉路人：此处是衙门。

这儿已是一片寂寥，黄昏时分，楼道里空无一人，地面却擦得挺亮。我俩来回遛了几遍没见有什么动静，正要离去时，上面挂着"民一庭"牌子的黄门吱的一声开了，探出一张瘦脸。这位衣冠不整的老法官坐在高靠背椅上，仔细看完我们的委托手续，手指下意识地敲着桌子，绷起脸望着窗外的街景，用低哑的嗓音告诉我们：三天后在小法庭开庭，时间是早晨九点。

紧挨着 H 市的是 X 旗，副旗长老哈是我的好友。通过电话后，得知他明天有会议，实在不能陪我们，但说好明天他派司机小伊带我们去著名旅游景点"大可汗"观光。

这一觉醒来已是后晌，雨后的空气十分清爽。楼前用无数盆花卉垒起的高高的花坛上，姹紫嫣红争奇斗艳。花坛周围是一盆盆的柏树，湿漉漉的，青翠欲滴。

白色的日本天籁轿车已在环形停车场上等候多时。司机是大胖子小伊，他给老哈开了三年专车。小伊胖得喜人。他有一头金发，身高一米六零，可腰围竟有三尺七寸。远远看去，最扎眼的不是别处却是红鼻头儿。他坐在驾座上，肚皮把方向盘顶得紧紧的，也不知他如何操作，可坐过他车的人都知道，他才是开车的一流好手。

新款天籁车造型美观，内饰讲究，乘坐起来十分舒适，而且提速又快又稳。小伊四方形的胖脚丫一点油门儿，唰的一声，车就到了大铁桥边，一出城，就直接朝南开下去了。

这儿是森林和草原的过渡地带，地形起伏很大。车跑起来忽上忽下犹如水里行舟。路两边的野韭菜花连成片，近看就像汪洋大海，它的颜色十分鲜艳，在万绿丛中显得洁白无瑕。再加上无数野黄花的映衬，绿、白、黄三色浑然一体，竟绵延十几公里。五颜六色的蝴蝶在万花丛中上下飞舞，巨大的蜻蜓像美国人的阿帕奇直升机，嗡的一声从车头掠过。一望无际的三色花丛中，有一个个深绿色的圆圈，那就是蘑菇圈，据说里面会长满价值不菲的草原白蘑，它们可爱的小脑袋是在震耳的春雷声中破土而出的。

公路宽阔而平坦，是沿着河堤修的，这样一来缓缓而动的河流始终在你的视野中。它令你心旷神怡，不然为什么人类总是沿河而居呢？本地的建筑风格和西部大不相同，多少带点儿俄罗斯味道，房子不仅面积大、墙体厚，而且多是铁皮顶子。为了防锈又将屋顶涂上五颜六色的金属漆，在阳光下闪闪发光。哈旗长曾对房子和院落的含义做了深刻的阐释，他说，只要是把房子用栅栏围起，在里面种瓜点豆的，他爹肯定是农民，他们家准是从农村逃荒到牧区的。

"大可汗"是个由一群蒙古包组成的景点，它被一圈涂着棕色油漆的大木栅栏围着，四周插满黄色的龙旗，毡包分布得恰似一座庄严的军营。山坡的中央有一大片平地，所有的建筑物都集中在这里。它的正中是座巨型蒙古包，它的体积是空前的。包前竖着一支超大的查干苏鲁定，周围布满彩旗。大包的后面呈扇形坐落着二三十座漂亮的小蒙古包。每个包都有自己的特点，或是旗帜的颜色，或是包的外形。

这座大栅栏外面就是那条无人不知无人不晓的大河，河面宽阔，水流湍急，它在小山坡前呈"之"字形奔腾而去。

矗立着"大可汗"的山坡向南缓缓而下，它的边缘在河的上方，在河水的不断冲击下形成了一个十米见方的小悬崖，从顶端到河面有七八米高，这里是旅游点的景中之景。

站在小悬崖上举目眺望，东面，也就是河的对面，是连绵起伏的山峦，但山势并不很高，山上茂盛的绿草丛中长着稀稀拉拉的樟子松。大河从蒙古包群东面向北沿山脚逶迤而去，南面是起伏不大但广阔无垠的草原，视野里的凸地上长着许多山丁树和稠李子树。

这个地方选得妙，它的特点就在于有这么个小悬崖——它既可以做眺望美景的观景台，又是宰杀牛羊、举行祭祀活动无可替代的场所。

司机小伊把我们领到一座小蒙古包里坐定，这儿的旅游点儿都是季节性的，一年里就靠夏季三个月的收益支撑。包里的陈设漂亮而又简单：正面墙上是蒙古国产的绣着成吉思汗像的纯毛挂毯，包里没有取暖设备，只摆着传统的红柜子,上面放着金光闪闪的餐具,靠墙有干净的被褥。

小伊是这里的常客,老陪着大人物光顾此地,谁都认识,总有人和他打招呼。陈律师瞟了一眼小伊的背影羡慕地说:"老兄,你看,'主大奴大'一点儿不假吧,旗长的司机活得够滋润!"

包外小伊叉着腰一声断喝:"咋回事儿,领导的客人来了没人招呼?想不想进步啦?嘿嘿。"他回头对我俩挤挤眼睛,"没事,这是旗旅游局办的,哈旗长在这儿好使着呢。"

应声进来一个小伙子。他高大壮实,神态阴郁,目光逼人。他大概有三十岁。"你们好,我是服务生。请问几位想要点儿什么?我们这儿的特色是蒙餐。主要有牛肋条、烤羊腿、牛蹄子,另外还有各种新鲜奶食……"

他的普通话里带有明显的山西味,此处离三晋大地足有两千公里之遥,在这里能听到晋北口音,这挺稀罕,我不由得仔细端详他。

他足有一米八五高,英俊的白脸上泛着睡眠不足的青色。他高傲而阴沉,可是还故作谦卑。此人体态和动作都像运动员,裤脚下的小腿肚子是个肉疙瘩,说明他经常跳跃。

这个人和环境不协调。

"小伙子,你这个年龄的后生……也干端盘子的活儿?是不是有点儿大材小用?"小陈眯着眼睛上下打量他。

服务生一怔,警觉地扫了小陈一眼笑了:"我年龄是有点儿大……不过这年头能干什么呢?咱又没本事,我觉得这工作挺好……"他眼角露出一丝冷光。

小伊腆着肚子大呼小叫地进来了,他满满点了一桌菜,当然全是蒙餐。手把牛肉是这儿的特色,看着那盘肥瘦均匀的牛肋条我的胃开始蠕动,真是垂涎欲滴。年轻时,我哪顿也吃三四斤净肉,可如今"廉颇老矣",不善吃荤了,小陈善解人意,帮着点了几道素菜。

那个服务生刚放下手里的香菇油菜,腰里的手机响了,他搁下托盘子的毛巾转身接电话,我听到一口流利的察哈尔蒙语,而且嗓音很浑厚。刚把电话放进套里,铃声又响起,这回,他竟说一口山西话。

我大吃一惊。

他服务时说"二普通"话，接电话时使用标准蒙语和山西话，根据我的经验，黄河两岸的蒙古人，会说陕北汉语，而靠山西居住的蒙古人，会蒙语的比会非洲语的还少，我们就住在那里。

当他再次进来时，我割下一块肥羊肉递过去，他犹豫一下接过来吃了，满脸笑容地道了谢。我又递过去一杯酒，他不接，十分客气地说："服务生工作时间是绝对不准饮酒的，我心领了。"在大草原上，吃你亲手割下的一块羊肉，他和你就算是朋友了，他的神情变得和蔼起来。

"小伙子，你不是本地人吧？"我问。

"嗯……不是。"他显然不愿回答这个问题。

"我觉得……咱俩的口音好像应该差不多，对吗？"

"不是吧，嗯……好像有点接近。"他阴沉着脸支吾着。

我觉得他有点儿怪，好奇心使我有意识地讲了一起刑事案件的侦破过程，从现场勘查到审讯，直至采取强制措施。他扬起眉毛认真地听着，还不时插话。令我惊奇的是，他对刑事科学技术和现场勘察相当在行，甚至在有些方面超过我和陈律师。

"小伙子，你是个服务生……怎么会对这些东西感兴趣？你的水平高啦！哎，你是从哪儿学的？"小陈仰起脸问。服务生一下子窘住了，马上意识到自己的话太多了，低下头退出了闷热的蒙古包。

我喜欢在蒙古包里过夜，因为可以找回当知青时的感觉。我说服了小陈，我们决定在这里留宿。不用动车，小伊也没什么后顾之忧，三人开怀畅饮。第二瓶白酒上来时，哥仨都有些兴奋。大草原上的肉新鲜，可能厨子是新手，煮肉火候欠佳，不是太生就是太老，有道菜还可口，那就是灌的血肠，它的特点就在于血里不加粮食，只放葱、姜、蒜，保留了草原上原始的口味。

最后一道菜，也是最失败的一道，叫什么"桑拿虾"，其实就是在一盘子虾里放几块烧红的石头，让活虾洗桑拿浴，结果搞得又煳巴，味儿又怪。就在服务生正要转身出包时，小伊一把拉住他的衣角欲批评几句，不料还没张口，肩膀上就挨了一掌，他晃了一下就躺在后边的一摞被褥上。我和小陈看呆了，就因为拽衣角，服务生就敢"打"客人？而且打的是旗长的司机。

服务生为自己的行为窘红了脸："对不起，实在对不起！我不是故意的。"就在他伸手扶小伊时，我注意到他手在抖，衣角下还露出了一条绿色。这么熟悉的形状和颜色？没错，他腰里别着一把公安匕首。

喝得红头涨脸的小伊沉着脸，盯着服务生打量一会儿，渐渐转怒为喜："哈哈，好身手，小伙子！以前练过什么功夫？"他当过兵而且是从伞兵部队转业下来的，就因会点儿功夫哈旗长才让他为自己开车。别看他个子不高肚子又大得出奇，可是去年在旗那达慕大会摔跤比赛中拿过第四名。

"没什么。我小时候摔过跤，后来上中学时和体育老师学过几招。"服务生红着脸胡乱搪塞着。他没说实话，就他那一掌，连我都能看出名堂，他的功夫具有专业水平。

"我看不止那些！你学的东西不完全是部队那一套，用掌是很讲究的，部队教的是速成的技击。再说两三年里学的东西也没有这么细致。你是不是练过太极拳之类的，比如推手什么的？"小伊边嚼着肉边问。

"唔……真的没什么。不好意思。"

"小伙子，练过摔跤吧？咱俩，就我和你，出去玩两跤，我肯定赢你！"小伊低着头说。服务生的眼睛一亮，扬起一只眉毛凝视一会儿小伊："对不起，我们这儿不允许那样做。"

"不允许？这你别怕。我去跟你们经理说，他肯定同意。"小伊欠身取来一叠餐巾纸擦着手。

"……先生，我这两下子哪能摔过您呢，我服输！"服务生埋下了脸说。小伊转头认真观察服务生的表情。

"真服气？"

"嗯……"

这个季节向往草地的人真是不少，外面车水马龙不断有新客人涌进大门。大栅栏门两旁各拴着一只大狼狗，狗身上斜挎着彩色绶带，它们就是迎宾小姐，一有车辆出现就伏在地上，咿咿唔唔地哼着摇尾巴。

公路转弯处传来震耳的警车声，蓝光闪闪，三辆三菱吉普警车出现在大门口，紧接着是一辆丰田考斯特大轿车跟进了院。低头站着的服务生，听到警车声，身体像触了电一样抖了一下，脸色惨白，后背紧贴住墙，两只眼睛死盯着外面。他两只手开始搓着大腿，然后下意识地活动脖子和脚腕，手指关节咯巴咯巴直响，他就像要上赛场的拳击手。

他的年龄，他的烦躁不安和西部口音，再加上腰间的公安匕首，还有现场勘察知识……他究竟是干什么的，为什么惧怕警车？为什么对抓衣角如此敏感？这个小伙子大有来头。

他是个危险人物，这一点小陈也有所察觉。小陈望着服务生远去的背影：“老兄，这个人有点怪，他腰里有把军用刀。”小陈把公安匕首认成了军刀。“刚才警车进来时他神色不对劲，他的口音也像咱们那头的。可是刚才你去厕所时，我问他是哪里的人，你猜他怎么回答，他说是东北人。我就是东北人，难道还分不清东北话？你说奇怪不奇怪。”小陈到外面看了看转回来，“老兄，这是个危险分子，咱们走吧！或者咱换个包吧。”

我并不这样认为，据说，在草原上，亲手割块上好的肥羊肉请一位蒙古族汉子吃了，你就可以不必再防备他。再说危险人物有什么不好，同一个危险人物打交道会很有意思。如果这个危险人物善良无害，那就更有味道啦。

我暗示小陈多讲江湖上的事儿，那样可以抛砖引玉。我们那儿有位"老大"在市里的知名度超过了市长，据说公安部来了暗访组进行调查。他们列了一堆名人，其中既有演员，也有企业家，还有市长和那个"老大"，然后去向菜市场的小贩做调查，在几组问卷中，知名度最高的竟是那位"老大"。

陈律师眉飞色舞地吹了半天那位"老大"的英雄事迹，讲得自己气喘吁吁满脸通红。服务生听着听着，脸上浮现出轻蔑的神情，不经意中撇着嘴说："唉，他不行。那个小子没骨气！"说完一怔，左右瞧瞧又后悔自己的多嘴，低下了通红的脸。

他对我们居住的城市非常熟悉，看样子他来头还不小，对江湖大侠竟敢嗤之以鼻。再观察他的神态，虽然很傲，但不带邪恶之气，他带着歉意一哈腰出了包。陈律师抬头问送茶水的胖姑娘："那个小伙子叫什么？他是哪的人？"

"他？你说王文吧。他自己说是本地人。"

"你看呢?"陈律师问。

"嘻嘻,我看不出来。"

"王文。"陈律师冲正端着羊肉汤哈腰进门的服务生喊。

他犹豫了两秒钟:"到。"

"嘿,挺利索!你蒙语这么好,干脆为我们唱首蒙语歌曲吧!"小陈提议。

"我们这儿有歌手和琴师……"

"不听他们的,就听你唱。"小陈挠着后脖颈喊。

"三位大哥,我看你们像好人。虽然我唱得不好,但也得表示表示。"

"唱歌还分好坏人?让你唱你就唱!"小伊斜着眼睛说。

"你会弹吉他吗?"小陈摘下眼镜仰起脸问。

"会一点儿。不过在这种场合我从没唱过歌,虽然我只是个服务生。"他扫了一眼小伊。说完他出去,片刻带着把吉他回来。

"唱什么?"他抱着吉他阴沉地说。

"你最拿手的,就你获奖那一首。"陈律师戏谑地说。

"获奖?"他苦笑了一声,开始唱歌。这是一首二十年前流行的外蒙歌曲,叫《遥望家乡》。他的嗓子沙哑而粗糙,甚至有点跑调,可是感情十分饱满。

"你看上去最多有三十岁,你是怎么学会这首老歌的?"我问。

"上小学时,班主任老师教的。"他用低沉的嗓音说。蒙古包门吱的一声开了,悄无声息地伸进一张美艳绝伦的脸,定在那里不动了,大家全屏住了呼吸。王文犹豫一下,走过去把她拉了进来。"她叫花儿,是我的朋友。能不能让她坐下?"

谁会拒绝一位美女?"请,请。"陈律师和小伊同声说。我觉得蹊跷,王文是个打工仔,连酒杯都不敢端,他竟会金屋藏娇?而且这个姑娘是个大美人,就像俄罗斯的电影明星。王文油渍麻花,而这位姑娘则光彩照人。

"大哥们,我为大家唱首歌吧……歌名叫《月夜》,是首蒙古族的情歌。"她一指我,"这位大哥大概能听懂。"她好像很疲倦,强打着精神说。

"你怎么知道他能听懂,我们俩听不懂?"小陈嬉皮笑脸地问。

她左右看看:"你不是草原上的人,这位大哥……还有那位,和你……和你不同。"小伊是本地人。

小陈挺了挺腰，双手一抱双膝，前后晃着身体，"看样子我是没戏啦！我不是草原上的人，那我就是另类？嘻嘻……我宣布退出竞争。"

"你唱吧！"王文阴沉着脸说，他深情而忧伤地弹起过门。

真的，她一开口我们就上了花椒树——蹄蹄爪爪全麻啦。这首蒙语爱情歌曲，被她唱得回肠荡气悠扬婉转，犹如天界的仙音。

陈律师和小伊都被这美妙的歌声打动了，痴呆呆望着她那张勾人魂魄的脸，身体还随着节奏轻轻摇晃。大草原上的美女不仅容貌和才艺过人，身上还有撩人的野性。

任何男人都会爱上这个女人。

"花儿，你回去吧。"王文用喉音低声说。

"再来一首。王文，她是你的什么人？你怎么干涉人家的自由呢！"旗长的司机发火了。

王文锐利地扫了他一眼，诚恳地说："她必须走，大哥们多多原谅。"小伊伸伸脖子还想说点什么，可王文的表情使他畏惧。刚才他要与王文比摔跤，虽然王文明确表示服输，可是因拽王文衣襟挨那一掌也说明了人家的实力，这个伞兵显然知道自己和对方的差距。

王文拉着花儿出了蒙古包，我们仨沉默下来。花儿的离开，使我们的情绪像泼了水的炉火，一下子熄灭了。

"大哥，王文是干什么的？"不等我回答，"反正他不是个普通的服务生。"陈律师伸伸脖说。"刚才我偷偷去了王文的住处，那是这里唯一的水泥包儿，可以说是全世界最糟的寝室啦。地方不到两平米，顶子很低，连我都直不起腰来。地上铺着几张大狗皮，是生狗皮，没加工过的……四周没有一扇窗子，包儿里潮乎乎的全是东西发霉的味儿，很臭。靠门那儿，摆着一个牧区常见的小红柜子。叫人不解的是，铺上有一大摞书，而且全是和法律有关的。对了，还有一大堆司法考试的辅导材料。另外像什么孟德斯鸠的《论法的精神》，卢梭的《社会契约论》，那一类高深的书也摆着。除了这些，还有一大堆蒙文书籍。包儿的门口还有许多训练器械，像沙袋什么的。老兄，你说他是个干什么的？

就那么个穷小子,穿得讨吃烂鬼的,身边竟有那么漂亮的女人!"

"你问我?"我扫了一眼已进入梦乡的小伊。

"对。"

"他是个逃犯!"我说。

"什么?你说他是个逃犯?"

"很像。"我握着酒杯说,"反正有点奇怪,警车进院那会儿他有点儿失态,而且很明显。你想想看,什么人怕警察?"

"你看他像哪类罪犯?"陈律师活动一下手脚问。

"说不准。他身体强壮,搏击水平超过咱们的伞兵小伊。你注意到他的小腿肚子了吗?比牛腿还粗壮。他腰里别着匕首,还不是吃肉用的那种……"

"这个人可能很危险!他带刀做什么?"

"我觉得没危险,至少对咱们没有。他为什么要害咱们呢?"我望着墙上的成吉思汗像说。

草原的夜真安静。月亮罩上了一层薄薄的白纱,一切都变得朦胧而神秘,下面就是大河,它在幽静中波光粼粼。这条河弯儿多,百米之内就有十多处。它就像一条蛇盘在草原上,它也可能不愿流过这美丽的原野,走了一圈又转回来。从远处望去,它不像河,倒像是湖。

那座大蒙古包前砌了个台子,它原本是个舞台,后来改变了用途,成了马头琴的演奏台。刚才还有几个琴手拉得热火朝天,现在空无一人,只剩下几把椅子。

我的脚下是那个小悬崖,从河边到我站着的地方足有十米远,靠上面很陡峭,我望着河水出神。"大哥,你想什么呢?"从悬崖下发出一个空洞的声音。

一个影子悄然移到我的眼前。

是王文。

二

这条河的上游，也就是靠近城的那一段，是个热闹的去处。在那里，人们呼吸着野草的芳香和城里飘散出的硫磺味，因为附近有座水泥厂。黄昏时，大约几公里长的河水里，坐着几百个男男女女。大家都很自觉：男人靠左，女人靠右，水的中央才是嬉戏的孩子。他们追逐打闹着，因为那儿水深。在附近几百里内是没有"游泳"这个词的，对应的只有一个词——洗澡。

洗澡虽然包括游泳，但仍然是以洗为主。坐在河边的多数是妇女。她们大多穿着浅色的背心裤衩，趁人不注意，将手伸进衣裤里面擦肥皂。堤岸上不时有几个瘦老头儿抱着手转悠，就等她们一不留神、春光外泄时大饱眼福。

河流经过不知多少个弯儿才流到"大可汗"，水中的喧嚣和人体的污垢早已不知去向，一切都变成了静谧。那些带着体味儿的白沫和许多藏身于树后偷窥的男人们的幻想，统统顺流而下，一泻千里。

"老大哥，"他用西部口音说，"你们俩是律师？"

"对。"小陈回答。我注意到王文很忧郁。虽然又加了件不合身的外衣，可腰里鼓鼓的，肯定是那把公安匕首在作怪。

"你们发现了点儿什么？"他的眼睛就像夜里动物那样放着光，我心头一震，这等于摊了牌。

"没什么？很正常。你怎么问起这个啦？"小陈和他打着哈哈。

他低下头："嗯……其实也没什么，我发现你们挺注意我的。你们来这儿是办案子吗？办哪类案子？是刑事还是民事？"我和小陈对视一下，这小子用词这么专业？

"哎，小王，你过来一下，有两个客人打起来了。"光亮处有个成熟的女声说。

"二位，你们是不是住这儿呀？"他迈开一条腿呈弓步，扭着头问。

"看情况吧，现在还定不了。"我对他疑心很大，不愿让他掌握行踪，他迈着大步向被一大团飞虫围绕的灯光走去。

咚咚咚，从悬崖下面又上来一个黑影，动作明显不似王文那样有力，但很敏捷。

是个女人。她衣着朴素，或者说很寒碜，大夏天穿着深色衣裤。啊，是唱歌的那位美女，怎么换了这么一身衣服？唯一没变的是那张艳丽的脸和闪动的目光。

"赛白努。"她用蒙语冷冰冰地问候，好像知道我懂点儿蒙语。她一改刚才唱歌时的似水柔情，用带着敌意的目光上下打量着小陈，就像见到陌生人。问候一句就沉默了。她并没有马上离开的意思，而是在一块突出的大白石头上坐了下来。她把目光投向我俩，凝视片刻："你们是从什么地方来的？"

"小姑娘，你长得这么水灵、这么可爱，咋态度这么横？你是干什么的？不是搞调查呢吧。"小陈笑嘻嘻地问。

"什么调查？谁在调查？"她立起眉毛警觉地问。

"还有谁？就你呗！我们又不认识你，就听了你一首歌。你一脸阶级斗争……坐在这儿打听我们的来路，不是搞调查是什么？"小陈大声说。

她眼光里有一种骇人的仇恨，就像毒刺。

我突然发现她的口音和王文有很大的差别，王文讲的是土默川话，而这个女人则是带点儿河北口音。那会是什么地方？她既会蒙语又会流利的汉语，而且还带张家口味儿。内蒙古毗邻张家口的地方很广，很难确定是什么地方。

"难道这个世界上全是坏人？我告诉你们，我早就活够了！我临死前要抓两个垫背的。"她一字一句地说。

看样子王文真有问题，而且他们俩是一伙儿的，她话说得也太狠了点儿。从她的话里判断，又好像她和王文受了什么冤屈似的。

她的态度不由得使我俩再一次认真观察她，应当说她是一个顶级蒙古族美女。她皮肤白皙，而且没有任何瑕疵；大眼睛如同白种人，是蓝色的，翘起的鼻子非常精致。如果不是高高的颧骨，你会把她认成俄罗斯佳丽。她有白人血统。最令人惊奇的是，她原本迷人的眼睛此刻正闪出野兽一样的凶光。

我从内心产生一丝畏惧，她比腰里别着匕首的王文更危险，她绝不是一个可以被人随便对待的人。

她凶恶得叫人怜爱。

她转头望着河水出神，哗哗的流淌声十分悦耳。月亮在薄薄的云层里羞涩地穿行,清凉的风带来浓郁的草香。一条黑影倏地蹿了出来,低低地滑到她的脚下。"巴布盖。"她轻轻呼唤着,就像母亲对褓襁中的孩子。

"巴布盖"是蒙语"熊"的意思。这条大头黑狗真的像熊,它的脑袋大得出奇,活脱脱就是一颗狗熊的头颅。它喉咙里发出呜呜的低音,像是警告我俩,让我们退后,不要靠近它的女主人。

"喂,你是干什么的?我俩是客人,花钱到这儿吃饭,招谁惹谁啦?你说了半天都是什么意思,怎么杀气腾腾的?"陈律师看着狗气咻咻地说。

"不知道什么叫杀气腾腾吧?真要让你见了怕把你吓着!"这简直是赤裸裸的挑衅加恐吓。小陈从小爱与人打架,是个吃软不吃硬的主儿,要是面子上挂不住,敢玩儿真的。

"哎,能不能把话说明白点儿,到底因为什么?你究竟和'大可汗'有什么关系?如果没关系你就走!如果有关系我们走!别阴阳怪气儿的!"

她站起身也不拍身上的土,径直走了,只回了一下头,蓝眼睛里闪着绿光,就像小时候见过的被人扔进渗水井里的猫的眼睛,这份感觉有些异样。

"老兄,你不觉得太奇怪了吗?我觉得会出什么事,她——这个秀色可餐的美女,可是危险人物!"

同一个危险人物在一起是件令人兴奋的事,他们会因为咱俩看破了什么隐情而杀人灭口?"没事,管他呢,回包儿再说吧。"我说。

店里为我们换了个包儿,这显然是为了照顾旗长大人的司机,其实也就等于给旗长面子。这可是一座好蒙古包,摸一摸哈那(支包的架子),是地地道道的真货。地是用木板铺成的,上面铺着外蒙古产的地毯,厚厚的,很舒适。靠墙边的被褥也是新换洗的,闻一闻,有一种宜人的阳光味。

一位身穿蒙古袍、鼻梁上满是雀斑的胖姑娘进来,把奶茶壶往桌上轻轻一放:"二位先生请用奶茶。"

"喂,小姑娘,我们的那位胖先生呢?个子不高,红鼻头儿的。"小陈用手比画着问。

"你说的是哈旗长的司机吗?他睡着了。我们经理刚才叫他,怎么也叫不醒。没办法,只好让他就在那个包儿休息啦,没关系的,请放心。"

"小姐,你先出去吧。不,要不然你先喝一碗奶茶?"陈律师一指铜茶壶。

"嘻嘻……对不起,我们有规定,不让服务员上客人的桌。"

"还挺正规,你不喝就先出去吧。"小陈一摆手。服务员诧异地看看我俩出去了。

"老哥,那两个怪人会不会往茶里下毒?"

"不至于吧,有什么深仇大恨?灭口?是不是有点太玄乎了。"我调侃道。不过一端茶碗心里就不舒服,到了嘴边儿还觉得有些反胃。

突然有一种奇怪的力量推着自己喝了一口,吧嗒吧嗒嘴,没什么不正常,茶的味道很浓,顺嗓子眼儿滑进肚里,热烘烘的。

小陈睁大眼睛看着我:"你没事儿吧,来,我也喝!"他端起茶碗。

"哈哈……"我俩大笑。

"老兄,那个王文肯定有问题,他神色诡秘是第一点,他是西部口音,还对我们那儿非常熟悉,却不承认是那里人。还有那个小女人,长得貌若天仙,可是那么凶,话里藏着威胁……这些都很不正常。他们似乎是担心咱们的来历,怕咱们看破秘密,再有意无意泄露出去。如果说因为这个而加害咱俩,我看……"

"老哥,咱们当时离开这里多好,为吃顿手扒肉搞得提心吊胆的,犯得上吗?弄不好夜里还不敢睡觉。到了现在,车也没有人开了,想回也回不去了。"

"小陈,咱俩到外边遛遛?"我建议。

包的前面是大木栅栏门,穿盔甲、持长矛装扮成古代蒙古士兵的保安拉开大门,恭恭敬敬地送我们出去。没走几步,又到了那个小悬崖边。宽阔的水面在月光下熠熠闪光,哗哗的流淌声特别清脆。大草原上很少有树木,可这里沿河边却长满了郁郁葱葱的山丁子树。

这林子阴森恐怖。

小陈是东北人,生在大山里,对这种野外的夜景并无好奇之心,站在岸边开始打哈欠。

"安达(蒙语:兄弟),我想与你谈谈。"

这个雷鸣般的声音吓了我俩一跳,原来是王文。他高大的身躯在草地上留下长长的影子，巴布盖虎视眈眈。

"安达，我想和你谈谈，有时间吗？"他表情凝重地说。

"呃……可以吧。"我说。小陈警惕地盯着王文，并上下仔细打量。王文两手空空，腰里有没有家伙也看不清。

"安达，我没有恶意，只是心里闷得慌，想和大哥聊聊。这位兄弟，你如果不放心，也一块听听吧。我觉得你们俩都是好人。"

不远处，有草被踩踏的唰唰声，一个人影晃了一下，站住不动了。"其其格，你先回去吧。我和安达谈一谈。没事的，你放心好啦。"

"大哥，咱们回包儿里谈好吗？"王文一改白天那种谦恭态度，用不容置疑的口气说。

三

他说，我出生在你们居住的那个城市的郊区，就是内蒙西部的中心。我的名字叫卜黑小，现在叫杰雅泰。我是蒙古族。

我们那里是农区，很贫困。山西移民占人口的百分之九十以上。村里所有的蒙族都不懂蒙语，生活习惯也就是山西农村那一套。他挪动一下盘着的腿，呷了一口奶茶，回头看了一眼蒙古包的门，我发现其其格就藏在门外。

"杰雅泰，让你的女朋友进来吧，外面风挺大的。"小陈说。其实外面比屋里舒适得多。

杰雅泰推门出去，用蒙语低声说了几句什么就又回来了，低垂着目光说："请原谅，她心情不好，千万别在意。"有五分钟谁也没吭声。

"大哥，你们是律师吧……你能看出我原来是做什么的吗？"

"嗯……你可能当过兵吧。或者……或者，你当过警察？"我紧盯着他回答。

他蓦地血涌上了头，脸变得像块红布，他的嘴唇在微微发抖。

"老兄，你……你太厉害了！我真的没有看错。能不能说一说，你是怎么看出来的？"

"其实很简单，因为我也当过警察。另外，你有军人的姿态。下午有人喊王文时，你按部队的习惯喊了'到'，对吗？"其实小陈叫王文时，他当时还犹豫了一秒钟，因为不是他的真名。不过我觉得现在可不是显示自己聪明的时候，不然会带来灾难，因为杰雅泰是什么人还不清楚。

他抬起头，用锐利的目光看着我："我就是警察。你说对了。不过，现在我不是了。"

我和小陈在他的逼视下把头转到了别的方向，我的余光看到了小陈紧攥着的拳头。我则想到了他腰里那把公安匕首，不过我并不担心。

"两位律师，"他停顿两秒，"知道我现在是什么人吗？"他咄咄逼人。

"是逃犯。"我注视着他说。

他唉了一声，垂下了头："你们……不会告发我吗？"

"你说呢？"我反问道。

"你肯定不会。这位小兄弟……不，这位律师我想也不会吧。"

"你们愿意听听我的故事吗？"

小陈探询地看着我，其实不听也得听。"愿意。"我回答。

我是××公安分局刑警大队直属中队的侦察员，前段时间，因为办案中刑讯逼供致人轻伤，被检察院立案侦查。在审讯过程中，我趁办案人员不备从三楼跳下逃走，目前在通缉之中。

我是个地地道道的农民的儿子，我一出生母亲就得了重病，不久就去世了。对她，我没有印象啦，当时还不到一周岁嘛。家里我是老大，下面还有两个妹妹、一个弟弟……妹妹和弟弟是后妈生的。继母是个傻子，整天疯疯癫癫地乱跑，经常十几天不回家。我三岁时就帮家里干活，当时弟弟还没出生。我们家太穷了。我是一九七七年出生的，一直到五六岁就没吃过饱饭。我记事时，家里已经分了土地，父亲一个人养活六口，也不容易。唉，他也不争气，不瞒你们说，他是个大酒鬼。只要一有钱，他就买酒喝，喝了酒就打人……后来我的继母离家出走，以后就再也没有回来。

我的二妹四岁时突然得了脑瘫，先是走不了路，后来生活也完全不能自理。这样一来，大妹妹什么也不能干，只能照顾二妹妹。想想看，我们过的是什么日子。

我五岁那年,村里来了个草地人,是走亲戚的。一天早晨,他来我家串门。当时同去的还有一位江湖大夫,也是东部蒙族。这俩人坐在炕头上聊天,嘴里叽里咕噜不知说什么。后来一问才知道是蒙语。我家也是蒙族,可是连老父亲都没听过蒙语,因为从我爷爷那辈儿起就把蒙语丢光啦。我从心里羡慕他们,觉得说蒙语特别牛气。

我是六岁上的学,那年我死乞白赖要学蒙文。郊区有所小学开了蒙文班,因为招不到学生,一个班只有八个小孩儿。虽然我们那儿没人懂蒙语,可是这个班却是蒙文授课,班主任叫胡果吉夫,他要求每个学生必须有蒙名。他听了我的家事后,叹着气说:"你的命运太苦啦!我给你起个能改变命运的名字:杰雅泰。"

我们九个学生只有我坚持到小学毕业。初中、高中是在城里上的。蒙文对我来说太难学了,凭着兴趣我念完高中。

从记事起,我最大的愿望就是当警察,穿上警服,腰里别个小手枪抓坏蛋是我儿时的梦想。儿时玩游戏,我就永远装扮警察,太过瘾了。高中毕业后考大学,我一考就考上了内蒙的重点大学。报名时太不用心,考上又后悔了,没报到就改了主意,我决定第二年报考警校。第二年,我考上了国内最著名的警察职业学院。我从小学蒙文,汉文基础差。上警院后,我奋起直追,两年里都是优秀学生。军体课,射击第一;专业课,也是第一。散打不仅全校第一,还代表省队参加全国比赛,拿过第三名。其他各类散打比赛,我取得的名次数不清。

我点儿背,没等毕业,就赶上不包分配自谋职业。咱家穷,一没权二没钱,想进公安局当警察,真比上天还难。进不了公安局,我就在毕业前实习过的公安分局刑警队三中队帮忙。我比正式警察都辛苦,有危险时我最先上。两个月以后,我就开始单独办案。当然这不合法,可是警力不足,再说很多人穿身警服也就是混饭吃。

有一次管区发生了一起强奸幼女案,被害人叫托娅,是从锡盟牧区来市里探亲的。小女孩一出医院,我就天天背着她寻找作案现场。八岁的小孩儿只记得坏人家里有二层床,墙上挂着画有一只猫儿的挂历。对啦,还记得坏人家门口堆着一堆木柴,木柴旁边蹲着老爷爷劈柴呢。我背着小孩儿整整找了十二天,终于确定侦查范围,疑犯就在一片住宅区里。然后开始摸排,最后锁定在一个姓刘的屠夫身上。后来我冒充水暖工进入他家,提取了床单上被害人的血迹,最后一举侦破此案。

还有一个案件也挺出奇。有一天接到报案,说印刷厂有人劫持儿童,全分局去了几十人,我们和劫匪相持了几个小时,由于房屋结构和周围环境不利于强攻,只好调来消防队,用高压水枪打掉了他的自制手枪。他放了那个小孩,可是他手里还有匕首,藏在屋里负隅顽抗。

我赤手空拳冲进去,三下五除二,两分钟内就制服了那小子,回到队里才发现自己的胸部被刺了一刀。

一年多的时间里,我——一个实习警察侦破五十多起案件,其中有二十多起大案要案。为此,大队长被提拔成副局长,中队长荣立二等功。

当实习警察不占编制,自然财政不给发钱,中队稀里糊涂地一个月给我发二百元钱,钱的来源只有中队长一人知道。中队每天都有饭局,跟上警察混事儿,吃饭是不成问题,如果稍稍用点儿心,弄点儿零花钱也容易。那二百元钱我都送回了家里,他们需要钱。

那年,也就是前年,我赶上了好机会,公安队伍扩编,从本科生里招收警察。我是专科生没有资格参考,我托了几个朋友,费了天大的周折人家破格让我参加考试。一发榜,我是几百考生里的第三名。我又从分局开了一份证明,把我当实习警察时的表现反映了一下,结果就进了公安局。

进公安局后,领导发现我的专业程度较高,蒙汉兼通,英语是六级水平,散打又是全国专业队比赛前三名,就想让我留在警校教书。我的理想是做刑警不是当老师,我要破案,要生擒活捉犯罪分子。当老师没意思,如果想当的话,当初考师范大学不就行了。在我的一再要求下,我被分到××分局刑警大队大案要案中队,我终于如愿以偿当上了刑警,拿着通知书高兴得一夜没合眼。

当警察后,上苍给了我最大的恩赐——其其格。

去年冬天,我们管区发生了一起杀人案,几个嫌疑人中有一个是Z旗人,这个人疑点最多，他长期流窜在外，有时打打工，主要就靠偷窃为生。此人心狠手毒，做事不计后果，最近可能跑回了老家。这些情报都来自可靠的耳目。中队长派我带着两个实习生小奇和小王，开辆破212吉普车前去调查。

去年冬天雪挺大。我们开着破吉普翻山越岭艰难行进。白天雪融化了，夜里又冻成冰，路面滑得就像镜子，路边的深沟里堆着汽车的残骸，吓得小奇几次差点儿把车开进沟里。

那个旗只有一个牧业苏木，叫白音塔拉，周围都是农区，人口也特别密集。嫌疑人张全在可能就藏在这个苏木里，他的名字是否真实还不清楚。

去年冬天，张全在跑到我们那里一个工地打工，大大小小干了不少坏事。有一天，这家伙因为床铺问题和另外一个民工发生口角，互相厮打。第二天人们发现那个与他争斗的民工身中两刀惨死在工棚里，随后张全在失踪。是不是张全在一怒之下两刀将对方刺死然后潜逃了呢？必须先找到他。现在许多打工者都不提供真实姓名，所以很难查，只能去碰运气。如果错了，再重新寻找线索。

这个苏木说是牧区，其实有名无实，乱哄哄的，人多得像蚂蚁窝，四周草原全部消失，放眼一看赤地百里。从周边省市来的农民到处种庄稼，把草场几乎都当荒地开垦，弄得遍地盐碱，荒凉得让人看了想落泪。这是后来才知道的。"穷山恶水出刁民"一点儿也不假，从旗里到苏木，这一路上竟出现了五六处拦路要钱的农民。他们在路上先挖坑后泼水冻冰，等你陷进去，他们再出来救你们，就挣这个钱，他们的小四轮拖拉机在坑旁候着呢。

嫌疑人可能居住的村子叫赛乌素，蒙语的意思是：好水。可现在遍地沙子，干旱得寸草不生。听老乡讲，那地方好几年没有下过雨雪，今年算是老天爷开了恩。

穿过两个相距不远的营子，一拐弯又上了条土路。走着走着前面又有了"收费的"。可这个收费的不同寻常，大冰坑旁站着一个美少女，她还带着一个小男孩儿、两个小女孩儿，小男孩脚下卧着一只长着熊一样脑袋的小黑狗。

眼前这个坑可够大，有两米见方。两边都是斜坡但并不很陡，里面也被人泼了冰。我们下来看了看，吉普车四轮驱动也白扯，这个坑肯定不能过，但旁边可以绕过去。别人过不去是因为心疼汽车，我们可不在乎，因为车是公家的。

我们下去看了看，右边靠近地埂那儿虽然不平坦，但也能凑合开过去。

我和小奇换了位置，让他歇会儿。我把车打着，然后换挡踩油门。透过结冰的挡风玻璃，我看到前面那个姑娘领着三个小娃娃，把眼睛睁得大大的，就等我们掉进去然后挣我们的钱。我心想，如果我们掉进坑里会把他们美死！可又一寻思，如果我们真掉进去，他们怎能用什么方法把我们的车拉出来呢？

就在我躲开坑，向右打方向盘时，他们四双眼睛惊奇得要迸出眼眶子。我正费力地紧转弯时，那个姑娘猛地一指汽车开口大叫，激动的情绪扭歪了那张漂亮的脸。我只看见她嘴动却听不着她喊什么，她对那三个小孩儿连推带搡。哦，我一下明白了，原来她是让那三个小家伙去堵我们准备过的地埂。只见那三个穿着破衣烂衫的小孩儿狂奔到地埂边，有两个坐在地下，另一个干脆躺在雪窝里。

车开到满脸沾着雪碴儿的小孩儿跟前，怎么摁喇叭也不动，轰油往前挤还不动，再狂摁喇叭，那仨人就装听不见。实习生小奇火了，他跳下车走到跟前指着小孩儿骂道："滚开！再不滚开就碾死你们！小要饭的！"

躺在雪窝里的小女孩儿噘起红嘟嘟的小嘴："呸呸呸，就不走，气死你！呸呸呸，气死你！"

恼得小奇七窍生烟，上前拎住一只胳膊刚要往旁边拽，啪，他就挨了一记清脆的耳光，他的裤角也被大脑袋狗扯住不放，我和小王清楚地看在眼里。好你，就是那个年轻姑娘打的！我俩跳下车跑到跟前："唉，你怎么敢打人？你知道我们是干什么的？"小王问。

"我管你是干什么的？他打我妹妹就不行。这还是轻的，如果你再敢打——"她掏出一把很旧的蒙古刀，在衣襟上擦擦，"我就宰了你！"她眼里冒出凶光，狗也汪汪地叫着。

"哎，你听清楚，我们是警察。我们在执行公务。如果你再胡闹，我们把你抓起来，让你坐拘留所！"小奇狠狠地说。

"那才好呢！进了那里吃饭就不用费事儿啦！"她美目一翻，一伸双手，"来，抓呀！你怎么不抓啦？"

这时我才认真地看了看这位姑娘，她可真美，小巧玲珑，精致无比，就像电影里的俄罗斯新娘。她扭头露出美丽的脖子,就像芭蕾舞演员那样,用蒙语对那三个小家伙喊起来,意思是鼓励他们,让他们别怕,再坚持十分钟就行。这一下那三个小家伙更来劲了,开始哇哇大叫。他们如果不让路我们还真过不去。实在没招啦,我摇下车窗用蒙语骂她,说她给蒙古人丢了脸,还说蒙古人自古以来就没有干这种事的。这一骂还真灵,她一下子愣在了那里,眨眨水汪汪的大眼睛出神地望着我,她在飞舞的雪花中就像一尊雕像。

她犹豫了几分钟就把路让开了,我把车开过地埂后,下了车,递给她十元钱。她接过来连看都没看往风中一扔,拍着手喊:"看,飞啦!飞啦!"那三个小家伙跟着拍手大叫。那张票子就顺风飘上了天,很快就消失在白茫茫的飞雪中。

这一下可气坏了小奇和小王,二人下车拉她,她用拳头一叉腰,样子像个泼妇,对着这两个实习生破口大骂。她愣是把两个后生骂得节节败退最后拉开车门退回车上。我看着也觉得挺生气,跳下车冲到她跟前正要发火,她对我嫣然一笑,还俏皮地挤了挤眼睛,那束光芒就像春风拂面。我呢,就像触了电一样麻酥酥的,马上什么脾气都没有了。

她用蒙语说:"好啦,开上车跟我回家!"我们就稀里糊涂地开上车跟在她们四个人一条狗后面,七拐八拐过了两条沟,终于来到一个破院子。里面那个乱呀,堆满了各种各样的杂物。靠里面的棚子里还圈着几只瘦羊。小奇和小王起初还挺不愿意听她摆布,可是她就像对待小孩那样把他们呼来喝去,他俩也只好乖乖地服从。

她家的院子很烂,可屋子里,也就是她的卧室却干净利索,一切都井井有条。里屋北墙正中是成吉思汗像,旁边挂着"007"的巨幅照片,对面是篮球明星乔丹的明星照。她的眼光不俗。"来,进来随便坐吧,千万不要客气。喂,你们两个小警察,快到外边挑只大羊抓进来,咱们吃新鲜血肠!"杀羊?这是什么季节,这么穷的人对素不相识者如此盛情?可是她的态度又让你不得不服从。

这时候才知道她的名字叫其其格,她的大妹妹叫苏道,弟弟叫斯琴,小妹妹叫森德日玛。

其其格连我们叫什么名儿都不问,就把羊杀了。她的弟弟妹妹帮着扒葱灌血肠。大妹妹苏道不知从哪儿找来一个大可乐瓶子,用大剪刀剪去后半截,留下嘴儿那部分当了漏斗,灌得满头大汗。她自己在地上铺了几张报纸,把一只羊卸得零零碎碎摆满一地。

她家共有三间破房,其其格的闺房自然是不能弄脏,另外两间小房子被六个人挤得满满的。他们的家具很少,锅碗瓢盆也是拼凑来的,筷子红红绿绿有好几种颜色。桌椅板凳,都是用不知从哪个工地拾来的建筑垃圾胡乱钉住做的。

其其格卸肉是一把好手,二十几分钟就把一切都收拾妥当下了锅,我们仨只能叉着腰干看着。其其格进里屋翻腾一阵,拎着两瓶龙潭老窖二曲健步走出来。

所有类似桌子的东西都太小,最后只能用几个厚纸箱代替,上面再铺两张报纸。肉端了上来,血肠和下水进了锅,其其格不时用自制牙签在鼓起的血肠上扎眼儿放气,防止肠子爆裂。我拿起一块肋条,用自带的小刀一割,能看见肉里有红血丝,这是煮得恰到好处的手把肉。

其其格拿来三把刀,一把是镶银的骨头柄蒙古刀,刀子已被磨成窄窄的一条,但很锋利,刀肯定是用上好的钢做的;另外两把是削铅笔刀,锈迹斑斑的,刃上尽是豁口。

其其格先用那把银柄刀将羊胸叉骨分成四等份,我们三人各一份,他们姐弟四人共一份。胸叉子,是草地蒙古人先敬客人吃的,她很细心,礼数也很周全。

"几位大哥,我还没来得及问你们,你们是从什么地方来的?"她用略带张北口音的汉语问道,同时还对我俏皮地挤了挤眼睛。

"我们从首府来的,到这儿……来办点儿事。"小奇一脸严肃地回答。

"你们是公安?"

"你咋看出来的?"小王问。

"你说的,你忘啦?"

"唔……"

"姑娘,你对这一带熟悉吗?"我问她。

"太熟啦,我是从小在这儿长大的。你们是不是要寻找什么人?如果找人,尽管问我。"她低头用刀削着肉。

"你们这儿有多少人口？"

"我们苏木人不多，大概有两千多人。可是周边都是农区，他们人口多，有二十多万人吧。"她抬起头用汉语回答。

她说这儿几十年前全是牧区，是一片水草丰美的大牧场，夏天里草有一人多高。周围这些小山包上全是树木，里面尽是野生动物。这个旗最大的特点是淖儿（湖泊）多，水多得就像她去过的江南。那时，全旗只有两万多人。三十多年中，人口增加了十几倍，现在全旗几乎都变成了农区，只有白音塔拉这一片是草地。这就像汪洋大海中的孤岛。她说听老父亲讲，本旗曾经是有名的牧场，过去盛产马匹，还出了不少著名的摔跤手。

现在全旗有二十几万人，她不可能全认识，但是有点儿名气的她都知道，至少听说过。这儿虽然通讯不发达，可传播消息却极快，比电话快得多呢。

我酒量不佳，加上以前喝醉出过事，所以从不动酒。我带的这两个弟兄可都是饮酒高手。就拿小奇说吧，他是黄河边长大的，从小就在酒文化中熏陶，酒量奇大。他对这姐四个刚才的态度还是耿耿于怀，想用酒当武器收拾其其格。

"喂，小姑娘，会不会喝酒？敢和我比酒量吗？"

"我从不喝酒，不会喝。"她俏皮地挤了挤眼睛。

"不会喝？蒙古人哪有……"小奇抬头看到我的眼睛，他把后半截话咽了回去，因为我就是蒙古人却从不喝酒，而且我讨厌这句话。中国人一年要喝掉整整一个杭州西湖那么多的酒精，蒙古族才二三百万，还不都是汉人喝掉的。

"你别提会不会行吗？喝酒不就是把酒往嘴里一倒，顺嗓子眼儿流下去不就得啦！"小奇边往嘴里塞肉边说，他不会用刀子，而是用嘴撕，弄得满脸是羊油。

"你说得太简单了吧！如果那么容易，哪里还会有醉汉？我父亲爱喝酒，但从不多喝。"她阴郁地说。

她提到"父亲"时的表情引起了我的注意，似乎很悲伤。

"喂，小姑娘，说说你的家庭吧，你的父亲是做什么的？你妈妈是做什么的？噢对啦，看这话问的，应该是牧民吧？"小奇用筷子剔着牙缝问。

她递给小奇一根自制牙签，眨动着眼睛犹豫了一下："我父母都是牧民。

他们，他们……全去世啦。母亲死了十几年啦。父亲前年死的。他……他是喝了从张北那边贩来的假酒，中毒死的。所以我从不喝酒。喂，小警察，你能不能别用筷子剔牙缝，刚给你牙签了不是？"

小奇红着脸放下筷子拿起牙签："噢，是这么回事。不过今天的酒我俩先喝了几口，没什么事，里头肯定没毒，你不用担心。"他在报复其其格。

我听小奇这样说话觉得不太对劲："小奇，人家一个女孩子，不愿意喝就算了，不要强迫人家。"

"开个玩笑嘛，看把她吓得！"小奇端起杯大大喝了一口。

"哈哈……小奇，你就会欺负弱女子，有本事咱俩比比！"小王瞟了一眼其其格，站起身说。他个子太大，脑袋差点顶着房顶。

"谁是弱女子？来，我和你俩每人干一大杯，敢不敢？"其其格突然改变了态度，一把抢过小奇的茶杯。她一仰脖，咕嘟咕嘟，把差不多三两酒一饮而尽。不等他俩回过神来，又把小王的那杯也端起来喝了下去。

两个小伙子看得目瞪口呆，像泥塑一样定在了那里。其其格一伸手，拿起地上的半瓶酒，一下倒进手中的杯里："大哥哥，把这杯酒干了！"

小奇晃着身子笑了："喝不了，这一下怎么也有三两，哪能干呢。"

"什么？"她杏眼闪出凶光，"你说什么？你敢耍我？干了！"

小奇盯着她，两手搓着："真喝呀？那还不烧死！"他摆摆手向后退。

"什么动作！我看你咋像个女人呢！接杯！"小奇被她那不容争辩的神态镇住了，扭扭捏捏地接过杯，小王把脑袋一歪退到后边。

她鄙夷地看着小王："看你那小样儿，你还是个警察呐！告诉你，喝也得喝，不喝也得喝，没商量。不喝？拿上东西，开上那辆破车，"她用手一指门，"滚蛋！"

小奇一脸冷笑，小王左右看看，伸手要拿皮包，可我觉得我真正喜欢上她了。"小王，你看这叫什么事？人家又杀羊又请你喝酒，你咋能说走就走呢！"

旁边三个小孩都叉着腰怒目而视。

小黑狗巴布盖唔唔地威胁着。

小王尴尬地端起杯，举到脸前，仔细看了看杯的外壁和沿上的两块缺口，面有难色地四下扫了一眼,无可奈何地抿了一口,又看看周围这几张脸,全部带有敌意。他一口气喝光了杯中酒,皱着眉头蹲在地上。

三个人两瓶酒。小奇和小王比其其格少喝一杯,可表情却显得痛苦万分。其其格青春艳美的脸上也泛起潮红,可眼神里充满自信。

"大哥,咱俩尽量不说蒙语,不然他俩就变成了傻子。嘿嘿,你说行吗?"我点点头,"大哥,你还没说你们的任务呢。你们是警察,从那么远来到这儿肯定是为了工作吧。你们的工作是不是破案?"她从门后的小坛子里用筷子夹出一碗烂腌菜,摆在纸箱上,"大哥,尝尝我腌的菜,这种腌法是和河北人学的。大哥,就这十几年,我学会了种菜,还学会了腌菜,也学会了说汉话。做奶食我多少还知道点儿,等弟弟妹妹长大时,唉,我们这一套早就消失啦。"

"其其格,"我觉得不把我们此行的目的说清似乎不合适。吃也吃了,喝也喝了,不说实话,是不是太小人了点儿,"我们来这儿是为了办案。说白了是查找一个人,说再明确点儿,就是查找个杀人凶手。"

听到"杀人凶手"四个字,其其格眼睛睁得大大的,眸子里还闪着激动的光芒。那三个小娃娃兴奋得拍起巴掌:"哈哈,杀人犯?这可太好啦,杀人犯!"

看着眼前的景象,小奇小王目瞪口呆。他们对"杀人凶手"这个字眼儿不但不怕,反而像是听到了什么激动人心的消息。

"大哥,快说说,杀人凶手在什么地方?是不是就在我们这个地方?我们这儿是挺乱,正好挨着河北……什么人都往这儿跑。"

"嗯……你们这儿有没有个姓张的,汉族?"我犹豫了一下问她。

"姓什么?姓张?这儿汉族里姓什么的都有。姓张?多啦,有十几户姓张的都是河北人。对啦,还有一户是从山西什么……朔州搬来的,也姓张。"

"这个人三十多岁,瘦瘦的小个子。"我一步步往外说。

"大哥,你真啰唆,他到底叫什么?什么瘦呀胖呀的,快说!"

"他叫张全在。他可能就是这一带的人。"

"张全在?姓张的有好几家。全在,全在……张全在他弟弟叫张全有……对啦,他们是山西朔州来的。"

我听其其格一说,心里顿时亮了:"快说,是不是他?他家住什么地方?"

其其格兴高采烈地站起身,两只美目忽闪忽闪地把玉手一挥:"你们仨小家伙在家待命,我带三个警察大哥先去'侦察'一下。"这两句话逗得小奇和小王都笑弯了腰,但还能看出他二人临战前的紧张。

这两个实习警察,虽然也都"实习"了好几年了,可是一听"杀人犯"三个字头皮都麻。我们三人中,只有我一个真警察,带着一只六四式手枪三发子弹。严格地讲,我们去抓人、去破案都不合法,按规定是"二人行",至少有两名警察才能办案。

那三个小不点儿一听抓杀人犯,也都摩拳擦掌跃跃欲试,小黑狗也摇着尾巴跟在后面乱跳。

他们的临战状态超过这两个实习警察。

"大哥,那户姓张的山西人住在后边,路还挺远。雪这么大,也不知道好不好走。另外还得翻过一道山梁,他家住在一道大梁下面呢。"

"不怕。其其格,让你弟弟妹妹先在家'待命'吧。咱们抓紧动身!"

四

多亏来时给车的水箱加了防冻液,不然不知会冻成什么样子。马达也出了点小问题,小奇鼓捣半天才打着火。

这个营子只有五六户人家,房子盖得也不规整,东一家西一家的,多半天了也没见个人影儿,远远地能瞭见屋顶上的积雪和烟囱。房子之间的空地很宽阔,但并不平坦,起伏很大。滑溜溜的小路上零零散散有几堆牛粪,几只麻雀在上面跳跃着,叽叽喳喳地觅食。

她家土房后面有条依稀可辨的小路,上面稀稀拉拉有几个牛蹄印。路拐弯抹角地向山坡上延伸,吉普车在土路上颠得稀里哗啦乱响,我的脑袋几次撞到上面的横杠,生疼生疼的。

远处的山峰透迤而至,真奇怪,白茫茫的大草原上突然出现一座高耸的石峰,它也算是一座奇观,因为它拔地而起,显得突兀。石峰的侧面,有一条大沟,深达几十米,至少有五公里长。望着怪石嶙峋的山峰和顶上那个影影绰绰的小亭子，哥仨心里犯了愁。没有路，车如何过山？

"大哥，张家在山的前面，咱不用翻山，一过前面这条沟就能看见。不过——车过不了沟，咱得步行过去。"其其格看出了我们的心思了。是啊，即便车能过沟，也不能开呀，目标太大。如果张全在真在里面，被他发现就麻烦大啦，我看着其其格心里思忖。

正寻思着，雾气中钻出一辆马车，驾辕的白马嘴上挂着冰溜子，看样子气温挺低。可我们肚里有手把肉和酒，丝毫不感觉冷。车老板是个小伙子，披件皮袄缩在一堆麻袋里打瞌睡。小奇一摁喇叭，吓得他一激灵。其其格哈哈大笑，拉开车窗用蒙语喊道："道尔吉，不好好赶车发什么呆，想媳妇呐？"

"啊……是你呀。其其格，就想你呐！"他睁大眼睛咽着口水说。

"你愿意当癞蛤蟆？"

"……"

其其格又哈哈大笑。

"你们说什么呢？这么高兴。"小王好奇地问。

"他问你们是干什么的，我告诉他，你们是我雇的短工，为我干活的，是专门在公路上挖坑的。"说完，她又为自己精彩的翻译笑得趴在了车窗上，这一笑，缓解了我们仨战前的紧张。

"领导，我看咱就把车停这儿吧！先观察一下周围的地形和情况。车里有我的望远镜，正好也能派上用场。"小奇建议道。

沟里很滑，阴坡的雪一点儿没化，费了半天劲刨了几个坑，大家才爬到坡沿上。

大约在二百米远的山脚下有一处院子，靠里面有排砖房，大概有四间。院子很大，中间是码放整齐的砖头和木料，墙角有辆旧213吉普车，顶上放着块塑料布。用望远镜一观察，发现屋里面人挺多，至少有七八个，这可有点麻烦。我们一共三个人，一把枪，又没有穿警服，一旦冲进去纠缠起来，哪能对付得了。院子外面陡峭的石峰下面有个白色圆形建筑，直径有三米左右，高约一米五，它的正面有块长方形的小墙。这是个什么？碉堡？"其其格，那个白色圆形建筑是什么？"我不解地问。

"哈哈，你从农村来你还不懂？那是坟墓！草原上的人不兴土葬。过去是天葬，那可是善举。现在是火化后掩埋，不立碑的。"

"其其格，你从什么地方看出我是从农村来的？"

"哈哈……这你就不知道了吧！告诉你吧，虽然你说的是标准蒙语，可你的行为举止却不像草地人，城里人又不会蒙语，再说我们这儿从农村来的人多了，我天天见。他们都和你差不多！哈哈……没错吧？张家从山西搬过来把规矩也带来了，建了个大包儿，全是水泥砌的，听说用了好几吨呢。大哥，你以为是什么？以为碉堡吧。如果是，你就当那个董存瑞——就那个炸碉堡的，把它炸了！"说完她笑得东倒西歪。

小奇瞭望片刻："领导，看样子咱仨对付不了那几个人，好虎架不住群狼，进去咱也控制不了局面，弄不好还会出大问题。"我想他说得也对，本身异地办案就有诸多不便，加上人手不够，手续也不全呀。我兜里只有一张空白传唤证，不能拿这个对人采取强制措施吧！就这么一张纸，还他妈皱皱巴巴的，谁看了都会认成假的。怎么办？

小王也面有惧色，把根烟点着然后掐灭，再点着再掐灭，显得十分紧张，他俩轮流用望远镜观察着。

"大哥，没那么严重。我看里面有好几个是这个村的农民，都是平时咋咋呼呼的村民，他们都没胆儿，只要你们一亮明身份，哪个也不敢动。就看张全在他们亲哥几个吧。再说咱们现在也没有别的好办法，附近三十公里之内没有警察，绝对没有。原来苏木里有一个警察，后来不知为什么也撤啦。往旗里打电话吧，没电话。手机？手机肯定没信号。你不信试试。从你们那儿叫人吧？哈哈，等叫来人咱们也冻死了，起码要抓的人是跑啦……大哥，要不这样吧，我先进去侦察一下，如果张全在他屋里，我就出来站在院门口，右手做个手势。你们用望远镜会看得很明白的。如果他不在，我就会径直往你们这儿走的。"说到这儿，她又用蒙语问了一句："大哥，你们这两位不行吧？我看他们可不像公安！"

好家伙，她连这两位是假警察也看出来啦，真够厉害！

小奇和小王说是实习警察，其实不然。哥俩在我们队帮了两年半忙了。从警校一毕业，他们就来实习，一直到今天，我以前也是这样。后来他们的父母给他们安排了工作，而且都是好地方，可这哥俩除了警察别的工作绝不干，公安这几年难进呀。

其其格年龄不大，可眼光够毒的，一眼就能把事情看穿。我是个警察，让一个与案子毫无关系的姑娘去"侦察"杀人犯的动向，这合适吗？其实我是为她担心，因为我已经从心里爱上她了。眼下怎么办？还能有什么好办法？

我靠在坡上仔细衡量着眼前的事情，到手的猎物让他逃脱？第一，这样做不合乎我的性格，这可是对人的勇气的考验啊！另外，我是个警察，怎么可以见到杀人凶手而不将其缉拿归案呢？后援肯定没有，里面有七八个男人，万一有一半帮助他，我们就对付不了。如果事情弄大了，比如说抓错了人，或者人家张全在根本就不是凶手而是无辜者，那么违法办案就是个大事儿啦。

对啦，还有一个问题，就是我携带的这只六四式手枪也是临行前向队友小常借的，未经队里领导批准，我自己根本就没有佩枪，如果枪上出了事儿，连小常也要受牵连。

我背对着张家的院落仔细思量，眼前是座小山包，山顶上有几棵松树，长得很集中，在白雪的映衬下显得格外的绿。小山包的缓坡上是厚厚的积雪。一片白茫茫中，星星点点地长着一簇簇小松树，松树的树梢上顶着一团团白雪。你眯上眼睛，这一切就奇迹般地变了，变成苏联电影中苏军战士和德国鬼子作战的冲锋场面。

这是冰天雪地的战场，山顶的那一片树，就像是一个阵地、一座堡垒，它正从射击孔向下泼洒着弹雨，耳旁朔风的呼呼声，就是爆炸声喊杀声，坡上散开的一棵棵松树就是冒着枪林弹雨、披着白斗篷哈腰冲锋的战士。

看着看着，我心里开始激动，我们这里就是战场，没有硝烟的战斗。张全在，你个王——八——蛋，你个杀人凶手！你等着瞧吧。

"其其格，我同意你的意见。你先进去观察，不，是侦察，就按你说的办吧。"我斩钉截铁地下达了作战命令。

"是。"其其格向我举手臂敬个礼，放下手臂又笑得蹲在了地上。

"大哥，我觉得不妥。"小王咽口唾沫，"警校老政委常在课堂上说，你们当了警察后，如果遇到危险，一定要首先考虑自身安危……保护自己是为了更好地消灭敌人。不要像以往宣传的那样，不管不顾的。为了什么国家财产，为了什么各种利益让警察送死……我看今天就是这种情况。应当在自身没危险或基本没危险的情况下实施抓捕。"小王红着脸怯怯地说。

"如果按法律规定，或者按你那个什么老政委说的办，你应当回家去，因为这个规定不适合你，你不是警察，你抓人最多算个'群众扭送'！被人杀了的话也最多混个见义勇为奖什么的。算了吧，你别去了，在这儿看车！"我说。

小王最怕别人说他不是警察，揭他的老底，特别是当着美女的面。"大哥，"他瞟了一眼其其格，"我又没说不去，但我得准备准备。"他站起身往紧系裤带，又哈腰紧鞋带。

我检查了一下枪支，看见里面可怜巴巴地趴着三发子弹，说真的，它也只能是吓唬人用的，就现在这种情况，里面的人是不是张全在不清楚，他杀人没杀人更不能确定，这一带的刁民也是出了名的，你冷不丁冲进去三个人，穿着便衣就要抓人，人家万一不买账反抗怎么办？开枪，打错了呢，张全在仅仅是个疑犯，人万一不是他杀的呢？或者那帮小子一拥而上打我们怎么办？开枪还是不开？

管毬它呢！想不透的事儿就不再去想，干就对了。"其其格，我相信你的能力，你肯定会把事情办好的！去吧！一切按你刚才说的做。只要张全在在里面，你就到院门口用手做个手势就行啦。"

其其格从坡顶站起身，摸摸头发拉拉衣角，一蹦一跳地朝院子走去，我们三个人都紧张地睁大眼睛盯着她那迷人的背影，近十个小时中，我还真没仔细欣赏过她的身条。

金黄色的头发俏皮地盘在头上，朝后还尖尖地夹起一撮。她的外套扔到了车上，身穿一套蛇皮花纹的紧身服，细细的腰，长长的腿，浑圆的臀部，我敢说，她的三围符合"魔鬼身材"的标准。

看到皑皑白雪中的美女蛇，大家开始怜香惜玉。"她真漂亮，如果被那小子杀掉就太可惜啦！"小王咽着唾沫说。

"杀掉？那绝对不可能！就是磕着碰着也够叫人家受的啦。喂，领导，让她先去……咱们是不是犯了个错误?"小奇摘下墨镜叹着气说。

我虽然爱她,但并不为她担心,今天这一白天的接触告诉我,她不会有危险。我正想着,眼前出现了意想不到的情况,她站住了,手搭凉棚向右手方向(我弄不清东南西北)张望,又招了几下手,我们仨不约而同地伸长脖子向那边看去,只见阳光和白雪之间冒出来三个小小身影,就像三个精灵,后边跟着那条大脑袋小黑狗。

原来是她的两个妹妹和一个弟弟,这三个孩子都穿一样的白茬皮袄,区别在帽子上。弟弟斯琴戴顶天蓝色毛线帽,妹妹苏道和森德日玛都戴红色的毛线帽,三个孩子就像三只小画眉在雪地里飞奔。

她领着三个小家伙去见杀人凶手?这个姑娘是什么心态?看样子她还真是非同一般。那三个孩子是什么时候来到这儿的?怎么来的?这中间差不多也有十里路!我来不及琢磨这些,必须马上使自己进入战斗状态。"小奇,小王,你俩做好准备。张全在的体貌特征你们清楚,我说完后,你们在心里把他默想一遍。记住!我们进屋后,我首先亮明身份,使其他人不敢乱动,然后你俩立即将张全在拿下。咱们没带戒具,所以只能使用绳索捆绑。至于绳子,由你俩负责,方法是就地取材。如果其他人妨碍我们,我就鸣枪警告。如果制止不了,你俩可以使用武力。在警校你们不是练过散打吗?赤手空拳对付不了,你们就用家伙,还是那句话,靠你们自己去就地取材。如果出现问题,引起的一切后果全部由我承担,到时候,你们把责任全推到我身上。"

"明白。"他俩异口同声说。

其其格拉着三个小家伙进了院子,她的身影即将消失在大门洞的一刹那,她的手俏皮地朝我们摆了一下。

时间一分一秒地过去,里面没一点动静,我爬到右边的高处,用望远镜向里看,屋里的情景就清晰地呈现在眼前。

呵,屋里人还不少,院里的人和其他屋的人都集中到右边那间,其其格好像和他们很熟悉。她面朝我们坐在炕沿上,嘴里叼根烟卷,嘻嘻哈哈地笑着,似乎讲着什么笑话。突然她站起身用一只手指着屋顶,随后笑得前仰后合。

我悬着的心放了下来,看样子她丝毫没有危险,可是反过来一想,又产生了另一种担忧：张全在是不是杀人凶手？如果是，那么从常理上讲，他应当把自己隐藏起来，而不应当如此张扬，如果不是，那我们这一趟可就白来了。

我真不希望无果而归。

小奇、小王死盯着前方眼都不眨，生怕漏掉什么。

这两个"实习生"跟着我快两年了，他们都挺可爱，性格却各有不同。小奇胆子大，有点儿冒险精神，但比较幼稚。小王纯粹是文弱书生，根本就不应当混到警察中来，他压根儿不适合搞这项工作。

小王上警校时，每个礼拜还得妈妈送妈妈接，就因为这个，同学们天天嘲笑他，送他个绰号，叫"没断奶"。他妈听说这件事后，给全宿舍八个同学一人送了份礼物，用来堵大家的嘴，另外特意多给上铺的苗磊一千元，再加一件名牌羊绒衫，目的是让他每天早晨叫醒小王别误了出早操，另外还得替小王值日。

小奇是个多情小伙儿，这么一条汉子天天看琼瑶的言情小说，连《还珠格格》都一集不落地看。我不懂文学，但我也知道那些书绝不是一个男子汉所需要的，更不是一个整天与罪犯打交道的人所需要的。

这两个小兄弟虽然嫩点儿，可人都不错，都特别热爱警察职业。就这一点我最欣赏，因为我也是这样。

今天的情况有些特殊，情况不明实施抓捕，这是办案大忌，里面的嫌疑人极有可能是杀人凶手。来的时候，中队长说是让去外调，但任务不明确，实施程序怎样根本无人谈及，不过我心里也明白，书本上说的和实际操作是两回事，这就是中国的特色，说一套做一套，因为书本上的那些程序从来没人把它当回事。

十分钟过去了，二十分钟过去了，三十分钟过去了……怎么还没动静？我心里开始为他们，特别是为她——这个刚认识多半天的其其格担心。我心跳得怦怦的，嗓子眼也开始发干，而且越来越紧张。

整整四十分钟过去了，太阳开始向山后落下去，原来白茫茫的山坡怎么变成了殷红色？山顶上的小亭子竟然从眼里消失了，对啦，山上的小亭子又是怎么回事儿？这里路这么难走，肯定没人来旅游，修亭子有什么价值？小奇眼睛睁得大大地盯着前方,小王抱着块青石片仰面朝天睡着了。

这两个这小伙子,是多喝了几口,小奇开了半天车,也该累啦。

起风了!风扬起细细的积雪掠过山坡,打了个旋儿朝上空卷去,飞到远处真像雾。石峰的上空有一只大鸟在盘旋,一圈又一圈地转着,它好像在石缝里寻找一件丢失了的宝贝……

眼前的景象怎么这样熟悉?我想起了十几年前学校组织的下牧区蒙语实践活动,那是在后山,也是冬天,也是这么大的雪,当时的情景,那天空,那高处的石峰和白茫茫的原野咋和眼前的一模一样?那时我们住的浩特离公路很远,下了汽车坐牛车就用去四个多小时。

刚到浩特里,大家还没安顿好住处就出了事。当时我正从牛车往下卸东西,就听到小山包那面有人大喊大叫:"快来人!"同学们扔下手里的物件,都朝喊声处跑。

小山坡的后面是块洼地,一摊冰的中央有一口饮牲口的水井,井台上站着一个穿蒙古袍的老太太,她高举着双手,蹲下站起又蹲下又站起,求救声就是她发出的。同学在雪地上连滚带爬冲上井台,这个老太太用蒙语告诉我们,她刚才在山坡上撵牛,听到这边有响动,转头一看,有个小孩趴在井沿上大声呼救,她跑过去一看,原来是皮匠刘五的孙子——大贵,他身子垂在井口里,用指尖扒在冻了冰的井沿边,两眼绝望地看着天,一点一点往下出溜。

老太太知道这口井是出了名的深,它是"文革"中知青打的,过去水很多,后来枯了几年,近几年又有水了。等她跑到跟前正要伸手,大贵终于坚持不住滑了进去。同学们围在井口向里面七嘴八舌地喊话,从井里传来微弱的回音,瓮声瓮气的,这说明人还活着,还有救。

手头没工具,老太太旁边只有一个帆布水斗子,绳也不够长,大家手忙脚乱将水斗子放进井里,下面半天没动静,看来这样不顶事儿,可能人已受伤或是井下结构特殊,落井人无法抓住水斗。

班长朝克图跑回去找背包带,有几个同学也跟着回去了,老太太救了半天人,又数算开了落井人,她说刘五家三代人都是熟皮匠,从大贵爷爷开始全是王八犊子。

他们老爷爷逃荒来到白音宝力格，牧民们收留了他，并为他简单安了家。这个老爷子做事还行，从他儿子开始，也就是大贵的爷爷，从小就干尽坏事，特别是"文革"中还当上了大队革委会副主任，净整人，这一家人坏透啦！"文革"一结束，人家摇身一变成了商人，把附近的牧民全骗了个够。他的买卖是从这里往张家口贩牛羊，这方圆百里的人都怕他，他是强买强卖，欠人家钱愣是不还。这小子也遭了报应，几年前在张北县被人杀啦！案子现在还没破呐。大贵他爹二魁子更坏，就是他把毒品引到了草原，周围几个旗县的大烟鬼都靠他提供毒品，他是以贩养吸，公安局都拿他没办法，今天抓，明天放。

大贵从小没人管，吃千家饭长大，可他也是孽种，见什么偷什么。不知道他今天到井沿儿干什么，肯定没什么好事儿，可他竟然掉进去了，换个别人肯定不救他，可我是信佛爷的，不能见死不救哇。

同学们取来背包带，挑结实的连在一起，足有二十多米，几个人一同把绳子放入井里，等了一会儿没动静。老太太用僵硬的汉语冲里头喊了几句，下面哼哼两声，一拉绳子没分量，还是不行。

看来也只有人下去了，我觉得这种事全班我干最合适，于是将背包带系在腰上，拴牢，蹬着井壁一步步下到里面。井壁四周都是冰，溜滑溜滑的，好在井壁砌得不整齐，不然就更难下了。

我一寸一寸向下走，差不多有十米了，可还是不到底，说不害怕那是假的。越往下里边越黑，往上看井口越小，上边人说话已经听不清楚了，但能听到北风呼呼地刮过。

下着下着，井壁开始往下掉碎渣，半天才听到落进水里的咕咚声，看样子还有一大截。"哎呀，"下边有人哼了一声，人还活着。只要活着就有办法。

我的体重是九十公斤，这个重量在初三学生里也不多见，学校除了几个肥胖儿，就数我重了。上面有四个同学，三男一女，他们站在巴掌大的冻着冰的井台上往下吊人，而且气温是零下三十几度，难度可想而知。

终于到底了，底是看不见，可大贵微弱的呼吸声就在脚下。井底的直径比井口大不了多少，大约不到两米五，我试着把自己停靠在一个地方，这样才有可能对别人施救。

井口传来响动，从上面又下来一根细绳，到眼前停住，伸手一抓，好，是个手电筒，还是女同学心细，这下好了，可以清楚地看到一张稚嫩的脸，瘦瘦的脸颊，一对三角眼，眼里充盈着泪水，当然也有惊恐和希望，他在手电筒的那一束强光下显得不知所措。

"喂，大贵，听得见吗？"其实他离我不过两尺。

"嗯。"他点了点头。这时我才看清他在发抖，他的额头有伤，鼻尖似乎有血迹。他太幸运了，从十几米高掉下来居然没受大伤，而且还能扒住一块突出的石头长达近一小时，这是奇迹。

我拉拉绳子，意思是继续往下放。可是上边的人理解反了，竟然往上拉。我急忙又拉拉绳子，这下理解对了，开始往下放，我进到水里了。井水很暖和，起码比空气热些。

当我的手一触到孩子，他伸手的同时身体也转了过来，一把抓住我的衣领，拼命地向下摁我，没用几秒钟，就骑到我的身上。

我试图抱紧这孩子，但他拼命挣扎。"喂，你别动，让我从后面抱住你，咱俩一块上去。"这是我和他说的第二句话。

我将他抱紧腾出一只手连拽几下绳子，他们开始往上拉。一开始我就觉得这样不行，四人吊两个人，而且是站在冰上。哼哧哼哧没拉几下就不动了，接着就又落下来了，直到恢复了原样。我发现更糟了，刚才靠绳子拉着沉不下去，现在他们放松了手，人就往下沉。我踩着水拼命往上托大贵，他就像一块大石头。

我喝了口井水，我大喊："快！往上拉！"这下子挺灵，绳子一下就拉紧了，原来我听不见他们的声音，他们竟能听到我的声音。了解了这一点，联络起来就方便多了。

"放绳子！先把小孩儿吊上去！"绳子迅速放松了，我踩着水，将腰间的带子解开，用最快速度拴到大贵的腰上。"快，快拉绳子！"没动静。"快拉绳子！"

绳子终于动了，大贵慢慢地升了起来，从后面看，那样子真像一只正在爬树的小狗熊。就在他的膝盖刚刚超过我的鼻子时，这小子狠狠地蹬了我一脚，这一脚竟把我的鼻子蹬破了。

我离开了井壁，踩着水擦血，我回想起井台上老太太刚才讲的大贵家的历史，说这一家子都是恶人，从爷爷到孙子重孙子。就凭这一脚，我当时就断定这小子有股子狠劲，我救了他，他也不会说声谢谢，临上去前还让我当了把梯子，这小子长大准能成个江洋大盗。

这小子一离水面，我就感到刺骨的寒冷，全身发僵，特别是手指，僵硬得快扒不住石壁。

大贵上得很慢，因为拉的人也累得够呛。我沉住气耐心地等待，我知道一着急准坏事，多亏手电筒是防水的，至少不用为它犯难。

大贵终于消失在像碗口一样的井上，这时我才松了一口气。就在这一瞬间，我的右腿开始抽筋，片刻就蔓延到全身，心律就在一刹那发生变化，跳动加快。咚咚咚，至少每分钟一百五十下，而且还在加快。

我喉咙发紧，呼吸开始困难。从来没怕过什么的我，突然开始恐惧。死——这个字眼儿一下蹦到我的脑海中。我童年时的许多经历出现在眼前，那个贫困而温暖的小村子、脑瘫的妹妹、饥饿、酒鬼父亲，还有形形色色的苦难，就像演电影一样。

我爹一生中唯一正确的决定，就是同意我入蒙语授课班读书，村里虽然有许多蒙族，但愿意学蒙文的只有我一人。蒙古文化是崇尚英雄的文化，它可以使人变得高贵而摆脱猥琐，我比村里的同族孩子强，就是因为我读过壮丽的史诗。

他妈的，这个大贵，他也就比我小个六七岁，为了救他我可能会送命。可是我丝毫不后悔，任何一个崇尚英雄的男子汉都会这样做。

我的意识开始模糊，已经不会踩水，胳膊也抖得要命，但我要坚持。我在心里鼓励自己：杰雅泰，你是好男儿，你是不会放弃的！我在嘴里不断默诵两个字：放松，放松……

这两个字真有神奇的作用，一念它就不紧张，一不紧张，全身的状态就会好转。大贵这小子真不白给，就那副德行，能在水里坚持那么长时间，我有些佩服他了。

上边的人怎么回事，发生了什么？为什么还不放绳子。

后来才知道，同学们把大贵一拉上去，发现他脸色铁青牙关紧闭，已经不能说话，大家慌忙把他放到大衣里包紧抬着往浩特里送。

他们把大贵送到牧民道日布家再返回来，大约用了四十分钟，这次到牧区上蒙语实践课差点儿要了我的性命。

你看，我扯得有点远了吧。可抓捕张全在时我真想到了这件事，有些事我终生难忘，所以老是想把它讲出来。那个我救出的小孩，就是毒贩子的儿子大贵，后来他还真的子承父业，成了大毒枭。几年前他杀了人，被判处死刑枪毙了。如果我不救他，他就害不了别人，也犯不了那么大的罪。

那年也下了大雪。

你看，我又扯远了。还是回到原来的话题吧。

其其格进去将近一个小时，我正回忆救大贵的事儿呢，呼的一声，身边落下一块石子。我知道这是她给我们发的信号，我赶忙叫醒那两位——小奇和小王。

我们爬上坡沿一看，好家伙，她领着两个妹妹一个弟弟和一个黑大个比赛扔石子呢，她可真够放松的。后来才知道那个黑大个正是张全在的弟弟张全有。她嘻嘻哈哈笑着，不时用小石子投打黑大个，黑大个在她面前就像一只小绵羊，这就是美女的威力，她竟用这样的方法向我们发出信号。

我举起望远镜，看到她的玉手做了个手势，随后她就拽着黑大个的右耳，嗤嗤笑着把他带回院儿里。

"行动！"我命令。

"是。"二人同时回答。

我们仨尽量走低处，以避免被抓捕对象发现。下面比较滑，搞得我们连滚带爬。这是因祸得福，满身雪，使我们和当地的村民一样，叫人分辨不清谁是谁。

小奇从其其格家拿了把蒙古刀别在了腰里。小王趁我们不注意，扔掉青石片，又从沟里捡块圆圆的鹅卵石抱在怀里。这哪像警察执行公务，简直像流氓去群殴。

我顺着沟走了几十米，这儿离他家可能最近，小奇先上去侦察了一下，转回头一挥手,意思是:位置正确。

我们爬上沟发现离他家还有五十多米,而且眼前是一片开阔地,中间只有堆小石头,那儿连个兔子也藏不住。我们从沟沿到院儿门口,无论怎样,都不可能不被人发现。白雪皑皑中突然出现三条大汉,这样就会使嫌疑人警觉。

牧区就是这样,几十公里有一户人家,而且人们之间也很少来往,白茫茫的旷野之上鲜有人迹。再者,作案者逃离现场后肯定惊恐如丧家之犬,稍有动静就会非常敏感,屋里面七八个男人,如果有了准备随便抄起个什么家伙,我们仨准够呛。

如果跑步通过开阔地,一旦被发现结果会更糟。我还想到,中国虽然实行枪支管理而且处罚非常严厉,可是民间流散的枪支还很多,特别是霰弹枪在牧区根本就不算回事儿,过去有钱人家里都有这种枪,因为冬天要打黄羊。

万一嫌疑人家中也有这类枪支,而且敢于用它来拒捕的话,我这只六四式和那哥俩的蒙古刀加鹅卵石哪里是人家的对手?我的习惯是,如果实在弄不明白时,就先做了再说,这条看似荒谬的经验却为我带来了许多成功。

我们仨拉开距离分别走,五分钟后这几十米开阔地安全通过了。我们三人藏在门垛后面向里观察,看样子他们没有发现我们。屋里很热闹,从开着的窗子向外冒烟和嘈杂的吵闹声,里面还不时传来阵阵哄笑,我知道这是其其格为那帮小子讲段子,我有点儿嫉妒。

门吱的一声开了,出来个瘦子,第一眼我就看到那个尖鼻子,两只小眼睛红红的就像蛇眼。我见过照片,他就是张全在,他比照片上显得老。接着是其其格蹦了出来,她满面春风,笑得花枝乱颤,在瘦子身后推着他。

我的心提到了嗓子眼儿,心跳加快到极限,比参加全国散打比赛和以前抓捕杀了一家六口的狂人时还要快,我为她担忧。

"全在哥,"其其格大声说,"你往前走吧,肯定有好事儿,不骗你!绝对不能叫那几个大哥知道……什么?你别着急!到院门口我才告诉你。"

这张瘦脸很普通,他的眼神却很特别,有一种强光在里面闪烁,就像大雨中的闪电。本能告诉我,这小子绝非善类。她从后面嘻嘻笑着揉他,从砖缝里我看到他虽然跟着笑,可眼里的闪电却说明他异常冷静而自信。其其格突然跳了起来，从后一扑，爬到了他的背上，他震动了一下，当听到身后银铃般的笑声时，他兴奋得满脸通红，躬着身，两只手向后掏着，他开始哈哈大笑。我的心突然被揪了一下，真恨不得拔出六四式一枪把他打得脑袋开花。

其其格仰起头用蒙语高声喊道："快！赶快动手！"性感的仙音还未落下又爆发了银铃般的笑声，张全在怔了一下也开始跟着傻笑。在我拔枪冲出的一刹那，其其格的弟弟妹妹也从后面冲了上来，两个妹妹抱一条腿，那个弟弟抱一条腿，那个时刻，张全在的两只红眼睛正瞪着蓝蓝的天空呢。

屋门哐当一声被撞开，一下子挤出四五个男人，个个灰头土脸脑顶冒着热气，第一个就是被其其格拽耳朵的那个黑大个儿。他看到我们三人一下子怔到那儿，但他对这类事情反应迅速，喊了一声："不好！"就跑向窗户底下，一哈腰捡起半截橡子瞪着眼睛观察事态。他周围那几个人也呼啦围成一圈，有抄家伙的，有撸胳膊挽袖子的，眼看就要上手，大脑袋小黑狗巴布盖火了，它脊背上的硬毛竖起，冲那几个家伙狂叫着。

我明白，这是关键时刻，必须采取果断行动，不然就栽了。我举起"六四"，啪——朝天鸣了一枪，枪声在山谷里丝毫没有引起回音，就像蚊子叫。倒是我的喊声十分洪亮震耳："站住，我们是公安局的。现在执行公务，谁敢动就打死谁！"喊完心里觉得"谁敢动打死谁"这句话不像警察该喊的话，倒像是抗战影片中八路对日本鬼子喊的话。

这一喊真灵验，除了黑大个其余几个都放下了手里的家伙。

"你，说你呐，把橡子放下！"我大喝。黑大个儿东瞧瞧西看看原地没动。

"小奇小王，把张全在拿下！"小奇一步冲上去抓住了张全在的右手，小王扔掉怀里的石头就往上冲。

小王扔石头是个重大失误，对方起码看到他们没枪，警察抓人怀揣鹅卵石成何体统？这帮人肯定会怀疑我们的身份。

果不出所料，张全在大呼："他们不是公安，是假的，上啊！"顺势一脚踢在小奇裆里，一甩手挣脱出来，掉头向东墙跑去。小奇疼得哈了一下腰，一挺身又追了上去。就在张全在爬上墙的一瞬间，小奇扑上去抱住他的右脚，把他拉了下来。

张全在转过头时,手里多了一件东西,是一大截黑乎乎的木头。就在他举过头顶时,我搂动了扳机。我清楚,一定会命中。他的身体跳动了一下,"扑通"一声摔在墙底下。

我枪口一转,指向黑大个儿:"放下手里的东西!不放就一枪打死你!"他扭头看看张全在又看看我,终于放下木椽。

我跨步一个边腿将他踢倒,又补一脚,他滚到一旁不动了。"站成一排。"我命令其他人,"全跪下!"这几个抱着头跪成一排,看来我的枪法不错,运气也好,那一枪击中了张全在的右大腿,按规矩不该开枪,因为可能会伤及自己人。

其其格看到这帮人都抱着头跪成一片,又笑得前仰后合,也抱头跪在地上。她真是一条美女蛇。

看着张全在血流如注的右腿大家束手无策,全傻了眼,这样流下去还得了?他会在我们审查清楚问题前死掉,如果那样的话,进监狱的将是我们三人,至少是我。

其其格从地上蹦起来看到我们的窘样,跑进屋里取出一截麻绳在墙上打打土,单腿跪地,三下五除二,从大腿根给张全在扎住,而且扎得很紧。在她扎绳子时,张全在那双蛇眼射出刻毒的光芒,可其其格却笑嘻嘻地冲他扮鬼脸。扎完绳子,她又跑回屋里,片刻又举着一根冒着烟的黑木棍回来,一把扯烂张全在的右裤腿,嘶啦一声,木棍就摁到伤口上。张全在大叫一声,空气中顿时弥漫着难闻的煳味。后来我问过她,是从哪儿学的这套处理伤口的方法。她问:"你没看过日本电影《追捕》?杜丘不就是这样为矢村治的伤。"说完她手指一捅我脑门儿,"你,就是电影里挠人的熊瞎子。"

第二天中午,我们就回到大队,经过审查,这个张全在就是"4·21"杀人案的主犯。破了这件案子,我们中队长又立了个三等功。

五

抓捕张全在归来后,我就像丢了魂似的坐卧不宁,不仅工作干不在心上,就连吃饭都不香。我日夜思念着其其格和她的弟弟妹妹们，也包括小狗巴布盖。

她那双湛蓝湛蓝的大眼睛，她笑得前仰后合的样子都历历在目，那几间小土房，那三个欢蹦乱跳的小娃娃，还有摆着尾巴撒欢的巴布盖，天天在我眼前晃动……我一天一天熬着日子，就在第七天的早晨，当我睁开红肿的眼睛望着从窗帘中间透进的那一缕阳光时，手机铃声大作，我有预感，心开始狂跳。拿起电话就听到那盼望已久的天籁之音，我一听那甜甜的声音心里就发痒，她单独和我交谈时都是用蒙语。

"大哥，你知道我是谁吗？知道算我没白想你！你猜我现在在什么地方？猜不出来？哈哈，我在你们局长办公室。你不信？让局长和你说话……"她真在局长办公室。她说自己在哪儿我都相信，因为她天不怕地不怕。

她把全家都搬到市里了，其实她的全部家当就是弟弟妹妹和小狗以及几身衣裳，她在市中心租了间平房安顿下来。放下电话我就飞到了她的身旁，她告诉我，她要么就当牧民，如果当城里人，她就住市中心，绝不像别人那样先搬到郊区过渡一阵子。我问她，为什么要搬到城里。她狠狠地瞪了我一眼，两只手在我耳旁做个大喇叭，放大嗓门喊道："我——爱——你！"这次不是用蒙语，而是用山西大同口音喊的。就这三个字，使我的右耳三天听不清别人说话。

噢，对了，我忘了一个细节，就是后来我发现她的小弟和二妹是同年生的，但不是同月，我问她为什么，她才嘻嘻哈哈地告诉我，她的两个妹妹都是捡来的。原来，两个妹妹都是周围农民的弃婴。她说，有些河北人重男轻女，生下女孩，家里就闹纠纷，实在解决不了就把孩子偷偷丢到这个像孤岛一样的牧区。牧民们信佛，心善，又不在乎男孩儿女孩儿，所以全部收留。住在山前的仁钦道尔吉收养了四个女婴，一下子从富牧变成了贫牧，生活负担把一个笑呵呵的人变成了愁眉苦脸的人。

这一下我更爱她了，我觉得她不仅美丽而且是个高尚的人。后来我俩同居了，共同拉扯她两个妹妹、一个弟弟，另外还养活着我患脑瘫的妹妹。

这就是我的故事。

后进来的其其格两只美目又红又肿坐到旁边说："杰雅泰做了很多好事，但从来不和别人说。毛乌素沙漠里有好几个汉族失学孩子都是他出钱资助让他们重返校园的。上次去那儿办案，有个姓王的陕北人，从云南往包头贩毒，后来被人家在云南判了死刑。这个毒贩子的一儿一女杰雅泰也给他们寄过钱呢！"

"大哥，我原来也不懂得做这些事，自从认识她后才跟她学的。"

"杰雅泰，你还没告诉我你究竟出了什么事呢？"我焦急地问。

"对……大哥，事情是这样的——"杰雅泰娓娓道来。

两个月前郊区发生了一起杀人案，影响挺大，局里限期破案。大队抽调十名干警组成专案组，并任命我为组长。经过几天调查，初步认定是有预谋的报复杀人。于是我们从被害人周围入手，千方百计寻找因果关系以确定侦查目标。最后我们的视线集中到了一点，怀疑是×乡政法书记雇凶杀了副乡长。原来这两个人竟然包养了同一个女人。副乡长先包的，后来政法书记在一次酒宴中也认识了这个女人，他们几天后就发展到情人关系。我见了这个女人之后很奇怪，就这么一个肥婆，竟会有如此吸引力，使两个基层领导干部互斗？

案发那天晚上副乡长进城吃饭，酒后被人带到"梦幻歌厅"唱歌，啤酒和小吃摆了一桌子，他正和酒楼小姐喝酒调情时，突然进来两个中学生模样的人，二话不说两把菜刀一顿乱砍。一小时后副乡长被送进医院抢救，他因失血过多不治身亡。现场勘察时，连技术员李工一眼都能看出这是有预谋的买凶杀人。

我查来查去，最后锁定了这位政法书记，这也是顺藤摸瓜摸出来的。从被害人社会关系入手一查，那个女人就浮出水面，再从她身上找突破口，又查出一大堆领导干部，然后一个个排除。她就是吃男人饭的那类货，从科长到厅长都上手。这个神秘的女人虽然很可疑，可是她一没杀人动机，二没作案时间，再对她进行外线跟踪加上技术手段，终于确定了被害人的情敌——那位书记大人。

锁定了嫌疑人，可一时找不到切入点，又不能和那位书记正面接触，只好在歌厅周围对那两个中学生模样的杀手展开摸底排查。

有个小姐反映说，两个杀手中有一个来这儿唱过歌，她好像还知道杀手的名字。这个消息叫我喜出望外，我便开车从二百里外往回跑。

到了队里，有人告诉我歌厅女老板把那个小姐打发回四川了，而且还没留下地址。我一听就火啦，叫队员把女老板传来。

旁边歌厅的老板也举报说，她确实认识那个政法书记，昨天书记还来过这里，捂个大口罩神色慌张地和她说了几句话就打的走了。看样子我们的判断是正确的，歌厅女老板是和那个书记串通了或是被书记收买了，故意赶走了知情的小姐。

我讯问这个三十多岁的女老板时，她有恃无恐，拍桌子大骂，根本不把办案人员放在眼里。她倒不是仗着那个书记，那个书记官不大，才是副科级干部，她倚仗的是在市检察院里的亲戚，那是个正处级干部。检察院能管公安局。

她在证据面前拒不承认包庇事实，还破口大骂办案人员。在这种情况下，我一冲动就扇了她个耳光，传讯不到十二小时我们就让她回去了。

这条线索太重要了，通过它可以找到凶手，所以我们不能放弃。我们准备第二次传唤那个歌厅女老板，而且已办好刑事拘留手续。就在这时，从检察院传出消息，说歌厅老板控告了我，说我刑讯逼供时把她耳朵打聋了，是轻伤，检察院已经立案侦查。

第三天早晨，我一到办公室，就见检察院渎侦局的四个工作人员等着我。到了渎侦局，他们先向我出示了刑事拘留手续，然后三天三夜不让我睡觉，我在强光灯照射下接受审讯，我始终没有承认打人的事。

这些我不怕，我该承担什么责任我绝不逃避。

可是叫我担忧的是，我一旦丧失自由，其其格和她弟弟妹妹们怎么办？三个小家伙正在念书。另外，我有个妹妹是脑瘫，生活完全靠人照顾。还有刚才其其格说的那两个远在毛乌素沙漠的小娃娃，如果我不寄钱，他们怎么办？

想来想去，我趁办案人员上厕所，就从检察院三楼审讯室跳楼逃跑了。就是想到还有这么多麻烦我才跑的。没有我，这些依靠我的人会怎样？我们俩把弟弟妹妹安顿好就开始流亡生涯，先后倒了好几个地方，半个月前来到"大可汗"。

"大哥我该怎么办？"

"杰雅泰，你能听我一句劝吗？"

"大哥你说吧……你听我讲述时的神情告诉我，你是为我好。"

"你去自首吧。"我盯着他的眼睛说，"从你现在的情况看，当个逃犯解决不了你所面临的问题。第一，检察院会追逃，你东躲西藏总不是个办法；第二，你现在没有合法收入，那些等着用钱的人你怎么帮？而且逃亡生活是很苦的，多会儿是个头？投案自首，是法定从轻或减轻处罚的情节。就这么点儿事嘛，到了法院可以争取判缓刑。"

"对，自首是对的。"半天没吱声的陈律师睁大眼睛说。

"大哥，你说得对，自首的问题我也在考虑过，就是下不了决心。我从小就爱当刑警，如愿以偿了，竟会出这么件事。以后我还能当刑警吗？"

"能不能当警察得看事情最后的结果。杰雅泰，你是不是对'轻伤'这个法医鉴定结论有怀疑？"我问。

"对，就是有怀疑。我只是轻打了一巴掌。我……不过我从小练摔跤，又练了几年散打……所以手重是不假。但我总觉得这里面有问题——她，就是那个被害人，她在检察院有人。"

"这不要紧，再有人，他也不能一手遮天吧。我可以当你的辩护人。我们介入后，可以申请对被害人的伤情重新鉴定，如果有问题还是可以纠正的。根据刑法规定，你这个行为最多是判三年以下有期徒刑，而且可以争取判缓刑。这样逃跑没什么意思。你自首吧！……另外，这件事的背后是否别有隐情？比如……比如那个乡政法书记……他是不是在背后当导演？"

"说不上，也不能完全排除这种可能性。大哥，话说到这份儿上，我再请教一个问题。如果到了检察院，我不承认自己动手打过被害人，我的同事也不给作证，单凭被害人指认，会有什么结果？"

"这个很难推测。你刚才说过，检察院传唤你时出示了刑事拘留证，如果那样，你会进看守所，最后认定有罪无罪那是法院的权利。至于……至于你不承认动过手……如果单凭被害人指认……我个人认为，光凭这点证据还不足以认定你有罪。"

"我不是想耍赖，我是不想向那帮家伙低头！"

"这一点我理解，可是向不向他们低头和依不依法办事那是两回事。侦查过程不遵守法律，暴力取证肯定是不对的。这种事情虽然天天发生，没抓住的也就过去了。抢银行的也有抓不住的，一旦抓住，你就完蛋。……不管怎么说，这样逃跑是解决不了问题的。"

"好，我投案去。谁替我委托律师呢？现在委托大哥吧，我是个通缉犯，弄不好会牵连你们。等我进了看守所又无法和你们联系……"

"杰雅泰，我明天和你去领结婚证，然后我以你妻子的名义委托大哥。"其其格眼里闪着泪光说，"不过杰雅泰，今天我要当着两位大哥的面儿骂你几句……你一个男子汉，一个蒙古大壮汉，怎么能动手打一个女人？无论她犯了什么事，在这件事上我瞧不起你。老乡们有句话，那叫'公狗和母狗不咬架'……你居然打女人！不过我还是原谅你。你放下心去投案吧！我的弟弟妹妹和你的妹妹由我管。对了，毛乌素那儿两个孩子我也给寄钱了。你就放心吧！杰雅泰，我不怕他们欺负你。如果他们把你冤枉了，我会救你的。在我眼里，是没有什么办不成的事的，这是真的。"

"好。你刚才骂得对！无论在什么情况下，男子汉都不应当和女人动粗。对于未来你这么有信心，我也就放心了。我相信你的能力。"杰雅泰动情地说。

"就这么定啦！"

东方出现了鱼肚白……天大亮了。听到包儿里有响动，巴布盖咿咿唔唔地将两条前腿跨进蒙古包的门槛，毛茸茸的大尾巴在门外摇着……

枸杞红了

2009年获第九届内蒙古自治区文学创作"索龙嘎"奖

潘　瑜

夏天的早晨，贵保的第一件事，就是看他的枸杞园。

他站在齐腰深的枸杞树丛中，瞅着刚刚结下的枸杞密密麻麻地挂在小树上，虽然还没有泛红，可颗颗像金色的珍珠，在阳光的照射下，熠熠生辉，也仿佛是无数个眨着喜悦光芒的眼睛，正朝他笑呢。他弯腰摘了几颗放在嘴里尝着：酸酸的、甜甜的，一股醇香的味道钻进了他的心脾。他高兴得似乎要醉了，原本微黑的脸膛在阳光的涂抹下，变成黑里透红的古铜色。他顺手从衣袋中掏出一支香烟，慢慢地品着，一缕缕细细的白烟在清新的空气中消失了。

凭庄稼人的感觉，今年的枸杞要丰收……他望了望不远处蹲在田埂上的老爹，竟暗自笑起来。是啊，爹开春时还反对他种枸杞呢。爹说："贵贵，老子种了一辈子庄稼，都是吃啥种啥，你怎么想起种枸杞？是不是要喝西北风？"

"爹，咱有了钱，还愁没白馍吃？"他反驳说。"贵贵，你尽是胡思乱想，咳……"爹长叹着。"爹，不是我瞎想，是你老的脑子落后了。"他仍坚持着说。

"南来的大雁，北去的风，土默川上的好后生……"突然，贵保腰间挂着的手机里唱起了他编进去的山歌。贵保赶紧把手机掏出来，搁在耳边，大声说："喂，您是农贸市场部的云部长吗？好的……好的……"说着，他连蹦带跳地走出枸杞园，朝田埂上蹲着的爹说："爹——我去城里走一趟。"

"干啥？"爹的脸阴沉沉地问。

"有些事。"他一跨腿,骑上路边自己的摩托车,一溜烟跑向公路。

"咳——"爹摇着头。

傍晚,贵保坐在回家的中巴汽车里。霞光射进来,照着他的脸,像初开的向阳花,充满了朝气和兴奋。不知为什么,他坐着坐着,竟哼起土默川上的漫瀚调;哼着哼着,爹的影子又不停地在他的脑海中盘旋。

爹,虽不是生他的亲爹,可爹恩重如山。那时候,妈死得早,爹硬是又当爹又当妈,才把他拉扯大。虽然吃了上顿没下顿,可还是想办法让他念完高中。大学没上成,爹勒紧裤带给他买辆小四轮车跑运输。那一年,爹蹲在炕上对他笑着说:"贵贵,你年龄大了,定个日子,把淑英娶过来。"

"爹,咱没钱……"

"有,在这儿。"爹说着从炕上的小柜里摸出个蓝布小包,慢慢地将包得严严实实的蓝布一层层地剥开,露出几沓崭新的一百元。"爹,那你的腰腿病为啥不看……"他望着爹,泪水不停地涌出来。

婚后,小两口倒也恩恩爱爱,可怎么过日子,怎么为人处事,老爹还是不放心,常常在他的耳边嘀咕着,生怕出了什么事。爹的背渐渐地驼了,腿走起路来不灵活。他常常望着爹的背影想:应当好好地孝敬晚年的父亲。他的想法也得到了媳妇的支持,她总是把公爹的衣裳洗得干干净净的,吃好饭时,总是对女儿说:"燕燕,去叫你爷爷吃饭。"但他看得出来,爹有了心思,他总是望着小孙女发呆,或者长叹一声。

公路两边的庄稼在汽车的奔驰中向后快速地流动,凉凉的空气从车窗中涌进来,使贵保的思绪愈加畅通起来。

嗯,还是给爹找个老伴好。可找谁呢?二寡妇……二娃他妈……老岳母……老岳母?这行吗?记得有一次他在爹面前旁敲侧击地夸奖岳母,可爹的脸先是通红,接着变黑了,还大声责骂他:"贵保,你以后少在老子面前提你外母娘!还是多想想你的事!"我的事?我的什么事?爹的话使他陷入迷雾之中。

汽车内的灯光突然亮了,照着一张张喜悦的面孔。售票员大声说:"下一站是善河村,有下车的旅客,请做好准备。"贵保摸了摸脚下提兜里的"土默川"二锅头,这是爹爱喝的酒。

贵保上午找了农贸市场市场部的云德旺部长，咳，云部长真是个爽快人，没谈几句，就说："贵保，听说你科学种枸杞，我们已和外省几家公司联系好了，还有一家外国公司，只要你的枸杞质量好，价钱保你满意。"这不，中午还硬留住他吃饭。饭后，他买了几瓶酒，赶紧往回走。

汽车到站了。贵保提着酒瓶走下车。枸杞的清香从不远处飘过来。知了在静静的田野里不停地叫着，仿佛是唱着一曲曲动人的歌。贵保望着灯还亮着的家，大步往回走。

"爹，你尝尝这酒。"他推开门恭敬地对爹说。

"回来干啥！"爹硬邦邦地回答。

"爹，您怎么啦？"贵保轻声问。

"啥时候了，没出息，事事都得老子为你操心。"爹怪怨着。

盛夏。晚霞在遥远的地平线上燃烧，照着望不到边的枸杞园，红彤彤的，仿佛是一片红色的海洋。那颗颗已成熟的枸杞，玲珑剔透，大的、小的都闪着红光，在晚风的吹动下，频频向老福银点头。

老福银坐在用树枝和柴草搭成的小棚里，地上放一盘咸菜和一瓶陈酿老窖酒，不紧不慢地独自饮着。晚霞从敞开着的柴门照进来，给他微微发红的脸上镀了一层金色。

人吗，活到这种程度也可以啦！老福银想。光景是芝麻开花——节节高。不愁吃，不愁穿。贵保呢，虽生得腼腆，不爱说话，却是村里有名的孝子。大约从小就看见他的艰难，在城里念书时，星期天同学们拉贵保上街玩儿，可贵保总是跑回家帮他割草、锄地、做饭。高中毕业后，贵保常去城里跑运输，知道他身子累了常常喝酒解乏，每次回来时总要给带一壶散白干。成家后，自然也没忘老人，吃啦、喝啦、穿啦样样照顾得周到。为此，他常常被小两口的孝心感动得不知如何是好。随着年龄的增长，他爱发脾气，贵保总劝媳妇说："爹是长辈，咱就顺着他吧。"

这不，春节刚过，贵保不知着了什么迷，非要种枸杞。可需要资金买枸杞苗，老福银为这事大为恼火，就是不肯动用他的储蓄。贵保也想，爹为他操了一辈子心，花了无数的钱，这买枸杞苗的钱，还能再向他老人家伸手？

于是，请媳妇借了老岳母的存款。

田野里暗下来。几只飞蛾在电灯下转来转去仿佛在跳舞。老福银用筷子夹起一根咸菜放进嘴里，津津有味地嚼着……

可是，人亲人，不由人哪。他怎么也不能看着贵保的枸杞将来卖不出去。凭经验，要是不早早订好出售渠道，遇到阴雨天发了霉，可就惨了。

老福银当村支书那几年，认识了县粮食科的尤科长。那时候，他为了能把村里的粮食顺当地卖给县粮食科，也常把村里的瓜呀、菜呀送些给尤科长。一来二去，他和尤科长相处熟了，称哥道弟。贵保的枸杞刚红时，他就提着两瓶酒去找尤科长，一进门就说："尤科长，今年我那娃硬要种枸杞，你可得帮忙啊。"

"福银哥，虽然我退休了，可还有些老关系，你放心，出售时我给你找找门路。"他这才把挂在心上的一块石头落了地。咳，办事还得靠老脸，老关系……

老窖酒渐渐地剩下半瓶，老福银晕乎乎躺下来，身下的柴火、青草暖暖的，还散发出阵阵芳香。不久，他便发出微微的鼾声。一只小白兔从外面的枸杞丛中钻出来，溜进柴门，在老福银的身边眨着眼睛望着。

老福银隐隐地看见从门外跑进一个白胖白胖的男孩，朝他叫："爷爷——爷爷——"他痛痛快快地答应着："哎——"正要上前抱住他，可就在一刹那，小男孩不见了。他大声喊："小孙子，你去哪——"他喊着，睁开眼睛。小棚里空荡荡的什么也没有。噢，原来是做梦。

老福银再也睡不着了。他坐起来听听，仍是身后大黑河河水的咕咚声，门前风吹枸杞发出的飒飒声。不知怎的，浓浓的孤独感涌上心头。

老人们常说：不孝有三，无后为大。咳——贵保两口子再怎么孝敬他，可这没有孙子是个大事呀。老福银的长辈，四门人只抱着他这个金宝银蛋，孤苦伶仃地支撑着门户。到老福银他这辈儿，咳，尽生丫头片子。为了不断香火，只好抱了个儿子，取名贵保，才安下他这颗不踏实的心。谁知麻绳总从细处折。这贵保两口子，第一胎就生了个闺女。虽然孙女生得活泼可爱，可老福银的心病也随着年月的增长，越来越重。难道真的从贵保开始就断了根绝了后？他很伤心，总是莫名其妙地对贵保发脾气。哼，闹下财产有啥用，能传宗接代吗？

老福银把酒喝光了，外面的天空也由黑色变成青色，由青色变成黄色，不远处，传来汽车的鸣笛声。

老福银站起来，走出棚子。望着大片红云般的枸杞树。饱满、圆润的枸杞闪着露水的光彩，在晨风中摇曳着。他摘了几颗鲜红欲滴的枸杞放进嘴里，嗯，熟了，好成色。

"爹，咱们的枸杞估计能卖个好价钱。"贵保突然从田埂上走下来说。

老福银没有回答贵保的话，却从园里走出来，说："贵贵，卖枸杞的事你放心哇，可有一件事你必须办。"

"爹，啥事？"

"听说你媳妇又怀上了？"

"嗯，好像是……"

"那好，我听你尤叔说，县医院里有一种叫啥超，能照见女人肚里的娃是男是女……贵贵，爹的想法，照见男娃就让你媳妇好好生下来，照见是女娃，就打掉。"

"爹，您怎么有这种想法？"

"贵贵，你已有一个女娃了，还想要一个女娃？那女娃长大后终究是外人，你可不能断了香火啊——"老福银很激动，矮矮的个子竟跳起来。

"爹，生男生女要照B超是犯法的，您怎么这么糊涂。"

"啥犯法，大不了罚钱，有这片枸杞园还不够？"老福银固执地说。

贵保原本装着一肚子话想和爹商议，此时，他只好抽出香烟，蹲在地上又不住地吸起来。

长长的电视连续剧终于结束了。淑英关掉电视机上的开关，打个哈欠站起来。

"老公，睡吧。"她朝仍坐在沙发上吸烟的贵保说。

"你先睡哇。"贵保仍心不在焉地吸烟。

"你想啥？"淑英睁大漂亮的双眼问。

"唉——想的事可多了。"

淑英那白净的瓜子脸上露出愠怒,她上前去将贵保手里的香烟一把夺过去,在烟灰缸中拧熄,说:"也不过是想要个带把的儿子,这不是给你生吗?"淑英说着,把贵保拉向卧室的大炕,又说:"男人家,不要小心眼儿,动不动就愁眉苦脸的,明儿个不是要进城里和云部长签订合同吗?早些睡吧,别想坏身子,啊——"她一边抚摸着贵保脱去衣裳的胸脯,一边亲昵地说。

后半夜,月光静静地从窗中泻进来,远处传来一两声低沉的狗叫。淑英翻了几次身听着耳边贵保那均匀的呼吸声,用手轻轻地摸着自己隆起的肚子,长长地叹了一声,"唉——"

她嫁过来之前,就知道公爹和丈夫的身世,三代单传。她尊敬公爹那耿直的性格,也爱丈夫那厚道稳重的脾气。她一心想为这个家做些贡献,可头一胎就是个闺女。眼看着公爹阴沉沉的脸,耳听着公爹不冷不热的话外之音,心里总觉得亏了什么。女人嘛,不能给丈夫传宗接代,总是一种缺陷。不过丈夫贵保倒好,常常捉着小女儿的手说:"小丫头,爸就喜欢我的千金小姐。"这才使她那颗紧张的心轻松下来。也许是听了谁的闲话?近来,贵保的神情也有些不一样了,虽然还是笑眯眯地看着她,可抽起烟来没完没了,人也瘦了,圆圆的脸蛋露出腮帮,眼角还现出几道细细的皱纹。

淑英想到这里,轻轻地翻过身,在朦胧的夜色中,用她那火热的嘴唇在贵保露出的胸脯上重重地吻着,并且喃喃地自语说:"老公,我一定要给你生个儿子。"

"唔……"贵保突然嘟哝着,不知说了些什么,双手搂住淑英那赤裸裸的隆起的肚子。"啊,你原来也没睡着,去,去,不害羞。"淑英说着,用拳头在贵保的肩膀上软软地打了一下。

"唉——睡不着呀。"贵保长叹一声说。

"你真的也是这么急着想抱儿子?"

"我不是想要儿子,是有另外一件事总想办。"

"啥事?快说呀。"

"想给爹找个老伴儿。"

"给爹找老伴儿?"

"是呀，爹老了，你看他的腿也不好使了。今年枸杞肯定能多卖钱，我想用这些钱给爹张罗着成个家，将来也有个归宿。"

"可爹和我说，要用这笔钱交生男孩的罚款……爹也是为你，为了咱们这个家……"淑英捉着贵保的双手说，"咱们是该有个儿子。"贵保突然坐起来。心想，一定要做通媳妇的思想。他又抚摸着淑英那隆起的肚子说："淑英，这年代，生男生女都一样，可爹的这件事你一定要支持我，爹一向听你的话，你可不能站在爹的立场上。"贵保悄悄地在淑英的耳边嘀咕着。

"那找谁呢？"

"燕燕她姥姥。"贵保又躺下吻了吻淑英那丰满的胸脯说。

"啊，找我妈？"

"是啊，一条红线穿起两位老人，使他们的晚年都得到幸福。这不是挺好吗？"

过了一会儿，淑英小声对贵保说："好倒是好，就怕爹不同意……"淑英握紧贵保的手说。

"你先去找燕燕她姥姥看她啥态度——咳，听说他们俩年轻时还恋过——老婆，请你一定要当好这个红娘。"贵保说着又热烈地吻淑英的嘴唇。

"咯咯咯……"淑英爽朗地笑着，双手紧紧地抱住贵保那宽阔的胸脯……

清晨，红瓦红砖房上刚刚飘起炊烟，淑英就急匆匆地朝娘家走去。

善河村副食小店里低矮的房顶紧紧贴着货架，给人一种压抑的感觉。货架上摆着并不丰富的油、盐、醋、酱，以应付清冷的顾客。女主人桂花移动着瘦瘦的颤巍巍的高个子身体，很不利索地给顾客从货架上拿着东西、然后又默默地回到里间的家。

里间的地上放着一张深棕色的八仙桌，桌上放着已炒好的菜肴和两瓶好酒。桂花望着热气腾腾的饭菜，长长地出了口气，焦虑地等着客人的到来。

是啊，自从闺女上次来了以后，勾起她对老福银的复杂感情，仿佛是平静的土默川上突然刮来一阵风，使一朵原本无人采摘的小花被人发现了。

其实，她和老福银年轻时就偷偷地在村外肩并肩地亲昵过……那时，她是"铁姑娘"队的队员。有人对她说："桂花，福银祖上有政治问题，眼看他要下台了，你找对象可不能不问政治。"虽然她和福银的缠绵之意难割难舍，可在那样的年代，一堵铁幕终于将他们分开。她嫁人了，是一位老实、厚道的小伙子。婚后，她生下淑英。然而，天有不测风云，她的丈夫在一次山洪中被大黑河河水吞没了。从此，她把爱的火焰死死地压在了心底，竟然独守了十几年。虽然，她把心爱的女儿嫁给老福银的儿子，可她对他曾经有过的热恋，却始终没敢升起来。再说，已是黄昏的年龄，按老福银的脾气是绝对不可能了。

想到这儿，桂花的眼泪簌簌地流出来。

"婶子，福银叔还没来？"一声问话打断了桂花的沉思。桂花赶紧擦掉眼泪站起来说："李书记，快进屋，一会儿等村长来了你们先吃吧。"

"哎，还是等我福银叔一块儿吃吧。"李书记说。

老福银正往桂花家走呢。他虽然个子不高，腿脚不灵便，可走起路来还挺精神。老福银虽然不当支书了，在善河村里仍然是一位受尊敬的人。别看他文化不高，可脑子灵。什么时候种瓜，什么时候点豆，人们都短不了去问他。哪家的红白喜事，安排多少桌，上什么菜，也多由他出谋划策。

这不，老福银边走边倒背着双手思忖："嗯，总是有啥解不开的事，要不怎么书记和村长亲自请我。为啥去桂花家喝酒？是为卖枸杞子的事，还是桂花有什么事？对了，不管找我有啥事我都爱管。人家找咱办事，是看得起咱……嗯，顺便把贵保要儿子的事也和两位领导提一提。"

老福银有些得意扬扬起来。暖融融的阳光晒得他浑身发热。他把帽子向后扶了扶，露出冒着热气的光头，把淑英给他洗得干干净净的蓝布中山服脱下来搭在肩膀上，露出白布背心，迈着大步，不一会儿就来到桂花的家。

老福银坐在上首，书记和村长一边一个，陪着他又是斟酒，又是夹菜。桂花躲在外面忙着应付顾客。

酒过三巡。老福银把帽子一摘，摸着汗津津的光头，以长者的身份说：

"书记、村长，今天找大叔来有啥事？尽管说。"说完，"吱"一声，把一杯酒倒进嘴里。

"也没啥，只是想商议您的事。"书记小心地说。

"我的事？啥事，还不是想要个孙子？"老福银细眯眯的眼睛笑着说。

"不，"旁边的村长说，"是为了您晚年身边有个知冷知热的女人。"

"福银叔，你看，我桂花婶虽然贵保和淑英也很孝敬她，可总免不了有些孤单……"书记又接过话茬说。

老福银越听越觉得不对劲儿，驴唇不对马嘴。而后，他忽然明白了书记和村长话里的含义。他那原本高兴的脸沉下来，端起一杯酒，自个儿"吱"地喝下去，然后又斟了一杯。他的脸变得红红的，鼻孔里喘着粗气，长久地沉默着。

桂花在外间的小窗下听着，刚才还在眉宇间露出微微的笑意，可慢慢地她的心又缩紧了，从窗外望着老福银那张紧绷绷的脸，眼泪像断了线的珠子"哗哗"地往下流。

突然，老福银站起来说："书记、村长，叔有事，不能陪你们喝了。"然后，拿起那件挂着的中山服，"噔噔噔"地向外走。当他看见桂花在外间暗暗地流泪时，大声说："亲家，以后有啥事需要我帮忙，你就说话。可万万不能提咱俩的事，啥年龄了，让人笑话！"

桂花望着远去的老福银差点晕倒。

青川镇的花莲超市里，层层叠叠，摆满了各种货物。贵保摸摸兜里鼓囊囊的票子，觉得底气十足。他那高高的个子在超市的货架前与其他购物的人们一样，拥来拥去，明亮的大眼睛望着五花八门的日用品，大胆地向售货员提出来："我要这——我要那——"他的双腿不像以前那样软弱不敢走近柜台，而是像两根柱子，支持着板直的腰身，把一件件买来的东西不断地塞进他的大挎包。有钱了，他理直气壮地花着。他给媳妇淑英买了条铂金项链，给小女儿花大价钱买了智力玩具。给自己买了条红色名牌领带，当着众人的面系上。他在超市走廊上的镜前照了照，还好，虽然脸没有城里人那么白净，可系上领带一样神气。多年来，他羡慕那些西装革履的有钱人，而今他也被人高看了。但他最想买的是茅台酒。他想，爹不能一辈子只喝本地的二锅头，也该尝尝这神秘的茅台酒到底是什么味道了……他终于走出了超市。人突然变了，胸前的领带飘着，也许是兴奋？还是领带映衬着？总之，脸上放着红红的光彩。他从衣袋中掏出手机，不知和谁讲了什么，不大一会儿，一辆出租车停在他的面前……

此刻，老福银正坐在自家的桌边，自斟自饮着等儿子贵保的归来。过了好长一会儿，他表情严肃地对收拾碗筷的贵保媳妇说：

"淑英，这几年爹对你怎样？"

"爹，看您说的，爹对我天高地厚。"

老福银听了儿媳妇的话，顿感顺耳。是呀，淑英和她妈一样，有规矩，善解人意。自打她过门以后，把他老福银当成亲爹一样照顾，对他的话更是百依百顺。他常常对人们夸奖淑英："俺那儿媳妇，真是百里挑一的好媳妇。"咳，人呢，总是不能十全十美。老福银盼望有一天抱孙子，可淑英偏偏生了个丫头片子；不过淑英也挺努力，她知道公爹的心思，就又怀一胎。

"淑英，爹有话跟你商量。"老福银一仰脖子，把一杯酒喝下去说。

"爹，你和我妈的事，您实在不同意就算了，这种事不能勉强。"淑英急着解释。

"不，淑英，那件事就算了，爹也不怪你，我是说——"老福银说着眼圈有些发红，喉咙里的话被卡住了。他又喝了一杯酒，望着儿媳妇央求般地说："淑英呀，你说啥也要给贵保生个儿子，这关系到咱们家断不断香火的大事……"

"咯咯咯……"淑英笑得前仰后合，接着她对公爹说："爹，我也想生个儿子，可贵保说女儿也挺好。"

"贵保他年轻，不懂事！"老福银重重地把酒杯墩在桌上，眼里竟流出两行老泪。咳——老福银在村里办大事、了小事，是有名的硬汉。他一生只流过一次泪，就是老伴死的时候，握着她的手不放。这一次，竟是在儿媳妇的面前流下为难的眼泪。他快快地回到自己的卧室，发出长长的、不愉快的叹息声："咳——"

贵保从院门外走进来，他提着大兜、小兜快步走进家门。看见淑英正在整理已晒好的枸杞，他笑着搂住淑英的腰，顺手摸着她挺起的肚子说："我听听，孩子在里边干什么？"

"嘘——"淑英用手挡住了贵保的嘴唇，努着嘴，示意爹在里间等他。

贵保明白了，他顺手从一个提兜里拿出茅台酒，兴冲冲地走到里间，大声说："爹，你猜我今儿给您买回啥酒了？"

"啥酒也不喝。"

"不喝？这是茅台酒。过去只有高级干部才能喝上。"贵保说着把酒放在桌上，胸前的领带在爹的面前晃来晃去。

"我没那份福气。"老福银仍沉着脸。

"嘿嘿嘿……"贵保对着爹憨厚地笑着。他虽是30多岁的汉子了，可从来没在爹的面前大声说话过。他和气而又婉转地说："爹，常言说，笑一笑，十年少。您上了年纪啦，总生闷气，对身子没好处哇。"他说着向淑英要了酒杯，说："爹，您来一杯茅台吧，我破例陪您喝。"他偷偷地望了一眼爹，只见爹仍是冷冰冰的，坐在那里仿佛是一尊威严的雕像。他给爹斟满酒，双手轻轻地举起来，笑着说："爹，儿子敬您一杯，祝您健康长寿。"贵保一饮而尽，酒劲热辣辣的火一般在肚里燃烧，一股浓浓的感恩情意涌上心头。真的，他从心灵深处深深地感谢爹几十年来对他的精心培养、呵护。他的眼睛里充满了亮晶晶的泪水。

老福银的心动了，鼻子里酸酸的。还要怎么样？有贵保这句话就够了。可不知为什么，那倔强的脾气还是扭不过来，他不满意地对贵保说：

"昨天在你外母娘那里安排的那桌酒席，爹知道，那是你的主意！"

"爹，我为您好。"

"好个屁！那叫伤风败俗。世界上哪有儿子给老子讨老婆的？再说我已是快死的人了，还要成什么家？那不是成心让人家笑话我吗？"老福银越说越生气，自个儿那瓶酒已喝进半瓶了，仍不住地喝着，他提高嗓门大声说：

"你正经事不做，爹让你领上淑英去医院做B超你不去，你去干啥去了？你知道不知道，你老了谁养活你？没有儿子谁给你续香火？"

"爹，你急什么，我这不是去城里把枸杞卖了吗。有了钱，啥也好办。"贵保仍笑着回答。

"卖给谁了？"爹急着问。

"卖给农贸部云部长他们。"

"为啥要卖给他们？"

"人家的价钱高，我还签了合同。咱们村的枸杞有多少，他们要多少。"

"你尤叔也不白要！我春天就答应了卖给人家，你这样做叫我的老脸往哪搁？"

"爹，农贸市场还出国了？"

"怎么，还要卖给洋人？"

"洋人怎么啦？爹，你别拿老眼光看人！"贵保也激动了，他把脖子上的领带摘下来。

从衣袋里抽出一支香烟吸着，仿佛心里有一股压不住的火苗向外冒，他生平第一次在爹的面前这么硬邦邦地说话。屋子里的空气紧张起来，仿佛要爆发一场战争。这个家庭有史以来第一次充满了火药味。

"贵保，你长大了？你翅膀硬了？不听爹的话了？"福银那双细眯眯的眼睛逼视着贵保。贵保低着头，一股股粗气和浓烟从鼻孔中冒出来。过了好大一会儿，他抬起头来，把烟头一扔，斩钉截铁地说：

"爹，这回您一定要听我的，我想卖给谁，就卖给谁！"

"为啥？"

"这是股份制！"

"啥是股份制？"

"谁出的钱多，听谁的！"贵保竟然冒出这样一句话。

细雨不紧不慢地下着。一道道雨水从老福银刻满皱纹的脸上流下来，他也懒得去擦。他骑着十年前买的永久牌自行车，在雨雾弥漫的马路上慢腾腾地朝家走去，心里乱糟糟的怎么也提不起精神。

他万万没有想到，一向温顺的儿子贵保，那天在家里竟对他说了那么不中听的话，饨得他半天没喘上气来。

也许是贵保的心变了？唉——儿子还是亲生的好——不，贵保不是那种无情无义的人，他从小看着贵保长大，还是年轻不懂事，也许是时代变了？股份制？股份制就是谁有钱听谁的？连老子的话也不听了？

老福银越想越想不通。被淋湿了的衣裳贴在身上，冰凉得难受。自行车也失去了往日的轻便，越走越沉重；双腿软软的、僵僵的，渐渐地不听使唤。末了，他索性停下来，蹲在公路旁，从衣袋中掏出二两重的小扁酒瓶，咕咕地喝了几口，才感觉身上精神了许多，热烘烘的火劲涌上来。

说实话，依他老福银的脾气能认输吗？他要是不碰到南墙才不回头呢。那天，他遭了贵保的气，第二天，就亲自拉了一车枸杞去找尤科长，心想，老子再怎么也是长辈，还能让你晚辈随便作主？谁知尤科长竟把价钱压到最低，还说没有现金，硬要赊账。为此，他和尤科长吵了嘴，多年的老朋友翻了脸。唉——怎么办？货到了人家的门口，老福银也只好认了。返回来，去县医院打听给儿媳做Ｂ超的事，竟又让医院的大夫们奚落了半天。那是他有生以来最难堪的时光，当时那尴尬的处境，恨不得有个地缝钻进去。

老福银想到这儿，伤心得想哭，也很怨恨和气愤。他怎么也不想回家去见贵保了，径直推着车子，慢慢朝枸杞园的小柴棚走去。

甜甜的枸杞香飘过来，使老福银升起少许快乐的心情。他看见站在小柴棚前的小孙女，亲昵地用脸上的胡须扎着她稚嫩的小脸，说："小丑儿，爷爷给你买回好吃的东西了。"

"爷爷，我妈刚才又给我生了个小妹妹。"小孙女高兴地对爷爷说。

"啊？！"老福银突然觉得天旋地转，把怀中的孙女放下来，支撑着身子，失神地走进棚内，喃喃地说着："倒霉呀……倒霉……"然后坐在冰凉的炕沿边，一声不吭。

"爷爷，爷爷，你怎么啦？"

"爷爷病了。"他喝了放在地上的半瓶酒，和衣躺在炕上，再也没起来。

老福银真的病了，还挺厉害。这件事在不大的善河村沸沸扬扬地很快传着。人们议论纷纷，说长道短：都说贵保是孝子，可怎么这样对待老人？

贵保委屈、无奈，甚至那颗自信的心恐慌起来，是呀，要是爹的身子真有个闪失，可怎么向村里人交代。

他蹲在枸杞棚的地上，哭丧着脸说："爹，是我不对，孩儿不会说好话。"他不住地请求躺在炕上的老爹原谅。可老福银不吃，不喝，也不搭话。

"爹，您尝尝这烧卖，可香了，是你孙女燕燕打早起从青川镇上买来的。"他毕恭毕敬地说着，可老福银仍不吭声。

"爹，天气凉了，咱回家吧。"他仍乞求着，眼眶里红红的，噙着泪水。老福银只是"嗯"了一声，摇着头。

"爹，要不去医院看看？我这就叫辆车接您。"他捉着爹的手，要扶起来，可老福银把手一甩，躺在那里一动不动。

贵保的心里仿佛压了块重重的石头。他茫然地走出枸杞棚，蹲在那里，使劲地吸着香烟。

常说人老了，脾气就变得固执了，爹也是，怎么就这么不开窍，不理解儿子呢？难道自己真的做错了？

他抬眼望着远处郁郁葱葱、层峦叠嶂的大青山，仿佛是一个巨大的屏障，阻挡着寒流与沙尘，使这里的人们风调雨顺地生活着。大黑河河水粼粼闪光，蜿蜒西去。一股清凌凌的河水向他的枸杞园流去，棵棵枸杞树仿佛喝醉了酒，眨着无数红红的眼睛赞许地望着他。

他的心渐渐地开朗起来，是啊，自己做的没错，应当大胆地走下去。爹呀，您总有一天会理解儿子的良苦用心。他思索着，突然想起了什么，站起来，跨上路边的摩托车，朝岳母家驰去……

秋风起了。枸杞园的枸杞树脱去了绿色的夏装，换上银灰色的、金黄色的礼服，在微风中向来访的客人点头、招手。桂花手提水果筐，急匆匆迈着步子，面色忧虑地沿着枸杞园的田埂朝枸杞园的棚里走去。

老福银正独自闷坐着，忽听得外面有脚步声，以为是儿子贵保来了，赶紧顺势躺下，闭着眼睛装睡觉。

"亲家，咋病了？"桂花虽有些怯生生，但柔柔地问。

老福银一听问话的声音是桂花，一股无名的火气升起来，头也不回地说："你来干什么？！"

"我……我来看看你……不对吗？"桂花嚅嚅地说着，默默地坐在小炕沿边。

老福银长久地脸朝里躺着。西斜的阳光从敞开着的柴门口照进来，渐渐地打破了沉闷。他慢慢地支撑着身子坐起来，望了望桂花。他第一次看见无情的岁月已给桂花的眼角刻满了深深的皱纹，原本白里透红的脸蛋变得粗糙而干黄。人老了！老福银的心里默默地叹息着，突然，又不住地咳嗽起来。桂花跪在炕沿上，伸手轻轻地给老福银捶着背。不大一会儿，老福银的咳嗽声停了，他用嘶哑的声音对桂花说："亲家，给我倒碗水。"

"哎。"桂花答应着倒了碗水，同时从衣袋里掏出一个玻璃瓶子，将里面的东西倒在水里。"碗里是啥东西？"老福银平静地问。"是蜂蜜，你爱喝酒，蜂蜜能保护肝。"桂花说着把拌有蜂蜜的水递给老福银。

老福银喝着，觉得嘴里、肚里、心里从来没有过这么甜、这么舒畅。渐渐地他从感谢桂花，唤回了对女人的依恋。原本，他以为自己老了，仿佛是一堆即将烧完的干柴，不久就会变成一堆死灰。而找对象、谈恋爱那是年轻人的事，行将入土的老人还要讨老婆，那不是秋后的蚂蚱——不知死地在瞎蹦吗？可眼前，他忽然觉得余火还在，那种在年轻时才有的感觉，渐渐地在老福银的心灵深处升起来了。他对桂花的怨气烟消云散了。在那样的年代，桂花没能嫁给他，并不完全是她的错。

老福银的精神爽快起来，突然他抓住桂花的双手颤抖着说："桂花，扶我到外边坐坐。"

初秋的夜晚，青黑色的天空中，繁星闪烁的瞬间，一颗流星划下去，不知坠到什么地方。长长的银河仿佛是一条银色巨龙，飞腾在整个天穹的东西。银河两边的牛郎星、织女星，遥遥相对，闪着明亮而企盼的目光对视着。习习晚风，带着不远处大黑河里青蛙悠闲的"咕哇"声，不断地传来。

老福银和桂花肩并肩坐着，在枸杞园的田埂上，长久地诉说着各自曾经隐藏在心里的知心话。末了，老福银从衣袋中掏出酒瓶，拉着桂花的手说：

"桂花，你也喝一口酒。"

"我一喝就醉。"

"好酒不醉人，这是贵保给咱俩买的茅台酒。"老福银把桂花的双手握得更紧了。

"福银哥，我喝。"爱流泪的桂花在朦胧的夜色中，唏唏嘘嘘地小声抽泣着。

瑞雪，欢快地飞舞着，飘飘扬扬、高高兴兴地落下来。枸杞树林，一夜之间仿佛绽开了万朵梨花，白茫茫的一片，压满枝头。喜鹊在枝头上放开歌喉"叽唧叽喳"地叫着，飞向村边那座刚建成的小楼房顶。

人逢喜事精神爽。虽然一夜没合眼，可贵保仍没有丝毫的疲倦感。他站在楼房上层住人的三室一厅窗前，兴奋而满意地审视着老爹与岳母住的那间卧室。床上全是崭新的被子、褥子，各自展示着上面艳丽的花朵和精美的图案；墙上贴着鲜红的剪纸喜字，仿佛有两双笑眼在望着他；客厅里靠墙摆着四个橘黄色的真皮沙发，使宽敞的空间充满了温馨；不远处的电视柜上放着一台二十九英寸的大彩电，静静地卧在那里，等着主人用遥控器自由地指挥；厨房里摆着冰箱、煤气灶，骄傲地给贵保亮出名牌产品靓丽的丰姿；桌上放满了水果、喜糖，散发着浓浓的诱人的芳香。

贵保望着家里应有尽有的东西，香烟雾从嘴里吐出来，慢慢地飘着。他觉得他不仅圆了孝敬老人的梦，也给他，也给善河村的人们找到了出路。就是要结束几千年来，祖祖辈辈面朝黄土背朝天的处境；也要打开几千年来束缚人的思想枷锁。他感慨地想着，又匆匆跑向楼底。

底楼里边的货架上，除了摆满各种日用货品以外，柜台上新放了一排玻璃瓶，里面都装着大小不等红红的珍珠般的枸杞，外面贴着标签，上面写着等级、养分、含量、价格。柜台前摆着一张老板桌，上面放着一台电脑，淑英正聚精会神地摆弄手中的鼠标，寻找着什么。楼房外面的门上，挂着一个铜色牌子，上写"善河村枸杞技术销售服务站"。门两边的白色瓷砖上，贴着一副醒目的红色对联，上联是"富民政策家家富"，下联是"文明精神日日新"，横批是"开业大吉"。门前放着一张长桌，桌上铺着红色毛毯，后面坐着贵保的爹和岳母桂花，他（她）们的胸前各自戴着一朵红花，还头对头地说着什么悄悄话呢。贵保笑了，他深深地向二老鞠了一躬。

"嗵——叭——""二踢脚"爆竹在空中爆响，接着是"噼噼啪啪"的鞭炮在大地上开花。

善河村枸杞技术销售服务站站长贵保觉得对一切都很满意。他穿过熙熙攘攘的人群，站在楼房门前的长桌前大声宣布："各位乡亲父老们，善河村枸杞技术、销售服务站开业暨我爹老福银结婚典礼现在开始！"他的话音刚落，老福银牵着桂花的手站起来，望了望眼前的儿子：他的保暖内衣外面套着深蓝色的西服，红色领带在胸前飘动着，显得格外精神、潇洒，高高的身材看上去发福了,全然不像以前那个性格内向、衣服皱褶、满脸是灰尘的贵保了。"儿呀,你的翅膀真的硬了,飞吧!"老福银掷地有声地说着,不慌不忙从怀中掏出红红的枸杞酒,请司仪斟满后勾着桂花的胳膊"吱"一声喝尽,咧着嘴对大家说:"我喝了一辈子酒,可从来没有今儿这杯香。"人们哄哄地笑着、闹着。

"乡亲们,咱还要交养老保险!以后,农村人再不用总想着生儿子啦!"

贵保大声说着,眼里闪出大大的泪珠儿。他望着灿烂的阳光,遥远的天空,洁白的雪地,望着爹那喜盈盈的笑脸,胸中仿佛有一团火在燃烧。他从来没有在众人面前唱过歌,可今天爆发了,憋足底气,挺直腰板,仰起红红的脸蛋,即兴自编,引吭高歌:"咳——枸杞熟了满地红——咳——善河村过上了好光景——"

歌声粗犷、雄壮,在茫茫的土默川上空荡漾……

玛涅格尔部落

2009年获第九届内蒙古自治区文学创作"索龙嘎"奖

朋·乌兰

机警的梅花鹿\喜欢高高的山峰\力大的犴达罕\喜欢深深的峡谷\自由的哲罗鱼\喜欢深深的河水\勇敢的鄂伦春\喜欢富饶的家乡

——鄂伦春民歌

一

呼玛尔河畔的天气一到5月,涂库热觉得自己精力无比地充沛,心绪亮爽,瞅着满是白芍药、六月梅和红豆花的原野,他有一种要飞的想法。

他每天都坐在禅树下瞅着雅日楞从乌力楞走出到森林里去,昨天下了场雨,今天的蘑菇一定又大又嫩。很多玛涅格尔人不吃蘑菇,可雅日楞家族的人都喜欢吃,蘑菇圈并同狍子肉或狍子肉加稠李子煮,味道格外鲜美。雅日楞是个巧手的姑娘,她会缝制各式各样的袍子,她把自己包裹成美丽的红豆花,她像天空中的太阳炽热地烧烤着涂库热,他通身的热量阵阵煎熬着神经,血染红了双眸。他张弓,射出一支鱼骨镞,两只锦鸡应声坠地,他欣赏着锦鸡五彩斑斓的羽毛,对自己百发百中的射箭本领称赞不已。

雅日楞采完蘑菇走出森林,坐在呼玛尔河边晒太阳,清澈的呼玛尔河,潺潺地向东流淌,大自然从来都没有如此地静谧,山上的白桦林、黑桦树,茂密的蒙古榛树、柞树都显得郁郁葱葱，多么清新的空气。雅日楞冲着沼泽地上奔跑的兔子喊："哟嘿，林子里的精灵，你有天大的福气呢。"

兔子是棕黑色的，跑起来非常快，听到雅日楞的呼唤，停下脚步，专注地望，两只长耳朵动了几动，最后还是消失在大叶蔷薇的树丛中，她认为兔子是天上的精灵，她不止一次见过它，只要她进林子，兔子就要出现，每当兔子消失在草丛里，她的视野中就会出现涂库热张弓射箭的身影，"嗖嗖"的声响，心悬在半空，像锦鸡羽毛在五彩缤纷地飞舞。狂热的爱情之箭早已射中了她，涂库热是个好猎手，他看中的猎物没有一个能逃出手掌心的。

雅日楞的阿妈格麦琳从舅父那里回到家来，带回一大堆好东西：杜鹃茶、杜柿酒、干狍子肉。舅父是位能干的猎人，他懂得不少医术，能用那日特做咳嗽药，也能用野杏治肠胃病，最神的是他用树皮熬汤治好了不少风湿病和癣疥病。舅父托阿妈给外甥女捎来一张山猫皮，黄底上全是黑点子，摸起来毛茸茸的。可是阿妈发现一件奇怪的事情，自家撮罗子的墙壁上，也挂了张熟好的山猫皮，图案却是黄底黑道，像是猞猁。格麦琳眉头立马竖了起来，尖声喊道："雅日楞，死丫头你在哪里？"

雅日楞从桦树林边的草丛里跳了出来，像只梅花鹿蹦蹦着走来，格麦琳说："你头上有乱糟糟的草，死丫头你是毛驴吗？怎么也在草里打滚呢。"女儿回答："我在草里跌了跤。"阿妈说："我倒瞅见那里有头公驴也跌了跤。"雅日楞没有哪件事情能瞒得住阿妈，阿妈不是平常人，她是跳神的萨满，是玛涅格尔人中最有名望的女人。

格麦琳揪住女儿的辫子训斥道："我只是离开家几天，你这杂种就被邪恶的弓箭射中，告诉我，那山猫皮花里胡哨的，是哪个贪婪的大棕熊送的？"雅日楞最恨别人说自己杂种，阿妈若不是气急了也不会这么骂她，阿妈最怕有男人纠缠女儿，大棕熊便是她讨厌男人的代称。雅日楞瞪着黄灰色的眼珠说："老太婆，连你也说我杂种！山猫皮是涂库热送的，你能怎样？你眼红没有人送你东西啦？"格麦琳讥笑道："我眼红？当年我是什么样的美貌，山猫皮这样下三烂的东西我怎么会看上眼，那时有富人用银碗和金镏子来勾引我，都没上钩。哼！果然没让我看错，是涂库热那头棕熊。我的女儿，你会后悔的，那小子和俄国人往来密切，他曾用鹿皮换过俄国人的火枪，小心他哪天用你换条俄国毯子。"

雅日楞反驳道："那是说你自己，你那男人就用你换过俄国人的一只铜壶。"

雅日楞的话总是要揭格麦琳的伤疤，没错，阿妈的男人不是雅日楞的父亲，这一点儿谁也看得出来。她的父亲是个俄国商人罗刹，和阿妈的男人还是好朋友呢，俄国人见年轻的格麦琳美貌，就用一只精美的黄铜壶换了格麦琳一夜。十月怀胎，格麦琳生下更美貌的小女罗刹，她男人反倒吓跑了，她病了半年，病得昏昏沉沉，恍惚间从天上降临了个老太婆，说她是主宰人间烟火的女神，可以给人间带来寒冷，也可以给人间带来温暖和光明，还说凡事都有它的神，凡是有了疾病就是各种神的驱使。老太婆问格麦琳病前可否和野兽有过接触，格麦琳说接触过善兽梅花鹿，也和恶兽接触过，那就是魔鬼罗刹。老太婆说："那就对了，俄国人就是你命中的凶神恶煞，好在梅花鹿是天使般的动物，你的女儿定会得到鹿神的庇护。"又说："你走运，遇上我这天上的神，你病愈后会成为玛涅格尔部落最好的女萨满，你会像所有的萨满一样，普度众生，保佑所有的玛涅格尔人健康平安。"后来格麦琳果然成为一位了不起的女萨满，但她仍忘记不了那段令她耻辱的往事，那只精美昂贵的铜壶仍在撮罗子里放着，上面落了厚厚的灰土，她无论什么时候都忘不了朝它吐唾沫，诅咒道："呸，该死的罗刹，黄头发蓝眼睛的魔鬼！"

格麦琳痛恨黄发碧眼的魔鬼罗刹，也不喜欢肩上披着浓发的涂库热。她认为那小子根本不是玛涅格尔人，他的父亲在世时就说过格麦琳"洪库儒"是女野人，他也许是达斡尔人或是鄂温克人，也许是那些刚愎自用的布里亚特蒙古人，一句"洪库儒"让格麦琳记恨了数年。涂库热脸色黝黑饱满，眼睛雪亮，肩上背着从俄国人那里换来的火枪。火枪让这小子与众不同，似乎超越了所有还在用弓箭打猎的玛涅格尔人，他还总想用他那点儿智慧和勇敢征服女萨满的女儿。多么天真，总有一天，格麦琳会让他知道，她们母女只认可萨满，不认可男人！母女间的争吵是短暂的，为男人争吵，为舅父也争吵，为太阳早升晚落争吵，吵完了也完事了。没有吵架的日子是不好过的，格麦琳怕女儿嫁走就是这个原因。但撮罗子也有极安静的时候,格麦琳是萨满,请她治病跳神的玛涅格尔人多得是,格麦琳只要一出门,总要威胁女儿:"哼,我出门后不许你和棕熊往来,小心我闻出他的味道。"雅日楞说:"你这被嫉妒火煮透了的老巫婆,我会让你闻个够!"女萨满说:"哼,你很快就会知道男人靠不住,都是见异思迁的家伙!"她一出门,撮罗子便安静了下来。

　　请格麦琳跳萨满的是个叫额根提的年轻人,由于妻子生孩子时他没有搭建另一个撮罗子,所以女人身体一直就不好。果然格麦琳说,风是从撮罗子的缝隙中灌进来吹着了女人的骨头,风神怪罪他们两口子哩。女人柔弱得如同折断了翅膀的鸟,看起来反倒很有韵味。孩子的摇篮挂在树丫上,额根提是个巧手的木匠,他用雪白的桦树皮给新生儿子做了个摇篮,在摇篮上描出了云朵和水波纹,小孩子憨憨的像只小棕熊,睡在犴达罕皮毛中。女萨满在小孩子枕边放了两只小玻璃镜子,说:"狼啊虎啊鬼啊怪啊,你们谁敢来找麻烦吗?叮当叮当,铜铃响,响铜铃,风神雨神,请离开这善良之门,叮叮咚咚。"女萨满在撮罗子门上挂了串玲珑骨,骨是从熊獐、狼獐身上取下来的。"好了,万事大吉了,从现在开始风调雨顺了。"额根提满心欢喜,送给她两根深山灵芝、一块麝香做报酬,女萨满闻了顿觉七窍通畅,捧着这些稀奇罕见的东西,又说了许多祝福的话。

二

　　过了不久,呼玛尔河边来了一队俄国哥萨克旅行团,穿着天鹅绒长上衣,头戴貂皮帽子,腰上系着宽缎带。玛涅格尔部落的人们以为他们只是转转走走后就会回到河那边,可是他们搭起帐篷后就住下了。"罗刹们住下了,玛涅格尔人又要搬家了。""罗刹又要和大清国打仗了。"人们乱纷纷地传说着可怕的消息,整日人心惶惶。

　　担心了几日,耐不住性子的玛涅格尔人就去问萨满,格麦琳回答说:"魔鬼罗刹不会住太多的时间,他们不走自有神灵赶他们走。"果然没几天他们走了,只剩下一个哥萨克,他晚上住在帐篷里,像玛涅格尔人那样,将锅吊了起来，烧火煮肉煮饭，煮得非常香甜，引得孩子们都围着看，他便将煮熟的肉分给他们吃。哥萨克会讲玛涅格尔语言，所以孩子们渐渐地都特别喜欢他。有一次他就把孩子们集中起来，点燃一堆篝火，在火上烤灰鼠肉，那一串串灰鼠穿在树条上，被火烤得四腿晃来晃去的，把小孩子们高兴得围着火堆跳来蹦去。

  天空清澈，艳阳照耀着东北亚的荒原，云雀在悦耳地鸣叫。草地里的蘑菇圈一团一团地冒了出来，雪白如云朵。雅日楞采下一朵蘑菇圈，放在鼻尖上嗅，蘑菇圈也陶醉地映染出她脸上的红晕，桦树干上也映染上红色的光泽。雅日楞看见草丛里坐了个男人，穿粗呢外衣，腰上系的是宽缎带，戴的是貂皮帽子，帽子下是金黄色的浓发。罗刹，地狱里的魔鬼，玛涅格尔部落里传说已久的俄国人都是穿粗呢外衣或天鹅绒长衣的，还有人说他们是专门考察、征服东方的勇士，也是干尽了坏事的魔鬼，玩火烧毁草地，掘棺材盗窃尸骨。传说中的罗刹是从天上掉下来的，长着浓厚的卷曲胡子，牙齿雪白整齐，鼻梁上撒落着高粱种子大小的雀斑，罗刹宽额头下是灰蓝色的深邃双眼，罗刹眼里慢慢地燃起灰蓝色的火焰，火焰烧得雅日楞面颊滚烫，魔鬼罗刹，罗刹魔鬼。她却抗拒不了魔鬼的诱惑，似乎很久以前就结识了他，哦，也许是夜晚梦见过他。哥萨克微笑着张开双臂，她投进那火热坚实的怀抱，她的呼吸里全是罗刹掠熊般辛辣的气味。罗刹的身躯是一座布满荆棘的山岭，魔鬼罗刹，罗刹魔鬼，她嘟囔着，罗刹的身躯挡住了满天的星云，也挡住了那轮铜盘大的月亮。

  女萨满格麦琳曾反复告诫过女儿，不要在月亮下裸露身体，不然会怀孕，会产下面目狰狞的怪物，因为月亮是神，又多情又好色。月亮神是天下所有女人的丈夫，它的光照在女人身上，女人会生孩子，照在母牛身上，母牛会生牛犊，照在母鹿身上，母鹿会生小鹿，她被月亮照到了，能怀上孩子必定无疑。

  哥萨克穿好衣裳，骑上他的马。那匹雪白的马的腿粗壮颀长，品种纯良。马驮他走过沼泽地，走过阿穆尔河。河水"哗哗"地在夜空下流淌，河那边是俄国，十年前还属于大清国，魔鬼罗刹们住在那里，月亮神也从那里升起。哥萨克的名字叫谢辽沙·穆拉维约夫，姓穆拉维约夫的俄国人很多，有段时间成了侵略的等同词，似乎是姓穆拉维约夫的人一出现，大清国的土地就要失去那么一块。

谢辽沙·穆拉维约夫便是那个最讨玛涅格尔部落孩子们喜欢的俄国人，他是个狡猾温顺的哥萨克，一般不会用那种粗暴轻蔑的态度敲诈勒索玛涅格尔人，而是用委婉请求和善言来对待所有人。而他的父亲则不是，他是个令人讨厌和惧怕的恰克图买卖城的俄国商人，主要经营面粉和布匹，许多穷人没有钱却拉走了他的面粉，这些穷人大多是猎户和牧户，这些债户只得将自己拼命捕获的猎物抵给老穆拉维约夫，作为债主的老穆拉维约夫有字据为凭证，凭证说白了就是条拴狗的皮带，债主获得的利润不计其数，老穆拉维约夫哪里满足那点儿利润，他几乎是驱赶着刚毕业于圣彼得堡大学的儿子谢辽沙到远东的阿穆尔河（即黑龙江）东岸兴建房屋，安置家产，继续扩大他的产业。然而他的儿子却没有他那般丧心病狂，也不太懂得"巧取豪夺"几个字的深刻含义，常常无法收回借给别人的钱，但这也无妨，儿子谢辽沙的志向根本不在他那本账簿里面，一切都在老头子的意料之中。

老头子的想法是对的，谢辽沙·穆拉维约夫的志向早超乎他的想象，他热衷于读书和旅行，他读过不少关于美洲大陆发现者克里斯托弗·哥伦布和墨西哥的勇敢征服者、冒险的英雄科尔特斯的故事，他非常赞赏他们的大胆意图，惊讶他们钢铁般的性格，敬仰他们的功业。他更喜欢读的是《黑龙江旅行记》《阿穆尔河边区史》《循住在西里岛上的阿留申人的特征》等，他狂热地妄想过自己也会成为哈巴罗夫、波雅尔科夫、斯捷潘诺夫那样的英雄，在俄国民众之间树立一座"发现新大陆"的英雄丰碑，也成为俄国人所珍视的西伯利亚最初发现者而树立一座纪念碑，被世世代代地传诵下去。他的理想曾得到过伊尔库茨克省民政署长、勋章获得者库尔巴特·卡尔利科夫的赏识，民政署长拨给他丰厚的资金，让他到阿穆尔河两岸考察旅行。为此，他写了两封信给民政署长，其中一封让署长转交省长，使省长尽早了解自己和自己的远大理想，为自己的前途尽早搭桥铺路，并表达了他对省长最真挚的感激和最崇高的敬意。

"省长阁下：我对您满怀感激的心情与最崇高的敬意，正如马克所说：'自右注入阿穆尔河的各河流，特别是松花江和乌苏里江，其上游均流经中国居民相当稠密的省份，如阿穆尔河的右岸能成为交换俄国产品的贸易通道，将向我们提供整个清国乃至印度的财富。'

在我走过的阿穆尔河右岸的荒山野地里，发现有金矿，有各类珍稀动物，土著人有：玛涅格尔人、果尔特人、萨玛吉尔人、吉里亚克人、涅格达人、通古斯人、爱奴人和满洲人等，他们都处在迷信萨满的蒙昧状态，原始且野蛮不易驯化。我对在阿穆尔河右岸的经济贸易这一事业极感兴趣，为此，衷心希望我国政府能予以同意并对其开发，并请拨下人力和财力为盼。

希望明年在阿穆尔河能见到您。您忠实的仆人谢辽沙·穆拉维约夫哥萨克的单子记载了他一年来在阿穆尔河右岸收购来的兽皮，他一年所做的皮毛贸易额达六十五万八千多卢布。根河、呼玛尔河一带的灰鼠皮是最好的，光是灰鼠的捕获量通常是 30 万到 40 万只，每张灰鼠皮最低按 8 戈比计算，共计 30 万卢布。"

能记在他账簿上的都是质量上乘的珍贵动物皮毛，若是野猪、黄鼠狼皮可就令他不屑一顾了，他在阿穆尔河右岸一年所经手的皮毛都变成卢布，够一个上等人吃喝嫖赌享受几辈子的。写好了信，谢辽沙走出帐篷，打马过了河，他要把信寄出去。他吹着口哨，唱着自己最喜欢的歌：

> 哥萨克们在雪堆下长眠
> 不再对被征服的河流咆哮
> 担惊受怕暴风雪的粗犷声音
> 歌颂他们的业绩万古长存

三

转眼又是个满月的夜晚，雅日楞又来到河边，果然那个叫谢辽沙的男人在那里等她，她流着泪说："我的好人，我想念你，那天我被那该死的月亮看到自己的裸体后便怀了孕，我该怎么办？"谢辽沙说："你怎么知道我是个好人？也许我是个坏人。"雅日楞说："其实你就是个坏人，你是魔鬼罗刹，可是我爱你，是你让月亮看见了我的裸体，所以我肚子大了，怀了月亮神的孩子。"

谢辽沙非常惊讶："为什么你怀的是月亮的孩子而不是我的孩子？月亮神诚实又纯洁，她是个水晶般明亮的天使，她是女神怎么会让女人怀孕呢，你们玛涅格尔人的想法和布里亚特蒙古人一样愚昧落后，宁可相信鬼神也不相信人。"雅日楞这才知道月亮神是天上最善良的神，是善神。原本这个世界上没有人类，只有恶魔和善神，善神见地球上空荡荡的，就四下寻找制作人的材料，找到后把材料摆在地上，准备明天早上开始制作人的工程。可是恶魔听说这件事后，趁善神疲惫不堪地睡觉时，把制作人的材料弄乱，并把自己带来的几样最丑恶的材料加了进去。善神不知其故，结果次日造出了一部分善人一部分恶人，善人品质高尚谦虚，恶人寡廉鲜耻卑鄙。善神这才知道是恶魔一直在捣鬼，便到处寻找恶魔，可是没有谁敢告诉他，只有月亮神非常诚实地说了恶魔的去处。善神找到恶魔后，把它打成两段也没能解恨。最终恶魔还是逃脱了，它却没有忘记找月亮算账，见她一次就吞吃一次，月亮虽然逃脱出来，但有时还是逃脱不了被吞吃的命运，所以就出现了月全食。

雅日楞非常同情那不幸的月亮，月亮一个月才圆一次，其他时间都不是圆的，肯定是被恶魔啃的。谢辽沙却非常爱惜她，说他不打算到河那边去了，他想永久住在河的西边，做雅日楞永远的男人。

四

雨后的呼玛尔河湍急地流着，河两边的桦树显得更加耀眼，原野像个风华正茂的新郎官，显示着它勃勃的生机。到处都绽放着褐紫色的野莲花和粉黄色的野蔷薇，河面上低飞着鸥群，时不时地叼出条细鳞鱼，伸脖子吞下，"嘎嘎"鸣叫着旋转地飞。雅日楞摘了朵红玛瑙般透明的五味子花，对着河水喊："呼玛尔河啊，母亲河，你流过我家门口，究竟要到哪里去呢？"鸥群在她头顶盘旋着说："母亲河啊，祖宗的河，她要流到很远的地方，流到魅靼海去，流到深深的海洋里去。"呼玛尔河水也说："流到库页岛去，流到玛涅格尔人、达斡尔人、鄂温克人、布里亚特人最古老的的家乡去，那里有我们祖先的遗骨和灵魂呢。"雅日楞说："啊，菩萨，在锦绣万千的呼玛尔河畔，保佑夏天再长一些吧,我是多么惧怕寒冷和孤独。"

雅日楞泪流满面:"我怀孕了,我做错了什么?我在等待什么?白马白云,白蘑菇圈,苍白的月亮,白色的河,祖先,告诉我,我究竟应该走哪条路才对。"格麦琳说:"你见鬼了还是中邪了?女儿啊!你神情恍惚,我该为你请神了。"雅日楞懒得理她。格麦琳用两块崭新的红绸铺好供桌,桌前竖起一面旗,阿妈穿上神袍,帽前垂一道流苏珠帘,腰上的铜铃"哗哗"作响。"万物的灵啊,我远在天边的祖先。罗刹肆虐的地方,我们难以忍受,只有背井离乡,我们又是多么脆弱,就是蝼蚁也比我们刚强。酷烈的阳光,严寒的风雪,冷漠的崇山峻岭,弱肉强食的豺狼虎豹,无情的野火,随处可见的厉鬼。拯救万物的神灵啊,请给予我们同情宽恕,悲悯关爱我们吧,庇护恩赐我们这弱小的生灵吧。"格麦琳从火炉里抽出烙铁,刺啦,伸舌头舔,一股白气,刺啦,又舔。

这种情景雅日楞司空见惯,女萨满做法事的结局就是昏迷,苏醒过来神灵也就从她身上飘走了,她不再是神,而是恢复到人了。女萨满脾气暴躁,若是有人不小心招惹了她,她会愤怒得火冒三丈,有一次就将刀捅进自己的肚腹,却没有受伤,也没有出血,刀无比锋利,能伤任何人,却伤不到女萨满。女萨满的撮罗子里摆满了请神用的物件,比如神鼓、神杖、面具,一大堆木制和面捏的小偶人,虽然奇形怪状,表情却夸张可爱,它们是护畜神和护宅神。女萨满对这些神要求苛刻,凡事求了就得顺顺利利地回应,回应得好就会得到涂抹奶油的供奉,否则暴跳如雷的女萨满会把可怜的面人砸个稀巴烂,再把木人扔进火炉里烧成灰烬。

这次请神女萨满没有昏迷,而是很快从神附体的状态中恢复过来,她说:"我的女儿,你没有中鬼,你中了情网,你不说我也知道他是什么人。女儿啊,你不把他当贼,那你就是贼的同伙了。人常说,狐狸的话听不得,豺狼的嘴亲不得,你会后悔的。"什么也瞒不过这巫婆,雅日楞无话可说。

五

部落里最美丽的姑娘雅日楞移情别恋了,偏偏涂库热还蒙在鼓里。如果姑娘心中的太阳是魔鬼谢辽沙，那么除谢辽沙之外似乎就没有什么闪光发亮的东西了。涂库热因为雅日楞对他的冷淡，感到无比烦恼，但这自负的家伙总以为使雅日楞冷淡的原因在于她那个半人半神的萨满妈，而不是自己，他永远都认为自己是玛涅格尔部落里最优秀的男人，能言善辩，魅力无穷，他英俊的相貌走到哪里都能招致女人们的惊叹，就连刚刚成亲的小媳妇都能忘了自己是有丈夫的女人。可恶的格麦琳，他对那个歇斯底里的女人又怕又恨，女萨满行踪诡秘，又邪性又好财，能娶到她的女儿得花费多少钱财？她是个无底洞。无底洞就无底洞，他有一百个招数对付那老太婆。

他多么喜欢雅日楞，她异国情调的相貌多么令人着迷，他承认自己喜欢俄国女人，喜欢那种金发碧眼的相貌，俄国女人刚上岁数就变得像母棕熊般地粗野，玛涅格尔女人则温柔娴静，一辈子都如同驯服的麋鹿，无疑雅日楞是涂库热最钟情的女性了，她有许多俄国人的相貌，性情却是玛涅格尔女人的传统，这样完美组合出来的女人只有上天去找，白天打灯笼也是找不到的。

就快到雅日楞家的撮罗子了，他的心却狂跳不已，面颊滚烫。"菩萨，我怎么会像个十几岁初恋的孩子？这副模样怎么当新郎官？天哪，我心里怎么会涌出怕的念头，从未有过的，我在怕什么呢？"他的眼皮也开始了狂跳，蓦然，他瞅见自己身后走过一个哥萨克，手里牵的是白马。哥萨克很友好地朝他喊："嘿，老乡，我的兄弟，你在干什么？"涂库热骄傲地说："老毛子，我要去看我心爱的姑娘，我们就要成亲了。"哥萨克欢快地说："祝你幸福，咱们已经认识了，到那时我可要喝你的喜酒呢。"看着罗刹远去的身影，涂库热惴惴不安。"罗刹，罗刹在干什么？啊，我为什么恐慌呢？"

可是他没有看到雅日楞，她肯定是不在家的。她晾晒在木板上的鲟鱼干散发着浓烈的咸腥味道，他熟悉这味道，几乎每个玛涅格尔人家飘出的都是这种味道。涂库热轻手轻脚地绕到雅日楞家的撮罗子后边，先是学了几声杜鹃鸟的鸣叫，听到里面传来娇滴滴的回应，心花怒放，他想进去，里面的雅日楞没有露面，却隔着木墙低语："阿妈在睡觉，涂库热，黄昏时你在老地方等我。"他蹦跳着离开撮罗子，轻飘飘的，仿佛肩上长出了翅膀。此时正值下午，离黄昏还早，他打马走过桦树林，林子边是额根提家的撮罗子，房顶冒着青烟，玛涅格尔人都是亲戚，额根提是他的表哥。玛涅格尔人看重娘亲，娘亲舅大，表哥就是亲哥。表哥和他不一样，特别仇视俄国人。这些年，从俄国那边来考察旅行的哥萨克越来越多，考察一次，大清国的土地就被哥萨克挪走一块，玛涅格尔人、达斡尔人、鄂温克人就得从东往西搬上一次。祖祖辈辈的家园是搬不走的，祖宗的遗骨还在桦树枝上停着呢，家园越来越远，他们的魂可安宁否？

表哥额根提剽悍细腻，他的故乡在东边的库页岛，他祖先的尸骨留在故乡的桦树枝丫上，好几代都没能带过来，看来永远都带不过来了。因为这个，表哥义愤填膺，痛恨自己无能。"我的祖先啊，我的世世代代繁衍生息的宝岛啊。"表哥对着东方大声疾呼，"我的库页岛啊，我的海兰泡啊，我的祖宗大人啊。"由于激动万分，表哥几次昏厥过去，不省人事。

进了表哥的家，他喝了碗鹿奶，表嫂依然苍白美丽，敞着胸膛喂孩子奶。表哥脸色沮丧地告诉他："你的雅日楞是朵香喷喷的花，可惜她的味道早被河对面的罗刹尝过了。"涂库热的脑袋嗡嗡地响："你可别瞎说，若不是看在你是我表哥的份上，我会打掉你的下巴。"额根提说："你打烂我的头我也没有胡说，你那美丽的姑娘若是今晚到草甸子里去等你，你从此就是我表哥，我是你弟弟好了。"涂库热火冒三丈："老毛子罗刹，魔鬼哥萨克，我若是找到你，定会用最锋利的鱼骨镞射进你的胸膛，让你的血洗刷玛涅格尔汉子的奇耻大辱。"

从表哥家出来，天已接近黄昏，晚霞红得似火，草丛上飞着的荒鹰翅膀上洒落着金色的光芒，它留恋那即将逝去的霞光，便冲着西边飞走了。涂库热听到自己的脚步声和心慌乱的跳动声是那么仓促，心爱的人在草丛中等自己，她的背影是多么的纤巧苗条，林子里传来母鹿求偶的低鸣声，这是万物爱情萌发的季节。草在他的脚下发出刷刷的声响，太阳在桦树里落了下去，他从背后抱住雅日楞，仿佛抱住一片彩色的云，他做梦般地嘟哝："呃，我的女人，你终于要搬进我的撮罗子里去了。"抬头望望太阳，太阳早不见了踪影，夜幕飞快地降临了，当他的身心全部融化到天空中的繁星中去的时候，身下的女人突然发出一串诡谲的笑："自作聪明的年轻人，这下该承认你是一头彻头彻尾的棕熊了吧？"这串冷笑把他从一种晕眩打入另一种晕眩，他懵了。女人摘了枝杜

鹃红衔在嘴里,乜斜着他:

"大公鸡总是在自己的粪堆上称英雄,你不过就是一头戴过笼头的驴,什么学问什么勇气也没有罢了。"

突然,桦树林里有什么在飞快地穿行,嗷呜,嗷呜,闪闪的绿光是它们的眼睛在夜里闪烁,贼亮,母狼!涂库热惊惧,脊梁上的汗迸流,他朝着女人的背影凶悍地嚷道:"滚吧,格麦琳,你这头歇斯底里的母狼!"格麦琳猛地转过身来,两眼荡漾着狼一样绿莹莹的光,说:"狼?罗刹老毛子占有了雅日楞,她怀孕了,你晚了一步。"涂库热恨不得把她撕成碎片,说:"你嫉恨自己女儿,嫉恨她的美貌,你当年被罗刹占有过,今天反倒侮辱女儿也被占有过。"格麦琳发出令他听不懂的笑:"去吧,从棕熊手里夺回你心爱的姑娘,只当什么事情也没有发生过,哈哈哈。"笑声像牛皮鞭子蘸了凉水般抽打着他。他疯疯癫癫地走出草地。"我都干了什么,该死的老巫婆,我肯定是中了她的法术,难道我连母女都分不开了吗?哦,俄国红茶里一定有鸦片壳的,喝了令人迷幻。天哪,我住不下去了,是离家出走的时候了。"

六

最难受的是雅日楞,她从一朵娇艳的稠李子花变成了笨拙的母熊,腰腹肿大,脸庞涨成粗笨的木盆了,而且食量大得惊人,什么都吃得下。吃煮熟的狍子腿和肝脏,吃山果子,喝刚从蜂窝采下的蜜,专喝清冽的山泉水,她足足老了十几岁。她对阿妈的奚落嘲讽不屑一顾,格麦琳忍受不了她的安静,这安静不是她的本分,她心事太重,她得想出办法来让女儿开口。女萨满说:"死丫头,你是找死呢,吃这些东西只能让孩子长得更大,生产的时候有遭不完的罪。你看我这腰条,没有哪个人说我像三十多岁的女人。"女儿硬邦邦地顶撞道:"那是你又自私又嫉妒,如果你那时少吃些多爱我些,我现在会更苗条更漂亮。"格麦琳说:"你不把我放在眼里会后悔的,我有本事会抢走你的一切。"雅日楞不屑一顾:"抢吧抢吧,你已经抢走了我的一切,就差肚子里的孩子了。"

格麦琳觉得十只狍子加起来也没有一个雅日楞傻,傻狍子一样的女儿让她心痛，女儿朝呼玛尔河走了，东北亚的呼玛尔河，直通黑龙江，江那边就是哥萨克住的地方。大地早被皑皑的白雪掩盖了，雪映得两眼发晕，河冻了冰，脚下是深深的足印，雪后的天是多么蓝，雅日楞脸上绽出笑容："多好的天，再有几个月，到了春花初绽放的时候，孩子也该出生了。"日子很快就过去了，第一拨大雁从南边归来那天，雅日楞的肚腹像裂开似的疼，她的喊叫仿佛是头孤独的狼，十分惨烈。她产下一个美丽绝伦的小女孩那天，正是东北亚第一棵稠李子树开花的时候。格麦琳惊呆了，这分明就是十七年前的小雅日楞，一个金发碧眼的小女罗刹，她痛恨、感慨不已，万恶的罗刹，再次使她们母女蒙羞，多么坎坷离奇的命运，为什么总是要和罗刹有着千丝万缕的瓜葛呢。

女萨满腰上的骨铃"哗哗"作响，她将供桌上的木人扔进火堆，烧得"吱吱"响。"罗刹，罗刹，和我不共戴天的罗刹，我格麦琳可是神圣不可侵犯的萨满。"

七

走了大半年，涂库热回来了，他刚撂下行囊，表哥、表嫂就告知雅日楞生了孩子的事情，涂库热浑身发热，他不知道自己究竟应该恨哪个人。包里鼓鼓的全是好东西，即使雅日楞爱上了罗刹生了孩子，他依然爱着她。

他去了不少地方，东过了阿穆尔河，西到过张家口，南去了嫩江府，最远的地方是恰克图的买卖城。他有那么多的好东西，青海的麝香，克什米尔的羊毛披肩，他的匣子里还有布哈拉、喀布尔和巴尔喀什的红宝石、石榴石、珍珠石和猫眼石。他还有一幅佛像，是一个叫甘珠尔扎布的布里亚特喇嘛送给他的，喇嘛的学问高深莫测，讲了不少佛教中的天堂、佛祖、菩萨，讲了关于地球的故事，说地球本不像南瓜那样圆溜溜的，而是由三个大岛组成，最大的岛上住人，最小的岛上住的是死人的灵魂，不大不小的岛是座高山，山巅上坐的是释迦牟尼。释迦牟尼所在的那座圣山位于宇宙的正中间，第二层住的是所有的善神和圣徒们的灵魂，最下面的地狱里关的是恶魔和有罪的人。

涂库热对这个故事很感兴趣，地球像不像南瓜无所谓，三个岛上住的究竟是什么人也无所谓，他倒是希望地球上有第四个岛，在那个岛上他能盖自己的撮罗子，里面供奉着雅日楞，她就是活生生的菩萨，她终究会回到自己身边。

那天从表哥家出来后，在林子边坐了一夜，他难以抑制内心巨大的痛苦，这个世界上每个人都对不起他，他失去了那么多宝贵的东西。他跌跌撞撞地在荒野上走，不分东南西北，走了一夜，发现自己又回到原来的位置。见了鬼了，他怎么就迷路了呢，他更加肯定是格麦琳那老巫婆对他施了最毒的法术，玛涅格尔部落的人说她是神看来是真的，不然自己这堂堂的玛涅格尔汉子怎么就被她玩到手掌心里去了呢。

太阳像只红色的车轮子从河面冉冉地升起，云彩也由红色转回白色。河上的鸥在飞，丛林的绿叶被风一吹，刷刷作响。他蓦然看见一头熊，像个皮肤黝黑的壮汉那般站立，棕熊在地上捡起一只去年秋天遗落下来的玉米棒，大吃大嚼，发出"吭吭"的咀嚼声。棕熊还很年轻，胸口那块白斑沿着肩部向脖子延伸，头上的毛却是棕灰色。他恨这头棕熊，多么丑恶的东西，女萨满却无数次将自己和它相提并论，熊瞎子掰棒子，形容最愚蠢的人才这么说。他屏住呼吸，棕熊的视觉和味觉虽迟钝，但嗅觉却灵敏，它能闻到任何对它不利的味道。"砰！"涂库热射出一支鱼骨箭，可怜的熊还没有感觉到任何危险，就已经沉重地倒下了，嘴里全是金色的玉米粒。涂库热起脚狂叫："我打到熊了，熊是我打到的。"把熊扛在肩上背了回去，首先迎接他的是表哥额根提，他大老远就听到涂库热的喊叫，他说："天哪，我的女人，山神赐给了涂库热一头棕熊。"他那苍白美丽的女人惊叫道："天哪，他怎么会打死熊呢？那可是人的祖先呢。"额根提说："不是打死的，是熊它自己睡了。"

消息立马传开了，表哥说夜晚请全乌力楞的人吃肉，点燃篝火，除了熊肉，还有狍、狍肉，他家还有两罐桦树汁，小孩子们尽管喝个够。

到了夜晚，额根提那能干的漂亮女人早早地在撮罗子前的空地上架好了木柴，大锅里的肉早煮熟了，汤里煮的是狍子肝、肺、肚、肠并柳蒿菜，另一锅里炒的是阿素菜。漂亮女人做饭的本领果真不错。待人们差不多到齐了，额根提才将肉插上木棍在火上烘烤，火堆溅上油，噼啪噼啪作响，女人们也放下矜持，谁也不想错过这次品尝美食的机会。她们和小孩子一样，喜欢上了烤鱼，鱼是从呼玛尔河捞出的爵鱼,先烤熟才刮去内脏,蘸了盐水吃,味道新鲜得让人忘了烦恼。

鄂呼兰那,德呼兰!
我站在榛柴棵里唱起歌,
榛柴棵里的歌震倒山崖。
鄂呼兰那,德呼兰。

女人们边唱边跳依哈嫩舞蹈,袍子的下摆飞来舞去。雅日楞坐在年轻的姑娘、媳妇中间,怀里抱着孩子,娴静地望着围着火堆跳舞的人们。她似乎感受到了涂库热焦灼的心境,远远地和他对视片刻,脸上现出凄凉的笑容。她的笑容像刀子般切割着涂库热的心,他都想把自己的头发全部拔光。女萨满格麦琳却满不在乎地坐在火堆旁,不停地接受着人们奶酒的供奉,她醉得不轻,听那笑声就知道了。

谢辽沙·穆拉维约夫的鼻子比猎狗还灵敏,听见玛涅格尔人的动静就急忙赶来的,他把马拴在桦树干上,直接朝火堆走来。"嘿,老乡们,我来迟了。"他说一口流利的玛涅格尔话,声音浑厚,圆润亲切。他从怀里掏出两只玻璃瓶子,一拧就开了,他给每个男人都倒了一桦皮杯酒,说兄弟们这是好酒伏特加,敞开胸怀喝吧。他大吃大嚼熊肉、狍肉,尤其喜欢阿素菜。阿素菜是把狍肺、狍里脊、狍头肉煮熟后,切成丝用狍脑浆拌成的。哥萨克拍着手掌跳舞,令所有玛涅格尔汉子嫉妒的粗壮长腿非常灵活,穿着皮靴的脚踩得地面咚咚响,姑娘媳妇们发出阵阵欢快的尖叫声。他英武潇洒,风流倜傥,似乎比玛涅格尔男人更像个男人。哥萨克吃饱喝足了,就涎着脸说:"玛涅格尔老乡,听说你们打了熊,能不能把熊皮和熊掌给我?我给你们卢布,我可是请你们喝了酒的。"表哥十分厌恶他,说:"啥卢布不卢布的,我们玛涅格尔人擦屁股用的是树叶,不用卢布,你就是用棉布和绸布我也不换。我说你这哥萨克罗刹,你吃了喝了也该走了。"

谢辽沙酒酣耳热,也就忘了平日的矜持和谦虚,说:"我不是罗刹,是血统高贵的哥萨克，是沙皇陛下最钦佩和欣赏的优秀民族，你们这些茹毛饮血的原始人能和我吃住说笑，是你们的荣幸。"涂库热嘲讽道："你们哥萨克人的祖宗就是海盗，烧杀淫掠，巧取豪夺，什么优秀民族，是优秀的吸血鬼吧！"

哥萨克说："我是来考察旅行的，我是这片新大陆的发现者，我的贡献不可埋没，我的丰功伟绩可以和哥伦布、麦哲伦相提并论。老乡们，你们听着，我喜欢你们，我要在这儿住下去，一辈子，一万年，在这里有我心爱的女人，她为我已经生下了孩子，还会生下孙子、重孙子。现在如果你们有谁告诉我哪里有紫晶石，哪里有貂，我会给谁一匹绸缎，给谁一把黄铜水壶、一把西班牙钢刀。"

他亲切地拍打着表哥的肩膀说："老乡，你在这儿很有势力，你告诉我哪里有奇珍异宝，我明天就送给你一条打渔的船，一张黄麻织的网，一支能喷火的枪。再凶猛的鱼都会在你的网里乖乖的，再厉害的野兽也跑不出你的手掌心。"

表哥说："我不但知道哪里有貂，哪里有紫晶石，还知道哪里有金子呢。可我不告诉你，而且也没有人敢告诉你，因为我是有势力的玛涅格尔人，我们更是这块土地的主人，你若是聪明，趁我还没有把鹿刀拔出来把你的头砍碎，赶紧把那肮脏的卢布收起来，远远地滚蛋。"哥萨克恼了："你这野蛮人，我来这荒蛮得没有人烟的地方，是给你们带来文明和先进的，我们的英雄哈巴罗夫、波雅尔科夫、斯捷潘诺夫还有穆拉维约夫和英诺森已经将足迹踏遍了远东大陆，开辟了萨哈林岛，开辟了无数片荒蛮的处女地，他们的贡献是不可埋没的。总有一天你们也会成为沙皇的属民，我作为你们的朋友，早就想用东正教来感化驯服你们，尽量让你们知道什么是野蛮和文明，让文明的曙光照亮每一片土地。"

想到这个男人占有了心爱的雅日楞，还使她生下了孩子，涂库热头皮就发麻，热血沸腾地说："罗刹，你们的文明纯粹是骗人的玩意，说千道万还不是把别人的东西变着法子装到自己的口袋里？你说我野蛮，那我就野蛮给你看，让你知道我们玛涅格尔男人的利益是不能侵犯的。"说着从鹿皮靴里抽出鹿刀，哥萨克没来得及躲闪，鹿刀就扎到了肩膀。他看着自己的鲜血喷涌而出，便发出野狼般的狂叫，没等涂库热再扑，哥萨克抬起长腿横扫，涂库热狠狠地跌在他脚下，嘴里满是草和土末，鼻子蹿出血来非常狼狈。表哥的火枪顶住哥萨克的后腰："罗刹魔鬼，这枪打过熊打过狍子，打死你更容易，你再不滚，我就送你到阴间去考察！"哥萨克脸色发灰，灵机一动，从怀里掏出只表来说："玛涅格尔人，这是我花了8000卢布买的奥地利金表，你得用50张貂皮才换得了的，怎么样，让雅日楞跟我走，咱们从此是朋友了。"女萨满格麦琳说："朋友？麋鹿能和魔鬼交朋友？狡猾的哥萨克，雅日楞是我的女儿，她会告诉你，她哪里也不去。"

雅日楞抱紧孩子躲闪到表嫂身后，说："你欺骗了我，从一开始你就问我哪里有金子哪里有宝石，你本来有未婚妻，你带走我是要我做你的仆人。"哥萨克伸出胳臂拉扯她说："我的女人，你的一切都由我说了算。"表嫂说："魔鬼罗刹，雅日楞是玛涅格尔人，你凭什么让她跟你走？"

哥萨克说："凭什么，她分明是血统高贵的哥萨克女人，她的孩子身上分明流的是我的血。"涂库热说："我们玛涅格尔人最敬爱母亲，娘亲舅大，雅日楞的舅父是我们部落最优秀的猎人，她是玛涅格尔人。"雅日楞脸上现出无限的刚毅，她说："是我把罗刹领进乌力楞的，我悔不该。我是玛涅格尔人的女儿，我的孩子也是玛涅格尔人的女儿，和罗刹哥萨克没有任何瓜葛。乡亲们，你们让他走吧，从此谁也不会再见到他了。"

格麦琳对着涂库热的脸，醉醺醺地笑道："听好了，你这没有智慧的臭小子，'站在高山顶上唱歌的公鸡，日子久了也会变成雄鹰，翅膀也会硬的'。你得拿出打棕熊的勇气来，给我打下这头嚣张跋扈的魔鬼罗刹，让部落的人钦佩你仰慕你，然后带着雅日楞远走高飞，到张家口去，到恰克图去，到嫩江府去。我养大过自己的杂种，不在乎再养大她的杂种，打呀，给我狠狠地打。哈哈哈。"她手舞足蹈，跌跌撞撞地走了。女人们要搀扶她，她不许。

表哥说："魔鬼罗刹，看在玛涅格尔部落最有名望的萨满面上，看在最美丽的雅日楞面上，留你一条命，趁我们的怒火还没有烧旺，你快些滚出去。"表哥身边的涂库热的弓箭铮铮作响。看见那即将射出的鱼骨镞和玛涅格尔部落男女老少们黧黑的愤怒面孔，哥萨克惊魂未定，他早听说当年有支哥萨克队伍1000人到深山围剿玛涅格尔人，不到半年死了800人。俄国人都说玛涅格尔这个原始部落野蛮骁勇，他当初还以为那是无稽之谈。眼下的情景让他肝胆俱裂，好汉不吃眼前亏，他迈开长腿仓皇地走出乌力楞，玛涅格尔部落的人在后面嗷嗷地喊叫着追赶他，那架势似乎是不把他撕碎了不会善罢甘休。

他恋恋不舍地最后看了一眼雅日楞和孩子，潜意识里他是爱她们的，他很惧怕今后的日子里不能再见到她们，所以内心深处有某个地方隐隐地疼痛。

到了他驻扎的呼玛尔草地，他才发现自己搭建的帐篷不见了，一片炽烈的火光，他心爱的白马在火中跳跃、翻滚、挣扎，咴咴地发出惨烈的叫声，一个腰里围着骨铃、手上摇着铜铃、头上戴着羽毛的女人围着火堆嚷叫着，跳着那么奇怪的舞蹈。女人跳着跳着，在他面前停了下来，他看见了女人的笑容，女人的样子很邪恶，从他心底涌出的是无限的恐惧，他想还是快些离开这荒蛮原始的呼玛尔河沼泽地带吧。但是女人突然从靴子里抽出把刀来，"扑哧"，他觉得胸口很热又闷，他下意识地摸了一把，血流如注。原来那把刀是刺到自己身体里的，他面目狰狞地嚷叫起来：

"阿穆尔河啊，哥萨克，西伯利亚，远东大陆……他看到自己终于成了英雄，沙皇陛下在给他颁奖，皇宫里的窈窕淑女们羡慕地望着他。英雄的哥萨克，英雄的哈巴罗夫、波雅尔科夫、斯捷潘诺夫和英诺森……乌拉，乌拉，欢呼声如雷贯耳……"

乡村音乐家

2009年获第九届内蒙古自治区文学创作"索龙嘎"奖

辛　杰

路左边第一所房子就是乡村教师丁人的家。这所房子和村里的其他房子一样,也是泥墙泥屋,既显得狭窄又显得落魄。不过,为了保持某些传统的习惯,泥墙上盖着的还是茅草,远远望去,就像一个已走入垂暮之年的耄耋老人的稀疏的头发,摇摆几下,又都不见了。从那几扇小窗和已经有点褪色的没漆门窗,也可以看出乡村农民那种守旧的风格。

房子四周是一片坑坑洼洼的庄稼地,一直伸展到马路边,马路那边是一片树林。一到春天,那片树林就变得茂密、幽深而又神秘莫测了。沿着马路有一条沟渠,跨过那条宽宽的沟渠,也就到了一所破败的乡村小学校了。稍远一点的小山上,长着几棵杏树和松柏。小山那边是按照当地的方式精心培育的一片果园。

可是,这一切都没人经管了。仿佛有人特意在这儿盖了这所破旧的房子——比村里其他房子都高大,但不知什么时候,这片果园和这所房子变得静悄悄,甚至显得破落了,这一切默默地留下了这所房子的主人的辛酸和失望的痕迹。

也就是从那时起,房子的新主人乡村教师丁人的身上,逐渐地也沾染上了这种辛酸的味儿。丁人是个50多岁的民办教师。在这所颇显破旧的房子里就住着他一个人,实在显得空落落的。他的妻子在两年前的一个深夜,不知什么缘故大喊大叫,说她肚子疼得实在受不了,就发疯似的撕扯着丁人,抓得丁人满脸是血。当丁人背着媳妇到乡卫生院时,媳妇已经两眼一闭撒手人寰了。没有留下一句话,值班的大夫只是告诉丁人,他的妻子是吃了含有剧毒的食物才死去的。丁人也就什么话也没说,一路滴着眼泪回到了家。

丁人没有一个孩子,一个孩子也没有!

从此以后他就一直过着孤独的、听天由命的生活,满脑子的绝望和悔恨,恨不得自己一口气喘不上来,两眼一闭,也像妻子一样,像一滴水永远从喧嚣的尘世间蒸发掉。从此,他整天穿着一条土白布长裤,连夏天也穿着靴子。带着那顶打满了补丁的破黄帽,一副宽大的黑边眼镜罩住了他那双凄苦的眼睛。倒不是他买不起一顶新帽子,关键是他一生不喜欢任何变化,既然妻子已经离他而去,这种习惯也就更加根深蒂固地隐藏在自己内心深处,一刻也不想有变化。只是偶尔地,他会重操年轻时候的旧业,拿着那只锈迹斑斑的推剪,胸前挂着一块难看的白洋布,招呼着我们——他的学生们,去他那个空荡荡的大屋中去理发。每次理发以后,他总会从墙壁上摘下那支长笛,两眼闪烁着未曾有过的灿烂光辉,舒缓的、悠扬的笛声便会从他干枯的唇边飘然而起,激荡在宁静的乡村,让人惊叹!

有时候,丁人老师也并没有显出特别的悲伤。他认为衰老或死亡不过是人生中的一步而已。他一如既往地生活和过日子,再也不瞻念人世的种种欲望和渴求。偶尔也会有村民向丁人老师提起,趁着年轻再娶一个媳妇,等自己走不动了,也会有一个人陪着自己说话,但是丁人老师只是一面摇着头,一面自言自语说:"我老啦,的确老啦,不想再有什么想法了。"

有时候他也感到孤独,一个人一辈子一个孩子也没有,这到底是不是他的错?也许一切都会像现在这样持续下去,直到他生命的终结。至于他的离世或者说突然死亡,他觉得那是很自然的事,人总是要死的,这是上帝的旨意,有的先死,有的后死。50多年了,他不曾感到过孤独。妻子离世才两年,他就感到每一个夜晚来临都是痛苦的煎熬。直到第二天早晨,空荡荡的房间显出真实的面容,他才觉得生活不再是什么新鲜事,而再过十几年或几十年,属于他的这个家也许已经面目全非,甚至不存在了。他将这样孤独一生地死去!他才觉得悲伤起来。

我是他理发店的常客,那时我7岁。记得非常清楚的是,每次我走进他的理发店,往圈椅上一坐,睁着一双胆怯的眼睛,一动不动地盯着他,一边回答那几个老问题:

"不,不,我还不想学吹长笛,听听就可以了。"

母亲通常装出一副生气的样子赶我到理发店。我从家里出来后,总是沿着那片树林的边沿,磨磨蹭蹭地踢着石子来到理发店的门前。我感到理发比上学还难受。

丁人老师拉过一条长凳放在房间的中央,接着把我裹在那块散发着霉味的床单里,只露出一个头。

阳光斜射着照进房间,从半隐半明的光线里,我发现丁人老师苍老的面容,像一团浓重的暗影压得我的眼睛生疼,时间过得真慢呀!

剪刀紧贴着我的耳边"咔嚓咔嚓"地响着。我吓得目瞪口呆,哪里还敢动一动。"乖乖地坐着,别动,孩子。"乡村教师丁人用那双瘦骨嶙峋的手按住我的脑袋,一再说着。"就这样,孩子,别动!"剪下的头发落到了我的衣领和脸上,脖子直发痒,可是连搔都不敢搔。我透过遮在眼上的一绺头发,从镜子里看见乡村教师丁人那细长的腿、瘦削、严肃的面孔和背有点驼但仍显得高大的背影。他那双罩在我头顶上的长长的大手像一条游鱼在我浓密的头发里滑来滑去。我坐在那里把耳朵都快要缩进了布单,紧张得浑身酸痛。在乡村教师丁人的手掌中,一只即将窒息的小鸟再怎么拼命努力也终究毫无办法冲破那张巨大的绳网。

我怕他,真的,那时候我真的怕他。在他面前我感到畏惧和钦佩。理发从头到尾都让我害怕,这我刚才已经说过了。而我钦佩他——只有吹起长笛的那一刻儿,我才打心底里对他佩服。

那时候乡村的夜晚是透明的。一大群孩子,提前吃了饭,搬个小凳子,像约好似的,齐刷刷一起来到乡村教师丁人的房门前,一字儿排开,就像小时候看乡村电影那样,头昂着,眼都不眨一下,脖子伸直了,静静地听着乡村音乐教师丁人的长笛演奏会。只有孩子,也只有这群纯朴、善良,对音乐毫无所知的乡村孩子，顶着满天的星斗，呼吸着夜晚凉爽的微带着苹果树香的空气。神圣的音乐殿堂在此时便会豁然打开，给这静谧、纯净、像水般一样微颤的夜晚注入了一股强大的力量。我们的胸中充满了感动。在这种叫不出名字的神奇的魔笛引诱下，我们陶醉、欢呼，简直像变了个人似的，一动不动，只有那悠扬、清脆的笛音久久回荡在夜晚的深处。而星光下，月光下，乡村教师丁人此时站在了舞台的中央，四面八方有那么多耀眼的灯光，场子里有那么多孩子都一本正经、一声不响地端坐在那里！所有的孩子都容光焕发，喜气洋洋，那真是一支神奇的魔笛，那么美妙的音乐从他的口中吹出。乡村教师丁人闭着双眼，整个身心沉浸在这个不是舞台的舞台中央。直到最后，那声清脆的笛音响彻天际，他才睁开那双迷茫的眼睛，透过厚厚的镜片，苍白的脸颊上淌下了细微的汗珠，胸口一起一伏地跳动着，用双手把那只锃亮的长笛举过头顶，对着黑沉沉的天空大声说："谢谢！谢谢！"我回想起来，好像丁人老师在演奏结束时，总会用那双长长的大手，一次又一次地抚过每一位小孩的头。他总会流着眼泪，一个劲儿地嘀咕说，这里没有一个人懂艺术，没有一个人。我几乎是在毫无意志力的控制之下紧紧地抓住他的手，"老师，我懂！您吹得真是太好听了！"我总是大声唏嘘。而丁人老师那滴浑浊的老泪此时正滴在我的手背上，好凉好凉呀！

　　这是一个多么美妙的夜晚，生活才刚刚开始。只是因为他的高尚和对音乐的热爱，我们这些贫苦的孩子，才学会了在音乐中面对生活和即将遇到的困难和挫折。他像一位真正的英雄那样，高傲地昂着头，说着一些热情和高尚的话语点燃了我们每一颗幼小的心灵，恰似暗夜中的一束光，燃烧在每一个寂寞、毫无色彩可言的夜晚。

　　有一次，乡村教师丁人在夜晚演奏时突然停了下来。我们大失所望，在这时，他又一次泪流满面。他说他从此以后再也不吹长笛了，再也不想陶醉在个人的幻想中。他无法面对这么多的观众，不想再受这种无味的诱惑。尤其是这么多双纯洁、干净、天真、善良的目光。他说他要到大城市去，到那里寻找真正属于他的观众，那些懂得音乐而且热爱音乐的人。这是他的最后一次演出，他无力演完这场最后一幕完美的结局。

"对不起,真的对不起你。"他软弱无力的声音在夜风中震撼着我的耳膜。所有的小孩子一起放声大哭,在那样一个并不宁静的夜晚,每一个小孩子的记忆中都铭刻上了最为沉重的回忆。

很久,很久,过了很久,乡村教师丁人始终没有离开这个偏僻的小村。而关于乡村音乐会的事情,也从那个夜晚永久地消失了。没有多少日子,我就跟随父母去往另外一个城市读书了。直到几年前回到小村重新见到丁人老师,丁人老师还是那样高大和消瘦,只是头发已经全白了。

"好好地看看我吧,"他盯着我的眼睛直直地对我说,"回答我,我还是不是像老早那样……"

对丁人老师的问话,我故作惊讶,企图使他相信他一点儿也没有变样。然而,他识破了我的花招,摆摆手,摇着头,仍像从前那样自言自语说:

"我老啦,真的,我老啦……"

我站在那间曾经给我理过无数次发的理发馆中间,再次望着这个空荡荡的房间。乡村教师丁人那双瘦骨嶙峋的手此时已经颤抖得拿不起剪刀了。此外,那些儿时的童伴早已一个又一个从乡村小屋飞向繁华的大都市了,像候鸟一样春夏秋冬来去自如,来丁人老师这里理发的人早已消失殆尽。他像一条古老的钟摆悬挂在乡村那堵污迹斑驳的大墙上,细数着岁月的分分秒秒,见证着乡村每一处细微的变化。

我是唯一一个仍记得他演奏的学生,唯一一个从乡村走向都市又考上音乐学院的学生。

是一种共同的命运像绳索一样牢牢地把我拽回这个生我养我的小村。乡村教师丁人曾经想成为一名著名的长笛演奏家,想到首都去,想让真正的音乐家见证一下自己演奏的水平。谁知道呢,他心里明白,他是一位没有勇气敢于挑战命运的人。他是不会成功的,他心里知道。我在乡村之外的另一个世界中找到了这个唯一的秘密,我没有告诉他,我只是想回来看看他,只想见见他。

当他与我面对面,真诚地诉说着他曾经"辉煌的岁月"时,也就是为我们开启音乐圣殿之门的无数次夜晚,我的回忆就活跃了起来。我们孤独地坐着。乡村教师丁人手中仍握着那只锃亮的长笛,满怀豪情地诉说着十几年前的往事。

他曾经的崇拜者——我，静静地倾听着那久已逝去的往事，若有所思，久久地望着他。在他的眼里我发现有金属般的光泽在闪烁，老人的眼睛看着我，却视而不见。他的目光透过我——看到十几年前的往事。

在他那一张一合的苍白的双唇间，我发现了他的一个凄苦的笑容。丁人此时只有回忆，而没有了年轻时的幻想。

他那双颤抖的大手又一次抚在了我的头顶，又一次像童年时那样，一股巨大的暖流划过了我的心田。我从镜子里看见了老人凹陷的胸部、稀疏的白发、浑浊的双眼，听到了悲切的声音：

"还想再次听听我演奏的长笛吗？"

我心里充满了一股温情。我真想告诉他，我一点也不担心他现在吹出的笛声是否仍如从前一样美妙。我倒另有担心，我感到死亡正亦步亦趋地悄然降临，它的阴影正从四面八方急驰而来；和破旧的墙皮一起任岁月的风吹雨打，正划破他的肌肤，缓缓而来。

但是，乡村教师丁人一点也感觉不到。他突然把话题转到另外的方面。我也不得不聚精会神地随着他话题的转移而转移。他埋怨着自己年轻时的怯懦，痛苦地低下头，把手插在那堆干枯、稀疏的白发间，不言不语。

我转过身来看着这位老人。我知道他这会儿要说什么。他要说所有不懂音乐的人都抛弃了他，包括那些曾经受他影响的孩子。他要谈音乐，包括关于演奏长笛的事情。但是，他没有说，我只要看一下他的眼睛就可以理解他对生活的全部态度和感受。乡村教师丁人现在也像从前那样在空中挥挥手，然后无力地垂下去，一切都结束了。

他把那支跟随了他将近一生的长笛递给了我，怀着悲伤的语调对我说：

"有人想出高价买去它，不，我是决不会卖的。这是我父亲留给我的唯一的纪念物了。"

"我怎么也不会卖的，哪怕他给我再多的钱，我也不卖它！哪怕是死！什么都卖了，我也不会卖这支长笛的！这是我唯一的珍爱和怀念……"

他呆望着我沉默了很久。然后像求人施舍似地对我说：

"你还想听听我曾经给你们吹过的那些曲子吗？"

"愿意，非常愿意。"我坚定地点了点头。

但是，乡村教师丁人却没有听我说话，而是站在房间的中央，怀着极其虔诚的心默默地向原本悬挂在房间中此时又拿在我手中的那支长笛低下了头。

他终于吹了起来。笛音响了一下，又戛然而止。敞开的窗外，大片的果园现在只剩下一片稀疏的果树，零零落落。我再也看不见儿时那片神秘、静谧、郁郁葱葱的园子了，这到底是不是我的悲哀？静默中，笛声又一次冲天而起，缓缓地流淌，渐渐地旋律加强了，又悲怆，又凄凉，像痛苦的号啕，像睡中的噩梦……抖颤的笛声在远方消逝，又回旋而来。那令人难以忍受的悲伤刺痛了我的心。

我从椅子上一跃而起，脑海中充满了难以名状的不安。我求丁人老师不要吹长笛了，更不要吹这种忧伤的曲子。

可是，乡村教师丁人站在我的面前，对我的哀求熟视无睹。只有长笛声——他的回忆——在他的手中呻吟。他的手不停地微颤着，竭力在表达一种什么东西。落日的余晖从敞开的房间的门，悄悄潜入进来，把乡村教师丁人笼罩在一种颤动的光圈中。他挺直身子站着，尽力地踮着脚尖，仿佛他口中吹出的曲子要使他离开地面似的。

突然间，笛声穿云裂石，腾空而起，又激荡而去，在房间中久久回荡。

他终于吹完了这首曲子。乡村教师丁人颓然地垂下双手，像儿时演奏的无数个夜晚一样，他极力地把头昂向天空，嗓子里有什么声音在滚动。他就这样直挺挺地站着，面色像死人一般苍白，白发苍苍的头慢慢地低垂下去，仿佛在感谢着无形的观众的掌声。

夜里，我披上衣服，再次走到那片儿时的果树林边。月色皎洁，夜色很好，很久没有欣赏过这样的夜景了。两棵高大的苹果树像两面陡峭的绝壁，中间是一抹深幽灰暗的天空。可是长在山坡上的那些杏树啦，松柏啦，以及其他低矮的杂树在月光中闪烁着一片银辉。它们舒展着树叶，轻轻颤动，发出飒飒的响声。温馨的空气笼罩着树林，仿佛呼吸这样的空气就可以消除我心中的烦闷。我拖着疲软的双腿向前走去，坐在潮湿的土地上，大口大口地吞饮着故乡泥土散发的清香。多么美好的夜色，在这样的月光下我却想到了丁人老师那痛苦的面容、悲哀的眼神……我无话可说。我就这样一动不动地坐着，直到黎明。

我是第二天悄悄离开的。我不知道我是怀着怎样的心情来到了他的小屋门前的，深深地鞠了一躬，然后踏着故乡的泥土小路回到了我所在的学院，开始我的另一种生活。

清　场

2009年获第九届内蒙古自治区文学创作"索龙嘎"奖

天　热

一

甸子乡地处国家森林保护区的边缘，紧挨着的又是几家国营林场。原来封山禁牧不严时，该乡百姓的牛、马、羊出场可以到森林保护区或国营林场的林间空地，现在不行了。森林保护区被铁丝网围了个密密匝匝，而国营林场也添人把守。这样一来，各村组出场的牲畜只能集中在属于自己村组的草牧场上放养，而这些草木场虽然草势良好，但面积过小，所以载畜量极其有限，以致本村本组的牲畜放养都难以承受了，可仍有个别村民为了多挣点钱，将外村、外乡甚至邻县的牲畜揽来放养（俗称揽外场），致使各村组的养牧场严重超载。乡村两级为了保护本地农民的利益，每年都搞几次清场，即清除不属于本村组的牲畜，如发现有外地牲畜在本地放养，一则罚款，二则驱赶。

五月节前，甸子乡乡长马千里亲自主持全乡的清场工作。

马千里在甸子乡任副职多年，去年年末刚荣升为乡长。别看他人长得清瘦文弱，却出奇地精明能干，尤其是好胜心强，鬼点子多，善于以退为进败中求胜。所以尽管他从小公务员起步，仅凭中专学历又没有靠山帮扶，却照样一路过关斩将，从乡团委书记到宣传委员再到办公室主任、副乡长、副书记，34岁时就当上了乡长，这对出身寒门的马千里而言，真的是官运亨通了。他马千里有这个本事也有这个机遇,仅就目前而言,老书记将退,书记之位即将空缺,他马千里又是当之无愧的第一人选了。马千里深知自己命好,但也绝不能懈怠。所以马千里做事,要么不做,要做就做得漂亮。

甸子乡擅长养牧,也得益于养牧,尤其是前几年更是如此。国家森林保护区和国营林场的林间空地上草肥水美鸟语花香,不仅养育了数以万计的牲畜,还滋补着甸子乡村民的心气,他们个个精神抖擞地抓钱,常和邻村、邻乡或邻县的七大姑八大姨在养牲畜中渔利。现如今一封山一禁牧,甸子乡的农民一下子难以适应,就有一些胆大心活的人违反政令而去私自揽外场。可乡村两级都很清楚,随着草场的锐减,过度的放牧势必导致草场的退化,若不采取措施,定会影响本乡畜牧业的可持续发展,所以,乡里一边号召村民改良牲畜品种,实现少养精养,一边严禁村民揽外场。

马千里乡长他深知清场的难度,但再难也得清,不清不足以平民愤,不清不足以保护农民的利益,不清不足以发挥政府工作的职能……

其实清场本来是村一级的事情,可村里又不能没有乡里的支持,有时乡里为了这件事还要动用警察、司法所、综治办、草监中队等。因为乡里在这件事上向来是乡长"一把手"工程,所以力度很大。

马乡长一门心思想把清场的事及早安排妥当,自己也好抽身出来跑一跑自己的事儿。可清场工作刚刚开始,麻烦就来了。

这天一大早,后甸子村的村长和村支书就风风火火地赶来了,他们进门就嚷:"出事啦!出事啦!"马乡长一听吓了一大跳,赶紧站起来寻问——他以为出了人命了哪。

村长闫武说:"这几天我们组织人清场,还算顺利,可当清到沟里那组时就清不下去了。"

马乡长悬着的心总算放下了——原来是清场清不下去了,这算多大个事!

村支书李贵接过村长的话头说:"沟里组的钱金锁和他儿子钱深揽了本乡及外乡的牛有200多头,当我们往场外驱赶那些外场牛时,钱家父子拿着菜刀、斧头把我们赶了出来。老百姓围观着看热闹,有的还在一旁瞎起哄,钱家父子的外场清不了,其他人家也跟着硬了起来,这清场工作也就瘫痪了。老百姓除了看热闹就是骂我们熊，马乡长您看这该怎么办？"

"如果钱家父子这场清不了，我俩也没法在后甸子村干了。"村长闫武焦躁怨愤地说。

马乡长皱了皱眉头，他想说干不干是你们的事，清场清不了，也是你们村民自治的事，我这乡长才不管你干还是不干，你不干，自然会有别人去干！可转念一想，这清场事关千家万户，本是造福子孙后代的事，乡里若是不管，全乡的清场还不乱了套？

于是马乡长压下心头的不快问："你们清场前召开村民代表大会了吗？"

"开了，开了——"村长和村支书异口同声。

村长闫武介绍说："按这届选举产生的村民代表几乎都参加了会议，大家最后举手表决通过了村委会关于清场的有关规定，规定村民不允许揽外场，一经发现，1头牛罚款200元、1匹马罚款100元、1只羊罚款50元，并清理出场，村里还成立了清场小组专门负责清场。"

这钱家父子马乡长十分清楚，因为这父子二人十几年来从未让乡政府、村委会消停过，尤其是那个钱金锁，别看他已50多岁了，也别看他瘦成干尸样的身板，单那一双鼠眼闪闪烁烁，说起话来像放机关枪，声音响亮而刺耳，就足以表明他的精气神还在，他还可以上蹿下跳来回折腾——因为他是凭告状上访闻名全乡乃至全县的。前几年乡里收"三提五统"，他硬是不交，还不断地到省里到北京去上访。这一告还真的告出了名——就在他最后一次进京上访时，国务院下来了几个人调查农民负担问题。事也凑巧，这几个人回去不久，国务院就下发了取消"三提五统"的文件。这下钱金锁可抖了精神了，他逢人就说，这"三提五统"是他告下来的，全中国的农民都应感谢他。由于钱金锁告状出了名，乡、村干部都不想招惹他，凡遇上钱金锁掺和的事儿，能躲则躲，不能躲或躲不掉就大事化小，小事化了。这样一来就更助长了钱金锁的威风，使他渐渐地成了村里、乡里的一霸。

钱金锁只有一个儿子名叫钱深，长得人高马大虎背熊腰一脸横肉。马乡长认识钱深是在钱深出狱后不久，钱金锁领着儿子来跟马乡长要工作。钱金锁说："我儿子出狱啦，没有啥出路，按政策规定，乡里该给他安排工作。"马乡长说:"乡里还正精简机构呢,不行让他当乡长?"

马乡长的话虽有挖苦的味道,但主要还是逗着玩的意思。谁知,这下可捅了马蜂窝,钱家父子开始上访,告马乡长歧视辱骂被改造好的犯人——他们到人大、政协、县政府、县委、县组织部去告,搞得马乡长当时相当被动。

其实这钱深入狱,是他父亲促成的。钱深初中毕业就回乡务农,刚开始还勤劳本分不讨人嫌,只是结婚后,他父亲常教唆他说:"你看你爹英雄了一辈子,村里乡里哪个敢惹?你也不能狗熊了,谁要惹咱一点,咱就惹谁一片!"钱深不愧是钱金锁的儿子,果然进步很快。谁惹了他,他就暗下手,不是砸人家玻璃,就是药死人家的猪,甚至给成群的羊下药。因为案子破不了,钱家父子更加得意,公开叫嚷:"这事是我们干的,可谁看见了?"老百姓也是敢怒不敢言,以致钱家父子越来越没了王法。7年前的一天,醉酒后的钱深竟然在光天化日众目睽睽之下,先后点着了本村7家的粮食垛,这才被绳之以法。

马乡长点燃一支烟,狠狠地吸着,眼看这支烟就快吸完了,马乡长还是不说一句话。此时的闫村长和李书记也闷头吸着烟,他俩知道,马乡长也有难处,但他俩必须等出马乡长的态度。在来乡政府的路上,他俩就合计:"谁都不想招惹这钱家父子,咱俩若是硬整,只怕他们会报复咱们,到时恐怕连撑腰说公道话的都没有,不如把矛盾推给乡里,如果乡里也怕,咱俩就干脆辞职不干了!"

其实马乡长心里也很矛盾:这事如果管下去,心里明镜似地知道将与这钱家赖皮没完没了,自己不想蹚这浑水,年末老书记就调回县城了,如果这半年自己稳扎稳打不出乱子,哪怕做不出多大业绩,也能顺理成章理地接替老书记的位子。若是蹚了这浑水,就得与钱家父子斗出输赢分出胜负,其结果无论如何,双方都会付出一些代价,也许会闹得沸沸扬扬。但这事又不能撒手不管,如果自己现在就放出软话,那这两位村干部一定会辞职的,若全乡的村组都效仿下去,如何能够清场?自己这个乡长岂不太无能了?今后还咋在甸子乡待?更何况老百姓都在拭目以待,难道你堂堂的一个乡长就这样惧怕乡村无赖?

马乡长决定,这事还得管,只是要更策略些,最好自己别和钱家父子面对面地交锋,自己是领导,当然可在幕后操控,至于冲锋陷阵,有那些副职和村干部足矣。于是马乡长和颜悦色地对闫村长和李书记说:"放心吧,钱家父子再凶再恶，不是还有乡政府还有王法在吗，我马上召集人开会，马上就会商讨出对策的。"

参加会议的有包村的吴副乡长，还有政法书记、派出所所长、司法所所长、综治办主任、草监中队队长以及后甸子村的两位村干部。

闫村长简单地介绍了一些情况，李支书又补充地描绘了钱家父子飞扬跋扈不可一世的嚣张气焰。

尔后，谁也不吭声了。

大家都知道这钱家父子不是善茬，也就都不愿意与他们打交道。

"我知道，乡政府、司法部门一旦介入，等待咱们的将是钱家父子没完没了的上访，大家都会心不静，所以大家都不愿意蹚这浑水，这也在情理之中，可这清场工作咋办？总不能半途而废吧？依我看就跟往年一样硬整得了——没什么好怕的！他钱家父子再牛，还能牛得过政府牛得过法律？"马乡长见大家不吭声，有些生气地说。

"我们公安这边这几年管得严，非警力活动得请示局里。"派出所所长说。

"请示个啥！一请示啥也干不成了，我知道你们的纪律，可你们不去，那钱家父子还不敢杀了人？你们只管在旁边助阵，动手的事让给乡干部和村干部来干。"马乡长见派出所所长要溜，赶紧把门给他堵住。

大家听马乡长这么一说，知道不可能有什么退路，于是七嘴八舌地议论起来。

最后，马乡长宣布："明天上午，由政法书记、包村的吴副乡长带队，派出所、司法所、草监所、村里配合，直接去钱家父子的牛场点。首先说服教育，如果不奏效，就强行牵走两头牛，用来抵罚款，再逼着钱家父子解散牛群。"

司法所所长说："咱们强行扣牛是违法的呀，因为乡里没有强制权和扣押权。"

马乡长说："要是钱家父子也懂法也按法律办事就好啦，可他们不按法律办事，咱们若按法律办事，能办得成事吗？"

大家听后觉得很在理，又想不出更好的道道来，就分头准备去了。

马乡长唤回包村的吴副乡长，一再叮嘱他，明天千万要见机行事，一不要出人命，二不要把矛盾推到乡里。只要钱家父子肯解散外场，罚款也就无所谓了。

二

第二天，马千里乡长把下乡清场的人打发走，心里就老大的不踏实。他来到斜对面老书记的办公室通报情况，老书记说："这事儿有点悬，你就等着钱家父子闹吧，怕是乡里以后不会太肃静了。可也没什么太好的办法，谁叫咱们碰上这么一对无赖父子呢，只好走一步说一步了。"

从老书记那里回来，马乡长越发显得心事重重。他怕在这件事上被老书记不幸言中，如果真的如此，自己的麻烦可就大了，弄不好还会影响自己的前途。正当马乡长心神不宁地胡思乱想之时，老婆从县城里打来了电话，问他何时回家，说有事找他商量。马乡长也正想借故离开，于是匆匆忙忙地跟老书记打了声招呼，就直奔县城了。

此时回县城马乡长是经过再三考虑的——他想回避一下，他担心这些人到钱家父子的牛场去扣牛，会扣出事来。虽然村民代表大会定了可以扣牛，但这是违法的，法律规定：与法律相抵触的村民公约是无效的。如果被扣牛主懂法向法院提起诉讼，也就是民去告官，乡、村委会肯定会败诉的。如果这些人不去法院而直接到乡里来闹，再鼓动一些不明真相的老百姓来讨个什么公道，那样的话……离开乡政府回到县城，就等于远离了这块是非之地，远离了可能到来的成群百姓的围攻，否则的话，自己只能挺身而出，岂不成了众矢之的？自己离开了，百姓即使再闹，也闹不出个所以然来，等到老百姓的气消了，心软了，再冷静地处理，效果会更好……这正是自己的精明之处。

中午饭时，马乡长担心的事还是发生了。

原来，乡村两级清场工作组赶到钱家父子揽外场的牛点时，那里已聚集了很多百姓，这些大多是来看热闹的百姓喊喊喳喳指手画脚，摆出一副似乎有所期盼又有些幸灾乐祸的架势。这些人中，也有的是前来探风的，因为他们也揽了外场，只是远远不及钱家父子数量多而已，若是钱家父子能挺住，自己就能平安，否则的话，就只能主动撤场。但更多的百姓纯属闲极无聊打哈凑趣，正因为他们的到来及围观，那钱家父子就更显得英雄百倍。他们把牛暂时圈在圈内，父子二人各骑一匹高头大马，一白一红的两匹马昂首阔步地在牛圈前你来我往，它们的主人各自握牢一把锄刀，正在高声叫骂……

乡村两级工作组在距牛场不远处停下来跟钱家父子对话，那钱家父子哪能听得进去。叫骂之声反而一浪高过一浪。这时，派出所所长拿出枪来，说："你们还不快把锄刀放下，不然我就开枪了，这可是正当防卫！"对峙了一会儿，钱深主动丢下锄刀，并把钱金锁怀里的锄刀也抢下来丢掉。乡村两级干部们赶紧冲了上去收了锄刀。这时包村的吴副乡长走上前去讲政策，钱家父子就是不理不睬，眼看快到晌午了，吴副乡长一使眼色，干部们迅速打开牛圈，强行扣了两头牛，钱家父子滚下马鞍要来反扑，被乡干部们摁倒在地上，待牵牛的人走出老远老远，这才放开已没有力气再做挣扎的钱家父子，并迅速地跳上车，飞也似的去了。

扣牛的人风风火火地刚把牛牵进乡政府大院，打掩护的人也刚撤回到乡政府，那钱家父子便率领着外场牛主及沾亲带故的亲戚共计一百余人雄赳赳气昂昂地涌进了乡政府大院……

这会儿，距甸子乡乡政府约100公里的县城里，马千里乡长刚刚端起饭碗，手机响了，来电显示醒目地提示，这是司法所所长的电话。马乡长预感到要出事，他迟疑地没接，一会儿手机又响了，这一回响得尤其顽强，马乡长示意儿子去接，并告诉儿子，就说他不在家，让人找出去喝酒了，手机落在了家里。儿子接后，按他的叮嘱回答了对方，对方说："等马乡长回来一定要回个电话，并转告马乡长，老百姓来抢被扣回的牛，制止不了啦……"

马乡长竖直了双耳在手机旁听得十分真切，他不动声色地接过手机把它关掉，这才仰起头来发了一阵子呆。他知道现在这场面很难掌控:把牛还给牛主吧，岂不让钱家父子得了逞？不还吧，乡政府就会仍被围攻。如果双方僵持不下，老百姓强行抢牛，乡里再动用警力和乡干部护牛，也许会弄出更大的乱子……

天快黑的时候，马乡长突然预感到清场工作组也许会很快地找到家里来，为了掩饰说谎，他干喝了半瓶老白干，微醉地斜倚在床头，又让妻子给自己盖了一块毛毯，床下放了一个痰盂，想想还不过瘾，就又把自己的头发抓乱……一切弄妥后，马乡长的心反而更乱，他无法不想乡里的事儿："牛是否被抢走了？有没有打起来？乡政府会不会被砸？若是牛被抢走了，乡里该怎么办？怎样才能赚回乡政府的面子？"想来想去，马千里乡长异常清醒的脑子里成型了一个收拾残局的绝妙法子！

假如牛被抢走，只能依靠法院，让村委会起诉钱家父子，告他们侵占集体草牧场，责令他们赔偿经济损失并停止侵害，这样一来既回避了乡里与牛主的矛盾，又顾全了乡里的面子。假如牛没有被抢回，那说明老百姓畏惧乡里，清场就要一竿子插到底，牛坚决不给，逼牛主向钱家父子要去——

为了更快更好地解散钱家父子的牛场，可以来个釜底抽薪，因为钱家父子揽的牛大多是外乡、外村甚至外县的，只要在全乡或其他乡下个告示，声称凡是外乡、外村在后甸子村撒场牧牛的牛主，限7日内把牛牵回，否则乡里将扣押这批牛。牛主们本来就心有余悸，听说要扣牛，自然会有所行动，只要牛撤了，钱家父子的外场岂不不攻自破？即使钱家父子再凶再恶，但我们用的是软刀子，况且政策在前，他们再找再闹也找不出啥甜酸，闹不出啥名堂来！

正当马乡长为自己想出的道道儿暗自得意时，政法田书记带着清场工作组的几个人找上门来。他们一看马乡长的那副架势，认为他是真的被人叫去喝酒且喝了个酩酊大醉，心中原有的一股怨气也就烟消云散了。

马乡长一边不好意思地招呼大家，一边挣扎着坐起来，还不住地检讨自己，倒弄得大家有些不安起来——因为马乡长平素很少回家，总在乡下摸爬滚打，是乡里最忙最累的人，如今好不容易回趟家也没落个清静，大家就觉得有些不落忍。

还是马乡长先问起了清场的事。

政法田书记介绍了整个经过。

最后司法所所长说："这事儿险些闹大，牛是被抢跑了，好在没伤着人，就是万幸了——当时那个乱呀，真叫人担心呢！只是乡政府的老脸算是没处搁了——竟然没斗过一群刁民！"

马乡长说:"没出大乱子就好!面子上的事就别去计较了,正所谓来日方长,赚回面子的机会我们有的是。现在我们的当务之急就是如何把清场进行到底。钱家父子很不简单呀,他们把矛盾转嫁给百姓和乡政府,煽动牛主直接同乡政府交锋,就是想击垮我们,好让我们的清场工作半途而废。如果我们一味地同抢牛的老百姓较劲,正中了钱家父子的圈套!"

"那被抢走的牛就这么算了?"政法田书记有些愤愤然。

马乡长说:"当然不能就这么算了,你们回去调查一下带头抢牛的人的背景资料,咱们也好瞄准他们的软肋再伺机下手。"

政法田书记问马乡长:"如何才能清掉钱家父子的外场呢?"

马乡长说:"其实很简单,只要乡政府下个行政裁决,责令钱家父子停止侵害,赔偿损失,若钱家父子在15日之内拒不履行裁决,即可诉诸法院申请法院强制执行,这便是典型的行政诉讼案件。但这样一来,乡里和钱家父子的矛盾就要激化,钱家父子会以为我们在整他,不如把皮球踢回村里,以村委会的名义起诉钱家父子,告他们侵权并要求赔偿损失,这矛盾自然就是村里与钱家父子的矛盾,案件自然也就成了民事案件,又恰恰合了村民自治这条路。"

政法书记和其他几名乡干部连声说好,这样一来,就避免了乡里与钱家父子的正面冲突,也省去了许多麻烦。

马乡长又说:"在这件事上,我们还可以在旁煽风点火:乡里可印一些告示,到本乡和外乡各处张贴,告示上声明,凡放养在后甸子村的外场牛,限7日内牵回,否则后果自负。再让派出所的吹吹风,就说最近窃牛的多,但钱家丢牛与派出所无关等等。"

这不叫釜底抽薪吗——这办法准灵。

一时间大家好不兴奋!

大家决定明天上班前就赶回乡里,摩拳擦掌地准备大干一回。

三

第二天一上班,老书记就来找马乡长。老书记说:"钱深在县里各个部门告呢，他告昨天去扣牛的有关人。这家伙还挺会告的，知道谁管谁，还知道告什么更来劲，他到人大告我们乡领导扣他的牛，到公安局告派出所、司法所的人打人了拘人了。刚才公安局长打来电话说，今年是他们局晋升全国优秀公安局的关键一年，千万不能出事，今后非警力活动就别让派出所的人参加了。公安局局长还说，鉴于钱家父子那个赖劲，公安局也不想招惹他们，还担心钱家父子越级上访，如果那样，公安局这个优秀就泡汤了。所以，局里决定把咱乡的派出所所长调回局里。"

马乡长一愣，这钱家父子这么快就开始折腾了，再说，这派出所所长还不是跟着自己吃了挂带？他知道公安局的意思和难处。你钱深不是告吗？不管你是真是假，也不管你谁是谁非，反正我们处理了自己的人，把他调回局里，使之与你钱家父子脱离干系，你就不会再上访状告公安局了，而新来的所长也能摆出足够的理由声称无法协助乡里的一些工作了，岂不一举两得？

马乡长暗暗佩服公安局局长的谋略，但心里又酸酸涩涩的很不舒服。沉默了片刻后，马乡长对老书记说："又得靠您回县城跑跑了，只有您才能化险为夷，咱们乡也才能柳暗花明呀！"

老书记见马乡长一副心事重重的样子，轻松和蔼地劝慰道："你放心吧，没什么大不了的，他钱深再能折腾还能折腾过公理王法？只要我们一开口，保证他就成哑巴了。"

老书记临行前嘱咐马乡长说："这场还是得清，只是一定要学会自我保护，不能给钱家父子留下告状的把柄，也不能让自己的下属觉得憋屈……"

老书记走后，政法田书记和吴副乡长来找马乡长，他们说现在查清了，昨天带头抢牛的是咱乡中学的一名老师和一位教导主任，因为他俩都是牛主的亲戚，又与钱家父子沾亲带故，在前来抢牛的那帮人里，他俩的文化层次最高，当然也就最有号召力。另外，乡里还印了1000份告示，按马乡长说的正在本乡及邻乡四处张贴呢，现已发现部分牛主正在往回牵牛呢。

马乡长听后，心里一亮：看来这清场很快就会结束了。他对田书记和吴副乡长说："让分管教育的副乡长跟乡中学校长打声招呼，就说咱乡主要领导要去学校看看教学楼盖得咋样了。"乡中学与乡政府原本一街之隔，徒步慢行也就十几分钟的事儿，所以以前马乡长去中学总是安步当车，可这次明显地不同，马乡长竟然带去两部车外加七八个人，看上去很有派头，好像此行要去拍什么板定什么大事！

乡中学的张校长早早地在门外等候，见马乡长驱车前来，且带了若干随从，一时间又惊又喜，忙躬身迎请各位领导到会议室小坐，又喊来几位年轻的女教师，让她们端茶送水，他则在马乡长的身前身后转悠，忙得不亦乐乎！

马乡长喝完一杯茶，起身说要去查看教学楼的进展情况，也好了解一下还有什么困难。

张校长忙说："困难就是资金，县里划拨的早已到位，只是乡里配套的资金报告我们已打到了乡里，就等乡长大笔一挥……"

马乡长心里明白：年初学校申请盖教学大楼，县里答应出一半钱，另一半由乡里自筹。乡里也筹上了这笔钱，只是因为经费紧张才没有及时划拨给学校。

于是马乡长说："是这样啊，那好说，钱的事马上解决！"

张校长一听激动得差点儿蹦了起来，他冲动地上前几步握住马乡长的手，连声地说："太感谢了，太感谢了，太感谢了……"

此时的马乡长突然板起了脸："有什么好谢的？乡政府算是服了你们学校了，尤其是你的那帮秀才们，还不是想造谁的反就造谁的反？"

张校长一愣，以为马乡长是在跟他开玩笑，就越发憨厚地笑着说："那是那是，还请领导海涵！"

这时政法田书记憋不住了，他一把拉过张校长，把昨天老师和教导主任带头抢牛的事儿说了一遍，把张校长听了个目瞪口呆！

"真个没了王法了！他们竟敢——"张校长又急又气面红耳赤地说。

"我看这么办吧，你把那个教导主任免职，再把他俩调离本乡，咋样？"马乡长边说边向车子走去，其他人紧随其后，只留下分管教育的副乡长协助张校长处理此事。

"这事儿咋办？"张校长望着转瞬已去的乡政府的车子离去的方向，忧心忡忡地问副乡长。

副乡长说："这不明摆着：老百姓没办法整——没啥抓手，可老师有公职归乡里管——正好拿来整治。其实乡里也只是为了赚个面子回来,你让那两位老师去乡长那儿做检讨,再让他们动员牛主把抢了的牛送回乡里,我回乡里和乡长好好沟通,保证那牛还会还给牛主——这是乡里的大度,而非百姓的刁蛮,性质可不一样啊!"

张校长恍然大悟!

按副乡长的意思去办,果然一切顺利。乡里一些不明真相的干部说,这老百姓知道理亏了,把牛送了回来,乡里也大度,把牛又还给了百姓。

这乡政府的面子刚刚赚了回来,老书记就从县里打来电话,说:"钱深躺在县政府门口不起,说要绝食不活了。县长很不高兴,我去解释,县长不听,说那上访者肯定有些道理,否则何苦受那份罪。"马乡长问老书记要不要他也去县里。老书记说:"你来也没用,县里不相信咱们。"马乡长似乎有所领悟,忙问:"那他们相信谁?"老书记压低了声音说:"当然是相信群众!"

马乡长迅速找来后甸子乡的闫村长,告诉他:"钱深正在县政府闹呢,县领导不明真相,眼看就要整治咱乡。看来只有你挂帅出征,也去县里上访,告他钱深父子破坏村民公约侵占集体草牧场。"

闫村长马上心领神会地说:"不就是带几十个人去县政府与钱深斗吗?乡长您这招太高明了!"马乡长拍了拍闫村长的肩头,笑容可掬而又意味深长地说:"这可不是我的主意,是群众自发的!"闫村长愣了片刻,立即回过神来:"那是那是,是群众自发的,自发的,您就放心吧!"

闫村长走后,马乡长立刻给老书记发了个短信:"后甸子村村民代表上访,您躲躲吧!"

天快黑时,到钱家父子的牛场打探消息的人回来说,只有少部分牛被牛主牵回,大部分仍在场上放养。马乡长听后陷入沉思:看来釜底抽薪这招还不是特别管用,只好通过诉讼了,虽然慢了点儿,可这样一来,既能把问题解决,又能避免与钱家父子的正面交锋。

马乡长喊上政法书记及秘书,让他们在财政所支点儿钱回县城一趟,晚上宴请一下法院的人。

在县城,好不容易找到闫武村长。马乡长悄悄地问他上访的情况。闫武说,他带了几位村民代表，先到县委，县委把他们打发到县政府这边，他们还没有见到县长，钱深就过来威胁他们："我现在反正就要妻离子散了，我要让你们也好过不了，你们等着，你们这些人我都记着，咱们骑驴看唱本——走着瞧！"经他这么一诈唬，一些胆小的村民都被吓跑了，最后只剩下我和几位村民组长。我们费了很大的劲等了好半天，总算见到了县长，县长听了我们的反映，说有理是有理，但也不能这样折腾！

马乡长沉默片刻，对闫武说："现在唯一的办法就是到法院起诉，这样一来矛盾就集中到钱家父子与法院之间，你我才能脱身出来。你现在是后甸子村的法人，这起诉该以你的名义，乡里会全力支持你的。"

闫村长狐疑地望着马乡长，眉头上起了层层叠叠的皱褶。

马乡长知道闫武有些怕那钱家父子，也很体谅他的难处："这样吧，起诉的事只能由你，法人是换不了的，但乡里给你请个律师，让他全权代表，包括与钱家父子对簿公堂。只要你把诉状交上去，就等于你大功告成，你看怎么样？"

闫武见马乡长把话说到这份儿上，如果自己再推三阻四，就显得太不仗义了，于是说："那好吧，明天一早我就到法院，请律师的事就请马乡长多费心了。"

四

闫武果然言而有信。第二天一大早就赶到了县法院。法院的人一听告的是钱金锁、钱深父子，于是开始议论纷纷。在法官们的眼里，钱金锁、钱深可不好惹——一个是因拒交"三提五统"与村里打了5年官司，3次进京，国务院派人遣送，另一个因与乡邻有了少许纠纷，就酒后明目张胆地纵火7起，判刑7年。法院的人说，这钱家父子爱钻牛角尖儿，他们如果认为这样正确，法律说不正确都不行。这父子俩总认为，一些事情只要又闹又告，准会得到一些好处，因为和他们对立的一些人，特别是乡干部，总想大事化小，小事化了，一心想息事宁人，有些时候即使吃点儿亏，也不愿再折腾下去，无形中便助长了那钱家父子的威风，他们便越发的不自量力起来！

法院的人还说，这样的案子很麻烦，不是三天两早晨就能了结的，告诉闫武回去等候传票……

这一等就是半个多月。马乡长和老书记等不下去了。他们风风火火地来到县里，找主要领导汇报清场的事，并一再强调这清场关系到全县"生态立县"这个立县之本，也是当地百姓极其关注的焦点、热点问题。县里的领导也明白乡里的难处，于是敦促法院及早立案结案，甸子乡的党委、政府也不断地给法院拿劲，法院这才立了案，院长又亲笔签发了限期结案通知单。

按法律程序，后甸子村起诉后，法院应在7日内立案，7日后，法院给被告送达起诉书，被告有15天的答辩期，15日内被告不反诉的，可由法院在3个月内选定开庭日期。法院判定后，判决书在7日内送达，如果上诉的，还要有15天的答辩期……马乡长算来算去，这案子从立案到结案少说也得3个月的时间，3个月一过，刚好过了八月节，牛、马、羊就该下场了，到那时，清场已变得毫无意义。现在全乡的清场陷入瘫痪，所有揽外场的场主都在翘首观望。他们扬言："只要那钱家父子把场清了，我们就主动清，钱家父子的场不清，就甭想清我们的。"据说那些揽外场的场主，还拉帮结伙隔三岔五地去拜会钱家父子，或打气或送东西。而大多数的老百姓除了骂村干部、乡干部无能，就是茶余饭后嚼舌根发牢骚，倒是没有一个敢于站出来与钱家父子理论，更不用说对立了。就连为了声援乡、村和钱家父子打官司，想组织一些人到县里上访也没人愿意去，最后只好雇人，去一趟县城算两天出勤记两天义务工，才勉强筹到一些人。

钱金锁亲自到县委状告马乡长，说他鼓动甸子乡的百姓到县里上访，说得有鼻子有眼的。县委这阵子正为上访的事闹心，觉得马乡长这小子也没准儿会集中发动老百姓上访以逼县委表态，便把钱金锁介绍到县纪委。并指示说，如果马乡长和其他干部真有这种行为，一定要严肃处理！

马乡长怎么也没有想到，自己处心积虑、绞尽脑汁、毫无私心杂念地清场，冒了这么大的风险竟然落了个被查的结局。但细细想来，自己还真有组织百姓上访的嫌疑，尽管这样做完全是为了维护农民的利益，可从组织原则上讲，是违纪行为，要受处分的。马乡长后怕起来，忙去找老书记。

老书记沉思了片刻，对马乡长说："这事不能等闲视之，一旦查证属实的话，会影响你的前途，要是因为这点儿事毁了前程，太不划算。这样吧，我回一趟县里，找找相关领导，帮你了结此事，你且收着些，不妨顺其自然，反正法院要管了，就让它一管到底。至于时间长短，也由不得我们，那是法律规定。还有啊，对那些不把握的乡干部，千万别鼓动他们做什么，否则也许会被他们出卖！"

老书记去了两趟县城，总算摆平了马乡长即将被查处的这件事。这件事虽已平息，但对马乡长的打击却很大。好一阵子闷闷不乐的马乡长常常对着办公室窗前的洋槐发呆，他甚至对目前的仕途有些心灰意冷。但他又有些不甘心，一个全凭个人奋斗走到今天的人，他肯定还有能力走得更远，他必须咬紧牙关走下去！

后甸子村把钱家父子告到了法院，法院正按程序进行审理，甸子乡清场的工作就被迫停了下来。

法院立案后，已开了一次庭，就等判决结果了。这段时间钱家父子没有再闹，马乡长也得以消停几天，趁此时机，马乡长上上下下没少跑了，他主要忙的是年末能顺顺利利地接老书记的班。

五

一转眼进入了阴历八月，法院的判决终于下来了。判决的结果自然在人们的意料之中：后甸子村胜诉。判决书上写道："被告钱金锁、钱深违反村委会公约，私自揽外场侵占集体草牧场，侵害了村民集体利益，应立即停止侵害。其所揽200多头外场牛，按村民代表大会的规定，应赔付村集体人民币贰万玖仟元。诉讼费、勘探费贰仟贰佰元由被告钱金锁钱深承担。"

判决后，钱家父子没有上诉而是把闫村长告上了法庭。

这张迟到的判决书对于甸子乡今年的清场工作而言已全无实际意义，因为再过十几天，所有出场的牲畜就都下场了。

六

由于县政府明年换届，个别优秀的乡镇书记有可能要进县委、县政府或县人大、县政协的班子，县里对乡镇的考核也就提前开始了。

甸子乡的老书记因年龄大、资格老最有可能进人大的班子，其实老书记也实在不愿再在乡下待了，急着回城和老伴安享晚年。所以年初时，老书记就呈上了请求调离的报告，并推荐年富力强的马乡长做自己的接班人。因此，考核组到甸子乡考核，只考核他们两个。

考核后组织部门跟马乡长谈话，说："你是甸子乡党委书记的唯一人选，这里除了老书记的推荐外，还有平时组织部门对你的了解，最关键的，是你们今年清场工作做得好。别的乡镇打打杀杀，总是行政行为，弄得政府各部门都很被动，唯有你们乡诉诸法律，让老百姓自己解决自己的问题，真正地实现了村民自治，开了个先例，也开了个好头呀！"

马乡长越听心中越糊涂，没想到在这场磕磕绊绊、闹闹哄哄，最终又没有什么实际意义的清场中，自己倒成了最大的受益者。

考核组走后，老书记说想回家歇几天，乡里的工作就都交给了马乡长，马乡长也就实实在在地提前履行了甸子乡党委书记的职责。

进入阴历十一月的一天，闫村长突然来到马乡长的办公室，闫村长说："我今天来是向你辞职的！"

马乡长打起了官腔："这辞职乡里说了不能算，你要真辞职，乡里可以派人召开村民代表大会，有1/2的代表同意就行。"

闫村长走后不久，县纪委就接到了钱氏父子的举报，说马乡长如何鼓动村长、村民上访，又如何暗示钱氏父子把事情闹大……

正是县委组织部下令任命马乡长为甸子乡党委书记的日子。马乡长当然不知道自己已被举报的内情，就连县委组织部也不知道，由组织部副部长亲自挂帅的调查员们正在甸子乡的宴宾大厅里与马乡长也就是现在的马书记举杯同乐开怀畅饮呢！

此时，县委信访办的工作人员又一次接待了钱金锁的上访……

小 崔

2009年获第九届内蒙古自治区文学创作"索龙嘎"奖

赛 罕

小崔真诚地拥护政府最新的购房政策,拿钱就可以买房子不再附加其他条件,比如单位证明,比如城市户口。小崔真心地感激警察大吴给他做房屋抵押贷款的担保人,让他从银行贷到买房款圆了做城里人的梦。经过一番购房手续长跑,拿到钥匙的小崔抻长了身体长长地舒了一口气,终于可以让女儿和城里人的孩子一样按居住地分片儿去公家的学校读书了。小崔是城里人了!

和所有怀揣着梦想进城打工的农民工一样,16岁的小崔因交不起学费辍学,跟着远房表舅到城里建筑工地当小工。正在长个儿的小崔细长得像根豆芽儿,当然就没有成年人的力气,所以也就经常被大工们责骂。到了晚上,在建筑工地劳累了十几个小时的农民工们,坐卧在工棚的地铺上用粗话、笑骂排解着对老婆和家人的思念,这时的小崔往往会成为被取笑的对象。小崔不喜欢这种时刻,就经常悄悄溜出来到看大门的老蔡那儿远远地眺望工地上唯一的一台电视。电视机是老蔡从收破烂儿的手里讹来的,退休前技术很好的钳工老蔡为了让儿子顶替接班,成了现在工地上下夜的门房。

为了能看电视,也为了躲开工棚内的戏弄,小崔就经常帮老蔡干些杂活,后来只有小崔能得到老蔡允许可以在晚上10点后坐在门房外边看那台时而横向滚动,时而行扭,时而自动跳台的黑白电视了。

讹来的破电视有声没影儿,老蔡凭着一双巧手愣是鼓捣出了图像,为了方便随时"维修",电视的机身和外壳也就永远地分了家。

老蔡那天没修电视,而是修起了他的自行车。小崔蹲在一旁帮忙递工具,老蔡突然就找到了在工厂当师傅的感觉,很开心。不停地指挥小崔递这个、拿那个。拆成一堆零部件的自行车重新安装整齐后,老蔡正过车身拍拍车座对小崔说:"小子,骑骑!"抹了一脸油污的小崔咧咧嘴回应:"我不会骑车。"老蔡发出了爽朗的大笑。

小崔的家在贫瘠的黄土高原,那儿不能骑车——没路。十年有九年闹旱灾,连喝的水都是靠接雨水积攒到水窖。老家很穷。

小崔迷上了修自行车,在老蔡的指点下工地上那几辆破自行车小崔都给"维修"过了,在这个不大的建筑工地小崔也算能人儿了。

老蔡被拘留了,原因是和包工头打架。初冬,建筑工地停工,农民工就得返乡。包工头不仅扣发农民工的工资,还对返乡的农民工搜身!老蔡一直对包工头的"统治"不满,老蔡认为社会主义、共产党领导,包工头的做法连电影里的国民党都不如,就经常在语言间与包工头有些顶撞。包工头的"势力范围"管不着老蔡,对老蔡的语言挑衅采取了置之不理的政策。这次扣钱并在门房旁边当着老蔡的面搜身,老蔡的愤怒爆发了。从开始的语言交火到后来的身体碰撞,老蔡和人高马大的包工头厮打在一起,本来是谁也占不了多少便宜,但拉偏架的农民工们都在趁乱出气,或多或少地帮助老蔡。在混战和厮打中,老蔡抄起一根四棱方条狠狠地抽向包工头。后果是故意伤害和被拘留。老蔡被带走时,把修车工具扔给了小崔,大喊着:"再不出来受这窝囊气了!再穷退休工资也够吃面的!小崔!不许伺候资本家!"

小崔没有回村,开始安顿自己的城里生活。许多背负着希望进城想改变贫穷命运的农民在马路上开拓着生存空间,恢复了古已有之的马路经济。小崔也选择了这样的生存方式,他在一条不宽的十字路口支起了修车摊儿。

本就不宽的十字路口又有许多小商小贩,一到下班时间就变成了熙熙攘攘的集市,车流、人流就会交织在一起。小崔选择在这里支摊儿生意自然不错,加上技术好、不骗人、价格也公道,慢慢地就聚起了人气儿。热闹的马路经济又带动了城市周边出租屋的需求,从此,在安静的小院中见缝插针盖建的小出租屋就成了小崔们的家。小崔挺美,扣除了房租和吃喝,数着每天的进项,小崔想年底就可以回家了。

小崔没有回成家因为钱被偷了!小崔挣的钱都是散碎的毛票,没有几张整钱。晚上在出租屋里小崔认真地数好钱,再用自行车里带上剪下的皮圈捆扎好,再一沓儿一沓儿地放在一个鞋盒子里,然后把"钱匣子"放到铺板底下最里面不容易掏着的墙角儿,小崔每天都要重复这样的动作。他还留了个心眼儿,把不多的几张10元、5元的票子塞到了枕芯儿里。枕头用荞麦皮填充,塞些钱在里面摸不出来,也不会引起注意,每天睡在钱上心里也踏实。每次放整钱,小崔都小心地关上电灯摸黑放好。结果,"钱匣子"丢了!因为生气和着急,小崔长了满嘴水泡。小崔真发愁,总不能抱着枕头出摊儿吧,今后钱放在哪儿才安全呢?

老客户看着满嘴燎泡打着蔫儿的小崔,关心地问是不是病了,小崔带着哭腔儿说出了原委,人们就指点小崔,钱一定要存在银行,银行最保险。当天,小崔就把枕头里带着汗臭味儿的百十元钱存进了银行。小崔学会了使用银行,从此每隔几日小崔就到银行存些零七八碎的进项,当然得到的是许多白眼。

马路、小贩、拥堵的人流引起了市民的不满,政府做出了管理的决策:将漆成统一颜色的铁皮货架摆在马路两旁,一方面方便了管理保证了税收,另一方面出租了货架还能创收,一举两得。小崔没有租货架,修车工具摆不到架子上去。税收专管员就按货架的大小位置给小崔划了块地皮,只收一半租金。

管理是为了体现公平,因此货架的租位要轮换,小崔只有地皮所以不动,货位的变动让小崔和牛胜利成了邻居。

20世纪60年代出生的牛胜利小学赶上"停课闹革命",中学又"教改",高中没读顶替进了工厂,后来工厂转了产胜利又在厂子里晃,再后来买断了工龄就成了待业人员。待业的牛胜利又在街面儿上晃,有时也摆个小摊儿在街边上做小买卖,人们管他叫"二子"!

邻居二子,对自己的摊子兴趣不大,倒对小崔的修车摊分外关心,经常伸着脖子计算着来修车的人数,盘算着小崔的进项。还对税收专管员有意见:她每天只收小崔5毛,却收自己1块!

二子经常"指导"小崔修车，小崔只能抬起满是油道的脸无奈地面对二子的指挥，因为农民是要敬重工人的。二子还有一项工作，就是每天对所有小贩的蔬菜实行统一定价，谁都不许卖得比他便宜，城里人二子自封为街面儿上的头。

二子有个永久的习惯——趿拉鞋，就是皮鞋也要把鞋帮踩倒趿拉着穿。二子围着小崔的修车摊儿转悠的时候，趿拉着的鞋总要荡起一阵微尘。小崔不用抬头，看着那双永远不提的鞋后帮就知道二子又来光顾了！

街边市场形成了规模，小贩习惯了依靠市场生存，市民则习惯了市场的方便，马路却又要拓宽了。一夜之间货架已不复存在，另一组民工已在道路两旁开始挖沟。茫然的市民不知去哪里买菜，各路小商贩则失去了生存的空间。

小崔不怕，东西的马路拓宽南北的大道还在，小崔叠起苫布挪到了南北走向的马路边上。市场没有了，税务专管员也不来了，小崔连5毛钱的税款也不用交了。失去货架的小贩们重新开始了"打游击"的叫卖生活，队伍里却没有了二子。突然有一天二子穿着制服出现在街面儿，人们才知道街道给他安排到市容大队做"协管员"，二子成了"管理人员"。想把城市治理整洁的行政官员们和为了生存而忙碌的商贩们用猫抓老鼠的方式玩儿着管理游戏，在游戏中，小崔们总结出了行之有效的防范方法，管理者则实施着种种措施。然而方便、便宜的服务总让市民给小崔们提供着赖以生存的理由和空间。

二子晃着膀子开始了对街面的治理，小崔的车摊儿就成了被治理的对象。二子先后拿走了气筒、钳子、改锥好几样修车工具。小崔就想：制服咋就这神奇呢？穿上它人咋就变了样呢？

没能回家的小崔给娘寄钱了，从20元，到50元。小崔想家，想爹和娘。

弟弟三娃来的时候，已经不是修车的旺季。正月人们基本上打车串门儿，北方的天又冷，骑自行车出门的人就少了许多，生意自然也就清淡。"你咋这阵来了？"

"娘说接到你汇的钱才能有路费呢！"

"钱是给爹娘用的，咋成了路费呢？"

"娘说见上钱让俺赶快拿上买车票，要不又要交村提留了呢！"小崔这才知道寄的钱大部分都交了提留，爹和娘根本没用上。

小崔将自己的摊位让给了三娃，还教三娃学修车，三娃在城里待了两年又回家了，三娃融不进这座城市。

三娃走的时候，小崔买了十斤精点心让三娃给爹娘捎了回去。送三娃上了车，小崔又从窗口递进两瓶水说："三娃，让娘喝上矿泉水，这水甜呢。"

冬天的城市阴冷，冬天的大风更硬，刮在脸上犹如小刀在划肉。在城里谋生，红红的煤炉只能增加感官上的暖意，小崔真希望能有一个自己的小铺温暖而稳定。

在城里很不容易的生存中，在和城管的查抄"斗智斗勇"中，在与各种职能机构的周旋中，在多次搬迁和罚款中，小崔积累起了"丰富的斗争经验"。小崔认真观察发现了这条十字路口，东西的马路宽阔气派，北边的大道同样舒展，往南的马路就不同了。首先是路灯的距离拉大了，再有路两旁没有了铺方砖的人行道，自然也就没有果皮箱等代表城市标志的摆设。小崔还发现，交警的巡逻车在十字路口北就顺着马路向西或东拐了，从不再向南开。城市的快速发展已看不出这条马路就是早先城乡的分界，城市已经把楼房盖出了最早的城区，盖到被称为近郊的乡下，城市早就将农村的土地融入了它的腹地，但小崔还是观察出了它们的区别。

重又支起修车摊儿的小崔在离岗亭约百米的距离内摆摊修车，不声不响，童叟无欺，服务到位，价格合理。很快就拥有了客户，生意也一天天好起来。正是这一天天好起来的生意让小崔认识了大吴。

大吴是执法最严格的交警，也是岗龄最长的警察。砸烂"公检法"那年父亲死了，经过"上山下乡"和落实政策，大吴回到了公安系统做了交警。后来无论是和大吴一批上岗的还是比大吴晚到的都想办法离开了岗亭，只有大吴还在站岗。原因当然很多，比如扣本吧，无论是谁，无论是什么牌号的车，只要违规违章够条件大吴就扣本，谁打招呼也没用！实在顶不住大吴就会直接把本摔给队领导。由此，大吴得罪的就不光是车主了。可大吴指挥疏通的技巧永远无可挑剔，于是，大吴就成了资格最老的交警。对不公平的待遇大吴也生气，加上常年的风吹日晒大吴永远黑着脸，过往的司机都叫他黑大吴。大吴值岗时，司机们永远小心翼翼按章行驶。

大吴恪守着家训,上班值岗才穿警服,下班一定要换便装。神圣的警服不能被亵渎,它时刻约束着执法者要做到公正公平。大吴每天骑着那辆老式"二八"上班,这天换好便装的大吴骑车时发现前轮没气,就去找车摊儿。小崔接过车按了按车带,又拔出气嘴看了看,就肯定地说:"带扎了。"大吴不信,小崔则麻利地翻过车身用起子拨开外带掏出内胎打气试水,扎破的小洞在水中"噗噗"地冒着气泡。小崔做好标记,又剪了块胶皮打磨出新茬儿抹上些胶水吹了吹摁到小洞上,极快地上好内胎外带然后打气。随手又给链条和前后轴加了油并紧了前后闸,再把车翻过来放正拍拍车座说:"好啦!骑着试试吧。"

大吴问:"多少钱?"

"1块。"小崔答到。大吴有些不相信地看着小崔,小崔回答说:"补胎,都1块。"大吴骑上了顿觉轻快的自行车,也记住了修车师傅小崔。

这条城乡接合处的路口很乱,各种车辆也多,附近还有一个大型农贸市场进出货物,马路向南不仅变窄还没有自行车道,车流量一大就经常堵车。但是,只要大吴值岗就绝不会拥堵,秩序也一定井然。那天上午快11点的时候,一辆拉菜的三轮车突然坏在马路南口,正好堵在路口的菜车马上会在交通高峰时造成拥堵,大吴跳下岗台快步走向三轮车。车主一脸焦急的样子怎么也拉不动三轮车,看见警察就更卖力地去拖。大吴看过菜车,招呼小崔过来帮忙,小崔和车主一起努力,大吴再帮一把终于把满满当当的菜车摇晃着推上马路牙子。大吴去值岗,小崔和车主把车弄到修车摊。三轮车前轴断了,菜拉得太多后轮又爆了胎。小崔换好前轴又小心翼翼地支起后轮准备换轮胎时,二子出现了。

忙着修理轮胎的小崔被二子拉住,二子要小崔手里的气筒,小崔坚决不给。二子已经拿走好几个气筒了。今天小崔只带了一把气筒,如果给二子拿走今天就得歇业!二人在气筒的归属上开始了争夺。三轮车主急了,他的菜是要按时送给饭店的,晚了价钱上就要吃亏。于是嘴上就帮小崔说事儿,手上就去划拉二子。二子"执法"时,从来没遇到过敢反抗的,恼怒的二子一边大骂车主一边就把菜车上捆绑固定的绳子狠狠地一拉,菜车当下就翻了,各种蔬菜滚落了一地。损失惨重的车主和二子撕扯在一起,二子挥拳打向车主,车主则用脚狠踢二子，人们围观的天性立马迸发，马路上过往的行人、车辆就堵在了一起。

值岗的大吴很快发现拥堵的源头，跳下岗台跑步来到小崔的车摊。二子看到警察并不收手，反而气焰嚣张，害怕警察的三轮车主就被狠狠给了几记老拳。大吴用警察特有的方式抖擞开双方了解事情的经过，就有围观者讲出了因果。从打架开始小崔就紧紧地攥着那把打气筒保护着修车摊儿，大吴让小崔证实事情的真伪，一脸油污的小崔点头称是。大吴转头对二子说："按城管执法条例规定，执法人员有各自的管片，你分管哪片？"二子无语。大吴又问："菜车占道了吗？你把它拉倒堵塞交通谁负责？"二子更无话。大吴命令二子帮车主装好菜车，其他的事情到交警大队解决。因为二子没有任何证件，大吴就暂扣了二子的大盖儿帽。

大吴的执法得到围观者的支持，大吴从人们赞许的目光中看到严格、公正执法所得到的快感。

向南的马路马上要拓宽了，依靠马路生存的小崔又得换地儿。在得到大吴和其他交警的默许后，小崔只拐了一个直角弯把摊儿摆在路东的人行道旁。

经过一个炎热的夏季，整修一新的马路一直向南延伸下去。马路不仅加宽了路面铺设了自行车道，还拓出了用小方砖装饰的人行道，拓宽的路面两旁就露出宿舍仓房后墙的墙面。小崔又一次看出门道，抓紧时间租了一间仓房把迎街的后墙改造成铺面门，还听从大吴的劝告加装了卷帘，又在门楣端端正正挂上"小崔修车"的牌匾。仓房租金不低，小崔就在不满 10 平方米的房内兼做自行车配件的批发，还增加了修锁配钥匙。

许久不见的二子突然冒出来，小崔警惕地把他堵在门外，二子搭讪着自说自话告诉小崔：在执法时伤了腿，按工伤。现在吃低保，街道按月给送钱……见小崔并不附和就趿拉鞋微跛着走了。小崔忽地发现老蔡给的老虎钳没了，抓过一辆待修的自行车对客户说了声："看着摊儿！"就向二子追去。小崔用车把别住二子讨要钳子，"嘿嘿"坏笑着的二子从臂弯里掏出沉甸甸的老虎钳充满藐视地说："真是农民。"然后踢着微尘离开了。看着二子的背影，小崔坚定了做城里人的想法。

清瘦的小崔每天乐呵呵里里外外地忙活着，修车配钥匙看店，他明显感到人手不够。

卷帘门重又打开的时候人们看见帮着小崔忙活的是一个略显羞涩的小媳妇，小崔结婚了。

女儿3岁的时候，城市又要改造，叫"穿衣戴帽"。宿舍的附属设施——仓房要统统拆掉，小崔的店铺被标上了大大的"拆"字。小崔已经没有了无畏，他要养家。大吴给小崔指路，让小崔买间铺面，房钱不够可以做抵押贷款，他愿意作保。小崔细细地算计着，开始找合适的位置，终于选择了这条不在主干道东西路口又通向繁华地段的路边铺面房。

小崔终于买到房子了。尽管买房子花光了小崔十几年修车积攒下的积蓄；尽管房子只有使用权，不具有产权的临建铺面房还按商业用房出售；尽管房子只有40余平方米还分上下楼，且没有任何配套设施的南房；尽管今后小崔还得用10年时间还贷款，房子的使用证还得抵押在银行，但小崔终于在城里有了属于自己的住房，有了在城里真正意义上的家。

城里人小崔还没有美够，各种收费就接踵而至。管理费、维护费、爱心捐款、下岗人员赞助费让有了固定资产的小崔很快就犯了难。

入住新家，小崔只给自己添置了一件奢侈品——商场打折的电视机。从它上岗，除去小崔睡觉，电视机全天冲着门工作着。小崔更加快手快脚地忙活，准确地说小崔是从电视的播放中听他所关心和留意的信息。

"穿衣戴帽"后的城市焕然一新，治理进一步扩展到对临街铺面房牌匾尺寸和文字也要统一。此项工作充分体现着政府行政的透明度，工作人员按铺面丈量尺寸，明码标价，商铺自己核算费用，统一制作，统一安装，统一收取工本费。

小崔的铺面面积最小，门楣又被相邻的饭铺占去一部分，所以牌匾的位置就小了许多。小崔没有计较，门前待修的自行车就是最好的招牌，现在倒节省了制作费。在商铺老板们的一片不满声中小崔自己重又丈量计算牌匾尺寸后，默默地准备好制作费。

制作好的牌匾统一安装的时候要交安装费，小崔和负责安装的人商量自己的工具齐全自己来安装，他想省下安装费。没承想安装负责人竟用鄙夷的口气说："农民！"小崔的心仿佛被狠狠地戳了，很疼。在满是自行车配件的铺面儿里，伴着电视的播报小崔呆坐着。铺面外，来修车的客户大呼小叫的喊："修车的，修车！修车！"打断了小崔的愣神。小崔急忙跑出门接过送修的自行车，车主招呼道："一会儿来取。"就忙忙地打车走了。小崔抬眼望望新挂上的牌匾"小崔车行"，眼神又游走向来来往往的人群。看见去英语班送孩子的妻缓缓地融入人流，在夕阳的照射下妻的身影仿佛镶上了一圈金边，融进城里的人群。

寻找巴根那

2013年获第十届内蒙古自治区文学创作"索龙嘎"奖
海勒根那

一

巴根那和我家羊群失踪的那几天，正赶上我父亲的哮喘病犯了。春天干冷的大风裹挟着铺天盖地的沙尘差点要了父亲的命。母亲瞒过父亲，求乡人到四野和邻村各处去找，都没有哥哥的一点消息。因为昏天黑地的沙尘暴，人们很少出屋，都躲在各自的家里睡觉，或者三五人一起喝酒、赌牌，看黑白电视（那几天正上演《西游记》）。唯有查干村的那顺老头提供了一点线索，那天他邻村的亲家杀猪请吃，他喝得醉意醺醺趴在驴车上，冒着5米之外不见人影的沙尘暴回走，冷不丁听见有羊群咩咩的大呼小叫，趔趔趄趄地相拥前行，却没见人驱赶。那顺奇怪，以为是被大风刮失的，正欢喜捡了这大堆外财，后来一琢磨不对，若是被风刮走的羊应该顺风走，而这群羊分明是顶着大风拼命北移，没有牧羊人是不可能成行的。那顺没敢轻举妄动，满面狐疑眼见着这群羊与自己失之交臂了，愣是没看见牧羊人的踪影。当寻找哥哥的乡人不耐烦地打断老头的喋喋不休，直截了当问他那群羊是不是11只时，老头糊涂了，说当时风太大，他看得不是很真切，也许比11只要多得多。

那年苦春头上，我家真是祸不单行。由于头年的干旱歉收，加上勒肚子还父亲治病欠下的外债，我家过了正月就缺了吃食，更甭说牲畜的口粮。母亲养的一口老母猪正巧下崽，没有正经的饲料可喂，母猪一天到晚只能喝一些米汤和清水糠食，这根本无法抵挡9只猪崽的吃奶所需。骨瘦如柴的母猪甚至走路都打晃，整天因饥饿而满院子号叫。而我家唯一的一头乳牛和那几只羊的情况与母猪相差无几，每天傍晚由哥哥从野外赶回来都东倒西歪，几致被风吹倒。我们家乡属于科尔沁沙地，野外除了遍地白沙就是割过秸秆的庄稼地，牛羊根本无草可食。可我贫寒的家境又哪来的饲料可喂它们呢？

苦盼着的青草仍未发芽……终有一天夜里，我家牛圈里发生了惨剧：饿疯了的母猪竟然向卧在牛圈里的那头乳牛发起了进攻，瘦骨嶙峋的乳牛连站立起来的力量都没有，被母猪掏开肚子，活活吃掉了一条后腿，等我父亲发现时已是第二天清晨，那头牛倒在血泊中还眨动着眼睛……

乳牛死去的一个星期后，我家的3只小羊也相继死去，1只饿死，另外2只因为在村边的垃圾场误食了大量废弃塑料，肠梗阻而死。父亲在剥开它们的肚皮时拽出了至少十几斤各式塑料袋。

更为蹊跷的是，我家那2只已长到半大的家鹅，一天傍晚在我哥哥风风火火的驱赶下，跑着跑着竟然扑楞楞地腾空而起，一直越过邻居的房顶和院落里高大的柳树，飞到晚霞红艳的天边去了……

家鹅飞走在我们的民俗里意味着不祥：谁家的鹅飞走谁家就有大的祸端。被疾病和贫困闹得脾气暴躁的父亲把这一切都归罪于哥哥，那天傍晚，父亲向垂头丧气的巴根那大发雷霆，骂他是个不中用的东西，连几只鹅都看不好。父亲的乱发脾气只能伤害哥哥，要知道，巴根那有多么要强，而他的倔强也是村里有名的，谁若是招惹了他，他会一条路跑到黑。

二

说起我哥哥巴根那，因为家境贫寒，他初中毕业就放弃了学业，并自动挑起了家庭的大梁。哥哥还煞费苦心，用耕种之余卖冰棍挣得的钱买了5只兔子，发展养殖业。哥哥以为靠这几只兔子或许能改变家境，这让他在农闲时还要付出更多的劳动：挖兔菜，收拾兔舍。

在最初的半年里，貌似忠良的兔子们也确实为哥哥带来了希望，它们以老鼠一般的繁殖力生下了一窝又一窝的兔崽儿，让我的家人皆大欢喜。求成心切的哥哥乘胜出击，一次，母亲抓了几只猪崽让他拿到集市上卖，结果卖猪崽的钱让哥哥私自截留，从集上又买了5只母兔回来。然而就是这几只兔子惹来了祸患，让哥哥前功尽弃，所有的努力成了徒劳。这几只兔子一进入兔舍，就把一种口蹄都长疮最后因烂掉而死的疾病传染给了所有兔子，并且任由怎样拯救都无济于事。哥哥和父亲当时像两个专业的兽医，翻阅了村里所有能找到的兽医书籍，给兔子施以各种药方药品，在兔舍里里外外又喷洒了不知多少遍消毒液；爷俩又日夜守候在兔子身边，把兔子一遍一遍抓来用消毒水洗澡……结果是兔子照旧一只一只死亡，疾病无以阻挡。

面对这样的结局，年轻的巴根那始料不及，那些天里他意志消沉，形容枯槁。母亲看在眼里，疼在心里，只有苦口婆心地劝说。后来过了好长时间巴根那才从失败的阴影中缓过劲来。严寒的冬天，哥哥又重振斗志，搭别人的四轮车与人合伙做起了买卖。从东镇收了鱼去西镇卖，又从西镇上了菜卖往东镇。谁料，又一件意想不到的祸事打碎了哥哥的致富梦：一次去东镇的途中，满载土豆的四轮车驶过一段该死的冰面公路，就翻下了路基，把巴根那的三根脚趾断送了。我的哥哥花掉了他含辛茹苦做买卖挣下的一点钱治好了脚，却落了个终身残疾，那条伤了脚筋的左脚成了跛足。

转眼到了娶媳妇的年龄（乡里年轻人大都十八九岁订婚），巴根那本来长相英俊，在村里又有吃苦耐劳的好名声，只因为家境不好，又有脚疾，就没有姑娘肯嫁，这更给哥哥心境添忧。这期间命运仿佛也变着法作弄巴根那，那几年科尔沁连年大旱，因为草原和湿地全部变为耕田，灌溉又耗尽了枯瘦的河流，干旱无雨已是必然。巴根那种瓜不得瓜，种豆不得豆；想搞点副业去邻乡挖药材被罚款；到城里盖高楼做小工又给工头骗，本乡的工头卷了所有民工的钱逃之夭夭……原本活泼好动的哥哥彻底被厄运击垮了，打那时起他就忧郁成性、沉默寡言了，一天到晚只知干活、睡觉，跟家里人和乡人都不再说话。偶尔独自去村外沙地里像个老人那样晒太阳。要知道，这片沙地几十年前还是草甸子，更曾是清代赫赫有名的孝庄皇后、僧格林沁的水草丰美的科尔沁草原故乡。70

年前，我们家乡还出了一位赫赫有名的英雄嘎达梅林，他为了反对蒙古王公和军阀放垦草原，战死在我们村子边上的新开河里。如今连新开河也早已干涸，成了满床白沙。而我的族人也曾是蒙古族中最古老的乞颜部族，当年追随圣主驰骋天下，现在却成了地道的农耕的人，连母语都忘记了。

父亲眼睁睁看着儿子日益消瘦，心下焦急，可一着急哮喘病就犯。父亲睡不着觉，喉咙里拉着风箱和母亲说："去哈达盖他舅舅家一趟吧。"

母亲说："做什么？"

父亲说："赊几只羊回来。"

母亲说："赊羊干什么？"

父亲冲巴根那努努嘴，母亲就会意了，第二天一早出去，5天后真的拉回几只羊来。

如父亲所料，看见羊群的哥哥，脸上终于露出了久违的微笑。那天巴根那像个孩子一样把几只羊端详来端详去，接着连饭也不吃就去为羊们收拾羊圈。他把我家那头灰骒驴从驴棚牵出来，拴在了一边，然后把羊赶进去，这样驴棚就变成了羊圈。又连夜去割来谷草，耐心地喂给羊，细眉细眼地看着6只羊抢吃，直到母亲把米饭端到他跟前，他才感到饥饿。

哥哥后来对羊的痴迷竟然达到了与羊同居羊圈的地步，这件事一度成为我们村的笑谈。

那年的旱灾更加严重，让我的家乡几致颗粒无收：禾苗生长的整个暑期，滴雨未下。多年的抽水灌溉，使地下水枯竭，临到干旱年头，机井竟然也哑了喉咙，叫个不停就是抽不出水来。乡人苦守着了火似的田地，长吁短叹，没有任何办法。可怜我哥哥已经发展到14只的羊群，熬过了没有草料和粮食可喂的冬天，也注定熬不过苦春……

这种情形之下，挨了父亲一顿训骂的哥哥，竟然和他的羊群一起失踪了。

三

找不到巴根那，母亲和乡人束手无策。我和哥哥曾经同住一屋，对巴根那的举动稍有了解。那一年里，一向不爱看书的哥哥忽然迷上了一本叫作《蒙古秘史》的书，那是在外上大学的堂兄从学校图书馆带回来的。显然书里的内容无数次激动了巴根那，在我俩不到10平方米的小屋里，他读着读着就突然一跃而起，像个哲人那样满地徘徊，或者猛地合上书本，瞪大眼睛望着我家的黄泥土墙出神……有的时候他会忽然问我："你知道成吉思汗吗？"

当时我只是一个五年级的学生，我摇摇头说不知道。

哥哥表情严肃，说："他就是我们的祖先，800多年前，他骑着马征服了世界。"哥哥说这些时太一本正经了，我以前从来不知道自己的祖宗这么了不起，所以震惊不已。

巴根那说："知道吗？我们的先人原本是生活在大草原上的，大草原知道吗？一望无际，都是草，根本不用愁羊没草吃，也不用咱们天天到庄稼地里猫腰躬脊地割草喂羊，只要把羊放在大草甸子上，羊就吃了睡、睡了吃，直到撑破肚皮……而那儿的马都不用架车干活、套犁耕地，那些马甚至连缰绳都不戴，自由自在，想去哪儿就去哪儿。我们的族人也不种地、做买卖、给城里人盖楼房，他们是骑着马到处闲逛的牧人，每天只要把成百上千只牲畜放在随便哪一片草场，然后看着牲畜吃得五饱六足、顺着嘴角淌草汤，自己则可以天天吃手把肉、喝酒，也可以躺在阳光下睡大觉……"

这些话把我听得愣眉愣眼，特别听到哥哥说那里的天上地下都是天鹅、野鸭、大雁，我就更目瞪口呆了。在我们家乡，别说这些鸟，就连乌鸦这几年也越来越少见了。春天，乡人为了防止鸟类盗吃，把播地的种子都浸泡上毒药；秋冬又用尽各种方法捕鸟卖钱，慢慢地鸟们都不见了踪迹。

我问哥哥："像这样的草原现在只有在书里能见了吧？"

哥哥神秘地说："堂哥说了，草原还有，从咱家往北走，在数千里之外的地方，还有草原……"

这样的天堂世上还有，我听了如同看见一大锅肉一般高兴。哥哥接下来就神情肃穆了，他哀叹："可惜我们这辈子都见不到草原了……"

我说："怎么会呢？既然世上有草原，我们长大了就可以去呀。"

哥哥苦笑："说得轻巧，咱们穷得都快尿血了，哪来的盘缠。"

我听了就不言不语了。

作为蒙古人的后裔，我的父母本来会说蒙古语的，只是他们和我的众多乡人一样入乡随俗，讲起了伸卷舌不分的"辽宁汉语"。而属于我们的母语，只有父母说一些悄悄话时才被使用。那些日子里哥哥巴根那总缠着母亲教他蒙古语，什么"必巴蒙古仑珲"（我是蒙古人）、"三拜诺"（你好）等等。有一段时间他甚至拒绝和我说汉语，当我问他："哥，咱家饭好了吗？"他就拿出我母亲说汉语时那种特笨的口音来："巴大幼（饭哪），没好尼。"他半拉蒙古语半拉汉语的腔调叫我莫名其妙。更过分的是，我家的收音机也被他霸占了，天天听起了啼哩嘟噜的蒙古语台，在我最想听《隋唐演义》的时候，收音机里却响起他也听不太明白的又拉又唱的蒙古书。为此我不知向我的父母哭闹抗议过多少回，可父亲和母亲不仅不为我做主，反而眉开眼笑了。

有一次，巴根那神秘兮兮地跟我说："你知道吗？我们蒙古人最早的祖先并不是人……"

这句话叫我目瞪口呆，我说："不……不可能，不是人会是什么？"

哥哥压低了声音说："是狼和鹿！"

我就心惊肉跳了，战战兢兢地问："这也是书里说的？"

哥哥使劲点点头，他的表情此时越发凝重，满腹心事地踱出门外。这些话也让少年的我陷入了迷茫，我感到往日平静的阳光都不那么平静了。也就是这个时候，哥哥把他的行李搬到了羊圈。对此我父母也曾阻拦，母亲说："孩子，好生生的人怎么能和羊住在一起呢？"

哥哥却一本正经地说："人本来就是狼和鹿变的，睡在羊圈里有什么不好？"

这话让母亲费解。结果任由父母怎样劝说，哥哥就是铁了心肠，最后他基本拒绝与任何人说话，从此缄口不言，学起了真正的哑巴。我父母无可奈何，拿这样一个"佛爷"谁又有什么办法？

如今哥哥和他的羊群一起失踪，冥冥中我有种不祥的预感。母亲此时则是有病乱投医，她找到"罪魁祸首"——我的堂兄，在母亲的心目中堂兄应该是我们村最有学问的人。哈思把拳头挂在额头上思索了一下，说："这件事情就交给我吧，解铃还须系铃人，我会把他找回来的。"

母亲听了感激涕零,对堂兄说:"找到巴根那告诉他,这个世界上已经没有狗屁草原了,嘎达梅林都死了,还哪来的草原……"

四

堂兄和我第二天就上路了。我们村没有机动型交通工具,只有骑驴。可我和堂兄骑驴的样子着实不雅,哈思感慨地说:"圣主大汗有言,他的后人有一天由骑马改成骑驴时,蒙古人就走不了天下了。"哈思就是这样一个酸气十足的人,说话总爱引经据典,到头来只是纸上谈兵。一路上他还一再埋怨自己,不该把书借给巴根那,按他的说法借书给哥哥就等于给马蹄子钉了马掌。

哈思首先为我俩的寻找指明了方向,他决定先到哈达盖我舅舅家摸一摸线索。因为那些羊毕竟是从我舅舅家赶来的,说不定老羊识途回它们的故乡去了,哪只羊不往好草赶呢。哈达盖牧场在西北面,距我家大约200公里,那也是科尔沁现存的唯一一片还没有彻底沙化的草场,虽然也已经马莲草遍地、草尖贴地皮。

舅舅家也和我们一样,住着黄泥土房,只不过他们的房子方圆几里才有一家,不像我们的连了一片又一片。哈思来过我舅舅家,所以轻车熟路。我们到舅舅家时已是第三天下午,穿着一件绿色军用上衣的舅舅正在用水泵抽水饮他们的羊群,我的最小的表弟巴特在一旁哀伤地哭泣。

巴特小时候去过我们家,我问舅舅怎么了,舅舅瞥了一下拴马桩旁的一匹老马,对他的小儿子说:"让你的两个哥哥看看那匹马该不该卖掉,都老成什么样子了,有什么舍不得的。"

巴特说:"可是它是咱家唯一的一匹马了……"

舅舅急了:"那又怎么样?卖了它我还要买化肥呢,不买化肥那兔子不拉屎的地能长出粮食来吗?"

舅舅扭过头来问明我们的来意,就蹲坐下来,点了根旱烟低头不语了,半天才哆哆嗦嗦地说:"也就十几天前,赊给你们家的羊回来了……"

堂兄听了忙问:"那巴根那呢?"

舅舅说:"说的就是巴根那,没有,我没看见巴根那,只有羊……"

堂兄和我都愣了,堂兄说:"不会吧,巴根那和羊一起失踪的,怎么可能只见羊,不见巴根那呢?"

舅舅说:"我也奇怪,羊都赊给你家两年了,它们也不是马,怎么会认识回家的路呢?"

堂兄紧锁眉头,说:"那现在羊在哪儿?"

舅舅说:"我一看这些羊瘦得不行,就想先在我这儿放几天吧,第四天一大早,我正要把它们给你家送回去,到羊圈一看,来的那十几只羊一只也不见了……"

舅舅又点了支烟,说:"我最后数了数我家的羊群,你猜怎么的?它们还拐走了我家 8 只羊呢……"

舅舅家的草库仑里也一半种上了苞米和大豆,整个冬天没怎么下雪,哈达盖草场除了去秋割剩的苞米和大豆茬根,不见一根露头的春草。傍晚,舅舅带着家小去祭拜敖包,企求春雨。我和哈思一同前往。

落日西沉,在哈达盖最高的沙坡上,春风凛冽,四野静穆。单调而枯黄的扎木稞、刺棱草迎风鸣诉,舅舅的衣衫也猎猎作响。我和哈思紧随舅舅一家,舅舅念念有词,不断往敖包石堆上泼洒酒、炒米和奶食。祭祀敖包原本是围转 3 圈,结果舅舅转了 9 圈还不停止,舅舅说:"心诚则灵,没准今晚就能下雨呢。"

老天并不如舅舅所愿,天空月朗星稀。舅舅大概喝了一斤老白干,最后喝得有些东倒西歪了,絮絮叨叨地说:

"你知道你家羊群里的那只头羊,它可真让人稀奇,长得比一般羊都要矮,白身黑脸……它那双眼睛可不像羊的眼睛……"

堂兄乐了,说:"不像羊的眼睛,难道像狼的眼睛?"

舅舅说:"比狼的眼睛……温柔。我那天宰杀了一只病羊,那个头羊见了,走到我跟前定定地瞅我,满眼含泪。我看了别扭,用脚踢它好几下,它才一瘸一拐地跑开。它的一只后腿不知被谁打坏了。我想,也就是那天晚上它领着羊群走掉了。"

舅舅一边唠叨一边用羊嘎拉哈为哥哥占卜了一卦，他把那7个羊骨头抛洒了7次，最后舅舅惊呆了，对我们说，他这辈子不知为多少人占卜过，可从来没有这样的卦相。这是一盘迷卦，嘎拉哈最终的指向是相互抵消，也就是没有去向！

堂哥说："此话当真？"

舅舅说："不是我丧气，巴根那已经凶多吉少，你俩还是别去寻他了，不会有什么结果……"

五

既然巴根那没和羊群在一处，舅舅又预言他无处可寻，哈思第二天一早就要打道回府了。这令我气急欲啼，这样回去又怎么向父母交代？我和堂兄正相持不下，眼泡红肿的表弟巴特追了上来，他怀抱一个旧马鞍递给堂兄，说这是他爸爸要他送来的，那匹老马一大早就让舅舅卖了，留马鞍也没用。说完扭头去了，走几步又回过头来，说他爸爸捎话给我俩，从这往北走，离此300里的白音查岗有个女萨满，或许她能预测巴根那的下落。

那个女萨满在我们科尔沁赫赫有名，方圆几百里没有人不知道她，她是我们科尔沁的最后一个萨满了。小时候一旦不听话，父母就以这个老太婆恐吓我们，据说她整天披头散发，昼睡夜出，专吃小孩肉。听说去找女萨满，堂兄来了精神，是的，谁不想亲眼见见这个传说中的老太婆？现在却要我们亲自去找她，这件事本身就充满刺激。

路途的孤寂和辛苦着实令人无法忍受。昏黄的大风几天就把我和堂哥吹干了，吹得满脸黢黑、皮肤和嘴唇干裂冒血。口袋里的炒米和奶干也刮进了沙子，咀嚼起来嘎巴巴直响，又没有别的可吃，无奈干吞整咽。胯下的毛驴走得疲累，任凭百般打骂，也打赖不肯快行。堂哥又发表感慨，说："真不知道堂·吉诃德当年是怎么与大风作战的。"

走了四五天的路程终于看见白音查岗的炊烟了。就在村子外面，我和哈思巧遇了那个老太婆。

一条同羊肠子般又弯又细的河边上，几十头猪正东拱西拱，把河水弄得污浊不堪。她差不多有八九十岁了，银发如丝，牙齿全无，面部的褶皱比猩猩还多，可两只眼睛却闪闪发光。这副平常老太婆的模样出乎我们的意料，堂哥甚至认为认错人了，是那个放猪的小孩听说我俩找女萨满，二话没说直接把我和堂兄带到她身边的。后来从老太婆额头的一条月牙形胎记辨认出正是其人，她的这个特征无人不晓。

女萨满正拄着拐棍朝猪们扔石块，口中不停地咒骂，走近了才听清她是嫌那些黑乎乎的猪们弄脏了河水。萨满说：

"你们这些肮脏的东西，知道这条河原来有大吗？别说让你们在里边打泥，就是走到河边也会淹死你们！现在你们又来冒充蒙古人的五畜，你们把牛、骆驼、山羊、绵羊、马的家园都侵占了，你们长个丑陋的鼻子到处拱地，把草拱没了，连草根都吃掉了，拱得草场就剩下沙子了，接下来我看你们还能吃什么！"

堂兄上前诚惶诚恐地向萨满问好，女萨满像没听见一样，继续她的谩骂，瞅都不瞅我俩一眼。堂兄没辙，硬着头皮走近一些，放大声音说："萨满奶奶，能向您问个事吗？"

许是哈思的声音过大，惊扰了女萨满，她瞪大眼睛望了望堂兄，随后狠吐了3口吐沫，转身离去了。她走路速度之快，像小孩子一般。

这是个蒙汉杂居的村落。我和堂兄一后一前，尾随萨满走入一户人家的院落。这家的中年男人后来在昏暗的灯光下说的话让我和堂哥毛骨悚然，他听说我俩刚才是跟随女萨满而来，摇头说，这不可能。因为他妈妈一个月前就去世了。

"你瞧，"他指着左臂的青纱说，"直到现在我还戴着孝呢。"

夜晚，哈思和我就在女萨满的儿子家借宿了。我和衣而眠，心重如铁。好不容易睡着，夜半却被堂哥推醒了。堂哥神情紧张，对我窃语说："我想明白了，那个女萨满其实已经告诉我们巴根那的下落了！"

我惊了，说："何以见得？"

堂兄说："你记不记得我问她话时，她吐了3口吐沫，那3口吐沫都是往一个方向吐的，而且一口比一口远，那个方向就是北方！"

六

　　世上有很多玄机本无常理可循，堂哥一口咬定他破译了女萨满的暗示，我也只能跟着他。接下来的日子里，哈思俨然成了女萨满的替身，他说往东就往东，他要右拐就右拐，而且一反刚起程时的懒惰和抱怨。

　　一路北行下来，不知不觉又追赶上了那群走失之羊的足迹。堂兄预言说："瞧瞧，巴根那的行踪还是和这群羊有关，只要找到这群羊就能找到答案。"在追逐羊群的路上，类似舅舅家的事情也不断传来，情形大同小异。故事总是从那些人先拾到一群羊开始，然后没过两天不仅外来羊消失无踪，还拐了他们的几只羊一起走掉了。只不过有一点不同，那就是后来的拾羊者一家比一家拾到得多，这说明被我家的羊群拐走的羊也越来越多了。他们中的一些人听说我们找羊也活了心，打了行囊就跟上我们，一起向北方进发。只有我和堂兄心里知道，这些人是怕我们找到羊把他们的也占为己有。结果我们的队伍人越聚越多，一个月之后，起码有 30 个人跟在了我们的屁股后头。那年的春天，顺着春风吹绿的北方田野，人们会看见一列人群像北迁的大雁，风尘仆仆，日夜兼程……

　　行色匆匆的人们先前还知道自己是去寻回自家丢失的羊，可走上几天之后，就忘记了因何而来……甚至还有更莫名其妙的跟随者，他们与丢羊无关，却不顾家里的阻拦偷偷尾随而来，他们对我们说："带上我们吧，我们跟你们走，去看看热闹。"

　　人们很久没有旅行了，他们早已不再游牧，生下来就固定在了方圆几十里的地方生活，从没有机会也没有理由去更远的地方走走。他们一辈子守着家、守着自己的那点牲畜过活，每天看见的只是同一片颓败的草场或庄稼地，和头顶上的同一片天空，对外面的事知之甚少，心胸也变得越来越狭隘……而现在，他们终于为自己找到了离家出走的理由，所以只要前行，索性不管去哪儿，只要走下去就乐此不疲……这时候如果有人问其中一个人干什么去时，他会茫然地告诉你说："噢，我们……不知道要去哪里……"

我们风餐露宿，一路风光无限。这么多人一起去找丢失的羊群叫路人稀奇。大人们放下手中的活计驻足观望，小孩子则像看秧歌一样追在我们后面大喊大叫。我们在日月轮回间穿行，途经一个个村庄、小镇，路过浩瀚的沙漠、刚刚播种和生出嫩嫩禾苗的田野、连绵不绝的丘陵，以及怪石林立的石岗。荒原上壮丽的日出和田野间鼠群乱窜都叫我们大开眼界，和暖的阳光与阴雨连绵的风寒又让我们大喜大悲。饿了就朝身边的村庄要口吃的，总有好心的慷慨解囊者；渴了就随便找一碗水喝……

可是离家越是遥远时，我的心情就越不轻松，眼下虽然一直在尾随丢失的羊群前行，甚至连羊群的粪便都依稀可辨，但没有一点关于哥哥的消息。与此相反，在我们的队伍里，有关舅舅形容过的那只头羊却越传越奇。人有时就是这样，当一件事情离谱时，风传的人就更会添油加醋，横生枝节。

白音胡硕的韩金山是赶着自家的勒勒车上路的，他一边吆喝着牲口一边吐沫横飞，说："那群百八十只羊到我家的井旁饮水，我家的那3只牧羊犬认生，扑上前去驱赶，这时你猜怎么的？羊群里的一只黑脸头羊忽然就闪身出来，冲着我家的狗发出两声奇怪的叫喊，那分明不该是羊发出的声音……结果3只牧羊犬像听懂了头羊的话，灰溜溜地闪开了……"

韩金山还说起那天晚上他被尿憋醒到屋外小便时所见的事，刚说到一半就被吉雅老太打断了，吉雅老太是寻羊队伍中最年长的一个，这从她那张黑羊皮般的脸上就能看得出来。她弯着背，老眼昏花，两条腿像两个半圆左右摆动，并且双手拄着拐杖。她也是一只羊没丢，自愿跟随来的。吉雅老太不想听这些怪里怪气的事儿，她对韩金山大声说："佛爷会让你闭嘴的，我放了一辈子的羊，从没听说过你说的那种羊……"

而和我一起朝夕相伴的哥哥啊，你又到底在哪里？难道你真的讨厌我们的家了吗？你可知道母亲和我多么的想念你……

七

遇到尼玛活佛时，大概走到了哈日汗山的地界。

吉雅老太心地虔诚。在她7岁时，她的祖母曾经带她来过这里的达喜庙，如今她记忆犹新。那时尼玛活佛也是个八九岁的小孩子，对此，童年的吉雅老太还很好奇，她掖着祖母的衣角羞怯地问，活佛怎么也是和她一样的小孩子，却被祖母捂住了嘴巴。70多岁的祖母领着吉雅跪在小活佛的脚下，小活佛闭目诵经，然后为她俩做抚顶礼。吉雅那时吓得差点尿了裤子……

这些都是过去的事情了，现在吉雅老太已是一把年纪的人了，可这本不可实现的愿望终于实现了……在她的怂恿下，人们费尽周折找到了这个当年曾恢宏一时的庙宇，只不过现今它一如吉雅老太的牙齿，已是残垣断壁一片废墟了。吉雅老太望着眼前的一切，老泪纵横。她哭了一气又一气，最后哭累了，抬起头问那个当地的向导："尼玛活佛还在世吗？"

向导指了指不远处一个地窨子，说："在世呢，喏，就在那儿。这老头倔，'文革'时扒达喜庙，他说啥不出来，要不是好心人硬抬他出来，他的坟就该是这片土堆……"

吉雅老太忙不迭地向地窨子走去，堂哥和我紧随其后去看个究竟。吉雅老太路上宣扬着活佛的大慈大悲，据她讲，尼玛活佛比龙王还神，只要念经他让哪块云彩有雨哪块云彩就有雨；他还知道怀孕的乳牛要生的是公是母，以及吉雅的祖母何时何地栽个跟头，就死在了春天的归流河里……

借着门开处的昏暗光线，我们看到的是怎样一个活佛：一个肮脏不堪的老头蜷缩在土炕上的毛毯里，他瘦骨嶙峋，张着空洞的嘴喘气，羸弱得如同一只病猫。看到我们进来，他哆哆嗦嗦伸出一只枯枝般的手，声音微弱："是吉雅来了吗？"

吉雅老太本来还在惶惑之中，听见呼唤，她仗着胆子问："你是尼玛活佛？"

老头说："我就是……"

吉雅老太这才跪倒，又像个孩子似的哭号起来。老太说："我的活佛，你怎么也老了呦……"

尼玛活佛似要把老太掺起，却已动弹不得，说："我的这把老骨头命中注定是一个叫吉雅的老太婆来收的，我就等着这一天呢。"

吉雅又使劲磕头。尼玛活佛说:"起来吧,现在已经不兴这个了。"

我忙凑到活佛跟前,说:"佛爷,我想问问我哥哥的下落……"

活佛说:"是那个一只脚有点跛的人吧?他正在一个阳坡上睡觉呢,不过你们会找到他的。"

我听了眼泪就落下来了。还有一个问题困扰我很久了,我问活佛:"家鹅可能变成天鹅飞走吗?"

活佛说:"佛看见牧人没有吃的,就把芦苇絮变成了羊群,世上没有可能与不可能。"

这话我不甚懂,还要问些什么,却被活佛一阵剧烈的干咳打断了。活佛后来断断续续告诉吉雅,三三重叠、天上日月同时对称出现的时候,就是他归天之日。他说:"我死后,哈日汗草原就不会再有活佛了,没人再俘云降雨,这片草原更会黄沙漫漫……"

我们告别了活佛,吉雅老太自己留下来,她要侍候尼玛,直到活佛圆寂。

八

那片绿沁心脾的草原出现在我们面前时,是在一场连绵的雨后。湿漉漉的人们从一片樟子松林里钻出来,刚趔趔趄趄地登上耸在头顶的山冈,就被眼前无垠的草原惊呆了:那莽莽苍苍的草原浑然横亘在黛色的天空之下,九曲蜿蜒的藏蓝色大河正在它辽阔的怀抱中缓缓奔流;那些盘旋飞翔在河流上空的自由自在的鸟儿,是湖鸥,是野鸭,是天鹅,而碎银、玛瑙一样铺陈于草原的是一群群牛羊、一簇簇骏马。那些散落的白色蒙古包,在这一片博大的郁葱中、广袤的青翠中,仿佛一棵棵雨后新鲜的白蘑,丰沛的地气形成的薄雾正在它身间徐徐环绕,而它的头顶正悬挂着奇幻的壮丽彩虹……

这是在梦中才见的情形,堂哥从驴背上无意识地滑下来,扑倒在了山冈上……

我听见人群里有人轻声哭泣,那是久违的泪水,是丢失的孩子终于见到母亲而洒下的热泪……

人们手舞足蹈，在草丛里尽情打滚、开怀歌唱！他们忘记了所有的不快、隔阂、嫉妒、怨恨，谁见到谁都互相热切地拥抱……

那是怎样的几日时光啊，人们白天与本地满面乌红的老乡晒晒太阳、聊聊家常，乐此不疲地和牧羊人共同分享一瓶烈酒、一管儿鼻烟；晚上点燃篝火无休无止地载歌载舞，彻夜不眠……人们简直把寻找羊群的事抛到了九霄云外，只有我和堂哥心中惦念巴根那，找遍了所见的羊群，打听了一个个怕生的牧人，结果都未有进展。

这天下午，我一个人去一片草岭的背面解手，就在我无意间向远处眺望时，我看见了那片白云一样飘在岭底的羊群，冥冥中的预感使我不顾一切地奔下岭去……

正是在这几百只生机勃勃的羊群里我认出了我家的羊，对，是我家的，这绝对没错——只是它们已不再瘦弱，而是圆圆滚滚的肥壮极了，要不是它们耳朵上被巴根那剪出的特殊标记我差点认不出它们来……可是，我的哥哥呢？我急切地环顾了羊群左右，四下里奔跑着寻找巴根那的身影，可是，没有，哪里也不见我朝思暮想的哥哥。难道真像人们所说，这千里迁徙的羊群根本没有牧羊人吗？情急之下的我"哇"地大哭失声……

也就在这个时候，我突然间看见了羊群里那只黑脸白身的矮羊，他躲闪在群羊后面，正转头小心地看我，我惊呆了，因为那眼神是我再熟悉不过的，它属于乞颜姓氏的我的家族……我下意识地捂住了嘴巴，以免自己叫出声来……

那只头羊与我深情地对视了片刻，似有无数话欲说又止，又有几多欣悦交织——可它却忽然转过身，跛着一只脚跟跄而去，一直挤到众羊的前面，领了羊群向远方浩荡涌去……

当时的我不知所措，心中更无有所想，只有站在草原上目送着羊群渐行渐远，直到消失无踪……无意间一低头，就瞥见头羊离去的地上，一本书籍正随风作响，我弯腰拾起来看，这书已残破不堪、无头无尾。我正欲翻阅它，却不小心滑落了，直滚到山坡下的激流河里，顺水漂走。

此时再看苍穹之上正有日月同时辉映，而一只鹰在草原上空盘旋许久，终于落去……

后来我就擦干了满脸的泪水,重新回到我们的队伍中。我向人们指了指那个羊群涌走的方向,人们又跟着我和堂哥整装上路了,我们走向了纵深的茫茫草原。

遍地风情

2013年获第十届内蒙古自治区文学创作"索龙嘎"奖
王建中

民国年间，晋、陕、蒙边地的走窑汉忽然多起来，在数不清的沟谷川道里，在起伏沉落缠来绕去的梁峁塔塬间，在官道上，经常可以看见赶着大马车，穿着白茬皮袄，头戴毡帽，套着黑布棉裤，抱着鞭杆，豁着衣襟的红脸汉子，这就是走窑汉。出乌素沟，越过尔岭兔梁，就是40里长川了。再往前便是准格尔的街镇了。

准格尔的街是条大道，是走西口蹚出来的。因此到了民国初年，这里真是很热闹。"声闻胡地三千里，鸣贯晋陕十六州"就是指这里的。一条青石街被车马行人蹭得光溜溜的。早上，青楼的女子和唱戏的配角，可以边走路边低着头照着石面梳头抹粉。常常有赶路的车会冲着空中甩个响鞭，鞭花炸得很脆，会把这些女子的粉盒惊到地上去。往往有一声女子的尖叫，缩了身子收拢肩膀缩在墙角，小袄就会提起来，露出一截雪白的腰肢。野一些的车夫就会用鞭杆搔搔女子裸露的腰肢，吆喝着牲口若无其事地过去。有的女子经不住这一搔，会失声笑出来，惹得行人都向她看，不明白这女子一惊一笑是为了什么。这女子羞红了脸，捂着桃花一样的腮跑了。若有人这时伸出一条腿，挡一脚，这女子便彻底地闪了，身子扑在青石街上，红衣、青石，很有些别的意思。一街人会笑起来。女子的首饰什么的就会掉在地上，这时也顾不得去拾了，爬起来就窜，一窜就不知窜到什么地方去了，找都找不见。附近的人就会将这些东西拾起来，瞅机会再交给这女子。有时好长时间也瞅不见这女子，这人就会寻上门去。这时，女子自然很感激，送出街门，就见那女子站在青石的山墙下，一身红衣，眉目含情地送那人远去。更有些情意的女人就会留住这人，这人还有些犹豫，女子柔得像水一样，这人的心就有些湿了。女子有些扭捏，男人有些心动，半推半就不知不觉已风情难解了。

也不知是街上的买卖行多，还是街太窄小，白天就行不了车。拉炭的车就只能很艰难地从人群中蹭过去，蹭得人一身炭黑，惹得一些人很不高兴。赶市的多是附近的乡下人。我们这里的乡下人有一个习惯，平日在家粗衣烂衫，出门的时候，必是将家里最好的衣衫穿在身上，一身光鲜地去赶市。平时舍不得穿，因此穿在身上格外地珍惜，落一点尘赶紧掸去。河东人常常嘲笑河西人："不怕家里被偷，就怕路上摔跤。"常常见人在衣服上拍拍打打，外地人就说准格尔人爱干净。最麻烦的是炭从车上掉下来砸了行人，轻者还好办，最多埋怨几声，重者就难说了，伤了人难免就要有纠纷，谁愿意平平安安的日子里有什么官司呢？

因此很烦这些炭车，但没办法，这是车夫的生计之道，又是民生之道，谁家能不烧火做饭呢？因此人们对炭车是很小心的，但人实在太多了，两边生意摊点挨着摊点，炭车防着行人，行人防着炭车。赶市赶得小心翼翼的，都不舒服。后来，就有了一条不成文的规定，白天不准炭车在街市上行走。

这就苦了赶炭车的车夫，也苦了掏窑的窑工。白天不能过车，只能下午装车，晚上行夜路。车夫们装好炭后，闲在窑边的几家店里，盼着天黑，牲口的料不能少，还不敢套车。哪个牲口能驮着上千斤的炭，站上个把钟头呢？窑工们就要在店家的屋子里山南海北地瞎侃。总有侃腻的时候，慢慢就有人去传女人。

那时的晋、陕、蒙一带，这样的女人是很多的。除了青楼的女人外，她们都被唤作粉头。粉头就是涂脂抹粉的意思。因为这一带土地贫瘠、干旱少雨、生活苦焦，一般人家的闺女媳妇没有多余的钱涂脂抹粉，涂了抹了给谁看呢？只有这一类女人才这样，也是一种标志和装束。沟大山深，窑道山场，只要见到这样的女人，不用问，那便是粉头。

粉头一般有两种。一种是帐子有些规模，至少有3篆以上，人数也较多，粉头的年龄和姿色要好一些，连粉头带把子、大条子、二条子、刀子就十几个人。所谓帐子，就是帐篷，有客的时候，这就是客房，闲下就是睡觉歇息的地方。赶会的时候，便扎在离人群相对较远的地方，但为了打眼，门上吊一块红绸子做帘子，稍遇风起，帘子便像旗子一样飘飘扬扬，很像是幌子一样，又被老乡称作红房子。把子就是老板，取茶壶把儿的谐音，拿得起放得下的意思。做这一行的，没个三下两下不行，多是这一带的重要角色。大条子就是做饭的师傅，没什么家什，到哪儿都带着一条长长的案板。民以食为天，干什么都为了混口饭吃，吃是第一的，便被形象地唤作大条子，形象与内容统一在一起了。刀子就是打手，这种人一般长得较凶，灯笼裤、绾头巾、黑护手、紧马夹，腰里扎一条宽皮带，俗称板带，皮带左右各别一把刀子，为的是造势。当然有不平事，这些刀子就要将事理摆平，护场子、保把子，为本班的粉头讨公道。二条子就是跑腿的皮条客，有生意时，碎着步子为人家勤着腿脚服务，介绍粉头，笼络嫖客。粉头一般除了怕把子外，格外讨好的便是二条子，生意的好坏，全凭二条子的"啰唆"了，特别是到了一个新地方的时候，二条子捧粉头的本领就出来了。因此就有"把子的水，二条子的嘴，刀子的心眼，大条子的腿"之说。水就是本钱，嘴不必说，肯定是天花乱坠和落井下石，就是一个损。刀子的心眼就是不使坏，若刀子使坏，粉头自然就要吃亏，嫖客就要受惊。嫖客最怕炸马，粉头最怕夹生。一行有一行的规矩，炸马是忌讳的事，夹生便没了"灯油钱"，"灯油钱"就是身体钱，搞不好是要砸饭碗的。大条子的腿，是指勤快程度的，这一带山深沟大，这山望见那山高，望山跑死马。粉头出去了，点了吃喝，大条子要送过去。客人多的时候，能跑断腿，稍有差错，还要受粉头的气。粉头生气，往往二条子就要生气，二条子一生气，把子也得生气，刀子就要使性子，因此都牵连着经济效益。在这个行当里，吃虽然是最重要的，但地位却是最低的。这类粉头，一般都各有几套漂亮衣服，以跑大一些的窑场和小集镇为主。客人也多为窑主、老板，差一些也是个小摊主，"灯油钱"较多。这类粉头，一般都是职业性的，也就是一年到头只挣"灯油钱"，靠"灯油钱"吃饭穿衣。人员也相对固定，穿戴打扮也讲究些。这种粉头，多半都有后台和靠山，不是拜了码头，就是认了什么人做干爹，要不就是什么人的斗子。斗子就是什么都可以装，斗子主是什么人，不说也清楚是哪一类角色了。到了一个新地方，先遣二条子给有关人士送信递帖子，说明来路和靠山。为的是生意好做些，也是寻求"当坊犬地"的保护和捧场，省去一些不必要的麻烦。

  第二种粉头是临时性的。大家平日里都有正经活儿，或种田，或缝衣浆洗，或打短工做帮手，农忙时在地里、雨里、风里，家里家外都是一把好手。农闲和逢年过节时，临时凑一块儿，人数多少无碍，几个人走拢到一块儿，就可以上路了，没有帐子和衣物，随身只一个小包，小包里一条薄毯，这是家里最值钱最光鲜的衣物了，或许背面还有一块两块的补丁。一只粉盒是不能少的，就像行医的悬壶，算卦的蒙幌一样，是必不可少的标志，也是吃饭的本钱。这种粉头不计较地方，不在乎什么人，只要有人传，晒谷场或一丛柠条后，架一块门板就可以行事。有的干脆连一块门板都没有，铺一条薄毯便可以了。更简陋和可怜一些的，是每到一个地方临时加进来的。这些粉头都是良家妇女，在家为人妇、为人母，趁着农闲，背着家人，出来挣几个舒身钱。随行就市，有生意就多做，没生意就悄悄回家，挣多挣少不计，回去该干什么还干什么，有机会有生意时，再出来无妨。这种粉头，多半家里生活焦苦，说不准还有一个病公公或病婆婆，常年抱着药罐子。更惨一些的，怕还有一个半伤残的丈夫，说不定家里还等她们的"灯油钱"来养家糊口，救命渡难关呢！连一盒粉也置办不起，更别说一条薄毯了。这样的粉头中就有很多人是瞒着亲人含着辛酸出来做生意的。碰到生意好，就多做些日子；生意不好，客人寥寥，反应冷淡，就做一个算一个；做不下去，就寻一些杂活、脏活甚至累活、苦活、险活干，有收入为准则。这样的粉头聚也快，散也快，一个夜晚下来，可能就没什么人了。比如碰到人家出丧，没有儿女摔孝盆子，这些粉头便争着抢着去了。哭声凄惨，真像是自己的爹娘逝去了，其实是哭自己的遭遇和身世。这样的粉头最受欺负，往往受了欺负无处诉说，只能忍气吞声，祈祷着能碰上一个好一点的主儿，听凭命运了。

  这些粉头的"灯油钱"是多种多样的，大到几块炭，小到一块头巾、一只筐、一条扁担，再小到一双鞋、一双袜、一只篦梳、一条腰带，甚至几片干馍片、一盒粉。这都是走窑汉早备下的。还可以赊欠，过一段日子或来年还上等价或不等价的"灯油钱",甚至还可以在第二年的春天、秋天或什么时候帮着这家女人家里春种秋收或做杂工,无耕牛的甚至还可以将牛具拉来犁地,或是逢年过节去女人家里替她到庙上供神还愿送布施……

这些粉头常年行走在晋、陕、蒙边地一带的沟谷川道里,只要有走窑汉的车辙印,就有她们的身影。她们对每一个走窑汉都是笑脸相迎,媚眼轻抛,掐着腰,扭着屁股,晃着一张粉底过重的白脸,唱着曲儿,摆着柳一样的身段。那媚笑粗看是讨好,细看是辛酸。只要走窑汉们停下车来,她们便会凑上来。

"想来?"

只要走窑汉们有一点点的意思或暗示,哪怕只是脸红一下、咳嗽一声,她们便笑了。

"那就来一下!"

生意做完了,俩人也融洽多了。女的一笑,千娇百媚,风情万种。

女人就笑了:"什么时候还想的话,就传个灯(就是传个话的意思)。"眼睑就垂得很低,脸上落了一抹红霞。男人望了那红霞,嗅到的却是萦回的暗香,也笑了,一脸的潮红,似乎那红霞洇染开来,袭上了男人的脸。

天底下静悄悄的女人一面娇俏的背影,在空旷的梁峁上款款的挺挺的,像一只红蜻蜓,袅娜出无限的含蓄,心头一热,禁不住说了一句:"真是好女人。"也便收紧脚步,很快就没到沟下,怕羞似的。

走夜路很辛苦,也危险。准格尔山架大,深沟大壑常常等在一条道的回头拐角处,牲口脚力不足,或是车夫打瞌睡都是很危险的事。常常有车、牲口、人、炭一起落到沟壑里去,很惨。

这些做买卖的人就想出个办法,众人筹款,均摊油费在街里置了很多的灯盏。但风一摆,盏上的灯便熄了。街里很黑,走夜的炭车就有点摸不着东西南北,常常撞到人家的墙上去,把这家人惊得不轻。也有把牲口撞伤的,一车炭就堵在街心了,青石的街面被击出一些黑点子,费上一阵工夫才能清理掉,有时还耽误了事情。最坏的莫过于将屋子撞坏了,撞出一个大洞,灯光从房屋里射出来,斜映在炭上。主人一家惶恐地看着毁坏的屋子,一脸的无奈,哭笑不得。车主人则灰头灰脸地袖着手,缩在车辕辘上,牲口死了,这个车夫差不多也就破产了，抵上一年的工钱也还不起炭行的牲口车钱的。

夜疯子就成了看管这些灯盏的人。

夜疯子是个上了年岁的人，年轻时在这一带卖碗坨，很多人都吃过他的碗坨，瘦长的身子就像被风迫着的柳条一样，总是直不了身子。他的脸上皱纹交错，像一个苦瓜一样，白天你很难见到他的影子。白天他睡觉，晚上就出门捡破烂，拎着一条羊皮口袋，沿街翻拾。有月的夜里，像一条棍子一样，影子会摆到人家窗子上，会把人家屋里的孩子或女人吓着，但人家对他很和气。不知道的外地人初次遇见他，还当他是疯子，就叫他疯子。夜疯子是个很勤快的人，他捡完破烂会把一地垃圾收拾得很干净。前半夜，拾他认为有用的东西，后半夜用一辆手推车倒垃圾，也有一些回头探宝的意思，就像牛的倒嚼一样，怕漏掉有用的东西。他倒垃圾倒得很远，他的方式很有意思，先挖一个坑，然后将垃圾倒掉，再用土填上，这倒不是他有什么环保意识，他想在垃圾上种树。城里的垃圾就是他倒掉的，时间长了，大家就会将一些有用没用的东西送给他。他不要没办法，大家只好在他来之前，将东西放在垃圾里。

灯盏很高，是怕孩子们淘气取了火种玩火。个儿小的大人也是很难够着灯盏的。

每到夜晚，夜疯子就一路拎着油桶去点这些灯。若是有点风，一路灯盏飘摇成线，闪闪晃晃，很让人寻味。点过去，也只有夜疯子才能够着，若是刚将灯点过，忽然一阵风又将灯吹熄了，附近的人家想帮忙，就得从屋子里搬一些凳子出来，上了凳子，才能将灯点着。

城里人家也很爱惜这些灯盏，一是这是公用的，二是很体谅这些干夜活的车夫，他们生存得的确很艰难。就听前面的黑暗里车夫喊："夜疯子，灯熄了。"其实人们当面不叫他"夜疯子"，叫他名字，他的名字叫燕凤子。有一年县警察局将他的籍贯弄错了。他去说理，不知怎么和警察就打起来了。警察是什么人，有理也不让人，把夜疯子打了一顿。商会里的一些正直人看不下去，就摆了一桌酒席，请警察局的人，夜疯子也来了。他和警察理论："我是河南渑池人，不是绳池人。"人们这才明白是警察将他的籍贯弄错了，他去纠正，正好那个警察不认识那个"渑"字，就念"绳"。他纠正，警察也火了，说就是"绳",他执意说"渑",俩人就纠缠在一起了。正好警长从外面进来,听了情况,就说夜疯子无理取闹:"这分明是'绳子'的'绳',你就要说'面池,面池',饿疯了你!"夜疯子也急了。他是在山东长大的,将"渑"念成"面"。他上去就抓警长,警长一脚就将他踹倒了。他像棍子一样倒下时,将屋里的东西撞了个七零八落,茶碗也打碎了。

警长当着众商家的面,给他赔了个礼。夜疯子不接受。以后警察局的垃圾他也不去捡,也不倒,闹得警察局的垃圾像山一样高。众人劝他,他就是不听。

夜疯子听有人喊,就急忙往过赶。就听后面有人喊:"夜疯子,灯熄了!"这个车夫,大概是等得时间久了,火了。

夜疯子就回头应一声,他有点左右为难了,不知该点前头还是后头。众车夫就发火,因为长长的车队堵死了,前面一辆车撞了人家的墙。大家都埋怨他,他也不恼,黑灯瞎火,苦寒受冻的,谁不留恋那个热炕头呢?很快,近处一家人搬了个凳子将灯点了。

天寒地冷,落了大雪后,青石路面的雪被压瓷实了,滑得很,牲口挎了掌还是摔跤。常有牲口倒伏在街面上,第二天一早,人们就会看到留在地面上的一摊血,红、白、黑,实在是触目惊心。夜疯子呆了半天,想拿一把铁锨清除干净。一使劲,血没铲净,自己却倒了。爬了几次没爬起来,人们就见他捂着左脚脖子拉长了脸。人们急忙将他扶起,他还是站不住,急忙去唤大夫。大夫说可能踝骨裂了。

夜疯子躺了半个月。

半个月里,夜疯子夜里眼瞅着别人小心翼翼地爬上凳子点灯,心里很难受,一个劲儿用手抹自己的脸。

花了不少药费。

众商家要帮他还,车夫们也要帮他还,夜疯子不让,说脚好了还捡垃圾,大夫一摆手说,免了免了,治病是本分,收钱是次要。夜疯子不肯,要是这样就拒绝吃药,大夫也没法,大家直叹气。

等他病好后,脚却有点瘸。人们想帮他,就把一些东西放在他来之前的垃圾堆上,他却没有力气捡了,夜疯子还是没有将欠的药费还上。看他很难受的样子，众人商量一番，那就象征性地还一把打炭斧子吧。夜疯子就去磨斧子，磨了好长时间，斧子磨得铮亮铮亮。

大夫接过斧子，一把抓住夜疯子的手，眉目放光。夜疯子嘴里直说："对不住了，对不住了。"很惭愧地晃了晃大夫的手，扭头拐了脚离去。

大夫的儿子说："真是一把好斧子，多硬的炭也劈得开。"

大夫慢慢摇摇头，目送夜疯子一瘸一拐远去了才收回目光，寻了一块绸子铺在桌子上，郑重地放在药王的神像下，又对儿子说："这把斧子，不是劈柴打炭的，这是用来正人的。"

全家人忽然明白了什么。

儿子像是悟到了什么，便也晕红了一张脸，眉目生光。

灯一盏盏地亮，炭车一车车地过，这时夜疯子双目失明了。人们常常看见他拎着一盏灯笼，在漆黑的夜里沿着青色的长街慢慢走过去，他的臂上挂了好多盏灯。他是去给人送灯。灯光照在青石的路面上，一地青光温温暖暖，灯光笼在夜疯子的身上，笼罩成一个光团，远远望去，便见一个蹒跚的老人独行，光晕里的人，如同一种命运一样，让人深思。赶车的车夫们，都停下车，伫立在路旁，等老人慢慢过去，那些青楼里的女子，也会轻轻地走过去，将老人前面的一些细小障碍捡拾干净，有时姐妹们也会替夜疯子洗洗衣服，收拾一下屋子。这时一个女子从一面墙下闪出，将一件衣服披在他的身上。

夜疯子问："谁，谁啊！"

没有人说话，夜疯子听了一会儿，只好转过身去摸索着身上的衣服，继续向前走去。

年轻的看灯人迎过来："疯大爷，说好我去取，你又送来了。"

夜疯子将手上的灯递过去，挨个将熄了的灯盏换好，打着灯笼又步履蹒跚地向家走去，一会儿，他又会将灯盏送过来。

车夫们给他让开道。

夜疯子从大夫家过，正巧一个年轻的车夫歇在大夫家门下。车夫悄悄对另一个年轻的车夫嘀咕："一个瞎子，打什么灯笼，打了也白打，瞎费油。"俩人在墙根下嚼舌头，渐渐话就难听了。

大夫实在听不下去了，咳嗽了一声，说："你以为那灯笼是给他自己打的吗？"

车夫一听是大夫的声音，忙向大夫问好。就听前面的车夫喊："灯熄了，传灯。"

那个年轻的点灯人一路赶过去，脚步敲击着青石路面，发出橐橐的声音，年轻人喊着"传——灯——喽——""看——道——走——好——嘞——"

夜疯子侧耳听了一阵，他将灯笼高高地挑起来，一条青石路面朦胧地在他的脚下伸展到黑处……明亮的世界也温温暖暖地围裹在他周围，他像一捻长长的灯芯，灯焰如同一团金色的毛茸茸的雏鸡一样……

走窑汉解开裆的一刹那，刀子风长驱直入，一下子就捅到胸腔里来了。在腔里兜个圈，弥漫开来，一股寒气贯彻周身。嘴一龇，牙是紧了，"哒"地吸一口凉气，冷不丁打个寒战，红唇一咧，黑头黑脸上绽开一排白森森的牙齿。眼白大，就看眼睛凹在深处，两个眼球乱转，几柱尿便从裆里拽出来，风粗暴地掠过来，湿了裤裆。冷风一激，又是一哆嗦，反穿的羊皮袄的毛被风抽得很直，黑猩猩一般乱颤。

牲口的鼻子里喷着白气，被山风顷刻间瓦解。坡顶上歇了一溜骡驮垛子，车上尽是黑炭疙瘩。

大闺女撧了撧那玩意儿，塞回裆里，叠了大裤腰，红裤带绾个结，扎死了。一截红裤带垂在裆间，极显眼。"真是个驴，爱女人爱的，真是个驴！"忽然又吼了一嗓子，"二叫驴作害了个人！"听得喊声，断坎处露出半个脑袋，被唤作二叫驴的那个人慌忙系紧了裤子，回转身来。黑乎乎的脸上落了一层汗。亢奋使他眨了眨眼睛，把手上鼻涕一样的东西抹在屁股后面的裤子上。

黑板片三蹿二绕一长蹦就到了二叫驴隐身的那道断坎下，上去就是一脚，不偏不倚，正踹在二叫驴刚才抹鼻涕的地方。二叫驴腰一塌，顺着坎儿栽过去，脸杵在坎壁上，一脸土。

二叫驴爬起身，"呸、呸"地吐掉嘴里的沙石炭渣。

二叫驴四处寻石块，却抓到一块土坷垃。

黑板片眼梢一立，凶恶得很。

二叫驴失了张牙舞爪的吼，断落了声势，土坷垃狠狠向土崖砸去。

便见红骡子的头从峁后一晃一摆地冒出来，脖子梗着，抵在骡子的后臀上，每一较劲，几条粗壮的"蚯蚓"便在脸上蠕动不已。红骡子吭吭哧哧沙哑着嗓子吆喝牲口，破锣一样难听。

大闺女又骂："真是个驴，爱女人爱的，真是个驴！"

红骡子汗水淋漓，对襟大黑袄一敞一敞的，渍得发亮的疙瘩扣子随着身体的摆动，像一排身着马褂头戴瓜皮小帽的老地主，摇头摆尾，恶意地讪笑着。红骡子使出浑身的劲儿搬着轮子，帮着骡子上坡，铁辐条冷得像刀子一样，硌得手生疼。骡子躬腰撅腚四蹄猛蹬，蹄扣如碗，把坚硬冰冻的窑道磕下许多白印子。

黑板片袖了手，嘲弄地笑着。忽然阴阳怪气地唱起了曲儿：

黄牛黑牛耕坡地

娶不下老婆打伙计

你道稀奇不稀奇

自个和自个儿打伙计

众人一听"嗷"地爆起一阵讪笑。

红骡子全当没有听见，使劲抠着车轮辐条，"蚯蚓"再一次爬满了全脸。忽然膀子一斜，将皮袄甩在了地上。浑身冒着热气。

这车炭拉得不轻，圈了围板还冒尖老高，豁豁牙牙的，高低不平。车轮子是彻底窝在一个不浅的凹坑里，骡子徒劳无益地使着劲儿，始终保持着一种奋力的姿势，鼻息喷得很重，一缕缕的热气喷出来，在嘴和腭周围结成了厚厚的白霜，脚下一滑，"扑通"一声卧倒了。

红骡子霜打一般，傻眼了，索性一屁股坐到了地上。浑身冒着热气，汗水顺着脖子滑到背上，小袄热气腾腾的，像烟一样被冷风赋了形吹散。

二后生大喝一声，"噗"的一口吹掉烟锅里的烟灰。三缠二绕系紧了烟袋口，收了烟锅缠巴缠巴，往腰里一掖，冲着哂笑着袖手看热闹的面目有些古怪的走窑汉们喊了一嗓子。

一脚把拖在车后的顶木踢倒在轮子下。

骡子骤然觉得轻松多了,腰却塌了下去,彻底卧垛了,吐出一缕一缕的白气。

二后生一膀子便将红骡子挤在一边了,用手抚摸着骡子头。骡子大汗淋漓,鼻息粗重,刚才红骡子只顾拽着缰绳猛扯,嚼子把骡嘴箍破了,口里满是血沫子,一滴滴地滴在苍白的窑道上,蹿起一股腥味,清冽的冷风一漫,很冲鼻子。骡子身上尽是汗,先前下去的汗珠子结成了冰粒,冰结在乱毛上,坠在肚脐下,满肚皮上全是冰粒。身上的汗水还在往下淌,温化了冰粒,掉落下去,后续的汗珠子很快又结成了冰粒。冰粒掉在道上,一粒一粒被风吹得动起来,闪耀着光芒。

二后生听骡子喘息得匀称了,用手捂了骡子眼,用自己的老脸蹭着骡子的黑脸,口里念念有词,将骡子身上的缨套全解了,骡子终于平缓下来,喷着鼻息,不断地打喷。二后生脱下皮袄,披在大汗淋漓的骡子身上,骡子的气终于顺过来,塌下去的脊梁渐渐蠕动开来,腿也不再打战,尾鬃也像刷子一样扫动开来,拂尘一般优美,忽然站了起来。

二后生喊了一声:"添手!"

众人不敢怠慢,风旋着冰粒从骡子胯下穿过。这是一匹相当漂亮、矫健、壮硕的骡子,大鼻翅,阔嘴巴,胸肌发达,四肢关节廓大,充满了弹性。

歇息的走窑汉们渐渐拢了过来。

二叫驴的兴奋劲儿过去了,软了巴叽地耷拉着身子,像个大烟鬼。反穿的黑山羊皮袄脏兮兮的,沾满了草屑粪粒,散发出呛人的气味儿。皮帽子上的毛掉落了不少,露出癣一样的皮板,反扣在头上活像一个倒霉的土匪。

黑板片冲着红骡子骂:"看爷爷们歇一会儿,眼红咧!"

众人推推搡搡,大懒指二懒,二懒溜边站,骂骂咧咧一阵,才动手帮红骡子抬车套车。

二后生用手挠着骡子,亲切地吆喝着,骡子才没有抗拒。谁都知道,卧垛的骡子跳墙的驹,是会伤人的。大闺女和黑板片左右各蹲一个,二叫驴和红骡子一前一后各站一个,就听大闺女喊:"一——二——起!"

众人一齐发力，肩与胸抵着车帮子。嘴一龇，脸憋成醋葫芦，眼睛凸暴着，似盈了水，腮上的腱子肉上下抖动，车子终于被抬了起来。

二后生不失时机地猛拍骡子一把，骡子猛然向前一蹿，头便昂了起来，车子骤然离了凹坑，冲出了坎坷之地。

黑板片拍打拍打手上的泥土，走过去，一撩腿，冲着二叫驴很响地放了一个屁。众人正笑，冷不防黑板片的手便掏到大闺女的怀里去了，嘴里说着："斜眼汉，点角牛！出点血吧！"拽出一个烟荷包。大闺女心疼地眨巴着眼睛，没一点办法。众人忙说："好烟，好烟。"每人匀了一点，装到了烟锅里。黑板片将烟袋杵到二后生跟前，二后生挥挥旱烟袋不要，又瞅着烟荷包，眼亮了一下。

"软了巴叽的，不过瘾！"

黑板片将剩下的烟倒进自己的衣襟里，愣是没给二叫驴。然后把空烟荷包扔给大闺女。

大闺女接了，看众人将烟点上香甜地吸着，大闺女抽了抽鼻子，心疼得很，就拿眼睛仇恨地剜黑板片。

红骡子抬胳膊擦脸上的汗，唇上爬一条鼻涕，像一条青绿色的小爬虫，非常胆怯地蠕动到洞口，被红骡子用袖口粗暴地擦去了，抽一下鼻子，吐出一口痰。

黑板片不着边际地说："二梦唐看戏，母猪下蛋，八叉流星扑死哩！这路是为女人扑腾开的？就你这样，跌凹坡咋过？"

一句话，说得大家都不出声了，抬了头看天，天脏乎乎的，呼呼的西北风在他们头顶的山梁上不停地穿过，一片一片苍荒的云朵像马群一样掠过，顿觉风打在身上冷了起来。

不知谁又放了个响屁，拐了个弯后才不见了动静。

"进夹皮沟了！"

众人都笑了。

黑板片讪讪一笑。"穷山恶水夹皮沟，就这二亩半水地。天天种，夜夜收，一日不耕，悾惶哩！"

大闺女瞅准空子，一爪子便抓到了黑板片。

大闺女说："拿来。"

黑板片动弹不得，只好将烟还给了大闺女，大闺女不罢休，又将黑板片的浑身搜了一遍，忽然从黑板片贴身的肚兜里拽出一条绿头巾来。黑板片也顾不了许多了，劈手去夺，挣脱了大闺女的束缚。大闺女便一步蹿开了，眼瞅着黑板片又将头巾塞到了怀里。

　　二叫驴想奚落黑板片两句，见黑板片红头涨脸的恼怒样，没敢，只咧了咧嘴，算是找回一点平衡。

　　走窑汉们却肆无忌惮地笑起来。

　　"走啦——"

　　"上路啦——"

　　"啾——"

　　一片吆喝牲口和车马启动的声音，鞭花也炸响了，清脆的爆音在山谷里激起一阵回声。这回声被风撕碎了，在塬上、峁顶、川道间盘旋，俯冲，回复。

　　"噼啪——"

　　"噼啪——"

　　"噼噼啪啪——"

　　仿佛山梁上点起了一挂爆竹。

　　铃铛摇响时，一条长长的炭车队浮动在山梁上，远远望去，就像一条黑色的长蛇一样，在苍茫的天空下缓缓蠕动……

　　每年冬季，种地的人家闲下了，挂了锄，牲口也歇了。四方八邻的人家就用冬天的空闲时间到窑上拉炭，安排一年的炭火。也有去卖钱的，换回日常的生活用品。一般人家，通常要拉五六车，每车千斤左右，也就够一年用的了。这是条险道，每年冬季，总有运气不好的人，连人带车摔到沟里去，有时难免车毁人亡。一旦遇雪，麻烦就更大了。有经验的走窑汉一般都赶在落雪之前，结束这营生。

　　这是今年的第五回了，前四回红骡子都拼命往上装，众人都有点看不顺眼，牲口也是人，不能作践。于是人们就作践他，红骡子就是不听，每回如此。其实大伙也是为他好，怕他使性子半道里出事儿。

　　后来，大伙看他实在犟，就共同抵制他，限制窑工给他装炭，还是二后生大爷劝住了众人。说由他去吧，但要悠着点儿。大伙发现，一过跌凹坡，红骡子的炭就少了许多。这些走窑汉什么没见识过，知道他半道有相好的女人，就是没瞅见送谁了，好生奇怪。

天阴沉沉的，西天上堆起一团云絮，看方向正堵在跌凹坡上。

红骡子悻悻地走在车队的后面，怀里抱着鞭杆一言不发只顾闷着头走路。

"王大，王大……"有个妩媚的声音在唤他。

红骡子四下望了望，什么也没有，窑道上空荡荡的，山塬无穷无尽。他勾紧脑袋，一个红蜻蜓似的俏影就盈盈地飞进他落雨的眼眶。

红骡子踉跄了一下。

黑板片悄悄对大闺女说："看他失魂落魄的样子，今儿不要让这小子得手，看是哪路菩萨，有这么大的劲儿！"

大闺女说："天一黑就揪着他，无论如何不能让他逮着空跑掉！"

俩人便合计好了。

二叫驴探过头来说："要在干的时候抓，准有好戏！"像抽足了洋烟，一脸的邪精神。

黑板片"哧"地一声，将一团浓浓的鼻涕擤了二叫驴一身。

大闺女阴阳怪气地看着二叫驴，不怀好意地笑了。

走窑汉们并不在一个村，晋、陕、蒙边地宽展着呢，素日无缘，但每年冬天，只要赶车拉炭，便遇在一块儿了。彼此并不问姓名，只随便叫个绰号就是一个人的名字了，走上两回，也便是熟人了。但对许多事不是很明了，只听说红骡子帮衬着人家拉边套，误了娶老婆了，大伙都想见见这个勾魂的女人。

昨夜歇下的时候，二后生老汉用烟锅狠戳了下红骡子："看你这吊丧样儿，头垂在裆里！"

红骡子就抽吸了一下鼻子，缩着脖子，袖了手，抱紧了鞭杆。鞭杆上扎了红缨子，红缨子用红头绳扎成一束，很抢眼。

"王大，"女人用心说，"你慢走。"

"王大，"女人用心说，"你再来。"

"王大，"女人用心说，"这棉袄你穿吧，这棉鞋，这鞭梢……"

那天，她躺在炕上。红骡子给她送上一口袋粮，她的眼睛闭着，她的心却敞开着。但红骡子听到了她的心里话："王大，你！"红骡子眼睛一亮，回答说："我放不下你。"女人听到了他的话，忽然睁了一下眼："王大，你过来。"红骡子的眸子一亮："杏花儿……"女人的眼里噙满了泪，终于滚满了一脸。

他们的心在彼此抚摸。

走窑汉中间就他的鞭杆上系了条红缨子。老远一看，像一条红高粱的穗子，在长长的白晃晃的窑道上，像一团火。

"王大，王大……"有个妩媚的声音又在唤他。

"哎——"红骡子说，"我听到了。"

山野茫茫，一眼望不到头，红骡子觉得心伤透了，漫漫窑道，像走不尽的离愁路。

杏花儿情深意长，红骡子满面苍凉：

五道包点灯乌素沟明
四十里沟川瞭不见个人
你在家病来我在路上哭
秤下的梨儿送不上个门

"王大，王大，我听到了……"

"哎——"红骡子说，"杏花儿杏花儿杏花儿……"

他们又用心说话了。

"你过来亲亲我。"杏花眼里噙着泪，红骡子站着不动，身子像被冷水激了一样，不停地颤动。

"你是嫌俺了吧，好，你走……"杏花儿的泪像小河。

红骡子呜咽一声，走向杏花，那脚步轻得像蝴蝶飞过空气。

"啪——"一声长鞭炸响。红骡子的梦被震飞了，长路坎坷，心上一片忧，他像受了伤一样，心痛得抽搐了一下。

二后生是这伙走窑汉中年龄最大的，干这营生时间最长。年轻时是这一带方圆百里的"神吹",唢呐吹得极好。人长得俊秀挺拔,宽肩,蜂腰,蛮风流的一个小伙子。自然身后有不少女人跟着跑。年轻时,一天三换衣,洗八遍脸,光顾了红火,没顾上娶老婆,现在依然是光棍一条。他拉炭的车,是借人家的。二后生在这一带人缘极好,生性豪爽,疏财仗义,无牵无挂一身轻。平常一身衣,一张口,一人吃饱,全家不受饿。方圆百里有许多相好的,一年四季转山头,走川道。年轻时跟一个毡匠学了手艺,到老派上了用场,到哪个村就住哪个村,手里也不缺钱花。他拉炭不图烧,纯粹图个洒脱、自在、热闹。人到老年,总有许多怪毛病,他拉的炭,多半送了人。晋、陕、蒙边地山长地阔,有时天黑路断,摇一下柴扉,道一声主人家好,就住下了。无须客套,主人家多添一瓢水,多下半碗米,一切都是主人家的生活,没有忌讳。在人家的火炕上猫一夜,把腰身烫热了,浑身舒坦了,第二天起身,扔一块炭,道一声别,上路自去了。若遇相好的,便多住几日,一车炭也便完了。有时也给烧不起炭的人家扔几块,一路下来,沿途的光棍、寡妇也就不会受冻了。回了,主人家也不过数,二后生说个数,吃罢饭,喝罢茶,就要酬谢他,自然要留他住,好吃好喝。这时就全凭他的兴致了。若遇上年成歉收,有些生活苦寒的人家求他,他也不收炭钱,反正窑上的炭他是能赊出的。什么时候这家人有了,什么时候还上。实在还不上的,年成好时,便挖几升米,送上二斤好旱烟,便也财情两清,谁也不欠谁,各走各的路,还是好朋友。年成实在差的,摆摆手,抱声歉,便也搁起来了,该干什么干什么。谁没有个为难处呢?过一段时间,他也忘了,当人家再求他时,他又是满口应允。过不多久,就又给人家办了。弄得人家反倒不好意思起来,总觉得欠他什么似的。他依然东家夕宿,西家朝食,北家擀毡,南家吹唢呐,热热闹闹,洒洒脱脱一年又一年,也不觉老,所以大家称他二后生。

路边开始出现一些古旧的砖石,竟有一截平平展展的。一眼望过去,直直的,竟有几个山口连成一条线。

黑板片忽然问:"年年走了几回回,这是啥道儿?"

"听说是秦始皇修的。"

"那有几千年了哇?"

"那么说,这是皇帝走过的道?"

"咱也走嘛。"

"还走女人!"

"走好女人!"

众人哈哈笑起来。

路边有几个灰堆,大伙纷纷将鞭杆向灰里搔,果然就拨拉出几颗热乎乎的山药蛋来,众人都争着吃。

二后生喝住众人:"留着吧,今儿天早,后面的窑汉们到这儿就天黑了,饿的是那伙儿!"

众人忙将山药蛋重新又埋进了热乎乎的灰堆里,有人从车上抱下一些柴草,燃着了,众人急忙凑过来取暖,脚把冻地跺得空空响,火光照在人们冻得青紫的脸上。等大家暖过手,火也便渐渐收了火焰,红红的一堆灰烬。走窑汉们塞进去一堆山药蛋,用灰埋严实了,车队才缓缓走开。

在晋、陕、蒙边地冬天的大路边,常常能碰到这样的灰堆,不经意间,灰堆就出现在前边不远的一些避风处,随手扒一扒灰,便有热乎乎的熟得焦黄的山药蛋露出来,你不必客气,只管吃。这多是附近人家为走夜路的走窑汉们备下的。多少年来,走窑汉们也遵循着这条规矩,吃过别人煨熟的山药蛋后,自己也要燃一堆或几堆火,为后面的走窑汉备下口粮。每一个走窑汉的车上都备着这样的柴草和山药蛋。无论何时何地,见着这样的灰堆,只要你觉着肚里需要,你尽管享用。扒开灰,焐热煨熟的山药蛋热乎乎的,它就是为你,为任何一个过路的人备下的,你就像回家吃老母亲为你热在锅里的饭食一样,不用有一点客套,心安理得就行。

转过山脚,走窑汉们忽然兴奋起来,尽管风大多了,就像有无数的小刀子迎面扎来一样,走窑汉们的脚步快得像风一样,眨眼便涌到了一处院子前。有的连车辕都顾不上支架,便迫不及待地嚷嚷开了:

"喝水。"

"喝水。"

"把人渴得够呛!"

众人纷纷拴了牲口,弃了车,豁着大皮袄,大步向屋里走,惊得院里的一只狗狂吠起来。

"人情不好哇,喂的狗子尽瞎咬!"

"掌柜的,开门来!"

窗子后探过一张脸,倏忽不见了。一只白猫一塌腰从窗子边的猫道里消失了。"哗啦"一响,一扇门打开了。

"野鹊鹊叫来,小狗狗咬,我当是送喜的,原来是一群闹鬼的!""吭当"又一响,双扇门全打开了。

一个眉脸白净、身体壮硕的女人出现在门口,毛花眼眼扑棱扑棱闪来闪去,大圆脸,翘鼻头,一脸的喜气。这是张精心修饰过的脸,能看出脂粉的痕迹。香气便袭了过来,直浸到人肺腑里去。众人吸了吸鼻子:

"给谁抹的油?"

"给爷!"

"给爷!"

众人争执不下,你推我搡。

"公鸡头,母鸡头,不在这头在那头——"人们在红骡子头上抹一把。

大家都笑,便到了屋门口。

"咦,二嫂,满房的烧酒气!"

"就等你们开席的了!"

"二哥哩!"

"甩爪子扬脚片子去了!"

被唤作二嫂的女人仄身让开门,把众人让进门,众人带着一股寒气进了屋。

"准是夜里又接下个人,把二哥挤在炕沿下了!"

黑板片把脖子一斜,就把半个身子贴在二嫂身上了。

二嫂重重地抽他一笤帚:"没大没小的,甚会儿能学下个省事呀!"丢下一个媚眼。

众人说着话,踢踢腾腾进了屋。后面的推着前面的,前面的故意磨蹭着:

"进屋,进屋,看看过的甚日子!"

进了屋，地下站着个小女女，大花眼扑闪扑闪地望着走窑汉们。

炕上摊了一炕的山药淀粉，白得刺人眼。炉子里的火舌吸溜着，一把大铜壶"呲呲"冒着热气，把壶盖顶得不停地跳动。

走窑汉们把帽子脱了，拿在手上："往哪坐了？"

"就外头是给你备下的！"

"心疼死我那个二哥哩！"

"那还当你爷爷待？"二嫂手脚麻利地收拾好杂七杂八的东西，用笤帚将炕扫干净了，众人也不客气，坐了一炕沿，连锅台上也坐了四五个。

黑板片稍迟了一步，没地方坐，一撩腿，抬脚便上了炕，随手把帽子丢在了红躺柜顶上。坐了个正当对面，就像回到自己的家一样。

二嫂家女女从凉房里端来一盆冻海红、一盘醉红枣。女女在院子里走得小心翼翼，碎步子迈得款款的。

冻海红一进屋，热气一激，蒙了一层薄薄的白霜，一会就结了一层薄冰。

二嫂从水瓮里舀了一瓢凉水，放在炕沿上将海红倒进了瓢里，冰凌被激得像裂开的盔甲一样。这样吃开胃，清火。众人伸手捏了，擦也不擦，塞嘴里去了，海红寒牙，呲呲呀呀的一片吃海红声。

二嫂从地下的柜子里取出一摞碗，递给女女一只："挖一碗葵花。"

女女款款离去，婷婷入了凉房。

二嫂将碗挨个排了一溜，提起大茶壶，注满了茶。

"光给茶喝，不给肉吃！"

走窑汉们又哄地笑开了，正巧女女端着一碗葵花籽进来。水汪汪的大眼睛忽闪闪地瞅着众人。

"老伙计甚没吃过？"

"想吃甚有甚！"

"吃奶！"

"你叫我一声妈，我喂你一口奶！"二嫂麻利地给瓷碗里注上了茶水，"女女你先出去，不吆你不要进来。"

女女转身要走。

黑板片拽过女女的胳膊："大爷看。咦，长得不赖呀，活脱脱一个模子里刻出来的。"黑板片冲了众人问："像谁，像我哇？"黑板片笑着。

众人纷纷扳了女女的肩，左扭右转，端详了半天，都说：

"像我！"

"像我！"

二嫂豁开众人的手，女女笑着一扭身，麻溜地跑出屋。

"又有传人了！给咱男娃娃又留下盼头啦！"黑板片还要往下说，二嫂甩了他一掌。

黑板片夸张地叫一声："哎呀，给咱挖咬咬啦！"

众人都笑了。

黑板片顺势揽过二嫂，拥在怀里。大家一轰而上，将二嫂裹在中间。二嫂招架着，想突出重围。众人忽然发出一声吼，将二嫂撂口袋一样撂在炕上，走窑汉们互不相让地摸揣起来。二嫂抵挡着，冲门口喊："女女你不要进来，去你二大娘家借块茶来……"忽然没了声音。

闹了许久，二嫂尖叫了一声，就听二后生在锅台上扣烟锅："二半吊子们，差不多就行了！"二后生也不看众人，装了烟，点着了，吐得满家烟雾。

众人这才纷纷起身，住了手，一个个红眉敞眼，像刚刚喝过一碗蜜。

二嫂站起来，扣好衣服扣子，系好裤带，拢了拢乱糟糟的头发，下地穿鞋，才发现一只脚上的袜子不见了。

"一群饿鬼，像一辈子没见过个腥！噎上脖子也堵不住你们的嘴，占不住你们的手！"二嫂满地找鞋。

"不用穿了，黑夜给留着门。"

"尽些枪打货，不怕天黑跌了崖头！"

"二妹妹身下死，做鬼也风流！"

"有心有劲儿给咱家妹子留着哇，给咱大妹子捎个话，闲下了，来串门，冻海红、醉枣给她留着呢！"

……

又上路了，走了许久许久，盘上一座高坡，不用回头他们也知道身后的那道坡下有一个女人向这边张望．走窑汉们像是吃了什么似的，忽然长了力气。牲口也吃过了草料，正蓄满了精神，他们纷纷驱动大车，发出喊声：

"嗷——"

"嗷、嗷——"

"嗷、嗷、嗷、嗷——"

喊山的号子为他们陡然增添了信心、勇气，这声音在山谷间回荡着。山鸣谷应，四野回声，一切显得那么生机勃勃。

二嫂看驮炭的长阵终于在山梁上消失了，钻到更深的沟谷里去了，听着他们的啸叫，眼泪忽然莫名其妙地落下来了。就折转身，唤了声：

"女女——家来！"

这喊声细若游丝般传进走窑汉们的耳朵里，缠绕在他们心头。这会儿他们确实想家了，想他们的女人了。于是众人一齐吆喝牲口，鞭子甩得像炸雷一样，一会儿就越过了一道山梁。

高高的梁上出现了个穿红袄的女子，远远的像一个飘游着的红蜻蜓。走窑汉们兴奋了，红骡子忽然抖了一嗓子：

对面那圪梁梁上那是一个谁
那就是我那要命的那二小妹妹

见女子只是那么袅袅地、款款地走着，红骡子并不甘心。走窑汉们怂恿红骡子："再来，再来。"

红骡子甩了一鞭，又抖了一嗓子：

妹妹在那圪梁梁上哥哥我在沟
亲不上那个嘴嘴你就招一招手

梁上那个红袄女子显然是听到了，迟疑了一下，终于停下身，一会儿她向川道里的走窑汉们挥了挥手，闪在坡下了。清脆的山曲儿却扔下了坡。

红骡子兴奋极了,脱了棉帽子拿在手上。走窑汉们都静了声,就听红骡子亮了长调,二人便对唱开来:

男:咱二人相好手拉着手绵膀膀靠在妹妹怀里头
女:我看见你袭人你看见我爱前脯脯贴住妹妹的后脊背
男:牵牛牛爬上花椒树小妹妹把哥缠搅住
女:连枝枝花花连根根树咱二人相好胶粘住
男:一千道梁梁一万道沟一心心跟着哥哥往前走
女:咱二人相好双骑上马天边边安家走在一搭搭

忽然没了声息,天地间静得连掉根针都听得清。

走窑汉仰头看了许久,听了许久,脖子都酸了,再没看到那女子,也再没有歌声。

二后生便笑了:"走路哇,吃葱想蒜,心思碎纷纷的,天下的好女人多着哩!"

众人闷了头走路,好长好长的山路上,铃声当当。

忽然起了风。

风在树上呼啸着制造着尖冷的哨声,渐渐夹杂着雪粒子扫过来。风不算太大,但犹如万把钢刀在耳朵上割来割去,沙粒尘石被风扬起来,直往人怀里涌,偶尔一些雪粒会钻进人眼窝里,扎得人生疼生疼。脖子处的雪粒融化后,顺着脊背爬行,凉凉地直往人骨髓里入,走窑汉们一个个都像酒糟了鼻子,一串串的清涕抽丝拉线一般挂在胡子上,不时被风掠去,呼出的气全凝结在两侧的帽耳上,雪白一片。

气温陡然下降,走窑汉们的心里一下子有了阴影。

二后生抬头看天时,大堆大堆的云块从山背后奔突过来,天公正在调兵遣将,正酝酿着一场大风雪。越来越大的雪粒开始稠起来,寒风逼迫得人迈不开步子,如湍急的山洪一样,随时都有被卷走的可能。

黑板片终于沉默了。紧随在他身后的大闺女抱着鞭杆显得焦躁不安。红骡子鞭杆上的红缨子被风吹披了头,像要被掠去一样。二叫驴不停地吆喝着牲口。

牲口忽然嘶鸣起来,整个沟谷都跟着回应。这是一道缓坡上的高地,每到这里,再烈性的牲口不用人调教,几乎都会安静下来,迈着同样的步子稳稳地行进。前面就是跌凹坡了。

雪大起来,穿沟风在坡面上滑着,雪成片成片地被扯起来,漫进沟里,没到谷中。凹下去的地方,被雪填上了,凸起来的地方,没有一点雪,光秃秃的,就像牛皮癣一样。风制造着尖锐的啸声,撕扯着走窑汉们的衣衫。牲口都斜着身子前行,很吃力地往前拱着。

二后生吆喝车队停车。雪下得紧了。

风像一张阔大的舌头,舔着世界,将坡顶舔得干干净净,舔得走窑汉们睁不开眼。走窑汉们开始检查各自牲口身上的缨套、眼石、辕杆、车艳。大多的走窑汉给车子支了顶木,使牲口歇口气,用手刷刷牲口的鬃毛,牲口在风雪中不停地摇动着尾巴,刷刷的,在风中发出一片好听的声音。

走窑汉们谁也没有说话,纷纷坐在避风那面的车轮下,抽起了旱烟。雪一阵紧似一阵地落下来,像满天爬动的毛毛虫,风却小了,一会儿就织起了满天的雪幕。顷刻间,地上就全白了。

二后生猛地吸一口烟,抬头望,跌凹坡全白了。风在坡面上打着旋,整个跌凹坡像一只正在发情的公牛,眼瞅着就要咆哮起来,现在正甩蹄扬胯地踏着焦躁的步子,喷着响鼻。回身看,走窑汉们正缩头拢肩地垂着头遮挡着袭来的风雪,不停地跺着冻僵麻木的脚。牲口的草料袋子被风揪翻了,草叶在雪地上翻卷着,不知被风带到什么地方去了。二后生将烟袋别到腰里。黑板片走过来说:

"二叔,今天咱过不了这坡了,雪把路封死了,牲口也乏得厉害。"

走窑汉们纷纷聚拢过来。

二后生说:"不能在这儿待着,雪越下越大,再想退也退不回去了。再待下去,怕是一步都动不了啦。牲口没带多少草料,过不了夜,赶明儿都得冻趴下。"

大闺女说:"二叔,要不卸了垛,叫牲口先过去,喂饱了,明天再来拉车?"

众人也都说这样好。

二后生说:"今儿是什么节令?"

众人忽然想起今早的烙饼粉汤。这地方有个习惯，进入三九天的头一天早晨，要吃烙饼粉汤，以示寒冬的到来。一般人家在这一节令里就不再做什么了。从这一天起庄稼人就进入了一年里最消闲的时候。

二后生说："这么大的雪，往年也没见过，今年老天爷疯了，一把一把往下扬白面，让咱过个好年，咱不备下这些炭，能吃烙饼？"

众人都笑了，被风噎得又马上闭上了嘴。

二后生说："咱把车卸了，牲口好赶，炭丢了，车怎么办？等这雪一停，坡上立马就冻了冰，今年冬天只好就扔在这儿了！"

黑板片说："二叔，你说咋办咱咋办。"

二后生说："咱赶快动身，趁雪没冻结实将车带炭拉过跌凹坡，你们看这风，坡的那面雪也薄不了。听天由命吧。如果那面坡上雪厚，就只好扔了。"

于是众人起身，各自回到自己的车旁，他们几乎是匍匐在雪地里，用肩膀死命抵着车尾的横杠，几乎是扛着车子，和着牲口踉跄的步子，向跌凹坡进发。车子动起来时，雪地被踏出一道坑来。走窑汉们不敢有丝毫懈怠，艰难地向坡顶推进着。风从高处夹裹着雪霰劈头盖脸打下来，让人喘不过气来。

走窑汉们一个个躬腰撅腚，每走一步都要付出沉重的代价。只听见一片片吭吭哧哧的喘息声和牲口的鼻息。走窑汉们哈出的气都凝结在帽子上、眉毛上，眨眼间像苍老了20年。

红骡子觉得自己的肩膀出血了，他感觉到了那黏稠的汁液在肩膀上向下滑动的温暖的感觉。一种火辣辣的疼痛迅速向他的全身扩展，他觉得他实在顶不住了。他甚至觉得自己快要被风飘起来了。他后悔昨晚不该装这么多的炭，但他一想到女人那张苦苦的脸，有一种力量从他的身体深处升上来，似乎肩膀也不那么痛了，只觉得头上的汗落进了眼里、嘴里，像女人给他沏的浓浓的、酽酽的茶，很快他又品出了甜甜的味道。他知道，就快要过这道坡了。

"王大……"有一个妩媚的声音在唤他。

"你来了。"杏花说。

"哎——"红骡子说，"我来给你送炭！"

"路上冷吧？"杏花说。

"我暖着呢,你的棉袄很厚……"红骡子说。

"年年几回回……"杏花儿哽咽着。

"我心里乐着哩,敞心着呢。"红骡子说。

"看你,像个娃娃,咋又有泪了……"杏花说。

"来,我给你擦擦。"杏花体贴地说。

红骡子觉得有一只温温的、软软的手贴在他脸上了。

他们的心贴在了一起。

前面忽然想起了欢呼声,他知道有人已上到坡顶了。

"嗷——"

"嗷、嗷——"

"嗷、嗷、嗷——"

红骡子也激动起来。但他忽然听到一声闷响,紧接着是牲口凄厉的嘶鸣声,就在抬头的一瞬间,他看见一辆炭车正轰然砸向地面,牲口被掀翻了,炭飞快地滚落下来,激起一片片的雪尘。

"让开!"

红骡子爬起来喊了一声。飞速下滑的车子拖着一条炭末带子,摩擦冻土地的声音刺耳嘹亮。车子上下跳跃着,不时有炭块被摔出来,击在路面,碎了,紧接着向着车队横冲直撞过来,而下面的人竟浑然不知。红骡子几乎是本能地搬起一块炭,迎着下滑的车冲去……

一声沉闷的响声过后,车子止住了。一车炭全部被倾倒出来,砸在红骡子的身上,又向山谷里滚去。山鸣谷应,爆出几声巨响。

"兄弟,兄弟……"

走窑汉们唤着红骡子,红骡子静静地卧在雪中。白雪,红血,触目惊心。

"兄弟,兄弟,你挺着,我不是人,我不该一路作践你……"黑板片颤着声,带着哭音。

红骡子的嘴歙动着,想说什么,二后生急忙将嘴凑上去,没听清。黑板片几乎是将红骡子抱在怀里,终于听清了。

这时,风雪似乎小了些。走窑汉们终于聚在了山顶。人们纷纷问黑板片,红骡子说了什么。黑板片脸色铁青，像一截黑塔。他的皮袄盖在红骡子身上了。黑板片抬起头，说了一个女人的名字。

走窑汉们都大眼瞪小眼的，全傻了。红骡子相好的那个女人，是远近闻名的一个瘫子。十几年前和红骡子相好过，有情人被拆散后，和另一个男人结婚了。瘫了后被男人遗弃，日子过得跟黄连一样，红骡子这车炭就是为她拉的。

"兄弟、兄弟，你挺着，我就是背也要把你背到她家……"黑板片说。红骡子似乎笑了一下，嘴角咧了咧，没有说出话。

忽然，走窑汉们看到，在跌凹坡的长长的山道上，有几个蠕动的黑点，他们终于看清了，那是七八个女人，正一扫帚一扫帚地清扫着积雪。风雪中，这些女人的动作有点夸张，走窑汉们明白了，她们是要为男人们扫出一条安全的通道，他们落泪了。泪眼中，男人们望着那些女人，那些他们心爱的女人，相好的女人……

陡然一声，女人的曲儿就传了过来：

千里雷声万里闪
揪心挂肚的是走窑汉

走窑汉们全没有一点迟疑，一路积聚起来的豪气一下子迸发出来，几乎是异口同声，喊山调子在天地间回荡开来：

露水地里穿红鞋
你是哥哥的心尖尖

吼声一出口，连他们自己都没想到，这歌有了一种不同寻常的韵味和内涵。他们忽然觉得，这吼带着地气和血脉，久久地冲撞在每一个人的心头……

排毒胶囊

2015年获第十一届内蒙古自治区文学创作"索龙嘎"奖

易 书

一

那一阵子，我找到了工作，秀云却没有找到。我的工作是给一家制酒厂推销酒。秀云原来在一家小饭馆当服务员，后来，差点儿被一个耍酒疯的客人打了，就离开了那家小饭馆。离开那家小饭馆后，她四处找工作，但是一直没有找到。

秀云和我是老乡，都是初中毕业便回了家。村里有许多像我们一样的年轻人，都是初中毕业便回了家。

回家后，我不想在村里待着，想到城里去闯荡一番，但是到了城里后才知道，城市有着一道无形的墙，当我想着融入城市时，便感到了这墙的硬度与厚度。

像我工作的这家制酒厂，说是制酒厂，其实只一个造假厂，别看我车上装的这酒那酒都包装精美，其实全是假的。他们把回收回去的酒瓶子洗净后，装上用酒精勾兑好的酒，贴上非法印制的标签，便能以假乱真。

那些小卖部和超市也知道我推销的是假酒，但因为利润大，再者这酒虽然是假的，人喝了一时半会儿不会出事，便接二连三地让我送酒。有人要酒，我便骑上电动三轮车去送。

要是父亲知道我干这一行，非打断我的腿不可。可我也没办法，我也想有一份体面的工作，心安理得地拿工资，但是上哪儿去找？父亲告诫我，要踏踏实实地干活，硬硬气气地挣钱。可是，他不知道城市是咋回事，在这城市里，如果没钱的话，连个硬气话都说不了。

我一边推销酒一边找着工作，尽管这里给的工资高一些，我也不想挣这昧心钱。

二

我住在城郊结合部的一个出租屋里，等我下班回到家里后，看到秀云站在屋门前。

我说："咋不给我打电话？"秀云说："给你打你就能回来？"我笑笑没说话，她说得对，即使打了电话，我也得到下班时间才能回来。

秀云长得挺好看的，腰是腰、胯是胯，该大的地方大，该小的地方小，但是，长得好看又能咋样，在这城市里，长得好看只能是受的欺负更多一些罢了。

说真的，每次见到秀云，我便有一种冲动，想抱她、亲她，但是，我知道，秀云很本看不上我。也不是我人长得寒酸，要论长相、身材，我当模特都没问题，问题是我既不是城市人，也没有钱，只是一个穷打工的。

像我这样的，只能娶比我们村更穷的村子里的姑娘，我们村的姑娘对一个村的小伙子都是视而不见，她们只想着攀高枝，只想着离开自己的村子，即使嫁不到城里，也要嫁到近郊去。

尽管秀云不说，但是我知道，她也是一样的想法。我打开门，把秀云让进屋里。这间出租屋只开着一扇小窗，外面的天还亮着，屋里就黑了下来。

进屋后，我把床上的脏衣服塞到床下面，然后拍了拍床。秀云却一屁股坐在旁边的凳子上，我只好坐在了床上。

秀云说："咋样？"我说："能咋样，还不是那样。你呢，找着工作了吗？"秀云眼睛笑笑地看着我说："你猜猜。"我看着她，却承受不了她这甜美目光的注视。

我故作轻松地说："我哪能猜着。"秀云收回目光，从她随身带着的包里掏出一个小瓶来，在我的眼前晃了晃说："这就是我的工作。"

我不解地看了看小瓶，小瓶的上面写着"排毒胶囊"几个字。我说："干啥？"秀云说："你真笨。"我说："你推销这个东西？"

秀云神秘地说："你别小看这东西，能治好多病。"我说："是不包治百病？"她看了我一眼，本以为她会骂我，但是她却一脸严肃地说："差不多。"我说："什么差不多，能包治百病的药都是假药，哪有什么包治百病。"

秀云说："开始我也不信，现在我却是信了。"我说："你咋信的？"她说："有人吃了，治好了病。"我说："你见了？"她说："我的一个亲戚吃了，亲口告诉我的，现在她也卖这排毒胶囊。"

接着，秀云就开始给我讲起了排毒胶囊。从离开那个小饭馆到现在也就一个月时间，我觉得，秀云却是变了很多。她说着排毒胶囊，虔诚无比地说着，仿佛那真是一剂灵丹妙药。

她说："你知道，现在人们的病都是怎么得的吗，都是身体里有了毒素。人们每天吃的菜撒了农药，面粉里放了添加剂。还有大街上卖的水果，为啥那么大、那么红，都是打了药的。你知道，有一个新闻说一根豆角被喂了11种药，这11种药吃到人的肚子里能好吗？时间长了，这些药就会变成毒素。你看现在的人，十七八岁的姑娘小子，头发白了不说，还一脸一脸的疙瘩。还有医院里的病人也像赶集似的。人们每天吃着这些打了药的东西，身体里存了许多毒素，这些毒素会损害人的器官，时间长了，人就得了这样那样的病。吃了这个排毒胶囊，就会把身体里的毒素排出去，毒素排出去了，人就不生病了。"

我瞪大眼睛听着秀云不紧不慢地说着，她说的也没错，有时在街上走着时，看着那些个嫩芽芽的男女却是顶着一头花白的头发，心里还纳闷，经秀云一说，我也觉得是这么个道理。现在，人们很难吃到原汁原味的东西，不是加这就是放那。但是，她说的吃了这个排毒胶囊就能把毒素排出去，我却有些不相信。

我倒了一杯水，秀云却不接水杯，只顾拿着药瓶举到我的面前，让我看药瓶上的字。我只好把水杯放到了桌子上，假装端详着药瓶上的字。

我和秀云离得很近，从她开着的领口，我看到了那一抹粉红的胸罩，还有那两个动人的半圆。秀云继续举着药瓶，怕我看不清，又往我跟前凑了凑，她的身子贴在了我的身上。我身子发热，嗓子眼儿发干，但是，秀云的全部心思都集中在那一个小小的药瓶上，对我的变化浑然不觉。

我盯着秀云的脸，看着她的小嘴甜蜜地张合。我在她的耳边轻声说："秀云，我喜欢你。"秀云愣了一下，然后推开我，坐回到凳子上。

坐在凳子上的秀云噘着嘴，瞪着两眼看着我。我避开她的目光，小声说："我是真的喜欢你。"秀云说："你喜欢我顶个啥，我喜欢你又顶个啥，啥也没有光喜欢有屁用。"

我看着冷着脸的秀云，也冷冷地说："我会慢慢挣。"秀云冷笑一声说："慢慢挣，你现在一天挣多少？一个月挣多少？"

我站起身，点了一根烟抽着。

秀云说："你知道我为啥要卖这个排毒胶囊吗？"我说："为了挣钱，还能为啥。"秀云说："你知道吗，这个做好了能挣多少钱？我的一个亲戚说，她的一个上线，一年能挣100万。我们打工能挣多少钱，一辈子也挣不下100万。"

对于秀云说的这个年收入百万的神话，我有些不敢相信，但是看着她一脸虔诚的样子，我知道，我是说服不了她的。

以后，我还是一边推销着假酒，一边找着工作。但是，许多大学毕业生都在家里待业，我既没学历，又没技术，想找工作真比登天还难。眼下，为了一日三餐，我还得昧着良心推销假酒。

秀云不理我，工作又找不到，我的心里苦闷着，便想回家看一看。

回家后，从母亲那里得知，前一阵子，秀云还到村里卖过排毒胶囊。母亲说，秀云还来了我们家，让我母亲买排毒胶囊。我说："你买了？"母亲说："我哪有钱买，那一个小瓶子卖200多块钱，吃人参也没有这么贵。秀云那丫头说得天花乱坠的，好像吃了就能长命百岁。我吃它干啥，早死早超生，我这辈子的罪还没受够？还要活100岁。"我说："看你说的，谁不让你好好活了。"母亲说："你20多了，眼看着就要娶媳妇的人了，哪不得花钱。"

我不搭母亲的茬，母亲每次都是老一套，一提话头就老是钱钱的没完。没钱也不是说一说就能有了，说能顶个啥。我说："秀云那药卖了没有？"母亲说:"上哪儿卖去。听说,她在村子里转了个遍,也没有卖出去一瓶。"

她妈不让她卖,她就和她妈吵,还说要挣100万让她妈看。她妈说:"你要是能挣100万,我头朝下给你走3天。"

我说:"那秀云在家不?"母亲说:"早走了。"母亲停了一会儿又说:"秀云这女子以前看着挺好的,进了趟城就变得神神道道的。"

三

在村里待了一天,我便又回到城里上班了。临走时,我给母亲放下1000块钱。母亲说:"我也不花你的,都攒起来,给你娶媳妇。"

进城后,我决定去看看秀云。正当我打算第二天去看她时,她晚上就来了。她还是等在屋门口,我打开门,把床上的衣服塞在床下面,秀云这次一屁股坐在了床上。

我看着秀云,一个月不见,她黑了也瘦了。我说:"咋样?"她说:"挺好的。"我说:"你那个排毒胶囊能卖了?"她斜眼看着我,生气地说:"怎么卖不了?买的人多了去了。"我笑笑,冲她这个激动的样子,我就知道排毒胶囊卖得不怎么样,但是,我又不愿意刺伤她。

我说:"都是啥样的人买?"她说:"有钱的人,能想开的人,哪像咱们村的人,一个个都是榆木脑袋。"我说:"村里人没钱,谁舍得吃这么贵的东西。"她又斜着眼瞅着我说:"好东西当然贵了,你当是吃山药了?"

我不敢再说什么了,我觉得,那个温柔腼腆的秀云已经渐行渐远了。对这排毒胶囊,她不但虔诚,简直是迷信了。她不容许别人说这排毒胶囊一句不好的话,在她眼里,这排毒胶囊成了神药,只是人们认识不到而已。

她说:"你也买两瓶吃吃吧!我上线的父亲吃了一套,脸上和手上的老年斑都掉了,你看你脸上的疙瘩,你的身体里也有毒素。"说着,她用手指点着我脸上的疙瘩。我的脸一下子热起来,但是,我却没有和她亲热的冲动。我往边上坐了坐说:"我挣几个钱你又不是不知道,我能吃起这个?"

她又眼睛笑笑地看着我说:"那你给我介绍几个有钱的朋友。"我苦笑着说:

"有钱的朋友,有钱的人会找我这穷鬼做朋友?"她看我不说话,就说:"你帮帮我吧!我现在也有好几个下线了,我的上线说,我再努努力,就能升到营销主任了。"

我说:"我哪有有钱的朋友。"她说:"你好好想想,你送货的顾客,还有你的老板。你的老板肯定有钱,你把他介绍给我,我给他介绍产品。"我吓了一跳,赶紧说:"我跟老板不熟。"她说:"怎么能不熟呢,你们老板你还不熟?"

我的老板是个大胖子,他隔三岔五地到厂子里看一看。他坐着一辆黑色的轿车,开车的司机像一座黑铁塔。一身黑肉硬邦邦的,外面裹着一身黑衣服,长年戴着一副墨镜。听厂子里的人说,这司机是黑社会的老大,底下有一帮不要命的主,他既是老板的司机,也是老板的保镖。

平时,看老板和司机来了,我就尽量躲起来,不和他们照面。老板有一间装修豪华的办公室,有时,他到办公室后,会喊了底下的人到他办公室里问话。我也曾被叫去过,无非是问一些送酒的情况。

尽管没有什么差漏,我还是害怕得不行。这么个魔王一样的东西,我怎么能把他介绍给秀云?

我说:"咱们不卖这排毒胶囊不行吗?"秀云瞪大眼睛看着我说:"你说啥?你再说一遍。你说你不让我卖排毒胶囊,你知道,我做到今天这一步容易吗?我现在手下已经有5个下线了。你不让我卖这个,让我干啥?难道再到饭馆去端盘子,再让那些耍酒疯的臭男人摸我、抱我、骂我、打我?"

说着说着,秀云哭了起来。我看她哭了,一时不知道该怎么办。我说:"你卖吧,我不拦你了。"她说:"你不拦我就行了,你得帮我。"我说:"咋帮你?"她说:"介绍我认识你的老板呀,你的老板那么有钱,肯定会买我的排毒胶囊。"

我不知道,秀云多会儿变得这么固执。看来,她今天找我的目的,就是要我介绍她认识我的老板。但是,我怎么能把那么一个凶神恶煞的男人介绍给她?一想到秀云和老板在一起,我就浑身起鸡皮疙瘩。

但是,秀云又是那么依不饶的。我只好说:"我瞅机会吧,我们老板也不咋去厂里,我也老见不着。"秀云一下子破涕为笑,她说:"行,你给我留心些,事情成了,我给你拿提成。"我说:"啥提成不提成的,我能帮你就尽量帮你。"秀云好像被我的话感动了,她走到我面前,把手放到我的肩膀上说:"我知道你对我好。"我回过头看着秀云那双潮乎乎的眼睛,压抑着的冲动又跳了出来,我将她抱在了怀里。

我说:"秀云,我喜欢你。"秀云说:"那你可要帮我。"听了秀云这句话,我一下子僵在那里,再也没有了和她亲热的冲动。

四

此后,我还是一边推销酒,一边找工作。我想赶紧找到工作离开酒厂,这样,我就不用给秀云介绍认识我们老板了。

秀云给我打了几次电话,问我见着老板没有。开始我说没有见到,后来她再打来时,我就说老板出差了。我说了谎,其实,这一段时间老板每天都来厂里。

秀云说:"你骗我。"我说:"没骗你,骗你我是狗。"我想着,秀云再逼我的话,我就索性辞职不干了。

那天,我到酒厂上班,刚走进车间,便听到一阵狗叫。

这酒厂设在一处民房内,从外面看和其他民房没有什么区别,红漆大门经常关着,围墙高高的,不同的是,这个院子里面拴着两条大狼狗,还有一个不穿制服的保安守在门口。

我拐出车间,向大门口一望,看见秀云站在那里,那个保安正在向她问话。

我们这里有规定,不让带生人进来。我赶紧跑过去,一边和保安解释这是我亲戚,找我有急事,一边推着秀云往外走。

秀云说:"你别推我,那个人是不是你们老板?"我回过头,看到老板站在台阶上往这里看着。我撒谎说:"不是,那不是老板。"秀云说:"你骗我。"

这时,老板喊我,我只好放下秀云走到老板面前。老板说:"那是谁?"我说:"是我亲戚,找我有急事。"老板望着秀云说:"既然是你亲戚,那让进来吧,这么老远的来了。"我说:"她得回去了,家里还有事。"老板却不听我的，向着秀云招了招手。秀云看老板向她招手，高兴地跑了进来。看秀云到了跟前，老板说："你是他的亲戚？"秀云说："是了。您是老板吧？"老板说："哦。"

秀云责怪地看了我一眼，然后对老板说："我看着您就像老板。"老板笑着说："是吗？你还挺会说话的。"

看秀云把手伸进了包里，我急忙说："快走吧！"说着就推了她往外走。秀云从包里掏出了排毒胶囊，甩开我，笑着对老板说："您看这个，您要是喝了酒难受的话，喝了这个特别管用。"老板说："是吗？拿来我看看。"老板拿着药瓶端详了一会儿，问秀云说："真的管用？"秀云说："管用，特别管用。"

老板拿着药瓶一转身进了办公室，我说："秀云，你回去吧！"秀云说："是我自个找来的，不沾你的光。"说完便甩着手进了办公室。

我在办公室外面呆站了一会儿，便无奈地离开了。我想起老板刚才看秀云的眼光，他哪是看上什么排毒胶囊，他分明是看上了秀云，但是秀云却执迷不悟。那一时，我想哭，想打人，但是我只抽了自个一个嘴巴子。我恨自个怎么不早早地离开酒厂，要是早离开了，秀云也不会找到这里了。

车间里的人喊我进去装酒，我只好进去了。等我装好酒出来时，看秀云还没有出来。我又在外面等了一会儿，秀云才推门出来，老板也出来了，两人边说边笑。

秀云说："那我下次来的时候，给您把产品带来。"老板说："行，你多会儿来都行，我每天在。"

我和秀云相跟着出了酒厂的门，秀云看我不高兴就说："就你小气，少了你一块肉没？你看，我来一下子就卖出去5瓶，你们老板还说吃好了要介绍给他的朋友。"

看着秀云的痴迷样子，我觉得说什么她也不会信的。现在，她只相信排毒胶囊，只想着一年挣100万的美梦。

晚上，我犹豫半天，还是给秀云打了电话。不等我说话，秀云就说开了。她说："我和上线说了你们老板，我上线让我一定要盯紧你们老板，把他发展成自己的长期客户。"

我本来想说:"秀云,你别傻了。老板根本不是看上了你的排毒胶囊,也不是要吃你的排毒胶囊,他是看上了你,要吃你。"但是我又实在说不出口,而且老板现在也没有什么举动,但是等有了举动就晚了。

秀云不等我说什么就挂断了电话,我把电话摔在床上,然后扑到了床上。我觉得,是我害了秀云,要是我不去推销什么破酒,秀云也不会认识老板。我趴在床上哭起来,一边哭一边捶着自己的脑袋。

后来,秀云果然给老板送去了5瓶排毒胶囊。我对秀云说:"老板买了排毒胶囊,你就别再去了。"秀云说:"老板也不让我去了,说那里远,说以后见面就在市里。他和朋友推荐了排毒胶囊,到时有人要的话,他就直接给我打电话,我给送过去。"

我说:"你真的以为老板会介绍人买你的那个排毒胶囊?"秀云说:"怎么不能?他不是买了5瓶吗,他吃的好了就介绍给他的朋友。"

自从卖给老板5瓶排毒胶囊后,秀云特别高兴,经常是干劲十足的样子,仿佛那个年收入百万的梦想已经指日可待了。

我却替秀云担心着,现在,老板有了她的电话,她也不到厂子里去了,他们电话联系好了后,就在市里见面。

我觉得,秀云和老板搅在一起迟早要出事,但我又劝不转她。该怎么办呢,我不由得恨起了自己,恨自己当初不该帮着人推销假酒。这也许就是报应,我推销假酒给别人,结果搭上了自己的女朋友。

我决定辞职,尽管还没有找到新工作,但是,我还是决定辞职。我想着,我辞了职,秀云也许就能和老板断了。

我辞职时,除了工资外,我又多得了1000块钱。这钱是司机给的,司机说:"到了外面就把以前干过的事忘掉。不然的话,你会后悔的。记住了吗?"我说:"记住了。"

当初来这制酒厂时,他们要了我的身份证,并了解了我家里的情况,我要是告他们的话,他们就会对我或者是我的家人下黑手。

许多来这里干活的人都被这样警告过,也从来没有人告过,都觉得不关自己的事,没有必要去拿身家性命开玩笑。

我离开了这家制酒厂,也就是造假厂。我希望有人把这个酒厂给告发了,把这个酒厂封了,那么老板就会被判刑,老板也就不会再缠着秀云了。但是,没有人,这制酒厂存在了许多年,却没有人告发。

村里的人也都知道这是一家造假厂,但也没有人去告发,因为他们许多人都或多或少地得到过老板的帮助。这家的孩子上大学没钱交学费了,那家的人没钱看病了,但凡求到老板那里,3000或者5000总不会落空。还有,谁要是受了欺负告到老板那里,老板便会让司机出面给出气。所以,村里的人们既敬着老板,也怕着老板。他们不但不告发,看着工商的车来了,还会老远地跑过来报信。

我离开制酒厂后,给秀云打过电话,秀云说:"你不在那里干了?"我说:"嗯。"秀云停了一会儿说:"老板正打算提拔你了,你却不干了。"我说:"你多会儿见老板了?"秀云说:"前天刚见了。"我说:"你以后不要和老板见面了。"秀云说:"为啥?他答应给我介绍客户了,我为啥不见他?"我说不出理由,便说:"反正别见了,以后你就知道了。"

有一次,我出去找工作时,碰着了秀云,她把我拉到一家小饭馆。

秀云虽瘦了些黑了些,但是打扮得时尚漂亮了。我想,也许,她的排毒胶囊真的卖得不错了,真的挣到了钱。

我说:"你不要见那个老板了。"她说:"为啥?他正给我介绍客户,我干吗不见他?"我低着头喝了一口酒说:"秀云,我喜欢你,不会害你,我肯定是为你好。"秀云看着我说:"你不说出理由,我就不答应。"我说:"我不能说。"秀云说:"那你就别管我的事。"我又喝了一口酒,看四下里没有人,便探过身子说:"他是做假酒的。"秀云看了我一眼,有些不相信的样子。我说:"是真的,我不骗你,要不我也不会离开。"秀云呆了一会儿说:"我不管他干啥,只要他买我的排毒胶囊就行。"

我觉得,秀云已经疯了,为了那个破排毒胶囊,她是啥都不顾了。她只想着卖掉排毒胶囊,只想着发展人,只做着那一个年收入百万的美梦,别的什么也不在乎了。

那一刻，我有一种冲动，我想去告发那个制酒厂，告发那个挣黑心钱的造假老板。

从小饭馆出来后，秀云接了一个电话，她看看我，接着又喜形于色地说："好，好，我现在就过去。"

等她挂了电话，我说："谁呀？"秀云说："你们老板。"我说："你还要去见他？"秀云："为啥不去？要不你也和我一起卖排毒胶囊吧，反正你也没工作了。"见我没有作声，秀云又说："你回去好好想一想，什么工作都是假的，都是给别人打工，干这个是正道，辛苦上几年，我们就吃穿不愁了。"说完，她就跨上自行车急匆匆地走了。

找了许久，我都没有找到一个固定工作，只能四处打零工。我也不挑了，只要给钱就行。我首先得解决自己的一日三餐，还有每个月的房租。

晚上躺在床上时，我便想着，自己来城市到底对不对，我是不是应该回到村里去。城市里没有我的立足之地，挤破头还是没有我的立足之地。

前一段时间，因为挣不到钱，我两个月的房租没有交，房东的脸就拉下来了。

五

那天晚上，从外面回来后，我看到秀云又站在了我的屋门前。我打开门，她把床上的脏衣服往旁边推了推，便一屁股坐在床上，我也懒得管了。

这次，秀云没有像以前一样，一进门就唠叨她的排毒胶囊。她问我："吃了饭没有？"我说："没吃。"她说："那出去吃吧！"我说："好吧！"

我和秀云前后脚出了门，我返身锁门时，看到房东站在自家的屋门前，正往我们这里望着。我扭过脸问秀云："这几天咋样？"她说："别问了。"

自从卖排毒胶囊以来，秀云一直都是信心百倍的样子。她虔诚地相信着她的排毒胶囊，相信着那一个年收入百万的暴富神话。排毒胶囊似乎已经成了她的宗教信仰，她的精神支柱。现在，她却是绝口不提排毒胶囊了。

我们走进一家小饭馆，来这里的人都是挣着小钱、吃着小菜的人。

我们拣靠窗的一个座位坐下来，我自作主张地要了两个菜，两碗米饭。我说：

"要酒吗?"秀云说:"要。"我又要了两瓶啤酒。

我们一边喝茶,一边等着上菜。秀云一直沉默着,我看她不高兴也不去招惹她。

我看着外面,天渐渐地暗下来,也凉了起来。一对退休的老头老太太慢悠悠地走着,他们穿着干净、整洁,保养得很好的面皮上漾着一丝让人不易觉察的笑容。

从对面走来的一个老太太手里牵着一条漂亮的小狗,那小狗的毛是金黄色的,瘦小着身子。我知道,别看这狗瘦,却是很值钱,1只就要1万多。

一个收破烂的三轮车停在了饭馆门前,那三轮车装得满满当当的,蹬三轮的是一个60多岁的老头,这老头从三轮车上下来后也进了小饭馆。

老头走到柜台前对老板娘说:"来一大碗拉面。"老板娘说:"坐吧!"老头走过我们身边时,我看了一眼老头,他穿着一件白不白、黄不黄的长衫,后背上满是汗水浸渍的痕迹。老头的头发白了,腰也弯着,他在靠里的一个座位上坐下来,坐下便急着倒水,等不及那水晾凉,便吸溜吸溜地喝开了。左一碗,右一碗,一边喝,一边擦着头上的汗。

喝了一气水后,他从身上抽出一个烟袋来,磕了磕烟袋锅,从烟袋里挖了一烟锅烟点着后便抽开了。他闭着眼睛,慢慢地抽着,仿佛很享受的样子。

这时,老板娘把菜端了上来。这老板娘的脸黑而红,仿佛是刚从地里劳动回来的农村妇女。

我要了一个鱼香肉丝,一个过油肉。菜上来后,我说:"吃吧!"秀云也没有客气,拿起筷子便吃开了。

吃着饭时,我以为秀云会和我说点啥,可是她始终不说话,只是蒙头吃着菜,喝着酒。我说:"少喝点,多吃点。"她不作声,拿起酒杯,一仰脖,一杯酒下了肚。

看菜吃得差不多了,我就问秀云:"最近,排毒胶囊卖得咋样?"我的话还没有说完,她"啪"地把筷子放到盘子上说:"说点别的行不?"我赶紧住了嘴。

我们又吃了一气,秀云又要了两瓶酒。菜吃完了,酒也快喝完了。我看秀云有些醉了，便说："咱们走吧！"

秀云醉眼迷离地看着我，我觉得，秀云又是原来的秀云了。

我们两人脚步歪斜地往回走着，汽车疾驶而过，秀云也不管不顾，我把她拉到了路的里边，我走在外面，护卫着她往前走着。

到了家门口，我打开锁，扶着秀云进了门。一进门，她便倒在了床上。

我倒了杯水，扶她起来让她喝下去。她喝过水之后，呜呜地哭开了。

我说："秀云，咱们不卖排毒胶囊了。"

秀云说："他们想要，我也不卖给他们了，让他们都毒死！"说完又笑了起来。笑过之后，她又哭着说："我真傻，人家说是管用我就相信了，原来他们都骗我，为了让我推销排毒胶囊，他们就骗我。排毒胶囊谁知道能不能排毒，我吃了好几瓶，也没有排下去，身上还老是痒。"说着，她卷起袖子，我看到她的胳膊上有一小片一小片的红斑，上面有挠破后留下了的血痂。

秀云又哭着说："是不是我的名字起的不好？秀云秀云都秀住了，干啥啥不顺。"

我扶着秀云，她靠在我的身上。我给她擦着眼泪，觉得秀云又成了过去的秀云，温柔着、美丽着。我从心里怜惜着她，一边给她擦着眼泪，一边安慰着她，像哄着一个小妹妹。

秀云突然抬起头看着我说："你还喜欢我吗？"我看着她那一双水灵灵、湿乎乎的眼睛，便在那眼睛上面吻了一下，轻轻地说："喜欢你，永远喜欢你。"秀云一下子抱紧了我，并把她湿热的嘴唇贴在了我的嘴上。

她一边使劲地亲着我，一边叫着我的名字，我的激情被秀云的亲吻和呼叫点燃了，我们像融化了的两块铁，要和对方焊在一起。而后，我们便成了一个整体。

第二天，当我醒来时，秀云还在睡着。她的腿裸露在外面，像一株枝叶饱满的植物茎干。

我看着她的脸，那脸上还有昨晚留下的泪痕。我亲吻着她的脸，她翻过身抱紧我，我们又焊在了一起。

我说："秀云，咱们回村吧，我娶你。"秀云没有说话，坐起身说："我不回村里,死也不回村里。"接着就开始穿衣服。

我说:"我会拼命挣钱,我们一定会有钱的,你要相信我,我一定让你过上好日子。"

秀云没有说话,她穿上衣服走了。她不相信我的话,因为我一直都在拼命,但是还是没有挣到什么钱。

过了几天,我给秀云打电话,她开始只说忙着,后来干脆不接电话了。我本来想回村里,但是,我想找到秀云,劝她和我一起回去。

我要告诉她,城市不是我们待的地方,在这城市里,许多人在那里一掷千金,而我们拼了命,也挣不到多少钱,这样,我们迟早会疯掉。

我总也找不到秀云,我想着秀云会去哪里,我找到她以前卖排毒胶囊的聚会地点,但是那里早已是人去楼空了。

六

一天,我正在街上发广告,看见老板从一辆车里钻出来,接着,我看到秀云也从那辆车里钻出来。

秀云穿着一件黑裙子,头发高高地挽着,脚下是一双高跟鞋。从车里出来后,她挽着老板的胳膊向对面的饭店走去。

他们边走边小声地说笑着,秀云还把头靠在了老板的胳膊上。我站在那里,太阳明晃晃地照着,我却像是做着梦。

我感觉头昏眼花,赶紧蹲在了地上。一会儿,头脑清醒了些,我抹一下头,却抹下一手的冷汗。我把传单扔在了地上,然后摇摇晃晃地向着那个饭店走去。

我走到那家饭店的窗玻璃前,从外面往里看着,但是大厅没有秀云和老板,他们肯定是去了雅间。我找了一个隐蔽的地方坐下来,等着他们出来。

天快黑了,他们才从饭店里出来。

我看秀云好像喝醉了,脸红红的,倒在老板的怀里,老板搂着她向前走着。

车开动了,我冲到马路边上,有好几辆出租车等在那里。我上了最前面的一辆车,坐在车里后,我说:"跟着前面的那辆黑车。"司机疑惑地看着我,我说:"我老婆和人跑了。"司机没有说话,好像觉得,老婆跑了,也没有什么大不了的。

我说:"开快点,到时候多给你加钱。"

黑车在一个小区门前停下来,他们的车划了卡后进去了,我付过钱后下了车,步行走进小区里。

我看那辆车在一个楼门前停下来,秀云和老板从车里出来后,车又开走了。我想着,司机估计还是那个黑铁塔。

这会儿,天已经黑了下来。我看着楼道里的声控灯一级级地亮上去,一直到了三楼,接着是一阵开锁的声音。后来,我看到三楼一个窗户的灯亮了。接着窗帘拉上了,上面映出一男一女两个剪影,那剪影重叠在一起,接着灯灭了,便什么也看不到了。

我回到家里后,把自己放倒在床上。跑了一天,我的肚子饿了,胃里难受着,却不想吃东西。我觉得自己此时像一个纸人一样,没有一点力气,想着,要是现在死了也就死了,再也不用为着这个那个的事烦恼了。

以前,我挣钱,是想着出人头地,后来,和秀云好了后,就想着挣了钱把秀云娶回家,然后和她好好过日子。现在,一切都过去了,一切都不需要了。

我迷迷糊糊地睡着了,睡梦中,看到秀云血糊糊地躺在床上,我一下子惊醒了。醒来后,我便再也睡不着了,只坐在床上,一支接一支地抽烟。

好不容易熬到了天亮,我脸也没洗便出了门。到了那个小区后,我把自行车放在小区的外面,步行进了小区。

进去后,我选了一个地方坐下来,这个地方在秀云所在楼房的侧面,楼里出来的人看不到我,我却能看到楼里出来的每一个人。

我来得早,人们有的起来了,有的还在睡梦中。我坐了好大一会儿,人们才陆续从楼门里出来。这时,小区里也不像刚来时那样安静了,送孩子上学的,上班的,还有遛弯的老头老太太。但是,老板还没有出来,秀云也没有出来。

一直到8点多,三楼的窗帘才拉开,拉窗帘的正是秀云。接着,我看到老板拿了电话立在窗户前打着。

一会儿,那辆黑车停在楼门前,里面坐着的还是那个黑铁塔样的司机。

楼门开了，老板夹一个黑包从里面走出来上了车，车子载着老板扬长而去。我想着，秀云没有走，秀云还在，我是上去找她呢，还是在这里等着？

正琢磨着，楼门一响，一个女子从楼门里走出来。她穿着一件紧身黑裙子，脚下蹬一双高跟鞋，头发高高地挽着，手里牵着一只金黄的小瘦狗。我一看，正是秀云。

秀云好像没有什么着急的事情，牵着狗慢慢地走着。狗停下来，她也停下来，耐心地等着。

我看她走到一个背人的地方，就跟了过去。她听到身后的脚步声，扭过头来，吃惊地看着我。她四下里看了看，又往里走了走说："你来干啥了？"我说："我一直在找你。"秀云扭过脸说："找我干啥？我挺好的。"我说："秀云，你咋这样，你咋跟他搅在一起，他是一只狼，你知道吗？"秀云冷笑着说："狼有啥不好，狼能打回食来，羊好，只能等着被人吃。"

我说："他会吃了你。"秀云说："吃了我我也愿意。"我说："咱们回村里去吧，城里不是咱们待的地方。"秀云说："谁也不比谁多长一个脑袋，我偏要待着。"

我看着秀云，秀云低头看着那只小狗。我也看着那小狗，那小狗在草丛里打了一个滚，然后伸了一个懒腰。

我说："我要去告他，让他坐牢。"秀云说："你敢。"我说："我没啥不敢的。"秀云说："你要是告他，我就和你拼命。"我呆呆看着秀云，我看到秀云的眼里满是愤怒。

那一时，我彻底地失望了，为了那一个可恶的男人，她居然要和我拼命。

秀云看着我，我看着小狗。那小狗挣着绳子要到前面去，绳子一拉，秀云脚下绊了一下，差点摔倒。我赶忙过去扶她，她手抚着肚子，慢慢地立起身子。我这才注意到秀云微微隆起的肚子。

我呆呆地立在那里，松开了扶着她的手。秀云看了我一眼，然后被那小瘦狗牵着离开了。

黑日谷

2015 年获第十一届内蒙古自治区文学创作"索龙嘎"奖

孙泉喜

　　陶盾是被包老板带到黑日谷的。

　　正是初春季节，山谷里的冰雪已经消融，荒野散发着潮湿的气息。包老板的皮卡车载着陶盾一路颠簸开进了黑日谷。在谷底的一片草坪上兀立着两个蒙古包，包前有一个妇女正忙着往外赶羊。包老板下了车对妇女说："花儿，我给你送来了羊倌儿，他可是我从城里以每月2000元雇来的汉族羊倌儿，你要好好待他。"包老板回头对陶盾介绍说："她是我老婆，叫花儿，你叫嫂子就行了。"陶盾看一眼被称作花儿的女人，觉得名不副实。这个女人的脸不像花儿一样粉红粉红，而是黑里透红，脸颊上还有纵横交错的血丝，两个凸起的颧骨托着一双细长的眼睛，健壮的身体被一件天蓝色的袍子包裹着，显得慵懒笨重。她的身上唯一吸人眼球的地方是洁白整齐的两排牙齿。这大概是食肉动物牙齿都很白的缘故吧，陶盾这样想。陶盾向前欠欠身说："给嫂子添麻烦了，以后请多关照。"听陶盾这么一客气，花儿突然爆发出母鸡下蛋般"咯嘎"笑声，声音大而清脆，一连串地回荡在山谷里，惊得在一边吃草的羊群四处逃散去。包老板显然生气了，撂下脸厉声喝住她，还骂了一句："疯老娘们儿！"花儿这才憋住笑说："他那么斯文能放羊吗？"陶盾急忙说："能的，我小时候在家乡放过鹅，还放过鸭子。"陶盾这么一说，花儿好不容易憋下去的"咯嘎"笑声再一次迸发出来，且比刚才的笑声增强了好多分贝的音量，还带着眼泪鼻涕一起飞溅而出，使人浑身起鸡皮疙瘩，连趴在勒勒车下面的长毛狗也蹿出来狂叫不止。包老板终于忍不住，上前给花儿一个杵子，险些将她推倒在沟里。然而，花儿趔趄了一下，弯起腰还在那里剧烈地震颤着。

　　在这种尴尬的情形之下认识花儿的陶盾，从那天起便当上了她的臣民。包老板给老婆交代说："要记好账，耽误1天扣100元，损失1只羊扣1000元。"花儿看着陶盾问："你同意吗？"陶盾说："我同意。"花儿拿来账本问："你叫什么名字？"陶盾说："我叫陶盾。"花儿在本子上写了一个字后又问："盾字怎么写？"陶盾说："就是矛盾的盾。"花儿想半天依旧不会写，说："还是你自己写吧，我不认得几个汉字。"陶盾接过笔一看，账本上歪歪扭扭地写着一个"逃"字。陶盾险些笑出声，灵机一动，顺着写了一个"遁"字，变成了不折不扣的逃遁。陶盾怆然叹息。

　　包老板把陶盾领到一座蒙古包前说："以后你就住这个蒙古包吧，我们原来的老羊倌就住过这里。"陶盾问："原来的老羊倌怎么不干了？"包老板长叹一声说："他老了，年纪太大了，怕死在山谷里，我们让他回家了。"这时从蒙古包里钻出来一个五六岁的小男孩。男孩儿秃头，后脑勺下面留着一个小辫子，眼睛锃亮锃亮的。小男孩转动着锃亮的眼睛打量陶盾。包老板告诉陶盾这是他的儿子。陶盾想起自己6岁的女儿，不由上前轻轻爱抚了小男孩儿的秃头。小男孩儿很生分地躲过陶盾的手，去抱住包老板的腿，闹着要鞭炮，说是要那种像发射升空的火箭般的鞭炮。他说的可能是"钻天猴"类的鞭炮，陶盾想。包老板敷衍着把孩子撇到一边，自顾抓羊去了。小男孩仿佛受了莫大的委屈，眼泪汪汪地瞪视着父亲的背影。陶盾蹲下身，给小家伙擦擦泪问："你叫什么名？"小男孩儿说："我叫博克沁。"陶盾问："博克沁是什么意思？"花儿在旁边说："就是摔跤手的意思。"陶盾问博克沁："你爱当摔跤手吗？"小男孩儿摇摇头。陶盾问："那你长大了想干什么？"小男孩儿说："当航天员。"说这话时小家伙的表情异常坚定，仿佛他说了就能毫无疑问地当上航天员似的。陶盾更加喜欢上了这个小家伙，因为他跟自己的女儿一样天真好幻想。想起女儿，陶盾的眼泪又一次涌出来。

　　包老板胡乱抓了几只羊，扔到客货车的后厢里，开着车走了。包老板在城里开蒙餐馆，生意红火。黑日谷是他的肉羊基地。

　　这是一个东西走向的山谷，南面的大山巍峨险峻，树木茂盛遮天蔽日。陶盾赶着羊群走进山谷。此时太阳早就升起来了，可是被南面的大山挡个严实，山谷里依然阴暗。或许黑日谷这个名就是因此而来的吧，陶盾这样想。其实，黑日谷里并不适合放牧，它毕竟不是大草原。据包老板讲，草原都禁牧了，禁牧以后的羊群需要舍饲养畜，非常麻烦，且舍饲的羊肉膻味大不好吃。黑日谷属于黑日谷林场，林间草场很丰美。按道理这里是不让放牧的。包老板利用开蒙餐馆的便利条件认识了林业局局长，局长给黑日谷林场的场长打了一个电话，场长就把包老板的1000多只羊容纳在了山谷里。1000多只羊钻进林间草场里悄无声息，只有山风在呼号。陶盾站在山坡上，手里拿着羊鞭，肩上斜挎着帆布袋，帆布袋里装有花儿嫂子早晨给他做的酥饼和一瓶酸奶水。花儿嫂子虽然长得五大三粗，但心还是很细的，她把放羊时应注意的一些事情一五一十地向陶盾交代了个仔细，并一再嘱咐注意掉队的羊，那是要下羔子的母羊。陶盾站到稍微高些的山坡上，注视着草丛中若隐若现的羊群，不由轻轻吟诵了那首"风吹草低见牛羊"的名诗。陶盾感觉放羊比在城里摆摊轻松多了。城里摆摊累死累活起早贪黑地干，一个月也挣不了2000元，扣除吃喝拉撒费只剩1000多元，还要受城管、工商等老爷们的呵斥。这里吃住免费，2000元就干省下了。这对治疗女儿的病是有很大帮助的，他想。

　　太阳慢慢爬上了南山头，山谷变得明朗起来。或许羊群吃草吃得差不多饱了，开始往山根拥来。陶盾知道它们要喝水，忙走下山坡，跟着羊群向山根下的小溪走去。小溪1米多宽，溪水清澈透明，泛着细细的浪花七扭八歪向山外流去。羊群匍匐在河岸上，尽情地饮水。看着羊群喝水喝得那么香甜，陶盾也觉得口渴了，便往上游走。他看见了汩汩冒泡的泉眼，泉眼旁边还有一块方凳子般的石头，表面光滑，好像常有人坐在石头上歇息的样子。陶盾想起了老羊倌儿。他感激着那位老人，心里不免生出抢人饭碗的愧疚感。陶盾从帆布袋里掏出装酸奶水的瓶子，学着蒙古人喝酒前洒洒祭天祭地的样子，把酸奶水洒向山水间。然后，他用空瓶子装上甘甜的泉水，咕嘟咕嘟地喝起来。老实说，他还不太习惯喝酸奶水，喝泉水才觉得解渴。陶盾喝了泉水，顿觉浑身清爽，胃肠异常舒服。他撑着羊鞭站起来，一眼看见一条小花蛇从草丛里钻了出来。若在以往，陶盾是必定毫不留情地把它打死的，小时候家乡也有很多类似的蛇，他没少消灭它们。今天他却犹豫了，看着这个幼小的生命不禁生出怜悯之心，把已经举起来的羊鞭子放了下来。小花蛇趁机钻进草丛里逃走了。

下午太阳偏西的时候，羊群忽然骚动起来。陶盾警觉地四下张望，山林依旧阴沉着。他后悔没把长毛领出来。其实不是他不愿意领长毛，而是长毛不跟他出来，它和他还有点陌生，总是用恶狠狠的眼神敌视陶盾。不一会儿，山谷里仿佛乍起旋风般的又一次羊群骚动。随着小羊羔的一声惨叫，陶盾看见一条拖着秃尾巴的灰狼跃上山岗向山后面逃遁而去。狼的嘴里叼着一只小羊羔，小羊羔发出一声声哀鸣。陶盾举着羊鞭子拼命追赶过去，一边跑一边"呜嗷"地喊叫着。然而，狼的身影和羊羔的声音逐渐变小，最后消失在山的后面。陶盾傻眼了。

晚上，陶盾把狼吃了一只羊羔的遭遇如实报告了花儿。花儿细长的眼睛逐渐圆起来，凸起的颧骨上纵横交错的血丝像爬满的蚯蚓般显现出来。花儿用毫不客气的口吻说："罚你1000元。"她边说边去找账本。陶盾慌了，用身体挡住花儿说："求您了，千万别扣钱。"花儿用一只粗壮的手轻巧地把陶盾推到一边，径直奔衣柜上的账本去。陶盾一把抓住花儿的胳膊，嗓音哆嗦着说："嫂子……"花儿瞪他一眼警告道："别动手动脚的，我可是练过摔跤，还拿过冠军呢，真要动起手你不是我的对手。"陶盾仿佛没听见一样仍死死抓住花儿的胳膊不放，眼神里充满了乞求。花儿轻蔑地瞅着陶盾那只干枯的手说："这协定你都同意了的，怎么能反悔呢？"陶盾的手像一条被打死的蛇一般软软地从花儿的手臂上滑落，脑袋也像被抽掉了脖筋般耷拉下来。花儿一把抓起账本一边找笔一边说："为什么不让罚？你说个理由吧。"陶盾蔫蔫地说："我孩子有病，得了白血病，才6岁，每天用换血来维持生命。"陶盾的眼泪模糊了自己的视线，在朦胧中仿佛看到了自己女儿苍白的小脸。花儿那边半天没有反应。忽然，一只黑而胖的大手柔柔地抓住了陶盾的手，另一只黑而胖的大手给陶盾的手里塞进一条毛巾。花儿柔柔地说："那就算了，其实1000多只羊里丢了1只羊羔是查不出来的,你很诚实。"

　　吃完晚饭,陶盾钻进自己的蒙古包,斜靠在行李上茫然地看着包顶的小小天窗发呆。花儿提着一暖壶奶茶,费力地从蒙古包的矮小门里挤了进来。"怎么不点灯呢?"花儿还是用柔柔的声音说。陶盾坐起来:"我也不看书,用不着浪费灯油。"花儿点了马灯,把灯芯捻大,蒙古包里立时亮了起来。花儿给陶盾倒了一碗奶茶,自己也倒了一碗,然后坐到陶盾的斜对面,用细长的眼睛柔柔地盯着陶盾,尽量压低声音柔柔地说:"博克沁睡着了,你给我讲讲吧,孩子到底怎么了?或许我能帮一把。"陶盾不想提及孩子,他难过。但是提也罢不提也罢,女儿痛苦而可怜的身影一刻也没离开过他的脑海。花儿似乎看出了陶盾的心理,不再问孩子的不幸,而是问陶盾:"你为什么不在城里打工?那样还能照顾你孩子。"陶盾长长叹息着说:"我何尝不想那样做?""那为什么非要跑到黑日谷来放羊呢?"花儿刨根问底。陶盾沉默良久,看一眼对面那位长相凶狠但很善良的女人,沉痛地说:"我犯事了,打伤了房地产老板,重伤,警察正在通缉我。"说到这里,陶盾再也抑制不住内心的愤懑,不倾诉个底儿朝天就胸闷得要爆炸的感觉。陶盾眼睛盯着蒙古包的哈那(壁),缓缓讲起了自家的遭遇:"两年之前,孩子总是蔫蔫的昏睡,莫名地发烧,到医院一查,我们两口子都吓蒙了,孩子得的是败血症。我们带着孩子,带着家里所有的积蓄,去北京诊治。最后,钱都花光了,孩子的病还是没治好。医生告诉说这种病只能用骨髓移植的办法治疗……"花儿迫不及待地说:"那就移植吗,还等什么?"陶盾说:"当时找不到适合孩子的干细胞,即使是找到了合适的干细胞还需要几十万的治疗费。我们死了心回来了。"花儿急得直挠手心说:"难道没有别的治疗办法了?"陶盾长叹一声,接着说:"孩子的生命只能靠换血来维持,我们两口子都是下岗职工,靠摆摊维持生活,每天为凑齐给孩子换血的钱而拼命。我们想过卖房子……""赶紧卖呀!还等什么?"花儿把臃肿的躯体向陶盾身边挪了挪,摆出一副随时陪着陶盾去卖房子的架势。陶盾说:"我家房子太破值不了几个钱。"花儿仿佛明白了般"哦"了一声。陶盾接着说:"就在这时看到了一线希望,房子要拆迁。这一拆迁,孩子的命就可能有救了。我们两口子高兴得彻夜不眠……"花儿舒了一口气,大胖手不自觉地放到陶盾的大腿上拍了拍。花儿说："好人必有好报。"陶盾说："没想到拆迁费少得可怜，且不公平，邻居的房子跟我的房子是同一年建的，同样的结构面积也一样，却比我多给了4万元。听说是邻居的一个亲属在房产局当小头目。4万元对富人来说不算什么，但对维持我孩子的生命是何等的重要啊。我找到开发商恳求：'孩子得了白血病，拆迁费能不能再提高点？'开发商是个满脸横肉的家伙，抽着中华烟，连看都不看我一眼说：'我们这不是慈善机构，给你的拆迁费已经够多的了。'我尽量压着火气进一步恳求说：'哪怕跟我家邻居的一样再加4万元呢？'开发商听了这话立时暴跳起来，嘴里吐出一团浊气吼道：'你有本事让温家宝说一声，我立马给你加400万！'""能跟温家宝说上话还找你干吗！"花儿勃然大怒，身体在蓝袍子里膨胀着。陶盾苦笑了一下说："呵呵，当时我就是这么骂的。结果，开发商跳起来就往外推我：'出去，你这种人我见多了，是不是你妈也得了绝症？'当时我已经气昏了头，操起一把方凳抡了过去。方凳子的棱角砸在那个家伙肥大的秃头上，把他直挺挺地打倒在地。我跑了，后来听说把那个家伙抢救了好几天，现在还有后遗症。警察在到处抓我，我还能在城里做活儿吗？如果警察抓住了我，也就断送了我女儿的生命。如果我不跑到黑日谷来打工挣钱，我女儿的生命也难以维持……"陶盾倾诉完了，心里敞亮了许多。然而，花儿却在那里无比沉重地长吁短叹。花儿显然担心着孩子，问陶盾："你的钱怎么送回家呢？"陶盾说："我的事包老板全知道，每月我妻子去包老板的蒙餐馆领取我的工资。"花儿松了一口气，站起来给陶盾又倒一杯奶茶说："你放心，我不会扣你的工钱，但你不要告诉老包。"陶盾会意地点头。花儿提起暖壶往外走，回过头来安慰说："灾难总会过去，不要太郁闷，我们一起想办法吧。"没想到花儿把他的不幸当成自己的苦难，这使陶盾感动得热泪盈眶，一种从来没有过的温馨在他的心中涌动。

夜里出奇地安静，偶有野鸟发出几声鸣叫，给死寂的山谷平添几分恐怖。一弯新月挂在西边天际，黑日谷显得阴森而朦胧。陶盾悄悄走出蒙古包。蹲在羊圈门口的长毛看见他，喉咙里发出"呜呜"的警告声。陶盾从衣兜里拿出一块肉。这块肉是晚上花儿给他煮的新鲜手扒肉，他偷偷留了一大块。他从手扒肉上撕下一块扔给长毛。长毛闻了闻肉块，却警觉地瞅着陶盾不肯下口。陶盾听说过精明的狗不吃陌生人施舍的东西，它怕中毒。陶盾又从手扒肉上撕下一块，塞进自己的嘴里吧唧吧唧嚼着吃。长毛忍不住，伸出舌头舔着自己的嘴巴。陶盾当机立断把大块手扒肉扔了过去，长毛本能地一跃而起叼住了手扒肉，并向他摇了摇尾巴似在表示谢意。

果然，第二天长毛很温顺地跟着陶盾出牧了。这一天陶盾非常省心。长毛是个训练有素的牧羊犬，它不停地围着羊群转，一有响动就发出骇人的吼叫，别说是一只秃尾巴狼，就连老虎也会惊而远逃。陶盾坐在高坡上尽情地想着自己的心事，想着自己柔弱的妻子背着孩子一次次往医院跑的情景，想着孩子每次输血都哭喊爸爸的样子，他的心肝不由得揪着疼痛。中午的时候，他把羊群赶到小溪边饮水，自己也顺便喝了几口泉水。长毛蹲在他的身边，舌头伸出老长，呼哧呼哧喘着气眼巴巴地盯着他。陶盾知道长毛在等着主人奖给它吃的。可是今天陶盾的帆布袋里空无一物。花儿不知是粗心了还是为什么，早晨没给他带吃的东西。陶盾用手捧出一捧水给长毛喝。长毛不屑地把头扭向别处。陶盾很难过，长毛替他放了半天羊，自己却拿不出东西奖赏它，他感到愧疚。这时从山上下来了一匹马，是花儿家的那匹雪青马。听花儿说过，这匹马是老羊倌骑着放羊的。陶盾不会骑马，也不敢骑马，所以它现在基本退役了。雪青马一路奔跑向这边来了。陶盾仔细一看，看见马背上还骑着一位小小的骑手。原来博克沁骑着马送饭来了。陶盾异常感动，把博克沁从马背上抱下来，轻轻亲了他的额头，还向他竖起大拇指以表赞扬和钦佩。博克沁很是得意，走路的姿势俨然包老板那么霸气。陶盾不禁笑了，从内心发出了钦佩的笑声。他想，蒙古人真是了不得，这么小的孩子，一个人敢闯荒山野岭，城里同龄的孩子此时都在父母或爷爷、奶奶的怀里撒娇呢。博克沁仿佛觉察到了陶盾对他的赏识，却装得若无其事，一样一样地从褡裢里往外掏出食物。没想到今天的午餐如此的丰盛，除了几样奶食品外还有烤羊排、牛肉馅包子，另有一瓶草原老白干。陶盾咬了一口包子，喷香的味道立刻飘满山谷，把长毛馋得直舔舌头。陶盾把包子扔给长毛吃。博克沁不理解地问："不好吃？"陶盾说："好吃，特别好吃。"博克沁还问："那为什么喂狗？"陶盾说："它保护羊群，狼不敢来，有功劳。"博克沁点头。

长毛确实有功劳，每天跟着陶盾出牧，狼不敢靠近羊群。花儿似乎怀疑陶盾的眼力，疑惑地问："你那天真的看见狼抓走了羊羔？"陶盾说："那还有假吗？我看得真切。"花儿茫然地看着山林，嘴里嘟哝，好多年没见到狼了，看来狼真的回来了。从她的表情上看，好像很庆幸的样子。陶盾困惑。

包老板又回来抓羊，带来了陶盾妻子和孩子的消息。包老板说："你的工钱已经交给了你爱人，你爱人说孩子很好不要惦记。"陶盾高兴得真想给包老板磕3个响头。没想到的是花儿比陶盾还高兴，杀了羊，煮了手扒肉，执意要陪两个爷们儿喝酒。包老板狐疑地斜眼看着花儿说："这娘们儿怎么了这是？"花儿说："孩子无恙，咱们就高兴，来，喝！"那天3个人喝了3瓶草原老白干，都喝到东倒西歪站不起来为止。陶盾钻了蒙古包大睡。平常回来抓羊一般不留宿的包老板也破例钻了花儿的被窝，花儿的朗笑声彻夜不断。

然而，早晨起来大家都傻眼了，羊圈里横七竖八死了10多只羊，都是被咬断了喉咙气绝而死。富有经验的包老板立时断定是被狼咬死的。包老板瞅一眼陶盾说："这是你的失职，我们说好了放羊下夜都是你的活儿，这下你可是半年工资没了。"陶盾的脑袋勾了下来，同时眼泪也掉了下来。"不能扣他的钱！"花儿的声音像炸雷般响起。包老板吓一哆嗦，顺手操起一根木棒，要修理这个不分你我吃里爬外的败家老娘们儿。陶盾跪在包老板面前："要打就打我吧，没有嫂子的事儿。"花儿犹如老鹰攫取小鸡般把陶盾提起来，冲着包老板吼道："来吧，你打吧，看谁能打过谁了。"花儿双手掐腰，凶神恶煞般逼近包老板。陶盾准备冲上去给他们当一回出气筒。没料到包老板首先败下阵来，扔了木棒说："谁跟你斗。"花儿却紧追不舍："你扣了他的钱，他家孩子怎么办？"包老板终于妥协："我只是说说而已，让他吸取教训，能扣他钱吗？这些羊都在，扒了皮子就可以卖肉，省得我亲自动手杀它们。"包老板就这样幽默地结束了一场即将爆发的武斗。

打扫了战场，送走包老板，花儿和陶盾站在羊圈门口分析狼是怎么钻进羊圈的。忽然想起长毛，狼进羊圈它为什么不管？他们分头去找，终于在陶盾的蒙古包门前找到了昏睡不起的长毛。原来，陶盾的酒量不大，昨晚喝了那么多酒，大大超过了承受能力，于是半夜起来狂吐。长毛吃了他吐出的垢物便醉倒了,这就给万恶的狼创造了可乘之机。

陶盾意识到不灭掉这头恶狼必将后患无穷。于是,他找来钢丝绳,做了几个套子,在野狼出没的小道蹊径上布下了天罗地网。可是狡猾的狼一直没有上当。半个月后的一天晚上,天上乌云密布,山谷里狂风呼号。花儿嘱咐陶盾:"这样的夜晚狼很容易闯进羊圈,要加倍警惕。"陶盾进进出出几乎一夜没合眼。长毛也忠于职守围着羊圈左一圈右一圈忙碌了一夜。第二天早晨起来,羊群安然无恙,却不见长毛。陶盾以为长毛忙碌一夜累了,到哪儿打盹去了。吃完早餐出牧时仍不见长毛的影子,陶盾唤它,打算领它出牧。陶盾已经离不开长毛了,不管什么天气,只要长毛跟群,他就一百个放心。可是今天千呼万唤却唤不出长毛,他心里不免觉得有些蹊跷。突然听见博克沁的哭声,是从羊圈后面的次生林里发出来的。陶盾奔过去一看,博克沁正搂着长毛的脖子失声痛哭。长毛身体僵硬一动不动,舌头伸出半尺多长,眼睛也凸出来骇人地瞪视着。再仔细看时,发现长毛的脖子上套着钢丝绳。再明白不过了,下套子没套住狼,却把长毛套死了。陶盾悲痛万分,与博克沁一道把长毛抬到后山脚下安葬了,给它立了一座小小的坟墓。

长毛被套死以后,博克沁很长时间不理陶盾,并且把所有的套子都收起来不知扔到哪去了。陶盾自觉有愧不敢追究。花儿在一边不停地谩骂着那头恶狼,她说一定是那头狡猾的恶狼发现了套子,有意引诱长毛,长毛去追赶它,不幸掉进套子送了命。陶盾知道,花儿骂恶狼是有意把博克沁的仇恨从陶盾身上转移到恶狼身上。毕竟是小孩子,博克沁听了母亲这么一骂,也就原谅了陶盾。二人关系和好如初。

一天清晨,下夜回屋的陶盾刚睡了个回笼觉,忽然听见一个女人的喊叫声。那声音带着惊恐,带着哭腔,令人毛骨悚然。陶盾跳起来,操起钢叉奔出去。声音是从羊圈东面的小树林里发出来的。陶盾知道那里是花儿的神圣领地。他刚来时花儿就交代过,这地方没有厕所,东面的树林是女厕,南面的树林是男厕。很显然,女厕那边发生了不测。陶盾提着钢叉跑过去,刚好碰见失魂落魄的花儿迎面跑来。与其说她在跑,不如说她在蹦跳,像兔子一样一蹦一跳地往前逃命,却怎么也挪不动地方,几乎在原地蹦跳。陶盾再仔细看时,发现花儿的裤子掉到脚脖子,绊住了她的腿,使她无论如何也跑不起来,后面庞大的臀部暴露无遗,在晨曦中显得格外闪亮。花儿破碎的嗓音在喊:"狼!"陶盾顾不上那闪亮的地方,向树林里的阴暗处摸索过去。陶盾一边搜索一边思忖,这头狼不奔羊圈却奔女厕来,一定是个色狼。他听花儿说过,林场的野汉子经常来调戏花儿,都被花儿撂倒放走了。看来今天来的绝不是一般的,能把花儿吓成这样。稍微走神的陶盾一脚踩空,从旁边的杂草丛中忽地蹿出一头恶狼,两眼通红直冲他来。当时陶盾只觉得裆部发麻,一股热流沿大腿而下,灌满了鞋子。完了,彻底残了。陶盾眼前一阵发黑。身后却传来花儿的声音:"没事,狼被套住了!"陶盾慢慢睁开眼睛,看见恶狼果然被钢丝绳牢牢套着,根本没碰到他,那是自己吓尿了。原以为博克沁把所有的套子都收起来了,但是这个套子布在最隐蔽的地方,小孩子根本找不到,连陶盾自己都忘了这边还有一个套子在等着恶狼来自投罗网。陶盾定定神。恶狼又钻进杂草丛中不动了。花儿走到他的身边,裤子不知什么时候提起来的,很得体地掩盖了闪亮的地方。花儿说:"你看,它已经奄奄一息了。"陶盾异常愤恨这头恶狼,它让他吃不香睡不实吃尽了苦头,还险些让包老板扣他的工钱送掉女儿的命。"今日非要活扒它的皮以解心头之恨不可。陶盾手持钢叉朝恶狼摸过去。这时,博克沁也闻讯来到现场看热闹。陶盾伸手:"给我刀。"博克沁从靴子里抽出一把雪亮的蒙古刀递给陶盾。陶盾手持钢叉横咬蒙古刀,像一名敢死队员一般步步逼近恶狼。此时的狼已经失去了反抗的力气。陶盾先用钢叉卡住恶狼的脖颈,死死摁在了地上,另一只手握紧蒙古刀,寻找下手的地方。花儿扭过脸不敢正视残忍的活扒皮场面。也许恶狼意识到自己的末日到了,也许它还有一些牵挂的事情,使出浑身解数挣扎起来。它一挣扎不要紧,身体一下子翻过来。蒙古刀落在地上。"怎么了?"花儿问。等了半天,陶盾蔫蔫地说:"母狼。"花儿问:"母狼又怎么了?"陶盾说:"它有崽子。"花儿急忙探头看,母狼翻上来的肚皮上显露着两排发胀的乳头,共6个。"怎么办?"花儿问。陶盾说:"放了吧,它的孩子还等着喂奶呢。"花儿不放心地说:"它还回来杀戮羊群怎么办?"陶盾想了半天说:"博克沁,你把鞭炮拿过来。""什么?"娘俩不解地同时问。陶盾说:"为它送行。"博克沁稀里糊涂地跑回去,把他阿爸几天前给他买来的他并不喜欢的一挂鞭炮抱了回来。陶盾把鞭炮牢牢系在母狼的尾巴根上，轻轻松开钢丝套，点燃鞭炮的同时松开了卡在母狼脖颈上的钢叉。母狼一个跟头拱起来，同时尾巴根下的鞭炮像机关枪般炸响。母狼逃走了。陶盾从地上捡起蒙古刀说："再给它两个胆它也不敢来了。"博克沁拍手叫好。花儿抿嘴笑。

果真，恶狼再不敢来袭扰了。生活恢复了平静，陶盾却不平静了，天天惦念女儿，惦念房子和妻子。他终日闷闷不乐。花儿看出了他的心事说："你回家看看吧。"这正是陶盾所想却不敢说出的心愿。花儿真是个善解人意的好女人。陶盾向她深深鞠一躬下山去了。他不敢搭车，也不敢走公路，顺着近道步行一天，天擦黑时进了他所熟悉又陌生的那个小城。几个月的时间，这个城市又有了新变化。当陶盾来到自家附近时，看见那里塔吊林立，马达轰鸣，一片忙碌。在他家房子的原址上高楼大厦正在拔地而起。很显然，他家已经拆迁了，孩子、妻子不知去向。陶盾茫然地看着万家灯火，两条腿像灌满了铅般沉重得无论如何也迈不动地方。人海茫茫，上哪里寻找亲人呢？陶盾突然想到了包老板，他一定知道孩子、妻子现在的住址。于是，他仿佛充足了电一般弹起来，直奔包老板的蒙餐馆去。

包老板的蒙餐馆生意依旧红火，门匾上的霓虹灯照亮了半边天空，从餐馆里飘出来阵阵酒香和歌声。陶盾怕被人发现，绕过去从后门进了厨房。正在厨房里监工的包老板见了陶盾，眼睛立时立起来，一把将他推进库房，压低声音说："警察刚来过，他们好像发现了你的蛛丝马迹，你赶紧回去。"包老板不由分说，把陶盾装进麻袋，像扔死猪一样把他扔到车厢里，连夜送回了黑日谷。

黑日谷的日子变得索然无味。陶盾在这里度日如年。他想念女儿几乎到了发疯的程度，几次冒出打电话的念头，都被打消了。他出来时把自己的手机留给了女儿，说好了经常联系。可是，包老板拍死了他这美好的想法。包老板说："公安局肯定在监控你的电话，你一打电话等于自投罗网。"包老板的话不无道理。所以，陶盾只能万般无奈地忍受痛苦。陶盾有时候怀疑包老板在故弄玄虚，也有时候担心包老板没把他的工资交给妻子和女儿。他总觉得天下老板一般黑。然而，怀疑不等于事实。他只能在心里暗暗祈祷，但愿包老板是一般黑中的不一般。有一天，包老板突然回来了。这次包老板没有开他的客货车，不知从哪借了辆越野车，他驾着越野车像狂奔的野牛般开进黑日谷。包老板在自家蒙古包前来了一个急刹车，却没下车，摇下挡风玻璃喊："陶盾，你赶快跟我走一趟。"陶盾知道事情不妙，来不及换下放羊时穿的破衣烂鞋，只回头向站在那里发懵的花儿做了一个半鞠躬半行礼的告别，就坐上车匆匆下山去。

正如陶盾所料，家里果真出事了。当包老板的车拉着陶盾来到城里，七拐八拐钻进一条小胡同，再由包老板领着他猫着腰几乎用匍匐的姿势钻进一间小黑屋时，他看见女儿静静地躺在那里。陶盾的妻子蹲在女儿身边一直在哭泣。陶盾的岳母也在旁边抹泪。陶盾轻轻走过去，把脸贴在女儿冰凉的小脸蛋上。受尽病痛折磨的女儿只剩皮包骨，微张着毫无血色的嘴唇，似乎要说什么，却永远也说不出来了。陶盾泪眼蒙眬地看见女儿手里紧紧攥着手机。显然手机还在开着，灯一闪一闪地闪着。陶盾想把手机拿下来让女儿轻松地走。可是他无论如何也掰不开女儿的手。岳母在旁边哭着说："让她拿走吧，自从你走了后，这孩子一直拿着你留下的手机，也不让关机，怕你来电话接不到，每天在等你的电话……"陶盾的眼前一阵发黑，险些昏倒。包老板及时扶住陶盾，在他手里塞进一沓子钱说："这是你下个月的工资，赶紧把孩子安葬了吧。"

这时，门口响起了警笛声……